李山 著

诗经析读

全文增订插图本

上

中华书局

图书在版编目(CIP)数据

诗经析读:全文增订插图本/李山著.—北京:中华书局,2018.7
(2025.1重印)
ISBN 978-7-101-12587-0

Ⅰ.诗… Ⅱ.李… Ⅲ.①古体诗–诗集–中国–春秋时代
②《诗经》–注释 Ⅳ.I222.2

中国版本图书馆 CIP 数据核字(2017)第 110577 号

书　　名	诗经析读(全文增订插图本)(全二册)
著　　者	李　山
文字编辑	祝安顺　梁　皓
责任编辑	杨　帆
责任印制	管　斌
出版发行	中华书局 (北京市丰台区太平桥西里 38 号　100073) http://www.zhbc.com.cn E-mail:zhbc@zhbc.com.cn
印　　刷	三河市宏达印刷有限公司
版　　次	2018 年 7 月第 1 版 2025 年 1 月第 4 次印刷
规　　格	开本/700×1000 毫米　1/16 印张 57　插页 12　字数 770 千字
印　　数	12501-14500 册
国际书号	ISBN 978-7-101-12587-0
定　　价	168.00 元

《周南·关雎》雎鸠（绿头鸭）

《周南·关雎》荇菜（黄荇菜）

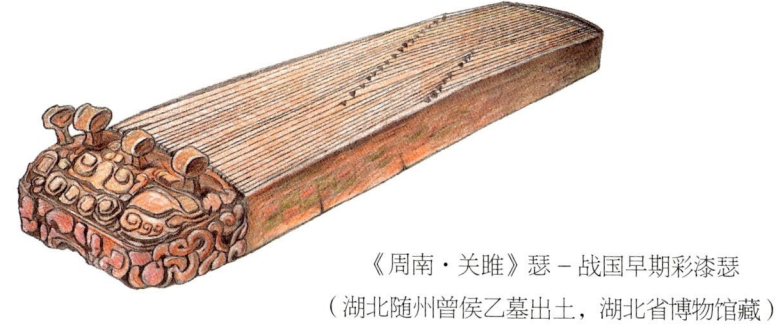

《周南·关雎》瑟－战国早期彩漆瑟
（湖北随州曾侯乙墓出土，湖北省博物馆藏）

《周南·葛覃》葛

《周南·葛覃》黄鸟（黄雀）

《周南·樛木》葛藟（光叶葡萄）

《周南·卷耳》克罍

（西周早期，北京房山区琉璃河遗址1193号墓出土，北京首都博物馆藏）

《周南·螽斯》螽斯

（鼓翅螽斯，蝈蝈）

《周南·汝坟》鲂鱼（鳊鱼，武昌鱼）

《周南·芣苢》芣苢（车前草）

《召南·鹊巢》喜鹊（灰喜鹊）

《召南·采蘩》蘩

《召南·草虫》蕨

《召南·采蘋》杉叶藻

《召南·何彼襛矣》郁李果

《邶风·匏有苦叶》雄雉

《卫风·芄兰》芄兰

《郑风·有女同车》舜(木槿花)

《唐风·椒聊》花椒树

《唐风·有杕之杜》唐棣(棠梨)

《唐风·鸨羽》鸨（凤头鸨雄鸟）

《豳风·鸱鸮》鸱鸮（短耳鸮）

《豳风·七月》莎鸡（纺织娘，促织）

《小雅·鹿鸣》青蒿

《小雅·四牡》啴啴骆马
（西周车马博物馆复原图）

《小雅·常棣》鹡鸰

《小雅·蓼莪》抱娘蒿

《小雅·小宛》青雀(黑头蜡嘴雀)

《大雅·棫朴》朴（榆树）

《大雅·皇矣》柽（河柳）

《大雅·灵台》虡业维枞（曾侯乙编钟，1976年湖北随州曾侯乙墓出土）

《大雅·皇矣》巢车

《大雅·行苇》斝（商代晚期凤柱斝，陕西岐山贺家村一号墓出土，陕西历史博物馆藏）

《大雅·卷阿》凤纹（丰尊，西周中期，陕西省扶风县庄白村一号西周青铜器窖藏出土，陕西省周原博物馆藏）

《大雅·韩奕》车具(马家源十四号墓地一号车)

《周颂·有瞽》骨排箫（商末周初，1997年河南鹿邑太清宫长子口墓出土，河南省文物考古研究所藏）

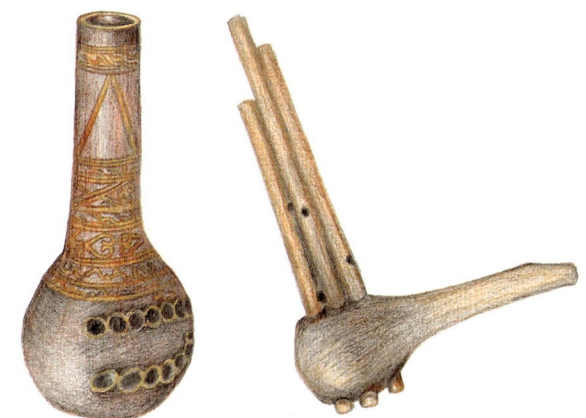

《周颂·有瞽》笙示意图及战国彩漆笙斗（1976年湖北随州曾侯乙墓出土）

《周颂·潜》鲔（中华鲟）

《鲁颂·泮水》藻（黑藻）

《鲁颂·泮水》茆（莼菜）

《商颂·那》置鼓（兽面纹鼓，商晚期，1977年湖北崇阳县汪家山出土）

目录

序 ··· 1

有关《诗经》的几个基本概念 ············· 1

凡例 ··· 1

◇◇◇ 国风 ◇◇◇

周南

关雎 ·· 5
葛覃 ·· 11
卷耳 ·· 14
樛木 ·· 17
螽斯 ·· 19
桃夭 ·· 20
兔罝 ·· 22
芣苢 ·· 24
汉广 ·· 26
汝坟 ·· 30
麟之趾 ·· 32

召南

鹊巢 ·· 34
采蘩 ·· 36
草虫 ·· 39
采蘋 ·· 42
甘棠 ·· 44
行露 ·· 47
羔羊 ·· 49
殷其雷 ·· 51
摽有梅 ·· 52
小星 ·· 54
江有汜 ·· 56

1

野有死麕…… 57
何彼襛矣…… 60
驺虞…… 63

邶风

柏舟…… 67
绿衣…… 70
燕燕…… 73
日月…… 78
终风…… 79
击鼓…… 82
凯风…… 85
雄雉…… 87
匏有苦叶…… 89
谷风…… 92
式微…… 97
旄丘…… 98
简兮…… 101
泉水…… 104
北门…… 108
北风…… 110
静女…… 112
新台…… 113
二子乘舟…… 115

鄘风

柏舟…… 117
墙有茨…… 119

君子偕老…… 121
桑中…… 125
鹑之奔奔…… 127
定之方中…… 129
蝃蝀…… 131
相鼠…… 133
干旄…… 134
载驰…… 137

卫风

淇奥…… 142
考槃…… 145
硕人…… 146
氓…… 150
竹竿…… 154
芄兰…… 156
河广…… 159
伯兮…… 160
有狐…… 163
木瓜…… 164

王风

黍离…… 167
君子于役…… 169
君子阳阳…… 171
扬之水…… 172
中谷有蓷…… 175
兔爰…… 176

葛藟………	178
采葛………	179
大车………	181
丘中有麻………	182

郑风

缁衣………	187
将仲子………	189
叔于田………	191
大叔于田………	193
清人………	196
羔裘………	199
遵大路………	200
女曰鸡鸣………	202
有女同车………	205
山有扶苏………	207
萚兮………	209
狡童………	210
褰裳………	211
丰………	213
东门之墠………	215
风雨………	216
子衿………	217
扬之水………	219
出其东门………	220
野有蔓草………	223
溱洧………	224

齐风

鸡鸣………	228
还………	231
著………	232
东方之日………	234
东方未明………	235
南山………	237
甫田………	240
卢令………	243
敝笱………	244
载驱………	246
猗嗟………	248

魏风

葛屦………	252
汾沮洳………	254
园有桃………	256
陟岵………	258
十亩之间………	259
伐檀………	260
硕鼠………	262

唐风

蟋蟀………	266
山有枢………	269
扬之水………	271
椒聊………	273

绸缪……275
杕杜……277
羔裘……278
鸨羽……280
无衣……282
有杕之杜……284
葛生……286
采苓……288

秦风
车邻……292
驷驖……294
小戎……296
蒹葭……300
终南……303
黄鸟……305
晨风……307
无衣……309
渭阳……310
权舆……311

陈风
宛丘……314
东门之枌……318
衡门……320
东门之池……321
东门之杨……323

墓门……324
防有鹊巢……326
月出……327
株林……329
泽陂……330

桧风
羔裘……333
素冠……335
隰有苌楚……337
匪风……339

曹风
蜉蝣……341
候人……343
鸤鸠……346
下泉……349

豳风
七月……353
鸱鸮……365
东山……370
破斧……374
伐柯……376
九罭……378
狼跋……381

雅

小雅
《鹿鸣》之什

鹿鸣 …………………… 388

四牡 …………………… 392

皇皇者华 ……………… 395

常棣 …………………… 398

伐木 …………………… 403

天保 …………………… 406

采薇 …………………… 410

出车 …………………… 415

杕杜 …………………… 419

鱼丽 …………………… 421

南陔 …………………… 423

白华 …………………… 423

华黍 …………………… 423

《南有嘉鱼》之什

南有嘉鱼 ……………… 424

南山有台 ……………… 426

由庚 …………………… 428

崇丘 …………………… 428

由仪 …………………… 429

蓼萧 …………………… 429

湛露 …………………… 432

彤弓 …………………… 435

菁菁者莪 ……………… 437

六月 …………………… 439

采芑 …………………… 445

车攻 …………………… 449

吉日 …………………… 454

《鸿雁》之什

鸿雁 …………………… 457

庭燎 …………………… 458

沔水 …………………… 460

鹤鸣 …………………… 463

祈父 …………………… 465

白驹 …………………… 467

黄鸟 …………………… 470

我行其野 ……………… 472

斯干 …………………… 474

无羊 …………………… 480

《节南山》之什

节南山 ………………… 483

正月 …………………… 489

十月之交 ……………… 496

雨无正 ………………… 503

小旻 …………………… 507

小宛 …………………… 511

小弁	516
巧言	521
何人斯	524
巷伯	529

《谷风》之什

谷风	533
蓼莪	534
大东	538
四月	543
北山	546
无将大车	549
小明	550
鼓钟	553
楚茨	555
信南山	563

《甫田》之什

甫田	567
大田	570
瞻彼洛矣	573
裳裳者华	575
桑扈	577
鸳鸯	579
頍弁	581
车舝	583
青蝇	585
宾之初筵	587

《鱼藻》之什

鱼藻	593
采菽	594
角弓	597
菀柳	599
都人士	601
采绿	604
黍苗	605
隰桑	607
白华	608
绵蛮	611
瓠叶	613
渐渐之石	614
苕之华	616
何草不黄	617

大雅

《文王》之什

文王	621
大明	628
绵	634
棫朴	641
旱麓	644
思齐	646
皇矣	650
灵台	657
下武	661
文王有声	663

《生民》之什

生民 ················ 669
行苇 ················ 675
既醉 ················ 679
凫鹥 ················ 681
假乐 ················ 683
公刘 ················ 685
泂酌 ················ 692
卷阿 ················ 694
民劳 ················ 699
板 ·················· 702

《荡》之什

荡 ·················· 708
抑 ·················· 713
桑柔 ················ 720
云汉 ················ 727
崧高 ················ 732
烝民 ················ 737
韩奕 ················ 743
江汉 ················ 748
常武 ················ 753
瞻卬 ················ 757
召旻 ················ 761

◇◇◇ 颂 ◇◇◇

周颂

《清庙》之什

清庙 ················ 768
维天之命 ············ 770
维清 ················ 772
烈文 ················ 774
天作 ················ 776
昊天有成命 ·········· 778
我将 ················ 779
时迈 ················ 781
执竞 ················ 783
思文 ················ 785

《臣工》之什

臣工 ················ 789
噫嘻 ················ 791
振鹭 ················ 792
丰年 ················ 795

有瞽	796
潜	798
雍	799
载见	802
有客	804
武	806

《闵予小子》之什

闵予小子	809
访落	811
敬之	812
小毖	814
载芟	817
良耜	820
丝衣	821
酌	823
桓	825
赉	826
般	828

鲁颂

駉	831
有駜	833
泮水	835
闷宫	840

商颂

那	849
烈祖	852
玄鸟	854
长发	856
殷武	860

主要参考书目 …… 866

序

《诗经》是经典。何谓经典？以笔者浅见，凡表现了民族精神并在后续民族精神塑造方面起了重大作用的作品，就是经典。《诗经》，无疑是这样的经典。因为《诗经》诞生的时代正是中华民族文化创生的关键期，《三百篇》表现了这个关键期精神生活的各方面。在《诗经》诞生后的两千多年里，它曾在经学和理学的阐释下参与过古代精神生活的建构，今天，它也应该在新的学术阐释下，重新参与到民族精神的延续与更新中来。

一

说到《诗经①》，最常见的定义是"我国古代第一部诗歌总集"。也有人不满"总集"两字，将其改为"选集"。可是，不论"总"还是"选"，最终还是"集"，而只要是"集"，给人的印象就是：这是一本汇总"诗歌"篇章的"书"。这样的理解并不算错，但也有一个缺点，是把《诗经》的"文化原生态"忽略了。

那么，什么是《诗经》的"文化原生态"？就《诗经》而言，其最初

---

① "诗经"这个称谓出现很晚，最早的称谓是"诗"或"诗三百"。战国晚期已经用"经"来称呼《诗》《书》《易》等。"诗"和"经"两字并列出现，始见于《史记·儒林列传》"申公独以诗经为训以教"语，然此文中的"诗经"，其义还是"以《诗》这部'经典'当教学对象"的意思。到南宋时，廖刚以"诗经讲义"为自己的著述冠名，才正式有了以"诗经"为书名的称法（参屈万里《诗经诠释》、余培林《诗经正诂》两书之序）。

的创作是用在典礼或其他场合歌唱的,诗篇最初与接受者见面,是经由"演唱"完成的,《雅》《颂》作品尤其如此。《诗经》篇章的创作与西周"礼乐文明"的建构密不可分。举例而言,西周大力倡导农耕,如此的政治意图,在当时不是靠政令的宣示,而是经由隆重的"籍田"大典来完成。春耕到来之际,选择好吉日,周王率百官及其亲属前往王室直属的籍田,操起农具表演性地耕种一番,此即所谓"籍田"礼,是有热烈的舞乐歌唱的;所歌之诗,就是《诗经·周颂》中的《噫嘻》《载芟》以及《小雅》中的《信南山》《甫田》等篇。整个亲耕大典,有仪式,有歌唱,还有周王亲耕"表演",实际就是一出鼓舞重农精神的大戏。这就是礼乐文明特有的"表现"形态。歌唱诗篇的作用是宣示典礼的意义。然而,若单就宣示意义而言,后代文人的诗篇也宣示意义,但终与典礼的歌唱有很大不同。即以上述农耕典礼诗篇而言,有的诗篇如《周颂》中的《噫嘻》和《载芟》,是宣示亲耕大典的主持者(周王)心声的歌唱。而《小雅·信南山》篇,则是表现王者亲自参与籍田典礼的歌唱。《诗经》歌唱的复杂情况又不止于此。这正是《诗经》的"礼乐"属性。

强调《诗》的礼乐文明属性,还关乎诗篇的理解。例如《周南·卷耳》,如果像阅读后来的文人诗作那样读,就会出现扞格不畅的情况,因为篇中"采卷耳"是女子之事,而"酌金罍"以及骑马、登高,却是男子的行为;也就是说,一篇之内竟含有两个"我",即两个抒情主体。但是,若将其理解为仪式中的歌唱,是男女对唱,就豁然可解了。这样的例子在《诗经》中还有,如《周颂·敬之》篇等。此外,一场隆重的典礼,歌唱的诗篇往往不只一首,而且,同一典礼上的不同篇章之间存在着密切的关系。后来人们把这些诗抄写成一首一首的,阅读分析也是一首一首的,这又极易造成阐释单元的零碎化,因而把握不住典礼歌唱的整体意义,这样的缺陷,历来的《诗经》注解都明显存在。还原礼仪与诗篇歌唱之间的关联及意义,正是本书努力的一个方向。

二

　　《诗经》的《雅》《颂》篇章与西周礼乐文明的盛衰过程是一致的。古代学者多以为周初的周公"制礼作乐"就是诗篇创作的高潮，于是很多《雅》《颂》篇章就这样被当成了周初作品。此外，历来都相信的另一个创作高潮，是西周末年"风衰俗怨"时"变风变雅"的涌现。这是《雅》《颂》创作两期说。时至今日，还有一些学者以为《诗经》作品中《周颂》最早，其次《大雅》，再次《小雅》，之后为《国风》，其实是受古代说法影响的误解。近年来，中外学者通过对出土青铜器及铜器铭文的研究，得出大致相近的结论：在西周中期亦即周穆王、恭王这段时期（可能延伸到此后的懿王、孝王时期），曾发生过礼乐创制的高潮，也有学者称之为"礼制革命"。这与笔者多年来考察《雅》《颂》创作时代所得看法相吻合。西周穆王、恭王两朝，约六七十年间，实际也存在着一个《雅》《颂》诗篇的创作高峰，且与礼制更新息息相关。这一时期，王朝大祭先王，具体说，较早时曾大祭文王，并旁及太王、王季及武王等；稍晚若干年，又有周人对自己始祖后稷的大祭，并兼及公刘等。与此相伴，是《周颂》颂赞文王、太王、后稷德行诗篇的相继问世，至于《大雅》新篇章的出现就更多了。这些，一般而言都是祭神典礼中的诗歌。还有一些诗篇的创作，则属于新现象，它们颂扬典礼活动中的周王，或者是向出游的周王献诗。后者，虽不免阿谀奉承，但是与前者一样，都显示着诗篇创作的重大变化：人们开始把诗篇的歌唱，献给活在世上的人。仅就这一点而言，那些献给周王的诗篇也是有其历史价值的。

　　那么，隆重祭祀祖先的意义何在？一言以蔽之：发掘传统中的精神资源，以应对生活中面临的困境与问题。以此，诗篇创作实际表现的是一种"化传统为己有"的精神努力。周家建国百年了，诗篇高扬"文王之德"，其作用即在精神上凝聚那些业已出现"封靡"亦即积极坐大倾向的大小诸侯们。①稍后的大祭后稷、公刘，则与西周中期恢复农桑稼穑生产密切相关；同时，大彰后稷功德，还与当时历史建构——即把周人早期历史与尧舜禹的神圣谱系连接起来——的精神动向有关。②再从大背景上说，当时礼乐创制的高涨，又是人群融合的积极结果。自西周建立，即对殷商遗民实施宽大政策，到西周中期，政策实施已有百年，获得的显著效果，就是殷商遗民敌对情绪的消除，及殷周两大人群之间关系的融合。西周中期铭文对此多有显示，而《周颂》的《有瞽》《有客》《振鹭》及《大雅·文王》诸篇表明，来自殷商人群的艺术家是参与了宗周礼乐建构的。也因如此，西周中期，称得上是一个古典文明缔造的重要时代。

那么，西周早期数十年诗的创作情况如何？周初诗篇创作，除"大武乐章"三首之外，还有《般》《酌》《时迈》等篇，创作数量很少。不过，周初数量很少的创作在诗歌史乃至民族精神史上的地位是十分重要的。此外，西周晚期也是诗篇创作的高潮期。当王朝趋于崩溃，人们面临巨大的危难之际，诗篇创作又呈现出一种新趋势。诗篇依附于典礼的状态大体结束了；就是与典礼相关，所依据的典礼也要比过去更为"日常"。如一次送别，就是所谓的"祖道"之礼，其礼仪的规模要比庆祝周王朝建立、祭祀先公先王的祭祖礼以及亲耕的籍田礼，要"日常"得多。但是，就在这样的日常仪式上，却可以有《大雅》的《烝民》《韩奕》那样的鸿篇。此外，就是抨击反思社会现实的政治抒情诗篇的大量出现。更值得注意的是，在西周晚期，"采诗观风"这一颇带政治意图、与风诗大量出现关系密切的行为趋于

---

① 周初封建，文王后裔明显多于武王。《左传·僖公二十四年》："昔周公吊二叔之不咸，故封建亲戚以蕃屏周。管、蔡、郕、霍、鲁、卫、毛、聃、郜、雍、曹、滕、毕、原、酆、郇，文之昭也。邗、晋、应、韩，武之穆也。"文王之子得封者较武王之子竟有四倍之多。
② 关于此点，请参看拙作《西周礼乐文明的精神建构》（河北教育出版社2014年版，第236—273页）的讨论。

热络，一些社会下层民众的痛苦呻吟，得以被诸管弦、传唱于世，表明西周晚期诗篇歌唱的重要变化。

三

十五国风，也是礼乐文明的一部分。不过情况较为复杂。

风诗中，如《周南》《召南》，是周王朝的"乡乐"（《仪礼·燕礼》），是来自王室及王畿地区的诗篇。此外还有《豳风》，其创作年代应在西周中期，不少篇章与周公的生前生后有密切关系。更多的《国风》诗篇，则来自各诸侯之邦，如《邶》《鄘》《卫》等"十二国风"。其分布地域也难免重叠。如《王风》地域就与《周南》部分叠合，又如《秦风》来自秦地，而此地的大部分是西周时的宗周之域。大体而言，风诗出现的高潮期从西周崩溃前夕开始，一直延续到春秋中期。这又与当时历史文化重心由西周王室向东方诸侯转移的大势相应。

《诗经》有"风"，那么，什么是"风"，或曰"风"的含义是什么？作为周代"礼乐"的《诗》何以有"风"？要了解这些，需与西周的天命观念相联系。西周天命观念认为：王朝的兴替，大权在上天。上天决定把大权交给谁，又取决于小民的态度，小民的呼声上天听得到，这就是所谓"天听自我民听"（《孟子》引古本《尚书》句）。这样的观念是西周取代殷商之后出现的。那么，采集小民的歌唱，既可了解民声民心，也可借此窥测上天意图。小民有悲苦的呼告，按古人理解，上天听到后一定要有反应。甲骨文显示，早在商代，人们就认为，上天的意图是由"风"来传达的。①这

---

① 参郭沫若《殷契粹编考释》中关于甲骨文"凤""风"的解说。"风"背后有神意，也见于甲骨文及《山海经》等文献，历来学者对此多有讨论。又，赵诚《甲骨文简明词典》（中华书局1988年版，第188页）说："商人认为风听从上帝的指挥，如'帝其令风'（合一九五），则风在当时被认为是一种有意志的自然现象。"

样的神秘观念，周人应该是接受了的，且做了积极的改变，使其成为西周天命观念的一部分。有如此观念，就会有相应的举措。笔者以为，各种文献记载的"王官采诗"说是可信的。过去，因记载"王官采诗"的文献主要为汉代典籍，所以学界疑信参半。近年，战国楚简《孔子诗论》出现，其中有"举贱民""大敛材"云云，学者研究其所言指的就是"王官采诗"之事，这大大增加了"王官采诗"说的可信度。不过，笔者以为，确定"十五国风"中一些篇章是否为"采诗"的结果，终究要由作品自身来确证。也就是说，若"风诗"果真为"王官"采集所得，必然会在作品层面留下痕迹。仔细观察，这样的痕迹是有的，而且不少。例如，"十五国"所占地域是那样的辽阔，然而各地风诗的语言、句式及韵律，却是高度统一的，这是可以由"王官采诗"来解释的。①这样的例子还有其他一些，本书各诗注解对此有说明。同时，对"采诗"也应妥善理解。有时候社会上有现成的歌谣可采，然而更多的时候，民间只有故事的素材，如一些弃妇的不幸遭遇等。所谓"采诗"，其实是对这些故事进行初步加工，之后层层上交，最后到达当时的音乐专家即大师之手，最后由这些乐官进行"比其音律"的精加工。也就是说，一首所谓"民歌"，是经过多道加工手续才完成的。将民间的故事采集加工成为反映社会问题的诗篇，如此的诗篇制作，很像今天一篇"报告文学"的写作。

---

①近年有受西方"口头史诗"研究影响的海外学者，用"套语"理论研究《诗经》中的一些句式类似的语言现象，以为这些是抒情歌手的套语。应该说，这样的新思路，确实可以解释一些语言现象，但是，采用这一来自西方的思路之前，应该先要证明这样一点，即在上古时代中国那样辽阔的地域上，是否已到处都有口头的抒情歌手，而且，更重要的，还需要证明当时辽阔地域上到处都使用同一种方言。没有这样的前提条件，就率然采用来自西方口头史诗歌唱方式解释《诗经》的一些篇章，未免贸然了。就中国古代情况而言，有文献记载，楚人是不能听懂越人歌唱的。楚越相邻，尚且如此，其他地区也就可知了。方言既异，"套语"又从何谈起？但是，采诗官的存在，倒可以解释《诗经》语言上的近似现象。因为，王官作为固定的职业群体，可以用当时通行的"雅言"（"雅言"出自《论语》，春秋时已经存在）记录各地方言的歌唱，因而《诗经》中出现一些语句上的类同是很可以理解的。

那么,"采诗"从什么时候开始呢?

就现有的《诗经》作品看,采诗趋于频繁,自西周晚期开始。这一点不明确就会对"采诗"说有误解。西周早期也有采诗,但很少,而西周后期采诗趋于频繁又有其特定原因。具体说,就是王朝内部贵族阶层与王权势力之间的权力争斗。史载周厉王"专利",所谓"专利"就是将一些原属公共所有的资源,如山林沼泽之利划归王室专有。实际上,这可以理解为王室因财政来源萎缩迫不得已采取的措施。西周封建制,是王朝对有功贵族的不断赐封;但资源有限,其结果必然是王室权利的日益减少。厉王"专利",受伤害最大的当然是一般小民,不过,其措施对两百多年封建养成的贵族阶层也不会有利。这就使得贵族一时间有目的地与小民站在一起,换句话说或许更准确,即他们利用小民情绪达到自己的目的。采诗,亦即收集小民的呼声以对抗周王,就应该是对贵族最有利的办法。这是有迹象的。比如恰是在对厉王"弭谤"的反对中,召穆公这位出身老权贵之家的大人物站出来,强调了"防民之口甚于防川"的危险,又强调了"列士献诗,瞽献曲,史献书,师箴,瞍赋,矇诵,百工谏,庶人传语"的重要。而且,《诗经》及相关文献显示,召穆公及芮良夫、卫武公等西周后期的大人物,还是《大雅》中一些篇章的作者。那么,由他们来策动采诗活动,使之形成一股潮流,是很可能的。

过去以为,风诗只见于"十五国",实际上,《小雅》中就有风诗,如《蓼莪》篇,孝子不得终养的悲哀,若无人采集加工,何以流传,又何以被保存?

文献记载说"王官采诗",其实所谓的"王官"并不是"官",相反,他们身份颇低。汉代文献说他们是"男年六十,女年五十无子者,官衣食之"者(何休《春秋公羊传解诂》),《孔子诗论》甚至称之为"贱民"。然而,由这样身份的采诗官来搜集诗篇或诗篇题材,实在是风诗的大幸,这直接影响到风诗在情感上的一大优点,即同情弱小。采集久劳不得息的征人、役夫的歌唱，是同情；对被遗弃妇女不幸遭遇的表现，也是同情。此外，采诗，还无意中完成了对民间文化的抢救。例如，郑国水畔男女春日欢聚的歌咏，若无人采集或加以关注，可能早就从历史视野中消失了。又如流行于晋地的"闹洞房歌"（《唐风·绸缪》），以及古老的过年歌（《唐风》的《蟋蟀》《山有枢》）等，若无采集保存也不可能流传至今。总之，采诗使许多古老时代的风俗保存下来了，这实在是一项伟大的成就！因此，可以说，尽管采诗背后有贵族的利己动机，但是，说到最后，采诗实为一种文化的成功。因为举目望去，在世界上古文学范围内，还没有像古代中国这样，在如此广阔的地域空间中，有意识地采集、加工并且传唱表现各种生活情感、情态以及风俗的诗歌的文学现象。同时，也是最重要的，在世界范围内也没有哪个地方像古代中国这样，将诗歌文学的触觉伸向那些胼手胝足的小民，展现他们的各种生活遭遇、内心情感，并以高超的艺术形式表现出来。这实在也是超出当时贵族想象的，其实是源于"天命"这种当时进步的文化观念。

四

古人说："歌以发德。"（《礼记·乐记》）作为仪式歌唱的诗篇，"发"的正是礼乐精神之"德"。没有歌唱的诗篇，礼乐精神就难以表现。约言之，《诗》三百篇鸣奏的是四大精神和弦，换言之，《诗经》中有四大精神线索，即如下四点：

一、族群之和；二、上下之和；三、家国之和；四、人与自然之和。

第一条和谐线索，主要表现为《诗经》中大量婚恋诗篇的存在。婚恋篇章多，是因为婚姻关系的缔结以及婚姻关系的稳定关乎王朝政治。理解这一点，需要了解当时的人群关系状态。西周王朝建立时面临着一个很大的历史难题：如何将林林总总的文化上尚未统一的人群，打造成一个王朝政治的整体。这样的难题由来已久。距今一万年左右，中国文化发祥；到了距今五六千年时，广大地域上开始出现地域性文化人群，所谓炎黄、东夷和南蛮；再后来夏朝建立。然而三大文化人群的统一远未完成，一直到商朝仍然如此。其间最大问题是追求统一的手法存在严重问题。具体说，两个王朝大致都采取了以武力征伐即"剿绝其命"（《尚书·甘誓》）的方式对待其他众多族群，试图以此获得政治版图的扩展，王朝统治的一统。有前辈学者研究甲骨文，发现殷商经常与十几个方国长期存在征战关系。[①]这固然会消灭一些人群，驱走一些人群，然而说到文化统一与民族形成，则难免南辕北辙。征伐只会带来反抗，族群的数量是减少了，反抗的意志则会更加坚强。周武王灭商前夕，《史记·周本纪》言八百诸侯（差不多就等于八百个不同的部族人群）"不期而会"地簇拥在周武王征伐殷商的大旗之下，就是一个极好的明证。然而，八百诸侯的联合灭商，不一定意味着西周王朝对众多诸侯就可以实施合法的政治统驭。相反，对这些人群处置不当，他们马上可以变成周家的敌人。正是在这样的巨大压力下，新生的周王朝才改变了夏商以来以武力征服镇压其他人群的策略，转而实施一种新的封建制度，以安顿天下异族异姓的众多人群。随着周人政权在辽阔地域上的普遍建立，人群融通政策得以实行。其重要表现之一，就是周贵族广泛地与众多异族异姓通婚，以广泛联姻的方式与众多的异姓贵族及其所代表的人群建立起亲戚关系。后来的儒家说，婚姻的缔结可以"合二姓之好"，可以"附远厚别"（《礼记·郊特牲》），准确地道出了周人利用婚姻方式凝结不同人群的事实。近代王国维《殷周制度论》说封建造就的社会是一个"道德团体"，是不错的。而所谓"道德团体"的基础，就是广泛亲戚关系的形成。周道亲亲而尊尊，没有广泛地缔结与异族异姓的婚姻关系，就无法成就那样一个包容广泛的"道德团体"。

[①] 王玉哲《中华远古史》，上海人民出版社2000年版，第274—390页。

打开《诗经》，开篇第一首就是表现婚姻典礼的《关雎》篇，而且，在《仪礼》中，周贵族宴会歌唱到"歌乡乐"一节时，同样以《关雎》为始。其实，这都与婚姻关系凝聚人群的特殊作用有关。《诗经》之所以要以《关雎》为开篇，并且风诗中何以有那样多的婚恋题材的篇章，相信在明确了周人使用婚姻关系缔造王朝人群新关系之后，也就不难理解了。这是一条王朝的生死线，"亲亲"之后才有"尊尊"，周贵族与异族异姓婚姻关系的缔结，是周王朝政治合法性的前提。这就是我们要说的隐藏在《诗经》中的第一条精神线索。在西周贵族上进的时代，他们用缔结婚姻的方式联合众多异姓人群。可是，到西周后期和春秋时，贵族家庭婚姻关系上的败坏，也成为社会的普遍现象。史载周幽王因宠爱褒姒而废长立幼，加重了西周的危机；春秋时诸侯贵族上层普遍沉溺于所谓"桑中之喜"，都是这一精神线索松弛甚至废弛的表现。这引起了诗人的高度关注。周王朝上升期的婚恋诗与衰落时的婚恋诗，实际是一正一反的关系。有正面的关注，就有反面的关注，两方面都无言地宣示：婚姻状况如何实在关系到王朝政治的兴衰。

第二条线索是上下之和。这也与西周封建密不可分。周人建国时人数很少，较诸商王朝人数尤其如此。特别是封建的实施，使周人群体化整为零，每一个诸侯邦国的人数就更少了。要以少数的人群，完成镇守一方的大任，诸侯邦国之内必须讲究上下一心。其君民关系与后来王朝也就有很大不同。大家熟悉的《左传》所载"曹刿论战"之事，不能"肉食"的曹刿想见鲁国君主就能见，不是很说明问题吗？封建体制，造就了邦国内部独特的上下关系。这样的社会现实，表现在礼乐层面，就是《诗经》中宴饮诗篇的大量存在。全人类都要吃饭，但在吃饭的事情上发展出的礼节，唯中国古代周人最多。有乡一级的饮酒礼，称"乡饮酒礼"，也有贵族的高级饮酒礼，称"飨礼"；耕种典礼时要宴飨，祭祖之后要行饮酒礼，射箭典礼之后也要行饮酒礼；一般节日族群内要饮酒，招待宾客也要饮酒，等等。

平日，大家论君臣上下关系，但在饮酒礼上，则论宾主、论年齿。酒爵之间的一来一往是显示相互平等的。这才是饮酒礼的要义所在。一次吃饭，是消除上下隔阂，宣示性地恢复一种基本的人际关系，那就是大家是亲人，是共同利益的分享者。而且，一些宴饮诗篇还特别强调，身为贵族应该极尽慷慨大方之能事（参本书《小雅·伐木》篇注解）。因为只有这样，下属才会遵从追随贵族。同样，随着西周衰世的到来，贵族在饮酒上开始荒唐放荡，诗篇如《小雅·宾之初筵》对此就持激烈批评的态度。这也是"一正一反"的关联。

第三条精神线索是家国之和，主要表现在一些诗篇对那些为国出征、行役的征夫及其家人悲伤情感的关注。《诗经》中的大、小《雅》，有许多战争诗篇，《国风》中也有不少思念出差行役在外的家人的篇章。为什么有这些篇章呢？一言以蔽之，抚慰或同情那些为国家出力而牺牲小家利益者的心灵。任何国家都有边防、有公共领域的事务要由一些个体承担，因而许多小家的男性成员需要为国家外出劳作，于是就有了家、国之间的矛盾，此即所谓"忠孝不得两全"，最符合黑格尔关于悲剧系两个伦理原则相冲突的定义。然而礼乐文明不希望这样的忠孝伦理冲突加剧，而要弥合这种伦理冲突，周人的办法见诸诗篇，是用隆重的典礼及歌唱来承认那些社会成员为国家做出的牺牲，并以此来向这样的家庭表达敬意。这实际就是在以"礼乐"的方式消除悲剧性冲突，或者说，是不让"忠孝不得两全"的抵牾真正发展到破坏性的悲剧冲突地步。这才是"礼乐"文明的精神取向。但是，到西周晚期，王朝只顾国家，不管小家庭死活，"孝子不得终养"的恶性事件就出现了。这就是前面提到的《小雅·蓼莪》篇所暴露的事。王政如此，王朝破败的噩耗也就"嚓嚓"然作响了。

最后一条，也就是第四条精神线索，是《诗经》农事诗篇所表达的人与自然关系的和谐。在此线索中，可以找到"天人合一"观念的文化根源。以《七月》为例，这首诗一共八十一句，时间词就有四十多个，参差错落地组成了一个时间回环，周而复始，年复一年，显示出这样的意识：世界是周流不已的。古人对宇宙的基本认定就是它的变动不居，这源于农耕文化的实践。诗篇叙述一年的农桑狩猎，一方面是时光迅速流转，一方面是快节奏而又有条不紊的劳作。就笔法而言，描述时光流转，很惜墨；述说劳作进行，也同样简洁。诗人更倾意于将人事、自然两方面绾结在一起，以突出这样一点：人应和着大自然的节律，翩翩起舞般地劳作于天地之间。因此，诗篇显示出特有的大韵律，也是诗篇的大美之所在。还有，《诗经》农事诗篇表现人从大自然中获得生活资料，但是，从没有出现农耕劳作是追求"财富"这样的概念。这一点，在古希腊赫希俄德的《工作与时日》则不然，其"财富"观念十分清晰。那也是一首农事诗篇，篇幅要长很多，而且是教训体。劳动带来财富，贫穷意味耻辱，是赫希俄德用来告诫弟弟的名言。要知道，当把劳动作为获取财富的手段时，人与自然最纯朴原始的关系就变得疏离了，自然也就被推开去，变作了可以从中获取财富的客观对象。读《诗经》农事诗，则没有这样的疏远感，相反，诗篇中洋溢的是瓜果的清香、禾苗的蓬勃、收获时场圃的堆垛，以及祭祀祖先食物的芬芳香气。这些诗篇中，宛然映现的是对大自然母亲的深厚情怀。《周易·系辞下》说"天地之大德曰生"，实际就是对这样的农耕情感的概括。儒家解释《周易》的卦象时，实际把从农耕实践而来的观念掺入其中了。诗篇多为典礼的歌唱，四大精神线索和弦，在各种隆重典礼中奏响。

在以上的四大精神线索之外，《诗经》还有一项总体性的精神内涵，那就是尚德。这在《雅》《颂》特别是《周颂》中表现得尤为明显。《雅》《颂》诸多篇章，很大程度上可一言以概括：彰显文王之德。何以这样说？《周颂》三十篇，若仔细观察，诗篇所颂扬的对象其实没有几个。周家宗庙中先公先王与历朝在位先王不下数十，可真正能享受"颂"的诗篇颂扬的，实在是屈指可数。先周的先公先王只有后稷、公刘、太王和王季四位，西周的在位之王，也只有文、武、成、康而已。其中最多的当然是周文王，《周颂》歌唱他的最多，《大雅》中《文王》《绵》《皇矣》以及《思齐》等，虽也叙述文王前后的男女列祖，但几首诗篇之间有一个内在联系，那就是他们都是与文王生活密切相关的人物；几首诗篇的内涵，其实都是围绕周文王而展开的（详细情况见本书各篇的注解）。据此可知，文王是《雅》《颂》所颂扬的重点，此外才是周武王、后稷和公刘，而成、康两位不过一带而过。如此，可以料想，常规的如仪祭祀是可以献给每一位庙中的先王的，但是，说到歌唱，那可就不是每一位曾经在位的先王先公都可以享受得到的。其间，有无歌唱的标准就是"德"。而所谓的"德"，即以周文王而言，首先在行为的上合天意。如前所说，《诗经》的篇章是很少涉及神鬼的，然而，十分例外的是，在歌唱周文王的篇章中，"帝"居然现身了，而且像人一样，对周文王面授机宜。然而这位得到上帝口传心授的周文王，他的德行，就诗篇所着力表现的内容看，首先是在太王的大胆迁移之后，由他完成了对岐山、周原这块周人福地的大力拓殖。另外，他还能团结诸多弱小族群，并且"因心则友"，"克明克类，克长克君"（《大雅·皇矣》），以道德情操、有德的行为团结亲族、联合异邦，促成周家的迅速崛起壮大。另外一项，也是诗篇反复歌颂的，就是文王家庭生活的美好：他有圣母大任，他又有贤妻大姒；他是大任的圣子，又是武王的慈父；诗人甚至认为，周家的天命眷顾，其重要表现，就是自太王至于武王，周家是代有贤妻圣母，代有孝子贤孙。可以说，上述几条精神的端绪，都可以在文王及其上下辈人的生活中找到；换句话说，诗篇所强力弹奏的几条精神线索，都是周文王确立的。当然，这样说有些绝对和片面，因为诗人也十分精心地显示文王之前各位先王在生活准则上的创始之功，如后稷耕稼之圣功，奠定了周家所以昌达乃至主宰天下的根基；如公刘的迁移豳地，使周家脱离戎狄之俗而回归文明生活，等等。总之，周家各位被歌唱的祖先，都是德行和文明生活的开创者，因而《大雅》《周颂》对周家历史的颂扬，实际谱出的是祖先创建生活的英雄组曲。

五

《诗经》是中国诗歌文学的开山，它的艺术精神为后来的古典文学所延续。

作为中国文学的开山，《诗经》是有韵律的抒情诗。这首先关系到一个困扰了学者多少年的问题，即中国文学一开始，不像古印度，也不像古代希腊，以有韵律地讲述英雄传奇故事的叙事诗开始。如此巨大的差别，究竟因何而成，也许永无确切答案。但是，这样的问题，可以促使我们转而关注《诗经》的"抒情"究竟达到了何等的艺术境地。

有一位身居海外多年的老学者在他的一篇文章里曾这样说过：当他问西方人对中国古典诗歌艺术的感受时，得到的回答是：极端细腻、曲折而多层次地表现现实生活的诸多情感，是中国诗歌的显著特点。是的，从有诗歌记录起，中国诗篇就把表现的注意力关注在人间世界上，婚姻、家庭、劳作、狩猎、征战、劳役，按时地祭祀古人，欢畅地宴饮亲朋，表现着生活的美好，也抨击着社会的邪恶。中国的诗篇，从一开始就没有走长篇叙事之路，它所抒发的情感，都是现实的人生遭际，诗篇重视一切人间美好情感的倾诉，重视对弱者的同情，重视对善的高扬。与此相伴，综观《诗经》三百篇，在从距离我们三千年到两千五六百之间的这段时间里，先民的歌唱竟然没有对"牛鬼蛇神"的巫觋世界有多少表现，他们也祭祀神灵，但是诗篇更愿意表现人对祭祀传统的遵循和奉行，以及祭祀时人们的各种表现。这实在是很奇特的事。就是那些祭祖的献歌，也只是注重发皇"不显文王之德之纯"的人性之光。那时候的先民诚然有浓郁的宗教观念、鬼神思想，可是，《诗经》的世界是最少鬼神色彩的，是最具现实色彩的，是最充满人间情味的，因而也是最清澈透明的。这可能意味着一种觉悟和觉悟后的摆脱。究竟是什么导致了这样的觉悟，不是这里要讨论的问题，但有一点可以确定，《诗经》所显示的先民的身影，是背对着神秘的超验世界而前行的，他们对如何行动即可在世界上生存这样的大问题，已经了然于心。

因此，在《诗经》的艺术世界中，人们看到的是脚踏大地、不断迁移、不断扎根于土地、深耕易耨的创造者的生活形象。他们中的某些人如后稷，还被夸饰为"感天而生"的半人半神，但是他所从事的事业并不是战场上的嗜血好杀，怪力乱神，而是耕稼，神降的天赋是侍弄庄稼。我们也看到《诗经》中被赞美的一些世间大人物，他们被赞美，是因为"如金如玉""如切如磋"的高雅形象，是因为"柔亦不茹，刚亦不吐"的明德。当然，《诗经》中最动人的还是那些表现离别相思，表现人间苦难，表现对弱者同情的篇章，其中又尤以《国风》中对男女情感的表现最为突出。例如同样是弃妇题材的作品，风诗起码给我们展现了三类在婚姻家庭生活失败面前截然有别的意态，即《邶风·柏舟》《邶风·谷风》和《卫风·氓》三篇所代表的三种类型。三首诗篇显示出诗人在表现人物内心世界方面，是可用力透纸背来概括的。风诗是生活的万花筒，例如《邶风·北门》篇，把一个政事多、家里家外全然不讨好的小官员苦闷无奈的内心世界，表现得入木三分。

说到《诗经》的艺术，人们会很自然地想到"比兴"一词。是的，比兴是《诗经》的重要特点，也是由《诗》率先表现出来的中国古典诗歌艺术的灵魂。那么，这种代表古典诗歌艺术灵魂的"比兴"又是什么呢？是对天地自然的亲近，是对天地自然在变化中所呈现的春花秋月极度的敏感与多情，以及由此而来的对诗篇艺术境界的营造。用一句通常的话说，中国古典诗歌艺术的精髓在其善于表达情景交融的境界。实际上，在《诗经》中已经开始出现这样的富于"境界"效果的片段了。如《小雅·伐木》的开始一章，山林伐木的"丁丁"之声，伴奏的是嘤嘤然"迁于乔木"的群飞之鸟，是何等清灵的世界；再如《周南·葛覃》，诗篇在开始用了一章的篇幅，以绿色葛藤和黄色小鸟，以及鸟的叫声组成的一片光景，以此来渲染将要出嫁的少女的惆怅之情，十分动人；更为人熟知的还有"昔我往矣，杨柳依依"的妙句，令多少读者为之动情；但最能代表情景交融艺术精神的，还要数《秦风·蒹葭》，"蒹葭苍苍，白露为霜。所谓伊人，在水一方"，短短四句，直可以将人带入竹风仙影般的奇妙境地，令灵魂得到审美的洗礼。全部《诗经》，实际就是一个由青绿色的植物、作物、斑斓的花草，以及鸟、鱼、昆虫各种动物交织而成的烂漫世界。物换星移，四时常新，其本身就是一大境界，读之可以让人心旷神怡。

说《诗经》的"比兴"，还有一个有意思且值得进一步研究的现象。《诗经》第一篇就是《周南·关雎》，而《关雎》的开篇"关关雎鸠，在河之洲。窈窕淑女，君子好逑"，道出了一种鱼鸟的关系，表达的是春天的来临。不可思议的是，因考古发现，这样的鱼鸟共存关系，居然在《诗经》之前的数千年，先民就已经在彩陶上，用彩色的图画表达过这样的主题了。在属于仰韶文化的姜寨遗址H467房址层出土过一件葫芦形状双耳彩陶瓶，瓶上绘有成横纵关系的游鱼与水鸟，正可以理解为鸟捕鱼的对立关系；更直接地表现着这样关系的是北首岭遗址M51墓葬出土的大头细颈彩陶壶上的图案：一只鸟儿口衔一条有点像泥鳅的鱼。①上述彩陶中鱼鸟共存的图景，与"关关雎鸠"是一样的。《关雎》是距今大约三千年左右的歌唱，其优美的韵律中竟有着更为久远的音符，这不是很有意思，也很耐人寻味吗？这便是《诗经》艺术的独特性。

六

如前所说，《诗经》作为一部经典，是曾经深度参与到民族精神生活的建构之中的。这主要表现为《诗经》作为经典的阐释学史。具体而言，对《诗经》，有经学的理解，也有理学的理解，还有清代朴学的研读以及近代

---

① 严文明《仰韶文化研究》，文物出版社2009年版，第344—345页。

以来以文学意蕴阐发为目标的解读。

经学的解读，又可以分为西汉流行的今文经学和东汉古文经学两个阶段。即以《诗经》开篇《关雎》的解释为例，西汉经学家（大致即所谓的今文经学）是把此诗篇理解为"刺康王"的作品，具体说是周康王有一次早朝晚起，于是诗人（亦即大臣）诵诗以讽。令后人疑惑的是，读作品，并没有任何"刺"的内容。是的，《关雎》确实读不到"刺"，但这是后人的思路不对。在经生的头脑中，面对着晚起床的周王，大臣应该怎么办？直接批评他？不可，事关君主体面。于是他们采取了婉转的策略，就是所谓"谲谏"。做大臣的不说你周王起晚不对，而是对着起晚的君主诵读《关雎》。《关雎》对于和谐家庭是如何表现的？大臣诵读这诗篇，晚起的周王就应该反省自己，找到自己的不足，且加以改正。这就叫做"言之者无罪，闻之者足戒"，这就是谲谏，就仿佛今天我们的教师对着迟到的学生读"中学生守则"一样。其中含藏的是一个重要的经学观念：经典是圣贤大法，对任何人都有约束的权威。如此，《诗经》三百篇，正如《汉书》所载经生王式所说，"篇篇"可以作"谏书"。而且，这又影响诗篇的具体解释。例如"关关"的"雎鸠"，是水鸟而且喜欢雌雄成对，但是，经学家解释此鸟，不满足于此，他们居然说此鸟雌雄"挚而有别"，连走路的距离都要保持一丈远！《诗经》是大法，《关雎》是大法，连篇中的鸟儿都"圣贤"。至东汉，经学解释下的经典，对帝王的约束就减少了，《诗经》转而成为民众生活所取法的榜样。还是以《关雎》为例，它不再是"谏书"，而是对周文王家庭生活的表现，具体的解释，也变化了，诗中的思念之情被说成是贤夫人的，即所谓"后妃之德"，说是文王的后妃"乐得淑女以配君子"，就是给文王多找贤德的妾，以广后嗣。所以，所谓"后妃之德"就是"不嫉妒"。西汉经学解释《关雎》很明显，是想用经学的力量改善政治；东汉的解释，其实也涉及实际的家庭生活，那是一个一夫多妻的时代，如何协调"多妻"之间的关系，促成家庭和睦，是特别需要"德行"的榜样力量的。诗篇也在这样的解释下，成为人生的教科书。

到了宋代，经学的时代结束，开宋学新风气的欧阳修在其《诗本义》中高张"据文求义"的解经方式。要"据文"，就得理解篇章文义，经学家重视"师说"而不顾篇章自身内涵的毛病由此而得到大幅纠正。要"据文"，就得多读一些与《诗经》时代相关的典籍，《左传》《国语》及其他相关著作的材料使用多了起来。也是出于同样的学术要求，像欧阳修，他还是一位对新出土的金文资料特别感兴趣的人，编纂有《集古录》，是"金石学"的开创者之一，而引证金文资料说明《诗》，在宋代也出现了。然而，宋代思想主流，是中古儒学复兴运动的一个重要段落，程朱理学是其重要成就，且深深影响了对《诗经》的解释。理学注重的是塑造道德主体精神，因而在《诗经》解释上，强调"温柔敦厚"是其明显的倾向，同时对"天理""人欲"分别的讲究十分严格。在这样的大背景下，风诗中的一些表现男女的诗篇，就处境不妙了。发展到极端就有朱熹的后学王柏站出来，把那些被他看作"淫"诗的诗篇，统统删除。其实，倒霉的还不仅是"郑卫之风"，就连《关雎》居《诗经》之首，也有人看不顺眼。汉代的古文家不是讲其解释"后妃之德"了吗？在理学影响下的某些宋代读《诗》者认为，此诗即讲"后妃之德"，也就是妇人之德的篇章，居然高居经典之首，不是把"文王之德"压在后面了吗？于是有人上书皇帝，建议应把表现文王也就是"男人之德"的篇章，提到《关雎》之前。这件事当然有点极端，但也可以有助于理解宋代人解《诗》的思维倾向了。

清代解释经典高标汉学，具体到《诗经》，有人宗《毛传》，有人宗《郑笺》，也有人兼通毛、郑。当然，遵循宋代路数解《诗》的也有，尤其是清代中期以后。宗毛、宗郑，其理据在这样的设想：汉人去古未远，其说当有所依据。以去古的时间远近考量说法的可信度，这本身是有问题的。而且，清代《诗经》研究的真正成绩，也不是因为他们宗毛、郑，而是因为这个时期文献整理的方法改进，音韵、训诂之学发达，解读经典文本字句的因声求义、无征不信的原则，都使《诗经》篇章字词解释的水准大大提高。同时，将《诗经》与同时期文献相互参证的做法也取得了许多成绩。清代的成绩，诚如前代学者所说，是今人研究《诗经》的重要资料。

近代以来，思想的变化翻天覆地。新思想影响到《诗经》研究，就是对其"文学性"的高度重视。同时，利用甲骨文、金文研究《诗经》，借用人类学解释《诗经》中的一些现象，成为显著特点。但同时，忽略经典的文化内涵，滥用人类学成果，艺术研究乏力的倾向也颇为突出。

总结两千多年来的《诗经》研究，它确实在民族精神发展的历程上起过重要作用，换句话说，不论经学的研究，还是理学的解释，都曾将《诗经》与当代生活的建构联系起来过。这需要人们注意两点：一方面不要无视甚至抹杀古人的工作，因为他们根据其自身时代需要对经典作出的解说，是民族精神发展历程的组成部分，需要我们认真对待。另一方面也不要迷信。今天，有不少人还像清代人那样，认为汉代人毕竟去古未远，他们说的自然要比后来人说的可信，于是他们宁愿相信《毛诗序》。这实际是抽象地理解历史。其实每一代人都是依着自己生存的观念解释经典的，没有谁的说法是可以站在时代之外，不受时代影响的。实际上，汉儒说《诗》，观念色彩强烈，有色眼镜最深，不少地方的解释不顾文本的实际。今天的《诗经》解读，既要吸收前人研究的一切成绩，又要结合其他相关文献特别是新出土文献；既要深入研究其文学的价值，又要关注其文化的内涵，从而成就适合我们这个时代的《诗经》新学术。这就需要大家共成伟业。

这一回注《诗经》，已经是第四次了。年过五十，再看自己十年前的东西，许多地方都令自己涔涔然汗出！忽然间，又觉得自己在各方面落后了，于是重新学习，拓展阅读古来相关著述，汲取借鉴当今中外研究的新成果。此次的注解，就是重新学习之路上的一个工作。同时，笔者又有《诗经》作品断代之作，若两相参读，则是幸焉。

在此要感谢中华书局的祝安顺先生。承蒙不弃,才有了这次的注解。同时还要感谢责编梁皓的认真编辑,是她的认真,此书才有了现在的模样。

最后,敬请读者不吝指教!

李山

2018年1月

有关《诗经》的几个基本概念

《诗经》研究有一些常见的概念术语,为帮助读者,特附如下的条目。

王官采诗说

"王官采诗",又称"采诗观风",可能始于周初,至西周后期趋于频繁。关于它的记载很多,如战国竹简文《孔子诗论》说:"诗其犹广闻也……邦风其纳物也博,观人俗焉,大敛材焉。其言文,其声善。"马承源先生考释为:"敛材指'收集'邦风佳作,实为采风。"《左传·襄公十四年》载师旷之言曰:"《夏书》曰:遒人以木铎徇于路,官师相规,工执艺事以谏,正月孟春,于是乎有之,谏失常也。"师旷所言《夏书》今已亡佚,若相信师旷所说有据,那么,夏代就有了政府派专门人员在一定时节到民间采集意见的做法。《礼记·王制》说:"天子五年一巡守,岁二月……觐诸侯,问百年者就见之,命大师陈诗以观民风。"《孔丛子·巡守篇》说:"古者天子命史采民诗谣,以观其风。"《汉书·食货志》说:"孟春之月,群居者将散,行人振木铎徇于路以采诗,献之大师,比其音律,以闻于天子。故曰王者不窥牖户而知天下。"《汉书·艺文志》也说:"故古有采诗之官,王者所以观风俗,知得失,自考正也。"以上诸说,虽有分歧,如有的说是周天子巡守时"大师陈诗观风",就是大师演奏天子所巡之地的诗篇,以便让天子知晓当地民风，有的文献特别是汉代文献则谓采诗是专职官员的事情，与巡守没有关联；不过，有一点是相同的，即都承认"诗"可以"观民风"。这些"诗"可以是专职人员"采"的，还可以是专业音乐官员"陈"的。周天子可派人去"采"，诸侯也可以"采"，诸侯"采"的"诗"，要让天子了解，"陈"就是一种途径。"采诗"的人，有的说是"行人"，有的说是男年六十、女年五十的"无子者"，即无依无靠的人，《孔子诗论》称之为"贱民"，政府派他们做点事，以此换取度日的衣食。"采诗"有两种可能，一是民间有现成的歌唱，采集过来稍作加工，被之管弦加以演唱；二是采诗官或大师采集一种社会风俗，将其加工成篇章。

孔子删诗说

孔子删诗说，是历代争论不休的问题。孔子曾整理过《诗》，《论语》记载孔子说："吾自卫返鲁，然后乐正，《雅》《颂》各得其所。"是说他晚年返回鲁国后，对《诗》进行了一番编订和正乐工作。《史记》对此有更具体的说法："古者《诗》三千余篇，及至孔子，去其重，取可施于礼义，上采契、后稷，中述殷周之盛，至幽厉之缺，始于衽席。……三百五篇孔子皆弦歌之，以求合《韶》《武》《雅》《颂》之音。"这是"删诗说"的起始。唐代孔颖达对此表示怀疑，说"书传所引之诗，见在者多，亡逸者少，则孔子所录，不容十去其九。马迁言古诗三千余篇，未可信也"。自此以后八百多年，聚讼纷纭，双方持论各有得失。近现代学者又提出，所谓"孔子删诗"，是去除重复的篇章段落。就现有文献条件而言，这一问题还难以解决。

四始

"四始"说大致有三种观点。一、古文家说，见于《毛诗序》。以《风》《小雅》《大雅》《颂》为四始。"始"者，据郑玄解释，为"王道兴废之所由"。二、《史记》所载今文家说，见《史记·孔子世家》，以《关雎》为《风》

之始,《鹿鸣》为《小雅》之始,《文王》为《大雅》之始,《清庙》为《颂》之始。据此,"四始"即《诗经》四部分开首的篇章。三、汉代纬书所载齐诗家说,见《氾历枢》,以为"《大明》在亥,水始也。《四牡》在寅,木始也。《嘉鱼》在巳,火始也。《鸿雁》在申,金始也"。是用《大明》《四牡》《嘉鱼》《鸿雁》四诗分别与亥、寅、巳、申相配,以明《诗》与五行有关联。《毛诗》说着眼于《诗》篇内容与政治兴衰的关联,《史记》侧重四类诗篇开始的标志。《诗》纬之说则明显属于穿凿附会。

赋比兴

赋比兴为《诗》"六义"的组成部分。"六义"包括:风、雅、颂、赋、比、兴。《诗经》研究者一般将"六义"分为两部分:风、雅、颂为一部分,是诗类名;赋、比、兴为一部分,是三种表现手法。关于风、雅、颂,已见本书各部分的解说。兹只介绍赋比兴:

赋:即铺叙、叙述。朱熹《诗集传》说:"赋者,敷陈其事而直言之者也。"此说为后来学者所接受。

比:郑玄《周礼注》:"比,见今之失,不敢斥言,取比类以言之。"是说"比"是用曲折的方式表达意见。孔颖达《毛诗正义》解释说:"比云见今之失,取比类以言之,谓刺诗之比也。"是直接把郑玄的说法解释为"刺诗"。朱熹《诗集传》说:"比者,以彼物比此物也。"是说比为比喻,为修辞手法。近人朱自清《诗言志辨》说:"比原来大概也是乐歌名,是变旧调唱新辞。"意思是用旧曲唱新词。学者多接受朱熹之说。

兴:关于"兴"的争议很大。郑玄《周礼注》:"兴见今之美,嫌于媚谀,取善事以喻之。"又引郑众说:"兴者,托事于物。"孔颖达解释说:"兴者,起也。取譬引类,引发己心,诗文诸举草木鸟兽以见意者,皆兴辞也。"朱熹《诗集传》说:"先言他物以引起所咏之辞。"又朱鉴《诗传遗说》载:"有将物之无,兴起自家之所有;将物之有,兴起自家之所无。"今人钱锺书《管锥编》又提出"兴"就是风谣、儿歌中的起语，并无实际意义。诸说中郑玄解比、兴区别不明，朱熹《诗集传》之说为大多数人所接受。

风雅正变

《诗》的"十五国风"与《大雅》《小雅》都有"正"有"变"，此即所谓"变风变雅"之说。此说最早见于《毛诗序》："至于王道衰，礼义废，政教失，国异政，家殊俗，而变风、变雅作矣。"郑玄《诗谱序》发挥其说，言歌颂周室先王和西周盛世的诗是"诗之正经"，那些产生于衰乱之世的讽刺诗和爱情诗，为"变风""变雅"。被称为"正雅"的篇章，具体说，在《小雅》，是指从《鹿鸣》到《菁菁者莪》的十六篇，其他篇章则为变雅；在《大雅》，是指从《文王》到《卷阿》的十八篇为正大雅，其他则为变大雅。至于《国风》中的"正"和"变"，朱熹说："二《南》正风，房中之乐也，乡乐也。"就是说，除了《周南》《召南》之外的其他国风都是"变风"。与"正""变"相关，还涉及《诗》入乐不入乐的问题。古人以为"诗之正经"可以入乐，衰世之音的"变风""变雅"则不入乐。不过，近代以来学者多以为《诗经》篇章都是入乐的。

笙 诗

《诗经·小雅》部分保存有目无词的篇题六首，即《南陔》《白华》《华黍》《由庚》《崇丘》《由仪》诸篇，被称作"笙诗"。《毛传》说笙诗"有其义而亡其辞"，代表汉学的观点；朱熹《诗集传》说"《南陔》以下，今无以考其名篇之义，然曰笙、曰乐、曰奏，而不言歌，则有声而无词明矣"，代表宋学的观点。二者都承认笙诗是用笙吹奏的乐曲，可以和其他诗歌一起演奏。

三家诗

汉代经学传承大体分今文经和古文经两大派别。属于今文经学的《诗经》学者,有鲁、齐、韩三家,称"三家诗"。《鲁诗》最早,因最初流行于鲁国而得名,最早传授的大师是申培,称申公。《汉书》载"鲁申公为《诗训故》",可见申培在汉初为《诗经》作过训诂。《汉书·艺文志》又有《鲁故》二十五卷、《鲁说》二十八卷,《鲁故》当为申培的《诗训故》,《鲁说》是其后学的陆续补充。"鲁诗"著作在西晋失传,仅有石经《鲁诗》残碑一块流传于世,不足二百字。"齐诗"由齐人辕固所传而得名。荀悦《汉纪》说辕固著有《诗内外传》。他的后学弟子有翼奉、匡衡等,这些后学将《诗》与阴阳五行结合,在西汉后期大盛于世。齐诗家还衍生出独立的翼奉之学,称"翼氏学"。此学附会阴阳五行,讲究"四始五际"及"六情"之说。《齐诗》著作因内容妄诞驳杂,章句繁琐难学,在三家诗中衰亡最早。《韩诗》因传授者为燕人韩婴而得名。《汉书·艺文志》载韩诗家主要著作有韩婴《内传》四卷、《外传》六卷及其后学者的《韩故》三十六卷、《韩说》四十卷。韩诗家的一些著作亡佚较晚,隋唐时期还有人著《韩诗章句》。到北宋此家著作大部分失传,现仅存《韩诗外传》。此书非韩婴原著,是由隋唐两代"韩诗"学者补充修改而成,内容大致是先讲一个故事,发一番议论,然后引《诗》为证,一些说法对考究诗篇背景有帮助。清人皮锡瑞说"鲁、齐、韩三家《诗》大同小异,惟其小异,故须三家分立;惟其大同,故可并立三家"。

毛诗

古文学派的《诗经》传本,称《毛诗》。传授者据说为鲁国人毛亨(大毛公)和赵国人毛苌(小毛公),在汉代流行最晚。从《汉书·儒林传》和《汉书·艺文志》看,毛诗家著作即《毛诗故训传》,汉武帝时河间献王献《毛诗》于朝廷,未能立于学官。王莽篡权,利用古文经学做舆论工具,朝廷始设《毛诗》博士。王莽失败，《毛诗》官学地位随之撤销。东汉后期，三家《诗》学衰落，《毛诗》流行，便于后代。

《毛诗序》

《毛诗序》：《毛诗》有序，其中第一篇写在《关雎》篇之前，篇幅颇长，涉及《诗经》的总体内容，称"大序"。此外就是《诗》各篇之前的序言，称"小序"。这些序言，有人说《大序》出自孔子，《小序》出自子夏，也有人说是皆出自毛氏，也有记载说出自东汉早期的卫宏。北宋苏辙著《诗集传》又提出，所谓"大序"是每一篇序言的开始第一句，其后的句子不论长短，则为"小序"。在宋代还有学者不相信"小序"，甚至有人斥为"村野妄人之说"。

《郑笺》

《郑笺》是郑玄《毛诗传笺》的简称。郑玄，东汉末年经学大师，兼通今文、古文经学。他在《毛传》的基础上吸收三家《诗》的成果，为毛氏《诗故训传》作笺注，完成了《诗经》今、古文经的融合。《毛诗传笺》行世后，成为天下通行的传本，以前各家传本则相继亡佚。

《毛诗正义》

《毛诗正义》共七十卷，为《五经正义》之一，唐初由孔颖达与王德韶、齐威、赵乾叶、贾普曜等学者共同完成，因孔颖达为主持者，故署名孔颖达，简称《孔疏》。《孔疏》采取"疏不破注"的原则，顺毛、郑各自的理解，对传、笺作详细的有助于当时人阅读的疏解。《毛诗正义》以颜师古考订的《诗经》文本为定本，一些字的读音采陆德明《毛诗释文》(《经典释文》的一部分)注音，广泛吸收南北朝南北经学家各家之说，是汉代以来古文经学集大成之作。该书问世后成为国家科举考试的依据。

凡例

一、本书注释，择善而从，无古今汉宋门户之见，取欧阳修"据文求义"的态度，探求《诗经》的本义。训释方面，不仅采古今各家说法，凡甲骨文、金文及简帛文字研究的相关成果，亦尽量加以采撷，以期不囿于成见。

二、每首诗篇各章之下，附有对该章大意的说明，同时也选取一些前人对诗文的赏鉴性文字，意在帮助读者欣赏作品。分章注释之后，略仿《毛诗序》，先以简短一两句话概括全篇大意，继而对诗篇主题作具体分析，衡量前人说法之得失，以求达于一是。

三、注释语词，先出释义，以便读者一目了然，之后视需要列出证据或前人说法，以便读者知其然又知其所以然。同时，又力求简明，引用前人之说多概括其义，标出所引著作之名；重复出现者，或只标人名，或只举其著作之称。一些基本《诗经》著作如《毛传》《郑笺》等，不注出处。本书征引各种论文，对其出处及作者一般随文出注。所征引甲骨文、金文，为求简便，其难怪之字的隶定，一般也不标出处。重复出现的词句短语，首见时详注，重见时省注或简注，必要时标明互见，以便对照省察。

四、确定一篇作品的创作时间，如同摄像时的调准焦点。考订诗篇创作年代，是本书内容的重点之一。其判断的依据，除既有的各种方法之外，主要是利用西周金文所显现的数百年间语言流变。具体而言，西周金文从早期到中期再到晚期，不论是句法、语词乃至篇章风格等各方面都有明显流变，利用这些流变的痕迹，结合其他固有的方法判断《雅》《颂》作品的年代，正是本书的做法。

五、《诗经》涉及许多名物，若单以文字加以说明，总觉隔膜。为方便读者，特对诗篇所涉的一些动植物及器物绘制成图画；其中器物画图，一般以考古发现为参照，以期合乎当时的实际。然而考古发现多春秋战国时之物，所以，有时不得不以这些时间较晚的器物为据。

六、笔者学力有限，虽数度注解《诗经》，然在许多问题上仍感到力不从心。敬希大雅君子，匡正其谬。

国风

国风

国风，本称邦风（据上博简《孔子诗论》），西汉时避刘邦讳而改，沿袭至今。"国风"有十五，即周、召、邶、鄘、卫、王、郑、齐、魏、唐、秦、陈、桧、曹、豳。风诗称"邦"称"国"，都是表诗篇地域。其中有的是诸侯邦国，如郑、齐、魏、唐；有的则是王朝属地，如周、召和豳。在地域上还有重叠，如周南、召南与王，邶、鄘与卫，其地域大致相同。"十五国风"所涉及的地域广阔，以黄河中下游为中心，西起今陕甘（秦风），东到大海（齐风），北至今河北（邶风），南达江汉（周南、召南），两千多年前的古老文学，涵盖空间如此辽阔，在世界古典文学范围内罕有其比。

关于"风"的含义，古来说法众多，不下十几种。其影响较大的，有如下说法。首先是《毛诗序》的两个说法：一是风为"风教"，如《关雎》所代表的"后妃之德"可以正人伦；二是风为"讽"，民有劳苦疲病，怨谤之气，发乎歌唱，对当局可形成讽谏。第三种说法见于《左传》："乐操土风，不忘旧"（成公九年），"天子省风以作乐"（昭公二十一年）。据此，风为土风、民谣。由此，又引发出风为"里巷歌谣"之说（朱熹《诗集传》），风为地方乐调说（郑樵《通志》，今人顾颉刚亦主之，从之者甚多）。还有一种说法，是据《左传》"风马牛不相及"之语，谓风为雌雄相诱者，故风诗多男女婚恋（陆侃如、冯沅君《史诗》）；与此相类，还有以为风有性及生殖指向之说（周策纵《古巫医与六诗考》）。风与乐调相关，是可以肯定的，而乐调又有地方性，即所谓"土风"，今人甚至有谓土风即地方戏或地方民歌。风诗的确多表现一般社会民情，然而如上所说，如此广阔地域的风土人情的歌唱，能够得到汇集，且春秋时即在社会上层流传，一定有某种机制、某种力量作为保证。如此，"王官采诗"之说，应有其事（参本书序言）。

　　不过，由采集而成的篇章只是风诗中的一部分。还有一些篇章应该是诸侯国的乐歌，如《卫风·淇奥》就是歌唱卫国诸侯的，又如《郑风·缁衣》，就与郑武公、庄公两代君主有关；另外，像《豳风》中的作品，可能就是王朝的制作。然而，不管是采集而成的篇章，还是诸侯甚至王朝的制作，《国风》百余篇在语言及体式上都表现出高度的一致，也是很突出的。《国风》共一百六十篇。

周南

西周建国后，实行东西两都制，西都为宗周镐京，东都为成周雒邑。据载周公旦曾居成周，管理东南诸侯；召公奭则主宗周，负责镐京及南至江汉一带的方国事务。《周南》《召南》的"周""召"，据传统说法，即由此而来。又据《仪礼·燕礼》，饮酒典礼有一个环节是所谓"歌乡乐"，所歌诗篇即《周南》《召南》中的《关雎》《鹊巢》等六首。二《南》之篇既称"乡乐"，由此可推断两者都是王畿境内（周家之"乡"）的诗篇。那么，东都、西都境内之诗何以称"南"呢？照汉代人的理解是因为周人王化"自北而南"，南即南土；照后来学者的理解，"南"是指南方乐调。两种说法，实有其内在关联。考古显示，商王朝势力即已远达今湖北、湖南、江西乃至广东南部一带（湖北有盘龙城遗址为证，湖南也有四羊方尊、人面鼎等商代器物出土，至于广东一带，深圳市南山区曾于2001年发掘出土过殷商时期的陶器、玉器、青铜器，见香港《商报》主办《知识与命运》2001年10—11期合刊之《深圳南山惊现商时期墓葬遗址》一文）。至于周人，从古公亶父率众自豳迁岐开始，其发展的大方向是"自北而南"的；灭商之前广泛联络南方诸部族人群，从而形成对殷商包围之势，至武王伐纣更有庸、蜀、羌、髳等西南八族助战，且有歌舞传于后世。这也是"自北而南"主动经营的结果。周人向南进取的态势，并未因取得政权而结束，传世文献和出土铭文都显示，西周从早期开始就持续对淮水、江汉一带南方族群予以征讨，昭、穆、恭、厉、宣诸王时期尤为激烈，宣王时期铭文更称当地人民为缴纳财富的"帛晦臣"。在西南方向，有学者研究认为西周中期器铭《班簋》"秉繁蜀巢命"之"蜀"与周家甲骨文"克蜀"之"蜀"同，即古蜀国（在今四川）；铭文之"繁"，即《汉书·地理志》蜀郡之"繁"，也在今四川之地（李学勤《论繁蜀巢与西周早期的南方经营》）。东西两都即镐京与成周之地，金文显示都是经营、征伐南方的军政大本营，也都有通向南方的道路。

周人持续的"自北而南"既是军政经略,也是文化的学习过程。考古显示,在周人建立王朝之前的百年左右(习称先周时期),其文明水准实在有限。然而,百年间周人迅速崛起并最终夺取天下,是与其善学习有密切关系的。据说周文王"修商人典"(《逸周书》),是向殷商学;在向南方扩张势力时,也向南方学,其中就包括乐调。《小雅·鼓钟》篇"以雅以南,以籥不僭"句,"雅""南"对举,"南"为南方乐调无疑。

《周南》(也包括《召南》)中,颇有几首与王朝南征有关的篇章。当然,作为周家"乡乐"的《周南》(也包括《召南》),还有另外一项很重要的内容,就是有关婚姻、妇德方面的歌唱。《孔丛子·记义》载孔子曰:"吾于《周南》《召南》,见周道之所以盛也!"即指这些表现妇德礼法的诗篇而言。《周南》为西周作品,有些还可能是西周较早时期的篇章。

《周南》十一篇。

关　雎

关关雎鸠,在河之洲①。窈窕淑女,君子好逑②。

〇诗之首章。以河中沙洲鸟鸣起兴,祝福婚姻美满。鸟鸣、沙洲、波光粼粼,乃至微风拂面,融为一境;古诗艺术的灵魂,初露于此。方玉润《诗经原始》:"此诗佳处,全在首四句,多少和平中正之音,细咏自见。"

注释　①**关关**:鸟雌雄和鸣声。犹言"呱呱",状声词。从叫声可知此鸟为扁嘴,旧说是鱼鹰,不确。**雎鸠**:又名王雎,候鸟,从其叫声及雌雄相伴等习性看,为绿头雁或与之相近的随季节迁徙的水鸟,喜食鱼。②**窈窕**:联绵词。女子内有气质,外有仪容,称窈窕,庄重高雅的意思。**淑**

女：贤德女子。**君子**：指贵族男子。《诗》中多君子一词，有时指周王，有时指卿大夫，风诗中也用于女子称自己的丈夫，总之为身份之称。**逑**：配偶。字亦作"仇"。

参差荇菜，左右流之①。窈窕淑女，寤寐求之②。

○诗之二章。前一章言"求"，此章则"寤寐求"，意思深一层。许谦《诗集传名物钞》："以荇起兴，取其柔洁。"

注释　①参差（cēn cī）：长短不齐貌。荇（xìng）菜：《毛传》称接余，今名杏菜，又名水荷、金莲儿。生水中，叶圆形，浮在水面，夏日开黄花，花朵数瓣组成伞形。茎白可食，古代作肉羹，用荇菜白茎作蔬菜加入其中，称羹芼。思淑女而以采荇菜为兴，或暗含主妇主持庖厨的意思，是文化积习下的自由联想。**流**：求取，捞取。牟庭《诗切》："流即摎之假音，故训为求。……今俗语取于水中谓之捞，诗人之遗言也。"意思是，"流"为"摎"的假借，而"摎"即"捞"。②**寤寐**：或寤或寐，即无时无刻的意思。寤，醒着。寐，睡着。一说，梦寐，据马瑞辰《毛诗传笺通释》（以下简称《通释》）。

求之不得，寤寐思服①。悠哉悠哉，辗转反侧②。

○诗之三章。求之不得，故辗转反侧，求女之意更深。好婚姻难得，所以苦思。

注释　①思服：思，语助词，如《楚辞》"兮"字。服，想念，放在心上。一说，思、服皆思念之义。②**悠哉**：悠，思念深长。可指夜漫长，也可指思绪悠长。**辗转**：翻来覆去。双声叠韵词。**反侧**：与"辗转"同义。

参差荇菜，左右采之。窈窕淑女，琴瑟友之①。

○诗之四章。以琴瑟喻君子、淑女的般配，预言婚后和谐。后世以"琴瑟"比夫妻，发源于此。文义至此，回归典礼主题。

　　注释　①**琴瑟**：两种木质弦乐器。琴，传说为神农或伏羲发明，今见最早古琴器物遗留多为战国时期，如曾侯乙墓出土的十弦琴，琴身用整木雕成，包括音箱和尾板两部分。又，荆门郭店还出土过七弦琴。瑟，出现的时间与琴一样古老。今所能见战国遗物比琴多，其器身多刻文和彩绘，此乐器所以名"瑟"或因此。据出土实物，瑟一般为二十三或二十五弦。**友**：亲近，加深情感。金文字形为手挽手，本义指亲兄弟，后推而广之为志同道合者。以兄弟关系喻夫妻关系和谐，《诗》中屡见。

参差荇菜，左右芼之①。**窈窕淑女，钟鼓乐之**②。

○诗之五章。以钟鼓和鸣再申和谐之义。诗因琴瑟、钟鼓而显见为"礼乐"之歌。近人姚茨《二南解症》谓此诗有七胜：格局、运笔、文法、字法、造词、用韵、音节。又云："此诗擅上七胜，情文并茂，所以独有千古。"

　　注释　①**芼**（mào）：择取。一说，摸，据《诗切》。②**钟**：青铜敲击乐器。我国古代青铜钟始见于商代，有发现于江西新干县大洋洲商代墓葬的"兽面牛首纹钟"，为纽钟（也有人认为此器为"镈"，而非钟），至西周又有长足发展，陕西长安普度村曾出土三件套的编钟，形制为甬钟，为至今发现最早的西周编钟。**鼓**：木质敲击乐。鼓的发现比钟还早，在山东大汶口文化晚期墓葬曾发现鳄鱼皮蒙制的陶鼓，稍后还有山西陶寺遗址发现的土鼓和用鳄鱼皮蒙制的木鼓。商周时期鼓之形制更趋多样。**乐之**：使之愉悦。

解说

《关雎》，西周贵族婚姻典礼上的乐歌。

此诗主题，自古至今误会颇多。最早评价《关雎》者当为孔子。据《论语》《礼记》及《韩诗外传》等文献，孔子言《诗》，特重《关雎》。近出竹简《孔子诗论》又载孔子言曰："《关雎》以色喻于礼。其四章则愈矣，以琴瑟之悦，拟好色之愿；以钟鼓之乐，□□□□好，反纳于礼，不亦能配乎？"文字有脱落，意思大致还清楚：《关雎》之被孔子重视，在其"以色喻于礼"。意思是在"色"和"礼"之间，诗篇更重视"礼"。"琴瑟之悦"即以琴瑟和谐喻男女和睦，正是"拟好色之愿"的意思；"好色"而"喻礼"（即知礼、重礼），男女才能成就好的婚姻。如此，"不亦能配乎"之"配"即婚配。这个"配"字，就暗含着"婚礼"之意。孔子之前，贵族引《诗》多断章取义，至孔子，《诗经》既是"使于四方"所必备的"言语"修养，也是培育德性的读本，其中孔子"诗可以兴"之说，又明显承认其启迪兴发生命的价值。此后《诗》正式成为儒家经典之一。到西汉，随着儒术的被尊崇，儒家经典《诗经》等被当作圣贤大法来读，《诗》便像法典一般神圣。表现在《关雎》的解释，是西汉今文经学家解之为"刺康王"，言周康王早晨"晏（晚）起"，身边官员即讽诵（也有说诗篇因此而制作）《关雎》之篇以讽喻之。这样的解释，正显示了西汉经学以经典干预政治、纠正天子行为的治学特征。至东汉则是古文经学盛行，经学家解《关雎》说法亦随之大变，以为诗篇所歌唱为"后妃之德"，是赞美周家先王（即文王）夫妻生活的严肃和谐，堪称世人家庭生活的榜样，诗篇又成为"风化"之源。这一说法影响很大。其实，汉人上述两个说法，都从篇章内部找不到任何证据。只顾宣明"大义"而忽视文献内容，正是经学家说《诗》的特点。

近代以来的学者在抛弃旧说的同时，又提出新的误解：这是一首爱情诗，是"君子"追求"淑女"的诗篇。这样的新说，既不顾篇章文义，也不能知人论世。诗何以不能解作"爱情诗"？首先，为诗篇用乐情形所不许。王国维《释乐次》："金奏（即敲击钟、磬、鼓等——引者）之乐，天子诸侯用钟鼓，大夫士，鼓而已。"诗言"钟鼓乐之"，有可能是周天子婚礼用乐，而诗篇"君子""淑女"云云，也不是一般国、野之人。其次，篇中的钟鼓与琴瑟，正与《仪礼》等记载典礼文献所载奏乐情况吻合：堂上歌唱用琴瑟，堂下奏乐则有钟鼓，诗既表钟鼓，又言琴瑟，正合乎贵族之家典礼用乐的情形。其三，为诗篇称谓所不许。诗既言"淑女"是"君子"的"好逑"，"君子"与"淑女"都是第三人称形态，"淑女是君子的好配偶"，这不是爱情表达该有的语气。由此可以确信，诗的口吻既非"君子"，亦非"淑女"，而是发乎第三方，即婚礼上的歌唱者。"好逑"之"好"，是旁人对眼前婚姻缔结的评价和赞美，只有理解为婚礼中对新人祝福，才是最恰切的。

就诗内情感而言，与其说表达的是"爱情"，不如说是"恩情"。爱情属于生命意义，恩情则属伦理范畴。诗中"寤寐思服""辗转反侧"云云也确实是"爱"的表现，却不是失恋的表现。与其说它们是某位"君子"对某位"淑女"爱的表达，不如说流露的是诗人对生活的理解：婚姻关乎一生幸福及家族兴旺，然而，好婚姻实在难得。正因如此，诗篇所以表现一段"寤寐思服"的深情，实际是为"乐得淑女配君子"的祝福作必要的铺垫，也加深了诗意的厚度。

在此，有一点必须说明，即《礼记》的《郊特牲》《曾子问》等文献中，有"婚礼不用乐"，"取妇之家，三日不举乐"的说法。这对《关雎》解释而言干扰太大了，其实，《关雎》为婚礼歌唱，在清代姚际恒《诗经通论》、程晋芳《勉行斋文集·读关雎》以及方玉润《诗经原始》等著作中，就已经提出诗篇为婚礼歌唱的说法。这样的说法在当代所以得不到正视，反而"爱情说"流行，其中很重要的一个原因，就是对《礼记》上述说法不敢越雷池一步。孟子说："尽信书则不如无书。"《关雎》之外，《周南·桃夭》《召南·鹊巢》都是与婚礼相关的乐歌；而《关雎》为西周诗篇又殆无疑问。然而《礼记》成书至早不过战国时期,其书距西周已有数百年。《礼记》又成于东方齐鲁儒之手。如此,《礼记》的地域,与西周《关雎》周南之地,相去不啻千百里。时间相距数百年,地域相去千百里,在《诗》与《礼》之间,当然《诗》更可信。

　　就《关雎》而言,准确地理解主题,不仅对深入理解诗的内容有帮助,而且还是准确理解其社会功能、文化价值的前提。《关雎》是《诗经》的开卷之诗。据记载,早在诗篇作为乐歌演唱于饮酒礼时,就已经如此。乡饮酒礼和燕礼都有"歌乡乐"的环节,所歌即以《关雎》为首。后来歌唱的篇章成为篇籍,编者也遵循了这一次第,而《关雎》之所以重要,是因其与如下的文化观念相符:《易传》说:"天地纲缊,万物化醇;男女构精,万物化生。"男女结合竟如天地交泰,有"生万物"的重大。《礼记》也说:婚姻可以"合二姓之好"(《昏义》),婚姻可以"附远厚别"(《郊特牲》),这样的说法强调了这样一点:婚姻中有政治。周王朝是以人数相对弱小的姬姓一族,统御众多异姓人群,王朝要走联合进而融合众族的路线,以婚姻为手段达到与异姓人群的联盟,就是不能不采取的方式。这样的现实,最终映现在哲学的层面,就是有天地然后有万物,有夫妻然后有父子人伦这样一个文化逻辑的表述。这正是古人歌唱以《关雎》为首,编《诗》时将其列为《周南》第一的主要原因。《诗经》诞生于中华文明缔造的关键时期,她不仅记载了当时的生活,也深蕴着影响深远的精神线索,准确理解《诗》篇的真实意蕴,有助于理解民族文化的个性。

　　此诗在分章上有分歧,有人作三章,也有人作两章。《孔子诗论》明确地说到"其四章",所以郑玄分作五章、章四句是可从的。

葛覃

葛之覃兮，施于中谷，维叶萋萋①。**黄鸟于飞，集于灌木，其鸣喈喈**②。

○诗之首章。先以葛覃起兴，继表黄雀叫声。萋萋之叶的暮春光景与黄鸟有一声、无一声的鸣叫，激起的是诗中人对未来新生活的憧憬，点染成的是一片惆怅的光景。一章全表物象，是写景阔绰的笔致，颇为特殊。牛运震《诗志》："飞、集、鸣三项略一点逗，物色节候，宛然如画。"

注释　①**葛**：蔓生植物，今名葛藤，藤条纤维可以纺织成制作衣服、鞋子的布料，根块可以提炼葛粉，嫩叶可食。**覃**（tán）：蔓延。**施**（yì）：蔓延。一说，柔曲婀娜之貌，据陈澧《东塾读诗记》。**中谷**：谷中，山谷之中。**维**：语助词，常用于句首，无实义，《诗经》常见。②**黄鸟**：即黄雀，栖于山地平原，冬天在山隅或林间避寒，以裸子植物种子为食，也食昆虫。民间至今仍有以黄雀占卜的习俗。或以为即黄鹂，不确。**于飞**：于，介词，《诗经》中往往加在动词之前，"于飞"即如此，意思就是飞。**集**：落。《周颂·小毖》"予又集于蓼"句可证。**喈喈**（jiē jiē）：状声词。形容鸟叫声，犹言"加加"。

葛之覃兮，施于中谷，维叶莫莫①。**是刈是濩，为絺为绤，服之无斁**②。

○诗之二章。葛叶莫莫时，可以取葛为布。写女工，也是在表示未来的妇德。牛运震《诗志》："正写治葛，只'是刈'二句。"又曰："末句朴厚恬雅，一语中多少意思。"三句为一意群，句法别致。

注释　①**莫莫**：茂密的样子。②**刈**（yì）：割。**濩**（huò）：煮。**絺**（chī）：细葛布。**绤**（xì）：粗葛布。**斁**（yì）：厌烦。字亦作"射"。

言告师氏，言告言归①。**薄污我私，薄澣我衣**②。**害澣害否，归宁父母**③。

〇诗之三章。以归宁父母作结，表明婚后妇德无亏，父母放心。澣衣云云，是隐含之语。前两章，三句为节，此章变为两句，节奏加快。张次仲《待轩诗记》："即物赋景，即景赋事，即事赋情而作此诗。"

注释　①言：我。《郑笺》："重言'我'者，尊重师教也。"**师氏**：教导妇道的保姆。《毛传》："古者女师教以妇德、妇言、妇容、妇功。祖庙未毁，教于公宫三月。祖庙既毁，教于宗室。"据《礼记·昏义》，周代贵族女子出嫁之前，要接受婚前教育，选年纪五十以上结过婚、无子女的妇女充任，称师氏。所教为"德、言、容、功"四德，地点在祖庙或者宗室。**归**：女子出嫁称归。②**薄**：词头，常与动词放在一起。**污**：去污。一字而兼相反两义，称反训。字为"污"的异体。**私**：私衣，贴身内衣。**澣**（huàn）：洗涤。字亦作"浣"。**衣**：外衣。③**害**（hé）：何。害、何古读音相近。**归宁**：回家探望父母。按当时礼法，父母在世，出嫁女子可以按时回家探望。或许此处"归宁"尚属于婚礼的延伸部分，表示婚姻缔结的成功。

解说

《葛覃》，表贵族女子出嫁前接受妇德教育的篇章。

孔子曰："吾以《葛覃》得氏（祗）初之志，民性固然，见其类必欲返其本。夫葛之见歌也，则以其叶萋之故也。"（《孔子诗论》第16和第24简）"氏初"之"氏"释为"祗"，是廖名春先生的解释，"祗初"即敬初重本的意思。孔子当年读此诗时曾为它的"祗初"之意所感动。那么，什么地方可以看出是敬初重本的意思呢？葛所以被歌唱，是因其长有萋萋的叶子；叶子即葛之"美"，葛藤即叶之"本"，而"返其本"也就是诗篇由写葛的"维叶萋萋"到写"是刈是濩，为絺为绤"；葛的根本之可贵，正是因为它能作为衣服的制料。照此比兴之义去理解诗，意思就是，嫁出去的女儿在婆家表现得好，妇德闪耀，人们也就自然由此"返其本"地归功于她的家庭和她在家时受到的教养了。据记载，周代成年未婚女子的教育，有妇德、妇言、妇容、妇功等几项内容，妇功是其中最基本的一项。《国语·鲁语》载季氏妇人敬姜的话说："民劳则思，思则善心生。"懂得"妇功"之劳，妇德就有了，妇言、妇容的教育，也就都有了基础。周代是一个农耕社会，男耕女织是人群的生业，甚至连贵族也保持着这种耕稼本色。又，周代贵族的婚姻关系，肩负着厚别附远、联合异姓的政治任务（参《关雎》解说）。这正是《葛覃》这首有关妇道教育的诗篇所以产生的背景。

但这毕竟是一首诗，作为诗，其特点在于表现上的虚虚实实，含蓄蕴藉。欲表纺绩妇功，却先从葛的长势写起。貌似铺垫，实际是象征。葛藤蔓延，以至于谷中，喻示的是女子长大，即将出嫁。这是一层虚实。藤叶萋萋、黄雀乱飞的情景，在表现春天光景的同时，也传神地表达了待嫁之人的春日之情。写景是在表心，又是一层虚实。葛藤的蔓延，是景象，也表示葛藤可以割去、取麻纺布制衣了。说出的和暗含的，还是一层虚实。"言告师氏，言告言归"中的"言"字，颇值得玩味。紧接着"害澣害否"，字面的意思是什么衣服该洗、什么衣服不该洗，含藏的意思则是婚后做事分寸的把握与拿捏。这也是一层虚实。许多师氏对"准新娘"的告诫之言，是不能明说的。用"澣衣"来表达，正是诗艺的善巧。又有记载说周代婚姻要有三个月的考验期。所以，诗篇最后结束于"归宁"一句，是说在婆家处事得宜，妇德不亏，婚姻关系算正式确定，可以轻松地回家看望父母了。明乎此，诗篇最后两句中暗含的欢畅才可以感受得到。层层意思，都是含蓄地表达的。此外，还应注意诗篇的景象描述。《诗经》给人的一般印象是景物之语多为比兴之词，如"关关雎鸠""常棣之花"等等，只是起个头，连类而及，随说随放。《葛覃》则不同，诗篇是专门营造了一个暮春时节、女儿思嫁的光景。用后来"一切景语皆情语"形容它是不过分的。换言之，诗第一章是古典诗歌情景交融最早的片段之一。

卷 耳

采采卷耳，不盈顷筐①。嗟我怀人，寘彼周行②。

○诗之首章。怀念远方的丈夫，做事心不在焉。《荀子·解蔽》曰："顷筐易满也，卷耳易得也。然而不可以贰（分心）周行。"

注释　①**采采**：茂盛的样子。一说，采了又采。**卷耳**：又名苓耳、枲耳、胡枲，叶青白色，开白花，细茎蔓生，可煮食，滑而少味，据说又可为曲蘗（qū niè）。又有人以为即苍耳，又名"羊带来"，菊科，叶子嫩时可做猪饲料。**顷筐**：浅筐，一种簸箕形的筐，一边深，一边浅。顷，斜。②**嗟**：感叹，伤叹。**怀人**：所怀念之人。**寘**：同"置"，弃置，言所怀之人长在路途，如同弃置在大路上。一说指筐，放在大路上。**周行**（háng）：大道。

陟彼崔嵬，我马虺隤①。我姑酌彼金罍，维以不永怀②。

○诗之二章。征夫思家。崔嵬、虺隤，劳顿已甚。思乡之绪，非酒难消。

注释　①**陟**：登。**崔嵬**（wéi）：山顶，山巅。**虺隤**（huī tuí）：极度疲劳貌。②**姑**：姑且。**金罍**（léi）：青铜做的酒器，圆形，鼓腹，刻有花纹，考古发现多为西周早期器物，如发现于燕国遗址的克罍等。**维**：语助词。**以**：以使，以便。**永**：深长，深陷。

陟彼高冈，我马玄黄①。我姑酌彼兕觥，维以不永伤②。

○诗之三章。是二章之意的重述。

注释　①**玄黄**：意思是马由玄变黄。马因极度劳累而变色，用语夸张。玄，深青色。②**兕觥**（sì gōng）：牛角状弯曲的酒器。上世纪在安阳曾出土一件觥，弯曲如牛角，粗大一头为口，有盖。另《西清续鉴甲编》也有一件，形制与安阳出土者相近。兕，犀牛。此器当初或用犀牛角做成，或取其弯曲为名。觥，据《说文》，字本作"觵"。**伤**：伤怀。

陟彼砠矣，我马瘏矣①；我仆痡矣，云何吁矣②！

○诗之四章。马瘏、仆痡，劳顿已极，然思乡之情未有穷极。牛运震《诗志》："四'矣'字急调促节。"

注释　①砠（jū）：有岩石的山顶。瘏（tú）：马因疾病不能前行。②痡（pū）：人因疾病不能前行。**何**：多么。**吁**：忧叹。吁，一作"盱"，张目远望。似更传神。

解说

《卷耳》，男女互表思念的歌唱。

《孔子诗论》第29简有"《卷耳》不知人"一句，与传统解释迥异。传统解释此诗，最早见《左传·襄公十五年》所说："君子谓楚于是乎能官人……《诗》云：'嗟我怀人，寘彼周行。'能官人也。"这段"君子谓"对汉代经生说《诗》影响很大。《淮南子·俶真训》高诱注引用鲁诗家说法谓："思古君子官贤人，置之列位也。"《毛诗序》则说："后妃之志也。又当辅佐君子求贤审官，知臣下之勤劳，内有进贤之志，而无险诐私谒之心，朝夕思念，至于忧勤也。"除去"后妃之志"一层意思外，鲁、毛两家对此诗"官人"的理解一样，且两家之说都应源于《左传》的"君子谓"。到宋代如刘敞《七经小传》、欧阳修《诗本义》等对汉儒说法开始怀疑。但在诗篇具体解释上仍扞格不畅。诗篇首章"嗟我"之"我"，与其余三章"我马""我姑"之"我"，不是一个人。第一章中的"我"，从其"采卷耳"的行为看，应属女性。其余三章又是骑马，又是饮酒，很明显为男人之事。这一点宋以来的学者是注意到了的，但不是解为篇中女子（即"嗟我"之"我"）想象自己丈夫在外的情形，就是解作诗人的"设想"。后一种解释，在今人钱锺书先生《管锥编》中更有新的发挥，以为此诗写法如"章回小说谓之'话分两头'"，即诗篇的两"我"，都是诗人"代言"。如此理解不能说不巧。然而，因《孔子诗论》"《卷耳》不知人"新材料的出现，钱先生之说还有商量的余地。

简文称"《卷耳》不知人"，《桧风·隰有苌楚》有"乐子之无知"一句，"知"，据王先谦《诗三家义集疏》（以下简称《集疏》），鲁诗家的解释是："知，匹也。""知"训为"匹"又见于《尔雅·释诂》。不过将"知"解作"匹"是引申义，马瑞辰《通释》说："《墨子·经上》篇曰：'知，接也。'《庄子·庚桑楚》篇亦曰：'知者，接也。'《荀子·正名》篇曰：'知有所合谓之智。'凡相接、相合皆训匹。"所以"知"训"匹"，是从相知、相接上来的。"《卷耳》不知人"的"不知"也就是不相知、不相接的意思。巧的是，"不知人"的语法，在《论语》中也有："以不教民战，是谓弃之。"（《子路》）"不教民"与"不知人"在语法上是一致的，这增加了竹简文的可信度。所谓《卷耳》不知人"，即《卷耳》表现的是"不相知、不相接之人"的抒情。那么，"不相知、不相接"的抒情，又是怎么回事？这要从诗篇唱法说起。诗篇第一章与其余三章的"我"，是一男一女的对唱关系，然所谓"对唱"只是表演形式，即两人虽在"对唱"，却互不相交，即相互之间没有形成真正的沟通、交流。所谓"不相知"是说，诗篇的男女歌唱，是夫妻双方特殊的"同台演出"，犹如后世戏剧舞台上的"背躬戏"，即两个或两个以上演员，虽同台歌唱，却始终是各自表达各自想法，互不交接（管世铭《韫山堂文集·卷耳说》即对此诗有"和歌互答"之说，只是语焉不详）。这与所谓"话分两头"不是一回事。所谓"不知人"，其实说的是诗篇的演唱方式。就是说，孔子不是以"读诗者"的角度说此诗，而是以"听歌者"的感受言《卷耳》。后人对此茫然不识，也有原因。《诗经》原本是演唱的，后来却变成了阅读文本，于是两个"我"的"不相接""不相交"的歌唱，也随而从唱词变成读本了。

于是，一个新问题随之而来：西周时有"女乐"亦即女歌手吗？此诗一般认为是西周作品，西周有无女乐，文献是缄默的。不过，商代是有的，文献记载商纣王"妇女倡优"（《墨子》，见刘向《说苑·反质》引），1950年安阳武官村大墓中发现殉葬女性，骨架旁伴有小铜戈和虎纹磬，学者认为她们是墓主人的"女乐"。春秋时，关于"女乐"的记载颇多，如春秋郑国赠晋侯"师悝、师触、师蠲……歌钟二肆，及其镈磬，女乐二八"（《左传·襄公十一年》）等。如此，推测西周贵族有"女乐"，应是合理的。既如此，《诗经》中有"男女对唱"的"女声"也是可以理解的。孔子既然说"《卷耳》不知人"，那他就应是见过《卷耳》演唱的。如果孔子说《诗》时面对或头脑中浮现的是写在简策上的诗句，"不知人"的话是无从说起的。这就是"不知人"是亲见过演唱才有的"亲切语"。《卷耳》的"对唱"，也是一种典礼，是不见于礼书记载的。

樛 木

南有樛木，葛藟累之①。乐只君子，福履绥之②。

○诗之首章。以葛藟为喻，赞美君子有福禄。王质《诗总闻》："木曲，易引蔓；人卑，易引福。"

注释　①**南**：南方。甲骨文有南邦、南土之语，金文也有南国、南诸侯之称。《左传·昭公九年》亦言巴濮楚邓为南土。西周时期的"南"，主要包括今南阳盆地、淮河中上游以及江汉地区（参《周南》解说）。这里物产丰饶，特别是青铜矿料，为商周两个中原王朝所争夺的物资。**樛（jiū）木**：树木枝干弯曲下垂。**葛藟（lěi）**：又名蘽、千岁蘽、巨瓜、巨荒等，山地自生蔓性植物，六七月开黄绿色小花，结红黑色小浆果。②**乐只**：快乐的。《诗经》中惯用语。只，语气词。乐只，犹言乐哉。据严粲《诗缉》说。**福履**：即福禄。履、禄音近义通。**绥**：安，动词。

南有樛木，葛藟荒之①。**乐只君子，福履将之**②。

○诗之二章。

注释　①**荒**：掩盖。②**将**：进，增益。一说，持。

南有樛木，葛藟萦之①。**乐只君子，福履成之**②。

○诗之三章。

注释　①**萦**：缠绕。②**成**：成就。

解说

《樛木》，祝愿贵族享有福禄的歌唱。

《孔子诗论》有"《樛木》之时"、"《樛木》之时，以其禄也"及"《樛木》福斯在君子"数语。从上下文看，所谓"《樛木》之时"，即"君子"有福禄的意思。古人认为得时即是善、好。《孔子诗论》的意思是说，《樛木》篇中的"君子"是"得时"的，因为他有众多的福禄在身。《毛诗序》："后妃逮下。言能逮下，而无嫉妒之心焉。"以为诗篇为赞美后妃的福禄。戴震《杲溪诗经补注》则谓："樛木，下美上之诗也。"他这样说是因为篇中的"君子"，一般指男性贵族。诗篇确实看不出一定指后妃的言辞。所以，与戴震同时的崔述，在其《读风偶识》中也说："玩其词意，颇与《南有嘉鱼》《南山有台》之诗相类，或为群臣颂祷其君亦未可知。"所说《南有嘉鱼》《南山有台》两诗，见于《小雅》，其以"南有……"开篇的句法和"乐只君子"的句式，与《樛木》如出一辙，当是同一时期作品。不过，《樛木》前后诸诗,都与妇人、婚姻、家庭相关,以樛木与葛藟比喻妇人与夫家的依傍关系,也可通。

与其他几首诗篇一样,此诗流露的南方意识,值得注意,樛木葛藟的物象,在周人应该是新鲜光景,应该与周人经营南方的新发现有关。如此,诗篇就有可能产生于西周中期。

螽 斯

螽斯羽,诜诜兮①。宜尔子孙,振振兮②。

○诗之首章。螽斯为喻,祝愿子孙众多。下两章义同。

注释　①**螽**(zhōng)**斯**:蝗虫的一种。又名蚣蝑、斯螽、中华负蝗等,直翅目蝗科,繁殖力很强。**诜诜**(shēn shēn):众多貌。一说,象声词,形容螽斯羽翅振动的声音。②**宜**:适宜,有益。动词。**振振**:盛壮貌。

螽斯羽,薨薨兮①。宜尔子孙,绳绳兮②。

○诗之二章。

注释　①**薨薨**:螽斯群飞所发出的声音。②**绳绳**(mǐn mǐn):绵绵不绝。一说,戒慎。

螽斯羽,揖揖兮①。宜尔子孙,蛰蛰兮②。

○诗之三章。

注释　①**揖揖**:会聚貌。②**蛰蛰**(zhí zhí):众多貌。

解说

《螽斯》，祝愿贵族子孙众多的乐歌。

《孔子诗论》第27简有"仲氏君子"一语，"仲氏"二字有学者认为即"螽斯"。笔者怀疑"螽斯君子"即"螽斯群子"，"君"即"群"字省，与《毛诗序》说此篇"后妃子孙众多也"意思一样。朱熹《诗序辨说》谓："螽斯聚处和一，而卵育蕃多，故以为……子孙众多之比。"说明了诗以螽斯为喻的理由。可知此诗系祝福贵人之家子孙众多的歌唱。《毛诗序》言"子孙众多"本不错，又说"后妃不妒忌，则子孙众多"，则是他出于教化目的的引申了，诗篇本身并无此意。《周南》据说为周代"房中乐"，是施于贵族家庭之中的礼乐活动，这可能是汉儒将诗与"后妃"相连的原因。

桃 夭

桃之夭夭，灼灼其华①。之子于归，宜其室家②。

○诗之首章。桃花起兴，既表嫁娶时，又表"之子"的韶华。钱锺书《管锥编》："'夭夭'总言一树桃花之风调，'灼灼'专咏枝上繁花之光色。"

注释　①**夭夭**：盛壮貌。**灼灼**：闪耀的样子。**华**：花。《诗经》中"花"字皆写作"华"。②**之子**：指出嫁的女子。之，此，这。子，《诗经》中常见的指示代词，意为"这个人"，不分男女。**于**：虚词，《诗经》中常见，其义相当于"曰""聿"。**归**：女子出嫁为归。先秦特定用法。**室家**：家庭，家族。所有"男有室，女有家"，"室家"及下文"家室"意思一样。

桃之夭夭，有蕡其实①。之子于归，宜其家室②。

○诗之二章。花繁果就多，预祝新娘子生儿育女，为家族带来兴旺。

注释　①蕡(fén)：大，硕大。又，据于省吾《泽螺居诗经新证》（以下简称《新证》），蕡为斑的假借，即果实将熟，红白相间貌。亦通。②家室：家庭，家族。

桃之夭夭，其叶蓁蓁①。之子于归，宜其家人②。

○诗之三章。桃先开花，后长叶。预祝新娘婚后的顺遂，给家族带来福荫。

注释　①蓁蓁(zhēn zhēn)：叶茂盛细密貌。②家人：与"家室"义同。变换字眼以协韵。

解说

《桃夭》，女子出嫁时，预祝其婚姻家庭生活美满的诗。

灿灿桃花，以喻新娘的适龄风华；斑斑其实、蓁蓁其叶，则预祝新人在未来的日子里为家庭带来吉祥，福禄成荫，子女满堂。诗人这种花盛子多的赞美和祝福，反映的不仅是当时的观念，亦是一个民族多少年都能打动人心的婚姻理想。惟其如此，在诗人的眼里和笔下，"之子于归"的事件，才幻化为一幅美丽的人生景观。诗用夭夭之桃来兴寄对婚嫁之事的礼赞，这不管是诗人的独创，还是该时代一种普通说法，都显示出人们对自然和生活的细腻体味。桃花的灼灼，占一春之先，而且桃未有叶而先开花；花之盛既可见果之丰，又可见叶之蓁。没有什么比用桃花引喻新娘更富韵味的了，因为它喻示的含义是多重的。前人多从"人面桃花"的比喻来理解此处"灼灼其华"的妙处，实则是远不能穷尽诗的意象和蕴含的。枯黄的冬季结束之际，桃花盛开，诗实际是在以此来赞美新娘的钟灵之气、毓秀之质。桃花取兴，实际上在赞美"之子"的勃勃生命力，这远不是"人面桃花"的比喻所能表现的。诗是热烈而火爆的，灿灿的鲜花和红巾翠袖的新人相映照，是多么吉庆的光景！

兔罝

肃肃兔罝，椓之丁丁①。赳赳武夫，公侯干城②。

○诗之首章。言武夫为公侯干城。肃肃、丁丁，气象峥嵘。

注释 ①**肃肃**：网绳整饬细密的样子。肃肃即缩缩，肃为缩的假借。**兔罝**（jū）：捕获猎物的网。《尚书·费誓》载大敌当前，鲁公伯禽命鲁众："杜乃攫，敜（填塞）乃穽（陷阱），无敢伤牿（牲口）。"杜，即关闭、撤除。攫，即捕兽器具。可知鲁国郊野多有捕猎的机关陷阱。兔罝即此类，故诗人取以为兴。兔，老虎。据闻一多《诗经新义》，兔当为"於菟"之"菟"，《左传·宣公四年》："楚人……谓虎於菟。"一说，野兔。罝，网。**椓**（zhuó）：击打，指击打固定兔罝的木桩。**丁丁**（zhēng zhēng）：击打木桩声。②**赳赳**：威武雄壮貌。**武夫**：武士。**干城**：干，通"扞（hàn）"，捍卫。一说，干（gān），盾牌。

肃肃兔罝，施于中逵①。赳赳武夫，公侯好仇②。

○诗之二章。点明兔罝所施之处。

注释 ①**中逵**：陆地，原野。中逵即逵中。《毛诗》说"逵"为"九达之道"，即四通八达的道路。于省吾《新证》解"逵"为"陆"之假借，言捕兽之网不应设在大路上。其说是也。②**好仇**（qiú）：好帮手，好伙伴。仇，匹配。

肃肃兔罝，施于中林①。赳赳武夫，公侯腹心。

○诗之三章。姚际恒《诗经通论》："干城，好仇，腹心，知一节深一节。"

注释 ①**中林**：即林中，《尔雅·释地》："野外谓之林。"

解说

《兔罝》，来自诸侯的武士为王朝效力，诗篇即赞美这些武士的乐歌。

《毛诗序》说："《兔罝》，后妃之化也。《关雎》之化行，则莫不好德，贤人众多也。"说《兔罝》却扯上《关雎》。《关雎》照毛诗家的解说，唱的是周家"后妃之德"，"后妃之德"感化天下，就是贤人众多。所以《毛诗序》的要点在"贤人众多"。这样的说法，在北宋欧阳修《诗本义》中就已经表示了反对。因为从诗篇只看到武夫的雄壮，而"众多"之义全无着落。近代以来解读此篇也有新说，如以为"猎人之歌"，又以为"讽刺猎士"等。诗篇以"肃肃兔罝，椓之丁丁"起兴，极赞"赳赳武夫"为"公侯干城"，很明显是赞美公侯武士的篇章。然而，问题在"公侯干城"，表明诗篇赞美的是诸侯邦国的"武夫"，而非"王"的"干城"，这是为什么？西周昭王以下诸多青铜器铭文可解此惑。

早在周昭王南征时，就有诸侯军参战。见诸金文，即有《过伯簋》所载："过伯从王伐反荆，孚（俘）金……"过伯即诸侯国君。稍后，穆王时《班簋》铭文，也明确记载周王令吴伯、吕伯羽翼王师出征。过伯、吴伯以及吕伯之"师"，就是他们的"好仇"和"腹心"。西周晚期器铭《禹鼎》《多友鼎》对诸侯武士参与王朝战事的记载更为详细。《禹鼎》显示，王朝因直属军队"西六师""殷八师"作战怯懦，不得不征调武公的武装投入战斗。《多友鼎》则记载的是王朝征玁狁，器主多友以武公之臣的身份率军参战。值得注意的是，《多友鼎》载战后赏赐功臣，次序是周王赏武公，武公再赏多友。两件器物的主人都是武公手下，他们都是公侯的"干城"和"腹心"。以上几篇铭文，足证西周王朝征战，王室直属军队外，还要调集诸侯武装。后期铭文更显示，诸侯军作战能力往往优于王师。《兔罝》称赞"公侯干城""腹心"，其所指，因得器铭佐证而易于厘清：这些公侯的干城、腹心，就是来自诸侯的武士。又，西周晚期《晋侯苏钟》记载，在前线，"王亲远省师，王至晋侯苏师，王降自车，立，南向，亲命晋侯苏……"交代了周王接见诸侯军队的细节。这时候，就有可能歌唱《兔罝》篇。不过，《晋侯苏钟》又载，战役结束周王返回后，在成周的整师宫与大室，先后两次隆重赏赐晋侯，两者相距十三天。十余天里，或许就在赏赐晋侯之外，也对一些参战的晋侯属下进行过典礼慰劳，在这样的时候歌唱"肃肃兔罝，公侯干城"的乐章，也是很有可能的。总而言之，上述西周重要青铜器铭文，可以使阅读《兔罝》这首豪气干云诗篇的思路发生新变，将其与王朝征战、诸侯出师的历史背景联系起来，从而真正摆脱"文王之化"的酸腐之说，摆脱现代人不着边际的猜想臆测，诚为快事！

诗篇内涵的弄清，又引出另一个问题：诗篇应是什么时候的呢？从上述金文资料看，越到后来，王室对诸侯军队的倚仗越严重。所以，合理推测此诗篇应该是西周中晚期的作品。作为一首礼赞诸侯武士的篇章，《兔罝》的格调是雄壮的，奔放的，肃肃、丁丁、赳赳等叠音词的使用，更给诗篇增添了雄壮的色彩。

芣 苢

采采芣苢，薄言采之①。**采采芣苢，薄言有之。**

○诗之首章。"有之"是笼统地写，下两章掇、捋、袺、襭，则为"有"字的具体表述。

◎ 注释 ◎ ①**采采**：采摘。一说，采采为形容词，表色泽鲜明貌。**芣苢**（fú yǐ）：多年生草本植物，一名马舄，又名车前、车前草、蛤蟆衣、牛遗等。喜生路边，叶子肥大，叶身呈卵形，有柄，嫩时可食。夏日叶间抽花茎，花细小，花后结黑色籽粒，即车前子。古人相信此籽粒可助女子怀孕，或治难产。一说，芣苢即薏苢。**薄言**：语助词。用于动词之前，亦称词头,《诗经》中常见。

采采芣苢,薄言掇之①。采采芣苢,薄言捋之②。

○诗之二章。

▣ **注释** ▣　①**掇**:拾取。②**捋**:撸取籽粒。

采采芣苢,薄言袺之①。采采芣苢,薄言襭之②。

○诗之三章。袁枚《随园诗话》卷三:"《三百篇》如'采采芣苢,薄言采之'之类,均非后人所当效法。……今人附会圣经,极力赞叹,章艧斋戏仿云:'点点蜡烛,薄言点之。点点蜡烛,薄言剪之。'……闻者绝倒。"

▣ **注释** ▣　①**袺**(jié):兜入衣襟为袺。②**襭**(xié):兜入衣襟并将衣襟系在腰间带子上。

解说

《芣苢》,祈子仪式的歌唱。

按照《毛诗序》的理解,此诗表达的是妇人乐于生育的愿望。《毛诗序》谓:"和平,则妇人乐有子矣。"古人之所以这样说,是从诗中的芣苢看出来的。芣苢即车前子,《毛诗正义》引《山海经》《逸周书·王会解》皆云"芣苢……食之宜子",《草木疏》亦有"其子治妇人生难"之说。据此今人闻一多在其《诗经通义》中考证,"芣苢"与"胚胎"古音相近,古人根据一种类似律的魔法观念,认为食芣苢即能受胎生子。这进一步证明了《毛诗序》说的有据。既然采芣苢表现出生育的愿望,现在要追问的是古人芣苢可助生育的观念,与诗篇创作之间的关系是怎样的。诗篇在重章叠调中,富于变化地使用了几个不同的动词,表现将车前子尽数捋采、置入襟怀中的过程。其中尤当注意的是"袺之""襭之"两个动作含有的象征意义。将芣苢的籽粒兜入腹前衽中，并且敛衽紧系于衣带，诗篇精细地描写这两个动作，极可能是在暗示妇女的受孕与坐胎。因为以某种象征性动作表达某种祈祷意义，是巫术仪式的惯伎。这样看来，诗篇所表现的，并不是实际的采摘芣苢的劳作场景，而是展现着某种祈求愿望的巫术仪式。表达"乐有子"的诗篇，实际是祈子仪式上的乐歌。

汉 广

南有乔木，不可休思①。汉有游女，不可求思②。汉之广矣，不可泳思③。江之永矣，不可方思④。

○诗之首章。以江汉的不可泅渡，喻游女的不可追求。刘克《诗说》："一诗之句凡二十有四，言'不可'者八焉。"

注释　①**乔木**：高大的树木。**思**：语气词，一作"息"。②**汉**：汉水。源出陕西省宁强县北，东南流经湖北省境，至汉阳入长江。**游女**：野游的女子，因不知其来历，故称。**求**：追求。③**广**：江面广阔。**泳**：裸衣泅渡。④**江**：长江。**永**：深长。**方**：小木筏，扎木而成。

翘翘错薪，言刈其楚①。之子于归，言秣其马②。汉之广矣，不可泳思。江之永矣，不可方思。

○诗之二章。翘薪刈楚，喻合礼法的婚姻。秣马，喻结婚应做的准备。

注释　①**翘翘**：高而挺拔貌。**错薪**：杂乱的柴草。翘薪刈楚往往与婚姻之事有关，《诗》中屡见。②**言**：发语词。**刈**：割取。**楚**：荆棘，此处指错薪中之高大者。**秣**：用饲料喂马。

翘翘错薪，言刈其蒌①。**之子于归，言秣其驹**②。**汉之广矣，不可泳思。江之永矣，不可方思。**

○诗之三章。"汉广""江永"句三章反复咏叹，韵味悠长；重复句置于篇后，为《诗》中别调。

注释　①蒌（lóu）：蒌蒿高大者。②驹：即马。驹本义为小马，但在《诗经》中只一例指小马，其他均指成年马。金文如《兮甲盘》言赏赐有"驹车"。

解说

《汉广》，告诫周家子弟不要追逐南方女子的诗。

《孔子诗论》论《汉广》，计有"汉广之智（知）"（第10简），"汉广之智（知），则知不可得也"（第11简），"……［不求不］可得，不攻不可能，不亦智（知）恒乎"（第13简）数语。意思很明白，孔子称道《周南·汉广》一诗中的"智"是"不求不可得"。这与通常人们对此诗解释的差别不啻天壤！照《孔子诗论》解释，篇中反复咏叹"不可求思"的"不可"，其义应为"不要"，而非"不能够"；表达的是禁止意，不是困难意。简文之说，证明自汉儒以来的种种说法，都是臆说。

对此诗篇的误解从《毛诗序》起。《汉广》篇《毛诗序》说："《汉广》，德广所及也。文王之道被于南国，美化行乎江汉之域，无思犯礼，求而不可得也。"《毛诗序》说"南国"之人已接受周文王的德化，个个守礼，所以不合礼法地去追求是"求而不得"了。可是，南宋刘克《诗说》则说："道见游女，讲秣马以从，此郑卫之变风，何以为二《南》乎？"是说一见"游女"就追，哪里像二《南》王道之风，分明是郑卫之俗！刘克这样说，起码是看出《毛诗序》说是有问题的。可历来信奉《毛诗序》此说的实繁有徒，即如朱熹大作《诗集传》也是如此。不信《毛诗序》而另立新说的也有，如晚清方玉润《诗经原始》即谓："此诗为刘楚、刘菱而作，所谓樵唱是也。"这已是近现代"爱情说"的雏形了。现代人说此诗，只是把"礼法"的意思去掉，再把"求不可得"的意思改造一下，就成了一位热恋南国女子的人儿，望着汤汤汉水徒发浩叹的爱情诗篇了。那么，竹简中孔子"不攻不可得""知不可得"的意思，又是从何说起的呢？

第一，诗篇中"游女"一语可以为证。诗称好女，有淑女、静女，此处称"游女"，"出游之女，尚安得许其端庄静一？"（管世铭《说汉广》）《国语·周语》："恭王游于泾上，密康公从，有三女奔之。其母曰：'必致之于王。……'康公不献，一年，王灭密。"密康公从周恭王作泾上之游，不合礼法地接受了三女的私奔，结果招致灭国之灾。奔女出自泾上，与《汉广》的"游女"出汉上，虽地点不同，但都是河干水畔之事，很有几分类似，很可能指向同一上古风俗。史言商人远祖契，是其母在水边吞卵生出的；《郑风》中"溱洧"之俗，及战国时"濮上"之音等，都与水畔有关。放宽一点看，周人始祖弃也是其母在"野外作业"中怀上的。近年出土过不少汉砖，上刻男女交合的"野合图"，应都是远古婚俗遗存的写照。就文献记载看，周代婚姻特重礼法，且特别重视妇德的培养，其实是一种新文化。《国语·郑语》尝言"谢、郑之间……未及周德"，为考古发现所证明（李学勤《东周与秦代文明》）。这表明，周礼新文化普及，尚有许多"未及"之域，至春秋仍然如此。考诸载籍，周人大规模经营南方，是在昭、穆之世，然而武力征服与普及"周德"难以并行，且泾上还有"奔女"，简直是"周德"的"灯下黑"了。这都说明"游女"在诗篇中不是一个褒义词。

第二点来自诗篇内的支持。篇中重复出现的"错薪""刘楚"和"秣马"意象，在《诗经》中见于《唐风·绸缪》《齐风·南山》《豳风·伐柯》及《小雅·车舝》等，都是喻示婚配之事的惯语，都表现的是合乎礼法的正当婚配，此处与"游女"正相对。"伐薪""刘楚"喻婚配，据研究与远古的婚姻习俗有关。魏源《诗古微》曰："《三百篇》言取妻者，皆以析薪起兴。盖古者嫁娶必以燎炬为烛……"此俗至今犹存，如《浙江民俗大观》记载开化齐溪一带的"偷亲"风俗，有"讨亲队由几个大火把照明引路"云云。"秣马"同样与婚嫁有关。《召南·鹊巢》言"百两御之""将之"，当然是指车马，而今文家注解《召南·何彼秾矣》一篇，谓古有所谓"留车反马"之礼。周礼多因袭旧俗，马瑞辰《通释·唐风·绸缪》篇谓："此诗'束薪''束刍''束楚'，《传》谓以喻男女待礼而成，是也。""束薪"等物代表"待礼而成"，由此来理解《汉广》第二、三章，就可豁然而明了。"翘翘错薪，言刈其楚。之子于归，言秣其马。汉之广矣，不可泳思。江之永矣，不可方思。"前四句是说要娶妻就娶好的，要结婚就得合规矩。后四句则是补足文意：无端地追求那些南国"游女"，就像裸衣渡汉、小筏过江一样，将招致灭顶之灾。《孔子诗论》赞此诗"智（知）恒""不求不可得"的言说，昭示出"爱情"之说以及南国"被文王教化"之说，都与诗篇的本义南辕北辙。

诗篇内涵既明，其创作时间也大致可定。周人到南方的江汉一带追求当地女子之事，一定发生在周昭王大举征讨江汉土著人群之后。出土器物铭文表明，周家在这里长期驻扎军队。如此就容易发生军士不守纪律，欺负当地女子的现象，从而招致明暗各种反击，致使一些周朝军士吃了亏，也很自然。如此，《汉广》的告诫，就针对上述这样的情况。同时，诗篇主题的认清，还使我们对一个旧说有了新认识：今文家解释此篇，谈到一个郑交甫的故事，说郑交甫到南方做买卖，遇当地美女见猎心喜，送上大礼定情。结果一回头，女子不见了。现在明白，今文家是用这一看上去神秘的事，表达南方女子不可求的训诫。就是说此诗的创作本义，在今文家那里难得地保存了一点。诗篇的特点在其吟咏，先是正面告诫，继而是对合法婚配的礼数的咏叹，语殷意切，不嫌繁复。此诗对军士"求游女"危险的提醒是全力以赴的，但对士卒那样做的不正确，却全然不提，其偏向性也是很明显的。

汝坟

遵彼汝坟，伐其条枚①。未见君子，惄如调饥②。

○诗之首章。担忧远方的丈夫。以饥饿喻忧愁，《韩诗薛君章句》："朝饥最难忍。"蔡邕《青衣赋》："思尔念尔，惄焉且饥。"魏晋时人郭遐周《赠嵇康》诗："言别在斯须，惄焉如朝饥。"皆取法于此。

注释　①遵：沿着。汝：水名，发源于河南嵩县东南天息山，流经汝阳、临汝，又东南流经郏县、襄城与沙河（古溵水）合，之后入淮。诗言汝坟，暗示了所思之人的方位，在周南汝水沿岸。坟：河岸。字又作"濆"。条枚：树的细枝。②君子：指所思的丈夫。惄（nì）：内心焦灼忧烦。调（zhōu）饥：早晨的饥饿感。调，朝字之假借。

遵彼汝坟，伐其条肄①。既见君子，不我遐弃②。

○诗之二章。写君子归来之庆幸。与首章相对映。

注释　①肄：树木枝条斩伐后再生的蘖枝。②遐弃：远远抛弃。是死亡的隐曲说法。

鲂鱼赪尾，王室如燬①。虽则如燬，父母孔迩②。

○诗之三章。跌宕顿挫。"王室如燬"是一篇的关键。王质《诗总闻》："荆峡间人云：鱼血入尾者甘。"

注释　①鲂鱼：一名鳊，身宽阔，扁而薄，细鳞，肉肥嫩。赪（chēng）：赤色。燬（huǐ）：毁，烧毁。"王室如燬"应指周王室的严重灾变。②迩：近。

解说

《汝坟》，汝水一带女子系念身处南方丈夫的歌唱。

诗"不我遐弃"句表面是说"不抛弃我"，实际上是含蓄地说丈夫没有死在外面，终于平安回家了。西周中期王朝经营东南不遗余力，一定有不少将士长期在这一带戍守或行役。诗言"遵彼汝坟"，应该暗示了所思远方之人的方位。这些人，王朝存在，他们有依靠，王室发生大变故，处境则会十分危险。诗篇中人"惄如调饥"的巨大忧虑，即由此而发。诗篇也表达得很清楚：当时确实是"王室如燬"，即王室（王朝）发生了大灾变。清人崔述《读风偶识》早就觉察到这一层，他说："王室如燬，即指骊山乱亡之事。"诗篇言"汝坟"，而西周时汝水沿岸有霍、蔡、胡等诸侯邦国。诗中"不我遐弃"的"君子"，很有可能就来自这些诸侯国。如此，"父母孔迩"一句也就好理解了。国破山河在，王室虽遭变故，但父母犹在，父母之邦犹在，仍当尽心国事。这是诗中思妇庆幸之后对丈夫的激励。诗篇的情感是沉郁的，情感的表达是顿挫的。应当说，诗篇很精彩地表现了西周崩溃之际一些社会成员坚韧的心态。国家虽然破灭，但家还在，父母还在，因而人就有顽强生活在世上的强大理由。顿挫的表达同时也是含蓄的，因为从"父母孔迩"的告白中，可以感悟出这样的意味：有父母在，即有人伦在，即需要重新整顿社会使之归于安定。所以，诗篇表达的是生活的坚定意志，有强烈的感发人心的力量。《后汉书·周磐传》："周磐字坚伯，汝南安成人……居贫养母，俭薄不充。尝诵《诗》至《汝坟》之卒章，慨然而叹，乃解韦带，就孝廉之举。"即是其例。此诗前人曾有"沉郁顿挫"的评价（见吴闿生《诗义会通》所引），这以第三章尤其是最后两句为最。又，马瑞辰《通释》谓此诗："幸君子从役而归，而恐其复往从役之辞。"虽所见不同，也颇具诗心。

麟之趾

麟之趾，振振公子[①]**。于嗟麟兮**[②]**！**

○诗之首章。以麟趾赞美其出身。下两章仿此。

注释 ①**麟**：即麒麟，是古人想象出的一种吉祥神兽。**振振**：勇武英发的样子。②**于**（xū）**嗟**：感叹词。

麟之定，振振公姓[①]**。于嗟麟兮！**

○诗之二章。

注释 ①**定**：额头。**公姓**：公族。

麟之角，振振公族[①]**。于嗟麟兮！**

○诗之三章。

注释 ①**公族**：同姓同祖的贵族。

解说

《麟之趾》，检阅亲兵仪式上赞美公族子弟的军歌。

理解此诗，也应同周王朝经营南方联系起来。北宋末年在湖北孝感出土了鼎、甗、觯等多件青铜器，习称"安州六器"。六器中的《中觯》器、盖同铭，有这样的文字："王大省公族于庚，振旅。"文中"振旅"的"振"取唐兰先生的释读。《尔雅·释天》："振旅阗阗。出为治兵，尚威武也，入为振旅，反尊卑也。"所谓"反尊卑"，即回复日常尊卑有序的状态。《小雅·采芑》亦有"振旅阗阗"之句。"大省公族于庚"的"庚"字也值得注意。有学者将"于庚振旅"连起来，解作"在庚□的旅次"，去事实就更远。

实则"庚"就是大道的意思。《左传·成公十八年》："以塞夷庚。"杨伯峻注引洪亮吉说谓："庚与通，道也。夷庚，车马往来之平道。"是"庚"即通道的意思。"振旅于庚"就是王在通常的大道上振旅，检阅自己的军队。诗篇虽然由"公子"递进至"公姓""公族"，实际赞美的就是公族，而所谓的公族，就是由周王亲族组成的卫队，亦即《左传·成公十六年》所说"楚之良，在其中军王族而已"的"王族"。周制，王出征，王族组成亲兵护卫；大臣出征，亦由其亲族组成卫队，如周穆王时器《班簋》记载显示，毛父出征，就由他的亲族名为遣（即器物主人，亦即铭文中的班），组成卫队"从父征，乃城卫（营卫）父身"。明乎此，《麟之趾》的本义便可以豁然而解：它是一首周王检阅自家亲族卫队的诗篇。麟以喻这些亲族身世显贵，赞其趾，赞其定（额），赞其角，赞其振振，不过是对这些亲贵子弟的勇武、其军容盛壮的褒奖。《麟之趾》应是配合军中典礼所制作的乐章，是中国最早的军歌。其创作的时期应该在昭王、穆王经营南方之际。《周南》之诗，多婚礼乐歌，亦多经营南方之篇，后一点赖有金文为据而愈明。旧说与文王、后妃相攀扯的陈词，就越发地可以"弃置勿复道"了！

召南

召南，即西周陕（今河南三门峡市）以西的地区，召公管辖地。召南之地北起今陕西关中，其最南端可达武昌以西长江沿岸（据《江有汜》），较诸周南（参《周南》说明）之地偏西，包括今河南与湖北交界地带。西南方向，据《尚书·牧誓》所言"庸、蜀、羌、髳、微、卢、彭、濮"八族，以及《逸周书·世俘解》"荒新命伐蜀"（"伐蜀""克蜀"字样亦见于周原出土的甲骨文）以及青铜器铭文《中方鼎》和《敔簋》关于伐"虎方"（巴人崇拜白虎）的记载，有可能到达今四川、重庆北部一带。其中汉水一线又是宗周之地通向江汉平原的要路，早期《大保玉戈铭文》"王……令大保省南或（国），帅汉"可证。西周时期在汉水沿岸封建了许多姬姓诸侯，即所谓"汉阳诸姬"。另一值得注意的是"南山"一词，在《召南》中反复出现，而在大、小《雅》中，"南山"一般是解作"终南山"的。同时，"召伯"一语，也出现于《召南》之中。这都可以作为诗篇产生地域及时代的证据。

《召南》十四篇。

鹊 巢

维鹊有巢，维鸠居之①。**之子于归，百两御之**②。

○诗之首章。鹊巢鸠占，比喻妇主男家。

注释 ①维：语首助词，《诗经》中常见。**鹊**：即今喜鹊，善筑巢，北方常见。**鸠**：古代又称鸤鸠、鸲鹆（qú yù）等，今名八哥。《禽经》谓：鸠拙不会筑巢，所以常占鹊巢为窝。此诗比喻女子嫁得好人家。②**百两**：百辆。两即辆，因车都有两个轮子，所以称两。百辆言其多，百为虚数。**御**（yà）：迎。

维鹊有巢，维鸠方之^①。之子于归，百两将之^②。

○诗之二章。首章言迎，此章表送。

注释　①**方**：据而有之。一说，"方"当读为"放"，依、据的意思。②**将**：送。

维鹊有巢，维鸠盈之^①。之子于归，百两成之^②。

○诗之三章。有迎有送，婚礼完成。

注释　①**盈**：满。郑玄："满者，言众媵姪娣之多也。"②**成**：成礼。

解说

《鹊巢》，婚姻典礼的乐歌。

此诗与《周南·关雎》一样为贵族之家结婚典礼的乐歌。不同的是，《关雎》所表为男子娶妻，《鹊巢》则系女子出嫁。《孔子诗论》关于此诗有"《鹊巢》出车百两不亦有离乎？"（第13简）和"《鹊巢》之归，离者（诸）……"（第11简）几句。其"离"字有人解作"俪"，有人解作"畅"。解作"畅"是说此诗写以百辆之车送新迎亲，很铺张华贵；解作"俪"是表示结成伉俪。其实都与远离父母的意思相差不太远，也与传统解释相去无多。如果说《关雎》侧重夫妻恩情及婚礼中鼓乐表现的话，此诗则侧重迎亲车辆的盛多。诗中所以称"百两"，是因为周代贵族结婚，实行媵嫁制度。据《礼记》《左传》及《公羊传》等文献，姬姓诸侯与异姓诸侯国之间缔结婚姻关系，所嫁之女有一姪一娣陪嫁；同时，还要有两个同姓诸侯国的陪嫁，陪嫁女也各带姪、娣，加起来一共九位，即所谓"一聘九女"。这实际是把异姓诸侯国的后宫填满了，也占据了。这就是诗篇言"盈之"的含义。此诗是典型的重章叠调形式，首章从迎亲方面写，次章则写送亲，两章一正一反，第三章则重"成"字，将迎、送两面统一起来，用字、章法都是比较讲究的。此诗亦如《关雎》，体现了周人对婚姻关系缔结的重视。

采 蘋

于以采蘋？于沼于沚①。于以用之？公侯之事②。

○诗之首章。一问一答，以交待采蘋地点及用处，是歌谣本色。

注释　①于以：在何处、哪里。疑问词。蘋（fán）：白蒿，又名蒌蒿、由胡、蒡葧。据陆玑《毛诗草木鸟兽虫鱼疏》（以下简称《陆疏》），蘋有水生、陆生两种。此诗之蘋，即水生者，二月发苗，叶似嫩艾而细，面青背白，其茎或赤或白，其根白脆，采其根茎，生熟皆可食，也可做调味品。《夏小正》："蘋……豆实也。"豆实，即放在容器（豆）中腌制过的菜蔬。沼：水洼泽地。沚：水中小块陆地。②事：宗庙祭祀之事。

于以采蘋？于涧之中①。于以用之？公侯之宫②。

○诗之二章。牛运震："连用'于以'，调法灵脱。"

注释　①涧：山夹水为涧。②宫：宗庙。

被之僮僮，夙夜在公①。被之祁祁，薄言还归②。

○诗之三章。"僮僮""祁祁"，似是远景。姚际恒《诗经通论》："末章每以变调见长。"方玉润《诗经原始》说："首二章事琐，偏重叠咏之。末章事烦，偏虚摹之。此文法虚实之妙，与《葛覃》可谓异曲同工。"

注释　①被（bì）：贵族妇女用假发编成的头饰。字本作"髲"。僮僮（tóng tóng）：端直貌。据戴震《杲溪诗经补注》。夙夜：早晚，一天到晚。**公：**公所，指宗庙。在公即为祭祀之事忙碌。②**祁祁：**整齐貌。四句表明贵妇从庙堂回归寝处之时的从容舒缓。

解说

《采蘩》，歌唱贵妇人为宗庙祭祀采集水菜的乐章。

此诗向来有两种说法：一是汉儒之说，《毛诗序》："《采蘩》，夫人不失职也。夫人可以奉祭祀，则不失职矣。"《郑笺》云："奉祭祀者，采蘩之事也。不失职者，夙夜在公也。"是说诗篇所表为公侯夫人采蘩菜以供宗庙祭祀。古人宗庙祭祀，一些供品的制作要由家庭主妇来完成。"不失职"即指此而言。蘩可以作为祭祀供品用，除《夏小正》记载之外，还见于《左传·隐公三年》："苟有明信，涧溪沼沚之毛，蘋蘩蕰藻之菜，筐筥锜釜之器，潢污行潦之水，可荐于鬼神，可羞于王公。"是说假如有诚信，很微薄的菜蔬也可以献之于神灵。其中就提到了水生之蘩。以上为第一说。大约到宋代，学者又提出了一种新说，对"蘩"这一植物作了新的解释。陆佃《埤雅》提出诗中的"蘩"，就是《豳风·七月》"采蘩祁祁"的"蘩"，可用以生蚕。朱熹作《诗集传》时，在沿袭汉代旧说的同时，又引入"或曰"："蘩所以生蚕，盖古者后夫人有亲蚕之礼。"又在解释"夙夜在公"一句的"公"字时说："或曰：公，亦即所谓'公桑'也。"这两条"或曰"，都把此诗与《礼记·祭义》"古者天子诸侯必有公桑蚕室，近川而为之，筑宫仞有三尺，棘墙而外闭之"的记载联系起来。而且，据《祭义》："及大昕之朝，君皮弁素积，卜三宫夫人、世妇之吉者，使入蚕于蚕室，奉种浴于川，桑于公桑，风戾以食之。岁既单矣，世妇卒蚕，奉茧以示于君，遂献茧于夫人。"就是说，"公桑蚕室"的操持者主要是贵族女性。这就是朱熹《诗集传》所引"或曰"的证据。朱熹之后，明人何楷《诗经世本古义》力主朱熹所举"或曰"之说。以上为第二说。两说中第二说不可信。因为诗篇既明言"采蘩"之地在"于沼于沚"，很明显，蘩为水生之蒿。所以，采蘩以为"豆实"之说更合诗义。

按，采集水藻一类的水菜祭祀祖先，其渊源可能非常古老。《礼记·祭统》又有如下记载："水草之菹，陆产之醢（hǎi），小物备矣。三牲之俎，八簋之实，美物备矣。昆虫之异，草木之实，阴阳之物备矣。凡天之所生，地之所长，苟可荐者，莫不咸在，示尽物也。"古代祭祀祖先神灵，要求的是"天之所生，地之所长"的"尽物"。其中可以为"菹"的"水草"，就是由妇女采集而得。这在高级贵族之家，也是如此。最近有学者据《夏小正》"采蘩"的记载，将诗所言采蘩供祭之事追溯至夏代，是值得注意的。又，商周金文有"天黾"徽识，学者解释"天"指的是地名，而"黾"就是夏族的冥氏，就是说，这是一个属于夏朝贵族后裔的符号。而那个"黾"字，又是水族动物如蛙类的象形，这又与夏人祖先有水生物崇拜的习俗相符。考古发现，仰韶文化以及甘肃、青海一带新石器文化遗址所出土的彩陶器物中，多有鱼、蛙等水族生物图案，可能是夏人水族动物崇拜的远古渊源。另据《国语》所记载鲧治水失败被杀后变为黄熊（或说为三足鳖，或说为鲛）入于渊的传说，以及屈原《天问》关于大禹治水、应龙辅助的发问，也都证明夏人是有水族崇拜的。至于周人，其族属与夏人有渊源关系，而且《山海经》又有后稷死后归于渊的说法。所以，《采蘩》以及前面的《关雎》以及下面《采蘋》所言的采集水菜，都可能是远古宗教信仰在西周的遗留。明乎此，可以对上述几首诗中所言的采集，有更切近的了解。采水菜祭祖，人们总以为是因其可食，可是，不论是荇菜（田字草）还是水生蘩、蘋，未必出于食用（这几种水藻也未必适于食用）。既然周人延续了夏人的传统，认为远古的祖先出自水族，死后又归于深渊，那么进献这些水藻之类，其用意很有可能是在为祖灵提供水族生物所需要的生存凭依。《小雅·鱼藻》不就以"鱼在在藻"来表示鱼的得其所在吗？身份高贵的家庭主妇，遵循古老的习俗，分担着她们在家庭生活中特有的宗教职责。诗篇的主旨，是强调这一点。

诗前两章都取一问一答的方式，格调古雅。最后一章，以贵妇头饰端正耸直，表人物雍容优雅的仪态，形象鲜明。

草　虫

喓喓草虫，趯趯阜螽①。**未见君子，忧心忡忡**②。**亦既见止，亦既觏止，我心则降**③。

○诗之首章。言深秋时节，思念丈夫。虫喓、螽趯，秋景如画。牛运震《诗志》："连用'亦既'，柔滑浓致。只是空摹虚拟，却自亹亹（wěi wěi）有神。"

注释　①**喓喓**（yāo yāo）：草虫的叫声。**草虫**：蟋蟀、蝈蝈一类会鸣叫的昆虫。**趯趯**（tì tì）：跳跃貌。**阜螽**（fù zhōng）：蝗类昆虫，学名中华负蝗，俗名蚱蜢。②**忡忡**：心神不安的样子。③**亦既**：就要。**觏**（gòu）：见面，会合。**降**：落，放下，在此即放心的意思。

陟彼南山，言采其蕨①。**未见君子，忧心惙惙**②。**亦既见止，亦既觏止，我心则说**③。

○诗之二章。《诗经》中"采"字，多与怀人有关。

注释　①**蕨**：一种野山菜，多年生草本，根茎匍匐地下。早春时于根茎上随处生叶；初生时似鳖脚，故又称鳖菜。嫩时可食，味道滑美，至今仍为时鲜野蔬之一。②**惙惙**（chuò chuò）：心忧状。俞樾《群经平议》："惙惙"即"缀缀"，"忧心连属不绝也"。③**说**：悦。先秦时尚无"悦"字，故以"说"字代之。

陟彼南山，言采其薇①。未见君子，我心伤悲。亦既见止，亦既觏止，我心则夷②。

〇诗之三章。

注释　①薇：多年生草本，茎柔细，茎叶气味似豌豆，可食，籽粒可以炒食。又名野豌豆、小巢菜。②夷：平定，高兴。

解说

《草虫》，思念行役在外丈夫的乐歌。

《毛诗序》说是"大夫妻以礼自防"。按照《毛传》《郑笺》，所谓"以礼自防"是因为担心。担心什么呢？所谓"大夫妻"是尚走在出嫁道路上的女子，因没有见到"大夫"，担心自己不合对方的意，被"归宗"，即遣返回家。见到君子（也就是"大夫"），成了婚配，原来的担心多余，心也就平静了。汉儒这样说的理由，在开头两句：草虫鸣叫，阜螽随之而跳跃，是"异种同类"之间的互相感应，"犹男女嘉时以礼相呼求"（《郑笺》语）。实际上，诗言草虫之鸣、阜螽之跃，不过表深秋时令，与"相感"无关。《毛诗序》言"大夫妻以礼自防"，这在欧阳修《诗本义》中又有不同理解。欧阳修反对《毛传》《郑笺》的"以礼相呼求"的说法，以为"草虫"与"阜螽"是"异类而交合"，是"淫风大行"的写照，而且还把诗篇年代上推到商纣王时，称诗的"以礼自防"是"召南之大夫出而行役，妻留在家"，不为淫风所动。这也是误解诗篇比兴之词的说法，同样不可取。

朱熹《诗集传》提出新说："诸侯大夫行役在外，其妻独居，感时物之变而思其君子如此。"朱说，是经得起验证的。此诗既见于《召南》，其"喓喓草虫"六句，又作为一章出现在《小雅·出车》篇中。《出车》"喓喓草虫"章，表达女子思念为国出征的将士，该诗上一章以将士口吻歌唱"昔我往矣，黍稷方华"，女子唱此以应和。朱熹新解的高明处，在于将诗篇与历史接通。西周疆域广阔,中晚期以后边患严重,这就需要众多武士戍边卫国。所以,从贵族上层到一般家庭,都会有征夫离家在外。征夫多,旷妇闺怨自然也就多,作为一个时代心态记录的《诗经·国风》中,思妇主题的诗篇也就多。同时,《草虫》与《出车》关系既明,《草虫》的时代也可大定。孔颖达就曾用《出车》篇相同语句的训释来解释《草虫》。只可惜他在两者之间的关联上没有多想,至明代何楷《诗经世本古义》才明言两者关系,《小雅·出车》篇作于西周宣王时,殆无疑问。因此,《草虫》的创作时间最晚不会晚过西周后期。这是一个基点,由此出发就有两种可能:一是先有此篇,后期创制《出车》时,取《草虫》片段入新歌。如此,《草虫》的时间还要早。另一种可能是《草虫》系《出车》中摘取出来稍加丰富,就成了单独演唱的"房中乐"。后者可能性不如前者大。然而不论是摘取,还是创制,本诗与《小雅》篇章的相类,都可以证明这样一个问题:《召南》与《小雅》之间有着相当密切的联系。

秋声起愁,是此诗的一个重要特色。秋风中秋虫跳跃、虫鸣四起,预示着一年即将终结。天地有节律地复归,勾起闺中之女怀人愁绪:一年都要结束了,在外的征人也该回来了。思妇的愁情是浓郁的,而剧烈的情绪由草虫之声触发而起,人、天感应之间,则又显现着诗篇中抒情女主人公独特的文化背景:只有农耕时代的人,对时节物象的体察,才会如此细腻。草虫之声、阜螽之趯,当是思妇南山采蕨、采薇时的所见所闻;而登高采食,不过是为眺望当归的君子。然而南山远望,她又能见到什么呢?祈望中的事,没有半点迹象,甚至连可以消解一下内心孤寂的事情也没有。冷落间,只有草虫在大跳大叫。热烈的思念与秋虫秋声相映对,正是诗篇动人之处。

采 蘋

于以采蘋？南涧之滨^①。于以采藻？于彼行潦^②。

〇诗之首章。辅广《诗童子问》："言未祭之前采蘋藻之事。"陈震《读诗识小录》："凌空起峭，笔格具奇。"

▣ 注释 ▣　①蘋（píng）：又名田字草、破铜钱等，一种蕨类水生植物，生浅水中。粗大有茎者称为蘋，细小无茎者称为萍，此诗指前者。据《陆疏》，可掺合米面蒸熟食用，又可用醋腌制后下酒，也是救荒食品。**南涧**：南山之涧。涧，两山夹水为涧。②**藻**：杉叶藻科，又名蕴藻、聚藻、水藻等，多年水生草本，茎粗大，叶如蓬，可以食用。**行潦**（lǎo）：雨后沟中的积水。

于以盛之？维筐及筥^①。于以湘之？维锜及釜^②。

〇诗之二章。辅广《诗童子问》："言既得蘋藻，而治以为菹之事。"

▣ 注释 ▣　①**筥**（jǔ）：圆形的竹筐。②**湘**：烹煮。据《汉书》注引《韩诗外传》，湘字作"鬺"。**锜**（qí）、**釜**：都是金属制的炊具，如今天的锅之类。有足为锜，无足为釜。

于以奠之？宗室牖下^①。谁其尸之？有齐季女^②。

〇诗之三章。辅广《诗童子问》："言祭时献豆菹之事。"孔颖达《毛诗正义》："三章势连，须通解之也。"

▣ 注释 ▣　①**奠**：放置祭品为奠。**宗室**：宗庙。**牖**（yǒu）**下**：室外窗户下。古代宫室，前堂后室，堂与室有墙隔绝，墙上开窗，称牖。一般家庭祭祀，在室内西南角，此诗所言祭祀，是为将嫁之女所办，所以祭祀地点就设在室外窗下,这是要与一般祭祀相区别。一说,此诗之牖下在室内北墙窗下。见于邑《香草校书》卷十一。②**尸**:主,主祭。**齐**(zhāi):斋,庄重。《经典释文》作斋。一说,斋,好。《玉篇》引此诗"齐"字作"斋"。《广雅·释诂》:"斋,好也。"**季女**:少女。季,通"稺"。据林义光《诗经通解》。此词又见《曹风·候人》与《小雅·车舝》,皆为婚前少女之称。

解说

《采蘋》,贵族女子婚前教育结束时的祭祀歌。

此诗解释有两种说法。一为《毛诗序》之说:"大夫妻能循法度也。能循法度,则可以承祖先,共(供)祭祀矣。"是说诗篇所表,为年轻的女主妇主持祭祀之事。但诗篇称"季女",考诸诗篇,并非主妇之称,所以《毛诗序》说无据,今不从。另一种说法见《毛传》《郑笺》,《毛传》释"季女"为"将嫁女",《郑笺》说法与《毛传》同,是毛、郑都不从《毛诗序》之说。他们另有所据,那就是《礼记·昏义》如下的说法:"古者妇人先嫁三月,祖庙未毁,教于公宫;祖庙既毁,教于宗室。教以妇德、妇言、妇容、妇功。教成祭之,牲用鱼,芼之以蘋藻,所以成妇顺也。"是说古代贵族女子出嫁之前,要举行婚前教育,教其未来作为家庭主妇的德行,以使其适应新的身份与生活。教育结束时,还要举行一场类似妇德考核似的祭祀,诗篇即此时所歌。文中"祖庙""未毁""既毁",是说将嫁之女是否与诸侯有五服关系,未出五服者在"公宫"(即祖庙)教之;已出五服者,则在各自宗族的宗室教之。诗篇所言蘋、藻,正是祭品,应该是由女子采集而来的。又《左传·襄公二十八年》载:"济(渡口)泽之阿,行潦之蘋藻,置诸宗室,季兰尸之。"俞樾《群经平议》以为《左传》所谓"季兰"之"兰",即《小雅·车舝》"思娈季女逝兮"之"娈",也是理解为"将嫁之女"。

以上两说各有尊者,如魏晋人王肃即尊《毛诗序》说(按,王氏之学素与郑玄为异,故有所谓郑王之争),之后有宋儒范处义《诗补传》、吕祖谦《吕氏家塾读诗记》(以下简称《读诗记》)、严粲《诗缉》等。尊毛、郑之说的也颇有其人,如苏辙《诗集传》、戴震《杲溪诗经补注》、陈奂《诗毛氏传疏》(以下简称《传疏》)以及方玉润《诗经原始》等。以上两说之外,也有人另标新说。如明代何楷《诗经世本古义》以为诗篇中季女即周武王夫人邑姜,诗为"美邑姜也"。此说还得到俞樾的赞许(见《茶香室丛钞》)。其实并无文献依据。总之,诗篇涉及周人婚前教育大概是可信的。有严谨的婚前教育,才有成为夫人、主妇后的"能循法度",从这一点说,前代学者调和《毛诗序》与《毛传》《郑笺》之说也不算无谓(清人张锡恭《茹荼轩文集》卷八《采蘋卒章解》即持此调和之说)。周代贵族的婚姻包含着"合二姓之好"的政治含义,其婚前教育,也就含有众多的内容,此诗即其中一方面。此诗通篇一问一答,灵动别致。

甘　棠

蔽芾甘棠,勿翦勿伐,召伯所茇①。

○诗之首章。陈继揆《读风臆补》:"只说'召伯所茇',德泽已在言表,此外更设一语,佛头着粪矣。"

注释　①蔽芾(fèi):树叶密集细小貌。**甘棠**:又称杜梨,树干粗大,果实似梨,小而圆,青绿时味酸涩,熟后色红味甜酸。闻一多《诗经通义·召南》:"古者立社必依林木……盖断狱必折中于神明,社木为神明所依,故听狱必于社。"**勿**:不要。**翦**:剪伐。翦即划之假借。**伐**:毁伤。**召**(shào)**伯**:周初大臣,又称召公、召康公,名奭。周初器物《大保玉戈铭》记载其曾经营南方,《尚书》中多记载其言论。西周后期另有一召公,为奭的后人,名虎,称召穆公,为宣王时大臣,曾受命帮助申侯建国(见《大雅·崧高》),又率军平定淮夷(见《大雅·江汉》)。此诗所指当系周初召公奭。茇（bá）：停歇，暂住。茇，"废"的假借，《说文》："废，舍也。"在此为动词，留居的意思。

蔽芾甘棠，勿翦勿败，召伯所憩①。

○诗之二章。方玉润《诗经原始》："他诗炼字，一层深一层，此诗一层轻一层，然以轻而愈见其珍重耳。"

注释　①**败**：伤害，毁折。**憩**（qì）：休息。

蔽芾甘棠，勿翦勿拜，召伯所说①。

○诗之三章。攀折不可。牛运震《诗志》："三举召伯，郑重低徊，深情绝调。"

注释　①**拜**：扒，攀爬毁坏。**说**（shuì）：稍作停歇的意思。

解说

《甘棠》，表现民众思念召公的诗篇。

诗篇是纪念召伯的，这一点古来向无争议。有分歧的是"召伯"究竟指谁，是周初的召公奭，还是西周晚期的召公虎。《史记·燕召公世家》载："召公之治西方，甚得兆民和。召公巡行乡邑，有棠树，决狱政事其下。自侯伯至庶人各得其所，无失职者。召公卒，而民人思召公之政，怀棠树不敢伐，哥咏之，作《甘棠》之诗。"两汉经学齐、鲁、韩、毛四家均同此说。但因《大雅·崧高》和《小雅·黍苗》都曾记载宣王时大臣召公虎为申国营造谢邑的事，今人多认为此诗怀念的是召公虎，而非召公奭。新近出现的战国竹简《孔子诗论》说此诗："《甘棠》之报。"（第4简）又曰："敬爱其树，其褒厚矣。甘棠之爱，以召公（下阙）。"（第15简）语句虽有残缺，但召公树下断狱，因而后人追思景仰这一点，还是可以清楚地看到的。这不仅证明汉代四家说是有先秦旧说为依据的，而且，《孔子诗论》上述言语，还使人对《左传·襄公十四年》的一段话发生新的兴趣，曰："武子（栾书）之德在民，如周人之思召公焉，爱其甘棠，况其子乎。"就是说，《孔子诗论》的说法，可能沿袭的是春秋时期的说法。而且此说在西汉刘向《说苑·贵德》篇中仍有保存："召公述职，当桑蚕之时，不欲变民事，故不入邑中，舍于甘棠之下而听断焉。陕间之人皆得其所，是故后世思而歌咏之。……孔子曰：'吾于《甘棠》，见宗庙之敬也。'甚尊其人，必敬其位。顺安万物，古圣之道几哉！"这段话中引用孔子的部分，与竹简文字在意思上竟如此相近，可知至迟在西汉中期，记录着孔子说诗的文献还在世上流传。既然《甘棠》是一首思其人而敬其树的诗篇，所纪念的召伯就当是周初那一位。道理很简单，为了不打扰民众，能屈尊在树下听狱，一定是在一个政权新兴的时候，它的官员还能显示出一点朴素的风格。真要到暮气沉沉的西周后期，像召公虎那样的大人物出巡，还不得前呼后拥、四下警戒？就是做出亲近民众的样子，也不会像召公奭那样，至于能否感动老百姓，就更难说了。此外，《韩诗外传》中的一段说法也很值得注意，它说召公奭之后若干年，"在位者骄奢，不恤元元，税赋繁数，百姓困乏，耕桑失时，于是诗人见召伯之所休息树下，美而歌之"。这更有助于将诗篇理解为思念周初的召公。

　　此诗的情调是爱屋及乌式的，因思召伯而珍爱树木，当是被怀念者流泽深远的表现。今人之所以倾向于西周晚期，是因为不相信周初有这样的诗艺水准。实际上，召公是康王时期还在世的人，活得年岁很高，这种睹物思人的诗篇应作于他身后，这样就有可能创作或采于西周昭王、穆王时期了。而那时，正是礼乐与诗篇创制的高涨期（参本书《雅》《颂》各篇注解可知），《甘棠》很可能就是在这样的背景下采集加工的作品。

行 露

厌浥行露，岂不夙夜①？谓行多露②。

○诗之首章。表行为谨慎，言不敢早起行路，是怕露水沾湿。起笔简拗、劲峭，意味深长。王质《诗总闻》："此章犹婉，下章甚厉。"

▣ 注释 ▣ ①**厌浥**（yì）：露水沾湿貌。联绵词。**行**（háng）：道路。**夙夜**：早晚，在此有早出晚归的意思。②**谓**：畏。马瑞辰《通释》："谓，疑畏之假借。凡诗上言岂不、岂敢者，下句多言畏。"

谁谓雀无角，何以穿我屋①？谁谓女无家，何以速我狱②？虽速我狱，室家不足③！

○诗之二章。言雀虽无角却可以穿屋，男子虽无财产却敢拉我打官司。钱锺书《管锥编》："明知事之不然，而反词质诘，以证其然，此正诗人妙用。"

▣ 注释 ▣ ①**无角**：没有可穿透屋室的角。前人以雀嘴（咮）解释此诗之角，不确。②**女**：汝，古汉语中女、汝常通用。**无家**：即无钱财。**速**：邀，迫使。**狱**：诉讼，打官司。③**室家**：与上文"无家"之"家"义同。**不足**：不足以打赢这场官司。挪揄的说法。

谁谓鼠无牙，何以穿我墉①？谁谓女无家，何以速我讼？虽速我讼，亦不女从！

○诗之三章。言鼠无长牙却可咬穿高墙，男子无家产却能陷我于官司。牛运震《诗志》："雀鼠，骂得痛快而风流。"

▣ 注释 ▣ ①**牙**：指可以啃咬墙壁的大牙。**墉**（yōng）：高墙。

解说

《行露》，表女子拒斥男子的歌唱。

古代解此诗，有人将其与前一篇《甘棠》相联系，谓诗歌所表即召公树下听讼云云。此外，刘向《列女传·贞顺》篇有一则记载《行露》诗的本事，曰："召南申女者，申人之女也，既许嫁于丰，夫家礼不备而欲迎之。女与其人言，以为夫妇者人伦之始也，不可不正。……夫家轻礼违制，不可以行，遂不肯往。夫家讼之于理（负责诉讼的官员——引者），致之于狱。女终以一物不具，一礼不备，守节持义，必死不往，……曰：'虽速我讼，亦不女从。'此之谓也。"（见王先谦《集疏》所引）是说女子因男方礼物不备而拒婚。诗中出现了"狱""讼"之事，而文献记载中有一种诉讼叫做"阴讼"，即《周礼·媒氏》如下记载："中春之月，令会男女。于是时也，奔者不禁。若无故而不用令者，罚之。司男女之无夫家者而会之。凡嫁子娶妻，入币纯帛无过五两。……凡男女之阴讼，听之于胜国之社；其附于刑者，归之于士。"是说在春天的第二个月，政府要派人组织男女的相会结合（目的是增殖人口），若这一时节男女出现纠纷，由作为政府官员的媒氏负责断案。涉及犯罪的，要移交司法官（士）来办。这就是阴讼，其地点在前朝的社（即土地庙）。春天的"男女相会"当是周王朝还承认的古老习俗的延续，多少带有野性的自由。男女在这样的节日里相认进而定亲，双方不易了解，难以知根知底，也就容易出现上当受骗的现象。然而，野性的自由风尚可以造就自由不羁的人格，也唯有不羁的自由人格，才可保证受害者在发现错误后马上以决绝的态度加以纠正。诗篇很可能表现的是一位"阴讼"女子纠正错误的果决。叶适《习学记言》称此诗为"狱词"，很准确。可能诗中女子在"阴讼"中说过"谁谓鼠无牙"之类绝妙之词，所以她拒婚的故事就在社会上流传开来，被采风的"王官"采了去，加工配乐演唱，就有了《行露》篇的流传。"雀无角""鼠无牙"的比喻也实在精彩。

别看雀、鼠没有穿屋凿墙的角、牙，但它们照样钻屋越户；别看这穷光蛋没有家业，可他照样想讨老婆、敢打官司。下面的言语则干脆就像是骂人：虽然你打官司，你依旧是个穷光蛋，官司你赢不了，我依旧不跟你！因为男子穷，就看不上人家，如果单从这一点看，女子真有些无情且刻薄，考虑到在由政府规定的短暂相亲的时光里，真正持久的两情相悦的爱情关系的建立实属不易，如此，诗中女子在发现男子并不可心后，及时决断，倒显得十分有主见了。古代的礼制，给人的印象一般是古板而拘谨的，但透过此诗，我们却看到出于人类自身生产的需要，而保存于上古时代的一种异样习俗。实际上，诗中女主人公的果决、泼辣，也正养育于充满野性生命力的质朴习俗中。

羔 羊

羔羊之皮，素丝五纰①。退食自公，委蛇委蛇②。

○诗之首章。用"委蛇"刻画古代官员模样，传神。马瑞辰《通释》："上句言裘，下句言饰。"

注释　①**羔羊**：小羊为羔，羔羊皮指大夫上朝时穿的皮衣。**素丝**：洁白的丝。据《毛诗传》，古代用素丝装饰羔裘之服。**五纰**（tuó）：丝带交错堆积成坨的意思。羔裘缝制要用多块羊皮，且以素丝线交错连缀，连缀之处露皮，为美化之，所用素丝留出余量，做成垂穗状的装饰。五，即交午之午，交错的意思。纰，《说文》无此字，据《经典释文》，字或作"它""佗"，实即坨。②**退食**：周代公卿大夫在朝廷办公皆有公食，称公膳。《左传·襄公二十八年》："公膳，日双鸡。"退食，又言食退，公膳之后退而还家。**公**：公门，即宫廷、朝廷。**委蛇**（yí）：古代贵族走路有一定的姿态礼容，委蛇即形容大夫退朝时走路不慌不忙、摇摇摆摆的样子。

羔羊之革，素丝五緎①。**委蛇委蛇，自公退食。**

〇诗之二章。

⬜ 注释 ⬜　①革：皮。緎（yù）：素丝组成的线坨，意思与"紽"字同，可能用在羔裘边缘作为装饰。

羔羊之缝，素丝五總①。**委蛇委蛇，退食自公。**

〇诗之三章。"退食""委蛇"两句往复变化。每章后两句，或颠倒句子，或调换词语顺序以求协韵，颇见汉语语法、句法之灵活。

⬜ 注释 ⬜　①缝：皮袄的缝子。五總（zōng）：犹言五撮。或用在衣领处。

解说

《羔羊》，表大夫退朝还家时的从容样态，或为大夫退朝时的乐歌。

《孔丛子·记义》载孔子之言曰："于《羔羊》见善政之有应也。"是说召南的大夫们行善政，所以百姓歌唱他们。那么，"善政"又表现在何处呢？古人以为就在大夫的"羔裘""素丝"及"退食自公"上，前者表示官员衣服有常，后者表示的是退自公门，即返家门，是无私门结党的营求，当然就是政风端正的表现了。百姓因而歌唱之，这便是"有应"。不过，也有人以为这是赞美官员俭朴的歌唱，如方玉润《诗经原始》就以为，诗中"五紽""五緎"及"五總"是"一裘五缝"的现象，是羔裘破旧仍不肯换的俭朴表现。近人闻一多对诗篇又有新说，他依据《仪礼·公食大夫礼》有君主赏赐大臣皮革与丝织品的记载，认为诗篇所表即受赏赐大夫带着皮与丝回家的情景，也不失为言而有据的说法。总之，诗篇表现的是大臣离朝时的情形，虽无甚紧要，却是太平时代生活的一个小片段。

殷其雷

殷其雷,在南山之阳①。何斯违斯?莫敢或遑②。振振君子,归哉归哉③!

○诗之首章。陈继揆《读风臆补》:"'违'字与'在'字相呼应,'归'字与'违'字相呼应,一步紧一步也。"

注释　①**殷其**:犹言殷殷,《诗经》特定句法,形容远处雷声的沉重。**南山**:应指终南山。**阳**:山南称阳。②**何斯**:犹言何其、多么的。此句两个"斯"字,都是语助词。**违**:离别。指下文的君子。**莫……或……**:固定句式,表全称否定。**或**:间或。严粲《诗缉》:"不敢或遑,则无一时之暇也。"**遑**:闲暇。此处作动词,即闲下来的意思。这句是说,没有任何人敢片刻闲下来。③**振振**:英武貌。**君子**:此处指离家的丈夫。**归**:归来。

殷其雷,在南山之侧。何斯违斯?莫敢遑息①。振振君子,归哉归哉!

○诗之二章

注释　①**息**:停歇。

殷其雷,在南山之下。何斯违斯?莫或遑处①。振振君子,归哉归哉!

○诗之三章。

注释　①**处**:安居。

解说

《殷其雷》，军人出征，家人惜别之歌。

《毛诗序》："劝以义也。召南之大夫远行从政，不遑宁处，其室家能闵其勤劳，劝以义也。"此说颇与竹简《孔子诗论》相合，只是不够具体。《孔子诗论》第27简谓："可斯雀（爵）之矣，离其所爱，必曰吾奚舍之，宾赠氏（是）也。"马承源主编《战国楚竹书·孔子诗论》谓"可斯"二字即《召南·殷其雷》"何斯违斯"四字的简写，而何琳仪先生在其《沪简诗论选释》一文（见庞朴主持简帛研究网站）中进而认为"雀"为"爵"之借字，并说"这是一首赠别之诗"。"爵之"即酒爵相敬，与"劝君更尽一杯酒"同慨。这对诗义的理解有很大帮助。《毛诗序》说的虽平实，却没有涤透到"宾赠"即"送别"这一层。顺着《孔子诗论》的指示去读，会发现诗篇很会营造离别情绪。"南山"暗示出丈夫即将远行的方位，而南山以南的雷声不断地传来，似乎又暗示着某种危难的社会情势。言轰隆的雷声滚动在高山那一边，远远近近的风云变幻便在其中了。而这一边，是执手分别者的惜别。诗中的景象是宏阔的，格调是沉郁的。王朝继世经营南方，多少英武的人们抛家而往，又令多少家中人牵挂。此诗言"南山之阳"，《召南》诗篇喜言"南山"，或与此有关？诗的背景、时代，应该在周昭王、穆王之际，因为这个时候王朝对南方的淮夷等人群进行了旷日持久的征战，其间连周昭王都死于这场战争。周家的"乡乐"，抒发了一般民众对战争的厌倦态度，是很可贵的。

摽有梅

摽有梅，其实七兮①。求我庶士，迨其吉兮②。

○诗之首章。"求我庶士"两句，求爱何其质直！戴震《诗摽有梅解》："梅子落，盖喻女子有离父母之道，及时当嫁耳。"

注释 ①摽（biào）：抛，投。**梅**：蔷薇科植物，果子味酸可食，亦可作调料，所谓盐梅和羹。**实**：梅子的果实。**七**：从下文"顷筐塈之"看，当指筐里所剩下的梅子还有七成。②**庶士**：犹言各位男子。庶，众。**迨**：差不多。**吉**：吉日，好日子。此句是说，有意求娶我的各位吉士，现在就是好日子。

摽有梅，其实三兮。求我庶士，迨其今兮①！

〇诗之二章。数由"七"而"三"，急迫；"今兮"，慌不择日，情见乎词。

注释 ①**今**：现在。

摽有梅，顷筐塈之①。求我庶士，迨其谓之②！

〇诗之三章。牛运震《诗志》："三章一步紧一步。"

注释 ①**顷筐**：斜筐。见《周南·卷耳》"不盈顷筐"句解。此句意思是连顷筐一起送出。一说，顷同"倾"，倾其所有。**塈**（jì）：给予。②**谓**：告诉，意为告诉我一声就可以定下亲事。一说，谓读为㥜。《玉篇》《广韵》并曰："㥜，行也。"呼喊男子快点行动。

解说

《摽有梅》，表南方女子急于求嫁的风情诗。

诗篇中女子之急切，让人想起古代北朝民歌"老女不嫁，塌地呼天"来。诗的可爱处，全在于毫无掩饰的切直、心口如一的单纯。据闻一多研究："在某种节令的聚会里，女子用新熟的果子，掷向她所属意的男子，对方如果同意，并在一定期间送上礼物来，二人便可结为夫妇。这正是一首掷果时女子们唱的歌。"（《风诗类钞》）梅字从母，暗含生育之意，又写作楳，与掌管婚姻之事的"媒氏"之媒音义相谐。因此抛梅的行为隐含着男女结合、生育子嗣的双关语意。在解释《行露》一诗时，我们已经涉及到古代"会男女"的风俗，但那是在仲春之月，而梅子熟则是在初夏，是节日的时令与《行露》不同。诗言"摽梅"，"梅"原产地在我国西南，似乎由此可以推测，诗篇表现的，是周人原本不熟悉的南方风俗。换言之，诗篇的问世，是周人经营南方时的风俗新发现。周人来到南方，见到了他们未曾见过的土著风俗，有人把这样的新见闻谱写成歌，或把当地歌谣做些艺术加工，加以传唱，一种古老的地域风情就这样保存下来了。如此，诗篇就有可能为西周较早期的篇章。

小 星

嘒彼小星，三五在东①。肃肃宵征，夙夜在公：寔命不同②！

○诗之首章。牛运震《诗志》："三五在东，写得历历如画。"

▣ 注释 ▣ ①**嘒**（huì）：光亮微弱的样子。**三五**：三三五五，稀少寥落貌，是傍晚光景。②**肃肃**：疾行貌。**宵征**：夜间行路。一说，宵征即小正，亦即小吏。据于省吾《新证》。**在公**：办公事。**寔**：是。寔为实字的异体，《韩诗外传》作"实"。此处作指示代词用。

嘒彼小星，维参与昴①。肃肃宵征，抱衾与裯：寔命不犹②！

○诗之二章。陈延杰《诗序解》："此诗写征行夜景，寥落可念，后代诗人莫不宗之矣。"

▣ 注释 ▣ ①**参**（shēn）：星宿名，又称三星、三颗星，属猎户星座，天明前出现在东方。**昴**（mǎo）：星宿名，由五颗星组成，距参星不远。古人以此二宿辨别方向。一说，上文"三五"即指此处参、昴。②**衾**（qīn）：

被子。**裯**（chóu）：贴身内衣。**不犹**：命不如人。犹，如。

解说

《小星》，使臣行役，风餐露宿而自叹劳碌命薄的篇章。

汉儒说此诗为小妾进御君所时的自叹，与诗"宵征""在公"之语相抵牾，所以，宋儒洪迈《容斋随笔》鄙之，稍后王质《诗总闻》则进而以为诗为"君子以王事行役，妇人送之"之作。"妇人"云云不见诗篇所表，是多余之词。清人尹继美《诗管见》又提出两说：其一，以为诗篇不是写贱妾，而是表媵嫁女新婚夜晚待命户外的诗，其证据在《仪礼·士昏礼》对合卺之夜的记述。不过，他对这一说也不十分坚持，而又提出另一说，即"使臣行役"说。他论证说，"君言不宿于家"即接受君命，不回家停留。这与"肃肃宵征"合。另外，使臣外出，征诸《左传》，"出使必有负担，诗曰'抱衾与裯'即指负担而言"。确实，"肃肃宵征"的句子用以表现媵嫁之女户外听命很不合适。所以尹继美的第一说不可信，其第二说则可取。

"夙夜在公"句，表明诗中主人公是执行公务的人，宵夜疾行，则又是在说任务紧急，因此他们才拥衾抱裯，乘车置身于黑沉沉的旷野中。奔走于暗夜之中，诗中主人公举头望天，只有三三两两光亮微弱的小星与己相伴，心中顿生凄凉。诗的用笔是经济的，只写星夜，只写宵征，而结尾处接以自叹之辞，其中许多意味都在不言中见出。诗人将诗中主人公的感慨，放在冷星暗夜这一特定环境之中，感慨中的言外之意也就都和盘托出了。但这里的感慨，只是一种劳累之余的叹息而已，并不像后世某些学究们所认为的那样，有多少反抗意味。文学的要义，首先在于它表现了生活，西周王朝有多少小臣们为王国的管理而昼夜奔波，已经永远地不可究诘了。但诗人为我们保存了他们生活的一个片断，保存了他们内心世界的一点细微的波动，使千百年后的人还能读到他们、结识他们，这不是令人愉悦、令人感念的事情么？

江有汜

江有汜，之子归，不我以①。不我以，其后也悔②。

○诗之首章。言"之子"回归不带自己，必将后悔。陈继揆《读风臆补》："每章以跌笔作收笔，句法神品。"

注释　①**江**：长江。**汜**：从江水主干分出去又合拢来的支流。江有汜、渚及沱，或在荆江一带，为"二南"所见最南之域。**归**：回归。有人以此处之归字指女子出嫁，不确。《诗经》中的"归"字，亦有指一般回归者。**以**：带着。②**后**：以后。句意为以后一定后悔。

江有渚，之子归，不我与①。不我与，其后也处②。

○诗之二章。义同上章。

注释　①**渚**：江心小洲为渚，此处也指支流，江流遇渚则分，过渚又合在一起。**与**：一起。动词。②**处**：忧愁。处，癙的借字。据余培林《诗经正诂》。

江有沱，之子归，不我过①。不我过，其啸也歌②。

○诗之三章。言因被抛弃而啸歌。方玉润《诗经原始》："以前二章作或然之想，以末一章寓无聊之心。"牛运震《诗志》："啸歌二字拆用得妙。"

注释　①**沱**：与渚同义。一说即沱江，长江上游支流，在今四川省泸州市与长江汇合。**过**：过访、过问，引申为告知、顾及。②**啸**：号歌，长歌，是抒泻内心悲苦的表现。有人说啸即蹙口吹口哨，与下文歌字不协。

解说

《江有汜》,表弃妇哀怨苦楚的篇章。

《诗经》中"之子"一词不一定专指女性,"归"也不是非指女子出嫁不可。破了这两个障碍,方玉润《诗经原始》(今人陈子展《诗经直解》从之)的意见,就很值得重视。书中说:"《江有汜》,商妇为夫所弃而无怼也。""为夫所弃"可取,"无怼"则不合诗义。又说:"此必江汉商人远归梓里,而弃其妾不以相从。始则不以备数,继则不与偕行,终且望其庐舍而不之过。妾乃作此诗以自叹而自解耳。"江汉自古就是沟通东西的大动脉,水运商贩亦当自古有之。不过,这样的说法只是据"商人重利轻离别"之说,诗篇只言"之子",没有流露出"之子"的身份。此诗或可与《周南·汉广》合观。《汉广》提醒"游女"不可猎取,本诗可能反映的是北方南来的一些男人在婚姻上的薄幸。随着王朝势力的南扩,各种男士也随之到达这里。他们在南方娶妾,但北归的时候又任意抛弃,始乱终弃,造成了一些不良后果。采诗官将此等现象采集加工谱写成诗篇,或许正有令当局"观得失,自考正"的用意。

野有死麕

野有死麕,白茅包之①。有女怀春,吉士诱之②。

○诗之首章。比兴之词,戴震《杲溪诗经补注》:"盖获麕于野,白茅可以包之;女子当春有怀,吉士宜若可诱之。设言之也。"

注释 ①**麕**(jūn):又名獐,鹿的一种,无角。**白茅**:菅草,秋天花茎都变白色。白茅包肉,取其洁净。②**怀春**:春心萌动。**吉士**:健壮男子。吉即佶字之省。《小雅·六月》"既佶且闲"句,《郑笺》:"壮健之貌。"

诱：引诱，献殷勤。《尚书·费誓》："窃牛马，诱臣妾。"

林有朴樕，野有死鹿①**。白茅纯束，有女如玉**②**。**

○诗之二章。前言白茅包鹿，此以白茅喻女子如玉，变化莫测。牛运震《诗志》："只'如玉'二字，便有十分珍惜。"

注释　①**樕**（sù）：丛生小树。②**纯**（tún）**束**：捆束，包裹。在此纯、束同义。

舒而脱脱兮，无感我帨兮，无使尨也吠①**。**

○诗之三章。女子拒绝之词。半推半就、欲依又违之态宛然。王质《诗总闻》："当是在野而又贫者。……取狩于野，包物以茅，护门有犬，皆乡落气象也。"

注释　①**脱脱**（duì duì）：迟缓貌。**感**（hàn）：动，触碰。撼之借字。**帨**（shuì）：古时的佩巾。《仪礼·士昏礼》："母施衿结帨，曰：'勉之敬之，夙夜无违宫事。'"是古代已婚女子佩服带帨巾。《豳风·七月》"亲结其缡"之"缡"，即是帨巾。**尨**（máng）：毛茸茸的样子。

解说

《野有死麕》，表现男女约会的诗篇。

《毛诗序》解释此诗说："恶无礼也。天下大乱，强暴相陵，遂成淫风。被文王之化，虽当乱世，犹恶无礼也。"是说受了"文王之化"的村野女子，也能抗拒无礼追求的行径。这真是老儒不解风情！清初陈廷敬说："诗言以茅包麕而诱怀春之女，又述此女之辞：姑徐徐来，无感我帨，无使尨吠，有幽婉之情，无严峻之意，安见其恶无礼？"（《午亭文编》卷二十八）是睁了眼细读诗句的见识。其实，早在南宋后期王柏《诗疑》就认定此诗为

"淫诗"且删之而后快，也是因看出诗中女子"幽婉之情"。汉儒说此诗篇所以给人"闭着眼睛"的感觉，是因为他们太相信"文王之化"，或者说是太坚持"文王之化"而下不来台了。《毛诗序》解《周南》《召南》，从第一首诗到最后一首，都遵从的是儒家"内圣外王"的逻辑套路。照这样的套路解诗，文王先是能家庭和睦，然后向外施加美德影响，从家到乡，从乡到国，再从北到南。既然如此，"召南"之地就不当有男女幽会之事。如此，一个"文王之化"横在脑袋里，遇《野有死麕》这样的诗，哪里还能照字句如实作解？所以，与其说他们没有看出篇中实情，倒不如说是不愿意对"舒尔脱脱"句据实解说。实际上，正如一些学者所说，周代之时，贞洁观远不如后来那么强，而诗人对社会上男欢女爱的表现，也远不像儒生所理解的那样一本正经。更重要的是，当时的风俗远远不如后来那样统一，周人努力在各方面推广自己的风俗，但与之相异乃至相违背的风俗，也还广泛延续着。

那么诗篇具体又写了什么呢？诗篇所写，是"怀春"之女与"吉士"恋情达到高潮时的一个片断。古代周人婚礼中有"纳徵"，即男方向女方交纳礼品，所用即为鹿皮。此诗从"野有死麕"起，应是受了这种婚俗的影响（马瑞辰《通释》有此说）。但白茅、死麕的意象，该不是写实之语，而是一种比喻（这一点戴震《杲溪诗经补注》已言之）。野麕已死，是猎取结束的表现；少女开始"怀春"，则是男生"诱之"的效果。"死麕"实际是喻示那位已被"猎获"的"如玉"之女。因此前两章不是在叙事，而是在为第三章的事作比兴。尾章之事，本自难言，其中的"感帨"是关键。"帨"不论是否为已婚女子所佩，在此它都是身体象征。随身之巾的被"感"，就意味着女子身体防线的崩溃。这最后一章的事，真所谓"缙绅先生难言之"，但诗人写得却极为雅驯。口吻是女子的，"脱脱"句是在说女子对正在发生的事不适应，也间接地表现出"吉士"的鲁莽；"无感"句写的是她的羞怯与恐慌；最后一句则写出控制不了事态的女子慌忙中没有忘记对男子提醒，是她避免出现更糟糕局面的努力。三句之间，不仅推就依违的情态毕肖，而且人物丰富而细腻的内心活动也层次晰然。最有趣的是诗中龙的介入。它的出现，使正在发生的故事面临暴露的危险，因而陡增几分紧张。怕犬吠，是女主人公对礼法的正视；无使犬吠，是怀春的人对礼法的偷渡。女主人公对亲近的狗儿的"出卖"，使诗多了些深度的东西。

何彼襛矣

何彼襛矣？唐棣之华①。曷不肃雍？王姬之车②。

○诗之首章。美王姬下嫁之车。花之襛丽、车之肃雍，写尽王姬身份的华贵。

▣ 注释 ▣　①**何**：如何，多么。**襛**（nóng）：浓艳。**唐棣**：别名郁李、爵梅、奠李、棠棣，属蔷薇科灌木，一米多高，春天开花，或红或白，果实为核果，形状圆而小，熟透时紫红色。唐棣花又见于《小雅·常棣》，比喻兄弟关系。此处赞其浓茂，含祝愿夫妻亲如手足的意思。**华**：花。②**曷**：何不。**肃雍**：雍容华贵。**王姬**：周王的女儿。周王室为姬姓，且周人女子称姓，故称。

何彼襛矣？华如桃李①。平王之孙，齐侯之子②。

○诗之二章。言嫁娶双方身世。桃、李以喻王孙、齐子，贴切。

▣ 注释 ▣　①**桃李**：桃花、李花，比喻男女婚姻般配。②**平王**：周平王，东周第一代王。**孙**：孙女。周平王之子洩父，早死，诗中女子可能为洩父之女，与周桓王为同辈。**齐侯**：齐国君主。《春秋》记王姬归于齐有两次：一在鲁庄公元年，即周庄王四年、齐襄公五年；一在鲁庄公十一年，即周庄王十四年、齐桓公三年。也可能是《春秋》所未记的某一次。

其钓维何？维丝伊缗①。齐侯之子，平王之孙。

〇诗之三章。言婚姻如捻丝为线。丝缗喻婚姻，古人常语。

注释　①钓：钓鱼的丝线。**丝**：丝线。**伊**：同"维"，结构助词。**缗**（mín）：丝绳。朱熹《诗集传》："丝之合而为纶（即细丝绳），犹男女之合而为婚也。"

解说

《何彼襛矣》，歌唱东周王室与齐侯联姻的篇章。

桃李、丝缗之喻，表明诗篇题材为缔造婚姻，确定无疑。但在诗所涉男女以及诗篇年代上，却历来有分歧。汉代今文经学派主张此诗"齐侯之子，平王之孙"为同一人，即此女为齐侯的女儿，周平王的外孙。此说，见贾公彦《仪礼·士昏礼》疏所引郑玄《箴膏肓》说。有学者以为郑玄所举，实出西汉《鲁诗》家之说。今文家这样说是因为"王姬之车"一句，他们解释说，"王姬"即周平王的女儿，当初她出嫁齐国的时候，把乘坐的车留下来，到自己女儿出嫁时，还乘坐这辆王家之车，是很荣耀的。清代马瑞辰《通释》还引征《卫风·硕人》"齐侯之子，卫侯之妻。东宫之妹，邢侯之姨"等句，来证明《诗经》有用几句诗来说同一人的语例。可是，照此理解，诗篇应见于《齐风》，为何放在《召南》呢？于是相信此说的学者辩解，这是因为齐国公主所嫁的婆家为召南之地的贵族之家。以上今文家说法，古今信从者不少。从东汉开始流行的古文家对此诗则有另外的解读。他们以为，诗中"平王"是周文王，"平王之孙"指的是周武王之女。如此所嫁"齐侯之子"的"齐侯"也就当为西周早期的姜太公或他的儿子辈了。也有说"齐侯"之"齐"不是国名，而是"斋"，是美称，那就连齐国也不是了。古文家之说，信从者也大有人在，如戴震、陈奂等。

其实两家之说各有不通，也各有可取。今文家说是周平王时的作品，可取；说是齐国公主出嫁，不可取。尽管有马瑞辰的举证，看似有力，其实是过信文献材料的归纳，而没照顾诗本身上下文的约束。诗最后一章言"维丝伊缗"，即捻丝成线的意思，很明显是在说，男女两家双方因有婚配而密切。有这样的限制，"齐侯之子"与"平王之孙"就不好理解为表示齐公主一人了。古文家言"王姬亦下嫁于诸侯"（《毛诗序》语），是不错的，其说"平王"为周文王则全无根据（有人以《尚书》称文王为"宁王"为例，证周文王也可以称"平王"，其实"宁"是"文"的错字）。古文家如此说诗，是因太迷信"文王之化"了。换言之，他们过于相信周、召二《南》都是文王时诗，此等观念，实在影响了儒生看诗的眼神。

综合古今两派之说，参诸篇章本身，诗篇最可能作于东周初，即周桓王时。诗何以称王姬为"平王之孙"？汪梧凤《诗学女为》说得好："其曰孙者，洩父未立之词也。"平王之子洩父早卒，《史记》载，王位由洩父之子林即周桓王继承。因此诗人为与"齐侯之子"相对，就不能不称洩父之女为"平王之孙"。后人因《春秋》鲁庄公元年、十一年两次记载王姬下嫁齐侯之事，将此诗之作与齐襄公或齐桓公联系起来，是没有正视"齐侯之子"的"之子"两字。更值得注意的是，诗篇中的婚事，很可能是平王东迁后周王室初与齐侯缔结婚姻关系，所以要制作诗篇，歌咏其事。这期间，自然是有周王室地位变迁的背景。东迁以前，不能说周王室不与齐姜为婚，但现在却有不同。东迁之后，得特别依仗像齐这样的东方大国，因而也就不能不特加重视。而且，平王东迁后，旧有礼乐丧失严重，到周桓王时，天子威仪略有恢复，所以王姬下嫁诸侯，颇成个模样，一句"曷不肃雍"，实际正表现了当时人乍见王家车马的惊叹，实在是"不图今日复见汉官威仪"（语出《后汉书·光武帝纪》，此处采魏炯若《读风知新记》说）一类的感慨。这正是诗篇曲折映现时代的地方。东周之诗而列诸《召南》而非《王风》，或许是以召南乐调演唱此诗的原因，换言之，此诗所用乐调，为东迁携来的西周旧乐。

驺虞

彼茁者葭，壹发五豝①。于嗟乎驺虞②！

○诗之首章。言一射可得五只猎物。"于嗟"二字，正《毛诗序》所谓"言之不足故嗟叹之"。

注释　①**茁**：茁壮，茂盛。**葭**（jiā）：初生芦苇。**壹发**：一射。古代一射要射四支箭，一支搭弓，其余三支插在腰间。据竹添光鸿《毛诗会笺》说。**五豝**（bā）：五只两岁的野猪。据《毛传》，贵族射猎时要由虞人把猎物驱赶到狩猎者前面，以便射猎。诗言一射而获五野猪，必有一支箭一下射中两只。语含赞叹之意。②**于**（xū）**嗟乎**：感叹词。**驺**（zōu）**虞**：驺御与虞人。驺御，负责训练马匹的官员。虞人，负责园林鸟兽管理的官员。君主及贵族狩猎时，驺御负责驾车，虞人负责驱赶猎物供狩猎者射击。

彼茁者蓬，壹发五豵①。于嗟乎驺虞！

○诗之二章。言射豵。

注释　①**蓬**：蒿草，又名飞蓬、蓬草。菊科，多年生草本植物，茎高一公尺左右，叶似柳。秋天干枯，拔根，随风飞转。**豵**（zōng）：一岁小野猪。

解说

《驺虞》，赞叹驺虞善射的短歌。

古时四季农闲季节都有狩猎活动，一则获取肉食皮毛，再则借此演练军队，加强武备。本诗从"彼茁者葭（蓬）"的句子看，当是春天田猎仪式中赞美驺虞的乐歌。古代狩猎，有许多礼法的讲究，驺为训马之官，虞为园囿司兽官，都是王、诸侯行狩的专职人员，他们的工作做得好，车驾得漂亮，每次射箭都能有超额收获，又合射箭的规矩。这些小官员很是劳碌辛苦，所以诗篇就以"于嗟"的长叹之词赞颂他们。《周礼·春官·钟师》记载："凡射，王奏《驺虞》。"又《礼记·乐记》谓："武王散军郊射，左射狸首，右射驺虞，而贯革之射息。"是说周武王克商之后，曾以《狸首》《驺虞》两首曲子为伴奏进行射箭典礼。《墨子·三辩》也有"周成王因先王之乐，命曰《驺虞》"之说。看来《驺虞》的曲子可以上推到西周初期。

邶风

邶、鄘、卫三《风》，从诗篇显示的内容看，绝大多数产生于卫国的地域。但是，在先秦时卫地之风即已三分，《左传·襄公二十九年》"为之歌邶、鄘、卫"可证。卫地有三《风》，可能与此地本来就卫、邶、鄘三国并存有关，它们各有自己的风土乐调。《汉书·地理志下》说："河内本殷之旧都，周既灭殷，分其畿内为三国，《诗·风》邶、庸、卫国是也。""河内"指太行山东侧的黄河以北的平原地区，即今河南省北部。商王朝灭亡后，立商纣王之子武庚管理殷商遗民，同时把商王朝大片直属土地一分为三，这就是邶、鄘、卫三地。一开始，邶由武庚管，鄘、卫为管叔、蔡叔和霍叔"三监"管制。"三监叛乱"平定后，"王子禄父（武庚或他的儿子）北奔"，周公就把自己同母弟康叔封建于此。此说见《汉书·地理志》。西周早期青铜器铭《沫司徒逸簋》有"王来伐商邑，（乃）命康侯鄙于卫"的记载，表明康叔在平定"三监叛乱"时确曾在当时属于"商邑"的"卫"地活动。又，《左传·定公四年》载祝佗之言曰：周初"分康叔""于殷墟"。《逸周书·作雒解》又说："俾康叔宇于殷，俾中旄父宇于东。""宇于殷"与祝佗"殷墟"之说合。但《逸周书》说封建康叔的同时，还封建了康叔的儿子中旄父。这就是说，平"三监"后，周王朝把殷商旧地一分为二了。"俾于殷"，据《逸周书》孔晁注，是康叔占有了邶、鄘之地；"俾于东"，是中旄父占有邶、鄘以东的"卫"。这表明当初封建康叔时王朝并没有让他占有全部殷商故地，是后来康叔这一支势力增长，把分给中旄父的邶、鄘以东之地合并了。合并之事可能发生在卫顷公在位时，当时已进入西周晚期的夷王朝。因为《史记·卫康叔世家》载有康叔的七世孙"顷侯厚赂周夷王，夷王命卫为侯"之事，或与卫国合并有关。既然周初把殷商故地分为邶、鄘、卫三部分，就一定有其区域上的依据。三地的音乐，在三地被合并成一个卫国之后还依然各自流传着，也是可以推测的。这或许就是卫国之内三种乐调流行的原因。

那么，邶、鄘、卫三种乐调的起源究竟如何呢？"卫风"应该就承自殷商，需要讨论的是邶和鄘。近代在河北北部涞水县境出土过铸有"北伯"字样的鼎、簋和尊，王国维《北伯鼎跋》据此推断，邶地应在今河北北部，即后来燕国之地，"邶即燕"（见《观堂集林》）。"三监叛乱"平定后，有一部分上层残余分子北奔，这使人联想到很久以前商族先王王亥曾"丧羊有易"的事（见《周易》和《楚辞·天问》）。有易，一般认为即今天离涞水县不远的易县一带。这里还出土过商代的铜戈（见《北伯鼎跋》）。那么，卫地三《风》的"邶风"乐调，很可能是来自这里，因为殷商人群曾经在这里长期生存过。那么，"鄘风"乐调的来历呢？王国维在《北伯鼎跋》中称"鄘即鲁也"，"鄘与奄声相近"。又，日本学者樋口隆康《西周青铜器研究》认为，鄘地在今商丘。两家之说，虽有较大差异，却都认为鄘在更远的东部。鄘地所在是否如两家所说，学术界还有不同的看法。不论是奄地，还是商丘之地，都是殷商人群曾经生活过的地方。随着他们的迁移殷墟，把故地的乡音带来，是很可能的。就是说，不管后来鄘地在哪里，"鄘风"乐调的起源，可能要追溯到殷商人群曾经生活过的东部。又，班固《汉书·地理志下》说"邶、庸、卫三国之诗相与同风"。这主要是针对卫地三《风》的篇章内容说的。例如《邶风》之诗有"在浚之下"的句子，《鄘风》的篇章也有"在浚之郊"的句子；又如《鄘风》有"送我淇上""在彼中河"之句，《卫风》也有"瞻彼淇奥""河水洋洋"之句，这都是其内容上"相与同风"的表现。如此说来，邶、鄘、卫三《风》，就其篇章内容而言并没有地域上的区别，有区别的是乐调，一个卫地流行三种不同的乐调，就成了卫地的风诗分为三部分的依据。

内容上，《卫风》多表现家庭关系败坏的篇章，所谓的"桑中之喜"，所谓的贵族家庭的"中冓之言"，都见于邶、鄘、卫三《风》。这也有其文化渊源方面的原因。《史记·货殖列传》言及殷商遗俗说："中山地薄人众，犹有沙丘（今邢台一带）纣淫地余民，民俗懁急，仰机利而食。丈夫相聚游戏，悲歌慷慨，起则相随椎剽，休则掘冢作巧奸冶，多美物，为倡优。女子则鼓鸣瑟，跕屣，游媚贵富，入后宫，遍诸侯。"班固《汉书·地理志下》也说："卫地有桑间濮上之阻，男女亦亟聚会，声色生焉，故俗称郑、卫之音。"这是到汉代犹可观察到的卫地殷商旧俗的流风遗韵。说起来，殷商遗俗得以延续，与周人在这里实施的文教政策有关。在周初文献《尚书·康诰》篇里，周公教导康侯，要以殷商的法条治理这里的民众。另外，《尚书·酒诰》篇也显示，周人对自己人厉行禁酒，可是对殷商遗民则可以宽容。还有，周人以农耕稼穑为重，却允许殷商人经商做买卖。由此可见，周人为了获得殷商遗民的顺从，是采取了不少包容政策的。考古显示，殷商遗民的墓葬一直到春秋时期还大多保存着殷商旧习惯。这就是说，西周王朝虽建构了礼乐文化，然而在卫国这样的地区，贵族上层行的是周礼，下层依然我行我素地按照旧有的风俗习惯生活。西周崩溃后，"康叔之风既歇，而纣之化犹存"（班固《汉书·地理志》）。邶、鄘、卫三《风》中多表现贵族家庭婚变，且多言贵族男子"桑中""中冓"之事，应是邶、鄘、卫之地的周人上层统治者已经放弃周礼的约束，他们在包括婚姻性爱在内的生活各方面，都被殷商故地的风俗传染了。

《邶风》十九篇。

柏　舟

泛彼柏舟，亦泛其流[①]**。耿耿不寐，如有隐忧**[②]**。微我无酒，以敖以游**[③]**。**

○诗之首章。总言忧愁。"柏舟""泛流"两句，喻心情沉重而恍惚；"无酒""遨游"两句，喻忧愤难遣。牛运震《诗志》："耿耿之义，如物不去，如火不熄，不寐人深知此苦。"

☐ 注释 ☐ ①泛：漂荡。柏舟：柏木做的独木舟。亦：语首助词。②耿耿：内心烦躁貌。如：而。隐忧：深忧。③微：非。敖：古"遨"字，与"游"同义。

我心匪鉴，不可以茹①。亦有兄弟，不可以据②。薄言往愬，逢彼之怒③。

○诗之二章。痛言孤立无依之状。钱锺书《管锥编》："我国古籍镜喻亦有两边。一者洞察：物无遁形，善辨美恶。……二者涵容：物来斯受，不择美恶，如《柏舟》此句。前者重其明，后者重其虚，各执一边。"

☐ 注释 ☐ ①匪：非。鉴：铜鉴，形似圆鼎的容器，盛水后可以像镜子一样鉴照。此器后来为铜镜所取代。茹：吃，吞纳。②兄弟：此处指丈夫。《诗经》中常以兄弟手足之情比喻夫妻关系的亲密。如《邶风·谷风》篇："宴尔新昏，如兄如弟。"先民重血亲，故兄弟重于妻子。据钱锺书《管锥编·毛诗正义》。据：依靠。③愬（sù）：诉说。

我心匪石，不可转也。我心匪席，不可卷也。威仪棣棣，不可选也①。

○诗之三章。继前章"匪鉴"后，又以"匪石""匪席"比心。明志节不移，博喻联翩。俞平伯《葺芷缭蘅室读诗札记》："取喻起兴巧密工细，在朴素的《诗经》中……不宜多得。"

☐ 注释 ☐ ①棣棣：仪态有度的样子。选：算，筹算，算计。引申为因计较得失而改变准则。

忧心悄悄，愠于群小①。觏闵既多，受侮不少②。静言思之，寤辟有摽③。

○诗之四章。写内心之痛。"寤辟"句与前"耿耿不寐"相应。牛运震《诗志》："寤辟有摽，写忧极惨切，妙在静言思之，以闲恬出之，意思便蕴藉。"

注释　①悄悄：忧愁貌。愠：怨恨，恼怒。群小：成群的小人，指众妾。②觏（gòu）：遭受。③静言：静静地。言，而。寤：接续，连续。字通"悟"，逆、相逢的意思。字也通"晤"，《诗》中"寤言""寤歌""晤歌"，都是连续、连续歌唱的意思。据余培林《诗经正诂》。辟：拍打胸膛。字亦作"擗"。摽：拍击胸膛发出的声音，字读嘌，有嘌，犹言嘌嘌。据闻一多《诗经通义》。

日居月诸，胡迭而微①？心之忧矣，如匪澣衣②。静言思之，不能奋飞③。

○诗之五章。以"浣衣"喻内心挫伤，形象有力。俞平伯《葺芷缭蘅室读诗札记》："始以舟之泛泛动漂泊之怀，终以鸟之翻飞兴无可奈何之叹，其结构层次实至井然。"

注释　①日、月：《诗经》常以日月比喻夫妻关系。居（jī）、诸：结构助词。日居月诸，犹言日啊月啊。迭：叠，日月交叠则有日蚀、月蚀。微：日蚀、月蚀。《小雅·十月之交》"彼月而微，此日而微"，微即指日月之蚀。②匪：彼。假借字。澣（huàn）衣：洗涤衣服。诗以洗涤衣服时的揉搓比喻内心的煎熬。澣亦作浣。③奋飞：振翅高飞，有摆脱烦恼的意思。

解说

《柏舟》，主妇遭众妾排挤的愤懑歌唱。

此诗的主题历来分歧较多。一种看法是小人在朝、仁人不得志的忧愤之作；一种意见是为失志的臣子托言失宠妇人的述意诗篇，所谓"臣与妇人一道也"（湛若水《湛甘泉文集》卷三语），是屈原《离骚》的先驱；还有一种说法是齐国女子初嫁于卫即守寡，三年守丧后父兄逼迫其改嫁亡夫之弟而不从，作此诗以明志。本书所说，采取的是朱熹《诗集传》的说法。因为"亦有兄弟"云云，表明女主人公始终未曾守寡；同时"愠于群小"表明她在丈夫面前失宠了。《孔子诗论》评价此诗是"《柏舟》闷"。而这个"闷"字，当是从诗中"静言思之，寤辟有摽"的"辟""摽"得来。《孔丛子》卷上有孔子"于《柏舟》见匹夫执志之不可易也"的评论，深合"我心匪石"等句之意。不过孔子言《诗》，多表达的是读《诗》的感受及所受启发，因而"匹夫"亦不必坐实为男性。

此诗艺术成就很高。从隐忧言起，再以鉴镜之喻，表明自己不纳污浊的高傲人格，也表明诗中主人公所以有深痛隐恨的性格原因。高尚与卑鄙相比，往往是无助的，连原本亲如"兄弟"的丈夫都不可依靠时，房塌架不倒，困顿的高尚只有靠高傲来捍卫。诗篇第三章中"匪石""匪席"的博喻，显扬的是煎熬中不破不碎的高傲人格，比喻恰切而出人意表，才情颇不一般。格调阴郁的诗篇之所以具有撼动人心的力量，也就是因为有这样的人格力量。

绿 衣

绿兮衣兮，绿衣黄里①。心之忧矣，曷维其已②！

○诗之首章。言绿色上衣以黄色为衬里，比喻反常状态，故引发心忧。

注释　①绿：绿色。古代染绿用荩草，即《小雅·采绿》"终朝采绿"之"绿"。绿草（荩草）汁液中含有黄色素，加入铜盐为染媒即可得绿色。在古代，绿色被视为杂而不纯的间色，黄色则被视为正色。**衣**：上衣。古时上衣称衣，下裙称裳。**黄里**：黄色的衬里。古代染黄，用荩草、地黄和黄栌等，也有用矿料石黄的。文献中也有"黄里"为衬的记载，如《礼记·檀弓》"练衣黄里"，是守丧期间之服，与诗篇所言不同。②**忧**：思念。**曷**：何，什么时候。

绿兮衣兮，绿衣黄裳①。心之忧矣，曷维其亡②！

○诗之二章。言绿色上衣配黄裳。

▣ 注释 ▣　①**黄裳**（cháng）：黄色的下裙。《仪礼·士冠礼》："玄端（成年所冠的一种），黄裳、杂裳可也。"可知古代士可以以黄裳为下衣。②**亡**：无。

绿兮丝兮，女所治兮①。我思古人，俾无訧兮②！

○诗之三章。言从缫丝到织染成衣，皆所思之人一手制成。暗示了"古人"的妇德。

▣ 注释 ▣　①**女**：汝，你，指亡妻。**治**：制作。②**古人**：作古之人，指亡妻。**訧**：过错。字音、义与"尤"同。

絺兮绤兮，凄其以风①。我思古人，实获我心②！

○诗之四章。言秋日凄风来临，检点裳衣，思念故去之人，可使人减欲寡过。姚际恒《诗经通论》："先从绿衣言黄里，又从绿衣言丝，又从丝言絺绤，似乎无头无绪，却又若断若连，最足令人寻绎。"

▣ 注释 ▣　①**絺、绤**：葛麻织成的布，精者为絺，粗者为绤。参《周南·葛覃》。葛布一般为夏季衣料，诗篇至此，交代出伤感是由换季而起。**凄其**：凄然。②**获**：内心充实。

解说

《绿衣》，怀念亡妻之歌。

对此诗的解释历来都有分歧。影响最大的要属《毛诗序》之说，谓："卫庄姜伤己也。妾上僭，夫人失位，而作是诗也。"《毛诗序》是将诗与卫庄公之妻庄姜婚后不幸遭遇联系起来。《左传·隐公三年》记载说庄姜"美而无子"，因而庄公再娶陈女厉妫，生子却早卒，而其陪嫁女戴妫生子，庄姜"以为己子"，即养育戴妫之子以为己子（这在礼法上是可以的）。可是，卫庄公却喜爱"嬖人"（地位不高却得宠的女子）之子，此子即"公子州吁"。州吁为人"好兵，公弗禁"。庄公虽立庄姜养子即卫桓公为接班人，但对州吁一味纵容，导致后来州吁弑君自立的恶果。《毛诗序》之说，就是建立在《左传》这段材料上的。既然《左传》说卫庄公宠州吁，那就是不喜欢庄姜收养的公子，合理推测，也就不喜欢庄姜本人。也就是说，《毛诗序》之说是推导出来的。以《左传》为据把一些风诗与一些历史事件和人物相联系，是《毛诗序》解《诗》的特点，也是其常令人生疑的地方。即以此篇而言，何曾片言只字言及庄姜？然而此说影响很大。当然，人们相信《毛诗序》之说，还与诗篇"绿衣黄里""黄裳"的句子有关。诗篇涉及两种衣服的颜色，《毛诗传》解释说："绿，间色。黄，正色。"（其说来自《礼记·玉藻》）间色就是偏色，就是不纯的色，也就是按礼法不能用来做上衣的色。诗明言"绿衣黄里""黄裳"，那不明显是颠倒正偏了吗？这样一来，人们也就很容易接受《毛诗序》所谓"妾上僭"之说了。

问题是，假如真的用绿色做上衣颜色不合礼法的话，那么，再僭越的妾，也不会穿上这样的衣服去招摇。另外，诗篇第三章"绿兮衣兮，女所治兮"的句子一个"女（汝）"字，表明其抒发的是睹物思人之情，也即是说，诗中抒情主人公应该是面对着"绿衣"的，"绿衣"是实有其衣的。其实，"黄"被用作衣服衬里颜色并不是没有（见本篇首章注①），"黄裳"也见《仪礼·士冠礼》（见本篇二章注①）。黄色为"正色"的记载，虽见于《礼记》，但在先秦时期，"黄"这个颜色的高贵程度，是否就像到了西汉以后那样代表皇家（汉代是"数用五，色上黄"，即黄色开始成为代表皇家的颜色），是要打很大问号的。既然先秦时丧服可用黄色衣料为衬，那么，凭什么断言日常衣服就一定不能以黄为衬色呢？所以，既然诗篇显示是睹物思人，那么，理解为一位男子在秋天换季的时候，检点衣物，发现亡妻留给他的"绿衣黄里"的衣服，物在人亡，不禁悲从中来，也是合情合理的。近年出现的《孔子诗论》说："《绿衣》之忧，思古人也。""古"可以解作"故"，也是思念亡妻的证据。

诗篇凄婉动人，前两章睹物思人，伤感突如其来，悲悼不已；后两章则由衣而见亡者之德，显示出诗篇之"我"的深情而义重。篇中"兮"字的连续使用，使诗篇抒情更加凄哀悱恻。

燕 燕

燕燕于飞，差池其羽①。之子于归，远送于野②。瞻望弗及，泣涕如雨③。

〇诗之首章。言送别至野外，"野"字表明送得远。陈继揆《读风臆补》："燕燕二语，深婉可诵。"吴闿生《诗义会通》："起二句，便有依依不舍意。"宋许顗《彦周诗话》："'瞻望弗及，泣涕如雨'，此真可泣鬼神矣。"

[注释] ①燕：燕子，古称玄鸟、鳦，即家燕，为候鸟，喜在房梁间筑巢，次年春北归后仍识旧巢而居。诗称燕燕，重言而已。于飞：飞。《吕氏春秋·音初》篇："有娀氏有二佚女，为之九成之台，饮食必以鼓。帝令燕往视之，鸣若谥隘。二女爱而争搏之，覆以玉筐。少选，发而视之，

燕遗二卵，北飞，遂不反。二女作歌，一终曰：'燕燕往飞'，实始作为北音。"这一记载与《史记·殷本纪》"殷契（xiè）母曰简狄。……三人行浴，见玄鸟堕其卵，简狄取吞之，因孕生契"相似，更与《商颂·玄鸟》"天命玄鸟，降而生商"之词吻合。简狄即"二（或三）女"之一，两种记载都表明燕或曰玄鸟为殷商远古祖先。甲骨文等各种文献都表明，殷商人群崇拜飞鸟。"燕燕于飞"之句，又与"燕燕往飞"句很相似，或者正是殷商古歌亦即"北音"的遗响。**差（cī）池**：不齐的样子，燕子尾翼双歧如剪。②**野**：郊外。古代地广人稀，西周封建，建立大大小小的城邑，城邑之外划出一片地区为郊，郊区之外就是野。③**弗及**：目力达不到。

燕燕于飞，颉之颃之①。之子于归，远于将之②。瞻望弗及，伫立以泣③。

○诗之二章。言行人已在目力之外。"远于"二字，因上章"远送"而变，措辞活络。

注释　①**颉（xié）、颃（háng）**：上下飞舞。分别言之，向下飞为颉，向上飞为颃。②**远于**：远。于为语助词，无实义。**将**：送。亦见《召南·鹊巢》。③**伫立**：长久地站立。

燕燕于飞，下上其音①。之子于归，远送于南②。瞻望弗及，实劳我心③。

○诗之三章。"远送于南"，进一步点明野的方位。

注释　①**下上**：即上下，犹言高一声，低一声。陈梦家《古文字中的商周祭祀》言："下上"是殷商特有的用语。周人习惯言"上下"。②**南**：南郊。③**劳**：忧愁。

仲氏任只，其心塞渊①。**终温且惠，淑慎其身**②。**先君之思，以勖寡人**③。

○诗之四章。言所送之人排行，又言其德行。别情之后，继之以思绪，余味无穷。《朱子语类》记朱熹言此章："不知古人文字之美，词气温和，义理精密如此！秦汉以后无此等语。某读《诗》，于此数句……深诵叹之。"

注释　①**仲氏**：排行第二。**任**：好，善。对人有恩义、讲信用。《荀子·成相》篇："穆公任之。""任之"与此诗"任只"语法相同。又，任，为古代六种德行之一。有学者以为任为姓，考诸句法及上下文义，不确。**只**：语气词。**塞渊**：性格深沉、诚实。②**终……且……**：既……又……。结构助词。《诗经》中始见于《小雅·甫田》，至国风中常见，应为春秋时期流行句式，春秋器铭文多有之。**温**：温和。**惠**：贤惠。**淑慎**：善良谨慎，表达仲氏修养之好。③**先君**：故世的父辈君主。**之思**：是思。**勖**：勉励。《礼记·坊记》引此诗，勖字作畜，为同音假借现象。**寡人**：寡德之人。古代君主自称之词。《郑笺》谓"庄姜自称"，陈奂《传疏》谓"庄姜嫡夫人，故得自称曰寡君"。然征诸先秦文献，君夫人无自称寡人之例。一说，此处寡人非君自称之词，而是孤独的意思。

解说

《燕燕》，送别之诗。

此诗汉代今文家和古文家就有不同解释。今文家说是卫定公之妻定姜在儿子死后送儿媳妇回娘家（古人称之为"大归"）时的作品（刘向《列女传·母仪》篇）。古文家（即《毛诗》家）则认为诗篇作于卫州吁作乱之际，是庄公之妻庄姜送陈女戴妫大归之作（《毛诗序》，参前篇《绿衣》解说）。卫庄公在位时为春秋早期，其去世时间为前734年，卫定公去世为前577年，也就是说今、古两家对诗篇创作年代的判断相去百余年。然而两说都从诗篇内找不到明确证据，这里要指出的是，刘向《列女传》引征《诗》篇往往是修辞手段，如说《硕人》，谓庄姜初嫁卫国"操行衰惰，心淫佚冶容"，于是她的傅母"乃作诗曰'硕人其颀……'，砥砺女以高节"。这样的解说与西汉儒生把《诗》当"谏书"的做法高度一致。以此篇而言，刘向所说，不过是为强调定姜是"慈姑"品格而已，可信度不高。

到了宋代，人们开始对汉儒之说产生怀疑并突出新说。王质《诗总闻》就认为，此篇"当是国君送女弟适他国"之诗。就是说，诗篇是年轻卫国国君送妹妹出嫁时的歌唱。此说与篇中"之子于归"句相吻合，也与篇末的"寡人"之称相合。公主出嫁，往往都是远嫁他邦，到夫家以后的生活是否如意，那是要看运气的，任你是公主，也难保"夫也不良"；任你是一国之君，也难管他国宫内之事。兄妹手足，离别之际，牵肠挂肚，也是常情。不过王质又说诗篇"仲氏任只"的"任"所指"当是薛国"，就难免蛇足之讥了。任姓薛国国君送别，与卫何干？既然是兄妹送别，忽然道出妹妹的姓氏，岂有此理？另外语句自身有其限定，"仲氏任只"之"任"，在此是谓语，只可解作形容品德的形容词。总之，在现有文献条件下，相较而言，还是王质《诗总闻》兄妹送别之说最妥当。

此诗在语言上，保存了一点殷商习惯，已见注释。而"燕燕于飞"的句子，据《吕氏春秋·音初》又与"北音"相关，这与王国维《北伯鼎跋》中所谓"邶即燕"之说相合（参前"邶风"解说）。不过，这里需要进一步说明的是"燕燕于飞"句子的深层含义。近年学者研究，诗篇开篇"燕燕于飞"的"燕燕"，实与殷商人群原始宗教信仰有关，注释中所举《吕氏春秋》关于有娀氏之女与燕的瓜葛，《史记·殷本纪》所言简狄吞玄鸟之卵而生殷人始祖契的传说，以及《商颂·玄鸟》所歌，都表明殷商人将玄鸟视为与本族群祖先有关的飞鸟。此外，征诸文献记载及考古发现，远古时代，从东南到东北沿海及平原一带，广泛存在飞鸟崇拜的古老习俗，如考古在河姆渡遗址所发现的"双鸟朝阳"牙板，良渚遗址多有发现的刻画在玉器上的"人鸟合一"图，以及大汶口文化遗址出土的画在陶器上的"飞鸟携日出升"图等，都证明这样的信仰的存在。殷商人的飞鸟崇拜也应属于这古老信仰的一部分。甲骨文"殷商先公王亥"的"亥"字作"䨷"，与《山海经·大荒西经》"有人曰王亥，两手操鸟，方食其头"之说相合（"食头"之说，可能是误解，正确理解应是头戴鸟羽冠）。就是说，殷商人群也有以鸟为崇拜对象的风俗。至于《燕燕》，其结尾"先君之思"的句子，也是想到了逝去的先人，与燕子象征祖先的原始意象相符。就是说，诗篇以"燕燕于飞"的歌唱开篇，是远古信仰的遗习。一些物象带有原始信仰的胎记，正是《诗经》的特点。

不过，诗篇的动人，最终还在其表现送别场景的高妙。首先是诗篇深情的表达。《孔子诗论》第16简载孔子读《诗》，也曾为诗篇情感的真挚所感动，说："《燕燕》之情，以其独也。""独"正是送别者送别时最易有的心情。其次是送别情形的写法，感人至深。送之既远，而又长久伫立、张望以至于因目力不及而泣涕如雨，是何等的一往情深！诗以燕子起兴，读者不用知道燕子古老信仰的含义，就能受到感动。燕子是候鸟，去而再来，可别去的人，其归期又在何时呢？燕的颉颃飞舞、高低鸣叫，都是送别人心绪翻卷和哀凄的表征。短短一句"燕燕"，其营造送别伤感情景的功用何等伟大！其三是表达情感善变化。前三章情绪激荡，最后一章转而为对所送之人品德的言说。仲氏是有德的，惟其有德，才值得怜惜。此一章使诗篇变得蕴藉而沉郁。诗篇是善于点染的。离别伤情之余，忽然念及故去的父亲，读此句，最初或许会觉得有点突然，可是再想一想，就觉得是深合人情的句子了：只有这样写，亲人离去后的孤单之感，才表现得尤其分明。同时，离别是悲伤的，痛切的，但这不意味着生活的结束。相反，深深的悲伤，可以净化、提升人的心境与神情，从而变得更加深沉。最后"先君之思，以勖寡人"的自我激励，不正是这样的表现么？最后，诗篇表送别之情，对后世影响极大。

日 月

日居月诸,照临下土①。乃如之人兮,逝不古处②。胡能有定,宁不我顾③?

○诗之首章。戴震《毛郑诗考正》:"以日月之照临覆冒,喻君子之当我顾我报。"前两句先回答,后一句再言所发问的问题。下同。

注释　①**居、诸**:语气词。参《邶风·柏舟》篇"日居月诸"句注。②**乃如**:像这样。**之人**:此人。**逝**:发语词。**古处**:姑处,相互容忍、得一时之安的意思。一说,以古道相处。③**胡**:什么时候。**定**:终止。**宁**:难道。

日居月诸,下土是冒①。乃如之人兮,逝不相好。胡能有定,宁不我报②?

○诗之二章。

注释　①**冒**:覆盖。②**报**:报答,善待。

日居月诸,出自东方。乃如之人兮,德音无良①。胡能有定,俾也可忘②?

○诗之三章。既是"德音无良","俾也可忘"只可作绝望语读。

注释　①**德音**:德行。②**俾**:使。**忘**:通"望",指望。

日居月诸,东方自出。父兮母兮,畜我不卒①。胡能有定,报我不述②?

○诗之四章。牛运震《诗志》:"埋怨父母极无理,却有至情。"方玉润

《诗经原始》:"一诉不已,乃再诉之;再诉不已,更三诉之;三诉不听,则惟有自呼父母而叹其生我之不辰。盖情极则呼天,疾痛则呼父母,如舜之号泣于旻天、于父母耳。此怨极也。"

注释 ①**畜**:爱惜。《孟子·梁惠王下》:"畜君者,好君也。"与此"畜"字义同。②**述**:终。于省吾《新证》:述即遂字之借。遂,终,有始有终的意思。

解说

《日月》,责丈夫不能善待自己的怨恨之诗。

诗用"乃如之人"称呼丈夫,其忿忿之情已表露无遗;而以日、月照临起兴,所涉人物当不会太低。如日行月处,夫妻各循其道,才能光明互见,下土才能得到照拂。然而现在却成睽离反目,男人不能以古道与己相好,一句"德音无良",说尽了对"之人"的绝望。然而从"胡能有定"的疑问看,这糟心的关系还在维持,迫害也还在进行,女人只有怨天尤人、累及父母了。《毛诗序》以为此诗还是表现庄姜的不幸遭遇,仍属过度阐释,其不可信与上篇相同。又,刘向《列女传·孽嬖》记卫宣公夫人宣姜及其子朔谋杀公子伋之事,引此诗"乃如之人兮,德音无良"句为证,于是陈乔枞《三家诗遗说考》及王先谦《集疏》据此以为诗篇为卫宣公时作品,也是猜测之说。清儒崔述《读风偶识》提出新说,谓诗篇"系妇人不得志于夫者所作",与诗意相合,故此处从之。

终 风

终风且暴,顾我则笑①。谑浪笑敖,中心是悼②。

○诗之首章。暴风、谑浪之语,写尽丈夫的轻薄狂态。戴君恩《读风臆评》:"顾我则笑,顾亦犹之不顾耳。真令人辄唤奈何也!"

◇ **注释** ◇　①**终……且……**:结构助词,参《邶风·燕燕》"终温且惠"句注。**暴**:《说文》引《诗》作"瀑",暴雨。句意:既刮大风又下大雨。"**顾我**"**句**:意思是平时总对我不理不睬,想到我时又一副嬉皮笑脸的样子。笑在此表示不庄重,与下文"谑浪笑敖"句同义。②**谑**:戏耍。**浪**:放荡。**敖**:傲慢,放荡。**中心**:心中。**悼**:伤心。

终风且霾,惠然肯来①。莫往莫来,悠悠我思②。

○诗之二章。想断掉阴霾如雾的夫妻生活,却终难决断。阴霾比喻夫妻关系,形象。

◇ **注释** ◇　①**霾**:阴霾,因尘土飞扬而造成的昏暗天气。**惠**:好心。在此为反语。此句是说,偶尔你发善心肯来照顾我,可给我带来的仍是天昏地暗。②"**莫往**"**二句**:很想与你断绝往来,又难下决心。

终风且曀,不日有曀①。寤言不寐,愿言则嚏②。

○诗之三章。言不幸的关系,令人恼恨。"嚏"字前人多解释为"打喷嚏"之嚏,《郑笺》:"俗人嚏,云:'人道我。'"影响所及如康进之《李逵负荆》第三折:"打嚏耳朵热,一定有人说!"虽不为正诂,也颇有趣味。

◇ **注释** ◇　①**曀**(yì):天阴而有风。**不日**:没有太阳,即不见天日的意思。**有**:只有。②"**寤言**"**句**:意思是睡也睡不着。寤、寐,见《周南·关雎》"寤寐求之"句注。**言**:而。两"言"字同义。**愿**:思虑。**嚏**(tì):忿恨。字同"懥"(zhì)。句意:想到此事就愤恨。

曀曀其阴,虺虺其雷①。寤言不寐,愿言则怀②。

○诗之四章。言不幸的煎熬,难以摆脱。

注释 ①虺虺（huī huī）：形容雷声滚滚。②怀：心思萦绕。

解说

《终风》，表现受无良丈夫虐待的女子内心苦闷的篇章。

《毛诗序》说解此诗，以为诗与卫"美而无子"的庄姜有关。据《左传·隐公三年》记载，庄姜无子，抚养戴妫所生之子为己子。庄公去世后，庄姜抚养戴妫之子继位，立十五年被公子州吁杀死。州吁上台后"侮慢"庄姜，庄姜愤而有此篇。可是，诗篇既言"莫往莫来，悠悠我思"，又言"寤言不寐，愿言则怀"，这是受了丈夫虐待又不忍断绝夫妻关系者特有的口吻。就是说，读此诗给人鲜明的印象，是怨恨的妻子恼恨狂暴无常的丈夫。庄姜对篡立的州吁，如何能有这样的意态？经生说诗不顾诗中人物关系，竟可到如此地步！诗篇表现的是一出千奇百怪的夫妻关系。受难的女性不是被遗弃，而是遭虐待。她的丈夫粗暴、蛮横而又没正经，因而诗中女主人公过的是天昏地暗的日子。诗中男子可能天生就是个心理变态者，也可能是因为没有爱情而变得乖张暴戾。如是前者，女子当后悔自己嫁错郎，但诗篇并没有这方面的显示。后一种情形便大有可能。因而诗人在展示这对变形的家庭关系时，实际揭示出重礼法、重"合二姓之好"的婚姻关系给人造成的性格扭曲，及这婚姻关系败坏时呈现出的"怪现状"。邶、鄘、卫之《风》多写家庭婚变，但《终风》却另具一副模样，真所谓"不幸的家庭各有各的不幸"。而且，篇中男子那样恶意地对待女子，女子却依然对他割不断，理还乱，又真应了"嫁狗随狗"的俗话了！诗篇风雨阴霾的比喻，也极具个性，既是对男子变态性格的揭露，也是对女子晦暗、郁闷而又无奈心境的传达。

击 鼓

击鼓其镗，踊跃用兵①。土国城漕，我独南行②。

○诗之首章。土木与用兵同兴，一派兵荒马乱之象。"我独南行"，表明士卒南行出于胁迫。陈继揆《读风臆补》："陈仅曰：起语极豪。"

注释　①**其镗**（táng）：犹言镗镗，形容鼓声。古代敲鼓以召集民众。**踊跃**：跳跃，奋起。在此有喜好的意思，是穷兵黩武时的疯狂模样。②**土**：起土筑城。动词。**国**：城郭。**城**：动词，与"土"同义。**漕**：城墙外的护城河。此句是说，挖城外壕沟的土来加固城墙。一说，卫国城邑，在今河南滑县境。

从孙子仲，平陈与宋①。不我以归，忧心有忡②。

○诗之二章。点明主将、事因。"平陈与宋"句言为他国而战，不情愿之词。

注释　①**孙子仲**：公孙文仲，出征的主将。据《毛传》说。**平**：调停。《左传·宣公四年》："公与齐侯平莒及郯。"可证此句是说，调停陈、宋两国的敌对关系，使之结好。**陈**：春秋时诸侯国，帝舜之后，都城在今河南淮阳。**与**：于。据《毛传》说。"平陈于宋"也是使陈宋交好的意思。**宋**：春秋时诸侯国，为殷商遗民国家，都城在今河南商丘。陈宋两国地域接近。②**"不我"句**：我再也回不来的意思。以，在此有让、使、允许的意思。句含哀怨气。**有忡**：犹言忡忡。

爰居爰处，爰丧其马①。于以求之？于林之下②。

○诗之三章。丧马之言为悬想之词。未战而先言丧，其情绝望。

注释　①爰：在这里。**丧马**：丢失战马即意味着难以逃离战场，有丧命之虞。②之：指诗中之"我"。**林下**：山麓树林之下。又，据《左传·宣公十二年》"邲之战"所载，古时有身份的人战死疆场有人收尸，存尸处以树木为标志。

死生契阔，与子成说①。执子之手，与子偕老②。

○诗之四章。预感此战必死，念及当初与妻子成婚时的生死之盟。钱锺书《管锥编》："此章溯成婚之时，同室同穴，盟言在耳。然而生离死别，道远年深，行者不保归其家，居者未必安于室，盟誓旦旦，或且如镂空画水。故末章曰：'于嗟阔兮，不我活兮！于嗟洵兮，不我信兮！'"

注释　①**契阔**：阔别，长别。在此为偏义词，只用其中"阔"字义。契，合。阔，离。**子**：指妻子。**成说**：约定，发誓。两句的意思是说，生死离合，已经与你约定。②**偕老**：一起到老。

于嗟阔兮①，不我活兮！于嗟洵兮，不我信兮②！

○诗之五章。泣不成声之辞。陈继揆《读风臆补》："玩两'于嗟'句，鼓声高亮，人生酸楚矣！"

注释　①**阔**：阔别，长时间分离。②**洵**：远，远离。《韩诗外传》洵字作"敻"，迥远之义。**信**：信用，此句言自己有背当年与妻子盟约的危险。

解说

《击鼓》，表被迫参战军士怨恨之情的诗篇。

诗篇写对外战争，一说以《毛诗序》为代表，言诗与州吁篡位有关，州吁弑杀卫桓公而自立，为聚合民心并在诸侯中树立威信，便主动发动战争。当时，宋国与郑国不和，于是州吁鼓动宋国打郑国，自己则联合当时与卫国关系不错的陈、蔡，四国一起伐郑，"围其东门，五日而还"（《左传·隐公四年》）。主此说者以为，诗中不言蔡，是韵文省略的缘故。不过，诗言"平陈与宋"，考诸《左传》多次出现的"平"字用法，只可理解为调停陈与宋，这又与《左传》所载当时陈、宋情况不合。还有一说为清代姚际恒《诗经通论》、方玉润《诗经原始》等所主，谓诗为卫穆公时篇章。其根据也在《左传》，晋楚邲之战后，陈国遭宋国讨伐，卫穆公出兵救陈，后因晋国助宋而失败，致使卫国大臣谢罪自杀，诗篇所言即此事（见《左传·宣公十二年》）。但当时的局面是邲之战楚国大胜，陈国倒向楚国，宋国遵守与晋国的盟约，出师伐陈，陈宋之间的敌对，实难由卫国来"平"，所以，此说也不是很通顺。就是说，前人一定将诗与历史记载相连，都难说通。其实，还有第三种可能，那就是诗篇表现的战争，不见于《左传》等史书记载。如此，诗篇本身就是史料，而且是特殊的"史料"，因为从中可读到一般史料所未有的东西，那就是某个时期卫国一般社会成员对战争的意态。

诗从体现战争气氛的鼓声写起，点染出一幅兵荒马乱的情景。人人都中止正常的生活去构筑战争工事，而自己则更不幸，被拉了去远征，一个"独"字写出了主人公此时怨怼而又无奈的心情。以下各种哀怨的说法，都是"南行"之始对未来可怕的浮想。未到战场而先丧气，实际表达的是对战争的十分厌倦。以下"爰居"两句当是在说宿营之地，在这里居处，早晚也得将尸首扔在这里。不说宿营地名，只用一"爰"含糊其辞，这是没心思说；用"丧马"指代死亡，则是不愿意说。这些都显示诗中人心情的恶劣。最后两章别开生面，使厌战畏死的情绪有了别样的意义。战士厌恶国家强加于他的任务，是由于他忠诚于另一意义上的义务，这就是他作为一个男人、丈夫，对妻子的道义。战死在战士心中既然是一种背叛，怕死就不是一种单纯的生理恐惧，毋宁说是对如此死亡意义的空虚感和无谓感。这里，我们已经读到了卫国的政治及其现实：一是卫国君主发动的对外战争，在其民众心中激不起丝毫的英雄主义的豪迈意识；二是家与国在利害上发生冲突时，人们义无反顾地倾向于个体的家庭。是国家政治昏暗，往往会有这样的情况。

凯 风

凯风自南，吹彼棘心①。棘心夭夭，母氏劬劳②！

○诗之首章。以南风吹拂棘心为喻，表现母亲育子劳累。"棘心"喻"七子"，既含自愧不才之心，又表抚养艰难之意。意象鲜明。

注释　①**凯风：**南风，南风和煦。南风称凯风，在商代武丁时的甲骨文上就有，《甲骨文合集》(14294)："南方曰夹，凤曰兕。"又同书(14295)："南方曰兕，凤与。"有学者认为"兕"即豈，豈风即凯风。**棘心：**即棘木嫩芽，指代诗中七子。棘，丛生灌木，俗称酸枣棵子。春天返青晚于一般花木。②**夭夭：**摇摆的样子。一说，少壮貌。**母氏：**即母亲。**劬**（qú）**劳：**劳苦。劬，劳累。

凯风自南，吹彼棘薪①。母氏圣善，我无令人②！

○诗之二章。锺惺《评点诗经》："棘心、棘薪，易一字而意各入妙。"

注释　①**棘薪：**棘心长大成柴。薪，柴。②**圣善：**高尚善良。**令：**好，善。

爰有寒泉，在浚之下①。有子七人，母氏劳苦！

○诗之三章。"寒泉"喻母亲心境凄凉，春风难以吹暖。是孝子体恤之心。

注释　①**浚**（xùn）：卫地名，在今河南省北部。

睍睆黄鸟，载好其音①。**有子七人，莫慰母心**！

○诗之四章。自责人不如鸟。

注释 ①睍睆（xiàn huǎn）：羽毛美好的样子。一说，鸟声清和婉转貌。**黄鸟**：黄鹂。

解说

《凯风》，感念母亲辛劳的歌。

母亲独自抚养七子确实是"劬劳"的，在儿子眼里，操劳的母亲当然也是"圣善"的。南来熏风吹拂棘心的意象，生动鲜明；孝子对慈母无以为报的拳拳之心，因这鲜明生动意象而越发动人。然而，《毛诗序》及《郑笺》另有说法：因卫地淫风流行，生有七子的母亲在丈夫死后，意图改嫁，于是七子慰留母亲。照此解释，诗篇中的"七子"自责，就是不同意母亲改嫁而施的"苦肉计"，是在否定母亲做女人的权利。还有一种说法是慰留继母说：后母因不爱前子而有去志。可是诗篇有哪一点显露了后母的消息？纯属想象罢了。近人还有一种新说法，认为是父亲虐待母亲，儿子言母亲辛劳是想委婉谏止父亲的行为（见闻一多《风诗类钞》）。附和此说者不少。这同样是受了《毛诗序》的干扰而生的另一种想象。还有一说认为是母亲死后儿子悼念母亲，表达了无尽的自责、愧悔之情。若以"爰有寒泉，在浚之下"看，说母亲已死也不算无据，可是看每一章结尾，都是强调母亲有子众多，却不能安顿母亲的心，都是在表自责，不应该是对去世之人说的话。此说也不合理。

关于此诗最早的解说出于孟子，《孟子·告子下》篇记录孟子与公孙丑谈《诗经》中《小雅·小弁》和《凯风》："（公孙丑）曰：'《凯风》何以不怨？'（孟子）曰：'《凯风》，亲之过小者也；《小弁》，亲之过大者也。亲之过大而不怨，是愈疏也；亲之过小而怨，是不可矶也。愈疏，不孝也；不可矶，亦不孝也。孔子曰："舜其至孝矣，五十而慕。"'"公孙丑说《凯风》不怨，孟子也同意，而且引了舜五十而慕的典故来强调"七子"的不怨合乎孝子之道。至于因何"不怨"，孟子的说法是《凯风》中的母亲过错小，若因母亲小过就怨恨，母子关系就难以平复了（矶，据焦循《孟子正义》在此是"摩"，即"平复"的意思）。至于母亲有什么样的小过，孟子好像知道，却没有说出来，这就给了"改嫁说"以机会。孔颖达在为《毛诗序》作疏解时，就以《毛诗序》的说法解释孟子"过小"之说，说是"七子"一自责，母亲就收回了改嫁的主意，于是就避免了母亲犯大过错的可能。还是把《毛诗序》的意思硬塞到孟子的文字里去。实际上，在一个要养育七个儿子的家庭中，负担沉重，母子之间难免龃龉，母亲或喜怒失常，或在某些事情上举措不当，引发一定程度的不和，因而儿子自责，也是很平常的。而且，此诗在东汉早期的理解，还不像《毛诗序》，如汉章帝赐光烈皇后遗物给东平、琅琊二王的诏书中就有"以慰凯风寒泉之思"，若诗篇所表七子之母之"小过"与改嫁有关，诏书应不会那样写（参管世铭《韫山堂文集》卷一）。陶渊明为舅父所写《孟府君传》也有"凯风寒泉之思，实钟厥心"之句，表明在《毛诗序》盛行于世后，理解此诗也有不遵从者。

雄　雉

雄雉于飞，泄泄其羽①。我之怀矣，自诒伊阻②。

○诗之首章。以雉飞作喻，言丈夫的远去。

注释　①**雄雉**：雄性野鸡。头上有冠，尾很长，毛色美丽，性好斗。**泄泄**（yì yì）：翅膀扇动貌。②**诒**（yí）：通"贻"，遗留。自诒即自找、自寻烦恼的意思。**伊**：结构助词。**阻**：艰难。引申为烦恼。

雄雉于飞，下上其音①。**展矣君子，实劳我心**②。

○诗之二章。言丈夫音讯渺茫。

▣ 注释 ▣　①**下上**：上下。参《燕燕》"下上其音"句注。②**展**：诚，实在。**君子**：指丈夫。**劳**：伤神。"展矣君子"与下句合起来可以译作：真的，君子，我实在劳心透了！

瞻彼日月，悠悠我思。道之云远，曷云能来①？

○诗之三章。牛运震《诗志》："'实劳我心''悠悠我思'从'自诒伊阻'生来。却为末章含蓄起势。此通篇结构贯串处。"

▣ 注释 ▣　①**云**：助词。**曷**：何。**来**：回来，有止息的意思。此义，《诗经》常见，如"我行不来""职劳不来""羊牛下来"等。

百尔君子，不知德行①。**不忮不求，何用不臧**②！

○诗之四章。言丈夫不知德行。功名之心，百患皆生。

▣ 注释 ▣　①**百尔**：凡是，任凡，所有。②**忮**（zhì）：贪心。**求**：过分追求名利。**何用**：怎么会。**臧**（zāng）：好。

解说

《雄雉》，表女子因思念而恼恨的诗篇。

诗篇中的男人如同长满美丽长羽的雄雉，为了功名，出去了就总不回家，苦了在家的闺中人。思念不已的她也终于想明白了，任何思念都是自寻烦恼。于是诗中人对着包括自己丈夫在内的所有男性们发出这样的劝告：但凡你们知道点什么叫德行，安分一点，不那么整天东追西求，不就什么都好了吗？思念至极而有这样的怨艾，是有个性的，也的确不简单！雄雉的比喻同样有个性，雄赳赳长满一身漂亮羽毛的雉鸡，整天在野地里上飞下跳，不正是对那些"不知德行"整日为虚头名利东颠西跑的男人们绝好的譬况吗？要注意的是用"雄雉"比喻"君子"，表现出女主人还是承认自己丈夫的品格是不错的，所以"不知德行"的话，不能理解为丈夫缺德，而是说"君子"不明白生活的真义。总之，在这首诗里，不仅男子汉们那点堂而皇之的追求，早就被有灵性的女性们觑破了！而且，对现实的认识，女子看得也比被功名心糊了眼睛的男子更透亮！《诗经》表现闺中思念，千姿百态，此篇即其富于个性的一态。

匏有苦叶

匏有苦叶，济有深涉①。深则厉，浅则揭②。

○诗之首章。言涉深水应该有所凭依，且应据水之深浅因时制宜。涉世当知深浅，是此篇大旨。格言色彩明显。

注释 ①**匏**（páo）：葫芦，又名瓠、壶、蒲芦等，原产印度，我国自古种植。瓜与叶嫩时皆可食，嫩瓜又可入药。秋天长成后，葫芦质地坚硬，可用以渡河，也可做成容器。**苦**：同"枯"。匏叶干枯时匏瓜长成，可系于腰间渡深水。**济**：津渡。**涉**：渡水。两句是说，匏老时可用以渡水。②**厉**：衣带飘浮。厉的本义是衣服下垂的带子，《小雅·都人士》"垂带而厉"即是。用葫芦渡水，葫芦浮起，犹如衣服的带子漂浮。**揭**：撩起衣服。一说，揭为搭，意思是水浅时就把匏搭在身上。

有瀰济盈，有鷕雉鸣①。济盈不濡轨，雉鸣求其牡②。

○诗之二章。言河水涨满时，就不该以车渡河；雌雉鸣求其雄，更属反常。方玉润《诗经原始》："措词谲诡隐微。"象征性语言，妙在若规若讽。

◎ **注释** ◎ ①**有瀰**（mǐ）：犹言瀰瀰，水涨满的意思。**有鷕**（yǎo）：犹言鷕鷕。鷕，雉的叫声。**雉**：雉鸡，俗称野鸡。据《夏小正》，正月雉鸡闻雷声而鸣叫，可据以判断时令。另外，从此鸟习性看，求偶时一般是雄性向雌性展现羽毛和声音，所以"雉鸣求其牡"或为反常现象。②**濡**：湿。**轨**：车轴的轴头。**牡**：雄雉。

雍雍鸣雁，旭日始旦①。**士如归妻，迨冰未泮**②。

○诗之三章。言初春光景为婚姻缔结的时令。旭日与鸣雁相对，一片好光景。戴君恩《读风臆评》："丽藻缤纷，云蒸霞蔚。"

◎ **注释** ◎ ①**雍雍**：雁叫声。**雁**：候鸟，即天鹅，初春北来，秋天南下。古人结婚六礼中纳彩、纳吉和请期等环节以雁为挚（见面礼），不过因为雁（天鹅）难以生得，所以用家养之鹅替代，字亦作"鴚"。诗篇写鸣雁，或暗示了婚礼缔结时令的到来。**旭日**：红日。**旦**：升起。古代婚礼，亲迎典礼在傍晚黄昏时分，其他各礼都在早晨日出之前，诗表旭日，或与此有关。②**士**：男子。**归妻**：迎娶妻子。**迨**（dài）：趁着。**泮**：冰解冻。其时夏历在正月中以前。《荀子·大略》："霜降逆女，冰泮杀止。"

招招舟子，人涉卬否①。**人涉卬否，卬须我友**②。

○诗之四章。牛运震《诗志》："'招招'二字画景。'人涉卬否'叠一笔，跌逗风神。"

◎ **注释** ◎ ①**招招**：招手貌。**舟子**：驾船摆渡的人。②**卬**（áng）：我，俺。马瑞辰《通释》："卬者，姎之假借。《说文》：'姎，妇人自称我也。'"杨树达《积微居小学述林》："析言之谓女子，浑言之亦人也。"意即姎有时也可用于男人自称。**须**：等待。

解说

《匏有苦叶》,对结婚不合时令现象表示不满的篇章。

《毛诗序》以为诗篇刺卫宣公行淫乱,篇内无据。宋代以来又有许多说法,其中钱澄之《田间诗学》"男士受礼"说,颇与诗篇内容相合。此诗在表现上采用的是亦实亦虚的象征手法。第一章正如方玉润《诗经原始》所谓:"借涉水以喻涉世,提出深浅二字作主,以见涉世须当有识量,度时务,知其浅深而后行,是全诗总冒。"第二章则专就眼前的光景着笔,其意是说河水瀰然始涨,雉鸡鷕然鸣叫,已经不是婚配的时节;河水涨满,哪有不湿车轴头的?雌雉的鸣叫求偶,又岂是正常现象?第三章则正面指出:娶妻的合理时节,只在初阳变红、行行大雁北归、河水行将解冻的一段日子。"鸣雁""旭日"及"冰泮"等语,都是变化着说时节,是从正面说。一反一正之间,既点明了时节,更把时节物象的变化,丰富地表现出来,使篇章很富色彩,一幅早春的图景宛然显现于字里行间。最后一章遥应首章,仍写渡水,其意在借题发挥:在人人都争着渡水的时候,我却等待,等待我志同道合的朋友。是众人皆醉,唯我独醒,不同流合污的意态。要之,诗篇是感于时事,有所刺讥的,其矛头大概指向当时婚姻的不合时令。这是从第三章可以看出来的。诗的妙处在它的含而不露,要表达对时俗的不满,却只从时令说起;同时处处从济水一边着笔,叙济盈、表鸣雉、说旭日、讲招招舟子,仿佛是一篇诗人的渡前不满现实婚姻风俗的抒怀,在《国风》中,别具一格。

谷 风

习习谷风，以阴以雨①。黾勉同心，不宜有怒②。采葑采菲，无以下体③？德音莫违，及尔同死④。

○诗之首章。言只要男子不变心，自己也会至死相伴。陈子展《诗经直解》："妇言室家之道当和，己德之有可取。"最后两句，道出女子的依赖性格。

注释　①**习习**：连续不断的样子。**谷风**：东风，大风。"**以阴**"句：东风连带阴雨天的意思。现在北方一带的农民仍有东风多雨的说法。一说，谷风为暴怒之风。据严粲《诗缉》。亦通。②**黾**（mǐn）**勉**：犹言勉勉，勤奋努力的样子。甲骨文有两字，形为女子怀孕之义，怀孕辛苦耗神，故有后来的引申。见孟世凯《甲骨文小字典》。③**葑**（fēng）：又称芜菁、蔓菁，根块硕大的植物，可以腌制咸菜，自古为农家常食之菜。**菲**（fēi）：芴也。即今萝卜之类。**下体**：根块。两句意为采食葑菲应取其根块吗？可现在却只看菜叶好看。隐含指责男人贪恋姿色之意。④**德音**：道义和恩情。《诗》中数见。**莫违**：不背离。

行道迟迟，中心有违①。不远伊迩，薄送我畿②。谁谓荼苦，其甘如荠③。宴尔新昏，如兄如弟④。

○诗之二章。言不幸而遭离弃，内心苦楚。《郑笺》："无恩之甚！""行于道路之人，至将于别，尚舒行，其心徘徊然。"杨慎《升庵经说》言"行道"两句："思致微婉。《紫玉歌》所谓'身远心迩'，《洛神赋》所谓'足往神留'，皆祖其意。"

注释　①**违**：恨。字亦作"愇""㠱"。②**伊迩**：伊，维，语气词。迩，近。**畿**：门槛，门口。畿的本义为垫门轴的石头，韩愈《谴疟鬼诗》"白石为门畿"之"畿"即此。③**荼**：苦菜。**荠**：甜菜。两句是说：都说荼菜苦，与我心情之苦比起来，荼菜那点苦反而像荠菜那样甜。④**宴**：乐，喜欢。**兄弟**：比喻夫妻亲密。钱锺书《管锥编》言，古时重血亲，所以诗用兄弟关系比喻夫妻之亲密。

泾以渭浊，湜湜其沚①。宴尔新昏，不我屑以②。毋逝我梁，毋发我笱③。我躬不阅，遑恤我后④！

○诗之三章。表明婚姻破败在于男子的喜新厌旧。"泾渭"两句隽永，哀绝、凄绝。

▣ 注释 ▣　①**泾**：水名，发源于甘肃，南流至长武入陕西，至高陵入渭水。**以**：由于。**渭**：水名，发源于甘肃渭源县，至陇东入陕西，再东流入黄河。渭水河床多为沙底，所以浑浊。泾水则为石子底，一年中除春夏河水暴涨，其他时候都较清澈。两水合流后，清浊对比分明。今人史念海有《论泾渭清浊的变化》一文，也认为春秋以前泾水远清于渭水。**湜湜**（shí shí）：清澈貌。**沚**（zhǐ）：水流停下来。两句意为泾水原本很清，因为渭水的缘故才变得浑浊。变浑浊的水静下来，还是清澈的。诗中人以泾水自比，言自己婚姻生活的失败是因遭到别人的破坏；并言日久好坏自见，自己的好早晚会显出来。②**"不我"句**："以我不屑"的倒装。屑，洁净，以我为不洁，即看不上我的意思。③**逝**：往。**梁**：鱼梁。古人为捕鱼在水中筑石堰，中间留有缺口，安放竹篓之物拦鱼，称为梁。"毋逝"四句，又见于《小雅·小弁》，是风诗袭用前人成语之例。**发**：打开。**笱**（gǒu）：竹制的捕鱼器物。④**躬**：身体。**阅**：容留。**遑**：何暇，哪里有暇。**恤**：顾及。**后**：后事。

就其深矣，方之舟之①。就其浅矣，泳之游之。何有何亡，黾勉求之。凡民有丧，匍匐救之②。

○诗之四章。自述妇德，说得伟岸雄直。陈震《读诗识小录》："'就其深矣'一章用直笔，然亦承上作转，而跌起下章。"

注释　①方：用木筏渡水。舟：以舟渡水。②民：指他人。丧：灾难。匍匐：手足爬行，有急迫、竭尽全力的意思。

不我能慉，反以我为雠①。既阻我德，贾用不售②。昔育恐育鞫，及尔颠覆③。既生既育，比予于毒④。

○诗之五章。声讨之辞。牛运震《诗志》："怨怼之切，在连用'我'字及'尔'字、'予'字。"

注释　①慉（xù）：相好的意思。《吕氏春秋·适威》引《周书》"民善之则畜也，不善则雠也"可证。畜、慉可通。雠（chóu）：仇人，对头。②阻：拒绝。贾：出卖。用：因而。不售：卖不出去。此句以商贾比喻自己的美德不被看重。③育：两"育"字都是结构助词。恐：恐惧。鞫（jū）：穷困，促迫。颠覆：潦倒困苦。句意为当年艰难的时候，两人心怀恐惧，怕一同陷入困境。④生、育：养儿育女。毒：毒物。

我有旨蓄，亦以御冬①。宴尔新昏，以我御穷②。有洸有溃，既诒我肄③。不念昔者，伊余来塈④！

○诗之六章。以弃妇冤痛之辞作结。辅广《诗童子问》："观此一诗，比物连类，因事兴辞，条例秩然。"顾镇《虞东学诗》："此诗反复低回，叨叨细细，极凄切又极缠绵，觉《庐江小吏妻》（即《孔雀东南飞》）诗殊浅俗也。"

注释　①旨蓄：美好的积蓄。御冬：比喻的说法，抵御艰难的意思。②御穷：抵御贫穷。两句是说，女子原来以为自己的努力是为抵御共同的艰难，现在发现，男人一直把自己当作御穷的手段来利用。③洸（guāng）

溃：原意为水势凶猛，在此形容态度粗暴、凶恶。**诒**：通"贻"，给予。**肄**：忧愁，苦痛。④**墍**（xì）：怒。忾字的假借。此句谓丈夫不念过去而对自己暴怒。

解说

《谷风》，表弃妇哀怨的诗。

从女主人公的自述看，这场婚变起因于男子的喜新厌旧。一句"薄送我畿"，写出了男子抛弃女子竟是关门了事的刻薄寡情。需要注意的是，诗中"泾以渭浊"句显示，弃妇对婚变责任的追究，把相当大甚至可以说是主要的怨气，都用在了对另一位夺爱女子的指责上了。《孔子诗论》对此有"《谷风》鄙"的评论（第26简）。简文中"鄙"字原作"丕"，有人释作"背"，有人释作"悲"，有人释作"怀"。周凤五先生在《〈孔子诗论〉新释文及注解》（发表于庞朴主持的简帛网站）中说："《小雅·谷风》首章云：'习习谷风，维风及雨。将恐将惧，维予及女。将安将乐，女转弃予。'次章云：'将安将乐，弃予如遗。'卒章云：'忘我大德，思我小怨。'则简文当读为'鄙'。《楚辞·怀沙》：'易初本迪兮，君子所鄙。'王注：'鄙，耻也。'简文盖谓其人忘恩背德，行为可耻也。"这是认为"《谷风》鄙"评论的是《小雅·谷风》，然《邶风》中的这首同名诗，又何尝不可以作一"鄙"字的评价呢？《小雅》中的《谷风》与《邶风》中的《谷风》只有内容繁简差别，都可以接受《孔子诗论》的评价，其背德之人，都应受这个"鄙"字的定评。这是读《诗》者的感受，不是篇中受害女子的想法。她更多的是想自己是如何做事本分得体。诗中"凡民有丧，匍匐救之"一语，有人怀疑是否当出自女性之口。实际上，这话是有具体所指的。按当时的社会法则，富贵的家庭，在经济上对族人有扶危济困的责任。"匍匐"云云，当系此而言。而整个"就其深矣"一章的内容，都表达的是女子在家庭、家族乃至社会生活中的道义和德行。然而"德行"对一个女人应有的地位而言，其保障作用又何其微弱。诗中反复出现"宴尔新昏"的怨责之言，而"新昏"的宴乐，只在其"新"，一个"新"字可以击垮所有的旧德。但在诗中受害人，似乎没有意识到这一点。女子已经被赶出家门，仍然在陈述着自己的美德。这无益的行为，实际上反见出社会赋予女子的婚姻理想是有问题的。因为诗中人自信无亏的种种德行，实际表现的是依附的婚姻观念。这里的家庭两性关系，只有妇道，而没有女性的主体存在。"贾用不售"的话，是不幸而言中了。靠隐忍负重来获得男人的爱惜和夫妻关系的稳固，这事本身就多少有些像是在做买卖，而"以我御穷"也就是在男权社会里，一切婚姻关系的好坏都依仗于"买主"们的"德性"。诗毕竟触及到了这一层，虽说并不怎么自觉，但也使得诗篇在感人的伤悼之外，获得了某种思想价值。此诗还有一点值得注意，那就是"泾以渭浊"句，然而清代乾隆皇帝要作文，查《诗》注解，发现郑玄与朱熹在泾渭两水孰清孰浊上的说法相反（郑玄说："泾水以有渭，故见渭浊。""见渭浊"的"渭"，据陆德明《经典释文》作"谓"，从语法上这也说得通。不过乾隆皇帝却认为，在朱熹之前，即唐代陆德明和孔颖达，就误解了郑玄的正确说法），于是特差大臣就两水清浊进行实地考察，大臣得出的结论是泾清渭浊，并将此结论写成奏折上报。乾隆皇帝还为此作《泾清渭浊纪实》一文，见《御制文三集》。一位地处今河南北部的女子，竟然对千里之外的今陕西境内河流的清浊分别了然于心，且脱口而出，不是十分可怪吗？俞平伯先生在发表于《古史辨》的《葺芷缭蘅室读诗札记》中，就曾对这几句产生过疑问。若理解为这是采诗官员语言的流露，就好解释了。另外"毋逝我梁"以下四句也是如此。采诗"王官"，来自当时西周即今天的陕西一带，在他们用诗篇表现弃妇不幸遭遇时，不小心把自己熟悉的事或自己的语句带进了诗篇，倒是很可以理解的。

式 微

式微式微，胡不归①？微君之故，胡为乎中露②？

○诗之首章。"微君"一词，语含责备。句句用韵，两句一换。

▣ 注释 ▣ ①**式：**语助词，无实义。**微：**微末，轻贱。**归：**归返自己的国家。②**微：**若非，若不是。《论语·宪问》："微管仲，吾其被发左衽矣。"微字与此语例同。**故：**缘故。**乎：**于，在。**中露：**露中，经历风霜磨难的意思。

式微式微，胡不归？微君之躬，胡为乎泥中①？

○诗之二章。牛运震《诗志》："两折长短句，重叠调，写出满腔愤懑。"

▣ 注释 ▣ ①**躬：**身。一说，困穷，躬是穷字的假借。**泥中：**泥途，陷于艰难的意思。

解说

《式微》，劝归之歌。

《毛诗序》："黎侯寓于卫，其臣劝以归也。"这是古文家的说法。其根据在《春秋》及《左传·宣公十五年》记载。《春秋》曰："晋师灭赤狄潞氏，以潞子婴儿归。"《左传》则记晋灭赤狄时历数其五大罪状，其一为"夺黎氏地"，亦即侵占黎国之地；之后，晋国因有秦师入境而"立黎侯而还"，即恢复黎国而返。《毛诗序》认为此诗作于黎侯失国之时，是大臣劝他复国的。可是，既然黎侯被赤狄夺了地，无家可归，只有到了晋景公六年灭赤狄后才有翻身的机会。"黎地已为赤狄所夺，复于何归？今有可归，则昔不出奔矣！"（魏源《诗古微》中编二。更早的姚际恒也有类似反诘）以上是汉代古文经学家之说。在古文家之说流行之前，西汉今文家对《式微》便另有说法，其说见于刘向《列女传·贞顺》篇。该篇记载：卫侯之女嫁给黎侯庄公，称黎庄夫人，婚后关系不好，她从娘家带来的傅母劝她回娘家，作了诗的前两句："式微式微，胡不归？"黎庄夫人以诗作答，以表贞一之志，就有了每章后两句。今文家的说法可以解释此诗何以归入《邶风》，黎庄夫人和她的傅母都是卫国人，诗歌唱卫地乐调是很自然的。反之，古文家的说法则不行，黎国大臣唱歌劝他们的君主返国，该用黎地乐调才对，因为当时人是注重"乐操土风不忘旧"的。还有，刘向《列女传》载黎庄夫人之事，明言出自《申故》，应即鲁诗家申培《鲁故》一书。申培是西汉初期人，其说要早于《毛诗序》，或有所本。此诗所关涉的黎国，旧说以为黎国为武王所封帝尧之后，据近代以来发现的诸西周青铜器铭，黎国君主为周初大臣毕公之后，铭文中又称之为楷侯，其地就在今山西长治地区的黎城县附近，境内有壶关之险，与卫国地域相邻近。若今文家所说可信，此诗还有一个亮点：它不单是一种对唱的形式，而且是最早的联句体。

旄　丘

旄丘之葛兮，何诞之节兮①。叔兮伯兮，何多日也②！

○诗之首章。以葛的生节，嗔怪叔、伯的迟延。

注释　①旄（máo）丘：前高后低的土丘。诞：阔，伸长。②叔、伯：周代贵族同姓之间，年长者称伯，年幼者称叔；异姓则称伯舅、叔舅。又"叔兮伯兮"句，见《郑风·萚兮》和《丰》篇，为呼告之语，前一篇还可以肯定为女子的呼告。另外，单称"伯"者有《卫风·伯兮》"伯兮朅兮"，指丈夫；单独称"叔"者有《郑风·叔于田》"不如叔也"，指某男子。

何其处也？必有与也①。**何其久也，必有以也**②。

○诗之二章。言对方迟缓，必有原因，盼望之情，却出之以体谅口吻，委婉。姚际恒《诗经通论》："自问自答，望人情景如画。"

注释　①**处**：停滞，拖沓。意思与《大雅·常武》"不留不处"之"处"义同。**与**：以，缘由。古代以、与可通用。②**以**：原因。

狐裘蒙戎，匪车不东①。**叔兮伯兮，靡所与同**②。

○诗之三章。言到底还是不能东行，自己终于滞留。失望之情宛然。

注释　①**狐裘**：狐皮做的大衣，贵族服装。**蒙戎**：蓬松。**匪**：非，没有。句意为：没有车来接就不能东行。②**靡**：没有。**同**：同心，即一条心、肯帮忙的意思。

琐兮尾兮，流离之子①。**叔兮伯兮，褎如充耳**②。

○诗之四章。责叔伯装聋作哑，是失望之余的愤懑。陈震《读诗识小录》："前半哀音曼响，后半变徵流商。"

注释　①**琐、尾**：卑微貌。一说，琐为细小貌。尾，即娓，美貌。**流离**：流离失所，漂散。一说，流离为鸟名，字亦作"鹠离""鹠鹖"，此鸟小时好看，长大后难看。②**褎**（yòu）：笑嘻嘻的样子。一说，褎然盛服貌。**充耳**：塞住耳朵，即"充耳不闻"之省。

解说

《旄丘》，希望同姓诸侯救助而终归失望的哀歌。

此诗在汉代就两种说法：一是今文家之说，一为古文家之说。今文家之说见《焦氏易林·归妹之蛊》所载《齐诗》家言，谓："阴阳隔塞，许嫁不答。《旄丘》《新台》，悔往叹息。"是说，此篇与《新台》一样，是有关婚姻的篇章。《新台》属婚嫁题材没有问题，至于《旄丘》，若理解为与婚姻有关的诗，就得把篇中"流离之子"的"流离"，解释为鸟名。照本字读能读通，却要采取同音假借的解释，是舍近取远。还有"狐裘蒙戎"句，若理解为婚姻题材的诗，也得解释为是昏乱、变心的比喻。以上两者也都可通，只是别扭，最麻烦的还在"叔兮伯兮"，说是男子变心了，因而有诗篇所表现的女子呼告，可"叔""伯"并称，指的是两个人以上，这就有点难通了。女子遭遇"许嫁不答"，可总不至于连男方是"叔"还是"伯"也分不清吧？《卫风·伯兮》可以肯定是女子想念丈夫，诗中称丈夫为"伯"，只是称"伯"，没有连带着"叔"。所以，这样说来，今文《齐诗》家的说法经不住推敲。

至于古文家说此诗，是将其与《式微》视为同一本事的，说是黎国臣子责备卫侯的篇什。责备卫侯什么呢？责备卫国君主"不能修方伯连帅之职"，具体说是不能帮助失去国土的黎侯复国。篇中"匪车不东"句，《毛传》解释："不东，言不来东也。"《郑笺》："黎国在卫西，今所寓在卫东。"结合《郑笺》解释《式微》篇的说法，此句的意思是说，黎侯流亡寓居在卫，卫国曾提供两个邑的地方供他居住，更多的事情就不肯做了，因此想复国的黎侯君臣就有了埋怨。实际上，《式微》篇是否与黎侯失国有关很难确定，说此篇是《式微》的姊妹篇，也属无据之谈。至于卫国曾提供两个邑之说，就更是郑玄据《式微》篇"露中""泥中"的语句所做的猜测，严粲《诗缉》已表示不信，且对《毛传》"东来"的解释表示了否定。笔者认为，此诗虽与黎侯复国之事无关，却可以放到整个西周、东周之交的大背景下来考虑。就是说，《旄丘》确系与西周崩溃之际流离失所的周贵族有关。在那样的一个大动荡之际，遭西戎异族侵害的某些小国贵族为向东逃，曾向卫国同姓祈求帮助，却遭置之不理，因而心生哀怨，是很可能的。若说是黎国贵族，也应该是西周、东周之交的黎国贵族（按，2007年考古工作者曾在今山西黎城县发掘过黎国墓葬遗址，表明至西周后期黎国还是存在的）。

无论如何，诗篇在艺术上是颇有可取的。先以藤葛伸长开篇，点明了时节，正与下文"狐裘蒙戎"有关。盛春时节东逃的贵族人物，还穿着毛绒绒的皮衣，其狼狈不堪、需要接济，自在不言之中了。诗第二章，表现对卫国君臣不理不睬的猜测之词，委婉含蓄，很像是情人之语，乃至引得不少现代解释者以为此篇为男女情感之作。最后一章"褎如充耳"一句，又生动地表出了同姓贵族的不关痛痒；流离之人曾反复哀求过这些懿亲人物们的事实，也就暗含在诗句当中了。诗篇哀告中有乞求，乞求中有怨恼，"兮"字的反复使用，更加强了哀怨的意味。

简　兮

简兮简兮，方将万舞①。日之方中，在前上处②。

○诗之首章。写将舞时的情景。"在前上处"一句，锁定诗的关注点。

注释　①**简**：象声词，《商颂·那》"奏鼓简简"，"简简"形容击鼓之声。古人舞蹈之前，击鼓醒众，自殷商时既已如此。甲骨文显示，一些仪式、场合有用"三鼓""五鼓"为引导的现象，至周代应沿袭了这一节目。**方将**：正要。**万舞**：大型舞乐之称。包括武舞、文舞两部分：武舞主要道具为干戈，用于演习武事；文舞有用羽毛装饰的道具，还有可以吹奏的笛子（参本篇三章"左手""右手"两句注）。"万舞"在《诗经》还出现了两次：一次见于《鲁颂·閟宫》"万舞洋洋"，另一次见于《商颂·那》"万舞有奕"。前者用于祭祀周公，后者用于祭祀商汤。另外，"万舞"也见于甲骨文。②**方中**：正午时刻。据《毛传》，教育国子万舞以日中为期；据《孔疏》，若祭祀用此舞，则在天将亮时。又，《夏小正》《月令》皆言教此舞具体时间在夏历二月丁亥这一天。**前**：庭前。**上处**：在舞列的队前，指下文硕人为舞乐的领头人。

硕人俣俣，公庭万舞①。有力如虎，执辔如组②。

○诗之二章。写武舞情状，特表硕人之孔武有力。《吕氏春秋·先己》："《诗》曰：'执辔如组。'孔子曰：'审此言也，可以为天下。'子贡曰：'何其躁也？'孔子曰：'非谓其躁也，谓其为之于此，而成文于彼也。'圣人组修其身而成文于天下矣。"

注释　①硕人：身形高大的人。俣（yǔ）俣：魁梧健美貌。《韩诗外传》作"扈扈"。②辔：缰绳。一说，辔字为帔的假借。帔，无色丝绸织成的长带，有手柄，执之以舞。如组：组的本义是丝线织成的绳带，很柔软，这里是说硕人执辔的舞蹈动作驾轻就熟，像舞动的丝带一样优雅。

左手执籥，右手秉翟①。赫如渥赭，公言锡爵②。

○诗之三章。写硕人亦善文舞。

注释　①籥（yuè）：六孔的长笛，古代八音中属竹。翟：雉的翎子。雉，长尾山鸡。以上两句写文舞。②赫：赤色。渥赭：面色红润。渥，润泽。赭，赤色。公：卫君。锡：同"赐"。爵：酒爵。古代典礼结束，主人要向低下的执事人员赐酒。

山有榛，隰有苓①。云谁之思，西方美人②。彼美人兮，西方之人兮！

○诗之四章。慨叹硕人身世之辞。陈继揆《读风臆补》："后一章两'兮'字忽作变调，亦与首章首句神韵相应。"陈震《读诗识小录》："含蓄中有针锋，企望中有涕泪，令人味之不尽。"

注释　①榛：榛子，灌木或小乔木，质地坚硬致密，可制手杖、伞柄，果实自古为著名干果，果仁也可入药，有益气力、实肠胃之效。古代妇女初见，以此果为见面礼。据《左传》记载。**隰**（xí）：下湿之地。**苓**：又名虎杖、大苦等，多年生草本，夏秋间开红白色小花，嫩叶可食，根茎可入药。②**西方**：指西周。此句表明"美人"来自西周。**美人**：高大壮美之人，与上文"硕人"义同。

解说

《简兮》，慨叹舞师身世的诗篇。

《毛诗序》说："卫之贤者仕于伶官，皆可以承事王者也。"诗篇只表现硕人的舞乐技艺，且明示他从"西方"来，其余就难从诗篇看出了，所以《毛诗序》说并不妥当。而且"伶官"云云明显把篇中的舞乐当成了伎人的表演，无意间流露的是汉代人对歌舞的轻贱看法。而在周代，"执辔如组"及"执籥""秉翟"舞乐，是国子必修的技艺，是他们参加大祭祀典礼必备的能力，汉代流行的歌舞伎在地位上与他们相去甚远。

诗从舞乐之前的鼓声写起，顺次先武后文，视力的焦点始终追随着一个人，即"硕人"亦即"美人"。而舞蹈结束时面色红润的舞师，与地位低下的办事人员一起，手捧卫公一声高喊吩咐下来的酒爵，禁不住悲从中来。当然，他的悲伤是诗人替他表达的，而且诗人明言，他是从"西方"来的，作为技艺精湛的舞者，曾是在王家的礼乐中高蹈，现在却要跑到卫国公庭前混碗饭吃了。《论语·微子》中记载，礼崩乐坏的鲁国"大师挚适齐，亚饭干适楚"等等。可见这类事情也曾在西周王朝的晚期发生过。如此，因舞得卖力、漂亮而受到赏赐时，怎么会不心情波动呢？最后一章，正是诗人体会并且同情舞师此时此刻心迹的慨叹之辞。可惜这层意思，被我们喜欢爱情的研究家误会了。且不说公侯堂前的万舞，士女们是否可以随便观看，就是表达爱情，为什么偏偏强调那人的来历和地位呢？对《诗经》中的爱情之作，汉儒是驼鸟策略，视而不见；宋儒则是道学家的脾气，口诛笔伐。我们时代的《诗》家，则自有办法。他们是只要见到有表达怜惜之情的，就是爱情。听风是雨，见烟求火，其偏执、鲁莽，实可与汉、宋经生比肩而三。在此诗对舞师的感叹中，还可以读到另外的东西。万舞是王室和各诸侯都可使用的礼乐，但礼数有所不同。据《左传》记载，天子八佾，诸侯六佾。习用六佾的卫国舞乐队伍，有了"西方"来的"美人"，是否意味着礼数的增加和僭越呢？果然如此的话，则诗人就不仅是在感慨个人的身世，也是在为世道的陵夷伤怀了。诗前三章写人写舞，文字简劲有力，特别值得注意的是最后一章，它以"山有榛，隰有苓"的比兴之词另起，忽然改变了歌唱的调子，而内容也变得柔婉缠绵，清晰地显示了当时歌唱方式的丰富，也显示出诗人驾驭语言的才能。

泉　水

毖彼泉水，亦流于淇①。有怀于卫，靡日不思。娈彼诸姬，聊与之谋②。

○诗之首章。戴君恩《读诗臆评》："'有怀于卫，靡日不思'，诗题也。以下俱籍之以描写'有怀'之极思耳。"

注释　①**毖**（bì）：水从泉眼流出貌。**亦**：尚且。**淇**：水名，发源于今山西太行山侧，流经卫国（今属河南）境内入黄河。淇，《诗经》数见，可知其在卫国人心目中的地位。②**娈**：美好貌。**诸姬**：各位姬姓女子。周制，诸侯嫁女，其他同姓国要以女陪嫁，在一些异国、异姓的贵族之家，姬姓女子多，所以诗以"诸姬"言之。**聊**：姑且。语含无奈之意。**谋**：谋划回娘家事。

出宿于泲，饮饯于祢①。女子有行，远父母兄弟②。问我诸姑，遂及伯姊③。

○诗之二章。前四句是说出嫁时的路途。末二句接上章"聊与之谋"。

▣ **注释** ▣ ①**宿：** 歇宿。周贵族女子远嫁他国，往往路途遥远，中间必须歇息。**泲**（jǐ）：水名。据《水经注》，泲水发源于今河南荥阳东，东北流后，分南北两支流，合流后入于钜野大泽。朱右曾《诗地理征》以为诗中之"泲"为北支即北泲。也有学者以为是南支。**饮饯：** 宴饮告别。古代出行有軷祭仪式，祭祀路神，仪式中有饯别酒宴。这一句还是说中间歇息的事。**祢**（nǐ）：水名，又名冤水、大祢沟，在今山东菏泽西南。据朱右曾说。②**行：** 出嫁，嫁人。③**诸姑：** 诸位姑母。古代姬姓贵族与异姓通婚长期反复，诗中被"问"的诸姑，应该是早嫁过来的同姓前辈。**伯姊：** 姐妹辈中年长者。"诸姑""伯姊"即上文所说的"诸姬"。又，陪嫁女中有的与嫁女同辈，有的低一辈，所以"诸姬"中，有的为姑辈，有的为姊辈。

出宿于干，饮饯于言①。载脂载舝，还车言迈②。遄臻于卫，不瑕有害③？

○诗之三章。最后一句表明，所有归程路径，皆是心中设想之词。

▣ **注释** ▣ ①**干：** 卫地名，在今河南濮阳北约二十里处。干地始见甲骨文"弜令戎干卫"（《甲骨文合集》28059/3），学者以为即此诗之干，在濮阳东北。**言：** 地名，属卫地。朱右曾《诗地理征》以为即聂，其地在今山东聊城与博平镇之间。一说在春秋郑、宋两国之间，《春秋·哀公十三年》："春，郑罕达率师取宋师于嵒。"又《左传·哀公十二年》言郑宋之间有隙地，其中有嵒。嵒、言古通。②**载：** 连结动词。**脂：** 为车轴加油。本义为油脂，在此作动词用。**舝**（xiá）：车轴两端固定车轮的插销，字亦作辖。**迈：** 前行。③**遄**（chuán）：迅速。**臻：** 到达。**不瑕**（hú）：疑问词。瑕，通"胡""何"，不瑕为双重否定。**有害：** 古代成语，始见于甲骨文，如《甲骨文合集》有"王佳（唯）（有）（害）"。"害"的本义是人脚被蛇咬。

据裘锡圭《古文字论集》。此句大意是该没有害处的吧。

我思肥泉，兹之永叹①。思须与漕，我心悠悠②。驾言出游，以写我忧③！

○诗之四章。陈继揆《读风臆补》："全诗皆虚景也。因想成幻，构出许多问答，许多路途。又想到出游写忧，其实未出中门半步也。"牛运震《诗志》："'永叹'作结，缱绻含蓄，淡婉入神。"

注释　①**肥泉**：泉水同出而异流，为肥泉。据《水经注·淇水》，流入淇水的肥泉有两支泉源，一出朝歌西北，东南流；一出朝歌西北大岭下，东流至马沟水，两水合流，再东南流，入淇水。据此，"肥泉"与第一章的"泉水"是同一条水。诗言肥泉，慨叹自己不能像泉水入淇那样回返卫国。**兹**：滋，更加。**永叹**：长叹。②**须**：地名。《水经注》："濮渠又东经须城北。"学者以为即此篇之须，其地在今河南濮阳西。据戴震《诗经考》卷三。一说，须即沬之假借，沬即朝歌之地，曾是卫国都城。**漕**：即曹。春秋早期，卫国遭受北狄入侵，损失惨重，曾将都城迁至当时位于黄河东南岸之漕邑，其地在今河南华县东，与须地距离不远。③**驾**：驾车。**言**：而。**写**：排遣，抒发。

解说

《泉水》，表出嫁卫女思念母邦的诗篇。

诗篇的背景和内涵，可从"思须与漕"一句获得消息。特别是句中的"漕"，明显点出诗篇与卫国遭狄侵害、国都迁移即《左传·闵公二年》所谓"戴公……庐于曹"的重大变故有关。所以，此诗应与《鄘风·载驰》背景相同，即都与公元前660年北狄侵卫的重大事件有关。许穆夫人在母邦遭变之际因要"归唁"卫国而与阻挠她的许国卿大夫们起了严重冲突，引发了当时社会对贵族出嫁女子母邦情感的关注。此篇即对这一关注的表现。许穆夫人思归而不得，卫国嫁到各邦的女儿，系念遭变故的母邦，也想"归唁"的又有多少呢？此诗即把眼光投向这些女子的内心世界。亚里士多德说，诗比史真实。这里还可以说，诗比史更细腻。这正是风诗的价值。

诗篇说到了几个地点。一是"干"、"言"所指的方向，学者研究是通向卫国以北方向的；一是"泲"、"祢"所显示的道路，是通向东方曹国、宋国方向的。两个方向的道路，引起学者不少的猜测。有人说这表明诗中主人公是嫁到邢国的卫女，也有人说是嫁到宋的卫女，还有人说是嫁到曹的卫女。然而两条路根本不在一个方向上，不论是嫁到哪国的卫姬，这样走路都太曲折。于是有学者就说，这是因为限于当时地理条件，"交通迁就大道是合理的"（雷晋豪《周道：封建时代的官道》）。对此，还有学者说：这是许穆夫人的想象之词（这样说，是认为《泉水》也是写许穆夫人或许穆夫人写的），她想先向东去曹邦，然后北行去邢国求救，最终的目标则是齐国。大国齐国的后宫有许多同姓，也就是诗篇"问我诸姑"的"诸姑"和"伯姊"（郑方坤《经稗》卷五）。还有一种税法，据《左传》"立戴公庐于曹，益之以共、滕之民"的记载，说诗篇女主人是卫国嫁到共地之姬，她的媵女分别来自姬姓国的邢和曹，诗言两条大道，是因为共姬分头派遣来自邢国、曹国的媵姬回国，寻找母国对卫国的扶助（邹汉勋《读书偶识》卷四）。这两种说法不能说不巧，但都很难说通。前一说，许穆夫人要出发去曹、邢，总得从许国上路，可诗篇中的道路明显是以卫国为中心的。后一说，即共地卫女派媵女求救邢曹云云，明显与诗中"遄臻于卫""思须与曹"的情绪不合。至于根据诗篇所言地点考究"周道"，恐怕也有不分虚实的嫌疑。实际上，诗不是特表某一位卫女的归途，而是在为所有那些远嫁卫女写心。诗言道路，是模拟许多远嫁卫女回想自己出嫁时走过的路。以此突出这些女子远离故国旧邦的遥远，是为"女子有行，远父母兄弟"这一颇富同情的诗句做铺垫。这是诗篇人道精神之所在，诗篇不像其他表现女子婚嫁的篇章那样，只是祝愿那些为政治目的而远嫁他乡的女子婚后幸福。此诗的不凡，就在于它注意到了这些被远嫁诸姬的人之常情。还要注意的是诗篇无意中言及的那些"聊与之谋"的"诸姬"，和那些所"问"的"诸姑"与"伯姊"们。多少代与异姓人群的世婚，在一些异邦后宫里，不知"积压"着多少姬姓的老少姑奶奶们，《诗经》写她们风光出嫁的不少，婚后日常状态如何则阙如。这也是此诗的难得之处，它像一道亮光，片刻地闪出了她们"麇集"异国后宫的模糊面目。诗言"谋"及"诸姬"，"问"于"诸姑""伯姊"，可她们日处后宫，又能有什么好主意呢？诗篇结束于"驾言出游"的排遣，这样的"发乎情止乎礼"，也实出无奈。无论如何，诗篇记录了重大历史事件发生时远嫁女儿的母邦情思，是十分可贵的。

北　门

出自北门，忧心殷殷①。终窭且贫，莫知我艰②。已焉哉！天实为之，谓之何哉③！

○诗之首章。终窭且贫，一副潦倒样子。

注释　①**北门**：都城北门。《毛传》："北门背明乡（向）阴。"诗言北门，似有象征意味。**殷殷**：心情沉重的样子。②**终、且**：结构助词。参《邶风·燕燕》"终温且惠"句注。**窭**（jù）：贫困。**艰**：艰难。③**已焉哉**：算了吧。**为之**：有意如此。**谓之何**：奈之何。

王事适我，政事一埤益我①。我入自外，室人交遍谪我②。已焉哉！天实为之，谓之何哉！

○诗之二章。政事一埤益我，回到家，也不让人省心；家人交遍谪我，倒霉透顶！

注释

①**王事**：犹言国事、公事。诸侯国的人称本国的君主，也可以用"王"字，如《论语》"昔者先王以为东蒙主"，先王实指鲁国先君。又如《秦风·无衣》"王于兴师"，王指秦君。参王国维《古诸侯称王说》。**适我**：犹言扔给我。适，抛掷。**一**：都，一齐。**埤（pí）益**：堆累，增加。②**室人**：家人。**交遍**：轮番地。**谪**：指责。

王事敦我，政事一埤遗我①。**我入自外，室人交遍摧我**②。**已焉哉！天实为之，谓之何哉！**

〇诗之三章。牛运震《诗志》："连用数'我'字，气馁而声戚。"

注释　①**敦**：投掷，扔给。**遗**：留给。②**摧**：折磨。

解说

《北门》，表现官场小人物牢骚满腹的诗篇。

小人物的牢骚，一是他穷困，二是他事多。事多而薪水少，说明他官卑职小；什么事都由他去干，又说明他在官场中受气，为人窝囊。官场黑暗不好混，家庭中也不叫人舒心。"交遍"一词用得好，不分老少谁都可以蔑视他。照理说这日子没法过了，但诗中人却不见有什么让人提气的想法，一句"天实为之"，就算过去了。小人物毕竟是小人物。这倒不是说职位和地位的小，而是精神上的小。《诗经》真不愧是一个时代人生世态的万花筒，在一个小贵族自叹自怜的磨磨叨叨中，显示了社会生活的一副"体段"，一股没出息的情绪。

北 风

北风其凉，雨雪其雱^①。惠而好我，携手同行^②。其虚其邪，既亟只且^③！

○诗之首章。风凉雪雱，喻婚变境况，景中含情。

注释 ①北风：冬天的风。雨雪：下雪。雨在此作动词用。其雱（pāng）：犹言雱雱，雪盛貌。②惠：恩好。③虚、邪：虚伪，邪恶。既：过去，曾经。亟：敬，恩爱。于省吾《新证》："《广雅·释诂》谓'亟，敬也'。……'既亟只且'应读作'既敬只且'。"只且（jū）：语气词。

北风其喈，雨雪其霏^①。惠而好我，携手同归。其虚其邪，既亟只且！

○诗之二章。陈震《读诗识小录》："喈字有声，霏字有势，换一字分出深浅，炼意之妙。"

注释 ①喈：风声。其霏：犹言霏霏，大雪飘落貌。

莫赤匪狐，莫黑匪乌^①。惠而好我，携手同车。其虚其邪，既亟只且！

○诗之三章。开始两句，骂尽天下负心汉。造语工新。

注释 ①"莫赤"句：只要是狐狸就一定是赤色的。"莫黑"句：只要是乌鸦就一定是黑色的。

解说

《北风》，表现遭受丈夫虐待或抛弃的哀怨之诗。

"北风其凉""雨雪其雱"犹如前面《终风》中的"曀曀其阴，虺虺其雷"，都是处境艰难的比喻。"惠而好我"两句则是讲当初你对我表现了恩好，所以才坐上你迎亲的车子，跟你一起回家。说过去，当然是对丈夫现在的表现大为不满，也表示了上当受骗之感。"莫赤"两句最见分量，说天下的男子一定得变心，骂得广，是因为恨得深，且比喻十分精当，是《诗经》中的名句。《卫风》中反映婚姻现象的作品居多，但将此诗与《日月》《终风》等篇相比，篇篇面目不同。又，《孔子诗论》第27简有"北风不迷人之怨子立不"数字，廖名春《上博〈诗论〉简的形制和编连》一文断句为"《北风》不绝，人之怨子，泣不……"，周凤五《〈孔子诗论〉新释文字及注解》一文断句为："《北风》不迷人之怨，《子立》不……"，还有学者解为："《北风》不迷人之怨，《子衿》不"。差异还是很大的。不过，这里的关键点在"不迷"一词如何释义。廖名春解释为"不绝"，意思是诗篇表达的是一种不想或不忍断绝的情愫；周凤五的解释是"不继"，"不继人之怨"的意思就是虽然一时交情变坏，可最终还是想言归于好。这样说，又与廖名春的解释一致。周凤五先生还援引了《焦氏易林·否之损》"北风牵手，相从笑语，伯歌仲舞，燕乐以喜"来证明诗篇所表确实是想言归于好，而且证明汉代今文家（《焦氏易林》为西汉今文家学派）的说法较古文家更为有据。确实，《毛诗序》说诗篇为"刺乱"之作，又说："卫国并未威虐，百姓不亲，莫不相挟持而去焉。"是说因卫国政治暴虐，老百姓纷纷逃离。"并为威虐"应是从"雨雪"及"莫赤"诸句来，但既然是暴虐政治，哪容得百姓逃亡？而且"惠而好我，携手同行"及"同归"的语句，也不像是说逃亡。如此，周凤五先生"朋友一时交恶而终归于好"的说法，可以保留。但是，反复体会"惠而好我"云云，还是解释为夫妻关系为妥。所以，此处采取于省吾先生的解释，读作婚变的篇章。诗篇的特色在其简洁明快，"北风""雨雪"的比兴词，道出了诗中人物不尽的寒心与凄凉。

静　女

静女其姝，俟我于城隅①。爱而不见，搔首踟蹰②。

○诗之首章。陈震《读诗识小录》："有写形写神之妙。"陈继揆《读风臆补》："其传神处，尤在'搔首踟蹰'四字耳。"

注释　①**静女：**淑女，善女。**姝**（shū）：美貌，可爱。**俟：**等待。**城隅：**城墙拐角处。古代筑城，在拐角处起台建屋，即后世所谓角楼。②**爱：**隐蔽的意思。爱，通"薆"。爱而即薆然。**踟蹰**（chí chú）：徘徊。此处含焦急的意思。

静女其娈，贻我彤管①。彤管有炜，悦怿女美②。

○诗之二章。展玩手中信物，情意荡漾。

注释　①**彤管：**古代宫中有记录后妃群妾行为的女史，彤管即女史用的赤色笔管。一说，古代针有管，乐器也有管。②**炜**（wěi）：光泽。**悦怿**（yì）：喜欢。双声词。**女：**汝，指彤管。

自牧归荑，洵美且异①。匪女之为美，美人之贻②！

○诗之三章。爱屋及乌，物以人重。许谦《诗集传名物钞》："首言城隅，末言自牧，盖不特俟于城隅，抑且相逐于野矣。"余培林《诗经正诂》："卒章末二语自为翻驳之词，巧丽而隽永。"

注释　①**牧：**郊外。**归**（kuì）：通"馈"，馈赠。**荑**（tí）：细嫩的白茅草根。**洵：**实在。②**匪：**非。**美人：**指诗中的男子，《诗经》中"美人"一词也用以形容美好的男子，如《简兮》"西方之美人"句。

解说

《静女》，描述情人约会的诗篇。

《毛诗序》谓"刺时也。卫君无道，夫人无德"。与诗篇所言相去甚远。朱熹《诗集传》："此淫奔期会之诗。"戴震《毛郑诗考正》从"城隅"的考证入手，认为篇中城隅即城门外高墙之处可以站立等待的处所，并进而断言，诗篇为"媵俟迎"即古代贵族婚姻中正夫人之外的陪嫁女等待丈夫来迎娶的诗篇。这也与诗篇特有的情态不搭调。其实，就诗所表，是写男女相会的。地点在城隅，当是事先说好了的。可男子赴会时，却见不到姑娘。以男子平时的经验，不是没有来，而是藏起来了。男子伸头探脑地找不到，害得他抓耳挠腮地踟蹰徘徊。"爱而不见"两句在全诗中最有画面效果。另外诗用第二人称的"女"（汝）字表现物以人贵、爱屋及乌的情感，以"汝"呼物，与物对谈，一往情深（参钱锺书《管锥编》）！诗简洁得像剪影，分明的轮廓之中，容纳了丰富的曲折和情致，明快而不失蕴藉。

新 台

新台有泚，河水瀰瀰①**。燕婉之求，籧篨不鲜**②**。**

〇诗之首章。前两句言新台地点，后两句揣想女子失落之情。格调诙谐。苏辙《诗集传》："国人疾之而难言之，故识其台之所在而已。"

注释 ①**新台**：台名。据《水经注》，故址在今山东鄄城县东北黄河故道旁。**有泚**（cǐ）：犹言泚泚。泚，华美貌，指新台。**河**：古称黄河。**瀰瀰**：盈满貌。字亦见《邶风·匏有苦叶》。②**燕婉**：和婉，美妙。**籧篨**（qú chú）：不能俯身。或为残疾，或为肥胖所致。《国语·晋语》："籧篨不可使俯，戚施不可使仰。"**不鲜**：该死不死、老不死的意思。《左传·昭公五年》:"葬鲜者自西门。"张湛《列子注》:"人不以寿死曰鲜。"是鲜为不得寿终的意思。

新台有洒,河水浼浼①。燕婉之求,籧篨不殄②。

○诗之二章。

⬚ 注释 ⬚ ①**洒**(cuǐ):高峻貌。《韩诗》洒字作"漼"。**浼浼**(měi měi):河水涨满时平旷的样子。②**殄**:尽,绝。"不殄"与"不鲜"义同,都是骂人语。

鱼网之设,鸿则离之①。燕婉之求,得此戚施②。

○诗之三章。陈震《读诗识小录》:"'得此戚施'承上文两'不'字转落,令读者绝倒。"

⬚ 注释 ⬚ ①**鸿**:大雁。鸿本为天上飞鸟,落在渔网,比喻诧异、失望。又据闻一多《诗经通义》,鸿即"苦蠪"的合音,"苦蠪"即今所谓癞蛤蟆。亦通。②**戚施**:不能仰身。《国语·郑语》言周幽王"侏儒、戚施,实御在侧"。此处是夸张地说宣公年老躯干弯曲。

解说

《新台》,痛斥卫宣公老不正经的诗。

据《左传》及《史记》载,卫宣公为自己的儿子伋从齐国娶来新妇,因见其美貌便从中打劫,据为己有,并在卫、齐两国交界处筑了新台,以取悦新人。卫人赋此诗加以讽刺。一二两章开头从新台写起,新台的高峻华丽,是写实,也是与下面的"籧篨不鲜"作映衬。"籧篨"是骂卫宣公相貌寒碜、老不死,同时也表达了对女子的惋惜之情。"籧篨""戚施"是比兴之词,卫宣公不见得有那样的残疾,也不一定老得不能抬头,不能仰身。

诗人这样写，不过是夸张的手法，是以戏谑表达鞭挞之意，十分辛辣。

二子乘舟

二子乘舟，泛泛其景①。愿言思子，中心养养②。

○诗之首章。见二子乘舟而内心忧伤。妙在一个"景"字。

注释　①二子：卫宣公之子伋与寿。据载，卫宣公有三个儿子，前妻所生伋，后妻所生寿与朔。**泛泛**：水流的样子。**景**：远去。为"憬"之假借。一说，影。②**愿言**：情不自禁的样子。《诗经》中常见语。**养养**：犹言"漾漾"，思绪摇摆不定的意思。

二子乘舟，泛泛其逝①。愿言思子，不瑕有害②？

○诗之二章。见舟中二子离去而祈愿。"逝"字奇特。

注释　①**逝**：漂游。②**"不瑕"句**：不会有什么伤害吧。参《邶风·泉水》同句注。

解说

《二子乘舟》，关怀、担忧离人之作。

据刘向《新序·节士》记载，卫宣公之子公子朔，也就是后来的卫惠公，与生母一起谋害同父异母的兄长公子伋，另一位同母兄弟寿知道此事后，对伋加以保护。朔等使人与伋乘舟河中，准备将其沉到水里淹死，寿便与伋同舟，使阴谋不能得逞。刘向说此诗为伋的傅母所作的忧心之辞。刘向是汉代学者，学《诗》属于今文《鲁诗》一派，兼通《韩诗》，所说当属故老相传，未必准确。后人不信旧说，生出许多新解，但也没有多少证据。诗篇所表，只是二子乘着舟船，顺流而去。留在岸上的人，为之担忧。意象很清晰、生动，也很深情，就是透露的历史信息太少，不足以窥测诗的本事。或许将此诗径自理解为水边送别之作，更妥当些。

鄘风

《鄘风》也是卫地的诗篇。关于鄘，有学者以为即鲁国旧地，也有人认为在今商丘一带（见《邶风》说明）。金文中出现过鄘，见于《邢侯簋》。此簋铭文记王朝把原封于今河南温县的邢，迁移到今河北邢台一带，建立新的邢侯之邦。铭文有"王令……句邢侯服，易（赐）臣三品：州人、重人、鄘人"之语。学者相信，铭文中的"鄘"就是"鄘风"的鄘。前面说过，"鄘风"乐调可能来自东方，因为不论是商丘还是奄，殷商人群都曾在那里生活过。那么金文显示西周早期有"鄘"之地，是否与前说相矛盾呢？不是。地名是可随人群的移动而迁移的，商人在东部居住时的名称，也可以随着他们迁居黄河以北地区时把旧地名带过来。鄘，可能就属于这样的情况。而且，从《邢侯簋》的铭文还可以看出，早在西周前期，鄘就是一个人口稠密的地区，古代人口多即意味着富庶。由此，其文化发达也是可以想见的。

《鄘风》十篇。

柏 舟

泛彼柏舟，在彼中河①。髧彼两髦，实维我仪，之死矢靡它②。母也天只，不谅人只③！

○诗之首章。言那位两髦之人是自己心仪的对象，至死不变。"之死"句决断，"母也"两句"柔恳有韵"（牛运震《诗志》）。

注释　①**中河**：河中，亦即水中。倒文协韵。河、仪、它，古代韵母相近。②**髧**（dàn）：头发下垂貌。**髦**（máo）：头发两分下垂至眉，是父母健在时男子的发式。《仪礼·既夕礼》："既殡，主人脱髦。"**仪**：配偶。**"之死"句**：至死不移的意思。之，到。矢，誓。靡，无。它，他心。

③**"母也"句**：呼母叫天，是痛苦至极的表现。一说，"天"指代的是父亲，犹言母也父也。**谅**：体谅，理解。

泛彼柏舟，在彼河侧。髧彼两髦，实维我特，之死矢靡慝①。**母也天只，不谅人只！**

○诗之二章。陈震《读诗识小录》："含涕茹悲，芊眠婉转，读其词者，如闻其声，且如见其人，所谓下笔有神者耶！"

注释 ①**特**：夫婿，指男子。《小雅·我行其野》"求尔新特"可证。**慝**（tè）：差别，改变想法。慝为"忒"之假借。

解说

《柏舟》，贞女自誓的诗。

《毛诗序》说卫国的太子共伯早死，其父母想迫使其妻改嫁，妻共姜守节不从，而有此篇之词。此说或有所本，但诗内却无证明，信否在两可之间。不过从女主人公自誓的决绝看，她与"我仪""我特"是有真感情的。因此，此诗所表现的内容虽是家庭遇变故后的女子遭际，却实为一首表达忠贞不渝爱情的诗篇。孀居守节的生活，将是艰难的，父母令其改嫁的初衷或本于此。但女子有自己的生活抉择，而且在这抉择经受压力时，能守护着自己的意志。诗篇突出的正是这种意志，这也是诗篇最能感人的地方。《诗经》中表现女性精神世界的篇什不在少数，但如此刚烈的性格，却不多见。

墙有茨

墙有茨，不可扫也①。**中冓之言，不可道也**②。**所可道也，言之丑也**③。

○诗之首章。以墙有茨而不可扫，喻中冓之言不可道，形象生动。陈子展《诗经直解》："诗之为刺，较之蒺藜尤为尖锐。"

注释　①**茨**（cí）：蒺藜。一年或二年生草本，蔓生。夏日开五瓣黄色小花，秋天结果。其果由五颗小干果合成，每果具长短两刺，坚硬锐利。②**中冓**（gòu）：内室。冓为木材交接状，所以指代房室。戴震《诗经考》："中冓，则四面冓合之；中，言乎其幽隐也。"此语实指代男女交媾之事，如古语所谓"房事""床笫之言"。一说，冓即夜晚的意思。③**"所可"两句**：交代中冓之言不可说的缘由。

墙有茨，不可襄也①。**中冓之言，不可详也**②。**所可详也，言之长也**③。

○诗之二章。言中冓之言不可详说。牛运震《诗志》："正申明不可道之义，却用转语，意味便自悠长。"

注释　①**襄**：除去。字同"攘"。②**详**：详细地说。《韩诗》作"扬"。③**长**：丑事远扬的意思。

墙有茨，不可束也①。**中冓之言，不可读也**②。**所可读也，言之辱也**。

○诗之三章。言不可细说。三章中"也"字十二次出现。

注释　①**束**：捆扎。②**读**：细说。读的本义是抽取，细细地从文献中抽绎出主要意思就是读。在这里是活用，数说的意思。

解说

《墙有茨》，告诫人们不要传扬男女私密之事的诗。

照古来的理解，诗篇是讽刺上流社会的。如《毛诗序》就说："卫人刺其上也。公子顽通乎君母，国人疾之而不可道也。"说是讥刺卫公子顽与宣姜的。春秋时期上流社会婚姻道德普遍堕落，尤以卫国为甚。例如宣姜，先是被迫嫁给了老蘧篨卫宣公，婚后还生下了公子寿与朔，不想老风流卫宣公早早做了鬼，可宣姜依然美貌动人，于是宣公的庶子公子顽，又拾起父亲的帖子，父业子承，继续给宣姜做丈夫，且生了若干孩子。上行下效，料想卫国的一般贵族也不会个个没事。所谓好话不出村，坏话传千里。上流人物的"黄色"新闻，在民间一定是不胫而走的。诗篇就针对这样的情况而发。这是据史载卫宣公的风流以及发生在美人宣姜身上的故事所作的推论，无意间也接近了《毛诗序》之说。在古代，宫廷神秘，宫闱中的一些新鲜事也易于在民间日趋放大地流传开来。新出土材料《孔子诗论》第28简的说法，又可使人对诗篇的含义有进一步的理解。简文说："《墙有茨》慎密而不知言。""慎密"就是宫廷之事神秘，不易为外人所知；"不知言"，即不知道怎么说、说什么。如此，这句简文就是针对诗篇中"中冓之言，不可道（详、读）也。所可道（详、读）也，言之丑（长、辱）也"几句而发，而顺着简文意思理解这几句诗就是：中冓的传言本是不清不楚的，能说清楚的都是一些丑陋、谁说都会觉得羞辱的话。简文中孔子这样说，可能是以诗篇为例，提示读者应像诗篇那样，对"慎密"不详的事，要注意嘴下有德，不传播负面消息。的确，诗言"中冓之言"而不说中冓之"事"，针对的不是那种事本身，而是人们对"事"的传话。诗人这样说，隐含着一个前提，就是先已认定社会上的这类事情是十分丑恶的，连传说议论它，都是丢人现眼的。这是曲笔，是诗篇表达情感的有力处。诗篇以独特的方式，表达出对上流人物帷薄不修的齿冷和蔑视。

不过，近年有些学者因《左传》记载了一些公子顽通于庶母之类（《左传》称之为"烝"）的事，联系古代夫馀、匈奴等"兄死妻嫂""父死妻后母"的婚俗，认为在《诗》国风时代公子顽之类的做法是流行风俗，人们习以为常，所以《墙有茨》也就不可能是针对公子顽与宣姜那点"中冓"之事所做的讥讽了。这样说，首先是不合理。试问：公子顽的做法是习俗，卫宣公强娶宣姜也是风俗？其次是不全面。西周封建制度重视婚姻关系的缔结，是王朝努力提倡的新式生活方式。到王朝衰落时，一些与周礼的婚制相左、相违的古老婚俗在一些地方复活，也是正常的。但是，周王朝衰落并不意味着周礼婚制的观念也不起作用了。就是说，《墙有茨》诗篇表明，在古老习俗死灰复燃与诗人所秉持的观念之间，存在剧烈的冲突。不管这首诗是不是具体指公子顽与宣姜，诗人对卫国贵族一流的婚姻变态现象，表示了强烈的否定，则是一定的。诗篇记录了特定时代在婚姻问题上的观念与风俗之间的冲突，正是其历史价值。艺术上，诗中"也"字连续使用是其显著特点。"也"字在古汉语中往往用在肯定句尾，本篇连续使用，强化了表达的力度。

君子偕老

君子偕老，副笄六珈①**。委委佗佗，如山如河，象服是宜**②**。子之不淑，云如之何**③**！**

○诗之首章。先言君夫人之首饰、服装之盛，继而叹其不幸。文势诡谲。

注释　①**偕**：一同。此句字面意是与丈夫一同终老，暗含女子守寡之义。**副**：用头发编成的发套，古代贵族戴假发。**笄**（jī）：束发用的钗簪。**珈**（jiā）：笄上装饰的玉，是身份华贵的象征。玉有六种，所以诗言六珈。②**"委委（wēi）"句**：举止舒缓雍容的样子。此句原文应作"委佗委佗"，古代书写遇重复语词时，习惯在第一字下加"〓"符号以示省略，"委佗委佗"即写成"委〓佗〓"。后人抄写误作"委委佗佗"。**"如山"句**：形容人物气质安稳大方。**象服**：据《周礼·内司服》，王后礼服有六种，画有各种纹饰图案，所以称象服。一说，指上面"副笄六珈"的盛装头饰。象即"褖"，盛装。③**不淑**：不幸。《礼记·杂记》："吊者升自西阶，东面，致命曰：'寡君闻君之丧，寡君使某，如何不淑！'"王国维《与友人论诗书中成语》："不淑一语……古多用为遭际不善之专名。"此句与开首一句"君子偕老"相应。

玼兮玼兮，其之翟也①。**鬒发如云，不屑髢也**②。**玉之瑱也，象之揥也，扬且之皙也**③。**胡然而天也？胡然而帝也**④？

○诗之二章。言其衣服之华丽、发之浓密以及头面饰物之精美。"胡然"两句，承前章"不淑"，看似惊叹女子天神地仙之美，实则感慨天生丽质带给她的命运不济。牛运震《诗志》："连用'也'字，调逸气欲飞，不嫌排叠。"

▣ 注释 ▣ ①**玼**（cǐ）：鲜明华丽貌。**翟**：绘有雉鸡图案的礼服。古代王后、君夫人的六种礼服中，有揄翟、阙翟二服，此处所言翟，清人马瑞辰《通释》以为即阙翟。②**鬒**（zhěn）**发**：美发，黑漆漆的头发。**髢**（tì）：假发。两句夸赞女子头发浓密美好，不屑于戴假发。③**瑱**（tiàn）：发笄两端垂下的玉石，又叫充耳，塞耳、装饰用。**象揥**（tì）：即象牙制的装饰，可以搔头、摘发。揥，簪。**扬**：指眉宇宽阔明亮。《诗经》常以此字赞美女子的面貌。**且**（jū）：语助词。**皙**：皮肤细白。俗语"一白遮百丑"，此处以白皙指代女子的美貌。④**天、帝**：犹言天仙、帝女。

瑳兮瑳兮，其之展也①。蒙彼绉绨，是绁袢也②。子之清扬，扬且之颜也③。展如之人兮，邦之媛也④！

○诗之三章。吕祖谦《读诗记》："一章……责也。二章……问之也。三章之末，云'展如之人兮，邦之媛也'，惜之也。辞益婉而意益深矣。"

注释 ①瑳（cuō）：鲜盛貌。**展**：展衣，后妃六衣之一。字又作"襢"，白纱制成的单衣。②**绉**（zhòu）**绨**：葛麻制成的带绉的细纱。**绁袢**（xiè fán）：内衣，犹今之汗衫。诗中展衣是外衣，绉绨是中衣，绁袢为内衣。③**清扬**：眼睛清亮貌。④**展**：确实。**之人**：这人。**媛**：美人。邦媛犹言国色。

解说

《君子偕老》，叹惜美貌失偶的君夫人的篇章。

诗篇所言的服饰，清楚告诉读者诗中女性的身份为一位诸侯夫人，而且十分美貌。旧说是诗中人即宣姜。《左传·闵公二年》记载："初，惠公之即位也少，齐人使昭伯烝于宣姜，不可，强之。生齐子、戴公、文公、宋桓夫人、许穆夫人。"宣姜作为齐国公主本要嫁给公子伋的，结果卫宣公爬灰地娶了她（见《新台》篇）。宣公死后，孀居的宣姜还是不得消停，再次被迫嫁给昭伯亦即公子顽。《左传》的"不可，强之"几个字，是理解此篇基调的关键。还有《左传》字面上是宣姜的娘家人强迫她再嫁昭伯，稍加细想，事情可能不这样简单。嫁出的女儿泼出的水，何况宣姜之子已成为君主，娘家人又何必逼她再嫁呢？可是，若卫国有人出于什么目的非娶宣姜不可，而且他还实际握有卫国大权，而且为了得到美人又不惜重金贿赂，那可就自当别论了。所以，《左传》的"不可，强之"，实在是提示读者，看字面的时候要留心。看来诗篇作者是了解这些的，所以诗篇的感情基调就自有样态。诗在"君子偕老"的叹息之后，着意从女子佩戴君夫人的首饰、服装如何得宜来进行夸述，甚至惊之为天人。这样写，暗含也是感叹：其实红颜首先是红颜者自己的祸水。明白诗篇叹惜的主体后，才能体会诗篇叹惜的笔力，"胡然而天也，胡然而帝也"的问句，其实是强烈的叹惜，从而完成了诗篇另一项含义的无形表达：对"强之"者幕后人物的不满。这就是诗篇主题的全部内涵：叹惜美人的不幸并对好色强权人物不满。《君子偕老》并不是把矛头指向那位两度改嫁的宣姜，这显示出诗人的同情心和理解力。男性强权社会，女性的美丽，不是被渔猎的对象吗？

  这就是春秋时期诗人的思想高度，较诸后来的儒生实在高明许多。《毛诗序》说此篇："刺卫夫人也。夫人淫乱，失事君子之道，故陈人君之德，服饰之盛，宜与君子偕老也。"《毛诗序》并未明言"夫人"就是宣姜，是老儒郑玄言之凿凿："夫人，宣公夫人，惠公之母也。"宣姜在公子朔害死公子伋之事上或有参与，但两次嫁人都不是她能做主的，所以"淫乱"之说，就是强人所难。自此以后，诗篇一直被作为指责宣姜的篇章看，直到清末才有变化。就笔者所知，变化从魏源《诗古微》开始。魏源援引金文，考证"不淑"一词在《左传》《礼记》中的使用，提出诗篇为"哀贤夫人之诗"，所谓贤夫人就是卫宣公前任夫人夷姜。有记载说她因为宣公强取宣姜而自杀，这是魏源的主要理由。然而，就诗篇对诗中人的美丽的惊叹，应该说宣姜的可能性不小，最重要的是，诗篇的歌唱是对一位丧偶女性的同情，而不像后来儒生想象的那样是鞭挞宣姜。实际上，如《新台》篇所显示的，诗人对宣姜是抱有一定同情之心的。无论如何，魏源调整了此篇的情感基调，是其不小的贡献。同时，也引起人们这样一点思考：如上所说，对理解诗篇内容十分重要的一个词是"不淑"，它就见于《礼记·杂记》，若说《毛诗序》和《毛传》的作者看不到《左传》（此书的流行可能在东汉），还勉强可以说通，但像《礼记》这样的文献，若说看不到就不可思议了；特别是生在东汉后期的郑玄，《左传》《礼记》都应该很熟。然而，在"不淑"的解释上，他们都罔顾其特有含义。原因无他，先入为主的观念妨碍了他们。他们一定要用"美刺"说《诗》，一定要把《诗》与历史记载牵扯到一起，也就顾不上一些语词的特定含义了。由《君子偕老》篇的解释，可以得到这样的教训：秉持一定观念先入为主地阐释作品，就难免不顾相关文献证据的限制，而得出武断曲解的结论。至今还有些学者，以汉代儒生时间早而相信其言必有所本，因而不敢怀疑《毛诗序》之说，真令人无奈！

桑 中

爰采唐矣？沬之乡矣①。云谁之思？美孟姜矣②。期我乎桑中，要我乎上宫，送我乎淇之上矣③。

○诗之首章。前二句起兴，中间两句言所思之女，最后三句言与孟姜的会见与分别。后两章义同。

▣ **注释** ▣ ①**爰**："于焉"的合音，在哪里的意思。**唐**：菟丝子，又名唐蒙、兔芦，攀附在其他植物上的寄生植物。可为菜蔬，也可入药，其汁可以去脸上的黑色素，有美容功效。久服还可壮阳、延年。**沬（mèi）**：卫国中心地带，殷商旧都故地，在今河南淇县境内。②**云**：语助词。**孟姜**：姜姓大姑娘。古人用孟、仲、叔、季排行，孟为老大。姜，姓。③**期**：约定。**乎**：于。**桑中**：桑林。古代桑林之中往往有高禖之社，又叫桑社。高禖神管生育，所以这里是男女相会的场所。**要**：邀。**上宫**：古代称庙为宫，或即高禖庙，内有掌管生育的女神，为古代男女相会之所。一说为高楼。**淇**：水名，在今河南境内，流入卫河。

爰采麦矣？沬之北矣。云谁之思？美孟弋矣①。期我乎桑中，要我乎上宫，送我乎淇之上矣。

○诗之二章。言所思为孟弋。

▣ 注释 ▣ ①弋：古代贵族姓。字当作"妣"。

爰采葑矣？沬之东矣①。云谁之思？美孟庸矣②。期我乎桑中，要我乎上宫，送我乎淇之上矣。

○诗之三章。言所思为孟庸。钱锺书《管锥编》："貌若现身说法，实是化身宾白，篇中之'我'，非必诗人自道。"又说："桑中、上宫，幽会之所也；孟姜、孟弋、孟容（庸——引者），幽期之人也；'期''要''送'，幽欢之颠末也。直记其事，不著议论意见，视为外遇之薄录也可，视为丑行之招供又无不可。"

▣ 注释 ▣ ①葑：蔓菁。见《邶风·谷风》"采葑采菲"句注。②庸：古代贵族姓。一说庸即"阎"（钱大昕），一说庸即"熊"（俞樾）。

解说

《桑中》，表现卫地男女两性关系风俗不纯的篇章。

诗表现的是一种放荡风气。诗中之"我"，不见得是诗人之"我"，孟姜、孟弋、孟庸，也未必实有其人，诗的格调也在讽刺与诙谐之间。津津乐道与乐此不疲之间，只是行和意的区分。《左传·成公二年》载楚国的申公巫臣携夏姬奔齐，楚人申叔跪讥之曰："夫子有三军之惧，而又有《桑中》之喜，宜将窃妻以逃者也。"以"《桑中》之喜"喻"窃妻以逃"，说明春秋时人是将沬乡采唐的诗篇理解作盗人妻妾的供状的。诗在内容上固然有其不可坐实理解的一面，但也有其确凿不移的一面。诗篇每章重复出现的后三句，实际上是在说，不论是在沬乡还是在沬北、沬东，不论是与孟姜还是与孟弋、孟庸，事情的首尾、过程都是一样的。所以，不确定的一面显示的是一种行径的普遍性，确定的一面则表明这种勾当的一律性。诗中另一值得注意的地方是"沬乡"及"桑中"的地点,可能暗含着风俗习惯的地域性特征。淇地的沬乡在殷商故都朝歌附近,而"桑中"据闻一多等现代学者研究,即商汤"以身祷于桑林"之桑林,而桑林即桑社,其神为殷人女祖高禖。这就可以理解为什么《诗经》中的男女风情之事,其发生地点多与桑林有关。此诗之外,《氓》中的女主人公就是以桑蚕为业的女子,后来的汉乐府《陌上桑》以及"秋胡戏妻"的故事都与桑有关,成为古代文学的一个"原型"。这些都可以追溯到《桑中》。此诗的风流放浪,或与流行此地的古老习俗有关。更耐人寻味的是,《诗经》中大量与此类风俗相关的诗篇,多在殷商文化的中心区域。考古发现,殷墟一带的墓葬习俗,在周代较晚时期依然保持着明显的殷商习惯(见《胡谦盈周文化考古研究选集》),可旁证卫地诗如本篇的风俗特征。还有一点需要注意,诗篇陈说所交女子都是姬姓之外的异姓,据此似乎可以反推,追逐"桑中之喜"的男性或许是姬姓贵族,亦即卫国上层人物。"老牌"姬姓邦国的上层男子也深受地域风俗的浸染,正是此诗"可以观"的价值。

鹑之奔奔

鹑之奔奔,鹊之彊彊①。人之无良,我以为兄②。

○诗之首章。言"无良"之人为己之兄。鹑、鹊起兴,人不如鸟。

注释 ①**鹑**(chún):鹌鹑,鸡形目,雉科。雄者好斗,雌者能产卵。**奔奔**:鹑鸟雌雄飞而相随的样子。**鹊**:喜鹊。参《召南·鹊巢》"维鹊有巢"句注。**彊彊**(jiāng jiāng):义同"奔奔"。②**无良**:不良。

鹊之彊彊，鹑之奔奔。人之无良，我以为君。

○诗之二章。言"无良"之人为己之君主。牛运震《诗志》："一团忸怩，恻然见羞恶之心。"

解说

《鹑之奔奔》，对生活糜烂的在位者表达厌恶之情的诗。

《毛诗序》："刺卫宣姜也。卫人以为宣姜鹑鹊之不若也。"《毛诗序》后一句还算是符合诗义，至于是否宣姜，就很容易令人生疑。因为宣姜是女人，可诗篇却说是"我以为兄""为君"。不是明显的雌雄不分吗？但是，清代康熙年间学者陈启源在其《毛诗稽古编》中解释，"兄"是可以解释为"女兄"的，古代女子同辈之间也可以称"兄"；至于"君"，也可以理解为"女君"。顺他的说法，还可以给他找更多的证据，如《论语》就说对外邦人称呼本国君夫人为"寡小君"。尽管有些训诂上的证据，可对这样一首脱口而出、质直痛切的篇章而言，是否需要拐这样大的弯子去成全"宣姜"之说，还是很让人怀疑的。换言之，直接将诗篇中的"兄""君"理解为男性可能更妥当。实际上，《毛传》《郑笺》以及朱熹《诗集传》，也都不把诗篇的"兄"解释为宣姜。

春秋时流行赋诗言志，此诗也曾见赋。《左传·襄公二十七年》载郑国诸大臣接待晋国执政赵武，赋诗言志，郑国的伯有赋《鹑之奔奔》。赵武说："床笫之言不逾阈，况在野乎？"意思是说这首诗涉及男女隐私之事，是不应在公开场合念给人听的。赵武还对晋国的叔向说，伯有在公开场合赋这样的诗，是在找死，因为他这样赋诗是有意讽刺郑国君主，是"志诬其上"，所以没有好结果。以《左传》所载推断，此诗肯定是讽刺卫国君主一流人物的，而且该君主还与诗中之"我"有兄弟关系。具体所指为卫国哪位君主，诗篇不曾言明，也就只好付诸阙如了。

定之方中

定之方中，作于楚宫①。揆之以日，作于楚室②。树之榛栗，椅桐梓漆，爰伐琴瑟③。

○诗之首章。言建室种树。王柏《诗疑》："作室而先种树，为琴瑟之需，可见其规模深远。"方玉润《诗经原始》："总言建国大规。"

注释　①**定**：星宿名，又名营室。**方中**：黄昏时定星正处于南天的当中，约在每年农历十月十五日至十一月初之间。《国语·周语》："营室之中，土工其始。"定星居中，土木建设就可以开始了。**作于**：开始营建。作，始。于，为。段玉裁《诗经小学》、王引之《经义述闻》皆有此说。**楚宫**：指在楚丘上营建宗庙宫室。公元前660年，卫国遭受戎狄大举入侵，损失惨重，暂居曹邑，形势稍微安定后，又移至楚丘，并在这里由齐国等诸侯帮助建立新都。楚丘之地在当时的黄河东南岸，今河南滑县境内。②**揆**（kuí）：度量，衡度。**日**：日影。古代建宫室，用木制标杆（名为臬）测量日影，以定南北方向。**楚室**：楚丘上的宫室。③**榛**：树木名，果子可食。参《邶风·简兮》"山有榛"句注。**栗**：又名山栗、板栗，落叶乔木，分枝极多，夏天开黄白色单性花，自古为重要果树，木材坚硬，可长期保存，树皮含鞣质，可作鞣皮及染料。**"椅（yī）桐"句**：椅、梓为楸类，木质坚硬；桐为梧桐；漆即漆树，汁液是制作漆器的绝佳涂料。此句与上句"榛栗"相连，意为种上各种林木。**爰**：于此。**琴瑟**：制作琴瑟的木材。

升彼虚矣，以望楚矣①。望楚与堂，景山与京，降观于桑②。卜云其吉，终然允臧③。

○诗之二章。言确定基址。方玉润《诗经原始》："追叙卜筑之始。"《郑笺》："观其旁邑及其丘山，审其高下所依倚，乃后建国焉，慎之至也。"

注释 ①虚：高土丘。**楚**：指楚丘。两句是说登上高地观察楚丘的地势与环境。②**堂**：邑名，与楚丘相邻。**景山**：大山。"景山"亦见《商颂·殷武》，此诗称景山，似模仿《商颂》。**京**：高土堆。**降**：从高处下来。**桑**：桑田。三句是说考察新都城周围可种植桑树的土野。③"卜云"句：古代建城邑前，考察过地势后要进行占卜，由神来决断选址与否。《大雅·文王有声》"考卜维王，宅是镐京"句可证。此句是说占卜以后，呈现出吉兆。**终然**：终究，最终。**允**：确实。**臧**：好，吉利。

灵雨既零，命彼倌人①。星言夙驾，说于桑田②。匪直也人，秉心塞渊，𬴂牝三千③！

○诗之三章。言勤于农桑。方玉润《诗经原始》："终言勤劳，以致富庶。'秉心'句是全诗主脑。"牛运震《诗志》："'灵雨'字幻妙。杜诗'好雨知时节'乃'灵雨'字注脚也。一'既'字多少庆幸，后世喜雨诗不如此一字得神。"

注释 ①**灵雨**：犹言好雨。**零**：降落。**倌**（guān）**人**：驾车人。②**星**：晴。古字"晴"作"夝"，与"星"字形相近而混（姚鼐《惜抱轩笔记》卷二）。一说，即顶着星星的意思。**言**：而。**夙驾**：早早驾车出行。夙，早。**说**：同"税"，路途中间的短暂休息。③**匪**：彼。**秉心**：持心，用心。**塞渊**：心思诚实而深远。亦见《邶风·燕燕》。**𬴂牝**（lái pìn）：七尺以上的马为𬴂，即大马。牝，母马。举出大马、母马以概其余。**三千**：泛言其多。言卫文公晚年国力恢复。

解说

《定之方中》，歌颂卫文公在楚丘兴建宫室，振兴邦家的诗篇。

公元前660年，狄人大举进攻卫国，卫国大败，溃退到黄河南岸时，遗民男女不足八百，赖有齐、宋等诸侯的帮助，国家算是勉强保存了下来。卫国的孑遗渡河之初，诸侯立戴公，一年而亡，文公继立。鲁僖公二年（前658年），诸侯又帮助卫国迁移楚丘。卫国君主文公即位后颇能振作，《左传·闵公二年》言："卫文公大布之衣，大帛之冠，务材训农，通商惠工，敬教劝学，授方任能。元年革车三十乘，季年乃三百乘。"此诗即以此为背景，具体创作时间当在文公晚年。文公在位25年，就是说此诗最迟不晚于前635年。诗篇系颂歌，却不空洞，原因在于诗人有国家兴亡的真情实感，颂卫公实际也是在赞美卫国的复兴。诗首章言建宫室，突出时令的得宜及方位的讲究，且以相当多的笔墨言植树，不仅着眼于现在，更着眼于未来的礼乐建设。次章则是回溯营造之初的考察度量等活动，升、望、降、卜一系列动作的历数，卫君及国人的忙碌如在目前。最后一章则专颂卫公，写他在一番好雨之后，星夜出发去视察农桑，一位勤政国君的形象跃然纸上。看来卫文公晚年"骐牝三千"的夸赞，并非子虚之言。诗为颂歌，写出了大难之后邦国的清新气象，诗篇的格调也清新、流畅。

蝃蝀

蝃蝀在东，莫之敢指①。女子有行，远父母兄弟②。

〇诗之首章。言女子嫁人是大事，自有规矩不可干犯。虹之不可指与婚姻律条不可犯相同，言下有女子不守德行因而婚媾亦不能持久之意。

 注释 ①**蝃蝀**（dì dōng）：彩虹。蝃亦作"螮"。甲骨文其字象两首之虫（或龙）。武丁时卜辞有"有出虹自北，饮于河"之语，而且殷商人"以虹出为有祸"（胡厚宣《殷代之天神崇拜》）。又《逸周书·时训》："虹不藏，妇不专一。"是周代又把虹出现与女子不专一联系起来。古人认为虹为男女交媾之象，似始于周代。西汉刘熙《释名》："美人阴阳不和，婚姻错乱，淫风流行，男美于女，女美于男，恒相奔随之时，则此气盛。"言虹为淫气盛的象征。**东**：虹出现在东方。古谚语有所谓"东虹晴，西虹雨"（见顾炎武《日知录》）之说，虹在东，含不能长久的意思。**"莫之"句**：彩虹出现时，没有谁敢用手去指。此意至今犹存。②**行**：出嫁。两句是说，女子出嫁是远离父母兄弟的人生大事。这两句又见于《邶风·泉水》篇，然其语意却各有不同，此处是强调女子嫁人当合乎礼法的意思。

朝隮于西，崇朝其雨①。**女子有行，远兄弟父母。**

○诗之二章。以早霞朝雨暗示女子不贞行为，也暗示如此婚姻不会长久。

▣ 注释 ▣　①**隮**（jī）：升起。字同"跻"。此处指早晨云气。**崇朝**：即终朝，一个早晨。**其雨**：下雨。在此有暗示男女性关系的意思。

乃如之人也，怀昏姻也①。**大无信也，不知命也**②。

○诗之三章。戴君恩《读风臆评》："一二为三章立案也，何等步骤！'乃如'四句，语意森凛。"吴闿生《诗义会通》："读此，可悟文章擒纵疏密之法。"

▣ 注释 ▣　①**"乃如"句**：这样的人。语含蔑视。**怀**：贪恋。②**命**：本分。

解说

《蝃蝀》，斥责女子私奔的篇章。

《毛诗序》说："止奔也。"又将此篇放在卫文公之世，说这位复兴卫国的君主还能"以道化其民"，于是"淫奔之耻，国人不齿"。诗是否为卫文公时期之作，篇内无据，不过《毛诗序》言"止奔"，若理解为诗人对"奔淫"不满，因而痛斥之以期收到制止的效果，却是可以的。此外，流行于西汉的《韩诗》家也认为此篇系"刺奔女"之作。如此，诗篇或许代表了卫地一部分人在婚姻之事上的舆论。在《诗经》中，已经见到不少带有原始野性色彩的婚恋现象。此诗的情感则恰恰与那些诗歌意趣相反。从"父母兄弟"及"不知命"的指责看，诗人是维护礼制的，是更注重婚姻中父母兄弟的决定权的。这与"仲春之月"大男大女们"奔者不禁"所体现的古老习俗大相径庭。从《周礼·地官·媒氏》"仲春会男女"的记载推测，周以前的婚姻，当更具有原始的野性色彩，对婚姻关系的强制规定，当是周人所为（参《关雎》解说）。如此，此诗所映现出的，是周礼由一种制度内化为人们的道德意识的表现。此诗对"女子有行"的感慨以至于对"乃如之人"的责骂，表明周礼是多么地深入人心。而那种较为自由的婚姻习俗之所以最终泯灭，也可以在这里找到原因。诗篇的特点在前两章与最终一章语气语调的忽然变化：前两章含蓄，后一章则肆口直斥，两者对比分明。而在前两章中，前两句采用象征手法，暗示不合理法的婚媾行径，继而后两句直陈婚姻之事的重大，语气郑重。这都似乎是在为最后一章的表达蓄势，四个"也"字的连续使用，更加强了此章谴责之意表达的分量。

相　鼠

相鼠有皮，人而无仪①。人而无仪，不死何为！

○诗之首章。牛运震《诗志》："痛诃之词，几于裂眦。"下两章同。

　　注释　①**相**：看，视。一说"相鼠"为一词，相州的老鼠，传说它可以像人一样站立，前两足打拱，如同人双手作揖。**仪**：威仪。

相鼠有齿，人而无止①。**人而无止，不死何俟**②！

○诗之二章。

▣ 注释 ▣　①止：容止，言行举止。②俟：等待。

相鼠有体，人而无礼。人而无礼，胡不遄死①！

○诗之三章。

▣ 注释 ▣　①遄（chuán）：速，快快地。

解说

《相鼠》，憎恶无礼之人的诗。

《孔子诗论》有"言恶而不文"之语（第28简），学者推测，即说的是《相鼠》之诗。"礼不下庶人"，所讥刺的自然是君子一流的人物。此诗一则言无礼之人不如鼠辈，再则谓人而无礼不如死掉，看来所刺之人犯礼深重，所以诗当是确有所指的。但确指什么，古来说法众多。有一种说法认为是夷姜责骂卫宣公的。宣公先与庶母夷姜乱伦生子伋，若干年后又将伋要娶之妻据为己有，于是夷姜自缢身亡。此诗为夷姜所作。卫宣公"躬鸟兽之行"，德行上可谓一塌糊涂。再从诗篇显示的强烈情绪看，此说虽无典籍上的明证，倒也颇能顺理成章。孔子说"诗可以怨"（《论语·阳货》），此篇表达怨怒之情而不假缘饰，在《诗经》中是罕有的几例之一。

干　旄

孑孑干旄，在浚之郊①。**素丝纰之，良马四之**②。**彼姝者子，何以畀之**③？

○诗之首章。"孑孑"两句，写出友军军容。陈震《读诗识小录》："乍见惊喜，转念珍重，情神毕出。"

▣ 注释 ▣ ①孑孑（jié jié）：独立，旗帜高高树立的样子。干旄：军旅中指挥士卒用的旗帜。干，旗杆，又称竿，竿的顶部往往有装饰物，称干首，干首装饰牦牛尾，以长线拴系的羽毛为旗幅，即干旄。②浚（xùn）：卫邑名，距卫国新都城楚丘不远，今河南濮阳市南。素丝：锦缎之类的丝织品。纰（pí）：连属，缝合。在此有拴系的意思。四之：四匹良马为一组。下文"五之""六之"意思一样，都指诸侯送给卫国的马匹已被成组地拴系好。③姝（shū）：美好。畀（bì）：赠，回赠。

孑孑干旟，在浚之都①。素丝组之，良马五之②。彼姝者子，何以予之？

○诗之二章。

▣ 注释 ▣ ①干旟（yú）：旗杆顶部有山字形装饰物，以鸟头为装饰的，称干旟。洛阳北窑西周墓葬曾出土此物，青铜制，整体作山字形，山字中间一竖高出，如剑锋，两边的短竖则刻镂成一对反身翘首的飞鸟形。都：城邑。②组：连属，拴系。

孑孑干旌，在浚之城①。素丝祝之，良马六之②。彼姝者子，何以告之③？

○诗之三章。姚际恒《诗经通论》："郊、都、城，由远而近也；四、五、六，由少而多也。诗人章法自是如此。"

▣ 注释 ▣ ①旌：旗帜的正幅，用羽毛编制而成，称旌。②祝：束。③告：好言答谢。

解说

《干旄》，卫人感激齐、宋等诸侯援军的乐歌。

《毛诗序》说："美好善也。卫文公臣子多好善，贤者乐告以善道也。"全然不着边际。而此诗历来难解之处在"良马五之""良马六之"，因为古代驾车没有这样的驾法。古代解困之道就是偷换概念，如郑玄就把"五之""六之"解释为缰绳。其实诗篇本身说得明白："四之""五之"和"六之"的良马，都是用素丝"纰之""组之"和"祝之"的，也就是拴系连缀的，与车驾本无关。倒是程颐将这些"四之""五之"和"六之"的马匹解释为"见其礼之益加也"，即将其视为礼品更为妥当可信（俞樾《茶香室经说》亦有此说）。另外，诗篇反复说"干旄""干旟"及"干旌"，很明显是有军队驻扎在卫国浚邑，而此地又与卫遭北狄入侵后的临时都城漕，及稍后迁移的楚丘距离都不远，因而，诗篇的创作背景似可作如下推测：北狄入侵之后，宋桓公立戴公于漕，戴公旋即死去，文公继立。与此同时，齐桓公使公子无亏率军队戍守漕地，卫国局势得以稳定。料想此后相当长一段时间，齐、宋等诸侯援军都会驻扎卫地，《干旄》之作当即此时。篇中的浚郊、浚都、浚城，当即援军驻马之所。诗中"干旄"表诸侯军车马旗帜，"彼姝者子"是赞美援军士卒个个精神。"素丝""良马"，则指诸侯对卫国的馈赠。《左传·闵公二年》："齐侯使公子无亏帅车三百乘、甲士三千人以戍曹（即漕）。归公乘马，祭服五称，牛羊豕鸡狗皆三百，与门材。归夫人鱼轩，重锦三十两（匹）。"诗言"素丝"系马，正表的是齐国"归公乘马"之事，只言赠马是因为马最贵重。而且，齐人有所赠，宋国及其他诸侯也不会不有所表示。深处大难之后的卫国人，对此心存感激是自然的，所以才有诗篇"何以畀之""何以予之"等深情之语。

载 驰

载驰载驱，归唁卫侯①。驱马悠悠，言至于漕②。大夫跋涉，我心则忧③。

○诗之首章。前四句是设想驱车奔赴母邦，后二句则交代前因。

注释 ①**唁**：吊唁，慰问。《穀梁传》："吊失国曰唁。"②**悠悠**：路途遥远貌。③**大夫**：来向许国通报情况的卫大夫。**跋涉**：艰难行进。《毛传》："草行曰跋，水行曰涉。" **我**：指许穆夫人。据《左传》，她是卫宣公遗孀宣姜被强迫改嫁昭伯（即公子顽）所生的女儿，同出的还有宋桓夫人、戴公、文公等。

既不我嘉，不能旋反①。视尔不臧，我思不远②？既不我嘉，不能旋济③。视尔不臧，我思不閟④？

○诗之二章。言许国人不许夫人回卫。叙述与反问相间，一片愤懑之情。词锋犀利，显示的是性格的坚毅。

注释 ①**我嘉**："嘉我"的倒文，嘉许、赞成我之意。**旋反**：回转。反，同"返"。旋、反同义。②**视**：此处有"相较"的意思，"视尔不臧"即"相较于你们的不善而言"之意。**尔**：指许国人。**不臧**：不善、无良策的意思。**远**：有远见。③**济**：渡河。④**閟**（bì）：密，周密。

陟彼阿丘，言采其蝱①。女子善怀，亦各有行②。许人尤之，众穉且狂③。

○诗之三章。直言许人的愚狂。阿丘采蝱，虚写。方玉润《诗经原始》："缠绵缭绕，含下无限思意。"

注释 ①**阿丘**：高丘，一头高，一头低。**蝱**（méng）：当作"莔"，贝母，百合科草本植物，据说可以治疗郁积病症。②**善怀**：多怀，多愁善感。善，容易，偏好。古语所谓"岸善崩""陆云善笑"之"善"与此同义（杨慎《升庵经说》卷四）。善怀为许人指责许穆夫人之辞。**行**（háng）：道路，条理。③**尤**：责备。**之**：指许穆夫人。**众**：终。与且字构成"终……且……"结构，句型与"终风且暴"相同。**穉**：骄，与后文"狂"字意思相近。一说，幼稚。

我行其野，芃芃其麦①。**控于大邦，谁因谁极**②？**大夫君子，无我有尤。百尔所思，不如我所之**③！

〇诗之四章。言夫人对摆脱危局的看法。"我行"句，是虚笔。"控于大邦"，见识英迈。牛运震《诗志》："控于大邦，以报亡国之仇，此一篇本意。妙在于卒章说出，而前则吞吐摇曳，后则低回缭绕。笔底言下，真有千百折也。"

注释 ①**芃芃**（péng péng）：蓬勃貌。②**控**：控告。**因**：依靠。**极**：本义是屋顶的大梁，在此为依仗的意思。据《列女传》，当初许穆夫人曾想嫁到强大的齐国去，且有"若今之世，强者为雄，如使边境有寇戎之事……赴告大国，妾在不犹愈乎"之语。③**百尔**：意思是你们再多的思虑。百，百次，百种。尔，你们。**所之**：所想到的。

解说

《载驰》，许穆夫人悯其母邦颠覆，想归唁母邦而不得的忧愤之作。

北狄侵邢犯卫，齐桓公率诸侯相救，是春秋史上的一件大事。此事之所以大，不单在救卫存邢，挽救危难于水火，还在于救难过程中民族大义的彰显。北狄侵邢时，管仲就对齐桓公张出"华夏"的大旗，他说："戎狄豺狼，不可厌也。诸夏亲暱，不可弃也。"（《左传·闵公元年》）两句话，道出的是当时诸侯各邦的民族意识。这是西周几百年礼乐政教的积极成果，由管仲在华夏诸邦的危机关头将其挑明，在民族精神史上是有其重要意义的。也正因这样的华夏意识，所以各诸侯在邢、卫之邦遭受危难时，放下平日的恩恩怨怨，转而簇拥在齐国霸主的大旗下，做起存邢救卫的大事。这是《载驰》的时代背景。诗篇"控于大邦"的句子，正是"华夏亲暱"意识的体现，与那时的民族精神高涨是协调的。然而，诗篇也展现了大历史下的不和谐之音，这就是许国（姜姓诸侯，在今河南许昌一带）人的表现。

从"采蝱""芃芃其麦"的景物看，诗所表之事当在卫文公即位后第二年（前559年）的春夏之交。从"既不我嘉，不能旋反""既不我嘉，不能旋济"诸语句看，许穆夫人在初闻宗国遭难时就想返国，并有所行动，因此而招致"许人"的责难。这就是那层曲折。征诸文献，出嫁之女，父母在世，可按期归家省亲；若父母不在，探亲之事则由大夫代行。不论如何，规矩甚严。这就是当时的礼法：夫人尊贵，无故不得离境。实际是女子既然已经嫁人，就成为男性附属品，出于个人情感需要而返回母邦，是要受诸多限制的。从礼法上说许人不许夫人"归唁"，自然有其堂而皇之的道理。问题是，当时的症结并不在此。许、卫既是婚姻之国，就有同恶相恤的义务，这也是周礼的规定，而且"同恶相恤"还是华夏诸侯应当奉行的更大原则。从诗人"视尔不臧"的蔑视及"我思不远""我思不閟"的反问看，许穆夫人与许国的权力人物在如何救卫的问题上，曾发生过智术上的激烈交锋。而且，从上述诗句还可以看出，许国的当国男人们，在如何解救卫难之事上乏善可陈，除了阻拦夫人归唁之外，没有任何的良策和善举。于是，许穆夫人与许国当权男性之间，既有礼法与人情的冲突，也有礼法陈规与邦国大义的纠结，其重点是如何才是真正遵循周礼、尊重道义的是非较量。较量与抉择中，有高明与鄙陋、远见与短视的不同。诗篇含蓄地向读者展现了这样一点，也就是其最大的成功：诗篇在诗中人郁闷的自述中，显示了矛盾冲突，也在冲突中展现了许穆夫人不凡的见识和刚毅的性格。

　　诗篇历来被认为是许穆夫人自作，甚而有人说许穆夫人是中国文学史上第一个有主名的女诗人。有这种可能，却也不能排除诗篇只是取材于许穆夫人的故事，是采诗官与乐官合作的成果。诗中反复出现的"我"，看上去很像夫人自道用语，实际采诗官也完全可以模拟。诗若真为许穆夫人作，似更应该入《周南》，因为许地位于周南范围，而不是卫地风诗。有一点很关键，不管是许穆夫人自作，抑或他人的模拟代言，诗见于《鄘风》表明，诗篇是用卫地风调演唱的。因而也可以推测说，诗篇的创作也在卫国，是卫国诗人歌唱许穆夫人的作品。

卫风

周初于殷商故地设"三监",后"三监"联合殷商遗民叛乱。周公在平定叛乱之后,命其弟康叔镇守于此,是为卫国之封。不过,原来卫之地是商畿内朝歌以东的诸侯之地,《逸周书·世俘解》记载周在克商之后第二十一天的甲申,"百弇以虎贲誓,命伐卫"。而且,封建康叔时,还把康叔之子中旄父封到朝歌以东之卫(即百弇所伐之地)。后来,康叔后代才把殷商故地合并为一,并称卫,邶、鄘、卫的并列之局随之结束。又,近出"清华简"的《系年》篇,言周初封建"乃先建卫叔于庚丘,以侯殷之余民。卫人自庚丘迁于淇卫"。庚丘即康丘,庚、康古通,康丘应该就是"殷墟"大范围内的小地名。卫国的第一代君主为何称"康叔封",也就清楚了。竹简文字显示,康叔治下的民众迁移到"淇卫"之地,也就是"淇水之滨的朝歌"之地,是后来的事(李学勤《清华简〈系年〉解答封卫的疑迷》,《文史知识》2012年第3期)。这与《逸周书·作雒解》的说法可能相通。卫在周初封国中很重要,康叔为周公之弟,属"文王十子"之一,卫是一等大邦。《尚书·康诰》显示,康叔受封之际,周公曾经就如何宽和对待殷遗民,有过谆谆教诲。西周后期,卫有著名的卫武公;至懿公时,遭赤狄入侵,几乎灭国。之后在齐、宋等诸侯帮助下,迁于黄河以南,都楚丘。再后,又迁移都城至帝丘。卫国一直延续到战国晚期。《国风》篇章而在格调上近乎"雅"的,以《豳风》和《周南》为著,此外就是卫地三《风》,如《鄘风·定之方中》和《卫风·淇奥》。这从一个方面显示了卫国在文化上的大邦气派。

《卫风》诗篇多春秋前期作品,共十篇。

淇奥

瞻彼淇奥，绿竹猗猗①。有匪君子，如切如磋，如琢如磨②。瑟兮僩兮，赫兮咺兮③。有匪君子，终不可谖兮④！

○诗之首章。以绿竹起兴，言君子仪态美好，令人难忘。《孔丛子·记义》："于《淇澳》见学之可以为君子也。"牛运震《诗志》："'切磋'二语，刻划尽致。""写德性有景有情，是写生手。"

▣ 注释 ▣　①奥（yù）：河水弯曲处。字亦作"隩""澳"。**绿竹**：绿色的竹子。汉代以前，淇水之岸多竹，见《水经注·淇水》。一说，绿为王刍，竹指萹蓄，原是两种草名。**猗猗**（yī yī）：茂密的样子。②**匪**：通"斐"，文采显明貌。《大学》《列女传》引此句，字皆作"斐"。**切、磋**：削齐为切，打磨为磋。《毛传》："治骨曰切，象曰磋。"象即象牙。**琢、磨**：雕刻、磨平。《毛传》："玉曰琢，石曰磨。"据《毛传》，切、磋、琢、磨分别指骨、牙、玉、石四种原料，以此形容君子修身养性如同治理牙骨玉石一样精雕细琢。③**瑟**：牙骨玉石经切磋雕琢后花纹细密貌。引申为仪态矜庄。**僩**（xiàn）：美貌。就是牙骨玉石经切磋琢磨后花纹历历然有文采的样子。引申为威严貌。**赫**：显明。**咺**（xuān）：显著貌。字亦作"喧""烜"。④**谖**（xuān）：忘记。句意为过目难忘。

瞻彼淇奥，绿竹青青①。有匪君子，充耳琇莹，会弁如星②。瑟兮僩兮，赫兮咺兮。有匪君子，终不可谖兮！

○诗之二章。言君子玉饰。刘禹昌《说卫风淇奥》："中情修好，文章外观，斐斐散彩。"

▣ 注释 ▣　①**青青**（jīng jīng）：即菁菁，茂盛的样子。②**充耳**：又名瑱，塞耳的玉石，用丝线悬挂在冠冕的两侧。**琇**（xiù）**莹**：似玉的美石。

会弁（biàn）：缝合处缀有玉石的鹿皮帽。会，字亦作"璯"，冠缝缀玉称为璯。弁，鹿皮帽。**如星**：皮帽缝合处所缀的玉石，如成排之星闪耀。

瞻彼淇奥，绿竹如箦①。有匪君子，如金如锡，如圭如璧②。宽兮绰兮，猗重较兮③。善戏谑兮，不为虐兮④！

○诗之三章。牛运震《诗志》："'善戏谑兮'二语写雅人深致，何等风流。""连用'兮'字，顿挫咏叹，节奏悠然。"

注释 ①**箦**（zé）：绿竹密集貌。箦的本义为竹席子。此处为引申义。②**金、锡**：两种贵金属，言德行如金锡一样精纯。**圭、璧**：言气质如圭璧一样莹润。③**宽**：胸怀宽大。**绰**：舒缓。**猗**（yǐ）：即倚，依靠。**重**（chóng）：双，古代车扶手是左右对称的。**较**（jué）：车舆上为便于站立而安装的扶手。古代车舆一般由横竖交错的矮木栏构成，统称轸。两旁的矮木栏又称为轛。高级的车，在车舆左右外侧，还要对称安装高出车舆的扶手，即是较。据出土车马遗物，有的扶手大体呈倒"U"字形，古称"曲鉤"，固定在车栏短柱上。还有的车较做成可以活动的铜把手，状如摇把，一头固定在车栏柱头上，另一头即手把的一端，弯曲向前，上面还铸有各种装饰花纹。据扬之水《诗经名物新证》。又据《毛传》，有重较的车，是公卿一级人物所乘的车。较，字亦作"较"。此句形容君子乘高级车马出行时的风采。④**戏谑**：开玩笑。**虐**：过分的玩笑，流于恣肆、刻薄。

解说

《淇奥》，歌颂卫武公的诗篇。

《史记·卫康叔世家》记载："（宣王）四十二年，釐侯卒，太子共伯余立为君。共伯弟和有宠于釐侯，多予之赂；和以其赂赂士，以袭攻共伯于墓上，共伯入釐侯羡自杀。卫人因葬之釐侯旁，谥曰共伯，而立和为卫侯，是为武公。武公即位，修康叔之政，百姓和集。四十二年，犬戎杀周幽王，武公将兵往佐周平戎，甚有功，周平王命武公为公。五十五年，卒。"据此，可知卫武公为西周末、东周初卫国君主。而且，据《史记》，卫武公继位为君，属于逆取顺守，不过，他治理国家倒也用心且效果不错。后人对于《史记》关于卫武公上台的说法颇多质疑，如司马贞作《史记索隐》，即对司马迁关于武公篡立之说表示怀疑。又，《国语·楚语》对武公又有如下说法："昔卫武公年数九十有五矣，犹箴儆于国，曰：'自卿以下至于师长士，苟在朝者，无谓我老耄而舍我，必恭恪于朝，朝夕以交戒我，闻一二之言，必诵志而纳之，以训导我。'……于是乎作《懿》戒以自儆也。及其殁也，谓之睿圣武公。""恭恪""自儆"云云，与诗中"如切如磋""如琢如磨"的赞美正合。又《左传·襄公二十九年》载季札观乐，言及《卫风》时云："美哉，渊乎！忧而不困者也，吾闻卫康叔、武公之德如是，是其《卫风》乎？""武公之德"，应系《淇奥》所歌赞者。从诗"充耳琇莹，会弁如星"，"如金如锡，如圭如璧"以及"宽兮绰兮，猗重较兮"诸句看，似乎诗篇之写制、配乐歌唱是为武公乘车出行而作。又从其乘坐"重较"之车的高贵看，王先谦《集疏》"公入卿士时国人思慕而作"一说颇有道理。当然王氏"入卿"之说是从《毛传》"重较，卿士之车"而来，似乎根据并不是很充分。因为《史记》只说周平王命武公为"公"，提升他的爵位，是否就任命他入朝为卿士，还需更明确的佐证。因而稳妥点说，诗篇应该是武公佐周平戎有功"王命之为公"时卫国人的颂歌。时间在两周之交，是《卫风》中较早的篇章。

此诗中的一些诗句因儒家重要文献《大学》篇的引用、阐发，以及《国语·楚语》的解说，特别容易诱使读者对篇中主人公的形象产生一些误会。实际上，诗篇对这位文采斐然的诸侯的描绘，都不外两个字：威仪。那什么是"威仪"呢？"有威而可畏谓之威，有仪而可象谓之仪。君有君之威仪，其臣畏而爱之，则而象之，故能有其国家，令闻长世。"这是《左传·襄公三十一年》所载的对贵族应有"威仪"的论述。威仪是一种既令人爱、又令人畏的举止风范。《左传》又说："故君子在位可畏，……进退可度，周旋可则，容止可观，作事可法，德行可象，声气可乐，动作有文，言语有章，以临其下，谓之有威仪也。"即"君子"要有一套表现性的仪态，既有近乎"审美"的吸引力，又有暗含"威胁"的压迫力，其实就是恩威并施的影响力。这样的"君子"，与后来儒家要求的"君子"还有较大的距离。诗篇对卫武公佐周勋绩并无一言道之，主要以"如切如磋"来表现他对仪表和威仪的讲究。同时，诗篇还表现了诗中人"威仪"之外的"善戏谑兮，不为虐兮"，即有威仪而又不摆架子，威仪中有情趣，不矜持古板。就诗篇的表现而言，切磋、金玉的比喻，"君子"还像是一尊像；一句"善戏谑兮"，则给偶像注入了生气，顿时意趣盎然。

考　槃

考槃在涧，硕人之宽①。独寐寤言，永矢弗谖②。

〇诗之首章。戴君恩《读风臆评》："每章精神都在第二句，下两句都从个里拈出。细读一过，居然觉山月窥人，涧芳袭袂，那得不作人外想？"

注释　①**考槃**：成乐。考，成。槃，同"般"，欢乐。一说，考槃为扣盘而歌。**硕人**：美人。《诗》中"硕人"一词通称男女。**宽**：屋宇宽广。②**"独寐"句**：《郑笺》："在涧独寐，觉而独言。"**永矢**：永远。矢的本义为直，在此与永同义。**谖**：同"喧"，吵闹的意思。

考槃在阿，硕人之薖①。独寐寤歌，永矢弗过②。

〇诗之二章。

注释　①**阿**：山阿，山坡。**薖**：同"窠"，房屋宽大貌。②**过**：过错。

考槃在陆，硕人之轴①。**独寐寤宿，永矢弗告**②。

○诗之三章。

注释　①轴：盘桓。②告：告人。

解说

《考槃》，穷处自乐的隐士之歌。

《毛诗序》："刺庄公也。不能继先公之业，使贤者退而穷处。"诗篇无庄公痕迹，《毛诗序》之说不知何据。其"退而穷处"之说，或可取。《孔丛子·记义》记孔子曰："于《考槃》见遁世之士而不闷也。"《论语》记孔子南游卫、楚，曾遇隐者晨门、荷蒉等，看来卫国早有隐士一流人物。诗篇为中国最早的隐士文学，明朝朱谋㙔《诗故》论曰："古言考槃，犹今言寻乐耳。或涧或阿或陆，无往而不适；或寤而言，或寤而歌，或寤而宿，无适而不独，自以明遁世之志专一也。"颇为可取。

硕　人

硕人其颀，衣锦褧衣①。**齐侯之子，卫侯之妻，东宫之妹，邢侯之姨，谭公维私**②。

○诗之首章。牛运震《诗志》："首二句一幅小像，后五句一篇小传。"细表社会关系，突出新妇身世华贵，庆幸君主婚配得宜。

注释　①硕人：丰满高大的人。又见《邶风·简兮》"硕人俣俣"句。**其颀**（qí）：身材修长。犹言颀颀。三国时吴国铜镜所录此句作"姬姬"。**锦**：有图案、色彩鲜艳的丝织品。**褧**（jiǒng）：绢丝制成的罩衣。古代富贵者穿丝织衣要在外面罩上一层绢纱制成的外罩，据说是丝绸色彩太显眼，所以要遮掩，实际可能是起防尘、防刮扯的作用。在西汉马王堆辛追墓曾发现过一件保存完好的西汉褧衣，薄如蝉翼，衣长128厘米，袖长190厘米，重量49克，古代丝织技术之高超由此可见一斑。褧亦写作"絅""颎""景"。**②齐侯：**齐庄公，东周早期诸侯，在位长达64年（前794年—前731年）。**卫侯：**卫庄公，卫武公之子，东周早期诸侯，在位23年（前757年—前735年）。**东宫：**太子居住的宫室。齐庄公太子为得臣，诗中女子（即庄姜）为得臣之妹。**邢：**诸侯国名，西周始封之姬姓国，其地在今河北邢台一带。**姨：**妻子的妹妹。**谭：**诸侯国名，春秋初期灭于齐，故地在今山东济南历城区内。**维：**是。**私：**姊妹的丈夫称私。

手如柔荑，肤如凝脂，领如蝤蛴，齿如瓠犀，螓首蛾眉①。巧笑倩兮，美目盼兮②！

○诗之二章。前五句工笔细描，后两句点染出神；既写其美，又表其媚。姚际恒《诗经通论》："千古颂美人者，无出其右，是为绝唱。"

注释　**①柔荑（tí）：**柔嫩的白荑。荑，白茅的根芽，白皙柔嫩。**凝脂：**凝结的油脂，形容皮肤细腻，白中透青，是养尊处优之人才有的肤色。**领：**颈，脖子。**蝤蛴（qiú qí）：**一种寄生于木上的昆虫，幼虫长而白。**瓠（hù）犀：**瓠瓜的籽，形容牙齿形状细长整齐。**螓（qín）：**俗名伏天儿，似蝉而小，头广而方正，形容女子的额头发式。**蛾眉：**细长弯曲的眉毛。蛾即蚕蛾触须，细长而弯曲。**②巧笑：**即俏笑，甜甜的笑。**倩：**笑时两颊间动人的模样，今所谓酒窝。**盼：**眼睛黑白分明，顾盼生姿。

硕人敖敖，说于农郊①。四牡有骄，朱幩镳镳，翟茀以朝②。大夫夙退，无使君劳③。

○诗之三章。送亲、迎亲场景，笔触热闹。"大夫"两句，语含戏谑。

注释　①敖敖：犹言昂昂，颀长貌。说：路途中间暂时歇脚，音义皆同"税"。按当时习惯，出嫁女来到夫家之国的农郊，就算到达夫家之国。这时要停留一下，换下从娘家穿来的衣服，穿上君夫人的服装。②**四牡**：驾车的四匹公马。**有骄**：雄壮貌。犹言骄骄。**朱幩**（fén）：系在马嚼子上的红色饰物，并用以扇汗。**镳镳**（biāo biāo）：盛貌。**翟茀**（fú）：装饰有翟羽或画有雉鸡图案的车帘。翟，雉的羽毛。茀，遮蔽车篷的帘子。**朝**：拜见君主，即见新婚丈夫。③**夙退**：早退。**君**：君主。一说指新娘，诸侯夫人国人也称之为君。

河水洋洋，北流活活①。施罛濊濊，鱣鲔发发，葭菼揭揭②。庶姜孽孽，庶士有朅③。

○诗之四章。仍从上一章"农郊"二字着眼，拓展开去，赞美卫邦水土物产，连续的叠字，渲染出邦家吉庆！

　　注释　①**活活**（guō guō）：水流声。**罛**（gū）：鱼网。②**濊濊**（huò huò）：网入水的声音。**鱣鲔**（zhān wěi）：鱣，鲤鱼。鲔，似鲤而大。**发发**（bō bō）：鱼出水时尾摆动之声。**葭**（jiā）：芦苇。**菼**（tǎn）：初生的荻，似苇而矮，秸秆实心。**揭揭**：秀挺貌。③**庶姜**：陪嫁的姜姓女子。**孽孽**（niè niè）：众多貌。**庶士**：护嫁而来的齐国武士。**朅**（qiè）：壮武。

解说

《硕人》，赞美庄姜嫁入卫国的篇章。

诗篇题旨原本单纯，但因《左传》相关的一段记载而生出许多枝蔓。《左传·隐公三年》："卫庄公娶于齐东宫得臣之妹，曰庄姜，美而无子，卫人所为赋《硕人》也。"这几句话本来是交代庄姜身世，可又说她很美却不幸没有生出儿子，于是问题就来了。如《毛诗序》说此篇："闵庄姜也。庄公惑于嬖妾，使骄上僣。庄姜贤而不答，终以无子，国人闵而忧之。"完全是依《左传》之说的葫芦来画瓢，全然不顾诗篇的内容及格调。《左传》作为一部编年史，其成书要晚于诗篇很多年，这句"卫人所为赋《硕人》也"的话，不过是"事后诸葛亮"的说法。诗篇全是表现新娘子、君夫人出嫁时的光景，至于生不生孩子，那是以后的事，与当初诗的歌唱一点关系也没有。

据《史记·卫世家》记载，卫庄公五年（前753年）娶齐女为夫人，是此诗为《国风》中较早的诗篇之一。第一章细表新人家世背景的不凡，说明这桩婚事的政治意义。第二章极赞硕人的娇好，是表这桩婚事的美妙。第三章言车服之盛、礼数之备，是显示婚事过程的庄重。最后一章渲染环境，是赞美婚事的吉庆，预祝美丽君夫人的到来会给国家带来丰饶富裕。以上是诗写了些什么，至于"怎么写"，诗篇更是大有可观。写美人一章，前六句用比喻，用工笔精描细摹。仅于此，则只是"人样子"，但诗还有后两句，如龙成点睛、颊上三豪，一团生气荡漾其间。美的动人在媚，诗人画眼睛的功夫极高。在整个古代刻画美人的文学画廊中，也有其显著的地位。而第三章，稳重的叙事之后，忽然接上一句"无使君劳"的提醒，表现着诗人的谐趣。喜事就容得人开玩笑，君主结婚亦然。这是诗的生活气息。工稳的笔触嵌以精巧的点染，矜持的态度伴以偶尔的调笑，诗篇真可谓"严肃活泼"了！末尾一章连用叠字写卫国的丰饶，在这样的国度做一国之母，该是让人称心如意的。这里既有对新人心意的揣度，又有诗人对自己国家的自豪。

诗赞美"硕人"本身所体现的美人观念，也是值得一提的。以硕大为美，是《诗经》中屡见的审美观，如《泽陂》言"有美一人，硕大且卷"，"卷"是双颊，美人不仅需要高大，而且还得肌丰肉满。而《君子偕老》《野有蔓草》则都以额角宽阔称道美人，正与此诗的"螓首蛾眉"之喻美趣相通。此外，诗篇每章句法也颇为奇特。第一章先是两句一个句群，之后接以五个句子为一组的群落，是二、五结构。第二章是相反的五、二结构。第三、第四两章则是二、三、二结构。参差错落，变化很大，很奇特。此诗的美人描写，深受后人喜爱。近年发现的可能出土于湖北鄂城的一面三国东吴时期的铜镜背面，即铸有此诗的前三章以及第四章第一句和第二句的前两个字，兹列之如下："石人姬姬，衣绵缬衣。夷侯之子，卫侯之妻，东宫之妹，刑侯之夷，登公惟私。手如濡凄，肤如臒脂，颔如犴夷，齿如会师。隙首娥麋，哠哚哚兮，美目瞚兮。石人嗷嗷，税于农郊。四牡有挢，洙□猋猋。翟□以朝。大夫宿退，侪使君劳。河水洋洋，北流（下阙）。"学者研究，吴镜所据《诗经》文本当系汉代今文《鲁诗》家传本，字体上与今天流行的《毛诗》本区别较大，有一定的参考价值。

氓

氓之蚩蚩，抱布贸丝①。**匪来贸丝，来即我谋**②。**送子涉淇，至于顿丘**③。**匪我愆期，子无良媒**④。**将子无怒，秋以为期**⑤。

○诗之首章。由相恋到定婚。先私定终身，再提媒。"匪来贸丝"写氓当初之态，传神。"怒"，氓的中山狼品性初现。

注释　①**氓**：民，人，犹言那个人。不确定称呼，含蔑视之意。据《周礼》，野人称甿，甿即氓。可知诗篇所言男女都是"野"中之民，身份较低。**蚩蚩**（chī chī）：傻乎乎、笑嘻嘻的样子。**布**：布帛。**贸**：交换。**丝**：丝麻之物。由"贸丝"句，可知诗中女子以蚕桑为业。②**匪**：非。**谋**：图谋婚姻之事。③**顿丘**：卫地名，在淇水之南。一说，泛指土丘。④**愆**（qiān）**期**：错过佳期。⑤**将**（qiāng）：请。

乘彼垝垣，以望复关①。不见复关，泣涕涟涟。既见复关，载笑载言。尔卜尔筮，体无咎言②。以尔车来，以我贿迁③。

○诗之二章。写女子翘盼之情。末句似道出氓追求蚕女之动机。"不见""既见"数句，表女子痴迷、沉陷之态，极善形容。

▣ 注释 ▣ ①垝（guǐ）垣：高墙。复关：即回来的车。关为车箱板。一说，复关为河堤名。王应麟《诗地理考》引《太平寰宇记》："澶州临河县，复关城在南，黄河北埠也。复关堤在南三百步。"②尔卜：为你而卜。卜，占卜。筮：用蓍草算卦。体：占卜所得卦体，亦即吉凶之象。咎言：不吉利的话。③贿：财物。

桑之未落，其叶沃若①。于嗟鸠兮，无食桑葚②。于嗟女兮，无与士耽③！士之耽兮，犹可说也④。女之耽兮，不可说也！

○诗之三章。此章为全篇转折点。言情感不专是"士"的普遍品性。对天下痴情女作枯鱼河泣之警示。桑叶、鸠鸟云云，见蚕女本色。

▣ 注释 ▣ ①沃若：润泽肥美的样子。②于嗟：感叹词。鸠：鸟名，一名斑鸠，鸠性情温和而有固定的配偶，所以《诗》常用以比喻女性。桑葚（shèn）：桑树的果实。据说鸠吃多了桑葚会醉，喻女子不可过分耽溺于爱情。③士：男子的通称。耽：沉溺。④说（tuō）：脱，摆脱。

桑之落矣，其黄而陨①。自我徂尔，三岁食贫②。淇水汤汤，渐车帷裳③。女也不爽，士贰其行④。士也罔极，二三其德⑤。

○诗之四章。交代婚姻失败的情形。"淇水"两句看似是返家时情景，实则以帷裳打湿喻自己婚姻的终归失败。孙鑛《批评诗经》"首句：'矣'字黯然销魂，若作'既落'，便呆。"

〖注释〗 ①陨：飘落。②徂（cú）：往。三岁：多年。"三"字表多而已，不必坐实理解。食贫：吃苦、过苦日子的意思。③汤汤（shāng shāng）：水盛貌。渐（jiān）：打湿，沾湿。帷裳：围车的幕布。④爽：差错，过失。爽即忒。贰：改变。行：行事。⑤罔极：没定准，不忠贞。二三：不专一、三心二意的意思。

三岁为妇，靡室劳矣①。**夙兴夜寐，靡有朝矣**②。**言既遂矣，至于暴矣**③。**兄弟不知，咥其笑矣**④。**静言思之，躬自悼矣**⑤。

○诗之五章。述自己之辛勤，表现氓的中山狼本性。

〖注释〗 ①"靡室"句：家中的事情没有不是我操劳的。②"夙兴"句：早起晚睡的意思。"靡有"句：不是一天两天的意思。③言：语助词。遂：顺心，指氓的心意达成了。暴：暴虐。④"兄弟"句：原本像兄弟一样亲密的夫妻关系，现在却变得互不理解了。古代重视血亲，以兄弟比喻好的夫妻关系。过去理解为女子回家后兄弟的态度，不确。咥（xì）：大笑，是男子暴虐的表现。《邶风·终风》"终风且暴，顾我则笑"句，亦是以"笑"表现男子对女子的虐待。⑤静言：静而，静静地。躬：自己。自悼：自己伤悼自己。

及尔偕老，老使我怨①。**淇则有岸，隰则有泮**②。**总角之宴，言笑晏晏**③。**信誓旦旦，不思其反**④。**反是不思，亦已焉哉**⑤！

○诗之六章。痛定思痛，作决断之语。牛运震《诗志》："称之曰氓，鄙之也；曰子曰尔，亲之也；……曰士，欲深斥之而谬为贵之也。称谓变换，俱有用意处。"

〖注释〗 ①偕老：相伴到老，是当初男子发过的誓言。老：此处指色衰。②隰（xí）：河水之名，即漯水。据刘恭冕《广经室文钞》。两句是说什么事情都要有个边际，这样不幸的关系也该结束了。③**总角**：结发，女子婚前发式。**宴**：欢乐，指男女未结婚时的欢爱。**晏晏**：安乐貌。④**信誓**：互相亲信的誓言。**旦旦**：诚恳的样子。**不思**：不料想。**反**：违反。⑤**"反是"句**：是"不思其反"的颠倒说法。**"亦已"句**：也就罢了的意思，表女子决绝之情。

解说

《氓》，以独白形式表现弃妇哀怨的诗篇。

诗篇叙述了男女从私定终身到结婚，再到男子变心的整个过程，以女子决绝之情作结。是叙事又是抒情，叙事简括而抒情浓郁，在《诗经》中别具一格。钱锺书《管锥编》评价说："此篇层次分明，工于叙事。'子无良媒'而'愆期'，'不见复关'而'泣涕'，皆具无往不复，无垂不缩之致。然文字之妙有波澜。读之只觉是人事之应有曲折。"此诗不仅叙事有特色，诗中的人物亦颇具性格。如男子"抱布"而来的伪饰，"将子无怒"透露出的氓之脾性；从"氓之蚩蚩"的嬉皮笑脸，到"咥其笑矣"的谑浪笑傲，前恭后倨的反差，又是人物脾性的必然展露。女子一方，先是为爱情而痴迷造次，第二章对此的刻画可谓淋漓尽致；婚后则恪尽妇道，任劳任怨，善良品格前后表现是一致的。又，诗篇先言"以我贿迁"，又言"三岁食贫"，男子实有骗财骗色之嫌。对此宋人黄震《黄氏日抄》卷四曾这样说："'以我贿迁'则女有资财。'三岁食贫'则男反无以养之。此妇人一时为其所诱，已即不堪，遂反目而相弃。"看来这场婚姻的破裂，部分原因是出于女子主动，她终于看清楚了氓的中山狼品格，于是不再忍耐将就。能爱才能怨，关键是在哀怨中有所觉悟，有所决断。诗篇显示，失意的女主人公最终从婚姻生活的废墟中发现了某些真实：婚姻家庭中男女总是不平等，女子一方总是痴情的受害方。"士之耽兮"等四句，东汉郑玄解释说："士有百行，可以功过相除。至于妇人，无外事，维以贞信为节。"今人钱锺书又谓："夫情之所钟,古之'士'则登山临水,恣其汗漫,争利求名,得以排遣;乱思移爱,事尚匪艰。古之'女'闺房窈窕,不能游目骋怀,薪米丛脞,未足忘情摄志;心乎爱矣,独居深念,思塞产而勿释,魂屏营若有亡,理丝愈纷,解带反结,'耽不可说',殆亦此之谓欤?"人类一个难以克服也是最基本的不平等,就是男女在两性关系上的不平等。几千年前一位诗中弃妇领悟到了这一点,是十分可贵的。

另外值得探讨的是诗篇作者的问题。从诗篇称男子为"氓"看,似乎是野人,由此推断篇中的女主人公也是野外之民。周代封建体制,以"国"统"野",简单说,就是住在城邑中的周人统治广大原野上非周人(他们是西周封建之前就生活在自己家乡的原住民)的基层民众。诗篇虽以"我"为叙述主体,但其作者未必就是胼手胝足的蚕桑之女。从语言到风格,再到篇章样式,都不像是一个野外乡间蚕女所能创作出来的。合理的解释,是王朝那些有专业素质的采诗者与"比其音律"的大师(音乐专家)合作的结果,其实就是古典版的"报告文学"。特殊的经历、遭遇是蚕女的,将这不幸生活经历加工为感人诗篇的,则是王朝特定制度下的专业人员。这些"采诗"人员,虽称"王官",其实他们的身份,按照《公羊传》何休注和新出土竹简《孔子诗论》的说法,都是些"贱民"。惟其身份不高,才能对下层民众富有同情心,表现民生疾苦的诗篇才动人。这正是"采诗观风"的不凡之处。

竹　竿

籊籊竹竿,以钓于淇①。岂不尔思?远莫致之②。

○诗之首章。想象在家时投竿垂钓光景。

□ 注释 □　①籊籊（dí dí）：修长尖细貌。②尔思：即思尔。尔，指女子娘家。**致**：到达。

泉源在左，淇水在右①。**女子有行，远兄弟父母**②。

○诗之二章。以源、流方位不一，喻女子出嫁远离。语含无奈之义。

　　□ 注释 □　①**泉源**：淇水的源头。此处喻女子的娘家。②"**女子**"两句：《诗经》数见，语意各有不同，此处意思与《邶风·泉水》篇相同，言女子出嫁为人生大事。

淇水在右，泉源在左。巧笑之瑳，佩玉之傩①。

○诗之三章。牛运震《诗志》："只二语写出少女在家嬉游自得态韵。"

　　□ 注释 □　①**巧笑**：俏丽的笑。参《卫风·硕人》"巧笑倩兮"句注。**瑳**（cuō）：巧笑时露出的洁白牙齿。瑳的本义为玉的颜色。**傩**（nuó）：婀娜，腰间佩玉的美好样子。以上两句是回忆未出嫁时嬉戏于淇水之畔的情景。

淇水滺滺，桧楫松舟①。**驾言出游，以写我忧**②。

○诗之四章。表出游泻忧，想象之词。陈震《读诗识小录》："语语出神，作者甚苦，读者甚快。"

　　□ 注释 □　①**滺滺**（yōu yōu）：流淌貌。②**写**：排遣，抒发。

解说

《竹竿》，表卫女思乡的诗篇。

此诗应该与《载驰》《泉水》的题旨相类。许穆夫人"归唁母邦"的事，引起诗人对出嫁女子思乡之情的关注。此诗即其一。诗中"泉源在左，淇水在右"，又言在淇水驾舟遣怀，都是向往之词。又"泉源""淇水"的左、右举，是女子出嫁远离母邦、远离挚爱的无奈。诗篇关注于此，是人道精神的表现。也有前代学者以为，此诗系卫国未嫁之女因将要远嫁而忧伤的篇章（于鬯《香草校书》卷十二），可备一说。诗篇的格调非常别致，淡雅清泠。方玉润《诗经原始》论此诗之妙曰："盖其局度雍容，音节圆畅，而造语之工，风致嫣然，自足以擅美一时。……诗固有以无心求工而自工者，迨至工时，自不能磨。此类是已。"

芄 兰

芄兰之支，童子佩觿①。虽则佩觿，能不我知②。容兮遂兮，垂带悸兮③。

〇诗之首章。讥童子有男人之样，无男人之实。"虽则"二字，夹叙夹议，恣态横生。

注释 ①芄（wán）兰：又称萝藦、雀瓢，一种多年生草质藤本植物，叶子嫩时可食，果实状如羊角，与解结锥相似。王质《诗总闻》引谚语曰："去家千里，莫食罗摩枸杞。"其枝叶、果实有壮阳之效，还可疗治肾虚、遗精等症。**支**：同"枝"。**童子**：小孩子。**觿**（xī）：用象骨制成的小锥，用来解衣带的结，俗称解结锥。支、觿暗示的都是小男孩的阳具。②**能**：而。据王引之《经义述闻》说。③**"容兮"句**：犹言容容遂遂，即空洞洞、软塌塌的样子，形容小孩的软弱。《礼记·祭义》"陶陶遂遂"之"遂遂"，与此句"遂兮"之义相近。**悸**：衣带下垂的样子。

芄兰之叶，童子佩韘①。虽则佩韘，能不我甲②。容兮遂兮，垂带悸兮。

○诗之二章。"能不我甲"之"甲"较"能不我知"之"知"更深一层，影带出童子的呆头呆脑。

▣ 注释 ▣　①韘（shè）：象骨制成的套，穿在大拇指上，射箭时用以钩弦，俗称扳指。②甲：同"狎"，亲昵。此句是表小孩子发育未全，对有些事懵懂无知。

解说

《芄兰》，对"小女婿"现象不满的歌唱。

按《毛诗序》的说法，诗篇是"刺卫惠公"之作。刺他什么？"骄而无礼，大夫刺之。"这一说法明显在诗内找不到证据，于是郑玄为之"圆谎"说："惠公以幼童即位，自谓有才能而骄慢于大臣，但习威仪，不知为政以礼，不称其位。"《郑笺》这样说，还是据《左传》。《左传》说卫宣公之子惠公（即公子朔）即位时年少（据杜预注，才十五六岁）。其立说的凭据，只是卫惠公继位时年少，这是难以取信于人的。当然，记载说卫惠公上台不光彩（参《二子乘舟》解说），《毛诗序》的作者就觉得他应该遭受讥讽和调侃。这似乎是《毛诗序》不言之据，但还是想当然。经学家说诗，重师法、家法，老师怎么说，学生就怎么传，政府考试生员，也是按照家法、师法来考。结果是经生说诗，不看诗篇本身的文句（这也是后来欧阳修《诗本义》特别要提出"据文求义"解《诗》大原则的原因）。若细读一下诗篇，很明显，诗是用"芄兰之支"暗指童子的阳具。若是对卫惠公不满，做臣民的却这样调侃君主，说他"不我知""不我甲"，一是没来由；再者，这样说话，是不是连自己也搭进去了？旧说不能服人，于是学者另谋新解。如王质《诗总闻》谓，诗表童子身上所佩"文具"（指佩觿）、"武具"（指佩鞢）俱全，诗既言其"不能知"也"能不我甲（狎）"，所以，其立意是对"贵家饰童子，而不知其不可胜"的现象表示不满。明代的季本、清代的高朝瑛和陈震等，顺王质之说而又有所发挥。朱熹《诗集传》则表示"此诗不知所谓，不敢强解"，而遵从《诗集传》的辅广《诗童子问》则明确说此诗是刺"在上之人童孺无知"，不过又加了一句："未必是刺其君也。"这是宋儒特有的"厚道"。元代刘玉汝的《诗缵绪》则谓诗为"叹小学之教不讲说"，即小学教育失败的作品，倒也别有会心。

今人闻一多《风诗类钞》以为诗篇是有恋情的男女打情骂俏的作品，朱东润《诗三百篇探故》也从"不我甲"句推言"女子戏其所欢"之作。以上两说都以为诗篇的调子是欢乐，可是诗开始的几句，特别是其中的"虽则"的转折，又不像是调笑的语调，所以，在诸多今人之说中，高亨《诗经今注》的说法，即这是一首与"周代统治阶级……早婚"有关的诗篇，所表为一位"成年的女子嫁给一个约十二三岁的儿童，因作此诗表示不满"，是最可信从的说法。不过诗篇是否就是嫁给小女婿的女子所作，笔者对此不无怀疑。更为可能的是采诗官对一种社会现象发出的抨击。而诗篇的特点之一，是暗语的使用，芄兰之"支"，所佩之"觿"，都是小女婿"那话儿"能力有待发育的曲折说法，是从"人道"的角度对"小女婿"现象违背人性、人情的不满。同时这也是诗篇的另一个特点：欲模拟嫁小女婿者的痛楚，却取"芄兰"亦即有壮阳作用的萝藦来表达，增添了诗的诙谐色彩。由诗篇看，早婚现象起源甚早，而对它的谴责也同样是如影随形，正显示了《国风》的人性之光。

河　广

谁谓河广？一苇杭之①。谁谓宋远？跂予望之②。

○诗之首章。极言渡河便利，善夸张。方玉润《诗经原始》："飘忽而来，起最得势，语亦奇秀可歌。"

▣ 注释 ▣　①**河**：黄河。**苇**：苇叶形小船。**杭**：以小舟渡河。字亦作"航"。一说，苇即苇叶。杭，通"亢"，遮蔽。句谓一片苇叶即可遮蔽（俞樾《群经平议》卷八）。亦通。②**跂**（qǐ）：踮起脚。

谁谓河广？曾不容刀①。谁谓宋远？曾不崇朝②。

○诗之二章。极言行程之近。陈继揆《读风臆补》卷五："四'谁谓'字，何等情绪！"

▣ 注释 ▣　①**"曾（zēng）不"句**：连刀也容不下。曾，用在否定词"不"之前，表否定程度。刀，小刀。一说，刀即"舠"，刀形小船。②**崇朝**：终朝，一个早晨。

解说

《河广》，思念宋国的篇章。

此诗的本事，古来有各种说法。有宋襄公之母（据说她因被出而回母家居住）思宋说（《毛诗序》），有侨居卫国之宋人思母国说（王质《诗总闻》），有宋桓夫人盼宋国救卫说（陈奂《传疏》），有卫遗民感激宋国相救说（牟庭《诗切》），有宋女嫁卫思念母邦说（崔述《读风偶识》），还有今人提出的咏宋卫两国亲密说（陈子展《诗经直解》）等。要之，诗篇中人的角度是站在卫国黄河此岸的。他或她不去宋国，不是因为水陆阻隔，而是人为的不许，或干脆是他或她自己不愿意。明乎此，就可以体味诗的意趣了。"谁谓河广"虽是对常人之见的反诘、不苟同，但也表明河的确是"广"的，"一苇杭之"是困难的；再说，河面再窄，也不会容不下"刀"。"宋远"云云，也是如此。然而这只是常态，不能有效于诗人。诗人用夸张的言语表达其对常人之见的超拔时，实际是在说，常人之所以觉得宋远、觉得河广，是因为他们不想到宋国，不想去渡河。换言之，在诗人心里，宋是极其近便的，一切障碍都不在话下。然而问题在于，诗人在如此表达着对宋远、河广的态度时，可能含着某些言外之意。既然宋在他或她的心目中是这样的近便，去了没有？可能去了，常来常往。也可能没有去。一种原因可能是去不成，有人事方面的阻力，这样诗便是针对自己处境不自由的咏叹。这用被出的宋桓夫人之事或宋女思归来解释倒是可以。还有一种原因可能是不想去、不愿去，这便是有所决绝了。如此，上列诸说就都不合适了。

总之，因为诗篇语言单纯，透露的本事方面的信息实在太少，一味求其本事就会徒劳。可以确定的是诗篇有如下三大特点：一是语言单纯、语义却丰富，以致很难把握它到底想说什么，这是诗篇特有的隽永、诱人；二是快人快语的调子，明爽可人；三是夸张语气中豪迈的气概。诗篇妙处在于：反诘常人之见，格调爽朗；虚语夸诞，情趣豪迈；奇语秀句，简洁活泼。

伯 兮

伯兮朅兮，邦之桀兮①。伯也执殳，为王前驱②。

〇诗之首章。言夫婿为王前驱，语含自豪之情。

注释　①**伯**：女子对丈夫的称呼。**朅**（qiè）：勇武。参《卫风·硕人》"庶士有朅"句注。**邦**：邦国。**桀**：贤杰，杰出。②**殳**（shū）：古代兵器，长一丈二尺。殳，主要用以击打。湖北随县擂鼓墩墓葬曾有出土，其形制由柄和金属的殳头两部分组成，金属殳头部分，顶部为三个棱形矛头，其下紧连一个带有棘刺的铜箍，间隔一段还有一个带细棘刺的铜箍。柄一般由竹或者木为之。殳与矛、戈等同为"五兵"，《周礼·夏官·司右》云："凡国之勇士，能用五兵者，属焉。"诗称伯为"邦之桀"，正因其能执"五兵"之殳也。**王**：诸侯在自己的地盘内也可以称王。参《邶风·北门》"王事适我"句注。

自伯之东，首如飞蓬①。岂无膏沐，谁适为容②？

○诗之二章。不梳妆打扮，只因为夫婿守志。牛运震《诗志》："女为悦己者容，翻得新妙。"

▣ 注释 ▣　①**之东**：去往东方。**飞蓬**：头发散乱貌。②**膏沐**：洗头润发的油脂。**谁适**：即对谁、为谁的意思。适，当。据于省吾《新证》。**容**：容貌。

其雨其雨，杲杲出日①。愿言思伯，甘心首疾②。

○诗之三章。言思念之苦。"首疾"也"甘心"，何等痴情！"其雨"之求，心神颠倒错乱。

▣ 注释 ▣　①**其雨**：祈使句，盼望下雨的意思。**杲杲**（gǎo gǎo）：日出貌。两句是说，盼望着下雨，但太阳却升起来了。喻盼夫不归的失望心情。**出日**：日出。甲骨文有此语例，如"辛未卜，又（侑）于出日"。是殷商语在诗篇中的遗存。②**言**：焉，语助词。

焉得谖草，言树之背①。愿言思伯，使我心痗②。

○诗之四章。以忘忧草解思念之苦，思念之苦实在无药可治。

◨ 注释 ◧　①谖（xuān）草：一种据说可以令人忘忧的草。背：北堂。背即"北"。②痗（mèi）：心病。

解说

《伯兮》，表思妇备受离别煎熬的歌吟。

从"邦之桀兮"及"伯也执殳"看，这位被思念的丈夫，可能是军伍中的显眼人物，如卫戍人员等等；"朅兮""桀兮"也可能是情人眼里幻出的，算不得实际。不过无论如何做妻子的对丈夫此次的"之东"有一股自豪情绪，是诗篇情感的一个方面，这点是明确的。它也为下文的苦楚思念给出了一种前提和限定：女子是不反对丈夫出征的，相反，她有一阵子还因为丈夫在人群中的出众，获得了某种满足。然而，人前的荣耀马上就被长时间夫妻分离的苦楚所替代。而这，是要由她自己一个人独自消受的。诗的后三章所写，就是闺中人苦苦思念的颠连造次。"首如飞蓬"是因为少了"伯也"的赏阅，思念心上人以至于"首疾"也"甘心"，是因为"伯也"就是她全部的生命。万般的无奈需要打发，于是多情的人居然想到种一株忘忧草来解决自己内心的愁闷。多么深情而痴迷，甚至有点冒傻气了！这增加了人物的可爱。诗篇两次出现的"愿言"之"愿"，是从"伯也执殳，为王前驱"的自豪来的。如果说第一次出现，还是表示想丈夫想到头痛也情愿，那么尾处再一次"愿言思伯"之后紧接的"使我心痗"，则是最终的认输：诗中人到底还是招供，思念的苦痛是难以忍受的。女主人公终是一个真性情、不俗气的人。诗篇表现闺中思妇的心理，是很有层次的，因此人物性格十分鲜明。论把握人物，诗人真称得上是高手！

有 狐

有狐绥绥，在彼淇梁①。**心之忧矣，之子无裳。**

○诗之首章。见河梁之狐而起忧心，忧虑丈夫有无衣之患。后两章义同。

注释　①**绥绥**：毛茸茸的样子。**梁**：用石头垒的水坝，可作通道。

有狐绥绥，在彼淇厉①。**心之忧矣，之子无带。**

○诗之二章。言狐狸在踩着石砾渡淇水。

注释　①**厉**：可以踩着过河流的石头。古代在河水中放置石头以便渡过。字亦作"砺"。

有狐绥绥，在彼淇侧。心之忧矣，之子无服。

○诗之三章。言狐狸在淇水之泮。

解说

《有狐》，感时变而思丈夫的诗。

狐在《诗》中，每每比兴男性。诗篇为女子口吻，言其见淇水岸边的狐狸已经换毛，变得毛茸茸的，便想起自己出门在外的丈夫，他穿的衣服也该换季了。可是他有没有衣裳可换呢？诗中人忧心不止（清代崔述《读风偶识》已如此说）。诗篇反复言及淇水，或为卫国国都南迁楚丘以前的作品。《毛诗序》说此诗："刺时也。"《毛诗序》说如成立，需要一个前提，那就是诗中所思之人是为政府做事外出不归。有这样的可能，却也不是非这样理解不可，因而《毛诗序》说在疑似之间。

木 瓜

投我以木瓜,报之以琼琚①。**匪报也,永以为好也**②。

○诗之首章。陈继揆《读风臆补》:"千古交情,尽此数语。"

▣ 注释 ▣ ①**木瓜**:今名相同,又叫榠楂,木本植物,果实为长椭圆形,状如小甜瓜,一端有鼻状突起,水煮后可食。一说,木瓜、木李和木桃,都不是真正的果实,而是木做的假果。**琼琚**(jū):佩玉,美玉为琼。②**匪**:即非。**以为好**:因为琼琚是玉石,要比木瓜贵重很多,所以诗说回报不是为交换,而是为真情交好。

投我以木桃,报之以琼瑶①。**匪报也,永以为好也**。

○诗之二章。

▣ 注释 ▣ ①**木桃**:与木瓜树科属相同,为可观赏植物,枝有刺,果实较木瓜小。**琼瑶**:美玉名。

投我以木李,报之以琼玖①。**匪报也,永以为好也**。

○诗之三章。

▣ 注释 ▣ ①**木李**:今名榲桲,落叶灌木,枝小纤弱,果实味酸,气味香,形状与木瓜相似却无鼻端突起。**琼玖**(jiǔ):美玉名。

▣ 解说 ▣

《木瓜》,歌唱报施情谊的篇章。

《孔子诗论》论《木瓜》曰:"[吾以《木瓜》得]币帛之不可去也。民性固然,其隐志必有以俞(喻,即令人知晓)也。其言有所载而后纳,或前之而后交，人不可舒（干，违背）也。"（第20简）又说："《木瓜》有藏愿而未得达也。因木瓜之报，以俞（喻）其悁（怨）者也。"（第18简）前一段话（即第20简）是说，要表达心中愿望单用嘴说不行，还得加上币帛之类的物质，而且是先行礼再论交，这样，情感才被人接受，结成的关系也才不易被人离间、破坏。同样的意思又见于《孔丛子·记义》篇："孔子曰：'吾于《木瓜》见包苴（送礼）之礼行也。'"这样的解释，不是从理解诗篇本义出发的，而是从读诗所受的启发与感悟而言。如此"别趣"地读《诗》，在《论语》孔子与子夏论"美目盼兮"时也可见到。不过第18简孔子说《木瓜》是表达有愿望未得而表示怨气的，就是说，诗篇是在抱怨对方没有给他（或她）行礼，如果对方那样做了，他（或她）会重重地回报对方的。这就涉及诗篇含义了，而且其理解与传统的解释有很大不同。传统之说即《毛诗序》的说法是，诗篇是表达卫国人对齐桓公率诸侯救卫的"欲厚报之"的情感。这也可以说通，可齐桓公对卫之所施，是与琼瑶、琼玖相比简直微不足道的"木瓜"一类的小惠吗？卫国人这样唱，得体吗？此外还有种种与《毛诗序》不同的说法，如说是卫人讽刺卫文公伐齐、不思回报的，是讽刺送礼行贿的，赞美礼尚往来的。在今天，当然会更有人说是表达爱情的。

就竹简《孔子诗论》与《毛诗序》相较，可以发现这样一点，在先秦时期说解《诗》篇，还没有与史书记载相联系，但在《毛诗序》讲《诗》，与史书特别是与《左传》相联系就是家常便饭了。这反而露出《毛诗序》时代的马脚来。《左传》的流行在东汉，由此说《毛诗序》严重打上了东汉儒生的烙印，应该是可以说通的。诗篇语言简短，所表的不是一人一事的情理，而是社会人生交往中的一般人情世故，其价值在洞达了人性的一个侧面，表述了生活的某种真实。

王风

西周建国，在雒邑（今河南洛阳市）建立都城，号成周。西周崩溃（前771年）后，周平王率众东迁于此，东周开始。《汉书·地理志下》："昔周公营雒邑，以为在于土中，诸侯蕃屏四方，故立京师。至幽王淫褒姒，以灭宗周，子平王东居雒邑。……雒邑与宗周通封畿，东西长而南北短，短长相覆为千里。至襄王以河内赐晋文公，又为诸侯所侵，故其分地小。"西周时王畿千里，东迁之后面积应大大减少，局限于雒邑周围地区。这就是"王风"的地域。王畿之诗而被称为"风"，传统说法是因周天子权威下降与诸侯无异。又，西周昭王、穆王之际器铭《作册夨令方尊、方彝》记载，作册夨令随同新被周王委以"尹三事四方"之命的明保，到东都雒邑完成履新之事。铭文记述了明保在东都的各种活动，其中就有"用牲于王"一项，就是说，在西周时代的东都，有一个名为"王"的地点。东周王畿之地的"风"被称呼"王"，是否与这个金文的"王"有关呢？金文中的"王"，有学者指出就是王城，而王城在当时与成周并存，都是东都的组成部分。又有学者研究，这个"王城"不是周王及其所属居住的，而是被西迁来的殷商遗民的住地，之所以称为"王"或"王城"，是因为这里的殷遗民多为"商王士"，即与殷商王室有血缘关系的人，为殷遗民上层（彭裕商《新邑考》，见《西周青铜器年代综合研究》一书）。如此，东周王都的诗篇所以称为"王"或者"王风"，就有可能不像过去所理解的是因为诗篇地域是王畿，而是因为那个殷遗民居住的"王"。也就是说，随着大量殷商遗民的西迁雒邑，在王城这个殷遗民聚集的地区出现了一种曲调的新声，这就是"王风"的乐调，带有强烈的殷商因素，所以要单独分出来为一"风"。过去认为，平王东迁之后，王室卑弱，庙堂无诗，因而东周只有《风》而没有《雅》。事实并非如此。今存《小雅》中的《十月之交》，根据其所反映的日食月食情况，古天文学者确认此诗为东迁后之作。或许就是因为《十月之交》的声调与其他《王风》篇不同，所以才被归入《小雅》的。所以《王风》并不是东周王朝直接辖地诗歌的全部，只是其中反映下层情感的篇章。

《王风》十篇。

黍 离

彼黍离离，彼稷之苗①。行迈靡靡，中心摇摇②。知我者，谓我心忧。不知我者，谓我何求。悠悠苍天，此何人哉③！

〇诗之首章。言路途所见激起的内心之痛。吴闿生《诗义会通》："起二句满目凄凉。结句含蓄无穷，欷歔欲绝。"

注释 ①**黍**：一种谷物，今称黄米、黏米。**稷**：高粱。据程瑶田《九谷考》说。**离离**：低垂貌。②**行迈**：行进，前行。一说，即行道。**靡靡**：迟缓貌。**摇摇**：忧心无主貌。摇摇为愮愮的假借，《方言》："愮，忧也。"据马瑞辰《通释》说。③"**悠悠**"两句：呼唤苍天睁开眼看看人间，语含控诉之意。

彼黍离离，彼稷之穗。行迈靡靡，中心如醉。知我者，谓我心忧，不知我者，谓我何求。悠悠苍天，此何人哉！

〇诗之二章。陈继揆《读风臆补》："开口着一彼字，见他凄凉满目。结尾着一此字，见他怨恨满怀。"

彼黍离离，彼稷之实。行迈靡靡，中心如噎①。知我者，谓我心忧。不知我者，谓我何求。悠悠苍天，此何人哉！

〇诗之三章。写时序："苗""穗""实"；写心情："摇""醉""噎"。时序节节渐晚，心情则一层深过一层。牛运震《诗志》："悲凉之调，沉郁顿挫。"

◨ **注释** ◧ ①噎（yē）：气逆为噎，形容心情郁结不畅。

解说

《黍离》，抒发内心忧伤的诗篇。

诗篇情感虽然剧烈，但所透露的可以确定其时地背景的内容太少，因而众说纷纭。《毛诗》家说是"闵宗周也。周大夫行役，至于宗周，过古宗庙宫室，尽为禾黍，闵周室之颠覆，彷徨不忍去，而作是诗也"。是说东周大夫行役镐京，目睹故国宗庙宫室尽为旷野禾黍，不禁悲从中来。《韩诗》家说是"昔尹吉甫信后妻之谗而杀孝子伯奇，其弟伯封求而不得，作《黍离》之诗"。是说诗篇为伯封寻找兄弟不见而作。汉代刘向《新序》又将此诗与卫宣公之子寿悲悯公子伋被害之作。此后还有不少新说，如近代以来较为流行的行役之人表达悲伤之说。这当然也是猜测的。以《韩诗》家之说去读作品，倒也能说通，且"知我者，谓我心忧。不知我者，谓我何求"句与"伯封求而不得"看上去很契合。可时间上有问题。宣王时期的诗篇何以入东周时期的《王风》？至于刘向《新序》之说更难通了，卫国篇章如何见于《王风》？胡承珙《毛诗后笺》已有反驳，同样不足信。在现有文献条件下，姑且从《毛诗序》之说。而《毛诗序》之说，似乎又是受《史记》关于箕子作《麦秀》之歌记载的启发。《史记·宋世家》言：箕子朝周，过故殷墟，感宫室毁坏生禾黍，伤之，因作《麦秀》之诗以歌之。如此，或有这样的可能：此篇"闵宗周"之作，所使用的乐调是《麦秀》曲调。此种曲调流传于东周王城殷遗民间，西周灭亡后，东周人行役过宗周故地，采用殷遗民旧曲，谱写新歌，故列在"王风"（参本书《王风》解说）。

据载，周朝东迁后，宗周之地为戎狄所据，二十余年后，秦国收复此地并献之于周，后终为秦国所有。诗若真如《毛诗序》所云，则当作于王朝复有其地之时，此时距西周灭亡起码三十年以上光景（在周幽王死、平王东迁之前，据研究，中间还有十几年"二王并立"的间隔期。参晁福林《论平王东迁》一文）。诗从路途所见写起，见黍稷禾苗而行动迟缓，是因为沧海桑田的悲悯和感慨。赫赫宗周，竟因一场兵燹而灰飞烟灭。几十年的风雨消蚀，行行稀疏的黍稷间，或许还微露些旧宫墙的砖瓦？田野的远处或许横兀着几段残垣断壁？在这硗薄的土地上，弄着稀疏的禾苗的，或许还有劫难后的先朝孑遗？这一切，诗都没有明确表示，诗人只是用"如醉""如噎"字眼，行进迟缓是因百感交集。结尾一句银瓶乍裂般"悠悠苍天"的呼喊，将眼中的荒圯置于苍茫迥远的天地之间。由此诗篇意境无限扩大。数百年宏伟无比的王朝城邑，转眼之间黍离稷苗，只残存一点蛛丝马迹，沧海桑田，如梦如幻。但诗人没有细说所见的荒残，只是用"谓我何求"的他人疑问强调内心孤独和无以言传的苍凉。荒圯的景象，旷远的天地，孤独的个体，浓烈的伤悼，构成诗篇沉郁而悠远的特征。

君子于役

君子于役，不知其期，曷至哉①？鸡栖于埘，日之夕矣，羊牛下来②。君子于役，如之何勿思？

〇诗之首章。言君子未有归期。"如之何"三字曲折有力。姚际恒《诗经通论》："日落怀人，真情实况。"

注释　①**君子**：即丈夫。**于役**：服徭役。**曷至哉**：到哪儿了呢？或者，什么时间才回来呢？②**埘**（shí）：在墙壁上挖洞而成的鸡窝。**下来**：归圈。

君子于役，不日不月，曷其有佸①**？鸡栖于桀，日之夕矣，羊牛下括**②**。君子于役，苟无饥渴**③**！**

○诗之二章。祝君子无饥渴，是无奈下的祈望。

注释 ①"不日"句：没有定期、时间漫长的意思。**佸**（huó）：会见，见面。②**桀**：木橛，搭有横木，鸡可以栖居。**括**：会集。③**苟**：但愿。

解说

《君子于役》，妻子挂念服役不归的丈夫的诗篇。

"暝色起愁"即借助落日晚景来抒情是诗篇表现形式上的一大特点（参钱锺书《管锥编》）。日出而作，日入而息，是农耕时代的常人之家习惯的生活节律。因此当目睹着牛羊归圈、家禽上架的夕阳晚景时，对外出家人的挂怀，便愈发的强烈了。"鸡栖"、羊牛的"下来"，反衬人的不归，盼归之情在黄昏中也越发强烈。看来黄昏盼归的失望不止一次两次，"不知其期""不日不月"，即是因失望的懊恼而生的哀怨。现在，反复失望下的女主人公已把期望换成一点奢望：但愿君子不饥不渴吧！诗这样不露声色地展现了那女子的心理层次。同时，诗的叙述是简短的，却颇能传神，读者仿佛真切地看到沉浸在愁绪中的女主人公，一面照料归笼入圈的牲畜家禽，一面从禽畜嘈杂的声响中谛听丈夫归来声息的情景。诗的主题是对徭役沉重的不满，但并不直说，而是简笔点染傍晚光景，加之以一两句女子的讯问与祷告。诗的格调是平静的，但所谓静水流深，人物内心活动却是千回百转的。诗篇的笔法也是细致的，以往有学者注意到，诗篇不说"牛羊"而说"羊牛"，是因为羊不能吃带露的草，所以归圈早。果然如此，诗人笔法的细致，是来自丰富的生活经验。整首诗篇的绝佳之处就在它的生活气息。诗篇的格调，用"怨而不怒，哀而不伤"来概括是十分合适的。

君子阳阳

君子阳阳,左执簧,右招我由房①。其乐只且②!

○诗之首章。言君子招我演奏房中乐。

注释　①阳阳:同"扬扬",快乐得意的样子。**左**:左手。**簧**:吹奏乐器,又称笙,八音之一的"匏",其形制是以葫芦为音斗,上插竹管,竹管内装簧片。因其有簧片,所以也称簧。在湖北当阳曹家岗春秋晚期墓葬中曾有出土,战国曾侯乙墓曾出土六件笙,有十二管、十四管和十八管之别。**右**:右手。**由**:从,跟从。**房**:房中乐,据《毛传》,周代王室、诸侯皆有之。此句意思是说"君子"招我与之一起歌咏房中之乐。一说游放,即逍遥快乐的意思。据马瑞辰《通释》。②只且:语尾词。

君子陶陶,左执翿,右招我由敖①。其乐只且!

○诗之二章。言君子之乐在舞蹈。

注释　①陶陶(yáo yáo):快乐貌。**翿**(dào):舞蹈道具,用鹭羽制成,类似旗帜,舞者所持。**敖**:逍遥,快乐。《小雅·鹿鸣》"嘉宾式燕以敖"之"敖"与此义同。此句是说"君子"招我与之共舞。

解说

《君子阳阳》,表现以舞乐相招的诗。

《毛诗序》:"闵周也。君子遭乱,相招为禄仕,全身远害而已。"其意是说东周时的有道君子,不愿为国家安危出力,却相互召唤,从事舞乐以获得俸禄。这样的情况对王朝自然很不利,诗人有感于此而作此篇,这就是"闵周"之说的路数。其实,从诗篇是看不出一点"闵周"的意思的,所以《毛诗序》之说的可信度不高。宋代王质《诗总闻》将"君子"解释为"妇人之夫",且谓诗所表为"夫妇相为乐也"。相同说法又见于相同时代的朱熹《诗集传》,也是就把此诗与前一篇《君子于役》连起来解释,说诗系表述"其夫既归,而安于贫贱以自乐"之作。王质和朱熹这样解释的理由大概也是从"君子"一词而来,"君子"在《国风》中是可以解释为丈夫,可是,仅凭此一点就认定两首诗篇表现的是同一对夫妻的事情,似乎也过于大胆。而且,执簧、执翿以相招,行之于夫妻之间,也令人感觉怪怪的,至于"安于贫贱"就更不像了。戴震《诗经考》言诗"亦《简兮》之义,此则其僚友所歌"。意思是说,诗篇所表也是君子之士隐于乐官之流。很明显是受了《毛诗序》之说而有所舍弃,倒也不失为一种说法。此外的说法还有许多,可视为定论的却还没有。总之,诗篇的字面意思告诉读者:"君子"召唤诗中之"我"一起歌唱、舞蹈,逍遥快乐。至于言外的意思是什么,也只好暂付阙如了。

扬之水

扬之水,不流束薪①。彼其之子,不与我戍申②。怀哉怀哉,曷月予还归哉③?

○诗之首章。言戍申。结尾二句,苦不堪言。

注释 ①扬:浅濑激扬。以"扬之水"为首句的诗,又见于《郑风》《唐风》。一说,扬字当作"杨",地名,西周有杨国,据近出《逨氏盘铭》,为周宣王时所封建,其地在今山西洪洞县。流:漂浮。束薪:捆成束的薪。束薪、束楚,《诗经》数见。②彼其(jì):那个,那些。指其他那些有戍守责任之诸侯国人,可能是指与申、许同姓的姜姓国人。其字或作"己""记"。《左传·文公十四年》:"齐公子元不顺懿公之为政也,终不曰

'公'，曰'夫己氏'。""夫己"与"彼其"古代读音同。此语又见于《诗经》郑、唐、魏、曹诸国《风》，共五次。**申：**姜姓诸侯国，本诗之申，其地在今河南南阳北部，《括地志》："邓州南阳县北三十里。"周宣王曾把元舅即姜姓申侯封建到南阳一带，捍卫周朝南大门，见《大雅·崧高》篇。又《国语·郑语》载史伯言："南有……申、吕、应、邓、陈、蔡、随、唐。"是周幽王时申国尚在，入东周后不久即被楚国吞并。此诗当作于申灭之前。③**怀：**思念。**曷：**何。

扬之水，不流束楚①。彼其之子，不与我戍甫②。怀哉怀哉，曷月予还归哉？

○诗之二章。言戍甫。

注释 ①**楚：**荆条。②**甫：**姜姓诸侯国，又名吕，王先谦《集疏》："甫即吕国。……甫、吕古同声。"《国语·周语》："申吕方强。"是申国之外，又有吕国亦即甫国。据《一统志》，南阳西有董吕村，即古吕城所在。

扬之水，不流束蒲①。彼其之子，不与我戍许②。怀哉怀哉，曷月予还归哉？

○诗之三章。言戍许。

注释 ①**蒲：**蒲柳，又名水杨，生长于水边，长不高，丛生，质性柔弱且树叶早落。②**许：**姜姓诸侯国，其地在今河南许昌附近，与申、甫相距不远。

解说

《扬之水》，戍守南国士卒埋怨周平王政令不均的诗篇。

西周后期，伴随王朝衰落的是楚国的趁势崛起，大举北进，吞并西周王朝南方各诸侯。其路线大体分东西两翼：东线沿随枣走廊向北，经桐柏山、大别山之间低矮山地，占据淮水北岸之息，则陈、宋皆受其直接威胁。至于西翼，则沿汉水逆流而上，占据今南阳申国一带，兵锋所指，成周、郑乃至晋，都会轻重不等地感到楚人的锋芒。于是，地处南阳一带的申，就成为一个历史时期的争夺焦点。当初西周宣王曾把姜姓申侯迁到南阳一带，"因是谢人"建立屏蔽南土的新邦。进入东周，楚国人的北进更是咄咄逼人，此时南方的申、吕之国，已经很难抵挡楚国进攻，东迁的王朝也只是硬着头皮应付。诗篇所表即那些戍守南方的士卒的哀怨。篇中反复出现的"彼其之子，不与我戍……"之句，表明诗篇的哀怨主要不是不愿戍守，而是"为什么只有我们戍守"的不满。欧阳修《诗本义》所谓"周政衰，不能召发诸侯，独使周人远戍，久而不得代"。"怀哉怀哉"的倾诉，是说自己戍守的时间太长，王朝不能调动他人来替换自己。以《小雅·采薇》"岁亦莫止""岁亦阳止"的叹时，及《左传》"瓜时而往""及瓜而代"之约看，西周至春秋时的戍守，都以一年为期。然而，戍守约定的执行，必须是在王朝臣属都遵从王令、"畏此简书"的情形下才可以。诗篇中戍边士卒不得更换的哀怨，实际表明的是周平王已经没有权威调动其他诸侯臣下了。还有，"彼其"一般理解为代词，近年台湾学者林庆彰、余培林提出"其"应指某国姓，之后，季旭昇又以商周铜器铭文证此字即殷周以来的古姓（又作己、纪）。"彼其"一词，《国风》中共出现五次，是否都指族姓，还需研究。但几位学者的说法提醒读者，诗篇中的"彼其"之"其"，也很可能指的是姜姓诸侯国人。他们与申、甫、许都是同姓，王朝若连他们都难以调动，那么，诗篇显示的就不仅是王权低落，连王朝一贯提倡的那点族群亲情，也没有谁拿它当回事了。王权的基础是血缘亲戚情分，诗篇清晰显示，周代王权的基石已经腐烂了。诗每章结尾二句，意思表达得都很苦。《孔子诗论》第17简有"《扬之水》其爱妇烈"的评价，"怀哉怀哉"的哀叹中，就包含着对家室妻儿的怀恋。可以支撑政治结盟的情谊正在烂掉，但家庭的情感还是人们控诉政权不公正的坚强理由。

中谷有蓷

中谷有蓷，暵其干矣①。有女仳离，嘅其叹矣②。嘅其叹矣，遇人之艰难矣③。

○诗之首章。叹惜女子遭弃的不幸。苏辙《诗集传》："叹之者，知其不得已也。"

注释　①蓷（tuī）：今称益母草，二年生草本，夏秋之际开淡紫色唇形小花，全株有药效，可治疗妇科病，可以美容、常葆青春。暵（hàn）：干燥。②仳（pǐ）：别离，遭遗弃。嘅：同"慨"，慨叹。③艰：难。此"艰难"与下文"不淑"同义。

中谷有蓷，暵其修矣①。有女仳离，条其啸矣②。条其啸矣，遇人之不淑矣③。

○诗之二章。苏辙《诗集传》："啸者，怨之深也。"

注释　①修：干枯。肉干古时称束修，此处取其干燥义。②条：长，形容啸声。③不淑：不善。

中谷有蓷，暵其湿矣①。有女仳离，啜其泣矣②。啜其泣矣，何嗟及矣③。

○诗之三章。苏辙《诗集传》："泣者穷之甚也。"牛运震《诗志》："叠句促节，得欷歔之神。"

注释　①湿：干燥。㬮字的假借。据王念孙《经义述闻》。②啜：啜泣。③"何嗟"句：嗟叹也来不及的意思。

解说

《中谷有蓷》，慨叹妇女择婿不慎、惨遭遗弃的篇章。

诗义本明，但古今说诗者或将其视为"闵周"之作，或将诗中比兴之词解为天旱饥荒以致夫妻相弃之作，都是无根之谈。诗篇以蓷的干枯，比喻女子的被弃，进而指出是因其遇到的人不善，并给予了深切的同情，是艺术很成功的作品。另，王地之诗，大体亦产生于周南之地，将《王风》中风衰俗怨的作品如本诗，与《周南》各诗相比，其差异一眼可见。这应该也是《王风》单独为篇的一个原因。

兔　爰

有兔爰爰，雉离于罗①。我生之初，尚无为②。我生之后，逢此百罹③。尚寐无吪④！

○诗之首章。"我生之初"与"我生之后"相对较，慨叹自己生不逢辰，沉痛而消极。后两章义同。

注释　①爰爰：同"缓缓"，自由自在的样子。离：遭到。罗：网。②为：各种作为。《郑笺》："军役之事也。"③罹（lí）：忧患。④尚：

庶几，希冀之词。吪（é）：动。这句是说希望永远沉睡不动，以避免忧愁。

有兔爰爰，雉离于罦①。我生之初，尚无造②。我生之后，逢此百忧。尚寐无觉！

○诗之二章。

注释　①罦（fú）：一种装有机关的网，可自动掩捕鸟兽，又称覆车网。②造：同上文之"为"。

有兔爰爰，雉离于罿①。我生之初，尚无庸②。我生之后，逢此百凶。尚寐无聪③！

○诗之三章。

注释　①罿（tóng）：罗网的一种。②庸：用，与"为""造"同义。③聪：闻，听。

解说

《兔爰》，生不逢时的哀叹。

《孔子诗论》第25简"《有兔》不逢时"，是说此诗是遭逢特殊世道所作。朱熹《诗集传》说："为此诗者，盖犹及见西周之盛。"大概为宣王、幽王至平王期间的作品，与《王风·扬之水》大体相近。此诗表达的是厌世悲观心理。世道的变迁带给诗中人是处境的没落，诗中人除了抱怨之外，就是采取"尚寐无吪""尚寐无觉"和"尚寐无聪"的驼鸟政策，很没出息。而诗中人又自比为雉，说一切苦难应由被他称为"兔"的人们承担，就不仅没出息，而是面目可憎了。诗篇可视作西周、东周之交贵族没落情绪的写照。

葛藟

绵绵葛藟，在河之浒①。终远兄弟，谓他人父②。谓他人父，亦莫我顾③。

○诗之首章。言呼他人为父，却得不到照顾。俗语："出门三辈小。""谓他人父"，是流落在外者的口吻。牛运震《诗志》："谓他人父，直言不讳，哀甚。"

注释 ①**葛藟**：蔓生植物。参《周南·樛木》"葛藟累之"句注。**浒**：水边。②**终**：竟，不得不。③**顾**：顾恤，怜悯。

绵绵葛藟，在河之涘①。终远兄弟，谓他人母。谓他人母，亦莫我有②。

○诗之二章。言呼他人为母。

注释 ①**涘**（sì）：水涯。②**有**：友，友善。

绵绵葛藟，在河之漘①。终远兄弟，谓他人昆②。谓他人昆，亦莫我闻③。

○诗之三章。言呼他人为兄。高朝璎《诗经体注图考大全》："每章以物有所托，兴人失所依。三'终'字隐痛，三'亦'字微讽。流离之状，恍然在目。"

注释 ①**漘**（chún）：水岸。②**昆**：兄，古称兄弟为昆仲。③**闻**：问，恤问。据马瑞辰《通释》。

解说

《葛藟》，离散流浪者的告哀之歌。

《毛诗序》说"刺平王"。就其所明时间而言很可取。西周崩溃、东周始迁之际，社会大动荡，在贵族东逃时，势必也有大量民众沿着黄河一线向东流亡，并很长时间得不到安置，成为社会的大问题。此诗当是这样一种背景下的产物。诗言"谓他人父""谓他人母"及"谓他人昆"，是非常特殊情况下才有的，今人高亨《诗经今注》说诗篇是"乞人歌"（陈子展《诗经直解》也有大体相同的说法），就是根据这些句子所流露的情况而言，是可信的。"终远兄弟"表明，这是一群脱离宗法群体的人，本来周人安土重迁，在离开故土的同时，也失去了宗族兄弟的依靠，因而蔓生的葛藟之物，就最能引起他们人不如草木的哀叹。更让他们难堪的是，为生存不得不见人即称父母兄长，可得到的回报却只有冷漠。方玉润《诗经原始》对诗篇各章首二句的比兴意味，有如下的评论："葛藟本蔓生，必有所依而后附，今乃在河之浒与涘与漘，无乔木高枝以引其条叶，虽足自庇本根，而本根已失，奈之何哉？"《诗经》中关于流亡之民的表现，在《小雅》中有《鸿雁》《黄鸟》及《我行其野》几篇，却是表现对流民安置的。但在此篇，只有漫长的流亡，没有任何安置的消息，《毛诗序》说"刺平王"，或许这就是原因吧。读此诗还有一点应注意，颠连无告者的苦苦哀嚎，能被诸管弦，形诸诗篇，显示了风诗特有的同情不幸的精神。

采 葛

彼采葛兮[①]**！一日不见，如三月兮！**

○诗之首章。一日不见如三月，夸张之语。下三章仿此。

注释　①彼：那。采：茂盛。一说，采集。

彼采萧兮①**！一日不见，如三秋兮！**

○诗之二章。

注释　①萧：香蒿，又叫牛尾蒿，枝干晒干后燃烧，有香气。古代祭祀时常用牛尾蒿和动物油脂放在一起燃烧，令其烟气上达神灵。

彼采艾兮①**！一日不见，如三岁兮！**

○诗之三章。方玉润《诗经原始》："千古怀友佳章。"

注释　①艾（ài）：一种可用以治病的草。《孟子·离娄上》："七年之病，求三年之艾。"艾草存放三年，药效才好。

解说

《采葛》，极言思情迫切的诗篇。

诗篇的第一句以茂盛的葛、萧及艾起兴，以葛萧之物的茂盛引发思情的迫切。至于思情为何，视为"大臣一日不见君主则惶惶如也"的"忧谗畏讥"可以，视为朋友分别的思念也可以，视为男女情人苦苦相思亦无不可。诗的妙处不在谁是诗中人、诗中所想为谁，而在诗人所表达出的思念的真切感受。当然，若理解为忧谗畏讥，则是"一日不见"下心生的对实际害处的巨大恐惧。"一日不见"是实情，"如三岁兮"却是"一日"之别所产生的心理上的感受。以夸张之词表现思情的深切，且简洁明快、善表心理，使人过目难忘，是诗篇显著的特点。

大 车

大车槛槛，毳衣如菼①。岂不尔思，畏子不敢②。

○诗之首章。

注释　①槛槛：车行走声。**毳**（cuì）**衣**：细毛做衣服。**菼**（tǎn）：初生的荻，此处形容毳衣的嫩绿色。②**子**：你。与上一句"尔"所指为同一人。**不敢**：不敢奔。与下文"不奔"相互补充。

大车啍啍，毳衣如璊①。岂不尔思，畏子不奔②。

○诗之二章。

注释　①啍啍（tūn tūn）：大车行走的沉重响声。**璊**（mén）：赤红色的玉，此处指颜色。一说，字当作"穈"，谷子的一种，幼苗为红色。②**奔**：私奔。

榖则异室，死则同穴①。谓予不信，有如皦日②。

○诗之三章。言同生共死。

注释　①**榖**：活着。②**如**：那。**皦**（jiǎo）：白。

解说

《大车》，女子向心爱者表誓言之诗。

此诗的情感是生死恋情，第二、三章可证。然而，此篇理解的难题在"尔思"之"尔"与"畏子"之"子"两个指示代词所指的同异。旧说"子"指的是外出巡行的大夫，"尔"则指心上人。说大夫巡行的根据，是《公羊传·昭公二十五年》有"大夫"所乘之车名"大车"之说，顺此，下面的"毳衣如菼""毳衣如璊"，都是表大夫所服毳衣的颜色。可是，用"尔"指一个人，用"子"指另一个人，这样的语法太怪异，相反，在《诗经》中却有"岂不尔思，子不我即"（《郑风·东门之墠》）句，"尔""子"都指的是同一人。以诗证诗，此篇两个第二人称指示代词所指也当作同一人解。那么，"尔""子"又指的是谁？有当代学者说，指的就是乘坐大车的大夫，就是说，诗篇中的恋情是发生在乘大车的大夫与"予"即某女子之间的。这就使诗篇变得更加怪诞。所以，需要另作解释。

诗篇的头两句，可以照旧理解为写出巡的大夫，而他的出巡，对诗中的男女私情是不利的，或许大夫出巡就是为压制一些地方上残留的男女自由相会的风俗。所以，大车的出现，对某些男女就是一道沉重的阴影，就在这样的阴影下，女子向心上人发出了询问：你还敢与我会面吗？之后，她又指天上白日为证，对男子发誓说自己的情感至死不变。如此，诗篇可能表现的是这样的历史：随着东周时代的到来，一些东方地域的原始婚姻风俗，或许遭到王朝有意的禁绝。

此外，在刘向《列女传·贞顺》中记有一则故事，谓此诗中女子为息国君夫人，息国被楚国灭掉后，她和丈夫同被抓到楚国，自己则被纳到楚宫里。有一次趁楚王出游，她找机会见了自己的丈夫即息君，歌唱了这首诗。这是汉代今文家的遗说。据王先谦《集疏》讲，清朝时湖北有一桃花夫人庙，供奉的就是息夫人，庙中还有唐代诗人的题咏。息夫人这段传说很凄美，所以录而存之。

丘中有麻

丘中有麻，彼留子嗟①。彼留子嗟，将其来施施②。

○诗之首章。言留子嗟来。"施施"二字传神。

☐ 注释 ☐　①留：姓氏，同"刘"。马瑞辰《通释》："留、刘古通。"薛尚功《钟鼎款识》有"刘公簠"，阮元《积古斋钟鼎彝器款识》作"留公簠"，留公就是刘公。《左传·隐公十一年》："王取邬、刘、蒍、邘之田于郑。"刘，在今河南偃师南。据《汉书·地理志》及《水经注》等，即周大夫刘子之邑。**子嗟：**人名。一说，留子为人之称，嗟为嵳字假借，《说文》："嵳，残田也。"据牟庭《诗切》。②**将：**愿。**施施：**缓步而行的样子。据《颜氏家训·书证》，南北朝时北方本为"施施"，江南旧本则只一"施"字。

丘中有麦，彼留子国。彼留子国，将其来食^①。

○诗之二章。言留子国前来就食。

☐ 注释 ☐　①**子国：**人名。《毛传》："子国，子嗟之父。"可能是据下章"彼留之子"所作的推测。一说，国，国邑，留子采食之地。**食：**就食。

丘中有李，彼留之子。彼留之子，贻我佩玖^①。

○诗之三章。言留氏子有所馈赠。

☐ 注释 ☐　①**留之子：**即留氏之子，指上文子嗟、子国。**玖：**质地仅次于玉的黑色美石。亦见《卫风·木瓜》。

解说

《秋中有麻》，表现刘氏贵族人物来新采邑就食的诗。

《毛诗序》："思贤也。庄王不明，贤人放逐，国人思之，而作是诗也。"按照《毛传》《郑笺》的解释，"留"为氏，《毛传》又说子国是子嗟的父亲，或许有什么根据；而且诗篇中人既然是有氏有字，则为贵族人物无疑。留子来到丘中，就是被"放逐"，于是"国人"盼其回来。这样说，并不能从诗篇中得到证据，所以自欧阳修《诗本义》就不信"子嗟"是"大夫之姓留者",后来朱熹更是明确把"留"字当作动词解,是留住的意思。诗篇的主题因而也就成了"妇人望其所与私者而不来,故疑丘中有麻之处复有与之私而留之者",即等待情人不至而惆怅的篇章。此说为闻一多《风诗类钞》所袭。然而此说也难以说通,正如管世铭《韫山堂文集》卷一所言:"若如《诗集传》所云,则一妇人而期二男子。"实在是有点不合常情。王质《诗总闻》说"此当是避难之人为在野之家所匿,以佩玖报之,言其恩可长感也",就诗篇提供的信息而言,"丘中有麻""丘中有麦"和"丘中有李",都是野外的景象,这是王质之说最可信从的地方,至于其"避难"云云,还是受《毛诗序》"贤人放逐"的影响。至清代学者胡承珙、马瑞辰、王先谦诸家都认为"丘中"非泛指,而是具体的地名,为刘氏采邑之地,在河南缑氏内的嵩山西麓(即今偃师南一带),距成周不远。据《左传》,鲁隐公十一年即周桓王八年,周王才获得原属于郑国的刘地,之后不知何时此地又成为刘氏采邑。诗篇或许就作于将刘地赏赐刘氏之际。对于刘地之民而言,刘氏是他们的新主人,所以,诗篇用两句重复的"彼留子嗟""彼留子国",以强调新主人的到来。而新主人为了要收买人心,又以美石相赠。东周大贵族刘氏之家,见于《左传》记载的有刘康公、刘定公等,诗篇表现了一段历史的小插曲,即东迁之后,贵族受土地封赐的事。

郑风

郑国始封于西周晚期的宣王朝，始封之君为宣王弟，名友，即郑桓公。初封之地在郑（今陕西渭南市华州区西北）。友为幽王朝司徒，他深感王朝将乱，向太史伯请教逃亡之地，太史帮他选中了济、洛、河、颍四河之间包括虢（今河南荥阳北）、桧（今河南新郑西北）之国在内的地区，作为未来的生存之地。不久，王室大乱，郑桓公死，桓公之子武公率众东迁，灭掉虢、桧，将都城迁于新郑（今河南新郑）。东迁后的郑国，地处要冲，北靠黄河，西依嵩岳山地，西南有南起于谢（今河南南阳东南）北至于郏（今河南郏县）的山川土野，东南有广阔平原。土地肥沃，河流众多，物产丰饶。其中的溱水、洧水，分别发源于郑国西北山地，合流后经都城附近而东南入颍，它们与《郑风》密切相关。这里，受西周礼乐文明的影响较浅，远古文化累积十分深厚。前一点，《国语·周语》载太史伯之言曰："谢、郏之间……未及周德。"就是说，郑国有大片地区是西周礼乐文化流布薄弱的地区。这一点为现代考古发现所证明（李学勤《东周与秦代文明》）。至于远古以来文化累积深厚，也是为考古发现证明了的。在属于裴李岗文化范围内的舞阳县贾湖村遗址，曾发掘出土过距今七八千年前用禽鸟腿骨制成的七孔笛；在距郑国都城不远的长葛石固，也发现过时代稍晚的骨笛；再后来，考古发现今天的郑州曾一度为商代都城。古老的文化原野，从东周起袭居的是一批具有时代特点的新人。郑国人东迁时，据《左传》载子产所言，曾有大批商人一同前来，而郑国在立国观念上的一个突出特点，就是明显尊重并保护商人的利益。郑国商业发达，《诗经》对此有所反映。还有一点很值得注意，郑国封建较晚，东迁时已进入"礼坏乐崩"的东周时代，郑庄公"射王中肩"的严重冒犯，更表明郑国的不守礼法。深厚的文化蕴积，优良的地理条件，加之不拘传统、重视商人的基本国策，都决定了郑这一后起之邦文化上的特点。《论语》中孔子曾言"郑声淫"。这引发了古来学者的议论。"声淫",诗篇自然也"淫",这是最正统的理解。如班固《汉书·地理志》就说郑地"男女亟聚会,故其俗淫"。许慎《五经异义》也说:"溱、洧之水,男女聚会,讴歌相感。"(《礼记·乐记》疏引)"《郑风》二十一篇,记妇人者十九,故郑声淫。"后来朱熹在其《诗集传》中,更在对比郑、卫之后有如下论断:"《卫诗》三十有九,而淫奔之诗才四之一。《郑诗》二十有一,而淫奔之诗已不翅七之五。卫犹为男悦女之词,而郑皆为女惑男之语。……是则郑声之淫,有甚于卫矣。"对此,也有不同看法。与朱熹同时的吕祖谦就曾表示:"郑声淫"不等于"郑诗"也"淫",并在此问题上与朱熹发生争论。之后严粲、尤侗、李光地、李绂、戴震等都有与吕祖谦大致相同的看法。其中清代李绂认为,"淫"之一词多义,不一定指男女之事(李绂《郑声淫解》,见《穆堂初稿》卷二十);李光地更说,"净曲以旦唱"也可视为"淫"(《榕村语录》)。就是说,同一曲子唱法上太过柔美也可以称之为"淫"。还有学者如俞正燮《癸巳类稿·郑声解》谓"郑声淫"之"郑",非郑国之"郑",是"郑重"的意思。武亿《群经义证》也有类似说法。"淫"不一定指男女之事,过分即可以称为"淫"。至于说"郑声"之"郑",非"郑国"之"郑",似乎难以说通。"郑、卫之音"每每并言,若"郑"非郑国,那"卫"当如何解释?回到最早的文献,《左传》载"季札观乐"曾言:"美哉!其细已甚。"先言"郑声"乐调是美的,又言其"细甚"。所谓"细",应该是指郑声的新风格:相对古乐的厚重沉稳,郑声可能是高亢的,曲调是细腻委婉、柔曼绵长的。这样的风格完全不像"先王之乐"那样强调厚重节制,就如同后世古典音乐与流行乐的泾渭分明。孔子所以说"放郑声""郑声淫"(《论语·卫灵公》),又说:"恶郑声之乱雅乐。"(《论语·阳货》)应是站在古典立场上对"郑声"的新风格表示不满。"郑声"与"郑诗",应该有所区别,但一种新声若说所歌唱的内容完全守旧,恐怕也不是确论。实际上,《郑风》男女相会相悦甚至"女惑男"的诗篇确实不少。但是,仔细观察,郑风的男女相悦,其实是古老风俗在当时的复苏。

《郑风》多的是广大乡野男女们在一定时节的聚会歌唱，与流行于卫地的桑间之喜有明显分别。就是说，随着郑国宽松文教政策的实施，沉寂多年的古老婚恋风俗，又在溱洧水畔复活了！相会的男女们，口含天籁以情相感，自由择偶，各遂所愿，与礼乐的歌唱迥然不同的歌唱兴盛于一时。采诗官们注意到郑地古风歌唱的独特，予以采集、加工，其主要目的或许出于"整齐风俗"的考虑，但客观上完成的却是对野性婚俗歌唱的保存。有意思的是，春秋时郑国的贵族上层，并没有觉得本国那些男女婚恋歌唱有什么不妥，风俗还当它是风俗。于是，按《左传》记载，在一些很重要的外交场合，这些贵族们"赋诗言志"时，经常断章取义地歌唱本国的风诗。这实际显示的是一种前儒家思想流行时期的开明。

《郑风》二十一篇。

缁 衣

缁衣之宜兮，敝，予又改为兮①。适子之馆兮，还，予授子之粲兮②。

○诗之首章。以缁衣之敝，比喻已故的卿士与现任卿士为父子相继。借衣敝表意，含蓄而工巧。

注释　①**缁衣**：黑色朝服。《毛传》："卿士听朝之正服也。"缁衣布料为麻，要经过七次浸染才成缁色，工序最为繁多，所以贵重。据记载，缁衣一般配玄冠、积素（即白色带有褶皱的）裳。**宜**：合身。**敝**：同"弊"，破旧。**为**：制作。②**适**：往。**馆**：官署。**还**（xuán）：归来。字通"旋"。**予**：我。在此指代周王。**粲**：鲜亮貌。

缁衣之好兮，敝，予又改造兮①。适子之馆兮，还，予授子之粲兮。

○诗之二章。与前章意同。陈继揆《读风臆补》："敝字一句，还字一句，诗家折腰句之祖。"

注释　①造：制作。

缁衣之蓆兮，敝，予又改作兮①。适子之馆兮，还，予授子之粲兮。

○诗之三章。言缁衣之宽大。牛运震《诗志》："妙于用转，叠复不厌。""只是改衣、适馆、授粲三事，写得绸缪缠绵。"

注释　①蓆（xí）：宽大。《毛传》："蓆，大也。"字应作"席"。

解说

《缁衣》，郑武公、庄公父子相继为周王卿士，诗篇即赞叹此事。

《礼记·缁衣》云："子曰：好贤（郭店楚简和上博简'贤'字皆写作'美'）如《缁衣》。"《毛诗序》云："《缁衣》，美武公也。父子并为周司徒，善于其职，国人宜之，故美其德，以明有国善善之功焉。"也说的是"好贤"之意。依此古说，则诗中"改衣""适馆"及"授粲"，均为"好贤"之举。其中《毛诗序》言"父子并为司徒"合乎史事。考郑国史事，据《国语·郑语》及《史记·郑世家》，郑桓公为周幽王司徒。据《左传·隐公四年》载，郑武公和郑庄公两代又相继为周平王卿士，正所谓"周之东迁，晋、郑焉依"（《左传·隐公六年》）。这让郑国人感到很自豪，诗篇即表现此自豪之情。诗篇的时间不晚于周平王晚期。考郑庄公继位在周平王二十八年（前743年），其入朝为卿士，也当在此后不久。诗篇在表现上是比喻性的，一件缁衣敝坏了，衣服的主人取回加以修补，并亲自将一件"改为"后粲然的衣服送回馆舍，交给服此缁衣者，主人对服衣者的尊重、关爱，表现得十分委婉又十分真切。诗每章之中三易句式，一句一转，缠绵往复；其中一字句"敝""还"，尤富曲折变化之妙。"敝"相对于"宜""好""粲"而言，"还"则对"适"而言，词语有规则地变化，很有特点。陈继揆《读风臆补》云："《缁衣》《伐檀》等篇，短长杂奏，为后世杂言之祖。"《郑风》诗篇委婉细腻，读此篇，已颇能领略其妙了。

将仲子

将仲子兮，无逾我里，无折我树杞①。岂敢爱之？畏我父母②。仲可怀也，父母之言，亦可畏也③。

○诗之首章。以父母之言提醒仲子。牛运震《诗志》："仲可怀也，亦可畏也。较量得细贴婉切，至情至性，恻然流溢。"

注释　①**将**（qiāng）：请，祈求、央告之意。**仲子：**古代兄弟排行，第二称仲。仲子，对心上人的昵称。**逾：**翻越。**里：**院墙。古代乡村，五家为邻，五邻为里，每一里都用墙围着。《左传·襄公九年》："宋灾，乐喜为司城以为政，使伯氏司里，火所未至，彻小屋，涂大屋。"是城中有里之证。**树杞：**即杞树。严粲《诗缉》谓《诗经》中杞有三种：一为柳属，即此篇所唱；一为山木；一为枸杞。②**爱之：**爱，爱惜，舍不得。之，指代树杞。③**怀：**思念。

将仲子兮，无逾我墙，无折我树桑①。岂敢爱之？畏我诸兄。仲可怀也，诸兄之言，亦可畏也。

○诗之二章。以诸兄之言提醒仲子。《孔子诗论》（第17简）："将仲之言，不可不畏也。"

注释　①**树桑**：桑树。《周礼·载师》："宅种桑，并种麻。"是古宅旁有桑之证。

将仲子兮，无逾我园，无折我树檀①**。岂敢爱之？畏人之多言。仲可怀也，人之多言，亦可畏也。**

○诗之三章。以他人之言提醒仲子。吴闿生《诗义会通》："语语是拒，实语语是招，蕴藉风流。"

注释　①**园**：园墙，院墙。**树檀**：檀树，高大而木质坚硬的树。

解说

《将仲子》，女子以拒绝口吻提醒心上人行事小心的诗篇。

诗篇极其巧妙地表达出恋爱中女子婉曲而复杂的心态。语语都是拒绝之辞，句句都是爱惜之情。逾墙有声，折杞留迹，会暴露隐秘的爱情，招致父母、诸兄乃至他人的干涉。爬墙、坏树，又表明"仲子"是个性急而鲁莽的家伙；句句的暗递情报，姑娘是位真情而心细的人儿。这里有幽隐的深情，有各自的性格。父母、诸兄，都是至近的亲人，情爱却将他们推远了，把他们变成了"可畏"的人。爱情是第一的，情人是最近的，爱是需要加以保护的。诗中人的声声告诲，实际上是以躲避的方式，维护着自主的恋情。在"可畏"与"可怀"之间，实际隐含着爱情和礼法的冲突。父母、诸兄及不相干的"人之多言"，都是自由爱情对立面的社会意志。因而诗中的里园之墙、杞桑之树，都可视为礼法的象征。女子对恋人"无逾""无折"的告诫，则又可视为社会礼法内化为她内心纪律的象征。所以，她才爱得那么小心，那么谨慎。在《郑风》及其他《国风》中，颇有一些大胆袒露爱意的诗篇。此诗与那些诗篇的重要不同，就在于展示出了既"爱"且"畏"

的内心矛盾。诗篇"我墙""我园"的园、墙,都是里墙的不同称谓,结合《论语·宪问》称"东里子产",《左传》城中有"司里"之官,女子所居应该是"国"中,也就是说,她是一个国人,亦即周人。虽然郑人一般而言不守故常,谓周礼约束对所有人都不起作用,也是不可取的。于是,诗篇中人内心礼法与爱情的冲突,就有可能是郑地"未及周德"特有的风尚,影响了从周文化腹地东迁而来的国中男女。总之,适龄男女发自生命需求的爱情,已经被礼法干预了。诗的人道精神,也就在于它歌唱了礼法压力下情爱的挣扎与巧妙偷渡,无言地显示了对真挚情感的维护态度。古代还有不少学者将此诗与人们熟悉的《左传》"郑伯克段于鄢"的事件相联系,或以为刺郑庄公不早阻止共叔段的扩张而致郑国大乱,或以为劝谏共叔段不要过分逾越国家体制,等等。果真如此的话,也不影响此诗的爱情性质,即便是含有政治讽谏意味的篇章,其手法恰也模拟的是爱情诗的口吻。

叔于田

叔于田,巷无居人①。岂无居人?不如叔也,洵美且仁②!

○诗之首章。言叔之美,无人可比。孙鑛《批评诗经》:"'巷无居人'句,下得煞是陡峻。"

注释　①**叔**:古代同宗中年少者之称,此诗则指某贵族男子。一说,叔即郑庄公弟共叔段,他的封地在京,《左传·隐公元年》谓:"请京,使居之,谓之京城大叔。"后被郑庄公赶出国,死于他乡。**于田**:去打猎的意思。田,即畋,狩猎。**巷**:里巷。②**洵**:实在。**仁**:自得貌。据于省吾《新证》,仁、夷古通,仁即夷,洒脱自得貌。

叔于狩，巷无饮酒①**。岂无饮酒？不如叔也，洵美且好！**

○诗之二章。言叔豪饮。

注释　①饮酒：古代狩猎之后，有饮酒之礼。

叔适野，巷无服马①**。岂无服马？不如叔也，洵美且武**②**！**

○诗之三章。言叔英武。

注释　①适：往。野：野外，即狩猎之处。②服马：乘马，骑马。

解说

《叔于田》，盛赞郑叔外出狩猎时风光、气派的诗。赞叹中暗含讽刺。

诗中的"叔"，保守点解释是男子的通称，但据《毛诗序》的说法，是确指，指的是郑庄公的弟弟共叔段。此诗的赞美之情，激发于对"叔"狩猎出行的观瞻。三章都是写同一次行动，当是难得一见，不像是夸饰自己所熟识的人，当是深居简出的尊贵人物。大人物的光彩，无需自身有多少实力，权贵特有的威仪、排场以及前呼后拥，就足够了。诗篇是盛赞的，可赞的是什么？是叔的出猎、饮酒和乘马，是出猎时的排场之大，饮酒时的好风采，骑马时的好身段。赞一个人却专从他的英武上说，无半个字直接或间接地涉及人物内涵，这样的盛赞，多读一两遍即觉有言外之意。再仔细看，诗盛赞的方法也有问题，夸赞叔的美好，却要"巷无居人"地把别人贬得一无是处，诗人眼里好像天低吴楚、眼空无物，如此的意态实在有些张狂，诗人这样写，肯定是想有意表达些什么。表达什么呢？——突出"叔"的品行。"巷无居人"不是诗人眼里目空一切，而是诗中的"叔"爱出风头，眼里根本就没有别人。这样，旧说诗篇与共叔段有关，倒也合情合理。华贵的身份，母亲偏心眼的娇宠，兄长别有用心的纵容，都会让共叔段这样的豪门公子哥在国人面前大耍风度。诗篇明着是盛赞，绵里藏针却是讥讽。因为，雄姿英发与目空一切连在一起，不是很浮浪吗？出猎时横扫街巷的气派，不是太扎眼了吗？这样的人，不是太危险了吗？这位叔若真是那位共叔段，《左传》中郑庄公说他"不义不昵，厚将崩"，还不仅是指他得陇望蜀的权力欲，他的大讲排场、大耍做派也同样让人为其捏一把汗。奔放的夸赞，暗藏的是讥讽。豪爽而不失婉曲，使得本诗在《国风》中自具一格。

大叔于田[①]

叔于田，乘乘马[②]。执辔如组，两骖如舞[③]。叔在薮，火烈具举[④]。襢裼暴虎，献于公所[⑤]。将叔无狃，戒其伤女[⑥]。

○诗之首章。言狩猎之始，言叔驾驭技术高超，又表其能徒手搏虎，并对叔发出劝告。牛运震《诗志》："'如舞'字形容活妙。"吴闿生《诗义会通》："火烈四字，光焰逼人。"

▣ 注释 ▣ ①**大叔于田**：旧说，此诗题目据其"叔于田"句，应为"叔于田"，加一"大"字，是为区别于前篇《叔于田》，其篇幅较《叔于田》为长。据严粲《诗缉》。叔，应指郑庄公的同母弟共叔段。参《郑风·叔于田》首句注。②**乘**（chéng）：驾车，动词。**乘**（shèng）**马**：四匹马。古时一车四马为一乘。③**"执辔"句**：抖动缰绳如舞丝绳。参《邶风·简兮》同句注。**两骖**：驾车的四马中，旁边拉偏套的马称骖马。此处只夸赞骖马，是因为古代驾车时驾驭骖马困难，最显技艺。**如舞**：像舞蹈一般和谐中节。④**薮**：长满杂草的荒野。《说文》："大泽也。"《韩诗》："禽兽居之曰薮。"**烈**：烧草形成的火墙。《毛传》："烈，列。"列是"迾"的古字。《说文》："迾，遮也。"打猎时放火烧草，遮断群兽逃走的路，叫"火迾"。**具**：

通"俱",全。⑤**禋裼**(xī):露出胳膊。禋,通"袒"。《毛传》:"肉袒也。"即赤膊。**暴虎**:脱离战车保护而搏击老虎。暴,通"搏",甲骨文和金文此字作"虣",像以戈击虎之形。据裘锡圭《古文字论集》。**公所**:指郑庄公处。是说叔将"禋裼暴虎"所得凶猛猎物献给君主。⑥**狃**:自恃技艺而屡屡为之。《毛传》:"习也。" **戒其**句:其,指虎。女,汝,你。此句明言老虎,又暗有所指,故意含混其词。

叔于田,乘乘黄①。**两服上襄,两骖雁行**②。**叔在薮,火烈具扬。叔善射忌,又良御忌**③。**抑磬控忌,抑纵送忌**④。

○诗之二章。言狩猎场景,特表叔的善御射。

注释 ①**黄**:黄马。《秦风·渭阳》:"路车乘黄。"②**两服**:古时一车四马,紧靠车辕两边的亦即中间的两马称服马。**上襄**:在前腾跃,襄即"骧"。王引之《经义述闻》:"上者前也,上襄犹言前驾,谓并驾于车前。"是说古代车驾,两服马位置靠前。**雁行**:两边的骖马在行进时与服马形成雁阵队形。古代车驾,骖马的位置稍微靠后,已为考古发现所证明。③**忌**:语尾词。**良御**:善驾车。④**抑**:发语词。**磬控**:纵放与收紧。两字上古音为双声。《毛传》:"骋马曰磬,止马曰控。" **纵送**:发箭。《毛传》:"发矢曰纵,从禽曰送。"两字为叠韵。

叔于田,乘乘鸨①。**两服齐首,两骖如手**②。**叔在薮,火烈具阜**③。**叔马慢忌,叔发罕忌**④。**抑释掤忌,抑鬯弓忌**⑤。

○诗之三章。言狩猎收场。牛运震《诗志》:"'如手'二字写出马德。"

注释 ①**鸨**(bǎo):黑白杂色的马。《毛传》:"骊白杂毛曰鸨。"②**齐首**:形容服马行进齐整。**手**:左右手。指骖马与服马的配合协调如左右手。③**阜**:盛大。④**发**:射箭。**罕**:少。⑤**释掤**(bīng):打开箭盖准备将箭收起。释,打开。掤,一作"冰",即装箭的筒盖。《左传·昭公二十五年》:"公徒释甲,执冰而踞。"鬯(chàng)弓:将弓放进弓袋里。鬯,弓袋,这里作动词用。

解说

《大叔于田》,表叔驾车和射猎技艺高超的诗篇。

此诗可与《叔于田》合观,是接着表现叔田猎场面的。《毛诗序》说:"刺庄公也。叔多才而好勇,不义而得众也。"以为篇中之"叔",即庄公同母弟共叔段。诗中之人雄豪自肆,及"献于公所"句显示的与君主的关系,无疑是个一等一的大人物,即指共叔段也并非不可能。《毛诗序》言"刺庄公",诗篇本身没有任何这方面意思的显示。考《左传》及《史记》相关的记载,共叔段因有母后的宠溺,在郑国的确得势过一阵子,老谋深算的郑庄公则欲擒故纵,处心积虑,《叔于田》和本诗当是这一特定时期的诗作。"献于公所"还显示,这是一场有君主在场的狩猎,在这样的场合,叔"襢裼暴虎"的表现,即有逞能的嫌疑;若是将诗篇理解为写共叔段,诗中"戒其伤女"的"戒"字,就越发像是一语双关了。诗篇对叔的态度是爱惜的,或许共叔段在雄武风采上确实比郑庄公更招人喜欢。如此,武姜偏爱他就不单是因为他出生时顺产了;能引得一般百姓喜爱,也就不单是因为他是国母偏爱的公子了。果然如此的话,诗篇就有补充《左传》记载之不足的价值,因为它从一个侧面显示了共叔段的为人。诗在写作上最大的特点是场面的描绘。清人姚际恒以为其"铺张亦复淋漓尽致,便为《长杨》《羽猎》之祖"(《诗经通论》)。诗篇"火烈具扬"的热烈场面,读之感受强烈;对狩猎过程的交代,也可增加读者对古人射猎活动的了解。诗用语工绝,"执辔如组,两骖如舞","两服上襄,两骖雁行","两服齐首,两骖如手",前后句排列整饬,用韵一致。而"磬控"为双声,"纵送"为叠韵,再加上"抑""忌"等语词的巧妙运用,使诗本身亦有"两骖如舞"般的韵律。

清 人

清人在彭，驷介旁旁①。二矛重英，河上乎翱翔②。

○诗之首章。言郑师在黄河南岸之彭地游荡。孙鑛《批评诗经》："只貌其闲散无事，而刺意自见。其色态乃在介、矛等字面上。"

注释 ①**清人**：清邑的人，指高克及其军队。清，据《水经注》，在今河南中牟县西。**彭**：黄河边卫国地名。《毛传》："彭，卫之河上，郑之郊也。"《孔疏》："卫在河北，郑在河南，恐其渡河侵郑，故使高克将兵于河上御之。"**驷介**：披着铁甲的马，一车四马，所以称驷。**旁旁**：马强壮貌。三家《诗》作"骙骙"，《说文》："马盛也。"②**二矛**：古代战车上通常要装备各种长短兵器，此处仅言两矛，即酋矛和夷矛，酋矛短，夷矛长，故称二矛。**英**：矛柄上的羽毛装饰。古代矛柄，为柔韧耐用，有的以木为芯，外面贴附竹片，然后用细绳紧紧缠绕，分段髹漆；有的用成束的竹片为干，外缠丝线，再髹漆。作为矛英的羽毛装饰，就压缠在竹片下。参扬之水《诗经名物新证》。**翱翔**：彷徨，徘徊，进退不定的样子。下文"逍遥"义同。

清人在消，驷介麃麃①。二矛重乔，河上乎逍遥②。

○诗之二章。言郑师在消地游荡。牛运震《诗志》："偏说得安闲自在。安有以三军之重而翱翔、逍遥者？不必说到师溃，隐然已见。"

注释 ①**消**：地名。**麃麃**（biāo biāo）：雄武貌。②**乔**：雉鸟的羽毛。《韩诗》作"鷮"，即用鷮羽为矛柄装饰。

清人在轴，驷介陶陶①。左旋右抽，中军作好②。

○诗之三章。言郑师在轴地舞刀弄枪。牛运震《诗志》："'作好'字嘲笑入妙，极无聊，却说得极兴致。一篇游戏调笑之词。"

◨ 注释 ◧　①轴：地名。陶陶（yáo yáo）：车马驱驰的样子。②左旋：战车向左旋转，是车战基本战术动作。古代战车，若车上有两人，御者居左，甲士居右；若三人，则一人居中，还是左为御者，右为甲士。而居右的甲士又是手执戈矛的勇力之士，是战阵中的主攻手，所以，战车若转弯必然是左转，这样才可使甲士处在外侧向敌的位置，以便其攻击和防御。参孙机《中国古舆服论丛》。**右抽：**车右在战车左旋时，抽矢或抽戈作射击刺伐动作。这句是说御者与甲士战术动作配合得很好。抽，亦作"搯"。**中军：**即军中。**作好：**各种军容阵势做得好。陈奂《传疏》："容，仪容也。……唯是讲习兵事而已。与上两章'翱翔''逍遥'同义。"

解说

《清人》，表现高克之师徘徊黄河岸边的诗篇。

这也是一首有明确本事可考的诗。《春秋·闵公二年》："十有二月，狄入卫。郑弃其师。"又《左传·闵公二年》："郑人恶高克，使帅师次于河上，久而弗召，师溃而归，高克奔陈。郑人为之赋《清人》。"据以上《春秋》经传，《毛诗序》谓："刺文公也。高克好利而不顾其君，文公恶而欲远之，不能，使高克将兵而御狄于竟。陈其师旅，翱翔河上，久而不召，众散而归，高克奔陈。公子素恶高克，进之不以礼，文公退之不以道，危国亡师之本，故作是诗也。"《毛诗序》言诗篇作者是公子素。《汉书·古今人表》有公孙素，与郑文公、高克一起列在第七等。又王先谦《集疏》引焦循说，谓此公子素即《左传·僖公二十年》"帅师入滑"的公子士。士、素可通，公孙素当即公子士。不过公子素是否为此篇作者，诗本身并无显示，《毛诗序》说或别有所据。至于"高克好利"也不知其有何依据。诗篇的背景是卫国遭侵，情况危急，正所谓"唇亡齿寒"之际。然而，郑国装备精良的将士们却在边境上"翱翔""逍遥"，徒作军容之好，这就有言外之意了。《毛

《诗序》说刺郑文公，是诗篇骨子里的芒刺。厌恶高克而使之拥兵在外，且"久而弗召"，这分明是为国召乱。《左传·庄公八年》载："齐侯使连称、管至父戍葵丘。瓜时而往，曰：'及瓜而代。'期戍，公问不至。请代，弗许。故谋作乱。"最终结果是齐侯身死而国乱。这是不久之前的前车之鉴，好像对郑文公没有起任何作用。幸好高克政治野心不大，没有像齐国的连称、管至父那样反戈相向，否则郑国就有乱子好瞧了。可是，师溃而散的事发生在异族入侵，需要"同恶相恤"的时候，郑国君臣的表现，是小器、不仗义的。

诗中"清人"两字也要注意。汉代《焦氏易林》（属今文经学派）对此篇有"清人高子，久屯外野"的说法，王先谦据此谓："知克亦清邑人，故率其同邑之众屯于卫邑彭地。"（《集疏》卷五）也就是说，此次溃散是清邑的地方兵，是高克的势力，不是郑国君主的军队。既然郑文公厌恶高克，他率领的军队溃散，对文公而言当然最好不过。这样的心思，诗人或许是知道的，但终于没有明表，这是诗的含蓄。

《诗大序》言："上以风化下，下以风刺上，主文而谲谏，言之者无罪，闻之者足以戒，故曰风。"又曰："吟咏情性，以风其上，达于事变。"两段话强调的都是"风"在言说上的特点：说话听声儿，锣鼓听音儿，即所谓意在言外。这就是"讽喻"。《清人》之诗，即是这方面极典型的例子。诗并没有点出高克所率军队何以"翱翔""逍遥"，何以"作好"于"河上"，从诗中看不到一点迹象；至于主帅与君主的糟糕关系以及后来的师溃奔散，就更是无半点踪迹了。若没有《左传》交代，后世读者说不定就把诗篇理解为赞美的篇章呢！在当时，诗人只消如此写，诗篇接受者就可以心照不宣。这除了大家所处环境相同外，可能还有一点，那就是当时人接受《诗经》，不像后来的读者只是看文本，只是"读"诗篇。风诗一开始是有乐调，经由演唱传达给他人的，这叫做"审音以知乐"。所谓"审音"，就是从乐调及歌词的综合艺术感受诗篇。意在言外的讽喻，可能就是在演唱中传达的。可是，一到诗篇写成文本躺在那里被读解，就像开盖许久的啤酒，一半的气味都跑掉了。尽管如此，严谨地审读诗篇语词，也还可以得其大要。如"翱翔""逍遥"，并非贬义词，可是用在军队的行止上，就十分耐人寻味了。还有，若联系《尚书·洪范》"无有作好"之言，诗篇明言"作好"，河上郑师不严肃、无纪律的暗示，似乎也不是完全不能领会的。

羔裘

羔裘如濡，洵直且侯①。彼其之子，舍命不渝②。

〇诗之首章。言之子布政不差。

注释　①**羔裘**：羔羊皮作的皮袄，卿大夫以上贵族的朝服。《郑笺》："缁衣、羔裘，诸侯之朝服也。"**濡**：润泽貌。**洵**：确实。**直**：顺直。**侯**：美。②**舍命**：传令，推行政令。金文《克鼎》《毛公鼎》等都有"舍命"一词，皆传令布政之义。王国维《与友人论诗书中成语书》有说。**渝**：变，松懈。

羔裘豹饰，孔武有力①。彼其之子，邦之司直②。

〇诗之二章。言之子勇武有力，掌邦家法度。

注释　①**豹饰**：羔裘袖子边缘的豹皮装饰。《管子·揆度》："卿大夫豹饰。"**孔武**：很威武。孔，很。②**司直**：官名，负责劝谏君主过失。司，主持，负责。

羔裘晏兮，三英粲兮①。彼其之子，邦之彦兮②。

〇诗之三章。赞之子为邦国俊贤。陈继揆《读风臆补》："后章用三'兮'字作变调，尤觉神致翩翩然。"

注释　①晏：鲜盛貌。一说，晏，安，指穿羔裘君子的仪态安详。三英：裘衣上的丝织装饰物，其数三。一说，三英为三德，即上文的直、侯和孔武。粲：鲜明貌。②彦：士之美称。

解说

《羔裘》，赞美郑国高级执政者的诗篇。

"德称其服"，是《诗经》时代一个重要的评判标准。这首诗就是从赞美人鲜明的服饰入手，称颂这些人的品德正直，能文能武。而"邦之司直""邦之彦兮"等句显示，诗所赞美的不是一般的官吏，而是郑国的高级权贵人物。《左传·昭公十六年》："夏四月，郑六卿饯宣子（名起）于郊。……子产赋郑之《羔裘》，宣子曰：'起不堪也。'""不堪"即不足以承受，可见这首诗是极尽称颂赞美之能的。就诗篇所表现的内涵而言，大臣正直且孔武有力，表现的是朝政的上升之象。在各诸侯国中，郑国受封晚，郑桓公、武公及庄公几代人都是创业之君，据此而言，诗或为武公、庄公之际的篇章。

遵大路

遵大路兮，掺执子之祛兮①。**无我恶兮，不寁故也**②。

○诗之首章。言不要嫌我恶而疏远我。

注释　①遵：循，沿着。掺（shǎn）：执，持。祛（qū）：袖口。②恶：厌恶。寁（zàn）：快速，短暂。此字又读jié。故：故旧。这句是说不宜这样快地离开故旧。

遵大路兮，掺执子之手兮。无我魗兮，不寁好也①。

○诗之二章。言不要因我丑而嫌弃我。

注释 ①魗（chǒu）：厌弃。魗，与醜、丑为同一个字的异写。好：亲好，相好。

解说

《遵大路》，郑国迎送各国路过的贵客的乐歌。

此诗《毛诗序》以为"思君子也。庄公失道，君子去之，国人思望焉"。不知何据。于是近人多解之为情诗。诗的感情缠绵有加，的确很像是情诗。另外，宋玉《登徒子好色赋》有"遵大路兮揽子袪，赠以芳华辞甚妙"云云，似乎更能支持情诗的看法。不过，观其"遵大路兮"一句，诗还可以有别的解法。夫妻反目，情人分手，舍不得的一方牵牵连连，哭哭闹闹，是可以理解的。可是，跑到"大路"上去纠缠，这样的情形就让人觉得蹊跷了。由"遵大路兮"一句，笔者以为，诗篇或许是郑国君臣迎送各国路过的贵客的乐歌。考郑国地理位置，正处于东西南北的交通要道。《左传·僖公三十年》"烛之武退秦师"言郑可"为东道主，行李之往来，共（供）其乏困"。这是对秦国人说的，道出了郑在东西方交通往来大路上的特殊位置。在此之前，晋文公重耳返国曾取道郑国地界；之后，卫襄公访楚行经郑地时，郑国当局曾专门派大夫印段"迋（往）劳于棐林（又称北林，今河南新郑东几十里处），如聘礼而以劳辞"。郑国既以礼相待，卫侯派"文子入聘"以作回礼（《左传·襄公三十一年》）。上述情况表明，在南北交通上，从今湖北一带的楚至今山西一带的晋可以取道郑国都城及其附近的道路；从今山东的齐、鲁与今河南北部的卫南下楚国，也可以取道郑国都城及附近的通途。《左传》记载郑劳卫侯一行是有"劳辞"的。那么，同时有诗篇的歌唱也不是不可能。如此，再读诗篇"遵大路"之句顿觉十分通畅，而"无我恶（魗）兮，不寁故（好）也"等句，也可以得到同样顺畅的解释。这不过是在以自谦的方式，向对方表示结好之意。因为是路途上的短暂迎送，所以诗才有"不寁故""不寁好"两句的"寁"字。外交辞令，却表达得缠缠绵绵如情歌，正是《郑风》"新声"特有的可喜之处。历来人们喜爱朱庆馀"画眉深浅"之诗托言的机智，实则这样的"机智"在《诗经》这里就出现过。

女曰鸡鸣

女曰鸡鸣，士曰昧旦①。子兴视夜，明星有烂②。将翱将翔，弋凫与雁③。

○诗之首章。言女子催促男子早起。牛运震《诗志》："士女问答对起，老手古格。'鸡鸣'二字领起，通篇精神。"

注释　①**昧旦**：曙光未露，今所谓天不亮。②**子**：你，指丈夫。**兴**：起床。**明星**：启明星，此星升起天就要亮了。《尔雅·释天》："明星谓之启明。""子兴"两句，当为女子之词。③**"将翱"句**：是说天亮后水鸟就要飞起来了，正好射猎。**弋**：弋射，古代用拴系丝绳的箭射取高飞的禽鸟，叫做弋。弋射的箭叫做矰，不开刃，平头。据考古发现，讲究的矰，还有各种纹饰。弋射连着矰的绳，叫做缴（zhuó），以生丝制成；丝线的另一头还要拴系长圆形石球（《说文》称之为"磻"，俗称"绕线棒"）。弋射难度高，对飞鸟发矰需要把握好角度，当矰与鸟相撞的时候，矰会在连着磻的丝绳作用下翻转下折，缠绕鸟的脖颈使之无法逃脱。据扬之水《诗经别裁》。此等射法流传很久，嵇康诗"流磻平皋，垂纶长川"之"流磻"，即指此种射法。**凫**：野鸭，潜水候鸟，体型大。**雁**：大雁，候鸟，体型似鹅，颈和翼较长，尾和足较短，善飞，能游水，最常见的就是鸿雁。古语凫、雁常连言，其实指的是同一类鸟，如《荀子·富国》："飞鸟凫雁若烟海。"两种候鸟迁徙有准确的时令。又，两鸟因形体较大，被一般箭射伤后犹能飞走，所以古人多用弋射加之。

弋言加之，与子宜之①。**宜言饮酒，与子偕老**②。**琴瑟在御，莫不静好**③。

○诗之二章。继上章，女子继续劝导。最后两句，张尔岐《蒿庵闲话》："此诗人凝想点缀之词，若作女子口中语，似觉少味，盖诗人一面叙述，一面点缀，大类后世弦索曲子。《三百篇》中述语叙影，错杂成文，如此类者甚多，《溱洧》《齐风·鸡鸣》皆是也。"

注释　①**言**：而。**加**：射中，以矰缴相加。**与**：为，介词。**宜**：肴，以适当的方法烹饪。《周礼·天官·食医》："凡会膳食之宜，牛宜稌，羊宜黍，豕宜稷，犬宜粱，雁宜麦，鱼宜菰。"郑注："会，成也。谓其味相成。"主要讲食物之间的搭配。又，《论语·乡党》言"失饪，不食"，是古人饮食讲究烹饪的方法。②**"宜言"句**：言烹饪后共食且共同饮酒。**偕老**：一起生活到老。以上四句为女子之言。③**琴瑟**：比喻和谐的夫妻关系。又见《周南·关雎》《小雅·常棣》。**御**：用，弹奏。**静好**：嘉好。

知子之来之，杂佩以赠之①。**知子之顺之，杂佩以问之**②。**知子之好之，杂佩以报之**③。

○诗之三章。李樗《毛诗集解》："此章言不独厚于室家，亦当尊贤也。"《朱子语类》："《女曰鸡鸣》一诗，意思甚好，读之，真个有不知手之舞足之蹈者。"牛运震《诗志》："庄正和雅，《周南》风调复见于此。"

注释　①**知子**：指丈夫的知己者。是女子口吻。**来之**：前来。**杂佩**：集诸玉石制成的佩戴饰物。杂，集的意思。故《毛传》以"珩、璜、琚、瑀、冲牙之类"释之。一说，杂佩不仅限于玉石之类，据《礼记·内则》，凡觽、燧、箴、管之物件，古人都佩戴。《论语·乡党》言孔子"去丧，无所不佩"，也讲佩戴种类多。两句是说，你的知己好友来了，我也会尽女主人之谊，赠送对方佩戴之物以示好。《左传·庄公二十一年》："王以后之鞶鉴予之。"与以杂佩送人相似。②**顺**：顺心，在此有喜爱的意思。**问**：赠送。《左传·哀公二十六年》："卫侯使以弓问子贡。"即其例。③**好**：喜欢。**报**：答谢。女子口吻，送物品给"知子"者，是表示对他与自己丈夫交好的答谢。

解说

《女曰鸡鸣》，赞美贤内助的诗篇。

诗篇所表，是一段恩爱夫妻黎明之际的体己话，勤生是主旨，女子为主角。第一章，如朱熹《诗集传》所说："此诗人述贤夫妇相警戒之词。言女曰鸡鸣，以警其夫，而士曰昧旦，则不止于鸡鸣矣。妇人又语其夫曰：若是，则子可以起而视夜之如何。……其相与警戒之言如此，则不留于宴昵之私可知矣。"一章所述，即贤妇催促丈夫早起打雁。狩猎捕鸟是远古经济的补充形式，肉食难得，与今天各种猎杀候鸟的劣举不同。第二章言弋雁之后的烹饪饮酒，"琴瑟"两句固然如张尔岐所说是"点缀"，为诗篇增色，从烹饪饮酒，忽然跳跃到"与子偕老"，夫妻之情看来也是以"养住男人的胃"为基础，颇富生活意趣。诗篇解释的难题在第三章，一些解释据此章"知子之来"而认为诗为男女幽会，实在是煮鹤焚琴，信从者历来也不多。郑玄所作的解释是："我若知子之必来，我则豫储杂佩，去则以送子也。与异国宾客燕时，虽无此物，犹言之以致其厚意，其若有之，固将行之。"到欧阳修《诗本义》问题有了转机。欧阳修理解："知子之来，相和好者，当有以赠报之。"把"知子"解释为名词，就现有的解释看，无疑是最通脱的了。此后的苏辙、李樗、朱熹乃至清人陈奂皆从欧阳修之说。持异议者也有，如于鬯《香草校书》就以为妇人送丈夫好友"服饰之玩，亦已媟矣"。可是，如《左传》记载的，周王如可以把王后的"鞶鉴"送给郑庄公，那么，一位家庭主妇赠送来家的友人以杂佩，在当时即不为"已媟"之举。第三章问题解决了，诗篇大义也变得明晰：原来这是一首赞美主妇贤内助的篇章。诗从一段黎明促起的对话细节，表现理想家庭中夫妻和谐的生活意趣，正如前人读此诗所说："勤业、亲贤，皆是黎明时商量语。"(《王棠《知新录》卷二引《樗园诗评》语)"商量"的对话，无疑女子是主导。文献显示，周代人很在意起床的早晚，大的政事叫做"朝"，《小雅·庭燎》篇言"夜乡（向）晨"之际等待早朝者的烛火；金文中也有王事开始天方"昧爽"（天麻麻亮）的语词；《国语·鲁语》也说上自朝廷下至"庶人以下，明而动，晦而休，无日以怠"等等，都是关于"起早"言说。《女曰鸡鸣》篇所关之事，看似是"弋凫与雁"的区区小事，其所涉及的生活之道，却是那时古人普遍讲究的勤生之德。就是说，诗篇以一个文化人群普遍信奉的生活原则为背景。

有趣的是黎明鸡叫，是女性先听见的。这是因女性生活更细心，还是因生活压力更重而养就的机警？无论如何，诗人在这点上是注意到女性的优点的。还有，诗篇中，"士"显得被动、有点懒。诗如此写，不一定是有意要抖落男人的懒，只是遵循了生活常态——主妇勤勉、贤惠的照料，男主人便可以诸事省心，而贤主妇总能给天生有懒散倾向的男人紧紧"钟表发条"。诗的谐趣就在这里。俗话说，男人的一半是女人。在诗篇中，这还表现为在男子交往的事情上，妻子也是男子的贤内助，这就是诗篇最后一章的内容。这也是《诗经》对女性评价的一个普遍倾向，如《大雅》中的《思齐》《绵》及《皇矣》诸篇，都高度赞美了家庭主妇相夫教子的懿美之德。"女子无才便是德"的糠言语，在西周乃至春秋时期似乎并不是很流行；那时的诗人，是承认女性在家庭生活中的巨大作用的。

有女同车

有女同车，颜如舜华①。将翱将翔，佩玉琼琚②。彼美孟姜，洵美且都③！

○诗之首章。赞新妇美而雅。笔法由远而近。

◎ **注释** ◎ ①**同车**：夫妇乘坐同样的车马，非同乘一车。**颜**：容貌。**舜华**：木槿花。落叶灌木，花有玫瑰红、粉红、蓝色、蓝紫、白色数种，盛夏开花，十分美丽。花期可达四个月，但每一朵花却是朝开而暮谢。舜华之"舜"即"瞬"的意思。②**将**：如，结构助词。**翱、翔**：形容女子步履翩跹。**琼琚**：美玉。③**孟姜**：姜姓长女。**都**：娴雅，典雅。都的本义是都城，都城人装束入时，引申为时尚、雅致。据钱锺书《管锥编》。

有女同车，颜如舜英①。**将翱将翔，佩玉将将**②。**彼美孟姜，德音不忘**③！

○诗之二章。赞新妇有德音。孙鑛《批评诗经》："状妇女总不离出容饰二者，此诗艳丽则以'同车''翱翔'等字点注得妙。"

◎ **注释** ◎ ①**英**：花朵。②**将将**（qiāng qiāng）：锵锵。象声词。③**德音**：美好声誉。**不忘**：令人难忘。一说，忘即"亡"，不亡即不无、永远。

解说

《有女同车》，赞美来自齐国姜姓新妇的诗篇。

"同车"是说迎娶之礼；"舜华"是表新人的香姿美艳；"翱翔"是形容新人娇娆的行仪；"佩玉"表新人步履中规中节，古人佩玉以节制步伐，所谓"改玉改行"是也；"孟姜"是表其族属尊贵；"德音"则赞其有懿德，是贤淑之人。从各个方面描述赞叹新妇的容貌、妆饰及其身份、美德之后，又用"美且都"作一收束，"美"是在赞女子的丽质，"都"则是叹其雅致、高贵的气质。从诗篇的内容看，当与郑君或高级贵族的婚礼相关。郑本在西方，立国于宣幽之际。平王东迁后的第一代国君是郑武公，而武公的夫人武姜来自申国（据《左传》）。武公之后的庄公、厉公、昭公，记载上都没有娶齐国姜女的迹象。姜姓之国在两周时期，四方皆有。武公娶武姜的事，应延续的是东迁之前固有的婚姻联盟关系，而且这习惯大概要保存一个相当长的时间。至于郑国诸侯何时开始与齐国联姻，可能与齐桓公称霸有关。《左传·僖公二十二年》载宋楚泓之战楚大胜后，为向楚国示好，郑文公不惜派"夫人芈氏、姜氏劳楚子于柯泽"。所言姜氏，据杜预注，即齐国公主。此时据齐桓公去世才四五年而已。因此可以说，郑与齐两国联姻之始，不晚于郑文公之世。就诗篇看，所歌唱的应是郑与齐初次建立姻亲关系时的某次婚礼。姜姓之国中，齐国文化最发达。东迁而来的郑国贵族，与齐这样一个老牌国家的贵胄结婚，惊羡于大国公主的仪态、气度，赞美她的"美且都"，也是十分自然的。同时，迎娶美妙的妇人背后，是新的政治联盟的缔结，事件又是极有纪念意义的。如此"德音不忘"中，实际蕴含着郑人的庆幸之情。

山有扶苏

山有扶苏，隰有荷华①。不见子都，乃见狂且②！

○诗之首章。言不见美男，却见狂徒，是故作失望口吻。前两句是起兴之词，是民歌本色。牛运震《诗志》："比物点衬鲜泽。"

注释　①**扶苏**：即唐棣树，又称栘、夫栘。两字又作"扶疏"。段玉裁《说文解字注》："扶疏谓大木枝柯四布。"适宜生长在山地疏林间或灌木丛中，不耐潮湿。**隰**（xí）：低洼湿地。**荷华**：荷花。②**子都**：古代美男子之称。《孟子·告子上》："至于子都，天下莫不知其姣也。"**狂且**：愚狂的人。马瑞辰《通释》："且当为伹字之省借。……狂伹谓狂行拙钝之人。"

山有桥松，隰有游龙①。不见子充，乃见狡童②！

○诗之二章。全篇句句押韵，读之不觉闷。

注释 ①**桥松：**高大的山松。桥为"乔"的假借字，高大。**游龙：**红蓼，又称红草。喜生在水边湿地，枝叶和果实均可入药，有清热化痰、解毒、明目之疗效。红蓼之所以称游龙，据郑玄解释，是因为该草枝叶放纵，恰如红色游龙。②**子充：**指美男子。《孟子》："充实之谓美。"一说，充与"妹"读音相近，意思相通。**狡童：**狡黠的年轻人，犹言家伙、小子。

解说

《山有扶苏》，男女相会时节女子对男子的俏骂之辞。

诗以高下不同的树与花起兴，言高树与湿地花朵各有其美，言外之意，是自己怎么就这样倒霉，本想遇到美男子，却偏偏遇上轻狂愚笨的家伙。读这样的句子，不要以为诗中人所见，真的就是貌丑心邪的坏青年。所谓"褒贬是买主"，骂的厉害未必真就厌恶。子都、子充都是当时美男的高标准，犹如今日女孩子心中的"白马王子"。"不见……乃见……"的句式，看上去像是失望，其实似乎也不过是拿子都、子充的标准，揶揄一下对自己有意思的男子，当不得真。还有，狂且、狡童的骂，也不是真骂，更不意味着拒绝，骂一下对方，毋宁说是想在以后交往中占据上风。此外，也可能是女子对那些在自己面前自我感觉良好的"狡童""狂且"的回应，目的是灭一下他们的傲气和威风。这些就是所谓"打情骂俏"了。

诗篇的情感是奔放的，高处茂盛的扶苏、高松，水中荷花盛开，满眼是枝叶放纵的红蓼，色彩鲜艳而不纤细，男女在这样的花海茂树中，奔放地抒发情感，是何等烂漫的光景！这是诗篇特有的青春气息，也是特有的民间歌唱的气息，是风诗中难得的几首接近原汁原味的民间歌唱之一。《毛诗序》以为是刺郑昭公忽"所美非美然"，大煞风景。郑国的许多诗篇都被

《毛诗序》界定为"刺郑忽"之作,《朱子语类》卷八十一对此已有很好的驳斥,可参读。

萚 兮

萚兮萚兮,风其吹女①。叔兮伯兮,倡予和女②。

○诗之首章。催促叔伯应和自己。戴震《诗经考》:"以槁当风,吹摇不定之象。"

注释 ①**萚**(tuò):枯叶。《说文》:"草木凡皮叶落地为萚。"**女**:汝,指萚。②**倡**:即唱。**和**:以歌声相应和。

萚兮萚兮,风其漂女①。叔兮伯兮,倡予要女②。

○诗之二章。触物起情,简切明快。

注释 ①**漂**:飘。②**要**:约请,邀。

解说

《萚兮》,邀人唱和之词。

《左传·昭公十六年》记载郑六卿饯韩宣子:"子柳赋《萚兮》,宣子喜,曰:'郑其庶乎!二三君子以君命贶起,赋不出郑志,皆昵燕好也。'"可见在春秋晚期,《萚兮》便和《野有蔓草》《褰裳》等一样,被认为是表现"昵燕好"的诗。不过《毛诗》序、传的作者很奇怪,似乎全然不知《左传》的记载,《毛诗序》谓:"刺忽也(忽,郑昭公)。君弱臣强,不倡而和也。"《毛传》谓:"人臣待君倡而后和。叔伯,言群臣长幼也。"这是汉儒说《诗》的一个特点,他们更愿把一些表现社会风情的诗理解为关乎纲纪人伦的隐喻之词。后来到宋儒说《诗》，一方面认定这些诗篇言男女之情，又总报以斥责的态度。如朱熹《诗集传》说此诗："此淫女之词。言萚兮萚兮，则风将吹女矣；叔兮伯兮，则盍（何不——引者）倡予，而予将和女矣。"对此，明何楷《诗经世本古义》驳之曰："女虽善淫，不应呼叔兮又呼伯兮，殆非人理！"何楷在此诗上是维护汉儒旧说的，但他"不应呼叔兮伯兮"的说法，却是应当正视的。因为确实存在着"叔兮伯兮"是对长辈称呼的可能。就是说，虽然不能完全排除诗篇为男女相唱和的可能，但更稳妥地说，可能是亲戚族人聚会时的唱和之作，如邀约叔伯举杯饮酒等。

狡 童

彼狡童兮，不与我言兮①。**维子之故，使我不能餐兮**②！

〇诗之首章。言狡童不与言而食不甘味。

注释　①**狡童**：见《郑风·山有扶苏》"乃见狡童"句注。在此为亲昵之称。②**维**：惟，因为。

彼狡童兮，不与我食兮。维子之故，使我不能息兮①！

〇诗之二章。言寝不安枕。陈继揆《读风臆补》："若忿，若憾，若谑，若真，情之至也。"

注释　①**不能息**：不能呼吸，憋闷、不能安歇。息，呼吸。

解说

《狡童》，一对情人闹别扭后女子的怨歌。

一对情人闹别扭之后，彼此赌气不再理睬对方，于是女子寝食不安，心生怨艾。全诗似直而曲，一咏三叹，先是男的虽勉强与自己一起吃饭，却不理不睬，后来干脆连饭都不在一起吃了。一路写来，将身处情爱困扰难以自拔的小女子情怀描摹得入木三分。《毛诗序》说这首诗是"刺忽也。不能与贤人图事，权臣擅命也"，系推想之辞。

褰裳

子惠思我，褰裳涉溱①。子不我思，岂无他人？狂童之狂也且②！

○诗之首章。言涉溱而往。戴君恩《读风臆评》："多情之语，翻似无情。"

注释　①**惠**：疑问词，相当于其。字应作"叀"，甲骨文中常见。据于省吾《甲骨文字诂林》引唐兰说。句意为你可思我吗？**褰裳**（qiān cháng）：撩起衣裳。古代上衣下裳。裳，类似今天的裙。**溱**（zhēn）：郑国水名，古又称溜水、邻水，发源于今河南新密市境内，东南流与洧水合，之后再向东南，流经郑国都城，至今河南西华县入颍。溱洧水畔，与卫之桑中、陈之宛丘一样，为当时男女相会之地。②**狂童**：狂妄、任性的小子。**且**（jū）：语气词。

子惠思我，褰裳涉洧①。子不我思，岂无他士？狂童之狂也且！

○诗之二章。言涉洧而往。

注释　①**洧**（wěi）：郑国水名，发源于今河南登封阳城山地，东南流接纳溱水后（今称双洎河），经郑国都城西南，东南流至今河南西华县入颍。《左传·昭公十九年》："郑大水，龙斗于时门之外洧渊。"渊即深潭，在新郑东南不远处。

解说

《褰裳》，最后通牒式的"男女相悦"之歌。

理解此诗的感情基调，在诗篇两章的最后一句，无疑那是因嗔怒而骂的言语。骂的什么？骂的是"狂童"之"狂"。两情中的狂，其样态自然是傲气、不理不睬。原因是什么，不得而知，却着实惹到了女方。于是女方向他提出明告：你还想着我，我就撩起衣裳过河找你；你不思我，还怕找不到别人？恰似一封通牒。而"通牒"要的只是对方的一个明确答复，好就无条件的好，不好就一拍两散。泼辣真够泼辣，决断也真决断，其实是被三心二意的犹豫逼出来的。诗篇只是截取了这一对"怨偶"恋情关系的一小段。不写"狂童"如何狂，不写女的如何受"狂童"之折磨，都从一句骂詈中带出。这是诗篇用笔的经济之处。由此却突出了女子性情的爽利。所以短短的小诗，却提炼出了特定关系、特定情状下的一种性格、一幅人情样态，颇具魅力。

今人说它是爱情诗，也对，却不太准确。准确说，应该是溱洧河畔男女相会打情骂俏的风情诗。这样的风俗起源甚为古老，到周代，似乎政府也有意利用这样的风俗，促成乡野之民的婚姻，以繁殖人口。对此，《周礼·地官·媒氏》记载说，仲春之月，政府允许男女自由相会，男女"奔者不禁"。男女相会的地点一般就在桑林、水边，所谓"奔者不禁"就是女子未经家长同意就跟看中的男人去了，政府对此不加干涉。同时，政府还派专门的人员负责"阴讼"之事，即解决在这样的时节里出现的男女纠纷。在这种"会男女"的日子里，男女盛装前往，互相对歌，正因男女相会有时间规定，所以才有诗中所要求的痛快决断。《褰裳》之外，《山有扶苏》《野有蔓草》等，都是同一古老的"野性"婚恋习俗下的风情之歌。

丰

子之丰兮,俟我乎巷兮,悔予不送兮①!

○诗之首章。悔自己不送。

◨ 注释 ◧ ①**丰:** 丰满貌。**巷:** 门外的通道。**送:** 送别,是跟随的含蓄说法。

子之昌兮,俟我乎堂兮,悔予不将兮①!

○诗之二章。悔自己不迎。

◨ 注释 ◧ ①**昌:** 盛壮貌。**堂:** 厅堂。**将:** 迎接。

衣锦褧衣,裳锦褧裳①。叔兮伯兮,驾予与行②。

○诗之三章。央告叔、伯送自己出嫁。急迫之情不加掩饰,与上二章之"悔"字相呼应。下章仿此。

◨ 注释 ◧ ①**衣(yì):** 穿,作动词。下句第一个"裳"字,也是表穿衣的动词。**褧衣:** 女子出嫁时上身穿细麻做的外罩。《仪礼·士昏礼》:"姆加景(同褧)乃驱。"保姆为女子穿上褧衣,是出嫁女离家时最后一道礼节。参《卫风·硕人》"衣锦褧衣"句注。**裳:** 下衣,类似后来的裙。②**叔、伯:** 迎亲的人。叔、伯之称与二章"子"显然有别,《毛传》说"迎己者",也可解释为自己身边的长辈。**驾:** 驾着车子。**行:** 指出嫁。

裳锦褧裳,衣锦褧衣。叔兮伯兮,驾予与归①。

○诗之四章。后两章与前两章句式、节奏判然有别。

◨ 注释 ◧ ①**归:** 出嫁。《周南·葛覃》:"言告师氏,言告言归。"《毛传》:"妇人谓嫁曰归。"

解说

《丰》,表亲迎之礼不成、女子后悔的诗。

《毛诗序》:"刺乱也。昏姻之道缺,阳倡而阴不和,男行而女不随。"诗篇是否有意"刺乱",无法确定,但"阳倡"两句倒颇合诗意。从诗"俟我乎巷""俟我乎堂"之言,可知诗篇所表为古代婚姻六礼中的亲迎一节。然而就是这个最关键的礼数没有成功。其原因,戴震《诗经考》说:"俗之衰薄,昏姻而卒有变志,非男女之情,而其父母之惑也。"考虑到古代婚姻的一般规矩,戴震这样说是有道理的。然而,诗篇并没有去表父母因何毁掉了亲迎,却专写失败对当事人即篇中女子的伤害,而且,表现对她的伤害又不是直说,而是让女子后悔自己的"不送""不将"。其实,在亲迎之礼上,有哪个女孩子抛头露面亲自"送""将"呢?这样写,是让女孩子后悔不该后悔的事,实际是表达对父母阻扰婚礼的不满。如此的笔致,曲折中又有曲折。诗篇可注意的地方还不止于此。最后的两章,女孩子抛弃一切顾虑,为着自己的幸福,呼喊身边的长辈,快点把自己送到男方家中从而完成婚礼。诗篇这样写,其实也就表现了女孩子想突破一切人情面子的勇敢,实际代表着一种健康的社会意识:应当尊重婚姻当事人的感受与幸福。诗中女孩子终于大胆表露自己的想法与追求,是有一个过程的,前两章表现她不该后悔的后悔,其实表现的是她已经认识到自己一方有错,既然知错,就有后两章的表现,这在笔法上是铺垫。诗篇表现这样的过程,也很讲究,前两章调子缓慢,后两章则情绪急促,特别是"衣锦褧衣,裳锦褧裳"句子的颠倒变化,更是有意表现女子努力挽救自己婚姻的急迫,用笔很具匠心。

东门之墠

东门之墠，茹藘在阪①。其室则迩，其人甚远②！

○诗之首章。言室近人远，是有情人的心理感受。

注释　①墠（shàn）：修整出来的平坦之地。**茹藘**（lú）：又名茜草、茅蒐、蒨等，多年生草本攀援植物，古代栽培此草用作染料，被认为"人血所化"，入药可止血祛瘀。《史记·货殖列传》载："千亩卮茜……其人皆与千户侯等。"所言茜即此草。**阪**：平缓的土坡。②**迩**：近。

东门之栗，有践家室①。岂不尔思？子不我即②。

○诗之二章。"子不我即"句道出实情，是对前章"远"字的应答。

注释　①**栗**：树木。参《卫风·定之方中》"树之榛栗"句注。**践**：行列。②**即**：前来相就。此句是说你不来找我。

解说

《东门之墠》，男女唱和之歌。

方玉润《诗经原始》说："就首章而观，曰室迩人远者，男求女之词也。就次章而论，曰'子不我即'者，女望男之心也。一诗中自为赠答。……有所思而未得见之辞云尔。"而近人陈子展《诗经直解》更将此诗解作男女应答之辞：首章为男歌，后章为女歌。较方氏之说更进一步。

风 雨

风雨凄凄，鸡鸣喈喈①。既见君子，云胡不夷②！

○诗之首章。言既见君子的喜悦之情。风雨与鸡鸣交加，营造氛围，鬼斧神工。

注释　①喈喈（jiē jiē）：拟声词，鸡鸣声。②夷：喜悦。

风雨潇潇，鸡鸣胶胶①。既见君子，云胡不瘳②！

○诗之二章。陈震《读诗识小录》："'凄凄'第（但——引者）动于气，'潇潇'则传于声矣。'喈喈'犹清音作引，'胶胶'则长吭迭庚矣。'夷'则惬怀人之素愿，'瘳'则愈忧世之深衷矣！妙！"

注释　①潇潇：风雨声。胶胶：鸡鸣声。胶，或应作"嘐"。②瘳（chōu）：病愈，在此是心情变好的意思。

风雨如晦，鸡鸣不已。既见君子，云胡不喜！

○诗之三章。牛运震《诗志》："'鸡鸣不已'，白描愈妙。"

解说

《风雨》，风雨鸡鸣中喜见归人的诗篇。一说，是乱世思君子的诗。

两种理解的分歧在如何理解诗篇头两句。若是理解为起兴之词，那就是一种象征，所谓"劫火洞烧，不烬唯玉"，乱世之中也有节操自守、不改其度的坚贞君子。如此，诗篇即表达的是身处乱世，幸遇君子的欣喜。主此说的是《毛诗序》，对古人影响颇深。如《南史·袁湛传》载袁粲："峻于仪范，废帝俣之迫使走，憨孙雅步如常，顾而言曰：'风雨如晦，鸡鸣不已。'"《晋书·载记·吕光》记吕光遗杨轨书:"陵霜不凋者松柏也,临难不移者君子也,何图松柏凋于微霜,鸡鸣已于风雨!"甚至梁武帝被侯景囚禁之后,作绝笔也大言不惭地用此诗"风雨""鸡鸣"之句自比。这些,实际都表明这样一点:《诗经》作为民族的经典,是参与了民族精神传统建构的,且其参与的方式,是深受经学阐释左右的。今人可以不赞成经学对诗篇的阐释,但经学阐释在塑造民族性格的作用上,是必须郑重对待的。

诗篇也可以做另外的理解,因为"君子"一词,在《诗经》里,其语义还不像《毛诗序》所谓"乱世则思君子,不改其度焉"的"君子"那样具有强烈的儒家气息。相反,《国风》诗篇中的君子多指丈夫。因而,诗篇是欢喜丈夫回家的诗篇。于是,"风雨凄凄,鸡鸣喈喈"的句子,也就是对现实境况的白描。诗篇所表,是风雨夜归人的篇章。它很容易让人联想到唐人佳作"日暮苍山远"那首诗。晦暗的环境,郁闷的心情,诗所表达情感的雄沉之处,就在其抑郁而能破闷,逆境而见前景,有一种黑暗中犹不失其坚持的意态。用"凄凄""潇潇"形容"风雨"之深重,已属精彩,而"风雨如晦,鸡鸣不已"八字的晦暗与光明的交织,更使得诗篇陡然带有了深刻的象征意味。风雨制造着晦暗,鸡鸣预示着光明。一边是黑暗"如晦",一边是代表光明追求的"鸡鸣不已",奋扬"不已",黎明前特有的黑暗与光明的交织,在诗人的笔下,具有强烈的象征意味,读之令人神形超旷。好的比兴,可以使读者如痴如醉而无以言传,使诗篇有限的表述含带无限的意味。此诗的两句可算突出一例。

子 衿

青青子衿,悠悠我心①。纵我不往,子宁不嗣音②?

〇诗之首章。怨对方没音信。子衿、子佩,以物代人;睹物思人,灵动可喜。牛运震《诗志》:"'悠悠'二字,有无限属望。"

注释　①青:黑色。古代青指黑颜色。如戏剧行当青衣,即指穿黑色衣服的。子:你的。衿(jīn):佩玉的丝带。《尔雅·释器》:"佩衿谓之褖。"郭璞注:"佩玉之带上属。"旧说衿为衣领,青衿即青(黑)色衣领。②纵:纵然。宁:难道。嗣音:续通音信的意思。嗣,继续。《韩诗》《鲁诗》作"诒",送信的意思。音,音信。

青青子佩,悠悠我思①。纵我不往,子宁不来?

○诗之二章。责对方不来相见。上文言佩玉之丝带,此处言丝带所系之物,两者合为一物。暗示思与所思两者关系。

注释　①佩:可以佩戴的玉石。《礼记·玉藻》:"凡带必有佩玉。"

挑兮达兮,在城阙兮①。一日不见,如三月兮!

○诗之三章。言思念之情深。

注释　①挑达:乍往乍来。挑,轻脱不可靠。达,《说文》:"行不相遇也……或曰迭。"迭即相遇的意思。两字组成一个联绵词表忽隐忽现,来往不定的意思。一说,挑达为欢跃的意思。城阙:古代城门外左右两旁的高台,登之可以游观。

解说

《子衿》,表怨望之情的诗。

旧说讽刺学校废弛、生徒不学礼乐而游观,诗中之"我"指代的是教师。但"纵我不往"云云分明有一股幽怨,古代师道尊严,此等情绪实难理解。此诗之情,不出友情、爱情两端,而更像后者。第一章责对方不通音信，第二章怨对方不来看望，第三章则言见所思者在城阙上往来游观，如联系《卫风·静女》的城隅约会，此处或许曾是他们过去常见面的地方。当然也可能所思者是一位学子，如后世大学生不读书爱"拍拖"。诗中有意思的是"纵我不往，子宁不嗣音"，"子宁不来"几句。怜惜对方而又先自忍，观察对方的表现，考查对自己的态度。对方还没有怎么样，自己就先自怨自责起来了。这都是情人之间的常态惯伎。善体人情，是《诗经》亘古常新、魅力永恒的地方。小诗情调幽怨，自有其风致嫣然处。

扬之水

扬之水，不流束楚①。终鲜兄弟，维予与女②。无信人之言，人实迋女③。

○诗之首章。言兄弟之外，他人之言多欺诈。义虽偏狭，倒也声情笃挚，字字殷切，如耳提面命。

注释　①**扬之水**：浅濑之水。见《王风·扬之水》"扬之水"句注。②**终**：既。**鲜**：少。**维**：只有。维、惟古代通用。③**迋**（guàng）：欺骗。字义同"诳"。

扬之水，不流束薪。终鲜兄弟，维予二人①。无信人之言，人实不信②。

○诗之二章。言不信他人因他人实难相信，是乱世人情。

注释　①**维予二人**：此处同心者极少的意思。②**不信**：不可信。陈奂《传疏》："不信，犹迋也。"

解说

《扬之水》，告诫亲人团结互信的篇章。

《毛诗序》说："闵无臣也。君子闵忽之无忠臣良士，终以死亡，而作是诗也。"忽，即公子忽，亦即郑昭公。依《毛诗序》，《郑风》中的许多诗篇都是针对他的。可诗中并无任何闵伤之意。后人对诗篇的理解主要有两种：一种以"兄弟"为婚姻，如朱熹《诗集传》认为这首诗是"淫者相谓"之词；一种以为"兄弟"即指兄弟血缘亲情，如方玉润《诗经原始》即说："此诗不过兄弟相疑，始因谗间，继而悔悟，不觉愈加亲爱，遂相劝勉。"比较两者，还是后说为上。固然先民重血亲，所以《诗经》中多有以"兄弟"喻婚姻关系的诗句（参钱锺书《管锥编·毛诗正义》论《谷风》）。然而"终鲜兄弟"句的"兄弟"，更似《小雅·常棣》之"兄弟阋于墙，外御其侮"句的"兄弟"。而且，诗篇也没有任何男女关系的消息。要之，此篇也是丧乱之世声言兄弟应当相互信任、团结的篇章，与《小雅·常棣》曾经丧乱的背景也应该有其大同之处。

出其东门

出其东门，有女如云①。虽则如云，匪我思存②。缟衣綦巾，聊乐我员③！

○诗之首章。言虽有女如云，心上人却只是服粗布者。

注释 ①**东门**：郑国都城的东门及城关地带，是交通要道，市廛繁华。②**思存**：思念，挂怀。③**缟**（gǎo）**衣**：白色衣服。缟是未经染色的绢布。**綦**（qí）**巾**：浅绿色的佩巾。綦巾为女子所服，一说，未嫁女之服。**聊**：姑且。**员**：读如云，语气词。《石鼓文》："君子员猎，员猎员游。"句中的员都是云字之借代。一说，云即妘，祝融后代之姓。

出其闉阇，有女如荼①。虽则如荼，匪我思且②。缟衣茹藘，聊可与娱③！

○诗之二章。牛运震《诗志》："'如云''如荼'，写尽奇丽。"

注释　①**闉阇**（yīn dū）：筑有高台的瓮城。《毛传》："闉，曲城也。阇，城台也。"曲城（古本也作"城曲"）是城门外的护门城墙，半圆形，城墙上又常筑高台。**荼**：茅草、茜草之类，秋天秆、穗皆呈白色。《国语·吴语》："万人以为方阵，皆白裳、白旂、素甲、白羽之矰，望之如荼。"诗用以形容东门女子服装颜色。《毛传》谓："言皆丧服也。"不确。②**且**（cú）：存念。为"徂"之假借，《尔雅·释诂》："徂，存也。"③**茹藘**：可做染料的茜草，此处指代绛红色衣巾。参《郑风·东门之墠》"茹藘在阪"句注。

解说

《出其东门》，表达专一感情的诗篇。

东门之外美女如云，而诗中人不为所动，是由于他心中有人。《诗经》有关情爱的作品，表现追求的多，表现失意的多，而像此诗表述对已有爱情的操守的，并不多见，因此也就特别值得重视。诗中"聊"字很耐人寻味。"聊"即聊且，含所需甚少的意思。需求少是因知足，知足是因心中有定，有定则可以不受浮靡的诱惑。"缟衣茹藘"的物质朴素，或许正可解释"聊乐我员"的心地朴素。古时城关因处国门要冲，往往又是市廛会集之处。而此诗市廛中人皆是"如云""如荼"的服色，颇值得考究。照《毛诗序》的说法："《出其东门》，闵乱也。公子五争，兵革不息，男女相弃，民人思保其室家焉。"郑玄《笺》又解释说："公子五争者，谓突再也，忽、子亹、子仪各一。"即郑庄公死后的一段时间，几位公子争夺大权，接连出现五次大乱。所谓"男女相弃"，即男人死亡太多，所以东门之外聚集了许多白衣丧父女子，由此可见郑国的混乱了。看来毛病就出在《毛传》对"荼"的解释上了。国家混乱，死亡众多，穿丧服女子多，可以理解。可是，穿了丧服却都要聚集到东门的瓮城之所，就实在难以理解了，而诗中人还要说对她们不感兴趣，就更不像话了。《毛诗序》似乎也觉得不像话，所以不说是丧服女，而说是"相弃"女。可这样遮掩地讲，仍不能消除疑惑。

要准确理解诗篇，还得从诗中女子衣服的"如云""如荼"以及她们所在的东门城关之地寻找。"如云"不是言女子众多，与"如荼"一样，两个比喻都是表女子服装的白色。《礼记》中《檀弓》《明堂位》等篇都说殷人尚白，学者曾对此表示质疑。然而近来学者据殷墟卜辞考证，"殷人的重视白马，在殷墟卜辞里却是确有证据的"（裘锡圭《古文字论集》，中华书局1992年版，第232页）。这起码是"殷人尚白"（《礼记·檀弓上》）说的一个重要旁证。同时，殷商遗民在周朝，一开始就是被允许"肇牵牛车远服贾"（《尚书·酒诰》）的。这就可以理解为什么一群白衣女子聚集在东门、闉阇之地了。那里是人员往来的通道，也是可以市廛交易的乐地，白衣女子的云集城门，正是生意所致。而郑国在东迁时曾有殷商之人与之相伴，并肩斩杀蓬艾，建立新邦。也因此，商人（有不少学者已经指出，古代所以用"商人"一词指代那些经营商业的人，就源于西周时殷商遗民最习见的生活方式）的利益在郑国，是受政府保护的。然而，此诗中的人物，面对着东门商女不为所动，是由于骨子里尚存着对殷商遗民的轻贱呢？还是担心商贾之女德行不牢靠呢？这些都不得而知了。所幸的是我们从诗中"如云""如荼"的描绘中，看到了一点殷商遗民在郑国城门之地的生活情景，吉光片羽，十分难得。

野有蔓草

野有蔓草，零露漙兮①。有美一人，清扬婉兮②。邂逅相遇，适我愿兮③！

○诗之首章。言佳偶巧合，适我心愿。"有美一人"，造语灵巧。

注释 ①**蔓草**：蔓延的草，即茂盛的草。**零**：落。**漙**（tuán）：露珠圆团的样子。一说，露珠盛多貌。②**清扬**：眉目之间清秀貌。**婉**：美好貌。③**邂逅**：佳偶巧合，一见钟情。此处指所遇之人。**适**：顺，遂心。

野有蔓草，零露瀼瀼①。有美一人，婉如清扬②。邂逅相遇，与子偕臧③！

○诗之二章。言各适其愿。陈继揆《读风臆补》："'婉如清扬'是倒句，亦是妙句。"

注释 ①**瀼瀼**（ráng ráng）：露水浓郁貌。②**婉如**：婉然。③**偕**：一起。**臧**（zāng）：藏。一说，好。

解说

《野有蔓草》，表男女相会一见钟情，且各遂心愿的诗。

这也是一首"仲春之月，奔者不禁"的篇章。"零露"点明时节，"邂逅""适愿"则与《召南·野有死麕》中"吉士诱之"所说之事相类。不过那一首有叙述，而此诗只是抒发遂愿后的喜悦心情，表现方法上有所不同。诗的格调清新明丽。硕大的露珠零落在青青的野草上，生机勃勃。天地生机盎然，也是适龄男女结合的好时节。不消说，诗之所表也是带有野性婚俗的恋情。

溱洧

溱与洧，方涣涣兮①。士与女，方秉蕑兮②。女曰：观乎？士曰：既且③。且往观乎！洧之外，洵讦且乐④。维士与女，伊其相谑，赠之以勺药⑤。

○诗之首章。言春水荡漾之时，男女在溱洧水畔相会，互赠以芍药。陈继揆《读风臆补》："始用'方'字，下转一'既'字，继转一'且'字，而复转一'洵讦且乐'字、'伊其'字，诗家转折之妙，无逾于此者。"牛运震《诗志》："两'方'字神色飞动。"

注释　①**溱、洧**：郑国都城附近河流。参《郑风·褰裳》"涉溱""涉洧"两句注。**涣涣**：春水荡漾貌。②**秉**：手持。**蕑**（jiān）：泽兰，多生泽旁，喜潮湿阴凉，茎叶有香气，佩之可以避邪气。郑国人喜爱兰，誉之为国香。兰草而名之曰蕑，与"坚"谐音；秉蕑、赠蕑，坚定情意也。③**观**：看。**且**（cú）：前往，去。此两句为男女对话，女子劝男子再次前往溱洧之畔游观。④**且**（qiě）**往**：再往。女劝男之辞。**洵**：实在，真的。**讦**（xū）：大。指场面大、热闹。⑤**伊**：他们。**相谑**：互相戏谑、调笑。**赠**：互赠。**勺药**：即芍药花，又名将离、可离，多年生草本，根粗壮。又，芍与妁、药与约谐音，所以诗言"赠芍药"是表达成约定情之意。

溱与洧，浏其清矣①。士与女，殷其盈矣②。女曰：观乎？士曰：既且。且往观乎！洧之外，洵讦且乐。维士与女，伊其相谑，赠之以勺药。

○诗之二章。通篇所写都是局外人视角。姚际恒《诗经通论》："诗中叙问答，甚奇。"

注释　①**浏**：水清澈貌。②**殷**：众多。

解说

《溱洧》，表现郑地溱洧河畔男女相会的篇章。

诗篇所表，与夏历三月三日即所谓上巳之日的河畔祓禊礼俗有关。《太平御览》载《韩诗》家说曰："郑国之俗，三月上巳之辰，于此两水（溱、洧）之上，招魂续魄，祓除不祥，故诗人愿与所说（悦）者俱往观也。"《韩诗》的说法其实是上巳节日变化了的表现，节日之初当与婚配祈子有关。传说殷人的女祖简狄水边行浴，因吞食玄鸟之卵而生契，上巳日浴身祓除不祥的风俗，当与此有关。又据学者研究，《周礼·地官·媒氏》中"仲春之月会男女"之俗应与三月三的祓除不祥是一个节日，起码性质相类。古礼之所以要"会男女"，本是为了生育。有男女会合，必有两情相悦。即是说，此诗所表与《褰裳》《山有扶苏》风俗相同或相类。诗篇说士与女秉兰，《左传·宣公三年》："郑文公有贱妾曰燕姞，梦天使与己兰，曰：'余为伯鯈（chóu）。余（我），而（尔）祖也，以是为而子。以兰有国香，人服媚之如是。'既而文公见之，与之兰而御之。辞曰：'妾不才，幸而有子，将不信，敢征兰乎。'公曰：'诺。'生穆公，名之曰兰。"这是一段美妙传说，"人服媚"云云，透露了郑国人对兰草蔚为风尚的喜爱，也表明兰很高贵，而且似乎还有助人生育的神秘作用。此外，它还是男女关系特有的信物。诗称士女"秉蕳"，即可理解为就其信物一面而言。与兰相伴的还有美丽的芍药花。就读音而言，"蕳"可能谐的是"坚"字之音，芍药则又或与"媒妁"之"妁"、"约定"之"约"有一语双关的联络。果真如此，此诗就是古代诗篇最早使用双关语表达情意的篇章了。不论如何，春光明媚、绿水荡漾的和畅光景，古老而人性的淳朴风俗，男女青年适意的交往，诗篇表现这些已经十分迷人，两种花草的出现，又不啻锦上添花，真可谓活色生香！

在写法上，此诗也颇为特殊。作者站在局外观察者的角度，叙述中嵌入一对男女相约的对话，写景象、场面，或直接描述，或借对话侧面传达，叙事笔触，时出时入，时而直接，时而间接，富于变化。句子长短参差，口语化倾向明显，是汉乐府杂言的先声，在《诗三百》中颇为新颖。如此的叙说角度，让人想起"王官采诗"说。诗篇的写法，清晰映出一个观察者亦即采诗者的影子。

齐风

西周建立后，封大师姜尚于泰山以北地区，是为齐国。考古显示："最初齐地的淄、洣地区，从新石器到商周时代，其文化发展水平始终处于这一大片地区的最前列。""齐腹心地区的龙山文化遗址，分布之密集，内涵之丰富，又远远超过了该地区的大汶口文化，显示出该时期社会生产力的进步。"（苏秉琦主编《考古学文化论集》（二），文物出版社1989年，第185、195页）征诸文献，《左传·昭公二十年》记晏子谈齐国本土历史沿革说："昔爽鸠氏始居此地，季荝因之，有逢伯陵因之，蒲姑氏因之，而后大公因之。"其中"爽鸠氏"，学者以为即《左传·昭公十七年》所言少皞氏司寇之官爽鸠氏，也就是说，爽鸠氏曾为少皞部落族群之一。所说"季荝"，据杜注，为虞夏时期诸侯。至于"逢"，今山东济阳曾出土过西周早期逢国器。姜姓建齐，《左传》说是直接取代了属于殷商的蒲姑，西周早期青铜器记载周公东征，也有翦伐"丰伯、蒲姑"之语，证明《左传》所说不虚。又上个世纪，曾在今寿光南、洣河西岸不远处发掘出土一座大型城邑遗址；在十几公里之外的青州（益都），还发现了规格很高的商代大型墓葬，出土带有"亚醜"字样的青铜大钺，表明墓葬主人应为诸侯一级。有学者以为上述考古发现之地，就是《左传》所谓"大公因之"的蒲姑故地。文化上，齐国地处平原山地交错地带，东部有分布广大的莱夷。人群错杂，文化开放。在大汶口文化墓葬中曾发现过特产于美洲的地平龟甲（房仲甫《殷人航渡美洲再探》，《世界历史》1983年第3期），即可知此地文化交流之广泛。这里夏商周中原文化源远流长，如济南大辛庄遗址出土的器物，与郑州二里岗上层早商器物相近，近年当地发现殷墟之外仅见的甲骨文。此后进入西周时期，齐国辟草莱，拓疆域，其立国之策是《史记》所谓"因其俗，简其礼，通商工之业，便鱼盐之利"，所以迅速发展成为一个大国。至春秋时期，更有齐桓公在管仲辅佐下"九合诸侯，一匡天下"的霸业。不过，正如《史记》所说，姜太公建齐在文教上是"因"且"简"的。就是说，他不像鲁国立国者伯禽那样，对推行新的周文化有很大兴趣。文教上的"因"且"简"，造成以下两点：其一，使殷商甚至更古老的习俗在齐国延续。齐国长女不嫁，作为"巫儿"的习俗（见《汉书·地理志》），以及文姜与齐襄公兄妹之间的私情，可能就是古老婚姻习俗延续的结果。其二，是深受土著东夷人群的文化影响。《后汉书·东夷传》言东夷人"喜饮酒歌舞"，又有学者说"东方夷人好战好猎"（朱骏声《说文通训定声》），起码其"好猎"的风尚在《齐风》中是有所体现的。再从与诗歌相伴的音乐上说，齐国所在的东夷之地，远古以来音乐发达，这为考古发现的诸多音乐文物所证明，如大汶口文化早期就有鳄鱼皮蒙制的陶鼓，以及在今山东莒县凌阳河出土的陶质笛柄杯和陶质牛角号，前一种乐器遗物至今还可以吹出四个不同的乐音，是迄今发现的最早的横吹管乐器。齐风舒缓，风格宏大。《左传》记载"季札观乐"："为之歌《齐》，曰：'美哉！泱泱乎大风也哉！表东海者，其大公乎！'"是很高的评价。不过，《史记·乐书》言及齐地音乐又形容其为"溺音"，言其"骜辟骄志"。实则，"泱泱乎"与"骜""骄"之说，可能所指是相同的，只是因评价者所持标准不同，因而出现褒贬的分别。

《齐风》十一篇。

鸡　鸣

鸡既鸣矣，朝既盈矣[①]**。匪鸡则鸣，苍蝇之声**[②]**。**

〇诗之首章。男女对答之辞，或许诗篇歌唱为歌舞形式。女曰鸡鸣，男曰苍蝇。男子之言，令人发笑。

注释 ①**鸡鸣**：鸡叫，《史记·律书》："鸡三号，卒明。"是以鸡鸣三遍判断黎明早晚。周代设有鸡人之官，《周礼·大宗伯·鸡人》："掌共鸡牲，辨其物。大祭祀，夜呼旦以叫百官。凡国之大宾客、会同、军旅、丧纪，亦如之。"朝有大事，鸡人则负责报时。又，还有一种名为"鸡鸣"的古曲，《尚书大传》："夫人御君，太史奏《鸡鸣》于阶下，少师奏《质明》于陛下。"此篇歌唱，不知是否为大师所奏古曲在齐国之流传。**朝**：朝堂。**盈**：满，上朝的人已经满了。②**匪**：非，不是。**则**：在。副词，表肯定。**苍蝇**：俗称绿豆蝇，个头较大，声响也大。一说，蝇字当作"蝇"，即青蛙的"蛙"字。

东方明矣，朝既昌矣①。**匪东方则明，月出之光。**

○诗之二章。仍为对答之辞。"月出之光"，答话滑稽。

注释 ①**昌**：盛，人多的意思。

虫飞薨薨，甘与子同梦①。**会且归矣，无庶予子憎**②。

○诗之三章。女子之辞。"虫飞"句应首章"苍蝇"句，夏日光景。后两句言"会且归"是催促人的常态。

注释 ①**虫**：即上文所说的苍蝇。**薨薨**（hōng hōng）：犹言轰轰。状声词。②**会**：朝会。古代上朝，一般在黎明时分。**归**：归去，犹言散会。**庶**：幸而，侥幸。此句是说，希望不要因为我而使人们憎恨你。

解说

《鸡鸣》，劝诫早起、不贪睡的歌曲。

篇章的形式是对话体，可知当初演唱形式为歌舞对唱。《太平御览》卷一三五引《尚书大传》载："御史奏《鸡鸣》于阶下，然后夫人鸣佩玉于房中，告去也。然后应门击柝,告辟也。然后少师奏《质明》于阶下,然后夫人入庭立,君出朝。"郑玄注:"应门,朝门也。辟,启也。"据此可知古代为防止包括诸侯在内的"君子"们早朝误时,有一系列的保障措施,于此亦可见对早朝正点的重视。此诗与《郑风·女曰鸡鸣》一样,都不离一个"勤"字,而且在遵守勤德方面,同样是女子比男性更优秀,无意间流露的是美满家庭有贤妻的社会集体。不过,两篇的内涵与风调相去甚远。《女曰鸡鸣》表"鸡鸣",重在"女曰",着意点在妇女贤德;这一篇则表现的是男子得过且过的懒惰。诗的前两章的前两句,是女性的提醒;后两句,则是贪睡男子的一声漫应,读者仿佛看到他翻身睡去的颠顶。两次提醒他,他都振振有词,但他的理由,不是用耳朵听来的,也不是用眼睛看来的,只是由着懒惰的习性,得过且过。那一句"苍蝇之声"的搪塞,亏他想的出!懒惰而且懒惰得狡黠,是极富喜剧性的。第三章的劝说颇带技巧性,催促男子起床,先铺垫一句自己"甘与子同梦",体贴而不伤对方那点体面。诗篇中男女,一个郑重其事,一个囫囵应付,一庄一谐,讽刺的色彩十分浓。不过,要说诗篇的讽刺有多狠,也未必。这正是诗篇的巧妙处,取喜剧笔法,以生动刻画替代正面告诫,以对唱的方式展演鸡鸣时该起不起的懒样,可让那些男子汉大丈夫们看一看自己恋床那一刻的"尊驾",是多么滑稽可笑。这样所获得的激励勤勉的效果,恐怕是要大大胜过正面的奉劝和说教。诗中说到朝、会,应与上朝有关,那么男子为"君子"一流的人物,该没有问题。就是说,即使是诸侯,若是犯懒,也难逃讽刺,正显示出那个时代与后来的不同。

还

子之还兮，遭我乎峱之间兮①。**并驱从两肩兮，揖我谓我儇兮**②。

○诗之首章。以敏捷相誉。姚际恒《诗经通论》："多以'我'字见姿。"

注释　①**还**（xuán）：轻便灵活。"旋"字的假借。一说，还即"环"，亦即营丘之"营"，为地名，下文的"茂""昌"也是地名。**遭**：相遇。**乎**：于。**峱**（náo）：齐国山名，在今山东临淄齐都镇南。今考齐都镇以南数十公里范围内，从海拔一百米到四百米的山有数座，峱具体指哪一座，则无法确定。②**从**：追逐。**两肩**：三岁的野猪称豜。肩，即"豜"字的假借。**揖**：作揖，拱手。**儇**（xuān）：敏捷利索。

子之茂兮，遭我乎峱之道兮①。**并驱从两牡兮，揖我谓我好兮**②。

○诗之二章。以美好相夸赞。

注释　①**茂**：有风采。②**牡**：野兽雄的称牡。

子之昌兮，遭我乎峱之阳兮①。**并驱从两狼兮，揖我谓我臧兮**②。

○诗之三章。以强壮相夸赞。方玉润《诗经原始》："猎固便捷，诗亦轻利，神乎技矣！"

注释　①**昌**：盛壮貌。**阳**：山南为阳。②**臧**：强壮。据俞樾《群经平议》，臧、壮音近义通。

解说

《还》，表猎人相遇互赞的歌唱。

两位猎手巧遇山下，并且驱马并辔共同追逐猎物，彼此都身手不凡，惺惺相惜，互相夸赞。诗篇固然透露出齐人崇尚狩猎之风，反复的"揖我谓我"句式，则又清晰显出一副自负自矜的兀傲之态。据记载，齐国有"二桃杀三士"的故事，"三士"可以被"二桃"害掉，无外乎是那时武士极度自尊自负，甚至自恋，反而变得脆弱、不堪一击。读诗篇各章最后一句的沾沾自喜之态，应是齐国士人常见的神形，也就不难理解小小"二桃"击垮"三士"之事何以发生在齐国了。诗每章开头一句，是赞誉对方，结束一句，是对方赞己，中间写并辔而驱，是棋逢对手。寥寥数语，开合有致，富于变化。每章四句之中，从第二句起都是动词在先，承接而下，句法连贯，读之可以感受到这些有身份的猎手驱车追逐猎物的娴熟。句式上四言、六言、七言并出，而每句加一虚词"兮"，语气轻盈，也与诗篇处处流露的射手被夸后的欢喜情调表里相符。

著

俟我于著乎而，充耳以素乎而，尚之以琼华乎而[①]。

○诗之首章。言俟我于两门之间。牛运震《诗志》："别调隽体。通篇借新妇语气，奇妙。"

注释 ①**俟**：等待。**著**：屏门和正门之间。字亦作"佇""宁"。**充耳**：又名瑱，塞耳的玉石，用丝线悬挂在冠冕两侧。**素**：白，指系玉石的丝绳。**乎而**：语气词。**尚之**：即在丝绳上系上玉石。尚，加。之，指丝绳。**琼华**：似美玉的石头。

俟我于庭乎而，充耳以青乎而，尚之以琼莹乎而[①]。

○诗之二章。言俟我于庭院。

注释　①**青**：青色的丝绳。**琼莹**：似玉的美石。

俟我于堂乎而，充耳以黄乎而，尚之以琼英乎而①。

○诗之三章。言俟我于堂前。三章由远而近。每章皆言耳旁佩戴，是偷眼观看的神情。

注释　①**黄**：黄色的丝绳。**琼英**：与"琼华""琼莹"义同。

解说

《著》，齐地婚仪上的乐歌，颇带调笑色彩。

古代婚姻六礼，亲迎一节最重要。此诗所表，即男子来到女方家迎接新娘时的情形（理解为新娘子初到婆家，新郎迎候时刻的歌唱，也可以）。从诗中描写丝绳时而"青"时而"黄"，言玉石一会儿是"琼华"一会儿是"琼英"的变化，可知此诗不是某一次特定婚礼的表述，而是一般婚礼仪式的歌唱。再从诗"俟我"云云看，诗又是以新娘子的口吻写的。诗篇的特别之处，在其选取了符合新娘子身份的一个细节，即偷眼观看新郎的举动，来反复歌咏之。诗篇善戏谑的格调由此而定，浓郁的生活气息也由此而生。父母之命、媒妁之言的定亲，女子婚前是很难与将要厮守一生的男子相见的。这正是此处所以偷眼观瞧的缘由。妙的是，偷眼观瞧了半天，也只是瞧到"他"耳旁的佩戴，最终也没敢往人家的脸上瞄。小小的细节，表现古代女子特有的羞涩之情十分传神。周人把礼分成吉礼、嘉礼等数种，用后来的老话说，结婚则属于红白喜事的"红喜事"。既然是喜事，就得有点喜事的样子，开玩笑就是其中必有的作料了。此诗的歌唱，就明显加了这样的作料。也因此，它就与《关雎》篇歌咏淑人君子的严肃有了明显的分别，实际更代表社会一般贵族家庭操办婚礼的真实情况。亲迎时刻男子入门后由远及近，女子的偷看则是先看丝带的颜色，再辨别玉石，述说的句子次第清楚。每句结尾处反复出现的婆娑摇曳的"乎而",更强化了诗篇的意趣。

东方之日

东方之日兮,彼姝者子,在我室兮^①。在我室兮,履我即兮^②。

○诗之首章。

注释　①"东方"句:比喻女子美丽。马瑞辰《通释》:"古者喻人颜色之美,多取譬于日月。……宋玉《神女赋》:'其始出也,耀乎若白日初出照屋梁。其少进也,皎若明月舒其光。'义本此诗。"姝(shū):美丽。②履:踩。即(xī):膝盖。于邑《香草校书》:"即"即"卩",亦即"膝"。杨树达《积微居小学述林》亦有此说。古代跪坐在席上,所以能踩到膝。

东方之月兮,彼姝者子,在我闼兮^①。在我闼兮,履我发兮^②。

○诗之二章。言姝子履我足。明月喻姝子,亮丽。

注释　①闼(tà):门内,屋里。②发:脚,足。于邑《香草校书》:"发"即"足",古人席地跪坐,两足在后,脚心朝上,成八字状,此即"发"。杨树达《积微居小学述林》说同。

解说

《东方之日》,齐地闹洞房的戏谑歌。

《毛诗序》认为此诗是"刺淫奔"之诗,即描绘男女幽会的光景。今人有认为是"描写新婚"那些事的。说男女幽会可以,说是"刺",则诗篇本身未透露一点这样的意思。诗言"履我即""履我发"云云,按诸闹房者的习俗，都是闹房者所说的"荤话"，与《唐风·绸缪》篇是同类歌唱。说它是"描写新婚"的歌唱，流于含糊；说它是"男女幽会"，也得理解为调侃的笔致才好。这样，就不如解之为闹洞房歌更贴切了。闹洞房的习俗起源甚早，而且流传至今，所谓"三天不论大小辈"。闹的情形不外是一些半大男孩子们对着新娘子或自比新郎，或者说些新婚夜晚要发生的"那事"，作调笑的料子，外加一些意在取笑的动手动脚。诗中"履我"膝、足云云，就是闹房者自比新郎"占便宜"的话。这是诗篇中"我"字的来历。更多情况的说明，请参看《唐风·绸缪》篇。另外，诗篇以东方旭日的明丽比喻少女的娇美，曾启发过宋玉、曹植等人。

东方未明

东方未明，颠倒衣裳①。颠之倒之，自公召之②。

○诗之首章。臣子的颠倒错乱，原因在君。

注释　①**衣裳**：古时服装，上为衣，下为裳。②**公**：指齐国君主。

东方未晞，颠倒裳衣①。倒之颠之，自公令之。

○诗之二章。义与首章同。

注释　①**晞**：天亮。

折柳樊圃，狂夫瞿瞿①。不能辰夜，不夙则莫②！

○诗之三章。言君主手下不能准确报时。点明刺"不能辰夜"之旨。"折柳"两句，喻荒唐至极。

注释　①**樊**：圈围篱笆，动词。**狂夫**：无知的人。**瞿瞿**（qù qù）：

疑惑貌。两句的意思是柳枝柔弱不能用来做篱笆，如那样做，连无知的人也会感到疑惑。古有所谓司时之官，称挈壶氏，两句是比喻司时官的用人不当。②**辰夜**：把握夜色早晚。辰，在此为动词，报时之义。**夙、莫**：早、晚。两句是说不能掌握时间的人来报时，不是晚了，就是早了。斥责君主政令不当，瞎指挥。

解说

《东方未明》，讽刺朝廷报时不当致使大臣颠倒错乱的诗。

《毛诗序》说："刺无节也。朝廷兴居无节，号令不时，挈壶氏不能掌其职焉。"是符合诗篇实际的。"刺"的意思就表现在"不能辰夜，不夙则莫"两句上。《毛诗序》说"刺"，在许多诗篇是找不到痕迹的，此篇则不然。古代朝政，有朝有夕，即一天要有早晚两次议论政务，朝、夕特别是把握早朝的时间十分重要。《毛诗序》说到"挈壶氏"，《毛传》解释说："古者有挈壶氏，以水火分日夜，以告时于朝。""挈壶氏"即专门负责报时之官。近出竹简文字《孔子诗论》第17简有"《东方未明》有利词"一语，"利词"之"词"即时间之"时"，"时"写作"词"，简帛文字中有这样的语例。简文是说《东方未明》可以促使人们重视朝政时间。这是引申义。诗篇本意却是埋怨司时错乱。古代早朝本有确定时刻，现在却乱了套，致使臣子们衣裳颠倒、狼狈不堪。诗人或者说大臣们的不满和愤慨，都在第三章中表达出来。古人重视早朝，《诗经》中有关早朝的诗篇除《东方未明》外，还有《齐风·鸡鸣》和《小雅·庭燎》两首。《东方未明》和《鸡鸣》这两首同在《齐风》的诗篇，一个写朝廷失时，一个写君子懒惰，真可谓相映成趣。此诗专写大臣们的颠倒错乱，表现了他们的不满。朝堂之上，连议政的时间都弄不准，其政务的情况也就不言而喻了。

南　山

南山崔崔，雄狐绥绥①。鲁道有荡，齐子由归②。既曰归止，曷又怀止③？

○诗之首章。言齐侯之女由坦荡的大道嫁往鲁国。后两句，指责齐襄公与文姜贪恋私情。

注释　①**南山**：齐国山名。陈奂《传疏》："即《孟子》之牛山。"一说，即泰山。**崔崔**：高大貌。**雄狐**：公狐。比喻齐君襄公。《左传·僖公十五年》载秦晋交战，秦人占卜，"其卦遇蛊，曰：'千乘三去，三去之余，获其雄狐。'夫狐蛊，必其君也"。是以雄狐比喻晋君。**绥绥**：毛茸茸的样子。古代嫁娶在秋冬之际，文姜自齐至鲁，《左传》记载在九月，即秋冬之际，正是狐狸毛变厚之时。②**鲁道**：从齐国通往鲁国的大道。**有荡**：平坦。有，结构助词。**齐子**：齐国之女公子，历来以为此齐子即指文姜，鲁桓公之妻，庄公之母。**归**：嫁人。③**止**：语尾助词。下文同。**怀**：思恋，贪恋。可能是指文姜和齐襄公，讥讽其贪恋非分之情。

葛屦五两，冠绥双止①。鲁道有荡，齐子庸止②。既曰庸止，曷又从止③？

○诗之二章。言齐襄公不该追逐文姜。

注释　①**葛屦**（jù）：麻布鞋。屦，鞋。鞋子因成双，故可以暗示夫妻。**五**：行列。此处"五"即"伍"。**两**：两两成双。字通"緉"。《说文》："緉，屦两枚也。"段玉裁注："《齐风》'葛屦五两'，屦必两而后成用也，是谓之緉。"五两，指麻鞋必成双成对地摆放。刘向《说苑·修文》："诸侯以屦二两加琮，大夫庶人以屦二两加束脩二，……夫人受琮，取一两屦以履女。"诸侯和大夫迎接夫人时，要送给新人两双鞋子、一块玉琮或一束干肉。**冠绥**（ruí）：帽带打结后下垂到胸前的部分，为两条，所以诗言双。两、双，在此都有相对相偶的意思。②**庸**：行。《毛传》："用也。"即齐姜行此路归鲁的意思。③**从**：追求，周旋。言文姜既有所归，襄公又何必旧情不忘，与之旧情复燃？

蓺麻如之何？衡从其亩①**。取妻如之何？必告父母**②**。既曰告止，曷又鞠止**③**？**

○诗之三章。言合乎礼法的婚姻是神圣的。斥齐襄公为欲望而罔顾礼法。

▣ 注释 ▣　①**蓺**：种植。《毛传》："树也。"蓺为"艺"的异体。**衡从**（zòng）：即横纵。东西曰横，南北曰纵。②**取**：即娶。**"必告"句**：儿女婚事，父母做主。父母在，须经其同意；若不在也应该行告庙之礼，向父母神灵通报。《白虎通·嫁娶》："男不自专娶，女不自专嫁，必由父母、须媒妁何？远耻防淫佚也。"又据《春秋·桓公三年》："夫人姜氏至自齐。"杜预注："无传。告于庙也。"③**鞠**（jū）：穷极，陷入难堪境地。此句是说文姜是鲁君的合法夫人，齐襄公不应该为了满足欲望而与她再有苟且之事。

析薪如之何？匪斧不克①**。取妻如之何？匪媒不得。既曰得止，曷又极止**②**？**

○诗之四章。言婚姻必有媒妁之言。陈继揆《读风臆补》："全用诘问法，令其难以置对，的是妙文。"

▣ 注释 ▣　①**析薪**：劈柴。以析薪喻婚姻，《诗》中数见。**匪**：即非。《毛诗》为古文，一些字的写法也用古文。**克**：能，成功。②**极**：极端，绝境，与上文"鞠"义同。

解说

《南山》，讽刺齐襄公与文姜兄妹乱伦的篇章，矛头所指，尤在齐襄公。

《左传·桓公十八年》及《史记》对此均有记载。文姜、齐襄公俱为齐僖公之子，文姜出嫁前两人有私情。《史记·齐太公世家》言："（齐襄公）四年，鲁桓公与夫人如齐。齐襄公故尝私通鲁夫人。鲁夫人者，襄公女弟也。自釐（僖）公时，嫁为鲁桓公妇。及桓公来，而襄公复通焉。"又《左传·桓公十八年》载："公会齐侯于泺，遂及文姜如齐。齐侯通焉。公谪之，以告。""以告"即文姜把鲁侯生气的事告诉齐襄公，齐襄公一不做，二不休，乃"使力士彭生抱上鲁君车，因拉杀鲁桓公。桓公下车，则死矣"。之后，齐襄公杀彭生以息鲁怒，文姜留居于齐、鲁之交界地带不敢归。据《春秋》经传，此后文姜又多次和齐襄公相会，直至鲁庄公八年齐襄公被杀。

今人读到这样的事情，对此等兄妹之事或感诧异。实则在远古时代，兄妹成为夫妻也是可以的（按：近年学者研究春秋时期齐国器齐侯壶铭文，提出文姜与齐襄公可能为父女关系，引《礼记·檀弓》所载"或曰"齐襄公夫人为鲁庄公外祖母为证。果然如此，则又不在此论了）。传说中伏羲、女娲是什么关系？不仅我国，在古代的埃及、希腊都有这样的情况。不仅是兄妹，有的国家叔叔还可以娶侄女。总之"同姓不婚"的原则，据记载，是周人确立的。《太平御览》卷五四〇引《礼外传》："夏殷五世之后，则通婚姻。周公制礼，百世不通，所以别禽兽也。""百世不通"实即同姓绝不可通婚。夏、殷时期则尚未有此规矩，五世之后即可通婚。此外《公羊传》又说，宋国人"三世内娶"。三世、五世，表明同姓男女隔几代就可以通婚。那么，齐国的情况呢？《晏子春秋》《管子》《汉书》等文献都有齐桓公"淫女公子"的记载。又据《说苑·尊贤》，卫灵公也是"闺门之内姑姊妹无别"。卫国情况可以理解为因居殷商旧地，至春秋衰乱之世忘记了周公之礼。这就是说，一方面是随西周建立新式婚俗的确立和倡导，一方面是一些地方旧风习尚的顽强延续。至春秋时期，婚姻文化上"礼"与"俗"的对峙，依然是颇为分明的。所以，像齐襄公与文姜那点导致一国之君死亡的糗事，虽出乎肉欲，应该也有原始地域风俗的作用。但是，若说齐国人婚姻意识还完全笼罩在旧风俗观念之下，也是不对的。诗篇对齐襄公、文姜这对兄妹行径的不齿，表明周礼所规范的婚姻观念也已深入人心。就是说，诗人并没有因为齐国旧俗延续就原谅这对兄妹。还有一点应该注意，诗篇若真与齐襄公、文姜之事有关，那么，诗篇斥责的锋芒也是有明显的偏重的。每章都出现的"既曰……曷又……"的句子，很明显是斥责齐襄公做了合法婚姻之外的"第三者"，是他使得文姜陷入礼法的绝境。也就是说，诗人对文姜与齐襄公，还是区别对待的。此诗当作于鲁桓公死后不久，为春秋早期篇章。当然，诗篇也许与那对"鸟兽行"的兄妹没有关系，只是拟嫁鲁国的某位齐国女子在婚姻各种手续齐备后，生出什么事端，使得结成的婚姻又泡了汤。这样的理解也是可通的。毕竟诗篇本身没有指名道姓。诗篇各章的前四句，或述说，或讲理，末尾两句都用"既曰……曷又……"的诘问，情绪由委婉转为激切，是越说越气愤的笔法。

甫　田

无田甫田，维莠骄骄①。**无思远人，劳心忉忉**②。

○诗之首章。以"田甫田"喻"思远人"的徒劳。取譬新颖。

注释　①**无田**：不要耕种。田，作动词用。**甫田**：大田，国君所有的土地，需要民众出力耕种。甫田长满草，即意味着这样的生产方式过时了。**莠**：狗尾巴草一类妨碍苗生长的草。**骄骄**：高耸貌。②**忉忉**（dāo dāo）：失意惆怅的样子。

无田甫田，维莠桀桀①。**无思远人，劳心怛怛**②。

○诗之二章。

▣ 注释 ▣ ①桀桀：高出貌。②怛怛（dá dá）：忧愁貌。

婉兮娈兮，总角丱兮①。**未几见兮，突而弁兮**②。

○诗之三章。前两章言"无思"，此章忽表相见。陈震《读诗识小录》："换笔顿挫，与上二章形不接而神接。"

▣ 注释 ▣ ①**婉、娈**：娇小貌。**丱**（guàn）：古时小孩子束发，扎成两个丫角形的发髻，丱即丫髻的象形字。②**未几**：没多久。**突而**：突然。**弁**：戴上皮制的帽子。古代贵族男子二十岁行冠礼，表示已经成年。此处名词做动词用。

解说

《甫田》，表阔别之人意外相见感到惊喜的诗。

前二章以"无田甫田"比喻思念远人的徒劳无益，是劝告的语气。思念而需劝解，可见思念的深著、无以自拔。"远人"而劝以"无思"，则又表明"远人"之远，不仅是距离遥远，相见希望渺茫，一定还有什么难以克服的困难。思念既徒劳无益，想见的期盼差不多就是绝望的。但出人意料的是，最后一章，突然接以相见的情景，章法变化奇妙。"总角丱兮"与"突而弁兮"之间，以表时光短暂的"未几见"相连，"远人"忽在眼前之际，给人以恍惚之感，其间的惊疑、乍喜，自然是悠然而现了！思念和被思念者，从最后一章内容看，极似母子关系。面对着冠冕的成人，想起的是当年梳丫角发式孩童的婉娈，这里有母亲对离别期间孩子成长过程的关切和探询，也有着做母亲的对自己未尽其责的心酸和愧疚。诗在巧于变化中蕴藉了深厚的人情。

此诗题旨说法也很多:《毛诗序》以为是刺齐襄公的,刺他"无礼义而求大功,不修德而求诸侯,志大心劳";有人说是"戒时人厌小而务大,忽近而图远"(朱熹《诗集传》);还有说是写流亡农夫的。此外,又有一种说法颇可注意,是说写文姜与儿子鲁庄公相见情景的。文姜因害死了鲁桓公,在庄公继位时(年12岁)就"孙(逊,出奔)于齐",此后《春秋》经传数次记她与齐襄公见面,一直到鲁庄公八年齐襄公死为止。这几次记载都没有明表文姜从何处出发与齐侯见面,其中有一次齐侯攻打卫国,文姜专门去找兄长为鲁国要战利品,似乎是她在为取得鲁国谅解而做努力。此外,还有庄公到齐与齐人狩猎的记载,也未必见到文姜。就是说,有可能在多达八年的时间里,文姜一直没能与庄公见面。母子不相见,可以料想,原因可能不在鲁庄公,而在其身边的大臣。但是,八年之后,齐襄公死去,更重要的是庄公日益长大成人,逐渐有主宰一切的实权,若他对母亲有感情,事情就可以由他做主了。又《春秋》经传载庄公十五年"夫人如齐",应是从鲁国出发的,这表明此前文姜已经回到鲁国。诗篇既载在《齐风》中,当系齐国的歌唱,且情调上是很同情念子心切的母亲的。文姜虽然不守妇道,但母亲的感情应还是有的,也该得到同情。姑存之,以备一说。

此诗"甫田骄骄"的比兴之词,有一层特定的历史含义,很值得一提。甫田名义上是宗族共同的田产,但收成主要归公室所有,其经营方式是借民力耕种。农夫们在耕种自己的那份田的同时,要拿出相当多的时间在甫田上劳动。到春秋时期,农夫们在甫田劳动的兴趣大减,甫田上就只有"维莠骄骄"了。贵族按亩收税的新剥削方式,也就应运而生。此诗在不经意的比兴之中,道出的正是这样的历史。"田甫田"作为一种对不明智行为的比喻,出现于诗篇中时,又可见甫田制度的不合时宜早已深入到世人意识的底层了。

卢 令

卢令令，其人美且仁①。

○诗之首章。言猎人总体仪度。

注释　①**卢**：猎狗。**令令**：猎犬颈项上套的铜铃之声。

卢重环，其人美且鬈①。

○诗之二章。言猎人之鬈。

注释　①**重环**：子母环，即大环套小环。**鬈**（quán）：鬈发美好貌。一说，字通"拳"，有力的意思。

卢重鋂，其人美且偲①。

○诗之三章。言猎人之须。陈继揆《读风臆补》："千载以下读之，犹觉其容满目，其音满耳。"

注释　①**重鋂**（méi）：外包金属片的皮革项圈。在河北中山王墓曾出土过战国时期一对重鋂，其形制为一条革带，外包长方形的金片和银片，交错而行，项圈上还有一个小鼻儿，鼻上装有一只铜环。整个金银项圈的外侧中间，特别做出一道凹槽，形成项圈两层叠加的视觉效果，这可能是"重鋂"之"重"的来历。**偲**（cāi）：胡须浓密貌。一说，才能的意思。

解说

《卢令》，赞美猎者的诗。

朱熹《诗集传》："此诗大意与《还》略同。"篇中猎犬的环铃，人物的仪表，都透露出这位猎者不是山野村夫，而是一位贵族人物。诗极短，用语极简练。诗人先写犬,再写人;写人重其须发,写犬表其项圈与佩铃;犬因圈、铃而显凶猛,人因须发而见其雄壮。诗篇虽短,却令人印象深刻。

敝 笱

敝笱在梁,其鱼鲂鳏①。**齐子归止,其从如云**②。

○诗之首章。以敝笱为喻,言文姜归齐从者甚众。

注释 ①**敝**:破败。**笱**(gǒu):竹编的捕鱼篓子。破漏的鱼篓,该是指女人作风有问题,可能是一种俗语。**梁**:堆筑在河流中的堤坝,其中留有缺口可设鱼篓。参《卫风·谷风》"毋逝我梁"句注。**鲂**:鱼的一种,赤尾,身形宽扁。参《周南·汝坟》"鲂鱼赪尾"句注。**鳏**(guān):大鱼。《孔疏》引《孔丛子》:"卫人钓于河,得鳏鱼焉,其大盈车……饵……以豚之半,则鳏吞矣。"鲂鳏大鱼,这里只是夸张说法而已。一说,鳏为鲩鱼。②**齐子**:指文姜。**归**:回娘家。**从**:从随者。此句言文姜的随从甚多。

敝笱在梁,其鱼鲂鱮①。**齐子归止,其从如雨**②。

○诗之二章。陈继揆《读风臆补》:"'如云'颇习见,'如雨'新,'如水'更新。"

注释 ①**鱮**(xù):与鲂鱼相类,厚而头大,又称鲢鱼。②**如雨**:形容随从众多。

敝笱在梁,其鱼唯唯①。**齐子归止,其从如水**②。

○诗之三章。牛运震《诗志》:"'唯唯'字酷得鱼情。"

注释 ①**唯唯**:鱼往来自如貌。②**如水**:形容众多。

解说

《敝笱》，讥讽文姜的诗。

这样说，是遵从古来的说法而已。若就诗篇本身而言，并未明言文姜，可是"敝笱"的比兴，"鲂鳏"的意象，似乎都暗示了不为世人承认的两性关系。另外，"齐子"之称，应与前篇《南山》为同一人。所以，结合史书言之凿凿的记载，还是理解为与齐襄公和文姜之事有关为妥。至于诗篇具体所斥，古来有"刺文姜"说（《毛诗序》），有"刺鲁桓公"说（朱熹《诗集传》），有"刺鲁庄公"说，还有"咏文姜出嫁"说（姚际恒《诗经通论》）等。说刺鲁桓公，是从"敝笱"一词而来，如《毛诗序》谓："齐人恶鲁桓公微弱，不能防闲文姜，使至淫乱，为二国患焉。"这是从"敝笱"不能拦截大鱼而立说的。但是，"敝笱"之"敝"，也许取意只在言其"笱"之"破"而已，就是只言女性作风不正，而不必牵涉其丈夫如何。但是，戴震在其《诗经考》中以为，诗言"其从如云""其从如雨"和"其从如水"，正说明《毛诗序》说可信，因为诗言"其从之者众多，用见桓公之听于姜，而鲁诸臣无有能止之者"。戴震之说也不能说没有道理，但"如云""如水"云云，与其说是写文姜势众，不如理解为以"云""雨"暗示文姜行径的不正当更好一些。"咏文姜出嫁"说是从"归"着眼的。可是"归"这个字既可以表女子出嫁，也可以表嫁女回娘家。而且，史载鲁桓公死后，文姜数与齐襄公在齐地相会，咏出嫁说也不是板上钉钉。大要而言之，诗篇是写文姜与齐襄公的相会，至于其他，就难以坐实了。诗篇的特点在其取喻，"敝笱"之外的"云""雨""水""鱼"，都是有着暗示"那事"的作用，因而整篇的调子是讽刺而诙谐的。

载　驱

载驱薄薄，簟茀朱鞹①。鲁道有荡，齐子发夕②。

○诗之首章。言齐子在鲁道上星夜疾驰，以此见其情急。陈震《读诗识小录》："只就车说，只就人看车说，只就车中人说，露以'发'字，而不说破发向何处，在暗中埋针伏线。亦所谓《春秋》之法微而显也。"

　注释　①**薄薄**：疾驰貌。**簟**（diàn）：竹制的方形席子。**茀**（fú）：竹制的帘子，挂在车篷后。**朱鞹**（kuò）：涂了红色的皮革，此处指皮帘子，挂在车篷之前，是诸侯之车的装备。此句是说，文姜外出，乘的是诸侯之车。②**有荡**：荡荡。**齐子**：指文姜。**发夕**：连夜出发，等不到天明。一说，发夕即婆娑，盘桓。

四骊济济，垂辔沵沵①。鲁道有荡，齐子岂弟②。

○诗之二章。车行缓慢，与上一章"载驱薄薄"形成对比，是诗中人相会之后的情形。

　注释　①**骊**：黑色的马。**济济**：盛壮貌。**沵沵**（nǐ nǐ）：调顺的样子。②**岂弟**：和乐、得意的样子。

汶水汤汤，行人彭彭①。鲁道有荡，齐子翱翔②。

○诗之三章。言济水，是表文姜回到鲁境后的迟缓；言行人，反衬文姜之招摇、无所顾忌。

　注释　①**汶水**：水名。此水分南北两条，此处所表为南汶水，发源于泰山、莱芜原山，西南流经徂徕山等，至东平西南入济水（今大运河），为齐鲁界河。据《水经注》，汶上有文姜台，为文姜与其兄齐襄公幽会之处。**行人**：路人。**彭彭**：众多貌。②**翱翔**：游乐貌。

汶水滔滔，行人儦儦①**。鲁道有荡，齐子游敖**②**。**

○诗之四章。

注释　①**儦儦**（biāo biāo）：众多貌。②**游敖**：即遨游。敖，同"遨"。

解说

《载驱》，表文姜与齐襄公相会的诗篇。

汉代解说此篇有两种说法：一为今文家说，见《焦氏易林》，谓《载驱》为"襄嫁季女"的诗，大致说法是：齐襄公的女儿（即鲁庄公之妻哀姜），走到鲁国境内时，"留连久处"，不愿进入鲁国都城，而是在平坦的鲁国大道上拖延、徘徊。这样说，也有根据，因为鲁庄公确实娶齐女哀姜为正妻，而且据王先谦《集疏》推测，哀姜很可能就是齐襄公的女儿。可是，这次婚姻的"亲迎"之礼是鲁庄公前往的（见《春秋·庄公二十四年》），礼数上规格很高，给足了齐国面子。若说在这样的情形下，哀姜还在那里摆架子，是有点不合情理的。另外，哀姜初到鲁国，庄公"使命宗妇，用币"（《左传·庄公二十四年》），即命同姓大夫之妻拜见哀姜时，破例用玉帛之物作为见面礼。如此隆重（甚至过分）地对待哀姜，也应理解为初婚时庄公对哀姜宠爱有加，亦可反证哀姜入国时没有什么让鲁庄公为难的表现。还有，"岂弟""翱翔"等词语，也不像是表现哀姜刁难行为的。最后，《齐风》中的《南山》《敝笱》和此篇，风调上颇为一致，所以，应为时间相近的作品，篇中的"齐子"所指当为一人。以上几点都是今文家之说不经推敲的地方。

那么，古文家的说法如何呢？《毛诗序》说诗篇："齐人刺襄公也。无礼义故，盛其车服，疾驱于通道大都，与文姜淫，播其恶于万民焉。"说

"刺襄公",根据就是篇中的"朱幩"一词。因为《毛传》以为,有朱幩装备的车为诸侯所乘。可是,王质在《诗总闻》中说得好:"朱幩,自是文姜所乘之饰,不必言襄公。……是时文姜若乘鲁侯之车,何人能禁?文势自是文姜也。"此后像方玉润等许多学者都不采《毛诗序》的"刺襄公"说法,而多遵循朱熹《诗集传》"刺文姜"之说。因文姜与兄长齐襄公的不正当关系,导致鲁桓公之死,所以,《春秋》和《左传》记载,在鲁庄公继位的当年三月她就出走齐国。一直到齐襄公死,两人又数次相见,其中一次在齐地,一次在鲁地。很明显,文姜出走后不久又返回鲁国,而且,前往齐国时没有在齐都居住,返回鲁国后也没有居住在鲁都。郦道元《水经注》言汶水河岸有文姜台,可能显示的是这样的情况:文姜在很长时间就存身于齐鲁交界的汶水之畔。这样的话,诗言"汶水汤汤"就好理解了:她每次出行与齐襄公会面都得现身于横跨汶水的道路上,也就是说,她每一次的出行,都逃不过汶水之畔、齐鲁大道上两国百姓的眼睛。这就是《毛诗序》所谓"播其恶于万民"了。此篇中写车饰的华彩,鲁道的坦荡,都是在反衬诗中主人公的行为有辱高贵,践踏伦常;写随从的众多,则是在指责他们的公然无忌,污人耳目;每章结束处的"岂弟""游敖"云云的洋洋意态,则是在活画他们污秽的灵魂。全诗没有一句谴责之辞,诗人只就人们能看见的情形写,但讥讽之意已在不言之中。

猗嗟

猗嗟昌兮,颀而长兮①**。抑若扬兮,美目扬兮**②**。巧趋跄兮,射则臧兮**③**。**

○诗之首章。惠周惕《诗说》:"先辨其长短,次审其眉目,终得其趋跄步武、弯弓执矢之状。非亲见而环观之,不能详悉如是。"

[注释] ①猗嗟：赞叹词。昌：盛壮貌。一说，姣好貌。顾：身材修长。②抑若扬：即美貌又有朝气的意思。抑，懿之假借。扬，广扬，朝气蓬勃。扬：清亮，明亮。③趋：趋步，小步疾走为趋，是贵族行礼时的步伐。跄：趋步貌。射：射箭。臧：好，准确。

猗嗟名兮，美目清兮[①]**。仪既成兮，终日射侯**[②]**。不出正兮，展我甥兮**[③]**！**

○诗之二章。朱熹《诗集传》："言称其为齐之甥，而又以明非齐侯之子。此诗人之微词也。"

[注释] ①名：眉眼之间。一说，盛壮的意思。名、明古通。②仪：仪度。古人射箭是重要而常行的礼仪，不仅要比箭法的高下，还要看舞乐伴奏下行为举止的风度。成：完备，成功。古代射箭礼有多重的步骤。侯：箭靶。有布、皮面两种，形如幕布，四角固定在特制的木桩上。③正：靶的中心。展：真正的。甥：外甥。

猗嗟娈兮，清扬婉兮[①]**。舞则选兮，射则贯兮**[②]**。四矢反兮，以御乱兮**[③]**！**

○诗之三章。结尾二句，祝愿之辞。姚际恒《诗经通论》："三章皆言射，极有条理，而叙法错综入妙。"

[注释] ①清扬：形容眼神明亮、有光彩。婉：眉清目秀，漂亮。②选：舞蹈时与音乐节奏合拍。与上文"巧趋跄兮"意思相同。一说，出众。贯：正中靶心。③四矢：古代射箭以四支箭为节。2003年国家博物馆收藏一件商代晚期青铜器"作册般青铜鼋"，鼋首尾四足伸出，表明已被射死，颈侧即盖上插有四箭，外露箭羽。其铭文有"无废矢"句，是西周金文数见的"率无废矢"之语的祖构。反：复，四支箭反复射中靶心。御乱：

抵御防止国家发生内乱外乱。意在赞美这位齐国的外甥是安邦治国的好君主。

解说

《猗嗟》，鲁庄公访问齐国，在射箭典礼上表现雄壮优雅，诗人赋诗赞美。

孔子说："《猗嗟》曰：'四矢反，以御乱。'吾喜之。"是赞美诗篇表现的捍卫国家安宁的勇武（见《孔子诗论》第22简）。诗篇夸赞了诗中人的身材、眉宇和相貌，气度不凡、才艺无双。诗对诗中人颇为仔细的描述，表明诗人看得很细，而仔细的描写，字里行间散射出的是喜爱之情。诗中"展我甥兮"一句，透露了诗中人物的特殊身份，传统认为诗中人就是鲁庄公，是有道理的。《公羊传·庄公元年》载鲁桓公在发现了文姜与齐襄公的非礼关系后，说："同非吾子，齐侯之子也。"鲁桓公的想法料想在齐国人中也一定有相信者。如此，诗篇强调诗中人确实是齐国外甥，可能就有辟谣的用意。

诗篇所描述的是一次射箭典礼的场面。据此，清人惠周惕《诗说》考证，此诗作于鲁庄公二十二年，因为这一年《春秋经》载："公如齐纳币。"即庄公为迎娶夫人哀姜而前往齐国行礼（此前，庄公四年"冬，公及齐人狩于禚（zhuó）"，但狩猎与此诗所表的射箭典礼有不合）。前人解此诗，多以为是"刺鲁庄公"不能阻止母亲淫乱之作。此说发乎《毛诗序》，朱熹《诗集传》沿之。至晚清方玉润《诗经原始》，才以为诗实系"美鲁庄公才艺"之作，是可取的说法。不过，诗篇赞美鲁庄公，还与齐鲁关系的升降有关。鲁庄公十年长勺之战以后的一段时间，就齐鲁关系而言鲁国是占上风的。齐桓公伐山戎，一般认为是齐国霸业的端绪，然而获胜后，他犹向鲁国献俘，可见庄公这位春秋"小霸"的威势了。但时移世易，随着管仲辅佐齐桓公，齐国内政外交得到改善，到鲁庄公二十年前后，情势就发生了变化，鲁国开始感到不行了。具体的表现就在鲁庄公为与齐国缔结婚姻关系，亲自去纳币即纳徵下聘礼，之后又亲自迎娶哀姜，以至被后人视为"非礼"。一代"小霸"又是齐国外甥，来到齐国，这是让齐国人感到荣光的。为此，他们举办盛大的射箭典礼招待他。仪表不俗的外甥，射礼中又表现得光彩照人，这更让齐国人为之兴奋。诗篇的主调，即在传达俊美勇武的外甥来给齐国增添的光彩。同时，满是庆幸之情的诗篇，也把美好的祝愿送给鲁国，祝愿这位风流俊爽的君主，能以其特有的勇武，为鲁国带来安祥。诗篇立意因此也显得更为大方。

魏风

魏为周初姬姓封国，其地在今山西西南部，北及汾水，南枕黄河。此地区域虽然不大，文化上却自具特点。这里有很多的考古发现，学者据该地龙山文化晚期（相当于传说中的尧舜时代）的文物遗存，将魏地新石器时代文化命名为"三里桥文化"类型，以区别于北面相邻的"陶寺文化"（董琦《虞夏时期的中原》）。后者，正是"唐风"产生的地区。这表明，魏地不但文化累积深厚，而且乐调也与"唐风"有明显不同。郑玄《诗谱》说："魏者，虞舜夏禹所都之地。"据传说，舜曾在这里制陶，禹曾在这里"尽力于沟洫"（这一点，近年在山西夏县发现的东下冯遗址似可为证），所以，此地有先王俭朴之遗风。商代后期，这里有芮国，即《诗经·大雅·绵》"虞芮质厥成"之"芮"。西周建国后芮国犹在，只是诸侯换成了周之同姓。此外就是周初所封姬姓魏国。魏灭于春秋时期，《左传·闵公元年》载，晋献公灭耿、灭霍、灭魏，并将魏地赐予毕万，并命之为大夫。此后，魏氏家族日趋强盛，最终与韩、赵三分晋国，建立魏国。关于《魏风》，《左传·襄公二十九年》载季札观乐有如下评价："为之歌《魏》，曰：'美哉！沨沨乎！大而婉，险（一说"险"即"俭"）而易行，以德辅此，则明主也。'"魏地乐调可能十分古老，但诗篇大概是西周末到春秋早期的篇章。当时魏地狭隘，民生疾苦，所以有讽刺贪鄙的诗篇。

《魏风》七篇。

葛屦

纠纠葛屦，可以履霜①？掺掺女手，可以缝裳②？要之襋之，好人服之③。

○诗之首章。葛屦履霜以喻纤手缝裳，表内心寒苦。

▣ **注释** ▣ ①**纠纠**：缠绕貌。**葛屦**：葛麻编制的鞋子，夏天穿用。"纠纠"两句亦见于《小雅·大东》篇。②**可以**：何以。何、可古时通用，据俞樾《群经平议》说。出土的多种战国文献亦可为证。**掺掺**（xiān xiān）：同"纤纤"，细弱的样子。③**要**：衣服的腰部，在此为动词，制作衣服腰部的意思。**襋**（jí）：衣领，在此为动词。**好人**：受宠的女人。语含讽意。**服**：穿用。

好人提提，宛然左辟，佩其象揥①。维是褊心，是以为刺②。

○诗之二章。斥"好人"邪辟偏心。陈继揆《读风臆补》："通篇最吃紧在'好人'二字。盖不提'好人'，而刺褊之意不醒。"

▣ **注释** ▣ ①**提提**（shí shí）：安详、绰约的样子。两字也作"媞媞"。**宛然**：柔顺的样子。**左辟**（bì）：即左避，见到丈夫时柔顺躲避的样子。**象揥**（tì）：象牙做的头饰物，犹如后世的簪子，挂有缀饰，插在头发上，走路时摇晃，以增添姿态。②**维是**：只是。**褊**（biǎn）**心**：心地狭隘，有偏有向。**是以**：所以。**为刺**：作诗讽刺。

▣▣ **解说** ▣▣

《葛屦》，讽刺丈夫偏心的诗，表现的是一夫多妻家庭的内部纠葛。

失宠的人为得宠者缝裳，同是妻妾，其间竟有主仆般的区别。诗以葛屦履霜起始，带出的是纤细"女手"不应当"缝裳"。不当然而然，是在说自己是夫人身份丫环的命，于是"要之襋之"中，便有一股愤愤之情在鼓噪。一夫多妻的家庭，得宠与否，主动权在男人手里，所以诗篇中虽然丈夫并没有出现，但心有偏爱的丈夫的影子还是颇为清晰的。这也是简短诗篇特具的曲折。字面上，怨刺的矛头是指向邀宠竞赛中胜利者的。而且，诗篇对"提提"的"好人",还特别用了一个"宛然左辟"的动作,看上去是在表现"好人"的仪态优雅,实际上却是挖苦、揶揄她的善于讨丈夫喜欢,很形象也很生动。同时,对"好人"的挖苦、揶揄中,其实显露的是失宠者易有的惯态。

汾沮洳

彼汾沮洳,言采其莫①。彼其之子,美无度②。美无度,殊异乎公路③。

○诗之首章。言"彼其之子"美过公路。牛运震《诗志》:"叠一句吞吐顿挫。"

注释 ①**汾**:水名,即今山西汾河,发源于太原晋阳山,流经山西中部,西南流入黄河。其下游流经地区与魏国相去颇远,且有山地相隔。**沮洳**(jù rú):河水弯曲处的沼泽地。**言**:助词。**莫**:又名酸迷、莫菜、醋醋流等,多年生草本,茎有节,红紫色,春天开小红花,可食,味酸,花与根茎皆可入药。②**无度**:不可衡量。③**公路**:官名,负责掌管君主的路车。在晋国,自晋成公之后,公路一般由卿大夫之家的庶子担任。

彼汾一方,言采其桑①。彼其之子,美如英②。美如英,殊异乎公行③。

○诗之二章。言美过公行。

注释 ①**一方**:指汾水旁的某地方。②**英**:英华。《毛传》:"万人为英。"③**公行**:官名,君主战车出行时的侍从。与公路为同一官职。

彼汾一曲，言采其藚①。**彼其之子，美如玉。美如玉，殊异乎公族**②。

○诗之三章。言美过公族。牛运震《诗志》："此诗抑扬有致，节奏绝佳。"

▣ 注释 ▣　①**曲**：水流弯曲之处。**藚**（xù）：又名水舄、牛唇，多年生水草，也有采之以为蔬者，根、茎、叶可入药。②**公族**：官名，负责掌管君主之车。在晋国由卿大夫的嫡子充任。

解说

《汾沮洳》，魏国迎接来自晋国客人的诗篇。

关于此首的主旨，《毛诗序》说是"刺俭也。其君俭以能勤，刺不得礼也"。按《郑笺》及《孔疏》的解释，诗篇是说君主亲在沼泽之地采集野菜，这样做虽是"俭以能勤"，却"不得礼"，所以要受讽刺。这样解释，是把诗篇的比兴之词当作写实看了。姚际恒《诗经通论》驳之曰："《小序》谓'刺俭'，此蒙上篇之误而为说也。此篇不惟绝不见刺意，且亦无俭意。乃谓魏君亲采莫与桑与藚，以合'刺俭'之说，岂不稚甚可笑乎？"所驳甚当。但姚氏又认为"此诗人赞其公族大夫之诗"，则又未见其是。属于今文家的《韩诗外传》对此诗又另有说法：诗是贤者"在下位，民愿戴之"的歌唱。据此，魏源《诗古微》进而推论，诗篇的主旨是叹息贤者不得在上位的作品。其实明代何楷在其《诗经世本古义》中，就提出与魏源相近的说法。说起来，也都是把诗篇的头两句比兴之词坐实了。

《诗经》中"采"字出现很多，其中不少是表"采集"的意象，而这一意象，又大体可分为如下情况：一是表达怀念、思念之情，如《周南·卷耳》的"采采卷耳"，《小雅·采绿》的"终朝采绿"等；另一种则是表达欢迎之情，如《小雅·采菽》的"采菽采菽，筐之莒之。君子来朝，何锡予之"及"觱沸槛泉，言采其芹"，都是表达对诸侯到来的欢快情感。后者，对理解此篇很有帮助,"言采其莫""言采其桑",实际与"彼其之子"的到来有关。公路、公行等据《左传》是晋国官职,魏在灭亡之前有没有同名之官不得而知,即便有,也无妨这样的理解:一位晋国的公路、公行之官来魏出使,魏国人在表示欢迎的歌唱中夸赞他,夸赞他与一般晋国的公行、公路不一样,以此来欢愉之。

园有桃

园有桃,其实之殽①。心之忧矣,我歌且谣②。不知我者,谓我士也骄③。彼人是哉,子曰何其④?心之忧矣,其谁知之?其谁知之,盖亦勿思⑤!

○诗之首章。表不被世人理解的忧虑。孙鑛《批评诗经》:"只一'忧'字,转展演出,将十句,经中亦罕有。余文多,正意少。"

注释 ①**殽**(yáo):又作"肴",可吃的果实。②**歌、谣**:有伴奏为歌,无伴奏为谣。③**"不知"句**:一本作"不我知者"。**士**:士在当时为下级官吏,表"我"之身份。④**彼人**:那些人,指批评自己的人,可能指的是当政者。**是哉**:如此。指对自己的忧虑不理解,不接受。**子**:你。此处实即作者变换人称以自指。**何其**(jī):怎样。两句是说,那些人既然如此,那你还能怎么样?⑤**盖**(hé):盍,何不。疑问词。**勿思**:不去思考。

园有棘,其实之食①。心之忧矣,聊以行国②。不知我者,谓我士也罔极③。彼人是哉,子曰何其?心之忧矣,其谁知之?其谁知之,盖亦勿思!

○诗之二章。贺贻孙《诗筏》:"诗家有一种至情,写未及半,忽插数语,代他人诘问,更觉情致淋漓。最妙在不作答语,一答便无味矣。如《园有桃》章云'不知我者……',三句三折,跌宕甚妙。接以'心之忧矣',只为不知者代嘲,绝无一语解嘲,无聊极矣。"

注释　①棘:酸枣树,落叶灌木或乔木,枝条有刺,幼株时可以编为绿篱。果实成熟后为暗红色,果肉味酸,晒干可做成枣泥,俗称枣糕。②聊:姑且。**行国:**在国中游走。一说,离国。③罔极:不坚持原则、无操守的意思。

解说

《园有桃》,表忧国之士不被理解的苦闷之诗。

因何而忧,所忧的是什么?这些,诗中未曾明确表示,用力去追究则易于失之穿凿。有学者从"园有桃""园有棘"的"园"字入手解释诗篇,谓"园"有桃、棘,人们才能把桃、棘的果子当作肴核之物来食用,若没有了园子,山野桃棘,就不算是自家果实了。这样的理解,是把诗中的忧虑解释为担心魏国被晋国灭掉。可是,"园有桃""园有棘",也可以是比兴之词,只是诗篇的开头,最大作用是规定下文韵脚。如此,上述说法就是郢书燕说的猜测了。读本诗可以确信的是,诗篇是在有意表现忧国者的遭遇及愤懑。"谓我士也骄"是忧国者的遭遇,"子曰何其"则是自我诘问,是有思想者不被理解时的郁闷和绝望。对有思想的人来说,最大的苦恼莫过于世人只对他进行德行方面的无端攻击,如诗篇中"士也骄"的指责,而不能与之产生思想的交锋。愚昧麻木及由此而来的冷漠,诗中人是痛切地感受到了。愚昧并不缺乏制人的法宝,一句"士也骄"即可将有思想的忧国者排斥在众人之外,而一句"士也罔极"的嘲讽,也可以让忧国者百口莫辩,毕竟世界上清醒者为少数。这在诗中,就表现在每章后半部分无可奈何的自我开解和自我抑制了。无奈,正是每章都出现的情绪,正反衬出魏国现状的令人绝望。诗多用疑问的句式,文势徘徊,全篇笼罩在郁闷与绝望的情绪中，映现出毫无希望的现实。或为魏亡国前夕的篇章。

陟 岵

陟彼岵兮，瞻望父兮①。**父曰嗟，予子行役，夙夜无已**②。**上慎旃哉，犹来无止**③！

○诗之首章。登高望父，悬想父亲诫己之辞。"父曰嗟"四句，贺贻孙《诗筏》："四句中有怜爱语，有叮咛语，有慰望语。低徊宛转，似只代父母作思子诗而已，绝不说思父母，较他人作思父思母语，更为凄凉。"

◨ 注释 ◨　①**岵**（hù）：无草木的山。②**无已**：在这里是不要松懈、大意的意思。③**上**：尚，表希望之词。**旃**（zhān）："之焉"的合音词，表语气。**犹来**：争取能回来。**无止**：不要留在外面，即不要死在外面，是含蓄的说法。

陟彼屺兮，瞻望母兮①。**母曰嗟，予季行役，夙夜无寐**②。**上慎旃哉，犹来无弃**③！

○诗之二章。登高望母。

◨ 注释 ◨　①**屺**（qǐ）：有草木的山。②**季**：最小的儿子。**寐**：打盹，意思是早晚要经心，不要因一时马虎而受伤害。③**无弃**：不要把性命丢在外头。

陟彼冈兮，瞻望兄兮。兄曰嗟，予弟行役，夙夜必偕①。**上慎旃哉，犹来无死**！

○诗之三章。登高望兄。牛运震《诗志》："格调高，意思真，词气厚。"

注释　①偕：一起、随从、不要掉队的意思。

解说

《陟岵》，表役人思念家中父母兄弟的歌唱，是对沉重徭役的抗议。

从父母兄弟的叮嘱可知，诗中主人公是一个年纪不大、没有什么社会经验的人。怀念，思情，发之于一个年少的役夫，先就令人酸楚。这也是诗篇抗议的得力处。诗篇的出奇和精彩，还在其以诗中人登高望乡的对话来表现内涵。"父（母、兄）曰嗟"以下诗句，传统的解释是父母兄长临行之际的嘱咐之辞，但钱锺书辩之曰："然窃意面语当曰'嗟女行役'，今乃曰'嗟予子（季、弟）行役'，词气不类临歧分手之嘱，而似远役者思亲，因想亲亦方思己之口吻尔。"（《管锥编》）此说辨析语气，揆情度理，别有会心，远胜旧说。己思亲人和亲人思己的对峙，暗示行役已历长久；父母兄弟"夙夜无已""夙夜无寐""夙夜必偕"的喟叹，"犹来无止""犹来无弃""犹来无死"的祈望，虽出于他人之口，而实出自思念者自己对眼下苦难处境的感受。诗篇构思的精巧，深化了诗篇的内涵，过分行役的痛苦不是个人的，而是社会性的，是伤害人心的。这些都是以巧妙的构思传达出来的。不过，诗篇的"对话"，也还可以作另外的理解，那就是：诗篇在当时是以舞台演出的形式来歌唱的。也就是说，诗篇是由三个角色来演唱的。如此，篇中的"父曰""母曰"和"兄曰"，也就可能是唱本的提示词。

十亩之间

十亩之间兮，桑者闲闲兮，行与子还兮①。

○诗之首章。言十亩桑园间人影往来，约定情谊。

注释　①**桑者**：采桑者。**闲闲**：往来自得貌。**行**：将。

十亩之外兮，桑者泄泄兮，行与子逝兮①。

○诗之二章。言十亩之外更有前来采桑之人。

注释　①泄泄（yì yì）：人多的样子。**逝**：离去。

解说

《十亩之间》，可能是表现初民男女桑间聚会的诗篇。

"桑者"当就男女而言，桑林之间，男女自由地往还，桑田之外，尚有前来采桑之人，是颇热闹的一番光景。"行与子"之"子"，当系男女互称之辞，句子的意思是说男女自由相约，各自找到自己生活的归宿。古代男女聚会多在桑间，此俗起源甚早，流布甚广，所以有"桑间濮上"之说。此诗的描写是颇具特色的。"十亩之间""十亩之外"，是一幅平远的大景。全诗只勾勒衣服半隐半现的轮廓，在桑叶掩映之下，人影憧憧，是粗线条的。健康而古朴的风俗，形诸简短的篇幅，疏落的笔触，恬淡的格调，一首即景式的小诗，颇得韵外之致。

伐　檀

坎坎伐檀兮，置之河之干兮，河水清且涟猗①。**不稼不穑，胡取禾三百廛兮**②**？不狩不猎，胡瞻尔庭有县貆兮**③**？彼君子兮，不素餐兮**④**！**

○诗之首章。以不稼不狩不得衣食，言君子不当素餐。钱锺书《管锥编》谓"坎坎"一语"象物之声，而即若传物之意，达意正亦拟声，声意相宣，斯始难能见巧。……唐玄宗入蜀，雨中闻铃，问黄幡绰：'铃语云何？'黄答：'似谓"三郎郎当"。'"

注释　①**坎坎**：伐木声。**檀**：一种树木，木质坚硬，特别适宜制作大车的轮轴和辐条，有很高的经济价值，古人多种植，如《郑风·将仲子》言"树檀"。又《大雅·大明》言"檀车煌煌"，即用此木制成的战车。**干**（gān）：岸。**涟**：水的波纹。**猗**：感叹词。檀木坚硬，砍伐后需以水浸泡，开头两句或与此有关。②**三百廛**（chán）：古代一廛为百亩，理论上为一个普通家庭所应有。三百廛即三百个家庭的田地所产谷物。③**县**（xuán）：悬挂。县为"悬"的本字。**貆**（huán）：兽名，即獾，皮毛可做衣服。④**素餐**：吃饭不做事的意思。

坎坎伐辐兮，置之河之侧兮，河水清且直猗①。不稼不穑，胡取禾三百亿兮②？不狩不猎，胡瞻尔庭有县特兮③？彼君子兮，不素食兮！

○诗之二章。戴君恩《读风臆评》："忽而叙事，忽而推情，忽而断制，羚羊挂角，无迹可寻。"

注释 ①**辐**：车轮的辐条。**直**：直的波纹，河流湍急处波纹直。②**三百亿**：三百个家庭田地所产谷物。亿，繶字的假借，禾束称繶。③**特**：大的公兽。

坎坎伐轮兮，置之河之漘兮，河水清且沦猗①。不稼不穑，胡取禾三百囷兮②？不狩不猎，胡瞻尔庭有县鹑兮③？彼君子兮，不素飧兮④！

○诗之三章。孔子曰："于《伐檀》见贤者之先事后食也。"（《孔丛子·记义》）王柏《诗疑》："《伐檀》之诗，造语健而兴寄远。"

注释 ①**漘**（chún）：水涯。**沦**：漩涡的水纹。②**囷**（qūn）：捆。③**鹑**（chún）：鸟名，即鹌鹑。④**飧**（sūn）：熟食、晚餐皆称飧，此处与餐、饭食同义。

解说

《伐檀》，慨叹世道不平的歌唱。

每一章的前三句都是比兴之词，不可坐实理解。河水指的是黄河，还是汾水或其他河流，也难以坐实。起兴的要领在"河水清"三字。诗这样说，可能是一种隐喻，暗示的是现实的浑浊。"猗"字加重了情绪的表达，不可轻易放过。"不稼不穑"和"不狩不猎"两句，理解上有分歧，可以理解为条件复句，意思是：若不稼不狩，怎么可以有食物的收获？也可以理解为指责句：有人不稼不狩，却可以获取丰饶。然而，每章接着而来的"彼君子兮"则取消了歧义的存在。因为这一句彰显出了"君子"亦即正确的标准，以反衬眼前的现实。如此，毫无疑问，诗篇是抗议不劳而获这一不公正现象的歌唱。"彼君子"的比照，使得诗意更为含蓄丰厚，因为它引出了"假君子"，而所谓"假君子"就是依仗"君子"身份而盘剥榨取的一些权贵既得利益者。他们一个家庭就可以控制三百个家庭的财富，实际揭露的是非法的财富高度集中。这样的集中之所以是不公平的，就是因为这些攫取财富的人靠的是他们"君子"的身份。于是他们不但不是"君子"，而且是国家的敌人。这正是"彼君子"句在表现上的力度。诗的句法长短错落，有叙述，有质疑，冷嘲热讽，极尽变化之妙，是《诗经》中的上乘之作。

硕 鼠

硕鼠硕鼠，无食我黍①。三岁贯女，莫我肯顾②。逝将去女，适彼乐土③。乐土乐土，爰得我所④。

○诗之首章。言硕鼠贪婪，表离去之志。后两章义同。牛运震《诗志》："叠呼'硕鼠'，疾痛切怨。"

注释 ①**硕鼠**：硕大的田鼠，是老鼠的一种。②**三岁**：多年的意思，三表示多，不是实指。**贯女**：贯，当作"宦"，事奉，也有纵容、忍让的意思。女，汝。**顾**：顾惜、照顾的意思。③**逝**：同"誓"，表态度坚决的词。④**爰**：在那里。**所**：处所，此处指可以正当生活的地方。

硕鼠硕鼠，无食我麦。三岁贯女，莫我肯德①。逝将去女，适彼乐国。乐国乐国，爰得我直②。

○诗之二章。

注释 ①**德**：感激。②**直**：与"所"义同。一说，"直"即"职"，生业的意思。《管子·明法解》："孤寡老弱，不失其职。"

硕鼠硕鼠，无食我苗。三岁贯女，莫我肯劳①。逝将去女，适彼乐郊②。乐郊乐郊，谁之永号③！

○诗之三章。

注释 ①**劳**：慰劳。②**郊**：郊野。③**谁之**：于省吾《新证》：谁，通"唯"。之，以，谁之即唯以。**永号**（háo）：长歌呼号的意思。两句是说，到达乐郊后，可用歌声来抒发内心的郁结。

解说

《硕鼠》，抗议重敛的诗。

逃跑是诗篇宣布的反抗暴政的办法。而所谓的"乐土""乐国""乐郊"等，可能系桃花源式的理想之地，也可能实有所指，如逃往晋国等。后者虽说算不得摆脱虐政的好方法，但对瓦解统治者的暴政，也有一定效果。古来有一种说法认为，此诗是魏国行将灭亡时的作品，当属可信。近来有人著文称这是一首祈求老鼠离去的古歌，观点很新，然而详审其说，没有任何有说服力的依据,故不敢信从。诗篇尤其值得注意的是它的肆直和大胆,将魏的统治者比作老鼠,真有点要"造反"的意思。诗人胆大如此,后儒瞠目张皇,于是曲为之说,将硕鼠之喻理解为"刺大夫"云云。实际上,《诗经》时代的诗人,怕君主的心理要比宋元以降的读书人小得多。那时候虽然有君,但还不是铁桶般的君主专制,人民还有着相当的权力,所以他们有着更多的对酷政苦痛的敏感,有着更多的痛责时政的勇气。

唐风

《唐风》是晋国诗篇。西周建立后，周武王之子、成王之弟叔虞，被封到古唐国地区，称唐叔。到唐叔之子燮父，国号改为晋，一直延续到战国初期三家分晋时。西周时晋只是"甸侯"之国，国家只有"一军"。东周初期，晋昭侯将叔父成师封在曲沃，称曲沃桓叔。桓叔善于笼络人心，其势力迅速变大，竟派人杀死昭侯。此后曲沃一支的势力只增不减，经过庄伯、武公的反复争斗，终于旁支夺嫡，攫取了晋国大权（其事见《左传》《史记》）。之后到晋献公时，又迅速扩张土地，兼并了当时汾水沿岸许多同姓、异姓的封国，为晋文公称霸奠定了基础。六十七年旁支夺嫡的斗争，给晋国世道人心造成莫大影响，具体表现之一就是贵族骨肉之间的猜忌。晋献公继位后，为避免重蹈覆辙，尽杀桓叔、庄伯之族。不相信亲族，导致晋国政治不得不倚靠异姓贵族。这样的社会现实在诗篇中是有所表现的。

传统的说法，叔虞封地唐在今天山西太原附近。考古证明，这一说法是有问题的。上世纪在翼城县西北十余里的天马曲村发现了从西周中期至春秋早期的晋国墓葬遗址，出土了大量器物。此外，在翼城县东南还发现了西周早期晋国遗址。专家由此判定，翼城县东南应该是早期晋国政治中心，建新都于天马曲村一带是后来迁移的结果。就是说，唐叔封唐的区域，就在今汾水、浍水交汇的翼城、曲沃与绛县一带。这里，又是一个文化渊源极为古老的地区。晋国的诗篇称"唐"而不称"晋"，应与诗篇演唱的乐调有关。就是说，晋国诗篇的乐调来自古老的唐国。古唐国的地域在今山西南部的翼城、曲沃、绛县诸县境。此地有汾水、浍水流过，古代水利、交通皆便。其历史可以追溯到传说中的"唐尧虞舜"时期，而这一时期，考古发现表明正属龙山文化晚期。2003年，考古工作者在今襄汾县陶寺村发掘出土了距今四千多年的城邑遗址，规模较大，同时还发现了世界上最早的天文观象台建筑遗址，出土了大量陶器和土鼓、鳄鱼皮木鼓等重要文物，而该遗址的时代与传说中的尧舜时期相吻合。《左传》记载季札观乐："为之歌《唐》，曰：'思深哉！其有陶唐氏之遗民乎？不然，何忧之远也？非令德之后，谁能若是？'"

《唐风》十二篇。

蟋　蟀

蟋蟀在堂，岁聿其莫①**。今我不乐，日月其除**②**。无已大康，职思其居**③**。好乐无荒，良士瞿瞿**④**。**

○诗之首章。既劝行乐，又戒"大康"，归结只一句："好乐无荒。"

注释　①**蟋蟀**：一种昆虫，又名促织、蛐蛐，在堂鸣叫的时间一般在秋冬之际。**聿**：语助词。**莫**（mù）：暮，岁末。莫为"暮"的本字。②**乐**：享受。**除**：去，结束。③**无已**：不要。已，通"以"，用。**大康**：过分享乐。大即"太"。**职**：应当，要。**居**：平素，平时。④**荒**：沉溺享乐，耽误正事。**良士**：好人，有德之人。**瞿瞿**（jù jù）：有所顾忌的样子。

蟋蟀在堂，岁聿其逝。今我不乐，日月其迈①**。无已大康，职思其外**②**。好乐无荒，良士蹶蹶**③**。**

○诗之二章。高朝璎《诗经体注图考大全》："通诗以'思'字为主。……总靠着'思'字说来，自然有味。"

注释　①**迈**：过去。②**外**：意外的事。③**蹶蹶**（guì guì）：疾敏貌。

蟋蟀在堂，役车其休①**。今我不乐，日月其慆**②**。无已大康，职思其忧。好乐无荒，良士休休**③**。**

○诗之三章。牛运震《诗志》："穆然深远，无感慨叫嚣之习。"

▣ 注释 ▣　①**役车**：行役和车马之事，概言一年的劳作。**休**：停止。②**慆**（tāo）：流逝。③**休休**：和乐貌。

解说

《蟋蟀》，岁末年节的歌唱，适度享乐是其内涵。

诗篇表达了农耕文明生活所造就的特有的中道观念。《孔子诗论》第27简谓："《蟋蟀》知难。""知难"，就是知后难，也就是《荀子》所说的"长顾后虑"，只有"知难"，才懂得生活奢俭的分寸把握。所以诗一方面说光阴荏苒，不享乐则生活无味；一方面又告诫说行乐之时还要想到平时，节制的享受才是中道，才是"良士"所取的法则。诗篇所言既不高调，也不消沉，平易而家常，是农耕为生业的先民对生活应有的态度的宣示。传统说法，此诗是"刺"诗，但从"岁莫"及"役车其休"云云看，当是一年劳作结束之际宗族乡亲会食饮酒礼上的乐歌。古代的过年，即所谓的"蜡祭"，是"岁十二月，合聚万物而索飨之"的典礼，也是一年中最重要的节日。《礼记·郊特性》又说"既蜡而收，民息已。……既蜡，君子不兴功"，正与诗"役车其休"相合。《礼记·杂记》记载，孔子与子贡一起观看乡人岁末祭祀百神之后豪饮，言"一国之人皆若狂"。对此，子贡颇不以为然，然而孔子却说："百日之蜡（干枯），一日之泽，非尔所知也。张而不弛，文武弗能也；弛而不张，文武弗为也。一张一弛，文武之道也。"孔子之说，可视作诗篇对生活劳逸与奢俭、收放与张弛关系的理解。通观《诗经》及其他相关典籍，调护好世间生命，即所谓"正德、利用、厚生"，是一基本而又通常的观念，但像《蟋蟀》这样把这一观念表达得如此周详稳练的，还真少有。《毛诗序》说是"刺晋僖公"，刺他"俭不中礼"，是没有文献根据的。

按，关于诗篇的主旨和年代，近来又有新材料。最近"清华简"文字发表，其中有《耆夜》一篇，记载周武王命毕公伐"耆"（黎），得胜之后行告庙庆功之礼，周公赋诗，所唱之词与《蟋蟀》大同。于是有学者闻风而动，以为此诗是西周建国之前的作品。这是有问题的。《耆夜》篇不论是风格还是语言，都不是周初文献，其时间最早也不会早于春秋时期，不过，"清华简"《耆夜》自有其文献价值。其一，这篇春秋战国时期的文献确证，当时还没有以"美刺"说解此诗；以此说《诗》，当属秦汉以后儒生所为。其二，"清华简"说此篇周初就有，可以提醒我们这样一点："蟋蟀"主题的歌唱，其渊源可能十分古老。《左传》载季札观乐，为之歌《唐风》，季札评论："思深哉！其有陶唐氏之遗民乎！"班固《汉书·地理志下》亦谓："其民有先王遗教，君子思深。……故唐诗《蟋蟀》《山枢》《葛生》之篇曰'今我不乐，日月其迈'，'宛其死矣，他人是愉'，'百岁之后，归于其居'。皆思奢俭之中，念死生之虑。"两者都说《唐风》的文化渊源十分古老。《蟋蟀》"岁聿其莫""役车其休"表明诗是岁暮的年节歌唱，又《礼记·郊特牲》说："伊耆氏始为蜡，蜡也者，索也。"这就使人把"蜡"与"伊耆氏"相联系。所言伊耆氏，据记载，就是"唐尧虞舜"的唐尧，恰好文献说晋邦所在之地也正是唐尧故地。"举国若狂"，过年时节歌唱《蟋蟀》，可谓正合时宜。这就是说，"蟋蟀"一类主题的歌唱，也许早就随着蜡祭这一节日的形成而在唐尧之地流行了，而且一直流传到周代。《左传》所载季札所说，也正好指向这一点。其三，将"蟋蟀"主题的歌唱与陶唐相联系，表明诗篇所提倡的适度享受的中道而行的生活态度，是随着中国农耕文明建立而发展起来的观念，根深蒂固。但是，先民的歌唱与诗篇最后的写定毕竟是两回事。或许在西周之前古唐尧之地就有"好乐无荒"一类的歌唱，但是，究竟何时写成文本，播之于王朝乐官大师的歌乐，成为王朝的"风诗"，对这些问题作出判断，就不能单从节日的形成、风俗的流行上推论了。正确的做法，是依照诗篇文本的风调、语言及语句的样式等来判断。试将《蟋蟀》与周初可信的诗篇及金文材料相较，诗篇的文献形态明显要晚近得多。《毛诗序》说此诗是刺晋僖公的，"刺"自不可信，其年代倒很有可能是西周中晚期，也就是说时间上距晋僖公（《史记》作"釐侯"，为西周厉、宣之际人）不远。这个时期，如本书序言所说正是"采诗观风"的高潮期。而"采诗"，不仅是采集民间歌唱，同时，也是对一些民间歌唱做艺术加工。今天所见的《蟋蟀》，就是在西周后期最终写成的。如此说来，"采诗观风"还颇有些"抢救"古典文化的意味呢！

山有枢

山有枢，隰有榆①。子有衣裳，弗曳弗娄②。子有车马，弗驰弗驱。宛其死矣，他人是愉③。

○诗之首章。"山有""隰有"，与后两个"子有"句，是反衬性的意义关联。刘瑾《诗传通释》："是其忧远及于身后，其意欲尽乐于生时。"

注释　①**枢**：今名刺榆，灌木状落叶小乔木，叶子煮熟可食，为救荒食物。木质坚硬，可制作锄柄、犁具、刀柄等农具。**榆**：落叶乔木，高可达十六七米，花叶皆可食，特别是花，俗称榆钱，味道甚美。②**曳**：拖。**娄**(lǚ)：曳，拖。③**宛**：忽然间。**愉**：乐。

山有栲，隰有杻①。子有廷内，弗洒弗扫②。子有钟鼓，弗鼓弗考③。宛其死矣，他人是保④。

○诗之二章。

注释　①**栲**(kǎo)：又名山樗，俗称毛臭椿，落叶小乔木，叶子可以当茶。**杻**(niǔ)：今名糠椴、辽椴、大叶椴，落叶乔木，高可达二十米左右，春天开白花，木多曲而少直，木料可用于雕刻、制弓弩等，皮可做纸，纤维可为绳索。古代官府庭院常栽种，名为"万岁树"。②**廷内**：即院内。廷,通"庭"。③弗鼓:不敲打。考:扣,击。④保:占有。

山有漆,隰有栗①。**子有酒食,何不日鼓瑟!且以喜乐,且以永日**②。**宛其死矣,他人入室。**

○诗之三章。两"且以"句,提出正面主张。与上两章相较,此章为变调。

注释 ①漆:漆树。又见《鄘风·定之方中》。栗:落叶乔木。见《鄘风·定之方中》。②永:长,用作动词,谓延长。朱熹《诗集传》:"人多忧,则觉日短,饮食作乐,可以永长此日也。"

解说

《山有枢》,年节时的歌唱,劝人不要做守财奴。

此诗篇可能与《蟋蟀》为同时演唱的姊妹篇。钱锺书《管锥编》称《蟋蟀》为"正言及时行乐",此篇则"反言及时行乐"。把握此诗所言的分寸在"子有衣裳""子有车马""子有廷内""子有钟鼓"以及"子有酒食"的"有","有"而不知消受,便是守财奴,再多的"有"也是没用。为了突出这一点,诗人用了一个很平常的道理来反衬守财奴的可悲:任何的酒食、衣物、车马、钟鼓、琴瑟等等,只有人活着才有意义,一味守财只是为他人作嫁衣裳。诗并非提倡奢侈,而是讥讽吝啬,倡导在生活奢俭上归于中道,如此,人才是物的主人。古人常用"甚啬爱物,俭不中礼"来说唐(晋)地风俗。郑玄《诗谱》更对此有如下说法:"昔尧之末,洪水九年,万国不粒,于时杀礼以救艰厄,其流乃被于今。"他是把唐地风俗的俭啬溯源到传说的帝尧洪水时代。实际上,吝啬的人人格偏颇,绝不仅唐地有,也不止古人有。农耕生活财富累积艰难,生活常常青黄不接,很容易造就这样偏颇的村夫性格。也正因如此,诗篇才有其普遍意义。就是说,早在上古时代，人们就注意到了一味俭啬的不可取，而提倡一种符合人情大道理的生活方式。诗篇是一首古老的纠偏文学。用"宛其死矣"的死亡意识来警醒守财奴的偏执，使得诗篇带有某种悲凉色彩，也是其至今感人的地方。

还有一点，诗篇"山有""隰有"的起兴之句及其变化了的形式，在《国风》中出现了好几次，《唐风》之外，还见于邶、郑、秦、桧诸《风》，分布的地域相当辽阔。这样的句式及其起兴，应是在以天地间某些高下得宜的现象，反衬人间的一些不当的行径和情态。

扬之水

扬之水，白石凿凿①。素衣朱襮，从子于沃②。既见君子，云何不乐？

○诗之首章。言追随桓叔于曲沃。"白石""素衣"，色彩夺目。

注释　①**扬之水**：浅濑激扬的水。见《王风·扬之水》首句注。**凿凿**：鲜明貌。②**素衣**：白色的衣。**襮**（bó）：衣领。西周较早时期的青铜器铭《伐方鼎》有"王俎姜事（使）内史员易（锡、赐）伐玄衣朱襮裣（衿）"句，学者解释，"襮"即诗篇之"襮"。铭文中的伐，身份很高，可以率军作战，可知"素衣朱襮"者身份一定不低。**从**：跟从。**沃**：曲沃，是桓叔一支起家的地方，在今山西闻喜县境。桓叔为晋昭侯的叔叔，封地在曲沃。

扬之水，白石皓皓①。素衣朱绣，从子于鹄②。既见君子，云何其忧？

○诗之二章。言追随于鹄。

注释　①**皓皓**：洁白貌。②**鹄**：《毛传》："曲沃邑也。"是曲沃下属的小邑之名。也有学者以为鹄即"曲沃"的合音，即曲沃的别称。

扬之水，白石粼粼①。我闻有命，不敢以告人②！

○诗之三章。言知情而不敢告人。后两句颇诡秘。

注释　①**粼粼**：清澈貌。②**"我闻"两句**：我不敢泄露曲沃的夺权计划。

解说

《扬之水》，表曲沃势力壮大且有夺嫡之图谋的诗篇。

据《左传》记载，晋昭侯元年（前745年），封叔父成师于曲沃，号为桓叔。昭侯七年，晋大夫潘父与桓叔里应外合，弑杀昭侯，迎立曲沃桓叔。晋国的国人发兵攻桓叔，桓叔败归曲沃，晋人诛潘父党徒。但是，这并未阻止桓叔一支夺权的脚步，曲沃一支经过庄伯、武公两辈的努力，终于灭晋，成为晋国的主人。这段时间，持续近七十年。诗篇的时间应该就在这段时间范围内。据载桓叔好德，一时间颇能蛊惑一些人，所以有不少人追随他。诗言"从子于沃"的"沃"即曲沃，是说有些人已经投靠了曲沃，而且获得了很高的地位。何以这样说呢？"素衣朱襮""素衣朱绣"两句可证。从金文看，西周时期王姜就赏赐有功大臣带有红色刺绣衣领的服装，所以，诗中这两句，也应该说的是投奔曲沃之后所得的赏赐，是地位提高的标志。诗篇中，"素衣朱襮"句很夺目，一袭红白相映的衣服飘然而来，很令人觉得惊奇，其实不过是招降纳叛的贿赂之物。这是诗在表现上起波澜的地方。有了这一句，接下来的"既见君子，云何不乐""既见君子，云何其忧"，也就有了着落。诗篇另一个更大的波澜，即"我闻有命，不敢以告人"这两个诡秘的句子。它们到底要表现什么意思呢？直接地看是"我"被收买了。不过，也可以曲折地看，因为诗句透露的是"不敢泄露机密"的心思，很明显是在暗示什么。正因为这一句，前人多以为是告密之作。如严粲《诗缉》说："此微词以泄其谋，欲昭公闻之而戒惧，早为之备也。"清人钱澄之《田间诗学》更说："此诗故为党沃之辞，乃阴输其情以告昭公，使早为备也。"不过，"不敢"两字似乎不简单。或许诗篇所表达的是这样的现象：一些晋国大臣，因为曲沃桓叔或庄伯、武公的诱引，投奔他们。一开始还因被厚待而欢喜，不久察觉情形不对，曲沃君子是别有企图的奸雄，因而后悔无奈。如此说来，诗篇不是表现告密，而是表现误上贼船的后悔的篇章。对乱世人情的表现，此诗真可谓曲尽情态。

椒　聊

椒聊之实，蕃衍盈升①。彼其之子，硕大无朋②。椒聊且，远条且③！

○诗之首章。言花椒容易繁衍，不小心就衍生出很多籽粒，且枝干变得很长。陈震《读诗识小录》："忧深虑远之旨，一于弦外寄之。"

注释　①**椒聊**：花椒，属落叶灌木，高可达数米，茎干通常有宽扁硬刺，萌蘖性强，需要剪裁才可保证多结籽粒。果粒辛香，可作调料，叶子嫩时也可作菜蔬，枝干可制手杖，对麻痹症有疗效。聊，闻一多《风诗类钞》："今语叫做嘟噜。"言花椒结子多。**实**：籽粒。**盈**：满。**升**：量器名。李时珍《本草纲目》："秦椒，花椒也，始产于秦，今处处可种，最易蕃衍。"两句是说，花椒容易蕃衍，不久就会生长很多。②**彼其**：那个人。参《王风·扬之水》"彼其之子"句注。**硕**：大。**朋**：比。③**且**(jū)：句末语助词。**条**：长。两句是说，不意之间花椒枝条就伸展得很长了。

椒聊之实，蕃衍盈匊①。彼其之子，硕大且笃②。椒聊且，远条且！

○第二章。言椒聊衍生，得变雄厚。牛运震《诗志》："萧闲旷远，意思咀嚼不尽。"

▣ 注释 ▣　①匊（jū）：两手合捧为一匊。字即"掬"，"匊"为"掬"的本字。②笃：雄厚。

解说

《椒聊》，暗示曲沃旁支繁衍强大的篇章。

诗篇当与曲沃桓叔一支旁门夺嫡有关。"彼其之子"指桓叔。诗篇的取喻在花椒的特能繁衍，每章最后两句又含而不露地暗示椒聊的旁支已经"远条且"，因而，诗篇的作意，按《毛诗序》的说法就是："君子见沃之盛强，能修其政，知其蕃衍盛大，子孙将有晋国焉。"是说诗篇作者看到了曲沃一支的强盛、枝大于本，于是对晋国公室作善意的警示，而且采取的是十分含蓄的表达策略。含蓄讽咏，也正是诗篇的特点。今人多以为诗篇是祝愿女子像花椒多籽一样能生育，也有道理，但每读此诗最后两句的吟咏，似乎含有某些言外之意，且将这样的吟咏放到晋国桓叔一支夺权背景下来理解又颇为顺适，所以，此处不采多子祝福之说。不过，花椒易繁衍，在古代也确实常用来表示对多子多孙的愿望。《后汉书·皇后纪下》注引《汉官仪》曰："皇后称椒房，取其蕃实之义也。"再引《诗》云："椒聊之实，蕃衍盈升。"又《后汉书·第五伦传》："窦宪椒房之亲。"注："后妃以椒涂壁，取其繁衍多子，故曰椒房。"都是受诗篇的影响。

绸　缪

绸缪束薪，三星在天①。今夕何夕？见此良人②。子兮子兮，如此良人何③？

〇诗之首章。先言见良人，继而问男子，见此良人如何。孙鑛《批评诗经》："三星入景，妙。"

注释　①**绸缪**（móu）：犹缠绵，紧紧捆缚的意思。**束薪**：做火把用的薪束，在《诗经》中往往隐喻结婚行为，下文"束刍""束楚"义同。据《浙江民俗大观》，在南方的一些地方，至今有在婚姻礼品中放置束薪的习俗。**三星**：参宿，排在一起的三颗星，古人常以三星的位置判断时间，此习近世犹存。②**良人**：好人。③**子兮**：犹言"你呀"。**"如此"句**：怎么对付这么好的人呢？语含调笑。

绸缪束刍，三星在隅①。今夕何夕？见此邂逅②。子兮子兮，如此邂逅何？

〇诗之二章。言见邂逅。从佳偶相遇上说。

注释　①**刍**：草。**隅**：角落，指三星偏斜，暗示时已近夜。②**邂逅**：佳偶之称。《诗经》中的特定语词。

绸缪束楚，三星在户①。今夕何夕？见此粲者②。子兮子兮，如此粲者何？

〇诗之三章。言见粲者。"今夕何夕"句，极表庆幸。

注释　①**在户**：言三星很低，从窗户就可以看到，暗示时间更晚了。②**粲**：美女为粲。

解说

《绸缪》，流行于晋地新婚之夜闹洞房的谐谑曲。

诗中"绸缪"句喻示成婚，"三星"则点出夜晚的同房。"今夕"以下四句，都是戏谑之辞。本是结婚的日子、合卺的夜晚，诗却说不知"何夕"、不知"如何"，故作糊涂正是玩笑的语式。诗赞美新人是"良人"、为"粲者"，但与"如此何"的虚问放在一起说，是含义很明显的荤话。一般都将"今夕"以下的几句解释为表现男子面对娇美的新娘，不知所措的傻相，如将诗解为洞房的谐谑，则这几句实际是闹洞房的人，在以自拟新郎的方式同新娘取笑。这在今天某些地方的习俗中，仍可以看到。"邂逅"一词，也很有意思。《郑风·野有蔓草》言"邂逅相遇，适我愿兮"，男女随意地就结合了。此诗用"邂逅"之语，当是笑话新人很浪漫，自然也是一种逗弄之辞。闹洞房的习俗起源甚早，流传地域也很广。《汉书·地理志下》记燕地风俗："初太子丹宾养勇士，不爱后宫美女，民化以为俗，至今犹然。……嫁取之夕，男女无别，反以为荣。后稍颇止，然终未改。……燕丹遗风也。"所言"嫁取之夕，男女无别"正是闹洞房的风俗。不过，称闹洞房风俗起自战国后期燕国太子丹，把一种古老社会现象归因于某个人，则是不确当的。又，晋代葛洪《抱朴子·外篇·疾谬》关于闹洞房之事有更具体的说法："俗间有戏妇之法，于稠众之中、亲属之前，问以丑言，责以慢对，其为鄙黩，不可忍论。"所言"戏妇"种种，至今在北方乡村的闹洞房习俗中依然可见。人类文化学家认为，迎亲仪式及洞房挑闹之俗，与远古时代的抢婚及普那鲁亚婚制（一妻侍奉诸位兄弟）有关，此诗所表现的就是这种古老婚俗的遗迹，甚至诗中的自拟新郎，都应该是远古亚血族婚俗虚套化了的表现。

杕　杜

有杕之杜，其叶湑湑①。独行踽踽，岂无他人？不如我同父②！嗟行之人，胡不比焉？③人无兄弟，胡不佽焉④？

○诗之首章。以行路之人不比、不佽，反喻天下惟"同父"为亲。杕杜起兴，喻孤独。

注释　①**杕**（dì）：孤特貌。**杜**：棠梨树，即《召南·甘棠》篇之甘棠树。**湑湑**（xǔ xǔ）：茂盛的样子。②**踽踽**（jǔ jǔ）：孤独行走在路上的样子。**同父**：指同父兄弟。③**比**：亲密。④**佽**（cì）：相助。

有杕之杜，其叶菁菁①。独行睘睘，岂无他人？不如我同姓②！嗟行之人，胡不比焉？人无兄弟，胡不佽焉？

○诗之二章。言天下唯同姓最亲。

注释　①**菁菁**：茂盛的样子。②**睘睘**（qióng qióng）：孤独无依貌。两字也作"茕茕"。**同姓**：同一祖先。

解说

《杕杜》，强调亲情可贵的歌。

《毛诗序》说："刺时也。君不能亲其宗族，骨肉离散，独居而无兄弟，将为沃所并尔。"除了"将为沃所并"一句外，其他都可以接受。就是说，诗篇作讥刺的"时"，已经不是曲沃夺权的时代了。要了解这一点，需要把诗所表达的意思弄清楚。提倡血亲兄弟的团结，是诗篇十分明确的宗旨。诗言：那些独行的人为什么要踽踽而行？难道就没有其他同路者吗？不是。有同路者，但都不如同父、同姓亲。这是一层意思，是诗直接表达出来的。为了把这层意思锁定，诗篇又翻出一层，说：如果什么样的人都能亲近的话，那路上的行人为何还要独行，为何他们不去互相亲近、互相帮助呢？翻出这一层，是求得反证，以保住正面的观点。诗篇这样大声疾呼地强调"同父""同姓"，应当是有明确的现实针对性的。不过，所针对的，不似曲沃夺嫡，更像是在曲沃一支夺权后发生在亲族内部的灾难，即"桓、庄之族"（桓叔、庄伯的直系后人）的被猜忌以至被屠杀。曲沃小宗经过桓叔、庄伯、武公三代终于取代大宗掌握了晋国大权。可是，旧的大宗灭掉，自己成了新大宗之后，贼人心虚的心病，就发作在自己的亲族上了。他们也有自己的旁支，谁敢保证这些旁支不会像当初自己那样再动夺嫡之念？这样的雄猜之心在晋献公心里涌起，"桓庄之族"也就要倒霉了。献公先是命大臣在公族中造谣，引起"桓、庄之族"的相互猜忌、残杀，进而驱逐、杀掉公族中那些对自己可能构成威胁的人，最后，竟是"尽杀群公子"。从此，晋国有了一个成例：继位国君之外的其他公子，都不能在国内生活，以防其对君主构成威胁。这样一来，也就为异姓大臣掌握晋国大权开了方便之门，最后演成"三家分晋"。诗篇应是针对这样的世道人心而作。

诗以杜树起兴，与内容十分贴切。在北方，杜树往往是独自生在荒野上的。可是，孤单的杜树也有茂盛的枝叶，这一点，晋国的公室就不如了。在诗人，这也是在寄寓讽喻之意吧？

羔　裘

羔裘豹袪，自我人居居①。岂无他人？维子之故②！

○诗之首章。言"我人"既贵，态度倨傲。陈震《读诗识小录》："以衣目人，风致可掬。"

注释　①袪：袖口。此句亦见于《郑风·遵大路》，是诸侯或卿大夫的服装。**自**：对于，于。据林义光《诗经通解》。一说，由于，因为。据苏辙《诗集传》。一说，用。据《毛传》。**居居**：对人态度傲慢。《毛传》："怀恶不相亲比之貌。"一说，居居即裾裾，穿戴很讲究的样子。据马瑞辰《通释》。一说，共同安处。据戴震《诗经考》。②**维**：同"惟"，只因，只有。**故**：亲旧。

羔裘豹褎，自我人究究①。岂无他人？维子之好！

○诗之二章。魏炯若《读风知新记》："本诗的居居、究究，《蟋蟀》的瞿瞿、蹶蹶、休休，似乎是晋诗的一个特点。"

注释　①**褎**（xiù）：袖子，与上文"袪"义同。**究究**：傲慢，与上一章"居居"义同。一说，共相论究。据戴震《诗经考》。一说，长久。据苏辙《诗集传》。

解说

《羔裘》，对当权者不满的诗篇。

此诗之义颇为难解。原因是一些字句如"自我人"之"自"及"居居""究究"的意思难以确定。《毛诗序》以为"刺时也。晋人刺其在位不恤其民也"。"羔裘豹袪""羔裘豹褎"者身份为当权者，是可以肯定的。如果将"自"解为"对于"，那么，诗篇就是指责当权者对待"我人"亦即我等、吾人态度恶劣，而"我人"还在忍受，是因为与当权者有过密切的关系，是当权者的亲旧之人，只是因为念旧情，所以一时间还不忍离去，另投新主。如此，诗篇就有了警告当权者改弦易辙的意思。可是，以对人傲慢的思路来理解诗，也还可以有别的解释，如王质《诗总闻》就说："此朋友切责之词。"朋友发达了以后，便将故人情谊抛在脑后，再见面时已是一副"居居""究究"的傲慢模样。诗人痛心之余，仍放不下旧日情谊，"岂无他人？维子之故"，希望朋友能幡然悔悟，表现了忠厚的品格与对友谊的珍惜。这也能说得通。

还有一种说法来自苏辙《诗集传》，元代刘瑾《诗传通释》从之。此说解释"自"为因为、由于，"居居"是安居，于是苏辙说："君之处于民上，犹豹袪之在羔裘耳。豹虽甚贵，而以羔为本；君虽甚尊，而由有民而安其居。舍羔则豹无所施，而无民则君无所托矣。"苏辙这样说，他的根据在《毛传》，《毛传》在解释诗头两句时说："袪，袂也。本末不同，在位与民异心。"袂就是袖子，"本末不同"，是说袖子与衣服的关系，衣为本，袖子为末，袖子是依附在衣服上的。苏辙据此生发，得出一番民本主义的解释，道理很好，是否为诗篇原意，却很难说。还有一种值得一提的说法，是戴震早年著作《诗经考》提出的：诗篇表达的是对朝廷进用私人的厌恶。对"自"的解释，戴震采用的是《毛传》"自，用也"的说法，是指朝廷用私人，"居居""究究"，是指当权者与私人在那里享受富贵，并一起论政。难道天下就没有别人了吗？有，当权者却看不到，他眼里只有亲旧和相好的。如此，诗篇表现的就是晋国政治的昏暗。应当说，上述三说都颇为可取，而且都认为诗篇系对当权者表达不满，所以并列以备读者抉择。

鸨　羽

肃肃鸨羽，集于苞栩①。王事靡盬，不能蓺稷黍；父母何怙②？悠悠苍天，曷其有所③！

○诗之首章。朱公迁《诗经疏义》："言居处何时可定。"鸨三趾而集树，违反鸟之习性。

注释 ①肃肃：翅膀扇动的样子。**鸨**：鸟名，似雁，形体比雁大。《毛传》："鸨之性不树止。"鸨因无后趾，故不善于树居。所以，诗篇中鸨鸟集树的情形不是写实，而是比兴。**集**：栖落。**苞**：丛生。**栩**：又称枹栎、柞栎，乔木，果实坚硬，有皂斗，木材坚实，可用作建筑、器具之材，丛生者可用作薪碳，火力持久旺盛，适宜烘蚕茧、缫丝等。②**王事**：国事、公事。参《邶风·北门》"王事适我"句注。**靡盬**（gǔ）：没有做好。靡，没有。盬，甲骨文有"古王事""古朕事"之语，为当时成语，"古"的意思是治理。一说，盬，姑且，片刻闲暇。**蓺**：种植。字为"艺"的异体。**怙**（hù）：依，仗着。③**所**：停息之处。

肃肃鸨翼，集于苞棘。王事靡盬，不能蓺黍稷；父母何食？悠悠苍天，曷其有极①！

○诗之二章。朱公迁《诗经疏义》："言行役何时而可已。"

注释　①**极**：尽头。

肃肃鸨行，集于苞桑①。**王事靡盬，不能蓺稻粱；父母何尝**②？**悠悠苍天，曷其有常**③！

○诗之三章。朱公迁《诗经疏义》："言旧时之乐，何时而可复。"

注释　①**行**：行列。②**尝**：食。③**常**：正常的生活。

解说

《鸨羽》，倾诉征役苦民的歌唱。

诗以不宜树栖的鸨鸟栖落树上起兴，表达出对征役之事的厌倦和无奈。国家的劳役之事没完没了，致使父母陷于无人赡养的境地。一句"苍天"的呼喊，则将个人及家庭的不幸喷涌而出。父母无靠的呼告，是诗篇的关键。为国事劳苦是臣子之道，养父母则是孝子之道。宗法社会，家国一体，对父母的义务和对国家的义务同等重要。然而，现在的政治却是因后者而害前者，是家国伦理对峙关系破坏的表现。此诗用父母的不幸来抗议当局滥用民力，是十分有力的，因为它有伦理的支点。任何社会的崩溃，都先发生于内部关系的失衡，此诗的呼告中正显示着这种现实。旧说此诗鸨羽之兴，指喻晋君子之流也被迫参加征服，实为谬说。农耕社会，农民安土重迁，尤其视服役为畏途，这一点至后世犹然。所以，鸨羽之喻当指一般农夫。诗篇"王室靡盬"的句子，数次出现于《小雅》中，"集于苞栩"之句也两次见于《小雅》；而且有"王室靡盬"之句的诗篇都与役夫征人有关，本诗也不例外。此诗在艺术上颇有可称道之处，首先是开篇的比兴之词，完全是无中生有，鸨根本不上树，可诗篇却煞有介事地这样写，其实是譬喻之词，写出来却很像是一幅眼见的光景，从而增加了句子的意味。此外，其行文有平稳叙述，有不平的呼喊，二者相间，平稳者见其深沉，不平者见其激切，两者相映，使篇章有抑扬顿挫之妙。

无 衣

岂曰无衣七兮①？不如子之衣，安且吉兮②！

○诗之首章。言不一定从王室获得七服之命，但获得王命才名正言顺。奸雄嘴脸从实话实说中显出。

注释 ①衣：此处指命服。古代贵族职权要经过册命，叫做锡命。据《周礼》等文献，一共九级，亦即九命，命数越高，地位越高。锡命时有相应的赏赐，包括衣服等，以表身份。**七**：七命之服，受此命服者地位为诸侯。其服，上衣绘有三种图案，下衣（古称为裳）四种图案，共七章，即七种图案。②**子**：指周王。**安**：舒适。**吉**：美善。

岂曰无衣六兮①？不如子之衣，安且燠兮②！

○诗之二章。六命与七命同。"吉""燠"字下得俏实。

注释　①六：六命之服。指在王朝为卿者的命服，地位与诸侯相等。陈奂《诗毛氏传疏》："天子之卿，即侯伯也。天子之卿六命，出封侯伯加一等，则七命。……晋为侯伯之国，实七命，其在王朝，则亦就六命之数。诗人以七、六分章，实一意。"②燠（yù）：暖和。

解说

《无衣》，晋武公使者向周王求锡命的篇章。

《毛诗序》："美晋武公也。武公始并晋国，其大夫为之请命乎天子之使而作是诗也。"是说诗篇歌之于晋武公命大夫请命于周王使者之际。然而关于周王册命曲沃武公的事，相关记载见诸《左传》，曰："僖王使虢公命曲沃伯为晋侯"，是《毛诗序》"请命乎天子之使"的依据。至于其言"美武公"则不可信，对此朱熹《诗序辨说》已有驳正。读此诗须同史实联系起来。《史记·晋世家》曰："晋侯二十八年，齐桓公始霸，曲沃武公伐晋侯缗，灭之，尽以其宝器赂献于周釐（僖）王。釐王命曲沃武公为晋君，列为诸侯，于是尽并晋地而有之。"当初晋文侯之弟桓叔受封曲沃，称曲沃桓叔，其力量日益强大，终于到桓叔之孙武公之时灭掉正统的晋侯，取而代之。此事发生在晋缗侯二十八年（前679年），是春秋早期"臣弑其君"的事件。晋武公取代晋君的篡夺行径之所以变得合法，周釐王受贿至为关键。此前，周王几次派人保护晋侯正支，压制曲沃势力，然而在接受武公贿赂后马上改变态度，站到了晋武公一边。对此，南宋戴溪《续吕氏家塾读诗记》曰："己（指武公自己——引者）不请命于天子，其大夫乃为之请命于天子之使，盖武公自嫌强大，不肯少屈……观其诗辞，傲然可愤。'岂曰无衣'，自诡强盛也；'不如子之衣'，以敌体（敌体，与周王平起平坐的意思）相轻也。……

当是时，晋犹未强，非得天子之命服，诚不可以久安……外示强大，中实歉然，真情所见，不可掩也。"今人魏炯若《读风知新记》也别有会心，说："《序》说'其大夫为之请命乎天子之使'，实已括尽情事，只是后世学者粗心读过，没有看出它幕布之后的复杂场面：武公的大夫，把灭晋所得的宝器，全部摆在王使的面前，而命人歌这诗。暗示，我有如此多的珍宝，用来赂大国，也能保我的安吉；不过周王应处优先地位，所以请你来看一看。同时也提出晋国的要求——七命之服；而且又可以降为六命之服，为立晋侯缗的周王留一个转圜的余地。那时齐桓公的霸业已经建立起来，小国之欲诉于王的，都已经不之王而之齐。所以晋的大夫用'岂曰无衣兮'来暗示王使，王使也懂得这个意思。这一桩买卖，不仅宝物众多，而就时势看，这样天外飞来的财宝，已很难有第二次。因此这位王使终于不得不俯允所请。"其说颇能尽诗之曲折。不过，也可能是诗人的模拟，意在展现如下的情形：晋武公的手下手持抢夺来的赃物，嘴里说着软中带硬的要挟，一副政治流氓的嘴脸。堂堂周王对旁支夺嫡之事非但不加惩治，反而甘其贿赂，受其奴使，其贪婪、昏聩，无以复加。此正所谓"君不君，臣不臣"的世道倾斜。果然如此，诗人对晋武公的行径该是愤激的，诗篇却含而不露，只是把晋武公在周王面前的花腔加以录制、谱成曲调，以此来表达其辛辣的抨击针砭，手法极为高超。

有杕之杜

有杕之杜，生于道左①。彼君子兮，噬肯适我②？中心好之，曷饮食之③？

○诗之首章。言饮食可以招徕君子。一树孤独而生，景物分明。

▣ 注释 ▣　①杕（dì）：高大孤立貌。本为树名，在此为形容词。**杜**：棠梨树，果实小而酸涩。《诗经》常见。**道左**：即道旁。②**噬**：通"逝"，语助词。**适**：投奔。③**曷**：何不。

有杕之杜，生于道周①。彼君子兮，噬肯来游？中心好之，曷饮食之？

○诗之二章。牛运震《诗志》："杜实少味而杕杜寡荫，托喻最切。"

▣ 注释 ▣　①**道周**：大道的弯曲处。

解说

《有杕之杜》，讽喻当权者不亲近君子的诗篇。

《毛诗序》谓："刺晋武也。武公寡特，兼其宗族，而不求贤以自辅焉。"王先谦《诗三家义集疏》："三家无异义。"《毛诗序》所说的"武公"是曲沃桓叔之后，是他最后消灭晋的正支而夺得晋国大权。对汉儒成说，后世多有不信，如朱熹《诗序辨说》云："此序全非诗意。"继而有人解之为"爱慕隐居贤者"，有人解之为"孤独盼友"，有人解之为"怀念征夫"，更有视之为"情诗恋歌"，乃至"流浪乞食"者歌云云，不一而足。知人论世，此《毛诗序》之说确有可取之处。诗篇以"杕杜"起兴，胡承珙说得好，《诗》"凡言'有杕'者，皆取兴于特貌"。而诗篇所说，翻译一下就是，那些君子怎样才能到我们这里呢？答语并不直接给，而是转了一个弯子，说：如果真的从内心深处喜欢他们，又如何不以饮食款待他们呢？言外之意是"彼君子"不来，是因为没有真心对他们。这话是带了刺的，与"有杕"的"取兴"也是一脉相通的。不过《毛诗序》说也应修正一下，即不能认为诗篇只刺晋武公一人，毋宁说，针对的是晋国许久以来严重的社会问题。这问题就是自曲沃桓叔开始兴盛以来，晋邦内部同姓、同宗族的杀戮，导致同姓的枝干凋零。桓叔一支历时六十七年的强宗夺嫡过程，同时也是诸侯之家的公子、公孙及其族属间互相践踏及由此而来的分崩离析的过程，以至于晋献公之世有"尽杀群公子"之事发生（见《左传·庄公二十五年》）。曲沃桓叔一支取得成功后，为警惕同样的事情发生在自己身上，当然会对远近同族抱有戒心。此诗之作，所针对的应该就是这样的现实。《毛诗序》谓"不求贤"，就是诗篇中的"彼君子"，若款待外来的"贤人"，只是"饮食之"，岂不规格太低了些？若施之于那些因邦族内部倾轧而被疏远的"君子"，倒是非常适合。内部争夺的结果是有些"君子"连活命都成了问题，所以诗人才有给他们口饭吃的呼吁。

葛 生

葛生蒙楚，蔹蔓于野①。**予美亡此，谁与独处**②。

○诗之首章。言所爱亡故多年，坟茔上已长满了藤葛之物。"葛生""蔹蔓"两句，描绘墓地荒景，气氛悲凉。

注释 ①**葛生**：葛藤生出。《法言·重黎》注谓："死则裹之以葛，投诸沟壑。"诗以葛生起篇，或与此俗有关。**蒙楚**：葛的枝叶蔓延在荆棘上。**蔹**（liǎn）：草本植物，又名乌敛莓，喜欢生长在田野岩石的边缘。②**美**：美好的人，即爱人。**亡此**：埋葬在此。**谁与**：只有。谁，唯。与，以。**独处**：一个人居处，下文"独息"同义。或言"谁与独处"可读为"谁与？独处！"两句，但不合《诗经》句法习惯。

葛生蒙棘，蔹蔓于域①。**予美亡此，谁与独息**。

○诗之二章。

注释　①域：坟茔地。

角枕粲兮，锦衾烂兮①。予美亡此，谁与独旦②。

○诗之三章。枕衾粲烂，而死者永息。牛运震《诗志》："极惨苦事，忽插极鲜艳语，更难堪。"

注释　①**角枕**：方形枕头，有八角，所以称角枕。《周礼·玉府》："大丧……共（供）角枕。"**锦衾**：织锦做的被子。**烂**：光彩貌。"角枕"两句，写生者对死者下葬时的最后记忆。一说，写思念者身边之物，意味着诗篇所表，系新婚者的死别。②**独旦**：一个人独自到天明。

夏之日，冬之夜①。百岁之后，归于其居②！

○诗之四章。表死后同穴之志。此章及下一章，笔触又转回坟茔处。《郑笺》："思者于昼夜之长时尤甚。"

注释　①**夏日**：与后"冬夜"为互文，冬夏日夜时时思念的意思。②**百岁**：即百年。**居**：此处指坟墓。

冬之夜，夏之日。百岁之后，归于其室①！

○诗之五章。姚际恒《诗经通论》："'冬之夜，夏之日'，此换句特妙，见时光流转。"

注释　①**室**：墓室。

解说

《葛生》，悼亡诗篇。

《毛诗序》："刺晋献公也。好攻战，则国人多丧矣。"晋献公在位时确实好战,大肆扩张土地,兼并包括许多同姓在内的小国。战事多,死丧也就多。这是《毛诗序》之说的根据。"葛生蒙楚"的起句,使诗篇笼罩在一片哀伤气息之中。葛麻裹尸的坟茔,现在又生起了蔓延的葛藤,亡故的人都已经奄然物化,但在深怀故人的思念者看来,亡者的魂灵却一直在独处中等待着。因此在伤悼的人想像中,当年下葬时的"角枕""锦衾"依然明粲光亮。深深的眷恋,穿透了幽明之隔。前三章是蕴藉的默念,为后二章激烈情绪的抒发做出了坚实的铺垫。幽居的亡灵在独处,活着的人又何尝不在经历着日夜的煎熬?前三章是从逝者一面说,后二章是从悼念者一方说,并将诗的情绪推向了高潮。重章叠调是《诗经》惯见的技法,此诗后二章的重叠,起到了极好的抒情作用。专一的眷念,正是借着变换语序的错综句法强烈地表出。此诗可称古典悼亡诗之祖。陈澧《读诗日录》说:"此诗甚悲,读之使人泪下!"

采 苓

采苓采苓,首阳之巅①。人之为言,苟亦无信②;舍旃舍旃,苟亦无然③。人之为言,胡得焉④!

○诗之首章。言若人不信谣言,谣言必不能得逞。

注释 ①苓:甘草,又名大苦,字亦作"蘦",草本药用植物,喜欢生长在干爽之地。嫩芽和面蒸食,味道甘美。亦见《邶风·简兮》。一说,此诗之苓,当为莲。**首阳:**山名,古代名首阳山的地方颇多,此诗中的首阳,或指雷首山,在今山西永济一带。**巅:**山顶。②**为:**即"伪"。为言,犹《小雅·沔水》"民之讹言"的"讹言",即谗言、谣言。下一句"为言"义同。**苟:**姑且,最好还是。表祈愿语气。**无信:**不要信。③**舍:**舍弃,丢开。**旃**（zhān）："之焉"二字的合音。**无然**：不以为然，不相信。④**胡**：何。**得**：得逞，起作用。

采苦采苦，首阳之下①。**人之为言，苟亦无与**②；**舍旃舍旃，苟亦无然。人之为言，胡得焉！**

○诗之二章。

注释　①苦：苦菜。亦见《邶风·谷风》。②无与：不信。与，赞成。

采葑采葑，首阳之东①。**人之为言，苟亦无从；舍旃舍旃，苟亦无然。人之为言，胡得焉！**

○诗之三章。戴君恩《读风臆评》："各章上四句，如春水池塘，笼烟浣月，汪汪有致。下四句如风起浪生，龙惊鸟澜，莫可控御。"

注释　①葑：菜名。参《邶风·谷风》"采葑采菲"句注。

解说

《采苓》，针砭听信谗言之人的诗。

各章的开头两句为比兴之词，无实义。每章中间四句，叮嘱不要信从谗言，却分作两层来说。前两句正面劝告不要相信伪言，接着两句进而劝告舍弃谣言。最后两句反问：若不信谗言，谗言还能得逞吗？这是说理，也是表达忿闷，语调近乎抢白。这样说，使诗篇有了言外之意。或许是"盗言孔甘"，所以人们嗜之成瘾？或许是讹言称意，所以甘之如饴？不论如何，总之诗篇不是表谗言如何不可听信，而是突出人们在谗言面前的软弱无力以致谗言肆虐。旧说诗篇是讽刺晋献公的，晋献公早年英雄，晚年因耽溺于骊姬的狐媚，逼死太子，赶走公子，都是听信谗言的恶果。《国语·晋语》

载太子申生为将"克霍而反,谗言弥兴"。看来在晋献公迷惑于骊姬的邪谋时,也是晋国谣言四起、小道消息纷飞的时期。诗篇或许就产生于此时,表达的是当时的明白人对被狐媚迷醉的荒唐晋献公的针砭。当然对此也有学者如朱熹表示怀疑,理由是从诗篇本身找不到确切证据。不过,即便诗篇真不是晋献公时作,也不妨碍其普遍的针砭价值。所有的谗言都是甘甜的,总是体贴着人性弱点而来的,因而也就特别容易在那些有权势者身上奏效。这一点,古今一律。诗既是表谗言之害,也是揭示人性弱点,因而其针砭的意义是可以超越时代与地域的。

秦风

《秦风》，西周故地之诗。秦为嬴姓，据《史记·秦本纪》等记载，秦人始祖名大业，为女修吞鸟卵而生。若干世后，秦人祖先柏翳辅佐大禹治水，并为舜驯服鸟兽，因功赐姓。殷商时，中潏率秦人一部为商王朝守西垂（约在渭水中游一带）。中潏之子蜚廉、孙恶来"父子俱以材力事殷纣"，在商周鼎革、"三监"叛乱之际，他们因附逆而被周人投向西垂地区。自此，两股嬴姓氏族生活在今甘肃天水及附近地带（1982—1983年考古学者曾在甘肃盘安乡毛家坪村发现了西周早中晚时期秦文化遗存，是迄今发现秦人居西垂的最早遗址）。到中潏七世孙非子时，时值西周孝王，秦人以善养马受到周王重视，被封于秦（今甘肃清水县西清水故城），为周室附庸。这有西周青铜器师酉簋铭文"秦尸（夷）"云云为证。至周宣王时，非子曾孙秦仲伐西戎（即猃狁）战死，其子庄公为父报仇，击败西戎，被封为西垂大夫，居犬丘（今甘肃礼县附近，近年此地有大堡子山秦公大墓发现）。其事有《不其簋》铭文为证。西周灭国，平王东迁，秦仲之孙襄公护驾有功，升为诸侯，周室将西周故地一部分赐封于秦。至文公时秦人驱走犬戎，尽有关中之地，至穆公时上升为霸主之国。据以上所说，秦人渊源于古老的东方。不过也有学者认为，秦人实来自西方的羌戎。因考古发现表明，秦人特有的文化习俗如"屈肢葬"、墓葬头朝西等，与甘、青地区羌戎文化存在渊源关系。同时，考古显示，秦人还受殷商文化及先周文化等多种因素的影响。进入周人故地之后，秦人更努力"继承丰镐旧习，以掩饰自己的卑微出身，标榜自己属于华夏正统"（王学理、梁云《秦文化》，文物出版社2001年，第5—6页）。无论如何，秦人文化中含有浓郁的戎狄之俗，是很明确的，这使秦与当时东方列国颇有差异。喜尚游猎（《石鼓文》十章有近一半内容与车马射猎有关可证），强烈的尚武精神，杀殉以及"从死"陋习等，都是其"戎狄之俗"的表现。然而秦文化也在发展，尤其在东进之后，表现在诗篇上，是对西周礼乐的承袭。《左传》载季札观乐："为之歌《秦》，曰：'此之谓夏声。夫能夏则大，大之至也，其周之旧乎？'""夏"通"雅"，"夏声"是指秦人诗乐中保存的西周音乐的因素，所以季札说"周之旧"。近年秦公一号大墓出土的数十枚带有四言诗体刻文的石磬，与发现于宝鸡杨家沟乡太公庙村窖穴的八件春秋早期青铜器钟、镈，都可表明秦人学习周人礼乐取得的成绩。此外，秦人刻在石头上的《石鼓文》四言体韵文，一开篇就是"避车既工，避马既同"，与《诗经·小雅·车攻》篇语句相同。看来秦人不仅继承周人乐调，连篇章内容也深受影响。总体而言，雄武奋发、慷慨悲凉，是《秦风》的本色。

《秦风》十篇。

车　邻

有车邻邻，有马白颠①。未见君子，寺人之令②。

○诗之首章。言未见秦君而先睹其车马、寺人。喜言车马，是《秦风》特点之一。

注释　①邻邻：车铃声。颠：额头正中。白颠，即马额正中有一块白毛。两句实为起兴之词，然以车马起兴，也是《秦风》特有的现象。②寺人：侍卫小臣，一般为宦官。实际此处之"寺"，或为侍字之省而非指阉人。《史记·秦始皇本纪》后附秦公年表："缪（穆）公学著人。"即向著人学习，而"著"又作"宁"，宁人即看门人，亦即侍卫之辈。可知，在秦，守门侍卫中有富于学问之士。或许秦东进西周故地后，有一些西周遗留的文化人沦落为下层，做看门之事。令：传令。"未见"两句是说，在未见到君子以前，已得侍从传令。这应该是秦国的新现象，故诗特意表之。一说，令，善。是说未见君子之前，先见君子身边帅气的侍卫，令人欣喜。

阪有漆，隰有栗①。**既见君子，并坐鼓瑟。今者不乐，逝者其耋**②。

○诗之二章。言与君并坐鼓瑟，及时行乐。"并坐"二字，见君臣关系亲密。李光地《诗所》："自古创业之君，未有不略去礼文，上下交欢足以济。此亦秦所以成霸之本也。"

注释 ①**阪**：坡。**漆**：漆树。乔木，高可达二十米，雌雄异株，初夏开黄白色小花。漆树树脂是天然涂料，先民很早就知道用漆脂做涂料。漆树材质轻疏，耐水，有弹性，可制乐器。**隰**：下湿之地。**栗**：栗树，又名山栗、板栗等，落叶乔木，高近二十米，夏天开黄白色花，雌雄同株，果实有坚硬外壳，味佳。②**逝者**：来日，他日。**耋**（dié）：古代八十岁为耋，在此泛言年老。

阪有桑，隰有杨①。**既见君子，并坐鼓簧**②。**今者不乐，逝者其亡**。

○诗之三章。

注释 ①**杨**：蒲柳，又名蒲杨、河柳等，落叶乔木，高可达十余米，枝叶柔韧，适于编筐等器物，枝条也可以做箭杆用。②**簧**：吹奏乐。参《王风·君子阳阳》"左执簧"句注。

解说

《车邻》，君臣宴饮的欢歌。

《毛诗序》谓此诗为"美秦仲"之作。考《史记·秦本纪》，秦仲为非子之后，立二十三年战死于戎。《国语·郑语》载史伯之言曰："秦仲，嬴之隼也，且大，其将兴乎！"据此秦仲是秦国霸业的创始者。不过朱熹《诗序辨说》谓此诗未见其必为秦仲之诗，也不无道理，毕竟诗本身未曾明言，疑之可也。但诗中"君子"有"寺人"，当不是等闲贵族一流，为秦国君主应该是没有疑问的。须多加关注的是此诗的内涵，即表达的是人生易老、享乐应当及时的观念。君臣际会，酒酣耳热之时，感叹生命易逝，是一段慷慨的悲声。据说后来秦穆公死后"三良"的从葬，也是在酒酣耳热之际约定的（参《秦风·黄鸟》解说）。可见秦国君臣关系的粗朴，风尚的古旧。还有一点值得注意，此篇与《唐风·山有枢》的句式及风调颇有相似之处。秦、晋地域相邻，两地之风互有流传，是一种可能；还有一种可能是由于秦的祖先曾在唐尧故地生活过，如《史记·秦本纪》载西周中期秦祖先造父为周穆王驾车，穆王以赵城封造父，而赵城之地即在汾水之畔。秦祖先将唐尧故地的民风古调带至秦地，似更有可能。秦声尚悲凉，到东汉犹然，此篇可算是有记载的最早的秦声。李斯《谏逐客书》谓："击瓮叩缶，弹筝搏髀，而歌呼呜呜快耳者，真秦之声也。"其来有自矣。

驷驖

驷驖孔阜，六辔在手①。公之媚子，从公于狩②。

○诗之首章。言秦君驾车带着宠爱的人去打猎。"六辔在手"句，言马之良、御之善。

注释 ①**驷驖**（tiě）：四匹铁青色的马。驷，古代车驾以四马为尊。又陈奂《诗毛氏传疏》认为"驷"当作"四"。驖，铁青色。**孔阜**：很大，很强壮。孔，很。阜，大。**六辔**：六条缰绳。古代车驾若为四匹马，应为八条缰绳，但据考古发现战国车驾实物，两边的两匹骖马的内辔，是各自连接在中间两匹服马的衔镳（即俗称的马嚼子）上的。所以握在驾驭者手中的缰绳只有六条。参扬之水《诗经名物新证》。②媚子：被宠爱的人。也可能是男，也可能是女；可能是君主子女，也可能是其宠幸。

奉时辰牡，辰牡孔硕①。公曰左之，舍拔则获②。

○诗之二章。言虞人驱使猎物供君主射猎。"公曰左之"句，有声色。

注释　①**奉**：供给。指负责园囿事务的虞人。**时**：是，这。**辰**：合时令的。古代四季狩猎的对象各有不同，是由虞人掌握的。一说，辰为"麎"字之假，母鹿。**牡**：公兽。**硕**：肥大。②**左之**：左转。参《郑风·清人》"左旋右抽"句注。**舍拔**：放箭。拔，矢末称拔，此处指代箭。**获**：命中。

游于北园，四马既闲①。輶车鸾镳，载猃歇骄②。

○诗之三章。言狩猎结束，游于北园。猎犬载以輶车，何等名贵。表犬以见其主人。前人王世贞谓"载猃"句"大拙"（见《艺苑卮言》），毛先舒视之"古人恒调"（见《诗辩坻》），孙鑛《批评诗经》谓二句"饶态"，更为允当。

注释　①**北园**：秦国的园囿，在今陕西凤翔县南。马叙伦《石鼓为秦文公时物考》一文中说："《吾人石》中之中囿孔□，即《秦风·驷驖》诗中之'北园'，在汧。汧源，乃秦襄公故都。"汧音qiān，今陕西千河。**闲**：训练有素。②**輶**（yóu）**车**：狩猎用的轻车。**鸾**：马首所挂的铃。**镳**（biāo）：马口中含的铁具，俗称马嚼子。**载**：载着。**猃**（xiǎn）：长嘴巴的猎犬。**歇骄**（xiāo）：短嘴巴的猎狗。《说文》引《诗》作"猲獢"。

解说

《驷驖》，写秦君狩猎的诗篇。

《毛诗序》及《鲁诗》家都认为是美秦襄公之作，宋儒亦无异说。秦襄公为秦仲之孙，周平王东迁时护驾有功，被封为诸侯。陈子展《诗经直解》引《通鉴前编》载宋太宗时，秦襄公冢坏，得铜鼎，铭曰："天公迁洛，岐、丰锡公。秦之幽宫，鼎藏于中。"可证秦襄公确有受赐宗周故地之事。诗一则言"公"，再则曰"园"，古说看来不无道理。郭沫若《古刻汇考序》曰："阅《秦风·诗序》，《驷驖》，美襄公也。则是与《石鼓诗》乃同时之作。《诗》云'游于北园，四马既闲'，盖即西畤之后苑也。"诗篇写秦君狩猎，带着自己亲近的人，满车还载着各种各样的猎狗，秦人好狩猎风尚的表现十分突出。这又与《石鼓文》多写狩猎场面的内容吻合。王应麟《困学纪闻》论秦风曰："风俗，世道之元气也。……观《驷驖》《小戎》之诗，文、武好善之民，变为山西之勇猛矣。晋、秦以是强于诸侯。然晋之分为三，秦之二世而亡，风俗使然也。"可称善言。《秦风》诗篇生龙活虎，此篇也是代表之一。

小 戎

小戎俴收，五楘梁辀①。游环胁驱，阴靷鋈续②。文茵畅毂，驾我骐馵③。言念君子，温其如玉④。在其板屋，乱我心曲⑤。

〇诗之首章。详述车马之制，继表思念之情。《秦风》喜言车马，以此篇为最。锺惺《评点诗经》："虽是文字艰奥，亦由当时人人晓得车制，即妇人女子触目冲口，毕能成章。车制不传，而此等语始费解矣。"田雯《古欢堂集》卷十八："读至'在其板屋，乱我心曲'二语，逸情绝调，悠然无尽。"

[注释] ①**小戎：**兵车。周制，走在战阵前面的车叫元戎，为将帅所乘，与元戎相对，一般的战车称小戎。**俴（jiàn）收：**车后轸木上的车厢板。俴，浅。收，车底盘四周的方木叫轸，四根轸木构成方框。此处的"俴收"，实指后面的轸木上的位置。因为其他三面的轸木均有车厢板挡住，看不到，而车厢后面，留有缺口，以便上下车，露在外面；同时安装的车厢板是活动的，可以竖起、放下，或左右开，高度上也较其他车厢板低一些，故称俴收。**五楘（mù）：**皮革交错缠绕。楘，皮革。五，同"午"，交错缠绕的意思。即以皮革缠绕车辕，既可加固车辕，也可增其美观。**梁辀（zhōu）：**曲辕。梁，房梁。辀，船。古代的战车一根辕木，形状弯曲，既像房梁，又像舟船，所以称梁辀。②**游环：**左右骖马需要缰绳加以控制，为了固定缰绳，将一个带有金属环的短带固定在马背靠前的肚带上，以使缰绳从金属环中通过。这个金属环，可以在小范围内移动，所以叫游环。**胁驱：**迫使骖马直行的小金属折板。古代战车由四匹马驾乘，中间的两匹称服马，两服马的外胁一侧都有由皮带固定的金属折板，用以防止骖马挤撞服马，称为胁驱。**阴靷（yǐn）：**牵引车辆的绳索。靷，即引，引绳。其一头系在服马的轭上，一头固定在车轴上。据秦始皇陵出土铜车马，靷分两段，一段在服马一边，一段则在车厢之下与轴连接。服马一边的靷有两条，各自连接在靠近车辕的轭上，两靷向车轴方向牵引，在车厢之前的梁辀部位交合成一条；之后，再向后拴系在车轴上，就是后段了。所谓"阴靷"，就指交合后向车轴方向牵引的那一段，因为是掩藏在车厢之下的，故称阴。**鋈（wù）续：**两条靷交合并拴系在车辕下的一个镀锡的金属环上，这样就可以把两条靷的力量合为一股。鋈，镀锡。续，绳结。扬之水《诗经名物新证》说："这便是先秦古车所独有的轭靷式系驾法，也是当时世界上最为先进的马车系驾方式。"③**文茵：**有花纹的车垫。有的是虎皮，有的是席子，因车而异。**畅毂（gǔ）：**即长毂，毂是固定辐条的筒木，外面套有铜箍，兵车的毂长，所以称畅毂。**骐馵（qí zhù）：**花色如棋格的马称骐，

左后足白色的马为驈。④言：我。"安大简"此句作"我念君子"。⑤板屋：以板做屋，西方戎族的居住习俗。一说，板屋为穹庐、蒙古包式的建筑。见王闿运《毛诗补笺》。**心曲**：内心深处。

四牡孔阜，六辔在手①。**骐馵是中，骝骊是骖**②。**龙盾之合，鋈以觼軜**③。**言念君子，温其在邑**④。**方何为期，胡然我念之**⑤？

○诗之二章。上章述车，此章重点表马。

注释 ①**四牡**：四匹雄马。**孔阜**：十分高大。**六辔**：六根缰绳。参《秦风·驷驖》"六辔在手"句注。②**骝**（liú）：赤身黑颈的马。**騧**（guā）：黄身黑嘴的马。**骊**（lí）：纯黑色的马。**骖**：古代一车四马，两旁的马为骖马。古代马车很讲究四匹马的毛色齐整。③**龙盾**：以龙为图案的盾。**合**：两张盾合放在一起。**觼軜**（jué nà）：安装在车轼上的用于固定服马两条内辔的金属装置。觼，有舌的环。軜，即枘，是固定觼的金属钉。一说，服马的内辔称軜。④**邑**：西戎的城邑。有土墙围绕的居民区为邑。⑤**方**：将。**胡然**：为何这样地。

俴驷孔群，厹矛鋈錞①。**蒙伐有苑，虎韔镂膺**②。**交韔二弓，竹闭绲縢**③。**言念君子，载寝载兴**④。**厌厌良人，秩秩德音**⑤。

○诗之三章。言矛、盾、弓韔。《郑笺》："国人夸大其车甲之盛，有乐之意也。"田雯《古欢堂集》："《小戎》四（四应作三）章，奇文古色，斑斓陆离。"

注释 ①**俴驷**：蒙了甲的四匹马。俴，浅，此处指轻薄之甲。陕西侯马铸铜遗址出土陶豆上绘有车马图案，其中的驷马是披甲的。湖北曾侯乙墓也出土过皮质髹漆的马胄、马甲。**孔群**：十分和谐。**厹**（qiú）：三刃矛。**鋈錞**（duì）：镀了锡的錞。錞，矛柄端的金属套。②**蒙伐**：藤或木制的盾牌，表面蒙有虎皮或涂抹髹漆并画有虎纹之类的图案。伐，橃的假借，大盾牌。考古曾发现自商至春秋时期的盾多件。**苑：**文彩貌。**虎韔**（chàng）：即虎皮做的弓箭套。韔，弓箭套。**镂膺：**装饰有金属花纹的箭袋。镂，用金属物雕刻。膺，正胸，指箭袋的正面。③**交韔：**两张弓交叉放在箭袋中。**竹闭：**保护弓箭不走形的竹制器具。**绲縢**（gǔn téng）：绳索。绲，捆。縢，绳子，即用绳索将弓箭和竹闭捆在一起，以防变形。④**兴：**起。⑤**厌厌：**安详貌。**秩秩：**举止有礼仪貌。

解说

《小戎》，怀念在外从军丈夫的诗篇。

诗篇明显的特点是细致刻画战车的形制装饰。诗中"乱我心曲""胡然我念之"及"载寝载兴"的述说，其情致不可谓不深，但总的来说，诗中对战车及其装置不厌其烦的描绘，是要压过思念之情的表达的。刘玉汝《诗缵绪》说得好："秦人性强悍，尚勇敢，又值犬戎之变而事战斗，其平居暇日所以修其车马器械以备战伐之用者，无不整饰而精致，故家人妇女亦皆习见而熟观之。"这就是《秦风》的特点。古称秦"戎狄之俗"，即使妇人思夫，也不作东方女子深闺娇柔凄楚之态。严粲《诗缉》说："《小戎》之诗，铺陈兵车器械之事，津津然夸说不已，以妇人闵其君子，而犹有鼓勇之意，其真《秦风》也哉！"同时值得注意的是，《小戎》中的车马描写，与《诗经》大、小《雅》尤其是《大雅》中的某些篇什颇为相似。诗写妇人的思情，但诗人不必就是妇人，这点写作学上的道理并不难理会。此诗的作者或许就是"收周余民"中的"周余"？

蒹 葭

蒹葭苍苍，白露为霜①。**所谓伊人，在水一方**②。**溯洄从之，道阻且长**③。**溯游从之，宛在水中央**④。

○诗之首章。锺惺《评点诗经》："异人异境，使人欲仙。"牛运震《诗志》评首二句："只两句，写得秋光满目，抵一篇《悲秋赋》。"姚际恒《诗经通论》："'在'字上加一'宛'字，遂觉点睛欲飞，入神之笔。"

注释　①**蒹葭**：芦苇。**苍苍**：灰绿色。②**伊人**：那个人。**一方**：另一边。《史记·扁鹊仓公列传》："视见垣一方人。"与此处"一方"意思相同。《毛传》："一方，至难矣。"又《石鼓文·霾雨》有"于水一方"句。③**溯洄**（sù huí）：逆流而上。④**溯游**：顺流而下。溯洄、溯游都是陆行。**宛**：宛然，好像。

蒹葭凄凄，白露未晞①。**所谓伊人，在水之湄**②。**溯洄从之，道阻且跻**③。**溯游从之，宛在水中坻**④。

○诗之二章。姚际恒《诗经通论》："'在水之湄'，此一句已了。重加'溯洄''溯游'两番摹拟，所以写其深企愿见之状。"

注释　①**凄凄**：即萋萋，茂盛的样子。**晞**（xī）：晒干。②**湄**（méi）：水畔。③**跻**（jī）：升高。④**坻**（chí）：水中高地。

蒹葭采采，白露未已①。**所谓伊人，在水之涘**②。**溯洄从之，道阻且右**③。**溯游从之，宛在水中沚**④。

○诗之三章。陈继揆《读风臆补》："意境空旷，寄托元（玄）淡。秦川咫尺，宛然有三山云气，竹影仙风，故此诗在《国风》为第一篇缥缈文字。宜以恍惚迷离读之。"

注释 ①**采采**：茂盛的样子。②**涘**（sì）：水涯。③**右**：迂回。④**沚**（zhǐ）：水中小洲。

解说

《蒹葭》，表织女思念牛郎之情的篇章。

秋水怀人，怅惘不已。思者及所思者具体为谁？笔者以为，即在我国家喻户晓的牵牛星和织女星。牵牛、织女的传说，起源甚古，在西周较晚时期的诗篇《小雅·大东》篇里，已有"跂彼织女""睆彼牵牛"之句，而《大东》篇，是抨击王政酷烈、"大东""小东"之民"杼柚其空"的。唱到"牵牛""织女"，实际是在以"织女"的织不成布和"牵牛"的"不以服箱"，来讥讽周王朝的德不称位、有名无实。这已使人相信两个星宿与周人有关联了，而《国语·周语》谓："我姬氏出自天鼋及析木者，有建星及牵牛焉。"更印证了这一点。据韦昭解释，"天鼋"即"玄枵"，其分野在齐地。而姬姓周家的女祖太姜（太王之妻）来自姜姓，故称"出自天鼋"。同时韦昭引旧说谓："有星出于须女，姜氏、任氏实守其祀。"这个"须女"既由姜氏"守其祀"，实际上也就是织女。《广雅》："须女谓之婺女。"《史记·天官书》张守节《正义》曰："须女，贱妾之称，妇职之卑者，主布帛裁制。"是"织女""须女"异名同实之证。牵牛、织女的传说，对应的是姬、姜两姓的婚姻关系。更关键的是，1961年我国考古工作者曾在西汉昆明池古遗址发现过牵牛、织女两尊石像。牵牛像在昆明池中间靠北的一块高地上，而织女像则发现于昆明池之外的西侧。昆明池今已干涸，若依当年池水丰沛的情形看，两尊石像，一个在昆明池中央，一个在昆明池之外，正好是隔水相望。牵牛像在昆明池中央如岛屿的高地上，文献记载西汉曾于此小岛建造过豫章馆。班固《两都赋》和张衡《二京赋》都曾描述过豫章馆，称石像为"左牵牛而右织女"，"牵牛立其左，织女处其右"，即池中的牵牛在东，池外的织女在西。据专家说石像是西汉时物，但考虑到先秦典籍所载，昆明池立石像，应遵循西周古制。

这又涉及西周旧制辟雍的问题。西周以迄西汉，都城都在今陕西之地。汉之昆明池是一片方圆数十里的水泽，专家实地考察后认为，西周礼乐性建筑辟雍就在昆明池范围内（参胡谦盈《丰镐地区诸水道的踏察——兼论周都丰镐位置》）。辟雍的中心建筑是灵台，据《左传》记载，西周灵台至春秋时犹存，秦穆公俘虏晋惠公后将其囚禁在灵台，即被水环绕隔绝着的。看诗篇所唱，诗中人找寻那"所谓伊人"，先是"溯洄从之"，再是"溯游从之"，不论其顺流还是逆流，都是可望而不可即，因为"伊人"总是"宛在水中央""宛在水中坻"。这情形正与古代辟雍四面环水的形制合若符契。不仅如此，"中央""中坻"之谓，还表明"伊人"所指，就是牵牛星；诗篇所唱，是诗人代昆明池外面那一侧的织女星抒情；"水中央（坻）"而冠以"宛在"，正传达着织女的引颈遥望之思。

史载周王室东迁后，西周故地一时尽为戎人所袭，是秦人经过几辈人的浴血奋战，至文公时"收周余民"而即有其地。此时，旧时辟雍业经多年荒圮，台榭倒塌；灵台旧馆，唯有石人站立。此情此景，周之余民或不免见而生悲，因赋此诗，托为织女思牛郎之慨。又《史记·秦本纪》载秦文公"二十七年，伐南山大梓，丰大特"。所谓"丰大特"实为一段神话传说，《史记集解》引徐广说："今武都故道有怒特祠，图大牛，上生树本，有牛从木中出，后见于丰水之中。"所云"丰水"即沣水，为西周、西汉辟雍、昆明池水源，发源于终南山，北流入渭水。传说中的"青牛"既"后见于丰水之中"，就可能被认为与"牵牛"有关。秦人占有周人故地时，既有青牛作怪，在丰水、辟雍之地祭祀安抚牵牛之神，未尝不是消灾免祸的法子。《蒹葭》之诗，或起于此。

终 南

终南何有？有条有梅[①]**。君子至止，锦衣狐裘**[②]**。颜如渥丹，其君也哉**[③]**！**

○诗之首章。言所见君子之貌。"渥丹"二字肤腴。

注释

①**终南**：即终南山，在今陕西省西安市南。**条**：又名柚、山楸。字为榣的假借。常绿乔木，高可达八米，有棘刺，夏天叶腋间开大型五瓣花朵，果实为圆大乳黄色柑果，冬天成熟，可生食，皮可入药。**梅**：楠木，常绿大乔木，高达二十五米，夏日叶腋间开黄色小花。其木纹理密致，是建筑和家具良材，皮、枝、叶皆可入药。②**止**：语气词。**"锦衣"句**：诸侯之服。《礼记·玉藻》："君衣狐白裘，锦衣以裼（xī）之。""裼之"即以无袖锦衣罩在狐裘之外。③**渥**：润泽。**丹**：一种红色石，可作染料，润泽后颜色更加鲜明。

终南何有？有纪有堂[①]**。君子至止，黻衣绣裳**[②]**。佩玉将将，寿考不忘**[③]**！**

○诗之二章。言所见君子之仪度。

注释 ①**纪**：杞梓之类的山木树，纪为杞字的假借。据马瑞辰《通释》。**堂**：即棠、棠梨。堂为棠字的假借。②**黻**（fú）：古代贵族礼服上黑与青相间的花纹。**绣**：五彩图案的花纹。③**将将**：即锵锵，佩玉相击发出的声音。**不忘**：难忘。句意谓到老也难以忘怀。一说，"忘"为"亡"之借字，不亡即永有。

解说

《终南》，秦文公接收西周故地遗民时演唱的乐歌。

旧说秦襄公时大夫之作，非是。周平王东迁时，曾将西周故地封给秦襄公。襄公十二年东伐至岐山，死。子文公继位，三年率七百人东猎；四年至汧渭水交汇地带，即所谓"汧渭之地"，建立都城；十六年文公以兵伐戎，戎败走，于是文公收"周余民"而尽有之，并将岐山以东之地献给周王。此诗当作于此时，即秦人真正成为西周故地新主人之际，诗篇之作或许就有为秦人正式袭居此地奠基的意思。理解此诗关键在"君子至止""其君也哉"数语，它们应该是"周余"迎接新主人的言辞，是不是"周余民"对秦国君主的到来真有这样的情感，不好说，但诗篇却可以这样唱。如此，诗篇才有"至止"之谓；其美秦公颜色的润泽，也是初见新主人时的语态。若为秦公身边人赋诗，这样的语句就不好理喻了。以面貌容颜赞人，是春秋时的风气，如《公羊传·庄公十二年》宋大夫南宫长万在闵公面前赞鲁庄公说："甚矣鲁侯之淑、鲁侯之美也！天下诸侯宜为君者，唯鲁侯尔。"正与本诗"其君也哉"意味相同。《韩诗外传》解此诗"颜如"二句曰："上之人所遇，色为先，声音次之，事行为后。故望而宜为人君者容也，近而可信者色也，发而安中者言也，久而可观者行也。……《诗》曰：'颜如渥赪（与丹同义），其君也哉。'"益知"周余民"初见秦公，"望而宜为人君者容"而作是诗。至于诗中"终南"云云，并不只是诗人的比兴之词，秦人经过两代人的努力，终于驱逐戎狄而袭居西周故地，终南山也就由周人的山，变成秦人基业稳固的象征了；"有条有梅"的丰腴光景，也就成为秦人福祉的气象了。以这样的言词表达对秦君到来的欢迎，是十分得体的。

黄　鸟

交交黄鸟，止于棘①。谁从穆公？子车奄息②。维此奄息，百夫之特③。临其穴，惴惴其栗④。彼苍者天，歼我良人！如可赎兮，人百其身⑤。

○诗之首章。哀叹奄息，并言愿百次去死以换取其生。余冠英《诗经选》："三章分挽三良。"

注释　①**交交**：鸟的鸣叫声。一说，小貌。**棘**：荆棘。非黄鸟所集之初，非实景，诗以此渲染悲苦不幸之情。②**穆公**：秦国君主，名任好，春秋五霸之一。**子车**：姓氏。**奄息**：人名，子车氏，与下文"仲行""鍼虎"为三兄弟，同为穆公贤臣。据《汉书·匡衡传》应劭注，穆公生前曾与三人相约"生共此乐，死共此哀"，所以三人殉葬为履行诺言。③**百夫**：多位男子。百是虚数，以言其多。**特**：雄俊。句意是奄息的价值百夫也不敌。④**穴**：墓穴。**栗**：战栗，颤抖。⑤**"人百"句**：愿意死去百次，以换取其一人生命的意思。

交交黄鸟，止于桑。谁从穆公？子车仲行。维此仲行，百夫之防①。临其穴，惴惴其栗。彼苍者天，歼我良人！如可赎兮，人百其身。

○诗之二章。哀子车。

注释　①**防**：通"方"，当，比。

交交黄鸟，止于楚。谁从穆公？子车鍼虎。维此鍼虎，百夫之御①。临其穴，惴惴其栗。彼苍者天，歼我良人！如可赎兮，人百其身。

○诗之三章。哀鍼（qián）虎。诗言棘、桑、楚，音义双关。

▣ 注释 ▣　①御：相当，比得上。

解说

《黄鸟》，哀叹穆公以三良从殉的诗篇。

《左传·文公六年》载："秦伯任好卒，以子车氏之三子奄息、仲行、鍼虎为殉，皆秦之良也，国人哀之，为之赋《黄鸟》。"这是《诗经》中少有的几首有史可据的诗篇之一。秦人对三良从葬的态度，仅从"彼苍者天，歼我良人"的呼喊中，即可以明显看出。诗中最让人不忍读的是"临其穴，惴惴其栗"一句。汉儒解此句以为秦人临穴，战战而栗，但朱熹《诗集传》正之曰："临穴而惴慄，盖生纳之圹中也。"就是生人而活埋，真是令人发指！但可怖又岂止于此，《史记》言穆公墓里"从死者百七十七人！"有些前人解此诗一厢情愿地将其视为反对杀殉的宣言，是"人的发现"的文告。舍百七十人于不顾，而只痛三良，哪里有反杀殉的意思？悼三良与反杀殉，根本是两回事。穆公杀殉后七十余年，至秦景公，犹有一百八十人殉葬（见《光明日报》1980年4月28日的考古报道），而《史记》载"献公元年止从死"，其时距景公杀殉已一百五十余年，距三良从葬已二百三十余年。杀殉如果真的在穆公就木的时代就伤害了民意，其俗何至于迁延数百年而不绝？"百夫之特""百夫之防""百夫之御"的痛惜，实是在赞三良的勇力，因而诗篇实际是在痛悼秦国失去爪牙。冬烘可笑的是《左传》里所称述的"君子"，"君子曰：秦穆之不为盟主也，宜哉！死而弃民……君子是以知秦之不复东征也"。"君子"实在短视，杀殉的秦人不是最终以其"尚首功"收拾了六国吗？读《黄鸟》应当视之为一种风俗势力的表征，放远一步说应当看到在我们"相斫"的历史兴亡背后，主宰着的是一种什么样的力量。"呜呼！俗之敝也久矣。其后始皇之葬，后宫皆令从死，工匠生闭墓中，尚何怪哉！"（朱熹《诗集传》）

晨 风

鴥彼晨风,郁彼北林①。未见君子,忧心钦钦②。如何如何,忘我实多③!

○诗之首章。言思望君子,内心郁闷。首二句营造氛围极具效果,与后章起兴之词不同。陈继揆《读风臆补》:"似怨似诉,意恰含蓄。"吴闿生《诗义会通》:"末句蕴藉。"

注释 ①**鴥**(yù):逆风疾飞貌。**晨风**:鹰鹯一类的鸟。**郁**:浓郁、茂密的样子。②**钦钦**:郁闷难捺的意思。③**如何**:奈何。

山有苞栎,隰有六駮①。未见君子,忧心靡乐②。如何如何,忘我实多!

○诗之二章。言内心不乐。"如何"两句,明思念者为遭遗弃者。

注释 ①**苞**:丛生。**栎**(lì):今名麻栎,又称橡子树,木质坚硬,可用来做车毂。**六駮**:梓榆,又名駮马,常绿乔木,生山中,叶似豫章树,树皮青白斑驳,远看似马。木材可做器具,也可制成薪炭。一说,六字当作"芇",丛生的意思。②**靡乐**:不快乐。

山有苞棣,隰有树檖①。未见君子,忧心如醉。如何如何,忘我实多!

○诗之三章。内心"如醉",思望之情尤深。牛运震《诗志》:"切壮不浮。"

注释 ①**棣**:棠梨树,果实酸涩,形如樱桃。**檖**(suì):树名,今名豆梨,又名赤罗、山梨,小乔木,叶子小而呈卵形,春天开五瓣白色小花,结豆粒大的球形梨果,味酸。根皮入药可治疗疮癣。枝干做嫁接梨树的砧木,最佳。

解说

《晨风》，表被遗忘者不满的歌唱。

此诗说法历来有分歧。主要原因是篇中的"君子"既可以指君主，也可以指家庭中的丈夫。检讨纷纭的众说，各有理由的不外两大类的理解，一类是把诗篇理解为政治题材，一类是把诗篇理解为怨妇题材。前一类较流行的，一说是刺秦康公忘掉父业、遗弃贤臣，出《毛诗序》；一说系妇人责备丈夫忘记旧恩，出朱熹《诗序辨说》和《诗集传》。前一说虽未有确凿证据，但也可以从一些传说中推测。据《韩诗外传》及《说苑》的记载，魏文侯有子名击，封于中山，三年父子不来往，有失君臣之义。击的师傅为赵人苍唐，习《诗》，击使之往说文侯。苍唐劝说文侯读《晨风》，文侯感悟，父子和好如初。如此传说可信的话，则此诗可能就是刺君忘臣的作品。《韩诗外传》属今文家的作品，《毛诗》后出，或采自今文家。后一说出自朱熹，如《诗集传》曰："此与《扊扅之歌》同意，盖秦俗也。"扊扅又作剡移，即门栓。据应劭《风俗通义》载，百里奚为秦相，堂上作乐，有一浣妇自言知音，援琴抚弦而歌曰："百里奚，五羊皮。忆别离，烹伏雌，炊扊扅。今富贵，忘我为？"百里奚闻此，知是自己的原配夫人。这些是两说的一些根据。不过，不论是刺君忘臣，还是刺夫忘妻，两者也有其可通之处，那就是，以夫妇比喻君臣关系，是后代古典诗文里常见的说法。若真如朱熹所说，《晨风》就是此类最早的作品了。此诗的长处是开始两句的起兴之词，疾飞的鹰鹯，郁郁的树林，使全诗笼罩在一种阴郁的氛围当中。《诗经》艺术往往如此，着墨不多，而意境全出，而如此的营造氛围，又是后世古典诗歌艺术的灵魂。

无 衣

岂曰无衣？与子同袍①。王于兴师，修我戈矛，与子同仇②！

○诗之首章。言同袍同仇。陈继揆《读风臆补》："开口便有吞吐六国之气。"

注释　①同袍：同穿一件战袍，慷慨之语。古代军人穿统一制服，《方言》"卒"字，钱绎《笺疏》："卒，隶人给事者为卒；卒，衣有题识者。"题识即统一标识。②王：指秦侯。参《邶风·北门》"王事适我"句注。于：语助词，一般用在动词之前。一说，于即"呼"。同仇：同伴。仇，匹偶。

岂曰无衣？与子同泽①。王于兴师，修我矛戟，与子偕作！

○诗之二章。言同泽偕作。

注释　①泽：即"襗"之借字。贴身内衣。

岂曰无衣？与子同裳。王于兴师，修我甲兵，与子偕行！

○诗之三章。言同裳偕行。

解说

《无衣》，激励士气的军歌。

"岂曰"开首，横扫一切庸碌怯懦之气；"同袍""同泽"之语，则畅扬军中手足之情。以此相激，如何不士气超拔，情志迷狂，舍生忘死！而"王于兴师"所领起的数句，则又将这慷慨之情，尊崇为天经地义。诗风雄放，气格豪迈，不仅为《诗经》所仅见，即唐人边塞诗亦无以立马当锋。《汉书·赵充国辛庆忌传赞》谓："山西天水、陇西、安定、北地处势迫近羌胡，民俗修习战备，高上勇力鞍马骑射。故《秦诗》曰：'王于兴师，修我甲兵，与子皆行。'其风声气俗自古而然，今之歌谣慷慨，风流犹存耳。"朱熹《诗集传》评论此诗曰："雍州土厚水深，其民厚重质直，无郑卫骄惰浮靡之习。"又说："秦人之俗，大抵尚气概、先勇力，忘生轻死。……则已悍然有招八州而朝同列之气矣！"

渭 阳

我送舅氏，曰至渭阳①。何以赠之？路车乘黄②。

○诗之首章。言赠舅的路车乘马。

注释　①**舅氏**：舅父。**渭阳**：渭水北岸。水之北、山之南为阳。当时秦都雍（今陕西凤翔县），东行可至咸阳一带，渭阳即咸阳。②**路车**：古代贵族所乘之车。路，大的意思。**乘黄**：四匹黄马，一乘为四马。

我送舅氏，悠悠我思。何以赠之？琼瑰玉佩①。

○诗之二章。言赠琼玉。

注释　①**琼瑰**：玉之美者。**玉佩**：即佩玉。

解说

《渭阳》，秦穆公太子（即后来的康公）送舅父晋文公归晋的篇章。

《后汉书·马援列传》注引《韩诗》说曰："秦康公送舅晋文公于渭之阳，念母之不见也，其诗曰：'我见舅氏，如母存焉。'"《鲁诗》大同，《毛诗序》部分同于《韩》《鲁》。据《毛诗序》，康公之母，为晋献公之女，与晋文公为兄妹。晋文公逃亡到秦国时，康公之母已卒，所以诗称晋文公为"舅氏"。不过诗中"念母"之意并未显示，是说者推衍出的意思。值得一说的是《毛诗序》，除了与《韩诗》说内容相同者外，还就诗篇的具体写作时代加了一句"及其即位，思而作是诗也"，实在是蛇足。康公即位时，晋文公已死十七年之久，距当初渭阳送别，时间就更长了。这样长的时间后才作此诗追思，殊难理解；且此时因秦晋有殽之战，两国关系很糟，此诗之作又何为乎来哉？笔者有这样的看法，《毛诗序》本是东汉经生杂抄今文家说法而成，抄袭的同时，又想标新立异，却往往弄巧成拙，有道理的说法多是抄来的。此诗之序，即很能说明这一问题的例证。

权 舆

於我乎①！夏屋渠渠，今也每食无余②。于嗟乎，不承权舆③！

○诗之首章。言先君给的大屋还住着，饭食却减。姚际恒《诗经通论》："'夏屋渠渠'句，即藏'食有余'在内，故是妙笔。"

注释　①**於**（wū）**我乎**：即於乎我。"於乎"为叹词。②**夏屋**：大屋。夏为大的意思。**渠渠**：广大貌。③**于**：吁。**承**：继续。**权舆**：始，开始，当初。

於我乎！每食四簋，今也每食不饱①。于嗟乎！不承权舆！

○诗之二章。继上章"食无余"而来，言每食不饱。

注释　①**四簋**：古代公侯招待大夫用四簋，分别盛黍、稷、稻、粱饭食。簋，古代青铜或木制的圆形食器。

解说

《权舆》,遭冷遇者的哀叹。

诗篇的调子颇似冯谖的弹铗而歌,所不同的是,此诗作者曾经得到过礼遇,而冯谖则志在脱颖。旧说为"刺康公忘先君之旧臣,与贤者有始而无终"之作,"刺康公"篇内无明证,"与贤者有始无终"则未为无见。秦无世卿,所以客卿一类的人物特多。看李斯《谏逐客书》,这一点不难知晓。先君旧臣,新朝失势,所谓"一朝天子一朝臣"一类的事,在客卿就更容易发生了。考秦国历史,穆公用由余等"霸西戎"后,国势日渐下降,至孝公用商鞅而复振。这首诗若果真是"忘先君之旧臣"之作,或当作于穆公之后,孝公之前,视为康公时之诗还是有可能的。

陈风

周武王灭商之后，将舜的后代胡公满封于陈，是为陈国之始。其地在今河南东部平原地区，都宛丘（今河南淮阳）。此地本属太昊之墟，考古工作者在这里曾发现过大汶口文化的遗迹，其中还发现有平粮台古城遗址，可知是远古东夷部族文化的发祥地之一。又据考古发现，龙山文化时期，陈为有虞故地；到夏代，此地仍有一个虞思之国与夏朝并存，且有婚姻关系。至春秋时期，陈地文化的地域性特征仍然十分明显。陈为舜之后，"有虞氏上陶"（《周礼·考工记》），胡公满之父曾为周之陶正，而陈地制陶业之发达确实始自远古：自龙山文化时起这一带先民的制陶技术，"无论是快轮技术的发达程度，陶土的选择和加工技术，还是陶器的烧制技术的进步程度"，在"整个中原地区"都是领先的（董琦《虞夏时期的中原》，科学出版社2000年版，第268页）。史载陈国人好巫尚祠，旧说以为是因周武王长女大姬的缘故。武王长女大姬嫁胡公，因此陈地"妇人尊贵"，又因为大姬婚后长期无子，于是她"好祭祀，用史巫"，这对民风有很大的影响。实际上，旧说未必可信。陈的好祠巫风，大姬的影响或许是有的，但远古东夷遗俗的流传应当是主要原因。这里曾发现过远古时期的祭坛，还有甲骨占卜的遗物，表明此地自古即为宗教中心。时至今日，据民俗学者考察，陈国故地仍然保存了不少古代风俗，如有所谓"担经挑"舞蹈，舞蹈者几人一组，舞步都象征男女交媾，就是古代祈子仪式的孑遗（穆广科、王丽娅《颂扬人祖伏羲女娲的原始巫舞——担经挑》，刊《民间文化》2000年第11—12期）。在两周之际，随着采诗活动的活跃，陈地与西周不同风俗的舞乐，被采诗官发现并有节制地谱入诗篇，就有了《诗经》"宛丘""东门"的歌唱。读这些诗篇时应该注意的是，在《陈风》诗篇的字里行间，有这样一股特定的情绪，那就是采诗官对此地风俗不以为然的态度。《左传》记载季札"观乐"："为之歌《陈》，曰：'国无主，其能久乎？'"同样也是不以为然。两者，可能都表现的是奉周人"礼乐"文化为正宗者对陈地风俗的主观看法。

《陈风》十篇。

宛 丘

子之汤兮，宛丘之上兮①。**洵有情兮，而无望兮**②。

○诗之首章。言宛丘之事，使人溺于情而废于礼。刘玉汝《诗缵绪》："惟用一'汤'字，而下文所咏之歌舞皆非其正可知。"《孔子诗论》第21简载孔子评论："'洵有情，而亡望'，吾善之。"

🗆 **注释** 🗆　①**子**：你，指陈国大夫。据《毛传》。一说，指巫舞人员。**汤**（dàng）：形容舞蹈盛大的样子。一说，"汤"系"荡"的异体，游荡。**宛丘**：四周高、中间凹的丘。据《水经注》，宛丘在陈国都城（今河南淮阳）南不远处偏东。据各种文献，宛丘又传说是帝太昊伏羲之都。又有学者认为，考古发现的平粮台古城遗址，即古宛丘之地。又《韩诗外传》载子路与巫马期砍樵于韫丘之下，"陈之富人觞于韫丘之上"，"韫丘"即"宛丘"，是春秋后期宛丘仍为富贵之人的游乐之所。②**洵**：实在，真是。**无望**：无德望，即不知礼的意思。一说，"有情"即"有诚"，"无望"即"无妄"。

坎其击鼓，宛丘之下①。**无冬无夏，值其鹭羽**②。

○诗之二章。言宛丘歌舞无时间节制。

🗆 **注释** 🗆　①**坎其**：犹言坎坎然，形容鼓声。②**"无冬"句**：不分冬夏，亦即无时不在的意思。**值**：执。**鹭羽**：鹭鸟的羽毛，舞蹈用的道具。古代舞蹈，多执羽毛而舞，见于甲骨文有"羽舞"字样；见于遗物，有1950

年殷墟武官村大墓出土的饰鸟羽小戈等。至周代，《周礼·春官·乐师》所载六舞，有三种以羽为饰；见于《春秋》则有"献六羽"，也是羽舞。"鹭羽"之舞，在《诗经》中又见于《鲁颂·有駜》，而《周颂·振鹭》所言"振鹭"，也当为鹭羽之舞。据此可知，此诗所言舞蹈似为国家典礼。

坎其击缶，宛丘之道①。无冬无夏，值其鹭翿②。

○诗之三章。陈仅《诗颂》："自宛丘之上而下、而道，无地不热闹，无冬无夏，无时不热闹，直揭出一国若狂景象。"

注释　①缶：瓦器，口小腹大，为盛酒水的容器，古人叩之用以节乐。②翿（dào）：鹭羽制的类似旗帜的舞蹈道具，其作用如"纛"，即指挥舞蹈变换队形用。一说，鹭翿不用时，树立在舞阵之前，所以诗篇言"值"（植）。

解说

《宛丘》，表宛丘之上巫舞盛况的诗。

陈地文化传统渊源古老，所以这里的舞蹈应保留了很多远古因素。即以宛丘而言，现代因平粮台遗址的发现，表明它的古老渊源。《尔雅》云："天下有名丘五，其三在河南，其二在河北。"不论河南还是河北，古人这样说实有其道理。有学者考察今山东鲁西平原一带的土丘，发现许多"堌堆"即土丘，多为从龙山文化（夏代以前不远的文化时代）到商代的远古先民为躲避洪水堆积而成，与《尚书·禹贡》所言兖州"降丘宅土"相合（邵望平《禹贡"九州"的考古学研究》，见苏秉琦主编《中国考古文化论集》二，文物出版社1989年版）。这就是说，先民因为洪水泛滥筑丘而居，水患逐渐退去又转而迁居平川。然而，那些被遗弃的古丘，可能并未随先民离去而完全失去意义，相反，它们由生活的栖居地变为了精神活动的场所。就是说，在"降丘宅土"之后，这些高丘反而变得神圣又神秘，成为宗教、风俗的重要活动场，因而，古老高丘也就成了远古文化风习的延续之所。"宛丘"之"宛"，一般理解是四周高中间低的意思。与之形状相同的丘，亦称"尼丘"。孔子名"丘"字"仲尼"，据说是因他父母曾祷于尼丘山而生孔子。如此，与"尼丘"同义的宛丘，其祭祀的内容与生育有关，当是大致可信的。祈祷生育总免不了有一些"那事儿"动作的模拟，弄得人神不守舍、趋之若鹜，是可以想见的。在郑、卫《风》诗里，一些有关男女婚恋的篇章与"仲春之月"男女自由结合的远古风俗有关；《宛丘》热烈的歌舞，或许也出于类似风俗。不同的是，在陈地，似乎一些大夫君子也参与其中。这应该就是陈国巫风特盛的表现了。

宛丘之外，诗篇所言"鹭羽""鹭翿"也值得注意。古代舞蹈，见诸《周礼》等记载，多执羽毛。其中如"皇舞"，郑众注："以羽冒覆头上，衣饰翡翠之羽。"其"以羽冒覆头上"的样态，让人想起良渚文化出土玉器上"人鸟合一"的图案，梯形人脸之上正为"以羽冒覆"。参之以《鲁颂·有駜》"振振鹭，鹭于飞"云云，很明显舞蹈是模拟鹭飞之状的。这更令人相信，鹭羽之舞就渊源于良渚文化的"人鸟合一"，显示的是远古时人对鸟的崇拜。那么"人鸟合一"的"鸟"又究竟意味着什么呢？关于"鸟"，考古发现，还不仅有上述良渚玉器图案；在河姆渡文化，发现过"双鸟捧日"的牙刻；在大汶口文化的陶器上，发现过"飞鸟携日"（ ）的图画。后者，透露了"鸟"与"日"的一而二、二而一的密切关系。也就是说这些远古图案，实际都显示的是先民敬奉太阳的宗教活动。太阳，在古代神话中被视为是金乌、三足神乌。不过，要注意的是，先民崇拜鸟，绝非像一些学者所说的是什么"日神崇拜"，古人更关注的是太阳的运行，即按照既定时刻的起降升没。具体说，宛丘的敬奉太阳，亦如《尚书·尧典》所言"寅宾出日"，就是说，先民敬奉太阳属于"敬授民时"的重要活动。敬奉"出日"在高丘进行，与《礼记·祭义》"祭日于坛""祭日于东"之说也颇为相合。至此，可以说，《宛丘》中"值其鹭羽"的舞蹈活动，应该是远古礼赞太阳升起的舞蹈活动的孑遗。不过，时至春秋，宛丘"寅宾出日"的色彩似乎早已淡化，男女相会"声色生焉"的节日气息转浓。这样的节日，从诗篇所显示的舞蹈道具看，似乎是规格很高的，连贵族上层也卷入其中。这就是陈地风俗与郑地男女在节日"伊其相谑"不同，或许也是诗人对陈地风俗不以为然态度的缘由。篇中"无冬无夏"句，若照字面理解，无疑是对宛丘之舞无节制的不以为然。这有文献记载为旁证，《国语·周语》载周定王六年，周王大臣单子道经陈国聘楚，所经之处，"道路不可知，田在草间，功成而不收，民罢（疲）于逸乐"，单子以为，"是弃先王之法制也"。宛丘的歌舞，或许就是单子说陈"民罢于逸乐"的证据。总之，不论是从宛丘，还是从宛丘盛行的歌舞，都可以看出陈地保留远古传统很多，且上下乐此不疲。这自然要受到在文化传统上颇有分别的周人的侧目。单子的评价，诗篇的态度，都显示了这一点。

另外，关于陈地巫风之盛，元代刘玉汝《诗缵绪》卷七说："愚谓歌舞祭祀而亵慢无礼，楚俗尤甚，屈原《九歌》犹然。陈南近楚，此其楚俗之熏染欤？"刘玉汝这样说，是因为他对陈地古老文化渊源不清楚。陈、楚巫风皆盛，各有源流，充其量只是相互影响，未必是谁熏染谁。总之，时至春秋，周代文化的流布尚不能做到一统天下，地域性差异仍十分明显。也正因为有差异，一些地区性的风俗才被采诗官员注意，其行径才被谱入诗篇，一些远古习俗才影影绰绰地得以保存。值得一提的是，新出土的文献《孔子诗论》，对"洵有情兮，而无望兮"两句，特别表示了赞叹之情，谓："《宛丘》曰：'洵有情，而亡望。'吾善之。"诗人讥讽宛丘舞荡之人诚然有情，却无礼法，无民望，造语很工巧。此为孔子之所"善"欤？

东门之枌

东门之枌，宛丘之栩①。子仲之子，婆娑其下②。

○诗之首章。高朝璎《诗经体注图考大全》："言歌舞之处。"牛运震《诗志》："'婆娑'二字有态。"

注释　①**东门**：《陈风》多言"东门"，此篇而外，又有"东门之池""东门之杨"等，喜言"东门"，或与出东门的道路连接宛丘有关。此外，"东门"活动多，还可能与"春"这一万物发育的时令有关。因为在古老的观念中，东方代表春天。**枌**（fén）：白榆树。参《唐风·山有枢》"隰有榆"句注。古代神社多植榆树，《汉书·郊祀志》："高祖祷丰枌榆社。"**栩**：栎树。参《唐风·鸨》"集于苞栩"句注。栩树亦为古代神社所植，《庄子》："匠石之齐，至于曲辕，见栎社树。"诗开头两句以互文形式，指明下文婆娑起舞之社有榆有栩，即《史记》《博物志》等文献所谓"丛祠""丛社"。②**子仲**：陈国大夫之称。子，女儿。据下一章"不绩其麻"句可知。**婆娑**：舞蹈貌。

穀旦于差，南方之原①。不绩其麻，市也婆娑②。

○诗之二章。高朝璎《诗经体注图考大全》："言往会之期"。

注释　①**穀**（gǔ）**旦**：即好日子。穀，好。**差**：于省吾《新证》：徂，往；"差"为"徂"之假借字。一说，"于差"即"吁嗟"，即巫歌中的呼唤神灵之音，马瑞辰《通释》据《韩诗》为说。**原**：高地。此处即指宛丘，其地在陈都之南，故称"南方"。欧阳修《诗本义》言，此诗之"原"，犹如《郑风·东门之墠》"东门之墠"句的"墠"。②**绩**：纺织。此句明确显露出女子应以"绩麻"为业的意思，是对"市也婆娑"的直接批评。**市**：集市。古代神社祭祀，有固定日期，各方民众汇集，如同集市。"市"在此也可以理解为大庭广众的意思。

縠旦于逝,越以鬷迈①。视尔如荍,贻我握椒②。

〇诗之三章。言巫风中男女相赠。高朝瓔《诗经体注图考大全》:"言相赠之厚,总是述其事以相乐也。"

▣ 注释 ▣　①**于逝:** 前往。"于"字用在动词前,如"于飞""于归",《诗经》常见。**越:** 发语词。**鬷**（zōng）: 可以煮食的陶器,形如后来的锅。以鬷迈,即持煮食器前往的意思。近年考古在安徽蚌埠地区发现史前双墩遗址,遗址祭祀区有大量食器陶片堆积。有学者推测,此地远古有宗教节日自带食器会食并在食后丢弃食器的习俗。此诗"以鬷迈",或为这一古老习俗的延续。一说,鬷,密集。句意为密集前往。②**荍**（qiáo）: 锦葵花,又称荙节花,二年生草本,高可达一米余,夏天开五瓣紫色或白色花,有深紫色花纹。可以为蔬,花、叶、茎晾干后可入药。《群芳谱》:"花小如钱,文采可观。"**握:** 一把。**椒:** 花椒籽,隐含多子的意思。

解说

《东门之枌》,表现陈地男女在宛丘聚会歌舞的篇章。

诗篇所表现的社会风俗,与《宛丘》相类。诗篇开始两句,点名地点也在宛丘。《宛丘》开篇即言"子之汤兮",而此篇道"子仲之子",指名道姓,大夫之女竟可在男女聚会的日子婆娑而舞,巫风之浸染可谓深及社会上层。与《宛丘》有所不同的是,《宛丘》所表为集体祭祀的歌舞,而此篇所表的重点,则为男女在宛丘枌榆栩栎丛中的会合。前人言"《陈风》所歌之事,最近于郑"（傅斯年《诗经讲义稿》,人民大学出版社2004年版,第29页）,是有道理的。诗篇结尾处"视尔如荍,贻我握椒"两句,即言男女相赠,与《郑风·溱洧》所言芍药之事颇类。这也是诗人专门选取了男女相会中的一个小细节来写，意在暗示这样的聚会其实就是男女亲热，各遂所愿的日子。而"不绩其麻，市也婆娑"之句，又分明表达了对如此歌舞的不以为然。据此而言，诗篇很可能也是采诗官写的，是为了展现一种与周礼相异的风俗。

衡　门

衡门之下，可以栖迟①。泌之洋洋，可以乐饥②。

○诗之首章。言安贫守贱之意。《战国策·齐策四》："晚食以当肉，安步以当车。"

▣ 注释 ▣　①**衡门**：衡木为门。衡，即横，形容居所简陋。**栖迟**：栖息。②**泌**（bì）：泉水。**洋洋**：水流貌。**乐**（liáo）：治疗。《经典释文》引作"疗"。

岂其食鱼，必河之鲂？岂其取妻，必齐之姜①？

○诗之二章。言娶妻不必齐之姜。"可以"与"岂其"呼应。《洛阳伽蓝记》："洛鲤伊鲂，贵于牛羊。"

▣ 注释 ▣　①**取**：娶。先秦时"娶"多作"取"。**齐之姜**：齐国姜姓的女子。

岂其食鱼，必河之鲤？岂其取妻，必宋之子①？

○诗之三章。言不必宋之女。

▣ 注释 ▣　①**宋之子**：宋国贵族子姓的女子。

解说

《衡门》，劝人安于现状的诗。

钱锺书《管锥编》概括此篇为"降格求次，称心易足"，可谓深达诗旨。不过，诗虽口称贫贱，心中高一层的标准还是有的。即是说，在高门广厦之中生活和迎娶齐、宋有身份的女子，仍然是生活及婚姻最美妙的。问题是，没有这样的条件该怎么办，以茶当酒、安步当车，"慰情以退"的态度，就派上用场了。所以说起来诗是教人如何对付不如意生活的。诗的情调，既可以说是达观，也可以视之为消极，总是人在感到生活不那么通达时才有的情感。此诗的本意，当是针对贵族的婚事而说的。娶"齐之姜""宋之子"，是高门贵族的事。贵族要到异姓异国去娶妻，按周礼的规定，主要是出于政治联姻的考虑。问题就出在这里。诗人"岂其"的反问中，含着结婚应当重实际的意思，无形中是对世代遵循的婚姻惯例的不以为然。也许是娶不起才说这样"酸葡萄"的话，也许是觉得齐姜、宋子没什么了不起才这样说。但无论如何，固有的婚姻成法在诗人的眼里已不那么神圣不可犯，则又是显而易见的。考虑到周代贵族婚事中的政治含义，诗人在对婚姻之事说如此的言论时，无意间也从一个社会心理的层面，显露出"王纲解纽"的现实。此诗表达的是生活的某些哲理，反问句式的使用，使诗篇更加警策、诙谐。

东门之池

东门之池，可以沤麻①。彼美淑姬，可与晤歌②。

○诗之首章。言淑姬可以对歌。

注释　①**池**：城池。《水经注》："陈城东门内有池，池水东西七十步，南北八十许步，水至清洁而不耗竭。"**沤麻**：浸泡麻秸秆。麻经过浸泡脱去纤维中的胶质之后，方可纺绩。②**淑姬**：美好的姬姓女子。陈国贵族妫姓，多与姬姓诸侯通婚。淑，《经典释文》引作"叔"。一说，即指夏姬。**晤歌**：对歌，对唱。晤，在此有交互的意思。《列女传》引诗作"寤"。

东门之池，可以沤纻①。彼美淑姬，可与晤语②。

○诗之二章。言淑姬可以相对而语。

注释　①纻（zhù）：纻麻，古代使用最多的一种纺织原料，有"中国丝草"之名。②**晤语**：交谈。下章"晤言"义同。

东门之池，可以沤菅①。彼美淑姬，可与晤言。

○诗之三章。言淑姬可以相对而言。一章近似一章。

注释　①菅（jiān）：一种茅草，沤后可以搓制成绳。

解说

《东门之池》，陈国流行的以夏姬为话头的谐谑曲。

《毛诗序》说："刺时也。疾其君之淫昏，而思贤女以配君子也。"《毛诗序》说"淫昏"之君，最容易使人联想到陈灵公，因为在陈国淫昏之主中，他最出名。这样，明代何楷《诗经世本古义》说诗中"淑姬"是夏姬，也属自然了。据《左传》记载，夏姬为春秋时影响了历史进程的美女，本为郑穆公之女，嫁到陈国后丈夫死去，之后与陈灵公及两位陈国公卿孔宁、仪行父同时私通，进而引发了一系列大事件，号称"杀三夫一君一子，亡一国两卿"，古人还想象她有独门的返老还童术。近来因"清华简"中发现有楚国人写的《世系》，学者还对夏姬的年龄有所考证。无论如何，这样一位把陈国搅得昏天黑地的著名美女，料想她一定在陈国男子嘴里出现的频率很高。这首诗，有可能就是人们劳作时就夏姬其人所作的戏谑性歌唱。

头两句，或者是表手头的活计，或者是比兴之词——沤麻、纻等，可能暗示的是一个"烂"字，而诗篇最出味儿的地方，是在"可与晤歌""可与晤语"及"可与晤言"的"可与"两字：可与，在这里就是"谁都可以"的意思——既然夏姬可以与陈灵公私通，可以与孔宁私通，还可以与仪行父私通，那不就是"谁都可以"吗？但是，诗篇却不是直白表达的，诗只是说"晤歌""晤语"和"晤言"，即亲亲密密地唱歌、亲亲密密地言语。话说得虽然很含蓄，但彼时彼地的陈国人一听，就能听出其中调侃的味道。诗篇运思简捷，也很像是民间吟唱的调子。

东门之杨

东门之杨，其叶牂牂①。昏以为期，明星煌煌②。

○诗之首章。牛运震《诗志》："牂牂，写杨叶有神。"

注释 ①**东门**：指春天男女相会之所。**牂牂**（zāng zāng）：茁壮茂盛的样子。②**昏**：黄昏。**期**：约定的时间。**煌煌**：明亮貌。

东门之杨，其叶肺肺①。昏以为期，明星晢晢②。

○诗之二章。表约违失望之情，含蓄传神。

注释 ①**肺肺**（pèi pèi）：树叶的响声。②**晢晢**（zhé zhé）：明亮貌。

解说

《东门之杨》，表达相约失期、候人不至惆怅心绪的歌唱。

诗篇虽与东门之地的男女相会的习俗有关，但篇章本身即景言情，又可独立赏读。人约黄昏后，现在却已是明星照人了。点出时间的错迕，其埋怨的心情已在不言中。身依白杨树下，高旷的天空，热闹的繁星，更映衬出痴情久候的恓惶。诗篇与《宛丘》等事关陈国特有风俗篇章的不同，是其内容已经超过了"风俗"的范围，而进入到对普遍人情的描写。

墓　门

墓门有棘，斧以斯之①。**夫也不良，国人知之**②。**知而不已，谁昔然矣**③。

○诗之首章。言夫之不良由来已久，且人尽皆知。"墓门"两句，"要想人不知，除非己莫为"即其意。

注释　①**墓门**：通向墓地的城门。《左传·襄公三十年》记郑国城门有墓门："癸丑，晨，自墓门之渎入。"墓门可以潜入城内，可知墓门之地冷僻。唯其冷僻，才有棘生、斧斯之事。又，陈国墓地人可以藏匿，见《左传·襄公二十五年》载郑师入陈，陈侯扶其太子奔墓。一说，墓门即墓地之门。**棘**：酸枣树丛。**斯**：析。②**夫**：彼，那人。一说，即五父，亦即陈佗。一说，丈夫。③**不已**：不改变做法。**谁**：唯。参《魏风·硕鼠》"谁之永号"句注。**昔**：从前。**然**：这样。

墓门有梅，有鸮萃止①。**夫也不良，歌以讯之**②。**讯予不顾，颠倒思予**③。

○诗之二章。言不顾人之讯告，将后悔莫及。

注释　①**梅**：梅子树。一说，楠木。**鸮**（xiāo）：猫头鹰。**萃止**：萃，停留。止，语气词。②**夫**：那人。**讯**：警告。字当作"谇"，两字形近易混。王质《诗总闻》、王引之《经义述闻》、胡承珙《毛诗后笺》及马瑞辰《通释》皆主此说。③**颠倒**：跌倒。此句是说，等到跌倒吃亏后就想起我现在的警告了。一说，颠倒即篇中之"予"因对方不顾自己的警告而焦虑。

解说

《墓门》，讽刺恶行之人的诗。

诗篇关键和难点都在"夫"这个字如何理解。一说是丈夫；一说是"彼"，指不良之人。从"国人知之"的话语看，所刺之人、之事，并非等闲之辈的邪行，就是说，诗篇只要一说"夫"即那个人，陈国人就能听懂所指是谁。那么"夫"又是谁呢？历来解说，有陈佗说，有孔宁及仪行父之说。陈佗，据《左传》及杜预注也叫五父，据《史记》则五父为另一个人。不过，《左传》《史记》记载也有相同，即都说陈佗是杀君主自立为诸侯的人，且数往蔡国行淫，终被蔡人杀死。诗刺陈佗之说，是以为诗篇作于陈佗被杀之前，此说为《毛诗序》首倡，历来信从者不少。但《毛诗序》又说，诗篇所刺指陈佗"无良师傅"，以至于败亡，这就是不见其他证据的说法了。总之，诗篇没有交代"夫"的具体所指，而最古老的说法又有疑问，所以总是不能落案。后一说，即刺与夏姬私通的孔宁、仪行父之说，以清代牟庭《诗切》最圆转，说："墓门喻死道也，贪色者人之死道也。墓门有棘，丛蒙纠结，必或以利斧从而析之矣。喻贪色作死之道，虽严密行隐，必有披抉而扬其事者矣。《左传·宣公九年》：'陈灵公与孔宁、仪行父通于夏姬。'《左传·宣公十年》曰：'陈灵公与孔宁、仪行父饮酒于夏氏。公谓行父曰：征舒（夏姬之子——引者）似女（汝）。对曰：亦似君。'详味此诗，皆言公卿宣淫之意，则为刺行父是诗明矣。"按，牟庭说刺仪行父，其实也包括孔宁。可是，与夏姬私通的最大人物是陈灵公，而且他又是被长得像他又像别人的夏征舒杀掉的，牟庭对灵公置而不论，不知何故。实际上，论在陈国及在当时诸侯国间臭名昭著之人，谁也比不上陈灵公；陈灵公与夏姬通淫又非一两日，也与诗"谁昔然矣"之句相符。那么，说诗篇之"夫"指的是陈灵公也未尝不可。还是那句话，诗篇没有确指所刺为谁，都属于猜测，但所指为陈国缺德的大人物，是可以确定的。同时，墓门是通向死亡之地的象征，这一点也是可以确定的。

诗篇的不一般，在其比兴，以墓门为譬喻，是有意把诗人所非难之事与墓葬的死亡意象联系起来，这已经令人印象深刻。而墓门道路上的荆棘丛生，鸮鸟的萃止，更使整首诗篇笼罩在一片不祥的气氛中。这应是诗人有意选择、组合意象的结果，很值得注意。

防有鹊巢

防有鹊巢，邛有旨苕①。谁侜予美？心焉忉忉②！

○诗之首章。言有人以谎言诳骗美人。"谁侜"问句，是故作不知语气。

注释　①**防**：堤坝。一说，陈国邑名。**邛**（qióng）：土丘。**旨**：味美。**苕**（tiáo）：今名紫云英，二年生草本，高可达二十厘米，开紫色或白色花，叶子嫩时可食，为救荒食品，可作肥料，也可作家畜饲料。②**侜**（zhōu）：欺瞒，诳骗。**美**：美人，指被欺诳的人。以美人相称，犹如屈原以美人比楚王。**忉忉**（dāo dāo）：忧愁貌。

中唐有甓，邛有旨鹝①。谁侜予美？心焉惕惕②！

○诗之二章。牛运震《诗志》："换'惕惕'字，意思更深。"

注释　①**中唐**：中堂。唐，通"堂"，指庭院中的甬道。**甓**（pì）：砖瓦。古代常在院落通道上铺砖石以便行走。据考古发现，西周时期有石子路。另外，西周时期建筑已经有烧制的砖，至于是否用之铺院落的路面，尚无确凿证据。战国时郑韩城宫殿遗址已有陶砖砌地之事。**鷊**（yì）：草本植物，花形小巧玲珑，花瓣在花茎上旋转而上，如同披覆的彩带，故名绶草，又名铺地锦，喜生长在中低海拔的草地上。《鲁诗》《齐诗》作鷊，《韩诗》作"虉"。②**惕惕**：忧惧貌。

解说

《防有鹊巢》，忧心所亲近的人被他人愚弄的篇章。

至于所亲近的人为谁，《毛诗序》说："《防有鹊巢》，忧谗贼也。宣公多信谗，君子忧惧焉。"谓指陈宣公，不知何据。朱熹《诗集传》释为"男女之有私而忧或间之之词"，是说诗篇表达的是担心自己心上人听信谗言之情。此说，元代《诗经》学者与近人多宗之。又，二程说《诗》，以为所忧为贤者，其说为严粲《诗缉》等袭之。此外，明代丰坊伪造《子贡诗传》《申培诗说》，言诗篇是陈灵公大臣泄冶之妻忧虑泄冶的篇章。《左传》载泄冶曾批评陈灵公与夏姬通奸行径，是丰坊的根据。以上诸说皆属揣测。诗每章开头两句，欧阳修《诗本义》解释说："谓谗言惑人非一言一日之致，必由积累而成，如防之有鹊巢，渐积累成之也，又如苕饶蔓引，牵连将及我也。中唐有甓，非一甓也，亦以积累而成。旨鷊绶草，杂众色以成文，犹多言交织以成惑。"颇得诗人比兴之趣。

月　出

月出皎兮，佼人僚兮①。舒窈纠兮，劳心悄兮②。

〇诗之首章。言体态姣好。吕祖谦《读诗记》："此诗用字聱牙，意者其方言欤？"

注释　①**佼**（jiǎo）**人**：即姣好之人。佼，通"姣"。**僚**（liǎo）：

娇美。字通"嫽"。②**舒**：发语词。**窈纠**（jiǎo）：仪态优美的样子。犹言窈窕，联绵词。**劳**：惆怅。**悄**：忧愁。

月出皓兮，佼人懰兮①。**舒忧受兮，劳心慅兮**②。

○诗之二章。言神情妩媚。

▣ 注释 ▣ ①**懰**（liǔ）：妩媚。字通"嬼"。②**忧受**：与"窈纠"义同。**慅**（cǎo）：内心躁动。

月出照兮，佼人燎兮①。**舒夭绍兮，劳心惨兮**②。

○诗之三章。言光彩照人。姚际恒《诗经通论》："似方言之謦欬，又似乱辞之急促；尤妙在三章一韵。此真风之变体，愈出愈奇者。"全篇朦朦胧胧，拗拗折折，缠缠绵绵，别是一调。

▣ 注释 ▣ ①**燎**：光彩照人的样子。②**夭绍**：与"窈窕"义同。**惨**：内心痛苦的意思。一说，字当作"懆"。

解说

《月出》，表爱慕之情的诗篇。

诗犹如一幅月下美人图。将皎洁的月光与姣好的美人联系在一起，是此诗艺术的殊胜处，也是中国古典诗篇中首次如此用心地写月，写月光。月光如水，清辉如波之下，有所思慕的美人，是何等的景致！难怪佼人的每一举手投足都令人黯然销魂了。奇特处还在诗的句法。每章的第三句首尾两个虚词中嵌以联绵词，犹如律诗中的拗句，而所表达的又是轻盈的仪态，真可谓别具一格、别开生面了。诗写的当是《东门之杨》诗中人所期待的事情，其地点也当在"东门"附近。诗突出的是月下美人的印象，所以杨、栩这些当有的景物，都略去不提了。只剩下美人与月光的相映，诗人真是善于选景。又,《毛诗序》认为此篇:"在位不好德,而说美色焉。"全与诗义无关。王质《诗总闻》将诗篇与夏姬之事(参《株林》篇解说)相连,谓篇中之"舒"指夏姬之子夏征舒;"窈纠""忧受"及"夭绍"等,都表的是夏征舒内心的苦楚;自然,篇中的"僚""恍"及"燎"就是形容夏姬之美好了。此说很新,也很巧,清人尹继美《诗管见》赞同之,却未必可信。

株 林

胡为乎株林?从夏南①。匪适株林,从夏南②。

○诗之首章。言到株林是找夏南。一问一答,"从夏南"重叠一下,此地无银之意全出。

注释　①**胡:**何。**株:**邑名,夏氏的封邑。**从:**追随。**夏南:**夏征舒,字子南。陈大夫御叔之子,曾弑杀陈灵公,自立为君,不久被楚庄王所杀。一本,两"夏南"句末有"兮"字。②**匪:**非。**适:**去,往。

驾我乘马,说于株野①。乘我乘驹,朝食于株②。

○诗之二章。陈子展《诗经直解》:"设为灵公续答。"陈震《读诗识小录》:"事外不添别语,言中自寓微文。"

注释　①**我:**代指陈灵公。**乘(shèng)马:**四匹马,古代四匹马为一车驾。**说:**通"税",停车休息。②**朝食:**吃早饭,此处为两性之事的隐语。

解说

《株林》,讽刺陈灵公与夏姬淫乱的诗。

据《左传·宣公九年》载,郑穆公之女嫁给陈国大夫夏御叔,称夏姬。

生子夏征舒，即诗中的夏南。御叔死后，陈国君主灵公及公卿孔宁、仪行父，均与夏姬通奸。夏征舒杀死陈灵公，自立为陈君，陈国大乱，楚国趁机攻灭陈国。事见《左传·宣公十年》，即公元前600年。此诗当作于灵公被杀前不久。关于此诗造诣，方玉润《诗经原始》评论说："盖公卿行淫，朝夕往从所私，必有从旁指而疑之者。即行淫之人，亦自觉忸怩难安，故多隐约其辞，故作疑信言以答讯者而饰其私。诗人即体此情为之写照，不必更露淫字，而宣淫无忌之情已跃然纸上，毫无遁形，可谓神化之笔。"

泽陂

彼泽之陂，有蒲与荷①。有美一人，伤如之何②？寤寐无为，涕泗滂沱③。

○诗之首章。言想美人而昼夜不止。"涕泗"一句很夸张。

注释 ①陂（bēi）：堤岸。**蒲**：一种水草，又名水烛、香蒲、蒲香棒等，多年生水生草本。根茎粗壮，植株高大，夏日茎上端抽穗状花序，整体成蜡烛形。嫩茎和根可食，叶可以编织为蒲扇、蒲席等。花、茎皆可入药。**荷**：荷花。又名莲花、水芙蓉等，多年生水生草本。夏季开花，有红、粉红、白、紫等色，或有彩纹镶边。秋结果实，为莲子，可入药。②**伤**：伤心，悲伤。一说，我。《鲁诗》《韩诗》作"阳"，《尔雅·释诂》："阳，予也。""予"即"我"，第一人称。③**涕泗**：鼻涕与眼泪。

彼泽之陂，有蒲与蕳①。有美一人，硕大且卷②。寤寐无为，中心悁悁③。

○诗之二章。言美人身形硕大。

◐ 注释 ◑　①蕑（jiān）：莲子。字当作"莲"。一说，兰。②卷：美好貌。字通"婘"。③悁悁（yuān yuān）：愁闷。

彼泽之陂，有蒲菡萏^①。有美一人，硕大且俨^②。寤寐无为，辗转伏枕。

○诗之三章。言美人硕大重颐。钱锺书《管锥编》："'硕大'得'重颐'而更亲切着实。""《诗》之言'嬐'，正如《楚辞》之言'曾颊'。……徐渭《青藤书屋文集》卷十三《眼儿媚》云：'粉肥雪重，燕赵秦娥。'古人审美嗜尚，此数语可以包举。"

◐ 注释 ◑　①菡萏（hàn dàn）：荷花。②俨：重颐，双下巴。字当作"嬐"，《太平御览》引《韩诗薛君章句》："嬐，重颐也。"

解说

《泽陂》，表达或模拟不能自已的恋情的诗。

旧说此篇多有分歧，焦点在"有美一人"之所指，《毛诗序》说是"刺时"，言因陈灵公与夏姬之事的影响，男女关系普遍糟糕，诗人"忧思感伤"。如此，"有美一人"是泛指。朱熹《诗集传》则以为诗系男女相悦之词，也就是现代人所谓的恋爱诗。还有人说，诗是伤悼陈国大夫泄冶的，他因谏阻陈灵公荒淫而被杀，诗人伤之。此说始于王质《诗总闻》，丰坊伪造《申培诗说》及张次仲《待轩诗记》等从之。元代许谦《诗集传名物钞》又有新说："《月出》，男子思妇人；《泽陂》，妇人思男子也。"许谦这样说，大概是因为诗篇所表的那位"有美一人"既"硕大且卷"，又"硕大且俨"，高大且双下巴，不该是女子的模样。其实这也不一定。《卫风·硕人》的美女不就是体型高大吗？还有那位夏姬，《左传·宣公九年》不是说"陈灵公与孔宁、仪行父通于夏姬，皆衷其衵服，以戏于朝"吗？所说的"衵服"，就是内衣。夏姬的内衣，几位男人都能穿，夏姬的体量一定不小吧？不过，许谦的说法颇有影响，如明代何楷《诗经世本古义》就顺着许谦的说法提出新说："《泽陂》，代为夏姬思陈灵公、仪行父、孔宁而作，盖以丑之。"何楷说诗是女思男，是顺着许谦之说而来，不是很可信，至于他说是夏姬同时思念陈灵公等三位男子，就更与诗篇的"有美一人"不合了。可是，笔者以为，他的"代为"之说却是有道理的。就是说，这首诗很可能是诗人的故意模拟，模拟陈灵公等惦记夏姬。篇中用"硕大且卷""硕大且俨"形容夏姬，如上所说，是可以的，而且，春秋时期很可能有以丰满硕大为美的审美风尚。何楷说诗篇模拟，是"丑之"，不过诗"丑"的不是夏姬，而是陈灵公君臣三位。说模拟，理由就在诗每章最后一句，特别是其中"涕泗滂沱"的夸张写法。想人想到了鼻涕眼泪一块儿下，是近乎疯狂的表现。这样的句子，看上去是在表现思念，但所表的思念已经变了味，已经到了欲火燃烧不顾体面、没有一点样子的地步了。这样写，极好地形容了思念者的失态。这应该是诗人暗藏的机锋，是有意为之。

诗是浓墨重彩的，以荷花比喻硕大重颐的美人，取譬得当，使诗篇有了一种美艳色彩。在《卫风·硕人》一篇中，写"硕人"之美是用工笔刻画，此诗以比兴手法侧面烘托，别是一格。

桧风

桧为周初封国,据载其始祖为帝颛顼,至帝高辛时为火正祝融,名黎。黎之后有八姓,妘(yún)即其一,而桧国君主妘姓。桧之地即祝融之墟,其都城即春秋时郐城,在今河南密县东北。东周初年,桧为郑国所灭,且袭占其地,故其诗最晚不过西周东周交替之际。"桧"字又作"郐"。

《桧风》四篇。

羔裘

羔裘逍遥,狐裘以朝①。岂不尔思,劳心忉忉②。

○诗之首章。言羔裘者悠闲自在,狐裘者却在朝堂上。

注释 ①**羔裘**:羊羔皮制的衣服。从《召南·羔羊》《郑风·羔裘》等篇看,大夫服羔裘上朝。据记载,古代君臣都穿羊羔皮制的衣服,只是袖子装饰略有不同。②**狐裘**:诸侯及高级大臣之服。《诗经》中"狐裘"数见,如《邶风·旄丘》"狐裘蒙戎",《秦风·终南》"锦衣狐裘",以及《小雅·都人士》"狐裘黄黄"等,都指的是君主之服。又《礼记·玉藻》:"锦衣狐裘,诸侯之服也。"不过,《左传·僖公五年》:"狐裘龙茸,一国三公,吾谁适从。"《左传·襄公十四年》右宰谷曰:"余不说初矣,余狐裘而羔袖。"又明确显示诸侯公卿大臣也服狐裘。**朝**:上朝。

羔裘翱翔,狐裘在堂①。岂不尔思?我心忧伤。

○诗之二章。

注释 ①**翱翔**:悠闲自在,逍遥。**堂**:朝堂。与上章"朝"义同。

羔裘如膏，日出有曜①。岂不尔思？中心是悼②。

○诗之三章。陈继揆《读风臆补》："日出句，形洁入微，此诗家着色描写法。"陈震《读诗识小录》："逍遥字奇矣，翱翔字更奇，写其形即写其心，非但写形也。"

注释　①膏：润泽貌。古代穿羔裘一般毛在外，所以显得光泽洁白。**曜**：光耀，润泽。②**悼**：伤心。

解说

《羔裘》，忧伤桧国朝政涣散的诗。

诗篇的难点在"羔裘""狐裘"所指，狐裘贵重，羔裘则不如。按《毛诗序》的说法，桧国"君不用道，好絜其衣服"，就是穿着贵重的狐裘上朝。这样说，道理在狐裘是朝见周天子的衣服（《孔疏》如此说），现在在自己的朝堂里穿，就是有点"臭美"，讲究得不是地方。穿着如此，其他也就不问可知了，所以引起大夫的离心离德，诗人因此而忧伤。"尔思"的"尔"，即指好穿戴的桧君。可是，在《诗》中，诸侯非朝见王室而穿狐裘的也有，且还不是一例，有关诗篇也未见讽刺之意，所以，此说总是让人怀疑。于是，又有新说提出：诗篇是说卿大夫们即穿羔裘者逍遥自在，穿贵重狐裘的君主却在朝堂忙碌。没有臣子帮助的忙碌，君主自然是瞎忙。这是诗人伤情的原因。这样理解起来要顺畅得多。《国语·郑语》记载史伯对桧国政治情况的评价："桧仲恃险，皆有骄侈怠慢之心，而加之以贪冒。"姚际恒《诗经通论》申之曰："此诗云'逍遥''翱翔'，意近之矣。"《毛诗序》又说此诗之作是"大夫以道去其君"，即大夫们离开朝堂不做事，看来是合乎情况的。那诗中又有什么地方显示了这样的情况呢？"岂不"的语气就是：我们难道不替你着想吗？但你太让人失望，我们是伤透了心了。古代大臣事君之礼，有所谓"三谏不从，则去之"之说。此诗应即"三谏不从"

后的篇什。桧国灭于东周初,《左传·襄公二十九年》记载季札观乐时,乐工演奏到《桧风》时,季札就什么议论也不发,言下之意是不值得评论了。看来《桧风》都是些衰世之作。按,西周末年的幽王时,身为周司徒的郑桓公就已经看上了桧国地盘,派世子(即后来的郑武公)别有用心地寄帑(国家宝物库藏)于此。明白人都能看得出,郑人这样做的真实意图是什么,而桧国君主却整日瞎忙,有识大臣离他而去,不也是很自然?

素 冠

庶见素冠兮,棘人栾栾兮,劳心慱慱兮①!

○诗之首章。言素冠瘦弱不堪,心生哀痛。牛运震《诗志》:"'棘人栾栾'四字,写出哀毁骨立情状。"

▣ 注释 ▣ ①**庶**:庶几,幸而。**素冠**:白帽子,即居丧期间孝子所戴的练冠。古代父母去世,孝子居丧到十三个月后,开始戴练冠,一直到居丧二十五个月孝服期满。据陈奂《传疏》。下文的"素衣""素韠"都是白色衣饰,古代帽子与衣服颜色通常要一致。**棘**:急,处境艰危的意思。一说,字通"瘠",瘦削的意思。**栾栾**:娈娈,令人怜惜的样子。一说,字通"脔",本义为肉片,引申为瘠瘦。②**慱慱**(tuán tuán):愁苦不安貌。

庶见素衣兮,我心伤悲兮,聊与子同归兮①。

○诗之二章。言见素衣而哀痛,并表同归之情。

▣ 注释 ▣ ①**聊**:愿。**同归**:同归一处,即铁了心跟随素衣者的意思。

庶见素韠兮，我心蕴结兮，聊与子如一兮①。

○诗之三章。言见素韠，将与同心如一。

注释 ①韠（bì）：皮制的蔽膝。**蕴结**：郁闷不解。**如一**：同心。与上文"同归"义同。

解说

《素冠》，表追随郑武公之意的篇章。

据《毛诗序》，此诗是"刺不能三年"的。"三年"即为父母守孝三年。"刺不能三年"是从"庶见素冠""庶见素衣""庶见素韠"处引申出来的。但姚际恒《诗经通论》曾立"十不可信"来反驳《毛诗序》说。其第十条说："诗思行三年之人，何不直言齐衰等项，而必言祥后之祭服，如是之迂曲乎？"所谓"祥"，古代居丧十三个月期满后举行祭祀，称小祥；二十五个月期满之后的祭祀，称大祥。近人魏炯若《读风知新记》也说："素冠、素衣、素韠，与三年之丧并无关系，就连儒家的经典也找不出证据来。"然而，古人居丧小祥之后冠练冠，而练冠白色，这不是素冠吗？笔者的理解是，素冠、素衣、素韠之服饰，一定是非常时期、非常之人的特定衣冠配饰，而服此服者，也不是一般百姓，很可能就是郑桓公之子，即受郑桓公委派"寄帑"于虢桧之地、后来继位成为郑国东迁第一代君主的武公掘突。

据《国语·郑语》等文献，郑桓公为周宣王弟，名友，幽王时司徒，"甚得周众与东土之人"，受封于西周畿内之地郑（今陕西华县境内），感于王朝危殆，郑桓公曾向史伯询问未来郑国的"逃死"之地，史伯明示虢桧之地可以占居。不久郑桓公与周幽王一起被犬戎杀死于骊山之戏，于是郑国人拥立掘突为郑国君主，东迁虢桧之域。此诗表达的就是郑人对他的抚慰与效忠之情。《礼记·曲礼》："大夫士去国，逾境，为坛位，向国而哭，素衣、素常（裳）、素冠。"诀别故国而素衣素裳，其服实同于丧服。据此，诗篇或许就是掘突率众离开西郑而东迁时的篇章。丧礼小祥之后，服练冠，而迁移一个国家，亦非短时间可行，所以，很有可能东迁时，正值郑桓公死去一周年后。此时的郑武公还是世子，穿戴上用大夫之礼。如此说来，《素冠》诗篇表现的是郑国之事，可这不妨碍诗篇乐调用的是桧地之曲。这可能与郑武公曾长期在虢桧之地活动有关，也可能是诗篇的创制、流布，在东迁虢桧以后不久。深受下属爱戴拥护，是诗篇传达的基本信息；东迁的郑国能迅速发展，是与君主受人爱戴分不开的，诗篇的歌唱，也表现了这一点。

按，近出"清华简"显示，郑桓公没有与周幽王一同死去。另外，"清华简"《郑武夫人规孺子》有"吾君陷于大难，处于卫三年，不见其邦，亦不见其室"之语，有学者认为，此数语言郑桓公去世，郑国内曾有敌对势力反对郑武公，致使其不能回国。如果，《素冠》的诗篇也可能作于郑武公"陷于大难"之际。

隰有苌楚

隰有苌楚，猗傩其枝①。夭之沃沃，乐子之无知②！

〇诗之首章。见物起兴，语绝沉痛。钟惺《评点诗经》："亡国之音读不得。此诗更不比说自家苦，只羡苌楚之乐，而意自深矣！凡苦之可言者，非其至也。"

注释 ①**隰**：下湿之地。**苌**（cháng）**楚**：又名羊桃、猕猴桃等，攀援藤本植物，幼枝及叶柄密生棕色绒毛，花杂生，先白后黄。果实富含维生素，植物种类很多，其中使用价值高的有数种。**猗傩**（ē nuó）：婀娜，摇曳多姿貌。②**夭**：屈伸貌。**沃沃**：枝叶润泽的样子。**无知**：王先谦《集疏》

引《鲁诗》说："知，匹也。"无知即无匹、无配偶。

隰有苌楚，猗傩其华①。夭之沃沃，乐子之无家！

○诗之二章。言乐子无家庭牵累。牛运震《诗志》："三'乐'字惨极，真不可读。"

注释　①华：同花。

隰有苌楚，猗傩其实。夭之沃沃，乐子之无室！

○诗之三章。言无妻子连累。钱锺书《管锥编》："此诗意谓：苌楚无心之物，遂能夭沃茂盛，而人则有身为患，有待为烦，形役神劳，唯忧用老，不能长保朱颜青鬓，故睹草木而生羡也。"

解说

《隰有苌楚》，表达对生活厌倦态度的诗篇。一说，男女相悦的歌唱。

《孔子诗论》第26简谓："《隰有苌楚》，得而悔之也。"人生有家室而羡慕无知无虑的草木，生的苦难和无谓，自在不言之中。有知只是苦难的原因，诗人羡慕苌楚的"无知"，只是由于它们藉此可以免除人的"家室"拖累。如此理解，此诗是一首悲伤的作品，更是一首抗议的篇章，是以植物的率性生长，反喻人世的生趣都绝。诗只在苌楚的丰腴上着笔，以此反衬生趣的枯干，表达愤激之情，巧妙得很。

按，法国学者葛兰言在其《古代中国的节庆与歌谣》中对此诗有新说：诗篇既"无知""无家""无室"，当为男女相会时的歌唱，对方为单身汉，是歌唱主体"乐"的原因。因而诗篇的主题就不是表达人不如物的痛苦，而是"订婚的歌谣"，歌唱的是男女"在山谷中的邂逅"。此解亦通。桧郑地域相同，《郑风》所表现男女自由相会的风俗，也应流行于桧国。

匪 风

匪风发兮，匪车偈兮①。顾瞻周道，中心怛兮②！

○诗之首章。言睹疾行的车马而内心悸动。高朝璎《诗经体注图考大全》："此诗之神，全在'瞻顾周道'中。"

注释　①**匪**：彼。通假字。据王引之《经义述闻》。**发**：风疾吹的声音。**偈**（jié）：疾驱貌。②**周道**：通往西周的大道。**怛**（dá）：悲悼。

匪风飘兮，匪车嘌兮①。顾瞻周道，中心弔兮②！

○诗之二章。

注释　①**嘌**（piāo）：车疾速行驶的声音。②**弔**：伤悼。字同"吊"。

谁能亨鱼，溉之釜鬵①？谁将西归，怀之好音②！

○诗之三章。言如烹鱼赠釜，西去之人谁能行方便，捎去信息。姚际恒《诗经通论》："风致极胜。"

注释　①**亨**：烹。古"烹"字常写作"亨"。**溉**：洗涤。一说，字当作"塈"，给予的意思。**鬵**（xín）：大釜，大锅。②**西归**：回到西周。**怀**（kuì）：归，给予。**好音**：犹言好语、好消息。

解说

《匪风》，身处桧地的西周人士牵挂故国的篇章。

诗篇"顾瞻周道"和"谁将西归"等句，透露了诗篇的背景与时地，即诗篇系两周交替之际的歌唱。据《国语·郑语》记载，幽王将灭之际，身为王朝司徒的郑桓公就已为东逃作准备，将大量的钱币寄存于虢、桧之地。桓公属下有一些人随而流寓于此，当是可以想见的事情。诗以"风发"起兴，又以"嘌兮"喻车马疾驰，表现的是内心骚动不安之态。由此，诗人才瞻顾着通往西方的大道焦虑不已；才渴望着有西归的人，带去探问的消息。因此，诗篇从独特的角度，真切动人地展示了在王朝崩溃的大动荡时期里一些人的内心感受。诗的结尾一章，历来受人推崇，其"亨鱼"两句也多受穿凿之解。人烹鱼则予之釜鬵，言下含有与人方便的意思，正与下文"西归"句密迩相连：有谁到西周去吗？希望他带着我的好消息给那里的人；或者希望他把那里的好消息带给我。诗比史更真实，史只能提供给人往事的知识，而诗却能把大时代中活生生的人，他的期盼，他的焦虑，以及一些世道人情，亘古常新地保存下来。此诗未尝有一语言及宗周覆灭，但诗人内心的躁动不安，却能使后人仿佛亲见那重大事变给人们心中带来的震憾。

曹风

周初，周武王封弟振铎于曹，是为曹国。疆域在今山东西南部地区，都陶丘，其地在今山东菏泽市定陶县西南，传二十四世而为宋所灭。郑玄《诗谱》言曹地风俗："昔尧游成阳，死二葬焉。舜渔于雷泽，民俗始化其遗风。厚重多君子，务稼穑，薄衣食以至积蓄。夹于鲁卫之间，又寡于患难，末时富而无教，乃更骄侈。"是说此地有深厚的文化积累，且地处平原，适于农耕，百姓重视耕种，颇为富饶，君子之流骄奢之风也颇盛。曹地风诗虽然不多，艺术上却颇见精彩。

《曹风》四篇。

蜉蝣

蜉蝣之羽，衣裳楚楚①。心之忧矣，于我归处②！

○诗之首章。言蜉蝣朝生暮死，羽翼鲜明，进言人荣华如梦，死归何处？吴闿生《诗义会通》："旧评：喻意危悚。"

注释 ①**蜉蝣：** 昆虫名，一生经历卵、稚虫、亚成虫和成虫四个阶段，亚成虫期历时较短，最短几分钟、最长一天时间即可脱皮变为成虫，之后还要再脱皮。成虫后不取食，寿命极短，最短存活数小时，最多为七天，故有朝生暮死之说。蜉蝣稚虫喜栖息在湖泊池塘中，也有喜生活在流水区的水生植物和枯枝落叶中；生活环境不同，形体也不同。前人以为蜉蝣为金龟子、蚱蜢等，不确。《夏小正》："五月，蜉蝣有殷。"即夏历五月时蜉蝣众多。**羽：** 翅膀。**衣裳：** 比喻蜉蝣的羽翼如衣服一样。**楚楚：** 鲜明貌。蜉蝣的翅膀极薄而透明。②**于我：** 何处。"我"为"何"之误。**归：** 死人谓之归人。归处即死后的归依之处。

蜉蝣之翼，采采衣服①。**心之忧矣，于我归息！**

○诗之二章。

注释　①采采：光华貌。

蜉蝣掘阅，麻衣如雪①。**心之忧矣，于我归说**②**！**

○诗之三章。陈震《读诗识小录》："'楚楚''采采''如雪'，其人得意在此，劳人赞叹正在此，盖一念为朝生暮死，则其得意处，正可悼可畏处也，故曰'心忧'。'于我归'者，叹其失所归也。"

注释　①**掘阅**（xué）：联绵词。历来有不同解释：一说，蜉蝣蜕变，生出翅膀；一说，穿穴而出；一说，改变容貌。当以第一说为好。**麻衣**：麻制的衣服，比喻蜉蝣的羽翼。②**说**：止息。"说""税"古通，"税"即停息的意思。

解说

《蜉蝣》，慨叹浮华幻影、死生促迫的感伤篇。

朝生暮死的蜉蝣，却有鲜洁如雪的衣裳，正如同短暂的人生，有如梦如幻的荣华一般。像蜉蝣的不断"掘阅"、变化形貌一样，耽于享乐的人们也是为眼前的无常浮华而不停忙碌。他们忘记了死亡就在眼前的事实。诗人在沉吟着死归何处，似是提醒，又像是黯然自伤；十分敏感，又极其脆弱。在《诗经》中慨言生死的篇什，大致有三种情形：一种是《桧风·隰有苌楚》及《小雅·苕之华》等生不如死的哀叹，是由于生活的苦难，因此，是愤激之辞；另外一种是《唐风·山有枢》和《秦风·车邻》等那样的酒酣耳热，慷当以慨，其实是对生命短暂的痛惜，对生活的留恋；还有一种即此诗的样态，对死亡的考虑，乃是出于荣华易逝的幻灭感。如果说愤激着意是对世道的指责，那么幻灭的忧伤则是彻头彻尾的虚无。荣华都是假象,惟有死亡最堪忧虑,还有什么比这更消沉的呢?《蜉蝣》就属于后者。这该是一篇贵族歌唱,感伤情绪弥漫全诗。敏感的诗人也敏于取喻,精于设譬,"衣裳楚楚""麻衣如雪"的句子,直将蜉蝣屑小之物的魂灵勾勒得入木三分。

候　人

彼候人兮,何戈与祋①。彼其之子,三百赤芾②。

○诗之首章。言贤人失位而美女乘轩,两者对举以见国政昏乱。

注释　①**候人**:官职名称。《周礼·夏官·候人》:"候人各掌其方之道治,与其禁令,以设候人。"**何**:扛,举。即"荷"字的异写。**祋**(duì):古代一种长柄武器,字又写作"殳",竿为竹制,长一丈二尺,祋头装有八棱形的金属尖。参《卫风·伯兮》"伯也执殳"注。②**彼其**(jì):那,那些。其,《国语》引作"己"。**赤芾**(fú):红色的蔽膝。西周金文屡见,为王赏赐臣下之衣物。《毛传》:"一命(册命),缊(红黄色)芾,黝(黑色)珩(héng,佩玉);再命,赤芾,黝珩;三命,赤芾,葱(绿)珩。大夫以上,赤芾、乘轩。"是说一命、再命为士,三命为大夫,就可以赐赤芾乘轩车了。魏源《诗古微》:"凡经传言芾、言韨、言韠、言韐,皆是蔽膝,女之巾,如男之韐,皆茅蒐梁韦为之,其色赤黄,故《东门》(指《郑风·出其东门》——引者)诗之茹藘,即女之赤芾也。"一人而有三百赤芾,可见其宠幸至极。

维鹈在梁,不濡其翼①。彼其之子,不称其服②。

○诗之二章。刺在位者无德。鹈鹕在梁,欧阳修《诗本义》:"如彼小人窃禄于高位。"

❏ 注释 ❏　①鹈（tí）：即鹈鹕，一种水鸟，白色羽毛，嘴长尺余，下颌有囊与嘴相连，捕鱼为食。**梁**：筑在水中用以捕鱼的坝子。**濡**：沾湿。②**不称**：配不上。**服**：服饰。古代服饰不同，即地位不同。不称其服即不称其位。

维鹈在梁，不濡其咮①。彼其之子，不遂其媾②。

○诗之三章。指责女宠太多，于礼法不合。

❏ 注释 ❏　①咮（zhòu）：鸟嘴。**不遂**：不称，不合礼法。即其婚姻不合理的意思。②**媾**：婚配。

荟兮蔚兮，南山朝隮①。婉兮娈兮，季女斯饥②。

○诗之四章。宫中多淫气，而民间多旷女。牛运震《诗志》："末章精神飞动，更自蕴藉风流，一篇生色争胜处。"

❏ 注释 ❏　①**荟、蔚**：本义为草木茂盛，此处比喻云彩的浓密。**南山**：曹国境内低矮山地，在今曹县境。**隮**（jī）：即虹，古人以虹为淫气所成。据杨树达《积微居小学述林》卷一。②**婉、娈**：女子美好貌。**季女**：少女。**饥**：饿。此处喻女子待嫁的饥渴心情。

解说

《候人》，讽刺曹君女宠过盛的篇章。

此诗理解的难点在首二句与尾四句，两处解释不当，全诗的意思就难以说通。"候人"本是守护道路、迎接宾客的官员，然而诗称其"何戈与祋"，当指他做了一般的士卒，不再是迎客者，而成了远行在外的异乡客。如此才有结尾处"季女斯饥"的渴望之情与之相应。但诗篇并没有这么简单，在这一首一尾的相应之间，又加进了对现实的针砭。候人不能任其故职，是因为曹国的现实昏暗，通观诗篇可知，当"季女"因候人的远去他乡而"斯饥"的时候，曹君却是"彼其之子，三百赤芾"。关于"彼其之子"的解释，过去总是与《左传》所记晋文公灭曹一事相联系。《左传·僖公二十八年》载晋文公入曹，执曹共公，"数之以其不用僖负羁，而乘轩者三百人也"。《左传》不言"赤芾"，只言"乘轩"，而《史记·晋世家》记晋文公入曹之事又有另外说法，谓："晋师入曹，数之，以其不用僖负羁言，而用美女乘轩者三百人也。"是"三百人"指美女，不指大夫。也就是指责曹君好色、多女宠。"三百"云云，未必实数，虚言其多而已。曹共公如此，料想之前的曹君宫廷，美女也不会少。女宠过多，不合礼法，所以诗篇反复说"不称其服""不遂其媾"。结尾处的"季女斯饥"也就在解释上有了着落。阶指彩虹，在古代有特定含义，指淫气。曹君后宫有那么多乘轩女子，以"朝阶"形容之，自然最恰当不过。曹国宫廷里淫气冲天，而民间美好少女却嫁娶失时，受着煎熬，就是因为候人失位所致。所以读到最后，我们才知道，原来诗篇是表达季女失时的哀怨作品；而她的失时不嫁，与候人"何戈与祋"的特定变化有关。另外，《毛诗序》说诗篇是刺曹共公，可《国语·晋语》载楚成王曾引用此诗，而楚成王即位比曹共公早二十多年，在位时期也与曹共公约略相当，诗篇如此快就流传到楚国，且为成王征引，似乎有点不合情理。诗篇问世或比曹共公时期要早些。就是说曹国政治的糟糕，早在曹共公之前就开始了。

诗篇写得相当婉曲。国家贤人失位，多是从高级官员的用人不当起，然而在曹国，连下级的候人之官也都换成了不肖之辈，其政治腐败的程度，真可谓烂透了。此外，候人、季女的婚嫁失时，可能是一个特殊现象，但诗将此事与曹君的好色连起来写，其主题便大大深化了。

鸤 鸠

鸤鸠在桑，其子七兮①。**淑人君子，其仪一兮**②。**其仪一兮，心如结兮。**

○诗之首章。美君子心、仪均平。《韩诗外传》："好一则博，博则精，精则神，神则化，是以君子务结心乎？"戴君恩《读风臆评》："层层相递，节节相生，不可得其断续。"

注释　①鸤（shī）鸠：鸟名，即布谷鸟。古人认为布谷鸟养子平均而无有偏爱。②仪：义。一：心意坚定，无二心。

鸤鸠在桑，其子在梅①。**淑人君子，其带伊丝**②。**其带伊丝，其弁伊骐**③。

○诗之二章。美君子衣饰。

注释　①梅：楠木，常绿高大乔木，夏天开红黄色小花，秋天结黑蓝色浆果。木料有香气，是建筑或器具良材。②带：衣服上的带子。伊丝：是白丝做成的。伊，判断词。③弁：皮制的冠。骐：皮制冠上的玉饰，骐为"之"的假借。《周礼·夏官·弁师》："王之皮弁会五采玉。"据此，"伊骐"之弁为周王所戴。

鸤鸠在桑，其子在棘①。**淑人君子，其仪不忒**②。**其仪不忒，正是四国**③。

○诗之三章。美君子能正四国。

注释　①棘：荆棘，丛生的酸枣树。②忒（tè）：差错。③四国：四方之国，指周王朝所有邦国。

鸤鸠在桑，其子在榛①。**淑人君子，正是国人**②。**正是国人，胡不万年**③！

○诗之四章。美君子能正国人，并表祝福。全篇以"鸤鸠在桑"应"其子"之"在梅""在棘""在榛"，成一与多、不变应万变的格局，是诗篇的精心之处。

注释　①**榛**（zhēn）：灌木或小乔木，木质坚硬，可以作手杖等用。果实为干果，周代用作"女贽"亦即"见面礼"；也可直接食用，还可以榨油。②**国人**：四方国人。③**胡不**：何不。

解说

《鸤鸠》，颂扬周天子的诗篇。

《毛诗序》："刺不壹也。在位无君子，用心之不壹也。"诗本身全无"刺"意，《毛诗序》却这样说，不是睁眼说瞎话吗？不是，《毛诗序》这样解，别有用意。这就涉及《毛诗序》在理解诗篇上的一个常用的思路，即所谓"反经以为权"。什么意思呢？即以此诗而言，按《毛诗序》的理解，当时的诗人是很想讽刺时人的"不壹"的，可是，若直接表达这样的讽刺，可能会招来麻烦，有所不便，于是诗人就采取了迂回的手法，对当今有意见，却不直接说，而是故意"思念"往昔"淑人君子"，思念那时的人是如何"心如结兮"的，以此来反衬当今之人的心思不一。这样做，可以做到"言之者无罪，闻之者足戒"，这就是所谓的"谲谏"，也就是"反经以为权"。《毛诗序》这样解释一些诗篇，也是出于无奈。这样的无奈，是由两方面原因造成的：一是经学中的"风雅正变"之说，一是《毛诗序》作者以为，在所谓的"衰世"是一定没有赞扬的诗篇的。前者，如《毛诗序》所说："治世之音安以乐，其政和。"其诗篇就是"正风""正雅"。"治世"之后就是"衰世"，就是所谓"王道衰，礼义废，政教失，国异政，家殊俗"的时代，而这样的时代，诗篇的创作就是"变风、变雅作矣"。若再具体一点说，《毛诗序》以为，《诗经》的《周南》《召南》为"正风"，其他"十三国风"都是"变风"，就是"衰世"作品。既然《曹风》属于"变风"，亦即诗篇时代是衰世，就无所谓颂扬之作了。那么，看上去像是颂扬的，也都被他们解释成"谲谏"，即表面颂扬，骨子里却是讽刺。照这样的思路解释，《曹风·鸤鸠》就只能是"刺"诗了。这样的例子，以后还会见到。

其实，生活远比儒生想的复杂得多，世道衰微时照样可以有颂美诗。《鸤鸠》之篇，从内容看，就是这样的颂美，颂美的是周王，称赞他能"正四国"，祝福他寿"万年"。然而，考诸诗篇背景，却是彻底的乱世之作。此诗篇当与下一篇即《曹风》中的《下泉》合观，都是与王子朝作乱、周敬王确立有关的诗篇。据《左传》记载，鲁昭公二十二年，即公元前520年，周景王死，王子早卒，太子猛立。王子朝作乱，攻杀王子猛。王室大乱。大臣单旗求助于晋，晋派籍谈、荀跞率九州之戎与焦、瑕、温、原之师立周敬王，居狄泉（王城之外、距离不远的地方，又称翟泉）。然而王子朝势力依然猖獗，于是鲁昭公二十六年，即公元前516年，晋荀跞、赵鞅再次率师纳王，王子朝等奔楚，周敬王入成周，为期数年的王室大乱方告结束。《鸤鸠》诗篇，应该就是歌唱于此时。诗篇每章言"鸤鸠在桑"，又言其子"在梅""在棘"，《毛传》解指为"鸤鸠之养其子，朝从上下，莫从下上，平均如一"，以此言鸤鸠习性，实无根据。诗篇以鸤鸠七子取譬，实际是表周王得众多诸侯拥护，也就是表周敬王的地位合法。又因周敬王真正成为法理上"正四国"的天下共主，是在王子朝势力被驱赶之后，所以，说起来是一首歌颂新登基的周王的乐章。诗篇从新王的腰带、帽子着笔，突出"其仪不忒"，也都是在表新王的仪度风采，寄寓着诗人"正四国"的希望。过去，对诗篇中人有各种猜测，有人说是赞美曹国始封君曹叔振铎的，也有人说是赞美晋文公的，也有人说是赞美曹国公子臧的，其实从"伊骐"的服饰及"万年"的嘏词看，"淑人君子"指周王应该是无疑的。这一点，前人早有察觉，如蒋悌生《五经蠡测》卷三即言："诗文所美之德，非惟三国（指陈、桧、曹——引者）所无，实十三国风中所无。……'正是四国'之语，虽卫武公亦未敢当。"又如李黼平《毛诗䌷义》、魏源《诗古微》都以为："四国非曹君所得正。"都是正确的。不过蒋悌生又说："反复玩味，惟周公之德足以当之。"以为诗篇是颂扬周公的，这就是查无实据的猜测了。

这里还有一个问题，赞美周王的诗篇如何见于《曹风》？回答是：一是错简所致，一是另有原因。若是错简，就可能是《小雅》篇章错位至此。这种可能有，但不大。因为还可以有另外的解释：很可能是因曹国参与了拥立周敬王的活动，曹国才有了这首诗篇。关于曹国拥立周王，《左传·昭公二十五年》载，曹人参与诸侯谋定王室的皇父之会，且向周敬王提供粟和戍卫；《左传·昭公二十六年》又载，诸侯驱逐王子朝，曹人也应该参与其中；又据《左传·昭公三十二年》载，曹人还参与了诸侯为敬王修建成周之事。据上述记载，曹人是有机会把赞美周王的乐章带回本国加以保存的。诗篇格调上明显仿照了《小雅》的一些赞美篇章，造语平顺而富于理趣，其"鸤鸠在桑"的比兴之词又十分用心，所以深得古人喜爱，《荀子》《孝经》等都曾引之以说理。而新近出土的竹简《孔子诗论》第22简也对诗篇这样论说道："'其仪一兮，心如结兮'，吾信之。"孔子的意思是说，诗人用其心如一、其心如结的句子赞美人，由不得人不信。

下　泉

冽彼下泉，浸彼苞稂①。忾我寤叹，念彼周京②。

○诗之首章。以苞稂浸于寒泉之象，喻周敬王居于狄泉。

注释　①**冽**：寒冷。**下泉**：即狄泉，在今洛阳东郊。**苞稂**(láng)：丛聚的稂禾。稂，有穗但不结粒食的禾苗。②**忾**(kài)：叹息声。**寤叹**：连续的叹息。**周京**：指东周的王都，在今洛阳。下文"京周""京师"义同。

冽彼下泉，浸彼苞萧①。**忾我寤叹，念彼京周**。

○诗之二章。

注释　①萧：蒿草。亦见《王风·采葛》。

冽彼下泉，浸彼苞蓍①。**忾我寤叹，念彼京师**。

○诗之三章。

注释　①蓍（shī）：蓍草，蒿类。多年生草本，春天从根簇抽长茎，多者可达五十余茎，古人用其茎占卜，称灵蓍。也可以入药，为镇静剂，颇有效。

芃芃黍苗，阴雨膏之①。**四国有王，郇伯劳之**②。

○诗之四章。颂郇伯之功。全篇色调阴郁。

注释　①芃芃：蓬蓬。膏：润泽。②郇伯：荀跞。"郇"即"荀"，本为西周封国，始封君为文王之子，《左传·僖公二十年》："管、蔡、郕、霍……毕、原、酆、郇，文之昭也。"进入东周后，为晋武公（晋文公重耳祖父）所灭，以赐晋国大夫原氏，亦称郇氏。**劳**：辛劳。

解说

《下泉》，赞美荀跞匡扶王室的乐歌。

《毛诗序》："思治也。曹人疾共公侵刻，下民不得其所，忧而思明王贤伯也。"与诗篇内容全不相干。此诗本事与《鸤鸠》相同，都与王子朝之乱及周敬王得立之事相关（参《鸤鸠》篇说明）。此说发于明代何楷《诗经世本古义》，而何氏之说，又据《焦氏易林》为说，《焦氏易林·蛊之归妹》：

"下泉苞稂，十年无王；荀伯遇时，忧念周京。"所谓"十年无王"是说从鲁昭公二十二年到三十二年，虽然在昭公二十六年王子朝势力就已失败，但成周残破，周敬王需诸侯为之戍守，此后到昭公三十二年，诸侯城成周，敬王的朝廷才算最终稳定下来。如此，《焦氏易林》说"十年无王"也合乎史实。所谓"荀伯"，照《焦氏易林》的说法，则非晋国大夫荀跞莫属。郇为荀伯封地，称之为"伯"也是可以的。如此，此诗是《诗经》中创作最晚的一首，与郑玄认定的《诗经》最晚一篇为《陈风·郏林》不同。

此诗虽与《鸤鸠》本事相同，时间相同，但格调上差别分明。这应是由于歌唱者不同。《鸤鸠》是臣子的颂美祝愿，自然以取昂扬向上的调子为宜；此篇则不同，从"郇伯劳之"的句子看，很可能是慰劳郇伯仪式上的乐歌，就是说，是以周王为立脚点的歌唱。《左传·昭公二十六年》载：七月"晋知跞（即郇跞）、赵鞅帅师纳王"，王子朝奔出。诗篇当作于此时（前516年）。诗篇格调之所以是阴郁的，就是由于它代表的是周王的感谢之情，数年间被王子朝的势力逼迫，不安其位，慰劳臣下的乐章言辞沉重，是符合此时周王应有的情感状态的。此外，诗篇的一些句子，如"四国有王，郇伯劳之"与《小雅·黍苗》"悠悠南行，召伯劳之"相似（南宋王柏《诗疑》以此章与前三章不类，而与《黍苗》首章相似，疑为错简。今人向熹从其说，且认为"郇伯"应为"召伯"之误，皆属猜测之词），就是说诗篇可入《小雅》；其见诸《曹风》原因当与《鸤鸠》见于《曹风》同。《下泉》是《诗经》中年代最晚的篇章，冽泉寒光中，一片衰靡之象，正是东周王朝尸居余气的极好写照。

豳风

豳地在今陕西旬邑、彬县一带。这一带，是周人祖先的发祥地。《国语·周语》载："昔我先王世后稷，以服事虞、夏。及夏之衰也，弃稷不务，我先王不窋用失其官，而自窜于戎、狄之间。"就是说，周人以为在虞夏之际他们的远祖世代做"后稷"之官，到夏朝衰落（有学者谓"夏之衰"指夏代少康失国，无据）、商朝兴起时，逃奔到戎狄中，脱离了农耕生活。至公刘时期，周人的生活再次发生逆转，迁居豳地，此即《史记·周本纪》所言公刘"复修后稷之业，务耕种，行地宜，自漆、沮度渭，取材用，行者有资，居者有畜积，民赖其庆。百姓怀之，多徙而保归焉。周道之兴自此始"。因有公刘"复修后稷之业"，周族才摆脱了戎狄之俗，回归传统，走向强大之路。所以，周人视豳为隆兴之地。在古豳之地，近年考古在今泾河上游长武县的碾子坡遗址发掘出大型青铜器（鼎、瓿）、卜骨和写有文字的陶器，还有碳化高粱以及石制、骨制的农具等，都带有明显的中原文化色彩（《胡谦盈周文化考古研究选集》，四川大学出版社2000年版，第1—3页）。

"豳风"即西周时所保存古豳之地的乐调，渊源古老。《周礼·春官·籥章》载："掌土鼓、豳籥。中春，昼击土鼓、吹《豳诗》，以逆暑。"是说"豳风"歌唱是击土鼓、吹籥伴奏。其中的"籥"，据《礼记·明堂位》"土鼓、蒉桴、苇籥，伊耆氏之乐"，可知是由苇管制成的，源于古老的伊耆氏（尧，又称伊耆氏）。《籥章》所言"土鼓"，在山西襄汾陶寺遗址多有发现，而陶寺遗址的时代又与传说的尧舜时期颇为接近。据出土文物所见，土鼓是陶制的，高矮粗细不同，外表有精细的纹饰。文献记载土鼓与考古在古豳之地发现的实物土鼓、青铜器、碳化高粱、卜骨以及文字等，都表明这样一点：在先周时期即西周建立百年前，周人就与中原文化有密切关联。这也表明，"豳风"乐调来源甚古，是周人文化的老家底。

今见《豳风》作品，据传统说法，都与周公有关。问题是，与周公相关的诗篇，又何以名为"豳风"？有人说，当初周公东征用的多是豳地士兵，所以表现周公东征的诗篇如《东山》等用豳地乐调。然而可以相信的是，《豳风》七篇中，用豳地风调演唱的只有《七月》一篇，因为《周礼》有"土鼓、蒉桴、苇籥吹《豳诗》"之说，历来以为所言"豳诗"即《七月》。至于其他篇章是否用豳乐，没有任何文献上的证据。所以，周公出征的诗篇用豳地之乐的说法并不可信。又，有现代学者提出，"豳风"不是豳地乐歌，而是鲁国风诗，即所谓"豳风"即"鲁风"。这在古代相关文献中也没有任何记载。总之，《豳风》的问题实在不少。今依据文献可以明确的，除上述《七月》用豳乐外，还可以确定的是《东山》《破斧》两篇歌咏的周公东征之事。至于这两篇的创作时代，旧说为周初，却是不可信的，因为篇章风调表明，其最早不过西周中期。又据《左传·襄公二十九年》所载"季札观乐"演奏次第，《豳风》是排在《齐风》之后的，应显示的应是古乐工演唱的次序。然而《豳风》何以被放到"十五国风"的最后，如今本所见次序，前人也是说法不一，如清儒尹继美说是"秦火后颠倒错乱"（《诗管见》卷一）所致等。笔者以为，这也有可能是儒家的安排，因为他们在音乐上看重"金声玉振"的概念，即重视音乐的开始，也关注其结尾，所以才将《豳风》编排在风诗最后。

《豳风》七篇。

七 月

七月流火，九月授衣①。一之日觱发，二之日栗烈②。无衣无褐，何以卒岁③？三之日于耜，四之日举趾④。同我妇子，馌彼南亩，田畯至喜⑤。

○诗之首章。言寒暑之变，总起全篇；继言秋冬以至于来年开春时的天气变化及各种活动。杨慎《升庵集》卷四十二："谚云：三九二十七，篱头吹觱栗。"又曰："万象唯风难画。"

注释 ①**七月**：夏历七月，阳历的八、九月份。**流火**：大火星西偏。流，偏向。火，东方苍龙七宿的第二颗星，称心宿二，因其最亮，又称大火星。古人在早晨（旦）或傍晚（昏）时分观测它在天空的位置，以此来判断时令，如《左传·昭公三年》："火星中而寒暑退。"伏虔注："季冬旦中，大寒退。"是说冬天最后一个月开始之日的早晨观察大火星，看见该星在南天正中，即意味着寒气退却、暑气升进，亦即春天开始了。这是早晨观察。又如《夏小正》载：五月"初昏，大火中"，是说夏历五月开始之日的傍晚黄昏时分观察大火星在南天正中。这是在傍晚观察。诗言"流火"，是说夏历七月的黄昏时分观测大火星，其位置已经偏西了。**九月**：夏历九月，阳历十月左右。**授衣**：向农夫颁发衣服。一说，"授衣"是将丝麻之物交给妇女制作冬衣，因为九月丝麻之事毕。②**一之日**：周历的正月，即夏历十一月。**觱发**（bì bō）：《说文》引作"滭冹"，寒风吹拂引起的响声，犹言噼里啪啦。**二之日**：周历二月，即夏历的十二月。**栗烈**：即凛冽。③**褐**（hè）：兽毛或麻质粗布衣。**卒岁**：过完一年最后寒冷的日子。④**三之日**：周历三月，即夏历正月。**于耜**（sì）：修理农具。于，词头，一般用在动词之前。《夏小正》：正月"农纬厥耒。……初岁祭耒"。**四之日**：周历四月，即夏历二月。此诗在历法上，夏历、周历兼用，十一月到次年的二月，用周历，即一之日、二之日、三之日、四之日四个月，其余用夏历。四个月正好为农闲时。**趾**：镃，一种如后世铁锹之类的木质农具。趾，通"兹"，于省吾《新证》谓"兹"即《孟子》"虽有镃基"之"镃"。⑤**同**：聚集。**馌**（yè）：馈食，即送饭到田头的意思。古时春耕有重大典礼，称籍田典礼，周王要亲自参加。这一天，公家要馈赠在官田地上无偿劳作的农民一顿饭食。**南亩**：犹言田亩。古代以向阳田地为上。南亩即向阳之田。**田畯**（jùn）：田官。**至喜**（chì）：分发食物。"至"同"致"，"喜"同"饎"，饭食。据周礼，每年开春都要举行籍田大礼，田畯向参加典礼的农夫农妇分发食物即其中礼数之一。西周《令鼎》铭文"王大耤农于諆田，饎"之"饎"即指此。"馌彼"两句反复出现在《小雅》的《信南山》《甫田》和《大田》等几首农事诗篇中，是诸诗创作时间相同的证据。

七月流火，九月授衣。春日载阳，有鸣仓庚①**。女执懿筐，遵彼微行，爰求柔桑**②**。春日迟迟，采蘩祁祁**③**。女心伤悲，殆及公子同归**④**。**

○诗之二章。言春日少女采桑之事。钱锺书《管锥编》："吾国咏'伤春'之词章者，莫古于斯。"全篇格调强健，此章则别见妩媚。

▣ 注释 ▣ ①**载阳**：开始变暖。载，开始。阳，暖。**仓庚**：鸟名，即黄莺，学名黄鹂，北方多为黑枕黄鹂，羽毛黄、黑两色相间，有一条黑色的羽毛带从嘴部过眼角直到颈部，"黑枕"即由此得名。其叫声婉转亮丽，毛色鲜艳漂亮，有强壮的红色长嘴，捕食昆虫。此鸟春天来到北方，《夏小正》：二月"有鸣仓庚"，正值小麦将熟、桑葚甜美时，故俗语曰："黄栗留，看我麦黄葚熟。"又《说文》："仓庚也，鸣则蚕生。"②**懿筐**：深筐。懿，深。**遵**：沿着。**微行**：小径。**爰**：于此。于焉的合音。**柔桑**：嫩桑。③**迟迟**：春日舒迟的感受，犹言"暖洋洋"。**采**：茂盛。《夏小正》二月"荣堇采蘩"。荣、采相对，可知"采"为茂盛义。**蘩**：白蒿，一年或二年生草本，开白色花。种类很多，盛壮时各有特征，秋季干枯时又不易分别。《毛传》："可以生蚕也。"办法是先把蘩用水煮，之后用汁液浸泡蚕子，可促使蚕子同时孵化。不过，《毛传》所言，只是蘩的一种用途。《周礼》记载春二月，年轻人"入学，舍采，合舞"，舍采即舍菜，即有芬芳气味的菜蔬，是包括蘩在内的。"舍采"之蘩可能与沃蚕之蘩不是一种，前者或为喜生水边的种类。**祁祁**：众多。"春日迟迟，采蘩祁祁"两句，只是写春天光景而已，是采桑女眼中所见。④**伤悲**：伤春，春心惆怅。《毛传》："春女悲，秋士悲，感其物化也。"**殆**：差不多。**公子**：诸侯女儿也称公子。**同归**：一起出嫁。《夏小正》：二月"绥多士女"，即"冠子取妇之时也"。这两句是说，少女想到女公子出嫁时，也是自己嫁人的时节了，心中不免惆怅。

七月流火，八月萑苇①。**蚕月条桑，取彼斧斨，以伐远扬，猗彼女桑**②。**七月鸣鵙，八月载绩**③。**载玄载黄，我朱孔阳，为公子裳**④。

○诗之三章。言三月之事，由条桑写到纺绩为裳。句法打破两句为一意群的惯例，长短参差。

注释 ①**萑**（huán）**苇**：荻草和苇子，可以作蚕箔用。一说，萑即剜，割取。②**蚕月**：养蚕的月份，即夏历三月。《夏小正》：三月"妾子（正妻）始蚕"。**条桑**：条理、修整桑树。《夏小正》：三月"摄桑"，注："摄，引持也。"**斨**（qiāng）：旧说椭孔为斧，方孔为斨。实则斧头之分两种，不在孔的方圆，而在安装斧柄的孔的位置。一般而言，斧柄孔的位置靠近斧头顶部的斧子，适宜砍伐开荒，今林业工人仍在使用；另一种斧柄孔在斧头中间，这就是斨。斨在使用上更适宜做木工或家用，因为斧柄安装在中间，适宜砍切，又适宜反过来钉、楔。另外，斨还分单刃、双刃；单刃适于砍切平面，双刃除此之外，用处更多。此处泛指斧子。**远扬**：伸得很高的枝条。**猗**：丰茂。桑树的特点是副芽多且生长快，砍掉长枝后，会有众多副芽迅速生长为肥大叶片。**女桑**：即柔桑、嫩桑，即新生的鲜嫩副芽。③**鵙**（jú）：鸟名，又称伯劳，叫声高而快，在北方，夏历五月开始鸣叫，一直到寒冷时节来临。古代要在此鸟停止鸣叫之前赶制寒衣。有人因鵙五月始鸣而怀疑"七月"当为"五月"，不确。**载绩**：开始纺绩织布。④**载**：

连词，连接两个动词，且、又的意思。**玄**：黑中带红。古代染织，需多次在染液中浸润。晾干之后再次浸润，为一"入"；五、六入，可成玄色。**黄**：黄色。黄色的染成，多用荩草、地黄和黄栌为染料，考古发现，也有用矿物质石黄为染料的。参扬之水《诗经名物新证》。**我**：在此只起调整音节的作用。**朱**：深红色。两句是说，所纺的布，有黑色，有黄色，还有红色。**孔**：甚，十分。**阳**：形容光灿灿的色泽。**裳**：衣裳。

四月秀葽，五月鸣蜩①。八月其获，十月陨萚②。一之日于貉，取彼狐狸，为公子裘③。二之日其同，载缵武功④。言私其豵，献豜于公⑤。

○诗之四章。言秋冬之际，万物陨落，农事已毕，开始狩猎、讲武。

▣ 注释 ▣ ①**秀葽**（yāo）：秀，开花。葽，苦菜。《夏小正》：四月"秀幽"。幽即葽，音近义同。**蜩**：蝉。②**获**：收获。**陨萚**（tuò）：植物枝叶凋零。③**于貉**：犹言"于猎"，句法犹"于耜""于茅"。貉又称狗獾，似狐，较肥胖，尾巴短，在古代其皮毛十分贵重。一说"于貉"即"于祃"，指狩猎（古代演武与狩猎为一）之前祭祀军之神的仪式。据马瑞辰《通释》说。④**同**：会同，集合。**缵**（zuǎn）：继续。此语又见《大雅·崧高》"王缵之事"，及《大雅·韩奕》和《大雅·烝民》"缵戎祖考"诸句。西周金文也常见，如《伊簋》："王乎（呼）命尹策命伊：（缵）官司康宫王臣妾、百工。"《毛公鼎》："命女（汝）𣪘（缵）司公族。"**武功**：即上句的狩猎活动。古代操练军阵即经由狩猎而进行，因为狩猎的车驾武器与战阵相同。⑤**言**：发语词。**私**：私人所有。**豵**（zōng）：小野猪。**豜**（jiān）：大野猪。**公**：公家。

五月斯螽动股，六月莎鸡振羽①。七月在野，八月在宇，九月在户，十月蟋蟀入我床下②。穹窒熏鼠，塞向墐户③。嗟我妇子，曰为

改岁,入此室处④。

○诗之五章。言月令之变,从五月直贯十月。夏历十一月为周历正月,故诗称"改岁""室处"。"七月"以下四句自远而近,藏头露尾,句法奇特。郑玄曰:"自'七月在野',至十月'入我床下',皆谓蟋蟀也。言此三物(斯螽、莎鸡、蟋蟀——引者)之如此,著(表明)将寒有渐,非卒(猝然)来也。"吕本中《童蒙诗训》引张文潜说:"《诗》三百篇……非深于文章者不能作,如'七月在野'至'入我床下',于七月以下皆不道破,直至十月方言蟋蟀,非深于文章者能为之耶?"牛运震《诗志》:"'嗟我妇子'数语作悲苦气息,妙。一时风俗安和,正忾然可思。"

注释 ①**斯螽**(zhōng):又名螽斯,学名中华负蝗,俗称简头蚱蜢,蝗虫的一种,尖尖的头,前额斜平向上,头顶部有两对触角。身体翠绿,上有一条细细的粉红色纹贯穿。两条大腿很长,善跳跃。**动股**:蝗虫大腿内侧有齿状物,与前翅突起的径脉摩擦发出声音。古人观察细致准确。**莎**(suō)**鸡**:也是蝗类昆虫,与斯螽相比,头部没有那么平翘,身体黄褐色,比斯螽要粗短一些,两条触须很长,飘向身后。叫声如纺织之声,发音部位在前翅,有发音的音锉和刮器。**振羽**:振动翅膀以使音锉与刮器互相作用发出声响。②**野**:野外。**宇**:屋檐下。**户**:房门。此处指室内。**床**:卧具。"床"字又见《小雅》中的《斯干》《北山》。古代床出现得很早,甲骨文即有其象形字(于省吾《甲骨文字诂林》,中华书局1996年,第3088—3091页),河南信阳曾出土过东周时楚国木床。③**穹**(qióng)**室**:熏燎和涂抹房屋内的漏洞。穹字当作"焪",用火烘干。室,塞满,用泥填塞房屋的缝隙。**熏鼠**:用烟熏走老鼠。**塞**(sāi)**向**:堵塞朝北的窗户。向,朝北的窗户。**墐**(jìn)**户**:涂抹塞住门的缝隙。古代庶民之家,一般用荆条编织成门。④**嗟**:嗟叹。**曰为**:将要。曰,发语词。**改岁**:过年的意思。夏历的十月正当周历的十二月。**处**:安处。

六月食郁及薁,七月亨葵及菽①。**八月剥枣,十月获稻**②。**为此春酒,以介眉寿**③。**七月食瓜,八月断壶,九月叔苴**④。**采荼薪樗,食我农夫**⑤。

○诗之六章。杂陈野果菜蔬,尤见稻粱春酒可贵。前数章重在言"衣",此章侧重言"食"。瓜菜粗陋,薪柴恶臭,极言农耕生活之艰辛,是述古特有的口吻。

注释 ①**郁**:郁李,又名车下李,早春开花,花瓣犹如剪纸,色彩艳丽,果实如樱桃大小,味酸甜,可以酿酒。**薁**(yù):细本葡萄,果实如樱桃大小,黑紫色,酸甜可口,又名野葡萄、山葡萄,是葡萄的近缘种。**亨**:烹饪。古代"烹"常写作"亨"。**葵**:冬葵,古代主要的菜蔬,《本草纲目》:"古者葵为五菜之主。"冬春之际开花,耐旱,味甘无毒,可烹饪,也可以腌制为菜。**菽**:先秦时豆类总称为菽,此处指豆叶,又称藿。②**剥**(pū):同"扑",击打的意思。③**春酒**:又称冻醪,以稻米为原料,秋天酿制,春天启用,酝酿时间长,属于酒精浓度高的醅酒,正因其度数高,所以要冷饮。**介**:助。**眉寿**:长寿,大寿。西周金文作"麋寿";金文又有"弥生"一词,与"弥寿"之"弥"同义,都是祝福的嘏词。徐中舒说这个嘏词在西周金文中的出现"最早不过恭王之世"(徐中舒《金文嘏词释例》),可信。④**瓜**:甜瓜。**壶**:瓠瓜。**叔**:收,拾取。**苴**(jū):麻的雌株为苴,此处为麻子的意思。据程瑶田《九谷考》,苴麻籽粒八九月份就有先熟的了,到十月份所有麻子都成熟,也就是拾取完毕了。⑤**采荼**:以荼为菜。采,菜,名词作动词用。**薪樗**(chū):以樗为薪。樗,臭椿树木料疏松不成材,故充作薪柴。在此也是名词作动词用。**食**(sì):吃,此处即"养活"的意思。这两句承上所述瓜果菜蔬而来,是总结全章之句,强调农夫吃瓜菜,烧恶臭的薪柴。

九月筑场圃，十月纳禾稼①。**黍稷重穋，禾麻菽麦**②。**嗟我农夫，我稼既同，上入执宫功**③，**昼尔于茅，宵尔索绹。亟其乘屋，其始播百谷**④。

○诗之七章。言秋收及冬日生活，并及春耕准备。一年生活，忙忙碌碌，脚步匆匆。前章表食物之粗劣，此章则重在表农事之辛劳。

注释 ①**场圃**：打谷场。古代打谷场也用来种菜，所以称场圃。**纳**：收入场圃。《礼记·月令》载，到十一月，若谁家农田上还有未收藏的粮食和乱跑的牲畜，便任由他人获取，政府不加追究，意在督促收获。**禾稼**：各种农作物的总称。下一"禾麻"之"禾"，应指各种粮食作物。古人用词不避重叠。②**重穋**（tóng lù）：重字当作"穜"，先种后熟的谷物为穜，后种先熟的谷物为穋。**麦**：小麦。不过，小麦收获一般在春夏之交，与诗言"十月"不合。若为大麦，一则是《诗》以"来牟"之"牟"称大麦；二来大麦收获，最迟在阳历8、9月份，也与"十月"不合。所以，此诗言"麦"只是连类而及，不可坐实理解。③**同**：齐备。**上**：同"尚"，还要。**入**：进入城邑。**宫功**：修建宫室事宜。一般贵族宫室都在大的城邑，多在农闲时调集民夫修建。④**尔**：而。**于茅**：打茅草。**索绹**（táo）：打草绳。"索"在此为动词。编制草绳是为了把茅草固定在屋瓦上。据陕西岐山凤雏村出土的西周瓦，茅草屋为固定茅草，在屋脊上苫瓦，压住茅草，有的瓦上有鼻儿，专家认为是用来穿绳以固定茅草的。**亟**（jí）**其**：快快地。**乘屋**：登上屋顶。**百谷**：各种谷物。

二之日凿冰冲冲，三之日纳于凌阴①。**四之日其蚤，献羔祭韭**②。**九月肃霜，十月涤场**③。**朋酒斯飨，曰杀羔羊**④。**跻彼公堂，称彼兕觥，万寿无疆**⑤！

○诗之八章。先言冬春至秋冬之际各种祭典及飨礼活动。遥应首章"无衣无褐"之发问。孙鑛《批评诗经》:"衣食为经,月令为纬,草木禽虫为色,横来竖去,无不如意。固是叙述忧勤,然即事感物,兴趣更自有余,体被文质,调兼雅颂,真是无上神品!"

注释　①**冲冲**:凿冰声。**凌阴**:藏冰的地窖。古代政府和富贵人家都用窖穴藏冰,以备夏日消暑之用,古人以为这样可以"冬无愆阳,夏无伏阴"即阴阳平衡。先秦藏冰窖穴近年来也多有发现,其中最早者发现于安阳殷墟大司空遗址,属殷商时期遗迹;此外还有1977年陕西凤翔姚家岗春秋大型凌阴遗址等。其形制,从姚家岗遗址看,不外乎在密封的室内再挖出或方或圆深达数米的深穴,深穴底部筑有高台以放冰,还有下水道以排除冰水;其中最关键的是隔热密封,如姚家岗的凌阴,通道上有五道槽门。藏冰消暑的习俗一直延续到现代,如过去北方乡村春夏之际庙会上还有卖冰的现象。②**蚤**(zǎo):早。**献羔祭韭**:古人开冰之后要向祖庙献上羔羊鲜韭,称尝鲜之祭。③**肃霜**:即肃爽,联绵词,深秋清凉的样子。**涤场**:即涤荡,冬风吹拂、万物摇落的意思。据王国维《与友人论诗书中成语书》。④**朋酒**:两樽酒。**斯**:语助词。**飨**:宴享,乡人年终聚饮。古代聚族而居,一般平民平时劳作,不得饮酒,但秋冬祭祀可以举行饮酒礼仪,享受祭祀酒肉。其中尤以"蜡祭"即"合聚万物而索飨之"的年终大节的饮酒礼最为盛大,所谓"一国之人皆若狂",此诗当指蜡祭后的乡饮酒宴会。⑤**跻**:升。**公堂**:乡间的公共建筑,平日作学校,年终可用作举行隆重饮酒礼的场所。**称**:高举。**兕觥**(sì gōng):形状弯曲如牛角的酒杯类器物。参《周南·卷耳》"我姑酌彼兕觥"句注。**"万寿"句**:长寿无止期。是古代祝福之语。《礼记·月令》"孟冬之月"注引此诗作"受福无疆"。无疆,金文多写作"亡疆"。万寿,西周较早时期金文一般写作"万年",春秋时期始见"万寿"。《大雅·江汉》出现"万寿",而此诗篇为西周晚期作品,或为"天子万年眉寿"的省称。金文"眉"写作"㝳",与"万"字易混,徐中舒以为"万寿"系后人误读"釁寿"所致,其说可取。

解说

《七月》,述说一年农事生活的诗篇,强调农耕不易是其主调。

首先是诗篇的年代。古代学者多相信这是周公时代的作品,也有人以为是夏代公刘时的篇章,现代学者则多以为是春秋时期的风诗,还有人论证是鲁国人的作品(徐中舒主此说,谓"豳风"即"鲁风")。这样的说法,或失于早,或失于晚,都不可取。大量第一手资料即西周金文的发现,给诗篇断代提供了一个新的相当宽阔的途径:西周数百年金文资料显示,王朝各时期语言风尚是流变的,表现在语词、语句上就有各时段的不同,各个时期会出现一些时代特点明显的语法用词。据此,可以判断《七月》的年代。篇中出现的"眉寿""无疆"等表祝福的嘏词,据徐中舒先生《金文嘏词释例》(见《徐中舒历史论文选辑》上册)研究,上述语词出现时间不早于西周中期。该文章虽发表于上世纪三十年代,可至今仍经得起检验。确实,从西周中期起,金文中大量出现了"万年无疆""眉寿无疆""眉寿无期"及"眉寿万年"之类的嘏词。此证据之一。篇中"馌彼南亩,田畯至喜"的句子,又见诸《小雅·甫田》及《小雅·大田》,而这两首作品有迹象显示为西周中期作品(详参本书对两首诗的注解)。此证据之二。诗篇言"我农夫""我妇子",《甫田》言"我农人";诗篇言"我朱",《甫田》言"我稼""我黍",《信南山》言"我疆我理","我"字用法一致。此证据之三。诗言"以介眉寿",《大田》篇及另一部西周中期作品《小雅·楚茨》篇亦言"以介景福","以介"语例一致。此证据之四。诗篇中"黍稷重穋,禾麻菽麦",名词堆积以表丰饶,而《甫田》亦有"黍稷稻粱"句,句法相同。此证据之五。《七月》在句法、词法上,还不仅与上述四首农事篇章相似,还与其他可信为西周中期的一些篇章相似。如《七月》言"爰求柔桑",《大雅·公刘》有"爰方启行",《大雅·绵》有"爰契我龟";《七月》言"朋酒斯飨"，《公刘》则言"于豳斯馆"；《七月》言"曰杀羔羊"，《绵》则谓"曰止曰是"等等。此证据之六。

其次是诗篇背景、礼仪的问题。《七月》中的一些语句，如"嗟我妇子，曰为改岁，入此室处""采荼薪樗，食我农夫"等，话语口吻之间都流露出明显的讲古色彩。《毛诗序》言"周公遭变故，陈后稷先公风化之所由，致王业之艰难也"，也应是有感于篇章"讲古"口吻之故。然而，如上所言，诗篇不可能为周初作品。那么，《七月》的"讲古"气息，又如何解释呢？这仍需将其与可信为西周中期的农事诗篇联系起来看。在《小雅·楚茨》篇，有"子子孙孙，勿替引之"之句；在《生民》这首歌颂始祖后稷的篇章中又有"后稷肇祀，庶无罪悔，以迄于今"之句；在与《楚茨》同时的《周颂·载芟》《周颂·良耜》中也有"匪且有且，匪今斯今，振古如兹"和"以似以续，续古之人"之句，都透露出这样的信息：诗篇作为歌唱，都是着意宣示时人对祖先农耕传统的接续与重视。这与整个西周中期"帅型祖考"（见《痶钟》）的高涨相一致。这有许多证据，如微史家族作于恭王时的《史墙盘》器铭，就言及"后稷""厚福丰年"以及"农穑越历"等（参《唐兰先生金文论集》第210—212页的论述）。既然是有意接续传统，就得祭祀后稷、公刘这两位与农事相关的祖先；祭祀之余，也有必要向参与祭祀的先王子孙讲述先人稼穑的艰辛，于是就可能有《七月》的歌唱，而且，其音乐很可能就采用古豳时流传下来的土鼓、苇籥等演奏的曲调。

这又涉及一个古老的难题，即《周礼·籥章》所载"豳诗""豳雅"和"豳颂"究竟为何诗的悬案。《郑笺》和《孔疏》皆认为"豳诗""豳雅"和"豳颂"都是指《七月》而言，所谓"一诗三用"。实际上，《七月》只是"豳诗"，"豳雅"则应是《大雅》中的《生民》与《公刘》（清人尹继美《诗管见》卷三已有"豳雅疑即《公刘》"之说），而"豳颂"则是《周颂》中的《思文》这一献给后稷神灵的篇章。周人以为，是后稷"立我烝民"的功德，为周族后来的主宰天下布下根基；是公刘的率众迁豳，才恢复了后稷开创的大业。后稷的事迹，在周人是传说；周族在豳地的生活才是信史，这有当今在古豳之地的考古发现为证。所以，周人最古老的音乐遗产应是来自豳地的风调，如此，《思文》《公刘》与《生民》在乐曲上采用或者吸收了豳地音乐，是可以理解的。三者是同一祭祖大典上不同的歌唱，《思文》献神，《生民》《公刘》歌颂两位祖先，《七月》则是讲古。如此，就有《周礼》的豳诗、豳雅、豳颂"三豳"之说。

《孔丛子·记义》载孔子之言曰："于《七月》见豳公之所以造周也。"这便是诗篇叙说"稼穑之艰难"的成功处。诗以一年十二个月为经，以四时蚕桑耕稼及狩猎活动为纬，交织成一幅朴茂的古代四季农耕生活的动人图景。诗篇以叙说农事，以一年时光流转为线索，然而又不是流水账似的述说，农事生活中的许多事情都各有其时间迄止段落，因而错落有致，不呆板，不滞闷，时而健步如飞，如首章从"七月"起首直贯"四之日"，四章及末尾一章，都有这样的龙蛇之势，而"蟋蟀入床"几句的语势，简直是"见首不见尾"了；时而有精彩的描摹之笔，如第二章柔桑少女春日伤情的刻画，何其妩媚，"条桑""载绩"章，又是何等姿态翩跹，色泽绚丽！显示着诗人对农事序列的熟悉和深晓。诗是讲述事功的，一年到头人事的劳作自然是题中应有之义，但是诗人对劳作环境的描述，又使诗篇的意蕴超越了人群单纯求生存的意义。春天来临时有黄莺在鸣叫，四月野菜开花的时节，蝉又叫了。秋天将至，则有斯螽在"动股"，莎鸡在"振羽"。"天何言哉，四时行焉！"大自然在以各种生灵提醒着人类，亲切如同人类的朋友。桑女伤春之际，一声悠长的仓庚之鸣掠过，人与自然是多么的气韵相通。人寄身于生趣盎然的自然之中，遵从着天地的节律，尽着自己的努力。这里有着先民对人与自然关系朴素的认证。诗篇没有多少情绪化的表现，如同一位饱经风霜的老农，以家常的口吻述说着生业，处处流露着对农事生活的热爱，处处表现着农人对大自然的亲近，处处洋溢着从深厚的黄土中透发出的真淳之气。

鸱 鸮

鸱鸮鸱鸮，既取我子，无毁我室①。恩斯勤斯，鬻子之闵斯②！

○诗之首章。告鸱鸮无毁我室，并言育子之辛劳。哀哀呼告，"石人下泪矣！"（锺惺《评点诗经》）

注释　①**鸱鸮**（chī xiāo）：猫头鹰，夜行类猛禽，喜食老鼠、野兔等。头部宽阔，脸部扁平，眼大而直视，叫声慑人。所以，古人视之为"恶声之鸟"。今北方俗语亦有"不怕夜猫子叫，就怕夜猫子笑"之说。鸮有两类，一类为草鸮，中国很少；一类为鸱鸮，中国较多。诗所言"鸱鸮"当为后者。其头部长有耳羽簇，羽毛均为灰、褐、白及黑组成的图案，易于白天隐蔽。早在红山文化时期即有玉制鸱鸮，后来殷墟出土之物中也有青铜鸮、石鸮等。②**恩**：爱。一说，通"殷"，即尽心劳苦之义，与下"勤"字同义。**斯**：语助词。**鬻**（yù）**子**：养育孩子。鬻，通"育"。一说，鬻子为稚子，指周成王。**闵**：劳苦费心。

迨天之未阴雨，彻彼桑土，绸缪牖户①。今女下民，或敢侮予②！

○诗之二章。言未雨绸缪以防患，是正理。"今女"两句，语气强硬。《孟子·公孙丑上》载孔子语曰："为此诗者，其知道乎！能治其国家，谁敢侮之？"

注释　①**迨**：趁着。**彻**：取。**桑土**（dù）：桑根。土，《韩诗》作"杜"。**绸缪**：捆束，缠绕，即修葺的意思。**牖**（yǒu）：窗户。**户**：门。②**女**：汝。**或敢**：谁敢。或，指示代词。

予手拮据，予所捋荼，予所蓄租，予口卒瘏①，曰予未有室家②！

○诗之三章。极言"绸缪牖户"之辛苦。然手口劳瘁，仍无室家，处境堪忧。四句排比，连用五个"予"字，句法奇特。

▣ **注释** ▣ ①拮（jié）据：手因疲劳而痉挛，不能伸展自如。**所**：通"尚"，还得。**荼**：茅草花，用以垫巢。**蓄**：储备。**租**：据马瑞辰《通释》，通"苴"，茅草。**卒瘏**（tú）：卒，通"瘁"。卒、瘏都是劳累致病的意思。②**曰**：发语词。最后这句，交待前四句所表劳瘁的原因。

予羽谯谯，予尾翛翛①**；予室翘翘，风雨所漂摇**②**；予维音哓哓**③**。**

○诗之四章。极言劳瘁，然危殆之局面并无改善。

▣ **注释** ▣ ①**谯谯**（qiáo qiáo）：羽毛枯黄的样子。**翛翛**（xiāo xiāo）：羽毛萎缩败坏的样子。②**翘翘**：高而危险的样子。**漂摇**：摇晃摆动。③**哓哓**（xiāo xiāo）：形容凄苦的叫声。

解说

《鸱鸮》，后人拟作周公向周成王哀切呼告的诗篇。

形式上这是一首禽言诗，也是诗篇的殊胜处。诗篇的作者及世事，旧说为周公所作，是向周成王表达心志的。但诗的技法和风格，都不可能为西周初年作品。如"恩斯勤斯"的"斯"字用法，以诗证诗，《召南·殷其雷》有"何斯违斯"，《小雅·蓼萧》有"蓼彼萧斯"，《甫田》有"千斯仓""万斯箱"，《大雅·大明》有"天难忱斯"，《下武》有"万斯年"，《周颂·清庙》有"无射于人斯"等，这些用法相近的"斯"所在的篇章，都没有西周早期作品，而大多为西周中期篇章。还有，试将"曰予未有室家"的句子，与《大雅·绵》"古公亶父，陶复陶穴，未有家室"，及《大雅·生民》"即有邰家室"相较，也是高度近似。另外，还有诗篇的句式，三句、四句乃至五句成为一个句群甚至一章，这样的情况，也是西周中期篇章多见。这些都表明诗篇非周公作品。然而旧说也不可全抛。这首先需要弄清的是什么时候、是何人、因何故而作此诗。

克商之后不久武王死，成王年少，周公摄政（即全面辅政）。因而引起管叔、蔡叔、霍叔等的不满，于是流言："周公将不利于孺子。"（《尚书·金縢》）继而伙同殷上层余孽武庚造反。此即所谓"三监叛乱"。传世文献对此记载颇多，如《逸周书·作雒解》等。此外，出土文献如西周早期出土器铭《塱方鼎》曰"佳（唯）周公于征伐东尸（夷），丰伯、尃古（薄姑）咸弌。"《㓞劫尊》"王征奄（奄）"，《禽簋》"王伐奄，周公某（谋）禽祝"等，也都是有力的新证。然而，正如《尚书》和《逸周书》所言，叛乱是由周公摄政导致其他兄弟猜疑引发的，而且《尚书·金縢》还说流言的传播者是"管叔及其群弟"。看来对周公摄政不满的不只管、蔡、霍三位，就是《逸周书·作雒解》所谓"周公、召公内弭兄弟"的那位召公，文献及新出土郭店战国儒家竹简《成之闻之》，都显示他也曾疑心过周公。因此，周公摄政及其平叛都是力排众议的。平叛固然获得大胜，然而，这不意味着周公在之后继续摄政（文献说他曾摄政七年）时，王室内部就没反对者。

《金縢》篇有"周公居东二年，则罪人斯得。于后，公乃为诗以贻王，名之曰《鸱鸮》；王亦未敢诮公"之句，东汉马融、郑玄都将此段文字解释成周公避嫌，待罪东都，其手下被成王拿获，于是，周公乃作《鸱鸮》以明心志（说见《尚书·金縢》郑注）。问题是，此时周家的形势正如《尚书大传》所说："武王既死矣，今王尚幼矣，周公见疑矣！"对周家的敌人而言，"此百世之时也"。假如此时周公真的放下大权而躲避，那不就等于对管叔、蔡叔及殷商反叛势力俯首投降吗？如此下策，岂是周公行事的机宜？而且，《金縢》说的明白，《鸱鸮》篇之作，是在"于后"，也就是在周公扑灭内外反叛势力之后。当然，以《金縢》的说法，诗篇是周公作的；照郑玄等的理解，诗篇是周公的手下被周成王"斯得"之后周公写的。据笔者看，郑玄等说《鸱鸮》之作在周公手下人被"斯得"之后，有其合理性，只是"斯得"的时间，不是在扑灭"三监叛乱"之前，而是在扑灭叛乱之后；而且诗篇不是周公所作，而是出自后人的模拟。

那么，诗篇究竟何时、因何而"模拟"呢？回答是：诗篇的写作时间应在周公身后四五十年之时，模拟的目的是为周公鸣冤、平反。之所以这样说，证据还是《金縢》。这篇文献，其写作年代或许不在周初，但最晚也不会晚于春秋早期。那么，这篇文献是信史吗？部分是，部分不是，有些内容非但不是信史，而且是中国文学史上最早的传奇，是类似后世"六月雪""天雷报"一样的传奇。《金縢》说，因成王听信流言，怀疑周公，"秋大熟，未获，天大雷电以风，禾尽偃，大木斯拔，邦人大恐"，在如此严重的上天逞威之下，周成王才弄清周公的冤情，于是"王出郊，天乃雨，反风，禾则尽起。……岁则大熟"。问题就出在这"反风，禾则尽起"一句。笔者曾就此事请教过老农，老农说，庄稼被风吹倒后，还可有一半的收成，被风再吹直的事从来不曾听说。还说，庄稼被吹倒，是因为秸秆很脆，扶起那些倒伏的，都要加小心；若是相反风猛吹，庄稼秆恐怕要被吹断，那可就一点指望也没有了！原来，《金縢》说"反风，禾则尽起"竟是无稽之谈。可是，无稽之谈不是无所表达，相反，就像"六月雪""天雷报"的无稽之事有所表达一样。老农之说，使笔者恍然大悟：《金縢》这一出"反风，禾则尽起"的传奇剧，其实表露的是这样的事实：周公确实受过冤枉，"反风"的夸诞之说，是在为周公鸣冤！

这又涉及周公"奔楚"（楚地所在，参《豳风·九罭》"于女信处"句注）之事。《史记·鲁周公世家》说："及成王用事，人或谮周公，周公奔楚。"要注意的是"成王用事"一句，透露出了周公奔楚的时间是在成王亲政之际。又，《尚书大传》载，周公曾有这样的遗嘱："吾死，必葬于成周，示天下臣于成王！"《论衡·感类篇》也有"当此之时，周公死。儒者说之，以为成王狐疑于[葬]周公，欲以天子礼葬公。公人臣也；欲以人臣礼葬公，公有王功。狐疑于葬周公之间，天大雷雨，动怒示变，以彰圣功"的记载。新近发现的"清华简"也可为证。简文《金縢》说："于后，周公乃遗王志

（诗），曰《周（雕）鸮》，王亦未逆公。"与传世的《金縢》有重大版本分别。其中最关键的是"逆"字，传世本作"诮"，"诮"是责备，而"逆"则是迎接。传世和出土的《金縢》都说周公作《鸱鸮》是在平叛之后，那么这个"逆"字，很可能是指周公"出奔"而言。出奔之后的周公也曾努力获得成王的谅解，但最终无果。这就是"未逆公"一句之所表：周公最终也未得周成王的原谅。也因此，才有《尚书大传》那几句周公的遗嘱；也因此，才有《金縢》的鸣冤传奇。

那么，何以说《鸱鸮》之作，在周公身后四五十年之时？这有金文《作册夨令方尊、方彝》为据。作册令方尊、方彝两件器物刻有同一篇铭文，记录周王派"周公子明保尹三事四方"的重大人事案。任命时间，据李学勤《吉美博物馆所藏令簋的年代》（见《文物中的古文明》一书）研究，就发生在周昭王死于汉水、周穆王继位的同一年。这是一种重新的任命。众所周知，周公和他的后人世代主政东都雒邑。但是，在《尚书·顾命》这篇记录成王去世、康王继位大典过程的文献中，率领东方诸侯参拜新王的，不是周公家族的人，而是毕公。就是说，在成康之际，周公家世代主政东方的大权是被取消了的。穆王继位之初马上就有对"周公子明保"（应是第二代周公之子）的重大任命，应该是恢复周公家族地位的表现。当时东夷势力因周昭王死于汉水而高涨，情况很糟，重新任命周公家族的人主政东方，可能透露的是在东方政策上的重大调整。

《鸱鸮》既然作于为周公平反之际，就应是后人的模拟周公之言。这也是妥善理解此诗的关键。首先诗篇实含两种模拟：禽言是模拟，揣测周公奔出后的心境也是模拟。以模拟而感念周公，是诗篇特别的调子。第一章和第二章，模拟的是周公的忠诚及对王朝的贡献。"鸱鸮"，指武庚等殷商反叛势力，"我子"，指管、蔡之辈；此章的意思是说武庚等既已裹挟了周家子弟，又要毁坏周家王室。第二章是继表周公面对反叛势力未雨绸缪稳定王朝的功德。"今女下民"的"下民"，则指反叛者，语气强硬。第三、四章则模拟的是周公的哀嚎。第三章极言自己的劳瘁，是请求周王放过自己。第四章表周公无尽的忧患，其最后一句的"予维音哓哓"更使作品结束在一片苍茫无助的情绪之中。诗篇宣泄的是周公内心的苦痛，是想获得宽待的苦心；而弱小者试图以自身的努力抵消恐惧的愿望，又是一切微弱而良善的人们的普遍心态。这已超出了诗篇本身的主观寓意。诗篇中的形象是感人的。"恩斯勤斯"的母亲情结，令人感动；未雨绸缪的智慧，令人敬服；"拮据""翛翛"的劳敝，令人哀伤；"哓哓"的呼喊，又令人心碎。诗连用"予"字及联绵词，殷殷切切，悄悄惶惶，情绪的表达可谓曲尽其妙。

东 山

我徂东山，慆慆不归①。**我来自东，零雨其濛**②。**我东曰归，我心西悲**③。**制彼裳衣，勿士行枚**④。**蜎蜎者蠋，烝在桑野**⑤。**敦彼独宿，亦在车下**⑥。

○诗之首章。言归途中悲思及途中所见。"西悲"之情，正如漫天阴雨的湿漉沉重。陈子展《诗经直解》引王照圆《诗说》云："何故四章俱云'零雨其濛'？盖行者思家，惟雨、雪之际最难为怀。"扬之水《诗经别裁》："全诗选择一个最佳角度，即'在路上'。"

注释 ①**徂**：往。**东山**：即今天的泰沂山地，是山东一带的地标。周初青铜器铭文《塱方鼎》有"隹（唯）周公于征伐东尸（夷），丰伯、尃古（薄姑）咸戈"数语，所言的丰，在今天山东益都附近。尃古，在今山东临淄西北五十里处，都距离今泰沂山地不远。此外《犅劫尊》"王征荄"、《禽簋》"王伐荄"之"荄"，即奄，其地则在泰沂山以南，即今曲阜一带。**慆慆**（tāo tāo）：又作"滔滔"，义同"遥遥"，时间漫长。②**零雨**：

落雨。**濛**：细雨貌。③**"我东"句**：与"我来自东"义同。曰，语助词。**西悲**：西归的愁思。④**裳（cháng）衣**：即常衣，家常衣服。裳，通"常"。**士**：事。勿士即不再从事。**行（háng）枚**：行军时含在嘴里的木条。古代行军为防止军士发出声音，把木条衔在嘴里，称行枚，又称衔枚。⑤**蜎蜎（yuān yuān）**：蠕动貌。**蠋（zhú）**：似蚕而不食桑叶的肉虫。**烝**：同"蒸"，众多貌。一说，乃。⑥**敦**：蜷缩成一团的样子。**彼**：指士卒。**车下**：战车下。古代战车可以作营卫，士卒可依蔽车下。

我徂东山，慆慆不归。我来自东，零雨其濛。果臝之实，亦施于宇①。**伊威在室，蠨蛸在户**②；**町畽鹿场，熠耀宵行**③。**不可畏也，伊可怀也**④。

○诗之二章。悬想家中荒芜之景，"果臝"以下数句，植物、昆虫、野兽杂陈，写物琐细，是因为思家深切。吴闿生《诗义会通》："果臝二句，写凄凉景象况，《芜城赋》之祖。"

注释 ①**果臝（luǒ）**：又名栝楼，根茎蔓生，果实圆，子可食，喜在房前屋后攀援生长。**施（yì）**：蔓延。**宇**：房檐。②**伊威**：虫名，又称鼠妇，今北方人称之为潮虫，体型宽扁，多足，色如蚯蚓，背上有蹙起的横纹。朱熹《诗集传》："室不扫则有之。"**蠨蛸（xiāo shāo）**：一种长脚的蜘蛛，结网而居，又名喜子。传说见此蜘蛛，预示有人自外归来，故称。③**町畽（tǐng tuǎn）**：屋舍旁的空地。**鹿场**：鹿栖居的地方。**熠（yì）耀**：萤火闪烁貌。**宵行（háng）**：萤火虫。④**怀**：恋。

我徂东山，慆慆不归。我来自东，零雨其濛。鹳鸣于垤，妇叹于室①。**洒扫穹窒，我征聿至**②。**有敦瓜苦，烝在栗薪**③。**自我不见，于今三年**④！

○诗之三章。初回到家时所见。"于今三年",失声之叹。

注释 ①鹳(guàn):鹳雀,一种水鸟,长长的尖嘴,形似鹤,比鹤大,喜食鱼,又名负釜、黑尻、背灶等,记载说此鸟好水,知晴雨,《禽经》曰:"鹳仰鸣则晴,俯鸣则阴。"**垤**(dié):小土堆。②**穹室**:见《豳风·七月》。此句中两个动词,与"洒""扫"两动词为并列关系。**我征**:我的征人,是妇之口吻。**聿**(yù):乃。语词。③**敦**:圆貌。**瓜苦**:瓠瓜。苦,通"瓠"。古代结婚时,夫妻有合卺之礼,用一个瓠瓜剖成的容器共饮。下文见瓠瓜而言三年不见,暗示着夫妻离别。**栗薪**:杂乱堆积的木柴。栗,《经典释文》引《韩诗》作"蓼",聚集的意思。这两句是说,长有瓠瓜的藤蔓爬满了薪柴,是夏秋之交乡间特有的光景。④**三年**:周公东征一说两年,清华简《金縢》作"三年",与诗合。

我徂东山,慆慆不归。我来自东,零雨其濛。仓庚于飞,熠耀其羽。之子于归,皇驳其马①**。亲结其缡,九十其仪**②**。其新孔嘉,其旧如之何**③**?**

○诗之四章。三年战争结束,士卒回家娶妻,光景佳美。黄鹂之"熠耀"与迎亲之马"皇驳"相映照,诗篇善表喜庆。最后两句:新婚固然好,那久别重聚的老夫老妻又感觉如何?《郑笺》:"极序其情乐而戏之。"戴君恩《读风臆评》:"此诗曲体人情,无隐不透,直从三军肺腑,扪摅(shū)一过,而温挚婉恻,感激动人。"

注释 ①**于归**:出嫁。**皇驳**:黄白间杂。皇,通"黄"。驳,杂色。②**结缡**(lí):系围裙的带子。女子出嫁仪式最后一个环节是母亲亲自为女儿系缡带,称结缡。**九十**:言仪式多。③**新**:新结婚的时候。**旧**:久别。与上文"新"相对。《郑笺》:"其新来时甚善,至今则久矣,不知其如何也?"

解说

《东山》，表现周公东征的乐歌。

旧说是周公东征时的篇章。从诗的艺术特征看，不会是周初作品，当是后人为纪念周公东征而拟作的篇章，与《鸱鸮》为同时作品。《毛诗序》分析此诗各章内容说："一章言其完也，二章言其思也，三章言其室家之望女也，四章乐男女之得及时也。""言其完"是指战争结束，诗言"制彼裳衣"系此，以桑野之蠋喻战士的"敦彼独宿"，表达了对战争这种非人生活的感慨。"言其思"是说战士对家中一片荒凉情景的想象。然而家再破，也是家，"伊可怀也"的句子多么深情！对战争的厌恶，也就不言而喻了。三章"室家之望女"是指"妇叹于室"，"望女"即旷怨之女。瓠瓜的意象颇耐寻味，古代结婚，将瓠瓜一剖为二，用来做"合卺"之器，诗中人想到妻子，突然又接以"瓜苦"，是否未曾合卺就被征离家？知其是一场"新婚别"，才能真切体味"于今三年"这失声一呼中的伤恸之情。第四章"乐男女之得及时"，诗的情绪至此一转。战争结束了，没有娶妻的可以娶妻了，已婚的可以团聚了。情绪转变了，笔法也特别活络，写黄莺，写毛色斑驳的马，写母亲为出嫁新人结缡，而一句"其旧如之何"的"乐而戏之"的问话，又使得诗篇带有了戏谑色彩，也使诗的整体情调"哀而不伤"。

诗篇是从"西归"开始的，三年征战的持久和残酷，只用"慆慆不归"这样"潜台词"丰厚的句子一带而过。然而，战事被抛在了身后，战争给人的心灵和生活的创伤却是抛不开的。满天绵绵无尽的苦雨，正是在回归路上士卒心情忧郁的写照。这忧郁，来自三年征战杀伐沉淀在心中的阴影，"蜎蜎者蠋，烝在桑野"的归途偶见，难免就让士卒恍然记起三年"敦彼独宿，亦在车下"的非正常生活。诗篇从"在路上"写起，应该是有意略去三年征战经历的做法，然而，要说忘记，谈何容易，三年战争的毁坏，残酷杀伐的死伤，不经意间会被眼前桑叶下卷曲的蠋虫勾起。但是，诗篇中人终究是不愿回顾的，归家的路途，也是"想"家的路程。前人说，诗篇是从三军士卒肺腑"扪搎一过"，那么，诗人"扪搎"的是什么呢？是浮现于士卒脑海中那个魂牵梦绕的家，一个荒凉的院落中各种糟糕的情形：乱爬的瓜果秧子，屋内密麻麻的伊威，庭户间乱挂的蛛网，夜间鬼气森森的流萤，还有四处乱窜的野鹿留下的蹄印等，都是因为无人照料而呈现的芜杂与荒残。诗篇这样写，正是诗人通达人意的地方。东征的士卒，不是雇佣兵，也不是职业军人，他们是农人，他们的情性是爱农桑、爱家园。诗篇这样写，正是以士卒之心为心，宣泄他们郁积三年的乡情。诗篇这样写，也显示了这样的一层真实：三年的杀伐，没有改变士卒农夫的本色；同时也表达出当时人对战争的态度：他们厌倦战事，更愿回到业已荒凉的家中重建农事的生活。也可以说，这是《诗经》对战争的总体情感倾向，没有与之相违背者。

前人有认为诗篇是"凯歌"，从表现士卒归乡这一点上说，不无道理。然而，诗篇并没有将士卒的凯旋表现为一片的夏日好风光，也没有用光风霁月的笔法表现这些归乡士卒，这正是诗篇不浅薄的地方。

破 斧

既破我斧，又缺我斨①。周公东征，四国是皇②。哀我人斯，亦孔之将③。

○诗之首章。言周公东征，破斧、缺斨表战争旷日持久且残酷。全篇有叹息，有庆幸，更有赞美。

注释　①缺：残缺，动词。斨：方孔的斧子。参《豳风·七月》"取彼斧斨"句注。斧、斨非兵器，但战争中可以披荆斩棘，开山修路。两句理解上历来有分歧，一理解为写实，即表战争残酷；一理解为东方叛乱，破坏了周王朝的完整。②**周公**：即周公旦，周武王之弟，据载曾在武王去世后摄政七年，其间曾大举东征平定叛乱。**东征**：指周公平定东方叛乱势力。周初器铭《㯱方鼎》："周公于征伐东尸（夷）。"即指此事。**四国**：四方国家。周公东征，虽主要指向殷商反抗势力，却有稳定四方国家的意义。**皇**：匡正。③**哀**：哀怜。**我人**：我等小民。**斯**：语气词。**亦**：也。**孔**：十分，极其。**将**（jiāng）：大。此句言东征胜利结束，对我们这些从征小民也是大美之事。

既破我斧，又缺我锜①。周公东征，四国是吪②。哀我人斯，亦孔之嘉③。

○诗之二章。

注释　①锜（qí）：凿子一类的工具。②吪（é）：动，变动，拨乱反正。③嘉：好，善。

既破我斧，又缺我銶①。周公东征，四国是遒②。哀我人斯，亦孔之休③。

○诗之三章。刘玉汝《诗缵绪》："此片三章一意，惟变文协韵耳；语再三而意深远。"

注释　①銶（qiú）：凿子一类的工具。一说，独头斧。据《经典释文》。②遒（qiú）：凝聚，稳固。③休：美好。

解说

《破斧》，表战后庆幸余生之情的篇章。

战争是无情的，破斧、缺斨之句，既表现出战事的漫长，又表现出战斗的残酷。而篇中的斧、斨，《毛传》谓："斧斨，民之用也。礼义，国家之用也。"是将斧斨解释为礼义的象征。自欧阳修《诗本义》开始，则又解释为兵器，朱熹《诗集传》而下，多有从之者。实际上，斧斨从新石器时代考古发现可知，此物在远古时期就是权力的象征，如河南阎村出土仰韶文化时期的"鹳鱼石斧图"中的大石斧，考古学家即认为是"征战"与"权威"的象征（严文明《〈鹳鱼石斧图〉跋》，《文物》1981年第12期）；后来夏商又有多种代表权力的青铜斧钺发现；到周武王灭商之役中，作为主帅，武王也是手持黄钺。斧子，不论其方圆，在古代是权威的法器。至于诗篇中既破又缺的斧斨，不论是兵器还是披荆斩棘的开路工具，都暗示出斧斨的持有者是农夫。正是靠着这些农夫，周公才匡正了东方反叛的各邦。王朝的军事征服固然是好事，但诗篇更着意表现的是血肉之躯的个人，在经历了旷日持久的三年征战后大难不死的庆幸。诗篇固然有对东征及周公的赞美，但士卒对个人的侥幸，更能显示出他们对战争本身的态度。此篇语言律调类似《小雅》，绝非周初所能有，也应该是周公冤情平反之后才创作的乐歌，与前一篇《东山》是同一典礼上的两篇。前一篇主要表现的是三年征战将士的思乡之苦，是风诗的格调；这一篇的歌唱则颇为堂皇高亢，是《小雅》的腔调。而且，诗篇句式整齐，韵调铿锵，从形制上看也很像一首典礼的乐歌。

伐　柯

伐柯如何？匪斧不克①。取妻如何？匪媒不得。

○诗之首章。言婚姻需要媒人，是正则。

注释　①柯：斧柄。克：能。

伐柯伐柯，其则不远①。我觏之子，笾豆有践②。

○诗之二章。言选贤妻可观其笾豆之事。"伐柯"两句，颇富哲理。

注释　①**则**：标准。②**觏**（gòu）：见，观察。**之子**：这位女子。**笾**（biān）**豆**：都是盛食物的高脚食器，笾为竹制，豆为木制。**践**：整齐排列貌。

解说

《伐柯》，一首有关娶妻智慧的诗篇。

诗篇固然强调了媒人的重要，却更注重对所娶之人的实际观察。伐柯没有斧子不行，结婚不善于择偶不行。择偶就要讲究方法和标准，标准在哪里？就像所伐之柯的短长可以比照于手持的斧柄一样，从日常的操持能力，即可以判断女子的贤能与否。女子过门后要负责家庭中庖厨之事，《小雅·斯干》不是说女子"唯酒食是议"吗？从她在家时的笾豆之事，不就观察到结婚之后的妇德了？观察起来并不难，但由谁来观察？还是得由媒氏来做，媒氏才是伐柯的斧头。诗篇虽然短小，但思路曲折，而且第二章"伐柯"句还颇富哲理意味，是精彩的短章。又，这首诗也可能与周公东征有关。在周公得以平反之后，王朝为纪念周公的东征，可能创制了一系列的乐舞篇章来表现周公及其东征这一重要历史。《鸱鸮》表现的是周公"奔楚"后的心情，《东山》言出征将士的怀乡，《破斧》则表现了王朝对将士的体恤，而此诗则是承着《东山》篇最后一章"之子于归"将士归家娶亲而来，唱的是选择新娘规矩的周公之道，表现周公对战士的关爱，是贯穿于生活各方面的。

九 罭

九罭之鱼，鳟鲂①。我觏之子，衮衣绣裳②。

○诗之首章。言设宴接待王室使者。言其衣装，表其地位尊贵。

注释 ①**九罭**（yù）：网眼细密的鱼网。九非实数，虚言其多而已。**鳟**（zūn）：鲤鱼的一种，细鳞赤眼，肉甚美。**鲂**：鳊鱼。此鱼《诗经》数见。参《周南·汝坟》"鲂鱼赪尾"句注。②**衮衣**：画有龙的图案的上衣，为王公之服。**绣裳**（cháng）：下衣为裳，绣裳即绘有五彩纹饰的下衣。

鸿飞遵渚，公归无所①；于女信处②。

○诗之二章。此章转而言当初周公出奔之事。此章及下一章应为使者口吻。

注释 ①**鸿**：又名天鹅、大雁，比一般的雁体形大，颈长。头顶及颈部呈棕褐色，前颈白色，其前白后棕的鲜明对比，是鸿雁区别于其他雁的显著特征。飞行时叫声拖上扬的长音。喜欢栖息在旷野、河川、湖泊、沼泽水生植物丛生的近水环境。为候鸟，在西伯利亚西部、库页岛和我国呼伦贝尔、齐齐哈尔一带繁殖，在中国的长江中下游、福建、广东一带越冬。鸿在古代文献中出现，往往代表艰难之象，如《小雅·鸿雁》以鸿雁象征流民遍地，因而后人有"哀鸿遍野"之语；又《逸周书·度邑解》载周武王言商王朝衰败，有"夷羊在牧，飞鸿过野"之言；《周易·渐》有"鸿渐于干""鸿渐于磐""鸿渐于陆""鸿渐于木"之象，也表艰难不易之意。此外，《周易·渐》之句式，又与此诗颇似。**遵**：沿着。**无所**：无处安身。此句是说，周公想回朝，但那里已没有他的安身之地。②**于**：在，介词。**女**：汝，你们。一说地名。周原出土甲骨文有"女公用聘"句，学者研究，"女"读"汝"，其地在今河南汝河上游一带，是鲁国最初的封地，大致在今河南鲁山县、许昌市及鄢陵县一带。据王晖《古文字与商周史新证》。**信**：住两个晚上。《毛传》："再宿曰信。"**处**：住。此句是说周公出奔，无处可去，幸而你们这里可以停留。或解为：周公当年无处可去，幸亏有汝地可以停住。两解并不矛盾。

鸿飞遵陆，公归不复①；于女信宿②。

○诗之三章。

⊡ 注释 ⊡ ①**陆**：陆地。鸿为水鸟，陆地行走非其所善。**不复**：不能复。周公想回而不能复归。②**宿**：留住，与"处"同义。

是以有衮衣兮①；无以我公归兮，无使我心悲兮②！

○诗之四章。表不舍之情。姚际恒《诗经通论》："忽入急调，扳留情状可见。"此章应为周公出奔之地人士的歌唱，与第二、三章为对唱关系。戴君恩《读风臆评》评此诗曰："信处信宿，明知公之必归，明知公归之为大义，却说'无以我公归兮''无使我心悲兮'，正诗之巧于写其爱处，真奇真奇！"

⊡ 注释 ⊡ ①**是以**：终于。言王终于派人前来迎接周公。**衮衣**：指服衮衣的王室使者，即首章所言"衮衣绣裳"之人。②**以**：使，让，介词。两句是说就让周公安息于此，免得我们更加悲伤。

解说

《九罭》，王室派使者迎接周公灵柩西归，汝地之人表挽留之情。

《毛传》及今文三家皆以为诗为"美周公"之作，从诗篇"衮衣绣裳"的服装看，"公"当指一位爵位很高的贵族人物，说是周公可以，理解成王室派来的高级使者，也未尝不可。诗篇中第一章的句式、词语，与《小雅·鱼丽》"鱼丽于罶，鲂鳢"颇类似；又"我觏之子"又见于《小雅·裳裳者华》，为西周中晚期作品，所以，此诗篇的年代，不是周初作品，与《鸱鸮》《破斧》一样，是西周中期为怀念周公的拟作，模拟出奔的周公终于回返西周时当地人的惜别不舍之情。诗篇的具体使用，可能是宴会乐歌，这是由第一章显示的，"九罭之鱼，鳟鲂"表示宴会的丰盛，是欢迎"之子"即王朝使者的，以下三章则为宾主对答，二、三章表感谢之意，第四章表挽留之情。诗篇值得注意的是"鸿"的意象。在诸多文献中，鸿出现常表现的是艰难之象，似乎诗篇以此起兴，暗示着周公出奔的艰危。诗篇这样写是补充，为下一章挽留作铺垫。下一章也就是最后一章表情很悲苦，其"无以"的"以"字似乎正暗示，"我公"之"归"不是生而荣归，而是死后移灵。

按，周原新出土的甲骨文有"汝公用聘"的语句，有学者就将此篇"于女信处"的"女（汝）"（传统理解系第二人称形式）与甲骨文的作地名解的"女（汝）"联系起来，以为所谓的"汝公"指的就是周公，因为他出奔到汝地，所以称其为"汝公"，就像周厉王出奔到汾水之地因而被称为"汾王"一样。而汝地，即汝水上游一带，正是西周鲁国的初封之地（鲁后来又迁移到山东曲阜一带），与文献如《水经注》记载汝水上游有"鲁公水口"相符。又鲁国在许有田见《左传》记载，而《史记·周本纪》张守节《正义》引《括地志》："许田在许州许昌县南四十里，有鲁城、周公庙在城中。"也表明鲁国初封在汝水沿岸之地。所以，诗篇的"女（汝）"与甲骨文的"汝公"一样，也是指周公奔楚后的居住地。这里，到战国时期为楚国所有，所以后人把周公的出奔汝地，称作"奔楚"。此说以周原甲骨文为依据，颇有道理。述之以供参考。

狼跋

狼跋其胡，载疐其尾①。公孙硕肤，赤舄几几②。

○诗之首章。以狼之老态，喻公孙大腹便便，仪态雍容。《毛传》言老狼"进退有难，然而不失其猛"。

▣ **注释** ▣　①**跋**：踩着。**胡**：老狼项下的肉囊。陆佃《埤雅》引《毛诗草虫经》："老狼项下有袋，求食满腹，向前行乃触之，退后又自踏践上疐其尾，进退有患，故诗以况跋前疐后。"**疐**（zhì）：踩着。义同上文"跋"。②**公孙**：指王公贵族。可能指的是周公之孙，即金文《作册夨令方尊》和《作册夨令方彝》中的"周公子明保"。旧说"公孙"为"公逊"，不确。**硕肤**：体态肥大。硕，大。肤，指腰腹处。**赤舄**（xì）：红色的鞋，以金为饰，为西周高级贵族所穿。**几几**（jǐ jǐ）：鞋尖弯曲貌。

狼疐其尾，载跋其胡。公孙硕肤，德音不瑕①。

○诗之二章。赞公孙有德音。

▣ **注释** ▣　①**不瑕**：很大。即德音广大。不，即丕。瑕，通"假"，大的意思。一说，瑕为瑕疵，即德音无可挑剔。

解说

《狼跋》，赞美周公之孙的篇章。

旧说此诗仍是"美周公"之诗，明显与篇中"公孙"之称不合，因为相关文献从未见有以"公孙"称周公的。又《毛传》释"公孙"为周成王，更属莫名其妙。至郑玄，则言"公孙"当读如《左传·昭公二十五年》"公孙于齐"（意思是鲁昭公出奔齐国）之"公孙（逊）"，也是不顾语法的臆说。从"赤舄几几"的描述看，公孙身份很高。冯景《解春集·赐履解》："舄有三等，赤舄、白舄、黑舄。赤舄为上，王与诸侯同者也。"可知本篇服赤舄者为高级贵族。可以说，单据传世文献，此篇几乎无解。然而金文资料可以提供新思路：那就是诗篇的公孙，就是穆王初年的《作册夨令方尊》（另有方彝铭文相同）中的"周公子明保"。如在《鸱鸮》解说所言，周公可能在归政成王之后奔楚，且生前未曾回到成王身边。同时，周公的家族也遭受打击。《尚书·顾命》载成王死、康王即位的典礼上，率东方诸侯见新王的为毕公，似乎透露的就是这样的消息。然而，《作册夨令方尊》这篇昭王战死、穆王上台之际的重要文献，记载的是穆王登基之初的一个重大人事任命，即命"周公子明保尹三事四方"。铭文还显示，任命是在决定之后才"告于周公宫"的，就是说，第一代周公即周公旦此时已不在人世，而变成了庙中的尊神。如此，铭文中的"周公"只能是第二代周公，而"明保"则为周公旦之孙，即第三代周公，与《逸周书》所记载另一个周公旦之孙祭公谋父为同辈。诗言"狼跋"，又言"硕肤"，可知公孙的年纪颇大，体态也颇为雍容，这与"周公子明保"可能的年龄也是吻合的。

　　《作册夨令方尊》铭文透露的是王朝政策的重大调整（参本书《鸱鸮》篇解说）。在这样的情形下，朝廷为周公旦平反，恢复其家显赫地位，同时举行纪念周公旦东征业绩的典礼，并相应创作出一些表现当初情景的诗篇，是很可能的。同样，纪念典礼由周公旦之孙即明保来主持，也是很自然的。所以，笔者推测诗篇实际是典礼中专门歌唱典礼主持者明保的。

　　至此，可以将《豳风》中有关周公东征的六首诗篇的歌唱顺序作如下推测：《破斧》为第一，表现周公东征的意义及战争的残酷；《东山》为第二，表现归乡将士的内心情感；《伐柯》为第三，写东征结束后周公为未婚士卒娶妻；《鸱鸮》为第四，表现周公艰难中的心志；《九罭》为第五，表现周公昭雪后东方人对周公的挽留；最后一首即《狼跋》，表示对周公之孙的赞美，其实也是表达对王朝重新任用周公家族成员的庆幸。

李山 著

诗经析读

全文增订插图本

下

中华书局

雅

小雅

《诗经》分《风》《雅》《颂》，先秦就有。《左传》记吴公子季札在鲁观"周乐"，《风》《雅》《颂》三部分已大体而具。稍后孔子又说："吾自卫返鲁，然后乐正，《雅》《颂》各得其所。"（《论语·子罕》）《诗》有《雅》《颂》，始见于此。至战国时期，荀子《儒效》篇具论《风》《雅》《颂》三诗大义，知《诗》分三部至战国后期已为沿袭久远的成说。

"雅"的含义为何？前人众说纷纭。《毛诗序》谓："雅者，正也。言王政之所以兴废也。"是以政治义解"雅"，谓政有轻重，故诗也分大、小。宋人王质《诗总闻》、程大昌《考古编》又先后提出"雅"为乐调之名，乐有"大吕""小吕"，故《诗》也有"大雅""小雅"。近代章太炎在其《大疋小疋说》（上下篇）谓"雅"为周人歌唱的声音，李斯《谏逐客书》称秦人歌呼"乌乌快耳"，"乌"即"雅"，即对周人歌声发音的象声。另一种说法，"雅"为地域之称。清人姚际恒《诗经通论》、方玉润《诗经原始》已倡此说，近人朱东润、孙作云又予以力证。他们认为，"雅"即"夏"，音近而可以互用（见朱著《诗三百篇探故》及孙著《诗经与周代社会研究》）。还有人以为"雅"为乐器之名，或以为"雅"为中原正声。后说根据在《左传·襄公二十九年》记吴公子季札在鲁国观乐："为之歌《秦》，曰：'此之谓夏声。夫能夏则大，大之至也，其周之旧乎？'"可知秦地诗篇的乐调延续的是西周之旧，即"夏声"。近人梁启超《释四诗名》、钱穆《读〈诗经〉》主之。此说最有据。

"雅"就是"夏",而周人又自称"夏",因而也可以说,"雅"就是西周人群的乐调。《逸周书·世俘解》记载,周武王克商后举行隆重的献俘大典,演奏的乐曲是《崇禹生开》。按,刘师培《周书补正》:"崇禹即夏禹,犹鲧称崇伯也;开即夏启。《崇禹生开》当亦夏代乐舞,故实即禹娶涂山女生启事也。"周人在如此重大的典礼上居然搬演夏人的故事,其与夏人之间密切的渊源关系昭然可见。而且,周人能演奏《崇禹生开》,也表明夏人之乐确实在周人这里得到传承。另外,也是在周武王这次大典上,还有不少"籥人"演奏活动。考诸《周礼·春官》,"籥师"的职责是:"掌教国子舞羽龡籥。祭祀则鼓羽籥之舞。宾客飨食,则亦如之。大丧,廞(兴)其乐器,奉而藏之(即以乐器随葬)。""籥章"的职责是:"掌土鼓豳籥。中春,昼击土鼓,龡豳诗,以逆暑。中秋夜迎寒,亦如之。凡国祈年于田祖,龡豳雅,击土鼓,以乐田畯。国祭蜡,则龡豳颂,击土鼓,以息老物。"可知"籥"的演奏所用很广。更值得注意的是《籥章》言"土鼓豳籥",而《礼记·明堂位》则言:"土鼓、蒉桴、苇籥,伊耆氏之乐也。""土鼓"曾发现于陶寺遗址(参《豳风》说明),看来周人乐音确实渊源古老,甚至早于夏代。当然,古乐在传承中也会不断提高和丰富,所以,被称为"夏声"的古乐,应该与"土鼓蒉桴"时代的古乐有很大区别了。至此,可以明白,西周有雅乐,还有《豳风·七月》篇的乐调,前者为新声,后者为古曲。《毛诗序》说:"雅者,正也。"其实这个"正"字,也可作另外的理解,周族是几百年主宰历史命运的人群,他们的歌声,被视为是"正"亦即最标准的,是很可理解的。《论语》载孔子执礼、诵读《诗》《书》,皆"雅言",那就像是今天山东人说"普通话"了。孔子所说的"雅言",应该就是以周人的语音为标准的。这可以旁证西周时今陕西一带地区流行的乐调,也该是被视为"正"即标准的了。

"雅"又分大、小,这也是一个多年来纠缠不休的问题。有人说以乐调分,有人说以诗体分,有人说以宗教和非宗教内容分,等等。实则,据本书对大、小《雅》各篇创作时代的推究,大、小《雅》之分,最初的标准很简单,即这些绝大部分为西周作品的篇章,时间早的称"大雅",时间晚的称"小雅"。本书考证,"雅""颂"的高潮在西周中期,《大雅》多西周中期及以前作品,《小雅》也有少量篇章产生于西周中期,更多的则为晚期诗篇,个别的作品,有证据显示还是东周初期的创作。其实,《雅》分大小,只表示诗篇创作时间先后这一点,似乎在《左传》所载"季札观乐"中,已经有所显示了:"为之歌《小雅》,曰:'美哉!思而不贰,怨而不言,其周德之衰乎?犹有先王之遗民焉。'为之歌《大雅》,曰:'广哉!熙熙乎!曲而有直体,其文王之德乎?'"言《小雅》为"周德之衰",不正说的是西周晚期?言《大雅》"其文王之德",也正与本书考证西周中期因大祭文王而创制许多重要篇章的结论相合。而且,季札之说,又可以得到"上博简"《孔子诗论》的支持。简文说到《大雅》时谓:"《大雅》,盛德也。"(第2简)说到《小雅》时谓:"多难言而怨悱者也,衰矣,小矣。"(第3简)又说《十月之交》《雨无正》及《节南山》等篇"皆言上之衰也,王公耻之"(第8简)。战国竹简文字也说《大雅》为周强盛时期作品,《小雅》多为衰世的诗篇。

不过,今本《诗经》,《大雅》中有西周晚期作品,《小雅》中也有西周中期篇章。此须分别对待。《小雅》,如上所说,本就有中期作品;有的则可能是错简所致,如《楚茨》《信南山》《甫田》及《大田》等几首农事诗篇,可能本在《大雅》(朱熹《诗序辨说》对上述几首诗篇有"错简"之说,但他认为是"正雅"错简至于"变雅"。与笔者所说不同)。至于《大雅》中有西周晚期诗篇,就应当是后人出于误解的编排了。这也不奇怪。孔子说:"吾自卫反鲁,然后乐正,《雅》《颂》各得其所。"(《论语·子罕》)据此,《诗经》作为礼乐的歌唱,在春秋后期就曾出现过编排序列错乱的情况,而孔子整理,令其"各得其所"之后,《诗》又遭秦火,今天所见的编排顺序,最早也是经西汉学者确定的。其中如"十五国风"的顺序,即与《左传》所载"季札观乐"时的演奏次序,有很明显的不同。所以,今本《大雅》中有西周后期作品,也很可能是后人误排的结果。这些误入《大雅》的篇章,一般都有周王出现,且体式宏大,与中期那些气象宏大的叙述祖先业绩的篇章有某种类似,可能就是被误入《大雅》的缘由。总之,今天所见的《诗经》大、小《雅》的编排,是后来的安排,与当初按时间分大、小《雅》的做法,已经相去很远了。

《小雅》共八十篇,其中有题有诗者七十四篇,有题无诗者六篇,称笙诗。

《鹿鸣》之什

大、小《雅》篇章十篇为一什，由来已久。陆德明《经典释文》说："歌诗之作，非止一人，篇数既多，故以十篇编为一卷，名之为什。"以"十"为编，是为查找方便。

鹿　鸣

呦呦鹿鸣，食野之苹①。我有嘉宾，鼓瑟吹笙②。吹笙鼓簧，承筐是将③。人之好我，示我周行④。

○诗之首章。先以鹿鸣起兴，继言礼仪隆盛，最后点明宴饮的生活意义。格调雅正平和，以鹿鸣起兴，意趣盎然。黄震《黄氏日钞》："朱曰：'于朝曰君臣焉，于燕曰宾主焉。先王以礼使臣之厚，于此见矣。'"

注释　①**呦呦**：鹿鸣叫声。**苹**：藾萧，今名山蕻、珠光香青、香蒿等，一种生在陆地上的野生植物，属菊科，通身绿色，部分茎叶呈白色或灰白色，可作香料，鹿喜食之。②**宾**：受招待的宾客，或本国之臣，或诸侯使节。有主宾、介（副）宾之分。宾有"敬"的意思，古代宴饮，目的是强化君臣上下的情感，消除等级隔阂。**瑟**：古代弦乐器，"八音"中属"丝"，制作的木材讲究轻柔、质地细腻而均匀，共振性好，一般多用桐木。《鄘风·定之方中》"椅桐梓漆，爰伐琴瑟"即说的是琴瑟木材。古代宴饮，目盲的乐工四人、二瑟，在堂上歌唱，称升歌。参《关雎》"琴瑟友之"句注。**笙**：古代吹奏乐器，属"八音"之"匏"，据曾侯乙墓出土的实物，其形制是用挖空的葫芦做音斗，然后在音斗上下打可以对穿的圆孔，插入笙管，管的一头要从音斗下露出。管中装有可以发声的芦竹做的簧片，俗称舌头。一个笙斗上可以插数量不同的管。③**簧**：笙管中振动发声的竹片。

在《王风·君子阳阳》及《秦风·车邻》中"笙"又称作"簧"。**承**：奉送。**筐**：盛币帛的竹木编织的容器。**将**：进献。据记载，在一些政治含义较强的宴饮中，主人还要馈赠宾客币帛等礼物。④**周行**：从西周之地通向各地的大道，引申为大道、正道。此处用引申义。

呦呦鹿鸣，食野之蒿①。我有嘉宾，德音孔昭②。视民不恌，君子是则是傚③。我有旨酒，嘉宾式燕以敖④。

○诗之二章。言嘉宾之德。"视民不恌"，点明宴饮政道含义。

　注释　①**蒿**：青蒿、黄花蒿，菊科，鹿喜食，味香，可入药。②**德音**：美好的声誉。《诗经》常见固定语。**孔**：甚。③**视**：示，显示。**恌**（tiāo）：同"佻"，轻薄。**则**：效法。**傚**：效法。字同"效"。④**旨酒**：醇美之酒。**式……以……**：结构助词，表关联，相当于"既……又……"。**燕**：宴乐。**敖**：遨游，自由自在。

呦呦鹿鸣，食野之芩①。我有嘉宾，鼓瑟鼓琴。鼓瑟鼓琴，和乐且湛②。我有旨酒，以燕乐嘉宾之心。

○诗之三章。就宴集效果而言，丰盛的宴会，可以维系人心。刘熙载《艺概》："《关雎》取挚而有别，《鹿鸣》取食则相呼，凡诗能得此旨，皆应乎《风》《雅》者也。"

　注释　①**芩**（qín）：蔓苇，与芦苇同属。《陆疏》："茎如钗股，叶如竹，蔓生泽中下地咸处，为草贞实，牛马皆喜食之。"一说是一种与苹、蒿类似的菊科蒿类植物。②**湛**（dān）：深厚。

解说

《鹿鸣》，款待嘉宾的宴会乐歌。

《毛诗序》："《鹿鸣》，燕群臣嘉宾也。既饮食之，又实币帛筐筥以将其厚意，然后忠臣嘉宾得尽其心矣。"后人对此并无异议，因为《毛诗序》概述的是诗篇大意。竹简文字《孔子诗论》对其也有评价，谓："《鹿鸣》以乐始而会，以道交，见善而效，终乎不厌人。"对诗义的概括比《毛诗序》高一个层次，涉及宴饮的礼乐含义，即宴饮不仅是酒食享受与礼品的馈赠，也是礼仪，是政典，是文化，示范的是人与人关系的"交道"，是对美好人际关系的显扬与尊崇。简文如此说，与诗"视民不恌，君子是则是傚"意思相合，是照顾到了宴饮活动文化内涵的。简文说宴饮"不厌人"，也是实情，就《诗经》而言，各种宴饮题材确实是《雅》《颂》篇章的大宗。各种阶层、各种场合的宴饮篇章花样颇多。喜宴饮，固然有贵族奢华的原因，然而问题绝不如此简单。首先，西周是封建制，也就是贵族政治的分权制，实际也是王朝权益的分享制，而宴饮活动，不也正是一种对丰盛饮食的"分享"？这又使得宴饮典礼带有强烈的社会象征意味。也因此，饮酒吃饭这一再平凡不过的日常活动，被高度仪式化为一种"礼乐"。这才是西周贵族宴饮的底蕴。如此，《鹿鸣》才不像一般"祝酒歌"那样只起劝酒作用，诗篇实际包含着宣扬宴会社会意义的深刻内涵。其次，就《诗经》中《雅》《颂》作品的整体精神意蕴而言，宴饮诗篇所弹奏的是社会"上下和谐"的大弦，即表达的是王朝君臣上下应有的和谐关系。诗言"嘉宾"，宾者，敬也，《礼记·乡饮酒义》说："主人者尊宾，故坐宾于西北。"而尊宾之意，《礼记·仲尼燕居》说得明白："食飨之礼，所以仁宾客也。""仁宾客"即亲宾客，亦即增进主宾情谊。实际上，在周王朝，不论是周王与其下属，还是诸侯与其臣僚，既然是饮酒，就都有宾主之分，也都遵敬宾之道。这正是宴饮的要点。宗法制度的西周社会，"亲亲之道"是其生命线；社会生活中一味强调政治上的尊卑上下，会伤害这条重要的生命线。于是，就以宴饮典礼来缓和因政治上讲究尊卑所造成的不利于"亲亲"情谊的倾向；于是，宴饮典礼就作为一种张弛调度的手段出现了。它的作用，就在于消解上下尊卑的隔阂，促进"亲亲"关系的回归。

据《仪礼》中的《乡饮酒礼》《燕礼》及《礼记·乡饮酒义》等记载，周代饮酒礼是都歌唱《鹿鸣》的，因而朱熹说此诗为"上下通用"之歌。具体情形是，在进行过宾主的相互敬酒之后，目盲的乐工四人在他人的搀扶下升堂而歌，称"升歌"，其所歌以《鹿鸣》为始，继而是《四牡》《皇皇者华》共三阕。之后，还有堂上乐工歌唱与堂下乐工吹奏相间而行的"间歌"；最后是歌唱《关雎》等篇的"合乐"。因为西周乃至春秋时期各种贵族宴饮次数和种类繁多，所以《鹿鸣》篇的使用频繁，因而古代贵族教育特别重视《鹿鸣》《四牡》《皇皇者华》三篇，如《礼记·学记》谓："《宵（小）雅》肄三，官其始也。"贵族青年要学习礼乐，《鹿鸣》等三篇的演练是其起始处。又据《汉书·艺文志》，当时的"乐家"尚保存"雅歌诗"四篇，其中就有《鹿鸣》。东汉大乱，曹操平定荆州，得汉雅乐郎杜夔，他还懂得《鹿鸣》等篇的旧曲法。再后来到东晋，《鹿鸣》的曲调就失传了。不过，后来许多朝代都举行乡饮酒礼，并且创作相关篇章，一直到清代。

《鹿鸣》作为《小雅》的第一篇，又被称为"《小雅》之始"（"四始"：《关雎》为《风》之始，《文王》为《大雅》之始，《清庙》为《周颂》之始，见《史记·孔子世家》），而且认为是周文王时期的大作。其实，诗篇的年代不会太早，如其"鼓瑟鼓琴"句，又见《小雅·钟鼓》，郑玄就明确说过《钟鼓》为周昭王时作；诗"嘉宾式燕以敖"的句式也与《小雅·南有嘉鱼》"嘉宾式燕以乐"相同，而《南有嘉鱼》，《毛传》："江汉之间，鱼所产也。"江汉美味来到周人的筵席上，当系西周昭王大规模经营南方以后之事。还有，诗篇三章，一、三章的四五句是顶真格式，而喜用顶真格连接篇章见诸《诗经》者，《大雅》有《文王》《大明》《绵》《皇矣》等篇，都是西周中期大祭文王之作；见诸《尚书》者，则有《吕刑》《尧典》，为西周穆王时篇章（参拙作《〈尚书·尧典〉写制年代》，《文学遗产》2014年第4期）。如上所说，《仪礼》《礼记》等都记载《鹿鸣》及《四牡》《皇皇者华》三篇是同时歌唱于燕礼、乡饮酒礼之上的；而乡饮酒礼，据研究起源于部落时代，渊源古老，西周时期各种宴饮典礼，都是其衍生形式。不过，现代学者研究，部落旧俗翻新为王朝的礼乐是有时间性的，具体说大致完成于西周穆王时期（刘雨《金文中的"周礼"》）。这就是说，《鹿鸣》的创作年代，应为西周中期或接近中期。

诗篇从内容上看，正大平直；从风格上说，中和典雅，既丰腴而又婉曲，一派祥和气象。开篇"呦呦鹿鸣"的起兴，清新质朴。

四　牡

四牡騑騑，周道倭迟①。岂不怀归？王事靡盬，我心伤悲②。

○诗之首章。王事繁重，使臣无暇归家。"伤悲"为一篇眼目。《礼记·少仪》："车马之美，匪匪翼翼。""匪匪"即"騑騑"，孔颖达谓："虽行不止，不废其容騑騑也。"

▣ 注释 ▣　①**牡**：公马。**騑騑**（fēi fēi）：行进貌。**周道**：王朝通往各地的国道。**倭迟**：遥远漫长。两字又写作"郁夷""威夷""逶迤"。②**靡盬**（gǔ）：没有做完、做好。参《唐风·鸨羽》"王事靡盬"注。

四牡騑騑，啴啴骆马①。岂不怀归？王事靡盬，不遑启处②。

○诗之二章。言王事勤劳，无暇家居安处。言马劳累，实表征臣辛苦。

▣ 注释 ▣　①**啴啴**（tān tān）：马喘息声。啴字或写作"痑"。**骆**：白马黑鬣称骆。**②遑**：闲暇。**启处**：安居。古人坐法分危坐、安坐，危坐称启，安坐称处。两种坐法都与今天跪地相似，但危坐上耸其体，臀不压在小腿上，安坐则臀部坐在小腿上。此处"启""处"意思一样。

翩翩者鵻，载飞载下，集于苞栩①。王事靡盬，不遑将父②。

○诗之三章。表思父之情。周道上的孤独使臣有鵻鸟相伴，颇富情态。

注释　**①鵻**（zhuī）：《毛传》："夫不也。"又写作"鳺"，古人认为是孝鸟。笔者幼时尝见乡人驯养一种鸟，呼之为"虎巴剌"，灰黑色，性凶猛，嘴短而弯，喜肉食，养熟后能在主人身边飞上飞下，被视为"通人性"的鸟，或与伯劳鸟同类。如此，"翩翩者鵻"，实际是写使臣豢养并带在身边的鸟。**载**：则。"载……载……"是《诗经》常见句式。此句是写使臣豢养的夫不鸟追随主人的情形，衬显使者路途寂寞。**集**：依止。**苞栩**：丛生的栎树。亦见《唐风·鸨羽》。**②将**：奉养。

翩翩者鵻，载飞载止，集于苞杞①。王事靡盬，不遑将母。

○诗之四章。表念母之情。

注释　**①杞**：枸杞，俗称枸杞子，又名枸檵、地节、仙人仗等，落叶灌木。果实为红色或橙红色，可制酱、酿酒，直接服用可壮阳，根皮也可入药。《本草纲目》："去家千里，勿食枸杞。"

驾彼四骆，载骤骎骎①。岂不怀归？是用作歌，将母来谂②。

○诗之五章。述作诗之意，卒章显志。《郑笺》："人之思，恒思亲者，再言'将母'，亦其情也。"

注释　**①骤**：马疾驰。**骎骎**（qīn qīn）：马疾驰貌。**②是用**：因此。谂（shěn）：念。一说，告。

解说

《四牡》，款待使臣宴会上的乐歌，重在体恤使者念家之情。

《毛诗序》说："劳使臣之来也。有功而见知，则说（悦）矣。"《左传·襄公四年》："《四牡》，君所以劳使臣也。"《国语·鲁语》："《四牡》，君所以章（彰）使臣之勤也。"可知《毛诗序》之说本于《国语》《左传》。但后来也有学者以为"此自使臣在途自咏之诗，采诗者以其义尽公私，故取为劳使臣之歌"（孙𬭼《批评诗经》），是认为先有《四牡》这样一首单独流传的篇章，后来又被移用到宴饮典礼的场合上。这种可能是有的，但前一种可能更大，即诗人为款待使臣的宴享礼仪而专门创制此篇。不论如何有一点却是最重要，那就是，这首诗与《小雅》的《鹿鸣》《皇皇者华》三篇同典。《礼记·学记》称"《宵雅》肄三"，《国语》《左传》称"鹿鸣之三"，都表明的是这样的关系。三诗既然同歌，其创作时间自然也应相近或相同。

诗言"岂不怀归"，又言"王事靡盬"，表达出公私不得兼顾的伦理矛盾，即所谓"忠孝不得两全"的冲突。对此，《毛传》云："思归者，私恩也。靡盬者，公义也。伤悲者，情思也。"《郑笺》云："无私恩，非孝子也；无公义，非忠臣也。君子不以私害公，不以家事辞王事。"今人钱锺书先生《管锥编》认为，篇中公私两情的相悖深合黑格尔"'伦理本质'彼此枘凿，构成悲剧"之说。单独看诗篇，确实表达了一种伦理上的悖论，有悲剧冲突的性质。然而，若把诗篇放回到宴饮典礼上来观察，则所谓的"悲剧冲突"恰是宴会典礼意欲加以消除的对象。就是说，诗篇恰恰以对使臣忠孝不得两全之苦恼情绪的歌唱，来传达社会对为国而忘家的使者的体恤。古希腊悲剧着意表现伦理悖论所引发的冲突与毁灭，然而款待使臣的宴饮典礼上，所以歌唱《四牡》等诗篇，其意恰在体恤使臣公而忘私的牺牲，是对那些忠孝不得两全者的精神补偿。换言之，是舒缓"忠孝不得两全"伦理的矛盾。

诗言"我心伤悲",诗篇的抒情主体是"我",然而这是一个小"我",作为宴饮典礼还有一个大"我",那就是社会,是王朝整体。款待使臣的宴饮活动,就是社会的大"我"对小"我"的安慰,即是说,典礼歌唱使臣忠孝难以兼顾的悲哀,不是要引发冲突与毁灭,而是尽量消除它,缓解它。这里正有礼乐的基本精神:抚平社会共同体与个体之间龃龉矛盾,以达致社会整体的精神和谐。

皇皇者华

皇皇者华,于彼原隰①。駪駪征夫,每怀靡及②。

○诗之首章。言疾驰的征夫使臣无暇顾及私怀。原野之上,花朵灿烂,征人行驶其间,何等光景,又何等情怀!

注释 ①**皇皇**:即煌煌,光华明灿貌。**华**:花。**原隰**(xí):高平之地为原,下湿之地为隰。此处犹言原野。②**駪駪**(shēn shēn):马疾行貌。两字又作"侁侁""莘莘"。**每怀**:私怀,个人情怀。《郑笺》:"《春秋外传》(即《国语》)曰:'怀和为每怀也。''和'当为'私'。"每,林义光《诗经通解》训作"贪冒"之"冒",每、冒古时音近义通。冒,私心。**靡及**:不能顾及。

我马维驹,六辔如濡①。载驰载驱,周爰咨诹②。

○诗之二章。言使臣出征,为广泛征求意见。

注释 ①**驹**:马六尺为驹,此处即指马而言。**六辔**:六条缰绳。参《秦风·驷驖》篇"六辔在手"句注。**濡**:鲜亮光泽貌。一说,柔和貌。②**周**:普遍,无遗漏地。**爰**:于。**咨诹**:《毛传》:"访问于善为咨,咨事为诹。"在此即访问、咨询。

我马维骐,六辔如丝①。载驰载驱,周爰咨谋②。

○诗之三章。继言使命,乃为集思广益。牛运震《诗志》:"'如丝'字细秀。"

▣ **注释** ▣ ①**骐**(qí):花纹如棋格的马。**丝**:言缰绳如丝一般柔韧。②**咨谋**:《毛传》:"咨事之难易为谋。"意即访问、筹谋。

我马维骆,六辔沃若①。载驰载驱,周爰咨度②。

○诗之四章。言自己的使命乃是为稽考、商量礼义。沃若,善形容。

▣ **注释** ▣ ①**沃若**:本意为润泽肥美,此处形容六辔抖动时活络的样子。②**度**:访求意见,商讨。《毛传》:"咨礼义所宜为度。"

我马维骃,六辔既均①。载驰载驱,周爰咨询②。

○诗之五章。言自己的使命乃是为广泛地征询意见。

▣ **注释** ▣ ①**骃**(yīn):《毛传》:"阴白杂毛曰骃。"阴白即灰白、暗白。**均**:协调。②**询**:询问。《毛传》:"亲戚之谋为询。"

解说

《皇皇者华》,款待使者宴会上的乐歌,重在表现使臣的豪情。

诗言马匹毛色有"骐""骆""骃"之变(古人同车驾之马讲究毛色如一),表明诗篇不是哪位使臣所作,而是宴会款待使臣的乐歌。至于所依附为何等礼仪,《毛诗序》说:"君遣使臣也。送之以礼乐,言远而有光华也。"是将此诗与上一篇《四牡》看作两种典礼的篇章。这就与《左传·襄公四年》

及《国语·鲁语》所载叔孙豹所言有出入。《左传》载叔孙豹说曰："《皇皇者华》，君教使臣曰：'必咨于周。'臣闻之：'访问于善为咨，咨亲为询，咨礼为度，咨事为诹，咨难为谋。'臣获五善，敢不重拜？"《国语》所记则略有不同，言："《四牡》，君之所以章使臣之勤也。"两种记载有一点相同，都没有说《皇皇者华》与《四牡》有"遣""送"与"劳来"之分别；而且《毛诗序》这样说也没有顾及《仪礼》关于《鹿鸣》《四牡》《皇皇者华》三篇为同一典礼乐歌的记载，更无视西周典礼用诗有三篇连用的习惯，因而不可信。对《毛诗序》之说，早在北宋王质《诗总闻》卷九就有批评，言："古者酒有三献或五献，每一献三乐……但序者不细察，以《鹿鸣》为燕嘉宾，以《四牡》为劳使臣，以《皇皇者华》为遣使臣，皆祖此（指上引《国语》《左传》所载叔孙豹之言）而又失之。"之后，清儒尹继美《诗管见》卷四又据《仪礼》记载言《鹿鸣》《四牡》《皇皇者华》三诗"盖乐歌初为以事而作，其后移以他用"，都是较《毛诗序》为可信的说法。诗篇既然与《鹿鸣》《四牡》为同一典礼上的歌唱，那么，在内容和格调上就应当有所区别，如此，三诗的并用，才可以形成一种相互映衬、补充的礼乐格局。《四牡》重在写使臣征夫的"伤悲"之情；而此诗虽也言"每怀靡及"，却主要是铺叙使臣肩负的重任，洋溢的是自豪之情，特别是以原隰上盛开的鲜花为比兴之词，更使得那自豪之情光彩照人。于是，三首诗篇形成了一个有机的乐歌整体：《鹿鸣》重在表现对嘉宾的热情款待，《四牡》则重在体恤为王事奔走的使臣的公而忘私，而《皇皇者华》则赞扬的是使臣身上所负的重要责任，唯其如此，他们的公而忘私才值得，他们才应该受到盛情款待。三者互为鼎足，实际都是在精神补偿那些为国而不能顾家的人们。与《四牡》一样，《皇皇者华》也是"礼乐"追求和谐的表现。

此诗在内容上还有一个值得注意之处，就是所显示的咨询制度。《国语·晋语》载胥臣言周文王曾"询于八虞而咨于二虢，度于闳夭而谋于南宫，诹于蔡原而访于辛尹"，其"询""咨""度""诹"与此诗之"周爰咨诹"

等句所表正同。又参《周礼·秋官·小司寇》言，小司寇之职"掌外朝之政，以致万民而询焉"的记载，周王朝遇军政大事遍访臣下、万民之制，当确有其事，是王朝重视集思广益的表现。而这样的制度在后来的王朝则大体消失了。这也是篇章令人珍惜的地方。

常　棣

常棣之华，鄂不韡韡①。凡今之人，莫如兄弟。

○诗之首章。以常棣之花起兴，总提至亲莫如兄弟之意。严粲《诗缉》："一章发端，言兄弟之常，而词气抑扬之间，已有感叹不尽之意。"

注释　①**常（táng）棣**：又作"唐棣""棠棣"。又称枎栘。落叶小乔木，花朵先开而后合，与一般树木不同，花朵排列紧密，花瓣为白色，香气浓郁，果实不大，但多浆，可食，也可酿酒、制酱。**鄂不**：胡不，何不。于省吾《新证》谓：古鄂、胡、遐语音相近，故可通假。旧说鄂为花萼；不即柎，鄂足。**韡韡**（wěi wěi）：光华鲜艳的样子。

死丧之威，兄弟孔怀①。原隰裒矣，兄弟求矣②。

○诗之二章。承上文"莫如兄弟"之义，言遇死丧可怖之事，方见兄弟情深。

注释　①**威**：畏。畏、威两字可通假。马瑞辰《通释》："死于兵者之尸为畏。"此处泛指死亡之事。**怀**：思，念。②**裒**（póu）：聚土为坟丘。**求**：寻找。《周礼·春官·冢人》："死于兵者不入兆域。"兆域即宗族墓葬区域，死于兵者埋葬在祖先墓区以外的地方。此处泛指兄弟对亡者的怀念。

脊令在原，兄弟急难①。每有良朋，况也永叹②。

〇诗之三章。以脊令在原喻兄弟急难。以朋友无益，反衬兄弟至亲。

注释　①**脊令**：麻雀科的鸟，两字又作"鹡鸰"，长脚，长尾，尖嘴，飞则鸣叫，行走时则尾羽摇摆，有山鹡鸰、黑背鹡鸰、灰鹡鸰多种，大多为候鸟。张华《禽经注》："鹡鸰共母者，飞鸣不相离，诗人取以喻兄弟相友之道也。"**原**：原野。②**每**：虽然。**况**：滋，增加。一说，发语词。据朱熹《诗集传》。一说，怳。据姚际恒《诗经通论》。**永**：长。此句是说，在急难时，只有兄弟相救，至于朋友最多只是长叹罢了。

兄弟阋于墙，外御其务①。每有良朋，烝也无戎②。

〇诗之四章。以兄弟共御外侮言其至亲，复以良朋作反衬。

注释　①**阋**（xì）：斗。**御**：抵抗。**务**：侮，欺凌。《左传·僖公二十四年》及《国语·周语》引此句均作"侮"。旧说两句意谓：平日兄弟之间有矛盾，但一遇外敌，却可以放弃前嫌，共御外患。于省吾《新证》提出新说，谓："言兄弟同战于墙，以御外务（侮）。"可备一说。②**烝**：众多。意思是再多也没用。一说，发语词。**戎**：助。

丧乱既平，既安且宁。虽有兄弟，不如友生①！

〇诗之五章。言丧乱平定后，兄弟却反不如朋友。感慨之词。毛先舒《诗辩坻》："宋苏子美（即苏舜钦）《报韩持国书》引《诗》曰：'凡今之人，莫如兄弟。'兄弟以恩，急难必相拯救。后章曰：'丧乱既平，既安且宁。虽有兄弟，不如友生。'谓友朋尚义，安宁之时，以礼义相琢磨。亦诗之别解也。"

注释　①**友生**：异姓朋友，在此更偏于"外人"的意思。据甲骨文、金文，"友"本指亲兄弟，后衍生出"朋友""僚友"义，如《师䍩父鼎》

"(及)奠(甸)人、善(膳)夫、官、守、友",《善夫克盨》"唯用献于师尹、倗友、闻(婚)遘(媾)"等。

傧尔笾豆,饮酒之饫①。兄弟既具,和乐且孺②。

○诗之六章。紧承上章,正言酒食宴乐兄弟,增进亲情。是正面鼓励之词。

注释 ①傧(bìn):陈列。笾:《尔雅·释器》:"竹豆谓之笾。"即竹编的豆器。豆:木制食器。形状如高脚杯,祭祀及宴饮时盛饭之用。饫(yù):亲戚之间的私宴。古时宴分议事之宴和宴享之宴,此处"饫"系后者。②具:同"俱",俱在之意。孺:据朱骏声《说文通训定声》,"孺"即"愉",二者音同义通。

妻子好合,如鼓瑟琴①。兄弟既翕,和乐且湛②。

○诗之七章。言夫妻合好,固如瑟琴和谐,而兄弟和睦,能使生活更加美好。重申兄弟和乐之重要,以夫妻之情陪衬。

注释 ①妻子:古代包含妻子、儿女,此处似偏重妻子一义。好合:情投意合。②翕(xī):合,团结。湛(dān):深。

宜尔室家,乐尔妻帑①。是究是图,亶其然乎②?

○诗之八章。言兄弟之和能各保家室之安,能使妻儿快乐。最后两句,望人深思,极尽叮咛嘱咐之意。程颐《伊川经说》卷三:"此诗句少而章多,章多,所以极其郑重;句少,则各成一义故也。"陆时雍《诗镜总论》:"叙事议论……总贵不烦而至,如《棠棣》不废议论,……如后人以文体行之,则非也。"

注释 ①宜：有益，适宜。帑（nú）：子孙。字本作"孥"。②究、图：思考，推求。"是究是图"为宾语提前句式，"是"指代上文所说的道理。亶（dǎn）：实在，诚然。

解说

《常棣》，倡导兄弟血亲团结的诗歌。

"凡今之人，莫如兄弟"是一篇的主旨。初民注重血亲，崇尚天伦，西周分封建国，利用的就是古来重血亲的精神传统。然而，父子关系易顺，兄弟关系难调。见诸历史，商有诸弟"争相代立"的"九世乱"，周初有管、蔡疑心周公而生的武庚之叛。世袭制度的家天下社会，子辈对父亲权力的继承问题，既是一个容易造成兄弟失和的根因，又是一个常常导致政权不稳的症结。周代嫡长子制的确立尽管相当有效地解决了兄弟间的继承权问题，但兄弟之间权益的分配总是易于出现龃龉，因此兄弟的天伦关系也就总会易于受到干扰甚至破坏。周人本重视兄弟亲情，在陕西南郊碾子坡发现的距西周建国时间不远的遗址中，曾发现兄弟、姐妹墓葬组合现象（《胡谦盈周文化考古研究选集》）。就是说，在西周建国之前不足百年的时光里，周人死后还是兄弟埋葬在一处的，这与后来的夫妻坟茔相邻的习惯有明显的分别。然而，再亲近的兄弟关系，一遇到政治利益的纠葛，也会变得无情、无力。这正是《常棣》诗篇高扬兄弟亲情的一个宽泛的背景。不过，诗篇显示的问题，还不这样简单。诗篇为强调手足的至亲，特将"兄弟"与"良朋""友生"和"妻子"加以比衬。其实，重视友生只是"兄弟"不亲的表面，所言"妻子好合"才是招致兄弟隔阂的原因。诗触及西周社会一个颇为重要的变化，即由夫妻及子女组成的核心小家庭，在人们的生活和观念中日益变得超越原始以来的血缘亲情，显示的是社会意识的重大展进，是西周宗法制必将崩坏的主因。导致如此变化的原因，十分复杂，但夫妻核心小家庭的日益重要，家族兄弟关系的日趋淡薄，与当时生产力及生产方式的发展转变直接相关，是可以肯定的。这在诗篇只是一个方面，诗还有另一方面，即一些意识到生活在变化的诗人，力图以古老的亲情挽救兄弟疏远的现状。这方面，诗篇可谓煞费苦心，反复提醒叮咛，娓娓而谈，将兄弟关系放在朋友、妻子的不同社会关联上，放到平日与丧乱及生死与存亡的不同角度上，正说反说，寓责备于劝诱，含批评于温情，时而叙说，时而议论，一片的推心置腹、谆谆切切。如此的开导奉劝能起多大作用很难说，但可肯定的是如此表达的艺术表现力，是十足地富于感染力。

开首一句以对常棣烂漫花朵的赞叹带起全篇，使一番谆切的道理，映照在天地生机的一派明媚之中，典型的比兴之词，是对篇章大旨的极好象征。此外，"脊令在原"的比拟，是喻示，也是提升，与"常棣之华"的取譬一样，都是以天地自然的大光景映衬手足之情的天伦彝则。不过，诗篇最令人心动处，还在其语气口吻的家常，一口一个兄弟（除末章外，各章皆有"兄弟"一词出现），春风拂面，语重心长，表露的是诗中开导者的心事浩茫。总之，诗篇透露的是这样的情形：面对社会传统精神的衰变，当时人并不愿任其发展，他们在全力做着挽救的努力。这正是诗篇的深沉之处。据记载，唐玄宗友爱兄弟，并将宴会兄弟之处名之曰花萼楼，正是取自本篇。经典毕竟对世道人心是有作用的。

诗篇的创作年代，《国语》记载为周公所作。《左传》则称系周厉王时召穆公所作。古代的注解家，多相信《国语》之说，并在解释上多与周公诛管蔡事相联系。其实，以诗篇所呈现的艺术风貌而言，作于西周后期更可信。如上所说，诗人面临的是世道变迁引发人伦情感转变的社会问题，比管蔡之乱要复杂得多。杨树达《积微居金文说·六年琱生簋跋》中说："周公诛管蔡而召公乃言'凡今之人，莫如兄弟'，岂非责骂周公乎？此于情理必不可通者也。"是很可取的说法。

伐 木

伐木丁丁，鸟鸣嘤嘤①。出自幽谷，迁于乔木②。嘤其鸣矣，求其友声。相彼鸟矣，犹求友声，矧伊人矣，不求友生③？神之听之，终和且平④。

○诗之首章。以幽谷山林伐木、鸟鸣之声起兴，号召世人遵从大自然的启示；幽谷鸟鸣的和谐，为人的生活所当求。方回《续古今考》："'嘤其鸣矣'……此六句二十四字，如生蛇活龙，一起一伏，一盘一屈，妙义无穷，可一唱而三叹。"方玉润《诗经原始》："佳句，极为闲雅。"

注释　①**丁丁**（zhēng zhēng）：伐木声。**嘤嘤**：鸟鸣声，象声词。②**幽谷**：深谷。**乔木**：高大材质坚硬的树木。③**相**：视，看。**矧**（shěn）：何况，况且。④**"神之"句**：慎重地遵从。马瑞辰《通释》："《释诂》：'神，慎也。''慎，诚也。''神之'即'慎之'也。《广雅》：'听，从也。''听之'，谓能听从其言也。"

伐木许许，酾酒有藇①。既有肥羜，以速诸父②。宁适不来，微我弗顾③。於粲洒扫，陈馈八簋④。既有肥牡，以速诸舅⑤。宁适不来，微我有咎⑥。

○诗之二章。极力铺陈主人待亲友之情，紧应首章"求友"之意。

注释　①**许许**（hǔ hǔ）：象声词，锯木的声响。一说，为锯木时木屑纷然貌。**酾**（shī）：饮酒前用筐沥除酒糟。《毛传》："以筐曰酾。"**有藇**（xù）：酒清澈美好貌。藇，美好的样子。王先谦《集疏》："有藇，犹言藇藇。"《诗经》中的叠字，往往变文作"有某"，其例颇多。②**羜**（zhù）：未成年的羊，其肉嫩。**速**：召，邀请。**诸父**：同姓长者。《毛传》："天子谓同姓诸侯、诸侯谓同姓大夫皆曰父，异姓则称舅。"③**宁**：宁可，乃。**适**：

碰巧，若。**微**：非。**顾**：顾及，想着。两句是说，亲友可以不来，我不能不请。④**於**（wū）：叹词。**粲**：鲜明貌。**簋**：食器。《毛传》："圆曰簋，天子八簋。"古代宴饮有列鼎制度，西周时天子之宴九鼎八簋，已为考古发掘所证明。⑤**牡**：公牛。⑥**咎**：差错，过失。

伐木于阪，酾酒有衍①。笾豆有践，兄弟无远②。民之失德，乾餱以愆③。有酒湑我，无酒酤我④；坎坎鼓我，蹲蹲舞我⑤。迨我暇矣，饮此湑矣⑥。

○诗之三章。紧承二章备礼而来，明言对亲朋故友应盛情相待。"民之失德"句，善察人性。辅广《诗童子问》："此章盖极道其和乐而不变之意。"

　　注释　①**阪**：高坡。**衍**：盈溢。②**践**：行列貌。**无远**：同在。③**失德**：失和。《庄子·缮性》："德，和也。"**餱**（hóu）：《说文》："乾食也。""乾"即"干"，"乾餱"即今所谓干粮，在此指一般食物。**以**：因而。**愆**：过错，此处可引申为怨恨。两句是说，人们往往因一口干粮分配不好而导致不和。④**湑**（xǔ）：用草过滤酒渣。**我**：哦。此章"湑我""酤我""鼓我""舞我"的"我"，都是同样的语气词。据闻一多说。**酤**（gǔ）：《郑笺》："买也。"⑤**坎坎**：击鼓声。**蹲蹲**（cún cún）：舞动的样子。⑥**迨**：及，等到。

解说

《伐木》，表现慷慨施舍的宴饮歌唱。

《毛诗序》说："《伐木》，燕朋友故旧也。"指出诗篇的用途，却忽略了其中的含义。从诗篇显示的内容看，诗篇所表当属于周王招待亲友，是高级贵族的宴饮乐歌。也正是在这样的篇章中，诗篇表达出作为贵族慷慨待人的应有风范。西周贵族，作为统御天下的阶级也有自己的文化，那就是贵族的"威仪"。《左传·襄公三十一年》所载的一段议论，可帮助了解何为贵族威仪："有威而可畏谓之威，有仪而可象谓之仪。君有君之威仪，其臣畏而爱之，则而象之，故能有其国家，令闻长世。"威仪不外两面，即"畏"和"爱"，亦即相关文献多次表述过的"刑"与"德"。就此，《左传》又说："君子在位可畏，施舍可爱，进退可度，周旋可则，容止可观，作事可法，德行可象，声气可乐，动作有文，言语有章，以临其下，谓之有威仪也。"约其言，不外两点：一是要有贵族的各种做派以树立威势，是在虚灵层次范导属民的力量；另一点，则与本诗有关，那就是"施舍可爱"的实惠。下属、万民为什么跟随贵族走？最根本的就在这所谓"施舍"，亦即让民众分享一些利益，才是树立权威的根本，也是诗篇以慷慨格调表现高级贵族慷慨款待内外亲友的缘由。实际上，与其说诗篇是对一场盛宴的赞美，不如说是借着对一次高级宴飨的表现，宣示贵族特别是高级贵族应当正视且加以遵行的生活道理。它关系到贵族政治的生命。

　　诗篇的精彩，首先在其体察人性人情的箴言："民之失德，乾餱以愆。"小小一口干粮，照顾不周会带来人际关系的转恶，甚至引发大的事故。《左传·宣公四年》：郑灵公食鼋，公子宋食指动，灵公偏不与。一点美味上的差池，导致公子宋胁迫子家一起弑杀灵公。《左传·宣公二年》：宋将与郑国交战，大夫华元杀羊享士，为其驾车的羊斟不得肉。羊斟为报复，作战时驾车直把华元送入郑国军营。这都是东周时之事，料想这样的"乾餱以愆"之事，西周也一定不少。这也实在是由于"食色性也"的人性特点或曰弱点，不论何时、何种信仰、多大的人物，往往难逃其障。有意思的是，《诗经》对此还有另外的表达："翩彼飞鸮，集于泮林（鲁国的礼乐场地）。食我桑葚，怀（回报）我好音。"（《鲁颂·泮水》）就是鸱鸮这样出名的"恶声之鸟"，吃了人家的桑葚，再对人家叫时，也要叫点好听的。说法虽与"乾餱"云云不同，但道理却是一个：人，最终是物质决定精神。诗人如此精妙透底地体察人性弱点，也实在是因为周文化即所谓"周礼"的固有特点。"夫礼之初，始诸饮食。"（《礼记·礼运》）确实，西周各种典礼多伴之以宴饮，而宴饮本身也是周礼的重要一项。崇高的典礼，与人的基本需求不可分，与人的需求之下的那点人情不可分。在这样的情形下，注意到"乾餱"小事可以生"愆"，甚至可能导致政治大乱，是很自然的。

诗篇的另一个特点在其格调的明显。"於粲洒扫，陈馈八簋"之句，堂堂皇皇；"有酒湑我，无酒酤我"诸句，慷慨豪迈。诗旨即在提倡贵族应有的待人慷慨，而篇章总体风调也是慷慨而歌，内容与性质相得益彰。当然，诗篇最动人者还有开首幽谷乔木及鸟鸣的描写。古代经师往往牵强附会地解释为文王未居位时躬身劳作的情景，实则不过只是诗人的比兴。深林幽谷中伐木的清声、嘤然和谐的鸟鸣，特别是鸟的幽谷乔木之迁，实际上都是殷求友生故旧，以达致人伦和谐的象征。真正的诗人都是善于倾听、感悟自然真谛的人，开头一章林谷鸟鸣的描写，清新可喜，在整个《诗经》中，都是很突出的。全篇《毛诗》分为六章，宋代以后分为三章，证据是每章皆以"伐木"起始。就诗篇风格表现而言，三章更为可取。

天　保

天保定尔，亦孔之固①。俾尔单厚，何福不除②？俾尔多益，以莫不庶③。

○诗之首章。言君王受天佑祝，福禄既固且多。劈首从天言起，极尽颂祷之能。

注释　①**保定**：保佑，安定。**孔**：很，甚。②**俾**：使。**单**：大，指福禄多。此处单、厚两个字为意思相近似的词，与后文"多益""戬榖"词法一致。**除**：余，多。于省吾《新证》：除、余、馀古音近义通，"何福不除"即何福不多。一说，"除"即"储"。③**以**：则，就。**庶**：众多。

天保定尔，俾尔戬穀①。**罄无不宜，受天百禄**②。**降尔遐福，维日不足**③。

○诗之二章。承上文"何福不除"而来，"罄无"句言福禄广大，"维日"句言其长久。

注释　①**戬**（jiǎn）**穀**：福禄。戬，福。穀，禄。②**罄**：尽。③**遐**：大。古遐、嘏通用。《说文》："嘏，大运也。""**维日**"句：意为上天所降远大之福，日日享受也受用不尽。

天保定尔，以莫不兴①。**如山如阜，如冈如陵**②；**如川之方至，以莫不增**③。

○诗之三章。承上"以莫不庶"，山陵言其高巍，川流言其源源不息。比喻联翩而至，令人目不暇接。

注释　①**兴**：盛。②**阜**：土山丘。**冈**：山脊。《郑笺》："此言其福禄委积高大也。"③**方至**：并至。方，并。朱熹《诗集传》："川之方至，言其盛长之未可量也。"

吉蠲为饎，是用孝享①。**禴祠烝尝，于公先王**②。**君曰卜尔，万寿无疆**③。

○诗之四章。言新君祭祀先公先王，交代诗篇歌唱的具体场合。

注释　①**吉蠲**（juān）：佳美。吉，善。蠲，洁。**饎**（chì）：酒食。**孝享**：进献，以酒食祭祖。马瑞辰《通释》："按《尔雅》：'孝，享也。'《广雅》：'享，养也。'是孝、享二字同义。"②"**禴**（yuè）**祠**"句：四时祭祀。《毛传》："春曰祠，夏曰禴，秋曰尝，冬曰烝。"**于**：介词。**公、先王**：指周人历代先公先王。③**君**：先君，所祭的祖先。《毛传》："君，先君也。尸所以象神。"古时祭神以人象神，称尸，代表诗中所言的先公先王接受祭奠。"君曰"应是祭祀典礼中巫祝人员的代言。**卜**：报，给予。马瑞辰《通释》："《倬彼甫田》（即《小雅·甫田》篇——引者）诗'秉畀炎火'（按此句实出《小雅·大田》篇，马氏误记），《韩诗》'秉'作'卜'，云：'卜，报也。'……则此诗'卜尔'犹云'报尔'。"

神之弔矣，诒尔多福[①]**。民之质矣，日用饮食**[②]**。群黎百姓，遍为尔德**[③]**。**

○诗之五章。言在生活和德行上安顿化育万民。

注释　①**弔**：善。字当作"叔"，古弔、叔同形，故古籍"叔"字多以"弔"为之。叔、淑音义相同，可通用。淑，善也。**诒**：赐予。②**质**：成，安顿。《毛传》："质，成也。"陈奂《传疏》："'成'当读为'先成民而后致力于神'（《左传·桓公六年》）之'成'。""成民"即安顿好民众的意思。**日用**：日常必需的饮食用度。③**黎**：众。**百姓**：贵族。《毛传》："百官族姓也。"古代贵族称百姓。此处"群黎百姓"包括平民、贵族而言。**遍**：普遍。**为**：化，感化。马瑞辰《通释》："当读如'式讹尔心'之'讹'。讹，化也。'遍为尔德'犹云'遍化尔德'也。"

如月之恒，如日之升[①]**；如南山之寿，不骞不崩**[②]**；如松柏之茂，无不尔或承**[③]**。**

○诗之六章。表祝福之意。钟惺《诗经评点》："九'如'字笔端鼓舞，奇妙。"

注释　①**恒**：月上弦，即农历初八左右的月相。诗人以此赞美新继位的周王。**日之升**：即早晨的太阳。②**南山**：指终南山。**骞**：亏缺。③**或承**：是承，有承。《郑笺》："或之言'有'也。"句意为无不承受君之德行。

解说

《天保》，颂祷周宣王的篇章。

《孔子诗论》第9简："《天保》其得禄蔑疆矣，馔寡，德故也。"意思是说《天保》一诗，其内容是祝愿君主福禄无疆的，祭神用的贡品并不多，但能获得神的赐福，是因为尚德的缘故。"馔寡"二字，当是指诗篇中"吉蠲为饎""禴祠烝尝"两句说的。一年四季的祭品及时而且干净，正是有德的表现。《毛诗序》："《天保》，下报上也。"揆诸诗歌内容，诗是臣下对君王的颂赞之词，但《毛诗序》的"报"字，却很令人生疑。按郑玄解释，诗是回报《鹿鸣》至《伐木》诸诗的歌唱的，然而，孔颖达辩驳说："上五篇（即《鹿鸣》至《伐木》）非一人所作，又作彼者不与此计议，何相报之有？"可为定论。其实诗篇所关涉的礼数，应为周王先公先王的祭祀，是一首典型的颂赞庙堂之诗。但这是否就意味着它没有思想价值呢？这要从诗篇的具体创作背景来了解了。此诗写作时代，传统的说法认为是在周初。经现代学者研究，确定为周宣王时期。理由是，从风格、体势上看，都与可确信为宣王时期作品的《江汉》《常武》《六月》《采芑》《出车》高度相似。特别是连用"如"字的博喻手法，与宣王时的《斯干》《常武》如出一辙，甚至可信为出自一人之手。可知诗篇歌颂的是周宣王，而且"如月之恒，如日之升"的句子还表明，诗篇的创作就在宣王即位不久，或许就是他首次向上天及先公先王献祭时臣子的歌唱。周宣王上台之前，内有厉王专利暴政引起的内乱，外有猃狁的进犯与南方淮夷的叛乱，内忧外患，形势严峻。宣王登基之初，又显得颇有作为。这应当就是诗人激情澎湃地为君主祝福的缘由，实际表达的是中兴邦家社会的希望和愿景。经历着严重忧患的人们，从君主身上看到了希望，正是诗歌格调昂扬的底里。

《诗经》篇章创作到了西周后期特别是宣王时，出现了诗篇抒情"借题发挥"的现象，且颇为明显。即以此篇而言，其创作机缘实为一次周王亲自主持的祭祀，但诗篇对祭祀本身除"禴祠烝尝，于公先王"两句外，再无更多的表述；相反，诗人更倾意于用象征的手法赞美新王，以表达世人寄托在新王身上的祝福与希望。同时，诗篇中"如日""如月"等的比喻，也是西周后期诗篇出现的崭新现象，它们不仅是修辞性譬喻，更是一种精神层面的象征。诗篇的情感是慷慨悲壮、激昂勃发的，这也是宣王时诗作区别于其他时期的显著特征。诗开篇即从"天保"而起，一气而下，连续的"如"引领的排比句，气象宏大非凡，而日月、山陵、松柏诸多意象的连续出现，更使得诗篇带有浓郁的壮美色彩。诗篇本没有表明写作的诗人，但颇为独特的风格，也一望可知作者的纵横才气。

采 薇

采薇采薇，薇亦作止①。曰归曰归，岁亦莫止②。靡室靡家，玁狁之故③。不遑启居，玁狁之故④。

○诗之首章。点出两个主题：乡情与战事。两主题在下文先后展开。"采薇"引起的前四句，或为女声歌唱，表对征夫的思念，其唱为引领作用的"兴"。后四句，为男声合唱。

注释 ①薇：野豌豆，茎叶花实都与豌豆相似，只是形状略小一些。据戴侗《六书故》。**亦**：又。**作**：生。**止**：语气词。下同。②**曰**：发语词，无实义。**莫**：暮。"莫"与"暮"为本字与后起字的关系。③**"靡室"句**：抛家舍业的意思。**靡**，无。**玁狁**（xiǎn yǔn）：《毛传》："北狄也。"王国维《鬼方昆夷玁狁考》认为古籍"昆夷""犬戎""鬼方""荤鬻""休浑"及"匈奴"等，都是同一北方族群的不同称谓。此说不确。自上世纪60年代以来，考古发现，在今阴山南麓鄂尔多斯及周围地区，历史上存在着一个草原青铜文化，时间上限约为夏商之际，其发展过程与商朝相始终，后期则延至西周、春秋之交。史书记载与此文化有关的族群或为荤粥（鬻）、鬼方、猃狁、戎、狄等，而匈奴部族的形成则在此之后。又，西周后期青铜器铭文《多友鼎》"俘戎车百乘一十又七乘"句表明，猃狁也是用车马作战的族群，与后来的匈奴作战方式有明显区别。④**不遑**：无暇，没有时间。**启居**：安处。启，跪坐，古代较严肃的场合皆跪坐。居，坐。《论语·乡党》："狐貉之厚以居。"是用狐貉厚皮为坐垫。启居合为一词，指在家日常起居生活。参《小雅·四牡》"不遑启处"句注。

采薇采薇，薇亦柔止①。**曰归曰归，心亦忧止。忧心烈烈，载饥载渴**②。**我戍未定，靡使归聘**③。

○诗之二章。表思乡主题。思想情绪颇为剧烈。唱法或如上章。

注释　①**柔**：伸长细弱。②**烈烈**：内心焦灼如火貌。**饥、渴**：思乡情绪如饥似渴。也可以理解为战事艰难，饮食无着。③**戍**：防守。这里指守边处所。**定**：止，确定。**聘**：往家中传递消息。两句是说，战事紧急，无法给家中报平安。

采薇采薇，薇亦刚止①。**曰归曰归，岁亦阳止**②。**王事靡盬，不遑启处**③。**忧心孔疚，我行不来**④！

○诗之三章。复言思乡之情，哀婉之中略见绝望。

注释　①**刚**：苗已长成或变硬。②**阳**：《郑笺》："十月为阳时，坤用事，嫌于无阳，故以名此月为阳。"十月天气变冷，古人以为"坤（阴）"主宰天地，嫌此月无阳，便名十月为"阳月"，故后世有"十月小阳春"之称。③**靡盬**：没有做好。参《唐风·鸨羽》同句注。④**疚**：痛楚。**行**：行役，出征。**来**：归返，引申为休息。

彼尔维何？维常之华①。**彼路斯何？君子之车**②。**戎车既驾，四牡业业**③。**岂敢定居？一月三捷**④。

○诗之四章。遥应首章的"狁之故"，展现战争主题。或为男声歌唱。顿挫问答句，歌唱调子为之一变。

注释　①**尔**：茂盛。《说文》引此句作"薾"，即草木茂盛的意思。**常**：即棠棣。战场袍泽，亲如兄弟，所以诗用棠棣花为喻。《郑笺》："以兴将率车马服饰之盛。"亦通。②**路**：战车强大的样子。胡承珙《毛诗后笺》："'尔'为华盛之貌，非即华名，则'路'当为车大之貌，非即车名可知。"**斯**：维。语助词。③**戎车**：战车。**业业**：强壮的样子。④**定居**：停留。**三捷**：屡次交战。捷，即"接"，交战。西周早、中期之交的器铭《虘鼎》："王令遣虘东反夷。虘肇从遣征。"**"**　" 即"捷"，据上下文，即接战之意。"三捷"之"三"，再三的意思。

驾彼四牡，四牡骙骙①。**君子所依，小人所腓**②。**四牡翼翼，象弭鱼服**③。**岂不日戒，狁孔棘**④。

○诗之五章。仍写战事。军容描写不避重复，战事述说则省而又省。男声歌唱。

注释　①**骙骙**（kuí kuí）：强壮貌。②**君子**：在此指有官位的贵族。西周时期，"小人"一般指身份低下的普通百姓，至于"君子"，在《诗经》中多指有身份官爵的贵族。还有，女子称丈夫为"君子"，此外有些大、小《雅》篇章中，"君子"可能还指的是周王。总之，与春秋战国以后有德者称"君子"、无德者名"小人"有明显不同。**依**：依凭，承载。**腓**（féi）：依傍，隐蔽。③**翼翼**：行列整饬之状。**象弭**：古时弓背末稍处装有象骨，以其尖利，可用来解系战车上的缰绳，称为弭。**鱼服**：鱼兽皮做的箭鞘。此鱼出自东海，形状如猪。④**日戒**：或作"曰戒"，古书传刻过程中造成的歧异,今从朱熹《诗集传》作"日戒",即日日警戒。**孔棘**:很紧急。孔,甚。棘,通"急"。

昔我往矣,杨柳依依①。**今我来思,雨雪霏霏**②。**行道迟迟,载渴载饥。我心伤悲,莫知我哀!**

○诗之六章。言归途所见及征夫伤感。男声歌唱。思乡与战争主题交织后,是一片抚今追昔的感伤情绪。明谢榛《四溟诗话》卷一引《世说新语》云:"谢公问诸子弟:'《毛诗》何句最佳?'玄曰:'"昔我往矣,杨柳依依。今我来思,雨雪霏霏。"圣经若论佳句,譬诸九天而较其高也。'"

注释 ①**昔**:当初。**杨柳**:蒲柳。**依依**:茂盛的样子。②**思**:语气词。**雨**:降下。**霏霏**:纷纷。

解说

《采薇》,表达戍边士卒感伤情怀的歌唱。

此诗据《毛诗序》说,是"遣戍役"之歌,不过诗篇是为仪式而作,还是先有此诗后移用于仪式,古来争议颇多。在周礼的时代,一首歌唱若不是经由典礼,则很难广泛流传。况且,诗人模拟士卒之情而赋诗,也不是不可能。而且,诗篇很可能是用男女声对唱合唱的方式演出于慰劳将士的典礼上的。周代有女歌手,见《卷耳》篇解说。"采薇采薇"句涉及采集活动,《诗经》中多为女性所为,理解为在家的闺中之人最合适。诗篇创作年代历来也大有分歧,汉代古文家认为是文王时作(见《毛诗序》),据作品风貌,显系臆说。今文家则有西周懿王时作之说,见《汉书·匈奴传》所载《齐诗》家言,谓:"(周)懿王时,王室遂衰,戎狄交侵,暴虐中国。中国被其苦,诗人始作,疾而歌之,曰:'靡室靡家,猃狁之故','岂不日戒,猃狁孔棘。'"此说更接近作品实际。要之,此篇应为中晚期之交作品。

征诸西周金文,中期以前铭文无"玁狁"字,至穆王时器铭对北方异族多称为"戎",如《菁簋》"驭戎大出于楷,博(搏)戎,执讯获馘"。至晚期,金文中"玁狁"一词则很常见。此可为诗篇年代的旁证。

有外患就有战争,有战争就有对战争的态度。《采薇》在情感的脉络上有一个独特处,就是诗篇围绕着思乡与战事两个主题或曰线索展开。在这一点上,颇似一篇交响曲式。而且,思乡主题在先,战争主题在后,交替展开,表现征夫既恋家又爱国的矛盾与苦楚可谓深切著明。同时,两个主题的交织及其先后次第,还明显地流露出这样的态度:战争是他们不得不承受的事情,只是由于爱家邦,爱"启居"的和平,才毅然走向战场。正因如此,当士卒回到阔别的家乡,面对着物是人非感觉陌生的家乡时,才百感交集,心绪难宁。两主题交织的最终结果,是一派浓郁的感伤。这代表着对战事生涯的最终评价,它远远低于和平生活。这决定着诗篇对所表内容的选择。很明显,诗篇对战事的述说是极其简略的,除了对军情紧急的简要宣示之外,战斗场面及斩获等,都只字不提;相反,诗篇更中意于对我方军容、战车、战马及箭服的刻画。军容盛壮,即意味着我军的不可战胜。在笔法上是特有的含蓄,而对"四牡业业""四牡翼翼"及"象弭鱼服"的细表,则又意味着一种临阵不乱的整暇。

诗在章法上十分工致,有开有合,妥帖地表达了征夫们思乡情绪的交织与流变。另外,在节奏上也快慢得宜,唱思念时,以男女对唱的方式表现,句式重叠复沓;表战争时用问句,用男声,一问一答,节奏顿挫,内容和形式相得益彰。而"杨柳依依"的神来之笔,又是多少诗人们追摹难及的佳句!

出 车

我出我车，于彼牧矣①。自天子所，谓我来矣②。召彼仆夫，谓之载矣③。王事多难，维其棘矣④。

○诗之首章。设为将帅口吻，言王事危急，必须迅速从事。此章总起，写将士受命出征，军情紧急。

注释　①**我**：车驾主人、战役的参加者。有人解为诗作者，非是。**于**：自。**牧**：古代国都之外是郊，郊区专设养马之地，就是牧。平时在牧地养马，所以战时车驾要从牧地出发。《荀子·大略》："天子召诸侯，诸侯辇舆就马，礼也。"②**所**：处所。**谓**：召唤。③**仆夫**：御夫，是"我"所率的下属士卒。**载**：装载，配置战车的各种装备。④**棘**：急迫。参《小雅·采薇》"狎狁孔棘"句注。

我出我车，于彼郊矣①。设此旐矣，建彼旄矣②。彼旟旐斯，胡不旆旆③！忧心悄悄，仆夫况瘁④。

○诗之二章。进一步叙写出车效牧的情景，"忧心""况瘁"应对上文王事艰危。朱熹《诗集传》引东莱吕氏曰："古者出师，以丧礼处之，命下之日，士皆泣涕。"

注释　①**郊**：即上文之"牧"，平时牧马之处。②**设**：树立。下文"建"字义同。**旐**（zhào）：军旅狩猎时召集属下士卒众人的旗帜，旗幅狭长，旧说旗帜上绘有龟蛇图案。《周礼·春官·司常》："凡军事，建旐旗。"**旄**：指挥士卒所用的五彩羽毛的旗帜。参《鄘风·干旄》"孑孑干旄"注。③**旟**（yú）：即杆首，旗杆顶端带有鸟隼形象的旗杆。参《鄘风·干旄》"孑孑干旄"句注。以上言在战车上树起旐、旄旗帜。**旆旆**（pèi pèi）：飞扬貌。④**悄悄**：憔悴貌。**况瘁**：憔悴，焦灼。据吴大澂《说文古籀补》，"况"

当作"疚"。况瘁为同义复合词。

王命南仲，往城于方①。**出车彭彭，旂旐央央**②。**天子命我，城彼朔方**③。**赫赫南仲，玁狁于襄**④。

○诗之三章。与上章的忧惧适成鲜明对比。朱熹《诗集传》："二章之戒惧，三章之奋扬，并行而不相悖也。"

▣ **注释** ▣ ①**南仲**：宣王时大臣。见宣王时器铭《驹父盨盖》和《无叀鼎》，据后一篇铭文，南仲还是宣王时司徒。**城**：筑城。**方**：当时方国之名，数见于甲骨文，西周铜戈铭文有"白作戈，方"。又，郭沫若《中国古代社会研究》言：方又称土方、御方、驭方，其地大致在今山西北部或包头附近。不知确否。②**彭彭**：马盛壮貌。**旂**（qí）：表示树旗者身份地位的旗帜，以帛为正幅，画有双龙交织图案，旗杆顶端一般还缀有铃铛。一般为贵族朝觐、军旅、狩猎等场合用。**央央**：鲜明貌。③**朔方**：北方，具体地点不清楚。④**襄**：消除。字通"攘"。

昔我往矣，黍稷方华①。**今我来思，雨雪载涂**②。**王事多难，不遑启居。岂不怀归？畏此简书**③。

○诗之四章。先写归途将士的细想之情，继而补叙将士对王命的敬畏，表将士奋扬的缘由。

▣ **注释** ▣ ①**华**：开花。②**载涂**：满路。涂，通"途"。③**简书**：写在简册上的命令。《毛传》："戒命也。邻国有急，以简书相告，则奔命救之。"简，可书写的或竹或木的狭长板条，又称为策。

喓喓草虫，趯趯阜螽。未见君子，忧心忡忡。既见君子，我心则降①。**赫赫南仲，薄伐西戎**②。

○诗之五章。上一章写归途中的将士，此章则从家人方面着笔，写其思念征人之情。是典礼歌唱中的女声，与前章形成"对唱"关系。

注释 ①"喓喓"六句：见《召南·草虫》注。出现于此篇，明显为思妇的歌唱。②**薄伐：**征伐。西周后期金文数见，如厉王时器铭《禹鼎》有"戮伐噩（鄂）侯驭方"之句，语例与"薄伐"相同。**西戎：**指猃狁。王国维《鬼方昆夷猃狁考》："即猃狁。互言以谐韵。"

春日迟迟，卉木萋萋①。仓庚喈喈，采蘩祁祁②。执讯获丑，薄言还归③。赫赫南仲，猃狁于夷④。

○诗之六章。写归途实景，物色浓丽，豪迈兴奋之情溢于言表。方玉润《诗经原始》曰："唯全诗一城猃狁，一伐西戎，一归献俘，皆以南仲为束笔。不唯见功归将帅之美，而且有制局整严之妙。此作者匠心独运处，故能使繁者理而散者齐也。"或为男女合唱，结束全篇。

注释 ①**迟迟：**暖洋洋。参《豳风·七月》同句注。**卉木：**草木。②**仓庚：**黄鹂。亦见《豳风·七月》。**喈喈：**形容鸟叫声。参《周南·葛覃》同句注。**"采蘩"句：**蘩茂盛状。参《豳风·七月》注。③**讯：**战俘。"执讯"一词西周晚期金文常见，如《多友鼎》《敔簋》等皆有此词。**丑：**战争中斩杀的头颅。马瑞辰《通释》："《隶释》有'执讯获首'之语，盖本三家《诗》，以'丑'为'首'之假借。"古时以斩首多寡计功，此处"获丑"当即"获首"。④**夷：**扫平，荡平。

解说

《出车》，慰劳出征将士典礼上的乐歌。

《毛诗序》："《出车》，劳还率也。"按，"还率"即"还帅"；且诗篇明言，此次出征主帅为南仲，北抗猃狁并"城彼朔方"，使王朝北疆获得安定。诗篇历来的争议在其创作时间。属于汉代古文学派的《毛诗》学者，认为诗篇作于文王时期，南仲为当时大臣。今文学派的齐、鲁、韩三家《诗》学者，则认为系宣王时作。此次出征主将南仲，又见于《大雅·常武》篇中（详后），是此诗作于宣王时期的铁证。据出土文献，可知在诗篇年代上今文家的说法是可信的，实际就是没有南仲出现，只看作品体式风格，也不是西周早期作品，就更不用说西周建立之前了。诗篇在内容叙述上，详于战事之前的准备和战事结束后的凯旋，是其显著特色。这实际又是整个《诗经》中战争诗写作的普遍特点。这是一个耐人寻味的现象，在歌颂赫赫战功的诗篇中，对战争杀伐过程的省略，起码透露出这样一点：典礼的乐歌不以宣扬暴力为能事，是周人不尚杀伐的特有心态表现。笔者参观周原博物馆，所见一些周人随葬的兵器都是折断了的，正与诗篇不尚杀伐的倾向一致。诗篇"仆夫况瘁"数句，按照东莱吕氏（即吕祖谦）所说，是军队出征用丧礼的表现，如此，也是周人不尚杀伐的一种表现。

另一个十分值得注意的特点是诗篇作为典礼乐歌的"唱法"：前四章毫无疑问歌唱的主体为出征将士，是男人；后两章又毫无疑问是女子的唱词；最后一章，前四句为见于二《南》及《豳风》的句子，应为女声，而后面四句写战争斩获，又明显为男声。于是整首乐歌就是一个"男女对唱"的格局，与《周南·卷耳》及《小雅·采薇》相似，又与《小雅》中的《鹿鸣》《四牡》《皇皇者华》等三诗的格局有明显不同，《鹿鸣》等三诗或可称为三篇"联唱"，而此篇则属对唱无疑。由此，西周典礼乐歌演唱的形式富于变化，即可领略一斑了。不论联唱还是对唱，典礼所以让男女声同台，其目的都是一样的，即以典礼的形式，向那些为了国家大事牺牲家庭生活的人们（既包括将士，又包括受思念之苦的女人们）表达体恤之情，借此来抚平家与国之间不得已而产生的伦理冲突。诗篇一方面色彩颇为壮观，如"旂旐央央"的描写；另一方面，作为西周后期的唱词，又明显套用了稍早的《采薇》篇的句法，令人有似曾相识的感觉。

杕杜

有杕之杜，有睆其实①。**王事靡盬，继嗣我日**②。**日月阳止，女心伤止，征夫遑止**③。

○诗之首章。以杕杜果实之圆起兴，暗示征夫的离别。征夫与思妇并出，颇富意味。

注释　①**有杕**（dì）：高大孤特貌。如曰杕杕。**杜**：甘棠树。参《召南·甘棠》篇之甘棠树。**有睆**（huàn）：即睆睆。本为目珠突圆貌，在此形容杜树果实之圆。**实**：果实。②**嗣**：续。**我日**：我行役之日。此句是说我行役在外还要持续很久。一说，我，以，语助词。③**阳**：十月为阳。参《小雅·采薇》"岁亦阳止"句注。**遑**：暇，引申为回归。"日月"以下三句，在叙述女心伤情的同时有祈祷征夫回家之意。

有杕之杜，其叶萋萋。王事靡盬，我心伤悲。卉木萋止，女心悲止，征夫归止！

○诗之二章。以杕杜萋萋起兴，既表征夫不得回家的悲伤，也表征夫之妻盼归之焦急。三个"止"字句，焦灼之情毕现。

陟彼北山，言采其杞①。**王事靡盬，忧我父母。檀车幝幝，四牡痯痯，征夫不远**②！

○诗之三章。言登山采杞、怀念家人，并写家人揣测之词。

注释　①**陟**：登。**言**：发语词。《诗经》常见。**杞**：枸杞。亦见《小雅·四牡》。②**檀车**：檀木做的车。参《魏风·伐檀》"坎坎伐檀兮"句注。**幝幝**（chǎn chǎn）：破敝貌。**痯痯**（guǎn guǎn）：疲惫貌。

匪载匪来，忧心孔疚①。**期逝不至，而多为恤**②。**卜筮偕止，会言近止，征夫迩止**③！

○诗之四章。重在写家人一边，与首章"女心伤止"相应。

注释 ①**匪**：非。**载**：车。②**期**：预定的期限。**逝**：逝去。**恤**：忧。③**卜筮**：指古代两种占验方法，卜用龟，筮用草。**偕**：皆，一起。**会**：一起，合。马瑞辰《通释》："古者卜用三兆，筮用三《易》，各以一人掌之，卜、筮皆三人。……三人占谓之会，其取义于三合一也。"

解说

《杕杜》，表征夫思妇思念之苦的乐歌。

《孔子诗论》第18简："《杕杜》则情喜其至义。"《毛诗序》："《杕杜》，劳还役也。"两者的解释暗通。古来解诗者多以为是思妇的闺怨诗。但像"王事靡盬，忧我父母"之句，显然不当为思妇口吻，而且像"日月阳止，女心伤止，征夫遑止"之类兼赅征夫、思妇在内的诗句，也不是思妇所当言。实际上诗人既不单为思妇代言，亦不单为征夫代言，只站在第三者角度，既设想征夫之情，又悬拟闺妇之情；既表达征夫的思乡情绪，更强调家人对征人的翘盼。《孔子诗论》谓"情喜其至"，《毛诗序》谓"劳还役"，役夫还归，当然是令人高兴的事，所以两者虽说法不一，意思却是相同的。就现代读者而言，读此诗很容易想起唐诗如高适《燕歌行》"少妇城南欲断肠，征人蓟北空回首"，陈陶《陇西行》"可怜无定河边骨，犹是春闺梦里人"等从征夫思妇两方面双管齐下的笔法，然而在《诗经》，这是否为一种笔法则颇有疑问。考虑到当时是配乐歌唱的这一点，这种男女并陈的写法，与前面《出车》一样，也应该从分角色歌唱的角度来具体分析。

鱼 丽

鱼丽于罶，鲿鲨①。君子有酒，旨且多②。

〇诗之首章。言君子之酒。下章仿此。

▣ 注释 ▣　①丽：同"罹"，附着。罶（liú）：一种竹制的笼子，放在水梁的缺口处用以捕鱼。鲿（cháng）：鱼的一种，又名黄鲿鱼、黄颊鱼。鲨：黄皮黑斑的吹沙小鱼，又名石鮀。与多古音同韵。②旨：醇厚。

鱼丽于罶，鲂鳢①。君子有酒，多且旨。

〇诗之二章。

▣ 注释 ▣　①鲂：鲂鱼。参《召南·汝坟》"鲂鱼赬尾"句注。鳢（lǐ）：又称鲩（huàn）鱼，草鱼的一种，体形圆滚，以水草为食。

鱼丽于罶，鰋鲤①。君子有酒，旨且有②。

〇诗之三章。陆佃《埤雅》："鲿鱼黄，鲂鱼青，鳢鱼玄，鰋鱼白，鲤鱼赤，则五色之鱼具备，故《序》以为万物盛多也。"

▣ 注释 ▣　①鰋（yǎn）：鲇鱼，头扁口阔，大腮，有须两对，身上有斑点，腹白色，肉肥美。②第二个"有"：富有，犹今言"有的是"。

物其多矣，维其嘉矣。

〇诗之四章。言君子物产多且好。对应第一章最后一个"多"字。

物其旨矣，维其偕矣①。

〇诗之五章。对应第二章最后一个"旨"字。

⑥ 注释 ⑥　①偕：齐整。

物其有矣，维其时矣①。

○诗之六章。言君子之物多时鲜。对应第三章最后一个"有"字。刘向《说苑·辨物》："物之所有而不绝者，以其动之时。"

⑥ 注释 ⑥　①时：得时，即到什么时候就有什么。《郑笺》："鱼既有，又得其时。"

解说

《鱼丽》，宴会中嘉宾盛赞主人食物丰饶的篇章。

《毛诗序》："《鱼丽》，美万物盛多能备礼也。文、武以《天保》以上治内，《采薇》以下治外，始于忧勤，终于逸乐，故美万物盛多，可以告于神明矣。"《郑笺》解释说："内，谓诸夏也。外，谓夷狄也。告于神明者，于祭祀而歌之。"《毛诗序》此说，有两点，一是以为《鱼丽》以上的《小雅》篇章都是文王、武王时期的；二是以为上述诗篇最重要，内含周家治内御外的大法。就前一点而言，与诗篇的实际创作年代不合，按诗篇排列顺序讲诗义，这是很不可取的（不能按照现有诗篇顺序讲诗篇的年代和大义，早就有人指出过）。第一点既然有问题，接下来的说法也就不能成立了。不过，由此可以越发了解《毛诗序》作者解《诗》的方式。其实，就内容而言，清人方玉润《诗经原始》说："此诗本无义意，不过极言肴馔之多且美。"一点也不错。就典礼用歌乐而言，据《仪礼·乡饮酒礼》载，在乐工升堂歌《鹿鸣》《四牡》《皇皇者华》和堂下乐工吹笙演奏了《南陔》《白华》《华黍》三首曲子之后，进入"间歌"步骤，具体是"间歌《鱼丽》，笙《由庚》；歌《南有嘉鱼》，笙《崇丘》；歌《南山有台》，笙《由仪》"。就是唱过一首诗篇之后，继而用笙吹奏一首曲子，谓之"间歌"。此诗即"间歌"之首篇。诗前三章专就酒而言，反复赞叹，后三章则由酒及物，盛赞主人的富有，可谓善于答谢。内容不同，前后三章的句式也就不同，所以并不显得太呆板。本诗可能与《鹿鸣》等三篇为同一时期作品，是专为宴饮典礼所作的篇章，很可能是西周中期礼乐创制高潮时的作品。

南 陔

《毛诗序》："孝子相戒以养也。"

白 华

《毛诗序》："孝子之洁白也。"

华 黍

《毛诗序》："时和岁丰，宜黍稷也。"

按，以上三篇，有题无词。据《仪礼》中的《乡饮酒礼》和《燕礼》，是在乐工升堂歌《小雅》之《鹿鸣》《四牡》与《皇皇者华》之后，由笙演奏的三首曲目，所以也称"笙诗"。最初应当是有词的，可能是作为笙乐吹奏既久，其词渐被淡忘以至失传。《毛诗序》对三篇的解释，不知何据。

《南有嘉鱼》之什

南有嘉鱼

南有嘉鱼，烝然罩罩①。君子有酒，嘉宾式燕以乐②。

○诗之首章。以南方水中摇尾而行的游鱼起兴，言宴集嘉宾安闲游乐。下章仿此。

注释 ①**南**：南方，具体指南方汉、江之域。西周自周昭王十五年起就开始对这一地区进行大规模征战，此后时战时停，延续到王朝后期。随着周人的进军南方，是大量南方物产的北来。此篇赞嘉鱼，当以此为背景。**嘉鱼**：好鱼。西晋左思作《蜀都赋》有"嘉鱼出于丙穴"之句，郦道元《水经注·沔水》更言："褒水又东南得丙水口，水上承丙穴，穴出嘉鱼，常以三月出，十月入。"有学者以为左思、郦道元所说"嘉鱼"即此诗中的"嘉鱼"，未必可信。**烝然**：众多貌。**罩罩**：游鱼摇尾而行貌。罩为掉，掉即摇摆。据林义光《诗经通解》。②**式**：结构助词。**燕**：安乐。

南有嘉鱼，烝然汕汕①。君子有酒，嘉宾式燕以衎②。

○诗之二章。仍以嘉鱼起兴，言君子所宴集的嘉宾们悠闲逸乐。

注释 ①**汕汕**：鱼摇尾而游的样子。林义光《诗经通解》：汕汕即散散，鱼儿游乐的样子。②**衎**（kàn）：乐。

南有樛木，甘瓠累之①。君子有酒，嘉宾式燕绥之②。

○诗之三章。以樛木、甘瓠为喻，言君子宴集。

☐ 注释 ☐　①**椐木**：形状弯曲的树。参《周南·樛木》"南有樛木"句注。**甘瓠**：甘甜的瓠瓜。瓠瓜有甜有苦。**累**：盘绕挂结。②**绥**：安。

翩翩者鵻，烝然来思①。**君子有酒，嘉宾式燕又思**②。

○诗之四章。以群鵻之来集喻嘉宾聚会。

☐ 注释 ☐　①**翩翩**：鸟飞貌。**鵻**（zhuī）：学名勃鸠。《毛传》："一宿之鸟。"即栖息之所固定的鸟。参《小雅·四牡》"翩翩者鵻"句注。**思**：语气词。②**又**：侑，劝侑。马瑞辰《通释》："即今之右字。古右与侑、宥并通用。"此句是劝嘉宾多饮酒。

解说

《南有嘉鱼》，饮酒礼中乐工所唱劝侑嘉宾的乐歌。

《毛诗序》："《南有嘉鱼》，乐与贤也。太平君子至诚，乐与贤者共之也。"诗的用语"君子"和"嘉宾"同出，可见诗并非专就"君子"或"嘉宾"某一方面写，当是从第三者的角度来颂赞宴享的"君子"们的，是"间歌"演唱的第二首诗篇，正是乐工的歌唱，其颂祝既对主人，也对嘉宾。而且，诗篇除了用于宴会之外，别无它用。就是说，是专门为典礼配置的歌，因而也是西周饮酒礼旧礼翻新时制作的礼乐篇章。这有如下迹象可循：其一，"嘉鱼"而来自于"南"，可知此诗不早于昭王之前。金文显示，周王朝征伐南方，就是为求得那里的物产，"嘉鱼"来到"君子"的餐桌，应也是征伐的结果。其二，篇中首句，与《周南·樛木》酷似；而"嘉宾式燕以乐"等三个结尾句，又与《小雅·鹿鸣》很像；此外的"翩翩者鵻"，又见于《四牡》。这些都表明诗篇很可能是周昭王之后，王朝完善各种"礼乐"时的作品。

南山有台

南山有台，北山有莱①。**乐只君子，邦家之基**②。**乐只君子，万寿无期**③。

○诗之首章。以南山之台、北山之莱起兴，赞美宴会上的君子。

注释 ①**台**：莎草，又名夫须，多年生草本，茎叶可制蓑笠。**莱**：又名藜、釐、蔓华、灰菜，一年生草本，茎粗壮有棱，高可达一米左右，嫩叶可食，也可以入药。②**乐只**：犹言乐哉。只，语助词，亦见《周南·樛木》。**邦家**：国家。**基**：根基，根本。③**期**：尽期。

南山有桑，北山有杨①。**乐只君子，邦家之光。乐只君子，万寿无疆**②。

○诗之二章。以桑、杨起兴，言君子是邦家的光荣。

注释 ①**杨**：蒲柳。参《秦风·车邻》"隰有杨"句注。②"**万寿**"**句**：祝福寿命长久的固定词。参《豳风·七月》同句注。

南山有杞，北山有李①。**乐只君子，民之父母。乐只君子，德音不已**②。

○诗之三章。称颂君子待民如子，有永久美誉。上二章皆从寿上言，此章颂其德。

注释 ①**杞**：枸杞。参《小雅·四牡》"集于苞杞"句注。**李**：李树。②**德音**：德行，好名声。《诗经》常见语。**不已**：永久。

南山有栲，北山有杻①。**乐只君子，遐不眉寿**②。**乐只君子，德音**

是茂③。

○诗之四章。以栲、杻起兴,言有德君子,寿命一定长久。

注释　①**栲**:臭椿树。参《唐风·山有枢》"山有栲"句注。**杻**:糠椴树。参《唐风·山有枢》"隰有杻"句注。②**遐**:通"胡""何"。**眉寿**:长寿,大寿。参《豳风·七月》"以介眉寿"句注。③**茂**:茂盛。

南山有枸,北山有楰①。**乐只君子,遐不黄耇**②。**乐只君子,保艾尔后**③。

○诗之五章。以枸、楰起兴,祝愿君子寿命长久,子孙昌绵。承前几章言寿言德,此章祝君子后代兴旺。

注释　①**枸**(jǔ):枳椇,又名拐枣、木蜜等。落叶乔木。《陆疏》:"高大如白杨,所在山中皆有,理白可为函板,枝柯不直。子著枝端,大如指,长数寸,啖之甘美如饴,八九月熟,江南特美。今官园种之,谓之木蜜。"**楰**(yú):又名贞女、鼠梓等。《陆疏》:"其树叶木理如楸,山楸之异者,今人谓之苦楸。"②**黄耇**(gǒu):年纪很大的人。人老头发则变黄,身体则伛偻。耇即伛偻之意。此词在金文中出现,也是西周中期现象。③**保艾**(ài):保佑,安定。《毛传》:"艾,养。保,安也。"**后**:后代子孙。

解说

《南山有台》,宴会上乐工所唱祝福宾主的乐歌。

《毛诗序》:"乐得贤也。得贤则能为邦家立太平之基矣。""乐得贤"云云,表明《毛诗序》作者以为诗篇是表达宴会主人对嘉宾的祝祷。朱熹及元代刘瑾《诗传通释》都遵循这样的说法。对此,宋代吕祖谦《读诗记》、严粲《诗缉》及清代姚际恒《诗经通论》等提出异议,认为《南山有台》是臣工（即乐工）祝祷天子之诗。因此，问题的关键是篇中"君子"如何解释。诗篇本为宴会的乐歌，是乐工歌唱的诗，那么"君子"便是乐工眼中所有参加宴会的贵族人物。诗中每章起句都是"南山""北山"对举，正象征宴饮中的主与客。宗族社会中天子举行的宴享本意在强调内部的团结，并不将君臣等级放在首位，而是强调他们的等同。出自乐工的祝祷，既可理解为臣对君的祝祷，又可理解作君对臣的祝祷。从诗本身看，其祝祷内容不外寿、德、后代三项，体现着周人对什么是幸福的理解。

据《仪礼》，此诗与《鱼丽》《南有嘉鱼》一样，都是宴饮典礼中的"间歌"。就其内容看，也是除了宴饮场合别无其他用处。这就是说，它们当初就是专门为宴饮而创作的。而且篇中"眉寿""黄耇"等嘏词的使用，清楚地显示着诗篇年代不早于西周中期。又《穆天子传》卷五记载：穆天子（即周穆王）与（祭）公饮酒，"乃歌《天》之诗，天子命歌《南山有虉》，乃绍宴乐"。所言"命歌《南山有虉》"，即《南山有台》。《穆天子传》据学者研究，有些内容是信史。其言《南山有台》为穆王时乐歌，正与篇中一些嘏词所默示的时代相符（魏源《诗古微》认为此诗是穆王为尊祭公而作）。据此，此诗很可能作于穆王时期。

由　庚

《毛诗序》："万物得由其道也。"

崇　丘

《毛诗序》："万物各得极其高大也。"

由 仪

《毛诗序》:"万物之生各得其宜也。"

按,以上三篇,据《仪礼》中的《乡饮酒礼》和《燕礼》,为宴饮活动"间歌"部分的笙奏曲目,其词已亡佚。《毛诗序》之说,不知何据。

又据上揭《仪礼》文献,"升歌"《鹿鸣》等三诗之后,就是"笙入堂下……乐(演奏)《南陔》《白华》《华黍》"。之后,"间歌《鱼丽》,笙《由庚》;歌《南有嘉鱼》,笙《崇丘》;歌《南山有台》,笙《由仪》。乃合乐:《周南》:《关雎》《葛覃》《卷耳》;《召南》:《鹊巢》《采蘩》《采蘋》。工告于乐正曰:'正歌备。'"可知乐工在堂上唱完《鹿鸣》等三诗之后,接着就是用笙吹奏《南陔》等三首曲子。继而是一首乐歌与一首笙曲的交替演唱吹奏,共三诗三曲。最后是"合乐",即演唱《周南》《召南》中的六首诗。照此演奏的次序,《鹿鸣》《四牡》和《皇皇者华》之后,就应该接《鱼丽》等"间歌"三篇与"笙诗"三首。但是,今本《诗经·小雅》的次序却是《鹿鸣》等三诗之后,接排《常棣》《伐木》等六首诗篇。饮酒礼上的《鹿鸣》和"间歌"的诗篇与笙诗,基本可以断定为西周中期乐章,而《常棣》《伐木》等六首诗篇,则基本是西周后期作品。很明显,今本所见次第是后人安排,将原先一种典礼上各环节的乐章排列秩序打乱了。何以如此,尚待研究。

蓼 萧

蓼彼萧斯,零露湑兮①。既见君子,我心写兮②。燕笑语兮,是以有誉处兮③。

○诗之首章。以蓼萧零露起兴,言见到天子的欢畅。

〖**注释**〗 ①**蓼**（lù）：高大。**萧**：即香蒿。参《王风·采葛》"彼采萧兮"句注。**斯**：语气词。**零**：水滴降落。**湑**（xù）：润泽貌。②**君子**：此处指天子。**写**：惬意，舒畅。③**燕**：通"宴"。《郑笺》："天子与之燕而笑语。"**誉处**：安乐。誉，通"豫"，安、乐。处，安。据王引之《经义述闻》、马瑞辰《通释》。一说，"誉"即"与"。据于省吾《新证》。

蓼彼萧斯，零露瀼瀼①。**既见君子，为龙为光**②。**其德不爽，寿考不忘**③。

○诗之二章。言见到天子的荣耀。

〖**注释**〗 ①**瀼瀼**（ráng ráng）：露水浓厚貌。②**龙**：宠，荣耀。此句言见到天子后的光宠无比。③**爽**：差错。**寿考**：长寿。考，老。**不忘**：永远。忘，通"亡"。亡、无义同，不忘即寿考不无、不尽。

蓼彼萧斯，零露泥泥①。**既见君子，孔燕岂弟**②。**宜兄宜弟，令德寿岂**③。

○诗之三章。言天子所宴为兄弟。

〖**注释**〗 ①**泥泥**：润泽貌。②**孔燕**：十分安乐。《郑笺》："孔，甚。燕，安也。"**岂弟**：和易安乐。两字当作"恺悌"。③**"宜兄"句**：兄弟和谐的意思。《毛传》："为兄亦宜，为弟亦宜。"**令德**：美德。**寿岂**：长寿而且和乐。"岂"即"恺"。

蓼彼萧斯，零露浓浓。既见君子，鞗革冲冲①。**和鸾雍雍，万福攸同**②。

○诗之四章。以蓼萧零露起兴，言朝见天子时，天子车驾雍容，銮铃和谐，天子的身上辏集着天下万方的福禄。

注释 ①**鞗革**（tiáo lè）：装有金属饰物的马笼头。鞗字当作"鋚"，辔首的金属装饰。革字当作"勒"，辔首。**冲冲**（chōng chōng）：缰绳下垂貌。②**和鸾**：銮铃声。鸾即銮，由两部分组成，下部为方銎，上部呈扁圆形，留有放射状裂孔，中含弹丸，行车时震动作响。据考古发现，车上装銮，主要流行于西周时期。考古还发现有悬挂在横轭两端的青铜铃，专家认为就是所谓的和。《毛传》言"在轼曰和，在镳曰鸾"，与古制不合。**雍雍：** 状声词。**攸：** 所。**同：** 聚集。

解说

《蓼萧》，款待邻邦贵客的乐章。

《毛诗序》："《蓼萧》，泽及四海也。"所谓四海，郑玄补充说："九夷、八狄、七戎、六蛮谓之四海。"所谓九夷、八狄、七戎、六蛮，其实都是与周王朝同时的边地人群建立的政权。照毛、郑之说，诗篇是设宴款待来自边地邦国高级人物时的乐章。是否如此呢？回答应是肯定的。理由之一，是诗篇的"宜兄宜弟"一句透露的人际关系。若说是王朝内部宴饮，不论同姓异姓贵族，周王与各国诸侯，未必都是平辈。诗篇这样说，若放到与王朝邻邦君主贵族的关系上考虑，就十分合理了。有一篇金文文献《乖伯簋》很值得注意。此文记录：周王派大臣出使眉敖，数月后，眉敖来周朝访问且"献"，周王赏赐贵重衣服，并说："乖伯，朕丕显玟珷雁（膺）受大命，乃且（祖）克（弼）先王，異（翼）自也（它）邦……"周王之语明显指明乖伯为"它邦"之君，而铭文所记乖伯回答之词又有"小裔"云云，可知乖伯（即眉敖）为来自邻邦之君。巧的是，在另一篇《九年卫鼎》铭文中，还有"眉敖者膚卓吏（使）见（覿）于王，王大黹"的文字，表明王朝与眉敖之邦的来往为大事。诗言"宜兄宜弟"，邻邦称"兄弟"是最合适的理解。理由之二，诗言"既见君子，我心写兮。燕笑语兮，是以有誉处兮"，情绪非常热络，理解为远方友邦之贵客到来，也更为合适。其三，最后一章"万福攸同"句很明显，非周天子不能当；而"鞗革""和鸾"所言，郑玄谓："此说天子之车饰者，诸侯燕见天子，天子必乘车迎于门，是以云然。"其说"诸侯燕见"不确，而"乘车迎于门"是可取的。如此隆重的礼数也应与接见友好异邦贵客有关。总之，作为一首宴饮的诗篇，《蓼萧》表现的是王朝国际来往时的盛情，显示着周王朝开放的特点。于此，金文中也是颇有显示的。

诗篇的年代，应与上面所述《乖伯簋》《九年卫鼎》相去不远。学者以为两件器物为西周恭王时物，如此，诗篇也应为西周中期作品。诗篇整体的格调风范也允许作如此判断，其中个别用词语句，如"岂弟""万福攸同"等，也是西周中期大量使用的语词。诗篇虽表现的是王朝隆重的国务活动，然而其起兴却仍表浓郁的露水，颇带风诗的情味，显示了《小雅》特有的质朴。

湛露

湛湛露斯，匪阳不晞①。厌厌夜饮，不醉无归②。

○诗之首章。以湛露为喻，引出不醉无归之意，慷慨好客之意显然。夜饮而言朝露，妙想。

注释 ①**湛湛**：露浓的样子。**晞**（xī）：晒干。②**厌厌**：饱足。厌，通"餍"。**夜饮**：晚间举行的饮酒礼。《郑笺》："燕饮之礼，宵则两阶及庭门皆设大烛焉。""**不醉**"**句**：司正（即司宴官）对客人的劝酒之词。《仪礼·燕礼》："司正升，受命，皆命：'公曰众无不醉。'宾及诸公卿大夫皆兴（起立），对曰：'诺，敢不醉！'皆反坐。"

湛湛露斯，在彼丰草。厌厌夜饮，在宗载考①。

○诗之二章。延伸前章之意，言饮酒典礼在宗庙完成。

注释　①**在宗：**同宗。胡承珙《毛诗后笺》："犹言于同姓也。……于其人，非于其地。"**载：**则。**考：**成，成礼，即饮酒典礼顺利完成。一说，即孝，献祭的意思。林义光《诗经通解》、于省吾《新证》主此说。

湛湛露斯，在彼杞棘①。显允君子，莫不令德②。

○诗之三章。言宴享之义并不只在酒食饱足，更在德行的培养。

注释　①**杞棘：**犹言灌木丛。杞，栎树。棘，枣木丛。此处实以两种树木代其他树木。②**显允：**显赫俊伟。于省吾《新证》："显训显明或显赫；允应读作骏，训大。"**令德：**美德。《郑笺》："无不善其德，言饮酒不至于醉。"

其桐其椅，其实离离①。岂弟君子，莫不令仪②。

○诗之四章。虽是写宴会的散席，实则说是众宾的"合德"。

注释　①**桐：**泡桐、白桐等，落叶乔木，春天开白色带紫的花朵，其木材质地轻疏，导音性好，古人常用来制作琴瑟等乐器；又可制箱等家具，所贮藏之物，历久弥新。**椅：**又名水冬瓜、山桐子、椅桐等，落叶乔木，高五米左右，所结果实为球形，秋日成熟时或红色或红褐色，累累下垂，很好看。**实：**果实。**离离：**低垂貌。②**令仪：**美好的意态风度。是说饮酒再多，也不要失去贵族应有的仪表。周代饮酒礼结束散场时，要演奏名为《陔》的曲子，据说就是验证人们酒后走路是否能合节奏、不失态。

解说

《湛露》，宴飨高级贵族的乐歌。

《毛诗序》："《湛露》，天子燕诸侯也。"《郑笺》云："诸侯朝觐会同，天子与之燕，所以示慈惠。"毛、郑之说，实本于《左传·文公四年》宁武子所言："诸侯朝正于王，王宴乐之，于是乎赋《湛露》，则天子当阳，诸侯用命也。"后代或以"在宗载考"认定为天子宴同姓诸侯而作，胡承珙《毛诗后笺》云："文四年《左传》：'诸侯朝正于王，王宴乐之，于是乎赋《湛露》。'此亦统言诸侯，不分同姓异姓。《六月·序》云：'《湛露》废，则万国离矣。'尤可见此兼同异姓言之。惟次章有'在宗载考'之文，或其中有同姓诸侯为之加厚而夜饮，亦事理之常，特《郑笺》分三章为庶姓，四章为二王之后，经文所无，无以见其必然耳。"按同姓异姓之争，分歧出在"在宗载考"如何解释。对此，陈奂《传疏》的说法很可取："周之宗盟，异姓为后，故诗特举同姓之亲亲，以该异姓耳。"此诗在内容上特别值得注意的是对"令德""令仪"的赞美。《孔子诗论》第21简说："《湛露》之益也，其犹驰乎？"周凤五《孔子诗论新释文及注解》："《小雅·湛露》共四章，结句为'不醉无归''在宗载考''莫不令德''莫不令仪'，所言始于燕私夜饮，进而祭宗庙，进而有德行，进而美姿仪；亦即由口腹之欲始，以修德修业终。简文以车马奔驰喻其进德之速，盖美之也。"宴饮时的人群际会，更有与会者显示自己德行修养的意义。于是诗篇在"厌厌夜饮，不醉无归"与"显允君子，莫不令德"之间形成了张力。宴饮既是享乐，也是德行的展现，如何把握其间的度，就是一种考验。理想的状态当然是兼顾生活的享受与德行的增长，这才能实现宴饮以"合好"的目的。

彤 弓

彤弓弨兮，受言藏之①。我有嘉宾，中心贶之②。钟鼓既设，一朝飨之③。

○诗之首章。言张设钟鼓，隆重款待有功诸侯。朱熹《诗集传》引东莱吕氏说曰："'受言藏之'，言其重也。受弓人所献，藏之王府，以待有功，不敢轻予人也。'中心贶之'，言其诚也。中心实欲贶之，非由外也。'一朝飨之'，言其速也。以王府宝藏之弓，一朝举以畀人，未尝有迟留顾惜之意也。"

注释　①**彤弓**：红色的弓。**弨**（chāo）：松弛貌。**受**：授予。**言**：而。此句是说颁赐彤弓，令其收藏。②**贶**（kuàng）：赞美。于省吾《新证》："实则况与兄均系借字，本字应作皇。……此诗的'中心况之'，即'中心皇之'，这是说'中心赞美之'，与二章的'中心喜之'，三章的'中心好之'，义均相仿。"③**钟、鼓**：两种乐器名。参《周南·关雎》"钟鼓乐之"句注。天子为有功诸侯举行的飨礼中，迎宾、送客时都用钟鼓演奏的乐曲作为行步的节奏，称为金奏。**一朝**：犹言一次、一下子。方玉润《诗经原始》："谓锡弓之日非但锡弓，且并飨之，同在一朝也。既重其典，又隆其燕，礼之甚盛者耳。"**飨**：隆重地以酒食款待。《郑笺》："大饮宾曰飨。"

彤弓弨兮，受言载之①。我有嘉宾，中心喜之。钟鼓既设，一朝右之②。

○诗之二章。言劝侑有功诸侯。

注释　①**载**：收藏。马瑞辰《通释》："载亦藏也。"②**右**：劝酒。亦写作"宥""侑""友"等，在此以劝酒表示酒食款待之义。《左传·庄公十八年》："虢公、晋侯朝王，王飨醴，命之宥。"在飨礼中，由于主人贵为天子，劝酒之事是由诸侯来完成的。

彤弓弨兮，受言櫜之①。我有嘉宾，中心好之。钟鼓既设，一朝酬之②。

○诗之三章。言酬劳有功诸侯。

注释　①櫜（gāo）：櫜，袋，此处用作动词，用櫜把弓装起来的意思。②酬：酬劳。

解说

《彤弓》，赏赐有功诸侯的宴饮乐歌。

《孔丛子·记义》："于《彤弓》见有功之必报也。"《毛诗序》："《彤弓》，天子锡有功诸侯也。"《郑笺》："诸侯敌王所忾而献其功，王飨礼之，于是赐彤弓一、彤矢百、旅弓矢千。凡诸侯，赐弓矢然后专征伐。"上述诸说，都本自《左传·文公四年》如下之说："诸侯敌王所忾而献其功，王于是乎赐之彤弓一、彤矢百、旅弓矢千，以觉（明，彰显）报宴。"此诗所歌唱的宴会当是赏赐有功诸侯或臣下的高级饮酒礼。周代宴会种类繁多，其中要以"乡饮酒礼"最为原始，其他宴饮形式均从这一源于"部落会食"的古礼演变而来。高级饮酒礼又称飨礼，与乡饮酒礼大体相同，然在细节上则有着相当明显的差别，如飨礼用"金奏"，"酬"中有币等，参加者亦为高级贵族。最重要的是，两者在功用上不同。乡饮酒礼重在养老尊贤，团结宗族、乡党，属于社会行为；而飨礼则多用于策命、赏赐及外交等政典，具有强烈的政治色彩。同时，此诗也反映着周朝国家政体独特的运作方式。对于《郑笺》的"专征伐"，吕祖谦《读诗记》论述说："如四夷入边，臣子篡弑，不容待报者。"周朝的分封制，其本意正在于利用诸侯屏藩周室。因此，这些诸侯都是拥有实际统治权的政治实体。诸侯对王室的"夹辅"、遵从，是周王朝强盛的前提。这就需要赏赐，诗篇只言"彤弓"，其实赏赐之物还有很多，不单有上述注释家所说的各种弓箭武器，还有土地、人民。这又含着一种内在矛盾，赏赐到一定的时候，就变成王朝走向衰落的原因之一。后来诸侯与王室的分庭抗礼，且日益无视王朝的权威，正是这一矛盾变得严重的结果。但就本篇而言，很明显，周天子的权威还如日中天，诗篇也正歌颂的是有功诸侯对王室的捍卫。诗篇是西周还处于强盛时的作品，即西周中期作品。

菁菁者莪

菁菁者莪，在彼中阿①。既见君子，乐且有仪②。

○诗之首章。言君子待人和易有礼。

注释　①**菁菁：**盛貌。**莪**（é）：萝蒿、抱娘蒿等，一年生草本。《陆疏》："生泽田渐洳（低洼）之处，叶似邪蒿而细，科生。三月中茎可生食，又可蒸食，香美味颇似蒌蒿。"**中阿：**阿中。阿，高地。②**有仪：**有礼仪。

菁菁者莪，在彼中沚①。既见君子，我心则喜。

○诗之二章。言内心欢喜。

注释　①**中沚：**沚中。沚，水中小洲。又见《秦风·蒹葭》。

菁菁者莪，在彼中陵①。既见君子，锡我百朋②。

○诗之三章。言君子赐我成百的朋贝。

注释　①**中陵：**陵中。陵，山陵。②**锡：**赐。**百朋：**很多成串的贝壳钱币。王国维《观堂集林·说珏朋》："旧说……五贝为朋。……余意古制贝、玉皆五枚为一系，合二系为一珏，若一朋。"是说古代一朋贝是十个。古代以贝为货币，常用来赏赐臣下。"百朋"的赏赐，在西周金文中也有，如西周早期记载周公东征的《𦣻方鼎》就有"公赏贝百朋"之语，但就今日所见金文资料而言，如此大量赐贝，还是很少的。也可能这里只是夸张的说法。

泛泛杨舟，载沉载浮①。既见君子，我心则休②。

○诗之四章。言未见天子时，心如漂流杨舟，起伏不定，见到天子，则转忧为喜。

注释 ①**杨舟：**杨木制作的船。**"载沉"句：**飘摆不已的样子。朱熹《诗集传》："犹言载清载浊、载驰载驱之类，以兴未见君子而心不定也。"②**休：**喜。

解说

《菁菁者莪》，表臣子感激周王接见、赏赐的乐歌。

诗言周王接见并赏赐了臣子是明确的，有问题的是臣子指谁。《毛诗序》说："《菁菁者莪》，乐育材也。君子能长育人材，则天下喜乐之矣。"齐、鲁、韩三家《诗》据说"无异议"。那么，受接见者就是学子。对此，朱熹《诗集传》另立新说："此亦燕饮宾客之诗。"对此说后人多不信，因诗篇本身并没有任何燕饮的表示。那么汉儒的说法是否有根据呢？有，却不是很信实。说有根据，在诗篇最后一章，杨舟的浮沉，正表达的是臣子见周王时的心情，其地位不是很高，见周王一次不易，是可以读出来的。可是在周王，一赏赐就是"百朋"，虽或有所夸张，也可见出周王对所见之人的喜爱。"百朋"之赐，据金文资料看，其中一次如注释所说，是周初周公赏赐给东征将士的。还有一次，则是西周中期周王赏赐给邵伯家妇人伯姜的（见《伯姜鼎》）；还有一次是赏赐给大贵族荣某的（见《荣簋》）。看来"百朋"之赏赐，或许是因为劳苦功高，或许是因为家族显贵，总之受赏者一定得功高爵显。可是,诗篇本身却没有这方面的消息,也与"杨舟浮沉"所传达的心情不合。所以,说这是一批年轻的贵族学子见周王,倒是颇为可取的。然而,这终究是推论,没有实在证据,不是很可信。不过,既然有这样的可能,对汉儒的说法就不可轻易否定。其实朱熹对自己的新说也并不坚执,在他所作的《白鹿洞赋》中,就有"乐《菁莪》之长育"句,用的是古义。门人问他何以改变自己的新说,朱熹答:"旧说亦不可废。"

从诗的意象上看,"莪"为群生植物,其能茂盛生长,最依赖高陵芳洲的好环境。在"既见君子"之时,学子以此自喻,既能说明自己的身份地位,又是在婉曲地表达对天子的敬爱感激之情,可谓取譬有类。《孔子诗论》第9简:"《菁菁者莪》,则以人益也。"揆诸诗篇内容,简文中"益"字,当读作"赐",即诗中的"锡";"以人益",即因人锡而赋此诗篇的意思。又,古代大学称辟雍,辟雍之地四面环水。方玉润《诗经原始》:"故此诗当是君临辟雍,见学校人材之盛,喜而作此。"诗言"中阿""中沚""中陵",即水中高地,方玉润之说,看来不为无据,诗篇或许就是周天子在辟雍接见学子时的乐歌。

六 月

六月栖栖,戎车既饬①。四牡骙骙,载是常服②。玁狁孔炽,我是用急③。王于出征,以匡王国④。

○诗之首章。以"六月栖栖"总起全诗,顿起紧张之感。游牧民族的入侵,一般在秋冬之际,今正当夏季,玁狁进犯,是突如其来。

注释　①**栖栖:**惶惶不安貌。**戎车:**用于战阵的车,周代车有多种,戎车亦即战车是其一。**饬:**打点,收拾。古代战车出征,必须配备相应的弓箭、旗帜等器物。参《小雅·出车》"设此旐矣,建彼旄矣"句注。②**常服**:军人制服。《郑笺》:"韦弁服也。"即牛皮做的服装。常服之"常"有标准的意思,相当于今天所谓制服。③**炽**(chì):气焰嚣张。**我**:我方。此句谓我方因此而急迫用兵。④**于**:林义光《诗经通解》谓"于"乃"呼"之借字,于、乎(呼)古通。

比物四骊,闲之维则①。**维此六月,既成我服**②。**我服既成,于三十里**③。**王于出征,以佐天子**④。

○诗之二章。从我方军马训练有素说起。玁狁虽急,我方有备,所以能应变迅速,行事敏捷。情势至此一缓。

注释 ①**比**:比排,选择。**物**:按照马的毛色,选出同驾一车的马匹。《孔疏》:"《夏官·校人》云:'凡大事,祭祀、朝觐、会同,毛马而颁之;凡军事,物马而颁之。'注云:'毛马,齐其色;物马,齐其力。'"如此,"比物"既包括选择力气相同或相近的马匹同驾一车,也包括选择毛色一致的马匹的意思。**骊**:马纯黑色。**闲**:训练,令马能娴熟地驾车。**则**:法则。指训练马匹遵从驾车法则。②**服**:服马,即车驾四匹马中的中间两匹。马瑞辰《通释》:"《夏小正》:五月:'颁马,将闲诸则。'此诗以六月出师,正马既闲则之时。"是说,每年五月开始训练战马,六月时训练已经完成。③**三十里**:古代行军一日以三十里为限。④**"王于"两句**:周王呼"我"出征,辅助王室。西周晚期器铭《虢季子白盘》:"王赐乘马,是用佐王。"与此处两句句法类似。

四牡修广,其大有颙①。**薄伐玁狁,以奏肤公**②。**有严有翼,共武之服**③。**共武之服,以定王国**。

○诗之三章。紧承前文,叙将帅之志,军心之肃。以上两章专写周朝军队素养，为后文蓄势。

◇ **注释** ◇ ①**修广**：宽大。修，长。广，大。**颙**（yōng）：大头，表战马雄壮。陈奂《传疏》：" '其大有颙'犹云'有颙其大'也。与'有贲其实''有晥其实'句法同，特倒辞以就韵耳。"**薄伐**：征伐。参《小雅·出车》"薄伐西戎"句注。②**奏**：作，成就。**肤公**：大功。《毛传》："肤，大。公，功也。"③**有**：又。**严、翼**：威严、恭敬，指将帅威严，士卒恭敬。言军队有法度。金文有"严在上，翼在下"之语，可与此处句法相参。**共**：供，供职，从事。两句是说威严恭敬地执行军事任务。**服**：事。武服，即军事。

狁匪茹，整居焦获①。**侵镐及方，至于泾阳**②。**织文鸟章，白旆央央**③。**元戎十乘，以先启行**④。

○诗之四章。先写狁强凌，宗周危殆，遥应首章的"狁孔炽"；继写我方战法凌厉，承接二、三章的"我服既成""以奏肤公"。前三章分述敌、我，重在写我，文理分开；此章叙敌我交战，我克强敌，文理为合。

◇ **注释** ◇ ①**茹**：柔弱。匪茹言非柔弱，即承认狁强悍。**整居**：征占。于省吾《新证》："按整从正声，整、正古通。……正、征古通用。'征居焦获'，言往居焦获也。下言'侵镐及方，至于泾阳'，皆言狁内侵之程次。始言征居，继言侵，继言至于，前后语气一贯。"**焦获**：水泽名，在今陕西泾阳西北。②**镐**：西周都城，周武王克商之前始都于此，其地在今陕西西安西北、沣河以东一带。**方**：周文王伐崇之后所建都城，在今沣河中游的西侧，距离沣河东侧的镐京三十华里左右。旧说为朔方，近代以来王国维《周京考》、郭沫若《两周金文辞大系》对《臣辰盉》《麦尊》及《遹簋》诸器铭的考释，以及黄盛璋《周都丰镐与金文中的京》等，都认为"镐"即镐京；金文中常见的"蒡"即丰京，亦即诗篇中的"方"，其地在今陕西西安西北与咸阳交界地带。**泾阳**：泾水北岸地区。泾水为西周时期通向鄂尔多斯地区最重要的通道,发源于六盘山地,其上游之地即今宁夏固原地区,即此诗所谓"大原",此地有一两处险要地势可以据守(后世设萧关、三关),泾水河谷是理想的交通要道,连接着下游的渭水和西周腹地。据《多友鼎》,多友率领周师与猃狁作战,所经历的地点有京师、筍(郇)、郱(漆)、龚(共)等,都在泾水沿岸或附近。③**织**:《郑笺》:"徽织也。"即号令军戎的旗帜。**文**:纹绣。作动词。**鸟章**:旗帜上所绘鸟隼图案。**白旆**:白色的旗帜。《毛传》:"继旐者也。"旐为长条形状用于召集众人的旗帜,在旐的尾部接续更细长的帛幅,即称旆。旆一般插在先驱战车上。此句表明,旆上绘有鸟隼图案。**央央**:鲜明貌。④**元戎**:大的战车。王先谦《集疏》引《韩诗章句》曰:"元戎,大戎,谓兵车也。车有大戎十乘,谓车縵轮,马被甲,衡轭之上画有剑戟,名曰陷阵之车,所以冒突,先启敌家之行伍也。"**先启行**:前锋开道而行。启,开。行,道。

戎车既安,如轾如轩①。**四牡既佶,既佶且闲**②。**薄伐猃狁,至于大原**③。**文武吉甫,万邦为宪**④。

○诗之五章。笔锋一转,点出主将吉甫。烘云托月,运笔持重,赞美之意溢于言表。

◨ 注释 ◨ ①**安**:安闲。**轾、轩**:言大车低昂起伏,调适安稳。轾,低伏。轩,高昂。句中两个"如"字都是连词,与"而"义近。②**佶**(jí):壮健貌。**闲**:协调,齐整。③**大原**:地名。据顾炎武《日知录》,在今宁夏固原一带。④**吉甫**:周宣王时大臣,此次出征的统帅。《毛传》:"尹吉甫也,有文有武。"《大雅》中《崧高》《烝民》两诗即为吉甫所作,又有学者以为《兮甲盘》铭文所记即吉甫南征北战勋绩。**宪**:楷模,法度。

吉甫燕喜,既多受祉①。**来归自镐,我行永久**②。**饮御诸友,炰鳖**

脍鲤③。侯谁在矣？张仲孝友④。

○诗之六章。承前章"文武吉甫"而来表吉甫家宴。于其庆功燕喜中特出张仲且高标其孝友，耐人寻味。

注释 ①**燕**：宴享。**祉**：福。两句是说吉甫在京师受到天子的赏赐和宴享。②**"来归"二句**：言吉甫在出征很久之后，才从都城镐京返回自己的家。③**御**：招待。**炰**（páo）：蒸煮。**脍**：细细切肉。此处即蒸煮烹饪之义。④**侯**：维，发语词。**张仲**：人名，陪尹吉甫宴饮的主要人物。**孝友**：敬爱父母，友爱兄弟。《毛传》："善父母为孝，善兄弟为友。"

解说

《六月》，赞美尹吉甫北伐功勋的诗篇。

《毛诗序》："《六月》，宣王北伐也。"朱熹《诗集传》："成康既没，周室寝衰，八世而厉王胡暴虐，周人逐之，出居于彘。玁狁内侵，逼近京邑。王崩，子宣王靖即位，命尹吉甫帅师伐之，有功而归。诗人作歌以叙其事如此。"朱熹的说法要具体一些。至明代何楷《诗经世本古义》则更具体，说："此章二燕，首二句是饮至之燕，'来归'以下则吉甫自叙其契阔而私燕以相乐也。"清钱澄之《田间诗学》从之，至晚清方玉润《诗经原始》说得更明白："美吉甫佐命北伐有功，归宴私第也。"都说到了诗篇创作的具体场合。汉儒说《诗》，每每就诗篇所反映事件及其政治意义上作解，很少关心诗歌本身的立意与文理。朱熹以下至方玉润等，能从创作的具体情况、作者的作意及叙事章法出发，后出转精，确比汉人要精细得多。除诗篇自身所显示的信息之外，金文资料也对了解此诗的具体年代颇有帮助。西周晚期器铭《兮甲盘》有"隹（唯）五年三月既死霸，王初各伐玁狁于䉶膚（彭衙），兮甲从王，折首执讯，休"等语，王国维等学者考证，器物主人兮甲即尹吉甫（《兮甲盘跋》，见《观堂集林·别集》），而器铭所记与玁狁的征战在宣王五年三月，可知当时与猃狁的战争颇为频繁，且战争就在周家门口进行。同时，由《兮甲盘》可知，《六月》所载尹吉甫率师北伐的征战，也可能在宣王早期。还应指出的是，抗击"四夷"的斗争，并非像汉儒所说的从宣王时代突兀而起，征诸金文资料，实际从周厉王时代就已开始，只是不如宣王功效显著，或者说是厉王时期没有宣王朝那么多的诗篇记述战功而已。

诗篇极其典型地反映出周人在与异族战争关系中所处的态势。镐、方之地，尽管历代的儒生们不愿正视，迂曲为说，但它们就是西周都城，已是不争的事实。异族军队前锋已直指京都时，王朝才整师迎战，其反应又是何等迟滞！王朝军队并非没有抗敌的能力，却也只是"薄伐猃狁，至于大原"。对这两句，《毛传》解释说："言逐出之而已。"史言周宣王曾"料民于大原"，大原当是周朝领地。善战的王朝军队乘胜逐北之时，却只是将敌人赶出境外，表现得十分有节制，倒是颇耐人寻味的事。在《采薇》篇中，我们已经从士卒的角度，看到了周人对战争的厌弃，而此诗所表现出的周王朝在对外战争中所取的态势，或许更能展示周人对战争的普遍心态。诗篇的结尾颇特殊，表明诗篇作为乐歌的制作不是用于王朝的典礼，而是功臣的家庭庆贺。同时，专门点出宴饮中在座的张仲为"孝友"之人，一次战后归来的欢宴，不表武功而专言"孝友"，这和"昔我往矣，杨柳依依"一样，也表现了周人对战争特有的态度：爱家乡美景的战士，更爱惜孝悌友爱的人伦生活。另外，《六月》为大臣私家宴饮之乐歌，这在以前是没有的，因而很重要。此诗的出现，显示的是这样的变化：西周晚期的诗篇开始向表现贵族个人生活转移。这在诗歌发展史上，自然是重要的变化。

采 芑

薄言采芑，于彼新田，于此菑亩^①。方叔涖止，其车三千^②。师干之试，方叔率止^③。乘其四骐，四骐翼翼^④。路车有奭，簟茀鱼服，钩膺鞗革^⑤。

〇诗之首章。以新田采芑起兴，描写方叔的队伍。在写法上，以方叔之"涖"带出车徒、干盾之众；以方叔之"率"，连车驾之雄武与繁盛，气度雍容。

注释　①芑（qǐ）：今名苦荬菜。朱熹《诗集传》："苦菜也，青白色，摘其叶有白汁出，肥可生食，亦可蒸为茹，即今苦荬菜。"**新田、菑（zī）亩**：新开垦的土地。《毛传》："田一岁曰菑，二岁曰新田，三岁曰畬。"②**方叔**：人名，周宣王时大臣。金文有《师寰簋》铭，所言师寰，郭沫若《两周金文辞大系》认为"方叔"之"方"与"师寰"之"寰"相对，是名和字的关系，所以师寰即此诗中的方叔。《毛传》："卿士也。"**涖**（lì）：同"莅"。莅临，到来。**止**：语气词。**三千**：士卒三千人。旧说三千为战车数，不确。考西周战争规模，三千战车出征，实非当时所能有。求诸西周晚期铭文如《禹鼎》，所记武公命禹出征驰援前线，不过"戎车百乘，斯驭二百，徒千"。所以，诗所谓"三千"指士卒，此句为压缩语，"三千"所言，即《禹鼎》所谓"驭""徒"之数。③**师**：军队。**干**：盾。马瑞辰《通释》："此诗干当读干戈之干，谓盾也。"**试**：用。**率**：帅。率、帅古通用。④**骐**：花纹如棋格的马。此字亦见《小雅·皇皇者华》"我马维骐"句。⑤**路车**：大车。**奭**：红光闪闪貌。**簟茀**：旧说为遮蔽车窗的竹席，误。古代战车一般没有蓬，所以也没有竹制的簟茀。此处的簟茀，据唐兰《弓形器（铜弓柲）用途考》一文，两字应作"簟弼"，见于《番生簋》《毛公鼎》等铭。"弼"为"柲"，即"竹闭"之"闭"的本字，指器物把柄。簟弼为弓形，这种器物出土时，常与弭、矢簇在一起，作用是在弓箭松弛时，装在弓背上以免其松弛或受损。**鱼服**：箭袋。参《小雅·采薇》"象弭鱼服"句注。**钩膺**：系在马胸前大带上的缨子。膺，胸。**鞗革**：马辔头。参《小雅·蓼萧》"鞗革冲冲"句注。

薄言采芑，于彼新田，于此中乡①。方叔涖止，其车三千，旂旐央央②。方叔率止，约軝错衡，八鸾玱玱③。服其命服，朱芾斯皇，有玱葱珩④。

○诗之二章。仍以新田采芑起兴，言方叔所领导的队伍，车乘众多，旌旗飘扬。此章写法与前大体相同，所不同者，物象出新，声色亦更加鲜明。

注释 ①**中乡**：有庐舍的田野。乡，《毛传》："所也。"马瑞辰《通释》："古者公田为居，庐舍在内，环庐舍种桑麻杂菜，疆畔则种瓜果，《小雅》所云'中田有庐，疆场有瓜'也。'中乡'，当指'中田有庐'言之。"②**旂旐**：两种旗帜名。参《小雅·出车》"旂旐央央"句注。③**约軝**（qí）：约，缠束。軝，即轵，车轴两边伸出部分，是战车特有的形制。为了加固这部分，先在毂头上涂一层漆，未干时，用皮条或者麻绳螺旋缠绕数层，之后再加髹漆，高级车毂髹漆为红色。**错衡**：衡为车前装在车辀上的横轭，古代常在这根横轭上装一些青铜配件作为纹饰，错衡即指此而言。**八鸾**：八只銮，属于高级贵族车马才有的装饰。据考古发现，八銮的装法有两种：一种是在横木的四个顶（即装在横木上可以贯辔绳的金属环）上各安一銮，四匹马的轭顶各一只，共八銮；另一种安装法是两匹服马轭顶各一只，两匹骖马轭顶各一只，共四只，另外在两匹服马之轭中间的横木上两只为一对安装两对，共四只，合起来共八只。参扬之水《诗经名物新证》。**玱玱**（qiāng qiāng）：象声词。④**命服**：表示贵族身份级别的制服。《郑笺》："命为将，受王命之服也。"**朱芾**：赤红色的蔽膝。芾亦写作"绋"。《白虎通·绋冕》："绋者蔽也，行以蔽前者尔，有事因以别尊卑，彰有德也。"**斯皇**：犹煌煌。**有玱**：犹言玱玱。**葱**：葱绿色。**珩**（héng）：佩玉，形状似磬。朱熹《诗集传》："佩首横玉也。"

鴥彼飞隼，其飞戾天，亦集爰止①。方叔涖止，其车三千。师干之试，方叔率止。钲人伐鼓，陈师鞠旅②。显允方叔，伐鼓渊渊，振旅阗阗③。

○诗之三章。言方叔的军队号令严明，法度不乱。前两章写军容声色，此章写军队声势，而飞隼之喻，更是对王师神武的譬喻。

◨ **注释** ◨ ①**鴥**（yù）：鸟飞迅捷貌。**隼**（sǔn）：鹰鹞一类的凶猛之鸟。**戾**：至，到达。**爰**：缓解。参《王风·兔爰》"有兔爰爰"句注。以上三句既言其高，又言其快，当其集落于树时，又缓慢从容。以疾徐有致形容方叔军马有度。②**钲**（zhēng）：青铜制打击器乐。据考古发现，一般安装在战鼓的下方。**伐鼓**：击鼓。伐，击。《毛传》："钲以静之，鼓以动之。"古代用鼓来传达进攻命令，用钲来传达停止攻击的号令。**鞠**：告。《郑笺》："此言将战之日，陈列其师旅誓告之也。陈师告旅，亦互言之。"③**显允**：显赫俊伟。亦见《小雅·湛露》。**渊渊**：形容鼓声的象声词。西周中晚期铭文常见，如《痶钟》"丰丰鱻鱻"，"鱻"即"渊"。**振旅**：整顿军伍。**阗阗**（tián tián）：状声词，形容鼓声。

蠢尔蛮荆，大邦为雠①。方叔元老，克壮其犹②。方叔率止，执讯获丑③。戎车啴啴，啴啴焞焞，如霆如雷④。显允方叔，征伐玁狁，蛮荆来威⑤。

○诗之四章。重在写周师之威，蔑视蛮荆，赞美方叔，渲染王师盛壮，都在突出一个"威"字。"来威"正是此次征战的特点。

注释 ①**蠢**：轻举妄动。**蛮荆**：指淮水、汉水一带的夷，并非后来楚国人的祖先。西周晚期器铭《师寰簋》记师寰曾率领齐、纪等诸侯军队和左右虎臣组成的王师出征淮尸（夷）。铭文还称，淮夷曾是周王朝"帛晦臣"，即缴纳丝织贡品的臣属。**大邦**：指周王朝。**雠**：敌对。②**元老**：资深位重的老臣。**克**：能。**壮**：大。**犹**：谋略。③**"执讯"句**：指战场俘虏。参《小雅·出车》同句注。④**啴啴**：马喘息声。亦见《小雅·四牡》。**焞焞**（tūn tūn）：车马行声。亦见《王风·大车》。⑤**"征伐"句**：是说方叔此次南征，是在征伐猃狁之后。**来威**：是威，即向南方不服从之民显耀军威。

解说

《采芑》，赞美方叔率师镇压南夷的乐歌。

《毛诗序》："《采芑》，宣王南征也。"此诗作于宣王朝，向来说《诗》者无异议。其具体年代，从诗中"征伐猃狁"看，可能是在宣王早期，时间与尹吉甫受命北伐相去不远。西周曾在淮水中上游及汉水下游一带封建了不少同姓诸侯。但是，到西周昭王时，这一带的封国受到淮夷人群的威胁，溯其根源，与周人势力在今天山东一带的扩展有关。西周封建，是西部人群向东方的扩张，于是原来居住山东一带的东方土著人群不得已而向淮水流域迁徙，被称为淮夷、南淮夷等。他们沿着淮水上游移动，势必与淮水甚至汉水下游的西周封国发生冲突。于是，引起了周王朝的南征。周昭王十五年至二十年数次南征"反荆"，即针对这些淮夷。最终昭王在二十年（即穆王元年）从战场返回时死于汉水，曾引起整个东夷势力的高涨。据《后汉书·东夷传》，穆王之初不得不承认徐偃王在东部的权势，直到若干年后，如《班簋》所载，周人才大举东征，削弱了东夷势力。到西周后期，这些王朝眼里的"帛晦臣"又开始大举反抗。金文《兮甲盘》《师寰簋》《驹父盨盖》等，对此多有反映。其中《师寰簋》铭记载南方当地人民"反厥工吏""弗速（迹，遵从）我东国"，而师寰所率周师，又包括齐师、纪师等其他诸侯军队，就是说王朝的军力很大。这与诗篇"其车三千"颇为一致。又据蒙文通《周秦少数民族研究》，宣王时期西北大旱而"江域雨泽独丰"，因此西周后期周人继续南迁。这势必加深周人与当地土著的矛盾和冲突。诗篇言"新田""菑亩"，又言"中乡"，很明显，这里已经有周王朝的居民。方玉润说《采芑》为"南人美方叔威服蛮荆也"，又谓"盖此诗非当局人作，且非王朝人语，乃南方诗人从旁得睹方叔军容之盛，知其克成大功，歌以志喜"。又云"且其人亦非荆人，必诗人之流寓蛮荆者"，是可取的。诗篇正是以他们的角度表示对方叔所率周师的欢迎之情，或者说，这首诗就是南下周人迎接方叔之师的乐歌。

诗篇在表现上又颇有自己的特点。它没有过多地表现征战，却在"蛮荆来威"的"威"字上很下功夫，以突出王朝军队的八面威风。这应与东南淮夷的特点有关，他们毕竟是有固定居处的开化人群，不像来自西北草原的狁那样难以对付，所以观兵耀武，即可以收到镇抚的成效。因此诗篇着意在军队总体的盛壮以及车马、将军装饰、服饰上浓墨重彩，因而也颇带一些铺陈的赋体文学特征。这实在是宣王时期诗篇创作的新变：即诗篇创作者已经注意到一首诗篇的内容与其形式上的配合，从而形成篇章特定的风格、风调，显示出创作意识的新变。

车　攻

我车既攻，我马既同①。**四牡庞庞，驾言徂东**②。

○诗之首章。言周王前往东都会猎诸侯。

注释　①**攻**：坚固。**同**：驾车的四匹马步武齐整。古代驾驶战车之马，毛色、个头和脚力等都需要般配，且需训练，如此才能使四匹马步调一致，驾车有力。"同"即指此而言。②**庞庞**：四马奔驰貌。庞庞犹言旁旁、彭彭。**徂**：往。

田车既好，田牡孔阜①。东有甫草，驾言行狩②。

○诗之二章。上章只言"徂东"，此章进一步表明地点。

注释　①**田车**：田猎之车。**阜**：大。②**甫草**：大草地。甫，大。旧说甫草即圃田泽，在今河南郑州以东中牟县，从下文所言"搏兽于敖"看，不确。

之子于苗，选徒嚣嚣①。建旐设旄，搏兽于敖②。

○诗之三章。言选车徒，建旗帜，进入准备阶段，点明甫田在东方敖地。

注释　①**之子**：这人，指周天子。**苗**：《毛传》："夏猎曰苗。"此处泛指狩猎。**选**：遴选。一说，召集。**徒**：徒众。**嚣嚣**：喧闹。此处形容众人踊跃参加之状。②**建、设**：树立。贵族参与典礼，车乘必插旗帜，表明等级身份。据考古发现，插旗位置或在车后部安装有专门插旗的金属筒，或在车的两旁，或缚筒，或直绳捆。**旐**（zhào）、**旄**（máo）：插在战车上的两种旗帜。参《鄘风·干旄》"孑孑干旄"及《小雅·出车》"彼旐旟斯"句注。**搏兽**：大举狩猎。两字当作"薄狩"。薄，旧说为词头，无实义。考诸西周金文，薄，金文或作"猼"（见《菁簋》），或作"𠋑"（见《臣谏簋》），用在表达动作的语词之前，都有"大举""大规模"的修饰义，为形容词。后来变为动词词头。**敖**：地名，又名敖山。在今河南郑州西北约三十公里黄河南岸处，《左传·宣公十二年》载邲之战，晋将军士会曾埋伏七师于敖，即此地。其南不远有荥泽，其东南数十公里处有圃田泽。大泽周围必有数泽适于围猎。此次王朝狩猎大典即在敖与圃田泽、荥泽之间。

驾彼四牡，四牡奕奕①。**赤芾金舄，会同有绎**②。

○诗之四章。特言诸侯会同景象。

▣ 注释 ▣ ①**奕奕**：马盛装貌。②**赤芾**：红色的蔽膝。**金舄**（xì）：红色有金饰的鞋。"赤芾金舄"言诸侯装束。两物金文常见，赏赐诸侯及高级贵族，有时两物同赏，有时单赏，是高级贵族表示身份的命服。**会同**：会集。《毛传》："时见曰会，殷见曰同。"殷即众。会、同此处并无分别。**有绎**：犹言绎绎。络绎不绝，表示众多。

决拾既佽，弓矢既调①。**射夫既同，助我举柴**②。

○诗之五章。言射猎时的程序、规则。

▣ 注释 ▣ ①**决**：以象骨为之，着于右手大指，用以钩弦。**拾**：皮制，着于左臂之上，类似今天的套袖，以防衣服阻碍弓弦弹射。**佽**（cì）：具，佩戴停当。据于省吾《新证》。一说，便利。**调**：调好。②**射夫**：此处指参与狩猎的诸侯。**同**：结对。陈奂《传疏》："合，言已合耦也。"按，"耦"即"偶"，两人为偶。合耦射箭，要比出高低胜负。**柴**：积。字当作"胔（zì）"，《说文》："胔，积也。"《郑笺》："已射同，复将射之位也。虽不中必助中者，举积禽也。"按郑玄之意，"助我"是射箭不中者助射中者收拾积禽。

四黄既驾，两骖不猗①。**不失其驰，舍矢如破**②。

○诗之六章。正面狩猎场面，前两句写马，后两句写人，夸赞人、马的娴习有度。

▣ 注释 ▣ ①**黄**：黄马。古代车驾特别讲究马的毛色搭配。**猗**：偏斜。陈奂《传疏》：字当作"倚"。不倚，指马行走无偏倚。古代驾车，骖马最难控制，这句是说车马驾驶技术高超。②**"不失"句**：驾车驱驰合乎法度。古人射猎，规矩甚多，如不许正面迎击，不许侧面偷袭或超出范围等。**舍：**发。**如：**而。**破：**命中目标。

萧萧马鸣，悠悠旆旌①。徒御不惊，大庖不盈②。

○诗之七章。写猎后归途景象。方玉润《诗经原始》："'马鸣'二语写出大营严肃气象，是猎后光景。"张戒《岁寒堂诗话》："以'萧萧''悠悠'字，而出师整暇之情状，宛在目前。此语非惟创始之为难，乃中的之为工也。"王士祯《古夫于亭杂录》卷五云："颜之推标举王籍'蝉噪林逾静，鸟鸣山更幽'，以为自《小雅》'萧萧马鸣，悠悠旆旌'得来。此神契语也。"

注释　①**萧萧：**马鸣声。**悠悠：**旌旗飘摆、舒卷貌。《毛传》："言不喧哗也。"**旆（pèi）旌：**泛指车驾上的旗帜。旆一般树立在战阵先驱的战车上，其主要部分的形制与旂相近，若其幅尾再接一段细长的帛，即是旆。若旗的正幅以羽毛为之，即是旌。旌通常用来指挥属众。此处两者为泛指。②**徒御：**步行者与驾车者。朱熹《诗集传》："徒，步卒也。御，车御也。"此处泛指徒众。**不惊：**据马瑞辰《通释》，字当作"警"，不警即警，军纪肃整的意思。不，丕。下文"不盈"之"丕"义同。**大庖：**天子的庖厨。古者狩猎，猎物分上中下三等，上等又有三种用途：祭品、招待宾客、充君之庖。

之子于征，有闻无声①。允矣君子，展也大成②。

○诗之八章。以咏叹、祝愿作结。《朱子语类》："宣王之田，乃是因此见得其车马之盛，纪律之严，所以为中兴之势者在此。""有闻无声"句，李光地《榕村语录》："意味深厚，玩味不尽。"

注释　①**"有闻"句：**《毛传》："有善闻而无喧哗之声。"②**允：**信，实在。**展：**诚，实在。**大成：**大的成功。祝愿之词。《郑笺》："谓致太平也。"

解说

《车攻》，歌颂大蒐（"蒐"即"搜"，搜寻猎物）礼成功的乐章。

《毛诗序》："《车攻》，宣王复古也。宣王能内修政事，外攘夷狄，复文武之境土，修车马，备器械，复会诸侯于东都，因田猎而选车徒焉。"古来无异议。又《墨子·明鬼》言："昔周宣王合诸侯而田于圃，田车数百乘。"是《毛诗序》于古有据。读此篇须首先注意的是"宣王复古"与"外攘夷狄"的关联。诗篇所附着的礼仪属于王朝定期举行于农闲之际的"大蒐礼"。据记载，大蒐礼有借狩猎而训练军队检阅军容的备战作用，同时还是选拔主帅、公布法度的仪式。此礼四季农隙之时都有，只是名称、内涵略有差别而已。一般规矩，蒐猎之前先要划出一片场地，铲除场地周围的草莽，围建栅栏，树立两个用布或皮缠绕的旗杆作为军门，门分左右，同时在围场内设立军舍。狩猎之前，参与者依次出军门，左右排列。此后则是祭祀、誓师等仪式。典礼正式开始，元帅击鼓，司马振铎，"车徒皆行"。军事性质的操练，也特别讲究射杀猎物的角度，"面伤不献，践（剪）毛不献，不成禽（即猎物未成年）不献"（《穀梁传·昭公八年》）。从猎物左小腹射入直穿心脏，动物迅速死去，肉鲜洁，为"上杀"；从同处射入，未中心脏，为"中杀"；从左后腿射入，中右肋骨，肠胃射穿，肉被污秽，为"下杀"（《毛传》）。射猎之后，还有奏凯、献禽以及庆赏、惩罚等诸多礼节，其中庆赏要饮酒。诗篇的演唱当在奏凯庆赏之际。据今人杨宽《"大蒐礼"新探》研究，作为军事训练检阅的大蒐礼，其社会作用颇类似"公民大会"的性质。有资格参加大蒐礼的徒众，都是有一定社会地位和权益的，大蒐典礼上的选举与公布等，正表明此礼含有原始的民主作风。这正是王朝边患沉重年代周宣王所以举行隆重大蒐礼的深因。《毛传》说宣王大蒐是"复古"，其实这"复古"的含义，不仅限于对老礼的恢复，而且是在王朝等级制越来越僵硬，贵族内部分离的倾向越来越明显的时候，通过举行隆重的大蒐典礼，复活上下和谐的原始民主精神。因此，典礼的真实意义是恢复一种古老的状态：大家不分贵贱，相互协作，共同追逐猎物。一言以蔽之，典礼是在以表演的方式，恢复君臣上下过去曾有的"共命运"关系，以此调动应付边患的战争精神资源。诗篇表明，《毛传》所谓"复会诸侯于东都"也是言而有据的，而大典所以要在东都之地进行，不仅是因这里有空旷的草地，而且是因为这里是"天下中心"。边患沉重之秋，周天子要率领"天下"所有诸侯共命运，该是典礼场地选择的考虑，甚至是重要的考虑。

历来人们都赞美诗篇第七章"萧萧马鸣，悠悠旆旌"的句子，确实，诗篇以动（声响、动作）言静（安静、肃静），手法确实高超。然而，当我们理解了诗篇背后的含义，此章给人的感受就绝不仅仅是艺术上的迷人了。一次成功的大典之后，时人耳听萧萧马鸣，眼望随风翻卷的军伍大旗，该有多少的庄严、希望之感！

吉　日

吉日维戊，既伯既祷①。田车既好，四牡孔阜②。升彼大阜，从其群丑③。

〇诗之首章。以祭马神之事，总起全诗。

注释　①**维**：语助词。字亦作"惟"，放在表时间词前，为先秦古语所常用。**戊**：十天干中排在第五的那天。《毛传》："维戊，顺类乘牡也。"《郑笺》："戊，刚日也，故乘牡为顺类也。"古人以十天干纪日，戊在第五位，位数为奇，奇数为刚，故称刚日。《礼记》："外事以刚日。"狩猎是外事，所以戊这一天就是吉日。又牡为公马，为阳为刚，故戊日乘牡为"顺类"。朱熹《诗集传》："以下章（按即下章'吉日庚午'句）推之，是日也，其戊辰与？"**伯**：祭马神。马瑞辰《通释》："伯即祃之假借，当云师祭。"古时出征有所谓"类祃"之祭，伯即祃，又称师祭。**祷**：祝祷。《周礼·春官宗伯·甸祝》"祷牲祷马"，杜注："祷，祷也。为马祷无疾，为田祷多获禽。"祷、祷古音近义通。②**阜**：壮，大。③**从**：追逐。参《齐风·还》"子之还兮"句注。**醜**：群，众。

吉日庚午，既差我马①。兽之所同，麀鹿麌麌②。漆沮之从，天子之所③。

〇诗之二章。写驱赶鹿群。

注释　①**庚午**：戊辰之后的第三天。**差**（chāi）：选择。②**同**：聚集。**麀**（yōu）：雌鹿。**麌麌**（yǔ yǔ）：众多貌。③**漆、沮**（jū）：二水名。据谭其骧先生《中国历史地图集》，漆沮实即一水，上游为漆，下游为沮。其源在今陕西麟游西北、古称杜林之地，流经岐周故地，南入渭河。《毛传》："漆沮之水，麀鹿所生也。从漆沮驱禽而致天子之所。"

瞻彼中原，其祁孔有①。儦儦俟俟，或群或友②。悉率左右，以燕天子③。

〇诗之三章。紧承前文，从近处写被圈拢的群鹿。

注释　①**原**：高平之地。中原，即原中。**祁**：大。**孔有**：很多。②**儦儦**（biāo biāo）：鹿疾走貌。两字或作"骉骉""駓駓""伾伾"。**俟俟**：群鹿惊疑貌。严粲《诗缉》："儦儦而疾走，俟俟若相待。"**群、友**：三三两两。《毛传》："兽三曰群，二曰友。"③**悉**：尽。**率**：循着。《郑笺》："悉驱禽顺其左右之宜，以安待王之射也。"**燕**：乐。

既张我弓，既挟我矢。发彼小豝，殪此大兕①。**以御宾客，且以酌醴**②。

○诗之四章。极言射猎的顺利，遥应首章的出车祭奠。

注释 ①**发**：射。王先谦《集疏》："发、殪互词。"**豝**（bā）：雌野猪。**殪**（yì）：射杀。**兕**：犀牛。此处是乐歌的套语，实际指的是上文的射鹿。②**御**：进献，奉送。**酌**：用勺舀取。**醴**：甜酒，酒精浓度低，连酒糟一起饮用，类似今天的醪糟。

解说

《吉日》，表周王田猎的乐歌。

《毛诗序》："美宣王田也。能慎微接下，无不自尽以奉其上焉。"历来没有异说。何谓"能慎微接下"？《孔疏》："天子之务，一日万机。尚留意于马祖之神为之祈祷，能谨慎于微细也。"何谓"无不自尽以奉其上"？程子曰："漆沮之从，天子之所。悉率左右，以燕天子。皆群下尽力奉上。"诗何以是"美宣王田"？朱熹《诗集传》引东莱吕氏曰："《车攻》《吉日》所以为复古者，何也？盖蒐狩之礼，可以见王赋之复焉，可以见军实之盛焉，可以见师律之严焉，可以见上下之情焉，可以见综理之周焉。欲明文武之功业者，此亦足以观矣！"朱熹说诗篇是"蒐狩之礼"，后来的钱澄之《田间诗学》从之。诗篇所表应为蒐礼性质的狩猎，就是说有军事训练的目的，但在诗篇，这方面的表现实在不是其重点，其重点在"以燕天子""以御宾客"以及"且以酌醴"。而且，写动物们的被射杀，也是诗篇重点要表现的。后来汉大赋表现狩猎主题，此诗可称祖构。此诗写选择吉日，祭奠马祖，颇有民俗学意义。十二生肖"午马未羊"云云，似乎也可以在诗中找到最早的记载。同时，诗中极言野生动物之多，也易使人遥想西周时节我国西北之地的水草丰美。

《鸿雁》之什

鸿 雁

鸿雁于飞,肃肃其羽①。**之子于征,劬劳于野**②。**爰及矜人,哀此鳏寡**③。

○诗之首章。言使臣们在野外十分劳苦。总起安集流民。

注释　①**鸿雁**:大雁。《毛传》:"大曰鸿,小曰雁。""鸿"有艰难之象,参《豳风·九罭》"鸿飞遵渚"句注。**肃肃**:翅膀扇动声。②**之子**:使臣。**劬劳**:劳苦。参《邶风·凯风》"母氏劬劳"句注。③**爰**:在此。**及**:陈奂《传疏》:"犹汲汲也。"**矜**(guān):怜悯。**哀**:怜。**鳏**(guān)**寡**:孤苦无依之人。《毛传》:"老无妻曰鳏,偏丧曰寡。"

鸿雁于飞,集于中泽①。**之子于垣,百堵皆作**②。**虽则劬劳,其究安宅**③。

○诗之二章。言筑室安民。

注释　①**中泽**:泽中。②**垣**:筑墙。此处作动词。**堵**:一面墙。古代夯土筑墙,一丈长为一版,五版叠加即为一堵。百堵言筑墙之多。**作**:起。③**究**:终将。

鸿雁于飞,哀鸣嗷嗷①。**维此哲人,谓我劬劳**②。**维彼愚人,谓我宣骄**③。

○诗之三章。言作歌述使臣劳苦。以"哲人""愚人"对比,表安集之事不易，也表使臣任劳任怨。

▣ 注释 ▣　①嗷嗷：哀鸣声。②哲人：明智之人。我：指使臣。③宣：宣示，表现。骄：骄傲，骄气。

解说

《鸿雁》，表使臣安集流民辛劳的乐歌。

《毛诗序》："美宣王也。万民离散，不安其居，而能劳来、还定、安集之，至于矜寡无不得其所焉。"三家《诗》无异义。宣王时期既有严重的自然灾害，也有异族入侵，势必会产生大量流民。此等现象，先秦其他典籍语焉不详，此诗正可补载籍之缺。对诗中"之子"的解释，古来有过争议。自毛、郑以降的多数学者解为诸侯、卿大夫，即安集流民的使者。只有朱熹《诗集传》认为指流民，而现代学者又多倾向朱说。实际上朱说并无道理。如"之子"解作流民，则下文"爰及""哀此"两句便无来历；而末章又对确定"之子"的指代对象尤为关键。"哲人""愚人"云云，实指使臣完成使命过程中所闻见的各种意见、议论、毁誉。大量的流民，安之本就不易，使臣受到的非议是难免的。将非议者视为"愚人"，鄙薄民意中正显出使臣的骄矜。诗如此写，倒颇能曲尽世情。同时，诗虽未尝明言流民如何，但鸿雁嗷嗷的比兴之词，则将一幅满目疮痍、遍地萧索的景象暗示出来。这正是"比兴"手法所特有的作用。

庭　燎

夜如何其？夜未央，庭燎之光①**。君子至止，鸾声将将**②**。**

○诗之首章。《郑笺》："此宣王以诸侯将朝，夜起曰：'夜如何其？'问早晚之辞。"方玉润《诗经原始》："起得超妙。"

□ 注释 □　①**其**（jī）：语气助词。**央**：尽，往。夜未央即夜未尽。**庭燎**：朝廷上照明的大火把。胡承珙《毛诗后笺》："惟诸侯来朝乃设之，而常朝不用也。"《周礼》有司烜之官。②**君子**：此处指来朝的诸侯。**将将**：锵锵。后两句是说，诸侯们若是到来，他们的车马鸾声会响的。

夜如何其？夜未艾，庭燎晣晣①。君子至止，鸾声哕哕②。

〇诗之二章。

□ 注释 □　①**艾**：止。马瑞辰《通释》："犹未央也。"**晣晣**（zhé zhé）：明亮貌。②**哕哕**：形容鸾声。拟声词。

夜如何其？夜乡晨，庭燎有辉①。君子至止，言观其旂。

〇诗之三章。王夫之《诗绎》："庭燎有辉，乡（向）晨之景莫妙于此。晨色渐明，赤光杂言而暧叇，但以'有辉'二字写之。"诗之成功处，全在白描。

□ 注释 □　①**乡**：向。假借字。

解说

《庭燎》，表现周王勤政的诗篇。

朝廷设大烛火，是因有诸侯来朝，是大事。周王为此睡不安稳，不断问守夜者夜间时辰，勤政之意，不言而自明。这是诗篇的含蓄之处。含蓄之外，表达上又颇曲折。周王问夜色，是因为朝廷火炬明亮，而火炬明亮又因为有诸侯来朝。大事不敢怠慢，是步步显出的，在叙述上是倒着说，这使得文字富于波澜。吕祖谦说："宣王……屡问，其志虽勤，然未能安定凝止，跃然有喜事之心焉。"（《读诗记》）一问之间，新王之心神，跃然纸上。最后，对答之间有情味。守夜者安慰周王：诸侯若是来了，会有鸾声响起来的。言外之意是劝周王安心睡觉。层层的意思，曲曲折折地展开，诗就显得词约意丰了。

　　关于诗篇的年代，汉代今古两派学者都认为是宣王朝作品，具体说法却有不同。《后汉书·列女传》载宣王夜卧晚起，王后姜氏脱去簪珥，待罪于永巷。清人陈乔枞及王先谦等都认为《庭燎》作于此时，是宣王中年时的作品。王后脱簪的事或许有，但与诗篇有什么关联？古文家《毛诗序》则说，诗是"美宣王也，因以箴之"的。郑玄解释说"美其能自勤以政事"，那为什么又"因以箴之"呢？按郑玄解释是因为周王"不正其官"，周本来有鸡人之官，是专门负责报时的，宣王问夜早起，就意味着他没有"正"鸡人之官。这也实在太穿凿。周王问问夜色如何，就一定是"不正其官"导致的？也未免想得太多了一点。周宣王诚然有缺点，如《国语·周语》就说"厉、宣、幽、平而贪天祸"，是有"贪天祸"劣迹的，可这不意味着这位曾被誉为"中兴之主"的周王早年没有振作过，北抗猃狁，南镇淮夷，都是他早年的作为。看《毛公鼎》铭文，宣王那一番谆谆切切的告诲，也是深鉴了周厉王的教训，且很想对政治有一番刷新的。诗言问夜早晚，诗人很自然联想，周王或许是刚上台，经验不足，所以才有那样的不踏实，如此揆诸史实，验诸篇章，说诗篇是周宣王早期的作品，还是讲得通的。此诗还有一点值得注意，就是对生活的表现。火炬在朝廷，属于细节；周王问夜色，事也不大；然而诗篇表现王政的振作，就抓住这样的细节、小事，如此选材，相信是精心选择了的，显示出了宣王时诗篇创作的新动向。

沔　水

　　沔彼流水，朝宗于海①。鴥彼飞隼，载飞载止②。嗟我兄弟，邦人诸友③。莫肯念乱，谁无父母④？

○诗之首章。以流水朝宗明当然之理；鴥隼飞止，喻我行我素，是现实状况。邦人诸友背弃正理，故诗人慨然切责。

注释　①沔（miǎn）：水流汗漫貌。**朝宗：**朝向，归宗。②**鴥：**逆风疾飞。亦见《秦风·晨风》"鴥彼晨风"句注。**隼**（sǔn）：凶猛的鸟，如鹰、雕、鄂、鹞等，都称为隼，其特点是善于捕杀猎物，飞得高。两句当暗示的是不尊王之乱象的出现。③**邦人：**指同邦国的人，犹今所谓同胞。**诸友：**各位同僚。④**念：**顾，关心。

沔彼流水，其流汤汤^①。鴥彼飞隼，载飞载扬。念彼不迹，载起载行^②。心之忧矣，不可弭忘^③。

○诗之二章。仍以沔流汤汤喻正道，又以鴥隼飞扬喻不道。文意进一层。

注释　①**汤汤：**水流浩荡貌。②**不迹：**不遵循正道。**起、行：**起来、行走，形容坐卧不安之状态。李樗《毛诗集解》："言其起居之不忘也。"一说，指各种不尊王的行为。陈奂《传疏》："言诸侯之跋扈，所谓不道也。"③**弭：**止，消。

鴥彼飞隼，率彼中陵^①。民之讹言，宁莫之惩^②？我友敬矣，谗言其兴^③？

○诗之三章。两组反问句，意在规诫，与首章"莫肯念乱"相应。

注释　①**率：**循，沿着。②**讹言：**谣言。**宁莫：**难道不。**惩：**明辨。马瑞辰《通释》："惩古通作征。《楚辞》'不清征其然否'，'清征'谓审察也。《左氏·襄二十八年传》'以征过也'，杜注：'征，审也。'……《传》《笺》并训为'止'，失之。"③**敬：**用心，慎重。马瑞辰《通释》："戒也。"

解说

《沔水》，以乱象之生警示邦国僚友的诗篇。

《毛诗序》："规宣王也。"按，此说语焉不详。说是"规宣王"，又因何而规？更重要的是，诗篇本身并无任何作于宣王朝的迹象。因此后代学者严粲、何楷、陈启源、胡承珙等，便纷纷提出各种新说。实际上，诚如李樗《毛诗集解》所言："刺诸侯骄恣不朝及妄相侵伐，了不及宣王也。"不过，《史记·鲁世家》言宣王干涉鲁国内政，"自是诸侯多畔王"，则宣王朝确有不尊王之乱象，似与《毛诗序》说相应。至于诗篇主题，朱熹《诗集传》则言："此忧乱之诗。"虽仍嫌笼统，但毕竟是详审诗歌本身内容后的结论。既是"忧乱"，忧便兴于乱始生之际。周王朝的基业，维系在诸侯、大臣对天子的拱卫这条生命线上。但由于分封制所形成的天子与诸侯分权而治的政治格局，天然地潜伏着诸侯对王室、卿大夫对诸侯的分离倾向。因此，它也就总是容易变成王朝命运攸关的社会焦点。《沔水》所关切的正是这个焦点问题。诸侯、公卿大夫们对天子、朝廷的尊重服从，应当像河水注海那样别无选择，天经地义。违背这条规则，就如同不敬父母那样过恶昭彰。诗的措语是相当切直的。为臣的不遵轨则，讹言、谗言就要纷纷出笼，乱象也就生成了。诗不是在规宣王或者其他周王，而是在规大臣，规诫臣僚应当正视眼前的危局，并自觉制止谗言。此诗与后边的《节南山》诸诗相比，较少有对动乱具体的描述，更多的是敏锐的诗人对王朝未来大不祥的感受。当为西周晚期作品。

又，朱熹《诗集传》及尹继美《诗管见》皆言最后一章开始脱"沔彼流水，××××"两句，说似可信。

鹤　鸣

鹤鸣于九皋，声闻于野^①。鱼潜在渊，或在于渚^②。乐彼之园，爰有树檀，其下维萚^③。他山之石，可以为错^④。

○诗之首章。言泽、言木，已为丰富，然心胸不当为有限之境局限。王夫之《夕堂永日绪论》："《小雅·鹤鸣》之诗全用比体，不道破一句，《三百篇》中创调也。要以俯仰物理而咏叹之，用见理随物显，惟人所感，皆可类通，而非有所指斥，一人一事，不敢明言而姑为隐语也。"

注释　①**皋**：沼泽中由小高地围成的小沼泽。皋的本义为高地，有高地，即可拦截成水曲。《离骚》"步余马于兰皋"可证。《毛传》："泽也。"《毛传》正此意，因而九皋即九泽，以皋之多言泽之深远广阔。一本此句无"九"字。**闻于野**：指声音传得远。《陆疏》："其鸣高亮，闻八九里。"②**渊**：水深处。**渚**：水中小洲。两句是说因九皋广大，故鱼可自由居处。③**乐**：此处有可爱之意。**萚**（tuò）：低矮的树木。马瑞辰《通释》："下章穀为木名，则此章萚亦木名，不得泛指落木。王尚书《经义述闻》曰：'萚，疑当读为檡。'……其说甚确。"王尚书即王引之。檡，又称檡棘，一种棘类的硬杂木。④**错**：琢玉的石头。必取自他山，以其硬度不同。错，假借为"厝"。

鹤鸣于九皋，声闻于天。鱼在于渚，或潜在渊。乐彼之园，爰有树檀，其下维穀^①。他山之石，可以攻玉^②。

○诗之二章。陈奂《传疏》："全篇皆兴。""他山"两句富于哲理，警策。

注释　①**穀**（gǔ）：又名楮，今名构树，桑科落叶乔木。段成式《酉阳杂俎》："构，田废久则生。"林间隙地或开阔田野丛生。因其木质轻软、不成材，所以《毛传》称之为"恶木"。其实，其树皮可以造纸，还可以缝制衣服，其分泌的汁液可以制漆。②**攻**：治，琢磨雕刻。

解说

《鹤鸣》，启迪胸怀的陈诫诗。

《毛诗序》："诲宣王也。"或有据。《郑笺》："教宣王求贤人之未仕者。"反觉局限。西周较早时期的篇章多依附某一固定的典礼，到晚期特别是宣王时期，此种依附的惯例呈明显消失之势。《鹤鸣》即难以还原其礼数，或许创作动机就是陈述哲理以开拓听者心胸。风调上颇似宣王时诗篇。诗篇价值首先在其表哲理，其次在其表示哲理的手法。九皋之泽，不可谓不大，泽中有泽有皋，有深有浅，有鸟有鱼，有高大乔木，也有低矮灌木，兼容并蓄，其所有一切，不可谓不丰富。然而，任何事物，只要有范围，便有局限，这就需要对更大世界之物的兼容。诗篇如此的描述，其无言的思想皎然可鉴，那就是人永远需要超旷的心胸，着眼于更大的世界。

《鹤鸣》为古诗言哲理之祖。在表现上，王夫之称之为"完全用比体"，是"创调"。然而用今天的术语说却是象征。象征与比喻有差别。比，是想象之境象喻示实有之物，而《鹤鸣》篇，"前后景物皆园中所有"（方玉润《诗经原始》），诗人好像是全神贯注地对着"乐彼之园"的实境铺陈其景。然而，眼看着"园中所有"而心想着更大的宇宙人生，将人生的哲智暗自寄寓其中，则是象征。比喻是修辞性的，象征则是精神整体性的。《鹤鸣》作者的心灵是超越、无限的，可诗人的眼神还是为眼前的园林之美所"乐"、所吸引、所感动的，诗人也是倾其全力要把自己的园林美感表达出来。开首的"鹤鸣于九皋"两句，阔大而曲折无尽的林薮，回荡的是上达于九天的声声鹤鸣，意境是何等的幽深迥远，出人意表；继而鱼鸟、树木，排叠而出，原来"乐彼之园"就是活生生的大千世界。这种美感不仅在园林的深广，不仅在其包容，更在其所容纳的生机。诗中之物，不论是树木、鱼鸟，都自由自在，各尽其性地存在，洋溢着生命的光辉。也因此，诗人是在表达哲理，诗篇却仍然保持着一种明灿的感性形态。此诗是宣王时期诗篇创作新变所产生的代表作。

祈 父

祈父,予王之爪牙^①!胡转予于恤,靡所止居^②?

○诗之首章。直呼祈父,指责其使王之卫士辗转不已。汪梧凤《诗学女为》引戴震说曰:"转之为言,有迁转不已之意。凡军士皆王之爪牙也,不宜使爪牙困敝。何使之转于忧恤中,无复安居之望乎?诗作于久役困敝,非谓不应从征也。"

注释　①祈父:司马,周王军事长官。《毛传》:"司马也。职掌封圻之兵甲。"此职亦见《尚书·酒诰》,字作"圻"。予:我。爪牙:周王禁卫武士,犹如虎豹的爪牙。西周中晚期《师克盨》铭:"干害(扞卫)王身,作爪牙。"②胡:为什么。转:辗转,迁转不已。恤:忧。止居:安居。

祈父,予王之爪士^①!胡转予于恤,靡所厎止^②?

○诗之二章。

注释　①爪士:爪牙之士。马瑞辰《通释》:"犹言虎士。《周官》虎贲氏属有虎士八百人,即此。……虎贲为宿卫之臣,故以移于战争为怨耳。"②厎(dǐ)止:安居。《毛传》:"厎,至也。"

祈父,亶不聪^①!胡转予于恤,有母之尸饔^②?

○诗之三章。言祈父昏聩,不体恤爪牙之情。锺惺《诗经评点》:"三呼祈父,已见其不聪矣。"吴景旭《历代诗话》:"宋时,黄安中为神宗讲《诗》,至《祈父》之卒章,上问曰:'独言聪而不言明,何也?'黄曰:'臣未之思也。'上曰:'岂非军事尚谋,聪作谋故耶?'此则从来说家所未及。"

注释　①亶(dǎn):实在,诚然。②有母:又毋。于省吾《新证》:"有又、母毋古通。……此例不可枚举。……此诗系责祈父以刺宣王。……'有母之尸饔',读为又毋以尸饔,则上下义训一贯。如得其解,经义固极调适。如读母如字,既有母以尸饔,则为王之爪牙者,岂不愈可从事于外,而何责于祈父乎?"**尸**:陈列,摆上。**饔**(yōng):熟食。

解说

《祈父》,指责司马的诗。

《毛诗序》:"刺宣王也。"《郑笺》:"刺其用祈父,不得其人也。官非其人则职废。祈父之职,掌六军之事,有九伐之法。"汉人好以美、刺说诗,往往就诗篇具有的客观效果立说,此即其一例。祈父行事不当,诗人加以抨击,客观上也是对周王用人失当的讽刺。这样说诗,实际上是从篇章作用上着眼,病在无视诗歌本身所言。关于此诗的本事,毛、郑都以宣王朝"千亩之役"解之。《毛传》云:"宣王之末,司马职废,姜戎为败。"《郑笺》曰:"谓见使从军,与姜戎战于千亩而败之时也。六军之士出自六乡,法不取于王之爪牙之士。"据《国语·周语》记载,宣王即位后不籍千亩,致使民困财乏。三十九年,在千亩与姜戎战,王师大败。周制天子六军,其成员来自六乡之民,一般不用天子卫戍部队出战。此诗表现了虎贲之士对久劳于外的不满,可见当作于王朝军事实力严重损失、不得不用禁军外戍之际。也就是说,诗若真作于宣王朝,则当在千亩之役后。胡承珙《毛诗后笺》列举周宣王与戎之四次战争,谓不专指千亩之战,诗之言"转",即由此而来。

宣王朝虽号称"中兴",实力却脆弱得很。征伐四夷的猃狁、荆蛮,靠的是诸侯们的勤王,王朝自身的实力其实是很薄弱的。"爪牙"之士为王近卫军士,皇家禁卫一向养尊骄宠,一旦外戍,叫苦不迭,也是很正常的。不过,《孔子诗论》说:"《祈父》之责,亦有以也。""亦"字很有分寸,爪牙之士的呼喊虽有些过分,但也不是全无道理。虎贲如此,其他兵士的状况则可想而知。所以,诗篇的怨怒中正透露的是王朝衰微的严重。

白　驹

皎皎白驹，食我场苗①**。絷之维之，以永今朝**②**。所谓伊人，于焉逍遥**③**？**

○诗之首章。想留客而言絷系其马，好客之情宛然。

▣ 注释 ▣　①**皎皎**：洁白貌。**白驹**：白马。驹的本义是未成年的马，此处指马。西周金文亦有其例。《礼记·檀弓》："殷人尚白，大事敛用日中，戎事乘翰，牲用白。""翰"即白色马。今人裘锡圭据甲骨文言，殷人确有崇尚白马之俗。见《古文字论集》。**场苗**：场圃的嫩苗。古代粮食入仓后，在打谷场种植菜蔬豆类作物，所以场即圃，严粲《诗缉》："圃中之苗则菜茹之嫩者。"②**絷**（zhí）、**维**：拴、系。《周颂·有客》："言授之絷，以絷其马。"这句是说，为了留住客人，把他的马腿拴住。**永**：终。③**伊人**：即客人。**于焉**：在此。**逍遥**：自由自在。

皎皎白驹，食我场藿①**。絷之维之，以永今夕**②**。所谓伊人，于焉嘉客**③**？**

○诗之二章。仍表留客之意。

▣ 注释 ▣　①**藿**：豆苗。②**今夕**：与今朝意思相同。③**嘉客**：受优待的客人。一说，逗留，盘桓。朱熹《诗集传》："嘉客，犹逍遥也。"曾运乾《毛诗说》："嘉客，旁纽双声字，朱熹《传》'嘉客，犹逍遥'，是也。"季旭昇《诗经古义新证》："《说文》《玉篇》中的'迦牙'意思是'令不得行'，……是联绵词，……'嘉客'就是'迦牙'。"据此，"嘉客"是"迦牙"的或写形式，是一个联绵词，在此为逗留之义。"嘉客"一词，亦见《商颂·那》"我有嘉客"句。

皎皎白驹，贲然来思①。尔公尔侯，逸豫无期②。慎尔优游，勉尔遁思③。

○诗之三章。进一步表示客人地位尊贵。

注释　①贲（bì）：有光彩的样子。**思**：语气词。②**公、侯**：客人爵位。**逸豫**：逸乐，逍遥。③**慎**：认真。**优游**：自在逍遥。**勉**：免。《战国策·秦策四》："免于国患。"鲍彪注本"免"作"勉"，吴曾祺《战国策补注》："免、勉通。"据高亨《古字通假会典》。**遁**：离去。句意，马瑞辰《通释》："亦望其勿遁之词。"

皎皎白驹，在彼空谷①。生刍一束，其人如玉②。毋金玉尔音，而有遐心③。

○诗之四章。言客人已去，深谷遗音；补写所赠，形容其人；极尽怜惜、惜别之情。"生刍""如玉"之语，鲜明生动，楚楚可人。

注释　①**空谷**：深谷。空字或作"穹"。②**生刍**：鲜嫩的草。③**金玉**：珍重爱惜之意。**遐心**：远心。《郑笺》："毋爱女（汝）声音，而有远我之心。以恩责之也。"

解说

《白驹》，送客惜别之歌。

《毛诗序》："大夫刺宣王也。"《郑笺》申《毛诗序》之义曰："刺其不能留贤也。"王先谦《集疏》征引鲁说，谓："《白驹》者，失朋友之所作也。其友贤，居任也。衰乱之世君无道，不可匡辅，依违成风，谏不见受，国士咏而思之，援琴而长歌。"又谓："韩说曰：'彼朋友之离别，犹求思乎《白驹》。'"可知郑玄之说，采自今文《鲁诗》家，亦即东汉后期蔡邕《琴操》之文。此说影响很大，一直到近现代某些注本选本，仍多以贤人隐去为说。吠影吠声，流播甚远。隐士之风大盛，始于东汉，蔡邕之说，很大程度为其传承自古说，不无疑问。隐士要离开现实世界，是绝望于现实，如此，诗篇絷马相留的诗句，合适吗？既然已经对世界失望乃至绝意，诗言留住"伊人"，是为令其"逍遥""逸豫"，这不显得无聊吗？诚然，有传说伯夷、叔齐放弃王位而隐逸，可是"公""侯"真正隐遁的又有几人？且诗篇又劝其"毋金玉尔音"、毋有"遐心"，此若对隐士而言，不显得多余吗？诸多的龃龉，却信从者众，不思之过也。

不过，也不是没有人对汉代之说有疑问。如明代学者邹肇敏《诗传阐》、何楷《诗经世本古义》，都认为诗三言"白驹"，殷人尚白、大夫乘驹，故当为武王"饯箕子"之诗（据《诗经世本古义》，此说实发自陈际泰）。清人尹继美《诗管见》又谓："《白驹》述留客之意，与《有客》诗略同。此客将归而燕饮之乐章也。"今人孙作云承邹、何旧说，进一步认定此诗作于宣王朝，是美宋公朝周之作。孙说的证据是，此诗在用词上与《周颂·有客》十分相同，而《有客》的《序》说是"微子来见祖庙"，古今无有异词。因此，此诗不是刺诗，而是颂诗。孙说不无道理。《左传·昭公二十五年》记宋人大心之言曰："我于周为客。"诗中"于焉嘉客"或即对宋人的独特称呼。再则诗中用"尔公尔侯"云云来称呼客人，表明客人地位的尊贵，似非指一般的隐遁之人，当是宋国来周做客的高级贵族。不过此诗从艺术上看，不会是西周初年作品，起码在中期以后。自周初起，周人就对商遗民，一方面采取瓦解分化政策，消除其叛乱的威胁；一方面则采取羁縻政策，令其臣服，《诗》的《雅》《颂》篇中有宋人影子，考诸诗篇及金文，始自西周昭穆之际，此后一段时期中颇多。之所以如此，是因为殷周两大人群融合，正发生在这一时期（关此，请参拙作《西周礼乐文明的精神建构》第156—173页）。然而，就此诗时间而言，作于宣王朝是很可能的。因为西周后期，周王朝也曾全力经营东南，宣王时金文称南淮夷为"帛晦臣"，表明当时王朝很看重此地贡献的财富，因而不惜武力镇压当地人的反抗。而宋国，地处淮水北岸，对经营东南而言，其地理位置的战略意义自不待言。如此，西周后期歌唱《白驹》饯别宋客，亦非无因而至。

不过，诗篇与其说是西周晚期的创作，不如说是对《周颂·有客》旧曲的翻新。《有客》曰："言授之絷，以絷其马。薄言追之，左右绥之。"再看《白驹》，不是有明显的承袭痕迹吗？人们常说西周是"礼乐文明"，《白驹》即是最好的体现。政治上的笼络可以有多种方法，但是，表现为《诗经》，既有《有客》的歌唱，又有《白驹》对旧乐歌的翻新。浓浓的人情味，正是诗篇的"礼乐"属性。《礼记》谓："礼顺人情。""礼"是圣人耕种"人情之田"的结果，诗篇的歌唱，也是耕种"人情之田"的动人表现。

黄 鸟

黄鸟黄鸟，无集于榖①，无啄我粟。此邦之人，不我肯榖②。言旋言归，复我邦族③。

○诗之首章。言此邦人们既不亲善，应赶快回到自己本来的邦族。

注释 ①黄鸟：黄雀。参《周南·葛覃》"黄鸟于飞"句注。榖：构树。参《鹤鸣》"其下维榖"句注。②榖：善，亲善，友善。③旋：回转。

黄鸟黄鸟，无集于桑，无啄我粱①。此邦之人，不可与明②。言旋言归，复我诸兄。

○诗之二章。言此邦之人不讲信用。

注释 ①粱：精米。②明：取得信任。《郑笺》："当为盟。盟，信。"明、盟古通用。《释名·释言语》："盟，明也，告其事于神明也。"此句是说对方无信义。

黄鸟黄鸟，无集于栩，无啄我黍。此邦之人，不可与处。言旋言归，复我诸父。

○诗之三章。言此邦之人既不亲善，又不可信。

解说

《黄鸟》，流落他邦之民因遭遇不佳而思归故乡的哀歌。

《毛诗序》："刺宣王也。"对此，郑玄解释说："刺其以阴礼教亲而不至，联兄弟之不固。"是刺周宣王不能教育那些有婚姻关系的人亲密，以致夫妻疏远。"阴礼"指婚礼；"兄弟"，古代有婚姻关系的人称兄弟。如此，是把诗篇理解为表现婚姻关系破败的诗篇了。他们这样说，应该是来自汉代今文家说。《焦氏易林·乾之坎》云："黄鸟来集，既嫁不答。念我父母，思复邦族。""不答"即不得丈夫善待的意思，可知郑玄之说，是以今文家义申述《毛诗序》的。然而，诗明言"此邦之人，不我肯穀"，其口吻不是夫妻间所当有。因此，朱熹《诗集传》提出："民适异国不得其所，故作此诗。"吕祖谦看法相近，又以为诗篇系"宣王之末"的作品。这都要比《毛序》《郑笺》之说更贴近文本。出土文献《孔子诗论》第9简也谈到这首诗，说："《黄鸟》，则困而欲反其故也，多耻者其惥之乎？"简中的"惥"字，李学勤先生释为"病"。如此，《孔子诗论》以为诗篇表现的是一种不被善待的耻辱感。这只是就诗篇的情感性质而言，不关诗篇的年代和背景。实际上，吕祖谦关于诗篇年代的说法值得注意，此诗及后面的《我行其野》，都当与《鸿雁》合观。西周末年剧烈的社会动荡势必造成大量的流民，王朝对这些人众很可能在安集之外，还采取了异地安置的办法。时间稍长，这些异乡就食者难免与本地人发生摩擦、冲突。此诗当作于这样的背景之下。也就是说，此诗即如《孔子诗论》所谓，是"多耻者""困而欲反其故"的歌唱。"病之"的意思，是对"此邦之人"不肯善待自己，不讲信用的愤懑，并为此感到耻辱。西周畿内邦国大多同出于姬姓，本有同族之谊。宗法制的家国社会对同姓关系是极其重视的，然而现实的情况却是同邦关系高于同族关系，人们为着各自的利益互不相亲了。在一个注重族类相亲的社会里，这不能不引起人们的关注。诗人对此加以表现是必然的。

诗篇值得注意的是黄鸟的意象。第一章前三句，朱熹的解释是"托言"，也就是自比黄鸟：黄鸟落在人家的树木上，还要吃人家的粟、粱，所以要招人厌恶。就是说，前三句是模拟"此邦"之人对自己的厌恶之态，黄鸟实为流寓者的自比。这使我们对《诗》中黄鸟这一意象有了进一步的了解，它出现在篇章中，似乎总与"客居""离开"的意思相关。如《葛覃》中的黄鸟，与女儿长大即将嫁人有关；在《凯风》中，儿子与母亲产生隔阂，因而以黄鸟表达感慨；在《秦风》中，面对被迫殉葬离开人世的"三良"，诗人更是想到了叫声凄惨的黄鸟；出现在《小雅·绵蛮》篇中，黄鸟更是大山的客体。人言比兴之词积淀着一些"集体无意识"，看来此说不虚。又有学者将《诗》中的黄鸟与仓庚混而为一，是不确的。

我行其野

我行其野，蔽芾其樗①。**昏姻之故，言就尔居。尔不我畜，复我邦家**②。

〇诗之首章。孤独的椿树与孤独的行人，成一对景。

注释　①蔽芾：树叶茂密貌。亦见《召南·甘棠》。樗：《毛传》："恶木也。"即今臭椿树。②畜：养。

我行其野，言采其蓫①。**昏姻之故，言就尔宿。尔不我畜，言归**

斯复②。

○诗之二章。以菜的苦恶表心情恶劣。

注释 ①蓫(zhú)：《毛传》："恶菜也。"今名羊蹄菜，嫩叶可食，但味苦，多吃下痢，所以被视为恶菜。②斯：而。虚词。

我行其野，言采其葍①。不思旧姻，求尔新特②。成不以富，亦祇以异③。

○诗之三章。从德性上找原因，是诛心之言。

注释 ①葍(fú)：又名旋花、旋葍，北方田野很多，夏秋之际开花，根长，白色，可食，但久食则头晕破腹。也是恶菜之一种。②**新特：**新的姻亲、亲家。《毛传》："外婚也。"③**成：**诚的假借字。《论语·颜渊》引作"诚不以富"。祇(zhī)：只是。

解说

《我行其野》，表投靠姻亲者遭恶待的悲哀。

《毛诗序》："刺宣王也。"《郑笺》："刺其不正嫁取之数，而有荒政，多淫昏之俗。"这也是从今文家那里接受来的说法。据朱熹《诗集传》及吕祖谦《读诗记》卷二十所引王氏（即王安石）说："此民不安其居而适异邦，从其婚姻而不见收恤之诗也。"其说可从。细读此诗，确实表现的是有姻亲关系的人们之间的矛盾纠葛。"昏姻之故"云云，是在说因为有婚姻亲戚关系才投靠你们。如此，理解此诗仍需与西周末年的社会动荡联系起来。流离失所的人们投靠姻亲而遭到恶待，才是此诗所反映的问题。《礼记》曰："夫昏礼，万世之始也。取于异姓，所以附远厚别也。"（《郊特牲》）又曰："昏礼者，将合二姓之好。"（《昏义》）婚姻是作为主宰者的姬姓人群借以联结异姓人群的重要方式，在周王朝的政治系统中占有重要位置。惟其如此，在动乱的年代里，姻亲关系的破裂现象才会引起世人的关注，并加以表现。诗结尾处的"成不以富，亦祗以异"，实际上正言若反：亲戚反目，根本就是因为经济上的悬殊。诗篇取兴的植物，或为臭恶的椿树，或为多食伤腹的野菜，这在诗人或许是有意的选取，对表达诗中人的内心苦楚是很有作用的。

斯 干

秩秩斯干，幽幽南山①。如竹苞矣，如松茂矣②。兄及弟矣，式相好矣，无相犹矣③。

○诗之首章。欲写宫室，先言山水形胜，以松竹森茂映衬兄弟和谐，生气勃勃。写好风水，为宫室铺陈背景。严粲《诗缉》："其盘基之厚，如竹之丛生；其结架之密，如松之茂盛，言宫室之美也。"

注释　①**秩秩**：水流清澈的样子。《毛传》："流行也。"**干**(jiàn)：溪涧。干与间、涧双声，可通用。**幽幽**：远山清幽的样子。**南山**：即终南山，距西周镐京之地有数十公里。②**苞**：丛生。③**式**：与下文"无相犹矣"之"无"相对，有"当、应当"的祈愿之意。据丁声树《诗经"式"字说》及裘锡圭《卜辞"异"字和诗、书里的"式"字》。**犹**：图谋，欺诈。

似续妣祖，筑室百堵，西南其户①。爰居爰处，爰笑爰语②。

○诗之二章。揭出祖先以明筑室意义。"笑语"句与上文山水景色相映照。最后两句，化用《大雅·公刘》"于时处处，于时庐旅。于时言言，于时语语"句，是古诗文用典鼻祖。

注释　①**似**：延续，继承。《毛传》："嗣也。"**妣**(bǐ)：女祖。"**西**

南"句：向南、向西的门户。此处以偏概全而已。不过，据考古发现，殷商都城中的建筑，多面南偏西。可知诗篇举西、南以赅全，也有其不自觉的习惯。另外，笔者所见河北一带盖房，方向基准确定后，为工程者总要问主家，喜欢偏东还是偏西，所偏不过几度而已。建房不主正南正北也是渊源有自。②"爰居"句：在这里居处，在此处笑语。

约之阁阁，椓之橐橐①。风雨攸除，鸟鼠攸去，君子攸芋②。

○诗之三章。言夯筑墙体的坚固，致鸟鼠无从穿越。从实用处着笔。"鸟鼠"之云，诗人懂生活。

⊟注释⊟ ①**约**：捆扎。古人用夹板筑墙，故须用绳索捆绑。**阁阁**：齐整的样子，此处指绳索捆绑仔细、结实。**椓**：击打，指夯土。**橐橐**（tuó tuó）：状声词。②**攸**：乃，所。**芋**（yǔ）：安居。王先谦《集疏》：《鲁诗》作"宇"。

如跂斯翼，如矢斯棘，如鸟斯革，如翚斯飞，君子攸跻①。

○诗之四章。从宫室外观着笔。"如"字引领的四句，横空出世；形容宫室的形态，博喻联翩。写出中国古典建筑的审美理想。

⊟注释⊟ ①**跂**（qǐ）：企，抬起脚后跟。**斯**：而。下面三个"斯"字同。**翼**：两手贴身，悚然翼立。此句写房屋正面观感。**棘**：宫室四角棱角分明的样子。"斯翼"句写建筑直立高耸，"斯棘"句表建筑外形的棱角分明，所谓"内有绳直则外有廉隅"（《大雅·抑》之《郑笺》）。**革**：羽翼张开状。革，《韩诗》作"翮"。翮，翅膀。此处用以形容房屋排列的样子。**翚**（huī）：雉，俗称野鸡，羽毛色彩华丽。翚扇翅飞翔，是形容宫室檐阿飞动之势，且表其色彩的丰富。**跻**：升，即升入新室。

殖殖其庭，有觉其楹①。哙哙其正，哕哕其冥②。君子攸宁。

○诗之五章。紧承上章，写室内，是升堂后的感受。平整宽阔与明幽变化，皆得其宜。六叠字的使用传神，而最后一句着一"宁"字，使上文所有对堂室形状气势的描写都有一归结处，亦启下文生育之事。

注释　①殖殖：庭院平正的样子。**有觉**：高大貌，犹言觉觉。**楹**：前堂的两根大明柱。以上两句写堂院。②**哙哙**（kuài kuài）：宽阔明亮的样子。**正**：正堂，大房间。黄焯《诗疏平议》："正、冥与庭、楹文属平列，正谓正寝，冥谓室之奥筊。"**哕哕**（huì huì）：幽暗的样子。**冥**：堂奥幽隐之处，指的是一些小房间、小居室。古代建筑前堂后室，故有明暗变化。一说，正为厅堂宽大，冥为厅堂深远。亦通。

下莞上簟，乃安斯寝①。**乃寝乃兴，乃占我梦**②。**吉梦维何？维熊维罴，维虺维蛇**③。

○诗之六章。承上章，写梦，以表堂室吉祥，带出下文。柳暗花明，别开生面。严粲《诗缉》："考室之时当有颂祷之语终之。……曰愿入此室之后，发于梦兆而闻子孙之祥。盖设为之词，非实有是梦也。"

注释　①**莞**（guān）：蒲草编成的席。**簟**（diàn）：竹或苇编成的席。**乃**：于是。②**兴**：起床。**占**：解梦。周代有占梦之官，并将梦分为正梦、噩梦等六种，且有献梦、赠梦之事。③**虺**（huī）：蛇的一种，有毒。此处与"蛇"并举，意思是梦见各种的蛇。

大人占之：维熊维罴，男子之祥①。**维虺维蛇，女子之祥**。

○诗之七章。言吉梦征兆。孙鑛《批评诗经》："考室以男女为祝，固是常情理，但从梦说来，直至如此细陈琐列，在汉以后人绝无此调。"

注释　①**祥**：吉兆。

乃生男子，载寝之床，载衣之裳，载弄之璋①。**其泣喤喤，朱芾斯皇，室家君王**②。

○诗之八章。三个"载"字，写出生男的欣喜，忙而不乱。祝福之辞从哭声写起，落笔精心，有趣。

◨ 注释 ◨ ①**乃**：若是。**床**：卧具。参《豳风·七月》"十月蟋蟀入我床下"句注。《郑笺》："男子生而卧于床，尊之也。裳，昼日衣也。衣以裳者，明当主于外事也。"**璋**：半圆形的玉。见《大雅·棫朴》"奉璋峨峨"，是参加重要典礼时手执的玉器。②**喤**：朱熹《诗集传》："大声也。"**朱芾**：皮质红色的蔽膝。是贵族装束。**斯皇**：煌煌，有光彩的样子。皇，通"煌"。"**室家**"**句**：一家之主。意思是说这个家庭生的男孩，将来都是大贵之人。

乃生女子，载寝之地，载衣之裼，载弄之瓦①。**无非无仪，唯酒食是议，无父母诒罹**②。

○诗之九章。写生女之事，并述祝福之辞。尊卑观念显然。以上两章，遥承第二章"似续妣祖"之句，落实宫室吉祥之义。王先谦《集疏》引班昭《女诫》曰："古者生女三日，卧之床下，弄之瓦砖，而齐（斋）告焉。卧之床下，明其卑弱，主下人也。弄之瓦砖，明其习劳，主执勤也。齐告先君，明当主继祭祀也。"

◨ 注释 ◨ ①**裼**（tì）：褓褯。**瓦**：纺塼。陶制纺轮，考古曾多有发现。②**无非**：无违，无差错。**无仪**：歪斜，指不合规矩礼数。马瑞辰《通释》："此《士昏礼记》所云'父送女，命之曰"夙夜无违命"，母曰"夙夜无违宫事"'也。"**诒**：同"贻"，带来。**罹**：忧，操心。

解说

《斯干》，宫室落成典礼的歌唱。

《毛诗序》："《斯干》，宣王考室也。"《郑笺》："考，成也。……宣王于是筑宫庙，群寝既成而衅之，歌《斯干》之诗以落之，此之谓成室。"其说可信。至于是否为宣王时期作品，就篇章的章法修辞看，与可信为宣王时期作品有高度的类似，而且，宫室落成祝愿多生男女，也与宣王即位时很年轻这点相应。《竹书纪年》称，宣王八年筑宫室，不知是否即诗篇所表。古人器具、屋室建成，涂血为祭，谓之衅，又称"落"，即今所谓落成典礼。此礼起源可追溯到前仰韶文化时期，考古发现，当时建筑城墙房屋有将小孩子或成年人放入根基角落作为奠基仪式，这样的恶俗到龙山文化时期变本加厉，一直延续到殷商时期。殷墟发掘显示，宫室建设的各个阶段的典礼，如奠基、置础、安门及最后落成，都要杀人以祭，其中尤以孩童为多，如殷墟乙组21座基址所发现人牲就有641具之多（宋镇豪《夏商社会生活史〈上〉》）。西周建立，除殷商遗民的宋国之外，延续很长时间的建筑人牲恶俗才逐渐被革除。与革除恶俗相伴，是落成典礼上诗篇歌唱的出现。殷商宫殿营造，既然把大量活人和车马、牛羊等献祭，料想一定有吹吹打打，甚至是歌吟的祝祷之声。但当人们用人的生命为牺牲来驱除阴间鬼魅以保证建筑平安时，他们的吹打再热闹，也很难称之为"礼乐"，因为他们的精神还深陷鬼魅缠身的状态。在这样的情况下，殷商时期就是有歌吟，又能成什么样子？有一件事很说明问题，《左传》载，在晋悼公与宋人的一次会盟中，宋人主动搬出古老的《桑林》舞乐以享晋国君臣，可是，当舞者张出"旌夏"即五彩羽毛装饰的大旗时，"晋侯惧而退入于房"，"卒享而还，及著雍，疾。卜，桑林见"（《左传·襄公十年》）。宋人把祖上留下的《桑林》之舞搬演给一位春秋时期生活在西周礼乐文化下的君主，竟可以令其因惊吓乃至于生病，那古老舞乐该是多么的骇人听闻！明乎此，可对《诗经》学史上一多年争议不断的老话题——即今见《诗经》中有无商代诗篇——的解决有帮助。今见《诗经·商颂》，固然带有殷商特点，但万不至于吓人；就是说，商代就是有诗篇，也不会是现在所见到的《商颂》篇章的样子。可以肯定，在一个精神上仍然鬼魅缠身的年代，是唱不出"秩秩斯干，幽幽南山"这样美妙诗句的。同时，也可以这样说，《斯干》这首建筑落成典礼的好歌，它的出现是文明进步、精神解放的积极结果。

此诗另一可贵处在其表达的建筑审美理念。建筑需要安稳牢固，这在诗中是有充分表达的。然而，只遵循着地球引力的建筑，只是建筑，不会产生美的效果。在遵循自然法则的前提下，建筑还要展现出人生理想，才有艺术价值。这突出表现在诗篇的第三、四章，一方面是稳固坚强，一方面是耸立飞腾，是力与美的辩证，也是人在精神上追求上升的写照。对中国读者而言，第四章"如翚斯飞"的句子，很容易联想到古典建筑飞檐斗拱的特有形态。然而，就现有考古发现而言，商周时期房屋的木架结构尚未完全成熟，斗拱体制也才露雏形，从专家对湖北黄陂盘龙城商代宫室和陕西扶风召陈村西周宫殿遗址的复原图看，一些重叠的屋檐的侧面图，固可以使人联想到鸟羽，但像诗篇这样飞腾灵动，确实需要非凡的想象力。这就是诗人特有的敏感。在古典建筑民族特色才露端倪的时代，诗人就以其丰富的想象力，把宫室建筑的最高审美旨趣，超前地表现出来了。从这一点说，诗篇所表达审美理念，对后世古典建筑的"檐牙高啄"风范的形成是有推助作用的。

还有，就是诗所表现的艺术精神。《诗》三百篇艺术的精髓在其注重现实生活的表现，周宣王时期的诗篇创作，更以发现、拥抱生活为其显著特征。《斯干》篇无疑是此时期的典范之作。对生活的热情，首先表现在诗所表达的浓郁生活气息中。溪涧南山的开篇，是古典文献中最早表达居住环境的句子，"居移气，养移体"，居住在有山有水的优美的自然中，人与人就会更加和谐，此等观念虽出现于两千七八百年之前，可今天的读者并不感觉陌生。言房屋坚固,以"鸟鼠攸去"为应验,屋室的坚固便越发显得是有所针对的,是用心设计的;同时也是一种点染和引逗,引出生活的情趣。还有,描写堂室的句子,赞其厅堂的宽大,楹柱的直挺,小室的幽暗,宫室正因此而可以满足多方面需求,没有对生活的体察是想不到这许多的。如此细心地观察宫室,展现宫室所倾注的建筑精神,以及对建筑的各种高妙的比喻联想,都是因为对生活的热爱,因为热爱,观察得才细,表现得才美。这也是前所未有的。同时,诗篇在结构上也呈现了某些新东西:首言环境,其实是表宫室的选址;继而述说墙室的筑造、形貌以及室内的大小明暗。以上是实写,之后由实入虚,出之以梦幻。结构匀称,次第整饬,其虚实变化,实在是《离骚》先实后虚体式的先驱。总之,诗篇固然有当时男尊女卑观念的局限,但仍不失为代表那个时期诗篇创作成就的佳作。

无 羊

谁谓尔无羊?三百维群①。谁谓尔无牛?九十其犉②。尔羊来思,其角濈濈③。尔牛来思,其耳湿湿④。

○诗之首章。总言牛羊之多。以发问起,文势飘忽,反问中含赞叹之意。一问一答,文气呼应。三百言其多,九十言其大,富于变化;濈濈、湿湿,描摹精细而传神。

注释 ①三百:极言数量之多,并非实数。②**犉**(chún):黄牛黑唇为犉。③**濈濈**(jí jí):羊角聚集的样子。④**湿湿**:牛是反刍动物,反刍时带动耳朵微微扇动,湿湿即形容牛耳微动时的样子。《毛传》:"呞而动其耳,湿湿然。"呞即反刍。

或降于阿，或饮于池，或寝或讹①。**尔牧来思，何蓑何笠，或负其餱**②。**三十维物，尔牲则具**③。

○诗之二章。将眼光投向牧所，视野开阔，人、畜杂写，并着意于畜的动态。牛羊的行走、摇头摆尾、互相的耍斗，都含在一"讹"字之中，可意会而不可言传。

注释　①**寝**：卧。**讹**：动。牲畜因蚊虫叮咬，会不时摇头摆尾驱赶之，讹即形容这类动作。②**何**：荷，披，戴。**餱**：干粮。参《小雅·伐木》"乾餱以愆"句注。③**物**：以毛色分别牛群。三十维物，即三十头牛为一色。三十极言其多，并非实数。**牲**：祭祀用的牲口。**具**：完备。古人不同的祭祀用不同毛色的牲口。牛群毛色众多，则祭祀的牲口齐备。

尔牧来思，以薪以蒸，以雌以雄①。**尔羊来思，矜矜兢兢，不骞不崩**②。**麾之以肱，毕来既升**③。

○诗之三章。写羊，专表其日暮归圈。写牧人驱羊入圈，干练；又表其薪蒸、猎物满载而归，很有画面感。生活气息浓厚。

注释　①**薪、蒸**：柴草。《郑笺》："此言牧人有余力则取薪蒸、搏禽兽，以来归也。粗曰薪，细曰蒸。"禽兽，即猎物。②**矜矜**：羊群走路，时而犹豫停顿，看上去颇似矜持，矜矜即形容此态。一说，为"邻邻"之假借。据于省吾《新证》。**兢兢**：急忙奔走貌。**骞**：缺失，丢失。**崩**：逃失。于省吾《新证》："《论语·阳货》'乐必崩'，皇《疏》谓'崩是坠失之称也'；又《季氏》'邦分崩离析'，孔注谓'欲去曰崩'。"是崩有逃失之意。③**麾**（huī）：挥动。**肱**（gōng）：手臂。**升**：登，即入圈。

牧人乃梦，众维鱼矣，旐维旟矣①。**大人占之：众维鱼矣，实维丰年；旐维旟矣，室家溱溱**②。

○诗之四章。以牧人梦兆作结，表达祝福之意。沈德潜《说诗晬语》卷上二九条："《斯干》考室、《无羊》考牧，何等正大事，而忽然各幻出占梦，本支百世，人物富庶，俱于梦中得之。恍恍忽忽，怪怪奇奇，作诗要得此段虚景。"

注释　①**梦**：做梦。《周礼·占梦》："献吉梦于王。""**众维**"两句：鱼多代表丰饶，旗帜多表示人丁兴旺。《毛传》："阴阳和，则鱼众多矣。"一说，"旐"为"兆"字之假，众多的意思。据于省吾《新证》。②**溱溱**（zhēn zhēn）：众多貌。

解说

《无羊》，庆祝王朝牧业兴旺的乐歌。

《毛诗序》："《无羊》，宣王考牧也。"汉代其他学派无异义，宋人亦无新说。《郑笺》解释"考牧"曰："厉王之时，牧人之职废，宣王始兴而复之，至此而成，谓复先王牛羊之数。"据《周礼》，王有牧人、牛人、羊人等官职，《毛诗序》之说是有根据的。经过周厉王时期的社会动荡，各种生业或都遭受创伤，宣王初期经过一番振作，各业皆有恢复，是诗篇的背景。根据诗篇格调及构思等方面与《斯干》的相同，可以断言两者为同一时期作品，甚至同出一人之手。此诗除了经济史上的价值之外，艺术方面也是《三百篇》中不可多得的作品。诗的画面感很强，写牛羊，或从耳、角的细部动作入手，或从其群体的移动大轮廓着眼，线条粗细有致；或写牛，或写羊，或写牧人，运笔矫健多变。此诗与《斯干》一样，在体察生活方面有出色表现，在表现事物上笔触精致传神，标志着西周诗歌创作在宣王时期某些值得注意的变化。

《节南山》之什

节南山

节彼南山，维石岩岩①。赫赫师尹，民具尔瞻②。忧心如惔，不敢戏谈③。国既卒斩，何用不监④！

○诗之首章。以终南山的高耸威严起兴，抨击的矛头直指权贵。方玉润《诗经原始》："起得严厉有势。"

注释 ①**节**：高峻貌。字亦作"巀"。**岩岩**：岩石堆叠的样子。②**师尹**：王朝高官。王国维《书作册诗尹氏说》："师、尹乃二官名。非谓尹其氏、师其官也。"师，又见《大雅·常武》"王命卿士……大师皇父"。此处师即大师，王朝高级军事长官。尹掌册命，为王朝最高文官之称。此处应泛指王朝执政者。**具**：俱。**瞻**：视，看着。③**惔**（tán）：忧心如焚。字当如《韩诗》作"炎"。**戏谈**：当儿戏。谈，《玉篇》《广韵》皆释为"戏也"。④**卒斩**：彻底斩断，指西周崩溃而言。**监**：鉴，觉悟，警醒。

节彼南山，有实其猗①。赫赫师尹，不平谓何②！天方荐瘥，丧乱弘多③。民言无嘉，憯莫惩嗟④？

○诗之二章。以天灾人祸承上文"国既卒斩"，以"民言无嘉"应"民具尔瞻"；斥责师尹之政，天怒人怨。

注释 ①**实**：广大貌。**猗**：阿，山阿，即高山的曲隅之处。马瑞辰《通释》："阿为偏高不平之地，故诗以兴师尹之不平耳。"②**不平**：执政不公。**谓何**：奈何。③**荐**：重复降下。**瘥**（cuó）：灾害。**弘**：宏，大。④**憯**（cǎn）：曾。憯莫即曾莫、不曾。**惩**：惩戒，有所改悔。

尹氏大师，维周之氐①。秉国之均，四方是维②。天子是毗，俾民不迷③。不弔昊天，不宜空我师④！

○诗之三章。前六句皆就师尹之职的责任重大而说。孙鑛《批评诗经》："刺其人，却颂其职，盖反意责之。"末尾突接以"昊天"两句，转换突兀，有哽咽之悲。

注释　①**尹氏**：官名，即上文的尹。林义光《诗经通解》："诸彝器言册命多有'王乎尹氏'之文。……尹氏出纳王命，故诗曰'秉国之均'。"**大师**：王朝最高军事长官，也是"秉国之均"者。又，在金文，大师之称始见于西周中期，如《师望鼎》"大师小子师望"等。另《周礼》有大师，为乐官，与此无关。**氐**：根本。字即"柢"。②**均**：平。字通"钧"。本义为制陶模具的圆形底盘，引申为均平。**维**：维系。③**毗**（pí）：辅助。**俾**：使。④**不弔**：不善。林义光《通解》："不淑也。"**昊天**：广大无边的上天。此句有人以为是西周后期人不信天命之证，不确。《尚书》记录周初人言论即有"不弔天"之语，见《大诰》《君奭》。此处只谓上天对周王朝不善，是天心转变之征，而非不信上天之证。**空**：陷入绝境。**师**：众民。

弗躬弗亲，庶民弗信①。弗问弗仕，勿罔君子②。式夷式已，无小人殆③；琐琐姻亚，则无膴仕④。

○诗之四章。指出周王大权旁落，导致政治不良，裙带关系肆滥。

注释　①**弗**：不。**躬、亲**：亲自。**信**：信任。一说，信为伸，遭受冤屈。两句是说不亲自为政，民众不信任政治（或民众的冤屈无处伸张）。此章无主语，所指为谁有分歧：一说周王，一说师尹。当以后者为是。②**仕**：察，理。**勿罔**：欺骗迷惑。勿罔即罔，据王引之《经传释词》说。**君子**：指周王。据朱熹《诗集传》说。此句"弗问弗仕"，与上句"弗躬弗亲"意思相同，上两句说师尹不作为，招致民对王政失望；此句则谓这也欺罔了周王。③**式**：当，参《小雅·斯干》"式相好矣"句注。**夷**：平心。**已**：停止作恶。据可信文献，小人皆指地位低下者，指德行败坏者则迟至春秋后期文献如《论语》中才有。此句是说把政治弄公正，不要再危害小民。**小人**：小民。**殆**：危害。④**琐琐**：卑琐。**姻亚**：婚姻亲戚。《毛传》："两婿（壻）相谓曰亚。"《郑笺》："婿之父曰姻。"亚亦作"娅"。**膴**（wǔ）**仕**：肥缺。膴，厚。仕，任用。两句是说，若结束任用小人的局面，则那些卑琐的靠裙带关系上来的人，就得不到肥缺了。

昊天不傭，降此鞠讻①。**昊天不惠，降此大戾**②。**君子如届，俾民心阕**③。**君子如夷，恶怒是违**④。

○诗之五章。言在位者的行为关系重大。

◨ **注释** ◧ ①**傭**：常。《韩诗》作"庸"。不傭即天意不再如往常那样优待周王朝。**鞠**：大，极端。**讻**（xiōng）：凶咎，灾凶。②**惠**：施恩惠。**戾**：灾难。③**君子**：在位者。**届**：至，极，有定则的意思。**阕**：停止，平息。④**恶怒**：忿争之情。**违**：离去，消除。四句的意思，马瑞辰《通释》曰："上得所止，则民心亦知所息矣；上得其平，则民恶怒不平之气亦去矣。"

不弔昊天，乱靡有定。式月斯生，俾民不宁①。**忧心如酲，谁秉国成**②？**不自为政，卒劳百姓**③。

○诗之六章。言百姓困苦，绝望、痛责之意不言自明。

◨ **注释** ◧ ①**式**：发语词。句意，《郑笺》："言月月益甚也。"②**酲**（chéng）：醉酒脸红。**国成**：国家政事，与"国均"义同。③**卒劳**：苦害。马瑞辰《通释》："卒者，瘁之假借。"

驾彼四牡，四牡项领①。**我瞻四方，蹙蹙靡所骋**②。

○诗之七章。明写驾车出游，实写无以排遣之忧愤。荡开一笔，遥承前章"丧乱弘多"。出游泻忧，实为《离骚》远游的先声。

▣ **注释** ▣　①**项领**：马颈肥大。项，大。领，颈。马久不跑动，则颈变肥大，隐含马主人久不见用之意。②**蹙蹙**（cù cù）：狭窄貌。隐言国家到处祸乱不宁，无处可去。

方茂尔恶，相尔矛矣①。**既夷既怿，如相酬矣**②。

○诗之八章。写师尹喜怒无常的轻躁无状，揭露其小人品性。

▣ **注释** ▣　①**茂**：勉，用力。**相**：视。相矛，操戈相斗的意思。②**夷**：喜悦。亦见《召南·草虫》"我心则夷"句。**怿**（yì）：高兴。**酬**：相互敬酒、交欢的意思。

昊天不平，我王不宁。不惩其心，覆怨其正①。

○诗之九章。收回到正题。

▣ **注释** ▣　①**覆**：反而。**正**：纠正。朱熹《诗集传》："乃反怨人之正己者。"

家父作诵，以究王讻①。**式讹尔心，以畜万邦**②。

○诗之十章。点明作诗之意，卒章显志。从乐歌演唱言，应为"乱词"。王应麟《困学纪闻》："'吉甫作诵'，美诗以名著者也。'家父作诵，以究王讻'，……刺诗以名著者也。为吉甫易，为家父……难。"

▣ **注释** ▣　①**家父**（fǔ）：周大夫。《春秋》载鲁桓公八年、十五年家父两次至鲁，而桓公十五年（前697年）距西周灭（前771年）已74年。又《小雅·十月之交》有"皇甫卿士……家伯维宰"诸句，皇甫、家伯并举，可知"家伯"之"家"为氏。《十月之交》,据天文学最新研究,当代学者断定为平王三十六年(前735年)作,诗中"家伯"或许与《春秋》"家父"为同一人。至于《节南山》之"家父",诗的年代从其言"南山"即终南山看,应还在东迁以前不久,家父是否即七十余年后《春秋》中的家父,年代过远,为同一人的可能性不大。但家氏为东周初期显耀门第则可以肯定。**诵**:可诵唱的言辞,即此诗。**究**:纠正。究、纠古同音。**王讻**:给王带来凶灾者。讻,即凶。《左传·僖二十八年》"纠逖王慝"与此句语例相同。②**訛**:变动,改变。**畜**:长养,引申为挽救、延续。

解说

《节南山》,抨击权臣为政不公的诗篇。

上博简《孔子诗论》第8简:"《雨无正》《节南山》皆言上之衰也,王公耻之。"说明了此诗时代及作者身份的大概。《汉书·董仲舒传》引《齐诗》说曰:"周室之衰,其卿大夫缓于谊而急于利,亡推让之风而有争田之讼,故诗人疾而刺之。"言"周之衰"可信,"亡推让"及"争田之讼"则于诗无征,不可信。《毛诗序》则谓:"《节南山》,家父刺幽王也。"今、古文两家在诗的创作时间上看法大体一致,而在诗篇所刺上却颇有分歧。东汉之后,随今文家诗说式微,"刺幽王"说影响越来越大。然而,在朱熹《诗集传·正月》篇中,就提到:"或曰此东迁后诗也。"表明在宋代对《节南山》《正月》等衰世政治抒情诗的年代,已有人做新的思考。至元代,以羽翼朱熹《诗集传》为宗旨的刘瑾《诗传通释》,却在《节南山》的"通释"中,据诗"国既卒斩""丧乱弘多"诸句,谓:"皆似乱亡之后之词,以此或东迁后诗也。"这成为《诗传通释》的一个亮点。此后,明代何楷《诗经世本古义》又将诗篇列为东周桓王时作。虽嫌过晚,却有意背弃"刺幽王"说。到清代,此一问题的讨论更为深入,如清初朱鹤龄《愚庵小集》卷十三《读周本纪》,就据《史记·周本纪》《左传》特别是《古本竹书纪年》关于"携王"("樵"当作"携")记载,定《小雅·正月》为"周既亡,王位未定时作"。稍后学者郑方坤又在其《经稗》卷六,以四点辩驳论定《节南山》《正月》及《雨无正》诸篇为"东周之变雅"。郑说虽辩,似不如朱鹤龄精当。此外,惠周惕《诗说》亦以《节南山》《正月》《雨无正》《十月之交》为平王时之诗,并赞刘瑾之说"其言甚伟"。当代,孙作云《说二雅》将《节南山》《正月》和《雨无正》列为"东迁初"(对此并无论证),晁福林《论平王东迁》全面论述平王东迁前后的历史,笔者也曾据此提出两周之交"二王并立"时期,是《诗经·小雅》中激愤的政治抒情诗的高潮期(见《诗经的文化精神》)。所以要提笔者,为表一段惭愧。当时提出"二王并立"诗篇高潮时,没有看到朱鹤龄、郑方坤和惠周惕等相关论说,甚至刘瑾的说法也未加引用。埋没前人,是读书不广;贸然立论,是学风不踏实。今日始知,岂止爽然自失,简直汗颜无地)。

关于"二王并立"是这样的:据《左传·昭二十六年》孔颖达《正义》引《汲冢书纪年》云:"平王奔西申,而立伯盘为太子,与幽王俱死于戏。先是,申侯、鲁侯及许文公立平王于申,以本太子,故称天王。幽王既死,而虢公翰又立王子余臣于携。周二王并立。(晋文侯)二十一年,携王为晋文公('公'当为'侯')所杀。以本非嫡,故称携王。"大意是,幽王废太子之后,太子宜臼(即后来的周平王)逃往西申,并被其拥护者立为"天王"。之后,幽王及新立太子伯盘被杀后,西周朝廷并未随即灭亡,大臣虢公翰(一说,虢公鼓)曾立余臣为继世周王,从而形成"二王并立"的历史局面。直到晋文侯二十一年,携王在位十余年之后,这局面才告结束,平王方始东迁。十余年虽只是历史一瞬,但对诗歌创作言,却足以孕育一个独具色彩的时代。大、小《雅》中那些充满哀怨与愤激的政治抒情诗,不少就产生于这十余年的时期里。《节南山》即其中之一。诗中的"赫赫师尹",应当就是扶立携王的虢公翰之流,而虢公翰又很可能就是《史记》所载幽王朝时那位谗佞好利的虢石父。诗篇作者,从刘瑾开始就倾向于诗中的家父,即《春秋》桓公八年、十五年出现的家父，实则未必。但《春秋》中的"家父"应与《十月之交》中的"家伯"为同族。因有现代天文学方面的证据，《十月之交》系周平王三十六年之作当无疑问，诗篇又显示家伯地位很高。可能就是因为当时家伯与携王势力作过斗争（证据就是《节南山》之诗），才有后来的高位。

诗是为"不宁"的周王"究讻"而作，格调是堂堂正正，情感抒发不加掩饰，是火辣辣的风调。诗篇以南山起兴，继而占据在"上天"这一制高点上，以"天方荐瘥"的"丧乱弘多"，指责现实政治，形成泰山压顶的声势。这样的诗风，为西周晚期政治篇章所独有。其显著而且重要的特点是，人作为个体站出来，与社会权贵势力相抗争，个人抒情主体诞生了。《诗经》由此而发生重大转变。还有，不少现代学者以为，随着西周的崩溃，是天命信念的动摇。其实，"不弔""不傭"都有特定解释（《尚书》中的周初文献就有"不弔天"云云，可证），不能作为天命信仰"动摇"的证据。而且，人们实际读到的是另一种情况，即周初那个为周王朝护驾的"天命"，现在转而变成诗人斥责现实的利器，成为个人反思现实问题的凭据了。这才是思想史的新变化。

正 月

正月繁霜，我心忧伤①。民之讹言，亦孔之将②。念我独兮，忧心京京③。哀我小心，癙忧以痒④。

○诗之首章。言天时反常，谣言四起，人心浮动。诗人感时伤世，自叹凄凉。"讹言"是一篇中反复强调的不详音符。

注释　①正月：即夏历十一月。**繁霜**：白霜。繁，于邑《香草校书》:"繁可训白。"一说,繁,多,浓重。②讹言:谣言,因天气反常引起的各种流言。古代对自然的一些反常现象,往往理解为重大人事灾变的警示,所以特别恐惧,因而会有各种骇人的说法出现。诗篇的"讹言",当指此而言。**将**:大。③**京京**:广大貌。④**哀我**:可怜我。**瘋**(shǔ)**忧**:深忧。**痒**:病。

父母生我,胡俾我瘉①?不自我先,不自我后②。好言自口,莠言自口③。忧心愈愈,是以有侮④。

○诗之二章。承上章"念我独兮"句,痛言生不逢时的苦闷。好言、莠言,点明世人随讹言摇摆的无主见之态。

注释 ①**瘉**(yù):病。②**自**:从。两句言自己生不逢时。③**莠**:丑恶,污浊。莠言,即秽言。④**愈愈**:形容病态。马瑞辰《通释》:"《尔雅·释训》:'瘐瘐,病也。'瘐瘐即《诗》'愈愈'之异文。"**侮**:憋屈,苦闷。

忧心惸惸,念我无禄①。民之无辜,并其臣仆②。哀我人斯,于何从禄③?瞻乌爰止?于谁之屋④?

○诗之三章。承前"哀我小心"句,言天下丧乱,所有生民都将受害。对前景颇为悲观,乌的意象,给诗罩上一层不祥氛围。钱锺书《管锥编》引张穆说:"乌即周室王业之征。"

注释 ①**惸惸**(qióng qióng):孤独忧愁貌。**无禄**:不幸。②**臣仆**:变为臣仆,遭受奴役。马瑞辰《通释》:"诗言'并其臣仆',谓使无罪者并为臣仆,在罪人之列,非谓已为臣仆又从而罪及之也。"③**从禄**:获得好日子的意思。④**乌**:乌鸦。《春秋繁露·同类相动》引《尚书言传》:"周将兴之时,有大赤乌衔谷之种而集王屋之上者,武王喜,诸大夫皆喜。周公曰:'茂(勉)哉!茂哉!天之见此以劝之也。'"**爰止**:停落在哪里。

两句是说不知道周家的政权是否还能维持。

瞻彼中林，侯薪侯蒸①。民今方殆，视天梦梦②。既克有定，靡人弗胜③。有皇上帝，伊谁云憎④？

○诗之四章。以林中树木芜杂，比喻当世的平庸，民众疑惑看不清天意，即以为上天失去了威权。诗则警告世人，上天早晚要与人们公平地算总账。朱熹《诗集传》："申包胥曰：'人众则胜天，天定亦能胜人。'疑出于此。"

注释　①**中林**：林中。**侯**：维。发语词。**薪、蒸**：林间矮树、杂草。参《小雅·无羊》"以薪以蒸"句注。②**殆**：疑惑。《论语·为政》"多见阙殆"，王引之《经义述闻》解为疑惑。**梦梦**：马瑞辰《通释》："昏乱之貌，言天意不可知也。"③**定**：拿定主意。诗人以为，政局的晦暗是上天对是否保佑周王朝还没有拿定主意。④**皇**：伟大。**伊**：发语词，犹惟、是。**云**：与"伊"一起构成宾语提前句式。两句是说，伟大的上帝他憎恨谁呢？言外之意是，谁作孽谁将受惩罚。

谓山盖卑，为冈为陵①。民之讹言，宁莫之惩②？召彼故老，讯之占梦③。具曰予圣，谁知乌之雌雄④！

○诗之五章。把高山说成冈陵，喻讹言诞妄，本易知易止。然其流传泛滥，只是因为大臣丧失辨别是非的能力和勇气。此章言"知乌"，与前文"瞻乌"相应。

注释　①**盖**：盍，如何，多么。朱熹《诗集传》："谓山盖卑，而其实则冈陵之崇也。"即讹言可把很高的山说成低矮的冈陵。喻谣言之诞妄。②**宁**：难得。**惩**：明辨是非。句亦见《小雅·沔水》。③**故老**：元老，德高望重的老臣。**占梦**：问梦的吉凶。陈奂《传疏》："古者有问梦之事。召元老问之占梦，《洪范》所谓'谋及卿士也'。"④**"具曰"句**：都说自己无所不知。圣,聪明,通晓一切。两句是说,都自以为是,可连最简单的是非都分不清。

谓天盖高,不敢不局①**。谓地盖厚,不敢不蹐**②**。维号斯言,有伦有脊**③**。哀今之人,胡为虺蜴**④**?**

○诗之六章。言天荆地棘,容身无所。身处如此艰危之地,其呼号虽有条理,却得不到回应。究其原因,只因当今人心狠毒。钱大昕《十驾斋养新录》:"古人先齐家而后治国,父子之恩薄,兄弟之志乖,夫妇之道苦,虽有广厦,常觉其隘矣。"

注释 ①**局**:弯曲。②**蹐**(jí):小步行走,唯恐陷没。③**伦、脊**:都是条理之意。④**虺**:毒蛇。**蜴**:大蜥蜴。

瞻彼阪田,有菀其特①**。天之扤我,如不我克**②**。彼求我则,如不我得**③**。执我仇仇,亦不我力**④**。

○诗之七章。自叙特立独行的兀然性格,追述茕独不幸的由来。文义一转,进入下文。

注释 ①**阪田**:崎岖硗埆(què)之田。**菀**(wǎn):茂盛。**特**:此处指孤高超群的苗。②**扤**(wù):摇动,摧折。**克**:能够。③**则**:败,毁坏。于省吾《新证》:"则、败古通。……《庄子·庚桑楚》'天钧败之',释文:'败,元嘉本作则。'"④**执我**:对我。胡承珙《毛诗后笺》:"犹言待我也。"**仇仇**:像仇人一样。**不我力**:不如我有力。

心之忧矣,如或结之①**。今兹之正,胡然厉矣**②**?燎之方扬,宁或灭之**③**?赫赫宗周,褒姒威之**④**!**

○诗之八章。追究宗周灭亡的祸首，放言无忌，正是前文诗人性格的表现。情绪激烈，为全诗的高潮。

注释 ①**或**：有什么（事物或人）。**结**：纠结缠绕，形容内心的痛苦无法化解。②**正**：政。**胡然**：为何。**厉**：暴虐。③**燎**：野火。**扬**：火燃烧旺盛。**宁**：乃。**或**：有人。不定指代词。两句是说，野火已经燃烧，就无人可扑灭之。④**褒姒**：周幽王妃，褒国之女。史载幽王宠幸褒姒而荒废国政，后又因欲废申后立褒姒而得罪申侯，申侯联合犬戎入侵，西周遂灭。**威**：灭。两句是说，显赫的西周王朝，已经被褒姒灭掉了。

终其永怀，又窘阴雨①。其车既载，乃弃尔辅②。载输尔载，将伯助予③。

○诗之九章。言宗周破灭后，王朝政局日益危殆，提醒当局早求贤者，以免后悔莫及。以车辅为喻，形象；"将伯"句颇能传情。

注释 ①**终**：既。**永怀**：深长的忧思。此二句承上段宗周灭亡事而来。其意为：人们还在为宗周灭亡而伤心不已的时候，王朝又陷入新的困境。②**辅**：附加在车轮辐条上的两根平行木，对轮周起支撑作用。两句是说车上已经装载重物，却撤掉支撑车轮的辅木，意思是自取灾祸。③**输**：堕，塌。**将**：请求。**伯**：长辈称伯，如今言"老兄"。求人帮助，总呼对方为大辈。两句是说，等到车败货塌了才低声下气地口称长辈求他人帮助。

无弃尔辅，员于尔辐①。屡顾尔仆，不输尔载，终逾绝险②。曾是不意③！

○诗之十章。仍从正面提示。"曾是不意"句失望至极。下文文义又一转。

注释 ①**员**：圆，即辅木可以保持车轮之圆。**辐**：辐条。两句是说，不要抛弃车轮辅木，可以使车轮不被压扁。②**顾**：注意，念。两句是说，善待驾车的仆从，可以使载重之车安然前行。③**"曾是"句**：从不曾意识到这一点。

鱼在于沼，亦匪克乐①。潜虽伏矣，亦孔之炤②。忧心惨惨，念国之为虐！

○诗之十一章。极言居乱世之出处两难，济世无门，遁世无所，恓惶至极。

▣ 注释 ▣ ①**匪**：非。**克**：能。②**炤**：昭，显明。以上四句是说，鱼在池沼也不欢乐；潜伏的再深，也逃脱不了世界的混乱。

彼有旨酒，又有嘉殽。洽比其邻，昏姻孔云①。念我独兮，忧心慇慇②。

○诗之十二章。痛说国事之后，转叹个人不幸，与诗开篇相呼应。

▣ 注释 ▣ ①**洽**：广泛，周备。**比**：本义为并排而列，在此有结交之意。**邻**：亲信。**昏姻**：即姻亲裙带关系。**云**：环绕，聚集。《毛传》："旋也。""云"之初文象云回旋之形，姻娅之徒回旋于周围，实含众多之意。②**慇慇**（yīn yīn）：殷殷，浓郁。

佌佌彼有屋，蔌蔌方有榖①。民今之无禄，天夭是椓②。哿矣富人，哀此惸独③！

○诗之十三章。以对比手法揭露社会不公，收束全诗。孙鑛《批评诗经》："是深悲极怨之调，新意层出，愈说愈不能尽。"

▣ 注释 ▣ ①**佌佌**（cǐ cǐ）：琐碎，细小，指无耻之人。**蔌蔌**（sù sù）：鄙陋貌。**榖**：俸禄。②**天夭**：天降灾害。**椓**：残害。陈奂《传疏》：

"《释文》云：'殀，灾也。'殀、椓二字连文，并有残害侵削之义。"一本，"殀椓"作"殀殀"。③哿（gě）：可。《郑笺》解释这两句说："富人已可，穷独将困。"《孔疏》："可矣富人，犹有财货以供之，哀哉此单独之民，穷而无告。"钱锺书《管锥编》对此处"哿矣""哀哉"相对而出有详细举证。这两个词引领的句子相对而出，表达揶揄、愤懑的口气，意在警示那些不义而富且贵者，既已得意，应当自知这是坑害弱小的所得。

解说

《正月》，表达身处乱世愤懑的政治抒情诗。

诗的年代当与《节南山》同，其作者亦当是家父一类的大夫。诗中"赫赫宗周，褒姒灭之"以及"瞻乌爰止"，"终其永怀，又窘阴雨"，"具曰予圣，谁知乌之雌雄"等句，清楚表明宗周既灭、二王并立，全社会惊魂未定，正是诗篇的背景，也是不幸诗人所身处的险恶环境。诗对携王政治虽多有抨击，却没有从宗法嫡庶的角度去否定余臣为王的合理倾向，是与《节南山》一诗较大的不同。然而，谣言甚盛，且在谣言面前"元老"之辈的不能或准确说是不敢明辨是非，是诗篇给读者提供的一个颇为独特的社会氛围。无是非，可能是因为人们对携王小王朝前景的毫无信心，所以，不但不制止谣言，反而任其流传，是小朝廷必将被剪除的表现。无是非，其必然的结果就是在人的选用上无标准，善类遭到排挤。诗的作者就是这样一位遭受排挤而陷于苦闷的贵族人物。

因有身世之慨，所以诗的情调也与《节南山》及后面的《雨无正》《小旻》等篇有所不同。《节南山》等是谏谤之诗，表达的是抨击，是堂堂正理。而此诗表达的则是由个人的遭际所生发的哀怨与愤懑。对政治的批评、提醒，对"讹言"的斥责是诗的内容，然而这些都是以诗人个人遭际为线索展开的。诗人是有卓荦性格的人，也是一个对现世的苦难有着深刻体验的人。诗的篇幅长，内容由对整个王朝社会糟糕氛围的勾勒，转而为对个人困苦感受的抒发，之后再对社会的不公正作抨击，步步转折，层层展开，结构上颇为繁复。这首诗篇与《节南山》等一样，在整个《诗经》创作史上有其特殊意义，它是一篇以个人情绪抒发为主轴的政治抒情诗，是屈原《离骚》的先声，标志着西周典礼乐歌写制时代的结束，个体抒情时代开始。因而，在"比兴"手法上，也出现了重要改变。典礼乐歌中的比兴，如"呦呦鹿鸣""常棣之华"和"伐木丁丁"之类，基本精神在于彰显世界的和谐。而在《节南山》和《正月》里，看到的却是相反的情形，天昏地暗，风雨如磐，世界已经变成一个无处躲避藏匿的困苦场所。人格、良心与作为生活环境的世界格格不入。《正月》这首抒情诗正深切表达了这样的生存感受。

十月之交

十月之交，朔月辛卯①。日有食之，亦孔之丑②。彼月而微，此日而微③。今此下民，亦孔之哀④。

○诗之首章。言日食的程度非常严重，其兆险恶。详述日期干支，所以郑重其事。

▣ 注释 ▣ ①**十月**：周历十月，即夏历八月。**交**：指晦（月终之日）、朔（月初之日）相交之日。**朔月**：月的朔日，即初一。**辛卯**：这一天的干支是辛卯。②**"日有"句**：有日蚀。此句为古代记录日蚀的固定语句，《春秋》出现十余次。**丑**：恶，此处是说这次的日蚀，食分很大，难看。③**彼月**：前此月份曾有月食发生。**微**：不明，指月食而导致的月光昏暗。④**孔**：甚。**哀**：悲愁。古人认为日食、月食为凶灾之象，所以为之哀伤。

日月告凶，不用其行①。四国无政，不用其良②。彼月而食，则维其常③。此日而食，于何不臧④。

○诗之二章。言日月失其常度，已经在显示着凶亡之象。天变而人不以为变，尤为可怕。

注释 ①**告凶**：预告凶险、灭亡的征兆。**用**：遵循。**行**：轨道。朱熹《诗集传》："不用其行者，月不避日，失其道也。"②**四国**：国之四方，亦即全国。**良**：贤良。③**常**：正常。朱熹《诗集传》："以月食为其常、日食为不臧者，阴亢阳而不胜，犹可言也，阴胜阳而掩之，不可言也。故《春秋》日食必书，而月食则无纪焉，亦以此尔。"④**于何**：如何。**臧**：善，好。方玉润《诗经原始》解释"彼月而食"四句说："小人不知畏天，故借日曰：'彼月而食，固其常矣；此日而食，又于何不臧之有乎？'盖不欲以天变自加修省耳。"

烨烨震电，不宁不令①。百川沸腾，山冢崒崩②。高岸为谷，深谷为陵③。哀今之人，胡憯莫惩④？

○诗之三章。天变之后，又言地灾。哀叹当今之人在如此天地剧变面前不知戒惧。不仅日月"告凶"，还有陵谷灾变。仍不知惩戒，昏愦至极。

注释 ①**烨烨**（yè yè）：雷鸣电闪而光盛的样子。**震电**：雷电。**宁**：安。**令**：好。②**沸腾**：河水泛滥。**冢**：山顶曰冢。**崒**（zú）**崩**：破碎崩塌。马瑞辰《通释》："崒崩二字当连读，与上'沸腾'相对成文，即碎崩之假借，《广雅》碎、崩并训为坏，是也。"③**"高岸"两句**：雷电暴雨导致山洪暴发及山体滑坡，致使山谷发生位移。《毛传》："言易位也。"④**憯莫**：不曾。

皇父卿士，番维司徒①；家伯维宰，仲允膳夫②；棸子内史，蹶维

趣马③；楀维师氏，艳妻煽方处④。

○诗之四章。言七位权贵勾结在一起，气焰嚣张。先极述灾变之剧，再出致变祸首，可谓深于笔法。

▣ 注释 ▣　①**皇父**：人名。西周后期贵族，后期器有"函皇父"鼎、簋诸器，又《大雅·江汉》有"大师皇父"句，可知西周晚期皇父为显赫家族。另外，郑国也有皇氏，如皇武子、皇戌，分别见于《左传》僖公二十四年、成公二年。**卿士**：辅政大臣称卿士。《左传·隐公三年》："郑武公、庄公为平王卿士。"又据《作册夨令方尊》等铭文，西周朝廷设卿士寮、太史寮两大机构，卿士为卿士寮长官，权位极重。**番**：姓氏，金文有《番生簋》记载番生权位极高，此诗之番，可能是番生后代。**司徒**：卿士寮下属官员。据李峰《西周的政体》。据传统文献，司徒掌土地图册、人民之数。据诗义，司徒与下文"宰"皆卿士，即皇父的下属。②**家伯**：人名。参《小雅·节南山》"家父作诵"句注。**宰**：管理王室事务的官员，属于王身边的人。《郑笺》："掌建邦之六典。"这应该是后来的权位，西周还不如此。**仲允**：人名。可能是仲山甫的后代。据李峰《西周的灭亡》。**膳夫**：金文显示，西周中晚期后，膳夫一职的权位变得很重要。《郑笺》："上士也，掌王之饮食膳羞。"郑玄所说为此官本职。③**棸**（zōu）：姓氏。**内史**：西周王室系统的官员，负责起草政令，是王身边机要人员。《郑笺》："中大夫也，掌爵禄废置、杀生予夺之法。"郑玄所说，据《周礼》，不知西周是否如此。**蹶**：人名。又有名蹶父的，见《大雅·韩奕》"蹶父孔武，……为韩姞相攸"句。**趣马**：掌马政的官员。始见于商代甲骨文，西周此官又见于《尚书·立政》《周礼·夏官·司马》及金文如《师兑簋》等，地位高低不同。诗篇所说，应为级别高的趣马。④**楀**（jǔ）：姓氏。**师氏**：军事官员，兼管地方行政及教育。此职屡见于金文，如《令鼎》《永盂》《师遽簋盖》等，亦见于《尚书·牧誓》《周礼·大司徒》等文献。**"艳妻"句**：艳为阎之假借，读作焰；

妻当读作齐。齐，皆也。处，应读作炽。句意谓：气焰都很煽炽。据于省吾《新证》。最后一句概括前面所举七人，言其擅权，气焰很盛。旧说艳妻指褒姒，按诸诗篇年代，不确。

抑此皇父，岂曰不时①？胡为我作，不即我谋②？彻我墙屋，田卒汙莱③。曰予不戕，礼则然矣④。

〇诗之五章。紧承上章，进一步揭露皇父的恶行。此处"彻墙""田汙"云云，实与下文"作都于向"有关。

▣ 注释 ▣ ①**抑**：发语词。**时**：是。此句是反语，讥讽皇父为自己考虑很正确。②第一个"**我**"：即墙屋的主人。**作**：举动。第二个"**我**"：我民。**谋**：商量。钱澄之《田间诗学》引彭执中语曰："三代之君每有兴作，谋及庶民，如盘庚之迁殷，必登进其民而告之。"本章下言"礼则然矣"即据此而言。③**彻**：拆除。**卒**：尽。**汙莱**：荒废。④**戕**：善，正确。戕、臧古通。于省吾《新证》："按'戕'，汉石经及王肃本并作'臧'。"**礼**：礼法，道理。朱骏声《说文通训定声》谓礼、理双声，义故可通。句意为：你皇父说我不对，可道理却明摆着如此。一说，此句也是模拟皇父之言："谁说我不对？礼法是这样规定的！"

皇父孔圣，作都于向①。择三有事，亶侯多藏②。不慭遗一老，俾守我王③。择有车马，以居徂向④。

〇诗之六章。言权臣不仅擅权，而且营私。王政不仅混乱，而且孤危。孙鑛《批评诗经》曰："此章语最醒峭。"

▣ 注释 ▣ ①**孔圣**：很聪明。**向**：地名。周之东都畿内有两个向：其一在今开封西南尉氏县境内，距东都雒邑（今洛阳）两百多公里；另一向在雒邑正北约数十公里处，约在今河南济源市西南，此向周初为苏子封邑。

皇父作都，从诗中看当系强占。权臣建巢不应距都城太远，所以此诗之向，当系在今济源市内者。②**三有事**：即司徒、司空（工）、司马，为卿士寮下属官员。**亶**：实在。**侯**：维，语助词。**臧**：藏，好。阮元《揅经室集》："《说文》惟有臧字，故《汉书》收藏之藏皆作臧。此多臧，言三事之谋多臧耳。"在此亦为反语。一说，臧即家财丰厚。③**慭**（yìn）：情愿，宁愿。陈奂《传疏》："《说文》：'宁，愿词也。''甯，所愿也。'慭、宁、甯声转相通。"此句是说，皇父连一个老臣都不留给周王。④**徂**：往。句意："择民之富有车马者以往居于向也。"（《郑笺》）如此，权臣不仅霸占土地，还抢夺人民。**"以居"句**：以徂居向的倒装。

黾勉从事，不敢告劳①。无罪无辜，谗口嚣嚣②。下民之孽，匪降自天③；噂沓背憎，职竞由人④。

○诗之七章。皇父等大权在握，却不恤国政；尽力国事者不仅劳累，且饱受谗害。下民以下，对现实之乱有所反思。

注释 ①**黾勉**：形容努力的样态。参《邶风·谷风》"黾勉同心"句注。②**嚣嚣**：众多貌。③**孽**：灾害。④**噂**（zǔn）**沓**：聚合在一起则同声相应。《毛传》："噂犹噂噂，沓犹沓沓。"噂，《说文》："聚语也。"沓，《楚辞·天问》"天何所沓"，王逸注："合也。"**背憎**：一旦离开，则相互憎恶。马瑞辰《通释》引朱彬说："言小人之情，聚则相合，背即相憎。"**职竞**：只因。此句上接"匪降自天"，是说现在的罪孽不是上天要降给世人的，实在只是由于人相互谗害，惹恼了上天。

悠悠我里，亦孔之痗①。四方有羡，我独居忧②。民莫不逸，我独不敢休③。天命不彻，我不敢傚我友自逸④。

○诗之八章。表孤臣孽子的忠诚之心。

▣ 注释 ▣ ①**里**：忧伤。《韩诗》"里"作"悝"。《尔雅·释诂》："悝，病也。"马瑞辰《通释》："此诗'亦孔之痗'始言病，则上句'悠悠我里'，里当训忧。"一说，里为故里，是表思念家乡之语。**痗（mèi）**：《毛传》："病也。"②**羡**：欣喜。马瑞辰《通释》："《文选》李《注》引《韩诗》薛君《章句》曰：'羡，愿也。'《说文》：'羡，贪欲也。'……愿羡有欣喜之义。……训羡为愿，正与忧相对成文。"一说，有余。**居**：处。③**逸**：安闲。④**彻**：终，彻底，即不再像原来那样保佑周人了。**傚**：效。**友**：同僚。

解说

《十月之交》，借天变抨击皇父等权臣的篇章。

《毛诗序》："《十月之交》，大夫刺幽王也。"王先谦《集疏》谓"三家义当与毛同"。《郑笺》则谓："当为刺厉王。作《诂训传》时移其篇第，因改之耳。《节》刺师尹不平，乱靡有定。此篇讥皇父擅恣，日月告凶。《正月》恶褒姒灭周，此篇疾艳妻煽方处。又幽王时司徒乃郑桓公友，非此篇之所云番也，是以知然。"可知在汉代此诗的创作年代就有厉王、幽王两说。时至晚清、近代，主幽王说者以诗中所记日食为证，认为即前代天文历算家如南朝梁虞、唐僧一行、元郭守敬等所推定的周幽王六年十月那一次（阮元《揅经室集·十月之交四篇属幽王说》）。近代王国维则以厉王时青铜器《函皇父敦》所记人物，断为厉王时期作品。若干年前，紫金山天文台张培瑜先生发表了《中国早期的日食记录和公元前十四至公元前十一世纪日食表》，认为幽王六年即前776年9月6日的日食，是一次日偏食，中原周都地带根本看不到。据此，有的学者将写作年代定于东周平王三十六年，因为该年（前735年）夏历十月的辛卯日（阳历11月30日），发生过一次食分很大的日食现象。此次日食，中原地区到处可见（赵光贤《〈诗十月之交〉作于平王时代说》）。天文学证据不容争辩，年代既定，此诗的一些内容也就须重新理解。例如与《正月》及《雨无正》相比，没有"宗周既灭""靡所止戾"云云的内容。现在看来这是因为作诗时距西周灭亡已数十年之久，王朝东迁也已若干年了。时过境迁，朝廷又有了新的问题与矛盾。再如诗中皇父"作都于向"的地点问题，前代学者有认为向在今开封西南的尉氏县境内。现在看来当是距雒邑正北几十公里处的向。从诗歌所反映的内容看，皇父是位弄权的人，发展私人势力，不会距都城太远，太远则会失去对权力的控制。还有，"艳妻煽方处"一句，过去的解释或把艳妻解释为褒姒，或解"艳"为"剡"或"阎"，系周厉王之妻妾，现在看来也都是望文生义的。

　　诗篇的创作是以日蚀发生为契机的，是以天变来警示现实，矛头所指即以皇父为首的七位权贵。如此，诗篇首先表现的是一个思想史的事实：西周、东周之际，人们对天命、天道，还没有失去信仰，还是人们对抗现实黑暗的思想武器。《孔子诗论》第8简对此诗的评论也说："《十月》善諀言。""諀言"即"辟言"之"辟"，读如《大雅·荡》之"天命多辟"之"辟"，是说诗人善于用日食、月食的天变现象，痛斥皇父等奸邪之臣。言天变而称之为"辟言"，"辟言"之义实即"变言"，古人认为自然的灾变，正系上天以诡谲的方式向人世谴告。这一点至西周崩溃时也没有改变。另外一个重要之点，即此诗揭示了东周之初王朝某些社会现实：其一，是权贵营造自己的小天地，而对周王置之不顾；其二，与上述相伴，是东迁权贵家族对土地人民的侵占掠抢；其三，诗篇的抒情主体，是不忍抛弃王室而"自逸"的臣子，然而"我友自逸"的现象在当时却更为普遍。东周初期载籍阙如，赖有此诗及其他几首《小雅》篇章的控诉，人们可以对这段历史有更多了解，是此等诗篇的文献价值。看来平王东迁并未给王朝带来任何振兴的迹象，王朝内部还出现了权臣欺主、人心涣散的新问题。王室连近臣都无法驾驭，诸侯霸主的崛起也就指日可待了。孤危忠臣的哀号中，展现的是毫无希望的王政残局。

雨无正

浩浩昊天，不骏其德①。**降丧饥馑，斩伐四国**②。**旻天疾威，弗虑弗图**③。**舍彼有罪，既伏其辜**④。**若此无罪，沦胥以铺**⑤。

○诗之首章。开篇即言天心不平，起势宏壮。钱锺书《管锥编》："通首不道雨，与题羌无系属。……《困学纪闻》卷三谓《韩诗》此篇首尚有两句：'雨无其极，伤我稼穑。'则函盖相称矣。"

注释　①**浩浩**：广大貌。**骏**：长，大。②**饥馑**：饥荒。《毛传》："谷不熟曰饥，蔬不熟曰馑。"**降丧**：降凶。③**旻**（mín）**天**：幽远的上天。一说，旻天应作"昊天"。陈奂《传疏》："旻天当依定本作昊天，此篇三言皆作昊天，作旻者，因《小旻》《召旻》致误。"**疾威**：发威。《诗集传》："犹暴虐也。"**虑、图**：考虑。④**舍**：施加。即将惩罚施与那些有罪者。**伏其辜**：伏法受罪。⑤**若**：至于。**沦胥**：相率地，不分先后地。此语西周晚期诗篇数见。**铺**：遭遇凶险。于省吾《新证》："与薄伐之薄并谐甫声，古通用，应训为迫。……迫与危义相因。"

周宗既灭，靡所止戾①。**正大夫离居，莫知我勚**②。**三事大夫，莫肯夙夜**③。**邦君诸侯，莫肯朝夕。庶曰式臧，覆出为恶**④。

○诗之二章。表明时局，斥责三公六卿逃避自全。周王内无大臣，外失诸侯，真可谓众叛亲离。"三事大夫"至"莫肯朝夕"四句，钱锺书《管锥编》引明叶秉敬《书肆说铃》谓："此歇后语也。若论文字之本，则当云'夙夜在公''朝夕从事'矣。"

注释　①**周宗**：指宗周崩溃，幽王死去。宗周即天下大宗的意思，故称周宗。一说，传写倒误。**戾**：定，安稳下来。②**正大夫**：长官大夫，实指公卿级别的官职。朱熹《诗集传》："周官八职，一曰正，谓六官之长，皆上大夫。"**离居**：离散，跑掉。**勚**（yì）：劳累。③"**三事**"**句**：司徒、司马、司空。此处可能泛指一般大夫。**夙夜**：早晚朝拜。《郑笺》："晨夜朝暮省王也。"古时有早朝，有晚朝。早朝为朝，晚朝为夕。下文"朝夕"意思一样。④**庶**：庶几，表希望之词。**覆**：反而。两句是说，希望局势好转，不想一天坏似一天。

如何昊天，辟言不信①。如彼行迈，则靡所臻②。凡百君子，各敬尔身③。胡不相畏，不畏于天④？

○诗之三章。用天威来警示君子们要遵守臣道。

◨ **注释** ◨ ①**辟言**：上天诡谲的谴告之言。**不信**：不相信。两句是说，为什么人们不能正视上天以灾变形式对人世发出的警告之言呢？一说，辟，法；辟言即合法之言。不信，不伸张。②**行迈**：行走前进。**臻**：至，达到。两句是说，不信上天之言，就如同行路无方向，永远达不到目的地。③"**凡百**"**句**：谓所有的在位者。凡百，所有的。**敬**：慎重。④**相畏**：有所畏惧。朱熹《诗集传》："不敬尔身，不相畏也。不相畏，不畏天也。"两句是说你们无所畏惧，难道真的连上天也不怕吗？

戎成不退，饥成不遂①。曾我暬御，憯憯日瘁②。凡百君子，莫肯用讯③。听言则答，谮言则退④。

○诗之四章。是对前两章的一个总结。君子大夫们既不畏天威，不恤国事，就只有兵戎、灾荒的肆虐。国无忠臣，匡救乏人，一番绝望的现实从一侍御之人口中说出，尤为客观、真实。

◨ **注释** ◨ ①**戎**：兵事。据记载，西周之灭是申、缯之国与戎狄联合为之。**遂**：消退。于省吾《新证》："应读作坠，……不遂即不坠，……此诗是说，战事已成而不罢退，饥馑已成而不消失，意谓遭时多难，人祸与天灾并至。"②曾：则。**暬（xiè）御**：侍御。朱熹《诗集传》："《国语》曰：'居寝有暬御之箴。'盖如汉侍中之官也。"据此，此篇之暬御，即宦官。**憯憯（cǎn cǎn）**：惨惨。③**用讯**：交谈，告知。用，以。讯，告。戴震《诗经考》以为，"讯"为"谇"字之误。此句是说君子们不接受真诚的交流。其具体缘故，见下两句。④**听言**：顺耳之言。**答**：回应。**谮（zèn）言**：逆耳之言。**退**：排斥。马瑞辰《通释》："听有顺从之义，'听言'对'谮言'而言，正谓顺从之言。《广韵》：'谮，毁也。''毁，犹谤也。'……听言言答，则进之可知；谮言言退，则不答可知。互文以见义。"两句是说，当时的君子之流，听到顺耳的话就回应，听到逆耳忠言就排斥。

哀哉不能言，匪舌是出，维躬是瘁①。哿矣能言，巧言如流，俾躬处休②。

○诗之五章。言忠诚者的言语是行动，奸巧者的行动是口舌；行动者的回报是困苦，口舌者的回报是放逸。此章的意蕴，可以横概多少世代。"哀哉"句与"哿矣"句，相对成文。

注释 ①**不能言**：即不会说的意思。**"匪舌"句**：不能言者的行为不是靠舌头。**"维躬"句**：他们是靠身体力行，所以劳瘁。王先谦《集疏》："诗言哀哉此不能言之贤者，其趋事非恃舌之出话也，维以其身尽瘁于王事而已。"②**哿**：可。参《小雅·正月》"哿矣富人"句注。**休**：美好。三句是说：好了，那些花言巧语者，你们的巧言流畅就能使自己处在好境地。

维曰予仕，孔棘且殆①。云不可使，得罪于天子②。亦云可使，怨及朋友③。

○诗之六章。言入仕者进退两难的尴尬，显示的是西周、东周交替之际"二王并立"特有的矛盾。

注释 ①**维曰：**在此有"说起来"的意思。**仕：**入仕。**棘：**危急，险恶。②**不可使：**不可以从事、做事。西周器铭《师嫠簋》："在昔先王小学（教）女（汝），女（汝）敏可吏。""可吏"即"可使"，可以任事的意思。**天子：**此处当指携王余臣。两句是说，若不任事，天子会不满意。③**亦：**若，如果。**朋友：**同僚。两句是说，若做事，则同僚要怨恨。

谓尔迁于王都，曰予未有室家^①。鼠思泣血，无言不疾^②。昔尔出居，谁从作尔室？

〇诗之七章。对离居者作诛心诘问，并述其忧戚之状，以衬其情之虚饰。方玉润《诗经原始》："未更望诸臣之来共匡君失，因诘责之，使穷于辞而无所遁，乃作诗本意。"

注释 ①**谓：**促使。马瑞辰《通释》："《广雅》：'谓，使也。'"意思是让你搬迁到王都这里来。**"曰予"句：**回答说我这里无家室。离居之臣的答词。②**鼠思：**忧思。与"癙忧"同义。参《小雅·正月》"癙忧以痒"句注。**疾：**言辞激烈。

解说

《雨无正》，抨击不恤王事之大臣的篇章。

《孔子诗论》："《雨无正》……言上之衰也，王公耻之。"诗中所言大臣们的不恤国事，的确可"耻"。《毛诗序》："《雨无正》，大夫刺幽王也。雨自上下者也，众多如雨，而非所以为政也。"《郑笺》："亦当为刺厉王，王之所下教令甚多而无正也。"揆诸诗歌内容，《毛诗序》《郑笺》之说相差甚远。"刺王"自是诗中固有含义，但诗的本旨则是悲叹、斥责大臣不恤国事，匡国无人。古文学者好以"刺王"言诗，以为只要是历数现实不当的，就都是在"谲谏"刺王，反映出的是经生视《诗》为谏书的治学取向。至于郑玄将此诗的时代定于厉王时，更是毫无道理。厉王只是被国人流放，并非灭国，也显然与诗的"周宗既灭"不合。厉王被逐，其他诗篇如《大雅·桑柔》"灭我立王"，只是"王"，而不言"宗周"，就是说诗人说话是有分寸的。再者厉王失国，是因其失民心，也不当有此诗这样的绝望悲情之作。实际上，此诗正如清代学者尹继美《诗管见》所说"当为平王诗。……与《节南山》《正月》同为镐京失陷"之后的诗，以及"二王并立"（参本书《节南山》篇解说）时作品。从开始一章所描述的情势看，应在西周刚刚崩溃后不久。诗篇作者是一个近侍小臣，诗篇说得很清楚，但他在两个并立的朝廷中属于哪一个，还有待研究。实际上就是周平王的朝廷，也是到后来由于晋、鲁诸侯出面相助，才终于被扶正，成为合法朝廷的。正是由于较长期的"并立"，才有"云不可使，亦云可使"的依违矛盾以及诸侯、三公们的不肯朝夕、夙夜的怠慢。对"二王并立"的具体情况，史书记载阙如，诗篇却活生生地展示了当时大臣们观望、首鼠两端的样子。令人感慨的是本诗的作者即近侍小臣，本着臣子的忠诚，以纲常大义为准则，哀哀呼唤着大臣们要尽心王事，显示出位卑者的忠贞。高尚与鄙陋，在这样的时刻展露，真令人有劫火洞烧、不烬唯玉的感觉。

小　旻

旻天疾威，敷于下土①。谋犹回遹，何日斯沮②？谋臧不从，不臧覆用③。我视谋犹，亦孔之邛④。

○诗之首章。言邪僻的谋划占据上风。朱彬《经传考证》谓"谋犹"二字"实一篇之大旨，言之重，词之复，皆反覆申明。叹惜痛恨于国维不振，将不知所届也"。

【注释】 ①敷：广布。②谋犹：谋划。犹，通"猷"，与"谋"同义。回遹（yù）：邪僻。沮：停止。③臧：善。覆：反而。④邛（qióng）：病。

潝潝訾訾，亦孔之哀①。**谋之其臧，则具是违**②；**谋之不臧，则具是依。我视谋犹，伊于胡底**③。

○诗之二章。紧承前章"我视谋犹"两句，明言正是小人无原则、不顾大体，才使得朝无正谋，令人哀痛。

【注释】 ①潝潝（xì xì）：无原则地同声相应。訾訾（zǐ zǐ）：无是非地相互诋毁。两句是写朝中小人党同伐异的丑恶之态。②违：被弃，抛弃。两句是说好的谋划都被抛弃。与下一句即坏的谋划都被采用的句意成一对比。③伊：将。底：终止，到头。两句谓群小的谋划，到什么时候才算结束呢？

我龟既厌，不我告犹①。**谋夫孔多，是用不集**②。**发言盈庭，谁敢执其咎**③？**如匪行迈谋，是用不得于道**④。

○诗之三章。斥朝臣智术短，不负责任。智术短，所以频繁问卜，令神龟厌烦；不负责任，所以勇于聒噪，怯于担当。对末世朝廷的揭露，入木三分。

【注释】 ①"我龟"句：言占卜过于频繁，致使神龟厌倦。《易·蒙》："初筮告，再三渎，渎则不告。"可与此句参读。犹：指卦词，繇字的假借。据马瑞辰《通释》。②集：就，落定。③执：承当。咎：本义为过错，在此引申为责任之意。④匪：彼，那。"行迈"句：即谋于路人的意思。"不得"句：无所适从的意思。这两句是说，人多嘴杂，没有准主意，就像跟路人讨主意一样，得不到一致说法。

哀哉为犹，匪先民是程，匪大犹是经①。**维迩言是听，维迩言是争**②。**如彼筑室于道谋，是用不溃于成**③。

〇诗之四章。言谋划偏邪是由于没有主见，又不知道取法先民。写尽斗筲之臣的昏庸无能。

注释　①**匪**：非。**程**：法度，规范，在此为动词，取法的意思。**经**：遵循。马瑞辰《通释》："朱彬谓当训行，是也。……'匪大犹是经'犹云匪大道是遵循耳。"②**迩言**：琐碎之言，即无关宏旨的言论。③**溃**：完成，达到。《毛传》："遂也。"马瑞辰《通释》："溃即遂之假借。溃、遂古声近通用。"两句是说，就像盖房子向路人问主意，一定盖不好。

国虽靡止，或圣或否①。**民虽靡膴，或哲或谋，或肃或艾**②。**如彼泉流，无沦胥以败**③。

〇诗之五章。于规劝之中点明当政者堵塞贤路，益见谋国者恶劣。

注释　①**靡**：小。**止**：哉。语气词。两句是说，国家现在虽然很小，但国民有的睿智，有的则愚笨。此句实际强调的是国中毕竟有聪明人。②**膴**（wǔ）：大，厚，在此有众多之意。**艾**：治。马瑞辰《通释》："艾者，乂之假借。"在此指那些有治理国家能力的人。《郑笺》："《书》曰：'睿作圣，明作哲，聪作谋，恭作肃，从作乂。'诗人之意，欲王敬用五事，以明天道，故云然。"《书》即《尚书·洪范》，此篇称上述五种能力为"五事"，不过郑玄所引与《洪范》原句语序不合。③**"如彼"两句**：不要因堵塞贤路而导致全体败亡。参《小雅·雨无正》"沦胥以铺"句注。

不敢暴虎，不敢冯河①。**人知其一，莫知其他**②。**战战兢兢，如临深渊，如履薄冰**③。

〇诗之六章。全用比喻，写贤者于大命将倾时的恐惧戒惕之情。与诗开始的"旻天疾威"遥相呼应。"战战兢兢"四句含义深微，造语警策。

注释 ①暴（bó）虎：离开田猎之车而搏击老虎。参《郑风·大叔于田》"襢裼暴虎"句注。**冯**（píng）：渡大河不借助舟船。"暴虎冯河"后来被当作鲁莽的代名词，如《论语·述而》："子路曰：'子行三军，则谁与？'子曰：'暴虎冯河，死而无悔者，吾不与也。必也临事而惧，好谋而成者也。'"②**其一**：指暴虎冯河之事，意思是人们只知道这样的事是危险的。**其他**：指小人谋国平庸无能，也是危险的。③**"战战"句**：言戒惧小心之态。

解说

《小旻》，斥责谋国无能的昏聩大臣之诗。

《毛诗序》："大夫刺幽王也。"从诗中"旻天疾威""国虽靡止"及末章的"战战兢兢"云云看，当与《节南山》《雨无正》等为同一时期而稍晚的作品。《毛诗序》谓作于幽王朝是不可信的。诗围绕着"谋犹"二字，从各个方面描述了势力微弱的小朝廷中斗筲用事、治乱无策的衰颓之局。诗篇对此给出了原因：党同伐异，搞小集团，堵塞言路。同时，"谋夫孔多，是用不集。发言盈庭，谁敢执其咎"几句，明示的是这样的状况：朝廷已经没有坚定的核心。这又让人倾向于这样的看法：诗篇揭露的是携王小朝廷的情况。据《汲冢竹书纪年》记载，"幽王既死，而虢公翰又立王子余臣于携"。就是说携王余臣小朝廷以虢公翰为核心，诗篇所描绘的小朝廷人多嘴杂、无人负责的昏暗情形，可能是虢公翰死去后的光景。也就是说，诗篇的创作距"二王并立"结束已为期不远。因而诗篇很好地明示了这样一点：作为西周余波携王朝的覆灭，够不上一个悲剧事件，不过是一种无价值的垃圾被清扫掉而已。《孔子诗论》第8简谓："《小旻》多疑矣，疑言不中志者也。"是说《小旻》篇在内容上充满了疑虑，那是因为篇中的王公大臣们发言盈庭，却都是言不由衷，谋者不忠，听者不明，以至亵渎灵龟，人神共怨。这便是携王朝暗淡的政治图景。这样的政权，任何试图对其予以拯救的努力都是徒劳的。然而这并不说明诗人们的努力是无价值的。相反，所有这些亡国之诗，都表现出这样一个事实：在一个国家消亡之际，在历史新旧交替的断裂之际，人们并没有丧失生存的理想，他们仍在思考着、期望着，人依然站立着。特别是诗篇结尾章的后三句，从对朝政无希望的指责转而言说个人处乱世应守的戒惕原则，是较早的关于人生哲学的新思考，是西周后期思想潮流的新动向。从这一点说，诗篇在挽歌哭送着一个时代的同时，也以其焦灼的思绪启动着新时代的来临。春秋战国时期理性思潮的高涨，实际上正孕育于西周末年诗人的苦痛思索之中。

小　宛

宛彼鸣鸠，翰飞戾天①。我心忧伤，念昔先人。明发不寐，有怀二人②。

○诗之首章。以鸣鸠高飞至天起兴，鸟虽小而志远大。先人、父母之思，则预示诗篇的主题范围。暗夜忧思，使诗篇多几分忧郁气氛。

注释　①**宛**：小小的样子。**鸣鸠**：斑鸠，一种短尾鸟，善鸣叫。**翰**：振翅飞翔。**戾**：至，到达。②**明发**：醒。马瑞辰《通释》："皆醒也，即谓醒而不寐也。"**二人**：指父母。

人之齐圣，饮酒温克①。彼昏不知，壹醉日富②。各敬尔仪，天命不又③。

○诗之二章。言饮酒应敬慎威仪。乱世自保，唯有敬慎。点出时风败坏。

◎ 注释 ◎ ①**齐**：智慧聪敏。王引之《经义述闻》："齐者，知虑之敏也。"《荀子·修身》："齐给便利。"与此"齐"字义同。②**温克**：饮酒能自持，不失态。温，与"蕴"古通，《孔疏》："谓蕴藉自持、含容之义。"克，自持。《尚书·洪范》有"强弗友刚克，燮友柔克；沉潜刚克，高明柔克"之语，西周铭文《沈子也簋盖》也有"吾考克渊克"之语，都是同样词法。**"壹醉"句**：沉溺地饮酒，日甚一日，越饮越厉害。壹，《礼记·大学》："壹是皆以修身为本。"与此处"壹"义同，专意于某事的意思。日富，日甚一日。朱熹《诗集传》："富，甚也。"一说，富，自满。马瑞辰《通释》："醉则日自盈满，正与温克相反。"③**敬**：慎重。**仪**：法度。**不又**：不佑。西周金文又、佑常通用。《左传·昭公元年》："良臣将死，天命不佑。"一说，又，复，即天命不再。

中原有菽，庶民采之①。螟蛉有子，蜾蠃负之②。教诲尔子，式穀似之③。

○诗之三章。言教育子弟事。以蜾蠃收养螟蛉之子为喻，强调教子的重要。与首章的"念先人"相应。

◎ 注释 ◎ ①**中原**：原中。**菽**：藿，即豆叶。②**螟蛉**（míng líng）：桑虫。**蜾蠃**（guǒ luǒ）：土蜂。**负**：孵化。马瑞辰《通释》："负之言孚也。凡物之卵化者曰孚，其化生者亦得曰孚。……负之即孚育之，非谓负持之也。"《郑笺》："蒲卢（即蜾蠃——引者）取桑虫之子，负持而去，煦妪养之，以成其子。"古人见土蜂将桑虫抓进自己的窝巢，以为土蜂不能生育，养育螟蛉幼虫以为己子。西汉扬雄《法言·学行》则谓："螟蠕之子殪，而逢蜾蠃，祝之曰：'类我！类我！'久则肖之矣。"南北朝陶弘景亲自观察指出，土蜂把螟蛉带入蜂巢并不是要养活它，而是用作土蜂虫卵发育的食粮（见《本草经注》）。此说是正确的，后来科学家对此还有更细致的观察。③**穀**：

《郑笺》："善也。"**似**：嗣，承续。

题彼脊令，载飞载鸣①。**我日斯迈，而月斯征**②。**夙兴夜寐，毋忝尔所生**③。

○诗之四章。以原野纷飞的小鸟，喻"我"与"而（尔）"劳碌奔波。"夙兴"两句，兄弟离别之际的告诫。凄凉。

注释 ①**题**：视。**脊令**：鸟名。参《小雅·常棣》"常棣之华"句注。②**迈**：行进。**而**：尔。**征**：前行。**"我日"两句**：我要出征，将日积月累奔波。③**忝**：辱，即不要给先人带来耻辱。**所生**：指父母、祖先。

交交桑扈，率场啄粟①。**哀我填寡，宜岸宜狱**②。**握粟出卜，自何能穀**③？

○诗之五章。言世道险恶，更需慎重，自求多福。钱澄之《田间诗学》："上二句刺贪，言非所食者而尽食矣；下二句刺酷，言不宜虐者而偏虐矣。"

注释 ①**交交**：形体小小的样子。一说，鸟叫声。**桑扈**：鸟名，即青雀，又名窃脂、小腊嘴等，羽毛青褐色，有黄斑点。《淮南子·说林训》："桑扈不啄粟。"郭璞《尔雅注》："嘴曲，食肉，喜盗膏脂食之，因以云名。"其实，现代观察发现，青雀喜欢啄食稻米、粟米等。前两句古人多以为是形容在位者贪，就像不食粟的桑扈也开始啄米，一副贪婪相。其实更可能是以桑扈之喜欢啄粟，隐喻小民之容易陷于法网。**率**：循，沿着。**场**：打谷场。②**填**：尽，即穷困、身无长物的意思。一说，病，瘨之假借。**宜**：容易。**岸**：诉讼，吃官司。犴之假借。《韩诗》作"犴"，监狱，曰："乡亭之系曰犴，朝廷曰狱。"中间两句是说，穷困潦倒之人最易于受诬陷而陷于囹圄。③**粟**：占卜时名义上是给神（其实是巫师享用）的精米。《离骚》："巫咸将夕降兮，怀椒糈而要之。"椒糈即拌有香料的粟米之类。**穀**：善，好结果。后两句是说，在政治残酷的时候，若遇难事，求神占卜再精诚也无济于事。

温温恭人，如集于木①。惴惴小心，如临于谷②。战战兢兢，如履薄冰。

○诗之六章。由对兄弟教戒，转言自己恐惧之情。造语凝练，寓意精警。

注释 ①**温温**：满心希望的样子。《史记·孔子世家》："孔子循道弥久，温温无所试。"与此处"温温"义同。旧说和柔貌，恐不确。**恭人**：共人，被征集充军的征人。甲骨文有"共人五千征土方"，"共众人，呼从王事"。共，即征集、招致之义，前一条是说征集共人征伐土方，后一条意思是征集人众跟随去行王事。是共人或为军士，或为其他行役人员。在《诗经》中，《小雅·六月》"共武之服"之"共"，或与此处"共人"同义。在此诗，即指抒情主人公。一说，恭敬有德之人。**"如集"句**：形容处境的危险。集，落在。《毛传》："恐坠也。"②**惴惴**：恐惧貌。**谷**：深谷，深渊。

解说

《小宛》，兄弟离别嘱告的篇章。

《毛诗序》："大夫刺宣王也。"验诸诗篇所言，《毛诗序》此说无据。朱熹《诗集传》谓："此大夫遭时之乱，而兄弟相戒以免祸之诗。"较旧说更合诗意。不过，朱熹称诗篇作者为"大夫"，也于篇内无据。理解诗篇的关键，在"温温恭人"的"恭人"所指究竟为何。历来都把这个词语当作有德者之美称，实则甲骨文显示，共人（诗中写作"恭人"）是王朝征集的人，或为远征军士，或为其他行役人员。然而，此诗的征调远行似乎又不同一般。诗言"有怀二人"，又嘱咐"教诲尔子""毋忝尔所生"，似乎此次的离别是一次兄弟永久分离的诀别，"日迈""月征"之言说的是兄弟的渐行渐远。因此，笔者怀疑，此篇的告别与东迁有关。即是说，兄弟东迁的安置地不同，执手离别，即意味着永久分居。所以才有如此告诫。又可能东迁是有组织的，类似军旅征行，所以诗言"恭人"。诗告诫兄弟勿忘先人，不要饮酒败德，不要荒忽子弟教训，又特别提醒乱世落魄之人容易遭人陷害。归结其大旨，就在"敬慎"两字；或者说，作为西周后期诗篇，《小宛》是较早集中表述"敬慎"之德的文献，其所言，又为后来儒家所接续、弘扬。同时，"有怀二人"及"毋忝尔所生"诸句，又暗示出西周人孝道观念的一个重要内涵：遵循先辈德行，即是孝道。这是《礼记·中庸》"夫孝者，善继人之志，善述人之事者"之说的渊源。同时，这也交代了诗中人的身份，他们也是有祖德可述的贵族，只不过因社会变迁难免衰落，"哀我填寡，宜岸宜狱"之句，透露的正是这样的消息。也正因如此，诗篇在内容上才见其独特。地位的衰落，引起的是强烈的现实恐惧感，诗最后一章就以精警之句，宣泄出这样的恐惧感。但恐惧感又刺激出一个积极结果，那就是：努力修德，以自求多福。这也是前所未有的人生觉悟，也是后来儒家所大力宣扬的哲学。

近出《孔子诗论》第8简载，孔子对此诗有如下评说："《小宛》，其言不恶，小有仁焉。"说它"小有仁"，即指诗的主人公虽不能干济时世，却颇能以道自守。"小有仁"之"小"，亦可读作"少"，如此"小有仁"亦即"少见、少有的仁"，也就是乱世还知道讲究"仁"的人太少了的意思。无论如何，作为一首记录乱世心态的诗篇，它实际反映的是社会精神世界的分化与传承。在有形的社会制度走向崩溃的时候，精神传统也在经受堕落、断裂的考验。在生活的堕落成为普遍的风气之际，传统的道德仍被一部分人高擎着，并且成为这些人对抗现实、安顿生命的原则。

小弁

弁彼鸒斯，归飞提提①**。民莫不穀，我独于罹**②**。何辜于天？我罪伊何**③**？心之忧矣，云如之何？**

○诗之首章。呼天自诉，总起全诗。仰观飞鸟，是旷野孤子哀嚎之象。

🔲 **注释** 🔲 ①**弁**（pán）：快乐，无忧无虑。一说，鸟拍打翅膀飞翔。**鸒**（yù）：鸟名，又名雅乌、卑居，体型较一般的乌鸦小，腹部羽毛为白色，喜欢成群飞行。**斯**：语气词。下文"柳斯""鹿斯"之"斯"义同。**提提**：群飞貌。②**穀**：好。**罹**：忧愁。③**辜**：罪，得罪。

踧踧周道，鞠为茂草①**。我心忧伤，惄焉如捣**②**。假寐永叹，维忧用老**③**。心之忧矣，疢如疾首**④**。**

○诗之二章。极言内心的苦痛。谢枋得《诗传注疏》："事关心者，梦中亦长嘘，故曰'假寐永叹'；忧愁多者，少亦发白，故曰'维忧用老。'"钱锺书《管锥编》："《三百篇》非无攻琢、雕炼之词，即以《小弁》论，'我心忧伤，惄焉如捣'，可称惊心动魄，一字千金。"

🔲 **注释** 🔲 ①**踧踧**（dí dí）：平坦貌。**周道**：宗周通往东方各国的大道。**鞠**（jú）：穷迫，蹙迫。此处犹言挤满。②**惄**（nì）：忧思。**捣**：舂，击打。③**假寐**：打盹，睡不安。闻一多《诗经通义》："假为限制寐之副词，假寐与永叹举。假寐即姑寐，犹言暂时寝息也。"**永叹**：长叹。**用**：因而。"假寐"两句是说，忧虑使自己睡不着，时而被长叹打断。④**疢**（chèn）：热病，即头脑发热疼痛的病症。

维桑与梓，必恭敬止①**。靡瞻匪父，靡依匪母**②**。不属于毛？不罹于里**③**？天之生我，我辰安在**④**？**

○诗之三章。前四句言对父母毕恭毕敬，并无过恶。后四句，则极表无过得咎的苦闷与哀痛。

▣ 注释 ▣ ①**桑、梓**：古代家园内外，多种植桑梓之树。朱熹《诗集传》："古者五亩之宅，树之墙下，以遗子孙给蚕食、具器用者也。"桑梓必敬，是因其为祖业。因其为祖业，所以又成为家园之表征。顾炎武《日知录》言桑梓两句："此于诗为兴体，言桑梓犹当养敬，而况父母为人子之所瞻依？"亦通。②**瞻**：看，在此有遵从的意思。**依**：遵从。③**属**：连着，附着。**毛**：毛发。《毛传》："毛在外，阳以言父。"**罹**：粘连。陈奂《传疏》："当依《唐石经》作离。凡别离与附离字皆作离，不作罹。"**里**：心腹。《毛传》："里在内，阴以言母。"④**辰**：生辰。此句即生不逢辰之意。

菀彼柳斯，鸣蜩嘒嘒①。**有漼者渊，萑苇淠淠**②。**譬彼舟流，不知所届**③。**心之忧矣，不遑假寐**④。

○诗之四章。以柳蝉、渊苇，反衬人不如物；自比漂流小舟，极言迷惘孤苦。此章善营造情景。

▣ 注释 ▣ ①**菀**（wǎn）：茂盛。**嘒嘒**（huì huì）：象声词。②**漼**（cuǐ）：水深貌。**萑**（huán）**苇**：芦苇。**淠淠**（pì pì）：丛生貌。③**譬**：比如。**届**：终点。④**不遑**：无暇，不能。

鹿斯之奔，维足伎伎①。**雉之朝雊，尚求其雌**②。**譬彼坏木，疾用无枝**③。**心之忧矣，宁莫之知**④？

○诗之五章。以奔鹿、雉雊，衬托己之孤单。托物生情，以病木喻境况之恶，意象尤为工新。

▣ 注释 ▣ ①**伎伎**（qí qí）：快速行进貌。马瑞辰《通释》："据《释文》，伎本又作跂。《白帖》引《诗》正作'维足跂跂'。"②**雉**：山鸡。

雊（gòu）：雉鸣叫。③坏：弯曲臃肿的病木。《尔雅》作"瘣"，坏为假借字。用：因而。④宁：难道。

相彼投兔，尚或先之①。行有死人，尚或墐之②。君子秉心，维其忍之③。心之忧矣，涕既陨之。

○诗之六章。以投兔、墐人，反衬君子的忍心。

注释 ①投兔：投入罗网的兔子。《郑笺》："投，掩。"先：打开，放走。马瑞辰《通释》："《广雅》：'先，始也。'义与开近。《礼记》'有开必先'，先即所以开之也。开创谓之先，开放亦谓之先，先之即开其所塞也。"②行（háng）：道路。墐（jìn）：埋葬。③君子：在此指"我"之父。

君子信谗，如或酬之①。君子不惠，不舒究之②。伐木掎矣，析薪扡矣③。舍彼有罪，予之佗矣④。

○诗之七章。言君子喜欢谗言，就像有人向他敬酒一样。前章责君子无情，此章斥君子丧智。

注释 ①酬：敬酒。②舒：缓慢，仔细。究：推究，思虑。③掎（jǐ）：伐木时，为控制树倒下的方向，要用绳索之物拴在树梢处，以便引拽。扡（chǐ）：破开，随树木纹理劈开木材。④佗：加，引申为加害。"舍彼"两句谓有罪的人不加罪，无罪的人却遭殃。此章前四句为一段，后四句为一段。后四句紧承前四句，言君子既然信谗，那么，就像被砍伐的树开始要用绳索拉拽了，就像倒下的树已经开始顺其纹理破析了，自己的罪责已经被定为铁案，难以摆脱了。

莫高匪山，莫浚匪泉①。君子无易由言，耳属于垣②。无逝我梁，无发我笱③。我躬不阅，遑恤我后④。

○诗之八章。先以受害者口吻提醒君子隔墙有耳，实际交代出自己被父亲抛弃的缘由。继而表决绝之词，情绪先扬而后抑，无辜而又无奈。

注释 ①浚：深。两句谓，没有高者不是山的，没有深者不是泉的。言外之意，任何人，只要他做了什么，就必定留下给人盯梢、追踪的行迹。是比兴之词，以引起下面"君子无易"云云。②由：于。介词。马瑞辰《通释》："《尔雅·释诂》：'繇，于也。'繇、由古通用。……戒君子无易于言也。"**属**：附，贴近。**垣**：墙。③**梁**：鱼梁。**笱**（gǒu）：捕鱼的竹器。④**阅**：容。**遑**：暇。**恤**：忧。"无逝"四句又见《邶风·谷风》第三章。

解说

《小弁》，遭父亲恶待的哀歌。

《毛诗序》云："刺幽王也。太子之傅作焉。"所谓太子，指周幽王太子宜臼，即后来的周平王。诗第一章，《毛传》谓："幽王取申女，生太子宜咎（字亦作'臼'）。又说（悦）褒姒，生子伯服，立以为后而放宜咎。将杀之。"以上是古文家说法，是将诗篇与西周后期周幽王宠爱褒姒、废长立幼相联系（参《小雅·节南山》解说）。不过，今文家却另有说法，谓诗为西周末大臣尹吉甫之子伯奇或伯封所作。据王先谦《集疏》所引《鲁诗》说："《小弁》，《小雅》之篇，伯奇之诗也。伯奇仁人，而父虐之，故作《小弁》之诗。……吉甫娶后妻，生子曰伯邦，乃潜伯奇于吉甫，放之于野。"至于伯奇因何遭父之虐，据王先谦《集疏》所征引《说苑》，其事为："王国子前母子伯奇，后母子伯封。后妻（'后妻'两字原无，据王先谦说补）欲立其子为太子，说王曰：'伯奇好妾。'王不信。其母曰：'令伯奇于后园，妾过其旁。王上台视之，即可知。'王如其言。伯奇入园，后母阴取蜂十数置单衣中，过伯奇曰：'蜂蛰我！'伯奇就衣中取蜂杀之。王遥见之，乃逐伯奇也。"故事很富传奇性，自西汉起流传甚广。以上是古人关于诗篇本事的说法。另外，关于诗篇作者，除了上述《毛诗序》所谓太子师作、《鲁诗》家所谓伯奇作之外，还有伯奇之弟伯封作之说，出《韩诗》家。

就诗篇所透露信息而言，可以肯定的是，诗篇所表家庭矛盾应为贵族之家，而后妻害前妻之子又是古代社会常有之事。此诗应该是较早表现此类题材的篇章。至于诗篇作者，笔者以为，诗篇也可能为王朝采诗官所作。社会上后母迫害前妻之子的事多发，就可能有采诗官对此社会现象的揭露。

关于诗篇内容，《孔子诗论》第8简论曰："《小弁》《巧言》，皆言谗人之害也。"与诗篇最后一章透露的消息相吻合。此外，《孟子·告子下》记载："公孙丑问曰：'高子曰：《小弁》，小人之诗也。'孟子曰：'何以言之？'曰：'怨。'曰：'固哉，高叟之为诗也！……《小弁》之怨，亲亲也。亲亲，仁也。固矣夫，高叟之为诗也！……《小弁》，亲之过大者也。亲之过大而不怨，是愈疏也。……愈疏，不孝也。'"孟子师徒的谈论，也承认诗中所述属于家庭矛盾，而且还从伦理上考察了诗篇的内涵。孟子以为，《小弁》中充斥着怨怼之气，并不意味着儿子就违反了孝道的伦理。当长辈的错误过于严重时，后辈是有反对权利的，不然尊亲之错，就无以纠正。因此孝的含义既包括对长辈遵从的义务，也包括对尊亲纠正的权利。那么，孟子的观念是《小弁》创作时期的观念吗？答案是肯定的。此诗不论是古文家所说系幽王废长立幼，还是尹吉甫家庭后母残害孤子，都表达了受到不正当待遇的子辈对无情无智父亲的强烈不满，更重要的是，这种不满还能够被采入《诗经》，被之管弦，广为传诵。如果当时的孝道观念是高叟式的，就不可能这样。中国的伦理观在战国之际，随着社会制度走向极端专制，发生过剧烈的变化。《小弁》一诗的创作和流传，都保存着变化之前的形态。善读《诗》者，应当从诗里诗外读出其所处时代的某种文化氛围。

巧 言

悠悠昊天，曰父母且①。无罪无辜，乱如此幠②。昊天已威，予慎无罪③。昊天大幠，予慎无辜④。

○诗之首章。言上天既已震怒，就不分好坏，个人只有慎重行事，自求无灾。

注释　①**悠悠**：遥远广阔貌。**且**（jū）：语气词。②**幠**（hū）：广大。③**已**：甚。④**大**：太。或作"泰"。大与上句"已威"之"已"义同。《郑笺》："已、太皆言甚也。"**幠**：怒。怃之假借，《新序》及《韩诗外传》引《诗》均作"太怃"可证。

乱之初生，僭始既涵①。乱之又生，君子信谗②。君子如怒，乱庶遄沮③。君子如祉，乱庶遄已④。

○诗之二章。推原祸乱之本在听谗，而谗言之兴，缘于君子喜怒不当。

注释　①**僭**：谗害之言。字当作"譖"。马瑞辰《通释》："《说文》：'譖，愬也。'……谓数其过而愬之也。"**涵**：容纳。两句是说，乱的起源始于谮言的被容纳。涵，《韩诗》作"减"，少，意思是谮言开始是少的。亦通。②**又生**：继续生长。又生对前一句"初生"而言。**君子**：此处应指周王。两句是说，混乱之所以继续增加，是因为君子不仅允许谗言存在，且深信不疑。③**怒**：对谗言现象发火，即采取拒斥态度。**遄**（chuán）：快速。**沮**：终止。④**祉**（zhǐ）：喜欢。即喜爱贤者之言的意思。祉本义为福，在此为引申义。一说，"祉"即"止"，阻止。

君子屡盟，乱是用长①。君子信盗，乱是用暴②。盗言孔甘，乱是用餤③。匪其止共，维王之邛④。

○诗之三章。言君子喜欢谗言是因为谗言甘甜。"屡盟"言君子无信，"信盗"言君子不智。以"盗言"形容"谗言"，甚得力。

◨ 注释 ◨ ①盟：约誓。屡盟是因为屡次背信，故乱子越来越严重。②盗：即下文"盗言"，即欺骗之言。③谈（tán）：进，增加。④止共：举止恭顺。止，《鄘风·相鼠》"人而无止"之"止"与此义同。邛：困病。

奕奕寝庙，君子作之①。秩秩大猷，圣人莫之②。他人有心，予忖度之③。跃跃毚兔，遇犬获之④。

○诗之四章。言居住在君子寝庙，就应该遵圣人鸿规，且善知人心，令谗言无从活跃。以议论为诗，初见于此。

◨ 注释 ◨ ①奕奕：高大貌。寝庙：宫室和宗庙。②秩秩：条理，次序。猷：谋略。莫：谋。《毛传》谓"莫"即"谟"。③忖度（cǔn duó）：揣摩。④毚（chán）兔：狡兔。

荏染柔木，君子树之①。往来行言，心焉数之②。蛇蛇硕言，出自口矣③。巧言如簧，颜之厚矣。

○诗之五章。先言君子自毁树木，继而痛斥小人造谣大言欺世，厚颜无耻。正反对出，语气火辣。

◨ 注释 ◨ ①荏染：柔软貌。柔木：桐树、漆树、梓树之类。可能暗指周幽王原太子，即后来的周平王。②"往来"句：举止表现，指原来的太子而言。一说，"行言"即"浮言"。据俞樾《群经平议》。数：辨别，心里有数的意思。两句是说，周王亲自确立了太子，他的举止言行应该心里有数，即太子不应该被废掉的意思。③蛇蛇（yí yí）：连续不断的样子。硕言：大言。

彼何人斯？居河之麋①。**无拳无勇，职为乱阶**②。**既微且尰，尔勇伊何**③？**为犹将多，尔居徒几何**④？

○诗之六章。专写小人无力无勇，甚至形体丑恶，其搬弄是非皆靠其巧言如簧。如此无足道的人，却能蒙骗君王。小人自是可恶，君主的昏庸亦不待言。

注释　①**麋**：河水之畔，水草之交，谓之麋。麋即湄之假借。②**拳**：力，力气。马瑞辰《通释》："拳者，捲之假借。"**职**：只是，实在。③**微**：小腿溃烂。字应作"癓"。**尰**（zhǒng）：肿。④**犹**：谋。**居**：语助词，读为其。马瑞辰《通释》："读与'日居月处诸''以居徂向''上帝居歆'并同。"**徒**：人众，徒众。两句是说你们能有多大力量？

解说

《巧言》，抨击谗言乱国的篇章。

《毛诗序》："刺幽王也。大夫伤于谗，故作是诗也。"齐、鲁、韩三家无异说，宋儒也无新义。从内容看，矛头所向直指权臣及周王，放言无忌，与《节南山》等诗思致相同。从诗篇"昊天已威，予慎无罪。昊天大幠，予慎无辜"诸句及"君子如怒""君子如祉"等假设句看，诗篇问世也当在王朝崩溃的剧变发生之初。对了解诗篇更有帮助的是其结尾近乎指名道姓的指责，锋芒所指，应当就是褒姒一党的虢石父。《国语·郑语》说："夫虢石父，谗谄巧从之人也，而立以为卿士。"《史记·周本纪》更谓："幽王以虢石父为卿，用事，国人皆怨。石父为人佞巧，善谀好利，王用之。又废申后，去太子也。申侯怒，与缯、西夷犬戎攻幽王。……遂杀幽王骊山下。"其中"石父为人佞巧，善谀"很值得注意。虢石父巧谀误国，在当时应是人所共知的。诗虽未明言所刺对象姓名，却明确道出了该人生活的地点及病症或生理畸形，这对当时人来说，无异于指名道姓。如此肆直笔锋，亦如"家父作诵"的《节南山》，是两者时间相去不远的又一证。

随着褒姒的受宠以及废长立幼的发生，幽王朝也分裂成拥护原太子和顺从幽王、褒姒的两大派，虢石父当为后一派的魁首。褒姒之子能被确立为太子，应与虢石父密切相关，诗篇斥责"巧言如簧"应针对他。这有诗篇最后一章的"居河之糜"可证。虢氏家族始于西周，始封地在渭水上游一带，约在西周后期，东迁至今三门峡一带的黄河北岸，且上个世纪在这里曾发掘过西周、东周之交古虢国遗址，也与"居河之糜"相合。而且，若"既微且尰"句指虢石父生病的话，那么诗篇很可能是写于该人将死之际，时间在《小旻》之前。这是一首对愤怒之情不加掩饰的篇章，甚至不惜用人身攻击的笔法，痛斥自己的政敌，缺少点温柔敦厚。这显示出西周后期政治气氛已经十分毒化了。诗篇只是骂巧言，对"巧言"究竟坏了什么国事却只字不提，这又令诗篇显得模糊，这可能与太子废立之事人所共知、无需明言有关。模糊中最清晰的是诗篇对"巧言"的抨击。《尚书·皋陶谟》言远古即反对巧言令色，孔子更对此深恶痛绝，本篇则专骂"巧言如簧"，实际提供了一个巧言乱国的较早的实例：一国太子的地位可以巧言颠覆，巧言败坏大事也可见一斑了。

诗篇最后一章，因首句与下一篇《何人斯》相同，故王柏《诗疑》以为此章应属《何人斯》首章，因错简而误在此。按诸《何人斯》一篇内容，王说难通。

何人斯

彼何人斯？其心孔艰①。胡逝我梁，不入我门②？伊谁云从？维暴之云③。

○诗之首章。以问句起，故作疑惑之词。顾广誉《学诗详说》："窃意从行者未必果有其人，苏公不欲直斥暴公，托为是言耳。"

□ 注释 □　①艰：阴险难测。②梁：鱼梁。在此不一定坐实理解。《邶风·谷风》有"毋逝我梁，毋发我笱"，《小雅·小弁》亦有"无逝我梁，无发我笱"。"逝梁""发笱"是反客为主侵害主人权益的代名词，是西周后期出现的固定语。③云：是。判断词。**暴**：暴公。暴为地名，一名暴隧，其地春秋时在郑国境内，即今河南郑州以北偏西三十公里处。此诗据汉儒之说系苏公与暴公绝交之作。古苏地在今河南偃师东北，春秋时亦属郑国，其地与暴相接。

二人从行，谁为此祸①？胡逝我梁，不入唁我②？始者不如今，云不我可③？

○诗之二章。追究两人交恶缘由，暗示对方因富贵而抛弃故友。是首章"其心孔艰"的具体表现。

□ 注释 □　①二人：苏公与暴公。陈奂《传疏》："'二人从行'即第七章'伯氏吹埙，仲氏吹篪'之意。"②唁：因人发生变故而安慰之。朱熹《诗集传》："吊失位也。"③云：是。判断词。两句谓：当初不这样，是我做了不可原谅的事吗？

彼何人斯？胡逝我陈①。我闻其声，不见其身。不愧于人，不畏于天？

○诗之三章。以"逝陈"喻受害之深，以"闻声"表对方不愿见自己，以"畏天"之问，诘责其心。

□ 注释 □　①陈：堂前通路。《毛传》："堂涂也。"涂、途古通用。"逝我陈"喻侵迫之深。

彼何人斯？其为飘风①。胡不自北？胡不自南？胡逝我梁？祇搅我心②。

○诗之四章。言对方如飘风起灭，形迹莫测。比喻"其心孔艰"之人，取譬精当。

注释　①**飘**：忽起的阵风，犹言旋风。《毛传》："暴起之风。"②**祇**：只，恰恰。又见《小雅·我行其野》"亦祇以异"句。

尔之安行，亦不遑舍①。尔之亟行，遑脂尔车②。壹者之来，云何其盱③。

○诗之五章。"遑舍""脂车"诸句，形容对方迅速躲避自己。表交恶之责不在我。

注释　①**安行**：缓行，徐行。与下文"亟行"相对。**遑舍**：来不及停歇。舍，舒缓的意思。②**亟**：急。**脂**：给车膏油，作动词。王先谦《集疏》引黄山氏说："《左传·襄公三十一年》：'巾车脂辖，隶人、牧、圉各瞻其事。'是诸侯宾至主国，当命主车之官为脂其车，非宾自脂也。"以上四句是说，你有暇慢行时也不来我这里停留；至于你急行时，我就更没有机会按照礼仪给你的车膏油了。③**壹**：一次。此句谓哪怕只来一次也好。**盱**（xū）：空旷，稀少，本义为张望翘盼，在此为引申义。意思是说对方来得太少。

尔还而入，我心易也①。还而不入，否难知也②。壹者之来，俾我祇也③。

○诗之六章。言对方若回心转意，自己是欢迎的。其情甚哀。

注释　①**还**：归还。**易**：高兴。《韩诗》"易"字作"施"，松弛。

②**否**：丕，大。据于鬯《香草校书》。③**衹**（qí）：心安。

伯氏吹埙，仲氏吹篪①。**及尔如贯，谅不我知**②。**出此三物，以诅尔斯**③。

○诗之七章。言兄弟之谊应当如埙篪相和。继言诅咒，引出下文。

▣ 注释 ▣　①**伯、仲**：兄弟。古人兄弟排行，长为伯、次为仲，故以伯仲代称兄弟。**埙**（xūn）：古代乐器名，为土制，考古发现，新石器时代就有埙，形状如鸡蛋，底稍平，顶部有吹孔；至商代则有长足发展，吹孔之外的音孔多为五个，前三后二；西周时的埙大体延续商制。**篪**（chí）：竹制，横吹。曾侯乙墓曾出土两件横吹竹管乐器，学者以为即篪。其形制，吹孔在上，两端封闭，在管身一侧近两端处，各开一个椭圆出音孔。与今日笛子的吹奏方式有别。②**及**：与。**如贯**：如绳贯物。比喻兄弟密切。**谅**：竟然。林义光《诗经通解》："读为竟。谅从京得声，古与竟同音。"两句是说，本来我们关系密切，现在竟然互不相知。③**三物**：豕、犬、鸡。《毛传》："民不相信则盟诅之，君以豕，臣以犬，民以鸡。"**诅**：诅咒。古代巫术的一种。

为鬼为蜮，则不可得①。**有靦面目，视人罔极**②。**作此好歌，以极反侧**③。

○诗之八章。"为鬼为蜮"紧承上章"诅尔"之辞，"极反侧"又遥应首章"其心孔艰"。"好歌"云云，卒章显志。

▣ 注释 ▣　①**蜮**（yù）：传说致人生病的怪物。朱熹《诗集传》："短狐也。江淮水皆有之，能含沙以射水中人影，其人辄病，而不见其形也。"②**靦**（tiǎn）：惭愧貌。**视**：示。参《小雅·鹿鸣》"视民不恌"句注。**罔极**：无准则。极，标准，原则。两句是说若为鬼蜮，就任何真面目都没有；若是人，就有颜面需要顾及。③**好歌：**即善意的歌。**极：**深究，在此有纠正的意思。**反侧：**反覆不定。

解说

《何人斯》，痛责害己故友的诗篇。

《毛诗序》："苏公刺暴公也。暴公为卿士而谮苏公焉，故苏公作是诗以绝之。"《淮南子·精神训》："延陵季子不受吴国，而讼间田者惭矣。"高诱注："讼间田者，虞、芮及暴桓公、苏信公是也。"陈乔枞《三家诗遗说考》："据《高注》，知《鲁诗》之说，是以暴公与苏公因争间田构讼，而苏公作此诗以刺之也。"以上是汉代今文、古文两派之说。两说有歧义，于是王先谦《集疏》调和折中，曰："暴、苏构衅，起于争田，至暴之谮苏，则必隙末之后，因事陷之，曲全在暴，非因争田构讼而作此诗也。"至宋代，学者对汉儒多有不信。如郑樵《诗辨妄》认为历史上并无暴国，亦无暴姓，自然无苏暴争田绝交之事，"暴"应解作暴虐之人，而不是具体的姓名。然而这种说法经不住反驳，历史上韩国有将军暴鸢、秦有将军暴鸢、汉有大夫暴胜之，很难说无暴姓。同时，诗问"伊谁云从"，而不是"伊何云从"，以"暴虐"解释"暴"字也不合文法。因此，在没有新的、可信的证据之前，旧说还是可从的。

此诗的创作时代是一个需要考虑的问题。《毛诗序》《毛传》及《郑笺》都没有明言年代，三国时谯周《古史考》有"周幽王时暴辛公善埙，苏成公善篪"的记载，当为今文家说法。《郑笺》："暴也，苏也，皆畿内国名。"据现存史料，苏、暴之地皆在东都雒邑附近，郑玄所说的"王畿"，当系东周而言。从诗所反映的内容看，苏、暴的关系本是和谐的、兄弟般的。不论是争田还是谗谮，骤然而起的反目，应有特定的现实机缘。在可以确信为周平王时代的《十月之交》中，清清楚楚地记载着皇父在向地"彻我墙屋"的侵占行为。随着王室的东迁，权贵们强占他人田地以建立自己的领地，势必成为一种普遍现象。苏、暴之间的矛盾，很可能是这样一种背景下的产物。皇父曾"作都于向"，而向地据本书理解在成周以北的温地。《左传》载，周初苏忿生以温为司寇，则向在苏国境内。又据《左传》，周桓公（平王之后第一位继位者）曾以苏忿生之田赐郑，则此时苏已灭国。皇父为卿士，据《毛诗序》，暴公亦为卿士，仗势欺人是一样的。苏地距王都近，封国又早，可能是一田地肥美之处，成为东迁贵族们抢手的热点，也是势所必然的。基于以上理解，可把此诗定为平王朝早期作品。诗中之"我"，是贵族争夺、倾轧中失利之人。诗篇态度激烈，可见其受害之深痛。

巷　伯

萋兮斐兮，成是贝锦①。彼谮人者，亦已大甚②！

○诗之首章。贝锦喻谮人之奸巧，极妙。喻之妙，是因伤之痛。

注释　①**萋：**缕字之假借。纹理细密貌。《说文》："缕，帛文貌。"**斐**（fěi）：文彩貌。《说文》："分别文也。"萋斐即花纹交错的样子。**贝锦：**花纹如贝壳一样的锦缎。徐灏《通介堂经说》引《相贝经》谓："贝有五色文采，故织锦谓之贝锦也。"②**大：**太。

哆兮侈兮，成是南箕①。彼谮人者，谁适与谋②？

○诗之二章。言谮人谗口微张，形如南箕。"谁适"之问，可作一声断喝看。

注释　①**哆**（chǐ）：大貌。**侈**（chǐ）：口大张貌。哆、侈修饰南箕，南箕口张，形容谮人搬弄口舌。**南箕：**箕星。南天星宿名，由四星相联而成簸箕形。②**适：**当。于省吾《新证》："'谁适与谋'，言当谁与谋也。"

缉缉翩翩，谋欲谮人①。慎尔言也，谓尔不信②。

○诗之三章。描摹谮人奸态，反语之中含着蔑视。牛运震《诗志》："诗意惟恐其谮之不善，似庄似谑。""盖婉讽甚于怒骂也。"

⑤ 注释 ⑤　①**缉缉**（qī qī）：附耳私语貌。《说文》引作"咠咠"，马瑞辰《通释》："缉缉即咠咠之假借。"**翩翩**：巧言貌。字读如谝，便巧之言。马瑞辰《通释》："翩翩即谝谝之假借。"②**"慎尔"两句**：慎重你的花言巧语，否则人家将不信任你。明示告诫，实为讽刺。

捷捷幡幡，谋欲谮言①。岂不尔受？既其女迁②。

诗之四章。言谎言终将被识破，谮人也会同时遭人厌弃。正语警告。

⑤ 注释 ⑤　①**捷捷**：说话便利貌。汉石经两字作"唼唼"。**幡幡**：翻覆貌。②**既其**：终将。**迁**：除去。

骄人好好，劳人草草①。苍天苍天，视彼骄人，矜此劳人②！

诗之五章。言小人因谗言而得意骄纵，好人因被谮而忧愁。

⑤ 注释 ⑤　①**骄人**：得意骄傲的人。指得逞一时的谮人。**好好**：欢喜。**草草**：劳心。"草草"即"慅慅"，忧愁。据陈奂《传疏》。②**矜**：哀怜。

彼谮人者，谁适与谋？取彼谮人，投畀豺虎①。豺虎不食，投畀有北②。有北不受，投畀有昊③！

诗之六章。言惩治谮人，付诸上天。表对谮人的厌恶，可谓无以复加。

⑤ 注释 ⑤　①**畀**（bì）：给予。**豺虎**：豺狼虎豹。吕思勉《读史札记》："野蛮之世，往往有狱不能听，而质诸不可知之神。《南史·林邑传》：'国不设刑法，有罪者，使象踏杀之。'又《扶南传》：'于城沟中养鳄鱼，门外

圈猛兽。有罪者，辄以喂猛虎及鳄鱼，鱼兽不食为无罪，三日乃放之。'投畀豺虎，疑亦古之刑法。"②北：北方寒凉不毛之地。《拾遗记》："黄帝诛蚩尤，迁其民善者于邹，屠恶者于有北。"③昊：昊天。《郑笺》："付与昊天，制其罪也。"此句谓谮人比蚩尤恶民还恶劣，为天地所不容。

杨园之道，猗于亩丘^①。寺人孟子，作为此诗^②。凡百君子，敬而听之^③！

诗之七章。将刺的矛头指向"凡百君子"。未受刑而作刑余口吻，何等凄惨！

注释　①**杨园**：园名。**猗**：加，附着。**亩丘**：丘名。前人有将杨园、亩丘解作两处者，实则杨园就在亩丘之上，所以杨园之道也在亩丘之上。诗人以亩丘之道喻清白玷污。②**寺人**：阉人。《毛传》："寺人而曰孟子者，罪已定矣，而将践刑，作此诗也。"孟子，阉人名。《汉书·古今人表》中有"寺人孟子"，列中之上。张晏注："寺人孟子，违于大雅，以保其身，既被宫刑，怨刺而作。"据此，《毛传》所云"践刑"即受"宫刑"。将阉未阉而自称"寺人"，是在表达愤恨心情。③**敬**：郑重，认真。

解说

《巷伯》，痛恨谮言的诗篇。

《毛诗序》："刺幽王也。寺人伤于谗，故作是诗也。""刺幽王"内容，诗篇未见，把矛头指向"凡百君子"在诗篇倒是事实，表现出对君子之流听信谗言的愤懑。《诗经》名篇，一般取自诗中，但也不是全都如此。如《大雅》之《常武》《召旻》，《周颂》之《酌》《赉》《般》之类。《巷伯》名篇，亦是其中一例。据《毛传》，诗的创作是在将刑未刑之际。据王先谦《集疏》所引《汉书》中班固的说法看，《齐诗》学者（班固习《齐诗》）与《毛诗》

家意见相同。据此，方玉润《诗经原始》将《巷伯》定为"遭谗被宫"之作。也有人将篇中的孟子与巷伯视为两人，认为诗是由于巷伯被谗将刑，寺人孟子为之作诗抒情（见王先谦《集疏》引黄山说）。从诗歌内容看，作诗者是有切肤之痛的人，因此后一说并不可取。关于孟子遭谗的原因，诗首章《毛传》有一段较长的注释，曰："斯人（指孟子）自谓辟（避）嫌之不审也。昔者颜叔子独处于室，邻之嫠妇（寡妇）又独处于室，夜暴风雨至而室坏，妇人趋而至，颜叔子纳之，而使执烛，放乎（接近）旦（早晨）而蒸（柴，燃之照明）尽，缩屋（抽取屋子的草）而继之，自以为辟嫌之不审矣。若其审者，宜若鲁人然。鲁人有男子独处于室，邻之嫠妇又独处于室，夜暴风雨至而室坏，妇人趋而托之，男子闭户而不纳。妇人自牖与之言曰：'子何为不纳我乎？'男子曰：'吾闻之也，男子不六十不间居。今子幼，吾亦幼，不可以纳子。'妇人曰：'子何不若柳下惠然？妪不逮门之女，国人不称其乱。'男子曰：'柳下惠固可，吾固不可，吾将以吾不可，学柳下惠之可。'孔子曰：'欲学柳下惠者，未有似于是也。'"一段绘声绘色的事故，道出的是男女大防的伦常。看来《毛诗》家认为孟子遭刑，是因为谗口之人诬陷他有男女作风问题。这段注释，可视为后代诗话的滥觞。不过，其说是否可信，在诗歌本身也是没有迹象可征的。诗的年代，《毛诗序》说为幽王时期，而《汉书·古今人表》将寺人孟子列在厉王朝。据现有的资料，两说还难以作出判断。诗篇最大的特点是对谮人的仇恨，第六章所言对谮人的惩罚也属远古的流放之刑。《尚书·尧典》言"象以典刑，流宥五刑"，诗言"投畀"，是远放"流宥"之刑在西周尚有其孑遗？

《谷风》之什

谷 风

习习谷风，维风及雨①。**将恐将惧，维予与女**②。**将安将乐，女转弃予。**

○诗之首章。穷通对比，显示对方中山狼品性。

注释　①**谷风**：大风。参《邶风·谷风》"习习谷风"句注。②**与**：亲近，扶助。马瑞辰《通释》："与之本义谓相群与，与弃对。"

习习谷风，维风及颓①。**将恐将惧，寘予于怀**②。**将安将乐，弃予如遗**③。

○诗之二章。疏密对比，斥对方无品行。

注释　①**颓**：回旋纷轮貌，又称羊角风。②**将**：结构助词。**寘**：置。③**遗**：抛弃。《郑笺》："如人行道遗忘物，忽然不省存也。"

习习谷风，维山崔嵬。无草不死，无木不萎。忘我大德，思我小怨。

○诗之三章。言思怨忘德，责对方狠心。

解说

《谷风》，弃妇哀怨之作。

《毛诗序》云："刺幽王也。天下俗薄，朋友道绝焉。"意谓天下风俗浇薄，人们不遵朋友古道，责任在幽王的失职。这样说，是把社会习俗的变化归咎于某个人，今天看，未免牵强，却是古代儒生思考问题的方式。此诗在风格及内容上都与《邶风·谷风》极其相似。因而颇令人有这样的想法：这也是一首弃妇诗；而且，很可能是《邶风·谷风》篇的祖本。就是说，西周时曾有一首名为《谷风》的篇章，讽刺婚姻生活中中山狼式的人物。它与《邶风·谷风》的相似又意味着来自西周的采诗官员在表现卫地失败的婚姻故事时，采用了西周《谷风》的思路与模式，踵事增华，就有了《邶风》中那首在艺术上更为完美的《谷风》。果真如此的话，起码说明两点：一是西周时期的《小雅》中，就有风诗；二是确实存在"王官采诗"现象，否则，两首《谷风》的雷同现象就不好理解了。前人或许因为此诗见于《小雅》，在解释上就尽量往君臣关系上拉，或如《毛诗序》这样，往朋友关系上想，其实诗篇本是一首表现王朝社会婚姻风俗不纯的乐歌。

蓼 莪

蓼蓼者莪，匪莪伊蒿①。哀哀父母，生我劬劳②！

○诗之首章。以莪变蒿为比喻，表愧对父母之情。王磐《野菜谱》："抱娘蒿，结根牢，解不散，如漆胶。君不见昨朝儿卖客船上，儿抱娘哭不肯放！"

注释　①**蓼蓼**（lù lù）：《毛传》："长大貌。" **匪**：非。**莪**：又称萝蒿、廪蒿、抱娘蒿等，一年生草本，茎直立多分枝，开小黄花，外形似青蒿，嫩时茎叶可食，味道不错。茎叶干老时只能作薪材，籽粒可入药。李时珍《本草纲目》曰："莪抱根丛生，俗谓之抱娘蒿是也。" **伊**：表判断，是。《诗经》屡见。**蒿**：此处指变得干老无用的莪。严粲《诗缉》："始生为莪，长大为蒿。莪至蓼蓼然长大之时，则非莪矣，乃蒿也。其始为莪犹可食，其后为蒿则无用。喻父母生长我身至于长大，乃是无用之恶子，不能终养也。"②劬（qú）劳：劳苦。又见《邶风·凯风》。

蓼蓼者莪，匪莪伊蔚①。哀哀父母，生我劳瘁！

○诗之二章。言牡蒿虽长得高大，却不结籽粒。此章从父母方面想。

▣ 注释 ▣ ①蔚：又称牡蒿，植株有香气，但嫩时食之不可口。秋季开黄花，籽粒细小隐藏在苞内，所以《尔雅》注言牡蒿为"蒿之无子者"。

瓶之罄矣，维罍之耻①。鲜民之生，不如死之久矣②！无父何怙？无母何恃③？出则衔恤，入则靡至④。

○诗之三章。表孝子愤激之情。"鲜民之生"句，痛切至极。

▣ 注释 ▣ ①瓶：汲水器。罄：尽。罍（léi）：贮水器，口小肚大。参《周南·卷耳》"我姑酌彼金罍"注。《毛传》："瓶小罍大。"两句谓瓶子水干了，是罍的耻辱。比喻家庭灾难是王朝的耻辱。②鲜：斯。鲜民，即斯民。鲜、斯古音相近，故可通。据马瑞辰《通释》引阮元说。又，"鲜"可训"小"，《大雅·皇矣》"度其鲜原"，《毛传》："小山别大山曰鲜。"是"鲜"有"小"的意思。鲜民，也可训为小民。③怙（hù）：依靠。④衔恤：含忧。靡至：无所投奔。

父兮生我，母兮鞠我①。拊我畜我，长我育我，顾我复我，出入腹我②。欲报之德，昊天罔极③！

○诗之四章。写父母的养育大德。情深意重，造语繁复，是全篇情感的高潮。

▣ 注释 ▣ ①鞠：养育。②拊：抚。畜：养活。育：教养，疼爱。顾：

关心，照顾。**复**：看护。**腹**：抱在怀里。③**罔极**：本义为无固定准则，在此有无德之意。明是骂天，实骂朝廷。

南山烈烈，飘风发发①。民莫不穀，我独何害②！

〇诗之五章。言南山险恶，疾风伤人，满眼悲凉；愤激之后，是无限孤单凄凉之哀。

注释　①**烈烈**：险阻之状。据胡承珙《毛诗后笺》。**飘风**：旋风，暴风。**发发**：形容风势凶猛。②**穀**：善。**害**：受害。

南山律律，飘风弗弗①。民莫不穀，我独不卒②！

〇诗之六章。哀叹自己不能尽孝。

注释　①**律律**：与上文"烈烈"义同。**弗弗**：与上文"发发"义同。②**卒**：终，指不能为父母送终。

解说

《蓼莪》，表孝子不能为父母养生送死的悲歌。

《毛诗序》："《蓼莪》，刺幽王也。民人劳苦，孝子不得终养尔。"据王先谦《集疏》，三家无异议。《郑笺》："不得终养者，二亲病亡之时，时在役所，不得见也。"《孔子诗论》第26简："《蓼莪》有孝志。"可知《毛诗序》"孝子"云云于古有据。至于是否"刺幽王"，诗篇无证据。欧阳修《诗本义》讥《郑笺》说"泥滞"，认为诗不当如郑氏所说有亲人亡故之事，只是表达民众因政苛役重而不得奉养父母的痛苦。对此，胡承珙《毛诗后笺》驳曰："晋王褒、齐顾欢并以孤露读《诗》，至《蓼莪》，哀痛泣涕。唐太宗生日，亦以生日承欢膝下永不可得，因引'哀哀父母，生我劬劳'之诗。是自汉至唐无不以此诗为亲亡后作者。……试思诗中无父、无母、衔恤、靡至等语，尚得为父母在之辞邪？"其说可信。如此，这首痛心疾首的孝子哀歌，或许就有真实不幸事件的原型。如此，诗篇首先表现了《诗经》创作一个很大的变化。与大《雅》、小《雅》众多诗篇不同，它的歌唱并不附着于任何的典仪或以某种礼仪为背景，而是针对小民的不幸遭遇，针对着某种严重的社会问题而歌唱，是诗篇摆脱礼仪走向彻底抒情化的较早作品。以此，诗虽见诸《小雅》，实为较早的"风诗"，是"十五国风"表现个人喜怒哀乐的先声。其次，诗篇见诸《小雅》，还涉及这样的问题：孝子不得终养的不幸，是如何形诸诗篇的？不幸的孝子本身有诗才，可能；但如此格调的诗篇出自一个下层人之手，也太不可思议。而且，诗篇是下层小民的哀呼，又如何得以进入《小雅》？所以，稳妥一点说，诗篇是有人有意加以保存的结果。大胆一点说，诗篇其实像某些"风诗"篇章一样，是有人据实而作的"报告文学"。而且《小雅》中颇似风诗的作品不仅这一篇，也就是说，创作或采集民间疾苦的篇章，在西周晚期出现了一个小小的高潮。至于因何而有这样的高潮，请参看本书序言中的相关论述。

无论诗篇真正创制者为谁，《蓼莪》篇问世，都有这样的价值：它是一个噩耗，是王朝内部严重病变的症候。周王朝维系自身命运的纲维有多条（这些在《诗经》中都有表现），其中重要一条，就是王朝国家共同体与家庭个体之间必须维持一种适度的和谐（参《周南·卷耳》解说）。即如劳役，国家不能只顾自己而不顾小民死活。《诗经》中战争、行役题材的诗篇，多为慰劳将士的"礼乐"，表现的就是共同体对个体牺牲的精神弥补（参《周南·卷耳》及《小雅·采薇》解说）。然而，《蓼莪》让人看到的是一种不幸局面的出现，家与国对峙的平衡已经破裂了。从诗中，人们看到的是王朝片面地注重自己的利益，严重伤害了家庭这一社会机体的细胞。孝子愤怒的哭诉，实际显示的是王朝基础的开裂，是瓦解的表征。诗篇所控诉的制高点在"无父何怙，无母何恃"，这是很得力的。周道亲亲而尊尊，很大程度上，父母的权益，就等于王侯的权益，也正是在这样的特定逻辑下，诗篇喊出"瓶之罄矣，维罍之耻"。实是孝子哀歌，但不是提倡孝道，而是以孝道为理据抨击虐政。

诗篇的格调是凄绝的，《三百篇》中颇独特。诗在表达情感上呈现的节奏变化，开头两章虽然凄凉，但情绪相对平缓低沉。到第三、四章则情感大变，先是激切的谴责，继而是对父母天高地厚之恩的倾诉，这两章是情绪高潮，令人有地动山摇、天塌地陷之感。愤怒与倾诉之后的两章，调子再趋于平静。与开始两章平缓不同，此时的平静是激情之后的虚晕，"南山""飘风"的句子，满眼是天地无情，生意都绝。这样的表现手法，使得诗篇在奔放中显出一些含蓄，使所表情感有强度，也有厚度。另外，诗篇比兴，如"匪我伊蒿""瓶之罄矣，维罍之耻"之句，都是取譬精彩的表达。

大 东

有饛簋飧，有捄棘匕①。周道如砥，其直如矢②。君子所履，小人所视。睠言顾之，潸焉出涕③。

○诗之首章。言看到西行周道，想及东方财富的大量西移，不禁潸然泪下。开篇起势沉重。"簋飧""棘匕"，是簋飧之食被他人攫走的比喻，是比兴，笼罩全篇。

注释 ①饛（méng）：满簋貌。簋：盛米饭类食物的器皿。飧：黍稷做的米饭。捄（qiú）：长长的样子。棘匕：枣木制作的盛饭用的匙。②周道：通往四周的大道。据考古发现的周道遗址，其最宽者达十到十三米，可容当时九辆车齐行，窄者也可容三辆车并行。据扬之水《诗经名物新证》。砥：本义为磨刀石，引申为像磨刀石磨过一样平。③睠（juàn）言：

回顾貌。**潸（shān）然**：泪流貌。

小东大东，杼柚其空①。纠纠葛屦，可以履霜②？佻佻公子，行彼周行③。既往既来，使我心疚④。

○诗之二章。言东人已陷入贫困，眼见来往周道上的西周公子，心惊胆战。周道实是东人的祸害。

注释 ①"小东"句：小东即近东，大东即远东。据惠周惕《诗说》。**杼柚**（zhù zhóu）：指织布机。杼，为织布用的梭，用以持纬线。柚，轴的假借字，即织布机上缠绕经线的转轴，安装在织布机架的顶端，轴两端有可以拧动的耳，转动此耳，可以放出一段经线。杼柚其空，是说丝织布匹全部被征调走了，亦即财富困乏的意思。②**纠纠**：缠结貌。**可以**：何以。两句参《魏风·葛屦》同句注。③**佻佻**（tiáo tiáo）：往来貌。**公子**：谭国公子。谭国公子行于周行，指其输送贡赋。④**疚**：病，心痛。

有冽氿泉，无浸获薪①。契契寤叹，哀我惮人②。薪是获薪，尚可载也③。哀我惮人，亦可息也！

○诗之三章。以寒泉浸薪为喻，写东人愁苦忧郁的心情，情调低沉。后两句为哀求，更见绝望。

注释 ①**冽**：寒。**氿**（guǐ）：侧出的泉水。**无**：毋。**获**：刈，割取。②**契契**：忧苦。**寤叹**：失眠长叹。参《曹风·下泉》"忾我寤叹"句注。**惮**：劳累，疲惫。惮即瘅之假借。③第一个"**薪**"：伐，析。**载**：装载。"薪是获薪"四句是说被伐的薪柴还可以被装载而归，穷困至极的东方人也应该得到喘息吧。

东人之子，职劳不来①。西人之子，粲粲衣服②。舟人之子，熊罴

是裘③。私人之子，百僚是试④。

○诗之四章。以对比手法，写东西的不平等。"舟人"以下几句强调，连西周人家里的贱属生活都比东人强。

◨ 注释 ◨ ①**职**：只。**不来**：不得慰劳。②**西人**：西周之人。**粲粲**：衣服华丽貌。③**舟人**：本为殷商后裔，在西周仍作为一个族系存在，见西周中期器铭《史密簋》，据此铭文，还可知他们的生活地区在今山东一带。或许他们在周人盘剥东方诸侯时，成为帮凶。一说，商贾之人。据马其昶《毛诗学》。此说可与前说相参。**裘**：穿着熊罴皮做的衣服。④**私人**：私家之人。指周贵族之家的家臣、徒属。《大雅·崧高》："迁其私人。"**僚**：官署。**试**：任用。

或以其酒，不以其浆①。鞙鞙佩璲，不以其长②。维天有汉，监亦有光③。跂彼织女，终日七襄④。

○诗之五章。指责周人对东方人敲骨吸髓。继而诗思一转，腾空上天，笔法突变。

◨ 注释 ◨ ①**"或以"两句**：有人整日沉醉于美酒，有人连浆水也喝不到。浆，米汤。酒贵汤贱。②**鞙鞙**（juān juān）：长长的样子。**佩璲**（suì）：缀有瑞玉的佩带。璲，瑞玉。两句是说，东方人把最好的酒给周人，他们却视之为连浆都不如；东方人给周人长长的玉佩带，他们却从不以为佩带长。两句解释多有分歧。今译据朱熹《诗集传》。③**汉**：天河，银河。天河两旁有织女和牛郎星隔河相望。**监**：视。④**跂**（qí）：织女星有三颗星，成三角状，跂即形容三星三角的样子。**七襄**：七次移动，如织布时的穿梭。是说织女星依辰而自西向东移动，从旦到暮经七辰，所以称"七襄"。襄，更换位置。一说，襄字本义为"织纴"。

虽则七襄，不成报章①。**睆彼牵牛，不以服箱**②。**东有启明，西有长庚**③。**有捄天毕，载施之行**④？

○诗之六章。紧承上文，仍是从周人德不称位上说。满天星宿，尽是有名无实之假货。至此，诗借题发挥，极尽讽刺、挖苦之能事。

注释 ①**报章：**交叉织成的布幅。报，回覆，指织女星只向一个方向移动，无法织成布帛的面积。章，有纹理的丝织成品。②**睆**（huǎn）：星明亮的样子。**牵牛：**星座名，又名河鼓、何鼓，由三颗星连成，排列成中间微隆的扁担形状。**服：**负，驾。**箱：**车厢板，此处指代车。③**启明：**启明星，即五大行星中的金星，黎明时出现于东方。**长庚：**与启明星为同一星，黄昏时出现在西方。④**捄**（qiú）：扁长圆形。**天毕：**星座名，即毕宿八星，由八颗星组成，其中第五颗星最亮，因形状如同捕获猎物、带有长柄的网，古称为毕。**载：**则。**施：**用。《毛传》："毕所以掩兔也，何尝见其可用乎？"

维南有箕，不可以簸扬①。**维北有斗，不可以挹酒浆**②。**维南有箕，载翕其舌**③。**维北有斗，西柄之揭**④！

○诗之七章。抬眼望去，满天唯有聚敛吸吮民脂民膏的灾星。黑暗无所不在，无所逃离。方玉润《诗经原始》："试思此诗若无后半文字，则东国困敝，纵极写得十分沉痛，亦不过平常歌咏而已，安能如许惊心动魄文字！"

注释 ①**箕：**正南方星宿名，由四颗星连成，形状像箕，也在天汉旁。**簸**（bǒ）**扬：**给粮食脱去糠皮的办法，用簸箕不停颠簸，轻的糠皮就会被扬出去，重的粒食就留在簸箕中。②**斗：**即北斗七星，斗口四星，称为魁，斗柄三星称为杓。斗柄三星随季节不同而指向不同。古代以七星为北极定位，以斗柄三星所指确定季节，指东则为春，指南则为夏，指西则为秋，指北则为冬。**挹**（yì）：舀取浆液。③**翕：**吸。马瑞辰《通释》："翕、吸音同通用。"簸箕的形状本来是张口的，但在诗人看来，是张口吸吮东方财富的动作。④"**西柄**"句：斗柄指向西方。揭，举。欧阳修《诗本义》："箕张其舌，反若有所噬；斗西其柄，反若有所挹取于东。"严粲《诗缉》："此诗其作于秋乎？露渐为霜，云汉分明，斗指西，箕在南，皆秋时也。时唯毕未见，因言星及之也。"

解说

《大东》，东方邦国之人控诉王室经济压榨的歌唱。

《毛诗序》："《大东》，刺乱也。东国困于役而伤于财，谭大夫作是诗以告病焉。"据王先谦《集疏》，《齐诗》《鲁诗》说同。又《汉书·古今人表》将谭大夫列厉王之世，则按《齐诗》之说（班固习《齐诗》），此诗当作于厉王时期。按，此说是有根据的。史载厉王"专利"，将山林川泽之利收归王室所有。又载"厉始革典"，加重对民众的赋税，终于引发了国人的暴动（见《国语·周语》，参白寿彝、徐喜辰等主编《中国通史》第三卷）。"专利"的周王决不会将榨取的范围仅限于王畿之内，对东方各诸侯国的贡赋要求也必然要加重，甚至更重。究其缘由，王室日益奢靡固然是主要的，此外更糟糕的是，大致从厉王时开始，来自西北和东南的边患日趋严重。金文资料显示，王朝曾调动驻扎在成周的"殷八师"讨伐东夷（见《禹鼎》等铭文），大量的军需用度，使"东人"的负担势必会雪上加霜。诗篇所表东人"杼柚其空"的控诉，应与这样的情况有关。诗的作者据说是谭国大夫，谭国，子姓，《春秋·庄公十年》："齐师灭谭。"其遗址在今山东济南附近已被发掘（见《城子崖发掘报告》）。西周赋役沉重，一位异姓邦国的大夫作此诗，可以理解为异姓国家负担尤为严重，而且普遍如此，诗"大东小东"之句可证。与《小雅·蓼莪》为王朝崩溃的噩耗一样，这也是西周王朝分崩离析的不祥之音。西周王朝是以一姓统御万姓的，所以，周朝曾以婚姻方式扩大血亲纽带，将众多异姓人群联结在姬姓一家统治之下。这有《卫风·硕人》"谭公维私"为证。同时，还有各种政治经济上的权益让渡。诗篇借助天星讽刺王朝的有名无实，即表明了这一点。用婚姻关系联合多族，附之以相应的权力割让，而非用武力制服，这本是西周的一大进步。然而，《大东》篇显示，西周晚期的周王朝又重新陷入了一种狭隘，其在经济上对异姓诸侯的压榨，已使这些国家率先离心离德。这正是此诗的认识价值。

诗篇还有一个突出的特点，就是借助星宿之名加以发挥，酣畅淋漓地斥责西周王朝的有名无实。西周以上天为自己的灵佑，诗人就给大家展示了另一幅上天模样，暗夜中满天星宿皆为虚假，是何等讽刺，又是何等出人意表！还有，诗言牵牛、织女，《国语·周语》："我姬氏出自天鼋，及析木者，有建星及牵牛焉，则我皇妣大姜之姪，伯陵之后，逢公之所凭神也。"可知牵牛与周家有关。又《山海经》中的《海内经》和《大荒西经》都有后稷之孙叔均"始作牛耕""为田祖"之说。诗篇后三章主要指责牛郎织女，而其他星宿都是被"殃及"的"池鱼"，是陪衬。写星辰，《诗经》并不罕见，然而像此诗这样驰骋想象，借用星辰抒发情感，却是独特的。《诗经》总体艺术倾向是现实精神，但这不妨碍诗人发挥想象力，借助一切天上人间的神话传说，来展现现实的思考、情感，从而形成一种独具特色的浪漫。《大东》这篇政治抒情诗，却能纵情驰骋于无极的河汉之境，确实是令人震惊的。《离骚》的后半部分，就可以在《大东》篇中找到其浪漫的源头。

四 月

四月维夏，六月徂暑①。先祖匪人，胡宁忍予②！

○诗之首章。言南国天气，抱怨先祖不能保佑自己。开篇即表痛不欲生之情。

【注释】 ①**维夏**：属于夏季。此处四月是周历，即夏历二月。**六月**：周历，即夏历四月。**徂**：开始。两句是说南方天气炎热得早，四月份已经像北方的暑天了。②"先祖"句：先祖就不是人吗？**胡**：为什么。**忍予**：对我忍心。

秋日凄凄，百卉具腓①。乱离瘼矣，爰其适归②？

○诗之二章。言秋天草木凋零，比喻自己无处可归。

【注释】 ①**腓**(féi)：枯萎。②**乱离**：离乱。指被迫离家。**瘼**(mò)：病，重病。一说，散，离散。"**爰其**"句：哪里是归处。适，往。

冬日烈烈，飘风发发①。民莫不穀，我独何害②？

○诗之三章。写冬天景象。"民莫"两句言身处遥远南国，情绪绝望。

【注释】 ①**烈烈**：寒气凛冽状。**发发**：大风吹拂貌。亦见《小雅·蓼莪》。②**穀**：好，善。

山有嘉卉，侯栗侯梅①。废为残贼，莫知其尤②！

○诗之四章。言自己无端被打成罪犯。南国守边之人，却是待罪之身。

【注释】 ①**侯**：维。结构助词。②**废**：被打成，被当作。**残贼**：罪犯。**尤**：过错。两句是说自己被打成残贼之人，却不知道自己的过错在哪里。

相彼泉水，载清载浊。我日构祸，曷云能穀①？

○诗之五章。言泉水有清时也有浊时，反衬自己只有灾祸。

【注释】 ①**构**：遭遇。**曷**：何。**穀**：善。

滔滔江汉，南国之纪①。尽瘁以仕，宁莫我有②?

○诗之六章。言南迁江汉之地，且言尽忠者得不到回报。

▣ 注释 ▣ ①**纪**：要地。言江汉是镇守南方的战略要地。②**尽瘁**：尽力，不避病苦。**仕**：事。**宁**：乃。"**莫我**"句：我最后什么也没有。两句是说，我尽瘁于王事，最终却什么也没有。与"爰其适归"所言为一个意思。

匪鹑匪鸢，翰飞戾天①。匪鳣匪鲔，潜逃于渊②。

○诗之七章。言无所逃避。暗示守边实出于无奈。

▣ 注释 ▣ ①**鹑**（tuán）：雕。字应作"鷻"。**鸢**（yuān）：苍鹰。两者都是凶猛且善高飞之鸟。**翰飞**：振翅高飞。两句是说自己不是雕、鹰，不能上飞至天。②**鳣**（zhān）：大鲤鱼。**鲔**（wěi）：鲟鱼。两句是说，自己不是鱼，不能深藏水底。

山有蕨薇，隰有杞桋①。君子作歌，维以告哀。

○诗之八章。言君子作诗之意在表达哀苦之情。

▣ 注释 ▣ ①**蕨薇**：两种可食的野生植物。参《召南·草虫》"言采其蕨"、《小雅·采薇》"采薇采薇"句注。**桋**（yí）：苦楮、血楮，常绿乔木，果实可食，木材密致，韧性好，可为车毂等，多生长在南方。

解说

《四月》，表出仕南方者不得归家的哀怨之诗。

《毛诗序》："大夫刺幽王也。在位贪残，下国构祸，怨乱并兴焉。""大夫刺幽王"是说此诗的作者及时代，"在位贪残"云云则是说诗所反映出的社会现实。前者是从"尽瘁以仕"句来，而后者则过于笼统。徐幹《中论·遣交》曰："古者行役过时不反，犹作诗怨刺，故《四月》之篇称：'先祖匪人，胡宁忍予？'"据此，"是《鲁诗》以为行役过时不反而作"（王先谦《集疏》）。吕祖谦《读诗记》引董氏曰："《韩诗》作《四月》叹征役也。"是《韩诗》也认为诗篇为征役题材。从汉晋到北宋，无新说，至清尹继美《诗管见》以为系平王时作，其内容为表戍申将士的不满，与《王风·扬之水》同时。诗言"滔滔江汉"，显然与戍申之地不合。再后来，方玉润《诗经原始》又谓："逐臣南迁也。"颇有道理。然而"行役"之说，因"尽瘁以仕"句而仍不可废。此诗透露的可能是这样的史实：西周后期到江汉一带为国做事的，多是被"废为残贼"之人，即莫名被打成罪犯之身的人。他们的地位本不同于一般的行役者，但既然做了逐臣，也就等于征役之夫。逐臣而为征夫，正是此篇中人的特别之处。因而诗篇道出的是王朝戍边策略的一个侧面，南疆之地已成为社会的畏途了。这是颇具认识价值的。诗开篇即言四月、六月，说的是南方天气热得早，难以忍受。江汉之地的秋冬，又同样寒冷。诗篇写夏秋冬，实际是说戍守士卒整年都受煎熬。这是很带情绪的说法，既是抱怨他们的被迫南来，更是怨恨他们的归期无望。"爰其适归""宁莫我有"都是诉说罪臣戍边无固定归期的绝望。但他们没有悄无声息地忍受不幸遭遇，而是"作歌告哀"。

北　山

陟彼北山，言采其杞。偕偕士子，朝夕从事①**。王事靡盬，忧我父母。**

〇诗之首章。言为王事奔忙，不得养父母。

注释　①偕偕：强壮貌。士子：士，比大夫低，是最低级可以出仕的贵族。《左传·昭公七年》："王臣公，公臣大夫，大夫臣士。"士的上级是大夫。

溥天之下，莫非王土①**；率土之滨，莫非王臣**②**。大夫不均，我从事独贤**③**！**

○诗之二章。前四句强调忠道的不应逃避，以反衬下文"不均"。"溥天"四句，造语雄阔。

▣ 注释 ▣　①**溥**：广大。三家《诗》作"普"。②**率**：自，从。**滨**：边际，涯。《左传·昭公七年》："封略之内，何非君土？食土之毛，谁非君臣？"与此两句义同。③**不均**：不平均，在此有不尽本分的意思。**贤**：劳累。马瑞辰《通释》："贤亦劳也，贤劳犹言劬劳。"

四牡彭彭，王事傍傍①**。嘉我未老，鲜我方将**②**。旅力方刚，经营四方**③**。**

○诗之三章。言车驾疾驰，王事纷繁。虽贤劳，所幸膂力刚强。后四句出语豪迈。

▣ 注释 ▣　①**彭彭**：奔走不息貌。一说，马盛壮貌。**傍傍**：纷繁。一说，紧迫貌。②**嘉、鲜**：好在，幸而。《郑笺》："皆善也。"**将**：壮。③**旅力**：力气。旅，通"膂"。《广雅》："膂，力也。"**经营**：管理，治理。

或燕燕居息，或尽瘁事国①**；或息偃在床，或不已于行**②**。**

○诗之四章。以对比，申明"不均"。

▣ 注释 ▣　①**或**：有的。不定指代词。**燕燕**：安息的样子。②**偃**：倒，卧。

或不知叫号，或惨惨劬劳①**；或栖迟偃仰，或王事鞅掌**②**。**

○诗之五章。重申前章之义。

注释 ①**不知**：不闻。**叫号**：呼唤，招呼。《孔疏》："'不知叫号'者，居家用逸，不知上有征发呼召者。"金文中常有"王乎某"之语，"乎"即"呼"。②**栖迟**：悠游安闲。**偃仰**：俯仰，自得的样子。**鞅掌**：事情纷繁。联绵词。一说，失态貌。

或湛乐饮酒，或惨惨畏咎①**；或出入风议，或靡事不为**②**。**

○诗之六章。四、五、六三章连用十二个"或"字，句法奇特。是古典诗歌"以文为诗"的先声，为韩愈《南山诗》所本。

注释 ①**湛乐**：沉溺于欢乐。马瑞辰《通释》："《说文》：'耽，乐酒也。'又：'媅，乐也。'两字音义并同。此诗'湛乐'及《抑》诗'荒湛于酒'，皆耽字之假借。"**咎**：归咎，追究责任。②**风议**：漫无边际地议论。

解说

《北山》，朝廷役使不均，士鸣不平的诗篇。

《毛诗序》："大夫刺幽王也。役使不均，已劳于从事，而不得养其父母焉。"三家《诗》义略同。说"刺幽王"，无据；"大夫刺幽王"，更明显与诗不合；"不得养其父母"云，也不是诗的主题。诗的主题篇内很明确，是"偕偕士子"对"大夫不均"的愤慨。范处义《诗补传》："《大东》言赋之不均，《北山》言役之不均。"前者害民，后者伤臣，都是王朝行将崩溃的征兆。而且，征兆一旦出现，即无可挽回，此不独西周，后世王朝无不如此。不过，诗篇也有其特别处，在抒发"不均"的憾恨时，字里行间又颇见几分豪迈。诗中之"我"，对"不均"固然作了很有特点的铺陈，可情绪并不消沉，并没有表现出"受气包"似的抑郁哀愁；相反，"我"亮出的是"鲜我""嘉我"的爽朗。这使得一首西周晚期的篇章，闪出一抹耀眼的异彩，因而篇章也气格硬朗。从内容表达上说，豪迈硬朗的作用，在其反衬，在其由反衬而见出的朝廷所充斥的逃避责任、懒散放逸以及不负责任的"风议",这都是政治败坏的腐朽气息。艺术上,不凡气格加上后三章跌宕的正反对比,形成的是诗篇自由奔放的特征。这在大、小《雅》,是很特殊的。还有一点应当注意。随着西周的崩溃,是贵族阶层自上而下的腐败,到春秋后期,就有一个"士阶层"文化崛起的重大历史现象。诗篇毫无疑问表现了"偕偕士子"在普遍衰朽时期独有的一点活力。从这里,我们应可以读到后来士阶层崛起的一点文化基因。

无将大车

无将大车,祇自尘兮①。无思百忧,祇自疧兮②。

○诗之首章。以将车蒙尘为喻,劝告人们绝思去忧。

注释　①**将**:推挽,驾。**大车**:载重之车。古代车大致分两类:一为单辕,一为双辕。前者为作战和交通用,后者则为载重用。考古工作者在春秋秦国遗址中发现过双辕大车,料想西周后期可能已使用这样的大车。②**祇**:只。**疧**(qí):病。字亦作"疷",读音与"民"同。一说,当读作"疹"。据马瑞辰《通释》。

无将大车,维尘冥冥①。无思百忧,不出于颎②。

○诗之二章。冥冥,较前章之尘更深一层。

注释　①**冥冥**:尘土昏暗貌。②**颎**(jiǒng):耿,内心烦躁不安。

无将大车,维尘雝兮①。无思百忧,祇自重兮②。

○诗之三章。被尘土壅蔽,更深重一层。

注释　①雝：壅，堵塞。②重：累，沉重。

解说

《无将大车》，言任事者费力不讨好的诗。

《毛诗序》："大夫悔将小人也。"《郑笺》："幽王之时，小人众多，贤者与之从事，反见谮害，自悔与小人并。"《毛诗序》《郑笺》之说，实本自《荀子·大略》篇，曰："以友观人，焉所疑？取友善人，不可不慎，是德之基也。《诗》曰：'无将大车，维尘冥冥。'言无与小人处也。"荀子引诗是典型的断章取义，所以朱熹《诗序辨说》讥讽《毛诗序》为"不识兴体而误以为比也"。可是朱熹在其《诗集传》又说："此亦行役劳苦而忧思者之作。言将大车则尘污之，思百忧则病及之矣。"这又说成赋了。《孔子诗论》对此诗篇也有评述，曰："将大车之嚣也，则以为不可如何也。"是说推挽大车，只会陷入尘嚣，于事无补。这是《孔子诗论》的意思（见第19简）。而清代学者方玉润《诗经原始》的解释最值得注意。他说："此诗人感时伤乱，搔首茫茫，百忧并集，既又知其徒忧无益，祇以自病，故作此旷达、聊以自遣之词。亦极无聊时也。"诗每章前两句不过是起兴，后两句才是要表达的内容。此诗是风诗体式，或为采诗所得。

小　明

明明上天，照临下土。我征徂西，至于艽野①。二月初吉，载离寒暑②。心之忧矣，其毒大苦③。念彼共人，涕零如雨④。岂不怀归？畏此罪罟⑤。

〇诗之首章。既述自己辛苦，更言兵士艰辛。荒远之地，漫长时光，征人思乡而获罪，这一切都在明明临照下发生，诗不平之气不言可知。

〇**注释**〇 ①**芑**（qiú）**野**：远荒之地。②**初吉**：每个月初的七八天。王国维《生霸死霸考》："古者盖分一月之日为四分。一曰初吉，谓自一日至七八日也。二曰既生霸，谓自八九日以降至十四五日也。三曰既望，谓自十五六日以后至二十三日。四曰既死霸，谓自二十三日以后至于晦也。"**离**：罹，遭受。③**毒**：苦痛。**大苦**：很苦。一说，为草药名，味极苦。④**共人**：即王朝征调的士卒。始见于甲骨文，参《小雅·小宛》"温温恭人"句注。⑤**罟**：罪。于省吾《新证》："辜的借字，罪罟即《巧言》'无罪无辜'的'罪辜'。"

昔我往矣，日月方除①。**曷云其还？岁聿云莫**②。**念我独兮，我事孔庶。心之忧矣，惮我不暇**③。**念彼共人，睠睠怀顾**④。**岂不怀归？畏此谴怒**⑤！

〇诗之二章。言离家日久逾时，迫于淫威，无法回归。

〇**注释**〇 ①**除**：除旧生新，即一年开始。与上文"二月初吉"合。②**聿**：语气词。此句亦见《唐风·蟋蟀》。③**惮**：劳累。据陆德明《经典释文》，字当作"瘅"，为假借字。④**睠睠**：反顾貌。⑤**谴怒**：暴怒地指责，怪罪。

昔我往矣，日月方奥①。**曷云其还？政事愈蹙**②。**岁聿云莫，采萧获菽**③。**心之忧矣，自诒伊戚**④。**念彼共人，兴言出宿**⑤。**岂不怀归？畏此反覆**⑥！

〇诗之三章。仍言逾时不归，"反覆"一句，点明朝廷昏暗。

〇**注释**〇 ①**奥**（yù）：暖和。燠的假借字。②**蹙**：促，紧张。③**萧、菽**：两种植物。陈奂《传疏》："萧，蒿也。菽，九谷中最后获者，'亨菽''采菽'皆其叶也，至此则称获矣。"此句未必实写，特表怀念家乡而已。④**"自诒"**

句：忧思只会给自己带来更大的悲伤。戚，悲伤。参《邶风·雄雉》"自诒伊阻"句注。⑤**兴言**：语首助词。马瑞辰《通释》："犹云薄言，皆语词也。"**出宿**：在外过夜。《豳风·东山》："敦彼独宿。"此处"出宿"与"独宿"意思相近。⑥**反覆**：反覆无常。

嗟尔君子，无恒安处。靖共尔位，正直是与①。神之听之，式穀以女②。

○诗之四章。直接从前三章"罪罟""谴怒""反覆"而来。远地将士们的艰辛与不幸，都是由朝中君子无道而致。诗人描述自己及士兵之苦，用意即在规诫君子。诗旨至此始明。

注释 ①**靖**：静，在此有恭敬之意。**共**：供奉。**与**：赞助，遵循。②**神之**：慎之。参《小雅·伐木》同句注。**穀**：善。**以**：与。两句是说，慎重遵从我上面几句所劝，会得到好处。

嗟尔君子，无恒安息。靖共尔位，好是正直。神之听之，介尔景福①。

○诗之五章。

注释 ①**介**：助。**景**：大。

解说

《小明》，从军的军官有感于士卒艰辛，劝告在朝君子勤于职守的诗篇。

《毛诗序》："大夫悔仕于乱世也。"三家无异义。宋儒亦无新说。至清代，顾镇《虞东学诗》曰："此篇诗义，说者纷错。《笺》以共人指君，固属迂曲。后儒或谓大夫之友隐居不仕者，或谓先时曾谏阻大夫之仕者，皆无可据。惟谢叠山谓共人即'靖共尔位'之君子，与诗人志同道合者也。"此后，方玉润《诗经原始》则更明确地说此诗为"大夫自伤久役，书怀以寄友也"。以上诸说皆不得要领，原因即在对"共人"的不得正解。今将"共人"定为王朝征集军队中的兵士，诗的思路豁然通畅。此诗的作者当是军中士、大夫一类贵族人物。将士们在荒远边地卖命，而朝中君子之流却养尊处优，不恤下情，这才是诗人叙说军中痛苦的本因。因此，诗歌后两章的"嗟尔"之中，含有强烈的讽刺意味。《诗》三百篇是一个时代百科全书式的文学宝典，越是深入而准确地诠释它，就越能对它所表现的社会生活有广泛的了解。《小明》篇，让我们又看到了中国边塞诗的雏形。

鼓　钟

鼓钟将将，淮水汤汤，忧心且伤①。淑人君子，怀允不忘②。

○诗之首章。言淮水岸边奏起金鼓之乐，怀念淑人君子。

注释　①鼓：击打。钟鼓之乐在周礼中属于"金奏"，周王举行隆重的典礼时用。将将：即锵锵。状声词。汤汤（shāng shāng）：浩荡的样子。②允：实在。

鼓钟喈喈，淮水湝湝，忧心且悲①。淑人君子，其德不回②。

○诗之二章。言鼓钟之悲，表君子之德。

注释　①湝湝（jiē jiē）：水流声。②回：邪，不正。

鼓钟伐鼛，淮有三洲，忧心且妯①。淑人君子，其德不犹②。

○诗之三章。前两章言鼓钟，此章则言伐鼓。

注释　①鼛（gāo）：大鼓。三洲：河流中的三个沙洲。《毛传》："淮上地。"据陈奂《传疏》,其地在颍水与淮水交汇处,即古"洲来"之地,今属安徽省寿县。**妯**(chōu):悼,悲。②**犹**:若,如。两句是说淑人君子之德不同寻常。

鼓钟钦钦,鼓瑟鼓琴,笙磬同音①。以雅以南,以籥不僭②。

〇诗之四章。言钟鼓和鸣,雅乐、南乐交替演奏,是典礼高潮,犹如《楚辞·九歌》的"礼魂"章。

注释 ①**钦钦**:形容钟鼓声响。**笙**:吹奏乐器。参《小雅·鹿鸣》"吹笙鼓簧"句注。**磬**:石质乐器,为打击乐,始见于新石器时代晚期,打制;商代晚期出现了磨制的编磬,有的还绘有花纹,至西周沿袭商代形制,亦多编磬。**同音**:即钟与琴、瑟、磬同时演奏,音响和谐。②**雅**:中原音乐。**南**:南方土著居民的音乐。**以**:用。**籥**(yuè):一种竹制的三孔乐器。舞蹈者执之而舞,为文舞。**僭**:乱,不按次序。

解说

《鼓钟》,周人在淮水之滨为阵亡将士安魂的乐歌。

西周建立,在大体经过了成、康二王相对平静的时期后,到昭王时南方的淮夷开始反抗周朝,王朝军队曾不止一次地南征,这在文献及金文上多有反映。有征战就有将士阵亡,据《孔疏》引郑玄《中候握河纪注》说:"昭王时,《鼓钟》之诗所为作者。"是汉代今文家(到底是《韩诗》家还是《齐诗》家之说尚存争议)认为诗系昭王时作。王先谦《集疏》又以为是周昭王南巡、由淮入汉时所作。联系历史,考诸诗篇内容,昭王说是可信的。诗篇"忧心且悲"的格调表明,"以雅以南"的钟鼓齐鸣,不会是吉庆之礼,而是凶丧之乐,与昭王南征数年将士大量死伤于此有关。此一点,日本学者白川静即有觉察,他在《诗经研究》中说:"《鼓钟》可能也是挽歌。……

也许是行临淮水葬人的诗歌。"诗言"以雅以南","雅"中原本土音乐,而"南"则来自南方。周人经营南方起码从文王时期就已经开始,南方音乐也随而北传。《周南》《召南》都以"南"冠名,当与此有关。伤悼那些南征阵亡的将士,用中原的音乐和南方的音乐两者进行,只因为这些阵亡者是北方之人做了南土之鬼。《鼓钟》之篇风格清癯,也似西周较早时作品。另外《钟鼓》《楚茨》《信南山》《甫田》及《大田》等,与西周后期的一些篇章排列在一起,应是错简所致。

楚　茨

楚楚者茨,言抽其棘①。自昔何为?我蓺黍稷②。我黍与与,我稷翼翼③。我仓既盈,我庾维亿④。以为酒食,以享以祀,以妥以侑,以介景福⑤。

○诗之首章。欲表祭祖而先言田地之治理与收获,用意在明示自己遵从祖德。凌廷堪《校礼堂文集》:"首章言黍为酒食之用,遂及正祭之妥侑也。""自昔何为"领起全章,五个"我"字句、四个"以"字句,如青山两岸,相对而出。从土地垦殖到祭祀祖先的描述,意态闲淡,笔法简赅。在祭祀,是正祭之前的活动;在诗篇,则为序曲。

注释 ①**楚楚:**蔓延貌。**茨:**蒺藜。蔓生有刺的植物,其果实也称蒺藜,由五颗小干果组成,每果有长短两刺,不小心踩到会扎脚,农田、路旁多见。此处虽只言蒺藜,实代各种杂草。**抽:**拔除。**棘:**指蒺藜刺,实即指蒺藜秧。两句以拔出蒺藜,表耕殖田地之义。②**昔:**昔日,指耕种时。**蓺**(yì):种植。"艺"的异体字。③**与与、翼翼:**茁壮、茂盛的样子。④**庾:**露天堆积存放的粮仓。《毛传》:"露积曰庾。"一说,粮囤。马瑞辰《通释》:

"庾盖即今俗所谓囤者,其形圆,以席为之,但露其上,故《传》以'露积'释之。"**亿**:数量很多。《毛传》:"万万曰亿。"一说,即盈。据王引之说。⑤**"以享"句**:古代祭祀,在迎尸入室之前,主人、主妇等先向祖先献祭,称阴厌。此句即指此而言。享即献。**妥**:安坐。《郑笺》:"既又迎尸,使处神坐而食之。"尸,古人祭祀,须有人假扮成神灵,称为"尸"。妥即请尸安坐。在给尸侑食之前,尸已经被迎接入庙接受"灌献"(以酒献给祖),所以《郑笺》说是"又迎尸",即再次请尸。**侑**:劝食,劝尸(也就是祖先的神)进食。祭祀中尸进食,据《仪礼·少牢馈食礼》记载,尸进食是吃羊、猪之肉与饭食交替进行,吃一口饭为一饭,吃到第七口饭时要"告饱",祝劝一次;第八口饭再告饱,主人再劝一次。这就是侑。**介**:助。**景**:大。"以介景福"为《诗》中固定词。

济济跄跄,絜尔牛羊,以往烝尝①**。或剥或亨,或肆或将**②**。祝祭于祊,祀事孔明**③**。先祖是皇,神保是飨**④**。孝孙有庆:报以介福,万寿无疆**⑤**。**

○诗之二章。凌廷堪《校礼堂文集》:"二章言牲牢为鼎俎之用,遂及祊祭之飨报也。"此章所言为祭祖程序之一,献祭生食(肉食)。从杀牲、烹煮、陈列,到索祭请神,再到神灵歆享、赐福,历历分明。

注释 ①**济济**:祭祀时的步伐,即符合礼容规矩的步伐。《毛传》:"言有容也。"《郑笺》:"有容,言威仪敬慎也。"**跄跄**(qiāng qiāng):指步伐。古代身份不同,行礼时步伐也不同,有所谓士济济、大夫跄跄之说。此处泛指祭祀者步伐有度。**絜**(jié):清洁(潔)。一说,携、持的意思。**烝尝**:献祭。烝、尝为两种不同祭名,冬祭曰烝,秋祭曰尝。此处是泛指。②**剥**:剥去皮毛。**亨**:烹煮。亨即烹,先秦常见。**肆**:陈列。将祭品摆放在祭台(或几案)上。**将**:装肉于鼎。字当作"𨟻"。③**祝**:祭祀中向神行祷告的神职人员。**祊**（bēng）：祭祀正式进行之前，要举行寻索神灵的仪式，是祭祀礼仪中一个环节，一般在宗庙门口内侧进行，此处即称祊。《礼记·郊特牲》言"索祭祝于祊"，即此。**明**：完备，完善。④**皇**：往，离去。**神保**：神灵降临，要有所依附，故祭祀设尸，尸为神所依附时，称神保。《楚辞》有"灵保"，与此"神保"不同的是由巫充当。两句是说神保享受了祭品后离去。语句前后倒装。⑤**庆**：赏赐。《孟子·告子下》："入其疆，土地辟，田野治，养老、尊贤、俊杰在位，则有庆，庆以地。"庆，与此处"庆"字义同。**介**：大。**万寿**：长寿。参《豳风·七月》同句注。

执爨踖踖，为俎孔硕①。**或燔或炙，君妇莫莫**②。**为豆孔庶，为宾为客，献酬交错**③。**礼仪卒度，笑语卒获**④。**神保是格：报以介福，万寿攸酢**⑤。

○诗之三章。凌廷堪《校礼堂文集》："三章言傧尸于堂之礼也。"言生食献祭之后再以熟食献神，为祭祀又一重要程序。继言人神献酬，礼仪无亏，神赐福子孙。

注释 ①**执爨**（cuàn）：司灶，操办烧水做饭之事。爨，灶。**踖踖**（jí jí）：脚步轻盈敏捷，有仪容。《毛传》："爨灶有容也。"**俎**：摆祭品用的几案。此处指代祭品。②**燔**：熏烧。**炙**：烤。燔用肉，炙用肝。据《礼记·郊特牲》，主人献神时，助祭者（称宾）中的长者持肝从；主妇献神时，诸兄弟持燔随从。**莫莫**：肃静貌。《毛传》："言清静而敬至也。"一说，勤勉貌。马瑞辰《通释》："莫莫"为"慔慔"之异文。《说文》："慔，勉也。"③**豆**：食器，指代食物。古代把粮食做成的祭品装在豆中。**"为宾"句**：指祭祀中祭者与神（由尸代表）之间的相互敬酒，仿佛宴会上的宾主关系（参凌廷堪《校礼堂文集》卷二十六《礼经释例序》）。旧说，宾客句指祭神之后主人与助祭者及尸的相互敬酒，不确。**献酬**：相互敬酒。祭祀中，祭者向神（由尸代表）献酒，尸也回敬主人，即此所谓献酬。④**卒度**：尽合法度。卒，尽。**获**：合乎规矩。于省吾《新证》据卜辞、金文例，谓"获"当解释为"矩镬"之"镬"，规矩的意思。⑤**格**：至，来。此句是说神保代表神赐福给祭祀者。**报**：答赐，回报。**攸**：所。**酢**：报酬，即赏赐。

我孔熯矣，式礼莫愆①。**工祝致告，徂赉孝孙**②；**苾芬孝祀，神嗜饮食**③；**卜尔百福，如几如式**④；**既齐既稷，既匡既敕**⑤；**永锡尔极，时万时亿**⑥。

○诗之四章。凌廷堪《校礼堂文集》："言尸嘏主人之礼也。"即工祝代神致语，述赐福内容。也是祭祀的重要环节。对祭祀有评点，有总结。文义到此为一段落。

注释 ①**熯**（nǎn）：谨慎，虔敬。于省吾《新证》："熯即谨之本字。"**式**：依照，效法。**愆**：过错。②**"工祝"句**：工祝，即上文之祝。致告，传达神意。朱熹《诗集传》："《少牢》嘏词曰：皇尸命工祝，承致多福无疆于女孝孙，来女孝孙，使女受禄于天，宜稼于田，眉寿万年，勿替引之。"据此，工祝是在转述神的话。**徂**：往前去。工祝是接受尸（代表神）发出的旨意向子孙赐福，所以用一"徂"，表示工祝受命后的动作。**赉**（lài）：赐。"徂赉"句之后的八句，皆言赏赐内容。③**苾**（bì）**芬**：芬芳。**孝祀**：享祭。马瑞辰《通释》："《尔雅·释诂》：'享，孝也。'享训为孝，故享祀亦谓之孝祀。"**嗜**：喜爱。④**卜**：予。**几**：期，期待。即赏赐人们所期待的好处。**式**：定式，按定式。⑤**齐**：敬。斋的假借。**稷**：肃穆，严肃。高亨《诗经今注》谓当读如肃。稷、肃古音相近，可通用。一说，疾，机敏。**匡**：端正。马瑞辰《通释》："当训为匡正。"**敕**：严整，无破绽。《毛传》："固。"马瑞辰《通释》：敕与饬音近义通，所以《传》以"固"为训。⑥**永锡**：大大地赐予。**极**：中正，引申为善、好。**时**：是。此句犹言成万成亿。

礼仪既备，钟鼓既戒①。**孝孙徂位，工祝致告**②：**神具醉止，皇尸载起**③；**鼓钟送尸，神保聿归**④；**诸宰君妇，废彻不迟**⑤；**诸父兄弟，备言燕私**⑥。

○诗之五章。凌廷堪《校礼堂文集》："五章言既祭而彻也。"神尸退出，工祝发布新令，献祭转入宴会。祭后的亲族宴享，是祭祀重要部分。文法上，也转出下文。

注释　①**戒**：准备。**徂位**：孝孙回到主祭者的地位上去。《郑笺》："祭礼毕，孝孙往位堂下西面位也。"据此其位在堂下庭院的东侧，面向西。②**致告**：告祭祀典礼完成。"致告"之后八句为工祝所发指令。③**皇尸**：即尸，神保。《毛传》："皇，大也。"夸美之词。④**鼓钟**：击钟。《郑笺》："尸出入，奏《肆夏》。"《肆夏》在此为送神曲。**归**：神灵归天。⑤**诸宰**：诸位膳夫、厨工。**废彻**：撤去。废，去。彻，撤。即撤去献神祭品，转到宴饮的席上。⑥**备**：俱。**言**：语助词。**燕私**：私燕。《郑笺》："祭祀毕，归宾客豆俎，同姓则留与之燕，所以尊宾客、亲骨肉也。"

乐具入奏，以绥后禄①。**尔殽既将，莫怨具庆**②。**既醉既饱，小大稽首**③。**神嗜饮食，使君寿考。孔惠孔时，维其尽之**④。**子子孙孙，勿替引之**⑤。

○诗之六章。凌廷堪《校礼堂文集》："六章言既彻而燕也。"同族人祭后宴饮。最后两句则为告诫，是诗篇写作目的之一。孙鑛《批评诗经》曰："气格宏丽，结构严密。祀事如仪注，庄敬诚孝之意俨然。"

注释　①**入奏**：将乐移入内寝中演奏。朱熹《诗集传》："凡庙之制，前庙以奉神，后寝以藏衣冠。祭于庙而燕于寝，故于此将燕。"寝即常居的厅堂。**绥**：安也。**后禄**：以后的福禄，实即祭祀所获的福禄。《郑笺》："骨肉欢而君之福禄安。"②**将**：嘉，美。马瑞辰《通释》："'尔殽既将'犹

《頍弁》诗'尔殽既嘉''尔殽既时',嘉、时皆美也。"**莫**:没有。**庆**:欢喜。③**小大**:长幼。④**惠**:顺。**时**:善。⑤**替、引**:废弃、丢掉。替,废。引,取代。"勿替"句作为嘏词,金文此词始见于西周中期。

解说

《楚茨》,表现西周王室祭祖典礼的歌。

《毛诗序》:"刺幽王也。政烦赋重,田莱多荒,饥馑降丧,民卒流亡,祭祀不飨,故君子思古焉。"今文经学家无异义。其实,这在《毛诗》(古文)家解《诗》,也是没办法的办法。因为他们相信《诗经》大、小《雅》的排列是按照时代来的。排在后面的就是西周后期乱世的篇章,理所当然也就是"刺诗"。问题是,诗篇本身如《楚茨》的内容,并无任何哀怨、讽刺的意思。怎么办呢?有办法,他们采取了今文家的解释路数:以"谲谏"的思路解读诗篇。于是提出了"君子思古焉"的说法。于是诗篇由对现实生活的表现,变成一种对过去曾有的完美祭祖盛典的怀想,以此对当下"政烦赋重""祭祀不飨"的现实王政进行批评。这就是"主文而谲谏"的"谲谏"。本系西汉今文家的解读方法(如今文三家解《关雎》),现在又被《毛诗》家沿用,他们说《楚茨》篇是"君子"以"思古"的方式向不重视农耕的周王上的谏言。既然是"思古",所以诗篇本身就没有讽刺意味,此即所谓"谲谏",或曰"讽谏"。

实际上,诗篇在遭遇过秦火以后,排列次第是有变乱的。朱熹在其《诗序辨说》中早就说过:"自此篇至《车辖》凡十篇,似出一手。词气和平,称述详雅……无一言以见其为衰世之意也。窃恐'正雅'之篇有错脱在此者耳。"朱说是可信的,而且,由诗在格调上与《公刘》《生民》等《大雅》乃至《周颂》如《载芟》《良耜》等诸多篇章的相似(参本书各篇注解),还可推测,诗篇是西周中期一些《大雅》篇章错简至此。具体理由如下:其一,"万寿无疆"的嘏词,在金文中出现的年代是西周中期(参看《豳风·七月》

篇说明）。其二，"子子孙孙，勿替引之"的嘱告之语，正如学者指出，其在金文中的出现，绝不早于周昭王时期，原因很简单，昭王之前，周人享国日浅，子孙观念尚不浓厚。正是从昭穆之际起，器铭结尾处"子子孙孙其永宝"的语词数以百计。其中如《录伯䚄簋》"孙孙子子其帅井（型）受兹休"，《縣改簋》"孙孙子子母（毋）敢望（忘）白休"，以及《守宫盘》"其百世孙子母敢永宝，勿遂（坠）"等，其语气语意都与《楚茨》篇"勿替引之"的嘱告十分类似。更重要的证据是近年海外回流的狱伯诸器和卫簋，其器铭文结尾处，都出现了"日引勿替"之语。几件器物的制作年代，学者考证都是穆王、恭王时期。是诗篇为西周中期作品又一证。近年来中外学者研究西周青铜器铭文，得出大致相同的结论：西周中期是代表"新文化"的礼乐系统创制的高潮期。而所谓"创制"，在很大程度上其实是对传统礼仪的文饰与加工，使旧礼翻新以适应新的精神生活需要，《楚茨》创作即此一背景下的产物。

这是一首相当完整记录西周年终祭祀祖先典礼的诗篇。清代学者凌廷堪在其《校礼堂文集》卷十四《〈诗·楚茨〉考》一文中，将诗与《仪礼》所记录的大夫之家祭祖的《少牢馈食礼》相较，肯定了诗篇与后者的诸多相同。诗篇虽在开始即突出祭祖食粮亲自耕种的籍田，但随之而来的对典礼过程的表述，还是遵循祭礼的实际次第，那就是先上生食，再上熟食；生食即牛羊贡品，由男子敬献，熟食由家庭主妇操办。之后是作为巫觋人员的工祝代表神向主人赐福，强调遵从祖德的意义。再后就是族人的宴饮，分享祭品以强化血亲之间的凝结。《楚茨》篇表现的应该就是旧礼翻新时期一次隆重的以籍田粮食祭祖的祭仪。其创作意图，一言以蔽之：树立典礼的懿范，以使子孙不忘传统。

就诗篇本身提供的一切来看，其所表现的祭祀属于王室的典礼（参胡承珙《毛诗后笺》相关论证）。而且诗篇又并非祭祀典礼某一环节的歌唱，而是对整个典礼仪程的述而歌之，是有意再现典礼的过程。就是说，诗篇隆重地翻新了古老典礼，把它当作认知的对象。美国学者柯马丁在其《作为表演文本的〈诗经〉：以〈小雅·楚茨〉为例》一文中提出，《楚茨》篇的各章是由祭祀中各参与祭祀人员的发言构成的，如第一章是"祝代表与祭子孙向尸发言"，第二章是"祝向与祭子孙发言"等。这样的说法是有悖于诗篇实际的。诗篇的立足点不是祭祀中的人员，而是祭祀之外的人，即诗人。诗篇的演唱当在典礼进行到宴饮行将结束的时候。不过，柯马丁的另一相关说法倒值得重视，即诗篇是在塑造一种"文化记忆"，以保证传统的延续。诗篇一开始"自昔何为？我蓺黍稷"的问答，极郑重地交代出马上要向祖先献祭所用粮食的来历，实际是强调，献神的贡品是"我"（即主祭者）亲自耕种的。为什么要作这样的交代？《礼记·祭统》说："是故天子亲耕于南郊，以供齐（粢）盛；王后蚕于北郊，以供纯服。……身致其诚信，诚信之谓尽，尽之谓敬，敬尽然后可以事神明。"又，《穀梁传·桓公十四年》也说："天子亲耕，以共（供）粢盛；王后亲蚕，以共祭服。国非无良农工女也，以为人之所尽，事其祖祢，不若以己所自亲者也。"两种记载都明确表示，祭祀的"粢盛"只有主祭者亲自耕种所得，对祖先才是最恭敬的。这决定了诗篇何以从"自昔何为"起笔。而最后"子子孙孙"的嘱告，其用意就在对"亲耕"以"共粢盛"这一古老传统的不背离。

  诗篇站在祭祀之外表现祭祀过程，显示的是一种新的对生活的反观意识。这是此诗与周初表现周王亲耕典礼诗篇如《周颂·噫嘻》的重要区别。正是在诗篇的"反观"中，维系社会生活的传统得以彰显。同时这也是一种对生活的觉察，而觉察中又充满了敬重、遵奉以及延续的庄重情感。这正是诗篇格调宏壮，用笔绵密的原因。

信南山

信彼南山，维禹甸之①。畇畇原隰，曾孙田之②。我疆我理，南东其亩③。

○诗之首章。推本于禹，以强调南山之田耕种的神圣。意味悠长。

注释　①信（shēn）：延伸。信、伸古字通用，形容南山延伸貌。**禹**：夏禹。西周中期器铭《燹公盨》："天命禹敷土，隋山浚川。"**甸**：治理田地。《论语·泰伯》："子曰：禹，吾无间然矣。……卑宫室而尽力乎沟洫。"②**畇畇**（yún yún）：田地平整均匀貌。**原隰**：高处与低处。**曾孙**：此处为周王祭祀时自称。《礼记·郊特性》："祭……称曾孙某，谓国家也。"**田**：耕种。西周有所谓籍田千亩，是西周王室的田产，耕种收获都是借民力为之，故称籍田，又以其广大，所以又称甫田、大田。从法理上说，籍田上的粮食，是周王代表周人、天下人祭祀祖先的贡品。正因为籍田与宗教相关，所以耕种、管理及收获各环节的典礼，都要由周王亲自主持。③**疆**：划分疆界。**理**：调理地脉。马瑞辰《通释》："理对疆言，疆谓定其大界，理则细分其地脉也。"**亩**：田垄。此句是说，田埂或东西向，或南北向，各随地利。

上天同云，雨雪雰雰，益之以霡霂①。既优既渥，既霑既足，生我百谷②。

○诗之二章。以雨雪霖泽，言南山之田得上天惠助。写冬春之交先雪后雨的光景，细腻、生动；天地有温情，此章最传神。姚际恒《诗经通论》："田事，冬雪宜大，春雨宜小。雰雰以言雪大，霡霂以言雨小。优、渥、霑、足，皆言承雨，则夏亦可知矣。""生"的主语是"上天"。

注释　①**同云**：聚集云彩。一说，同色云。一说，即彤云。**雨雪**：

下雪。雨，动动词。雱雱（fēn fēn）：纷纷。霢霂（mài mù）：小雨之称。②优：润泽。马瑞辰《通释》："渥之假借。《说文》：'渥，泽多也。'"渥：雨水充足。霑（zhān）：润泽。足：充分。一说，为浞字的假借，与"霑"义同。

疆埸翼翼，黍稷彧彧^①。曾孙之穑，以为酒食。畀我尸宾，寿考万年^②。

○诗之三章。言南山之穑，将用以祭祀，是曾孙福禄所系。

注释 ①埸（yì）：田界。翼翼：庄稼排列貌。彧彧（yù yù）：茂盛状。②畀：给。尸：祭祖时扮神的人。宾：参与祭祀的人员。参《小雅·楚茨》"为宾为客"句注。

中田有庐，疆埸有瓜^①。是剥是菹，献之皇祖^②。曾孙寿考，受天之祜^③。

○诗之四章。写以瓜菜祭祖尝新。是诗篇所附典礼。

注释 ①中田：田中，田野。庐：简易棚舍。古人农忙季节在田野搭起简易茅棚居住，冬季返回邑落居住。一说，此"庐"为葫芦之"芦"，即瓠瓜之类。有瓜：言农夫在田间地头种瓜菜之物。《周礼·场人》："掌国之场圃而树之果蓏珍异之物。……凡祭祀、宾客共（供）其果蓏。"②剥：剥去皮叶。菹（zū）：腌渍。③寿考：长寿。参《豳风·七月》"万寿无疆"句注。祜（hù）：福。

祭以清酒，从以骍牡，享于祖考^①。执其鸾刀，以启其毛，取其血膋^②。

○诗之五章。言尝鲜之礼，尚有骍牡牺牲之献。

注释 ①清酒：经清水掺兑过的薄酒。古代酿酒大致分两类：一类为带有渣滓的酒，称为醴，又称五齐，酿造方法简单，时间也短，浓度不高。还有一种是给人喝的酒，经过反复酿制，时间长，浓度高。前一类专供神，上贡之前需要用"明水"（即露水，取其清洁）掺兑，此酒即清酒。从：接着，随而。古代祭祀，先献酒，之后牵出献祭的牲口。骍（xīng）牡：通身赤红色的公牛。周人祭神，特别讲究用赤红色的牛。②鸾刀：带有鸾铃可发出响声的刀。古人祭祀割开牲口之肉，讲究动作的节奏，所以用鸾刀。毛：取牛毛是为向神显示其色纯一。《郑笺》："毛以告纯也。"血膋（liáo）：牛的鲜血和脂膏。周代祭祀，杀牲时取牛血向神告杀，将牛的油脂与黍稷、萧艾合在一起燃烧，令其香气上升，即供神享用。

是烝是享，苾苾芬芬，祀事孔明①。先祖是皇，报以介福，万寿无疆②。

○诗之六章。写事神受福，是一篇的主旨。

注释 ①烝：进。享：献。明：礼仪周备。②皇：祖先神因得到献祭而更加赫赫伟大。一说，归往，为暀字的假借，前来享受献祭的意思。

解说

《信南山》，春夏之交，周王以籍田的瓜果祭祖，诗篇为此而作。

《毛诗序》说："刺幽王也。不能修成王之业，疆理天下，以奉禹功，故君子思古焉。"全然臆说。在《诗经·小雅》中，有多篇表现农事及秋冬祭祖的篇章。这些篇章，格调平和闲雅，丝毫无衰世之气。《毛诗序》所以用"君子思古"来敷衍，其缘由已见《楚茨》篇解说。考上述几首农事及年终祭祖的诗篇，格调大同，表明为同一时期作品。其篇章、语式及一些用词，如其祝福的嘏词，语式三句为一意群等，都显示其为西周中期作品。

读此诗，首先要了解诗篇所表农事典礼的发生，就在王室籍田千亩之上这点。籍田不同于一般田产，其所产粮食是要作为贡品，由周王代表族人奉献给祖先的。按照礼法，周王上贡给祖先的粮食，必须是他亲自劳作所得，对祖先才是最虔诚恭敬的（与此相同，他祭祀所着服装，是王后亲自养蚕缫丝织纴制成，也才是对神最虔敬的）。这样的观念，决定诗篇的"文体"，那就是在第三、四章，都从庄稼长势说到后来的祭祀及所获的福报。这也形成了诗篇虚实相生的特点。从作物说到祭祀获福，是一层虚实，但在本篇还有更大层次的虚实。诗篇的前三章，其实都不是本篇所言农事典礼，真正诗篇所附的典礼，只是第四章所言。古代祭祖有所谓"禴、祀、烝、尝"（《小雅·天保》），诗篇第四章写将新鲜的瓜果献给祖先，就是诸多祭典中的"尝新"之礼。宋王质《诗总闻》说："《楚茨》，烝尝之祭也，其仪差详；《信南山》，荐新之祭也，其仪差略。""荐新"即"尝新"，这部分才是诗篇的"实"，此外第五章的"清酒""骍牡"云云，都是"尝新"之礼的组成部分。其规格之高，正表明为周王的典礼。还应注意的是诗篇中"维禹甸之"一句。考诸西周中期文献，不论传世还是出土的，多言大禹，如新近回收的西周中期铭文《燹公盨》，即明言大禹的平治水土为一大功德。诗篇上来就言南山之下的籍田是禹甸治的，既是强调籍田耕种的神圣性，也是申明对传统的尊崇与遵循。

诗篇最动人的笔触是第二章"上天同云"云云，表述浓云密布及雪雨对田地的润泽，句中描写的天地是那样细腻、精心，实际表达出的是一个以农耕稼穑为命业的人群，对天地自然的感念情怀。后来《周易·系辞下》"天地之大德曰生"的哲学观念，正孕育于这种感念情怀之中。

《甫田》之什

甫　田

倬彼甫田，岁取十千①。我取其陈，食我农人，自古有年②。今适南亩，或耘或耔，黍稷薿薿③。攸介攸止，烝我髦士④。

○诗之首章。言甫田丰饶，陈粮可以食农夫。古今相对，是互文递进句式。甫田集体劳动，亦有了解民情之效，故言及才俊之士。

　注释　①倬（zhuō）：广大开阔貌。**甫田：**大田。参《小雅·信南山》"曾孙田之"句注。**十千：**万，量多的意思。②**陈：**陈粮，旧粮。**食**（sì）：提供粮食。据《国语·周语》记载，周代于籍田东南设廪仓，所藏粮食一用于供神，二用来适时布施于农。《管子·轻重》："无食者予之陈，无种者贷之新。"**有年：**古称五谷丰收为有年，大丰收为大有年。③**今适：**现在前往。今，现在，与"自古"相递为文。适，往。**南亩：**即向阳的田地，光合作用好，产量高。**耘：**除草。**耔**（zǐ）：为苗根培土。**薿薿**（yǐ yǐ）：高大茂密貌。④**攸：**乃，于是。**介：**停息。**止：**休，歇。**烝：**众多。一说，进，进见，即周王接见俊士。**髦：**俊，美。

以我齐明，与我牺羊，以社以方①。我田既臧，农夫之庆②。琴瑟击鼓，以御田祖，以祈甘雨，以介我稷黍，以穀我士女③。

○诗之二章。祭祀土地与四方神，以祈年谷丰饶。点明祭祀礼仪。

　注释　①**齐明：**献神的酒水。齐，又称五齐，即五种不同的薄酒，专门用来祭神。明，即明水，亦即露水，搀酒用。此处齐明可能是偏义词，主要说的是齐，明为陪衬。一说，粢盛，祭祀用的粮食之称。马瑞辰《通释》："明者，盛之假借。古明与盛同义。"**牺**：牛。一说，纯白色的牛羊祭品。**社**：本义为土地神。此处名词作动词用。**方**：祭四方神，四方神掌管四方之气。《毛传》："迎四方气于郊也。"考古代文献，四方风及四方神名，始见商代武丁时期甲骨文，又见于《山海经》等文献。②**臧**：好。**庆**：喜庆。③**御**：迎。**田祖**：农神，农业的发明者。《毛传》："先啬也。"**介**：祈求。字通"丐"。**穀**：养活。**士女**：男女。

曾孙来止，以其妇子①**。馌彼南亩，田畯至喜**②**。攘其左右，尝其旨否**③**。禾易长亩，终善且有**④**。曾孙不怒，农夫克敏**⑤**。**

○诗之三章。写周王偕妇子来籍田参与农事，且品尝农夫所食。农夫干劲倍增，禾苗旺长。一派君民同乐光景。

◨ 注释 ◧ ①**妇子**：妇人和孩子。②**馌**（yè）：送饭至田间。参《豳风·七月》同句注。**田畯**（jùn）：《郑笺》："司啬，今之啬夫也。"**至喜**（chí）：分发酒食。喜为馌之假借。《国语·周语》载，王亲耕之后，"宰夫陈飨，膳宰监之。膳夫赞王，王歆大牢，班尝之，庶人终食"。据此，籍田礼中有馈食一项。《令鼎》："王大耤农于諆田，錫。"有学者认为"錫"即诗之"馌彼南亩"，可从。③**攘**：推开。④**易**：生长，伸展。俞樾《群经平议》："当读为施，古易、施二字通用。"⑤**克**：能。**敏**：迅捷。

曾孙之稼，如茨如梁①**。曾孙之庾，如坻如京**②**。乃求千斯仓，乃求万斯箱**③**。黍稷稻粱，农夫之庆。报以介福，万寿无疆。**

○诗之四章。言稼穑大丰收。

◨ 注释 ◧ ①**茨**：屋顶。古代屋顶覆盖茅草。**梁**：桥梁。②**坻**（chí）：大土丘。**京**：高丘。③**"乃求"两句**：千斯仓即千仓，万斯箱即万箱。斯，语气词。

解说

《甫田》，表春夏之际周王籍田祈谷典礼的乐章。

《国语·周语》称："王治农于籍，……耨获亦于籍。"据此，周王不仅春耕时要举行仪式，田间管理及收获时节也都要举行典礼。从诗"今适南亩，或耘或耔"看，诗当是"耨获"之时的篇章，此时为作物生长关键期，所以周王在此时来到籍田，举行祈求土地与四方神灵的典礼，目的在希望年景的风调雨顺。诗篇显示，此时要向土地神、四方神及农神分别进献牛羊贡品，以求得保佑。值得注意的是，在今见的《诗经》中，不论是《周颂》，还是大、小《雅》，都没有单独的向上述诸神祈求甘雨时所使用的祈祷之语或歌词。相反，表现人的求神典礼活动的乐章，却屡见于《雅》《颂》各农事诗篇中。这表明，在古人意识中，求神是农事的一个方面，但人的行礼如仪及按时耕作，亦即人的努力，才是更重要的。与此相伴，敬神之词只是篇章的一部分，对仪式过程的描述才是篇章所注意表现的内容，"自古"云云，与《楚茨》篇一样，也是强调传统的古老而不可改变。

诗所言"甫田"，又称"大田""公田"。以其为王室直接所有，借民力耕种，所以又称"籍田"，"籍"即"借"。王室为什么能够"使民如借"？这要从宗法社会周王的地位中寻找答案。周王是天下的共主，也是姬姓人群的族长，只有他才最有资格代表周人祭祀共同的祖先以及天地之神。籍田生产的粮食的一个重要用途是祭祖。在这个意义上，籍田是属于所有周人的。因此籍田的宗教含义，正是"使民如借"的法理基础，也是周王每年都要按时"亲耕"的原因。因为周王要用籍田所产的粮食，作为粢盛献给祖先神灵。他亲耕了，哪怕是表演一下，也表明他是遵从祖德，敬奉传统的（参《楚茨》解说）。诗篇的高潮段落在第三章亦即"曾孙来止"一章。周王不仅自己来籍田，还带着夫人、孩子，俨然以平凡家庭的面目出现在万民面前，特别是他推开左右，走到农夫农妇之间，品尝一下他们饭食的味道，更是意在拉近与小民的距离。《国语·周语》说籍田典礼可以"媚于神而和于民",周王也是有意这样做的。不过接着而来的一句"曾孙不怒",这"不怒"两字,天威又是何等的威严。诗篇在许多用词上与《信南山》一样,风调方面也高度相似,应为同一时期作品,只是两者所对应的典礼有所不同而已。

大　田

大田多稼。既种既戒,既备乃事①。以我覃耜,俶载南亩,播厥百谷②。既庭且硕,曾孙是若③。

○诗之首章。从春耕起笔。明示所言之田,为曾孙即王室的籍田。

注释　①**种**:选取种子。**戒**:修整耒耜等农具。《郑笺》:"季冬,命民出五种,计耦耕事,修耒耜,具田器,此之为戒。"②**覃**(yǎn):锋利。字当作"剡"。**耜**(sì):古代农具,翻土用,形制有圆形、方形,有肩。新石器时代的耜有的用动物骨头制成,有的为木制;商代出现了青铜耜;至西周,考古发现有空头条形带刃器,有学者认为是套在耜端的金属套,以增加其锋利。**俶**(chù)**载**:翻土压草。《郑笺》:"俶读为炽,载读为'菑栗'之'菑'。时至,民以其利耜炽菑,发所受之地,趋农急也。"马瑞辰《通释》:"炽菑二字双声,即俶载之转。"一说,俶载即始在,开始的意思。此词亦见《周颂·载芟》篇。③**庭**:直,挺拔。**若**:字同"诺",认可。马瑞辰《通释》:"此诗'曾孙是若'盖谓曾孙择其稼之善者而劝之,即省耕之谓也。"

既方既皁,既坚既好,不稂不莠①。去其螟螣,及其蟊贼,无害我田稚②。田祖有神,秉畀炎火③。

○诗之二章。言除草、治虫害等田间管理。以火治虫之法，奇妙。

◨ 注释 ◧　①**方**：苞，即作物开始长出地面时的样子。**皁**（zào）：籽粒初成貌。**稂**（láng）：作物有穗而不结籽粒称稂。**莠**：形状似苗而非苗的稗草。两者都是与黍稷伴生形状相似的杂草。两句言去除杂草。②**螟螣**（té）：各种农作物害虫。《毛传》："食心曰螟，食叶曰螣。"**蟊**（máo）**贼**：农作物害虫。《毛传》："食根曰蟊，食节曰贼。"**稺**（zhì）：收割时尚未完全成熟的庄稼。马瑞辰《通释》："禾之幼者曰稺，禾之晚种者亦曰稺。此诗'无害我田稺'，谓幼禾也。'彼有不获稺'，谓晚种后孰（熟）者也。"③**秉**：持。**畀**：交给，付与。这句是说，用火烧杀害虫。昆虫有向明扑火的习性，古人利用这一点，夜间设火，火边掘坑，边烧边埋。据《新唐书·姚崇传》，开元四年山东大旱，蝗虫成灾，姚崇为捕蝗使，利用《诗》中的办法治蝗获得奇效。

有渰萋萋，兴雨祁祁①。**雨我公田，遂及我私**②。**彼有不获稺，此有不敛穧**③。**彼有遗秉，此有滞穗，伊寡妇之利**④。

○诗之三章。上天兴雨，先公后私；遗秉滞穗，沾溉寡妇。丰收是天地大恩，施于困穷，便是遵从天德，是懂得感恩之举。淳美风俗画。

◨ 注释 ◧　①**渰**（yǎn）：云兴貌。**萋萋**：密集貌。两字当作"凄凄"。《说文》："凄，雨云起也。"**兴雨**：下雨。一些古书引《诗》此词作"兴云"，是"兴雨"还是"兴云"，古来多有争议。据文义，"兴云"或更好。**祁祁**：云慢慢移动貌。②**私**：私田，农夫的份地。据各种先秦典籍的记载，公田之外，还有定期分配给农夫的私田百亩（合今制三十余亩）。据《孟子·滕文公上》，方一里为井，井九百亩。其中一百亩为公田，其余八百亩为私田。先治公田，公事毕，然后治私事。③**穧**（jì）：聚禾成把。④**秉**：禾把。**滞穗**：散落的禾穗。三句是说，年景丰饶，收获时故意留下一些未成熟的和散落的禾穗，为的是让那些失去劳力的寡妇们拾取。

曾孙来止，以其妇子。馌彼南亩，田畯至喜。来方禋祀，以其骍黑，与其黍稷①。以享以祀，以介景福。

○诗之四章。言曾孙省田，回报天地四方之神，以祈来年之福。

注释　①**来方**：以方，与《小雅·甫田》"以社以方"的"以方"句法同，就是祭祀四方神。陈奂《传疏》："犹上篇云'以方'。来，古字，语词也。"**禋**（yīn）**祀**：祭天之礼，古时以牛羊油脂合香草腾烧祭天，禋实即烟，以香烟享神。西周中期铭文《史墙盘》有"义（宜）其禋祀"之语。**骍**（xīng）**黑**：全身赤色和通体黑色的牛羊贡品。据《周礼》，阳祀（祭天及宗庙）用骍，阴祀（祭地及社稷）用黑。

解说

《大田》，秋冬之际王者报祭田祖及各种有助耕稼的神祇，诗篇歌以记之。

与前篇《甫田》不同，此诗叙事着重在作物生长季节的病虫害防治，以及秋季的收获上。《国语·周语》载，春夏之际的周王省耕之礼"耨获亦如之"。据此，诗中的"曾孙来止"，指"耨获"之"获"时天子的亲临籍田。因为是收获时的典礼，所以要祭祀四方，还要以赤黑牛羊分别祭祀天地，报答天地赐予丰年之恩，以求来年的丰饶；也与《甫田》篇以牛羊之祭祈求甘雨相映相续，构成农事祭祀的一个有始有终之局。就是说，诗篇表现的是农夫特有的对天地万物的报答，其情厚道无比。诗篇直接关涉的典礼，是收获时节的报神，但诗篇与《楚茨》《信南山》《甫田》一样，从"既种既戒"写起，顺及田间管理、秋季收获，最后归回本题。诗所以这样写的理由，已见前面各篇的解说。诗篇的独特，一在其对治理虫害的记录，显示出当时与虫害作斗争的水平。二在其景物描写，特别是第三章即"有潗萋萋"云云对大自然云行雨施光景的描绘，在诗人，是表现自然现象，更是赞美天地之恩。而最感动人的是写收获时节"遗秉滞穗"的故意遗落，显示出先民特有的温厚情意。诗篇所言此种风俗，在笔者幼年时仍沿袭着，不论是夏季麦收，还是秋季收获之后，都允许包括异乡人在内的人拾取遗落的麦穗或谷穗。如此的厚道，只有懂得感恩才能做到，其实是农夫对大自然感恩之情的一种回报方式。《信南山》《甫田》与此诗，不论在结构上还是在风调上都十分接近，有理由相信它们是同一时期的创作。值得注意的是，在《周颂》中，还有《载芟》《良耜》两篇，构思上也与这三首诗相近。另外，《孔子诗论》有"《大田》之卒章，知言而有礼"的评价（第25简）。但本诗之卒章，实不足以当此评价，《孔子诗论》所言"大田"，当另有所指。

瞻彼洛矣

瞻彼洛矣，维水泱泱①。君子至止，福禄如茨②。韎韐有奭，以作六师③。

〇诗之首章。言周天子至洛水，有军事活动。

注释 ①**洛**：洛水有两条：一在西周东都，一为渭河支流。后者又称西洛水，在今陕西境内。此处所言，应为西洛水，源出定边县，东南流至洛川入渭水。**泱泱**：河水深广貌。②**茨**：茅屋顶，形容福禄众多。③**韎韐**（mèi gé）：以茜草（或称茅蒐、如蘆）染成的牛皮蔽膝，为兵戎服饰。《左传·成公十六年》："有韎韦之跗注。"**奭**（shì）：赤貌。**六师**：周天子军队为六师。又见《大雅·棫朴》。

瞻彼洛矣，维水泱泱。君子至止，鞞琫有珌①。君子万年，保其

家室。

○诗之二章。言军事活动乃是为了保卫家国。

注释　①鞞琫（bǐng běng）：装饰在佩刀鞘上的玉石、蜃贝之类，上部为琫，下部为鞞，据戴震《诗经考》。"鞞琫"一词，又见《大雅·公刘》。珌（bì）：文饰貌。

瞻彼洛矣，维水泱泱。君子至止，福禄既同①。君子万年，保其家邦。

○诗之三章。言君子身上聚着福禄，祝周王万年长寿，永保家邦。

注释　①同：聚集。

解说

《瞻彼洛矣》，周天子率军来洛水一带活动，诗人歌以颂之。

《毛诗序》："《瞻彼洛矣》，刺幽王也。思古明王能爵命诸侯，赏善罚恶焉。"此说从诗歌本身找不到任何根据。据王先谦《集疏》，今文经学家或认为是世子开始践行职责，上受爵命之诗（《鲁诗》家说）；或认为是诸侯世子三年丧毕，上受爵命之诗（《韩诗》家说）。都是臆说。至朱熹《诗集传》，认为是"天子会诸侯于东都以讲武事，而诸侯美天子之诗"。言"天子会诸侯"可取，言"东都"则有问题。据段玉裁研究："自魏黄初以前，雍州渭洛字作洛，豫州伊雒字作雒。绝无混淆。"（见段著《诗经小笺》）朱说又不攻自破。《周礼·春官·司服》"凡兵事韦弁服"，与诗篇"韎韐有奭"合；而诗中又明言"以作六师"，则此诗一定与军事有关。此诗从格调上看不会是西周晚期作品，而篇中"鞞琫有珌"之句，与《大雅·公刘》"鞞琫容刀"同，其"以作六师"又见于《大雅·棫朴》，且风格也与《棫朴》相近；以上诸篇，都有证据为西周中期篇章。还有，《棫朴》言周天子率军在泾水行舟，泾水与洛水相距不远。综上，朱熹《诗序辨说》以为"正雅"错简至此是可信的（参本书《小雅·楚茨》篇解说）。而且，据此篇与一些《大雅》篇的风格相近，还可推测是"正大雅"错简至此。

裳裳者华

裳裳者华，其叶湑兮①。我觏之子，我心写兮②。我心写兮，是以有誉处兮③。

○诗之首章。言见"之子"的愉悦心情。

注释　①裳裳（cháng cháng）：犹言堂堂，盛壮貌。**华**：花。**湑**：盛貌。②**觏**：见。**写**：称心如意。此句又见《小雅·蓼萧》。③**誉**：通"与"。此句亦见《小雅·蓼萧》。

裳裳者华，芸其黄矣①。我觏之子，维其有章矣②。维其有章矣，是以有庆矣③。

○诗之二章。言服饰有章，表"之子"德行。

注释　①**芸其**：纷纭貌。其，语助词。马瑞辰《通释》："芸者，赟字之假借。《说文》：'赟，物数纷赟乱也。'今作纷纭。"②**章**：法度。③**庆**：吉庆，祥和。

裳裳者华，或黄或白。我觏之子，乘其四骆①。乘其四骆，六辔沃若②。

○诗之三章。言乘马的技艺娴熟，赞美"之子"。

注释　①**骆**：白马黑鬣。②**六辔**：六条缰绳。参《秦风·驷驖》

"六辔在手"句注。**沃若：**缰绳调适活络的样子。

左之左之，君子宜之①。**右之右之，君子有之**②。**维其有之，是以似之**③。

○诗之四章。言观"之子"车驾驱驰得心应手，而知其得继先人大业之因由。《荀子·不苟》引"左之"四句，且曰："此言君子能以义屈信，应变故也。"

注释 ①**左之：**指车马左转。**宜：**适宜，得当。当是描述"之子"执辔驱车。驱驰左右有度，显示其行为得宜。**右之：**车马右转。②**有：**有把握，行得当。以上四句承上文"乘其四骆"而来，是以车马驱驰左右得心应手，来比喻"之子"治国有道。③**似：**嗣，继承。

解说

《裳裳者华》，臣子初见新王时的颂扬之歌。

《毛诗序》："《裳裳者华》，刺幽王也。古之仕者世禄，小人在位，则谗谄并进，弃贤者之类，绝功臣之世焉。"王先谦《集疏》谓"三家无异义"。据《毛诗序》此诗是思古讽今之作。然而从诗歌本身，全然是一副即景式的赞颂口吻。此诗也当是西周中期诗篇错简至此。理由如次：其一，"我心写兮，是以有誉处兮"句，见于《小雅·蓼萧》，表明作品时代不会太晚；其二，"乘其四骆""裳裳者华"句与《小雅·四牡》"驾彼四骆"及《小雅·皇皇者华》句相似，而"六辔沃若"也见于《小雅·皇皇者华》；其三，诗篇前三章每章都重叠一句，如此句法与《大雅·文王》颇似；其四，诗篇气格也非晚期气派，而与《大雅》中《棫朴》《旱麓》《既醉》《假乐》等篇章相似。上述诸篇，多可信为西周中期作品。所以，此诗也应当为同期之作。至于诗篇的创作缘起，最后一章实已交代，"之子"之所指应与《小雅·车攻》篇"之子"同，即周王。从"维其有章矣"及"是以似之"句，可知他是继承了先人大业的一代新王。诗篇所表,应当是新登基之王,乘车上朝接受臣子朝见之际的乐歌,表达的是臣下对新君的热情祝祷。

桑扈

交交桑扈,有莺其羽①。君子乐胥,受天之祜②。

○诗之首章。言君子有天命。

注释 ①**交交**:小貌。一说,即咬咬,鸟叫声。**桑扈**:鸟名。参《小雅·小宛》同句注。**莺**:文采貌。②**胥**:嘉,乐。**祜**:福。

交交桑扈,有莺其领①。君子乐胥,万邦之屏②。

○诗之二章。言君子护佑天下。

注释 ①**领**:颈。②**屏**:遮蔽,屏障。

之屏之翰,百辟为宪①。不戢不难,受福不那②。

○诗之三章。赞天子权威与德行。

注释 ①**之**:此。**翰**:根干。**百辟**:百国君主。《郑笺》:"辟,君也。"**宪**:法则,表率。两句是说君子为天下诸侯的表率。②**不**:丕。同句及下句"不"字义同。**戢**:聚集,此处有敬慎的意思。**难**(nǎn):敬。马瑞辰《通释》:"难当读为戁。《说文》:'戁,敬也。'"**那**(nuó):多。

兕觥其觩,旨酒思柔①。彼交匪敖,万福来求②。

○诗之四章。言天子福禄丰厚,乃是由于其为人有德。

注释 ①**兕觥**：形状弯曲的酒具。参《周南·卷耳》"我姑酌彼兕觥"句注。此器名亦见《豳风·七月》。**觩**（qiú）：牛角弯曲貌。**旨酒**：醇厚的酒。**思**：斯，语气词。②**"彼交"句**：不侥幸也不傲慢。《汉书·五行志》引作"匪徼匪傲"。匪，非。徼，颜师古注："徼谓徼幸也。"敖，傲慢。**求**：聚集。王引之《经义述闻》："求与逑同。逑，聚。"

解说

《桑扈》，飨醴（高级的贵族饮酒礼）上赞美周天子的诗篇。

《毛诗序》："刺幽王也。君臣上下，动无礼文焉。"之所以有这样的说法，据《郑笺》"兕觥，罚爵也"，可以推知是由于说诗者将诗中"兕觥"理解为罚酒之具。但兕觥是否可作这样的解释，大有可疑。如《豳风·七月》"称彼兕觥，万寿无疆"，很明显就不能如此理解。实际上，此诗的"兕觥"云云，只是引起下一句"万福来求"的比兴之词，不能胶柱鼓瑟地理解。季旭昇《〈诗经〉"兕觥"古义新证》（见《诗经古义新证》）一文考证，郑玄之说实是误解《周礼·地官·闾胥》及《周礼·春官·小胥》有关文献所致。将诗歌当作礼书来读是郑玄说《诗》的痼疾。此诗当如朱熹《诗集传》所说，是"天子燕诸侯"时的"颂祷之词"。《左传·成公十四年》："卫侯飨苦成叔，……苦成叔傲。宁子曰：'苦成家其亡乎！古之为享食也，以观威仪、省祸福也。故《诗》曰："兕觥其觩，旨酒思柔。彼交匪傲，万福来求。"今夫子傲，取祸之道也。'""享食"以"观威仪、省祸福"之语，正与诗义相合，故何楷《诗经世本古义》据此以为诗为飨醴宴会之歌，是可信的。至于创作年代，其"之屏之翰"句与《大雅·假乐》"之纲之纪"同，而"受天之祜"句又见于《大雅》中的《下武》和《信南山》等。可知诗篇为西周中期篇章。

鸳 鸯

鸳鸯于飞，毕之罗之①。君子万年，福禄宜之②。

○诗之首章。以鸳鸯成双捕之起兴，暗含婚配之事。

注释　①**鸳鸯**：水鸟名，雌雄成对，雄的羽毛绚丽，雌的体稍小，羽毛苍褐色。古人常用以比喻夫妻。②**毕、罗**：两种捕鸟网具，此处用作动词，以网具捕鸟的意思。**宜**：安，适宜。

鸳鸯在梁，戢其左翼①。君子万年，宜其遐福②。

○诗之二章。以鸳鸯敛翼安息，兴君子婚姻生活美满。

注释　①**戢**：收敛。此处形容鸳鸯将嘴及一足插入翼下，一足着地的样态。两句又见《小雅·白华》。《白华》为婚姻主题的篇章。再从《曹风·候人》"维鹈在梁"喻婚配，亦可知此诗"鸳鸯"两句亦暗示婚姻之事。②**遐**：大。字通"嘏"。

乘马在厩，摧之秣之①。君子万年，福禄艾之②。

○诗之三章。以乘马摧秣兴迎娶之礼。

注释　①**摧**：切碎刍草。**秣**：给马草料中加入粟米之类。《郑笺》："古者明王之马系于厩，无事则委之以莝（草类饲料），有事乃予之谷。"从《周南·汉广》"之子于归，言秣其马"句，知此诗"乘马"两句，暗含迎娶之义。②**艾**(yì)：辅助，增益。马瑞辰《通释》："《尔雅·释诂》：'艾，相也。''相，辅也。'艾之谓辅助之，犹《凫鹥》诗'福禄来为'，为亦助也。"

乘马在厩，秣之摧之。君子万年，福禄绥之①。

○诗之四章。

注释　①绥：安。

解说

《鸳鸯》，新婚祝福之歌。

《毛诗序》："刺幽王也。思古明王交于万物有道，自奉养有节焉。"王先谦《集疏》："三家义未闻。"《毛诗序》说穿凿文义自不待言。至朱熹以为"诸侯答《桑扈》之诗"，也与诗义不符。明清以降，学者多谓此诗与结婚有关，但具体理解却众说纷纭。有人认为是咏成王新婚（邹肇敏《诗传阐》），有人认为可能是幽王大婚之诗（何楷《诗经世本古义》），也有人认为是刺幽王废申后之诗（钱澄之《田间诗学》、王照圆《诗问》等）。以上明清诸家的看法，都是从诗中"鸳鸯"的意象得来，这自然要比汉儒旧解可信许多。另外，摧薪秣马的意象，在《诗》中似与求婚有关（参《周南·汉广》），是此篇为婚事题材的又一证据。诗篇虽无时代、人物方面的明证，但由其与《裳裳者华》《桑扈》等篇风格极为相似看，应是同期作品，且新婚之人地位很高，说是周王也不过分。

按，自《小雅》的《鼓钟》至《鸳鸯》共九篇，各篇写制时间自昭王到稍后的西周中期，约合古书一卷的规模。可知朱熹错简之说是合理的。而且，此错简之卷原先可能为《大雅》中的某一卷，整体残断，错乱至此。

颊弁

有颊者弁，实维伊何①？**尔酒既旨，尔殽既嘉。岂伊异人？兄弟匪他。茑与女萝，施于松柏**②。**未见君子，忧心弈弈**③。**既见君子，庶几说怿**④。

○诗之首章。言参加宴会者都是兄弟，没有他人。"茑与"两句，比喻君子和与宴者之间的依附性关联。

注释　①**颊**（kuǐ）：圆形。方玉润《诗经原始》引张彩说："许氏曰，颊即古规字。规为员者，弁之貌也。"一说，倾斜貌。**弁**：贵族戴的皮制帽子。**实**：是。②**茑**（niǎo）：桑寄生。根须深入所寄生的植物枝干内吸收营养，常生在树干、树枝或枝梢上，远望如同鸟巢或草丛。**女萝**：松萝。悬垂的地衣类植物，多寄生在深山古木梢上。**施**：蔓延。③**弈弈**：心神不安貌。④**庶几**：接近，差不多。**说怿**：悦怿，高兴。此语亦见《邶风·静女》"说怿女美"句。

有颊者弁，实维何期①？**尔酒既旨，尔殽既时**②。**岂伊异人？兄弟具来。茑与女萝，施于松上。未见君子，忧心怲怲**③。**既见君子，庶几有臧**④。

○诗之二章。

注释　①**何期**（jī）：犹何其，什么。②**时**：善。③**怲怲**（bǐng bǐng）：深忧貌。④**臧**：善，好。

有颊者弁，实维在首。尔酒既旨，尔殽既阜①。**岂伊异人？兄弟甥舅。如彼雨雪，先集维霰**②。**死丧无日，无几相见。乐酒今夕，君子维宴。**

○诗之三章。以生命短暂、相聚无多反衬亲族欢宴应当珍惜。酒酣耳热，作悲凉之语。

注释　①阜：大，多。②集：凝结。霰（xiàn）：粒状的雪，俗称雪糁、雪粒子。

解说

《頍弁》，亲族欢宴之歌。

《毛诗序》："诸公刺幽王也。暴戾无亲，不能宴乐同姓，亲睦九族，孤危将亡，故作是诗也。"这段话中，"诸公"云云是从"有頍者弁"来，"孤危将亡"是从"死丧"来。至于"暴戾无亲"之说，则是《毛诗序》作者基于自己对幽王的理解，不是诗篇固有的内容。也就是说，"刺幽王"之说无据。不过，"君子"系指周王则是无可怀疑的。茑萝松柏之喻，頍弁在首之诫，都是有力的佐证。而诗中章章出现的设问与反问，又默示诗人在高唱亲族和集时，实际上是针对着相反的社会现实。同时"死丧无日"等句中的消沉，并不像是对"孤危将亡"的预感，而像是经历离乱后的感伤，且与《小雅·常棣》以死伤反衬兄弟情谊之可贵，略有相通之处。这样，诗如果不是作于厉、宣之际，就很可能是"二王并立"或更晚时的作品，而从诗篇中反复以"未见""既见"的对比看，后者的可能性是较大的。宴饮酣畅而作死生悲凉之调，在《诗经》中，见于《唐风·山有枢》，又见于《秦风·车邻》，至汉乐府及《古诗十九首》，悲歌慷慨俨然诗情之一大流。然推其始源，实滥觞于此篇。

车舝

间关车之舝兮，思娈季女逝兮^①。匪饥匪渴，德音来括^②。虽无好友，式燕且喜^③。

○诗之首章。言少女出嫁，继言好姻缘的道理：夫妻以德相约，虽无珍好，亦可得欢洽。

▣ 注释 ▣ ①**间关**：辗转，宛转，车舝转动貌。**舝**（xiá）：把车轮固定在轴上的键。字亦作"辖"。**娈**：美好貌。**季女**：少女。亦见《召南·采蘩》。**逝**：往，出嫁。②**来**：相，语助词。**括**：约束。马瑞辰《通释》："《韩诗》：'括，约束也。'以德音来相约束，即下章'令德来教'之意。"③**好**：玩好，珍贵之物。**友**：爱意。陈奂《传疏》："友读'琴瑟友之'之友。'"琴瑟友之"之"友"为亲近之义，如此，"好友"即以好的东西亲近之。**燕、喜**：安乐。两句是说，虽然没有什么好东西可以取悦季女，但也可以令其安乐。

依彼平林，有集维鷮^①。辰彼硕女，令德来教^②。式燕且誉，好尔无射^③。

○诗之二章。表切盼令德女子来归之情。

▣ 注释 ▣ ①**依**：郁，茂密貌。马瑞辰《通释》："依、殷古同声。殷，盛也。依即殷之假借，故《传》以依为茂木貌。"**鷮**（jiāo）：雉的一种，体型微小于翟，善走善鸣，尾巴很长，羽翎美丽，故诗借以比新妇之华丽。②**辰**：善。字当作"展"。**硕女**：美女，与"硕人"义同。③**誉**：安乐。字通"豫"。**无射**：不厌倦。

虽无旨酒，式饮庶几^①。虽无嘉肴，式食庶几。虽无德与女，式歌且舞^②。

○诗之三章。延伸前两章"式燕且喜""好尔无射"句意。牛运震《诗志》:"委婉浓致,此即慰劝新妇之词也。宛然持箸把杯光景,绸缪曲至。"

注释 ①**庶几**:一些,一点点。两句是说,虽无好酒,大也可以薄酒款待。②**女**:汝。

陟彼高冈,析其柞薪①。**析其柞薪,其叶湑兮。鲜我觏尔,我心写兮**②。

○诗之四章。前四句为比兴句,以析薪喻婚配。后两句是实写。

注释 ①**"析其"句**:以析薪喻婚配。马瑞辰《通释》:"吕《记》引陈氏曰:'析薪者,以喻昏姻。'范氏《补传》曰:'诗人谓以斧而析薪,故能得薪,喻王求贤女亦当有道。'今按《汉广》有刈薪之言,《南山》有析薪之句,《豳风》之伐柯与娶妻同喻,《诗》中以析薪喻昏姻者不一而足。……《诗》盖以取木喻取女,因而以析薪喻娶妻为迎新也。"②**鲜**:难得。**写**:舒畅。

高山仰止,景行行止①。**四牡騑騑,六辔如琴**②。**觏尔新昏,以慰我心**。

○诗之五章。婚姻应遵循大道。后四句言迎亲,且表欣慰之情。至此方知诗篇全是为他人新婚而作。"高山"两句,寓意正大,造语浑融。

注释 ①**景行**(háng):光明大道。马瑞辰《通释》:"与高山对言,犹云大道也。"**行止**:行之。止,一本作"之"。②**騑騑**:奔驰貌。参见《小雅·四牡》。**如琴**:六条辔绳舞动,如琴弦一样柔和。

解说

《车舝》，颂祝美好婚姻的乐章。

《毛诗序》："大夫刺幽王也。褒姒嫉妒，无道并进，谗巧败国，德泽不加于民。周人思得贤女以配君子，故作是诗也。""刺幽王"及"褒姒""谗巧"云云，篇中皆无可征，故人多不信。朱熹谓："燕乐其新婚之诗。"明代邹肇敏《诗传阐》更对《毛诗序》说予以讽刺，谓真如《毛诗序》说，则思得娈女以间其宠，则是张仪倾郑袖、陈平诒阏氏之计耳。后来方玉润《诗经原始》又有"嘉贤友得淑女为配"说，等等。就诗篇文义而言，首先，诗篇所表的婚姻为他人的喜事，亦即诗篇是对婚姻的祝愿，且表达的是好婚姻应该遵循的行为方式。其次，诗言婚姻生活的好坏，与物质关系不大，"虽无有好"亦可"式燕且喜"，无旨酒之饮、无嘉肴之食，同样也是欢宴，也是幸福。再次，婚姻生活虽平常，好婚姻如高山，令人仰望；好夫妻如遵大路而行，令人羡慕。表达如此多的道理，其实正是诗篇的作意，即表达诗人对婚姻的理解，以警示世人。换言之，诗篇就其使用看，应是婚姻典礼的乐歌；就其内容看，应是最早关于婚姻生活的反思与教诲之作。如此，诗篇或许是有感于现实婚姻多不幸而有的反思？果然如此，诗为西周较晚时作品的可能性就颇大了。

青 蝇

营营青蝇，止于樊①。岂弟君子，无信谗言②。

○诗之首章。劝告君子们不要听信谗言。

注释　①**营营**：往来飞行貌，兼表苍蝇的叫声。**青蝇**：苍蝇，俗称绿豆蝇。《郑笺》："蝇之为虫，污黑使白，喻佞人变乱善恶也。"**樊**：篱笆。②岂弟：平情通达。两字亦作"恺悌"。

营营青蝇，止于棘①。谗人罔极，交乱四国②。

○诗之二章。言谗人可以使天下大乱。

▣ 注释 ▣　①棘：荆棘丛。②罔极：无原则，无标准。**交乱**：交相为乱。**四国**：指天下。

营营青蝇，止于榛①。谗人罔极，构我二人②。

○诗之三章。言小人在人们中间挑拨离间，制造事端，是诗篇主旨。

▣ 注释 ▣　①榛：细碎的杂木，可以用作藩篱。②构：挑唆关系，制造矛盾。

解说

《青蝇》，警示谗言害人的诗篇。

《毛诗序》："大夫刺幽王也。"据王先谦《集疏》，《齐诗》以为诗人刺幽王听信褒姒之谗而害忠贤。又据王应麟《困学纪闻》引袁孝政说及后来明代人何楷《诗经世本古义》，作者为卫武公（见王先谦《集疏》）。另外，清末魏源《诗古微·小雅答问下》，认为此篇是卫武公讽谏幽王废黜申后之诗。魏氏的说法是从"构我二人"一句来的，但"我二人"一语并不一定就指两口子而言，也可以是兄弟、亲戚或者好友。提醒谣言害人的篇章，见于《国风》的，有《郑风·扬之水》等。此篇的时代或与之相近而较早，就是说，可能是西周末年的篇章。有趣的是，《左传·襄公十四年》载晋国将执戎子驹支，驹支"赋《青蝇》而退"。戎狄之族而熟悉《诗》篇，表明经典传播当时已颇为普遍。

宾之初筵

宾之初筵，左右秩秩①。**笾豆有楚，殽核维旅**②。**酒既和旨，饮酒孔偕**③。**钟鼓既设，举酬逸逸**④。**大侯既抗，弓矢斯张**⑤。**射夫既同，献尔发功**⑥。**发彼有的，以祈尔爵**⑦。

○诗之首章。叙述宴饮及射礼的一般程序。前八句所言为燕礼（饮酒礼），后六句言大射礼。燕、射二礼，古代往往相连。

注释　①**宾**：宾客。**初筵**：宴会开始时。筵，举行宴会时铺的席子。古代举行射箭礼和祭祖等，都有宴饮与之相伴。**左右**：或左或右，指宴会开始时大家都有各自的位置。**秩秩**：肃敬，守秩序。②**笾**：竹制食器如后世的竹篮、筐之类，盛桃、梅等果品。**豆**：木制，形制类似今高脚杯，盛菜肴用，一般为腌制的菜蔬和肉酱。**楚**：行列齐整貌。**殽核**：笾豆中的菜食和果品。**旅**：摆列。此处为摆列齐整之义。一说，嘉。③**偕**：齐整，合乎礼仪。④"**钟鼓**"句：饮酒礼迎宾即宾主敬酒时，皆有钟鼓奏乐。**酬**：宾主相互敬酒。古代饮酒之礼，主人敬酒给宾为献，宾回敬主人为酢，主人自饮，然后敬宾，宾将所得之酒爵放下，为酬。此处，酬应为泛指，即主宾互相敬酒之义。**逸逸**：往来有次序的样子。⑤**大侯**：又称君侯，张挂在木架上的熊皮箭靶，靶心称鹄的。侯有君侯、参侯（豹皮为靶心，麋鹿皮为缘饰）、干（音 àn，野狗皮）侯之分；大侯即君侯，君主专用。古代射礼有乡射、大射之分，大射之礼隆重，三侯具设，此处以大侯兼代其余两侯。**抗**：高高张挂。⑥**射夫**：诸位射手。**同**：选配对手，两人一组，又称"比耦"，射礼有轻重之别，轻重不同，比耦数也不同。**献**：效，报呈。**发功**：射箭的功效，以命中的箭数为准。⑦**有的**：即鹄的，靶心。**尔爵**：指命中率差的人的酒爵。《郑笺》："发矢之时，各心竞云：'我以此求爵女（汝）。'"古人射箭，不胜者饮酒。

籥舞笙鼓，乐既和奏①。**烝衎烈祖，以洽百礼**②。**百礼既至，有壬有林**③。**锡尔纯嘏，子孙其湛**④。**其湛曰乐，各奏尔能**⑤。**宾载手仇，室人入又**⑥。**酌彼康爵，以奏尔时**⑦。

○诗之二章。言舞乐娱神之后的射礼。射是为向祖灵献功；射而饮酒，意在奖胜罚不胜，都自当尊重。

▣ 注释 ▣　①**籥舞**：执籥而舞。籥是一种管乐器。舞者一手持籥一手持羽，和着笙鼓之乐边吹边舞，称籥舞。**笙鼓**：吹笙击鼓相伴。②**烝**：进献。**衎**（kàn）：娱乐。**洽**：周备。③**壬、林**：大、多。马瑞辰《通释》："壬、林承上'百礼'言，有壬状其礼之大也，有林状其礼之多也。"④**锡**：赐。**嘏**（gǔ）：福。**湛**（dān）：深渥。此处指子孙因赐福而安乐。⑤**奏**：献。**能**：射箭技能。古代技能主要指六艺，包含射箭能力。⑥**载**：则。**手仇**：选对手。《毛传》："手，取也。"马瑞辰《通释》："仇犹耦也。"周代祭祖典礼也伴随射箭礼，此处是说举行射箭前也要选择对手，组成两人的比耦。**室人**：膳夫、宰夫等在宴会、射礼中服务的人员。**入又**：再次进入比箭的位置。射礼中正式的比箭一般有三次，称为正射；正射一般由主人亲自陪宾客比箭。之后还有各随所愿的比赛，此时主人可由膳夫、宰夫等"室人"代替，陪客人行射。⑦**康**：大。马瑞辰《通释》："当为荒之假借。……《释名》：'荒，大也。'康爵义当为大，'酌彼康爵'犹云酌彼大斗耳。"这句是说那些不胜者要大杯饮酒，实即罚酒。**时**：善。此处指射箭中靶多，中靶多即善。古代射箭分出胜负后，执事人员用大爵把酒斟满，放在一个叫作丰的器物上，不胜者自取而饮。按，此章自"其湛曰乐"以下，《郑笺》解释为表祭神的相关礼数，而《毛传》则解为系射礼方面的表现。此处依《毛传》为说。

宾之初筵，温温其恭。其未醉止，威仪反反①。**曰既醉止，威仪幡幡**②。**舍其坐迁，屡舞仙仙**③。**其未醉止，威仪抑抑**④。**曰既醉止，**

威仪怭怭⑤。是曰既醉，不知其秩⑥。

○诗之三章。以"未醉"与"既醉"对比，指责酒后丧失威仪。

注释　①止：语尾词。反反：慎重貌。②幡幡：错乱貌。③迁：乱挪位子。古代宴饮，宾主都有固定位置。随意移动位置，是酒后无德的表现。仙仙：轻举妄动貌。④抑抑：举止严肃慎重貌。⑤怭怭（bì bì）：放荡、不庄重貌。⑥秩：秩序。一说，字当作"失"，过错。俞樾《群经平议》："当作失。……不知其失，正与'不知其邮'同义。"

宾既醉止，载号载呶①。乱我笾豆，屡舞僛僛②。是曰既醉，不知其邮③。侧弁之俄，屡舞傞傞④。既醉而出，并受其福⑤。醉而不出，是谓伐德⑥。饮酒孔嘉，维其令仪⑦。

○诗之四章。进一步摹画醉后无礼的丑态，并正面陈告。"侧弁"句，犹后世俗言"歪戴帽儿吃白酒"，传神。

注释　①呶（náo）：粗野的号叫。②僛僛（qī qī）：舞步跟跄貌。③邮：过错。④俄：歪斜貌。傞傞（suō suō）：无休无止貌。⑤并：遍。王引之《经义述闻》："并之言普也、遍也，谓众宾与主人普受此宾之福也。"⑥伐德：损害德行。⑦令仪：美好的仪态。

凡此饮酒，或醉或否①。既立之监，或佐之史②。彼醉不臧，不醉反耻③。式勿从谓，无俾大怠④。匪言勿言，匪由勿语⑤。由醉之言，俾出童羖⑥。三爵不识，矧敢多又⑦？

○诗之五章。提出防止酒醉乱德的措施，且再行劝告，是一篇的主旨所在。观"彼醉"两句，可知后代劝酒以至将人灌醉之风，渊源古老。

注释　①"或醉"句：不论醉否。②监：酒监，即司正。史：记酒宴言行的佐史。据《仪礼》有关燕射礼的记载，饮酒礼都设司正一至二人，负责监督纠察失礼行为，此处监、史即指此而言。四句是说，不论醉酒与否，都要设立监察饮酒的司正和史官。③**彼**：非。两句指出当时饮酒的坏风气：不喝醉就不算好。④**式**：发语词。**谓**：劝，鼓励。马瑞辰《通释》："《尔雅·释诂》：'谓，勤也。'勤为勤劳之勤，亦为相劝勉之勤。勿从谓者，勿从而劝勤之，使更饮也。"两句表达正面的做法：对喝多了的人，不要再劝他喝酒，以免生出更大的怠慢礼法之事。⑤**由**：路途，在此即法度之义。两句是说违背礼法的言语不要说。⑥**由**：从，顺着。**童羖**（gǔ）：公羊而无角，是醉汉的荒唐语。童，秃头。羖为公羊，本有角。两句是说，顺着醉汉的话，可以弄出公羊不长角之类的胡言乱语来。⑦**不识**：不知，不敢知，即不愿超过三爵的意思。**矧**（shěn）**敢**：怎敢。**又**：再，再饮。

🔲 解说 🔲

《宾之初筵》，批评贵族酒德败坏的篇章。

《毛诗序》："卫武公刺时也。幽王荒废，媟近小人，饮酒无度，天下化之，君臣上下沉湎淫液，武公既入，而作是诗也。"今文经学家的看法，据《后汉书·孔融传》李贤《注》引《韩诗》曰："卫武公饮酒悔过也。"《齐诗》说与《韩诗》同，都承认诗篇为卫武公所作。"刺时"是可取的，可"幽王"云云又是按照诗篇排序解《诗》；至于"悔过"说，似是从最后一章"匪言勿言，匪由勿语"而来，两句只是一般的讲道理，未必是谁的"悔过"之言。至于是否为卫武公作，篇内无明证。不过诗篇与《大雅·抑》在某些语句、章法上，颇有类似之处。后者，按《国语》的说法是卫武公所作。《史记·卫康叔世家》载，卫武公在平王朝为王朝卿士，如此，《宾之初筵》则为东周初作品。诗所反映的礼仪，属于饮酒方面的，当为贵族较为高级的饮酒礼；所言射礼当为"大射"之类。对此，清儒马瑞辰《通释》有详细考证。周代射礼分"乡射""大射""燕射"及"宾射"四种，都与饮酒礼相伴。

大射属高级的射礼，是天子、诸侯会集臣下在太学中进行的，参与者为身份较高的贵族。诗篇的用意不在表现典礼，而在表现典礼中的饮酒。所以，也不必太过拘泥于诗所表的礼数究竟为何。换言之，诗篇涉及饮酒、大射，也只是为主题服务而已。

酒德是西周建立伊始就高度关注的问题。这一点，见诸《尚书·酒诰》，也见于《小盂鼎》铭文等。在周人看来，商朝正因酗酒乱德而得罪上天，以至丧失天下。可是，周贵族又不能没有各种的饮酒礼，生活享受自不用说，即从政治方面言，分邦建国封建制，就是周贵族在王朝权益上的分享制，这样的社会、政治体制，其所需要的贵族内部的上下关联，又特别适宜以宴享典礼的方式加以表现和强化（参拙作《诗经的文化精神》关于宴饮的讨论）。质言之，宴饮典礼在西周高度发达且种类繁多，是因为它与特定的社会结构相关，王朝需要以饮酒礼的方式，展现其政治关系的基本原则。这就需要一种度，一种饮酒活动中高度自觉的度：既要畅饮开怀，又不要因酒乱德。较早的一些宴饮诗篇，在高言"不醉无归"时，不忘提醒"令德令仪"（《小雅·湛露》），维护的就是这样的度。《左传》说饮酒可以"观威仪，省祸福"，实在不仅仅指个人的福祸而言，贵族酒德如何，实在关乎周王朝的福祸。《宾之初筵》这首西周、东周之交的诗篇，就表现出贵族对饮酒礼仪的荒废，实际也表现的是贵族对维系王朝大原则的荒忽。诗篇所显示的酒鬼一般的贵族，已经与早期周人所指责的酗酒殷商老贵族没有什么两样。这是诗篇的认知价值之一。同时，诗篇也显示了一种努力，即恢复旧有礼法以挽救衰颓的风气。就此而言，诗篇作者可视为后来儒家的先驱，两者思路是一样的，就是说，从思想史脉络言，西周晚期的诗人正是儒家的精神祖先。这是诗篇另一个认知价值。

此外，这首诗还有一个重要价值，就是它可以证明汉儒用"谲谏"说《诗经》中的某些篇章，多为武断臆想。诗篇的的确确是不满现实的，于是诗篇陈述礼仪，陈述正确的礼仪做法，继而则是对违礼的酗酒行为的直言斥责与告诫。诗篇也表达什么是正确的，却根本与汉儒所理解的"君子思古"不同。诗篇是有话说在字面上的，就是说，诗人想什么，就说什么。汉儒的"思古""谲谏"，根本就与西周作品的实际不符。总之，这首诗从一个侧面表现出周代社会"礼崩乐坏"的现实。另外，在艺术上，此诗叙说宴会的进程周详平稳，形容酒后失德曲尽其态，又时时间以批评刺讥之语，有情绪的表露，更有道理的声扬，两者交织，行文稳练，谆谆切切的味道浓郁，显示的是西周、东周之际诗篇的一种新风调。

《鱼藻》之什

鱼 藻

鱼在在藻，有颁其首①。**王在在镐，岂乐饮酒**②。

○诗之首章。以颁鱼起兴，点出周王在镐京饮酒。

注释　①**在在**：前一个"在"为名词，所在；后一个"在"为动词，处在。**颁**：斑纹，即鱼首的花纹。于省吾《新证》谓"颁"即"斑"。一说，大头貌。②**岂（kǎi）乐**：易乐，欢乐。岂，恺之假字。

鱼在在藻，有莘其尾①。**王在在镐，饮酒乐岂**②。

○诗之二章。言王在镐京饮酒，快乐无比。

注释　①**莘**：长长的样子。②**乐岂**：岂乐的倒文，意思一样。

鱼在在藻，依于其蒲①。**王在在镐，有那其居**②。

○诗之三章。言王在镐京之地，有安稳的居处。

注释　①**蒲**：水草名。②**那**：安好。

解说

《鱼藻》，周平王重返镐京，行饮酒礼，诗以歌之。

诗并不难读，但历来解说都有分歧。结合历史记载，当与后面《都人士》一诗合观。曾长期遭废弃的周平王从母舅申国回宗周后，在镐京曾举行隆重的饮酒礼，诗表现的就是这件事，是充满庆幸之情的。何以如此说？

这可从反复的"王在在镐"句读出。如不是周王离开过镐京（参《节南山》注解），而且这离开就等于失去，"在镐"的语句不就是一句废话？"在镐"的反复，实在是庆幸王对镐京的失而复有，亦即他恢复了自己"王"的身份和地位。如此，说诗篇表现的是周平王的地位变化，还是最合适的。

采　菽

采菽采菽，筐之筥之①。君子来朝，何锡予之？虽无予之，路车乘马②。又何予之？玄衮及黼③。

○诗之首章。言诸侯来朝将赐之车马衮服。朝见大事从采菽说起，一问一答，语式活泼。

注释　①**菽**：大豆，此处指大豆的叶子。**筐、筥**（jǔ）：装入筐、筥。两者都是竹编的容器，方的称筐，圆的称筥。②**路车**：大车，即君主所乘之车。**乘**（shèng）**马**：古代四马为一乘，乘马即一乘马。③**玄衮**：红黑色的绣有卷龙图案的上衣。**黼**（fǔ）：即黼黻，高级贵族礼服上的花纹，由黑白两色的线条相间或相交构成，花纹的样式或为斧形，或为"己"字形。此处之黼当为裳，与玄衮配套。

觱沸槛泉，言采其芹①。君子来朝，言观其旂②。其旂淠淠，鸾声嘒嘒③。载骖载驷，君子所届④。

○诗之二章。言诸侯到来时的情景。

注释　①**觱**（bì）**沸**：泉涌貌。**槛泉**：涌出的泉水。槛，滥的假借字。马瑞辰《通释》引《尔雅·释水》："滥泉正出。正出，涌出也。"②**旂**：表贵族身份的旗帜。参《小雅·出车》"旂旐央央"句注。③**淠淠**（pèi pèi）：

旌旗翻动貌。**哕哕**（huì huì）：銮铃声。④**届**：来到。

赤芾在股，邪幅在下①。**彼交匪纾，天子所予**②。**乐只君子，天子命之。乐只君子，福禄申之**③。

○诗之三章。由君子的服饰强调他们受命于周天子。

注释 ①**芾**：皮质的蔽膝。**邪幅**：裹腿布。②**彼**：非。《荀子·劝学》引此句彼字作"匪"，"匪"即"非"。**交**：绞，即紧。**匪纾**（shū）：不松懈。纾，松缓。此句紧承前两句而来，是说天子赏赐的服装不松不紧正合身。③**申**：层层增进。

维柞之枝，其叶蓬蓬①。**乐只君子，殿天子之邦**②。**乐只君子，万福攸同。平平左右，亦是率从**③。

○诗之四章。写诸侯的重任，兼及诸侯的大臣。

注释 ①**柞**：柞木。灌木或小乔木，其叶附着力强，到新叶发芽才落。木质坚硬，既可以制作农具的木柄，又可以为柴。②**殿**：镇，安定。③**平平**：有智慧，能敏于公事。字通"便便"。**左右**：左右随从。朱熹《诗集传》："诸侯之臣也。"**率从**：尽从。

泛泛杨舟，绋纚维之①。**乐只君子，天子葵之**②。**乐只君子，福禄膍之**③。**优哉游哉，亦是戾矣**④！

○诗之五章。祝愿、告诫，结束全篇。前章表诸侯责任，此章颇含告诫，是诗篇达意的用心之处。

注释 ①**绋纚**（fú lí）：绳索。绋为粗大的麻绳，纚为竹索，都是系船之物。②**葵**：揆，总揽。③**膍**（pí）：厚。④**戾**：定，止。

解说

《采菽》，周平王即位，诸侯朝见。诗人歌以颂之。

《毛诗序》："刺幽王也。侮慢诸侯，诸侯来朝，不能锡命以礼，数征会之，而无信义。君子见微而思古焉。"此说或本自《孔丛子·记义》所载"于《采菽》见古之明王所以敬诸侯也"之说。据《郑笺》对《毛诗序》的申说，"无信义"云云系指幽王举烽火欺骗诸侯的事。然而据后代史家研究，烽火传信到汉代才有（参晁福林《论平王东迁》）。因此《毛诗序》说不足信。从诗歌的内容看，韦昭《国语注》所谓"王赐诸侯命服之乐也"，王先谦《集疏》谓韦昭之说为《鲁》诗家言，要比《毛诗序》说更准确。诗当是诸侯朝见典礼上的颂赞之歌。

考《诗经》中《雅》《颂》诸篇特表诸侯朝见周王的乐章，始于《周颂·载见》，为新王登基诸侯来朝时新君率之"见昭考"之歌，为西周穆王时篇章无疑（详见该篇解说）；此后有《小雅·庭燎》，据旧说为宣王时作品；还有《大雅·韩奕》，也为宣王朝乐章；此外就是此诗。就内容而言，《载见》的重点在朝见先王之灵，《韩奕》则表新一代诸侯继位，重新接受天子册封；《庭燎》所表为周王对诸侯来朝的等待，与本诗内涵最为接近。诸侯定期朝见天子，本为封建常制，然而诗篇显示自西周中后期开始重视诸侯来朝，且如《庭燎》特意强调天子对朝见的重视，此篇特别强调诸侯"殿天子之邦"的重要，似乎都显示着王朝与诸侯在总体趋势上的陵替。再考诸文献，"无封靡于尔邦"（《周颂·烈文》）的警示，是从西周中期始有的；金文中王对诸侯或封臣"无废朕命"的申告，也是从中期开始在册命中不绝于耳；至西周晚期，诗篇甚至清晰表露出封臣对王室"莫肯念乱"（《小雅·沔水》）情势。这正是理解《采菽》的依据，即此篇也是西周晚期作品。从诗中流露的天子与诸侯之间的亲和关系看，很可能为"二王并立"结束，平王正式成为王朝合法天子之后，诸侯首次朝见平王的典礼乐歌。诗所表现的典礼虽很隆重，情绪也还热烈，读之却很难再有早中期典礼作品那样的浑厚宏壮之感了。

角 弓

骍骍角弓，翩其反矣①。兄弟昏姻，无胥远矣②。

○诗之首章。以角弓两端的相反相成，喻兄弟关系的互相依存。

注释　①**骍骍**（xīng xīng）：赤红色。赤红色的弓即彤弓。一说，调和貌。**角弓**：用牛角装饰的弓。**"翩其"句**：形容弓背向两旁弯曲延伸的形状。②**昏姻**：婚姻。但此诗不涉及婚姻关系，只是顺带提一下而已。**胥**：相。

尔之远矣，民胥然矣①。尔之教矣，民胥傚矣②。

○诗之二章。言周天子有教化天下的重任。

注释　①**尔**：你，指周王。**胥**：皆，相互。②**傚**：效法。效的异体字。

此令兄弟，绰绰有裕①。不令兄弟，交相为瘉②。

○诗之三章。言兄弟关系好坏，作用很大。

注释　①**令**：善。**绰绰**：宽裕。**裕**：有余地。②**瘉**（yù）：病。

民之无良，相怨一方。受爵不让，至于己斯亡①。

○诗之四章。言兄弟交恶，是因为责人严，律己宽。

☐ 注释 ☐ ①爵：酒爵。斯：则。亡：忘记。马瑞辰《通释》："亡当读如忘。诗盖言人之无良，一方之人皆知怨之，至于己受爵不让，亦为无良，则忘之也。"

老马反为驹，不顾其后①。如食宜饇，如酌孔取②。

〇诗之五章。指责周王兄弟不和是不负责任的行径。

☐ 注释 ☐ ①老马：此处指在背后挑唆兄弟不和的老人。反为驹：回头照顾自己的马驹。两句谓一些老人为了自己的私利，各自维护自己的势力，就再也不顾前路了。一说，"反为驹"句意为老马反而像小马驹。②饇（yù）：饱。孔取：过分地取。两句是说，对自己不顾后果的行为，就像对爱吃爱喝的美食美酒一样，一味贪图，不计后果。

毋教猱升木，如涂涂附①。君子有徽猷，小人与属②。

〇诗之六章。进一步指出"老马"人物火上浇油、助纣为虐的行径。

☐ 注释 ☐ ①猱（náo）：猿猴。涂：泥土。②徽猷：良策。徽，美善。与属：附属，跟从。与，相与。属，附和。两句是说君子若有好的谋划，小民是会跟从的。

雨雪瀌瀌，见晛曰消①。莫肯下遗，式居娄骄②。

〇诗之七章。点明兄弟关系不得改善，是因人们的居骄。

☐ 注释 ☐ ①瀌瀌（biāo biāo）：大雪飘飘貌。见：出。晛（xiàn）：日光。两句是以日出雪消为喻，指出只要兄弟各自退让一下，关系马上就会变好。②下遗：谦退，自我抑制。居：倨，倨傲。娄：每每，屡次。字通"屡"。

雨雪浮浮，见晛曰流①。**如蛮如髦，我是用忧**②！

○诗之八章。言相怨双方，都如蛮夷一样无礼，诗人为此很忧愁。

注释　①浮浮：厚积貌。一说，与上文"瀌瀌"义同。②蛮：南蛮。髦：西夷的别名。两句是说，都像蛮夷一样不懂礼数。

解说

《角弓》，周平王与携王兄弟对立，诗篇对此表示不满。

此诗前人解说皆不得要领，原因在于不明本事。诗当作于幽王死后、"二王并立"时期（关于"二王并立"，参本书《节南山》等篇解说）。诗中"尔"即指由申侯拥立的平王和由虢公翰等拥立的携王。"兄弟"说的正是他们二人的关系，因为"尔之远矣，民胥然矣"云云，表明"尔"之所指，绝非一般贵族。"二王并立"是幽王朝内党派纷争的必然结果，两位周王，各自背后都有权臣操纵，诗篇所谓的"老马"，指的就是这些人，也就是历史记载的申侯、虢公之流。为期十余年的"二王并立"，使西周以来的嫡长子继承制遭受到前所未有的打击，给宗法社会的世道人心，也带来很大的消极影响。诗篇正是以此为立足点，天真地奉劝两方面各自退让，恢复兄弟和谐。在《正月》《雨无正》等诗篇中，我们已经看到过卿大夫们的无所适从，而在此诗中，又揭示了由于王朝两立所造成的普遍人伦离散的现实。诗的用语切直，既指责王，又指责"教猱升木"的老人，正是对这不幸现状的痛心疾首。

菀柳

有菀者柳，不尚息焉①。**上帝甚蹈，无自暱焉**②。**俾予靖之，后予极焉**③。

○诗之首章。告诫天意反复无常,无道理可言,做事宜自留后路。

注释 ①菀(wǎn):枯病。马瑞辰《通释》谓:"诗盖以枯柳之不可止息,兴王朝之不可依倚也。"**尚**:可以。②**蹈**:多动,变化无常。**自暱**:即自以为与天意亲近(亦即理解天意)。暱,亲近。两句是说,上天多变,不要自以为了解天意而做事。③**靖**:平,治。**极**:绝境。两句是说,明明是遵从天意去平治某些事,却马上会陷入绝境。

有菀者柳,不尚愒焉①。**上帝甚蹈,无自瘵焉**②。**俾予靖之,后予迈焉**③。

○诗之二章。

注释 ①**愒**(qì):息。②**瘵**(zhài):病,自取疾病。一说,接近。③**迈**:虐,害。林义光《诗经通解》:"读为厉,厉犹虐也。"其意即迈为厉字之假借。

有鸟高飞,亦傅于天①。**彼人之心,于何其臻**②?**曷予靖之,居以凶矜**③?

○诗之三章。承前两章,以上天有界,反衬彼人居心叵测,陷己于凶险之地。此章一改前两章之委婉,直斥彼人,是情绪的高点。

注释 ①**傅**:附,到达。②**臻**:至。③**居**:居然,反而。**矜**:艰危。

解说

《菀柳》,刺居心凶险者的诗篇。

《毛诗序》:"刺幽王也。暴虐无亲,而刑罚不中,诸侯皆不欲朝,言王者之不可朝事也。"言"刺幽王",篇内无证;言"诸侯不欲朝",诸侯不来朝王,也就罢了,何以有"彼人之心"云云的戟手直斥之言?分明是一门心思为"彼人"做事,却终被"彼人"出卖者的悔而恨之言。那么,"彼人"为何人?诗前两章口称上帝,实际是以上帝之蹈比喻"彼人",如此"彼人"非指周王,就难以说通了。所以,诗篇是抨击周王的作品。而这位周王,很可能就是在"二王并立"分争中失利的携王。就是说,他曾经是王,故诗以上帝比之;他又是被废掉的王,所以,诗才好以"彼人"相称,且责其居心叵测。就是说,诗篇可能作于"二王并立"结束之际。

都人士

彼都人士,狐裘黄黄①。其容不改,出言有章②。行归于周,万民所望③。

○诗之首章。言君子归周系万民所望。

注释 ①**都人:** 美好、高雅的人。"都人"一词见诸《诗经》,有《郑风·有女同车》"洵美且都",《郑风·山有扶苏》"不见子都";见诸《逸周书·大匡解》,有"士惟都人,孝悌子孙"。故马瑞辰《通释》据此言"都人乃美士之称。……美色谓之都,美德亦谓之都,都人犹言美人也"。参《郑风·有女同车》"洵美且都"句注。②**容:** 容貌,长相。**章:** 有文采、条理。③**行:** 行将,即将。**周:** 宗周,指镐京。

彼都人士,台笠缁撮①。彼君子女,绸直如发②。我不见兮,我心不说③。

○诗之二章。简言君子冠戴,继言"君子女"天生丽质。最后两句,暗示观者众多,看不真切。

注释 ①**台:** 莎草,可以编蓑衣。参《小雅·南山有台》句注。

笠：斗笠，以竹筍皮编制。**缁撮**：缁布冠。②**君子女**：即君子之妻。马瑞辰《通释》："诗以'都人士'与'君子女'相对成文，'君子女'谓女有君子之行者，犹《大雅》'釐尔女士'。"**绸**：稠密。稠的假借字。**如**：乃。③**说**：悦。

彼都人士，充耳琇实①。彼君子女，谓之尹吉②。我不见兮，我心苑结③！

○诗之三章。并言君子及君子女，重在表君子女的族氏。

▣ 注释 ▣　①**琇**（xiù）：美石。**实**：塞。②**尹吉**：尹氏、姞氏。吉、姞古通用。尹，据王符《潜夫论·志氏姓》，为姞姓的别支，所以此处尹、吉并举。《左传·宣公三年》："姬、姞耦，其子孙必蕃。姞，吉人也，后稷之元妃也。"此句是说"君子女"出身尹姞贵姓，系周室的旧姻亲，人品可靠。③**苑结**：郁结。

彼都人士，垂带而厉①。彼君子女，卷发如虿②。我不见兮，言从之迈③！

○诗之四章。写君子、君子女发饰衣服。

▣ 注释 ▣　①**带**：古人在腰间挎一盛巾帕之物的囊，带即束囊的带子。**厉**：即带子下垂的长余部分。《毛传》："带之垂者。"②**虿**（chài）：蝎子，尾部上翘，此处即以蝎尾形容女子发髻上翘貌。③**迈**：行，追随人流前行。

匪伊垂之，带则有余。匪伊卷之，发则有旟①。我不见兮，云何盱矣②！

○诗之五章。就君子之"带"与君子女之"卷"延伸，化实为虚，是赞美，更是对君子合法性的肯定。

注释　①旟（yú）：扬。本义为旗帜，在此为比喻，是活用。②盱：张目盼望貌。

解说

《都人士》，周平王出奔多年后返回镐京，诗人赋诗赞美。

《毛诗序》："周人刺衣服无常也。古者长民，衣服不贰，从容有常，以齐其民，则民德归壹，伤今不复见古人也。"其实毫无道理。其一，"其容不改""行归于周"无法说通。其二，既是"刺衣服无常"，与"谓之尹吉"有什么相干？其三，发髻之美，诗歌自身既已表明，诗人赞美"君子女"的天生丽质，难道这也可以用来"刺时"？明了此诗内容的真相，仍须从"行归于周"入手。"行归于周"即言诗中"都人士"返回都城；"其容不改"则暗示着这位"万民所望"的人物离开周地有相当长的时间，也表明此人身份的极其特殊。诗描述其夫人的族姓、发式，又表明对周人而言是位未曾见过面的新人。因此，"归周"者就不是一般外出巡视的周王，而是因特殊原因离开京周的重要人物。此人只能是曾被幽王废掉太子之位的宜臼。宜臼被申侯、鲁侯立为"天王"，幽王死后，与携王有过十余年的"并立"时期。此诗当作于晋文侯杀携王，迎接平王返回京周之际。宜臼奔申时已经成人，所以十余年后面容不改。在外娶的王后虽是周室婚姻旧族，但对京周人来说仍是新人。诗人称道这一切，有对嫡太子的怀念，有对新王新后的欣喜。每章"我不见兮"不是真不见，而是因人多，见不真切。饱经十余年丧乱后，受过委屈的天子归来，对他的归来，满怀希望的京都之民势必观者如堵，因而"不见"之中有着当时的情状和世道人心。

采 绿

终朝采绿，不盈一匊①。予发曲局，薄言归沐②。

○诗之首章。《诗》凡言"采"者，多具怀人之意。

注释 ①绿：又名荩草、菉、王刍等，越年生草本，细茎附地而生，先端直上，非惟数枝。九月开穗状花序。此草古代以之为染黄颜料，染出的绢布，色泽鲜艳。**匊**：两手相捧。②**局**：卷曲。

终朝采蓝，不盈一襜①。五日为期，六日不詹②。

○诗之二章。言逾期时的急迫心情。

注释 ①蓝：又名蓼蓝、小蓝等，有数种，可染出绿、碧、青诸色，是人造染料发明之前使用最多的一种衣物、丝织品的染料。据记载，五月为采蓝时节。**襜**（chān）：上衣的前襟。②**五日**：贵族夫妻生活五日一御。《毛传》："妇人五日一御。"又，据《礼记·内则》："妾未满五十者，必与五日之御。"大概是当时的一种习惯。**詹**：至。

之子于狩，言韔其弓①。之子于钓，言纶之绳②。

○诗之三章。言自己很顺从君子，似隐言"之子"好色。

注释 ①**韔**（chàng）：弓箭的外套。这里作动词，即将弓插入套中。韔、纶都是两性性行为的隐语。②**纶**：拧，搓。

其钓维何？维鲂及鱮①。维鲂及鱮，薄言观者②。

○诗之四章。言之子渔色多，所以女子有"终朝""不盈"之苦。

注释 ①**钓**：据闻一多《说鱼》，鱼在古时常象征两性关系，钓鱼就常为渔色的隐语。**鲟**（xù）：鲢鱼。②**观者**：观诸。者为诸字之省借。观，《韩诗》作"睹"。两句是说，之子追逐女色，自己也很想看一看他追求的都是何等美色。

解说

《采绿》，宫怨之诗。

《毛诗序》："刺怨旷也。幽王之时，多怨旷者也。"王先谦《集疏》："三家义未闻。"《毛诗序》说"刺幽王"并无根据，其"怨旷"之说却可取。就是说，这也颇嫌是一首宫中幽怨作品。诗中的"采绿""采蓝"只是当时惯用习语，并非实际活动。"于狩""于钓"则更系不可明说的讳言，不能坐实求真。而"五日""六日"却颇能道出诗中女主人公的身份地位。君王唯色是猎，女子辜负佳期，才是悲苦的原因。另有一点值得注意，此诗已经是十足的风诗格调。西周后期已有风诗的流传和收集，此诗即证据之一。

黍　苗

芃芃黍苗，阴雨膏之①。悠悠南行，召伯劳之②。

○诗之首章。以芃苗雨膏之喻，引出召伯。

注释　①**芃芃**（péng péng）：蓬勃茂盛貌。**膏**：润泽。②**召伯**：即召穆公，名虎，周宣王时大臣。

我任我辇，我车我牛①。我行既集，盖云归哉②？

○诗之二章。连用"我"字以表征人之劳。何楷《诗经世本古义》："'盖'者未定之辞，百物具备，竣事不难，俟我南行之功既就，斯时庶可言归哉!"

◨ 注释 ◧ ①**任**：载。**辇**：人力驾车。②**集**：《郑笺》："犹成也。"即完成。**盍**（hé）：马瑞辰《通释》："盍之假借。""盍"即"何""曷"。**归哉**：归家，安处。哉，处。章太炎《膏兰室札记》："《晋语》云：'子余使公子赋《黍苗》。'下云：'重耳若获集德尔归载。'……'归载'即'归哉'也。"又引《老子》"载营魄抱一"句，王弼注："载犹处也。"

我徒我御，我师我旅。我行既集，盖云归处^①？

○诗之三章。继言"我徒"之众。观二、三章，言营建谢国使用民众很多，规模很大。此连用"我"字句式之效，不正面写景，却胜似写景。

◨ 注释 ◧ ①**归处**：回家安处。

肃肃谢功，召伯营之^①。烈烈征师，召伯成之^②。

○诗之四章。表召伯营建谢国之功。

◨ 注释 ◧ ①**肃肃**：严整貌。**谢**：地名，在今南阳盆地，即南阳东南。西周后期，周宣王将自己的舅父申伯徙封于此，以为南国屏障，"谢功"即为申伯营造新邦国都城之功。《大雅·崧高》篇即因此而作，此诗所表与《崧高》为同一件事。**营**：营建，具体为建筑都城、划分疆界、安顿迁居者等。②**成**：主持。

原隰既平，泉流既清。召伯有成，王心则宁。

○诗之五章。赞美召伯作结。

解说

《黍苗》，召伯营谢，调动徒众甚多，诗即表现其归情的篇章。

《毛诗序》："刺幽王也。不能膏润天下，卿士不能行召伯之职焉。"据王先谦《集疏》："三家说曰：召伯述职，劳来诸侯也。"宣王朝大力经营南国，曾迁舅父申伯于谢地，命召伯护送并为之筑城作邑。此诗所述内容正是此事。三家说大致接近事实，只是"劳来诸侯"云云有所偏离。很明显，诗的口吻是"我任我辇""我师我旅"的，即诗主要表达的是这些人的归家情绪。也可能是营谢之后慰劳徒众的乐歌。至于古文家"刺幽王"之说，简直可谓之昏聩。很明显，诗与《大雅·崧高》篇为同时同事。明明是宣王的作品，对此却视而不见，仍一味依诗篇排序来说其时代，解其意谓，非昏聩而何？

这里还有一个小问题：为何同时同事的诗篇，《崧高》归之《大雅》，《黍苗》归为《小雅》？很明显这是后来编《诗》者所为。重要的是其标准也很明显：《崧高》篇体势宏大，且有周王册命申伯内容，所以为《大雅》；此篇体势上则明显弱小，内容又涉下层徒众的"我任我辇"，所以被编入《小雅》。

隰 桑

隰桑有阿，其叶有难①。既见君子！其乐如何！

○诗之首章。言见到君子的快乐。

注释　①**隰**：下湿之地。**阿**：美好貌。**难**：婀娜。陈奂《传疏》："古难、傩通，难之为言那也。……那，多也。盛与多同义。"

隰桑有阿，其叶有沃①。**既见君子，云何不乐**！

○诗之二章。重申前章之意。

注释　①沃：肥大光泽貌。《诗经》数见。

隰桑有阿，其叶有幽①。**既见君子，德音孔胶**②。

○诗之三章。言君子的德行仪态非常隆盛。

注释　①幽：发亮的样子。②胶：盛大。马瑞辰《通释》："当为膠之省借。《方言》：'膠，盛也。陈、宋之间曰膠。'"

心乎爱矣，遐不谓矣①。**中心藏之，何日忘之**②？

○诗之四章。言见君子后的欣慰难忘之情。

注释　①遐：胡。谓：同"慰"，欣慰。②藏：即臧，善。

解说

《隰桑》，赞美周王的篇章。

《毛诗序》："刺幽王也。小人在位，君子在野，思见君子也，尽心以事之。"远不如朱熹《诗集传》所说得当："此喜见君子之诗。……词意大概与《菁莪》相类，然所谓君子，则不知其何所指矣。"篇中"君子"很明显当系周王，"不知何所指"，即不知所指何王的意思。

白　华

白华菅兮，白茅束兮①。**之子之远，俾我独兮**②！

○诗之首章。言色衰遭弃。

注释　①**白华**：秋天茅草洁白貌。**白茅**：野生菅草硬挺，经过沤制后变得柔软，就是白茅。《毛传》："白华，野菅也。已沤为菅。"《召南·野有死麕》："野有死麕，白茅包之。"白茅可用来包裹食品。**束**：捆扎为束状。白华变成白茅，喻人老色衰。《左传·成公九年》引逸《诗》："虽有丝麻，无弃菅蒯。虽有姬姜，无弃蕉萃（憔悴）。"正以菅草喻衰色。②**远**：离心离德。

英英白云，露彼菅茅①。**天步艰难，之子不犹**②！

　　○诗之二章，言白云尚能露菅茅，以此反衬"之子"无良心。"英英"句，意象鲜明；上言"远"，此言"步"，措辞经心。

　　注释　①**英英**：白云明亮貌。**露**：露水滴落。菅茅草经过露水后，更加坚实。②**天步**：即天运、天命。**犹**：好。高亨《诗经今注》：《广雅·释诂》"媨，好也"，犹即媨之假借。

滮池北流，浸彼稻田①。**啸歌伤怀，念彼硕人**②。

　　○诗之三章。转言"硕人"，递进一层。

　　注释　①**滮（biāo）池**：水泽名，在镐京以北不远处。②**啸歌**：唱歌，哀伤而歌。

樵彼桑薪，卬烘于煁①。**维彼硕人，实劳我心**②。

　　○诗之四章。表明"硕人"令"我"伤怀。

　　注释　①**樵**：采樵。**桑薪**：以桑为薪。王先谦《集疏》："诗人每以'薪'喻婚姻，桑又女功最贵之木也。以桑而樵之为薪，乃徒供行灶烘燎之用，其贵贱颠倒甚矣。"**卬（áng）**：仰，高举。**煁（chén）**：无釜之灶，可放入柴草以为烘燎。②劳：伤心。

鼓钟于宫，声闻于外。念子懆懆，视我迈迈①。

○诗之五章。王室家丑外扬，言自己为此心忧，反招惹子之不悦。

注释　①懆懆（cǎo cǎo）：忧愁不安貌。**迈迈**：不悦貌。陆德明《经典释文》引《韩诗》作"怖怖"。

有鹙在梁，有鹤在林①。维彼硕人，实劳我心。

○诗之六章。再次言及"硕人"，正合失宠妇人口吻。苏辙《诗集传》："今鹙在梁而鹤在林，鹙则饱而鹤则饥矣。"

注释　①鹙（qiū）：一种凶猛的鸟，与鹤同类而体形比鹤大，头、颈部无毛。

鸳鸯在梁，戢其左翼。之子无良，二三其德！

○诗之七章。直言明斥，是绝望的表现。钱澄之《田间诗学》："鸳鸯，匹偶相随者，以喻王于后也。"

有扁斯石，履之卑兮①。之子之远，俾我疧兮②。

○诗之八章。"俾我疧兮"与首章相应；扁石之喻，取譬有类。

注释　①石：王乘车所踩之石。《周礼·隶仆》："王行，洗乘石。"②疧（qí）：痛苦。

解说

《白华》,抛弃之女的哀怨诗。

《毛诗序》:"《白华》,周人刺幽后也。幽王娶申女以为后,又得褒姒而黜申后。故下国化之,以妾为妻,以孽代宗,而王弗能治,周人为之作是诗也。"齐、鲁、韩三家无异义。至宋,朱熹《诗序辨说》也基本同意成说,曰:"此事有据,《序》盖得之。但幽后字误,当为'申后刺幽王也'。'下国化之'以下皆衍说耳。"此诗古来有争议处,在于对"硕人"指代何人的理解。郑玄解为"妖大之人,谓褒姒",而据《毛诗正义》所征引王肃、孙毓等魏晋间人说,认为系指申后,后代对此一直聚讼纷纭。实际上,此诗很可能与申后的被弃有关,且未必为申后所作,其第一人称形式,是代拟;诗中"维彼硕人"的"硕人"则可能指褒姒。《诗经》时代,以硕大为美。诗一开始即以菅茅喻申后人老色衰,"我"之色衰,正与"彼"之"硕人"相对成文。诗篇虽表被离弃者,但篇中的物象如白云、白华以及白茅等十分鲜明,色泽动人。西周后期代拟之作,既有此水准,到"国风"时代,那些采诗官的代拟弃妇之诗,其风范,也就渊源有自了。

绵 蛮

绵蛮黄鸟,止于丘阿①。道之云远,我劳如何②?饮之食之,教之诲之。命彼后车,谓之载之③。

○诗之首章。言征途遥远,问句之后,排以"之"字句式,充满感戴之情。

注释 ①**绵蛮**:花纹细致绵密貌。②**劳**:劳苦。③**后车**:副车,备用车,古称倅车。

绵蛮黄鸟，止于丘隅。岂敢惮行？畏不能趋。饮之食之，教之诲之。命彼后车，谓之载之。

○诗之二章。言不敢畏惧前行之意。上章言劳累，此章则畏惧落伍，感念而报之以行动。

绵蛮黄鸟，止于丘侧。岂敢惮行？畏不能极①。饮之食之，教之诲之。命彼后车，谓之载之。

○诗之三章。言只怕不能到达目的地。重章迭调，循序渐进而一往情深。

注释　①极：到达终点。

解说

《绵蛮》，表王室东迁途中，周平王关爱随从者的乐章。

《毛诗序》："微臣刺乱也。大臣不用仁心，遗忘微贱，不肯饮食教载之，故作是诗也。"王先谦《集疏》：《潜夫论·班禄篇》有"行人定而《绵蛮》讽"之语，《集疏》引之，且以为《鲁诗》家（《潜夫论》作者王符习《鲁诗》）说与《毛诗序》义同，又谓"齐、韩当无异义"。《潜夫论》言"行人"是可取的，诗确实表现的是"行人"之情。"道之云远""畏不能趋"以及"畏不能极"数语，都显示了这一点。而且，"道之云远"，又表明这是一次长途的行程。此外还有重要一点：诗篇中的"行人"是与一位大人物同行的。大人物不仅能"饮之食之，教之诲之"，还命手下把副车让给一些行人乘坐，在表明行人中有老弱而绝非清一色的军士的同时，也清晰显示出大人物的身份不一般。这位被感戴的大人物，从诗的用语及语气中是可以寻出些蛛丝马迹的。山陵的意象每每喻君王，这在《诗经》中并非仅见。诗以黄鸟依止丘阿起，《毛诗序》言比兴"仁心"是确当的，但不是大臣，而是王的"仁心"。是哪位君王呢？这需从"道之云远""畏不能趋"和"畏不能极"

三句中寻求答案。前两句表明征人对目的地是知道的，后一句又表明到达这一目的地是远征的最终目标。人们不怕路途艰辛，是由于怀着希望。据以上推论，此诗当作于平王东迁之际，反映的是东迁路途中的事。用"后车""谓之载之"，是平王树立仁君形象的行为。

瓠叶

幡幡瓠叶，采之亨之①。君子有酒，酌言尝之②。

〇诗之首章。言君子有美酒，敬客之前先自品尝。

注释　①**幡幡**：即翻翻，叶子舞动貌。**瓠**：又称葫，嫩叶可以和肉作羹。**亨**：烹。两字古代通用。②**酌**：取。即将酒注入爵中。**尝**：品尝。主人在向宾客献酒之前，先自尝其酒。

有兔斯首，炮之燔之①。君子有酒，酌言献之②。

〇诗之二章。言君子有美酒，斟上献给客人。

注释　①**斯首**：一只。斯，语助词。首，朱熹《诗集传》："犹数鱼以尾也。"一说，斯，白色。**炮**：连着毛烧烤。此处或泛指烧烤。**燔**：烧烤。②**献**：主人向宾敬酒。周代饮酒礼中，有"一献"之礼。主人向宾献酒，称献；宾向主人回敬酒，称酢；主人再把酒注觯，自饮，以劝客，称酬。本诗二章以下，正是"一献"之礼的内容。

有兔斯首，燔之炙之①。君子有酒，酌言酢之②。

〇诗之三章。言用君子的美酒，斟上回敬主人。

注释　①**炙**：在火上烧烤。②**酢**：宾酌酒回敬主人。

有兔斯首，燔之炮之。君子有酒，酌言酬之①。

○诗之四章。言君子有美酒，让我们一起来共饮。

注释　①酬：劝酒。主人在饮过宾回敬的酒后，再酌酒献宾，以示劝酒之意。宾接酒不饮，放在席前。

解说

《瓠叶》，饮酒礼的乐歌。

《毛诗序》："大夫刺幽王也。上弃礼而不能行，虽有牲牢饔饩，不肯用也。故思古之人，不以微薄废礼焉。"王先谦《集疏》："三家义未闻。"《郑笺》则认为表现的是庶民的饮酒活动。《毛诗序》"刺幽王"及"思古"之说，显系揣度之辞。清代学者胡承珙《毛诗后笺》结合相关文献，对此诗所作解说颇为可取。曰："《左·昭元年传》赵孟赋《瓠叶》，穆叔知其欲一献，则此诗是一献之礼。礼有献、有酢、有酬，而后一献之礼终，与诗中所言正合。古者士礼一献。《士冠礼》注虽云'一献之礼有荐（荐脯醢也）有俎（俎牲体也），其牲未闻'。然《既夕》注云'士腊用兔'，诗三章皆言'兔首'，又焉知非士礼，而必以为庶人之礼乎？"胡氏的意思是说，诗为士饮酒之礼。如此，则诗不仅与庶人无关，与幽王亦不相干。是士一级贵族饮酒礼上的乐歌。或许王室东迁之初，礼乐从俭，才有《瓠叶》这样的乐歌用之于朝堂之上？

渐渐之石

渐渐之石，维其高矣①。山川悠远，维其劳矣。武人东征，不皇朝矣②。

○诗之首章。言将士们向东进发不耽搁。陈仅《群经质》："不皇朝矣，所谓今日不知明日事也。"

▣ 注释 ▣ ①渐渐：山石高峻貌。与《小雅·节南山》"维石岩岩"之"岩岩"义同。②不皇：不遑。遑，闲暇。朝：朝夕。陈奂《传疏》："'不皇朝'犹言无暇日耳。"

渐渐之石，维其卒矣①。山川悠远，曷其没矣②。武人东征，不皇出矣③。

○诗之二章。言将士东征，总在崎岖山路行走。

▣ 注释 ▣ ①卒：崔嵬。即崒字之假借。②没：尽，止。朱熹《诗集传》："尽也，言所登历何时而可尽也。"③出：出离高山。一说，休整。王宗石《诗经分类诠释》谓出之本义为脱履入室，即休息。

有豕白蹢，烝涉波矣①。月离于毕，俾滂沱矣②。武人东征，不皇他矣③。

○诗之三章。言将士东征，遭遇大雨，路途更加艰辛。

▣ 注释 ▣ ①豕：猪。闻一多《周易义正类纂》据《史记·天官书》"奎为封豕，为沟渎"及《易林·履之豫》"封豕沟渎，水潦空谷"，认为此诗之"豕"指天象而言。蹢：即蹄。白蹄猪涉波为大雨将至的征兆。烝：众。②离：同"丽"，贴近。毕：星座名，形状像捕鸟的网具。月靠近毕星，也是大雨的天象。俾：将要。据王先谦《集疏》：《鲁诗》作比。比，将要，快要。③他：其他的事。

解说

《渐渐之石》，表军人东迁之苦的乐歌。

《毛诗序》："下国刺幽王也。戎狄叛之，荆舒不至，乃命将率东征，役久病于外，故作是诗也。"据《左传·昭公四年》"周幽为大室之盟，戎狄叛之"的记载，《毛诗序》说可谓有征。因而朱熹《诗序辨说》也承认其"得诗意"。不过，此诗也可以有另外的解释，即它与《绵蛮》一样，同为平王东迁时的作品，因为此诗也同样从山川悠远方面写军队的行动，与《绵蛮》笔法一致。要之，此诗更可能是东迁结束，慰劳军人的乐歌，称赞他们不顾高山大雨，行动迅速。

苕之华

苕之华，芸其黄矣①。心之忧矣，维其伤矣。

○诗之首章。以绚丽苕花黄落，喻世道衰乱，惋惜之情宛然。

注释 ①苕：凌霄花。藤本落叶植物，攀附他物，茎上有气根。七八月间茎端开大型合瓣花，颇为美观。芸：纷纭貌。参《小雅·裳裳者华》同句注。

苕之华，其叶青青。知我如此，不如无生！

○诗之二章。言生不如死，语意沉痛。

牂羊坟首，三星在罶①。人可以食，鲜可以饱②。

○诗之三章。明生不如死的缘由。芮城《鲍瓜集》："昔日饶裕丰盈之象，不知焉往，而触目惊心，无在非萧条惨恶之象矣！"

注释 ①牂（zāng）羊：雌绵羊。坟：大。羊瘦弱则显得头大。《毛传》："牂羊坟首，言无是道也。"即不可能的事。亦通。三星：即参星，由三颗明星组成，古以三星判断时辰。参《召南·小星》"维参与昴"句注。**罶**：捕鱼的竹器。朱熹《诗集传》："罶中无鱼而水静，但见三星之光而已。" ②**鲜**：少。两句是说，人有食物，但很少，实在吃不饱。也有学者解此句是说人吃人的现象。

解说

《苕之华》，哀叹乱世的歌。

《毛诗序》："大夫闵时也。幽王之时，西戎东夷交侵中国，师旅并起，因之以饥馑。君子闵周室之将亡，伤己逢之，故作是诗也。"《毛诗序》说基本上可信，但不全面。西周末年的"人可以食，鲜可以饱"，不仅是幽王在位时，还有平王在位的开始几年。历来都以为幽王死后，平王马上东迁。其实平王在宗周还停留了几年，之后才被迫东迁的。而平王东迁之前民众的生活，可能要比幽王在位时苦难得多，因为刚刚经历了战乱。诗虽然简短，意蕴却相当深著。而诗中对生活的独特感受及评价，同样具有历史的认识价值。

何草不黄

何草不黄，何日不行？何人不将，经营四方①？

○诗之首章。以草的枯黄，喻征人的憔悴。邵宝《简端录》："乱世气象，数言尽之。伤哉，伤哉！"

注释　①**将**：行走。**经营**：往来奔走。

何草不玄，何人不矜①？哀我征夫，独为匪民②！

○诗之二章。痛言征夫的非人生活。

注释　①玄：黑中泛红，与"黄"义同，草干枯貌。**何人**：此处指征夫而言。**矜**：可怜。一说，字为"鳏"，亦即瘝之假借，病。据王引之《经义述闻》。②**匪民**：非人。

匪兕匪虎，率彼旷野①。哀我征夫，朝夕不暇！

○诗之三章。言人之境况不如野兽。

注释　①**匪**：非。一说，彼。**兕**：野牛，其皮坚厚，可做铠甲。**率**：行。

有芃者狐，率彼幽草①。有栈之车，行彼周道②。

○诗之四章。写征夫路程，前三章都是写征途中的怨恨。

注释　①**芃**：蓬松貌。字同"蓬"。**幽**：深。②**栈**：有篷的车。马瑞辰《通释》："栈本是棚之通名，编竹木为车有似于棚，因谓之栈车。"

解说

《何草不黄》，表征夫哀怨的篇章。

此诗应是西周末、东周初期的诗篇，其格调与其他若干首编排在《小雅》尾部的篇章一样，都是"风诗"的样态，显示的是诗篇体式风格由"雅"而"风"的变迁。诗前两章多用诘问句式，不平之忾，溢于言表，而"独为匪民"更是怨恨的直接宣泄。旷野兕虎、蓬狐幽草的景象，是季节的写实，更是当时社会衰败的象征，一片生意都绝的荒凉萧索。方玉润《诗经原始》说："编《诗》者以此殿《小雅》之终，亦《易》卦纯阴之象。……观于《诗》，而世运之升降，人事之盛衰，可一览而识其故矣。"又说："诗境至此，穷仄极矣！"

大雅

就创作时间而言，今本《大雅》中的许多篇章较《小雅》篇章要早，为西周中期即穆王、恭王、懿王和孝王四朝的作品。这段时间，是西周礼乐文化创制的高潮期。这既是文化累积的结果，也与当时王朝内忧外患的处境密切相关。西周分封建国后，有若干年的平稳发展期。到昭王末期，东南方的淮夷人群开始挑战周人在这一带的统治，于是战争爆发并且旷日持久；其中还发生了周昭王南征不返、死于汉水的重大变故。一时间东南夷人的势力高涨，史书记载若干年内，周王朝不得不承认其政权的存在，与其划界而治。同时，青铜器铭文如《䇂簋》《臣谏簋》等显示，北方之戎也有大举内侵之事。南北的外患都很严重。内政的情形也不容乐观。《史记·周本纪》称"王道衰微"，不得不制作刑罚，对此，《尚书·吕刑》篇有较多反映。然而，此时的周王朝尚未山穷水尽，它内部整顿，继而又对南北的夷狄展开大规模反击，终于获得喘息的机会并在文化上多有创建。穆王、恭王时期，西周王朝已有百年之久，各种文化的累积已相当丰厚，特别是多年采取的对殷商人群的宽大笼络政策，获得了积极的效果，即殷、周两大人群在政治文化等各方面融合，大量适合当代生活的殷商文化因素被周人吸收，这对当时"礼乐"的建构产生了巨大推助作用。《大雅》许多篇章的制作，就以这样的融合为基础。这一时期最重要的活动，是大祭祖先。它包括两方面的内容：一方面是以大祭周文王为中心的祭祖典礼，所祭以文王为主，此外还有文王的祖父太王、父亲王季，以及各位女祖；另一方面是，祭祀后稷、公刘等远祖。前一方面的祭祀，主要满足政治上的需要，西周诸侯中，文王子孙众多，百年封建之后，要凝聚整体精神，隆重祭祀周文王，当然是王朝最好的选择。后一方面，即祭祀后稷、公刘等，则主要与激励农事生产有关。穆王时的战争及各种更张改作，实际导致了经济上的严重耗费，所以，在政治情势相对稳定后，各种迹象显示，王朝把更多精力放到农桑稼穑方面，就是说，祭祀后稷、公刘等，是当时凝聚共识发展农业的需要。此外，《大雅》诗篇不仅有歌唱祖先的赞述，还有对从事祭祀的周王的赞美，对参与祭祀的辅助人员即殷商后裔的表现的称颂，以及对因大祭祖先而新建的礼仪建筑的歌唱等。这些诗篇体式宏大，格调庄严，与《小雅》确实有较大分别。或许也是因为此一缘故，后人又把时间靠后，如宣王及更晚的一些体式宏大的诗篇，也编排在《大雅》中了（参本书《小雅》说明）。

《大雅》三十一篇。

《文王》之什

文　王

文王在上，於昭于天①**。周虽旧邦，其命维新**②**。有周不显，帝命不时**③**。文王陟降，在帝左右**④**。**

○诗之首章。言文王在天之灵，护佑周邦。以文王在天总起全诗，气势宏大。八句之间，四句一韵，以"在上"起，又以"在帝"终，蝉联回护，章法谨严。《孔子诗论》："曰'文王在上，於昭于天'，吾美之。"（第22简）

注释　①**文王**：名昌，古公亶父之孙，武王之父。史载昌有德，政治上联合其他方国，使周家势力大增，为武王克商奠定了坚实基础。又，史载文王子孙众多，受封诸侯亦多。《左传·僖公二十四年》："昔周公……封建亲戚，以蕃屏周，管、蔡、郕、霍、鲁、卫、毛、聃、郜、雍、曹、滕、毕、原、酆、郇，文之昭也。邘、晋、应、韩，武之穆也。"文王之子为诸侯者竟是武王的四倍。**在上**：上天神灵界。甲骨文显示，上天有"帝廷"，帝廷有"五臣正""五工臣"。另外，殷商先王死后也可以升入帝廷，陪伴左右，甲骨文称之为"宾"，亦即《天问》"启棘宾帝"（"帝"原误作"商"）的"宾"，受上天接纳礼遇的意思。**於**（wū）：叹词。②**旧邦**：古老的邦国。"周"出现于甲骨文，而周人族群有族长的领导可追溯到后稷、不窋时期。诗称"旧邦"，当即此而言。**"其命"句**：天命永远更新。命，天命，命运。维，语助词。新，《毛传》说"乃新在文王也"，未免局曲。③**有周**：即周。古代称谓常在邦国名前加"有"字。**不显**：丕显。金文常见，如《天亡簋》"衣祀于不显考文王"等。马瑞辰《通释》："不、丕古通用，丕亦语词，不显犹丕显也。"**帝命**：指"文王受命"而言。西周建立之前，周人曾臣服于商，周原甲骨文显示，文王曾被册封为"周方伯"，他在当时西南方国群落中树立威信，势力渐大，被殷商奴役的诸侯多推戴之，于是称王，周人以为这是周家上受天命眷顾的开始。"受命"后十三年，武王伐商成功。**不时**：即丕时，大合时宜。④**陟降**：在天廷与人间上下来往。文王死后神灵升天，陪伴在"帝"左右，负责沟通上天与下界的联系。而且，按古代观念，一个族姓的先王成为上天的神灵后，负责本族姓与上天的沟通。诗言"陟降"，正指文王神灵沟通天人两界的崇高地位。

亹亹文王，令闻不已①。**陈锡哉周，侯文王孙子**②。**文王孙子，本支百世**③。**凡周之士，不显亦世**④。

○诗之二章。言文王美德福荫子孙，致使子孙百世富贵。

注释 ①**亹亹**（wěi wěi）：奋进不已。《毛传》："勉也。"亹读音与勉相近，亹亹犹言勉勉。**令闻**：美誉，美德。**不已**：不休。②**陈锡**：重复赐福、施恩。"陈锡"即"申锡"。马瑞辰《通释》："即申锡之假借。……申，重也。重锡言锡之多。"锡，赐。**哉**：在，于。于省吾《新证》："哉、才、在古通。……陈锡载周，应读作陈锡在周。在犹于也，谓申锡于周也。"**侯**：维。**孙子**：即子孙。"子孙"而作"孙子"，其语例现有金文多达五十余例，半数以上出现于昭穆时期。是诗篇为西周中期的硬证之一。③**本支**：根干和枝叶。**百世**：百年。《礼记·曲礼下》："去国三世。"《经典释文》引虞王注："世，岁也，万物以岁为世。"据此，"百世"或即百岁、百年。《古本竹书纪年》："自周受命，至穆王百年。"据夏商周断代工程公布的材料，西周建国为公元前1046年，文王受命在13年之前，至周穆王二十一、二十二年正有百年之期。一说，为虚指，时间长久之义。④**亦世**：永世，累世。亦，字亦作"奕"。

世之不显，厥犹翼翼①。**思皇多士，生此王国**②。**王国克生，维周之桢**③。**济济多士，文王以宁**④。

〇诗之三章。言威仪堂堂的众多之士，正是文王福泽于周的表现。文王之灵，亦由此而得安宁。此章用韵四句一转，中间顶真相联，变化而统一。

▣ **注释** ▣　①**厥**：其。**犹**：谋略。**翼翼**：谨慎貌。两句是说，周家所以世世显赫，是因为谋事慎重。②**思**：发语词。**皇**：滋长、众多貌。③**克**：能。**桢**：吉祥。字当作"贞"，《周颂·维清》："维周之贞。"④**济济**：有威仪的样子。**以宁**：因此而安宁。以，因而。

穆穆文王，於缉熙敬止①。**假哉天命，有商孙子**②。**商之孙子，其丽不亿**③。**上帝既命，侯于周服**④。

〇诗之四章。上两章言文王子孙，此章以下至第七章，进而表商人子孙。文义一转，推广一层。

▣ **注释** ▣　①**穆穆**：庄严和敬貌。西周中期金文中始见。**缉熙**：不断地接续光明。据戴震《毛郑诗考正》。此词《诗经》中《雅》《颂》多见，为联绵词。因上下文不同，语义略有差别。**止**：语气词。②**假**：大。据《尔雅》。一说，假为固。亦通。③**丽**：数。金文中丽字常作"丽"。**不亿**：数量大，不可以亿数。古代一亿为十万。④**服**：服事。

侯服于周，天命靡常①。**殷士肤敏，祼将于京**②。**厥作祼将，常服黼冔**③。**王之荩臣，无念尔祖**④？

〇诗之五章。续表助祭之殷遗民，特言其身着殷商礼服；继而提醒"殷士"想一想自己祖先。《汉书·刘向传》："孔子论《诗》，至于'殷士肤敏，祼将于京'，喟然叹曰：'大哉天命！'"最后两句，一呼一告，语气谆谆。

◎**注释** ①靡常：无常。"天命无常"是西周天命观的重要内涵之一。意思是上天对某一王朝的护佑，不是固定不变的，而是据王朝德行如何而定，所谓"天道无亲，惟德是辅"。**肤敏**：勤勉。联绵词。②祼（guàn）：祭祖时的献酒仪式。古代祭祖，在神位之前铺展茅草，把酒浇在上面即表示神的享用。据甲骨文和金文，周人祼神的礼数似本于殷礼。**将**：持，摆列祭品。**京**：京城，有文王宗庙的地方，此处应指丰邑。③常：永远，这里有"法定"的意思，殷商助祭者穿戴殷商的服装、礼帽，是周人特许的。**服**：穿戴。**黼**（fǔ）：古代绘有黑白相间斧形花纹的礼服。一说，虚词，林义光《诗经通解》："读为夫。"**冔**（xǔ）：殷商贵族戴的礼帽。④荩（jìn）：进用。西周从一开始就从殷商遗民中选拔一些忠心又有才学的人为自己服务。《尚书》"有服在百僚"，以及金文《史墙盘》所记载微史家族在西周的经历，皆可为证。

无念尔祖，聿修厥德①。**永言配命，自求多福**②。**殷之未丧师，克配上帝**③。**宜鉴于殷，骏命不易**④。

○诗之六章。言殷商也曾得到上天的恩宠，应当以殷的覆辙为鉴，这样天命才会永固不移。奉劝殷遗民之语，照顾听者感受，颇具情味。自四章言助祭之殷遗民，至此章最后两句，又回到文王子孙。前数章文势为"开"，至此而"合"，并引出下文。

◎**注释** ①聿（yù）：发语词。又作"粤"，金文作"雩""遹"，西周中期以后常见。②**配命**：做上天在人间的代理人。配，配合上天，亦即被上天选中。命，上天之命。这两句是说，要想获得天命的眷顾，必须永远努力。③**丧师**：失去大众。《郑笺》："师，众也。"④**骏**：长大。骏命即大命、天命。**易**：改变。

命之不易，无遏尔躬①。**宣昭义问，有虞殷自天**②。**上天之载，无声无臭**③。**仪刑文王，万邦作孚**④。

○诗之七章。与首章"文王在上"遥相呼应，强调文王之德与周人"永言配命"之关系。全诗首句多与前一章末尾句"顶针续麻"，曹植《赠白马王彪》之"辘轳体"，实本于此。最后两句，程颐说："观乎圣人，以见天地。"

▣ 注释 ▣ ①**遏**：停歇，停止。陈奂《传疏》："遏即今之歇字。无止尔躬者，言无于尔躬止也。"两句告诫文王子孙，不要让天命停止在你们身上。②**宣昭**：普遍显示。宣，遍。昭，展现。**义问**：好名声。问，通"闻"。据于省吾《新证》。**虞**：揣度。**殷**：依着。于省吾《新证》谓当训依，"揆度之以依于天，言事事以天为准"。③**载**：运行。**臭**：嗅，气味。④**仪刑**：取法，效法。刑即型之假借字，金文以"刑（型）"为中心词组成的语词多见，如帅型、型效、怀型、型禀等，都不早于西周中期。**孚**：信。两句是说，取法文王就是取法天地，如此，才可获得万邦信任。

解说

《文王》，周文王祭祀大典上陈诫的诗篇。

《毛诗序》说："《文王》，文王受命作周也。"宽泛而笼统。其实，诗篇主旨的表现清晰而有次第。诗篇的陈诫，针对两部分：一是文王子孙，一是殷商遗民助祭者。前三章主要是对文王子孙而发。这部分，先突出"文王在上"的神圣高崇地位，继言文王之德对周人子孙深厚的福荫，为最后的"仪刑文王"作铺垫。同时，劝诫殷遗民以促使其做好周王朝子民，是诗篇另一重要内容。诗篇在这方面的陈诫，可谓明切坦诚，入情入理，很是照顾听者的感受。就诗篇表达而言，殷遗民在第四章出现是郑重的，继而声言殷遗民助祭，还特别允许其戴商朝的冠冕，且言殷遗民的先人在"殷之未丧师"之时，也曾"克配上帝"。这是承认殷商的历史，承认他们曾有的辉煌。然而，转眼间主祭者变成助祭者，对文王子孙岂不是很大教训？而大祭文王的神圣大典，允许殷遗民助祭，既是对其在新朝地位的限定，也是隆重的接纳，更是礼遇与恩典。当然，这一切，都是为消除被征服者情绪的对立，呼唤他们从失败的负面情绪中走出来，与新朝主人共同接受天命，接受天命转移后自己在新王朝的新地位。"自求多福"是祝愿，也是一句约言，更是一句鼓励：在文王之德亦即天命的照耀下，殷遗民也是可以获得新生的。读诗至此，可以体会大祭文王的意义和价值：即不仅使文王子孙在精神上得到洗礼，也借此对殷遗民作精神的救赎，从而使他们更好地效命于新王朝。

那么，诗篇的陈诫发于祭祀的哪一环节呢？对此，清代学者尹继美《诗管见》卷五有如下说法："此诗与《我将》同为宗祀明堂所用。此诗疑用于飨神之初，《我将》曰'既右飨之'，殆用于飨神之后也。"所言《我将》即《周颂·我将》篇。应该说，注意到《雅》《颂》中这两首诗是同一典礼的关联，是高见；但以为两首诗都是敬献神灵之歌，则不然。《周颂·我将》是献神曲，而《大雅·文王》是面对祭祀参与者的训诫词，两者一对神，一对人。诗篇内容限定，两者不容混淆。两首诗篇的先后次第，礼失求诸野，人类学的一些观察可以提供思路。在我国西南纳西族祭祀祖先的典礼，先杀牲献祭，然后唱民族史诗（刘亚虎《南方史诗论》）。这符合先"神"后"人"的逻辑。所以，《大雅·文王》虽与《周颂·我将》同典，其演出一定是在《周颂·我将》之后的。那么，篇章的歌唱者又是谁？《周礼·春官·大司乐》所载大司乐属官"大师"有"大祭祀，帅瞽登歌"之职，而实际歌唱的是"瞽矇"。《周礼》又说："瞽矇……讽诵诗，世奠系。"古代大祭祀后有宴饮，《小雅·楚茨》可证。该诗表明祭后的宴饮实为祭祀的一个延伸部分，人的宴饮所享用的食品，正是神所享用之剩余。享用祭神之余，意在强化神与人及祭祀参与者之间的关联。在这样的时候，瞽矇们高诵《文王》的告诫之词，是正得其宜的。

这是一种礼乐的创新。"诗歌是一切宗教所固有的东西。"(涂尔干《宗教生活的基本形式》)在西南一些兄弟民族,祭祀祖先的典礼也多用史诗来歌唱怀念祖先。然而,在西周早期的那些与祭祀相关的典礼上,是见不到像《大雅·文王》这样的述赞祖宗的诗篇的。中期的祭祖大典有这样的诗篇,是否从殷商或其他人那里借鉴,不得而知。无论如何,在隆重祭祀文王的典礼上,在《周颂》献给神听的诗篇之外,还有庄严的告诫,在告诫中高扬天命,向先王子孙高张"鉴殷"意识,且奉劝殷遗民自新其命,都表达的是西周特有的新式思想和观念。古老的祭典,正因为加入了这样的新的因素而做到了"旧邦维新",或者说由古老的祭礼升进为新的礼乐。

　　那么,这种升进又发生在西周的何时呢?传统的说法是西周初年周公"制礼作乐"时。然而现有证据表明,这样的"新礼乐"的祭祀典礼,就发生在西周中期。《国语·周语》载西周末年芮良夫劝谏周厉王时,曾引用此诗之句,可知《文王》篇不晚于厉王时期。其如下证据表明,诗篇为西周中期作品。其一,诗言"本支百世","百世"就是不解释为"百年",其语气也不会是周初就有。其二,如本篇注释所说,"仪刑"的语词,金文中多见,然其出现,不早于西周昭穆之际。其三,"孙子"一词,笔者据张亚初《西周金文集成引得》查考,两周时期出现"孙子"一词的铭文约50篇,其中公认为西周中期的近20篇,早晚两期都没有这样高的比例。而那些被学者定为"早期"的青铜器(及其铭文),其所谓"早",也只是早到昭王或昭王后期,而昭王后期居多。因而可以说,金文言及子孙时,不说"子孙"而说"孙子"或"孙孙子子"或"世孙子""百世孙子"等,这样的语言现象,是从昭穆之际才流行起来的。经过西周中期盛行后,晚期又渐渐稀少。由此可知"孙子"的语词,是西周中期最为时兴的语言现象。《大雅·文王》言"文王孙子",正是其为中期诗篇的表现。此外,近年中外学者研究金文及西周青铜器,也得出大致相同的结论,那就是西周中期曾发生过礼制的新变。以上几点,足证《大雅·文王》篇为西周中期诗作。甚至可以说,《大雅·文王》篇，是一篇可借以判断其他大、小《雅》乃至《周颂》《商颂》篇章创作年代的"标准器"。

在表现上，诗篇也很有特点。一是有人情味，如劝告殷遗民，承认他们的祖上也曾得天命，已如上言。此外，试将劝告殷遗民的语气与告诫文王子孙的"无遏尔躬"比较，一婉和，一直切，是很明显的。二是其哲理味。"鉴殷"云云，表达的是天命转移的观念，这在《尚书》中是有明确表达的。诗篇更具醒豁人心力度的句子是"仪刑文王"两句，凡尘之人可以经由自身努力做到符合上天法则的境地，这样一个中国式的圣人观，在此已经初见端倪了。至于整篇风格的宏大庄严，句子乃至章节之间用顶真格所形成的流畅紧凑，更是一读可感的。

大　明

明明在下，赫赫在上①。**天难忱斯，不易维王**②。**天位殷适，使不挟四方**③。

○诗之首章。解释历史兴衰，是上天给殷朝设立了敌人，使其失去对四方的控制。从"明明""赫赫"写起，强调天命的可畏。

注释　①**明明**：上天的光辉。朱熹《诗集传》："德之明也。"**在下**：即下土。**赫赫**：形容上天的威严。朱熹《诗集传》："命之显也。"两句都是说，上天的光辉天上地上无所不在。②**忱**（chén）：沉溺。字亦作"谌"，谌与湛、耽古音义相通，都有沉溺的意思。天难忱，即天命难忱，亦即不可沉溺于对已有天命的自信。上天对一个王朝的眷顾保佑不是永远的和无条件的，所以不可耽信。**不易**：不容易。一说，天命不变易，才可以永久为王。③**位**：立。于省吾《新证》："位、立古同字。金文位字皆作立。"**适**：敌。于省吾《新证》："适、敌声同古通。古无舌上，故读适如敌。……言天立殷敌，使不能挟有四方也。"**挟**：持，掌握。

挚仲氏任，自彼殷商①。来嫁于周，曰嫔于京②。乃及王季，维德之行③。

○诗之二章。言周人受命始于文王，而文王之生又德归大任。大任生文王，实天意眷顾周家明证。

注释　①**挚**：商朝小国，其地在今河南汝南县城东，当时属殷朝境内。**仲**：古人以伯仲叔季排行，仲为第二。**任**：姓氏。《大雅·思齐》篇称之为大任，王季之妻，文王之母。②**嫔**：嫁作夫人。《尚书·尧典》："厘降二女于妫汭嫔于虞。"嫔与此同义。**京**：当时周的中心在周原，即今陕西岐山、扶风一带。古代在都邑，习惯筑高丘以为祭天之所，京即高丘，所以代称都邑。③**王季**：即季历，太王古公亶父之子，文王之父。有文献说他在世时，已得殷商任命。

大任有身，生此文王①。维此文王，小心翼翼。昭事上帝，聿怀多福②。厥德不回，以受方国③。

○诗之三章。专写文王有德，是过渡段。

注释　①**有身**：怀孕。今言怀孕为"身子重"，即古语之遗留。②**昭**：明。在此有周详的意思。**怀**：归，即赐予。《大雅·皇矣》："予怀明德。"《毛传》："怀，归也。"两句是说上天因文王昭事而赐福文王。③**回**：邪。**以**：因而。**方国**：殷商后期西部的地方政权。当时殷商为大邦，同时还有受其管辖的诸多小邦。约在王季、文王时期，商王朝册封周家首领为方伯，代王朝监管西部小邦。诗即指此而言。

天监在下，有命既集①。**文王初载，天作之合**②。**在洽之阳，在渭之涘**③。**文王嘉止，大邦有子**④。

○诗之四章。言在王季之后，文王再得善女为妻，也是实出天意之幸事。

注释　①集：就，降落。②初载：初年。即文王初即位后。载，年。"天作"句：天生的配偶。③洽（hè）：古水名。旧说在今陕西合阳县境内，不确。1975年陕西渭南县阳郭乡南堡村出土了五十多件青铜器，其中一件有"辛邑"铭文，证明古莘国就在今渭南县一带。此地在渭水之南，正与下文"亲迎于渭，造舟为梁"相合。据季旭昇《诗经古义新证》。阳：山南水北为阳。涘（sì）：岸边。两句指莘国即大姒母邦之所在。④嘉止：吉祥。止是虚词。

大邦有子，伣天之妹①。**文定厥祥，亲迎于渭**②。**造舟为梁，不显其光**③！

○诗之五章。言文王亲自到渭水边迎亲。其场面显耀而又风光！

注释　①伣（qiàn）：好像，如同。②"文定"句：按照礼法，确定结婚的吉日。朱熹《诗集传》："文，礼。祥，吉也。言卜得吉，而以纳币之礼定其祥也。"③造舟：用船搭建浮桥。造为艁的假借。

有命自天，命此文王。于周于京，缵女维莘①。**长子维行，笃生武王**②。**保右命尔，燮伐大商**③。

○诗之六章。先补足上章之意，继言文王再生武王，天意厚爱，周族实在庆幸。诗篇连续三章言莘女大姒，经生治《关雎》喜言"后妃之德"，或本于此。

注释　①缵（zuǎn）：继，续。在此是联姻的意思。莘：古国名。

文献记载莘国地域不一，有在今河南者，有在今山东者等，此诗中的莘当在今陕西渭南县境内。参本篇前章注。②**长子**：指伯邑考。据王先谦《集疏》。**行**：死的避讳说法，如后世死去的皇帝称"大行皇帝"。**笃**：语助词。马瑞辰《通释》："助句之词。"**武王**：名发，文王之子，克商，周王朝开国之王。③**右**：通"佑"。此句是说上天保佑周武王。**尔**：语尾词。**燮**（xiè）：袭。马瑞辰《通释》："与袭双声，燮伐即袭伐之假借。"

殷商之旅，其会如林①**。矢于牧野：维予侯兴，上帝临女，无贰尔心**②**！**

○诗之七章。写武王牧野陈兵誓师。

注释　①**会**：会聚。《孔疏》："其会聚之时如林木之盛也。"马瑞辰《通释》认为此字当作"旝"，旌旗如林之义。然1978年出土古中山国《𠫑羌壶》铭文中有"维朕先王，茅蒐田猎。于彼新土，其會如林"句，"其會"句明显袭用《大明》成语，字却作"會"，表明《孔疏》说法更可信。参季旭昇《诗经古义新证》。②**矢**：誓师。以下三句为誓词内容。**牧野**：地名，位于商朝都城朝歌以南七十里处，在今河南淇县南。**维、侯**：结构助词。**予**：我们。**兴**：兴师。**临**：察，看着，指上天而言。**贰**：犹豫，疑虑。

牧野洋洋，檀车煌煌，驷騵彭彭①**。维师尚父，时维鹰扬**②**。凉彼武王，肆伐大商**③**。会朝清明**④**！**

○诗之八章。正面写战场，"时维"言得人助，"清明"言得天助。"清明"二字，遥应首章"明明""赫赫"。

注释　①**洋洋**：广大貌。**檀车**：檀木造的战车。檀木坚硬，适宜造车。**騵**（yuán）：赤色白腹黑鬃的马。**彭彭**：战车奔驰貌。②**师尚父**：指姜尚。师，师傅，或军事指挥官之称。尚父，刘向《别录》："师之，尚之，父之,故曰师尚父,父亦男子之美号也。"是师尚父为姜太公的美称。**时维**:实在是。**鹰扬**:如雄鹰搏击貌。③**凉**:佐,助。**肆**:疾,突击。两句是说姜尚辅佐周武王,迅速地征伐殷商。④**会**:时逢,恰巧。**朝**:早晨。**清明**:晴明,天放晴。于省吾《新证》:"犹后世之言'晴明'。……谓得天时之助。"史载,武王陈师牧野为早晨,阴雨,战役结束时天气变晴。

解说

《大明》,述文王父母妻儿之圣贤,以见天命佑周的颂美之歌。

《毛诗序》:"文王有明德,故天复命武王也。"大致不错,却忽略了诗篇超越层次上的意义。诗篇是述赞式的,边讲述,边赞叹,起笔从文王的父母结合起,继而述赞文王降生,继而是他的结婚生子。表文王婚姻用三章的篇幅,是庆幸文王娶大姒,是诗篇重点之一。最后诗篇结穴于武王伐商。这最后一部分,就文势说,只是前面歌颂文王及其婚姻的一个自然延伸;换言之,周家之所以克商,根本因素在文王,武王克商只是文王之德的重大结果。上述一切,在诗篇是实写的内容。实笔写这一切,只是证明诗篇开始一章表明的观点:是上天有意成全周家,所以才有历史的重大兴替。这点意思在首章最后两句表达得尤其明切。天意固然是神秘的,可是,神秘天意落实到人间,却表现得极其平实:上帝对周人格外恩宠眷顾,不是什么牛鬼蛇神之类不可思议的异象,而是两代先王——王季和文王——都有极成功的家庭,其表现即都幸运地娶到了贤德之妻,于是周家代有贤妇,代有贤子。这就是天意的眷顾与恩宠,于是才有周的兴起,王国的缔造。诗篇高扬的大义,是训导人们注重人间的亦即后来儒家所谓的"人伦日用"。诗篇表露的天道观,很值得注意,赫赫明明的天意与平凡的好家庭、好妻子、好母亲,以及好母亲生养的贤子嗣相通相连。即是说,诗篇要显示的不外如下的道理:天命终导致人世的德行。

诗篇在气格上与《文王》一致,这是很容易感受到的;此外在章与章之间使用顶真格句相勾连的做法上也有高度的相似。这都是两首诗篇为同时期作品的证据。而两者关系实际可能更为密切，即两诗都是大祭文王典礼上围绕"文王受命"的连续的庄严歌唱。过去，人们以"史诗"解说《大明》等篇，从内容上说，确实有讲述周家历史的性质，不过，与西方英雄传奇的"史诗"不同，诗篇是祭祀祖先时诸多歌唱的一种，作用是向参与祭祀的子孙们述说祖先的伟大非凡，以强化对祖先的敬意，强化子孙的自豪，强化其继承祖先事业的信心。诗篇讲述的重点是两代先王的婚姻子息，而《周颂》显示，周人祭祀先王时也"亦右文母"（《周颂·雍》）。所以，作为述赞先王光荣历史的篇章，或许就歌之于"右文母"的环节。又据金文《膳夫山鼎》及《无叀鼎》等铭文，西周宗庙中是有"图室"的，又据传世文献如《孔子家语·观周》载孔子曾观东周庙堂图像，又如《尚书大传》关于"庙"有"庙者貌也"之说等，可知周代宗庙是有图画的。笔者以为，诗篇述赞先王美好家庭的历史，就是熟悉历史的巫史人员对着宗庙中相关图画歌唱的。诗篇"维此文王"之"此"，为近指代词，"牧野洋洋"几句又有强烈的画面感，这都使人有这样的想法：巫史专业人员在歌唱周人祖先光辉时，是有图像为辅助的（参拙作《〈诗·大雅〉若干诗篇图赞说及由此发现的〈雅〉〈颂〉间部分对应》，《文学遗产》2000年第4期）。这又很可能是西周"礼乐"新变的结果。

　　关于这首诗，出土文献《孔子诗论》也有对"文王受命"的议论，谓："'有命自天，命此文王。'诚命之也。信矣！孔子曰：'此命也夫！文王虽欲也，得乎？此命也。'"意思是说，文王之所以能受命于天，是几代人（包括妇女）的努力，也是几代人幸运的结果；若单是文王自己想得到天命，那也是不容易的。天命是人为，也是天幸。

绵

绵绵瓜瓞①。**民之初生，自土沮漆**②。**古公亶父，陶复陶穴，未有家室**③。

○诗之首章。先言周民从杜水迁移漆水的路线，继而回顾迁移之前烧土筑穴、未有家室的光景。首句单句起兴，别致。全章起势悠远，是叙说古老故事的语气。

注释　①**绵绵**：绵延不绝貌。**瓜瓞**（dié）：一棵瓜秧上小瓜大瓜相连。瓞，小瓜。陆佃《埤雅》："近本之瓜常小，末则复大。"②**民**：周人。**生**：生息发展。**自**：从。一说，用，选中。**土**：读作"杜"，水名。一说，居住。**沮**：徂，往。一说，水名。**漆**：水名。这句解释颇有分歧，此处依王引之《经义述闻》为说：周先民从杜水迁到漆水。所言杜水，即今天漆水河，而漆水即今横水河。前者在周原以东，后者在周原之南。两者方位正合周人自东北向西南迁徙的路线。③**古公**：先公。**亶**（dǎn）**父**：文王祖父，被尊称为太王。公是尊号，亶父是名号。"**陶复**"**句**：制作类似窑洞或半地穴式的居室。陶，用火烧土或贝壳、螺壳，铺垫在居室中，结实防潮，还可防虫防鼠。复，即"覆"字的简写，指地穴口上井字形的屋顶。穴即屋洞。据于省吾《新证》及扬之水《诗经名物新证》。**家室**：此处指宫殿及屋室。

古公亶父，来朝走马①。**率西水浒，至于岐下**②。**爰及姜女，聿来胥宇**③。

○诗之二章。写迁移及来路，进入正题，"胥宇"带出下文。首章概括全篇，为静态；此章则转为动态描述。吕祖谦《读诗记》："'来朝走马'，形容其初迁之际，略地相宅，精神风采也。"

注释　①**朝**：周，周原。于省吾《新证》："朝、周古音近字通。

谓太王自豳迁于岐周，而养马于斯也。"**走马**：骑马。考古发现商代即有单人骑马现象。走，一本作"趣"，与"走"义同。一说，养马、牧马。②**率**：沿着。**西**：向西。**水浒**：河岸，即漆水上游的河岸。漆水发源于今陕西麟游县西的山地，上游大致为东西流向。诗句是说周人从古杜水（今漆水河）以东的豳地（今彬县）一带先向西南走，到达古杜水时转而向西，沿着河岸进入山地，翻过山地之后，就来到岐山之下有河流的周原。③**爰**：于此。**姜女**：姜姓之女，即太王妃子，姬姜两姓世婚。**聿**：虚词。**胥宇**：观察新的居住地。

周原膴膴，堇荼如饴①。爰始爰谋，爰契我龟②。曰止曰时，筑室于兹③。

○诗之三章。言定居周原，既得其田野物产之美，又合神意。欣喜之情，溢于言表。孙鑛《批评诗经》："平叙中风致自不乏，即事点注，无非妙境。"

⬜ **注释** ⬜ ①**周原**：岐山以南的原野，在今陕西岐山县、扶风县交界地带。**膴膴**（wǔ wǔ）：土地广大肥美貌。**堇**（jǐn）**荼**：各种野菜。堇，又名石龙芮，四五月开黄花，嫩苗水煮后可食，口感辣而滑。荼，又名苦菜，叶子边缘有细刺，秋老时开黄花，嫩时菜叶可食，是古代常用的救荒野菜。**饴**：甘糖。两句是说，肥沃周原，连生长的苦菜也甘甜如饴糖。②**始**：谋。马瑞辰《通释》："始谋谓之始，犹终谋谓之究。'爰始爰谋'犹言'是究是图'也。"**契**：刻。③**时**：是，这里。一说，止，与"爰居爰处"语例同。

迺慰迺止，迺左迺右①；迺疆迺理，迺宣迺亩②。自西徂东，周爰执事③。

○诗之四章。写定居，疆理田界，画面感强烈。

☐ 注释 ☐ ①迺：乃的异体字。慰：居。《方言》："慰，居也。"此处与句中"止"字义同。左、右：将居住地划分为左右。②疆、理：画出田地界限。朱熹《诗集传》："疆谓画其大界，理谓别其条理也。"宣：翻土使其松软。亩：为田地打埂。③周：到处。执事：忙碌自己的事。

乃召司空，乃召司徒，俾立室家①。**其绳则直，缩版以载，作庙翼翼**②。

○诗之五章。言民居、田事之后，再作宫室。工程浩大，场景如画。

☐ 注释 ☐ ①司空：负责土地、工程的官员。金文作"司工"。司徒：负责组织号令民众的官员。西周早中期金文作"司土"。②绳：用绳子测量定位，划基准线。《毛传》："言不失绳直也。"缩：用绳索捆绑。一说，缩即直，作动词用。版：木板。古代筑墙，先以木板做槽，然后填土夯实。板槽要用木桩加固，所以要用绳索捆绑。载：装，盛土。一说，载即栽。

捄之陾陾，度之薨薨①；**筑之登登，削屡冯冯**②。**百堵皆兴，鼛鼓弗胜**③。

○诗之六章。写劳作过程，以描摹声响渲染场面。四个句子一气而下，四个叠字词联翩出现，质朴而有神采。扬之水《诗经名物新证》："于一片喧阗中，写出秩序，写出情绪，写出创业之初周人并立奋发之精神。"

☐ 注释 ☐ ①捄（jū）：将土装在运土的器具中。陾陾（réng réng）：仍仍。形容装土次数频繁。度：投，将土投入版中。薨薨（hōng hōng）：投土的声音。②筑：夯，砸。登登：夯土的声音。屡：土墙隆起处。马瑞辰《通释》：字通"娄"，娄、隆双声。冯冯：削土声。③百堵：堵，版筑墙的计量单位，五版高的墙，称一堵。百堵言其多。鼛（gāo）：大鼓。据

《周礼》，鼖鼓属六鼓之一，有大役之事，击之以为号令。两句是说，筑墙发出的声响比鼖鼓之声还响亮。

迺立皋门，皋门有伉①。迺立应门，应门将将②。迺立冢土，戎丑攸行③。

○诗之七章。言城门建成，都城完备，有了稳固的依仗，周人则可以御戎狄了。从未来着意。前四句，两句一组，且两句之间顶真相连，为应答关系，十分奇特。

注释　①**皋门**：外城城门。**伉**（kàng）：高耸貌。②**应门**：对着朝堂的大门，内城门。**将将**（qiāng qiāng）：高大庄严貌。③**冢土**：祭神用的大土堆，又称社。在皋门之内，应门之外。《毛传》："起大事，动大众，必先有事乎社而后出，谓之宜。""有事"，即有祭祀活动。**戎丑**：抓获的戎狄俘虏。丑，即《诗》与金文常见"执讯获丑"之"丑"。**攸行**：在这里举行献俘礼。古时战争结束要献俘，即在大社进行，所以说"戎丑"将在此"攸行"。攸，所，结构助词。行，举行。

肆不殄厥愠，亦不陨厥问①。柞棫拔矣，行道兑矣②；混夷駾矣，维其喙矣③。

○诗之八章。写先王伐木开路，驱走混夷。周家大业，即奠基于此。

注释　①**肆**：和下句的"亦"都是结构助词，表连接关系。**殄**：断绝，尽除。**厥**：其，指下文的混夷。**愠**（yùn）：恼怒。**陨**：坠，缺失。**厥**：指周人。**问**：闻，名声。马瑞辰《通释》："此二句正言文王事混夷之事，言始事混夷，虽不能绝其愠怒，亦不以以大事小而失其誉闻。"②**棫**（yù）：白桵，丛生灌木，枝干有刺。**兑**：通畅。③**混夷**：北方强大农牧混合的民族，又曰昆夷。商周之际，在今内蒙古鄂尔多斯地区曾有一个青铜器文化，十分繁荣,诗中之混夷当属这一文化区域的族群。**駾**(tuì):惊慌奔逃貌。**喙**(huì):气喘吁吁貌。

虞芮质厥成,文王蹶厥生①。**予曰有疏附,予曰有先后,予曰有奔奏,予曰有御侮**②。

〇诗之九章。言文王时周族事业的昌大,天下归心,太王迁岐之功于是见效。诗述说至此,情绪大振,句式突然改变;后四句排比,一气而下,诗篇文势亦陡然大张。苏辙《栾城集》(三集)卷八《诗病五事》论此章:"事不接,文不属,如连山断岭,虽相去绝远,而气象联络,观者知其脉理之为一也。盖附离不以凿枘,此最为文之高致耳。"孙鑛《批评诗经》:"叙迁岐事,历历详备,舒徐有度,至此,则如骏马下坂,将近百年事,数语收尽。笔力绝雄劲,绝有态,顾盼快意。"

注释 ①**虞芮**(ruì):殷商时期的两个姬姓古国。虞在今山西平陆县境内,芮在今山西芮城县东,两国相邻,土地相接,因争边界田地而到周邦请文王公断。其进入周邦后见周人耕者让畔,仕者让位,风俗纯美,受到感动,不仅息讼、推让所争之田,且归服于周。受此事影响的带动,据说当时有四十余个诸侯国归顺于周。周人以为这是文王"受命于天"的开始。**质**:信物。在此作动词,即互相交换信物的意思。**成**:缔结友好关系。**蹶**(guì):惊动,惊醒。**生**:性,品行。马瑞辰《通释》:"生、性古通用。……谓文王有以感动其性也。"西周金文中生、性不分。②**予**:我,指周家。**曰**:语助词,一本作"聿"。**疏附**:辅助。联绵词。亦作"胥附"。《尚书大传》:"周文王胥附、奔辏、先后、御侮,谓之四邻。"《史记·周本纪》:"二国相让后,诸侯归西伯者四十余国,咸尊西伯为王。"**先后**:追随者。**奔奏**:奔走侍奉者。奏,一作"走"。一说,《毛传》:"喻德宣誉曰奔奏。"即为文王宣传德行的人。**御侮**:抵抗外来威胁者。

解说

《绵》，赞述太王迁岐伟大功效的诗篇。

诗篇所表，为周先公亶父率众迁岐之事。《孟子·梁惠王下》："昔者大王居邠（豳），狄人侵之。事之以皮币，不得免焉；事之以犬马，不得免焉；事之以珠玉，不得免焉。乃……去邠，逾梁山，邑于岐山之下居焉。邠人……从之者如归市。"是周人去豳而就岐，实出无奈，是被迫之举。近年草原考古发现，今内蒙古鄂尔多斯地区在上古时期曾孕育过一个十分繁荣的草原青铜文明，上可追溯到仰韶、龙山文化时期，下至商周乃至春秋时期，是农牧混合且富草原特色的青铜文化。太王迁岐，大致发生在武王克商之前的五六十年左右。据研究，当时正是气候上的一个"小冰期"，鄂尔多斯人群因此不得不向南移动，占据今晋陕交界的黄河两岸地区。对当时周人发展而言，草原青铜文化人群的南下，固然是被迫的，但也因祸得福，使其占有了一片更富战略意义的土地，进而被商王朝接纳，并逐渐走向政治上的强盛。《古本竹书纪年》记载："武乙三十四年，周王季历来朝，赐地三十里。"又载："三十五年，周王季伐西落鬼戎，俘二十翟王。""（大丁四年）周王季命为殷牧师。"季历为太王之子，由《古本竹书纪年》的上述记载，可知周人地位上升之迅速。不过，诗篇中对被迫迁岐这一点，并无明确表述，只是在"陶复陶穴，未有家室"一句的感喟中有所暗示而已。

这应是由诗篇作意决定的。诗篇字面上是表太王，其寓意则指向文王的上得天命。《毛诗序》："《绵》，文王之兴，本由太王也。"说得很准确。诗篇固然有声有色地表现了太王的迁居，其重心却在最后一章。这也是《大雅》几首与祭祀文王相关的"史诗"的共性。大祭文王，祭的是"文王受命"，那么，文王受天命的前因为何？前因是太王迁岐，由此周人祭太王；文王受命的最终结果为何？结果是克商，所以诗篇又有《大明》篇所述之"肆伐大商，会朝清明"。几首诗篇文面上都是讲史，可深意却在天命，在文王的上得天命，是观念色彩很强烈的赞歌。读《绵》这一首诗，苏辙感受到篇章"连山断岭"的特点，其实并不是诗人刻意艺术出新的谋篇，而是观念演绎的布局。诗篇为突出"文王受命"这一焦点，在最后一章不惜改变诗篇语言的句式、节奏，倒也真显出表现为内容服务的用心。超越的观念决定篇章的文体，此诗可称典型一例。不过，这又不是说诗篇或周人就不重视太王，实际上，他们很感激太王迁岐的英明。在此诗的姊妹篇《皇矣》里，诗在一开头就说，岐山之地是上帝的"乃眷西顾，此维与宅"。就是说，正是太王的迁移，使得周人向获得天命走近了一大步。诗篇也正是在这样的感念激情下，述说太王领导臣民是如何在岐山之阳坐地生根的。

也正是这样的感念激情，使得诗篇富有生气与活力。诗的动人处不在其天命论，而在其回溯那段遥远祖先大踏步迁移历程时有所选取的叙说。这首先表现为诗篇的详略和节奏。对迁移的缘由与过程，诗篇是略而不及的；对如何克服混夷，也只是刻画其奔突逃逸的情状；最后一章表周人势力闪电般的崛起，具体情况的交代，也远不如赞叹情绪的表露来得显豁。诗篇用了详细的笔墨，写田亩的划界与周原拔地而起的"筑室"。写划界，连用四个"乃"字引领的句子，伴之以八个动词，诗人对侍弄土地的事，真是熟得不能再熟了！写夹板筑墙，写城门建立，同样也是连续的动作，拟声、摹状词的连续使用，不仅是声、色俱扬，而且是一个画面接着另一个画面。在语言的使用上，还出现一种颇为新鲜的顶真格句式，如"乃立皋门，皋门有伉"，上下句不但顶真相连，而且还是一种应和关系，颇见情趣，显示着诗篇在语言上的自由活泼。

与《大明》一样，诗篇也是祭祀典礼上的歌唱，意在赞述周家发达的历史由来。如果说，《大明》的赞述侧重在王季、文王的家庭生活的话，那么此篇则重在展现文王之祖即太王迁岐、定居周原的重大举措，及由此给周家带来的转机（即文王的昌达）。诗篇也是充满强烈画面感的，甚至比《大明》更明显。讲述久远历史，而能如此历历在目，这全是出于诗人的凭空想象吗？古代祭祀祖先，往往追踪祖先足迹，所以诗篇歌唱，应是在岐山之地；古代祭祀，往往伴以某些再现历史的舞蹈、图案和歌唱（所以祭祀与艺术诞生关系甚密）。由此，诗篇的画面感或来自模拟先人创业的舞蹈等再现性的表演，但笔者更倾向当时的宗庙墙壁绘有祖先业绩的画图，是一种为适应祭祖仪式而来的新表现手段。换言之，诗篇的画面感，或许就来自宗庙壁图画面的生动（参《大明》解说）。

棫 朴

芃芃棫朴，薪之槱之①。济济辟王，左右趣之②。

○诗之首章。言周王在左右的簇拥下恭敬行礼。此章重在写周王。

注释 ①**棫**：树木名。参《大雅·绵》"柞棫拔矣"句注。**朴**：榑（hú）树，落叶乔木，耐干旱，可在瘠薄的土地上生长，抗风，是当时的薪材。**槱**（yǒu）：把柴堆积在一起。《毛传》："积也。"马瑞辰《通释》："古者燔柴以祭天神。……《王制》：'天子将出征，类乎上帝。'……则首章'薪之槱之'盖将出征类乎上帝之事。"类，依类祭祀。出师祭天，依照郊祀祭天之礼，所以称为类。②**济济**：行礼有威仪的样子。**辟王**：君王。辟是修饰君王的大美之词。辟王也多见于金文，如西周昭穆之际时器铭《作册魆卣》"公太史咸见于辟王"，西周晚期《伯公父簠》"我用召乡事、辟王"等。**趣**：簇拥。

济济辟王，左右奉璋①。奉璋峨峨，髦士攸宜②。

○诗之二章。言俊士们在宜祭。此章重在写俊士。

注释 ①**奉**：捧。**璋**：玉器的一种。《毛传》："半圭曰璋。"马瑞辰《通释》引《周官·典瑞》曰："牙璋以起军旅，以治兵守。"牙璋即有牙之璋，一圭剖分为二，两璋各有牙阙，合对牙阙作主将兵符信物之用。②**峨峨**：高耸貌。**髦士**：俊士。指君王身边的亲贵随从。**宜**：指大事前相应的祭祀仪式。《尔雅·释天》："起大事，动大众，必先有事乎社而后出，谓之宜。"

淠彼泾舟，烝徒楫之①。周王于迈，六师及之②。

〇诗之三章。写出师，点明题旨。

注释 ①**淠**（pì）：舟行击水声。**泾**（jīng）：泾水，今名泾河，发源于今宁夏六盘山地，东南流经长武、彬县等地，最终入渭河。其上游地区是宁夏的固原，就是《小雅·六月》所言及的"大原"之地，而大原以北就是鄂尔多斯地区。同时，泾水下游又是西周的腹地渭河谷地，所以泾河是连接鄂尔多斯和西周中心地带的重要通道。周穆王时期出击犬戎、周宣王时期抗御狁的战争，都与此河流通道有关。**烝**：《郑笺》："众也。"王先谦《集疏》："言军舟浮泾而行，众徒鼓楫，水声淠淠然也。"②**迈**：行。**六师**：六军。周制，天子六军。**及**：跟从。

倬彼云汉，为章于天①。周王寿考，遐不作人②！

〇诗之四章。言高寿的周王率师出征，令人欢欣鼓舞。

注释 ①**倬**：高远广阔。**云汉**：天河。**章**：文采。②**寿考**：长寿。**遐不**：胡不，何不。**作人**：振奋、鼓舞人心。

追琢其章，金玉其相①。勉勉我王，纲纪四方②！

〇诗之五章。言周王有金玉之相，并表祝愿。

▣ 注释 ▣　①追：雕琢。追、雕古声母相近。相：质。两句是说周王风采外观如金如玉。②勉勉：努力不懈。纲纪：维系，统御。

解说

《棫朴》，周穆王率师出征，诗篇颂赞之。

《毛诗序》："文王能官人也。"了无干系。据王先谦《集疏》引《齐诗》家说解此诗云："天子每将兴师，必先郊祭以告天，乃敢征伐，行子之道也。文王受天命而王天下，先郊，乃敢行事，而兴师伐崇。"即认为诗篇表现文王伐崇之前的祭天，这要比《毛诗序》说合理，但其中"文王"云云，仍不可信。篇中的"我王"当为西周中期的穆王，证据如下：一、诗言"周王寿考"，据今人研究，周文王只活了五十余岁；诗果然作于周初，不能连这一点都不知道。二、据《史记》，周穆王即位时已年逾五十，诗如作于即位后若干年的话，正可应"寿考"之语。西周在位时间长的还有周宣王，共计四十六年，但诗也不可能是宣王时作，因为宣王即位时的年龄，从国人暴动、召穆公用自己的儿子替代太子静（即后来的宣王）受死的记载看，宣王当时还是小孩子，即位时也不过十几岁。其在位时间虽长（四十六年），去世时当在六十岁左右，难应"寿考"之谓。更重要的是，诗篇的风格非晚期所有。如此，诗中之王，还是断为穆王为妥。三、"纲纪四方"云云，也不当是文王时期的用语；文王时周家充其量是"三分天下而有其二"，何来"纲纪四方"？但若诗篇为穆王时作则毫无问题。昭王死于汉水，徐戎势力一度大涨（见《后汉书·东夷传》），穆王继位若干年后，东讨徐夷，天下重归周人统御，诗人"纲纪四方"实以此为背景。四、诗"金玉其相"之语，亦见于周穆王时期大臣祭公谋父《祈招》一诗："祈招之愔愔，式昭德音。思我王度，式如玉，式如金。形民之力，而无醉饱之心。"以"如玉""如金"比喻"王度"，与本篇"金玉其相"相类，是诗篇时代的又一佐证。五、诗篇的某些语词如"辟王"，金文用这个词称周王，最早的器物就是注释中提到的《作册魋卣》，其年代唐兰先生以为在穆王初期。此外，与"辟王"结构相似的"辟侯""辟君"等语词，也出现于《臣谏簋》《召卣》等器铭中，其时代与《作册魋卣》大致相近。就是说，诗篇"辟王"这个具有强烈修饰意味的君王称谓词语，透露出诗篇的写作时代，是在西周中期。结合以上几条，可以确信，诗篇为穆王时作品。与《大雅·文王》篇一样，是可据以判断其他诗篇年代的"标准器"。

旱 麓

瞻彼旱麓，榛楛济济①。岂弟君子，干禄岂弟②。

○诗之首章。言周王乞求福禄。

注释 ①**旱**：豳地附近的山冈之名。西周器铭《大克鼎》言周王赏赐克土田，有"易（赐）女（汝）田于陴原，易女田于寒山"之语，所言"陴原"，亦见于《大雅·公刘》"逝彼百泉，瞻彼溥原，乃陟南冈"。"溥原"即"陴原"，是公刘迁豳后周人占据的土野。同时诗篇交代，溥原之旁即有山冈，可能就是金文所言之"寒山"，寒、旱音近，可能是同一山的不同写法。今陕西汉中东南有旱山，应非本篇所言之旱山。**麓**：山脚。**榛**：一种落叶灌木，果子可食。**楛**：荆类的灌木。**济济**：《毛传》："众多也。"②**干禄**：乞求福禄。

瑟彼玉瓒，黄流在中①。岂弟君子，福禄攸降。

○诗之二章。言上天降给君子福禄。

注释 ①**瑟**：玉的花纹。字当作"璱"。**玉瓒**（zàn）：圭瓒，即以玉圭为柄的酒器，此器以黄金为勺，祭祀时灌酒用。**黄流**：黄金的流水口，即玉瓒灌酒器的一部分。**在中**：在中央，即器之中间部位。

鸢飞戾天，鱼跃于渊①。岂弟君子，遐不作人②！

○诗之三章。言和悦平易的君子，使人精神振作！

注释　①**鸢**（yuān）：鹰、雕一类的大鸟。②**遐不**：胡不，何不。**作人**：令人振作。

清酒既载，骍牡既备①。以享以祀，以介景福。

○诗之四章。言以清酒和赤色公牛向上天祈福。

注释　①**清酒**：薄酒。参《小雅·信南山》"祭以清酒"句注。**载**：设。**骍**：赤色公牛。参《小雅·信南山》"从以骍牡"句注。

瑟彼柞棫，民所燎矣①。岂弟君子，神所劳矣②。

○诗之五章。言君子将得到神的佑助。

注释　①**瑟**：众多貌。**燎**：烧柴祭天。②**劳**：佑助。言君子为神所护佑。

莫莫葛藟，施于条枚①。岂弟君子，求福不回②。

○诗之六章。言和悦平易的君子，祈福的仪式合乎祖制。

注释　①**莫莫**：枝叶茂盛貌。参《周南·葛覃》注。**葛藟**：一种蔓生的藤本植物。参《周南·樛木》注。**施**：蔓延。**条枚**：枝干。参《周南·汝坟》"伐其条枚"句注。②**不回**：不违背，即遵从礼法之意。

解说

《旱麓》,表周王祭山求福的篇章。

《毛诗序》:"受祖也。周之先祖,世修后稷、公刘之业。大王、王季申以百福干禄焉。"据《孔疏》解释,所谓"受祖",就是接受祖先的福禄。什么福禄呢?就是周先祖自后稷、公刘时代经营农业所积的福禄,周文王接受了这样的福禄。《毛诗序》中"百福干禄"的"干"或为"千"的误写。《毛诗序》此说值得注意的地方是"世修后稷、公刘之业"所透露的消息。它告诉我们,诗篇应与祭祀后稷、公刘有关。如此,诗篇中"旱麓"的所在,就有了寻求的大方向:应该就在豳地范围之内。《孔疏》和朱熹《诗集传》都说诗篇是"咏歌文王之德",这在诗篇本身并没有显示,所以不足取。诗在用词及风格上,都与《棫朴》高度一致,应为同一时期作品,写的是穆王旱山祭天祈福的事。此诗与《棫朴》格调及用语如"遐不作人"相同,表明其为同时作品。《国语·周语》载东周景王将铸大钱,单穆公谏之,言及《旱麓》,说:"《诗》亦有之曰:'瞻彼旱麓,榛楛济济。恺悌君子,干禄恺悌。'夫旱麓之榛楛殖,故君子得以易乐干禄焉。若夫山林匮竭,林麓散亡,薮泽肆既,民力雕尽,田畴荒芜,资用乏匮,君子将险哀之不暇,而何易乐之有焉?"孔颖达认为,《毛传》解释此诗,就依据了单穆公的说法。

思 齐

思齐大任,文王之母①;**思媚周姜,京室之妇**②。**大姒嗣徽音,则百斯男**③。

○诗之首章。言周家三代有圣母,家室和睦,至大姒能"百斯男"。大任为文王之母,大姒为文王之妻,故诗表圣母,实意在文王。

◨ 注释 ◧　①思：虚词。齐：通"斋"，端庄。**大任**：文王之母，季历之妻，商代小国挚国之任姓女。②媚：爱，孝敬。《大雅·假乐》"百辟卿士，媚于天子"之"媚"，与此义同。**周姜**：即大姜。太王之妻，王季之母，即《大雅·绵》"爰及姜女"的"姜女"。**京室**：指岐山的周家都城。王都称京，《大雅》多见。**妇**：当家主妇。以上四句是说，文王母亲大任能敬爱婆母大姜，做京室主妇很成功，为大姒树立了榜样。③**大姒**：文王之妻，武王之母，莘国之女，姒姓。莘在今陕西渭南县，有出土器铭为证。参《大雅·大明》"在洽之阳"句注。**嗣**：继承。**徽音**：美好德范。**百斯男**：生了一百个男子。所谓"文王百子"，不都是大姒亲生，古人说由于她不嫉妒，容许其他妃嫔接近周王，所以文王子息众多。后来儒家解释《周南·关雎》等作品，每言"后妃之德"即本此而言。斯，语助词。加在数词和名词之间，周原甲骨文即有此文法。

惠于宗公，神罔时怨，神罔时恫^①。刑于寡妻，至于兄弟，以御于家邦^②。

○诗之二章。言因有良好的庭训家风，故前代先王上能敬奉祖先，下能和睦家庭、家族以及邦国。后世修、齐、治、平，内圣外王的理想规模，初见于此。

　　◨ 注释 ◧　①惠：顺。**宗公**：宗庙里的列祖列宗。马瑞辰《通释》："宗、尊双声，宗公即先公也。"时：所。王引之《经义述闻》谓时、所古时通用。**恫**（dòng）：痛，难过。②**刑**：型，即模范、法则。参《大雅·文王》"仪刑文王"句注。**寡妻**：君夫人的谦称。朱熹《诗集传》："犹言寡小君也。"**御**：推广，施行。"刑于"以下几句谓先王在家庭生活中，能在德行上为妻子、兄弟做榜样，并将家庭和睦的德行推广于邦家社会。

雍雍在宫，肃肃在庙①。不显亦临，无射亦保②。

○诗之三章。此章又回到女祖主题，表其高雅端庄的气象。

注释　①**雍雍**：雍容貌。与下文"肃肃"一样，都指两位女祖。**宫**：宫殿，住室。**肃肃**：恭敬貌。**庙**：庙堂。两句是说女祖生前，不论在宫廷还是在庙堂，都庄严恭敬。②**不显**：丕显。**临**：来临，照临。指女祖神灵。**无射**(yì)：无厌倦地。于省吾《新证》："射读为斁，厌倦。"**保**：保佑。

肆戎疾不殄，烈假不瑕①。不闻亦式，不谏亦入②。

○诗之四章。言邦国大治，无大疾，无大犯罪现象，正确意见皆能采纳，都与女祖贤内助有关，所谓家和万事兴。

注释　①**肆**：发语词。**戎疾**：大疾。**不**：丕，语助词，无实义，此章"不"字义同。**殄**：绝。**烈假**：罪大恶极。于省吾《新证》：汉石经作蠥罟。烈、厉古通。罟通辜，辜即罪，厉辜即大罪，与戎疾为对文。**瑕**：远离。瑕即遐之借。两句谓：大疾殄绝，大罪远离。②**闻**：听取好的意见。**式**：用。**入**：纳。

肆成人有德，小子有造①。古之人无斁，誉髦斯士②。

○诗之五章。言家庭和睦，成人有德，少年成才，与首章"则百斯男"照应。"求忠臣于孝子之门"的古典逻辑，即发乎此。牛运震《诗志》："篇格整齐，理致醇粹，洁肃精微，此颂文德之深者，气体亦甚高。此诗本为文王作，却于篇首略点文王，而通篇更不再见，浑融入妙。"

注释　①**成人**：成年人。**德**：升。《说文》："德，升也。"**小子**：未成年的人。**造**：进步，造就。德与造为对文。②**斁**(yì)：倦怠。**誉髦**：勉励，激发。誉，通"与""以"。据于省吾《新证》。髦，《尔雅》："选也。"

斯：语助词。髦斯士即髦士，亦即杰出之士。两句是说，先祖不厌倦地激励子弟成为杰出之人。

解说

《思齐》，祭祖典礼中赞美女祖的歌唱。

《毛诗序》："《思齐》，文王所以圣也。"颇为可取。诗篇言三代女祖，表现创业时期的周家代有贤妻，所以太王生王季，王季生文王，文王"则百斯男"而有武王。篇中男性祖先只出现"文王"字样，又《大雅·大明》篇言大任"乃及王季，维德之行"，又言"大任有身，生此文王。维此文王，小心翼翼。昭事上帝，聿怀多福。厥德不回，以受方国"云云，很是突出大任的教养之功，这其实是《毛诗序》之说的根据。不过，诗篇的真正价值不在其所言男祖究竟为谁，而在对妇女持家之德的尊崇。诗篇开始即郑重明示三位女祖姓氏，如同摆出了三尊神像。以下不论是"刑于"德政的由内而外，还是灾害、恶性犯罪现象的消除，以及周家大小子弟的有出息，都是笼罩在这几位女祖的临照、佑庇之下的。后世儒家大讲"内圣"，是从男人德行修炼开始；诗篇与之不同，它彰显的是好家庭对好德行的陶塑。"好家庭"是由于好主妇。仅就此一点而言，诗篇见地是要优于儒家的。也因此，《毛诗序》"文王所以圣"的"所以"两字，也是其难得的下得好的字眼。

此诗是"内圣外王"这一重要观念的最早记录者。"刑于"以下三句，就是一个德行由内向外推广的逻辑，是后世儒家"内圣外王"理论的先声。可惜《礼记·大学》篇对此诗只字不提，难免数典忘祖。需要指出的是，这样一个思想模式出现于西周中期，不是无因而至。简单说，它与宗法制的建构完成有关。而求诸文献，表达同样思想的不仅有此诗，西周金文，如西周中期《乖伯簋》铭文就说，以周王赏赐所铸食器"用好（孝）宗庙，享宿夜好朋友（或指兄弟），雩（与）百者（诸）婚媾，用祈纯禄"，也是由近及远的内外逻辑。此外,传世文献如《尚书·尧典》,"光被四表"的尧,也是从"亲九族"到"平章百姓"再到"协和万邦",也是内圣外王。笔者考证,《尧典》也是西周中期文献(参拙作《尧典的写制年代考》,《文学遗产》2014年第4期)。人们都说《诗经》是古典诗歌的开山,也是文化经典,《思齐》篇就是明证。

西周的祭祖典礼,恰如《周颂·雍》所唱:"既右烈考,亦右文母。"所以,从典礼上说,《思齐》应该与《大雅》之《大明》《绵》及《皇矣》关联密切。三位女祖的妇德,在那几首诗中已或明或暗地表现过,此篇单独颂赞,应为大祭典礼的一个环节:陈述周室的家风,告诫子孙。而且,"雍雍""肃肃"那一章,笔者怀疑,是对着宗庙壁图上雍容优雅的形象歌唱的。庙者,貌也。子孙进宗庙,愀然如见祖先音容(参《尚书大传》),是庄严仪式的一部分。不论如何,诗篇格调雍容舒缓,着墨不多,却相当成功地表现出了周家女祖高贵而不失亲切的形象。

皇　矣

皇矣上帝,临下有赫①。**监观四方,求民之莫**②。**维此二国,其政不获**③。**维彼四国,爰究爰度**④。**上帝耆之,憎其式廓**⑤。**乃眷西顾,此维与宅**⑥。

○诗之首章。言上天既不满意于夏殷,亦不满四方邦国,最终选择了周。周人居岐,实在是天意的抉择。

注释　①**皇**:伟大。②**监观**:监视,观察。《燹公盨》:"降民监德。"**莫**:定,安定。③**二国**:指夏、殷。**不获**:不合法度。参《小雅·楚茨》"笑语卒获"句注。④**四国**:四方。**究、度**:谋虑、审度。⑤**耆**:稽,考察。

憎：厌恶。一说，增。林义光《诗经通解》："憎读为增。……今作憎者，传写误也。" **式廓**：肤廓，虚无。式，结构助词。一说，廓，领土。⑥**眷**：回顾貌。**此维**：在这里。**与宅**：赐予居住地。

作之屏之，其菑其翳①**；修之平之，其灌其栵**②**；启之辟之，其柽其椐**③**；攘之剔之，其檿其柘**④**。帝迁明德，串夷载路**⑤**。天立厥配，受命既固**⑥**。**

○诗之二章。将一番热烈的开拓场景与赫赫天命相接，人事的艰辛努力正合天命眷顾。前八句，四个意群，句法奇特，与《绵》第七章同。

▣ 注释 ▣ ①**作**：拔除。王引之《经义述闻》："作当为柞之假，柞即拔木。" **屏**：摒，拔除。**菑**（zì）：死去的树干。**翳**（yì）：倒卧的枯木。②**灌**：灌木丛。**栵**（liè）：被砍伐后复生的枝干。③**柽**（chēng）：河柳。**椐**（jū）：又称灵寿木，一种枝节肿大的小树。④**攘**：拔除。**檿**（yǎn）：山桑树。**柘**（zhè）：桑树。⑤**串夷**：即混夷，西戎国名。参《大雅·绵》"混夷駾矣"句注。**载路**：在路。指串夷的败逃。⑥**配**：配合者，即上天在人间的代理人。《燹公盨》："天命禹敷土，……乃自作配享民，成父母。""作配"与诗言"立配"义同。马瑞辰《通释》："谓立君以配天也。古以受天命为天子，为配天。"

帝省其山，柞棫斯拔，松柏斯兑①**。帝作邦作对，自大伯王季**②**。维此王季，因心则友**③**；则友其兄，则笃其庆，载锡之光**④**。受禄无丧，奄有四方**⑤**。**

○诗之三章。言上帝之选定周人，始于王季之友爱其兄。

▣ 注释 ▣ ①**兑**：挺拔通直。除去柞棫等杂木，松柏的挺拔就更加显眼了。②**邦**：指疆界。邦、封古音近义同。**作对**：指天所立的人间之王。《毛传》:"对,配也。"一说,对即封,对的繁体字(對)与封形近易混,"封"与"邦"义同。**大伯:** 太王的长子,王季的长兄,又作"泰伯"。据《史记·周本纪》,太王有三子,长子泰伯,次子虞仲,太姜所生少子季历。泰伯、虞仲因知古公有立季历之意,二人便奔荆蛮,断发文身,以让季历。现代学者认为泰伯等奔吴,或是周家派出的一支远征军,或是泰伯争位失败而远逃,无论如何,周人势力在商周之际即远及南方,是可信的。据徐中舒《殷周之际史迹之检讨》。③**因心:** 因于本心。朱熹《诗集传》:"非勉强也。"**则:** 而。**友:** 亲爱兄弟。"维此"以下五句,言王季与泰伯关系亲密,泰伯真心让位,实因王季友爱有德。④**笃:** 增厚。**庆:** 善。**锡:** 广大,扩展。林义光《诗经通解》:"读为'禾易长亩'之'易'。易,延也。'载锡之光',言王季之德延及文王,遂受禄而有四方也。"⑤**奄有:** 广有,大有。

维此王季,帝度其心,貊其德音①。其德克明,克明克类,克长克君②。王此大邦,克顺克比③;比于文王,其德靡悔④。既受帝祉,施于孙子⑤。

○诗之四章。渲染文王之德实受之于天。句法重重叠叠,错落活脱。

注释 ①**王季:** 当为"文王"之误。《左传·昭公二十八年》引《诗》作"文王",三家《诗》均作"文王"。陈奂《传疏》及马瑞辰《通释》亦皆认为当作"文王"。**貊**(mò):勉励。于省吾《新证》谓貊即勉,貊其德音即勉其德音。②**克:** 能。**类:** 善。③**王**(wàng):做大邦之王。在此为动词。**顺:** 民众顺从。**比:** 民众亲附。④**悔:** 过错。⑤**祉**(zhǐ):福佑。**施**(yì):延续。**孙子:** 即子孙。言"子孙"却说"孙子"是西周中期青铜器铭文的一时风尚,也是本篇创作时间的一个证据。参《大雅·文王》篇解说。

帝谓文王："无然畔援，无然歆羡，诞先登于岸①。"密人不恭，敢距大邦，侵阮徂共②。王赫斯怒，爰整其旅③；以按徂旅，以笃于周祜，以对于天下④。

○诗之五章。述文王治狱，制止侵略。后者实写，前者则从上帝教诲中带出。

注释　①**无然**：不要这样。**畔援**：跋扈，张狂。**歆羡**：贪图羡慕。**诞**：发语词。**登**：成。**岸**：诉讼。参《小雅·小宛》"宜岸宜狱"句注。《郑笺》："欲广大德美者，当先平狱讼，正典直也。"三句是说，不要跋扈，不要贪求害民，先平国内狱讼，不冤枉无辜者。②**密**：西周邻国名。其地在今甘肃灵台西南五十里处。《毛传》："国有密须氏，侵阮，遂往侵共。"马瑞辰《通释》："《竹书纪年》：'帝辛三十三年，密人侵阮，西伯帅师伐密。'正与《毛传》合。"周原甲骨文残片有"今秋王囚（斯）克𢍏（往）𢦏"及"王其往密山𢍏"等语，有学者以为"𢦏"即"密"，即记载中周文王所伐之密须之国，亦即诗中之"密"。**阮**：小国名，与周为邻，其地在今甘肃泾川东南三十里处。**共**：国名。在泾川附近。③**赫斯**：赫然，大怒貌。**爰**：于是。④**按**：阻止。《孟子》引《诗》作"遏"。**徂旅**：即密须"徂共"（侵共）的军队。**笃**：巩固。**祜**（hù）：天赐之福。**对**：安。陈奂《传疏》："对为遂，遂又为安。《孟子》云'文王一怒而安天下之民'，即其义也。"

依其在京，侵自阮疆，陟我高冈①。无矢我陵，我陵我阿②；无饮我泉，我泉我池。度其鲜原，居岐之阳，在渭之将③。万邦之方，下民之王④。

○诗之六章。写救阮之后登山誓众，继表文王迁移都城。此章义正辞严，明周邦至此已有雄狮一吼百兽震颤之势。

注释　①**依其**：殷然盛壮貌。王引之《经义述闻》："依，兵盛貌。依其者，形容之辞，言文王之众依然其在京地也。"**京**：周京，在岐周，当时周人的政治中心。**侵**：寝，休兵。戴震《毛郑诗考正》："疑'侵'当作'寝兵'之'寝'，息兵也。字形相似，又因上文'侵阮'而遂致讹。"②**矢**：陈兵。③**鲜**：小山冈。《毛传》："小山别大山曰鲜。"度其以下三句，或表文王宅程之事。《逸周书·大匡》："惟周王宅程三年。"戴震《毛郑诗考正》、俞樾《茶香室经说》皆有此说。**将**：侧。④**方**：法则，标准。

帝谓文王："予怀明德，不大声以色，不长夏以革①。"不识不知，顺帝之则②。帝谓文王："询尔仇方，同尔弟兄③；以尔钩援，与尔临冲，以伐崇墉④。"

○诗之七章。写文王再次接受上帝关于治国及伐崇的口传心授。

⬚ 注释 ⬚　①**怀**：归，给予。此句《孔子诗论》作"怀尔明德"。怀、归、馈古时音义相通。**声**：喜怒之声。**以**：与。连词。**色**：喜怒之色。此句是说不要用生硬的政令管制民众。**夏**：荆楚之物，可作鞭。**革**：荆条。与楚相类。《礼记·学记》："夏楚二物，收其威也。"此句是说不要用刑罚胁迫小民。以上两句解，据马瑞辰《通释》。②**"不识"两句**：意谓不要用自己的心计，要遵循上帝的法则。③**询**：咨询。《国语·周语》："咨亲为询。"**仇方**：此处指地位相当的邦国，亦即邻邦。仇，匹，相当。《周南·兔罝》"公侯好仇"之"仇"，与此义近。**同**：集合。**弟兄**：同姓之国。《毛诗正义》本作"兄弟"，不叶韵，今从《后汉书·伏湛传》所引，伏湛为《齐诗》学者。④**钩援**：戈、戟类的兵器。戈的头部由胡、内和援组成，可以钩，可以啄，又称"句兵"（句即勾）；戟则多出可以刺、挑的尖端。戈的出现可追溯到新石器时代晚期，戟的出现略晚，但商代后期已出现。此处钩援可能单指戈，也可能指代戈和戟。一说，钩援即爬城用的云梯之类器具。**临冲**：古代战争中用于攻击城门或城墙的两种军车。临即临车，又称巢车，其形制，下有高架，支撑上面可以站人的塔台，是用以升高瞭望敌阵的车。见《左传·成公十六年》。**冲**，是冲车，冲击敌人城墙的车。**崇**：古国名，其地在今陕西鄠县境内，与商同姓。《史记》载崇侯虎曾在商纣王面前谮毁文王，使文王被拘羑里。**墉**：城墙。

临冲闲闲，崇墉言言①；执讯连连，攸馘安安②。是类是禡，是致是附，四方以无侮③。临冲茀茀，崇墉仡仡④。是伐是肆，是绝是忽，四方以无拂⑤。

○诗之八章。写灭崇，战争惨烈；言此战之后，再也没有敢欺负违逆周邦的势力了。孙鑛《批评诗经》："长篇繁叙。规模宏阔，笔力甚驰骋纵放。然却有精语为之骨，有浓语为之色。"

注释 ①**闲闲**：晃动貌。**言言**：高耸貌。②**讯**：俘虏。参《小雅·出车》"执讯获丑"句注。**连连**：用绳索把俘虏系连成列。**攸**：所。**馘**（guó）：被杀士卒的左耳称馘，古人以获敌左耳报功。**安安**：众多貌。③**类**：军中祭天之礼。因仿照平时祭天之礼而行，故称类。**禡**（mà）：古人行军所到之处要祭祀，称禡祭。**致**：古时征服一个国家之后，要行奉还土地人民之礼，以示无侵占之意，称为致。**附**：安抚。④**茀茀**（fú fú）：强盛貌。**仡仡**：屹屹，高大坚固貌。⑤**肆**：杀。于省吾《新证》谓本作韓，其义为杀。一说，突击。**忽**：灭。**拂**：抗拒，违逆。

解说

《皇矣》，述赞文王受命于天的颂歌。

《毛诗序》："美周也。天监代殷，莫若周，周世世修德，莫若文王。"周是继夏、殷之后上帝从四国中挑中的特选之民，"文王受命"正是诗篇着意突出的主题。诗篇虽也言王季，但只是陪衬。为了表现周文王的"受命"，诗人还将上帝描写成有行为、有言论的人格神，这在《雅》《颂》中是仅有的。《孔子诗论》第7简说："'怀（归）尔明德'，诚谓之矣。"孔子读此诗也感到了诗篇所述那样好像上帝真的曾亲自将大命授予了周文王。写这样一位上帝，自然是为周人祖先谋夺天下提供神圣理据，强调周人得天下是以有道伐无道的"文德"胜利。其中有一点颇有意思——上帝选中周人，是因为他们开荒开得好。第二章在表现了"作之""修之""启之""辟之"的艰辛开垦之后，接以"天立厥配，受命既固"之句，就是这样的意思；第三章在"柞棫斯拔，松柏斯兑"之后接以"帝作邦作对"，还是同一个意思。诗人终究不忘周人是耕殖起家的。当然，诗篇也表现了周人征伐的暴力与残酷，这在最后一章颇带血腥的描述中尤为明显，有天命的周人，终究是要以武力攫取大权的。

读此诗，应与《绵》和《大明》合看，三者是姊妹篇。《绵》从太王迁岐写起，继表祖先在这里疆理田野、筑室建城，走向强大，至文王而一跃成为西方强国。此篇总体上是承《绵》而来，重点却是"文王受命"，所以开篇即表上天的"乃眷西顾"。但是，接下来的笔触，写周人艰辛的开拓，实际是补足《绵》的内容。继而才是表现王季、文王父子相承，明德相继，并由此获得上天眷顾。这之后则是本篇重点：文王接受上天的授意，并在上帝嘱告下征密、伐崇，一往无前。诗篇整体充溢着对周人获得天命的自豪与感念，这又与《大明》篇颇类似。如前所说，《大明》也是以文王为中心，述赞两代先王的家庭及子嗣的贤明。《绵》《皇矣》与《大明》，如鼎之三足，相辅相成。而且，不论从其气格、篇章结构，还是从一些词语看，三篇都应同出一时，甚至可能同出一人之手，都是为举行以文王为中心的祭祖盛典而作。在纳西族的祭祀典礼上，在今黔东南、湘西的苗族"鼓社祭"典礼上，巫师要结合祭祀的仪程，颂唱"原始性史诗"（刘亚虎《南方史诗论》）。三首《大雅》诗篇，其实正可视作这样的"史诗"，因为它们从不同侧面，简要地展现了周人自太王迁岐至武王灭商这一重大时期的历史。这正暗示出三首诗的歌唱,应该与西南一些兄弟民族祭祀歌唱历史的做法相类,实际是隆重祭祀典礼上的一种"伴奏"性的乐歌。还有一点值得注意,《皇矣》两次出现"维此王季"的句子,其"维此"二字,不可轻易放过。诗是叙说先周古人的,"此"却是一个近指代词。联系周家宗庙中有壁图的情况(参《大明》篇解说),可以推测,诗篇也是一首依托着宗庙壁图的述赞之歌。诗篇规模宏大,文繁意密;表天授,言拓荒,述征战,三代先王兴周的重大事件,历数如画。在句法上也一如《文王》《绵》,不是《诗经》习见的两句为一句群,而是三句、四句乃至七句(如第四章)为一语意单元,显示着西周中期语言的新变。

灵　台

经始灵台,经之营之①。**庶民攻之,不日成之**②。**经始勿亟,庶民子来**③。

○诗之首章。言始建灵台,百姓来者踊跃。暗含政通人和的赞美。

注释　①**经始**:始建。马瑞辰《通释》:"犹言经起,起亦始也。""经""始"义同,即开始。**灵台**:辟雍中的中心建筑。此台积土为四方形高地,其上建堂室。据记载,以茅盖顶,上圆下方,台阶三级,称灵台,又称明堂。其作用在沟通天地,是国家权力得自上天的象征。《三辅黄图》:"周灵台高二丈,周会百二十步。"**经、营**:筹划、操办各种建筑事宜。②**攻**:作。③**亟**(jí):急。**子**:滋,益。俞樾《群经平义》读为滋,即增益之义。

王在灵囿,麀鹿攸伏①。**麀鹿濯濯,白鸟翯翯**②。**王在灵沼,於牣**

鱼跃③。

○诗之二章。写王来观看新建的囿、沼。生灵在园林中各得其性,景象宜人。

▣ 注释 ▣ ①灵囿:辟雍的组成部分,即环绕辟雍的面积广阔的园林。《毛传》:"囿,所以域养禽兽也。"麀(yōu):母鹿。攸:所。伏:歇息。西周辟雍周围的园林中豢养鹿等动物,可为金文证明,西周中期器铭《伯唐父鼎》载:"王……乘辟舟……用射豸、兕虎、貉、白鹿、白狼于辟池。"辟池,即辟雍主体建筑灵台周围的水域。②濯濯:毛色鲜亮貌。白鸟:白鹤。翯翯(hè hè):羽毛洁白貌。③灵沼:辟雍四周之环水,又称辟池。於:感叹词。参《大雅·文王》"於昭于天"句注。牣(rèn):满。

虡业维枞,贲鼓维镛①。於论鼓钟,於乐辟雍②。

○诗之三章。言次序协调地奏响着钟鼓,表明辟雍为礼乐之地,而礼乐与天地、生灵相偕。

▣ 注释 ▣ ①虡(jù):悬挂钟鼓乐器的木架两旁之柱,底端为兽足形状,并刻猛兽图案。业:悬挂乐器的大板,嵌在木架的横木上。枞(cōng):又叫崇牙,即业板边缘牙状的突出部分。贲(fén)鼓:大鼓。镛(yōng):大钟。②论(lún):伦次,指协调钟鼓的韵律、次序等。辟(bì)雍:又作"璧雍",主要与礼乐活动相关的建筑。《毛传》:"水旋丘如璧曰辟雍,以节观者。""节"是阻挡,"水旋丘"则表明其为环形如璧。其说或据汉代辟雍建制而言。

於论鼓钟,於乐辟雍。鼍鼓逢逢,矇瞍奏公①。

○诗之四章。点明鼓乐演奏者。

注释 ①鼍（tuó）鼓：用鳄鱼皮蒙制的鼓。鼍即鳄鱼。考古发现，龙山文化时期古人就用鳄鱼皮蒙制木鼓。**逢逢**：鼓声。金文中以"逢逢"一类原声词形容乐器音响，始于《痶钟》铭文，曰"丰丰鼗鼗"，"鼗鼗"即"渊渊"，而"丰丰"即此诗之"逢逢"，而《痶钟》年代约为西周中期与晚期之交。可知诗篇年代绝不会是周初。**矇**（méng）**瞍**：有眸子而盲称矇，无眸子而盲为瞍。**奏**：进献。**公**：事，即奏乐之事。古代以盲人为乐师。

解说

《灵台》，庆贺辟雍竣工的篇章。

《毛诗序》："民始附也。文王受命，而民乐其有灵德，以及鸟兽昆虫焉。"据王先谦《集疏》，"三家无异义"。朱熹《诗序辨说》驳《毛诗序》"始附"之说："民之归周也久矣，非至此而始附也。"其疑问在《毛诗序》所谓"民始附"，并不怀疑诗为文王时作。诗篇为周文王时作，是古来大多数学者的看法。其根据，应来自《孟子·梁惠王下》关于"明堂"的议论，孟子是把"明堂"与"昔者文王之治岐"相联系的，且言"文王之囿方七十里，刍荛者往焉"。但是，此处孟子说《诗》只是断章取义。这一点，早在清人崔述即已指出，在崔氏的《丰镐考信录》中有"明堂非文王所立"一条，言"《大雅》中凡前王者皆举其谥，其称今王者乃无谥；此云'王在灵囿'，文王未尝称王，则非文王名矣"。其说有见，不过他又说诗为武王时作，则不然。

实际上，诗篇不仅非文王时作，连周初作品也不是。首先，诗篇的风格，绝非周初所能有。其次，还可以从"辟雍"的建筑获得证据。西周辟雍，在镐京之西，在文王之都——丰之东，即夹在丰、镐之间，这是《大雅·文王有声》所明示的，同时《周颂·振鹭》篇言"西雍"，也可为证明（详参两首诗解说）。辟雍之建是利用自然条件而为。丰镐之间，有一条发自终南山的河流即丰（亦作"沣"）水，此水中游流经今西安市之西，并在此地河道的东侧形成一大片湿地；西周辟雍，即利用此一湿地兴建。辟雍的主体建筑是灵台。经现代学者实地踏察，当地一个名为常家村的地方或为当年辟雍主体建筑所在。而此处还是后来汉代建章宫所在，并在这里发现了牛郎石像（参胡谦盈《丰镐地区诸水道踏察》，《考古》1963年第4期）。有大片沼泽湿地为自然条件，才有辟雍水草环绕四周，形成广大园林且栖息各种禽兽的景象。那么，这样的规模颇大的建筑，是否建于西周初期呢？答案是否定的。西周初期建筑的重点是东都雒邑，营造一个位于"天下之中"的新都城，是带有强烈政治寓意的稳定王朝的重大举措，此时在镐京一带大兴建筑，现实财力未必允许，更不合乎周人的政治思路。同时，又早有学者指出，丰镐的扩建，是东都大建之后的事（参白川静《西周史略》）。此外，据卢连成《西周丰镐两京考》，学者曾对丰镐之地作考古探查，并在这里发现了大型建筑的遗迹，其年代就是西周中期的（详参《文王有声》篇解说）。其三，篇中的一些语词如"鼍鼓逢逢"的"逢逢"，在金文中出现最早为西周中晚期之交。据此，旧说诗篇为文王时作，或周初时追念文王之作，是没有根据的。结合《大雅·文王有声》和《周颂·振鹭》两篇言及辟雍、西雍的篇章，本书以为，此诗是西周中期周穆王时的篇章。灵台是辟雍的中心建筑，本篇所表，是灵台建成之初，乐工在这里演习钟鼓，其实是为大祭文王做准备。

  辟雍的作用是多方面的：以其为"国子"们学习音乐、射御的场所言，是教育机构；以其为贵族们举行燕射、飨礼的场所言，是公益设施；以其为召集国老"定兵谋"的场所言，是议事机关；以其为接待朝拜诸侯、接受战争献俘的场所言，又是大政典礼的场地。辟雍属于整个贵族阶层，是保存文化、接续传统、显示国体的重大建筑。它的建造，是西周中期礼制变革的一部分，与《诗经》一些篇章的创作更是关系颇大。《灵台》是中国最早的园囿题材的诗篇。又，此诗在分章上有分歧，《毛诗正义》分为五章，朱熹《诗集传》分为四章，前两章每章六句，后两章每章四句。此处从朱熹所分。

下 武

下武维周，世有哲王①。**三后在天，王配于京**②。

○诗之首章。言当今周王能够继承先人。

注释　①**下武**：继续前王的足迹。武，足迹。下，继。**哲**：贤明，睿智。②**三后**：指太王、王季、文王。**王**：今王。**配**：合。言今王在京为王，其作为合乎三位先王之道、三后在天之灵。**京**：京师，都城。

王配于京，世德作求①。**永言配命，成王之孚**②。

○诗之二章。言周王继承三王之德，做到世世有德，以成就王者统御天下的信义。

注释　①**世德**：世世有德。**作求**：求作，即追求世世有德的意思。②**配命**：上配天命。参《大雅·文王》"永言配命"句注。**"成王"句**：成就今王的孚。《尚书·酒诰》："自成汤咸至于帝乙，成王畏相。""成王"为有成就的王，非指周成王。**孚**：信义。

成王之孚，下土之式①。**永言孝思，孝思维则**②。

○诗之三章。言周王效法三王，是孝道的表现。

注释　①**下土**：指人间。**式**：法则。两句是说，周王有信义，故为天下人所取法。②**孝**：孝敬，遵从。源于西周，《诗》数见。孝含义较多，《论语》"三年无改于父之道，可谓孝矣"，与此义近，都指在治国之道上遵从前人。**思**：语助词。**则**：取法，效法。两句是说王者的信义，实来自他对先王的遵从。

媚兹一人，应侯顺德①。**永言孝思，昭哉嗣服**②。

○诗之四章。言周王遵从先王，继续周家大业，所以为人爱戴。

注释　①**媚兹**：爱此。媚，爱。**一人**：指王，在位之王。**侯**：维，乃。结构助词。**顺德**：美德。马瑞辰《通释》："窃谓此诗侯字正当训乃，'应侯顺德'犹《左氏传》'应乃懿德'也。"两句是说，大家都爱当今之王，这是对其懿德的回应。一说，应侯为应国君主，周王之子，封于应。其地在今河南平顶山市，传世青铜器有应监甗、应侯见工钟、簋及壶等。一说，顺德即慎德，《孔子家语》引此句可证。②**嗣服**：继承大业。

昭兹来许，绳其祖武①。**於万斯年，受天之祜**②！

○诗之五章。言周王以祖先足迹为准绳，故受上天万年赐福。

注释　①**许**：进。字当作"御"。**绳**：取法。**武**：足迹。或指应侯前来朝拜而言。②**万斯年**：万年。斯，语助词。与《小雅·甫田》"乃求千斯仓，乃求万斯箱"之"千斯""万斯"语例一致，金文中"万斯年"一语见于西周中期器铭《师询簋》。

受天之祜，四方来贺①。**於万斯年，不遐有佐**②！

○诗之六章。言四方邦国前来朝贺。祝愿王朝万年稳固。

注释　①"**四方**"句：言四方邦国都来王朝朝贺。②**不遐**：何不，胡不。马瑞辰《通释》："即遐不之倒文。凡《诗》言遐不者，遐、胡一声之转，犹云胡不也。"**佐**：辅佐。指四方来朝贺言。

解说

《下武》，赞美周王遵先王之道，得天下爱戴的篇章。

《毛诗序》："继文也。武王有圣德，复受天命，能昭先人之功焉。"王先谦《集疏》："三家无异义。"朱熹《诗集传》："或疑此诗有成王字，当为康王以后之诗。然考寻文意，恐当只如旧说。"按，"成王"一词不足以证明此诗的时代，"旧说"则更不足信。从"三后在天"句可以看出，诗与祭祀有关。其地点应在岐阳京周之地。诗又不是献神之乐，而是对主祭者即周王的赞美，赞美他守孝道，能遵从三位先王之道，继承先王大业。诗篇可能还特表当时陪在周王身边的应侯。以上是前三章即上半部分的内容。第四章之后，歌颂重点转向了"四方"对周王的朝贺。正因为周王能孝三王，因而获得"四方"诸侯的爱戴，因此，周王朝可以万年得天地福赐。这是典型的颂美格调。诗篇章节之间的绾结方式，又与《大雅·文王》颇相似。另外诗篇在气格上疏朗，句群与句群之间跳跃性大，这也与《文王》篇相似，所以相距时间应该也不会远。

文王有声

文王有声，遹骏有声①。遹求厥宁，遹观厥成②。文王烝哉③！

○诗之首章。赞美文王光辉。前两句重叠，以加重语气。"观成"已含下文建辟雍之事，也与下文"四方攸同"有内在关联。

□ 注释 □ ①**有声**：有好名声，亦即美德名声。**遹**（yù）：同"聿"。发语词。金文数见，但都不早于穆王时期。**声**：美好的声望。《尚书·禹贡》："声教讫于四海。"与此句之"声"义同。②**"遹求"句**：求文王神灵的安宁。**观成**：显耀成就。《国语·周语》"先王耀德不观兵"，观字与此义同。成，文王事业的成就。③**烝**：美好。

文王受命，有此武功①。既伐于崇，作邑于丰②。文王烝哉！

○诗之二章。言文王受上天之命才有伐崇大功。追述丰邑的来历。

注释 ①**受命**：接受天命。参《大雅·皇矣》"帝谓文王"等句注。②**崇**：崇侯，崇国。参《皇矣》"以伐崇墉"句注。**丰**：地名。文王伐崇之后，从岐阳之地迁都于丰。丰也就是金文常见的"蒡京"，其地在今陕西西安以西沣河西岸不远的地方，上世纪七八十年代考古学家曾在这里发现过西周穆王时期的大型建筑基址的遗存。

筑城伊淢，作丰伊匹①。匪棘其欲，遹追来孝②。王后烝哉③！

○诗之三章。言在淢地筑城，与丰之旧城相配。"追孝"乃是今王筑淢配丰之目的。

注释 ①**淢**：城沟。近世出土穆王及穆王以后诸器铭文中屡见"淢"字，如《长甶盉》有"穆王在下淢应（居）"，又《元年师旋簋》及《蔡簋》有"在淢居"等。从字形看，淢有环水绕地之意，与辟雍形制相同。**匹**：匹配。即新造水绕淢城，以与丰都旧城相匹配。②**棘**：急，急于。**欲**：嗜欲，喜好。**追孝**：祭奠。追孝为西周固定用语，金文中昭穆以后常见。**来**：语助词。两句是说，建造"伊淢"不是为了满足个人欲望，而是为祭奠先王。③**王后**：指建造淢城的在世的周王。后，王，古代王者也称后。

王公伊濯，维丰之垣①。四方攸同，王后维翰②。王后烝哉！

○诗之四章。写丰城工程浩大。前两章赞文王，此两章及下两章赞今王，分别甚明。

注释 ①**公**：工程。公，通"工"。**濯**：浩大。**垣**：城墙。两句是说此次工程浩大，有城墙将辟雍与丰围绕起来。②**攸**：所。此句与《尚书·禹贡》"九州攸同""四海会同"颇似。而《禹贡》为西周中期文献（参拙著《西周礼乐文明的精神建构》一书之"附录一"）。**翰**：根干。

丰水东注，维禹之绩①。四方攸同，皇王维辟②。皇王烝哉③。

○诗之五章。表筑减的位置及意义。变王后为皇王，是加重赞美语气。

注释　①东注：指丰水东流，言此次工程的重点是引丰水为人工池沼。绩：业绩。诗人赞美周王引丰水，有大禹治水般的功德。一说，"绩"即"迹"，是说工程之建，是在大禹治理过的土地上。②辟：君。③皇王：犹言伟大的王，指修建工程的周王。昭王后期器铭《令簋》："敢扬皇王室……令用青（靖）张于皇王，今敢张皇王。"是较早出现"皇王"的铭文。

镐京辟雍①！自西自东，自南自北，无思不服②。皇王烝哉！

○诗之六章。言镐京有了辟雍。因有此建筑，王朝会更加得到四方的拥护。应篇首"求宁""观成"之义。

注释　①镐京：在丰水东，离丰邑二十多里，始建于武王，是西周王朝最重要的都城，与成周雒邑相对，称宗周。辟雍：建筑名。参《大雅·灵台》"於乐辟雍"句注。此句意思是说镐京也由此而有了辟雍。由此句可知前文之"减"，正是辟雍。②思：语助词。

考卜维王，宅是镐京①。维龟正之，武王成之②。武王烝哉！

○诗之七章。应前章"镐京辟雍"句，补述武王都镐，言武王都镐乃顺应神意。读此章，可知辟雍在镐京与丰都之间，将两者连为一体，也将文王、武王大业与今王之举连在一起。诗可称善于颂美。

注释　①考卜：占卜。②正：确定，贞。即经过占卜而确定。成：决定。即武王据卜兆而决定建都于镐。

丰水有芑，武王岂不仕①？诒厥孙谋，以燕翼子②。武王烝哉！

○诗之八章。明武王功在子孙,篇章由丰都写到淢城,再到镐京,迤逦而下,结穴在今王的创制。

注释 ①芑(qǐ):芹菜,水生。马瑞辰《通释》:芑通"萱",即芹。一说,水草,与《小雅·采芑》篇之"芑"同。**仕**:事。即有事于此,丰水畔植物丰茂,意味着土地肥沃,所以武王都于此是周家大事。②**诒**:传,遗留。**孙谋**:子孙谋略。此句是说,留给子孙好谋划。一说,教训。于省吾《新证》谓孙当读训,训教的意思。**燕**:安。**翼**:护佑。**子**:子孙。此句是说武王宅镐,对后世子孙功德无量。

解说

《文王有声》,辟雍建筑竣工,诗人歌以颂之。

《毛诗序》:"继伐也。武王能广文王之声,卒其伐功也。"朱熹《诗集传》:"此诗言文王迁丰,武王迁镐之事。"两说有异而实无不同,皆不可从。诗始言"遹观厥成",何谓"观成"?《周颂·有瞽》"我客戾止,永观厥成",即包括异姓在内的各国诸侯,来西周的都城参加祭祀并且观礼(参《周颂·有瞽》及相关各诗的注解)。这与《大雅·下武》"四方来贺"相符,可见两首诗篇之间的关联。观礼的地点就是丰城"伊匹"的淢城,或者说就是"镐京辟雍"的辟雍。要显耀的是文王、武王所创立王朝的伟大功业,所以诗既言文王,又言武王;辟雍之外,既言丰城又言镐京。辟雍将文、武之都连为一体,也将文、武两代王的大业大功以及皇王、王后的作为连为整体。辟雍是由水环绕的,所以诗篇又屡言丰水。诗中除称道文王、武王之外,又有对王后、皇王的颂赞。过去认为"王后""皇王"指的是周武王,是不合古人称先王之法的(参《灵台》解说)。这又涉及到周人的谥法问题。按照以前王国维等人的说法,武王是生号,而非死后的谥号;如此,称"武王",称"王后"乃至"皇王"自然都可以。但是,近年来学者们对"谥法"的研究否定了这种说法。屈万里《谥法滥觞于殷代论》(《历史语言所集刊》第13本)、黄奇逸《甲金文中王号生称与谥法问题的研究》(《中华文史论丛》,1983年第1辑)及彭裕商《谥法探源》(《中国史研究》1999年第1期)等,都把谥法的起源追溯到了商代。如此,诗篇中的"武王"与"王后""皇王"不能同指一王,"王后""皇王"所指,应为文、武之外的另一王,亦即减城的建造者。此王是谁呢?考诸载籍,周成王时期的大规模建筑是营造东都雒邑,此点已为《何尊》等西周早期铭文所证明。在雒邑建造"定天保,依天室"(《逸周书·度邑解》)的新都,关系到王朝的稳定,是当务之急。成王之后是周康王,《古本竹书纪年》载:"晋侯作宫而美,康王使人让之。"大事建造,看来不是康王的脾气。《左传》言"康王息民",即康王在位时,是周朝的一个休养生息的时期,犹如汉世的文景之治,一切崇尚俭约。康王而后的昭王,在位十几年时东南方战事就起了,恐怕也无暇大事营建殿堂园囿,文献也无这方面的记载。

一般而言,殿堂馆所的建造者,往往也是它们的常客。征诸金文,"辟雍"的建造者就是周穆王。金文中直接出现"辟雍"两字的粗看上去并不多,好像只有《作册麦方尊》中的"在辟雍"这一句。但古人对以水环绕的"辟雍"还有另外的称呼,如今年发现的《伯唐父鼎》,铭文有"王……乘辟舟……用射豻、鳖虎、貉、白鹿、白狼于辟池"之句,文中的"辟池",从前文的"荠(丰)京"看,就是辟雍周围的水域,诗篇不是说"丰水东注"吗?言"辟池"即带出了辟雍。又有《遹簋》言:"穆穆王在荠(丰)京,呼渔于大池。""大池"就是"辟池"。金文中还有貌似无关却也指向辟雍的语词,这就是"减"。就是"王在减应(居)"的"减"。《长由盉》还明说过"穆王在下减"。不仅这一件,其实上述的《伯唐父鼎》《遹簋》,也都是公认的穆王时期的器物。还有那件《作册麦方尊》,据笔者看,它的年代也是同一时期。证明此诗年代的不仅有辟雍,篇中出现的"遹骏有声""遹求厥宁""遹观厥成"三句的"遹"字,"王后烝哉"的"烝"字,"皇王维辟"的"辟"字(特别是"皇王"一词),它们在金文中出现,都绝不早于昭末穆初，都是诗篇年代的旁证。另外，考古发现也可以提供有力的旁证。卢连成在《西周丰镐两京考》(见《中国历史地理论丛》，1988年第3期)说，上世纪七八十年代在丰京靠近沣水一侧的岗地上，曾发掘出一个巨大的丁字形夯土基址，其年代为"西周穆王前后"。这与诗篇言修建配城"王公伊濯"即工程浩大颇为相符。

那么，周穆王何以建造辟雍？直接的目的，诗篇说得很明白，是大祭文王。何以要大祭文王？因为周人相信，从周文王开始，周家才获得了天命。修建这个沟通天地的宗教意味浓厚的建筑，其目的就是确证周家政权上承天意的合法性，以重振王朝威势。诗第六章言建造辟雍，有其"自西自东，自南自北，无思不服"的大背景。就是说，辟雍的建设，是在周王朝克服了昭王死于汉水、东淮夷势力高涨的不利局面之后而完成的，其建造的目的，在彰显周室为天下所服的牢不可破的地位。换言之，诗篇的时间与《大雅》中的《文王》《皇矣》等篇相先后。诗篇还强调，建造辟雍，不是为今王个人目的，"匪棘其欲，遹追来孝"的句子，就是有意撇清这一点，可大举建造这样一个工程浩大的辟雍建筑，要说没有显示周穆王功劳的意思，是不会有人相信的。总之，《文王有声》是一篇赞颂建造辟雍的乐歌，更是一首为穆王歌功颂德的篇章。在《诗经》中，艺术上它不算最突出，却因涉及一个关乎西周礼乐的重要建筑，而特别有文献上的价值。

《生民》之什

生 民

厥初生民，时维姜嫄①**。生民如何？克禋克祀，以弗无子**②**。履帝武敏歆，攸介攸止**③**。载震载夙，载生载育，时维后稷**④**。**

○诗之首章。言姜嫄履帝迹而孕，明后稷为感天而生，是神之子。

▣ 注释 ▣ ①**厥初**：当初。**生民**：生下周人始祖的人。**时**：是。《雅》《颂》中"是"字多作"时"。**姜嫄**（yuán）：周始祖后稷生母，姜姓女，姬姜两姓为世婚。②**禋**（yīn）：祭祀名，用火燃烧牺牲的油脂，使烟气上达于神。"禋祀"一词见于《史墙盘》"乂（宜）其禋祀"。**弗**：拔除。以祭祀鬼神消除灾病。为祓（fú）字的假借。两句是说姜嫄祭神以消除不生子之病。③**帝**：上帝。**武**：足迹。**敏**：大拇趾。古人言后稷为"履大人迹"所生，今于省吾《"履帝武敏歆"解》列举古今中外人类习俗，证明武敏为足迹。又，有研究显示，彝族直到1949年前还有踩仙人脚印祈求生子的仪式。**歆**：欣然而动。指姜嫄踩在上帝巨大足迹上时的心灵感应，是受孕之征。又《史记》《大戴礼记》等记载言后稷之母为五帝之一的帝喾元妃，与此处所言履迹而生不同。**介**：休息，停留。林义光《诗经通解》训为愒，即休止之义。④**震**：妊娠。《左传·昭公元年》："武王邑姜方震。"马瑞辰《通释》："即娠之声近假借。"**夙**：肃敬。言怀孕时举止要庄重。一说，为"孕"字的误写。**后稷**：传说中周人的始祖，姜嫄之子，据说是他发明了农业，在尧舜时期曾任后稷之官，为大洪水之后的黎民提供食粮。事见《国语》《左传》及《史记》。周人自后稷至文王、武王，才十五代，颇不可解。要之，周人祖先在虞、夏之际曾做过名为后稷的农官。夏衰，周人"自窜戎狄"，始祖以下多少代世系失忆。西周中期《史墙盘》有"上帝后稷,尢(烇)保受(授)天子绾令厚福、丰年"之语,大意是上天与后稷保佑周王有大福,得丰年。

诞弥厥月,先生如达①。不坼不副,无灾无害,以赫厥灵②。上帝不宁,不康禋祀,居然生子③。

○诗之二章。言后稷诞生灵异,天意使然。

注释　①**诞**:发语词。**弥月**:足月,即满十个月。**先生**:初生。**达**:被胎盘包裹的羊羔,如言肉蛋。马瑞辰《通释》引陶元淳说:"凡婴儿在母腹中,皆有皮以裹之,俗所谓胞衣也。生时其衣先破,儿体手足少舒,故生之难。惟羊子之生,胞仍完具,堕地而后母为破之,故其生易。后稷生时盖藏于胞中,形体未露,有如羊子之生者,故言'如达'。"②**坼**(chè)、**副**:开裂。是说婴儿生产顺利,产门没有破裂。**赫**:显赫,显出。此三句是说后稷出生的不一般,显示出他的神异。③**不**:丕。下文"不康"之"不"同。**康**:安乐,喜欢。**禋祀**:即上文"禋"。**居然**:竟然,有意外之意。这三句是说,上帝歆享姜嫄的祭祀,赐予安宁,竟然如此顺利地生出了后稷。

诞置之隘巷,牛羊腓字之①。诞置之平林,会伐平林②。诞置之寒冰,鸟覆翼之。鸟乃去矣,后稷呱矣③。实覃实訏,厥声载路④。

○诗之三章。言后稷屡弃不死,生命力之强,非常灵异。写后稷之"呱",如有图画作凭依。

注释　①**腓**(fěi):遮蔽。何楷《诗经世本古义》谓读为庇隐之庇。**字**:喂奶。《说文》:"字,乳也。"②**会**:适值。③**乃**:已。**呱**:哭声。④**实**:是,维。结构助词。**覃**(tán)、**訏**(xū):长,大。即后稷哭声洪亮悠长。**载路**:哭声满路。

诞实匍匐，克岐克嶷，以就口食①。**蓺之荏菽，荏菽旆旆**②。**禾役穟穟，麻麦幪幪，瓜瓞唪唪**③。

○诗之四章。言后稷稼穑技艺，无师自通，是天赋本领。

注释　①**岐、嶷**（nì）：站立。马瑞辰《通释》："承上匍匐言，匍匐谓初能伏行，岐嶷谓渐能起立也。……岐当即跂之假借。嶷当读如仡立之仡。"**就口食**：寻找食物。②**蓺**：种植。"艺"的异体字。**荏**（rěn）**菽**：豆类作物。**旆旆**（pèi pèi）：苗壮貌。③**役**：禾穗。**穟穟**（suì suì）：低垂貌。**幪幪**（měng měng）：蓬勃貌。**唪唪**（běng běng）：大瓜小瓜滚圆的样子。

诞后稷之穑，有相之道①。**茀厥丰草，种之黄茂**②。**实方实苞，实种实褎，实发实秀，实坚实好，实颖实栗**③。**即有邰家室**④。

○诗之五章。言后稷稼穑有道，以此受封。一个"相"字，引出作物长势。描述生长过程，笔触精细，"实"字引领的排比句，文势浩畅。

注释　①**穑**：种植。**相**：助，帮助作物生长。随后两句即言相道。一说，相即观察地力及作物长势。②**茀**（fú）：拔除。**黄茂**：好种子。种子好，作物才长得茂，成熟时呈色黄。③**方**：初生的苗。**苞**：苗破土时含苞未放之形。**种**：苗出生后短短的样子。**褎**（yòu）：苗变长的样子。**发**：抽茎。**秀**：吐穗。**坚**：籽粒坚实。**好**：籽粒饱满。**颖**：出穗。**栗**：谷粒坚实。④**即**：就，前往。**有邰**（tái）：地名，周族发祥地，旧说在今陕西省武功县境内，不确。据钱穆《周初地理考》，其地约在今山西汾水、涑水流域的平阳、安邑和夏县一带。今闻喜县有稷山，山有稷王庙和稷王娘娘庙，应是周人在尧舜时期曾经居此地的痕迹。**家室**：建立家室。

诞降嘉种，维秬维秠，维穈维芑①。**恒之秬秠，是获是亩**②；**恒之**

穈芑，是任是负③；以归肇祀④。

〇诗之六章。优良谷种，出于天降；此章亦从"有相之道"而来。以作物生长、品种表后稷之德，是真懂后稷。家室、祀典之创建，反居陪衬位置。

▣ 注释 ▣ ①降：上天赐予。秬（jù）：黑黍。古代常用此米酿酒祭祖，所以金文记赏赐常言"秬鬯一卣"。秠（pī）：一个皮壳包两粒米。穈（mén）：赤苗的黍，为黍子的一种，性黏。芑：苗杆为白色的谷物。②恒：遍地，满地。字当作"亘"。亩：以亩计算，犹言成亩成亩的。③任：抱。④肇祀：创立郊祀之礼。肇，始。

诞我祀如何？或舂或揄，或簸或蹂①。释之叟叟，烝之浮浮②。载谋载惟，取萧祭脂，取羝以軷③。载燔载烈，以兴嗣岁④。

〇诗之七章。写祭祀准备，一番热烈光景。

▣ 注释 ▣ ①揄：将舂好的米舀出来。马瑞辰《通释》："舀之假借也。"蹂：揉，搓揉使糠与粒分离。②释：淘米。叟叟：淘米声。烝：即蒸，用米蒸饭。浮浮：蒸气升腾的样子。③谋、惟：筹谋。萧：香蒿。祭脂：用香蒿拌上油脂后燃烧，使香气上腾以飨神。脂，肥肉。羝（dī）：公羊。軷（bá）：祭路神的仪式。古代祭祀名。軷有两种：一为出行之前祭路神之軷，在路上做一个小土堆，设草木做成的神主，祭祀之后，让车从土堆上压过去，表示一路平安。还有一种是冬天郊祭鬼神时的行神之軷，"行神"即路神，其仪式也是堆积土坛，设神主，只是贡品用羊，与出行之前祭路神用狗不同。本篇之"軷"当属于后者，是"以兴嗣岁"的礼数。④烈：烧，烤。嗣岁：来岁。

卬盛于豆，于豆于登①。其香始升，上帝居歆，胡臭亶时②。后稷

肇祀，庶无罪悔，以迄于今③。

○诗之八章。言郊祀上天始祖，强调祭礼之神圣，含必须遵循之诚意。牛运震《诗志》："极神怪事，却以朴拙传之，庄雅典奥，绝大手笔。"

🔲 注释 🔲　①卬（áng）：仰，高举。**豆、登**：盛食物之器，木制为豆，瓦制为登。②**居歆**：上帝安然享用。居，安。**胡**：何，多么。**臭**（xiù）：香味。**亶**：诚，实在。**时**：及时。③**庶**：几乎，大体。**迄**：至。

解说

《生民》，祭后稷典礼上述说始祖非凡业绩的颂歌。

《毛诗序》："《生民》，尊祖也。后稷生于姜嫄，文武之功起于后稷，故推以配天焉。"《孔子诗论》第24简有"后稷之见贵也，则以文武之德也"的言论，论述的当是《生民》诗。如此，则《毛诗序》之说，也算是渊源有自。不过，从"文武"角度说《生民》之诗的创作动机，略嫌迂远。诗篇从语词、句法及总体风貌上看，都是西周中期的作品。征诸《尚书·虞夏书》诸篇及《史墙盘》《㝬公盨》诸铭文，当时有一个构建古史的思想运动，即将周家的历史与传说的尧舜时期联系在一起，《尚书》之《尧典》《禹贡》及《皋陶谟》等，都是这一运动所生的文献。同时，西周中期的穆王、恭王时代，还有一个提倡农耕以恢复社会经济的时代热点，大、小《雅》与《周颂》中与农事相关的若干诗篇，也为此时期的典礼歌唱。《生民》的歌唱，是这样远近背景的产物，与"文武"的关系不是很紧密。

诗篇语涉奇异怪诞之事，因而历来颇多争议。首先是欧阳修《诗本义》，对诗篇履迹生子之说，斥为虚妄。不信怪力乱神，态度虽可取，却忽略了古老传说的人文内涵。姜嫄无夫而孕，后稷无父而生，《生民》而外，时间较晚的《鲁颂·閟宫》也如此说。然而，诸多先秦两汉文献，又都称姜嫄为五帝之一帝喾之元妃，并将姜嫄"履帝武敏"祀高禖之礼联系在一起（参

《毛传》《郑笺》)。这就是一大疑问：既然姜嫄有夫，既然祀高媒而生子，为何孩子生出却要反复丢弃？实际上，周人对始祖后稷无父而生，并不掩饰。周有先妣庙，鲁有闷宫，都是为姜嫄一人所特立之庙，是姜嫄无夫的明证（戴震《诗生民解》）。在当初的周人，并不觉得姜嫄无夫生子有什么奇怪，她只是无人间之夫，她"感天"而生子，天神即其夫，周人族群是来自上天的。后稷是"感生"，因而"屡弃不死"，是后稷的神性，此外后稷生而知之的稼穑本领及其获得天降嘉谷，也都是其超常神性的表现。这都是后世子孙愿意高扬的。那么，另一种姜嫄为帝喾元妃的说法，就完全是虚说吗？也不是。它实际传说的是周族群的后来遭遇，姜嫄是不是元妃，这点不必当真，但始祖之后的周人曾投靠"五帝"的大族，为其子男之部（即认大族的家长为父亲），征诸历史（如《史记·楚世家》言楚人祖先曾"子事文王"，为周原甲骨文所证实）以及人类学的发现，是很有可能的。诗篇在这方面保持缄默，也很正常。

其次，是关于"履帝武敏"句的争议。姜嫄所"履"之"帝"的"武敏"，是帝喾，还是上帝，《毛传》《郑笺》给了不同的说法，也引得后人纷纭不已。至今对此也是兴趣不减，且有新说。如闻一多有《姜嫄履大人迹考》，以为所谓"履迹"即踩着神尸（即帝）的舞步而舞。孙作云《周先祖以熊为图腾考》，认为"帝迹"为熊迹，周族以熊为图腾。于省吾《诗履帝武敏歆解——附论姜嫄弃子的由来》，从原始宗教、原始民俗角度证明郑说有据。另外，还有从"太阳神崇拜"角度解释履迹现象的，等等。这都是参照民俗学、人类学提出的新说。

复次，还有诗篇所言后稷屡次被弃的问题。最古老的解释是这是诗人"欲以显其灵也"（《毛传》），意思是显示先祖的有神性。也有人说诗篇写屡次被弃只是罗列各种传说，并不意味着实际的"屡弃"。此说信从者不多。还有从"图腾考验仪式"角度看的，还有以"从母系制过渡到父系制的一场夺子之争"为说的。也有人认为，"屡弃"实际是表一粒种子的遭遇，一个肉蛋形的东西被抛弃在外，经牛羊、飞鸟的帮助才发出人的哭声（真正成为人），与一粒种子被抛入田野，经过牛羊粪便的营养，阳光（太阳被当作神鸟由来已久）照耀，生根发芽长出苗子，存在象征关系，等等。刘亚虎《南方史诗论》言，南方兄弟民族有许多始祖传说与《生民》类似，属于"考验型"，如彝族《勒俄特伊》《苗族古歌》等，其起源可能与"成丁礼"有关。总之，这一问题涉及人类远古习俗，《生民》篇保留之，很有价值。

在诗篇歌唱的时代，始祖屡次遭弃而得救不死，不正是周始祖生命健旺的表现吗？不正是周始祖系神奇大人物的证明吗？屡弃，在诗人及其歌唱的听众心里绝非不体面之事，因此他才如此津津乐道。这应该就是诗篇的立意。而且，在诗人，健旺的始祖，与庄稼在其"有相之道"的照料下健旺生长，是互相照应的。甚至可以说，当诗人以那样的浩畅笔致形容作物长势，以那样暗含欣喜的调子述说天降佳种，以及因佳种而获得无比的丰饶时，都是对周始祖乃至族群健旺生命力的礼赞。感情充沛的笔调，表现的是一个人群蓬蓬勃勃的生机。即以今人眼光看，周人从弱小迅速蹿升为一个历史主宰的人群，其在经营农耕稼穑方面显示出的强劲的生机，也是一个基本条件。回顾始祖，宣示族群强大的生命力，是古老的祭祖诗篇之基本内涵。

行　苇

敦彼行苇，牛羊勿践履①。方苞方体，维叶泥泥②。

〇诗之首章。以行苇起兴，喻兄弟宴饮。字里行间生机郁勃。

▣ **注释** ▣　①**敦**：聚集貌。**行**：行列。②**方**：刚，开始。**苞**：苇初生尖直貌。马瑞辰《通释》："《尔雅》：'如竹箭曰苞。'苇之初生似竹笋之含苞，故曰方苞。"**体**：茎干长成貌。**泥泥**：茂盛貌。

戚戚兄弟，莫远具尔①。或肆之筵，或授之几②。

○诗之二章。言兄弟宴饮，长幼有别。

▣ 注释 ▣ ①**戚戚**：亲近貌。**尔**：同"迩"，近。②**肆**：陈列。**筵**：竹席。**几**：可以凭依的木坐具，形状如几字形，为尊者所设。《郑笺》："年稚者为设筵而已，老者加之以几。"

肆筵设席，授几有缉御①。或献或酢，洗爵奠斝②。

○诗之三章。描述宴会的场景。

▣ 注释 ▣ ①**缉御**：授几时举止恭敬貌。缉，通"辑"，收敛。御，通"圄"，自我约束之义。②**献、酢**：《郑笺》："进酒于客曰献，客答之曰酢。"参《小雅·瓠叶》注。**洗爵**：献酢之后，主人再以酒酬，酬客前要洗爵。**奠斝**(jiǎ)：酬客时，客人受斝后放置一边不举，为奠斝。奠，放置。斝，酒器名。

醓醢以荐，或燔或炙①。嘉殽脾臄，或歌或咢②。

○诗之四章。言酒酣耳热之际，也有纵情歌唱。

▣ 注释 ▣ ①**醓醢**(tǎn hǎi)：都是肉酱的名称，前者汁多，后者汁少。**荐**：进献。②**脾**：当作"膍"，即牛百叶。**臄**(jué)：牛舌。**歌**：以琴瑟伴奏为歌。**咢**(è)：敲击鼓点伴唱。

敦弓既坚，四鍭既钧①。舍矢既均，序宾以贤②。

○诗之五章。转入射礼，并及射礼程序、规则。

☐ 注释 ☐ ①**敦弓**：画弓，雕工，为周天子所用，画有五彩花纹。敦即雕之假借。**坚**：强劲。**镞**（hóu）：黄铜为箭头、箭羽经过修剪的箭。**钧**：即均。指箭的箭头、箭杆和箭尾轻重均匀。②**舍矢**：发矢，射箭。**均**：均等，指每人射出的箭数相等。"**序宾**"句：以射中多少排出胜负，射中多者为贤。

敦弓既句，既挟四镞①。四镞如树，序宾以不侮②。

○诗之六章。言以射箭成绩序宾。

☐ 注释 ☐ ①**句**：张，拉开。字通"彀"，本义为弯。②**如树**：指箭笔直地射在箭靶上。树、竖二字通。**以**：而。**不侮**：不轻慢，守秩序。

曾孙维主，酒醴维醹①。酌以大斗，以祈黄耇②。

○诗之七章。言曾孙为长者敬酒祈寿。

☐ 注释 ☐ ①**曾孙**：指周王。见于《小雅》中的《信南山》《甫田》《大田》等篇。**酒醴**：酒的统称。甜酒为醴。**醹**（rú）：醇厚。②**祈**：为黄耇祝酒。**黄耇**（gǒu）：指老人。人老则发黄背驼。黄指黄发，耇指驼背。这个词西周金文中常见，都不早于西周中期（据徐中舒《金文嘏词释例》）。所以《诗经》中出现此词的篇章，其时间上限是西周中期的穆王、恭王时期。

黄耇台背，以引以翼①。寿考维祺，以介景福②。

○诗之八章。言曾孙行尊老之礼。

☐ 注释 ☐ ①**台背**：人老皮肤褶皱，如同鲐纹。鲐，河豚。一说，即驼背。**引**：在前牵领。**翼**：从旁扶持。②**祺**：吉祥。

解说

《行苇》，表高级贵族宴享的乐歌。

《毛诗序》："忠厚也。周家忠厚，仁及草木，故能内睦九族，外尊事黄耇，养老乞言，以成其福禄焉。""仁及草木"是就第一章的前四句为说，将比兴之言坐实理解，殊不可取。今文经学家认为是写周之远祖公刘的仁厚之德，而明代何楷《诗经世本古义》竟谓此诗即作于公刘之世，为《诗经》最古之诗，更系离奇之谈。考诸《仪礼》《礼记》记载，参以出土铭文，射箭礼往往与宴饮同，此诗的宴饮因有"曾孙"即周王参加，应属高级饮酒礼，即所谓大飨之礼。射箭礼即其中一个组成部分。天子的大飨礼一般在辟雍举行，其意图多种多样，议大事、定兵谋、团结宗族、接待贵宾、尊老尚贤，都可以行此大礼。此诗特表"黄耇台背"，《毛诗序》言"养老乞言"，据《礼记·文王世子》记载，此礼在国家的学校中举行；诗以成行列的苇子起兴，或就在四面环水的辟雍中。诗篇作于何时？答曰：仍是穆王时期。理由除了诗篇出现的"黄耇"罶词外，《国语·齐语》载管子语曰："昔我先王昭王、穆王，世法文、武，远绩以成名，合群叟，比校民之有道者，设象以为民纪。……班序颠毛，以为民纪统。"可知昭、穆时代重视养老尊贤之礼，而穆王朝又是典礼趋于繁缛的时期，结合《诗经》创作的一般情况，此诗应作于穆王一朝。由此，此诗还有判断其他诗篇年代的用处，如本诗最后一章的祝福之词，与《小雅》中的《信南山》《甫田》《大田》等颇似，是几首农事篇章与此诗年代相同的证据之一。此诗在章节划分上自古有不同，《毛诗》分七章，《郑笺》分八章，朱熹《诗集传》分四章，兹从《郑笺》分法。

既　醉

既醉以酒，既饱以德^①。君子万年，介尔景福^②。

○诗之首章。言神的醉饱之享，赐予大福。

<u>注释</u>　①"既醉"两句：指祭祀中以酒食献神，神醉饱。德，食。据高亨《诗经今注》。②**介**：助。

既醉以酒，尔殽既将^①。君子万年，介尔昭明^②。

○诗之二章。言祭神之后，食物已又重新加温。

<u>注释</u>　①**将**：进献。林义光《诗经通解》："尔殽既将者，取祭毕之肴温之于爨而复之也。"即持祭神食品放入炊器加温的意思。②**昭明**：光明。

昭明有融，高朗令终^①。令终有俶，公尸嘉告^②。

○诗之三章。言明德融通广大，美德美誉必有好结局。以上两章为祝福，以下几章为嘉告。

<u>注释</u>　①**融**：融通，普遍。**朗**：明亮。**令终**：善终。金文中两字写作"霝冬"，其出现不早于西周穆、恭时期。②**俶**：始。福禄终而复始，方为吉祥。**公尸**：即皇尸。尸即代表祖先接受祭奠的人。《礼记·曲礼上》："'君子抱孙不抱子'，此言孙可以为王父尸。"据此，祭祖时的尸由祭祀者的孙子来充当。**嘉告**：吉祥的告语。

其告维何？笾豆静嘉^①。朋友攸摄，摄以威仪^②。

○诗之四章。言助祭者有威仪。

◨ 注释 ◨ ①静：善。②朋友：宾客助祭者。攸摄：所摄。摄，辅助。

威仪孔时，君子有孝子①。孝子不匮，永锡尔类②。

○诗之五章。言神会赐予君子众多子孙。

◨ 注释 ◨ ①时：适当。②匮：竭，穷尽。锡：赐。类：族类。据于省吾《新证》。

其类维何？室家之壸①。君子万年，永锡祚胤②。

○诗之六章。言神赐君子室家日益昌盛。以上三章言室家之福。

◨ 注释 ◨ ①壸（kǔn）：扩充，日益广大。据陈奂《传疏》。②祚：福禄流于后。胤：后代。

其胤维何？天被尔禄①。君子万年，景命有仆②。

○诗之七章。言上天将赐予你福禄。

◨ 注释 ◨ ①被：加给。②景命：大命，天命。仆：附着、坚固貌。字通"朴"。据戴震《诗经考》。

其仆维何？釐尔女士①。釐尔女士，从以孙子②。

○诗之八章。言神赐君子仆从及其子孙。以上两章言世代有仆从，上明其福，此言其贵。

◨ 注释 ◨ ①釐：赐予。女士：士女，即男女子孙。俞樾《群经平议》："《甫田》篇'以穀我士女'。此云女士，彼云士女，倒文以协韵耳。下云'从以孙子'，孙子即子孙，则女士即士女也。"②从：随。

解说

《既醉》，祭祀献神之后，神赐福祭祀者，此诗即表神赐福之意的乐章。《毛诗序》："大（太）平也。醉酒饱德，人有士君子之行焉。"不着边际。朱熹《诗集传》则认为："此父兄所以答《行苇》之诗，言享其饮食恩意之厚，而愿其受福如此也。"朱熹以"答《行苇》"说此篇，"答"之一义虽未有确证，但能看出两首诗篇在格调上的相似，却不为无见。不特如此，《既醉》的风调又与《大雅》之《凫鹥》《假乐》酷似，当是同时亦即西周中期制礼作乐时的作品。至清代，方玉润《诗经原始》、魏源《诗序集义》又都认为本诗系祭祖礼仪中的"嘏词"。"嘏词"之义，林义光在《诗经通解》中明确地说："为工祝奉尸命以致嘏于主人之辞。""工祝"即巫师，尸为祭祀中祖先的扮演者。"嘏词"的确是诗篇中的内容，但诗篇本身却不是嘏词，它仍是一首乐歌，是对祭祀典礼某仪程的歌唱。具体说，诗篇的歌唱就应发生在主人献神之后，亦即《小雅·楚茨》篇所谓"工祝致告，徂赉孝孙"的关节。其内容是神对人的回答与赐福。就是说，诗篇还是对祭祀典礼的表现，是站在典礼之外对典礼加以歌唱的，是西周中期礼乐活动趋于文饰的表现。

凫鹥

凫鹥在泾，公尸来燕来宁①。尔酒既清，尔殽既馨②。公尸燕饮，福禄来成③。

〇诗之首章。言公尸宴饮安乐，能使福禄成就，以下各章仿此。

注释 ①**凫**：野鸭。**鹥**（yī）：白鸥。**泾**：水流直波为泾。**燕**：安乐。**宁**：安。②**馨**：香。③**成**：就，成就。

凫鹥在沙，公尸来燕来宜①。**尔酒既多，尔殽既嘉。公尸燕饮，福禄来为**②。

○诗之二章。

注释　①来宜：享受招待。一说，来仪。于省吾《新证》谓宜、仪古通，来宜即来仪。仪，主客相对。②为：助。

凫鹥在渚，公尸来燕来处①。**尔酒既湑，尔殽伊脯**②。**公尸燕饮，福禄来下**③。

○诗之三章。

注释　①渚：水中小洲。处：安处。②湑：去了渣的清酒。脯（fǔ）：肉干。③下：降临。

凫鹥在潨，公尸来燕来宗①。**既燕于宗，福禄攸降**②。**公尸燕饮，福禄来崇**③。

○诗之四章。

注释　①潨（zhōng）：水流交会处。宗：尊。即尸被尊敬地对待。②于：与。俞樾《群经平议》："既燕于宗，即承来燕来宗而言，谓既燕与宗，则福禄攸降也。"王引之《经传释词》说同。③崇：重复，增多。

凫鹥在亹，公尸来止熏熏①。**旨酒欣欣，燔炙芬芬**②。**公尸燕饮，无有后艰**③。

○诗之五章。

注释　①亹（mén）：水边。马瑞辰《通释》："疑亹即湄之假借。……读亹为湄，正与上章'在沙''在渚''在潨'同为水旁之地。"止：

止于此。**熏熏：**和悦貌。②**欣欣：**欢乐貌。③**后艰：**未来的艰难。

▣▣ 解说 ▣▣

《凫鹥》，祭祀之后，宴饮神尸的歌唱。

《毛诗序》："守成也。太平之君子，能持盈守成，神祇祖考安乐之也。"王先谦《集疏》："三家无异义。""太平君子"据郑玄说是指成王，不确。诗所歌唱的与宴享公尸有关。按周代礼制，祭祀神灵之后还要宴享扮演神灵的尸，称为宾尸。诗言及水和水鸟，其环境当为辟雍所有。如此则此次的祭祀不是一般性的。《既醉》一篇中记载着尸祝嘏词，此诗则宴享扮演神灵的公尸，两诗格调又十分接近，或为丰城"伊匹"的辟雍中举行过大祭文王的典礼后，在同一地方专门款待神尸时所唱的乐歌。

假 乐

假乐君子，显显令德①。**宜民宜人，受禄于天**②。**保右命之，自天申之**③。

〇诗之首章。言君子福禄降自上天。

▣ 注释 ▣ ①**假乐：**《左传》及《礼记·中庸》引《诗》皆作"嘉乐"。嘉乐，喜乐。**君子：**周王。**显显：**有光彩的样子。②**宜：**适宜。③**右：**佑。古时两字常通用。**申：**重申，反复。

干禄百福，子孙千亿①。**穆穆皇皇，宜君宜王。不愆不忘，率由旧章**②。

〇诗之二章。言周王福禄众多，子孙繁盛。其一切行为都遵循先王典章。

◨ 注释 ◧　①干：千字的误写。据俞樾《群经平议》。千福百禄，言福禄之多。**千亿**：古制十万为亿，千亿亦言其多。②**愆**：过错。**率由**：一切遵循。**旧章**：先王制定的典章制度。

威仪抑抑，德音秩秩①。**无怨无恶，率由群匹**②。**受福无疆，四方之纲**。

○诗之三章。赞美天子威仪，可纲纪天下。

◨ 注释 ◧　①**抑抑**：细密貌。**德音**：美好的仪容声望。**秩秩**：不紊乱。②**匹**：公侯大臣。

之纲之纪，燕及朋友①。**百辟卿士，媚于天子**②。**不解于位，民之攸塈**③。

○诗之四章。言安民，并回到宴饮本题。

◨ 注释 ◧　①**之**：是。结构助词。**燕**：宴饮。**及**：与。**朋友**：即下文的"百辟卿士"。②**百辟**：各诸侯国君。**卿士**：公卿大臣。**媚**：爱戴。③**解**：懈。**塈**(xì)：息。《郑笺》："不解于其职位。民之所以休息，由此也。"

解说

《假乐》，赞美周王的诗篇。

《毛诗序》："嘉成王也。"言诗作于成王时。然而王充《论衡·艺增》谓："《诗》言'子孙千亿'矣，美周宣王之德能慎天地，天地祚之，子孙众多，至于千亿。"王充学宗《鲁诗》，如此则《鲁诗》家又认为作于宣王时。从风格体势看，此诗更可能作于穆王时期。试持此诗与可信为宣王时期诗篇《天保》相较，此篇无《天保》之慷慨，《天保》无此篇之雍容，正是两代诗风的大致分野。此诗一些语词如"之纲之纪""媚于天子"及"干禄百福"等，与《下武》《文王有声》《棫朴》等篇用语相同，当是同时期作品的表现。又，近代王闿运《毛诗补笺》认为此诗是周成王行冠礼时的乐歌。当代有学者对王氏此说经过一番改进后，定为宣王行冠礼之诗。此说虽比旧说善巧，但仅据一"假"字为说，证据终嫌薄弱。气格高朗，是诗篇突出的特点。

公　刘

笃公刘，匪居匪康①。廼场廼疆，廼积廼仓，廼裹餱粮②；于橐于囊，思辑用光③。弓矢斯张，干戈戚扬，爰方启行④。

○诗之首章。言公刘迁居。从生产、储备起笔，其远谋不言自明。

[注释] ①**笃**：厚，笃实。**公刘**：周先王之一。据《国语·周语》，周人自始祖后稷起，世代为农官，世称后稷。直到夏朝衰落时，周人先祖不窋失其官守，不得已率领族人"自窜戎狄之间"。之后若干世至公刘时，又率领族人迁居于豳，开始恢复祖先农耕生活的传统，所以周人很重视这位祖先。**匪**：非。**居**：安。**康**：宁。此句是说公刘不满足于现状。②**廼**：乃。异体字。**场**（yì）、**疆**：划定田地疆界。两字亦见于《小雅·信南山》。**积**：露天堆积。**裹**：包裹。**餱**（hóu）**粮**：干粮。③**橐、囊**：口袋。小曰橐，大曰囊。**思**：发语词。**辑**：收敛。指聚集粮食。**用光**：用广。光，通"广"。《尚书·尧典》"光被四表"，即"广被四表"。这句是说，之所以把粮食装在橐囊里，是因为迁移的用度需要量大。④**干**：盾牌。**戚**：斧子。**扬**：钺。**方**：开始。周人此次的迁移，据《国语·周语》，周人"自窜"是逃到犬戎区域，所以，此次迁移应该是从"戎狄之间"向中原农耕文化区域移动。"干戚"云云表明，迁移亦是征战、夺取。

笃公刘，于胥斯原①。**既庶既繁，既顺迺宣，而无永叹**②。**陟则在巘，复降在原**③。**何以舟之？维玉及瑶，鞞琫容刀**④。

○诗之二章。言公刘率周族到达豳地之后，与当地土著达成和解。

◨ 注释 ◨　①**于**：发语词，往往加在动词之前。甲骨文已如此。**胥**：相，观察。**斯原**：此原，即豳地原野。②**"既庶"句**：指豳地土著居民繁多。**顺**：巡行。**宣**：宣示。于省吾《新证》："谓公刘既巡行，乃宣示。巡行其原，宣示其众。"**永叹**：长叹，叹息，即不满的情绪。三句是说，公刘率周人来到豳地，发现这里人口众多，于是在这里广泛巡行、全面宣示，终于争取到当地土著人众的顺从，他们对周人没有任何的不满。③**陟**：登高。**巘**（yǎn）：大山旁边的小山。两句是说，公刘巡行的身影时而出现在山地，时而出现在平原。④**舟**：酬谢。俞樾《群经平议》谓即周；周通"酬"，酬劳。**鞞琫**（bǐng běng）：即刀鞘上的贝玉装饰。参《小雅·瞻彼洛矣》注。**容刀**：佩刀。不开刃，起装饰作用。两句是说，当地人酬劳公刘，赠给他装饰有玉、瑶的容刀。

笃公刘！逝彼百泉，瞻彼溥原①。**迺陟南冈，乃觏于京**②。**京师之野，于时处处，于时庐旅**③；**于时言言，于时语语**④。

○诗之三章。言公刘全面考察豳地川原。登高临眺，光景阔大。

◨ 注释 ◨　①**逝**：往。**百泉**：豳地地名，可能因泉眼丰富而得名。**溥原**：豳地地名。《大克鼎》言周王赏赐克："易（赐）女（汝）田于陴原。""陴原"当即此溥原。②**觏**：望见，发现，此处有选定的意思。**京**：高地。古代都城，必依高地，或为山峰丘陵，或为人工堆积，称之为京，以为人神沟通之用。《大雅·绵》言"乃立冢土"即指此而言，《大雅·文王有声》"王配于京"即指京之宗教作用。③**京师**：即都城人群聚集之处。人众为师。**于时**：在此。**庐**：筑庐，即建造庐舍。**旅**：以血亲关系为分区标准驻扎下来。

旅，本义为众，即以旗召集众人，这些众人有血缘关系，且在同一居住地，为原始公社亦农亦兵的成员。《周礼·大司徒》"大军旅，大田役，以旗致万民"是其证。据刘家和《说〈诗经·大雅·公刘〉及其所反映的史事》。④"言言"两句：讨论在豳地定居之事。

笃公刘！于京斯依①。跄跄济济，俾筵俾几，既登乃依②。乃造其曹，执豕于牢，酌之用匏③。食之饮之，君之宗之④。

○诗之四章。言宗庙告成，祭毕饮酒。迁豳后周人始有宗庙，公刘以其率众成功迁移至豳，而更得族群尊重。吴闿生《诗义会通》引吴汝纶说："四章所言乃初至时于庐旅饮犒耳，说者以为落成，非也。"

注释　①**斯依**：依高地建都城、宗庙之义。②"**跄跄**"句：形容步伐整齐、有威仪的样子。**俾筵**：摆筵席。朱熹《诗集传》："俾，使也，使人为之设筵几也。"**登、依**：登于筵，依于几。马瑞辰《通释》："此节'于京斯依'至'既登乃依'四句，何楷《诗经世本古义》、钱澄之《田间诗学》并以为宗庙始成之礼，是也。"③**造**：告祭。马瑞辰《通释》：造即祰之假借字。**曹**：以豕祭祖。字当作"禣"。**牢**：养豕的栏圈。**匏**：葫芦作的瓢。④"**君之**"句：奉公刘为君、为宗主的意思。君，《白虎通》："君者，群也，群下之所归心也。"

笃公刘！既溥既长，既景迺冈①。相其阴阳，观其流泉，其军三单②。度其隰原，彻田为粮③。度其夕阳，豳居允荒④。

○诗之五章。言公刘观察豳的高山平地，及其川流走向，选择驻军之所，扩展田地，均平征税。

注释　①**溥**：广大。朱熹《诗集传》："言其芟夷垦辟，土地既广而且长也。"**景**：通"影"。据日影以确定四方方位。**冈**：登高冈而望。②**相**：

观察。**阴阳**：朝阳为阳，背阳为阴。**"其军"句**：此句解释向来有争议，据《毛传》"单，相袭也"之说，言周家军队有三队，轮流守卫。《郑笺》则说："大国之制三军，以其余卒为羡。今公刘迁于豳，民始从之，丁夫适满三军之数。单者，无羡卒也。"意思是，大国有三军，公刘时期的周人编入三军正好满额，无多余的人数。羡，零余。后来还有许多种说法，如有谓三单即平时妇女居内，老弱居中，强壮居外，分为三层以守卫（王肃说）；有谓三军之误者（蒋悌生《五经蠡测》）；有谓古代军制"三郊三遂"，三单，只有三郊出士卒，而无三遂兵卒，所以称单，单即缺少一个方面之义（墨庄《彬雅》）；有谓强壮任耕种，老弱巡守，妇女送饭给田亩中的强壮，如此可防御不失，兵食兼足（马国翰《目耕帖》）；有谓三单为"三丁抽一"（王夫之《诗经稗疏》）；有谓分别在山阴、山阳及流泉之地驻扎军队，因无城郭保障，故称单（马瑞辰《通释》）；有谓三单为三战者（于省吾《新证》）；有谓单为旗帜者（杨向奎《释"单"》）；有谓军为屯、为营地，三单即三块高台之地者（刘家和《说〈诗经·大雅·公刘〉及其所反映的史事》），等等。问题是，就今天所见文献，西周时期"军"字只此一见，后来又见于春秋后期《叔尸钟》等铭文。而"单"字出现很早，甲骨文就有东单、西单、南单、北单之语，其中"单"字有解释为平坦田野的，也有解释为高台建筑的。总之，在现有条件下，此句还难有一个令人满意的解释。此处姑且从毛、郑之说。③**度**：度量。**彻**：从公社土地中单独划分出一块作为奉养君主的公田，此即彻。据刘家和先生说。④**夕阳**：指西面的田野。夕阳在此表示方位，《毛传》："山西曰夕阳。"**允**：实在。**荒**：广大。两句是说，公刘又度量了豳地西边在夕阳照耀下的田地，因此豳地土田变得更加广大。

笃公刘，于豳斯馆①。**涉渭为乱，取厉取锻**②。**止基迺理，爰众爰有**③。**夹其皇涧，溯其过涧**④。**止旅乃密，芮鞫之即**⑤。

○诗之六章。写涧水定居,迁豳大业终于完成,周家由此走向繁庶。吴闿生《诗义会通》引吴汝纶说:"首章始行,次章相宅,三章寄舍,四章燕劳,五章定居,六章作室。"

⬚ 注释 ⬚ ①**豳**:地名,在今陕西长武、旬邑和彬县一带,古泾水两岸。上世纪后期考古工作者在长武发掘出碾子坡先周遗址、彬县断泾遗址,时间都在周人迁岐之前。在碾子坡遗址发现了炭化高粱、带有饕餮纹的鼎、瓿青铜器等文物。**馆**:建造馆舍。②**渭**:渭水。豳地距离渭水约有八九十公里,且公刘时期商朝尚强盛。考古发现,商王朝在今关中渭水地区有军事力量存在,此时先周之民不大可能渡过渭水活动。考诸史实,此处"渭"可能指断泾一带。泾水流经彬县东南一带时,穿越石灰岩山体,不易通行,故称断泾。在此段泾水的南岸,考古工作者发现了先周遗址,其时间与碾子坡遗址同为迁岐之前。西周中期的诗人这样说,可能有夸诞的成分。又诗言涉河而"取厉取锻",即采石料,或许就是指涉渡断泾一带的泾水到北岸山地选取石料。**乱**:横渡河流。《毛传》:"正绝流曰乱。"**厉**:砺,石头。据陈奂《传疏》。**锻**:石头。此句是说,取砺和锻来制作斧头之类的工具。不过,也可能是指含铁的矿石。1973年曾在河北藁城台西商代遗址中发现铁刃铜钺,说明古人用铁时间很早。公刘时周人应不知用铁,但诗篇是西周中期作品,此时,《禹贡》有梁州贡铁的记载,就是说,当时的周人是知道用铁的。所以,诗人很可能是据自己时代的知识推说公刘时的情况。③**止基**:址基。指豳地的基址建筑。据于省吾《新证》。**有**:富有,众多。马瑞辰《通释》:"与众多义同。《鱼丽》诗'旨且有'犹言旨且多,有亦多也。"④**皇涧**:涧名。**溯**:逆流而上。**过涧**:涧名。以上皇、过二涧,可能是断泾一带的山涧。⑤**止旅**:即兹众。止,兹。旅,众。**密**:密集。指周人人口蕃育。**芮**:河流弯曲的内侧。**鞫**:河流弯曲的外侧。**即**:就。两句是说,祖先沿着泾水的弯曲处,夹水而居,人口越来越繁密。

解说

《公刘》，述赞远祖公刘率众迁移豳地的篇章。

《毛诗序》："召康公戒成王也。成王将莅政，戒以民事，美公刘之厚于民，而献是诗也。"召康公即召公奭，周初重要大臣。王先谦《集疏》："据《鲁》说，诗专美公刘，不关戒成王，亦不言召公作。《齐》《韩》当同。"按，《集疏》之说是对的，《毛诗序》之言确实于诗无征。此诗"美公刘"，即美其率众迁豳之壮举。关于公刘，传世文献颇有记载，如《史记·周本纪》曰："后稷之兴，在陶唐、虞、夏之际，皆有令德。后稷卒，子不窋（zhú）立。不窋末年，夏后氏政衰，去稷不务，不窋以失其官，而奔戎狄之间。不窋卒，子鞠立。鞠卒，子公刘立。公刘虽在戎狄之间，复修后稷之业，务耕种。……行者有资，居者有畜积，民赖其庆。百姓怀之，多徙而保归焉。周道之兴自此始，故诗人歌乐思其德。"对《史记》此文，司马贞《索隐》解释说："《帝王世纪》云'后稷纳姞氏，生不窋'，而谯周按《国语》云'世后稷，以服事虞、夏'，言世稷官，是失其代数也。若以不窋亲弃之子，至文王千余岁唯十四代，实亦不合事情。"司马贞之说实本于《史记·刘敬列传》，该传曰："周之先自后稷，尧封之邰，积德累善十有余世，公刘避桀居豳。"是其证。对此，戴震亦有《周之先世不窋以上阙代系考》论之（《戴东原集》卷一）。据以上记载，公刘生活的时代当为夏末商初。

然而，以上文献所言公刘年代，与考古发现的周人居豳时间颇有差异。上世纪在今陕西长武县碾子坡遗址发现克商之前的周人文化遗址，其年代的上限约为公元前1200年左右（胡谦盈《浅谈先周文化分布与传说中的周都》），距周王朝建立（前1046年）相去最多也只有百年左右的时光，而文献显示，公刘为夏商之际人，时间相差足有二百年以上。这就是说，前人谓周人有十余世失载，仍然不确。同时，《史记·周本纪》所载公刘之后九世至古公亶父的世系也颇成问题，因为百年的时间不会有九代之隔。

总之，因碾子坡遗址的发现，周人在古公亶父以前的世系究竟如何，变得更加扑朔迷离。这应该是遗忘的结果。周人对自己的远古历史，可能除记住"履大人迹而生"的后稷及失去农官职守的不窋之外，公刘之前的世系全都忘记了。后稷为周人始祖，一般而言，不易忘记；而所谓"后稷"，其实只是一官职之称，这在周代仍然如此，对此，《国语·周语》"王裸鬯……及藉，后稷监之"可证。实际情况或许是这样的：周人的远祖在夏朝（周人与夏关系密切，参拙著《先秦文化史讲义》第二讲）担任后稷之官，一直到夏朝衰落，此时周人远祖名不窋，周人也记住了。不窋失职之后，周人"自窜戎狄"，在这段"自窜"生活中，又经历多少代的世系，对后来的周人而言，还是语焉不详。直到公元前1200年左右，远祖公刘率众迁移至豳地，"虽在戎狄之间，复修后稷之业"，"周道之兴自此始"。于是，这位对周族群的兴旺有重大贡献的公刘，被子孙牢记。到西周中期重建古史系统（参《生民》解说）的时候，周人将这位重要祖先与不窋相连，谓之不窋之孙，后稷之重孙。西周重建古史的关键，是将始祖后稷与伟大的尧舜时代相联系。在这样的目标之下，公刘的世系就必须提前到与不窋相继，于是率众迁豳的公刘就成了生活于夏商之际的古人。可这样一来，从公刘、庆节到古公亶父，其间空白太大，于是，后人又在庆节与古公亶父之间添入八代祖先。这八代祖先，或许就是"自窜戎狄"时期的各位远祖。如此，从公刘到古公亶父的世系就总算圆满了。

此诗与《大明》《绵》《皇矣》及《生民》诸篇一样，也是对祖宗创业历史的赞述之歌。史言殷人"不常厥邑"，其实周人在王朝建立前也同样迁移多次。公刘迁豳，太王古公亶父迁岐，文王迁丰，武王迁镐，如《逸周书》文王都程之说可信的话，建国前周人也五迁其邑。五迁中，较重大的迁移是公刘迁豳与太王迁岐两次。其间有从农耕生活向戎狄之俗的跌落，也有向更文明生活复归的挺进，还有着周人最初的家国政治的建构。其中最值得注意的是公刘率众迁移豳地之后与当地人群的和解，显示的是周人在族群生活上的开放性特征（此点，较诸殷商尤其明显，参朱凤瀚《商周家族形态研究》相关论述）。后来的周文王联合众多族群，以至三分天下而有其二，其联合弱小的本领，早在公刘迁豳时就已经掌握了。

作为述说荒远历史的篇章，此诗与其他所谓"史诗"一样，叙述是简要的、紧抓关键点的。其中"干戈戚扬，爰方启行"的"方"，"于胥斯原"的"斯"，以及"于时处处，……于时言言，于时语语"的"时"，都用的是近指代词，而且诸多诗句画面感很强，很像是诗人面对着绘有祖先事迹的宗庙壁图所作出的述说。公刘迁豳既然是周人记忆中的重大事件，因此可以料想豳地应有包括后稷、公刘在内的先公先王庙。祭后稷自然要同祭公刘，因此，此诗很可能与《大雅·生民》篇为同期作品。选择了豳地，就是重续农耕生活，就是回归文明生活。所以诗篇在表现迁到豳地之初的各种举措时，将不少笔墨用于表现公刘的建立国家体制，并深为民众爱戴的各种事情上，显示了诗篇在内容上的斟酌；而对有关豳地田野山川的相度、划界及治理的描绘，又显示出诗人对农事生活的熟悉与挚爱。"陟则在巘，复降在原"的句子，又颇能勾勒出一位领袖人物的身影。至于每章都以赞叹句"笃公刘"开篇，这在《大雅》诸赞述祖先的篇章中，也是自具一格的。

泂 酌

泂酌彼行潦，挹彼注兹，可以餴饎①。岂弟君子，民之父母②。

○诗之首章。言君子为百姓父母。

注释　①**泂**（jiǒng）：迥，遥远。**酌**：舀取。**行潦**（lǎo）：沟中积水。沟水为行，积水为潦。**挹**（yì）：舀取。**注**：灌注。**兹**：此。**餴**（fēn）：

本义是米蒸过一次后加水再蒸，在此指蒸熟的米饭。**饎**（chì）：饭食。②**岂弟**（kǎi tì）：快乐和易貌。

泂酌彼行潦，挹彼注兹，可以濯罍①。岂弟君子，民之攸归②。

○诗之二章。言百姓归服君子。

注释　①**罍**（léi）：盛酒器，或为瓦制，或为青铜制。②**攸归**：所归，归心。

泂酌彼行潦，挹彼注兹，可以濯溉①。岂弟君子，民之攸塈②。

○诗之三章。言君子为百姓所爱。

注释　①**溉**：酒器。《周礼·春官·大宗伯》注："溉，酒器。"②**塈**（xì）：息。攸息即得以休息。参《大雅·假乐》篇同句注。

解说

《泂酌》，周王与臣下宴饮的歌唱。

《毛诗序》："召康公戒成王也。言皇天亲有德、飨有道也。"不知何据。《艺文类聚》载扬雄《博士箴》云："公刘挹行潦而浊乱斯清，官操其业，士执其经。"是今文家以为公刘时诗篇。诗是典型的歌功颂德之作，每章开始三句，都是表周王用简朴的饮酒礼招待下级，所以诗篇是宴饮的乐歌。古人祭祖后要宴饮，而此诗所表宴饮简朴，或许是祭祀公刘之后的宴享，以示不忘根本之意。今文经学家谓为公刘所作，固然不可信，其言与公刘相关，倒未必没有根据。《毛诗序》言诗篇为周初召康公时作，与此诗风格显示的年代相背。诗应为西周中期作品，篇中"岂弟君子"亦见于《大雅》中的《旱麓》及《卷阿》篇，且三诗风格相近，当为同一时期作品。

卷　阿

有卷者阿，飘风自南①。岂弟君子，来游来歌，以矢其音②。

○诗之首章。言周王游历歌唱，故作诗以献歌。君臣登高而歌，以此篇为最早，有文学史价值。牛运震《诗志》："意象闲远，妙于发端，诗意亦飘然而来。"

注释　①卷（quán）：曲折。阿：山陵，山角。卷阿犹言山陵环抱。据陈子展《诗经直解》引《岐山县志》："卷阿在县西北二十里，岐山之麓，今有姜嫄庙、周公祠、润德泉。"据此，诗中卷阿之地就在今周公庙遗址附近。周公庙始建于唐，近年考古工作者在这里发掘过带有四条墓道的大型墓葬，还在遗址范围内发掘出土过带有"周公"字样的甲骨文。因而有学者推测周公庙附近的墓葬应与周公家族有关。飘风：阵风。②君子：此处指周穆王。以：因而。矢：陈。音：歌声。三句是说，君王来卷阿游览歌唱，所以诗人陈此歌声。

伴奂尔游矣，优游尔休矣①。岂弟君子，俾尔弥尔性，似先公酋矣②。

○诗之二章。表祝颂之意。"矣"字连用而不觉沉闷。

注释　①伴奂：盘桓，闲暇的游览。优游：悠闲自在。②弥尔性：长命百岁的意思。王国维《与友人论诗书中成语书二》："弥性即弥生，犹言永命矣。"王国维所引金文出《龙姞敦》（今称《蔡姞簋》），为西周中期偏晚时器铭。又《史墙盘》有"黄耇""弥生"句。据研究，金文有此语，不早于西周中期，是判断诗篇年代的标志之一。似：嗣，继承。先公：西周建立之前的先公先王，如古公亶父等。他们称王，是后来追封的。此句明确表示，诗篇与周王岐山祭祀先公有关。酋：猷，谋略。

尔土宇昄章，亦孔之厚矣①。**岂弟君子，俾尔弥尔性，百神尔主矣**②。

○诗之三章。言周王版图广大，又言为百神主祭。暗示出周王游览，是祭祀余暇之事。

注释　①**土宇**：即土地、疆界，犹言国家、天下。**昄（bǎn）章**：版图。朱熹《诗集传》：昄即版，版章即版图。版以登记人丁户口，图以载山川地域。**厚**：富厚，广大。②**百神**：各种神灵。《礼记·祭法》："有天下者祭百神。"主百神，是诗篇中君子为周王的显证。**主**：主祭。

尔受命长矣，茀禄尔康矣①。**岂弟君子，俾尔弥尔性，纯嘏尔常矣**②。

○诗之四章。祝君永有福禄。

注释　①**受命**：受上天之命。**茀禄**：福禄。《郑笺》："茀，福。"此语亦见《史墙盘》，写作"猾录"。②**纯嘏（gǔ）**：大福。纯，大。嘏，福。**常**：长久。

有冯有翼，有孝有德，以引以翼①。**岂弟君子，四方为则**。

○诗之五章。赞美周王有德，是四方的人生榜样。

注释　①**冯（píng）、翼**：精神充沛、仪态盛壮的样子。两字常连用，为复合词。据戴震《毛郑诗考证》。亦作冯翊。**孝、德**：美德，善德。马瑞辰《通释》引王引之说："《尔雅》：'善父母为孝。'推而言之，则为善德之通称。"**引、翼**：在前为引，左右为翼。形容前呼后拥的排场。此句又见《大雅·行苇》。

颙颙卬卬，如圭如璋，令闻令望^①。岂弟君子，四方为纲。

○诗之六章。进而赞美周王的风度仪态，可以感召天下。

注释　①颙颙（yóng yóng）：魁梧高大。头大为颙，此处用引申义。**卬卬**（áng áng）：气宇轩昂貌。**令闻**：好名声。**令望**：美誉。闻、望在此义同。

凤皇于飞，翙翙其羽，亦集爰止^①。蔼蔼王多吉士，维君子使，媚于天子^②。

○诗之七章。紧承上章"令闻"句来，言周王身边的人才。凤凰意象，是想象，将此次游历与周家祥瑞联系，是更大格局的赞美。

注释　①**凤皇**：两字亦作凤凰。古代传说中的神鸟，雄为凤，雌为凰。《国语·周语》："周之兴也，鸑鷟鸣于岐山。""鸑鷟"即"凤凰"。周人以为是莫大之祥瑞。上世纪在岐山一带发现过周人甲骨，上有"见（现）凤""巳（祀）凤"之语。据西周青铜器花纹，西周中期穆王前后，出现了许多长冠大尾的大鸟形象，应该就是凤凰。又据这些花纹（如邢季夐卣）判断，所谓凤凰实即北方不常见的孔雀。或许在周文王前后，因气候变化，孔雀在岐山出现，被周人误作凤凰，且被当作为周家将兴、文王受命的祥瑞。**翙翙**（huì huì）：翅膀扇动发出的声响。**亦、爰**：语助词。**集、止**：落、栖息。②**蔼蔼**：平易和气。"蔼蔼王"词法上与金文"穆穆王"同例。一说，盛多貌，是形容吉士。**吉士**：美士。下文"吉人"同。**使**：驱使。**媚**：爱戴，顺从。一说，爱，为君子所爱。

凤皇于飞，翙翙其羽，亦傅于天^①。蔼蔼王多吉人，维君子命，媚于庶人^②。

○诗之八章。写天子有德，所以吉人众多且对小民和气。最后一句交代出天子游览时，有庶民参与。

▣ 注释 ▣ ①傅：附，至。②吉人：吉利之人。命：使。庶人：民众。

凤皇鸣矣，于彼高冈。梧桐生矣，于彼朝阳①**。菶菶萋萋，雍雍喈喈**②。

○诗之九章。"菶菶"句紧接"梧桐"两句，而"雍雍"句远承"凤皇"两句，钱锺书《管锥编》谓之"丫叉句法"。也是想象中的光景，意象明灿而吉祥。

▣ 注释 ▣ ①梧桐：落叶乔木，凤凰非梧桐不栖，说见《庄子》。②菶菶（běng běng）：茂盛的样子。雍雍、喈喈：形容凤凰鸣叫和谐，都是状声词。

君子之车，既庶且多①**。君子之马，既闲且驰**②**。矢诗不多，维以遂歌**③。

○诗之十章。卒章显志，表明诗篇歌唱，就在周王车马云屯驾临之际。"诗""歌"两字，始见于此。同时，向周王献歌，是《雅》的来历之一。

▣ 注释 ▣ ①多：宽阔舒适。多、侈古代多通用。据俞樾《群经平议》。②闲：训练有素。驰：跑得快。③遂：达致心愿。《毛传》这两句是说，我的诗虽然不长不多，表达的却是自己真诚的颂扬之意。

解说

《卷阿》，周王游历岐山，臣子献歌颂之。

《毛诗序》："《卷阿》，召康公戒成王也。言求贤用吉士也。"今文经学家说法不同。王先谦《集疏》引黄山说："此诗据《易林》、齐说，为召公避暑曲阿，凤凰来集，因而作诗。盖当时奉命巡方，偶然游息，推原瑞应之至，归美于王能用贤，故其诗得列于《大雅》耳。周公垂戒毋佚，成王必不般游。毛说殆近于诬矣。"实际都是不着边际的臆说。因为正如一些前辈学者感觉到的，诗篇风格显示不会是周初作品。理由如下：其一，诗篇出现的一些语词如"弥性（生）""茀禄"，据金文语言流变判断，是西周中期流行的嘏词。其二，诗篇对歌咏"凤凰"，看上去像实景，许多前人也坐实理解，其实是想象，是因周王在岐山活动，诗人才联想到周家兴起时凤鸣岐山的祥瑞，因而借助掌故，虚实相生，渲染出一片吉祥光景。也因有如此的"开口咏凤凰"，才清楚地显露出诗篇系王朝中期的胎记。西周早期青铜器纹饰，沿袭殷商习惯，以狰狞的饕餮为多，至中期，一种新纹饰出现，即大冠长尾的凤凰图像，常见于器物的图案中（郭宝钧《商周铜器群综合研究》）。其三，是"有冯有翼""以引以翼"之句所显示的内容，可与《行苇》"黄耇台背，以引以翼"合观。需"引翼"的人，即老人。这又可以有两种解释：第一种解释，即《国语·齐语》载管子所说："昔我先王昭王、穆王，世法文、武、远绩以成名，合群叟，比校民之有道者，设象以为民纪。……班序颠毛，以为民纪统。"所谓"合群叟"，指尊老之礼。诗篇"媚于庶人"的"庶人"，可能指的就是这些从庶民中选出的老者。虽然管仲说昭王、穆王都这样做，然从《诗经》总体情况看，周穆王的可能性要更大。第二种解释，指因年纪大，需要人搀着扶着。两种解释均可通，却都指向一个人，即周穆王。穆王即位年已五十以上，岐山大祭先公先王，与大祭文王同时并稍后，应在穆王二十几年，时穆王已在七十以上，是老者。其四，篇中"如圭如璋"之句，言周王风度亦指向周穆王。《左传》载祭公《祈招》诗，有"思我王度，式如玉，式如金"，所表穆王之"王度"，与"颙颙卬卬"正相吻合。其五，诗言"卷阿"之地，据《岐山县志》，就在今岐山县周公庙遗址一带。这里曾发现西周大型宫殿遗址群落，也发现有大型墓葬。再征诸文献，《周易·升》有"王用享于岐山"。上世纪岐山之下京当镇贺家村所发现西周甲骨文有"见(现)凤""巳(祀)凤""凤双"等语词(刘亮《凤雏村名探源——从甲骨文看周人对凤的崇拜》),可证周人确实崇拜凤凰,可知岐山确为西周神圣之地。特别是"祀凤"的甲骨文,更证明诗篇歌咏凤凰与岐山圣地之间的密切关联。综上,诗篇应为穆王大祭岐山后游历卷阿时臣民的献歌。

由此,诗篇特点可得明确。首先,所谓"亦集爰止"的凤凰与"萋萋萋萋"的梧桐,都是诗人的想象之词,是对一段历史故事的活用,显示的是诗篇构思的新巧。其次,诗篇不是任何典礼仪式的歌,而是唱给周王的,就是说,诗不是赞美述说死人的,而是颂扬今人的。阿谀奉承固然难免,然而在诗篇创作的动因上,却是朝着表现现实生活的世界迈了一步。《诗经》从《雅》《颂》到《国风》,横亘着一个从祭祀典礼的仪式歌唱,向人间世界转移并最终归于个体抒情的过程;此诗,就显示了这一过程的某些变化,值得注意。最后,诗篇是献诗,《毛传》解释说:"明王使公卿献诗以陈其志,遂为工师之歌焉。"这与《国语·周语》所谓"使公卿至于列士献诗"同。歌者为工师,其作者或为岐山一带的贵族上层。还有,有学者认为诗从开始至"四方为纲"为一首,从"凤皇于飞"到结束为另一首,全诗实由两诗误合为一(孙作云《诗经的错简》,见《诗经与周代社会研究》)。从诗篇文理看此说确有所见,不过更为可能的是:诗篇是一次献歌的两节歌唱,后被抄录在一起,成为一篇。因为两者内容上虽前后略有变化,但风调上还是颇为一致的。

民　劳

民亦劳止,汔可小康①。惠此中国,以绥四方②。无纵诡随,以谨无良③。式遏寇虐,憯不畏明④。柔远能迩,以定我王⑤。

○诗之首章。言安抚远近的人民,使王国得到安宁。

◎ 注释 ◎　①劳：劳苦，苦痛。止：语气词。汔(qì)：祈。于省吾《新证》："言民亦罢（疲）劳矣，求可小安也。"小康：稍微安定的生活。"小康"一词始见于此。②惠：行惠政。中国：指京师，即周王朝京城及周围地区。"中国"一词始见西周早期器铭《何尊》，有"宅兹中或（国），自之辥（乂）民"之语。铭中"中国"的具体所指即今天洛阳，古人以为这里是天下的中心。本诗"中国"与"四方"相对，应泛指王朝政治中心之地。绥：安定。③诡随：谲诈欺瞒。王引之《经义述闻》谓两字为叠韵，不可分训。谨：谨防，警惕。无良：坏人坏事。④式：发语词。遏：遏止。寇虐：侵夺暴虐的人和事。憯(cǎn)不：曾不，一点也不。明：法度。陈奂《传疏》："犹法也。不畏明法，即是寇虐。"据此，两句是说应遏止寇盗行为，寇盗之人一点也不畏明法。⑤"柔远"句：安抚远近。柔即怀柔、安定。能，读如宁，与"柔"义同。四字为西周固定语词，见于金文《番生簋盖》《大克鼎》及《逨盘》等，又见于《尚书》中的《尧典》及《文侯之命》，西周中期开始流行。

民亦劳止，汔可小休。惠此中国，以为民逑①。无纵诡随，以谨惽恢②。式遏寇虐，无俾民忧。无弃尔劳，以为王休③。

　　○诗之二章。言不要因怕劳累而放弃努力，为王业休美而治理好邦家。

　　◎ 注释 ◎　①逑：法度。俞樾《茶香室经说》："当为馗。《广雅·释训》：'馗，法也。'以为民逑，以为民法也，犹云为民之则也。"②惽恢(hūn náo)：扰乱社会秩序的言行。③休：美好。

民亦劳止，汔可小息。惠此京师，以绥四国。无纵诡随，以谨罔极①。式遏寇虐，无俾作慝②。敬慎威仪，以近有德③。

　　○诗之三章。言慎行、敬德。

注释 ①罔极：没有极限和原则。②慝（tè）：邪恶。③敬慎：谨慎。

民亦劳止，汔可小愒①。惠此中国，俾民忧泄②。无纵诡随，以谨丑厉③。式遏寇虐，无俾正败④。戎虽小子，而式弘大⑤。

○诗之四章。告诫小子，谆谆切切。至此，明言诗篇作意。

注释 ①愒（qì）：休息，喘息。②泄：去除。此句是说使民众的忧愁去掉。③丑厉：丑恶。④正败：政治败坏。正，同"政"。⑤戎：汝。戎、汝一声之转。**小子**：古代世卿，贵族近亲子弟入仕，应从下级僚属做起，称小子。《毛公鼎》记官职，"小子"位列"三有司"之后，师氏、虎臣之前。**式**：用，责任，担承。两句谓你的责任很重大。

民亦劳止，汔可小安。惠此中国，国无有残①。无纵诡随，以谨缱绻②。式遏寇虐，无俾正反③。王欲玉女，是用大谏④。

○诗之五章。此章点明作诗用意，一片爱护之情。

注释 ①残：破坏性的人和事。②缱绻（qiǎn juǎn）：纠缠，反复不定。③反：颠倒。④玉女：造就你。马瑞辰《通释》引阮元说："玉、畜、好，古音皆同部相假借。玉女者，畜女也；畜女者，好女也。"女即汝。**大谏**：郑重的谏言。谏，劝告。

解说

《民劳》，告诫新从政者的诗篇。

《毛诗序》："召穆公刺厉王也。"王先谦《集疏》谓："三家无异义。"对《毛诗序》此说，前人早有非议，如朱熹《诗集传》："以今考之，乃同列相戒之辞耳，未必专为刺王而发。"《毛诗序》说的确有不通处，诗中反复有

"以定我王""以为王休"及"王欲玉女",无论如何"刺厉王"都是难以说通的。但"戒同列"之说,固然较旧说更符合诗意,但也不是很稳妥。诗称"戎虽小子",且不说口气是否恰当,"同列"怎么可能都是"小子"?"小子"应指朝廷中年轻的下级僚吏。他们的级别虽低,但出身显贵,前景不错,对他们予以规诫,就是事关王朝前途的大事。如此,诗篇当是老臣对朝廷年轻后辈的训告之词。其作意犹如周初的《尚书·无逸》,其内涵又与周宣王时器铭《毛公鼎》在神韵上酷肖。该铭文言勿壅累庶民,征敛勿得中饱以鱼肉鳏寡,僚属应严加管束,勿使沉酗于酒,"时王谆谆以此为戒,均痛定思痛之意"(郭沫若《两周金文辞大系考释》)。铭文如此,《民劳》又何尝不是如此?其"无纵诡随,以谨无良"之语,其"式遏寇虐,无俾民忧"之句,又何尝不是有所针对的痛定思痛之言!旧说此诗为召穆公所作,或有根据。诗颇为凝重,是通达国体的老臣口吻,其年代也可能较《小雅·节南山》等疾言厉色的篇章要早一些。就是说,它很可能是周宣王继位前后的乐章。此时,王朝虽出现了因周厉王暴虐而导致的国人暴动,但王朝尚未走到尽头,还有振作的可能;所以诗中既有大难后的痛思,也有对未来的希望。此诗可看作西周诗歌创作史上的"转型"之作,附丽在各种典礼创作上的歌唱即将成为过去,以挽救政治衰败的情感抒发为主流的歌唱即将到来。

板

上帝板板,下民卒瘅①。出话不然,为犹不远②。靡圣管管,不实于亶③。犹之未远,是用大谏④。

　　○诗之首章。责备为政者政令不当,无诚信,并言赋诗之由。

◨ 注释 ◧　①**板板**：即翻覆不定。此非骂天，是说皇天对周王朝失去护佑之心，故动荡不已。**卒瘅（dān）**：尽病。瘅，病。一说，卒即瘁之假借。②**出话**：讲出的话，即政令。**不然**：不像样子。**犹**：谋划，谋略。本章下一个"犹"字义同。③**圣**：听从。林义光《诗经通解》："读听。古圣、听同字。"**管管**：无所适从，拿不定主意的样子。此句是说不能听从正确的意见，所以无所适从。**亶**：诚信。此句是说，做事不实，故无诚信。④**是用**：是以，因而。

天之方难，无然宪宪①。**天之方蹶，无然泄泄**②。**辞之辑矣，民之洽矣**③。**辞之怿矣，民之莫矣**④。

○诗之二章。专从"出话不然"状况上着笔，追究世乱之由。

◨ 注释 ◧　①**无然**：不要这样。**宪宪**：得意貌。《毛传》："犹欣欣也。"②**蹶**：动荡。**泄泄（yì yì）**：疲疲沓沓。《毛传》："犹沓沓也。"③**辑**：和。**洽**：和睦，团结。两句是说，当局者若政令协调，人民自然和睦。④**怿（yì）**：和悦。**莫**：安定。

我虽异事，及尔同寮①。**我即尔谋，听我嚣嚣**②。**我言维服，勿以为笑**③。**先民有言，询于刍荛**④。

○诗之三章。责同僚虚矫浮躁，不听善言。是"出话不然"的孪生表现。

◨ 注释 ◧　①**异事**：职务不同。**同寮**：同僚，同列。寮为官署名，西周王朝设卿士寮和太史寮，为最高行政机构。此"同寮"之"寮"，当为卿士寮。②**即**：就，前往。**嚣嚣**：不肯听从的样子。③**服**：治，即我所说的话能起治世作用。据马瑞辰《通释》。④**刍荛（ráo）**：割草采薪的人，指地位卑贱者。

天之方虐，无然谑谑①。**老夫灌灌，小子㛫㛫**②。**匪我言耄，尔用忧谑**③。**多将熇熇，不可救药**④。

○诗之四章。对"小子"的狂傲予以警告。

注释　①**谑谑**：戏谑玩笑。②**灌灌**：款诚忠实的样子。**㛫㛫**（jiǎo jiǎo）：骄骄，骄傲的样子。③**言**：语助词。**耄**：老而昏乱。瞀字之假借。**用**：因。**忧谑**：邪狎不严肃。俞樾《群经平议》读忧为优。忧谑即优谑。④**将**：助。**熇熇**（hè hè）：昏热发烧。

天之方懠，无为夸毗①。**威仪卒迷，善人载尸**②。**民之方殿屎，则莫我敢葵**③。**丧乱蔑资，曾莫惠我师**④。

○诗之五章。刺同僚为无骨之辈，王政丧乱无法救止。有大命将倾的危机感。

注释　①**懠**（qí）：怒。**夸毗**（pí）：软弱疲沓。②**卒迷**：全部迷乱。**载**：则。**尸**：沉默，不说话。尸的本义指祭祀中扮演神灵受祭的人，这里用以形容老好人对朝政是非保持缄默。③**殿屎**：呻吟。联绵词。《说文》引《诗》两字作"唸吚"。**葵**：揆，测度。两句是说，民众正在呻吟，局势究竟发展到何等地步，无人敢做出推测。④**蔑资**：不能救。于省吾《新证》："资应读为济。古从次从齐之字，每音近相通。……丧乱蔑济，言丧乱未定也。"**曾莫**：不曾。**师**：民众。两句是说大丧乱之所以不可救，是因为对民众不曾实施恩惠之政。

天之牖民，如埙如篪，如璋如圭，如取如携①。**携无曰益，牖民孔易**②。**民之多辟，无自立辟**③。

○诗之六章。三"如"字句，喻政治之道在与民相应和，否则会邪僻丛生。富于政治经验之言。

〔注释〕 ①牖（yòu）：诱导。字为诱之假借。埙、篪（chí）：两种乐器，相伴吹奏。《毛传》："如埙如篪，言相和也。"参《小雅·何人斯》"伯氏吹埙，仲氏吹篪"句注。璋、圭：玉半圆为璋，圆为圭，合二璋即为圭形。《毛传》："如璋如圭，言相合也。"取、携：即提携。《毛传》："如取如携，言必从也。"②曰：聿，语助词。益：隘，滞隘。据俞樾《群经平议》。两句是说，要提携而不是滞隘人民，这样引导民众就十分容易了，亦即为政要顺民心的意思。③"民之"两句：民众很容易生邪僻之事，就不要再以邪僻之道治理他们了。辟，即僻，邪僻。

价人维藩，大师维垣①。**大邦维屏，大宗维翰**②。**怀德维宁，宗子维城**③。**无俾城坏，无独斯畏**④。

○诗之七章。明示同僚治乱安危的关键。

〔注释〕 ①**价人**：甲胄之士，即军士。"价"即"介"，"介"即"甲"。**藩**：屏障。**大师**：执掌兵权的最高官员。参《小雅·节南山》"尹氏大师"句注。**垣**：城墙。以上两句强调武人的作用。②**大邦**：各大诸侯国。**屏**：屏障。**大宗**：同姓、异姓各大宗族。实即老勋贵之家，如周、召、单、荣等嫡门正支。**翰**：根干。③**怀德**：以德安抚人。**宗子**：大宗嫡子，为宗族掌门人。④**独**：孤立。**畏**：可怕。这句是说不要陷于可怕的孤立之地。

敬天之怒，无敢戏豫①。**敬天之渝，无敢驰驱**②。**昊天曰明，及尔出王**③。**昊天曰旦，及尔游衍**④。

○诗之八章。言上天在看着每个人的行为，以天之明鉴警醒同僚。

〔注释〕 ①**戏豫**：嬉戏，游乐。②**渝**：变，改变成命。③**王**：往。④**旦**：明。**游衍**：放纵逍遥。马瑞辰《通释》："即放散之义。"

解说

《板》，老臣警示同僚之作。

《毛诗序》："凡伯刺厉王也。"据王先谦《集疏》，今文家的说法大略相同。《序》言"刺厉王"虽不准确，却交代出诗的年代，又是其可取处。从"及尔同寮"句看，诗篇所刺，明显为同僚关系。诗中之"我"自称"老夫"，明显是老臣口吻，表达的是对新进权贵的不满。诗篇涉及到国家体制的败坏，在这一层次上指责时政，矛头所指，就难免捎带上周王了。西周封建制立国依赖的是宗法制，宗法制的要义是嫡门正宗统领众多庶出小宗，表现在制度上，就是众多大宗家长入朝辅政的贵族分权制政体，辅政大臣的权力相当大，甚至有监护王的权力（如周初周公、召公对成王的监护，康王时有顾命大臣等）。此诗大言"大宗维翰""宗子维城"，又言"无俾城坏"，一定是在批评王朝在依赖谁的现行策略上是不正当的。由此，诗篇透露出西周后期社会矛盾的一个面相，即周王采取了蔑视老勋贵世家的政策，任用一批听话的新贵，就是诗篇中的"小子"，因而引起了老贵族的反感，诗中的"老夫"便是其代表。就是说，此篇的历史价值在其透露了王朝后期王权与贵族势力之间的矛盾。这对认识周厉王时期"国人暴动"背后的某些真实帮助很大。史载"厉始革典"即改变旧制，又载厉王任用善于"专利"的荣夷公为卿士，《国语·周语》："荣公为卿士，诸侯不享（献），王流于彘。"经济上的"专利"就是政治上的集权，这首先会触犯老勋贵阶层的权益。诗言"民之方殿屎"，如同《国语·周语》所载召穆公言"民不堪命"，固然有揭露现实的用意，而此诗表小民的苦难，不正是勋贵阶层向周王发难的有力借口？诗第六章言君王和人民的关系，应当是"如埙如篪"相应相和的，暗含的一点就是允许民众表达自己的意见，这正是对厉王弭谤的抨击。如此，诗作于厉王时期就越发可信了。《毛诗序》说作者为凡伯。据《左传》记载凡伯系周公之后，封国在共（其地在今河南辉县境内）。有现代史学家认为，厉王流于彘后，有十几年的时间由一位叫共伯和的代行王政（司马迁所谓"周召共和"不可信）。因此又有学者认为《毛诗序》所说的凡伯，就是共伯和。共伯以一诸侯而干王位相当长的时间，当是有其条件的，是否就与他同周厉王、荣懿公等作过斗争从而赢得人心有关呢？此诗是否就是他反对厉王"专利"的记录呢？这都是值得探讨的问题。

诗篇是"大谏"之作，看来也是唱于庙堂之上的。关于"谏"，《大盂鼎》有"敏朝夕入谏"之语，系王对臣下的吁求；《大雅·思齐》言"不（丕）谏亦入"。此外，《国语·周语》言"故天子听政，使公卿至于列士献诗"，也应属于"谏"；《左传·襄公十四年》引《夏书》曰："官师相规，工执艺事以谏。"表明"谏"的起源很早。此后儒家著作《礼记·王制》有"大史典礼，执简记，奉讳恶，天子齐戒受谏"；《礼记·郊特牲》也说："卜之日，王立于泽，亲听誓命，受教谏之义也。"《尚书·金縢》载周公"乃为诗以贻王，名之曰《鸱鸮》"，若《金縢》可信，则为西周最早以诗篇向王进言的"谏"。《周颂·敬之》上半段，即"敬之敬之，天维显思，命不易哉！无曰高高在上，陟降厥士，日监在兹"六句，同样是天子即位时大臣的忠告，也可视之为"谏"。又据《左传·昭公二十四年》载祭公谋父"以止王心"的《祈招》一篇向穆王作谏。综上可知西周王朝有"谏言"传统及相关仪式。此篇或许就是在"谏"的仪式上歌唱的。

《荡》之什

荡

荡荡上帝，下民之辟①。**疾威上帝，其命多辟**②。**天生烝民，其命匪谌**③。**靡不有初，鲜克有终**④。

○诗之首章。言天命靡常，如全诗的序言。"靡不"两句，金石之言，是对现实的深沉喟叹。

注释 ①**荡荡**：广大无边貌。**辟**：法度，主宰。②**疾威**：震怒，对失德的王朝不满。**命**：降命。**辟**：邪僻。四句是说，广大的上天是万民的主宰；发怒的上天，则要对失德王朝降下很多灾难。③**烝民**：大众。周人天命观认为芸芸众生实为上天所生，上天不能亲自管理，所以要根据德的标准选择人间代理人，夏商都是曾被选中的代理者，但他们也都因失德而被替代。**匪谌**（chén）：不要耽溺于既有的天命。谌，信，即耽溺地信。《尚书·酒诰》作"棐忱"，《大雅·大明》"天难忱斯"亦此义，是西周"天命靡常"观念的另一种表达。④**靡**：无。**鲜**：少。**克**：能。

文王曰咨，咨女殷商①！**曾是强御，曾是掊克，曾是在位，曾是在服**②。**天降滔德，女兴是力**③。

○诗之二章。言上天有意使人为恶，而殷人不明天意，竞力于恶，愚蠢至极。天道即诡道，是天命观的新变化。自本章始，诗人托言文王。孙鑛《批评诗经》："明是强御在位，掊克在服，乃分作四句，各唤以'曾是'字，以肆其态。"

注释 ①**咨**：嗟叹之词。②**曾**：曾经。**是**：如此。**强御**：强横多力。强御为西周成语，《史墙盘》言周武王"强御武王"。此处用其贬义。**掊**（póu）**克**：聚敛搜刮。"掊"即"裒"，"克"即"剋"。一说，矜夸自负。**在位**：在高位。指强御者。**在服**：行王政。指掊克者。③**滔德**：即傲慢之性。滔，即慆，傲慢。"**女兴**"句：尽力作恶的意思。女，即"汝"。兴，皆，全都。这两句是说上天因厌恶殷商，开始有意让他们生出许多罪恶的想法，他们不知这是上天有意以此加速其灭亡，反而全力照着坏想法去做各种坏事。

文王曰咨，咨女殷商！而秉义类，强御多怼①**。流言以对，寇攘式内**②**。侯作侯祝，靡届靡究**③**。**

○诗之三章。当政者强横，治内便流言、抢掠横行，政府无以制止，社会气氛严重毒化。

注释 ①**而**：尔。**义类**：邪恶不正。俞樾《群经平议》：义，通"俄"，邪。类，通"戾"，邪曲。**怼**（duì）：怨怒。两句是说，殷商一味强横对人，招致很多怨恨。②**流言**：讹言，谣言。**对**：得逞。《毛传》："遂也。"**寇攘**：寇盗之人。《尚书·吕刑》："寇攘奸宄。"此诗造语颇用典籍成语，是为文用典的先声。**式**：而。**内**：纳，容纳姑息。两字古通用。③"**侯作**"句：诅咒现象流行。陈奂《传疏》谓句式如"是剥是菹""爰始爰谋"等，作即作祝。侯，维，结构助词。**届、究**：终结。

文王曰咨，咨女殷商！女炰烋于中国，敛怨以为德①**。不明尔德，时无背无侧**②**。尔德不明，以无陪无卿**③**。**

○诗之四章。写当政者一味逞凶，众叛亲离。"炰烋"与前章"多怼"相应。

注释 ①**炰烋**（páo xiāo）：即咆哮。**敛**：聚集。**德**：得，"以某某为能事"的意思。②**时**：是，因而。"**无背**"句：不分好歹的意思。《汉书·五行志》（中之下）颜师古注："言不别善恶，有逆背倾仄者，有堪为卿大夫者，皆不知之也。"③**陪**：陪臣，辅臣。**卿**：辅佐。卿的本义是相对而食，引申为辅佐、相助。

文王曰咨，咨女殷商！天不湎尔以酒，不义从式①。既愆尔止，靡明靡晦②。式号式呼，俾昼作夜③。

○诗之五章。指责殷人酗酒。重申《尚书·酒诰》之义。牛运震《诗志》："俾昼作夜，较靡明靡晦，翻进一层。深文奇语。"

▣ 注释 ▣　①**湎**（miǎn）：沉溺。**式**：邪恶。林义光《诗经通解》："读为忒。"两句是说，不是上天让殷商沉溺于酒，是他们自己选择了酗酒的邪恶。②**愆**：过错。**止**：举止，行为。指酗酒而言。**明、晦**：白天、黑夜。③**式**：既，又。结构助词。**"俾昼"句**：把白天当黑夜。

文王曰咨，咨女殷商！如蜩如螗，如沸如羹①。小大近丧，人尚乎由行②。内奰于中国，覃及鬼方③。

○诗之六章。言殷人失道，远近共怒。

▣ 注释 ▣　①**蜩**：蝉。**螗**（táng）：大而色黑的蝉。以蝉鸣喻民怨恨之声激烈。**"如沸"句**：以沸羹喻民情激愤。②**小大**：指社会各阶层的人。**近丧**：迫近丧亡。**尚**：神情恍惚。林义光《诗经通解》："读为惝。惝乃怊怅自失之意。"尚乎即惝惝然。**由行**：在途。由，经过。行，大道。③**奰**（bì）：怒。**覃**（tán）**及**：蔓延到。**鬼方**：远方，即荒远之地的人群。鬼方本指下方戎狄，后变成固定语，指代远方。考诸铜器铭文，周厉王时器铭《禹鼎》载征鄂侯命令有"勿遗寿幼"之语，可见其残暴。

文王曰咨，咨女殷商！匪上帝不时，殷不用旧①。虽无老成人，

尚有典刑②。曾是莫听，大命以倾③。

○诗之七章。指明殷人政治的败坏是由于废弃旧典，是深一层的诛讨。

注释　①匪：非。时：善。马瑞辰《通释》："犹云非上帝不善耳。"旧：旧规章。②老成人：年高有德、经验丰富的人。典刑：典章制度。刑，即型，规范法度的意思。③大命：王朝之命。以倾：因而倾覆。

文王曰咨，咨女殷商！人亦有言：颠沛之揭，枝叶未有害，本实先拨①。殷鉴不远，在夏后之世②。

○诗之八章。卒章言根败树木必仆倒。终以殷鉴不远，点明一篇的主旨，是警策之言。

注释　①颠沛：跌倒，僵仆。揭：根部翘起貌。本：树木的根干。拨：败。马瑞辰《通释》："拨、败同声，拨即败之假借。"三句是说树木的颠覆，不是从枝叶开始，而是由于树根的败坏。②殷鉴：殷商灭亡的借鉴。鉴，一种形似铜鼎的圆形容器，可以容水，古代以此照面，称鉴。朱熹《诗集传》："殷鉴在夏，盖为文王叹纣之辞。然周鉴之在殷，亦可知矣。"夏后：夏王朝。《尚书·召诰》："我不可不监于有夏，亦不可不监于有殷。"当为此两句所本。

解说

《荡》，托言文王指责周厉王的谏诗。

《毛诗序》："召穆公伤周室大坏也。厉王无道，天下荡荡，无纲纪文章，故作是诗也。"今文三家无异义。诗是否为召公所作，篇章虽无明证，却有此可能。西周封建，就是把土地、人民及相应权益分割给贵族，封建日久，就是一个贵族阶层的日渐强大；与之相伴，则是王权的日益减缩。到西周末年，大贵族之家与王室的矛盾日渐突出。周厉王为强化王权，采取"专利"等措施，这势必会伤害贵族和一般百姓的利益，最终导致"国人暴动"的爆发。然而，考诸记载，"国人暴动"却没有扳倒周王朝，召穆公等诸多贵族势力不但未受冲击，反而十分活跃，甚至有贵族主政十余年之事。这使人相信，大贵族与一般小民在反对周厉王上是有合作的，甚至可以说大贵族的某些人物，曾是民众反周厉王运动的操纵者。《荡》这首诗，应该是这样历史背景下的产物。

诗明斥商王，但矛头一望可知是指向周王的。谥法：杀戮无辜曰厉。强御的周厉王不是个易于干犯的人，敢以"殷鉴不远"来谏他，是要些胆量的，敢于拂厉王的逆鳞，背后一定有贵族整体势力作支撑。诗篇作者若不是召穆公，也是与召穆公等级差不多的贵族。明代邹肇敏《诗传阐》："通篇托文王叹商，危言不讳，而卒不能启王之聪。故异时彘之乱，国人围王宫，召公曰：'昔吾骤谏王，王不从，以及此难。'骤谏者，非独《春秋外传》（即《国语》）所载谏监谤数语，盖《荡》之诗尤最危焉。"其说颇有合理之处。诗所影射出的史实，也颇与厉王的情况相合。指斥"掊克"，即"专利"；指斥"强御"，即厉王用卫巫监视民众，以致"道路以目"。这些俱载史籍，彰彰可印。至于诗人所刺"内奰外覃"，征诸《小雅》，有《大东》篇"小东大东，杼柚其空"的控诉；征诸《史记·楚世家》，有"及周厉王之时，暴虐，熊渠畏其伐楚，亦去其王"的淫威；征诸金文，有《禹鼎》载伐噩（鄂）侯厉王所下"勿遗寿幼"的残暴。诗篇指责周王"滔德"即傲慢成性，也恰有《㝬簋》为证。此器为厉王自铸，铭文夸赞自己"亡昼夜，㛸（经）雍先王，用配皇天"，兀傲自喜之态显然，在迄今发现的所有周王器物中，独一无二。

诗采取了"谲谏"的方式，即托言文王叹商来抨击厉王时政。在《诗经》抒发政治情绪的哀怨诗篇中，一般都是剀切直陈，此篇则很特别。谲谏，是越往后越流行的臣下对君主的言说方式。此首雄肆之诗，就是此类言说的嚆矢。另外，谲谏也是一种谏，而谏在当时也有相应的礼仪或特定场合，只是谏言的篇章与礼仪的关联，应与以往有较大不同。这是需要继续研究的。

抑

抑抑威仪，维德之隅①。人亦有言，靡哲不愚②。庶人之愚，亦职维疾③。哲人之愚，亦维斯戾④。

○诗之首章。先明威仪，继言哲、庶之愚不同；庶人之愚只是病，哲人的愚则不只是病，而是自讨苦吃之罪。暗示自己以下所说，有被视为罪过的危险。愤世之意，出之于自嘲之言。牛运震《诗志》："'隅'字森秀，是学问人深至语。靡哲不愚，警透。"

▣ 注释 ▣ ①**抑抑**：慎密貌。**隅**：角，棱角。一说，偶，匹配。即威仪是德的外在表现形式。据于省吾《新证》。②**哲**：智。这句引用俗语，意为明智的人在一般人眼里总是显得愚蠢。一说，没有自视为哲的人不是愚蠢的。一说，即《论语》"邦无道则愚"，亦即装糊涂的意思。③**职**：只，主要是。**疾**：病，过错。这句是说一般人的愚，只不过是毛病。④**戾**：罪。两句是说：哲人犯愚病，在如此世道其实就是自陷罗网了。

无竞维人，四方其训之①。有觉德行，四国顺之②。讦谟定命，远犹辰告③。敬慎威仪，维民之则。

○诗之二章。言为政者应当正德定谋，为民立则。有大见识，是正面教训。牛运震《诗志》曰："'敬慎'二字，尤为一篇眼目。"王夫之《姜斋诗话》卷下："谢太傅（谢安）于《毛诗》取'讦谟定命，远犹辰告'，以此八字如一串珠，将大臣经营国事之心曲，写出次第，故与'昔我往矣，杨柳依依'同一达情之妙。"

◨ 注释 ◧　①**无竞**：无疆、无尽。据林义光《通解》。《周颂·执竞》"无竞维烈"句式与此同。**训**：训、顺古通用。两句是说，性格强劲的人，一定为四方民众所顺从。两句亦见于《周颂·烈文》。②**觉**：直，正直。③**訏谟**（mó）：大的谋划、计划。**远犹**：远大的谋略。犹，通"猷"，谋略。**辰**：及时。**告**：宣告。

其在于今，兴迷乱于政①。**颠覆厥德，荒湛于酒**②。**女虽湛乐从，弗念厥绍**③。**罔敷求先王，克共明刑**④。

〇诗之三章。述当世酗酒，忘记责任，背弃传统。

◨ 注释 ◧　①**兴**：皆，都。据俞樾《群经平议》。②**湛**（dān）：沉溺。③**虽**：唯，只是。马瑞辰《通释》："字正当读唯，犹《无逸》云'惟耽乐之从'也。"**绍**：续，以后的事。④**罔**：不。**敷求**：广求。敷，通"溥"，广泛。《尚书·康诰》："往敷求于殷先哲王，用保乂（治）民。"**克**：尽力。**共**：同"供"，供奉，奉行。**刑**：典章，法则。字即"型"，型为刑的后起字。

肆皇天弗尚，如彼泉流，无沦胥以亡①。**夙兴夜寐，洒扫庭内，维民之章**②。**修尔车马，弓矢戎兵**③；**用戒戎作，用逷蛮方**④。

〇诗之四章。紧承上章，言天命不佑，为政者当戒惕，有所作为，方不至于全体沦亡。

◨ 注释 ◧　①**肆**：发语词。**弗尚**：不常，不再保佑。**沦胥**：相随着。亦见《小雅·雨无正》等篇。②**洒扫**：洒水扫地。**庭内**：庭堂。**章**：表率。③**戎兵**：各种武器。此句全是宾语，动词即上句"修"。④**用戒**：用以警戒。**戎作**：战事爆发。一说，戎为甲字之讹。**逷**（tì）：远，驱除敌人使之远离。**蛮方**：边地异族。

质尔人民，谨尔侯度，用戒不虞①。**慎尔出话，敬尔威仪，无不柔嘉**②。**白圭之玷，尚可磨也**③；**斯言之玷，不可为也**④。

○诗之五章。言取信人民，提高警惕。自"慎尔"以下至下一章，强调言语之慎。《论语·先进》："南容三复白圭，孔子以其兄之子妻之。"两章之告诫，事无巨细，谆谆切切。

注释　①**质**：诚信，取信于民。质本义为取信的信物，在此为活用。**人民**：三家《诗》作"民人"。**谨**：慎重。**侯度**：观察、审视。即审时度势的意思。林义光《诗经通解》训侯为候。候，伺察。度，审度，与"侯"同义。**不虞**：突发的意外。②**柔嘉**：善，美。原意为肉肥美，引申为善美。③**玷**：玉的污点。④**为**：在此也是磨的意思。马瑞辰《通释》："变文以与磨为韵耳。"

无易由言，无曰苟矣①。**莫扪朕舌，言不可逝矣**②！**无言不雠，无德不报**③。**惠于朋友，庶民小子**④。**子孙绳绳，万民靡不承**⑤。

○诗之六章。重申慎言之义。

注释　①**易**：轻率。**由**：于。**苟**：苟且，随便。一说，字当作"笱"，音棘，《说文》："自急敕。"即情急之下乱说话的意思。②**扪**(mén)：按住。**朕**：我的。朕为古代第一人称形式，至秦始皇为帝后始为皇帝自称的专用词。**逝**：逮，及。据俞樾《群经平议》。两句是说，舌头要自己管，没有谁可按住你的舌头，错误言语一出，就后悔莫及了。③**雠**：答对。意思是：好话歹话，一出口就会带来相应的回应。**报**：回报。④**朋友**：泛指兄弟同辈。**小子**：在此应为小民的意思。⑤**绳绳**：连续不断貌。**承**：顺从。

视尔友君子，辑柔尔颜，不遐有愆①。**相在尔室，尚不愧于屋漏**②。**无曰不显，莫予云觏**③。**神之格思，不可度思，矧可射思**④？

○诗之七章。以不欺、慎独为戒。"神之格"以下三句连用思字,语势飘逸。

注释 ①视:看。下文"相"字义同。**友君子**:与上文"朋友"义同。**辑**:和。《论语·泰伯》记曾子语曰:"君子所贵乎道者三:动容貌,斯远暴慢矣;正颜色,斯近信矣;出辞气,斯远鄙倍矣。"与此句意思大致相同。**不遐**:不至。遐,即假,至。**愆**:过错。此句是说不至于有什么过错。②**尚**:庶几,表希冀之义。**屋漏**:房屋西北角。一说,为房屋幽暗之处。一说,为房屋漏光之处,也是神灵降临的通道。一说,屋为小帐,漏训为隐。当以第一说为是。以上五句是说,看你朋友平时在一起时努力和颜悦色,以免犯错。那么自己一个人独处时,也不要做对不起神灵的事。亦即暗室无欺之意。《礼记·中庸》"慎独"观念即本于此。③**不显**:不明显。**觏**:看见。④**格**:到。**度**:预测。**矧**:怎么。参《小雅·伐木》篇"矧伊人矣"句注。**射**:松懈,懈怠。

辟尔为德,俾臧俾嘉①。淑慎尔止,不愆于仪②。不僭不贼,鲜不为则③。投我以桃,报之以李。彼童而角,实虹小子④!

○诗之八章。言进修德行,不听蒙骗之言。

注释 ①**辟**:譬如。一说,明。**俾**:使。**臧**:好。两句是说,就像修德,应当尽善尽美。②**止**:举止,做派。③**僭**:差。**贼**:为害他人。④**童**:羊无角为童。此句是说羊无角而被说成有角,是诓惑谣言。**虹**:通"讧",惑乱。**小子**:没经验的年轻人。小子,《诗经》屡见,有时指下层小民,如本诗"庶民小子";有时指贵族年少者,如《大雅·板》"老夫灌灌,小子蹻蹻";有时为王自称,如《周颂》之《闵予小子》。此处则泛指年轻人。

荏染柔木,言缗之丝①。温温恭人,维德之基②。其维哲人,告之

话言，顺德之行③；其维愚人，覆谓我僭④，民各有心⑤。

○诗之九章。再次言及哲、愚，言两者之分在能否听从他人劝告。

注释　①荏染：柔软。亦见《小雅·巧言》。言：语助词。绳：为弓装上弦。本义为丝绳，此处用作动词。两句是说，只有柔韧的木头才可着丝制成弓。是比兴之言，引起下两句。②基：基准。两句是说，温和恭敬的人，有德行基础。③话言：善言。三句是说，有智慧的人，告诉他好言语，他会照着去做。④覆：反而。僭（jiàn）：错乱，虚妄。⑤民：人。此句朱熹《诗集传》谓："言人心不同，愚智相越之远也。"

於乎小子，未知臧否①！匪手携之，言示之事②；匪面命之，言提其耳③。借曰未知，亦既抱子④。民之靡盈，谁夙知而莫成⑤？

○诗之十章。直呼小子，言耳提面命，身教、言传，犹不长进。语气转为痛切。

注释　①乎：呼。臧否：善恶，好歹。②匪：非但。示：指示，开导。事：做事。③面命：当面教诲。提：揪，扯。一说，提即抵，附耳的意思。四句是说，非但亲手引领，而且每件事都亲自示范如何做；不但当面教诲，而且是对着耳朵告知。突出教诲周王的煞费苦心。④借曰：即便是。未知：不懂事。抱子：年龄到了生儿育女的时候，犹今俗语所谓老大不小了。⑤盈：通"缢"，意为缓。靡盈即不缓，即着急。据林义光《通解》说。莫：暮。两句是说，人就是急于做什么，也没有一天之内就做成的。言外之意是提醒人早点努力。

昊天孔昭，我生靡乐。视尔梦梦，我心惨惨①。诲尔谆谆，听我藐藐②。匪用为教，覆用为虐。借曰未知，亦聿既耄③！

○诗之十一章。苦口婆心。昭昭上天对冥顽不灵；"梦梦""藐藐"应"惨惨""谆谆"，是"哲人"的失望与悲哀。

▣ **注释** ▣ ①**梦梦**：懵懂貌。**惨惨**：忧愁苦恼，两字或作"懆懆"。②**谆谆**：恳切详细。**藐藐**：听不进去的样子。③**聿**：同曰，语词。**耄**（mào）：老。两句是说，即便我什么也不懂，也是上年岁的老人了。指责不该用"梦梦""藐藐"的态度相对待。

於乎小子！告尔旧止①。听用我谋，庶无大悔。天方艰难，曰丧厥国。取譬不远，昊天不忒②。回遹其德，俾民大棘③！

○诗之十二章。以危言相诫，实为无奈之辞。牛运震《诗志》："平实古雅而悚挚忾切，深得箴诵之旨。"

▣ **注释** ▣ ①**旧**：久。《尚书·无逸》："旧劳于外。"旧即久。此句是话说了许久的意思。**止**：语尾词。②**取譬**：从其他人或事中汲取教训。此句当指西周崩溃而言，诗只是点到为止。**忒**：差错。③**回遹**（yù）：邪僻不正。在此作动词。**大棘**：凶险，困厄。棘，通"急"。两句是说，德行不正，会给天下苍生带来大的凶险。

解说

《抑》，训诫周王的陈词。

《毛诗序》："《抑》，卫武公刺厉王，亦以自警也。"此说看似出自《国语·楚语》，其实直承汉代《韩诗》家侯包《韩诗翼要》之说："卫武公刺王室，亦以自戒，行年九十有五，犹使臣日诵是诗而不离于其侧。"（见孔颖达《毛诗正义》引）。过去都相信，《毛诗序》是孔子、子夏或者毛公所为，其实不过是东汉儒生对西汉儒说抄而改之的作品。此篇即证据之一。本来侯包说"刺王室"，《毛诗序》改成了"刺厉王"；本来侯包说得较明确，是后来武公用诗篇自警,《毛诗序》删掉了后面的一句,给人的印象则是一首诗篇有两个创作动机,引发无谓的争议。朱熹《诗序辨说》举五证力辩"刺王"之说不合理,认为只是卫武公自儆之诗。又《朱子语类》卷八十一所录朱熹对《毛诗序》的反驳更有力:"尝考卫武公生也宣王末年,安得有刺厉王之诗!"不过,姚际恒《诗经通论》又力排朱说,坚持"刺厉王"之说,但"不知何人所作也"。是又否定了卫武公作一说。稍后的梁玉绳、陈奂继续讨论。据《史记·十二诸侯年表》考定,卫武公即位于周宣王十六年,犬戎杀幽王,武公将兵平戎甚有功,周平王封武公为公,五十五年卒,时为周平王十三年。据此,梁玉绳《瞥记》提出诗篇为"托言自儆"而刺平王。陈奂《传疏》也认为武公"入相于周断在平王之世",所以诗篇应"作于平王之时"。也都认为篇章内容找不到"刺厉王"的证据,而且,武公离厉王的时间也间隔较远。那么,是否是"自儆"呢?姚际恒不为无见,他说:"篇中句句刺王,无一句自警。"稍晚一点的徐文靖在《管城硕记》中据诗中一些言辞也否定武公"自儆"说。那么,卫武公的著作权是否可以否定呢?未必。这固然是因《国语·楚语》和西汉学者都有此说,今无证据加以否定,更主要的是诗篇内容清晰显示:第一,诗篇的口吻是一位年高位重的大臣,退一步说,即使不是卫武公,其身份也应与之相近;第二,诗篇"肆皇天弗尚,如彼泉流,无沦胥以亡","天方艰难,曰丧厥国"的语句,清晰显示诗篇应在西周衰亡之后,为平王初期的作品,这一点梁玉绳、陈奂的说法是可取的。古人喜欢"自儆"说,很大的原因是因篇章中人以"小子"呼周王,令其觉得扎眼。可是,《尚书·洛诰》中周公可以呼成王为"孺子",年迈宗臣卫武公以"小子"呼平王又有何不可?须知那时的君臣还有一层老少尊卑的宗法因素,且周王东迁,已处弱势,宗臣对其有时显得不客气,也是那时王权陵夷、诸侯膨胀的表征。周平王其人,《国语·晋语》云:"自我先王厉、宣、幽、平而贪天祸,至今未弭。"韦昭注曰:"平不能修政,至于微弱。"《抑》篇中的"小子",很明显,是一位好说歹说油盐不进的主儿,所以被列入"贪天祸"者之列，也不算冤屈他。

诗篇与《板》《荡》及《节南山》等一样，都为衰世之作，但风调却是新的训诫体式。《国语·楚语》载楚王听取大臣教育太子之事，有"教之语，使明其德而知先王之务用明德于民也；教之故志，使知废兴而戒惧焉；教之训典，使知族类，行比义焉"云云。《抑》就是"语""训典"一类的歌唱。首先，虽然诗篇越到后来越难以掩抑地露出恨铁不成钢的失望，可较诸时间大体相近的那些政治抒情篇，基调还是平和的。既然是长辈的陈诫，语气就不能像谏言篇章那样激切；要讲道理，语势也要平和许多，因而诗篇显示出更多的哲理味。同时，诗人注意语言的精练警策，格言的意味很浓。诗篇从内在之德，到外在威仪，从"讦谟"大政到酗酒、武备、洒扫等具体事项，乃至听言出话，可谓事无巨细，全面周致，如师如保，耳提面命，苦口婆心。其中颇值得注意的是第六、七章关于慎言、慎独的言说，实为后世儒家谨言慎行哲学的典据。总之，《抑》对了解两周之交的诗篇创作，是很有价值的。

桑　柔

菀彼桑柔，其下侯旬①。捋采其刘，瘼此下民②。不殄心忧，仓兄填兮③。倬彼昊天，宁不我矜④？

○诗之首章。以桑柔枯萎比喻政败民病。

注释　①菀（wǎn）：茂盛貌。**桑柔**：柔桑，即桑的嫩叶。**侯**：维。语助词。**旬**：树荫。②**捋**（luō）**采**：即不分大小、不加保留地采。**刘**：枝叶稀落貌。**瘼**（mò）：病。③**不殄**：不绝，不尽。**仓兄**（chuàng huǎng）：怆怳，失意悲愁。**填**：病。字同"瘨"。据马瑞辰《通释》说。④**矜**：怜悯。

四牡骙骙，旐旟有翩①。**乱生不夷，靡国不泯**②。**民靡有黎，具祸以烬**③。**於乎有哀，国步斯频**④。

○诗之二章。极言灾难的深广。首二句显示，诗人曾驾车出征。

注释　①**骙骙**（kuí kuí）：强劲貌。参《小雅·采薇》同句注。**旐旟**（yú zhào）：旗帜名。参《小雅·出车》"设此旐矣，建彼旟矣"句注。②**夷**：平。**泯**：灭。③**黎**：老人。王引之《经义述闻》："黎，老，耆老也。黎、耆古通。"这句是说没有老人存留。**烬**：灰烬。④**频**：即颦，颦促，艰难。

国步蔑资，天不我将①。**靡所止疑，云徂何往**②？**君子实维，秉心无竞**③。**谁生厉阶，至今为梗**④？

○诗之三章。追究祸乱的根源，锋芒指向周王。

注释　①**蔑资**：无以救助。参《大雅·板》"丧乱蔑资"句注。**将**：扶助。②**疑**：站定。即《大雅·生民》"克岐克嶷"之"嶷"，屹立不动。③**君子**：在此指代周王。**实维**：实在是。此句与下一句连读成句。**秉心**：所操的心术。**无竞**：没有准则。林义光《诗经通解》："竞读为竟，竟即竟（繁体作'競'）之省形。无竞，犹言无穷极也。秉心无竞即秉心罔极也。"④**厉阶**：灾难的诱因。厉即灾难，阶为阶梯。**梗**：作梗，危害。

忧心慇慇，念我土宇①。**我生不辰，逢天僤怒**②。**自西徂东，靡所定处**。**多我觏痻，孔棘我圉**③。

○诗之四章。写诗人所见到处充满灾难，因有我生不辰之叹。

注释　①**慇慇**：殷殷，忧虑深沉貌。**土宇**：居住的土地。②**僤**（dàn）**怒**：盛怒。《毛传》："僤，厚也。"③**觏**：遭遇。**痻**（mín）：病害。**棘**：急，危急。**圉**（yǔ）：边陲。

为谋为毖，乱况斯削[①]。**告尔忧恤，诲尔序爵**[②]。**谁能执热，逝不以濯**[③]？**其何能淑，载胥及溺**[④]。

○诗之五章。言治国之道，老臣口吻。

▣ 注释 ▣ ①**毖**：慎重。**况**：增大。②**恤**：忧虑。**序爵**：重贤。《郑笺》："教女（汝）以次序贤能之爵。"③**执热**：治热。马瑞辰《通释》："即治热，亦即救热。"**逝**：发语词。两句是说，谁能救热却不用凉水洗濯？④**淑**：善。**胥**：先后，相跟着。**溺**：沉没。

如彼遡风，亦孔之僾[①]。**民有肃心，荓云不逮**[②]。**好是稼穑，力民代食**[③]。**稼穑维宝，代食维好**[④]。

○诗之六章。紧承前章"序爵"之意，指责朝廷断绝仕路。

▣ 注释 ▣ ①**遡风**：逆风而行。**僾**（ài）：噎，逆风而行喘不过气来。②**肃心**：上进求善之心。**荓**（pīng）：使，使得。**逮**：及。不逮即不及，即不给有上进心的人留机会。③**力民**：尽力做小民，即从事耕稼之事。**代食**：亲自耕种以代替俸禄。这两句承上句"荓云不逮"而来，是说：既然王把进身的路堵死了，那贤人只好去耕种，做小民之事，以代替俸禄了。④**好**：玩好、珍贵之物。两句是说，贤人耕稼代食是昏暗时代最好的选择。以上四句，历来解释存在分歧，其中有解释"好是稼穑"为横征暴敛，解释"力民"为压榨小民的。如此，四句就是谴责周厉王盘剥压榨。另外，郑玄解释上面四句中的两"稼穑"作"家啬"，即"居家吝啬"之人。此外还有多种解释。

天降丧乱，灭我立王[①]。**降此蟊贼，稼穑卒痒**[②]。**哀恫中国，具赘卒荒**[③]。**靡有旅力，以念穹苍**[④]。

○诗之七章。写严重的虫害灾荒,利禄断绝。

注释　①**立王**:指在位之王。古位、立通用。在此实指周厉王。②**蟊**(máo)**贼**:作物害虫。参《小雅·大田》"及其蟊贼"句注。**痒**:病,受害。③**恫**:痛。**中国**:指都城一带。参《大雅·民劳》"惠此中国"句注。**赘**:相继,连着。段玉裁《说文解字注》:"赘为缀之假借也。"④**荒**:荒芜。**旅力**:膂力,气力。两句是说,绝望伤情至极,连念苍天的力气都没有了。

维此惠君,民人所瞻①。**秉心宣犹,考慎其相**②。**维彼不顺,自独俾臧**③。**自有肺肠,俾民卒狂**④。

○诗之八章。言君主刚愎自用,致使民众狂惑。

注释　①**惠君**:有德之君。**瞻**:瞻仰,尊仰。②**宣犹**:明示意图。马瑞辰《通释》谓宣为明,犹通猷、繇,"言其持心明且顺耳"。**考慎**:慎重地考察。**相**:辅佐之臣。③**"自独"句**:自己觉得自己好,即自以为是、独断专行的意思。④**肺肠**:指心思。**狂**:狂惑。两句是说悖理的君王一意孤行,不与他人沟通,以至民众疑惑躁动。

瞻彼中林,甡甡其鹿①。**朋友已谮,不胥以穀**②。**人亦有言,进退维谷**③。

○诗之九章。以林鹿起兴,言人际关系败坏,好人进退两难。

注释　①**甡甡**(shēn shēn):众多貌。②**穀**:善。两句言朋友之间互相造谣,不再相好。③**谷**:绝境。此句言进退都无路可走。一说,欲。于省吾《新证》据金文用字之例,认为此谷字应读为欲。"进退为欲,谓进退维其所欲。……不以礼法自持,恣意所为。"

维此圣人，瞻言百里。维彼愚人，覆狂以喜①。匪言不能，胡斯畏忌②？

○诗之十章。明哲之人看得远，"狂以喜"是愚人心智，也是障民防川的原因。

⑤ 注释 ⑤　①**覆**：反而。**以**：而。②**"匪言"句**：不是不能言。③**胡斯**：如何。这两句是说，臣民不是不能言，而是畏惧因言获罪。

维此良人，弗求弗迪①。维彼忍心，是顾是复②。民之贪乱，宁为荼毒③。

○诗之十一章。言小人贪乱败德，致生民荼毒。"忍心"以斥乱臣，善于称谓。

⑤ 注释 ⑤　①**求**：营求。**迪**：干进。②**忍心**：狠心之人。**顾**：观望。**复**：反复不定。③**民**：指忍心之流。**贪乱**：贪心败德。**宁**：乃。**荼毒**：灾难。两句是说，正因一些人有贪乱之心，现实才灾害横行。

大风有隧，有空大谷①。维此良人，作为式穀②。维彼不顺，征以中垢③。

○诗之十二章。以上数章善恶对比，以究王政用人之失。用人不当不单失政，更是乱德。

⑤ 注释 ⑤　①**隧**：通道。②**作为**：行为。**式**：取法、效法。**穀**：善。③**不顺**：不行正道的人。**征**：行。**中垢**：垢中。两句是说，好人总是行善道，无良之人却总是在污垢中行事。

大风有隧，贪人败类①。听言则对，诵言如醉②。匪用其良，覆俾

我悖③。

○诗之十三章。言不用善人善道,反而把好人逼得发狂。

注释　①败类:残害善良。类的本义为统类,物得其类则为善,所以类又引申为善。②听言:顺从之言。对:答对。参《小雅·雨无正》"听言则答,譖言则退"句注。诵言:颂言,阿谀之言。两句是说,听到顺从的言语,就有所回应,听到歌颂的言语,更是如痴如醉。③悖(bèi):昏乱。

嗟尔朋友,予岂不知而作①。如彼飞虫,时亦弋获②。既之阴女,反予来赫③。

○诗之十四章。痛斥并正告权臣。

注释　①作:作为,指自己以上的抨击之言。②虫:此处指鸟类。《庄子·逍遥游》:"之二虫又何知。"虫亦指鸟。弋获:以箭捕获。弋,系上丝绳的箭。参《郑风·女曰鸡鸣》"弋言加之"句注。③之:前往。阴:荫蔽,掩护。赫:吓唬。

民之罔极,职凉善背①。为民不利,如云不克②。民之回遹,职竞用力③。

○诗之十五章。言民心的奸邪,皆因为政者暴虐。

注释　①民:人。此"民"指朝中坏人,与下一句"民"字所指不同。罔极:没有准则、操守。职:只。凉:轻浮浅薄。善背:长于互相欺骗、背叛。②不克:不胜。《郑笺》:"为政者害民,如恐不得其胜。"③回遹(yù):奸邪。竞:争相。力:使用暴力。

民之未戾，职盗为寇①。**凉曰不可，覆背善詈**②。**虽曰匪予，既作尔歌**③！

○诗之十六章。陈启源《毛诗稽古编》："末二章三言民俗之败，皆归咎于执政之人。"

注释　①戾：安定下来。两句是说，民之所以安定不下来，只是因为有盗臣为虐。②凉曰：真诚坦率地说。覆：反而。背：背后。善：大肆。詈（lì）：骂，责骂。两句是说，我诚信地告诉你们这样下去不可，你们却在背后大肆骂我。③匪予：非我，即非议我。这两句是说，尽管你们会非议我，可我还是要作歌来揭露你们的恶行。

解说

《桑柔》，芮良夫抨击朝政昏暗的诗篇。

《毛诗序》："芮伯刺厉王也。"王符《潜夫论·遏利》："昔周厉王好专利，芮良夫谏而不入，退赋《桑柔》之诗以讽。"王符习《鲁诗》，可见在作者问题上，今、古学派一致。《左传·文公元年》载秦穆公言曰："周芮良夫之诗曰：'大风有隧，贪人败类。听言则对，诵言如醉。匪用其良，覆俾我悖。'是贪故也，孤之谓矣。"可见汉儒之说于古有征。观诗前几章所描述的景象及"灭我立王"，可以确信此诗作于国人暴动、厉王流彘之后。关于厉王"专利"的内容，可能指山川薮泽之利，这些物产在分封制下原为各贵族及平民所共有。又有学者认为"专利"还包括改变贡赋方式，《国语·周语》说"厉王革典"，"典"即指周公制定的籍田之礼。"革典"即改变只剥夺"公田"收获物的传统方法，加收"私田"租税。厉王时代王朝多事，边患尤其严重，朝廷财力困乏，垄断某些原先共享的利益，加重对民众的赋敛，是必然之事。从本诗所反映的内容看，严重的自然灾害是招致厉王朝政覆灭的导火索。西周末世几十年间旱灾不断，平民负担既重，山川之利又被断绝，走投无路的民众就只有"民变"一途了。《逸周书》中有《芮良夫解》一篇，从其中称"惟尔执政小子"可知，芮良夫在厉王朝当是卿士一级的官爵，并且年辈较高。在同一篇章中，芮良夫还说："民归于德，德则民戴，否则民雠。"又曰："害民乃非后，惟其雠。后作类，后弗类，民不知后，惟其怨。"都是与诗相表里的言论。又，近出"清华简"有《芮良夫毖》一篇，也可与此篇参照。

此诗在字数上虽不是大、小《雅》最长的篇章，其章数却是最多的。诗篇从出走东方所见的严重灾荒写起，"民靡有黎，具祸以烬"的句子，虽属夸张，却给人留下深刻印象。继而言及政治昏暗及其原因，"大风有隧，贪人败类"的铿锵之言，则又属于文学史上较早揭示官员贪婪本性的诗句。最后，言及乱政对民众的恶劣影响，显示出"君子之德风"的思维倾向。从总体看，诗人忧心国事，内涵丰厚，堪称西周晚期政治抒情诗的大篇。

云 汉

倬彼云汉，昭回于天①。王曰於乎！何辜今之人②，天降丧乱，饥馑荐臻③？靡神不举，靡爱斯牲④，圭璧既卒，宁莫我听⑤？

○诗之首章。写周王夜仰星汉，慨然浩叹。

注释　①**倬**：高远貌。**云汉**：天河。**回**：光芒回转，此处有充满之义。②**王曰**：此句以下，记周王之言，至全篇结尾。③**饥馑**：饥荒。**荐**：重复地。**臻**：至。④**举**：行祭祀之礼。据《周礼》，国有凶荒，则索鬼神而祀之。**靡爱**：不惜，舍得。⑤**圭璧**：古人祭天地用玉，或燔烧、或沉埋。长方形为圭，圆环形为璧。**宁莫**：难道，竟然。

旱既大甚，蕴隆虫虫①。**不殄禋祀，自郊徂宫**②。**上下奠瘗，靡神不宗**③。**后稷不克，上帝不临**④。**耗斁下土，宁丁我躬**⑤？

○诗之二章。写祭祀禳灾，并述王恐惧抑郁的心情。"蕴隆"写旱热之气，逼真。

▣ 注释 ▣ ①**蕴**：郁闷。陆德明《经典释文》："又作煴。"**隆**：暑气隆盛。**虫虫**：热气逼人之感。《韩诗》两字作"烔烔"。②**不殄**：不灭，不断，指接连不断地祭祀。**禋祀**：诚心地祭祀。参《大雅·生民》"不康禋祀"句注。**郊**：郊祀祭天地之神。**宫**：宗庙。指祭祖先神。③**奠瘗**（yì）：指对天上地下神灵的献祭。奠，陈列贡品。瘗，埋祭牲体及玉器之物。**宗**：尊。④**不克**：不能，即不能保佑。一说，《郑笺》：克字当作刻。刻，识也。不刻即不识，即后稷不知我的祭祀祈求之意。**不临**：不能光临。此句是说，祭祀得不到上帝的回应。⑤**耗斁**（dù）：败亡。耗，损耗。斁，败坏。**丁**：当。此句谓，难道就应降临到我身上吗？

旱既大甚，则不可推①。**兢兢业业，如霆如雷**②。**周余黎民，靡有孑遗**③。**昊天上帝，则不我遗**④。**胡不相畏，先祖于摧**⑤？

○诗之三章。极言灾情之重，手法夸张。《孟子·万章上》："说诗者，不以文害辞，不以辞害志；以意逆志，是为得之。如以辞而已矣，《云汉》之诗曰：'周余黎民，靡有孑遗。'信斯言也，是周无遗民也。"

▣ 注释 ▣ ①**推**：推开，去掉。②**兢兢**：畏惧貌。**业业**：小心戒惕貌。**"如霆"句**：如面对雷霆。两句形容面对大旱时小心谨慎、心存畏惧的样态。③**余**：剩余的。**孑**（jié）**遗**：残留。孑，孤单。④**遗**：遗留。言上天不允许周民留存。一说，安慰。马瑞辰《通释》："当读如问遗之遗。……与人相恤问亦谓之遗。"⑤**相畏**：畏惧。**摧**：摧折，折断。两句是说，周余民将断绝，让我如何不恐惧。

旱既大甚，则不可沮①。赫赫炎炎，云我无所②。大命近止，靡瞻靡顾③。群公先正，则不我助④。父母先祖，胡宁忍予？

○诗之四章。极写绝望的心情。"群公"以下句，是人穷反本之号，凄惶无奈。

注释 ①沮：制止。②赫赫：旱气腾腾貌。炎炎：热气如火貌。云：发语词。所：处所，逃避之地。③大命：大期，指死亡。止：语气词。瞻、顾：在此为希望、前途之义。④群公：先公先王之神。先正：前代贤臣之神。

旱既大甚，涤涤山川①。旱魃为虐，如惔如焚②。我心惮暑，忧心如熏③。群公先正，则不我闻。昊天上帝，宁俾我遯④？

○诗之五章。仍写无可奈何的心情。

注释 ①涤涤：光秃貌。②旱魃（bá）：旱神。据《山海经》记载，黄帝战蚩尤，蚩尤请风师雨伯作大风雨，黄帝请天女降临止雨。雨止，蚩尤被杀而天女不得返回上天，所居之处无雨。惔（tán）：燎，烧。今文三家《诗》作"炎"。炎、惔古音相近。惔为借字。③熏：灼烤。④遯：艰辛苦难。马瑞辰《通释》："遯、屯古同声，当读如'屯难'之屯。"《易经》有"屯"卦，为艰难忧患之象。

旱既大甚，黾勉畏去①。胡宁瘨我以旱？憯不知其故②。祈年孔夙，方社不莫③。昊天上帝，则不我虞④。敬恭明神，宜无悔怒⑤。

○诗之六章。检点自己对神的态度，并无过失。天意难测，自感渺小。

注释 ①黾（mǐn）勉：努力，挣扎。参《邶风·谷风》"黾勉同心"句注。畏去：畏怯，畏却。于省吾《新证》："畏去古人谦语，应读作畏卻。卻俗作却。……黾勉畏卻，言黾勉从事而犹有所畏卻，恐其无济于事也。"②瘨(diān)：病，害。**憯不**：曾不，一点也不。③**方社**：两种祭祀名。参《小雅·甫田》"以社以方"句注。**莫**：晚。不莫，即从不耽搁拖延祭祀的意思，与"孔夙"意思一样。莫为暮的本字。④**虞**：助。⑤**悔**：恨。两句是说，我恭敬神明，神明不当有什么怨恨。

旱既大甚，散无友纪①。鞫哉庶正，疚哉冢宰②；趣马师氏，膳夫左右③；靡人不周，无不能止④。瞻卬昊天，云如何里⑤！

○诗之七章。言大臣左右皆舍禄救灾，然亦无效。

注释　①**散**：散乱。**友**：有。**纪**：纲纪，体面。据《郑笺》，两句是说，君主凶年仓廪不足，对大臣连一点赏赐也发不出，不成体统，朝廷颜面尽失。②**鞫**(jū)：穷困。**庶正**：众官之长。**疚**：贫病。**冢宰**：最高执政长官。③**趣马**：负责马政事物的官员。参《小雅·十月之交》"蹶维趣马"句注。**师氏**：掌王朝师旅之官。参《小雅·十月之交》"楀维师氏"句注。**膳夫**：负责周王饮食事物的官员。西周中晚期，膳夫的权力变得很大，为周王重臣。**左右**：左右官员。④**周**：赒，周济。**无**：贫乏。马瑞辰《通释》："言虽赒之而其乏无不能救止也。"⑤**卬**：通"仰望"之"仰"。**里**：忧。字通"悝"。

瞻卬昊天，有嘒其星①。大夫君子，昭假无赢②。大命近止，无弃尔成③。何求为我，以戾庶正④。瞻卬昊天，曷惠其宁⑤？

○诗之八章。写众星，与首章云汉相回映，都是旱天令人绝望之象。一边命大夫君子继续敬祀上天，一边问上天灾害何时而止。其情感人。

注释　①**嘒**(huì)：星星众多貌。②**昭假**(gé)：虔诚地向神表达敬意。此语《诗经》数见，为西周时期固定语，用于人神交通，有时指人向神表达敬意，有时指神灵对人间的照临。此处为前者。古时成语，在此代称祭奠。**赢**：缢之假借。《说文》："缢，缓也。"缓慢。③**尔**：指大臣。**成**：成绩，已有的作为。两句鼓励大臣继续祈祷，不要放弃努力。④**为我**：为自己。此句谓祈求上天不是为我一人。**戾**：定。**庶正**：众政务。⑤**曷惠**：什么时候。惠，表疑问的助词，参《郑风·褰裳》"子惠思我"句注。

解说

《云汉》，记周宣王向上天祈雨言辞的篇章。

《毛诗序》："仍叔美宣王也。宣王承厉王之烈，内有拨乱之志，遇灾而惧，侧身修行，欲销去之。天下喜于王化复行，百姓见忧，故作是诗也。"《北堂书钞·天部》引《韩诗》："宣王遭旱仰天也。"王先谦《集疏》："合之《繁露》'宣王忧旱'云云，是《齐诗》与《韩》合。《鲁诗》当无异义。"观诗首章"王曰於呼"，作者不当是周王本人。《毛诗序》称仍叔，或有所本。但诗全篇都记录的是王对上天主神的祷告之词，较《荡》篇载文王之言还要多，是一篇记言诗，体式颇为特殊。从《毛诗序》言"宣王承厉王之烈，内有拨乱之志"云云看，是将其问世时间定于宣王初年。据《鲁诗》遗说，宣王元年天下大旱，至六年乃雨。因此陈乔枞《鲁诗遗说考》谓此诗作于宣王二年至六年之间。西周晚期是一干旱饥馑的多灾年代。《随巢子》曰："厉幽之时，天旱地坼。"《古本竹书纪年》："共和十四年，大旱，火焚其屋，伯和篡位立，其秋，又大旱。其年周厉王死，宣王立。"又《今本竹书纪年》载从厉王二十二年一直到二十六年持续数年"大旱"。据近人竺可桢的研究，周宣王时代，为干燥时期。反复、持续的干旱引起了社会动荡，导致草原民族内侵、中原人民流迁等一系列重大的历史变动，西周王朝因此而越发摇摇欲坠。此诗正是在这样一种背景下的精神产物。持续大旱，在古人，就是天意的显露，就是上帝的在场。此篇正表现人在大的自然灾害面前的恐慌与忧惧，可算是最早的灾难文学。至于此诗作者的作意，按《毛诗序》之说是赞美宣王有修身消灾之志，就作品内容而言，全是周王祈求上天的言辞，但王者为天旱而祈祷，自然是值得赞美的，所以《毛诗序》那样说也不无道理。大旱暑热之时，暗夜星辰之下，周王仰望天空，膜拜祈祷，默念诸神，检讨平昔，形象宛然。古代禳旱有雩祭常典，但《云汉》是否为常态的雩祭典礼之歌，则不无疑问，毕竟那样持续的大旱太少见，所以王要亲自出来暗夜祷告，就与一般雩祭有别了。

崧 高

崧高维岳，骏极于天①。**维岳降神，生甫及申**②。**维申及甫，维周之翰**③。**四国于蕃，四方于宣**④。

○诗之首章。以岳神显灵，特表申伯出身不凡。起笔高远。

▣ **注释** ▣ ①**崧**（sōng）：崇。字亦作"嵩"，崧高即崇高。**骏**：伟岸高耸。**极**：至。②**岳**：四岳也。四岳之说，见《尚书·尧典》，指岱宗、南岳、西岳、北岳。四岳也是官职之称，据《尧典》为姜姓世袭。**甫、申**：姜姓诸侯国。据说尧时姜姓掌四岳之神的祭祀，称为"四岳"。《国语·周语》："齐、许、申、吕，由大姜。"大姜为武王之妻，可知申国始封在周初。诗篇中的申，是宣王时期从周初所建申国分出来迁往谢地建立的新邦，所以有器物铭文称之为"南申"；旧有之申，有文献称之为"西申"。③**翰**：桢干，屏障。④**于**：是，结构助词。**蕃**：同"藩"，樊篱，屏障。**宣**：墙垣。马瑞辰《通释》："与蕃对言，宣当为垣之假借。《说文》：'垣，墙也。'亘古读同宣，故垣或假作宣。"两句言申甫为周王朝的支柱和屏障。

亹亹申伯，王缵之事①。**于邑于谢，南国是式**②。**王命召伯，定申**

伯之宅③。登是南邦，世执其功④。

○诗之二章。述申伯使命的重大，命重臣召伯先行营造申伯之宅，特见王对申伯的倚重与优宠。

注释　①亹亹：勤勉貌。参《大雅·文王》"亹亹文王"句注。**申伯**：周宣王的舅父，姜姓诸侯，受宣王之命迁邦于谢，镇守王朝南大门。用封建诸侯的方式守卫边疆是西周惯例，周初大封建之后，穆王、宣王，见于金文，都有封建之事。**缵**（zuǎn）：任命，具体说是在旧有权职之上再加新的任命。在西周金文中，字写作"羛"。如《师毇簋》："伯龢父若曰：师毇，乃祖考又（有）爵（恪）于我家。……余令汝死（尸）我家，羛司我西扁东扁……"此字使用在西周晚期较流行。参《豳风·七月》"载缵武功"句注。②**第一个"于"**：为。马瑞辰《通释》："上于字当读作为之为。'为邑于谢'犹云作邑于谢。"**谢**：地名。其地在今南阳盆地河南唐河县境内。当时为南北交通之要冲，入东周后不久即被楚吞并。**式**：法式。③**召伯**：召穆公，名虎，召康公之后，为周厉王、宣王时期重臣。④**登**：成，建造。一说，定。**执其功**：执掌政事。两句是说，建造一个新南邦，令其世代镇守南疆。

王命申伯，式是南邦①。因是谢人，以作尔庸②。王命召伯，彻申伯土田③。王命傅御，迁其私人④。

○诗之三章。分别记述周王对申伯、召公及傅御之命，王对申伯就封十分关切。

注释　①**式**：法则，在此有统治的意思。②**因**：依靠。**谢人**：谢地的原有居民。周代分邦建国，最基层的民众就是这些原有居民，称为"野人"。**庸**：佣，仆从。朱熹《诗集传》："言因谢邑之人而为国也。"③**彻**：治，丈量划分土田疆界，以便征税。④**傅御**：周王身边的大臣。陈奂《传疏》：

"'傅御',犹'保介'也。"**私人:** 申伯的家族徒属。

申伯之功,召伯是营。有俶其城,寝庙既成①。既成藐藐,王锡申伯②:四牡蹻蹻,钩膺濯濯③。

○诗之四章。言谢邑竣工,申伯就封之际周王予以赏赐。

注释 ①**有俶**(chù):俶然,形容城墙壮观。②**藐藐:**壮观貌。③**蹻蹻**(jué jué):马匹高大健壮貌。**钩膺:**马胸前束带。参《小雅·采芑》"钩膺鞗革"句注。**濯濯:**明闪闪的样子。

王遣申伯,路车乘马①。我图尔居,莫如南土②。锡尔介圭,以作尔宝③。往近王舅,南土是保④。

○诗之五章。紧承上章,继述王对申伯的赏赐及勉励。记言中有王之语气、神态。

注释 ①**路车:**诸侯所乘之车,又作"辂车"。**乘马:**四马为一乘。②**图:**图谋,考虑。③**介圭:**大圭。周制,天子赐命诸侯时以颁赐介圭作为信物。④**近**(jì):语尾词,字当作"辺",形近而误。马瑞辰《通释》:"诗言'往辺',犹《虞书》言'往哉'。"**保:**守卫。

申伯信迈,王饯于郿①。申伯还南,谢于诚归②。王命召伯:彻申伯土疆,以峙其粻,式遄其行③。

○诗之六章。写周王在郿为申伯饯行。诗是为送行赠别而作,至此回归本题。

注释 ①**信:**果真,真的。**迈:**行进。**饯:**送行饮酒,即后世所谓饯别。**郿**(méi):地名。其地在岐山之南,渭水以北。申伯所新封之地在东南，受命后应往东南走，然而郿却在西北。对此，前人有不同说法：一如郑玄所说，以为当时周王正在岐山一带活动，所以在郿为申伯饯行；二如曹粹中（有《放斋诗说》辑本）、陈奂《传疏》以及今人朱东润（《诗大小雅说臆》）所说，言封建诸侯要在岐周行告庙之礼，故周王在距岐周不远的郿地为申伯饯行；三如今人辛树帜（《禹贡新解》）所说，言郿之南，即太白山，翻过此山，经今跑马坡再向东南，顺汉水沿岸南行，就是通向谢地的坦途，貌似绕远，实为近路。后一说或更可取。②**"谢于"句**：诚归于谢的倒装。诚，坚定不移。③**峙**：储蓄。字通"庤"。**粻**（zhāng）：粮食。**式**：以。**遄**（chuán）：速，加快。

申伯番番，既入于谢，徒御啴啴①**。周邦咸喜：戎有良翰**②**！不显申伯，王之元舅，文武是宪**③**。**

○诗之七章。言申伯入谢地之迅速，赞美申伯的才干，实含勉励之意。

▣ 注释 ▣ ①**番番**（bō bō）：勇武貌。**徒御**：保护车架的武士。《毛传》："诸侯有大功，则赐虎贲徒御。"**啴啴**（tān tān）：因急行而喘息貌。参《小雅·四牡》"啴啴骆马"句注。②**周**：遍，所有的。一说，即周朝之周。**戎**：汝，你。③**不显**：丕显。参《大雅·文王》"有周不显"句注。**元舅**：大舅，长舅。

申伯之德，柔惠且直。揉此万邦，闻于四国①**。吉甫作诵，其诗孔硕，其风肆好，以赠申伯**②**。**

○诗之八章。特表申伯盛德。此章为"乱辞"，点明诗歌作意与作者。

▣ 注释 ▣ ①**揉**：安抚。**四国**：四方。②**吉甫**：尹吉甫，周宣王大臣。参《小雅·六月》"文武吉甫"句注。**作诵**：作赞美的颂歌。周代诗篇由乐工演奏歌唱，故称诵。**硕**：歌词所表达的意蕴深远宏大。**风**：韵律格调。

肆好：极好。马瑞辰《通释》："'肆好'即极好，犹言'孔硕'，古人自有复语耳。"

解说

《崧高》，申伯受封谢地，就封时行饯别之礼，尹吉甫作歌以赠之。

《毛诗序》："尹吉甫美宣王也。天下复平，能建国亲诸侯，褒赏申伯焉。"王先谦《集疏》："此诗及下章（指《烝民》）皆有诗人自名。三家无异义。"但从诗歌看，诗人的本意诗中已有明确的交待，是"以赠申伯"。朱熹《诗集传》："宣王之舅申伯出封于谢，而尹吉甫作诗以送之。"简洁准确。申伯姜姓，世代与周为婚姻、盟友关系。申姜又称"西戎"（见《国语·郑语》），其世居之地当在宗周以西地区。《国语·郑语》载宣王三十九年"王师败绩于姜氏之戎"，《古本竹书纪年》记同年宣王有"伐申戎"之事，可见申姜与周人之间既有姻亲关系，又有战争关系。宣王朝是一个"四夷交侵"的时代，申伯受封的谢地是周王朝防御楚国北犯的门户。封申伯于南疆既可以抵御楚人，又可以分化西申势力，消除西戎对宗周的潜在威胁，实有一箭双雕之功。宣王中兴主要表现于团结内部力量，抗击外来侵犯。从《崧高》也可以明显看出宣王朝的御外有方。诗中"申伯信迈"及"谢于诚归"，《郑笺》："申伯之意，不欲离王室。王告语之复重，于是意解而信行。"看来申伯本不愿意离开自己的旧地，但最终服从了王命。于此又可见宣王朝对诸侯方国尚有权威。此诗可与《王风·扬之水》《小雅·黍苗》合观。《崧高》及《黍苗》作于西周之世，一为殿中大臣为王侯饯行大礼所作的歌乐，一为将士颂赞朝臣营造谢邑功德的颂歌，而《扬之水》则成为东周戍卒的哀怨之诗。三者因作者及歌唱主题、格调的不同而分属《大雅》《小雅》《国风》，于此又可以约略窥见编《诗》者分别《风》《雅》及《雅》分大、小的标准。另外，诗最后一章是所谓"乱辞"。《国语·鲁语》载闵马父谈到《商颂》时有"以《那》为首，其辑之乱"云云，所说之"乱"，正是《那》结尾几句,可知《诗经》时代即有"乱"。本诗末章点明诗为吉甫作,又赞美其风之好,显然是乐工演唱时加上去的,堪称中国最早的文学批评。同时,在这一"乱辞"中,又可见诗歌在西周的新变:诗篇的创制开始归功于个人,有主名的诗人正式出场。在西周中期的一些诗篇如《大雅》的《绵》与《皇矣》,《文王》和《大明》,《棫朴》和《旱麓》,《文王有声》和《下武》等等,读者可以明显感受到篇与篇之间的相似,在相似中又可感受到明显的个性,但诗人最终是隐蔽的。到宣王的诗篇中,诗人终于浮现了,应该是诗篇创作从庄重典礼走向日常的结果。因为在走向日常的背后,是社会对诗篇歌唱的喜爱。如此,以诗篇写得好赞美一个人的做法才会出现。

烝 民

天生烝民,有物有则①。民之秉彝,好是懿德②。天监有周,昭假于下③。保兹天子,生仲山甫④。

○诗之首章。言上天为保佑天子,生下仲山甫。"民之秉彝",为下文歌颂仲山甫做铺垫。后儒家言"天命之谓性"以及"性善"论等人性观,可追溯至此。牛运震《诗志》:"开端四语,性命精微之奥,一篇诗旨函盖于此。"

注释 ①烝:众。物:有类别的万物。其本义为按毛色分别马匹,马瑞辰《通释》:"凡以类相从者皆谓之物。"则:法则,规则。两句是说,上天生万物,有类别,也按类赋予相应的法则。②秉彝:保持常性。秉,顺从,保持。彝,恒常之性。懿:美。此句谓烝民天生禀性就有喜好美德的倾向。③监:看,观察。西周天命观认为,上天始终在观察着地上政权对民众的好坏。**昭假（gé）**：神的灵光照临。参《大雅·云汉》"昭假无赢"句注。④**兹**：此。**仲山甫**：周宣王的大臣，又称樊穆仲、樊仲，封地应在今河南济源市辖区内。《国语·周语》记载他曾经数次谏正周宣王。

仲山甫之德，柔嘉维则①。令仪令色，小心翼翼②。古训是式，威仪是力③。天子是若，明命使赋④。

○诗之二章。进一步言仲山甫的德行。"古训""威仪"两句，交代其修身。以上两章言仲山甫其人其德，简括有力。

⚏ 注释 ⚏ ①**柔嘉**：柔和善美。**则**：符合法则。②**令**：善。**色**：对人的和颜悦色。《论语·泰伯》："君子所贵乎道者三：动容貌，斯远暴慢矣；正颜色，斯近信矣；出辞气，斯远鄙倍矣。"正此处"色"之所指范围。③**古训**：先人的遗教。古，故。**式**：依，效。**力**：勤。④**若**：顺。**明命**：成命。马瑞辰《通释》："《尔雅·释诂》：'明，成也。'明命犹言成命，谓成其教命使布之也。"**赋**：推行，落实。

王命仲山甫：式是百辟，缵戎祖考，王躬是保①。出纳王命，王之喉舌②。赋政于外，四方爰发③。

○诗之三章。专写仲山甫的国家重臣身份：内保王躬，外布大政。

⚏ 注释 ⚏ ①**式**：法式。在此为动词，统率。**百辟**：各诸侯国君。此句是说为诸侯的法式。**缵**：继任，承继。参《大雅·崧高》篇"王缵之事"句注。**戎**：汝，你。**躬**：身体。在此指王的生活起居。**保**：监护，教养。保，在西周是负责教养王的高官，如召公为太保，此处透露出仲山甫太保的身份。②**出纳**：发出和收进。出，宣布王命。纳，接受各方诸侯呈报。马瑞辰《通释》据《周礼》及秦、汉典章制度，断定仲山甫兼任王朝内臣。这与他多次谏王是相符的。据《周礼》，保有"掌谏王恶"之责。③**赋**：布。赋政即布政。**外**：朝廷之外。**发**：行，施行。马瑞辰《通释》："承上'赋政于外'言之。'四方爰发'犹云'四方之政行焉'。"

肃肃王命，仲山甫将之①。**邦国若否，仲山甫明之**②。**既明且哲，以保其身**③。**夙夜匪解，以事一人**④。

○诗之四章。承上章，继言仲山甫奉职尽心，有德有智。以上写足仲山甫才德明智。

▣ 注释 ▣ ①**肃肃**：庄严，严肃。**将**：执行。②**若否**：好坏，顺不顺。若，顺。顺否犹臧否。③**哲**：智。**保身**：保护自身。朱熹《诗集传》："盖顺理以守身，非趋利避害而偷以全躯之谓也。"④**夙夜**：早晚。**匪解**：不懈，不懈怠。**一人**：指周天子。周王自称予（或余）一人。

人亦有言：柔则茹之，刚则吐之①。**维仲山甫，柔亦不茹，刚亦不吐。不侮矜寡，不畏强御**②。

○诗之五章。就品性、人伦，表仲山甫风范之不凡。从当时谚语生发对人物的评价，巧。造语平易，义理剀切，实人生难到之境。读此章，可知西周人言"中道"的内容。

▣ 注释 ▣ ①**茹**：吞吃。**刚**：坚硬的。②**矜**（guān）：鳏。两字古通用。**强御**：强横。

人亦有言，德輶如毛，民鲜克举之①。**我仪图之，维仲山甫举之，爱莫助之**②。**衮职有阙，维仲山甫补之**③。

○诗之六章。极赞仲山甫德行之盛，能对周天子有所纠正，充满钦敬之情。言德重，偏比之于毛，妙。

◎**注释**◎ ①**輶**（yóu）：轻。輶本是一种轻便快速之车，此处为引伸义。②**仪图**：揣度。**爱**：敬爱。此句是说，仲山甫德高，自己只有敬佩的份，而无力帮他。③**衮**（gǔn）：衮衣，指代天子。衮为绣有卷龙图案的黑色礼服。**职**：适，乍。据俞樾《群经评议》、杨树达《积微居小学述林》。一说，通"识"，衮职即衮识，亦即衮章。据马瑞辰《通释》。**阙**：过失。这句是说，如果周天子碰巧有什么过错，仲山甫会弥补。

仲山甫出祖，四牡业业①。**征夫捷捷，每怀靡及**②。**四牡彭彭，八鸾锵锵**③。**王命仲山甫，城彼东方**④。

○诗之七章。述仲山甫使命，始明诗篇为"出祖"之礼而作。

◎**注释**◎ ①**出祖**：祭道路之神的仪式。古代出征先祭路神，封土为山象，用苞棘为神位，祭之而后以车压之，以示路无险阻。**业业**：奕奕，雄壮貌。②**捷捷**：迅疾貌。**每怀**：私怀，个人感情。**靡及**：顾不上。参见《小雅·皇皇者华》"每怀靡及"句注。③**四牡**：驾车的四匹公马。**鸾**（luán）：青铜铃，形制为两部分构成，上部为一个扁圆铜罩，镂空处呈光芒四射形，内装铜丸，下部是透空的扁方座，套在车辕之上的衡木上，加横销固定。西周时期流行。④**城**：筑城。**东方**：指齐国。《毛传》："古者诸侯之居逼隘，则王者迁其邑而定其居，盖去薄姑而迁于临淄也。"据此，仲山甫出使是因齐国迁都之事。

四牡骙骙，八鸾喈喈①。**仲山甫徂齐，式遄其归**②。**吉甫作诵，穆如清风**③。**仲山甫永怀，以慰其心**④。

○诗之八章。进一步表明仲山甫奉职王命的地点，并表明歌诗之意。最后四句，为"乱辞"，以总结全篇。

◎**注释**◎ ①**骙骙**：强壮貌。②**徂齐**：前往齐国。徂，往。**式**：结构助词。**遄**（chuán）：快，速。**归**：回来。此句是祝愿仲山甫早点回朝。③**吉甫**：尹吉甫，周宣王时期大臣，其人其事见诸《诗》有《小雅·六月》的率军北伐；见诸金文有《兮甲盘》记其从王征玁狁，又出使淮夷。是一代重臣，又是最早有主名的诗人。此篇而外，《大雅·崧高》篇亦言"吉甫作诵"。**穆**：和。④**永怀**：深长的思念。

解说

《烝民》，尹吉甫所作祖道赠别之歌。

《毛诗序》："《烝民》，尹吉甫美宣王也。任贤使能，周室中兴焉。"王先谦《集疏》："三家无异义。"朱熹《诗集传》："宣王命樊侯仲山甫筑城于齐，而尹吉甫作诗以送之。"可见汉、宋儒对该诗作者、时代等没有太大的歧义。古来纷争的是仲山甫的族姓、樊地所在，以及"徂齐"是就封于齐，还是前往齐国执行筑城任务。仲山甫在《国语》中有樊仲山父、樊穆仲、樊仲等不同称谓，后代对樊地望有不同说法，一说修武阳樊（今河南济源市），一说兖州瑕丘（今山东济宁市附近），一说南阳樊城（今湖北襄樊市境内）等。之所以有争议，起自《毛传》"仲山甫，樊侯也"之说，畿内诸侯不称"侯"，于是引得一些后人在王畿之外去找寻其地。实则《毛传》之言，很可能是传写讹误（马瑞辰《通释》有考证）；即真如其所说，亦不必拘泥固执。所以，据《国语》，以阳樊为更可信。关于其族姓，有虞仲后代与周王同姓、齐太公姜尚之后、鲁献公之子，以及殷商旧族等说。因史料缺乏难以定论。但从诗中"王躬是保""出赋王命"看，如此重大职责，当以同姓兼任最为可能。至于"徂齐"是就封还是执行任务，今文家（《韩诗》《鲁诗》家）主前者，古文家主后者。诗一则云"出纳王命"，再则云"式遄其归"，在篇章内容述说的首尾，不可能如今文家所说是就封。《今本竹书纪年》记宣王七年命仲山甫城齐，不知是否可信。《毛传》言"徂齐"是为都城日益狭窄的齐国迁邑定居。此说于史实无据，故前人多不信。据《史记》，齐本都营丘，至胡公自营丘徙薄姑，其时为西周中期。至周夷王时，献公杀胡公。再过两世，胡公之子入都城杀厉公，胡公之子亦死，齐国人立公子赤，时在宣王初期。南宋王质《诗总闻》即以此断言仲山甫徂齐，正当此时，为之筑城，是安定齐国久乱的局面。当然，也许此次仲山甫出使齐国另有目的，青铜器铭文《师寰簋》记载周宣王时征伐淮夷，曾调动齐、纪之师。那么，也有可能仲山甫使齐，与王朝征战需要借助齐国军队有关。

此诗在创作上有许多值得关注之处。其一，是创作起因。诗是大篇章，可是所依附的仪式却不是很大。礼仪有近俗者，有近圣者，祖道之礼当属前者。近俗之礼而有如此大篇，表明诗的创作，已经开始向平凡之事迁移了。试将诗篇与西周中期大祭祖先、歌颂王之活动的《文王》《卷阿》相比，其间的迁移变化是很明显的。其二，诗篇虽是祖道仪式的歌唱，可诗篇所传达的情感，与其说是仪式之歌，不如说是临别赠言（实际，吉甫作的《崧高》篇就明言是"以赠申伯"）。这表明，仪式已经成为诗篇的背景，是人们感觉应该有歌唱、需要有诗篇的一个"场合"。其三，诗篇内容上颇显价值的是对仲山甫之德的歌唱。在写制于西周中期的《尚书·虞夏书》中就有对"德"的论说，刚柔有度就是被高扬的贵族生活准则。西周初期言"天命"，中期言天命之下的"人德"，是西周思想在延展的表现，此篇继而满怀敬意地歌唱一个在世之人身上所具有的可以效法的德行，不是更加延展的表现吗？大、小《雅》诗多为对祖先、大事及隆重典仪的歌唱颂赞，此诗以浓郁的笔墨，从德行、精神气质等诸多方面赞美咏叹同时代的人，将爱戴、仰慕之情献给生活在同时代的人，显示出人向人学习的意识，实在是空前的。从《诗经》文学发展历程上着眼，这一点是应当充分认识的。其四，《崧高》篇有对"吉甫作诵"的夸赞，此诗更是赞美吉甫的篇章"穆如清风"，前人对此不明就里，甚至有人以为"古人作诗自知自赏如此"（锺惺《诗经评点》）。实则两诗末章的夸赞，是乐工演奏时加上的，亦即出于演奏需要的"乱辞"。《诗》有"乱"，见《论语》"《关雎》之乱，洋洋乎盈耳"及《国语》所载闵马父之言。后者，韦昭注曰："凡作篇章，篇义既成，撮其大要为乱辞。……曲终乃更变章乱节，故谓之乱也。"可知"吉甫作诵"云云，乃是乐官为演奏需要而"撮其大要"的概括之语。如此，如下的疑问或许不算太离奇：既然"乱辞"说诗篇为吉甫作，是否只意味着祖道典礼是他主持，歌唱是以他的口吻为尺度的呢？

韩 奕

奕奕梁山，维禹甸之，有倬其道①。韩侯受命，王亲命之②：缵戎祖考，无废朕命③。夙夜匪解，虔共尔位，朕命不易④。榦不庭方，以佐戎辟⑤。

○诗之首章。写韩侯入朝，受天子诰命。"缵戎"以下皆为命辞。言"祖考"，即非周初始封韩国之词。

注释　①**奕奕**：高大貌。**梁山**：山名。在今北京市通州区西，河北省固安县东北。据江永《春秋地理考实》。**甸**：治理。亦见《小雅·信南山》"维禹甸之"句。**有倬**：遥远貌。三句是说，梁山之地也是大禹治理九州时开辟出来的。②**韩侯**：韩国君。西周之韩国有二：其一，封建时间在周初，其国君为武王之子，封地在今山西省河津市东，据《竹书纪年》为晋文侯所灭；其二，即本诗篇所言之韩，始封君为姬姓，其国在今河北固安县境内，其地近燕。**受命**：老诸侯去世，新诸侯继位，要接受周王册封，此处受命即指此而言。③**缵**：继任。参《大雅·崧高》篇"王缵之事"句注。**戎**：你。下文"戎辟"之"戎"义同。④**虔共**：诚敬地供职。**不易**：不容易。马瑞辰《通释》："天子受命于天，以天命为不易。诸侯受命于君，以君命为不易，其义一也。"⑤**榦**：干，纠正。**庭**：直。不庭即不直，引申为不守正道、不安定。**方**：方国。**辟**：君王。

四牡奕奕，孔修且张①。**韩侯入觐，以其介圭，入觐于王**②。**王锡韩侯：淑旂绥章，簟茀错衡，玄衮赤舃，钩膺镂锡，鞹鞃浅幭，鞗革金厄**③。

○诗之二章。此章与上一章为倒叙关系。铺陈周王所赐车马的装饰，错彩镂金，是后世赋家笔法之祖。

注释 ①"四牡"两句：诸侯朝见天子，宴享之时有向天子献马之礼。**修**，长。**张**，高大健壮。两句是描述韩侯所献之马。一说，两句只是形容韩侯朝见所乘的车马。②**觐**（jìn）：朝拜，晋见。《白虎通·爵》："诸侯世子三年丧毕，上受爵命于天子。"从下文"韩侯取妻"等语看，韩侯当是新立之君。**以**：与。**介圭**：大圭，长一尺有余。周制，诸侯新立之君继位之际，当向周王交还先君所受介圭，并由周王再行颁赐，以示周王对新君的承认。两句是说，韩侯在献马的同时，还上交了大圭。③**淑**：善，精美。**旂**（qí）：表身份的旗帜。参《小雅·出车》"旂旐英英"句注。**绥**：文采貌。一说，登车时手执的丝织带。**章**：有花纹的丝织带。与《小雅·大东》"不成报章"之"章"义同。**簟**（diàn）：铺在车上的竹席。**茀**（fú）：车篷。一说，簟茀为防止弓箭松弛的弓形器。参《小雅·采芑》"簟茀鱼服"句注。**错衡**：饰有花纹（或涂金）的车前衡木。参《小雅·采芑》"约軧错衡"句注。**玄衮**：黑色的绣有龙纹的袍服。**赤舃**（xì）：赤色的木底鞋。参《豳风·狼跋》"赤舃几几"句注。**镂锡**（yáng）：马额头上的金属头饰。**鞹鞃**（kuò hóng）：古车前横木（称衡），上面蒙着的去毛的皮革，称鞹鞃。**浅幭**（miè）：覆盖在车轼上的短毛虎皮。**鞗革**（tiáo lè）：当作"鞗勒"，革即勒之省文，即饰有黄铜的马络头。参《小雅·蓼萧》"鞗革冲冲"句注。**金厄**：黄铜雕饰的轭。马瑞辰《通释》："厄即轭字之省。"轭为架在马颈上的牵车之具。

韩侯出祖，出宿于屠①。显父饯之，清酒百壶②。其殽维何？炰鳖鲜鱼③。其蔌维何？维笋及蒲④。其赠维何？乘马路车⑤。笾豆有且，侯氏燕胥⑥。

○诗之三章。写显父为韩侯饯行，有问有答，句法活泼。

▣ 注释 ▣ ①出祖：祖道，即祭祀路神。又见于《大雅·烝民》篇。屠：地名，即今陕西鄠县杜陵。据胡承珙《毛诗后笺》。②显父：人名，王朝公卿。清酒：以水掺兑的薄酒。参《小雅·信南山》"祭以清酒"句注。③炰：蒸煮。④蔌：菜蔬之物。笋：芦笋。蒲：香蒲。⑤乘（shèng）马：四马为一乘。路车：诸侯所乘的车。⑥且（jū）：众多貌。侯氏：指韩侯。燕胥：燕乐。马瑞辰《通释》："胥之言序，序、豫古通用，则燕胥犹燕豫矣。"

韩侯取妻，汾王之甥，蹶父之子①。韩侯迎止，于蹶之里②。百两彭彭，八鸾锵锵，不显其光③。诸娣从之，祁祁如云④。韩侯顾之，烂其盈门⑤。

○诗之四章。写韩侯归国途中便道娶亲。先叙女方门第，再言韩侯亲迎，结尾二句细致生动，喜庆热烈。

▣ 注释 ▣ ①取妻：新君即位，马上与其他诸侯建立婚姻关系。《左传·文公二年》："凡君即位，好舅甥，修昏姻，娶元妃，以奉粢盛，孝也。"汾王：周厉王，其出奔后居彘，在汾水之旁，故称。一说，西戎之王。俞樾《群经平议》："汾即《考工记》之妢胡，西戎国名也。"蹶父：周王朝卿士，姞姓，封地为蹶，故名。②止：语气词。里：住地。③两：辆。④娣：女弟，妹妹。据载，周代王室、诸侯嫁女，同姓国要有两个国家以上以姪娣陪嫁，称为媵。《郑笺》："独言娣者，举其贵者。"祁祁：齐整貌。亦见《召南·采蘩》"被之祁祁"句。⑤顾之：迎娶新娘的仪式，又称顾曲。

《毛传》："曲顾道义也。"曲顾即回顾、环视，道义即导仪、引导。《孔疏》："既受女，揖以出门，及升车授绥之时，当曲顾以道引其妻之礼仪。"曲顾即迎娶时引导其妻之礼。**烂其**：灿然。《郑笺》："粲然鲜明且众多之貌。"

蹶父孔武，靡国不到。为韩姞相攸，莫如韩乐①。孔乐韩土，川泽讦讦②。鲂鱮甫甫，麀鹿噳噳③；有熊有罴，有猫有虎④。庆既令居，韩姞燕誉⑤。

○诗之五章。赞美韩国土地肥沃，物产丰饶。而赞美之意由蹶"相攸"引出，又归结于韩姞的"燕誉"。述说中流露出强烈的拥抱生活之感，最能体现宣王朝诗篇的精神。

注释 ①**韩姞**（jí）：即韩侯之妻，姞是其母家姓。**相攸**：选择婆家。②**讦讦**（xǔ xǔ）：广大貌。③**甫甫**：肥大貌。**麀**（yōu）：母鹿。**噳噳**（yǔ yǔ）：形容鹿众多貌。④**猫**：山猫。因其食田鼠，所以古代秋冬报神祭祀中有迎猫这一项。⑤**庆**：善。**既**：其。**令居**：好的归宿。**燕誉**：燕喜，高兴。两句言韩姞得到好的婆家，是令人庆幸的。

溥彼韩城，燕师所完①。以先祖受命，因时百蛮②。王锡韩侯，其追其貊③。奄受北国，因以其伯④。实墉实壑，实亩实藉⑤。献其貔皮，赤豹黄罴⑥。

○诗之六章。言韩统御北方戎狄，且为王朝征收兽皮。

注释 ①**溥**（pǔ）：广大。**燕**：燕国。西周时有南燕、北燕，南燕姞姓，黄帝之后，封地在今河南辉县境内；本诗之燕，揆诸地理当系北燕，即召公奭后代所封姬姓之国，在今北京大兴、房山一带，其遗址曾在房山琉璃河发现。**师**：民众。**完**：完工。此句是说韩国城邑是燕国人帮助建造的。②**先祖**：韩国祖先为周武王之子。**因**：有，据有。**时**：是，这些。**百蛮：**当时各种异族之称。据相关文献，西周封建诸侯时，一般都要指明封国的土地范围及所统驭人群对象。此句言"百蛮"以及下一句的"追""貊"，都是被指明的韩侯统治对象。③**追：**北方异族名。**貊**（mò）：北方异族之称。两者都属于上文所说"百蛮"。④**奄：**尽。**伯：**诸侯之长。在此周王命韩侯统率北国各部族首领。⑤**实：**是。**埔：**城墙。在此为动词，筑墙。**壑：**深沟。古时也以深沟为防御用，犹如后世的护城河。**亩、藉**（jiè）：二词同义，都是治理田地。两句承本章开头两句，补写韩城及其田亩情况。⑥**貔**（pí）：一种豹类野兽。《毛传》："追、貊之国来贡而侯伯总领之。"意谓韩侯负责为王朝征收来自追、貊之国的猛兽皮。

解说

《韩奕》，新继位的韩侯朝见周王后返国，大臣为之行祖道饯别之礼，歌以美之。

《毛诗序》："尹吉甫美宣王也。能锡命诸侯。"王先谦《集疏》："三家无异义。"朱熹《诗集传》："韩侯初立来朝，始受王命而归，诗人作此以送之。《序》亦以为尹吉甫作，今未有据。"朱熹改正汉儒成说，深切诗义；怀疑此诗作者，亦称审慎。不过，《毛诗序》之说固然迂曲，朱熹以为只是送别，终是有所忽略。此诗之作，当与《大雅·崧高》有着相同的背景，诸侯世子继嗣之际入宗周朝见受命，当是王朝常礼。韩侯觐王之时，诗人对典礼中的颁赐、册命以及韩侯的婚事特加赞颂，显示的当是朝廷对韩侯的特殊倚重。韩侯之国，从当时的地理情况看，地处周朝势力与蛮貊之族相邻接的边远地带，游牧狩猎民族的侵迫、边疆局势的严峻，实是周王要求韩侯"榦不庭方，以佐戎辟"的现实原因。移封或新建诸侯于要害之地，是宣王朝边防的常用之策，如《崧高》篇就与一次移封诸侯有关。此外新近出土宣王《四十三年逑鼎》器铭更有"建长父侯于杨"之语，即器主受王命协助长父在杨地建邦。杨在今山西洪洞，为当时的要冲。关于本诗的创作年代，前代学者有人认为作于《小雅·六月》宣王北伐之后。这是值得商榷的。考《六月》，周朝的敌人是猃狁，在宗周西北。而《韩奕》中周朝敌人则在距宗周极其遥远的东北。《六月》的宣王北伐无论如何只是一次战役活动，而《韩奕》的强固方国桢干才是更有远谋的战略措施。此诗在造诣上亦有值得注意处。首先是对车马装饰繁复的描述，错彩镂金，实开汉大赋之先河。前人谓"赋者，古诗之流也"，可于此获得理解。其次，对韩邦山川富饶热烈的铺陈，是正面写景物的文字，在《三百篇》中也是较早的，诗人将描述的眼光投向生活的世界，发现生活世界是无限美好的，正是周宣王时期诗歌艺术所获得的重要进展，此诗即体现着这个时代的新特点。

江　汉

江汉浮浮，武夫滔滔①。**匪安匪游，淮夷来求**②。**既出我车，既设我旟**③。**匪安匪舒，淮夷来铺**④。

〇诗之首章。言周王朝沿江汉顺流而下，征讨淮夷。

注释　①**江汉**：汉水。马瑞辰《通释》谓古时长江通名江汉。**浮浮**：水汹涌奔流的样子。**滔滔**：形容王朝军队如滔滔江河之水。②**安**：游乐。于省吾《新证》："安、宴、燕古通。"**游**：游荡。**淮夷**：又称南淮夷、南夷、东南夷、南国戎等。西周时居住在淮水流域的东方人群，应为夏代岳石文化人群的后裔，本来世居今山东地区，西周建国后被迫南迁到淮水流域。他们对周王朝叛服不定，昭王、穆王之际曾大规模叛乱，侵伐周之"内国"（《彔𢕌卣》），夷王、厉王时曾北上至"阴阳洛"（《敔簋》），即到达当时成周附近的洛水沿岸。**求**：纠，讨。马瑞辰《通释》："犹云淮夷是纠是讨耳。"③**旟**：战车上的旗帜，进兵时所用。参《鄘风·干旄》"孑孑干旄"句注。④**舒**：舒散，松闲。**铺**：搏，搏击。

江汉汤汤，武夫洸洸①。**经营四方，告成于王**②。**四方既平，王国庶定**③。**时靡有争，王心载宁**④。

○诗之二章。言淮夷平定，天下安宁。以上两章是下文王命召公的背景。

注释 ①**汤汤**（shāng shāng）：水势浩大貌。**洸洸**（guāng guāng）：勇武貌。②**成**：成功。③**庶**：大致，差不多。④**争**：争斗，抗争。

江汉之浒，王命召虎①：**式辟四方，彻我疆土**②。**匪疚匪棘，王国来极**③。**于疆于理，至于南海**④。

○诗之三章。征伐之后，周王命令召公治理东南国土。自第三句起，记王命词。

注释 ①**浒**：水畔，岸边。**召虎**：召穆公名虎。西周晚期青铜器有《召伯虎簋》诸器。②**式**：发语词。**辟**：开辟。**彻**：治理。③**疚**：病，伤害。一说，久，迟延。**棘**：急，在此有强制的意思。**来**：是。**极**：本义为中、正，在此作顺从、服从解。两句是说，召公治理这片疆土，不是要伤害、强制这里的人民，而是要他们以王朝的要求为准则。④"**于疆**"**句**：治理疆界土地的意思。**南海**：南到大海，表示极远的地方。考古显示，殷商时期中原王朝势力已远达两湖、广东地区。

王命召虎：来旬来宣①。**文武受命，召公维翰**②。**无曰予小子，召公是似**③。**肇敏戎公，用锡尔祉**④。

○诗之四章。仍述周王对召公的册命，王以先臣世勋勉励召公光大祖德。自第二句起记王命词。

【注释】①句：徇，巡视。宣：宣示、宣布政令。"来句"以下为周王命词。②文武：文王、武王。受命：受天命，指周初建国。召公：召公虎的祖先为召康公，名奭，周初重臣。翰：桢干，支柱。③曰：以，因为。予小子：周王自称。似：嗣，继承。两句是说，你要像当年的召公那样辅助我，不要因为我年轻而有所轻忽，应当继承你先祖的志业。④肇敏：谋划。西周晚期器铭《不嫢簋》有"女肇誨于戎工"，与此诗语法相同。于省吾《新证》言"誨"为古"谋"字，肇有造端的意思，所以两个字合成一个词，就是谋划。戎：大。公：工，事。祉：福禄。

釐尔圭瓚，秬鬯一卣①。告于文人，锡山土田②。于周受命，自召祖命③。虎拜稽首：天子万年④。

○诗之五章。述天子册命及召公的答拜，恩宠至极。"自召祖命"以上，为王命词；最后两句写召虎答拜。

【注释】①釐（lài）：赏赐。圭瓚（zàn）：祭神灌酒用的酌酒礼器，以玉装饰手柄。《白虎通·考黜》："玉瓚者，器名也，所以灌鬯之器也。以圭饰其柄。"秬鬯（jù chàng）：黑黍酿造的香酒。鬯，香草，酿酒加香草令其味香，祭神用。《毛传》："九命锡圭瓚秬鬯。"是极重的赏赐。卣（yǒu）：酒器，形类壶，有提梁。②告：告祭。文人：文德之人，对祖先的美称。《尚书·文侯之命》："用追孝于前文人。"此词亦屡见金文。③周：岐周。岐山为周族兴盛之地，召公之祖召康公当年应该是在岐山受文王任命。一说，镐京。自：从。召祖：指召康公，为召氏之祖。命：册命。言用当初赏赐召康公之礼。两句是说，你也到岐山接受山川土田的赏赐，就像当年乃祖召康公受命那样。④拜稽首：双手着地为拜，再行叩首，称稽首。为周代表达感谢最重的礼数。

虎拜稽首，对扬王休①。**作召公考，天子万寿**②。**明明天子，令闻不已**③。**矢其文德，洽此四国**④。

○诗之六章。写召公受命之后追孝祖先，祝祷天子。

注释 ①**对扬：** 为报答王命而颂扬天子。金文常见固定语。对，答。扬，颂扬。**休：** 美。②**考：** 孝。于省吾《新证》："考、孝金文通用。'作召公考'……即作孝召公之倒文。"此句是说，我将用这些赏赐祭享祖先召康公。③**令闻：** 好名声。④**矢：** 陈，布。**文德：** 美好的政德。**洽：** 协和，和谐。王先谦《集疏》："读为协。洽、协声同。" **四国：** 四方之国。

解说

《江汉》，召伯虎率师镇压南淮夷有功，周王赏赐之，此诗即因此而作。

《毛诗序》："尹吉甫美宣王也。能兴衰拨乱，命召公平淮夷。"王先谦《集疏》："三家无异义。"《今本竹书纪年》载周宣王六年曾命召穆公率师伐淮夷，或为《毛诗序》"命召公"之说所本。要之，诗篇所表之时当为宣王早期。传世文献对西周后期经营南方的情况记载颇为简略，幸有《师寰簋》和《兮甲盘》等铭文出现，才有更多表述。《师寰簋》言方叔南征（已见《小雅·采芑》），《兮甲盘》则记兮甲（即尹吉甫，说见王国维《观堂集林》别集《兮甲盘跋》）受命征求南淮夷财富。其受命时间，铭文显示为"隹（唯）五年"，即宣王五年。此时兮甲从王征玁狁立功，于是"王命令甲政（征）（治）成周四方积，至于南淮夷，淮夷旧我（帛）晦（贸）人，毋敢不出其贝、其积，其进人（各种力役，一说，进纳），其賨（贮）毋敢不即次（管理市的官舍）、即市。敢不用令，则即井（刑）扑（扑）伐"。据此可知"成周四方积"的主要来源是南淮夷的"帛晦"。如此，方叔（即师寰）、召虎连续南征的目的就十分清楚了，南方淮夷的丝织财富，成了王朝生存的命脉。同时，铭文中"敢不用令，则即井扑伐"的严厉，显示王朝对南淮夷经济上的榨取，是何等残酷！诗虽言"武夫滔滔"，然而据诗的内容，似并未发生大规模剧烈战争冲突。周军的前来，诗篇也说得明白，是"来旬来宣"，亦即声张王朝在这里的政治权力。这又决定了诗篇表现的重点：王朝对召虎的册命。册命最值得注意的内容，是提到周初的召康公。据周初器《大保玉戈》"王……令大（太）保省南戈（国）"之语以及《大雅·召旻》"昔先王受命，有如召公，日辟国百里"之句，周初的召公确实在经营南方上有所作为，然而，这里提到他，既是激励召伯虎，也是从历史的角度宣示王朝对南方的主权。

全诗六章，却有四章嵌入了王对召虎的命词与"虎拜扬休"的对答。诗言在"江汉之浒"，据此，册命典礼当在淮夷被镇抚、召公之师屯驻江汉之际，典礼是否由周王亲行，不可知。因为代宣王命的情况在西周中后期是常有之事，所以非宣王本人亲自宣布册命也是可能的。关于诗篇体式，方玉润《诗经原始》谓："召穆公平淮铭器也。"此论颇得后来一些学者信从。如郭沫若《两周金文辞大系考释·召伯虎簋铭》便认为，《召伯虎簋铭》与《江汉》"乃同时事，乃召虎平定淮夷，归告成功而作"。按，方氏之说实肇自《诗集传》，但朱熹只是将诗与彝器铭文相比，并未作方玉润那样的结论；方说似是而非。诗与铭文用语相类，只是同一时代语言习惯使然。诗中固有与铭文相类者，但更有不同者。"铭"为一家一族荣耀的纪念，"雅"是对王朝大政的咏诵，诗自诗，铭自铭，两者界限不容混淆。郭氏之说更不足信。《召伯虎簋铭》所记系召公听断争田狱讼，与《江汉》了不相干。宣王时期的诗歌善叙事，气象宏大，声势夺人，也有虚浮不实之病，此诗即是这样的篇章。

常 武

赫赫明明①！**王命卿士：南仲大祖**②**、大师皇父，整我六师，以修我戎**③。**既敬既戒，惠此南国**④。

○诗之首章。王命以下，是周王向两位公卿下达的战争动员令。

注释 ①**赫赫、明明：**形容王朝威势。②**卿士：**辅政高官。甲骨文显示，商代已有此官，延续到春秋。参《小雅·十月之交》"皇父卿士"句注。**南仲：**周宣王朝卿士，曾率师征伐狁狁。见《小雅·出车》。其人又见于宣王时器铭《无叀鼎》"司徒南中（仲）右无叀内（入）门"。可知宣王时期南仲为司徒，与本篇合。**大祖：**隆重举行祭祀路神的仪式。林义光《诗经通解》："大祭较也。"较即祭路神。参《大雅·生民》"取羝以较"句注。两句一意相贯，是说王命令卿士南仲在出师之前举行大祖之礼，同时命令大师皇父整顿六师，准备军械。③**大师：**即执掌王朝兵权的大臣。大读作太。亦见《小雅·节南山》。**皇父：**人名，宣王朝大臣。《小雅·十月之交》亦有"皇父"，当是此诗皇父的后人，该家族是西周晚期权贵之家。**六师：**周王朝所属军队有六师。师，驻扎之地称师，金文有"西六师"，即指王朝六师。④**敬：**警戒。《郑笺》："敬之言警也。"**戒：**戒备。**惠：**施恩。**南国：**即淮夷所居之地。实际地理位置在宗周、成周东南，此处称"南国"，只是当时习惯说法。

王谓尹氏：命程伯休父，左右陈行①**，戒我师旅。率彼淮浦，省此徐土**②**。不留不处，三事就绪**③。

○诗之二章。紧承上章王命内容，继言行军布阵，征伐路向。后两句，言大臣执行王命情形，将一、二两章贯为一气。

注释 ①**尹氏：**又称师尹，掌王朝册命。参《小雅·节南山》"尹氏大师"句注。**程伯：**人名，宣王朝大臣。伯是其爵位。《毛传》："始命为大司马。"据《国语·楚语》《史记·太史公自序》，休父本为史官，此次战役中始被任用为大司马，是司马氏的始祖。**"左右"句：**即按左右行阵，将军队分为两支。②**率：**循。**浦：**河畔。**省：**巡视，实即征讨。用"省"，内含徐土为王朝疆域之意。**徐土：**即徐国。其地在今淮河下游近洪泽湖北岸西岸地区，国君嬴姓，都城在今江苏泗洪县境。徐在西周是东夷人群中最大的一个政权，特别是昭穆之际曾为淮夷势力的核心，率众与周为敌。③**留、处：**延搁、迟滞。**三事：**司徒、司空、司马称三事大夫。《小雅·雨无正》"三事大夫"、《小雅·十月之交》"择三有事"句均可为证。诗中南仲当为司徒之职。《礼记·王制》："大司徒修六礼。"祭祀即"六礼"之一。皇父当为司空，掌百工技艺之事，所以王命皇父整师修戎。程伯则为司马之职，《周礼·夏官·大司马》："以九伐之法正邦国。"两句是说，王命下达之后，三事大夫将各项军事准备（即大祖、修戎和陈行）迅速落实。

赫赫业业，有严天子①。**王舒保作，匪绍匪游**②。**徐方绎骚，震惊徐方**③。**如雷如霆，徐方震惊。**

○诗之三章。专表王朝军威，先声夺人。

注释　①**业业：**浩大貌。**有严：**威严。有字无实义。②**舒：**舒缓。**保作：**安然起行。《毛传》："保，安也。"作，起，起行。**绍：**迟缓。绍与弨音近义通，弨，松弛。**游：**遨游。两句是说，王师虽然安然起行，却不缓慢松懈。③**绎骚：**渐趋不安。绎，连络，牵连。骚，扰动。两句是说，徐方恐惧情绪渐趋严重，从扰攘不安发展到全体震动。

王奋厥武，如震如怒①。**进厥虎臣，阚如虓虎**②。**铺敦淮濆，仍执丑虏**③。**截彼淮浦，王师之所**④。

○诗之四章。言战斗过程及周师用兵攻略。

注释 ①奋：奋发，振作。震：威。②进：先遣。厥：其。虎臣：虎贲之士，周王的禁卫部队。阚（kǎn）如：猛虎发怒的样子。虓（xiāo）虎：咆哮。马瑞辰《通释》："虓虎当为虓唬之假借，虓、唬双声字，虎即唬之省耳。"③铺：伐。林义光《通解》据《虢季子白盘》《不嬰簋》为说。敦：杀伐，断灭。《逸周书·世俘解》："武王遂征四方，凡憝国九十有九国。""憝"与此"敦"同。濆（fén）：河畔。此句是说王朝军队在淮水之滨展开杀伐。仍：频繁。丑虏：战俘。④截：堵截。徐的都城在淮水之北，周师沿淮而下，迫近淮濆，有截取敌人后路之意。所：驻所。

王旅嘽嘽，如飞如翰①；如江如汉，如山之苞，如川之流②；绵绵翼翼，不测不克，濯征徐国③。

○诗之五章。铺述周朝军队的军容阵势。《孔疏》："兵法有动有静。静则不可惊动，故以山喻；动则不可御止，故以川喻。"连用"如"字句，气势如虹。李光地《榕村语录》："《常武》一诗，说尽兵法之要。"

注释 ①嘽嘽：马奔驰喘息声，在此形容军马的声势。参《小雅·四牡》"嘽嘽骆马"句注。翰：指鹰鹯一类的凶猛之鸟，羽尾长大故称翰。②苞：本，指王师稳固不可动。③绵绵：形容军队阵型绵长。翼翼：形容阵容排列整齐有序。不克：不可识。克，通"刻"，识。参《大雅·云汉》"后稷不刻"句注。一说，不可克服、不可战胜。濯：大。

王犹允塞，徐方既来①。徐方既同，天子之功②。四方既平，徐方来庭③。徐方不回，王曰：还归④！

○诗之六章。归美周王。以王命终篇，首尾照应。徐方反复出现，语句古拙。

◎ 注释 ◎ ①**犹**：谋略。**允**：实在。**塞**：切实。参《邶风·燕燕》注。**来**：归顺。②**同**：朝会，朝拜王庭，此处即顺从。③**来**：语助词。**庭**：定。此句即徐方被平定的意思。据林义光《通解》说。④**回**：违逆。**还归**：回归。此句之"曰"，一说为聿，语助词。如此，则此句为叙述句。

解说

《常武》，平定徐方庆功典礼上的乐歌。

《毛诗序》："《常武》，召穆公美宣王也。有常德以立武事，因以为戒然。"诗篇所述为周宣王亲征伐徐方，充满了赞美之意。至于作者是否为召穆公，诗本身缺乏明证。诗名"常武"，据《毛诗序》，意为"有常德以立武事"，亦即在暴力征服中显出德行，为诗人命名的用意。不过，今人有谓"常武"即"尚武"，就是说，诗篇之名没有《毛诗序》所说那样深奥。但诗篇篇名不见于诗文，应是诗人或后来编诗者命名的，这也是此诗的一个特点。另外，诗篇虽以淮水征战为主题，其使用则应是战后的庆典。

《采芑》《江汉》和《常武》三篇，表现的都是王朝对东南方的征讨。试将这三首诗篇与《采薇》《出车》《六月》相比，很明显，王朝在南征方面，要比北伐更为主动。就是说，面对狁狁进攻的周人，是战争的受动者，而面对东南出"帛晦"的人群，周王朝则颇有主动的态势。再有，两类相比，抗击狁狁的诗篇颇带感伤情绪，如《采薇》的"曰归曰归""昔我往矣"以及《出车》的"仆夫况瘁"等句，而南征淮夷的篇章，则全然没有这样的情感因素，相反，像《江汉》则将南国之地视为"彻我疆土"的疆土；在此篇，则将征伐缘饰为"惠此南国"，将王师的进军夸饰为雷霆，表述为震怒。还有，最重要的一点不同，抵御狁狁的篇章，颇能表达将士及其家属的个人情怀，于是除了《采薇》的感伤之外，还有《出车》的男女对唱，以表达战争对人民生活的伤害。然而南征的几首《大雅》篇章却没有这些内容，相反，篇中充溢的是颂扬情绪。这使得此诗与那些抗御狁狁的诗篇相对凝重的格调，有着十分明显的差异。艺术上，诗篇很能显示宣王朝诗篇创作的特色，例如其第四、五章的铺陈渲染，着意在声势、气势上夸饰王师的势不可挡，显示出宏大的气派，"如"字所引起的句式，博喻联翩，句法酷似《小雅·天保》，代表了当时诗歌想象力所达到的新境地。

瞻 卬

瞻卬昊天，则不我惠①。孔填不宁，降此大厉②。邦靡有定，士民其瘵③。蟊贼蟊疾，靡有夷届④。罪罟不收，靡有夷瘳⑤。

○诗之首章。总言天降灾厉，没有止息；邦国动乱，无有止期。

注释　①卬（yǎng）：仰望。②填：久。填、陈音近义通。陈，久也。厉：灾害。两句为倒装句，是说上天降下大灾害，导致天下不宁已经很久了。③瘵（zhài）：病。④蟊（máo）：农作物害虫。贼：残害。靡：无。夷：平静。届：终止。⑤罪罟：有罪之人。罟即辜。参《小雅·小明》"畏此罪罟"句注。收：收捕。瘳（chōu）：病愈。

人有土田，女反有之①。人有民人，女覆夺之②。此宜无罪，女反收之。彼宜有罪，女覆说之③。

○诗之二章。斥周王是非颠倒，行径背谬。锋芒毕露。

注释　①女：汝。有：攫取。《广雅·释诂》："有，取也。"②覆：反而。③说：脱罪。读为脱。

哲夫成城，哲妇倾城①。懿厥哲妇，为枭为鸱②。妇有长舌，维厉之阶③。乱匪降自天，生自妇人。匪教匪诲，时维妇寺④。

○诗之三章。追究祸乱之源，实由"哲妇"引起。直言褒姒。方玉润《诗经原始》谓"哲夫"两句："造句挺拔极有力。"

⬚ **注释** ⬚ ①**哲**：智慧，谋虑。**城**：国家。以城墙代表国家。②**懿**：噫之假借，叹息词。《郑笺》："有所伤痛之声也。"**枭、鸱**：猫头鹰，俗称夜猫子，古人视之为恶声之鸟。③**长舌**：指善于搬弄是非。**阶**：阶梯，起因。④**"匪教"句**：缺少管教的意思。**妇寺**：妇人侍妾，指被宠爱的妇人。据竹添光鸿《毛诗会笺》。

鞫人忮忒，谮始竟背①。**岂曰不极，伊胡为慝**②？**如贾三倍，君子是识**③！**妇无公事，休其蚕织**④！

○诗之四章。写人主图利，纵容不守本分的妇人干政。

⬚ **注释** ⬚ ①**鞫**（jū）：穷追，困迫。古代推勘办案为鞫，在此为比喻义。**忮**（zhì）：狠。**忒**：恶，过分。"**谮**（zèn）**始**"句：以进谗言为始，以相互背叛为终。两句是说，迫害他人穷凶极恶，说人坏话，背叛他人，是他们的惯态。②**极**：中正。**伊**：他。**为**：被，受。据刘淇《助字辨略》。**慝**：喜爱，欢悦。王先谦《集疏》："即嬺（nì）之假借，训悦。"两句是说，谁说谗言邪恶难听，不然为何那样让人愉悦呢？③**如**：为。吴昌莹《经词衍释》："如犹为也。"**贾**：买卖。**三倍**：指获利而言。《郑笺》："贾物而有三倍之利者，小人所宜知也，君子反知之，非其宜也。"据此，两句似是说周王贪利。一说，"识"为"职"，即只知任用商贾图利。④**公事**：宫事，即蚕事。马瑞辰《通释》："公与宫同声。……公事当即宫事。"据《毛传》，古时天子诸侯有公桑蚕室，养蚕、缲丝由后夫人率贵夫人为之。**休**：停止。此两句与前两句为并列关系，是说周王既贪利，又娇宠女人。

天何以刺，何神不富①？**舍尔介狄，维予胥忌**②。**不吊不祥，威仪**

不类③。人之云亡，邦国殄瘁④！

○诗之五章。祸害之深，是因人的失德。

▣ 注释 ▣ ①刺：责，即责罚。富：福，赐福。富、福古同部通用。此句是反问神为何不再赐福我们。②舍：舍弃。介：大。狄：忧虑。本字当作"惄"，惕之异体字。据俞樾《群经平议》。胥：相。忌：怨。两句是说，放着最大的忧虑不去关心，却总是嫉恨我们这些人。③不弔：不淑，不善。参《小雅·节南山》"不弔昊天"句注。不祥：凶险的征兆。类：善。顾炎武《日知录》："威仪不类，贤人丧亡，妇寺专横，皆国之不祥。"两句是说，上天之所以对我们不善，降下各种凶险征兆，是因为我们做事不端。④云：语助词。殄：尽。

天之降罔，维其优矣①**；人之云亡，心之忧矣。天之降罔，维其几矣**②**；人之云亡，心之悲矣。**

○诗之六章。悲悼现实，心情凄怆。

▣ 注释 ▣ ①罔：非常，指各种灾害。优：严重。②几：濒危。

觱沸槛泉，维其深矣①**。心之忧矣，宁自今矣？不自我先，不自我后。藐藐昊天，无不克巩**②**。无忝皇祖，式救尔后**③**。**

○诗之七章。呼唤周王振作，拯救子孙。亡国哀嚎。与首章"瞻卬"相呼应。

▣ 注释 ▣ ①觱（bì）沸：泉水涌流貌。槛（jiàn）泉：泉涌貌。参《小雅·采菽》同句注。②藐藐：高远貌。克巩：令人恐惧。于省吾《新证》谓克、可一声之转，古每通用。巩为恐之本字。克巩即可恐，天谴可畏的意思。③忝：辱没。皇祖：祖先。《列女传·仁智篇》引此句作"尔祖"，可从。**后**：子孙后代。

解说

《瞻卬》，悲叹现实的哀歌。

《毛诗序》云："凡伯刺幽王大坏也。"王先谦《集疏》："三家无异义。"朱熹《诗集传》："此刺幽王嬖褒姒任奄人以致乱之诗。"看来汉、宋学者对诗刺幽王并无争议。《国语·郑语》载史伯之言谓幽王："弃聘后而立内妾，好穷固也；侏儒戚施，实御在侧，近顽童也；周法不昭，而妇言是行，用谗慝也；不建立卿士，而妖试幸措，行暗昧也。"《毛诗序》说可谓有据。"大坏"指什么？从诗人对"哲妇"的一番指责看，当与幽王宠幸褒姒有关。征诸史籍，幽王因宠幸褒姒而废黜申后及嫡嗣，变乱宗法国本，是幽王失道的劣迹之一。但细审诗义，诗人似乎并非仅针对此事。从"妇有长舌，维厉之阶"数句及"妇无公事"云云看，褒姒所为并不仅限于争宠害嫡之一端。得势之后，她似乎并未就此安分，而是继续干预朝政。而幽王则因陷溺妇寺，是非颠倒、强取民财、姑息罪孽，终至败坏祖训。朱熹《诗集传》及方玉润《诗经原始》，将褒姒与幽王并列，认为同为诗人矛头所指。据《国语·郑语》，幽王废正立嬖后，朝野间就有妖女灭周的盛传，史臣甚至有"凡周存亡，不三稔矣"的预言。看来，谣言流传实与褒姒的恃宠擅权有关。诗对"幽王大坏"的谴责中透露出的"哲妇"行迹，既可补史籍的阙忽，又可展现一些谣言的底里。关于作者，《毛诗序》谓凡伯。因诗篇本身并无明证，疑古者往往不从。但从"维予胥忌"等语看，当是朝中显要大臣。《大雅》诸诗，征诸前人旧说、验诸诗篇章句，不论其美刺，所述典制、所言事件、所及人物，都与先王、当今天子及当朝重臣有关；其作者，又绝大多数为显要大臣。又因事关国家大事，所以诗篇也往往体式弘大，这是《大雅》诗篇与《小雅》显著的不同。本诗与《召旻》都是西周晚期之作，之所以被移至《大雅》，大概是由于上述原因。

召旻

旻天疾威，天笃降丧①。瘨我饥馑，民卒流亡，我居圉卒荒②。

○诗之首章。上天发威，天灾沉重。语气沉重。

注释　①**旻天**：幽远的上天。旻，幽远。**疾威**：勃然震怒。疾，迅猛，猛烈。**笃**：厚，沉重。②**瘨**（diān）：病。此为动词。**居**：国中。**圉**（yǔ）：边陲，边界。三句是说，在上天的降灾之下，王朝从国中到边地都荒芜了，民众大量流亡。

天降罪罟，蟊贼内讧，昏椓靡共①。溃溃回遹，实靖夷我邦②！

○诗之二章。内讧、昏椓，乱纷纷的奸邪状态，都是上天在降罪给周人。绝望之言。

注释　①**讧**：内斗，互相陷害。**昏椓**（zhuó）：昏乱谮谤。马瑞辰《通释》谓昏即《民劳》之"惽怓"，大乱之谓。椓通作诼，毁谤。**共**：通"恭"，恭奉王事。一说，恐（gōng），害怕。②**溃溃**：昏聩的。**回遹**：邪僻。参《小雅·小旻》"谋犹回遹"句注。**靖**：谋。**夷**：夷灭，毁灭。两句谓，昏聩与邪恶，正在图谋着毁灭王朝。

皋皋訿訿，曾不知其玷①。兢兢业业，孔填不宁，我位孔贬②。

○诗之三章。小人得势，贤臣遭斥。

注释　①**皋皋**：相互欺诈。马瑞辰《通释》："当读为谆。《玉篇》：'谆，相欺也。'"**訿訿**（zǐ zǐ）：互相诋毁。马瑞辰《通释》："訿与訾通。《管子·形势解》篇：'毁訾贤者谓之訾。'"**玷**：污点，耻辱。本义为玉斑，在此用引申义。②"**兢兢**"句：小心谨慎的样子。**孔填**：很久。参《瞻卬》

同句注。**贬**：坠落，降级。

如彼岁旱，草不溃茂，如彼棲苴①。我相此邦，无不溃止！

○诗之四章。预言国家崩亡，语极沉痛。

▣ **注释** ▣　①**溃**：达致。"遂"的通假字。两句是说，遇到干旱，草木不能顺性生长。②**棲**：僵卧。陈乔枞《三家诗遗说考》："当读如今'余粮棲亩'之棲也。"**苴**（chá）：枯草。

维昔之富不如时，维今之疚不如兹①。彼疏斯粺，胡不自替，职兄斯引②！

○诗之五章。感伤贤者贫病，小人富贵。前两句，七言之祖。

▣ **注释** ▣　①**"维昔"句**：昔日获得富贵，不像现在这样困窘。《毛传》："往者富仁贤，今也富谗佞。"时，是，现今。**"维今"句**：今日的苦痛，昔日也不像现在这样。疚，贫病。兹，今。两句是说，今昔之间富贵贫病全都颠倒了。②**疏**：粗粝，指食粮。字通"蔬"。**粺**（bài）：精米。《毛传》："彼宜疏食，今反食精粺。"**替**：减损。**职**：反而，却。**兄**：更加。字通"况"。**引**：延伸。三句是说，那些该吃粗粮的，却在吃精米，而这些得势的人不知自我减损，反而越来越无所顾忌。

池之竭矣，不云自频①？泉之竭矣，不云自中②？溥斯害矣，职兄斯弘，不灾我躬③？

○诗之六章。言祸害之起，实有所自。全章用问句，意在警醒。

▣ **注释** ▣　①**竭**：干涸。**频**：滨，池水边沿。②**中**：泉源。③**溥**：遍，广泛。**弘**：弘大，广大。三句谓，在这样严重的衰败面前，有人不知收敛反而猖狂，难道就不怕灾及己身吗？

昔先王受命，有如召公，日辟国百里，今也日蹙国百里①**。於乎哀哉，维今之人，不尚有旧**②**！**

○诗之七章。哀叹国事衰败，老臣凋零。

注释　①**召公**：召穆公，西周后期厉王、宣王时大臣。陈奂《传疏》："先王谓宣王也，召公谓召穆公也。……昔者宣王受命中兴，复文、武之竟土，辅佐之者有如此召公之臣，是以日辟国百里。"一说，召康公。另外，《周南·关雎》篇《正义》言："诗有六字一句者，'昔者先王受命，有如召公之臣'之类是也。"据此，今本此二句少"者""之臣"三字。臧琳《经义杂记》、陈奂《传疏》等皆有此说。**辟**：开辟。**蹙**：促迫，收缩。②**於乎**：呜呼。**尚**：尊敬。**旧**：老臣。

解说

《召旻》，忧虑王朝行将崩溃的篇章。

诗名"召旻"，苏辙《诗集传》解释说："因其首章称'旻天'，卒章称'召公'，故谓之《召旻》，以别《小旻》而已。"其说可从。至于诗义，《毛诗序》谓："凡伯刺幽王大坏也。旻，闵也，闵天下无如召公之臣也。"今文三家无异义。朱熹以降迄至清儒也无甚新说。细读诗篇，《毛诗序》谓幽王时篇章是可信的。而且，很可能诗篇作于周幽王宠爱褒姒、废长立幼之际，亦即王朝覆灭的前夕。诗言"民卒流亡""居圉卒荒"，又言"无不溃止""日蹙国百里"，描绘的应是濒临崩溃的前兆，有天灾，根由人祸；其言"蟊贼""昏椓""皋皋訿訿"的"内讧"，则勾勒出周幽王后期党派倾轧不知死活的现状，全然是人自作孽。在这样的时候，一些人无耻地富贵了，另一些人则失去了原有的权势。诗篇"维昔之富""维今之疚"以及"彼疏斯粺"

的句子，展示的就是如此乱况。然而诗人是敏感的，第六章"池之竭矣，不云自频"等几句，就是对王朝行将陷入大溃烂的预感的宣示，也透露出诗篇创作的时间。

诗人面对现实，怀念开辟疆土的召公。召公所指为何，是历来有争议的问题。召公家族中最著名的人物一为周初的召康公，一是后期的召穆公。前说始自《郑笺》，信从者不少。对此，后世学者也提出异议，如陈奂《传疏》就力主为宣王朝的召穆公，其说又广为今世学者所接受，而且也为今之史学研究成果所支持。《乐记》言《大武》乐章云："四成而南国是疆；五成而分陕（今河南省三门峡市陕州区）；周公左，召公右。"这或许就是郑氏解为召公的依据。但"分陕而治"明在"南国是疆"之后，周、召二公对南国只是政治上的治理，而非疆土上的始辟，显然与本诗"辟国"有相当的差异。又据今之史家研究，周初武王、成王之际经营的重点是东方及北方，而中期以后才转至南方。这又与召康公的年代颇有不合了（参许倬云《西周史》）。倒是召穆公在西周末年征服南方中营谢（见《崧高》）、征淮（见《江汉》），功绩显赫。因此，陈奂说较汉儒旧说当更为可信可从。另外一个争议，是有关篇中"昏椓"的。《郑笺》说："昏椓，皆奄人也。昏，其官名也。椓，椓毁阴者也。"此说也受到清儒反对。陈启源《稽古编》云："阉寺之祸，始见于齐之貂、宋之戾，至秦之高而甚焉。三代以前未尝有也。……其寺人仅有遭谗被刑、无可控诉而作《巷伯》诗以鸣其不平者，其他阉官未必怙宠弄权可知。……郑生桓、灵之世，目睹诸常侍之恶，故激而为此解耳，然以论世则疏矣。"据此，本书从马瑞辰《通释》"昏椓"为通假之说。

颂

周颂

今天所见最早的对"颂"的界定,当推新近出土的战国文献《孔子诗论》。其第5简有:"'有成功者如何?'曰:'颂是也。'"可知"颂"与"成功"有关,或者说"颂"是颂扬成功的。至《毛诗序》更曰:"颂者,美盛德之形容,以其成功告于神明者也。"《毛诗序》说含三个要素,即形容、告成与神明。"形容"表明有舞蹈,有舞蹈的配乐。此点,清代阮元《释颂》提出"颂"即"舞容",且有详细考辨(见《揅经室集》一集)。又,近代王国维《说周颂》不同意阮元"舞容"之说,以为"颂"之义"仍当以声求之",并说"'颂'之声较'风''雅'为缓"(《观堂集林》一)。实则,"声缓"还是可以用宗庙祭祀及与之相关的舞蹈这一点来解释的。宗庙音乐须庄严,且边唱边舞,节奏自然不能太快。"告成",表明"颂"是歌诗,因"告"需要有言词。第三义"神明",则表明"颂"与神事仪式有关,即诗、乐、舞的综合性活动,是用于宗庙及天地山川神祇的。这是理解"颂"的关键。诸多典礼,以事神最神圣庄严,神事活动中的祷告、歌唱,用"颂"这个词来称之,正突出其神圣庄严。或者说,"颂"指涉的是人神交接之际的声言。征诸文献,《周礼·大卜》:"其经兆之体,皆百有二十,其颂皆千有二百。"《占人》:"掌占龟,以八筮占八颂。"所言"颂",都是占卜中的"歌谣"(张政烺《试释周初青铜器中的易卦》,《考古学报》1980年第4期)。料想占卜之际的歌谣,一定是最庄重虔敬的。这一点,为后来的《周颂》诗篇所继承。惟其虔诚而庄重,就与典礼、仪式中其他言说的声腔有明显区别。"颂"与"雅"的基本区别,也在于此。

古来不少学者以为《周颂》创作时间早,多为周公所作,实为莫大的误解。实际上周初的颂诗很少,更多的篇章都是西周中期的创作。还有一点,并不是每一位周王死后都可以享有"颂歌",考察《周颂》歌唱的对象,有后稷、太王、文王、武王以及成、康,此后的周王,就只有周穆王献给死在汉水的"昭考"即周昭王了。令人颇为意外的是,穆王以下各王,竟没有一首"颂"歌。若再仔细观察那些《周颂》诗篇道及的诸王,与文王相比,武王、康王,已是颇显次要,甚至是一带而过了。按理,任何王死后都会得祭祀,然而这不代表他们可以享受颂歌的敬奉,"颂"是献给对王朝历史有贡献即所谓有德者的。这一点对理解西周"礼乐"精神的内涵十分重要。此外,见于《周颂》的诗篇,并非每一首都是献神曲,有相当一部分诗篇所附的礼仪,只是与祭祖典礼相关而已。

《周颂》三十一篇。

《清庙》之什

清 庙

於穆清庙，肃雍显相①。济济多士，秉文之德②。对越在天，骏奔走在庙③。不显不承，无射于人斯④！

○诗言肃穆的清庙，庄严的氛围。先言文王子孙众多，继表助祭者的忙碌。《尚书大传》："古者帝王升歌《清庙》之乐，……升歌文王之功烈德泽，苟在庙中，尝见文王者，慨然如复见文王焉。"孔子曰："'[济济]多士，秉文之德'，吾敬之。"（《孔子诗论》第6简）

▣ 注释 ▣ ①**於**：叹美之词。《诗经》常见。**穆**：幽深，肃静。**清庙**：祭祀文王的祖庙。贾逵《左传注》："肃然清净，谓之清庙。"**肃雍**：庄严肃穆。**显相**：助祭者。吕祖谦《读诗记》："《士虞礼》祝词曰：'哀子某，显相某，夙兴夜处不宁。'然则自主人之外，余皆显相也。"一说，据金文《无叀鼎》和《膳夫山鼎》西周宗庙墙壁画有祖先图像，显相也可能指此。②**济济**：众多貌。**多士**：指参加祭祀的文王子孙。**秉**：持守。**文之德**：美德。③**对越**：犹言对扬。《郑笺》："对，配。越，于也。"金文常见，是西周固定语。**骏**：脚步快。字亦作"逡"。《礼记·大传》："执笾豆，逡奔走。"马瑞辰《通释》："庙中奔走以疾为敬。"两句大意是：当着宗庙中的神灵，人们恭敬庄严地做事。④**不显**：显赫。参《大雅·文王》"有周不显"句注。**不承**：极其美好。王引之《经义述闻》谓读如"武王烝哉"之烝。烝，善美。**无射**（yì）：不懈怠。参《大雅·思齐》"无射亦保"句注。

解说

《清庙》,大祭文王典礼的序曲。

《孔子诗论》第5简:"《清庙》,王德也,至矣!敬宗庙之礼,以为其本;秉文之德以为其蘖……"是说《清庙》之所以为"王德"之"至",是因其"敬宗庙之礼,以为其本"。《毛诗序》:"《清庙》,祀文王也。周公既成洛邑,朝诸侯,率以祀文王焉。"王先谦《集疏》引蔡邕《独断》所存《鲁诗》说:"周公咏文王之德而作《清庙》,建为《颂》首。"《齐》《韩》二家之说虽不得详知,要之汉代古、今各家,并无多大歧异。朱熹《诗集传》遵从《毛诗序》说。至元末刘瑾《诗传通释》,据《洛诰》"禋于文王、武王","文王骍牛一、武王骍牛一"的记载,谓此诗为兼祀文、武的乐章,《毛诗序》说开始受到怀疑。清代姚际恒、方玉润诸人则更斥"朝诸侯,率以祀文王"之说为"诬枉"。诗篇与祭祀文王有关,是没有问题的,但准确地理解诗篇,还须细读其内容。诗以赞述清庙的肃穆起,进而写庙中祭祀的人群,细读诗义,有关人群实际为两群:一是"济济多士",从"秉文之德"看,是周的同姓,即文王的子孙,"对越在天"的是他们;还有一群,则是"骏奔走"者,他们不是周的同姓子孙,联系《大雅·文王》"祼将于京"及《周颂·有客》"在彼无恶,在此无斁"句,很明显是殷商子孙助祭者。诗篇内容显示,歌唱不是献给文王神灵的,而是称赞文王宗庙的庄严肃穆,称赞祭者与助祭者的众多和做事敏捷,应属于祭祀前"序曲"之类的歌唱。《礼记》中的《文王世子》《祭统》和《明堂位》皆言"升歌《清庙》"。"升歌"即"登歌",《周礼》载大师之职,为"大祭祀帅瞽登歌",据此,《清庙》为大祭文王典礼开始时,乐官大师帅瞽人的歌唱。赞美清庙的庄严肃静和祭祀者的奔走,其实是一种延请神灵降临的仪式,在一些西南兄弟民族的祭祀典礼上,也有如此的节目。旧说此诗"祀文王"有失准确。《礼记·乐记》说此诗"《清庙》之瑟,朱弦而疏越,一倡而三叹，有遗音者矣"。读诗篇，虽不押韵（《周颂》无韵篇章不在少数），但有其特殊的韵味。

维天之命

维天之命，於穆不已。於乎，不显文王，之德之纯①！假以溢我，我其收之②。骏惠我文王，曾孙笃之③。

○诗前五句言文王纯德受自天命，后四句言文王美德保佑子孙。《毛传》："孟仲子曰：大哉！天命之无极，而美周之礼也。"

注释 ①"之德"句：文王之德纯净不杂。林义光《诗经通解》谓此句即金文中常见语词"得屯"的变化形式，其说甚善。得屯即德纯，即大德纯明之义。考"得屯"二字，始见于《师望鼎》及《史墙盘》，皆为西周中期出现的语言现象，是诗篇年代之有力证据。②假：嘉美。《左传》引作"何"，《说文》引作"誐"。溢：锡，赐，赏赐。句意为文王之德伟大纯粹而有赐于我。收：受。③骏惠：大惠。此句为倒装句，犹言文王骏惠我。曾孙：周王在祖先神灵面前自称曾孙。参《小雅·信南山》"曾孙田之"句注。周王以曾孙自称，又明证诗篇绝非成王时作。笃：真诚遵守。

解说

《维天之命》，颂扬文王之德的歌唱。

《毛诗序》："《维天之命》，太平告文王也。"蔡邕《独断》引《鲁》说："告太平于文王之所歌也。"王先谦《集疏》："齐、韩当同。"是汉儒并无异义。而且，《毛诗序》说《周颂》各篇大多与《独断》同，是古文家袭取今文家说。至朱熹《诗集传》则谓："此亦祭文王之诗。"看上去与汉儒无大异，实则有别。此一点方玉润《诗经原始》早有认识，认为朱熹之说正确，而

"太平告文王之非，不足辨"。汉儒说"告太平"，隐含的意思是诗篇作于周初，郑玄更是明言："明六年制礼作乐。"即周公相成王的第六年创作此篇。实则此篇赞美文王之德纯美无比，上应天道，下惠子孙，风调与《清庙》相近，与可信为西周早期的《般》以及"《大武》三诗"（《武》《赉》《桓》）差别十分明显。同时，篇中一些语词如"曾孙"以及"不显文王，之德之纯"的句法，都与大、小《雅》中西周中期的篇章相似。诗应该与《清庙》一样，同为西周中期祭祀周文王大典上的乐歌。这一点，明代季本《诗说解颐》、何楷《诗经世本古义》以及清代李光地《诗所》皆早有所见，谓此诗与《清庙》《维清》为连用的篇章，很有道理。考周人用乐，每以"三终"为一礼仪单元。如《仪礼》中的《乡饮酒礼》和《燕礼》"工歌《鹿鸣》《四牡》《皇皇者华》"即是。又如两君相见，则歌"《文王》之三"，据《国语·鲁语》，即《文王》《大明》《绵》三诗。不过，笔者以为，此篇与《清庙》的关联在于，《清庙》是正式献祭之前的序曲，作用为降神；而此篇，观其内容，既赞美天道"於穆"不已，又言文王美德"溢我"，明显是赞美文王之神明的歌唱。篇中"假以溢我，我其收之"两句，实透露出诗篇歌唱的具体仪式环节。古代祭祀，牺牲之物献上之后，马上又撤除，并将祭肉分发给有关之人，据《周颂·烈文》"锡兹祉福"，此一环节即为"锡福"。此诗中的"收之"之句，正谓对神"锡"之"福"的接受（李光地《诗所》即有此说）。就是说，此诗也是祭祀正式典礼一个环节中的歌唱。诗篇历来受重视的是开始两句，例如儒家大篇《礼记·中庸》，就引用这两句形容创生万物的上天无形无状的"形而上"的特点。

维　清

维清缉熙，文王之典①。**肇禋，迄用有成**②。**维周之祯**③！

○诗言文王肇兴于西土，文王之德是周家的祥瑞。

▣ 注释 ▣ ①清：清明。**缉熙**：持续不断。联绵词，《周颂》中屡见。**典**：法则。两句谓，周家清明的光辉持续不绝，是文王法则起作用的功效。②**肇禋**："肇在西土"之讹。肇，开端，兴起。禋，高亨《诗经今注》："当作西土，乃西土二字误合为'垔'，后人又加示旁。周国在西方，所以称西土。"又，王宗石《诗经分类诠释》据《尚书·酒诰》"肇国在西土"等语，认为"礻"当为"在"，金文示、在字形相近易混。西土，指岐周一带，对东方的商而言。**迄**：终于。**成**：成功。③**祯**：吉祥。三句是说，文王在西土开创大业，终于获得成功，是周家莫大的吉祥。

解说

《维清》，《大武》乐章演奏之前的序曲。

《毛诗序》："奏象舞也。"王先谦《集疏》引《鲁》说："《维清》一章五句，奏象武之所歌也。"又引《齐》说："武王受命作象乐，继文以奉天。"以上诸说大意相同，意思是《维清》之诗是演奏"象舞"之前的歌唱。后代对汉儒之说或信或疑，问题出在对"象武"一词如何理解。前人多释"象"为舞乐之名，实是误解，也是理解歧异的根源（至于后来有人把"象舞"解释为"大象之舞"，就更是误解文献，视宗庙舞乐为异域杂技表演的异想天开之说了）。其实，《礼记·乐记》说得明白："夫乐者，象成者也。"所说的"象"，实际如同今天所谓"形象""象征"之义。换言之，"象舞"即以舞蹈形式象征性地再现历史事件。《礼记·仲尼燕居》载孔子言："升歌《清庙》，示德也；下而管象（以管乐为象征的舞蹈伴奏），示事也。"这个"管象"的"象"，也就是"象武（舞）"之"象"。德无形而事有象，所以孔子说"管象"是"示事",也就是以舞蹈表现事件。"象舞"既然不是具体舞乐的专有名称,那么"管象"所"奏"之舞又是什么呢?《郑笺》:"象舞,象用兵时刺伐之舞,武王制焉。"周代舞分文舞、武舞。武舞执干,文舞秉籥。据《吕氏春秋·古乐》,武王克殷之后,曾命周公作《大武》乐章。据各种文献,周初确实有《大武》乐章的创作,而且其诗篇就保存在今本《周颂》(详后《武》《赉》《桓》三篇解说)中,其内容也正是以象征的方式,再现周人克商胜利过程的诗乐舞三者合一的综合艺术。不过,《大武》乐章的创作并非在武王生前,而是在成王初年(理由详后)。

那么《毛诗序》言"奏象舞"是否可信?答案是肯定的。就诗篇内容而言,大意是赞美文王子孙遵循文王之典则,所以最终获得成功。此大意又与《周颂·酌》颇为相类,而《酌》篇,今、古文家一致的说法是:"告成《大武》也。"亦即在《大武》于宗庙演出之前,先向先公先王神灵报告克商成功所用的乐章,实即《大武》的序曲。那么,既然有《周颂·酌》为序曲,为什么又另制《维清》作序曲呢?这与《大武》乐章的演出有关。考《大武》乐章的初演,应为新落成的东都雒邑(理由见《赉》篇解说)。又据"告成《大武》"的《周颂·酌》篇"实维尔公允师"之句,《大武》乐章确实是在周家宗庙演出过的。加《酌》篇为序曲,是因为《大武》乐章本身没有一句言及先王,所以有必要加序曲向祖先表明敬意。这应该成了一个习惯。就是说到后来西周大祭文王时,表现周家克商胜利的《大武》乐章还会被演出,而且还会为之再配制一个新的乐曲为序,这就是《维清》的乐歌。

那么,《维清》是什么时候创作的呢?诗篇本身有内证。篇中"缉熙"一词,数次出现于西周中期的篇章,如《大雅·文王》等。其在金文中也有出现,西周中期《史墙盘》铭文中的"亟狱逗慕"的"亟狱",即"缉熙",也是诗篇年代为西周中期的证据。另外"肇在西土"句式,与金文"辰在某某"颇类似,后者也是西周中期出现的语言现象。

烈 文

烈文辟公，锡兹祉福[①]。**惠我无疆，子孙保之**[②]。**无封靡于尔邦，维王其崇之**[③]。**念兹戎功，继序其皇之**[④]。**无竞维人，四方其训之**[⑤]。**不显维德，百辟其刑之**[⑥]。**於乎，前王不忘！**

○诗告诫诸侯既要先王之福赐，就不要封靡坐大；要敬念先王，尊崇今王。此诗前两句之后，中间由四个排比句组成，且都以"之"字作结；又以"於乎"两句总括全篇。结构上颇有章法，句与句之关联，亦十分严密。已非周初古拙之风。《孔子诗论》第6简载孔子之言曰："'无竞维人'，'丕显维德'，'呜呼！前王不忘'，吾悦之。"

注释 ①**烈文**：有光彩和文德。是"辟公"的修饰语。烈，光。文，文德。**辟公**：诸侯。用"辟"字修饰"公"这样的现象，金文常见，如"辟王""辟侯"等，最初见于昭穆之际。**锡**：赐。**祉福**：福禄。《周礼·祭仆》："凡祭祀，王之所不与，则赐之禽；都家（指王畿内同姓的采邑主人）亦如之。凡祭祀致福者，展而受之。"古代祭祀之后要把祭祀用的肉或活的祭品如豚等，分发给有关人员，称为赐福（字也作"锡福"）。这也是祭祀仪式重要的组成部分，接受赐福，就等于在神灵面前立下忠诚的誓言。②**惠**：恩惠。指前王赐福而言。先王福祉永远恩惠我们这些子孙。是王对"烈文辟公"的口吻。**保**：有。③**封靡**：自封于本邦，即积权坐大的意思。封，专封。据王安石说，见《诗义钩沉》。靡，积累。据林义光《诗经通解》说。**崇**：尊崇。两句是说，不要在自己的封地搞独立王国，要不忘尊崇周王。④**戎**：大。**继序**：继续。马瑞辰《通释》谓序即绪。**皇**：发扬光大。⑤**"无竞"句**：无比强劲的只有人。参《大雅·抑》"无竞维人"句注。**训**：遵循。⑥**刑**：型，效法。参《大雅·文王》篇"仪刑文王"句注。

解说

《烈文》，祭祀先王典礼上对诸侯的训诫诗。

《毛诗序》："成王即政，诸侯助祭也。"王先谦《集疏》引《鲁》说："《烈文》一章十三句。成王即政，诸侯助祭之所歌也。"又引《韩》说："成王初即洛邑，诸侯助祭之乐歌也。""《齐》义当同。"汉儒只是就诗所施用的典制进行说解，至于诗义如何，则未曾道及。这也是古儒解《诗》的通弊。后儒多有不满，因此朱熹《诗集传》改谓："此祭于宗庙而献助祭诸侯之乐歌。"虽多一"献"字，却是从义理上读诗，与旧说有读诗方法上的不同。对汉人的成王"即政"之说，后儒也有致诘，如孔颖达《疏》谓："武王崩之明年与周公归政明年，俱得为成王即政。但此篇敕戒诸侯，用赏罚以为己任，非复丧中之辞，故知是致政之后年之事也。"这是定诗篇为周公结束摄位、归政成王后时的作品；就是说，仍然承认为周初成王时期的诗篇。古儒说诗有一种糟糕的偏好，就是过度相信周公"制礼作乐"之说，因而对很多篇章都不顾风格的差异，盲目地往周公"制礼作乐"上推。像孔颖达这样对旧说有所怀疑，已经相当不错了。

此诗风格绝非周初作品，将其与周初"《大武》乐章三诗"——《武》《赉》《桓》相较，即可明了。笔者以为，诗篇应是周穆王（一般都认为从穆王开始，西周进入了中期）初期祭祀昭王之后的乐章。诗"烈文辟公"一词，又见于《载见》，而该篇因"昭考"一词，可以肯定为穆王时作。"於乎"一词，一见于《维天之命》及《闵予小子》，三见于《访落》，两篇都是穆王初期之作，而诗中"於乎"之叹，实与昭王战死有关。而且，篇中"刑"字的使用，征诸金文，也是西周中期流行的现象。同时，此篇格调又与上述之诗极为相似。这还只是从形式上看。从内容上读，此诗亦有作于西周中期穆王初继位时的迹象。诗的歌唱，当在祭祀"前王"典礼中赐福（即分发祭祀贡品）之际。征诸人类学的研究，这是祭祀典礼的重要环节，它可以强化参与祭祀者的社会联系。诗篇所表对参加祭祀的诸侯的告诫，其中心含义就是尊崇周王，不要封靡自大。这样的言语，放到成王时代来理解，也是不合适的。因为周初封建伊始，"三监之乱"平定不久，殷商人群的敌意尚在，刚刚受封的各诸侯实在谈不上封靡不封靡。"无封靡"的句子与金文中"无废朕命"的意思相当，后者出现于金文，绝不早于昭、穆之际，理由很简单，前此还不存在这样的社会问题。倒是昭王死于汉水，王朝六师尽丧，因而出现对王朝失去信心的倾向，是很可能的。如此，登基的新王对"烈文辟公"们予以警示就是切当的。另外，"前王不忘"一语，也应有其弦外之音。如果是在祭祀先王的典礼上，郑重提醒祭祀者勿忘死于非命的昭王也是很自然的。诗篇不是献给神灵的乐歌，它的演唱，就在祭祀程序进行到从祭台上撤掉胙肉，并分发给参与祭祀者之后。诗篇是警示诸侯，不要忘记分享祭品意味着什么。

风格上，《烈文》也颇有可称道之处。四个排比句使诗篇意蕴丰满，而且有韵脚；道理上表述得周致，有气派，有语态，严密而不失浑融，显示的是一种新风调。

天　作

天作高山，大王荒之①。**彼作矣，文王康之**②。**彼徂矣岐，有夷之行**③。**子孙保之！**

○诗盛赞太王、文王两代先王开辟岐山之功。牛运震《诗志》："极有浑灏草昧之气。"

注释　①**作**：生。**高山**：指岐山。**大王**：即太王，古公亶父。**荒**：治理，垦辟。②**彼**：指太王。**作**：创始。**康**：安之。此句言文王继续治理而使岐山之地可以安居。一说，康为庚，继续的意思。据杨树达《积微居小学述林》。③徂：崎岖险阻。字当作"岨"。据朱熹《诗集传》。**夷**：平坦。**行**：大路。两句是说，经过从太王到文王的治理后，险阻的岐山之地，开始有了平坦大路。

解说

《天作》，赞扬太王与文王垦治岐山功德的颂歌。

《毛诗序》："祀先王先公也。"据王先谦《集疏》，此说也是出自《鲁诗》家说法。王先谦又说："《齐》《韩》当同。"朱熹《诗集传》谓此诗只是祭太王之诗。明、清以下的许多学者又都认为系武王柴祀岐山之乐歌。其根据是《周易》中两见"王用享于岐山"的卦爻辞。但《周易》中"王用享于岐山"是否是柴祀山川之礼，却大可怀疑。《礼记·礼器》："天地之祭，宗庙之事，……伦也；社稷山川之事、鬼神之祭，体也。"郑玄注："伦之言顺也。""天地人之别体也。"意谓宗庙祭祀是出于孝道，而社稷山川之祀，则人、神间不存在顺承关系。《周易》言王祭于岐山，是"享"，属于《礼记》所谓的"宗庙之事"。其实《周易》所谓的"王用享于岐山"，是说周王在岐山祭祖而不是说祀岐山。

诗篇所祭祀的先公先王，只有太王即古公亶父和周文王。这又与《大雅》中的《绵》《皇矣》两首长篇存在对应的关系：《绵》赞美太王的迁岐，结尾处落在文王领导周家走向强大的史实上；《皇矣》虽从王季说起，但诗篇中的主人公无疑是文王，且诗篇用了很重的笔墨述说了上帝如何对文王耳提面命，文王如何接受上帝的点拨，突出强调的是文王"受命"于天这一重大事件。至于王季这位文王之父，只是一个过渡人物。很明显，两首《大雅》的诗篇，与《天作》的思路高度一致。这一点前人实际已有所发现，如清人齐召南《天作讲义》谓："此《大雅·绵》及《皇矣》二诗所详道，《周颂》'天作高山'一诗所为揭其要也。"（引文出刘毓庆等《诗义稽考》册十）

如此，据三首诗的密切联系，可以推测：《周颂·天作》与《大雅》的《绵》《皇矣》两篇，是祭祀典礼的组曲。《大雅》两首长篇，是讲给参加祭祀的人听的，所以被归为《雅》；《天作》是歌唱祖先的，所以归之为《颂》。

昊天有成命

昊天有成命，二后受之①。成王不敢康，夙夜基命宥密②。於缉熙，单厥心，肆其靖之③。

○诗言文、武王获得天命，成王不敢安逸，终于安宁天下。《孔子诗论》第6简："'昊天有成命，二后受之'，贵且显矣！"

注释　①**成命**：明命。马瑞辰《通释》："古文明、成二字同义。……成命犹言明命。"**二后**：周文王、周武王。②**成王**：周成王，名诵。**康**：安逸。**夙夜**：早晚，有勤勉之义。**基**：谋。**命**：政令。马瑞辰《通释》引《贾子》曰："制令也。"**宥密**：细密。宥，有。有密，密。言成王制定政令很谨慎。③**缉熙**：持续不断地追求光明。**单**：厚，尽心尽意。《国语》引《诗》作"亶"。**肆**：故，所以。语助词。**靖**：和，即协和、安定。

解说

《昊天有成命》，颂扬周成王的乐章。

《毛诗序》："郊祀天地也。"《鲁诗》略同。据王先谦《集疏》，《齐诗》又谓"成王郊祀天地于雒邑"。以上汉儒之说，实不可从。其一，周王祭天，不应对着昊天上帝自称王号、自叙勤政有成。其二，诗中"成王"从上下文义看当指周成王姬诵，《郑笺》以"成此功者"释之，是迷信《周颂》篇章皆周公制礼作乐产生的误解。郊祀祭天之礼当以周始祖后稷配祭，与周成王无涉。朱熹《诗集传》曰："此诗多道成王之德，疑祀成王之诗也。"是正确的。《国语·周语》载叔向言此诗："是道成王之德也，成王能明文昭，能定武烈者也。夫道成命者而称昊天，翼（敬）其上也。二后受之，让于德也。成王不敢康，敬百姓也。"据此朱熹又说："此康王以后之诗。"本是突破性的见识，然而，犹泥于周公制礼作乐成见的学者，对朱熹此说多有非议。如马瑞辰《通释》多方举例，力证"成王"是姬诵生时称号，而今人于省吾先生《新证》更以金文证明马氏之说。然而，时至今日，"生号"说已难令人信服，证诸《诗经》，那些赞美或表现在世周王的篇章，如《小雅》中的《信南山》《甫田》，《大雅》中的《卷阿》《棫朴》等，或称王为"曾孙"，或为"蔼蔼王""皇王""周王""王后"等，无一篇称谥的。证诸近年所出金文，如《史墙盘》，言及武王以下的成、康、昭、穆五代，唯独不言在世恭王的谥号；最近出土《逨氏盘》述说文、武、成、康以至夷王、厉王，也唯独不表作器者生活时代的周王（逨作器时，为宣王朝）。理由很简单，因为作器时史墙和逨的君主还活着，还没有谥号。据此可知，朱熹的说法是可信的。

我　将

我将我享，维羊维牛，维天其右之①。仪式刑文王之典，日靖四方②。伊嘏文王，既右飨之③。我其夙夜，畏天之威，于时保之④。

○诗言以牛羊献祭，以获取上天保佑。方玉润《诗经原始》："首三句祀天，中四句祀文王，末三句则祭者本旨。宾主次序井然。"

注释　①**将：**手持祭品放入鼎内。一说，煮。马瑞辰《通释》引庄述祖《诗义口说》："古文作鼒，……《说文》作鬻，煮也。"**享：**献。**右：**保佑。右、佑古通用。②**仪式刑：**效法，取法。刑为型字之省借。"仪式刑"

不词，考诸金文无此例，可能"式"字是将对"仪"字的解释误入正文。参《大雅·文王》"仪刑文王"句注。**典**：法则。③**伊**：语气词。**嘏**（gǔ）：大，伟大。据王引之《经义述闻》。**右**：劝侑。**飨**：享用。④**于**：通"聿"，曰。发语词。**时**：时时。

解说

《我将》，向文王之灵献祭时的乐歌。

《毛诗序》："祀文王于明堂也。"据王先谦《集疏》，齐、鲁、韩三家同，后代亦无新说，只是方玉润《诗经原始》略嫌《毛诗序》义不周，谓："然诗以祀帝为主，文王配焉，自当云'祀帝于明堂，而以文王配之也'。"方说貌似比旧说周详，实则把祭祀文王和上天分作了两事。诗篇言以牛羊敬奉上天，是祭祀文王的应有之义，因为周人认为是从文王起周人才被上天选中，获得主宰天下苍生的大权。因而接下来，与《大雅·文王》篇言"仪刑文王，万邦作孚"一样，说"仪式刑文王之典"以安定四方。说到底，诗篇是祭祀文王典礼上的献神之歌，所献之神即文王，旁及他背后的上天。西周中期大祭文王，如前所说《清庙》是序曲，《维清》则是祭祀演奏《大武》乐章的序曲，笔者颇怀疑此篇才是正式献祭文王时的歌唱，与《维天之命》相先后。具体说，此篇是上贡牛羊祭品时的歌，所以篇中历数牛羊，其"维天其右之"，是因为《大雅·文王》篇所说"文王陟降，在帝左右"，即他负责沟通周人与上天的联系。说是"维天其右之"，实际就是文王"右之"。祭祀周文王的大祭献歌，此篇最具"献歌"性质。此歌之后，才是《维天之命》的歌唱。

至此，可以把西周中期祭祀文王大典的用诗情况推测如下：首先是《周颂·清庙》，为典礼开始的序曲，赞美祭祀的文王子孙众多，助祭者勤勉恭敬；其次是《我将》，是正式向"在帝左右"的文王献祭之歌；之后是《维天之命》，表示神已经赐福祭祀者；之后，就是《大雅·文王》篇的歌唱，阐发文王之德，教育参与祭祀者树立符合上天要求的德行，要取法于周文王。《周礼·大司乐》提供了一些周代歌唱演职人员的情况，很明确分为两类：一为巫祝神职人员；一为"国子"，即周家的贵族子弟，也就是文王子孙。据此，《清庙》序曲，以及《大雅·文王》的歌唱可能属于神职人员，而《我将》《维天之命》则应该由"国子"演唱，具体说应是在周王献祭时唱，实际为献祭的伴唱。祭祀文王，按照《大雅·大明》篇，还应该有表现继承文王之志，最终克商获得胜利的内容。这方面的内容，很可能就是展演周初创作的《大武》乐章。据《礼记》等文献记载，舞《大武》时，天子要亲自执朱干玉戚而舞，就像演员扮演武王一样。《大武》演奏之前，为其配置一首新的序曲，就是《周颂》的《维清》。

时　迈

时迈其邦，昊天其子之，实右序有周①！薄言震之，莫不震叠②。怀柔百神，及河乔岳，允王维后③！明昭有周，式序在位④。载戢干戈，载櫜弓矢⑤。我求懿德，肆于时夏⑥。允王保之⑦！

○诗先言周邦武力克殷的胜利，继言以文德治天下的志向。如周朝开国文告，气象宏大。

注释　①**时**：是。指示代词。**迈**：万。林义光《诗经通解》："读为万，诸彝器万年多作迈年，万与迈古通用。"**子**：慈。子之即上天慈爱之。之，指周。**右**：助。**序**：我。高亨《诗经今注》：序读为予。**有周**：国名前加"有"为上古常语。三句言，当时有上万的邦国，都是昊天的子民，上天唯独对其中的周家有厚爱。②**震**：惊动，指以兵威胁不服从者。**叠**：惧。③**怀柔**：安慰，安宁。**河**：黄河。**乔岳**：高山。马瑞辰《通释》："宜通指四岳言之。"**允**：实在，应当。**后**：王。古代王、后同义。三句是说，周家实应做天下的王。④**明昭**：彰显。**式**：结构助词。**序**：按次第。**在位**：在王位。两句是说，周家的人按照顺序连续地做王。⑤**戢**：聚集，收起。**櫜**：韬，即弓箭皮袋。在此作动词，把弓箭装入口袋的意思。⑥**懿德**：美德。此词出现于金文，如《史墙盘》。**肆**：陈，广布。**时**：是。**夏**：华夏，指周王朝所能统治的地区。⑦**保**：拥有。此句是说，王能永远拥有主宰天下的大位。

解说

《时迈》，武王克商后告祭上天、安慰百神的乐章。

《毛诗序》云："《时迈》，巡守告祭柴望也。"《鲁诗》略同，《齐诗》说："太平巡狩祭山川之乐歌。"《韩诗》说："美成王能奋舒文武之道而行之。"《毛》《鲁》不言何王巡狩，而《韩》则谓成王。然而《左传·宣公十二年》云"武王克商，作《颂》曰'载戢干戈'"，明言此诗所述内容为武王时事，《国语》又称"周文公之《颂》曰'载戢干戈'"，又明作者为周公旦。从诗义看，先言天命、武威，转以求文德，明显有"逆取顺守"之义，与《逸周书·度邑解》所载武王谋虑在雒邑建立新都、文治天下的思考暗含。周初器铭《天亡簋》记载，武王克商后不久，就在"天室"用"大礼"祭祀上天。成王时器铭《何尊》又言周成王在雒邑"复禀（禀字或隶定为'称'）武王礼福自天"，证明武王当年确有在成周大祭上天之事。《史记·周本纪》则言武王灭商后放马华山，散牛桃林，车甲藏之府库，干戈包以虎皮，又与诗中"载櫜弓矢"之义合。诗言"怀柔百神，及河乔岳"，又与《度邑解》武王南望（祭祀山川之礼称"望"）三涂，北望有岳，瞻过河、宛、伊、洛的记载相同。据此，诗为武王灭商，在后来的东都之地大祭上天时所作。前人每以《逸周书》所记为武王巡狩的证据，以反对今文家（《韩诗》）武王不巡狩之说，殊为不当。武王灭商后在世时间很短，大局不定，恐怕难有巡狩之事，而周公"求懿德"之说，也只是对未来大政的宣言。另外，"懿德""明昭"（《尚书·尧典》有"昭明"）之语，不是周初语言，诗篇很可能经过后代人加工，才成为现在的样子。

执 竞

执竞武王，无竞维烈①。不显成康，上帝是皇②。自彼成康，奄有四方，斤斤其明③。钟鼓喤喤，磬筦将将④。降福穰穰，降福简简，威仪反反⑤。既醉既饱，福禄来反⑥。

○诗前七句述武王及成、康二王的盛德。后七句铺叙礼乐之盛、受福之多。

注释 ①**执竞**：行为强劲。执，持，操。竞，强。《郑笺》："能持强道者，维有武王耳。"《史墙盘》称武王为"强圉武王"，"强圉"与"执竞"语义相近。又，在每一位周王谥号之前加懿美之词的现象，今见西周青铜器铭文，也是从西周中期器铭《史墙盘》开始，武王之外的"成王""康王"之前也加"宪圣""俊（或渊）哲"等词语。**烈**：功业。②**不显**：丕显。**成**：周成王，名诵。**康**：周康王，名钊。**皇**：美。即上帝嘉美成王康王。③**奄**：广有，尽有。**斤斤**：炯炯。假借字。据于省吾《新证》。两句是说，王朝到成康之后，才真正完成了对全天下的统治。诗这样说是因为西周大规模的封建，大体完成于成康时期，有历史依据。④**喤喤**：象声词，形容鼓声。**磬**：石制打击乐器。**筦**：管乐器，笙、箫之类。《荀子·富国》引用此句作"管磬玱玱"。**将将**：锵锵。⑤**穰穰**：丰厚，众多。**简简**：大。**威仪**：此处指步伐仪态。**反反**：举止慎重貌。参《小雅·宾之初筵》注。⑦**反**：返。古两字通用。

解说

《执竞》，颂扬武王以及成王、康王的乐歌。

《毛诗序》："祀武王也。"蔡邕《独断》载《鲁诗》遗说义同。这一说法，只是从诗篇开始一句立论，并不妥当，所以宋代的学者即开始不满于前人旧说。欧阳修《诗本义》所附《时世论》论《执竞》"不显成康"云："所谓成康者，成王、康王也。……当是昭王已后之诗。"欧说为朱熹《诗集传》所沿袭，是符合诗篇内容的。后人对此虽有辩争，也不过是震于"周公制礼作乐"这一旧说的余威，很是无谓。看上去，诗篇应与祭祀武王、成王、康王有关，然而细看，似乎又并不如此简单。诗篇最后"既醉既饱，福禄来反"两句，显示了诗篇的歌唱是祭祀之余的礼仪。《大雅·既醉》有"既醉以酒，既饱以德"句，且有"公尸嘉告"句，表明其为祭祀结束、神赐福祭祀者时的歌唱。此诗虽言及武、成、康三位先王，但若说诗篇就是祭祀他们的献歌，则显然不对（明何楷《诗经世本古义》谓此篇为昭王"日祭"成、康之诗，其说不可信）。由此，可以推测，诗篇实际是隆重祭祀先王之后的结束曲，所以言及武王、成王、康王，是因为武王至成、康，周家的天下越发稳固，统治区域越发广大，以此应验先王之德的流泽深厚广远。这样说来，很明显，被祭祀的先王，应该是周文王。也就是说，《执竞》应该是大祭周文王典礼的延伸部分。具体说，是单独向文王、武王献祭之后，集体性地向成王、康王乃至昭王献祭的乐章。

于省吾先生在其《新证》中评论此篇说："《周颂》多周初之诗，其崇奥与东周文字迥有不同。惟《执竞》《臣工》二篇，词句绝不类他篇之浑穆，间有可疑。或为后人所窜易，或书缺有间，为后人所补苴。"这样说，是细读作品之后的见解。确实，诗篇的风调与可信为周初的一些作品有明显分别。然而，他说这是由于后来的"窜易"或"补苴"，则是不可信的。于先生有这样的看法，还是因为拘泥于《周颂》为周初篇章的缘故。实际上，《周颂》创作的高潮和终止，都不在周初，而是在西周中期。美国学者夏含夷在《从西周礼制改革看〈诗经·周颂〉的演变》一文中，判断此篇当作于距周恭王不远时期，是正确的。夏文又援引英国学者杰西卡·罗森教授的研究成果谓，西周建立几十年后，礼器渐至以食器为主，而代替酒器的却是大量的青铜乐器。礼器制度的变化正可以解释此诗为什么以较多的笔墨描述钟鼓磬筦。这表明古人认为，音乐的声响起码与酒食一样具有歆享神灵的作用，甚至以乐敬神更可以表达祭者心中的诚意。音乐成分的更新、加重，实际上标志的是朴素原始的祭祀观念业已式微，文饰的意味更加强烈，是礼仪由"质"向"文"演变的表征。从文献层面上说，"既醉既饱"的句子与《大雅·既醉》类似，是其为西周中期作品的一个证据。其实，西周中期的变化，远不止于礼制方面，也体现在文献的编纂和语言的表达上，例如《诗经》和《尚书》中属于西周中期的篇章，在语言、体式及风调上，都有一个由诘屈聱牙趋于平顺流利的显著变化（参拙作《尧典的写制年代》，《文学遗产》2014年第4期），这也是西周中期诸多重大变革的组成部分。

思 文

思文后稷，克配彼天①。**立我烝民，莫匪尔极**②。**贻我来牟，帝命率育**③。**无此疆尔界，陈常于时夏**④。

〇言有文德的后稷，德行能与上天相配；并表继承后稷遗业，广种来牟之意。

注释 ①**思**：发语词。**文**：文德。②**立**：安定。一说，粒。用粮食养育天下人。**极**：至德，大德。③**贻**：给予，赐予。**来牟**：大麦和小麦。**率**：遍。④**陈**：田。于省吾《新证》："田之借字。……田字在此作动词用。"

时：是。**夏**：华夏。两句是说，广泛种植大麦和小麦，不要分别彼此的疆界，要让华夏到处种植。

解说

《思文》，祭祀后稷的献神曲。

《毛诗序》："后稷配天也。"今文家说大略相同，朱熹以至清儒亦无异说。"配天"之说不准确，准确地说，诗篇是祭祀中献给后稷的歌唱，诗用第二人称"尔"即是明证。周人自信，始祖后稷的经营农业，是周人昌达的根本，后稷对周人而言，其功德可与天齐。诗言"来牟"即麦类作物，也是天赐给后稷的嘉禾。此诗值得注意的是与《大雅·生民》的关系。王鸿绪《钦定诗经传说汇纂》引张所望曰："后稷配天，一事也。《生民》述事，故词详而文直；《思文》颂德，故语简而旨深。'雅''颂'之体，其不同如此。"就两诗篇章体势言，的确如此。然而这里的问题是，同是歌颂后稷的诗篇，两者是否存在着关联呢？从内容看，作为"颂德"的《思文》，是献给神听的；作为"述事"的《生民》，很明显是讲给人听的。需尤其注意的是，《生民》在述说过后稷的天赐德行之后，还写到了隆重地祭祀这位始祖的场面。其用心，当然是在表现后稷的子孙不敢废弃先祖事业的志向。而这又与《思文》"无此疆尔界，陈常于时夏"云云相呼应。后稷之事即使在周初，对当时的周人也已变得遥远，记忆不清了。因此很可能是这样：周人在大祭始祖的典礼中，同时也有艺人们述赞祖先的功德业绩。果然如此的话，《思文》与《生民》就作于相同的时期，用于相同的典礼。

按，至此，《诗经》研究中的一个难题，即"豳风、豳雅、豳颂"的"三豳"问题似乎可以解决。《周礼·籥章》言："籥章：掌土鼓、豳籥。仲春，昼击土鼓、吹豳诗，以逆暑。仲秋夜迎寒，亦如之。凡国祈年于田祖，吹豳雅，击土鼓，以乐田畯。国祭蜡，则吹豳颂，击土鼓，以息老物。"这段文字涉及到"豳籥"即"豳诗""豳雅"和"豳颂"。因为在过去《三百篇》

只有《豳风·七月》是明确与"豳"有关的篇章，所以，关于《周礼》所言籥章氏所籥（即用管乐吹奏）三篇豳诗是什么，始终众说纷纭。《郑笺》以为《七月》的第二章即"春日载阳，有鸣仓庚"章"是谓豳风"，也就是《籥章》所言的"吹豳诗"的"豳诗"。第六章即"六月食郁及薁"章"是谓豳雅"，最后一章即"二之日凿冰冲冲"章"是谓豳颂"。按照孔颖达《毛诗正义》的疏解，郑玄之说的意思就是籥章氏在吹奏豳乐时，《七月》一篇一诗三用。后来宋儒对郑、孔之说各有看法，如王安石在解释《周礼》时就说，所谓的"豳雅""豳颂"并非《七月》，而是像文献所记载的《九夏》一样亡佚了（见孙诒让《周礼正义》引）。不过，清代学者又有新说，如宋翔凤、胡承珙等就认为，所谓的一诗三用，是孔颖达的误解。照他们的理解是，用"豳风"的乐调吹奏《七月》，就是"豳诗"，用"豳雅"的乐调吹奏就是"豳雅"，用"豳颂"的乐调吹奏就是"豳颂"，不是割裂地吹奏，而是全体的吹奏，用乐不同，称谓也随之各异而已。这样的说法现代学者如黄焯、魏炯若等都表示赞同。实则，郑玄以下各学者所说都有强作解人之嫌。问题就出在他们认为与周人视为神圣的豳地相关的诗篇只有《七月》一篇。现在看，并非如此。所谓的"豳诗"亦即"豳风"就是《七月》，没有问题；所谓的"豳雅"就是《生民》和《公刘》；所谓的"豳颂"，就是《思文》。这几首分见于《风》《雅》《颂》的四篇，都与豳地有关。

那么，说《思文》和《生民》是与豳有关的诗，根据何在？首先要明确周人祭祀始祖后稷（有诗篇为证）的地点。祭祀岐山先公先王，周人是在岐山的宗庙进行，这可为诗篇所证明。那么祭祀后稷呢？公刘迁移豳地，才恢复始祖擅长的农耕事业，周家由此恢复了自先祖不窋不得已放弃的农事生活。正因如此，周人在众多先公中才特别重视公刘。按岐山祭祖的惯例，要祭祀公刘，就应到古豳之地。《公刘》言迁豳，其"于京斯依。跄跄济济，俾筵俾几。既登乃依，乃造其曹。执豕于牢，酌之用匏"一段，何楷《诗经世本古义》、钱澄之《田间诗学》以及马瑞辰《通释》都以为是宗庙始成之礼，如此，公刘立庙，就应当有后稷之庙在其中。也就是说，周人在古豳之地祭祀公刘，就应该也在此地祭祀后稷，因为这里有最早的始祖庙。周人清晰的历史记忆大概是以迁豳为开端的，在此之前的记忆，充其量只有大概，所以才会出现始祖后稷是五帝时人，而其子不窋却是夏代衰落时人这样不合情理的世系（见《史记·周本纪》）了。后稷是官职之称，周人的始祖做过这个官，之后的若干代可能都做过此官，但是让周人记忆深刻的是失掉这个官职的不窋，还有一位令其印象深刻的祖先是恢复农耕传统的公刘。周人对远祖世系记忆如此模糊残缺，那么当后来周人要追根寻源、祭祀始祖时，也就只能到公刘故地的始祖宗庙了。正是这样的缘故，祭祀公刘与祭祀始祖只好在同一个地方，就是豳地。也正因同一缘故，祭祀始祖的《思文》和《公刘》，一称为"豳颂"，一称为"豳雅"。两者是对应关系。至于《公刘》篇因其与豳地的特殊关系而被称为"豳雅"。《明堂位》说："土鼓、蒉桴、苇籥，伊耆氏之乐也。"土鼓，山西陶寺遗址发现过，证明周人确曾在山西生活过；蒉桴就是用土块为鼓槌；苇籥，就是用苇子的茎干制作的管乐，乐器简单如此，乐调的简朴也就可以想见了。《周礼·籥章》言仲春仲秋吹《豳》诗，以逆暑迎寒，正与《七月》的"七月流火"相合，也可知《七月》所依附的礼仪正是春秋逆暑迎寒的节日。《籥章》又言"吹豳雅"是为"祈年于田祖"，田祖管年景，正与《生民》赞美后稷不学而具有稼穑本领的天赋相符；言年终"祭蜡"时节"吹豳颂""以息老物"，当是一种移用，与《思文》内容也不是不能相容。总之，《七月》《生民》和《思文》几首诗篇，在西周中期创作的时候，应该有意采用曾在古豳之地流行的古老而简朴的乐调和乐器演奏。

《臣工》之什

臣　工

嗟嗟臣工，敬尔在公①。王釐尔成，来咨来茹②。嗟嗟保介，维莫之春，亦又何求③？如何新畬④？於皇来牟，将受厥明⑤；明昭上帝，迄用康年⑥。命我众人：庤乃钱镈，奄观铚艾⑦。

○诗由三道命令组成，一对臣工言，一对保介言，一对众人言。前四句是序曲；其后，由王问保介小麦长势的对话与王下达命令两部分组成。牛运震《诗志》："严重真挚中间，正有闲逸生动处。"

注释　①**嗟嗟**：叹词，用在正式说话之前。见诸《诗》，如《魏风·陟岵》："父曰：嗟，予子行役。"《尚书》及金文亦有其例。**臣工**：百官，古时官亦称工。**在公**：犹言公职。②**釐**（lí）：理，审理、考核。**成**：成绩。**来**：是。结构助词。**咨、茹**：询问、度量。咨茹即考察。③**保介**：负责田界的官员。于鬯《香草校书》：保介当作保界，见《韩诗外传》等文献。魏源《诗古微》亦有此说。**莫**：暮。两句是说，现在是暮春时节小麦将熟，还有什么比这更重要的？④**新畬**（yú）：新开垦与过去开垦的田地。《尔雅·释地》："田一岁曰菑，二岁曰新，三岁曰畬。"此句是问，新旧田地的作物长势如何。⑤**於皇**：犹言皇皇。叹美之词。**明**：收成。《尔雅·释诂》：明，成也。马瑞辰《通释》：古以年丰谷熟为成。⑥**迄用**：以至于有。**康年**：丰年。两句是说，是因为我们侍奉上帝好，所以才有如此丰收的好年景。⑦**庤**（zhì）：收藏。《说文》："储至屋下也。"**钱**（jiǎn）：翻土工具，如后世铁锹之类。《说文》："铫也，古者田器。"**镈**（bó）：《广雅·释器》："鉏也。"据马瑞辰考定，即除草短柄锄。**奄观**：眼看就。奄，速。**铚**（zhì）：

镰刀类的农具。《说文》:"铚,获禾短镰也。"艾(yì):收割。字通"刈"。

解说

《臣工》,暮春小麦收割的动员之歌。

《毛诗序》:"《臣工》,诸侯助祭遣于庙也。"王先谦《集疏》:"《鲁》说无异。""《齐》《韩》盖同。"朱熹《诗序辨说》不信古说,其《诗集传》谓:"此戒农官之诗。"但戒于何时,本于何礼?都无证据,所以仍然不能服人,因而后来仍歧说纷纭。魏源《诗古微》认为,《臣工》,成王亲耕后"受釐祝嘏词也"。其根据是:"《月令》孟春之月,天子乃以元日祈谷于上帝。乃择元辰,天子亲载耒耜,措之于参保介之御间。率三公、九卿、诸侯、大夫,躬耕帝藉。反,执爵于大寝,公卿、诸侯、大夫皆御,名曰劳酒。《臣工》盖执爵劳酒受釐时所歌。"以为系天子亲耕大礼之后,在太庙行劳酒礼时的诗歌。然而诗明言时在暮春、行将开镰之际,显然与《月令》"孟春之际"之说不合。实际上,魏源之前的清代学者陈仅就在其《群经质》中对此诗主题提出了中肯的意见:"《臣工》,躬耕帝籍之乐歌也。"他又解释说:"臣工,三公卿诸大夫也;众人、庶人,终于千亩者也。"这样的说法是有文献根据的。

据《国语·周语》,周王亲自参加的农事典礼,不仅限于播种仪式,仪式之后,"(王)乃命其旅曰:'徇。'农师一之,农正再之,后稷三之,司空四之,司徒五之,太保六之,大师七之,太史八之,宗伯九之;王则大徇,耨获亦如之"。所谓的"徇",就是各级官员分别视察农事,就连周王也不例外,特别是其中"耨获亦如之"一句,对解释此诗本事尤为重要,它表明收获时节周王也像亲耕一样来参加典礼。前人每每在春耕籍田祈谷上兜圈子,殊不知亲耕之后,还有隆重的徇农活动。诗言"来牟",中原地区小麦成熟一般在夏历五月初,暮春正是田间管理的重要时期,这与诗所言时间正好相合。小麦的成熟期相当快,收获亦刻不容缓,这又与诗"奄观"

之语合若符节。据此，诗是暮春小麦即将收割前，王"大徇"时的动员令。周代农事典礼极重，既然反爵劳酒都在大寝宗庙，此诗的歌唱或亦在宗庙中举行，还伴以舞乐，通篇散发着浓郁的生活气息。

噫 嘻

噫嘻成王，既昭假尔①。率时农夫，播厥百谷②。骏发尔私，终三十里③。亦服尔耕，十千维耦④。

○诗言千亩籍田，一日耕种，极言其速度之快。三十里原野，十千为耦，场面何其壮观！

注释 ①**噫嘻**：巫祝人员呼唤神之声。戴震《毛郑诗考正》："犹噫歆，祝神之声。"**昭假**（gé）：向上天表达诚敬之意。参《大雅·云汉》"昭假无赢"句注。**尔**：指成王之灵。②**时**：此。③**骏**：大规模。**私**：私田。从当时的法理上说，天下田地都是周王的私产。一说，耜。一说，种子。**终**：完成。一天完成。三十里：极言其多。《毛传》："言各极其望也。"就是极目远望的范围，表示田亩数多。一说，三十里为万夫所耕之田亩数，方圆约三十里。④**亦**：发语词。**服**：操作，出力。**耦**（ǒu）：两人一组共同耕作。古人播种，一人在前，一人在后，推拉而耕。十千维耦，即一万农夫在耦耕。一说，两万人，含妇女。

解说

《噫嘻》，周王籍田亲耕的乐歌。

《毛诗序》："春夏祈谷于上帝也。"据王先谦《集疏》，三家并无异义。诗描述的内容显然是春耕景象，而"率时农夫"的主语又非周王莫属，可见，诗篇所表，为孟春之月周天子亲行籍田典礼时的乐章。前人因为周代有生称谥号之例，认为诗是成王向神行祭之词，是不成立的。理由是：生王向神灵祝告时自名王号，是唐突不礼貌的行为。征诸《周颂》各诗，告神时称"予"者有之，称"我"者有之，称某王者却没有；相反，称已逝之王号就多是死者的谥号。因此，诗中的成王只能是噫嘻祝神之声的对象，还有，古人重祢（mǐ）庙（即父庙），是诗为康王时期作品证据之一。

籍田又称大田、甫田、公田，其数千亩，为王室直接所有。此诗即描述了周王在籍田的劳动。出土文献亦有周王亲自参加籍田耕种典礼的记载。如《令鼎》铭文有云："王大耤农于諆田，餳，王射，有司及师氏小子会射，王归自諆田。"由此铭文可知，王亲耕籍田时，还会举行餳礼（可能是馈赠晌午饭给农夫的礼节），同时举行射箭仪式，十分隆重。很明显，籍田耕种与收获都是由农夫来操办完成的，但为什么天子每年春天还要有亲耕籍田的典礼呢？这是因为，从名义上说籍田属于所有族人，其产品一部分要由天子代表族人向祖先上供，以获得神灵的福佑。天子是神的直系子孙，他将亲自劳动所得供奉神灵，才是孝敬的，因此他要礼仪性地"亲耕"一下。这就是籍田礼的宗教意味。籍田典礼诚然有剥削关系掩盖在内，但天子能够促使庶民无偿耕种，正是由于这样的一种宗教观念在起作用。周人自许以农耕起家，而重视农耕的精神，也是读《噫嘻》这些农事典礼乐章所能清晰感觉到的。

振　鹭

振鹭于飞，于彼西雍①。我客戾止，亦有斯容②。在彼无恶，在此无斁③。庶几夙夜，以永终誉④。

　　○诗先以群鹭比客人，继言其表现良好，终以勉励之言作结。表客人之初到。

注释　①振：群飞貌。鹭：白色羽毛的水鸟。一说，振鹭，手持鹭羽的舞蹈。古有鹭羽之舞，见《陈风·宛丘》及《鲁颂·有駜》等。振，舞。《左传·庄公二十八年》："楚令尹子元欲蛊文夫人，为馆于其宫侧，而振《万》焉。"振《万》，即舞《万》舞，可证。于飞：飞翔。一说，如飞。据马瑞辰《通释》。雍：辟雍。西周辟雍在丰都东、镐京西，所以诗称西雍。参《大雅·文王有声》注解。②客：客人。《毛传》："二王之后。"李樗《毛诗集解》："二王之后不纯臣待之，故谓之'我客'。"《左传·僖公二十四年》："宋，先代之后也，于周为客。"是其证。照传统的理解，此处的"客"，包括夏、殷两朝后裔，然而诗篇所表可能只有宋国来的客人。戾：至，到。亦：也。一说，而。容：舞容。指前文振鹭而舞。两句是说，因为客人的到来，才在辟雍中舞起鹭羽之舞。③在彼：在其本国。《郑笺》："谓居其国无怨恶之者。"斁（yì）：松懈，倦怠。《韩诗》字作"射"。④庶几：希望。夙夜：早晚，有勤勉之意。永终：永久。于省吾《新证》："永终古人连语，终亦永也。"誉：于省吾《新证》："誉、与古通。……'以永终誉'应读作以永终与，与即欤，虚词。"两句是说，希望他们永远勤勉地服侍周家，因而长期保有荣誉。

解说

《振鹭》，欢迎客人来到辟雍的乐章。

《毛诗序》："二王之后来助祭也。"点明客之前来为的是助祭，是此篇《序》的价值。诗称"西雍"，而西雍系灵台所在，《大雅·文王有声》篇显示大建辟雍是为"遹观厥成"，即显耀文王事业的成就，前朝后裔前来助祭，正合乎"显耀"的宗旨。诗篇言"有客戾止"，却没有明言客人具体为谁。征诸文献，如《左传·僖公二十四年》所载："宋，先代之后也，于周为客，天子有事膰焉，有丧拜焉。"周人大祭先王时宋国人前来助祭，是可以肯定的，至于是否还有夏朝贵族即所谓杞人，则难以断言。前人如清朝姚际恒

《诗经通论》对"二王之后"一说予以否定，而日本人竹添光鸿《毛诗会笺》则以为："诗虽为杞宋之来助祭而作，而其意则专在宋。"说法更为稳妥。因为对周人而言，自建国以来就十分注意笼络殷商移民，现在，殷商后裔来辟雍中助祭，诗篇对此特予表述也是很合情理的。

诗篇解读上还有一个难点，那就是对前四句的理解。《毛传》解释"振"为"群飞貌"，"振鹭"还可能不是言辟雍中自然的水鸟，而是一种舞乐，那么，"振鹭于飞"的句子就是写实，并由此比喻客人。然而《鲁颂·有駜》篇"振振鹭，鹭于下。鼓咽咽，醉言舞"以及《陈风·宛丘》"值其鹭羽"句，都表明周代有一种古老的鹭羽之舞。如此，前四句就有可能是言演奏舞乐以迎接客人，也有可能是表现辟雍中出现的一个新现象：古老的鹭羽之舞也随殷商后裔的到来而出现在周人祭祖的歌舞之中，王朝礼乐因此而更为盛大。如此，诗篇所言"振鹭于飞""我客戾止"，就不仅意味着殷商后裔与周人之间的和解，而且意味着一种文化上的融合。近年不少学者已经注意到西周中期礼乐制作趋于繁富，诗篇的创作也同样呈现出高涨之势，其背后一个重要因素，就是殷、周两大族群关系融洽以及相伴而来的文化融合。

至于诗篇年代，上文实际已经有所暗示。"西雍"两字清楚透露出作品的创作时间。在《文王有声》篇已经讨论过，灵台、辟雍之大规模建设是西周中期的事，此诗说"于彼西雍"，就一定得在辟雍建成之后。《礼记·仲尼燕居》记载孔子言"两君相见"礼时言及此诗，曰："客出以《雍》，彻以《振羽》。""客出"即离席而去，这时要奏《雍》，撤席时则奏《振羽》，《振羽》即《振鹭》。《礼记》所说，应该是两首诗在后来的活用。

丰 年

丰年多黍多稌，亦有高廪，万亿及秭①。为酒为醴，烝畀祖妣，以洽百礼②。降福孔皆③。

〇诗言丰收之年黍稻众多，做成酒进献给男女祖宗。

▣ 注释 ▣　①**稌**（tú）：稻。**亦**：发语词。**廪**（lǐn）：藏米粮的仓库。**秭**（zǐ）：谷物数量单位，万万为亿，万亿为秭。据陈奂《传疏》。此句极言其多而已。②**醴**：经过一夜酝酿发酵的酒，酒精含量低，味甜，又称甜酒。**烝畀**（bì）：进献。烝，进。畀，予。**洽**：周备。**百礼**：百种礼仪。言礼数周全。③**皆**：嘉。马瑞辰《通释》："皆、偕、嘉一声之转。《广雅·释言》：'皆，嘉也。'"

解说

《丰年》，秋冬祭祖的歌唱。

《毛序》："秋冬报也。"其说过简。蔡邕《独断》载《鲁诗》遗说："蒸尝秋冬之所歌也。"宋以后有些学者另立新说，或以为"报赛田事""祀田祖先农方社"的诗（朱熹《诗集传》、魏源《诗古微》、龚橙《诗本谊》），或以为"祭上帝"的诗（王鸿绪《钦定诗经传说汇纂》载王安石遗说），或以为"秋祭四方，冬祭八蜡"的诗（苏辙《诗集传》），均属无视作品内容的说法。王先谦《集疏》所引门生黄山之说可作定论："此诗《独断》云'蒸尝秋冬之所歌'，《毛序》云'秋冬报'，《笺》谓'报者，尝也，烝也'。得《笺》说而知蔡言'蒸尝'亦即指'报祭'矣。报社稷必于秋，《良耜》之'秋报社稷'是也。报先祖则或于秋，或于冬，亦必一报，而非二报。盖天时有早晏，成熟有先后，一物不备，一人不得其所，孝子不敢以诬其先。秋祭曰'尝'，冬祭曰'烝'，本皆宗庙之祭。诗言'为酒为醴，烝畀祖妣'，又明为享先祖、先妣，不必为《月令》之'大享帝'及'祈来年于天宗'也。古者祭不欲数（次数繁密），天子祈报，皆即于时祭行之。"周人祭祀分内祭、外祭两大类，内祭祭祖先，外祭祭祖先以外的天地百神，这样的分别不能乱。诗篇从内容看一望可知属于内祭祖先。在编排上，似当在《振鹭》之前，与《臣工》《噫嘻》为一组。

有 瞽

有瞽有瞽，在周之庭①。设业设虡，崇牙树羽②。应田县鼓，鞉磬柷圉③。既备乃奏，箫管备举④。喤喤厥声，肃雍和鸣，先祖是听⑤。我客戾止，永观厥成⑥。

〇诗首言瞽人来至周庭，继言其张设乐器与奏乐之声，为诗写实部分。"喤喤"以下，则预言由于瞽人的到来，祭祖典礼会大获成功。全篇节奏明快，意象繁复。最后两句，表明瞽人为"我客"所带来。

注释 ①**瞽**：盲人。《郑笺》："以为乐官者，目无所见，于音声审也。"开头两句，语含兴奋之感，当与瞽人初到周庭有关。**庭**：庭院。宗庙之前的庭院，应指西周辟雍建筑的场地，《大雅·灵台》言"於论鼓钟，於乐辟雍。鼍鼓逢逢，矇瞍奏公"可证。这两句为全篇总序。②**业**：大板，即悬挂乐器横木上装饰的木板。**虡**（jù）：支撑业板的支架，后世出土文物中，虡有制成人形、鸟形者。**崇牙**：业板上齿状的突出部分。**树羽**：装饰上羽毛。③**应田**：小鼓。应，应和。敲击时与大鼓配合，起引领大鼓的作用，故名。又"田"字，据郑玄说，为𪔛（yìn）之误。一说，应，也是一种鼓。**县鼓**：悬挂起来的大鼓。古县、悬通用。《毛传》："周鼓也。"夏、商、周三代鼓制不同，据说夏鼓有足，商置鼓于地，周悬挂于支架横木上。

鼗（táo）：有两耳的摇鼓，形制如后世的拨浪鼓。**磬**：石质打击乐器，古代八音之一。参《小雅·鼓钟》"笙磬同音"句注。**柷**（zhù）：木制敲击乐器，状如漆桶，以木为之，中有椎连底，可左右撞击出声，以引导演奏，其作用或如同后世戏剧中敲击板眼的堂鼓。**圉**（yǔ）：木制敲击乐器，字亦作"敔"，状如伏虎，背上有锯齿形牙刻，以一尺长左右之木击之，作用或如后世戏剧中敲击板眼的板。《尚书·皋陶谟》"合止柷敔"，即指此二物。④**箫**：排箫，以一排竹管（商代有此器，以鸟腿骨制）缠缚而成，上沿齐整，下沿参差，长短依次排列，呈三角形或单翼状。**管**：管乐，如笛、篪等吹奏乐器。**举**：演奏。⑤**肃雍**：庄严和谐。⑥**客**：宋国人，为殷商后裔，《左传·昭公二十五年》记宋大心之言曰："我于周为客。"客的本义是"敬"，但与"宾"（也含敬义）不同，宾多指礼仪招待对象，是自己人，而客则指前朝后裔，必须客气招待。据《郑笺》，客可能还包括夏朝后裔杞人。**戾**：到来。**观**：显耀。《国语·周语》"先王耀德不观兵"，"观兵"即显耀武力，此处"观"字用法相同。**成**：成就。指周王朝取得的成就。

解说

《有瞽》，表现瞽人在周庭演练鼓乐的诗篇。

《毛诗序》："《有瞽》，始作乐而合乎祖也。""合乎祖"就是合奏于祖宗之前；"始作乐"，《郑笺》解释说："王者治定制礼，功成作乐。"依此，"始"即指周初周公的制礼作乐。然而，诗篇风格、用语和押韵，与可信为周初的几首诗篇如《武》《般》等相比，差异十分明显，可知非周初作品。又，诗篇中"我客戾止，永观厥成"两句，前一句见于《周颂·振鹭》，而《振鹭》为西周中期作品；后一句又与《大雅·文王有声》"遹观厥成"颇为相似，而《文王有声》也是西周中期之作。还有，在金文中，描写钟鼓音乐的句子，如此篇中的"喤喤""肃雍"之类，也都不早于西周中期。再有，篇中这些描述乐音的语词，与《尚书·皋陶谟》也颇为类似，而后者，笔者有专文考证其为西周中期文献，是判断此诗年代的又一旁证。综上，诗篇为西周中期作品。

诗篇开始两句"有瞽有瞽，在周之庭"，很明显，瞽人是初次来到周庭演练舞乐的。巧的是，在《大雅·灵台》篇，也写到灵台辟雍之中"於论鼓钟，於乐辟雍。鼍鼓逢逢，矇瞍奏公"，其中的"矇瞍"，也就是"有瞽"之瞽。而《礼记·明堂位》说："瞽宗，殷学也。"据此，这些瞽人、矇瞍来自作为殷商之遗的宋国。《明堂位》又说："殷之崇牙。"这与诗中"崇牙树羽"也是相合的。《周颂·振鹭》篇言宋国之客来西雍，此篇则言宋国的瞽人来到"周庭"，且《灵台》言矇瞍是在辟雍演奏钟鼓，上述几篇时间又相近，那么，由此推断这些瞽人是宋国贵族带到西周来参加礼乐活动的，应不是唐突之见吧？无论如何，瞽人在"周庭"的舞乐演奏，显示的都是周人吸收殷商文化这样一个重要现象。笔者怀疑，《有瞽》与《振鹭》《有客》一起，组成表现以宋人为主的助祭之"客"的组曲，而歌唱地点就在辟雍。如此，辟雍作为西周的礼乐场所，还见证了文化的吸收与融合场所。

潜

猗与漆沮，潜有多鱼①。有鳣有鲔，鲦鲿鰋鲤②。以享以祀，以介景福。

○诗言漆沮之中有很多鱼，捕之献给祖先，可获赐福。

注释　①**猗与**：猗欤，叹词。**漆沮**：二水名。在岐山附近。参《小雅·吉日》"漆沮之从"句注。**潜**：积柴水中，鱼从空隙进入其中，容易以篓篧之物捕捞。字亦作"槮"。②**鳣**（zhān）：鲟鳇鱼。**鲔**（wěi）：鲟鱼。**鲦**（tiáo）：白条鱼。**鲿**（cháng）：无鳞黄颊鱼。**鰋**（yǎn）**鲤**：鲶鱼，无鳞，外表粘滑。

解说

《潜》，捕鱼祭祖的歌唱。

《毛诗序》："季冬荐鱼，春献鲔也。"《鲁》说无异，"《齐》《韩》盖同"。陈奂《传疏》："《礼记·月令》：'季冬命渔师始渔。天子亲往，乃尝鱼，先荐寝庙。此冬荐鱼也。'……《鲁语》云：'古者大寒降、土蛰发，水虞于是乎讲罛罶，取名鱼而尝之庙，行诸国。'案，冬、春之际皆取鱼尝庙，正与《序》义合。"据陈奂说，一年之中实有两次向祖宗寝庙行荐鱼尝礼。《郑笺》："冬，鱼之性定；春，鲔新来。"据陈子展《诗经直解》的解释，鲔鱼每年春天从海溯河而上至漆、沮间产卵，所以《郑笺》有"新来"之语。两次荐鱼而同用一首诗乐，要之祭典相同，不必另为创制新词。诗篇记录的"潜"的捕鱼方式，显示的是先民古老的生存智慧。另外，此诗的创作时代也不会太早。"以享以祀，以介景福"的句式，多见于西周中期的篇章，是其年代的显示。

雍

有来雍雍，至止肃肃①。相维辟公，天子穆穆②。於荐广牡，相予肆祀③。假哉皇考，绥予孝子④。宣哲维人，文武维后⑤。燕及皇天，克昌厥后⑥。绥我眉寿，介以繁祉⑦。既右烈考，亦右文母⑧。

〇诗言前来祭祖的人们庄严肃穆，助祭者都是列国诸侯；继而言神保佑之德，最后为祈福之词。四句一转韵。

注释 ①**有来**：有人来。**止**：语气词。**雍雍**：仪态雍容貌。②**相**：助祭者。**辟公**：指各国诸侯。③**於**：叹词。**广牡**：肥大的公牛。《左传·僖公三十三年》："特祀于主。"所言之特，与此处之"牡"同。**相**：辅助，帮助。**肆祀**：把贡品摆放在祭台上。肆，摆放。一说，把未分解的公牛牲体整体献上。据马瑞辰《通释》说。④**假哉**：大哉，美哉。**皇考**：亡父称考，皇是赞美之辞。**绥**：安。⑤**宣哲**：明哲，明智。宣，明。**后**：君王。两句是说，文王、武王都是明哲的人，所以他们做君王。⑥**燕**：安。**克**：能。**昌**：昌达，繁盛。作动词用。**厥后**：其后。后，后代。两句是说，文王、武王能事上帝，使之安乐，所以（获得天命）保佑子孙繁盛昌达。⑦**眉寿**：长寿。**祉**：福。⑧**右**：尚，尊。指升皇考之神灵于祖庙列祖列宗行列。**烈考**：有勋业的先父，即上文皇考。烈，勋绩。**文母**：有文德的先母，即主祭者之母。西周穆王时器铭《癸簋》："对扬文母福剌（烈）。"《癸方鼎》："朕文考甲公文母日庚弋休则尚。"其中"文母"与此义同。

解说

《雍》，吉禘先王的乐歌。

《毛诗序》："禘大祖也。"蔡邕《独断》所载《鲁诗》遗说大体相同。所谓"禘"祭，有数种：一是属于祭天地始祖的"报本"之祭，亦即《国语·鲁语》所谓"周人禘喾而郊稷，祖文王而宗武王"之禘，称大禘；一是四时之禘，称时禘；还有一种就是三年丧期结束（只有二十五个月）的大祭，称吉禘。吉禘的意义是将死者神主安放到太庙中，很隆重。诗篇所涉的祭祀就是这后一种。

《毛诗序》说是"禘大祖"，语意含混，《郑笺》对《序》的解释是："禘，大祭也，大于四时而小于祫。大祖，谓文王。"是将此诗之祭祀理解成时禘，不确。不过，其言"大祖，谓文王"则可取。从诗篇的整体思路上说，先言皇考保佑"予孝子"，继而言文王、武王之大德，正暗示出皇考（即先父，征诸金文，皇考言亡故之父无例外，有学者以皇考为先祖之称，不合西周惯例）的灵位即将列入他们的行列。之后两句，是祈求皇考在进入先王神灵序列之后，继续赐福给子孙。最后两句则交代，先母也一起升列了。这是补充句，意在男女有别。此外，诗言"於荐广牡"，西周穆王初期器铭《刺鼎》言"唯五月，王在萃（'萃'即'悴'，'在悴'即丁忧。依唐兰说），辰在丁卯，王禘（禘），用牡于大室，啻邵（昭）王"。此铭所言之禘为吉禘无疑，而其"禘昭王"也用的是"牡"，所以诗篇为吉禘也是可以肯定的。又《论语·八佾》言："三家者以《雍》彻。"《周礼·乐师》："即彻，帅学士而歌《彻》。"《礼记·孔子燕居》："客出以《雍》。"（在《振鹭》篇曾言及《礼记》称"彻以《振羽》"，是指"两君相见"时的撤除宴席，与此处《论语》"以《雍》彻"指祭祀撤除祭品有别）所言"彻（撤）"即《雍》，因其歌于祭品撤下时故名。这就是说，《雍》的歌唱，就歌之于祭品撤下之时。

前人解此篇，多以为是周初成王时期作品。然而，篇中"眉寿"的嘏词出现则很明确表明其为西周中期诗篇。另一点值得注意的是此篇的歌唱方式。全篇十六句，开始四句，与后面十二句言说的主体明显不同。这一点在戴震的《毛郑诗考正》即已觉察，曰："诗中曰'天子穆穆'，明明为美主祭者之辞，非主祭者自为辞也。"下面接着而来一直到"介以繁祉"的十句，很明显都是以主祭者即周天子的口吻表达的。这表明祭祀典礼上是有歌者伴唱的。而伴唱的情形，从《周礼·大司乐》所载可得其仿佛。大司乐所领歌者，明显分为两群：一是瞽者，"大师……大祭祀，帅瞽登歌"，此为一种；乐师"帅学士而歌"，又是另一群歌者，而所谓学士，即"国子"，亦即贵族子弟。如此，就可以解释《雍》篇的歌唱情况：前四句实际是序曲一类的歌唱，应该由瞽者来唱；以下的十几句，则可能由"国子"来代替周王歌唱。就是说，一篇之内歌者的主体有变化，可知周家宗庙中的献神歌唱，也是分角色进行的。

此诗的风格及用语都与《烈文》《载见》十分相似。如前所说，《烈文》的歌唱是从"锡兹福祉"开始的，也就是说那首诗是祭神程序完成以后的乐歌。按理，祭礼正典还应有向神灵直接表达祭主心声的歌诗，而《雍》恰好就是这样的诗篇。而且，本诗助祭者是"辟公"一级的人物，《烈文》也是。所以，两首诗篇很可能为祭祀同一先王典礼上的组曲。那么，祭祀者与被吉禘的又是哪代周王呢？回答是被吉禘的是周昭王，祭祀者则是周穆王。更多的理由，见下面的《载见》一篇。

载 见

载见辟王，曰求厥章①。龙旂阳阳，和铃央央②。鞗革有鸧，休有烈光③。率见昭考，以孝以享，以介眉寿④。永言保之，思皇多祜⑤。烈文辟公，绥以多福，俾缉熙于纯嘏⑥！

○诗言初见新继位的君王，继言新王率诸侯拜谒先王之灵并接受赐福，终以对诸侯勉励之词作结。

注释 ①**载见**：始见，即诸侯第一次来朝见新继位之君。**辟王**：君王。辟，大。**曰**：聿，以。发语词。**章**：法度。两句谓，朝见新继位之君，向新君请求王朝新规章。②**龙旂**：画有交龙的标志身份的旗帜。参《小雅·出车》"旂旐央央"句注。又《仪礼·觐礼》言诸侯朝见周王"龙旗弧韣（旗杆顶端弯曲成弧形，张旗幅用，外有装饰，即韣）"。**阳阳**：鲜明貌。**和铃**：车铃铛。参《小雅·蓼萧》"和鸾雍雍"句注。③**鞗革**（tiáo lè）：銮勒。勒为辔头，銮为勒上的铜饰。参《小雅·蓼萧》"鞗革冲冲"句注。**有鸧**（qiāng）：鸧鸧，马头饰闪光貌。**休**：美好。④**率**：率领。一说，以。**昭考**：指周昭王，穆王之父。**孝**：享。马瑞辰、于省吾等认为，孝、享同义，皆为献祭。⑤**思**：发语词。**皇**：大而美。与下文"多"义同。**祜**：福。两句谓，诸侯要永远保持这些先王赐予的众多福禄。⑥**"烈文"句**：有文有武的诸侯。此句见《周颂》中的《烈文》。**绥**：安。**缉熙**：持续不断。**纯嘏**：大福。周代固定用语，金文中多见。纯，大。参《小雅·宾之初筵》"锡尔纯嘏"句注。此三句承上两句，谓诸侯要继续发扬祖先的福禄，令其达到至善至美。

解说

《载见》，诸侯朝见新君，且拜谒先王之庙，诗咏此事。

《毛诗序》："诸侯始见乎武王庙也。"今文三家及后代诸儒都无异义。但旧说实不可信。诗称"昭考"，《毛传》释为武王，此说至今还有人坚信不疑。然而在今天可见的先秦典籍中，武王有称"武考"者，有称"烈考"者，从不见称"昭考"者。朱熹《诗集传》又据《尚书·酒诰》"乃穆考文王"认为，文王既为穆，武王自然为昭。但与武王称"昭"一样，在文献资料中这也是个仅见孤例。在金文中，文王称"文考"者有之，称"丕显考"者有之，"穆考"而称文王则不见。这涉及周代宗庙的"昭穆"制度。据各种文献，古代天子七庙，始祖居中，一昭一穆分左右相对排列。其中文王、武王因其地位特殊，所以永远分列始祖左右，即所谓的不祧之祖。其他祖宗，随着世系延长，超过五代就要把神位移走另行安放。这一制度的起源很古老，有学者研究藏族也有这样的庙制。问题是，就是周代真有这样一昭一穆的神位排列法，当时是否就用"昭"或"穆"分别称谓每一去世的先王，则大可质疑。即以《尚书》称文王为"穆考"（古人解释《尚书》"乃穆考文王"句，一般都解"穆"为美好之义，很少有人将此字与昭穆庙制相联系）而言，按昭穆制度推，周武王就应该称昭考，以此类推，周昭王反而称穆考，周穆王却是昭考。这是很奇怪的。西周十二代王，再加东周二十余代王，除了周昭王、穆王之外，再无其他人以昭、穆相称，原因大概也不难找，避免混乱而已。如此，不能因《尚书》以"穆考"称文王，就率然判断周武王一定称"昭考"，尽管他在宗庙的位置可能是"昭"。再征诸西周金文，不仅不见以昭、穆称谓文王、武王，也不见以此称谓成王、康王等任何一个周王（昭王、穆王之称昭、穆或另有原因）。文、武称"文武""烈考"而外，金文还称成王宗庙为"成大室""成宫"，称康王庙为"康宫""康庙"者，称夷王、厉王庙为"夷宫""刺（厉）宫"，就是没有用"昭"或"穆"称呼任何先王庙的。宗庙严辨昭穆，在儒家也有其特定理由，那就是鲁国曾在宗庙昭穆排序上出过问题（鲁文公升僖公神位于闵公之上，事见《左传·文公二年》及《国语·鲁语》）。鲁国的儒家对此问题的关注，影响了人们解读《诗经》。此外，《逸周书·祭公解》有一段记载，对明确"昭考"具体所指大有帮助。曰："王曰：呜呼！公朕皇祖文王，烈祖武王，……弘成康、昭考之烈。"孔注："昭考，昭王，穆王之父也。"综上，此诗"载见辟王"的"辟王"，当是新君穆王，即诗为穆王时作品。

　　诗篇在写作上有一个很显著的变化，就是对诸侯来见新王时车马旗帜的描绘，在早期《周颂》篇章中此类内容是没有的。而同样的描写也出现在《商颂》的《烈祖》篇中，应该是时间相同的表现。另外，诗篇虽言祭祀，但格调并不是很庄严沉重，这应与新王守孝三年期满，丧礼变吉礼有关吧。按周代礼制，即位新王为先父守孝三年之后，要举行升附先王灵位入太庙的典礼，即所谓吉禘（较详细的解说见《雍》篇）。此诗言诸侯"载见辟王"且言"求章"，应该与吉禘大礼的举行联系密切。

有　客

有客有客，亦白其马①。**有萋有且，敦琢其旅**②。**有客宿宿，有客信信**③。**言授之絷，以絷其马**④。**薄言追之，左右绥之**⑤。**既有淫威，降福孔夷**⑥。

　　○诗言有客前来，车驾套的是白马，并表祝福之意。全诗分赞客、留客、祝客三层意思。所言待客之礼，甚美。

☐ 注释 ☐ ①**客**：先王之后，即宋国贵族。**白马**：殷人隆重场合用白马。《毛传》："殷尚白也。"裘锡圭《古文字论集》谓，殷人尊尚白色的马，可从甲骨文中获得证明。②**萋**：茂盛的样子。**且**（jū）：众多貌。一说，萋、且，敬慎貌。**敦琢**：雕琢。本义为治玉，在此形容客人仪容整饬，犹如攻治过的美玉。**旅**：队伍。③**宿宿**：住一夜为宿。**信信**：住两晚为信。此处未必确言，重复言之，不过表达留客殷勤之意。④**縶**（zhí）：绊。授之縶即用绳索把马绊住，表示挽留之意。⑤**追**：追赶着送别。**绥**：安。指赠送一些礼物。两句是说，既然留不住，赶紧追上前去送些路上用的礼物。⑥**淫威**：大德。马瑞辰《通释》："《广雅·释言》：'威，德也。'……'既有淫威'犹云既有大德耳。"**夷**：易。即降福保其平安之义。一说，大。据马瑞辰《通释》。

解说

《有客》，与殷商助祭者惜别的乐歌。

《毛诗序》："微子来见祖庙也。"三家主旨相同，宋儒亦无新说。至明代邹肇敏《诗传阐》开始不满旧说，据《尚书·洪范》周武王访箕子的故事，认为系箕子来周祖庙之诗。征诸诗篇，邹说显然与诗义不合。诗盛赞客人及其随从之服饰仪容，箕子连"殷恶"都"不忍言"（见《史记·周本纪》），又怎能如此"敦琢其旅"地朝周？旧说"微子来见"是将此诗定于成王时期，然而诗所表达的情感绝不是这个时代所能有。考史书记载，武王灭商伊始，封纣子禄父于殷墟，以奉殷商之祀。后禄父联合管、蔡叛乱，周公东征诛杀禄父叛臣，才又改封微子于宋。既然已经有禄父的叛服，改封宋国之人能否真正心服于周，是需要一个较长时间来考验的。而从宋人方面说，是否对周人死心塌地，也要看周人最终能否巩固住自己的统治。宋人真正受到周家的信任，也有具体因缘，那就是周昭王时期与淮夷的战争。1976年陕西扶风县庄白村一号窖藏遗址出土了史墙家族众多器物，其中属于史墙前辈即作册析的器物有觥、尊和方彝,其铭文记载,昭王十九年周天子曾派作册析把在孟渚泽附近的一块土地赐给相侯(即宋侯)。昭王十九年,正是周人征伐东南"反荆"战事激烈之时,此时赏赐宋国土地,合理的推测,是宋人在王朝征伐南方的战事中有让周人满意的表现。或许正因宋国人的表现,其"二王之后"的待遇才真正落实,穆王时期大祭祖先才请他们来助祭,传自殷商的许多舞乐艺术才被带到周家的辟雍中来,从而形成文化上的交融与新变。考诸诗篇,《振鹭》表现迎客,《有瞽》赞客人带来的礼乐,而《有客》则言留客之意,应与前两首诗有密切关联,而且风格上又与《有瞽》等酷肖,应为同时期姐妹篇。至于诗篇流露出的留客之情,其动人,又是无需多言的。

武

於皇武王,无竞维烈①。允文文王,克开厥后②。嗣武受之,胜殷遏刘,耆定尔功③。

○诗言武王继承文王开创的事业,终于战胜殷商,消除了人间残杀的现象。简古而凝重。

注释 ①武王:西周王朝第一代君主的谥号。武王名发,为文王之子、成王之父。"武"是谥号,死后才有。赵光贤《武王克商与西周诸王年代考》:"自王国维倡文、武、成、康、昭、穆皆生称而非谥,郭沫若和之,诸多金文学者信之不疑。今从金文来看,穆王时之《剌鼎》有'王禘昭王'语,是昭字当是谥而非生称,又恭王时之《师旋鼎》有'朕皇考穆王'语,是穆亦是谥。从文献上看,文王生时并未称王,《尚书》中康叔言始称文王,可见'文'字亦当是谥。以金文与文献对照,自文、武下至宣、幽皆应是谥而非生称。"近年出土的《逨氏盘铭》亦可证周王在死后有谥号。**无竞**：无边，无尽。**烈**：功业。②**允**：实在。**克**：能。**开**：开创。两句谓文王为后代子孙开创了大业的头绪。③**嗣武**：踏着前人足迹继续前行。嗣，继承。武，足迹。参《大雅·生民》"履帝武敏"句注。一说，嗣武为嗣子武王的意思。**遏**：阻止。**刘**：残杀。**耆**：以至。《毛传》："致也。"**尔**：第二人称，指上天、祖先。

解说

《武》，周初《大武》乐章第一章的歌词。

《毛诗序》："《武》，奏《大武》也。"蔡邕《独断》所载鲁说："奏《大武》，周武所定一代之乐之所歌也。"《郑笺》："《大武》，周公作乐所为舞也。"汉儒之说明确了两件事：一是此诗与《大武》舞乐有关，再是此诗作于周公之手，时间为武王在世时。诗称"武王"，据今天所见材料，是武王死后才有的谥号。朱熹《诗集传》早有此说。此诗又与记载中的《大武》舞乐有关，是《大武》乐章中的一段歌词。《左传·宣公十二年》载楚庄王言《大武》乐章，曰："又作《武》，其卒章曰：耆定尔功；其三曰：铺时绎思，我徂维求定；其六曰：绥万邦，屡丰年。夫《武》，禁暴、戢兵、保大、定功、安民、和众、丰财者也。"其中"卒章"，马瑞辰《通释》据朱熹《诗集传》谓"《春秋传》（即《左传》）以此为《大武》之首章"断定"盖宋时所见《左传》原作'首章'耳"。马瑞辰之说也有问题，因为在孔颖达《春秋左传正义》卷二十三释《左传》之"卒章"云云曰："颂皆一章，言其卒章者，谓终章之句也。"是唐人所见《左传》传本即作"卒章"。《诗集传》作"首章"不知何故，但有一点孔颖达和朱熹、马瑞辰是相同的，即都承认《武》为《大武》乐之首章。《大武》乐章为周初庆祝周家胜利的歌舞，也是向天下人宣示周王朝未来政治取向的大典。篇中出现了"尔功"，"尔"之所指，应是上天。《尚书大传·召诰》谓周公摄政"五年营成周，六年制礼作乐,七年致政成王"。另外,周初《天亡簋》铭文"文王德在上,不显王作省(省),不肆王作赓(赓),丕克迄衣(殷)王祀",其思路与此诗言文、武相继"耆定尔功"大致一样。语言风格也是周初的奇崛古奥。据此,《大武》乐章的制作和演出,就在成王六、七年之际。又,考《尚书》中的《召诰》《洛诰》及周初青铜器铭文如《何尊》《德鼎》等,成周是当时周王活动的中心,而《逸周书·度邑解》更清楚地交代:成周是当时公认的"天下中心",在这里营建都城,表明周人建立的新政权,是遵从上天且属于天下人的。因此,演奏宣示周家胜利意义的《大武》之乐,其首演自然应在成周雒邑这一新建的王朝都城。

《闵予小子》之什

闵予小子

闵予小子，遭家不造，嬛嬛在疚①。**於乎皇考，永世克孝**②！**念兹皇祖，陟降庭止**③。**维予小子，夙夜敬止。於乎皇王，继序思不忘**④！

○诗言周家遭到不幸，呼唤先王之灵返回祖庙，又表小子继志之情。凄恻动人。

注释 ①**闵**：悲伤，痛楚。**小子**：天子未除丧自称小子。据《礼记·曲礼》。**不造**：不幸。马瑞辰《通释》："造，至、成。不造犹言不淑、不善。"**嬛嬛**（qióng qióng）：孤独无依。两字亦作"茕茕"。**疚**：忧。②**於乎**：呜呼。**克孝**：能孝。③**陟降**：往来，下降。王国维《与友人论诗书中成语书》："古人言陟降，犹今人言往来，不必兼陟与降二义，……意以降为主而兼言陟者也。"在此意为请先祖神灵下降。"陟降"又见《大雅·文王》"文王陟降"句。**庭**：庭中，古礼野死哭之于庭，《洪范五行传》："于庭中祀四方。""四方"即死在外面的人。《礼记·檀弓》"孔子哭子路于中庭"亦此礼。此句祈求先王之灵降到宗庙中庭来。**止**：语气词。下一句"止"字义同。④**序**：绪，先王遗业。**思**：语助词。

解说

《闵予小子》，昭王死于汉水，孝子亦即穆王为其招魂之作。

《毛诗序》："嗣王朝于庙也。"《郑笺》："嗣王者，谓成王也。除武王之丧，将始即政，朝于庙也。"按，郑申《毛诗序》说实本自《鲁诗》。朱熹《诗集传》又谓:"此成王除丧朝庙所作,疑后世遂以为嗣王朝庙之乐。"汉人之说本自有误,朱熹疏通之论也不可信。此诗所本典制,实为先王崩亡、新君继位之礼。《尚书·顾命》载,成王去世后七日,康王即行继统大典,之后"释冕(冕为吉服,继位时穿),反(返)丧服"。据此典制推测,世子先行登基,再行服丧,因此,"朝庙"之说并不正确。"成王"说也不成立。据《顾命》,新王受命时,由太史陈册命之辞,然后新王答辞,曰:"眇眇予末小子,其能而乱四方以敬忌天威?"而此诗则以"闵予"始。"眇眇"意为微末,"闵"则为悲悯,所指不同。新君即位承继的是列祖列宗的江山社稷,是君道;而此诗却首言悲悯,似当另有原因。

要理解此诗,必须结合《访落》。傅斯年曾将《顾命》与《诗》中《闵予小子》《敬之》《访落》进行对比,认为《敬之》前六句是典礼中大臣对新王的告诫,后六句则是新王的答辞,而《访落》则是新王"反丧服"时所歌。其说很有启发性。它启发我们三诗当为同一时期的作品。此外,三诗风格极其类似,如出一人之手,因而三诗实可以互相证明。《访落》中"昭考"可用以证明三诗的时代。"昭考"指周昭王是毫无疑问的(参《载见》篇解说),如此《闵予小子》特表凄恻哀婉孝情的原因,即可迎刃而解。昭王是在战争结束的归途中死难的,这在周人一定是极为悲悼的,而穆王即位之际,先为召唤昭王魂灵,也是极其必要的。如此,篇中"念兹皇祖,陟降庭止"的句子,就不必如《毛传》曲解为"直也",亦不需如林义光那样通假为"呈"字,两句其实是哀哀呼告飘荡在外的昭王魂灵,呼唤他念在皇祖的份上,回归周家宗庙的庭院。诗篇也因为这特殊的悲悯而凄恻动人。

访 落

访予落止,率时昭考①。**於乎悠哉,朕未有艾**②!**将予就之,继犹判涣**③。**维予小子,未堪家多难!绍庭上下,陟降厥家**④。**休矣皇考,以保明其身**⑤!

○诗言先王死后天下局势动荡,向群臣祈求帮助,继而祈求先王之灵保佑。两方面意思,均以新王口吻出之,哀婉曲折。

注释 ①**访**:方,刚刚。通假字。据于省吾《新证》。**落**:始,如后世言房屋竣工为落成。**率**:遵循。**昭考**:周昭王。参《周颂·载见》篇对"昭考"的解说。两句是新王向群臣表心志,言自己当遵循先王之道。②**悠**:遥远。昭王南征不返,亡灵在外,故言悠远。**艾**(ài):治。此处指治理天下的谋略。一说,相,辅佐。③**将**:扶助。**就**:赶上。就之,帮助我做一个合格的王。**犹**:图谋。**判涣**:动荡离散的局面。《毛传》:"判,分。涣,散也。"昭王战死,必然招致动荡不安的局面。④**绍**:顺着。**庭**:宗庙中庭。**上下**:上下的通道。**陟降**:降下。参《周颂·闵予小子》"陟降庭止"句注。⑤**休**:美,善。**保明**:明保,保佑。**其身**:指新君自己,即周穆王。

解说

《访落》,穆王向大臣及先王祈求帮助与保佑的哀歌。

《毛诗序》:"嗣王谋于庙也。"《鲁诗》谓:"成王谋政于庙之所歌也。"诗诚为新王登基之后的庙中之歌,但不是谋政。诗实含两层意思:一是向群臣求助;一是召唤昭王魂灵,并祈求保佑自己。前一层意思,从"将予就之"到"继犹判涣";第二层意思则自"维予小子"以下至结束。据《尚书·顾命》,新王登基之礼结束后,要告诫大臣心在王室、不使稚子蒙受为政不善的耻辱。"将予就之"的呼告,正缘此礼。然而穆王登基实出于非常情况，所以要变易常礼，于是招魂就成为诗篇的一个重要部分。而且，若以《顾命》继位礼制衡量，正常典礼，君臣对答之辞只有一问一答，问答内容正好与《闵予小子》《敬之》相对应。因昭王之死特殊，所以要有招魂内容的歌吟。同时，还可以证明《敬之》为穆王继位时的乐歌。若按旧说为成王谋政，实在不通。三年丧中，周公、召公辅政，成王无需谋庙。七年后周公还政成王，行"谋政于庙"之礼，又不当言"家多难"。实际上古代学者对成王何时"谋政于庙"的问题众说纷纭，莫衷一是。今明诗与成王无关，纷争即可息喙矣。

敬 之

敬之敬之，天维显思，命不易哉①！无曰高高在上，陟降厥士，日监在兹②。维予小子，不聪敬止③。日就月将，学有缉熙于光明④。佛时仔肩，示我显德行⑤。

○诗前六句为大臣对新君勉励之辞，后六句为新君答辞。全篇为君臣"对答"的歌咏。

注释　①**显**：显赫。**思**：语气词。**命**：天命。**不易**：不容易，指获得和维系天命眷顾艰难。②**无曰**：无以，不要以为。**士**：事。近出"清华简"作"事"，士、事古通用。如此，则此句是说，上天实际掌握各种大事的升降变化。旧说士当为土字之误，意思是上帝经常来到人间。亦通。③**不**：敢不。**聪**：马瑞辰《通释》："《广雅》：'聪，听也。'不为语词。'不聪敬止'谓听而警戒也。正承上'敬之敬之'而言。"④**"日就"句**：日积月累。**缉熙**：努力达到光明的境地。⑤**佛**：辅助。**时**：此，为新王自指。**仔**（zī）**肩**：负担，责任。**显**：显明。

解说

《敬之》，周穆王登基典礼上君臣对答的歌唱。

《毛诗序》："群臣进戒嗣王也。"《鲁诗》同。朱熹《诗集传》谓前六句为"成王受群臣之戒而述其言"，后六句为"自为答之之言"。姚际恒《诗经通论》："此群臣答《访落》之意而成王又答之也。……愚向者亦不敢以一诗硬作两人语，惟此篇则宛肖。上章先以'敬之'直陈，意甚警切，下皆规戒之辞；下章则纯乎成王语。故敢定为此说。"然而其"敢定"云云实不然。诗前六句是大臣对继嗣君王的戒辞，后六句是登基新王的答辞，全诗系以韵文表现即位典礼上的君臣对答。验诸《尚书·顾命》，登基礼中，王受圭、币后，太保及芮伯再拜稽首，曰："敢敬告天子！皇天改大邦殷之命，……今王敬之哉……"王答曰："惟予一人钊报诰，昔君文武丕平，……用昭明于天下……"不仅对答语意与诗义相合，甚至某些用词也如出一辙。一诗而兼含两方面的话语，清楚表明诗篇原本为两段乐歌，一为群臣所歌，一为周王所唱；因为他们是一次典礼上的歌唱，所以连在一起。不幸的是，后来诗篇由"礼乐"的演唱，变成读本，两段歌词就成为读起来扞格不顺畅的"一首诗"了。《尚书·顾命》篇述康王即位大典，君臣间还是用"语言"（而非歌唱）对答，是典礼尚存古朴的表现；此诗将对答之辞韵之以诗、协之以曲，当是礼制趋于文饰的表现。这又与西周中期文明发展的总趋势暗合。另外，诗篇在格调、造语及用词上，与《访落》《闵予小子》有高度的相似，可知此诗当作于穆王即位时。

按，《敬之》篇的年代问题，因近年"清华简"的出现而增添麻烦。所以有"麻烦"，即因今天的一些学者，在对简文"新材料"本身的年代缺少认真研究之前，就率然将其当作"周初"文献来用，徒增缴绕。该简文自带标题为"周公之琴舞"，其中记录周公诗四句，其余为成王表"儆戒"之意的诗九首。其中第一篇就是《敬之》的改写本，如删掉"缉熙"之语，把"命不易哉"改成"文不易哉"等。其中改写最严重者，莫过于把《敬之》的后六句变为"乱曰"。凡此种种，颇令人生疑。简文自题"琴舞"，这首先就是问题。西周礼乐之舞，相关文献颇多，可谁又见过以"琴"伴"舞"的说法？相反，征诸《楚辞》篇章，倒是有鼓"瑟"而"舞"的描述。其次，《诗经》确有"乱辞"，对此本书中已经多次表明，但将《敬之》的后六句当作"乱曰"（亦即"乱辞"），根本就是无视篇章本身内容的任意之举，只能理解为一种权宜的借用。其三，也是最关键的，《周公之琴舞》的诗篇，出现了一些西周中期和春秋时期才流行的语言，前者指"黄耇"，后者指"畏忌"。关于前者，早在上个世纪较早时，徐中舒先生《金文嘏词释例》就已指出，像"黄耇"这样语词的出现，至早不过西周中期。此文发表后至今，虽有众多铭文的发现，但徐先生的结论仍是可信的。至于"畏忌"，漫说是西周早期，就是中晚期也难觅其踪。检索现有青铜器铭文，该语词最早见于春秋铭文，如春秋吴国器铭《配兒钩鑃》"翼恭畏忌"、楚国器铭《王子午鼎》"畏忌翼翼"、《王孙遗者钟》"畏忌翼翼"、邾国器铭《邾公钟》"翼恭畏忌"、齐国器铭《鎛鎛》"弥心畏忌"等。就是说，这是一个最早流行于春秋时期的语词。从文献判断上说，有这两个词在，《周公之琴舞》的年代就与西周早期彻底绝缘了。至于视《周公之琴舞》为西周文献，且以之为据，对《诗经》所做各种的新猜测，就现有的论文看，多为吠影吠声之谈。《敬之》的年代非西周早期，仍是无可怀疑的。

小 毖

予其惩而毖后患①！莫予荓蜂，自求辛螫②。肇允彼桃虫，拚飞维鸟③。未堪家多难，予又集于蓼④！

○诗先表自我惩戒以慎防后患之意，继以桃虫变为鸟喻示邦家危险。

锺惺《评点诗经》："创巨痛深，伤弓之鸣。"取喻新奇。

注释　①惩：惩戒，警惧。毖：慎，慎防。②荓（pīng）蜂：牵挽，辅助。参马瑞辰《通释》及于省吾《新证》。辛螫（shì）：剧烈的刺激。螫，《韩诗》字作"赦"，且训事。即"傼"之假借，刺的意思。据林义光《通解》。一说，辛勤、辛苦。据马瑞辰《通释》。③肇：发语词。允：信。桃虫：鹪鹩。体形微小于黄雀，传说此鸟可以变为大雕，所谓鹪鹩生雕。拚（fān）飞：翻飞。两句是说，小小的鹪鹩，翻然之间变成了大雕。此处桃虫喻小人或者小错，转眼间变成大恶或者大错。一说，两句是自比桃虫，本想迅速变大，结果却落在了辛苦艰难的境地。④集：处，落在。本义为鸟落于树木上，此处为比喻义。蓼（liǎo）：苦菜，又名辛菜、辛蓼。一年生草本，茎有节，褐红色，夏秋之间开红色花，可以作菜蔬，也可入药。两句是说，本来邦家多难，今自己又处于很糟糕的境地。

解说

《小毖》，穆王悔过之诗。

《毛诗序》："嗣王求助也。"只言嗣王，不明是谁，是《序》难得的谨慎。然而《郑笺》则言之凿凿，谓：诗与管蔡流言、周公平"三监叛乱"有关，自然也就是成王时期的篇章。郑玄还说："天下之事当慎其小，小时而不慎，后为祸大，故成王求忠臣早辅助己为政，以救患难。"此说对后世影响很大，然而实不可从。其一，诗言"莫予荓蜂"，不合成王时朝廷情况，也不合成王口吻。"荓蜂"一词的解释，自胡承珙、马瑞辰等遵信王肃、孙敏之说训为"辅助"以来，郭沫若、于省吾等据金文资料继续佐证，已成定解。说周成王曾或可能疑心周公，但他不可能说出"莫予荓蜂"之类的言语，因为周公之后，尚有召公、毕公等，都是肱股之臣，何来"莫予"之句？其二，《郑笺》以慎小防大解诗题，归之于成王亦大谬不然。疑周公之事小，什么事才是大？其三，如果谓成王作此诗，"未堪家多难"也不符合当时实际。周公返政，在"三监叛乱"平定之后，王朝政局趋于稳定，何来"未堪"句所言之情状？旧说只能在诗开头一句找到些与成王世事相似的影子，至于诗中所述事实全都与成王时的史实难合。

考诸西周史实，此诗当为周穆王时期的篇章。理由如下：其一，诗中"未堪家多难"句，亦见《周颂·访落》，而后者因有"昭考"一词，可确信为穆王时作。加之风调上的高度相似，两诗创作时间距离不远。其二，诗自言无助。《史记·周本纪》载穆王命"伯冏（囧）申诫太仆国之政"，裴骃《史记集解》引应劭说："太仆，周穆王所置。"设置新官，继而又申诫国政，是无助的表现。其三，桃虫、拚鸟之喻，可作两解，一是言戒小慎大，此可与《逸周书·祭公》所载祭公临终告诫穆王的言语合观，曰："汝无以嬖御固（字当作疾）庄后，汝无以小谋败大作，汝无以嬖御士疾大夫卿士（这或许正是穆王无助的原因），汝无以家相乱王室而莫恤其外。"祭公临终放言大谏，正可以发明穆王桃虫翻雕之喻的确切含义。若作另外的解释，即所喻为穆王志大才疏，欲速不达，结果把自己陷于更不利的状况，也可以与《左传·昭公十二年》所载祭公谏穆王之事相参，曰："昔穆王欲肆其心，周行天下，将皆必有车辙马迹焉。祭公谋父作《祈招》之诗，以止王心，王是以获没于祇宫。"说诗篇是"悔过"，就在其"自求辛螫"与"又集于蓼"句，两句显示出穆王有严重过失。同时，《国语·周语》又言"昔昭王娶于房，曰房后，实有爽德，协于丹朱，丹朱冯身以仪之，生穆王焉"，将周穆王视为丹朱之后，这也一定是穆王有重大失德的证据。甚而由《左传》上述记载，还可以推测诗篇当作于穆王晚年的悔恨。（记得曾与老友张国安先生谈此诗，其言此诗有可能为祭公去世时穆王的哀歌。此说甚妙。篇中"莫予""未堪"句，歌之于此时实甚相符）其三，诗言"家多难"。《尚书·吕刑》作于穆王时代古来从无疑问，此文中有对当时天下骚乱的描述。又，《后汉书·东夷传》载："徐夷僭号，乃率九夷以伐宗周，西至河上。穆王畏其方炽，乃分东方诸侯，命徐偃王主之。"此又是边疆方面的大难。

综上，诗篇为穆王时作品，当无疑问。

从表达上说，诗篇也确实是前所未有的新风调，一上来就是一句悔过之辞，悔恨之情喷薄而出，实有先声夺人之效。继而连续出现桃虫、飞鸟以及鸟集于蓼的意象，篇章虽短，内涵丰厚，实是《周颂》中最具抒情色彩的作品。

载 芟

载芟载柞，其耕泽泽①。千耦其耘，徂隰徂畛②。侯主侯伯，侯亚侯旅，侯彊侯以③。有嗿其馌，思媚其妇，有依其士④。有略其耜，俶载南亩，播厥百谷⑤。实函斯活，驿驿其达⑥。有厌其杰，厌厌其苗，绵绵其麃⑦。载获济济，有实其积，万亿及秭⑧。为酒为醴，烝畀祖妣，以洽百礼⑨。有飶其香，邦家之光⑩。有椒其馨，胡考之宁⑪。匪且有且，匪今斯今，振古如兹⑫。

○诗铺叙农事，先春耕，次禾苗长势，继而言丰收，最终言秋冬之际大祭祖妣，极有次第。《钦定诗经传说汇纂》载蒋悌生说："'载芟载柞'至'徂隰徂畛'，言其初至田畔，除去草林。'侯主侯伯'至'俶载南亩'，言其人心齐，器用利，故田亩垦治。'播厥百谷'至'万亿及秭'，言耕耘及时得所，是以有收成之利。'为酒为醴'至'胡考之宁'，言惟其收成之多，是以祭祀燕享之礼无不足。末三句又总言稼穑丰穰，古今内外如一而无间。"

注释 ①**芟**（shān）：除草曰芟。**柞**：除去杂木。参《大雅·皇矣》"作之屏之"句注。**泽泽**：土壤疏松貌。②**徂**：往，到。**隰**（xí）：低湿之地。**畛**（zhěn）：已经耕种过若干年的田地。③**侯**：维，结构助词。**主、伯、亚、旅**：指周天子及公卿百官。于省吾《新证》："皆略举当时自天子以下卿大夫之禄食公田者。"**疆、以**：疆指成年人，疆即强。以，携带，指小孩子。这句是说不分强弱老少都来耕种。④**噂**（tǎn）：众人吃饭的声音。**馌**（yè）：送饭至田间。**思**：发语词。**媚**：妩媚，美好。**依**：殷，众多。⑤**略**：锋利。**俶**（chù）**载**：开始耕种之意。《诗经》农事诗中的常语。**南亩**：向阳的田地。一说，天子籍田在南郊，故称南亩。⑥**实**：种子。一说，是，结构助词。**函**：指种子被土气含容。**驿驿**：渐渐出生貌，两字当作"绎绎"。**达**：露出地表。⑦**厌**：高出貌。马瑞辰《通释》谓厌为婏之借字。**杰**：先长出的小苗。**厌厌**：满满的，形容田垄中庄稼苗齐刷刷的样子。**绵绵**：细密的样子。**麃**（biāo）：禾穗尖尖的样子。⑧**济济**：众多貌。**实**：粮食颗粒。**秭**（zǐ）：捆成一捆的带秆庄稼。此句是说，捆成捆的庄稼成万上亿（古一亿为十万）。以下四句可参《周颂·丰年》"万亿及秭"句注。⑨**醴**：甜酒。**烝畀**（bì）：进献。**妣**（bǐ）：死去的祖先。**洽**：周备。⑩**苾**（bì）：芳香。⑪**椒**：形容香气浓郁。**胡考**：长寿先父的谥号。《毛传》："胡，寿也。"⑫**且**（qiě）：此。**振**：自从。

解说

《载芟》，周王年终祭祖的诗篇。

《毛诗传》："《载芟》，春籍田而祈社稷也。"蔡邕《独断》载《鲁诗》遗说同。又《南齐书·乐志》载汉章帝时班固奏请以《载芟》祈先农。班习《齐诗》，是古、今文家之说无异义。至朱熹《诗集传》言"此诗未详所用"。朱熹不信汉儒春耕祈社稷之说，是因为诗篇既表春耕，又表作物长势，又表年末祭祀祖先，用于春天的祈谷可以，用于"耨获"即田间管理及收获时的祭祀典礼也可以，用于秋冬之际的祭祖，还是可以。其实，诗篇只是秋冬之际的祭祖典礼上的歌唱。问题是，年终祭祖的歌唱，何以从南亩上"侯主侯伯"的亲耕说起呢？这与周人祭祖观念有关。诗虽未明言，但南亩系周天子籍田，从所言祭祀内容看是可以肯定的。籍田所产粮食的一部分，是要作为"粢盛"之物，由周天子代表全体周人敬献给祖宗的。周天子的敬献是否虔诚，不仅看他祭祀时候的礼仪是否合度，还要看他所敬献的粢盛是否他亲自耕籍田所得。是，才算是"尽志"，才算虔诚。关于这方面内容，请参本书《小雅·楚茨》篇的"解说"。如此，诗所以从春耕写起，写周王率领百官亲耕（实际不过表演而已），写作物生长以及收获，都是要向神灵表明，进献的贡品是周王亲自劳作所得。就是说，诗篇表春耕秋收，原委齐备，是受一种特殊观念制约的。这正造成了《载芟》与较早于它的《周颂》农事诗如《噫嘻》《臣工》的明显分别。也可以说，《载芟》表现的是对一种传统的追寻，于是才有诗篇结尾处"匪且有且，匪今斯今"（其语与"子子孙孙，勿替引之"寓意相同。参《小雅·楚茨》篇两句的注解）的郑重嘱告。

诗的风格是丰腴的，活泼而热烈。如对作物生长的铺叙，连用了八个句子，述说作物从种子下地到粮食归仓的全过程。八句，并不多，可八句之内，以动词、形容词，刻画作物生长的各环节，从发芽、抽穗，到成捆成把，笔势奔涌，意涵丰厚。其次就是对劳作场景的铺陈，"有嗿其馌"几句，春耕既是劳作，也是乡民聚集的节庆，众多的男士，还有打扮得漂亮的女子，布满田野，吃饭的声音可以响成一片，是何等阔大而带喜庆色彩的农耕景象！还有，诗篇善用联绵词，强化了诗句的音乐性，也与诗所要表现的内容相得益彰。同时，诗篇还与大、小《雅》农事诗篇如《生民》《甫田》等有着相当的神似，又透露出诗篇的创作时间。老一辈学者唐兰先生就说过，《周颂》的《载芟》《良耜》两首农业诗在穆王以后（《唐兰先生金文论集》，第212页）。另外，"胡考"一词，可能有助于断定诗的具体年代，理由是："胡考"指长寿之王，当即周穆王，故诗作于恭王时期。总之，各种迹象显示，此诗当为周恭王时期的作品。

良 耜

畟畟良耜，俶载南亩①。**播厥百谷，实函斯活。或来瞻女，载筐及筥，其饟伊黍**②。**其笠伊纠，其镈斯赵，以薅荼蓼**③。**荼蓼朽止，黍稷茂止。获之挃挃，积之栗栗**④。**其崇如墉，其比如栉，以开百室**⑤。**百室盈止，妇子宁止**⑥。**杀时犉牡，有捄其角**⑦。**以似以续，续古之人**⑧。

○从春耕写起，言耘耕及除草作肥，继言丰收后的祭祀。一年农事次第展开，笔触生动。

注释 ①**畟畟**（cè cè）：形容耜入土时的声响。**俶载**：翻土压草。参《小雅·大田》篇同句注。②**或**：有人。**瞻**：送饭。为赡字之误。马瑞辰《通释》："据下'载筐及筥，其饟伊黍'，谓来馌者，瞻当读赡给之赡，来馌正所以赡之也。" **女**：汝。**载**：携带。**筐、筥**（jǔ）：竹编食器，圆为筥，方为筐。**饟**（xiǎng）：饭食。字同"饷"。**伊**：是。③**纠**：斗笠纠结貌。**镈**（bó）：锄草农具。参《周颂·臣工》"庤乃钱镈"句注。**斯**：则。**赵**：刺，削。于省吾《新证》谓赵即削，削为两刃刀。**薅**（hāo）：拔除。**荼蓼**：指影响作物生长的各种杂草野菜。④**挃挃**（zhì zhì）：用镰刀收割的声响。**栗栗**：层层叠叠，众多貌。⑤**墉**：城墙。**比**：排列。**栉**（zhì）：梳头篦子，形容谷物堆放稠密状。⑥**百室**：即百户家庭的仓房，言其多。⑦**犉**（chún）：黄牛黑唇名犉。**捄**（qiú）：弯曲貌。《毛传》："社稷之牛角尺。"用以祭祀土地和作物之神的牛，其角一尺长。⑧**"以似"句**：延续古老的做法。似，嗣。续，延续。两句是说，杀牛祭祀土地与作物之神，是延续古老的传统。

解说

《良耜》，秋冬之际祭祀社稷之神的乐歌。

《毛诗序》："秋报社稷也。"三家无异义。从风格、用语看，当与《载芟》为同时期的诗，《载芟》为祭祖宗庙之诗，此诗为秋冬报社稷及诸神之歌。祭祀对象不同，故内容亦有所不同，《载芟》特言君主及其大臣们的亲耕，此诗则只写农夫农妇们的饁食、劳作及收成的丰厚。两诗虽是祭祀神灵之歌，但都充满了浓郁的人间气息。写劳动，写农夫的饁食、农妇的妩媚，写作物的生长，都有声有色，处处显示着对土地、耕稼的热爱，丰腴而不失古朴。周人是重农的人群，周文化又是重农的文化，若非有丰厚的农耕经验，怎么能如此善叙农事。此诗与《载芟》以及《小雅》《大雅》中的《甫田》《大田》《生民》等对农作物生长的描述，有明显的共同特点，都是笔法细致、文势顺畅，值得我们注意。

丝 衣

丝衣其紑，载弁俅俅①。自堂徂基，自羊徂牛，鼐鼎及鼒②。兕觥其觩，旨酒思柔③。不吴不敖，胡考之休④。

○诗言丝衣洁净，助祭之士行为恭顺，操持着大小食器的盥洗、盛载诸事宜。饮酒的人们不喧哗、不失礼，是胡考的休美。

注释　①**丝衣**：祭服。**紑**（fóu）：洁鲜貌。**载**：戴。《说文》引此句即作"戴"。一说，即爵字之误。一说，发语词。**弁**：爵弁，形如雀头，赤而微黑，君祭时所服，士助君祭时也可以戴。《仪礼·士冠礼》："爵弁服，纁裳（浅绛色下衣）身纯衣（丝质上衣）。"**俅俅**（qiú qiú）：恭顺貌。王绎祭，助祭者用士，所以诗特言其恭顺。一说，是丝衣褶绉收敛貌。据林义光《诗经通解》。②自：从。徂：到。堂：庙寝正厅。鼐（nài）：大鼎称鼐。鼒（zī）：小鼎称鼒。以上五句是说，助祭的士，头戴礼帽，身穿丝衣，先升堂检视酒器是否洗过或装满，以及笾豆的情况，然后下堂检视牛羊牺牲之物是否符合要求，再检视大小鼎鼒是否洗好。③兕觥：犀牛角形状或犀牛角质的盛酒器物，向宾献酒用。参《周南·卷耳》"我姑酌彼兕觥"句注。觩（qiú）：牛角弯曲貌。旨酒：美酒。思：语助词。④吴：喧哗。《说文》："大言为吴。"吴、哗古音相通。《史记》引作"虞"。敖：傲，失礼不恭。

解说

《丝衣》，绎祭的歌唱。

《毛诗序》："绎宾尸也。高子曰：'灵星之尸也。'"说明诗旨后再引用前人古说，这在《毛诗序》是少见的。所言高子，可能是《孟子》中提到的"固哉高叟"，与孟子同时，也有人说他是子夏的学生。古时祭祀要有一个人来扮演神灵、接受祭祀，称为尸。一般在第二天再举行一次典礼以招待尸，这就是绎祭。此诗即绎祭宾尸的歌唱。据蔡邕《独断》，汉代的今文家（《独断》一般认为是《鲁诗》家说法）在"绎宾尸"上，是与《毛诗》一致的。换个说法或许更准确，《毛诗序》关于《丝衣》及许多《周颂》篇章，都抄袭自《鲁诗》家的说法。

其实，就今天能见到的相关文献而言，诗篇到底是不是绎祭乐歌，实在是无从判断；是否是灵星之祭，则更是问题复杂。关于灵星之祭，据《史记》《汉书》记载，此一祭祀典礼是汉高祖刘邦时下诏郡国设立的。至于灵星，《汉书·郊祀志》张晏注，明确将其视为《国语·周语》所载"农祥晨正"的农祥星。可是，孔颖达《毛诗正义》干脆以"不知何星"不了了之。也就是说唐代学者并不认为灵星即农祥之星。受此影响，宋代学者如苏辙《诗集传》即以诗表宗庙祭祀为由，驳"灵星"之说；王质《诗总闻》，则对《毛诗序》只字不提；后来的朱熹《诗集传》也只是以"祭而饮酒之诗"概括篇义；与朱熹时代相近的吕祖谦《读诗记》也不讨论"灵星"问题。不过，也是从宋代开始，例如较朱熹要早的范处义《诗补传》，则明言"灵星"即"农祥"，是采取了张晏的说法。严粲《诗缉》及明清时期何楷《诗经世本古义》、钱澄之《田间诗学》、胡承珙《毛诗后笺》、陈奂《传疏》等皆主此说，陈乔枞、王先谦等从之。不过，以上诸家也有修正，前人以为"灵星"是《国语》所说的"农祥"，但陈奂等认为，灵星不是农祥，而是大火星。以上是一种观点。此外，马瑞辰《通释》则极力证明赵坦《宝甓斋札记》的说法，以为"灵星"之"灵"，即"窗棂"之"棂"的借字。古时门也可称棂，立棂星门以为祀，其神为天镇星，主得士之吉庆。如此，灵星之祭就是一种在宗庙大门之内举行的天镇星祀，灵星的尸，也就是祭天镇星时的尸。

按，马瑞辰之说固然有其道理，但周人祭祀种类很多，不是每一种典礼都配以歌乐。所以，还是前一种即与农事祭祀活动有关的说法更为可取，即诗篇很可能是秋冬祭农神星辰之后的招待神尸之所歌。而且，前一种说法以为此诗与《载芟》《良耜》相关，更有其合理性。因为篇中"胡考之休"的句子也出现在《载芟》之中。而且在描写上，诗虽短，可语句的密度却不小。这也与前两篇有某些神似之处。同时，其静谧的风格，也是祭祀应有的调子。

酌

於铄王师，遵养时晦①。时纯熙矣，是用大介②。我龙受之，蹻蹻王之造③。载用有嗣，实维尔公允师④！

○诗言王师善于循时而动，善于韬光养晦，终致天下清明，都是师法先祖所致。

注释 ①**於铄**：叹美之词。铄，光明闪耀貌。**遵**：循，率，即待时而动。**养**：修养，积蓄力量。**时**：是。**晦**：昧，即黑暗。此句语序可读为"遵时养晦"。两句是说，光辉闪耀的周王军队，善于在黑暗时积蓄力量，待机而动。②**时**：此时。**纯熙**：大光明。纯，大。熙，光明。**介**：祈。祭祀报神兼祈福。据林义光《诗经通解》。③**龙**：宠的假借字。宠受即荣耀地接受。一说，应承。据马瑞辰《通释》。一说，恭。林义光《通解》。**蹻蹻**：雄武貌。参《大雅·板》"小子蹻蹻"句注。**王**：指诸位先王。**造**：作为，进取。两句语序颠倒，是说先王奋勇进取的结果，我们今天荣耀地接受。④**载**：发语词。**用**：因而。**嗣**：继承，接续。此句是说，我们的接续，使先王的事业得到继续。言外之意是终于夺得天下。一说，治。于省吾《新证》：有嗣即治有天下。**尔**：你们。**公**：先公。**允**：实在，诚信。**师**：取法。这句是说，这都是真诚取法于诸位先王的结果。

解说

《酌》，《大武》乐章的序曲。

《毛诗序》："《酌》，告成《大武》也。言能酌先祖之道以养天下也。"蔡邕《独断》载《鲁诗》遗说："告成《大武》，言能酌先祖之道以养天下之所敬也。"后来学者对篇名也有新说，如有谓"酌"即篇中"於铄"之"铄"的，如王质《诗总闻》即持此说。另外，《礼记·内则》："十有三年学乐、诵诗、舞勺，成童舞象。"郑注："先学勺，后学象，文武之次也。"又《汉书·礼乐志》载《齐》说："周公作《勺》。勺，言能勺先祖之道也。"是"酌"字又作"勺"，且其义与"酌"一样，汉代儒生的解释都是"酌取"的意思。也就是从诗"遵养时晦"而概括出来的意思。各家都说《酌》是"告成《大武》"的乐歌，也是可取的。就是说，这首《周颂》的篇章，与《维清》一样，都是《大武》乐章的序曲。《维清》是后来新加的，而《酌》则是周初《大武》在成周演出之后，拿到宗周周家宗庙演出时加的序曲，是周初篇章。诗赞美周师循时而动，一战而"纯熙"天下，正是对武王克商大有武略的赞美。之后，诗篇将此成功归于先祖（即诗中所言"尔公"之"公"）的创业垂统，用"尔"指称神灵，正是"告成"必须的口吻。又据《礼记》"舞勺"云云，可知在诸多祭祖大典的舞蹈中，有文舞，有武舞（又称象舞）；武舞即《大武》之舞。舞文舞时的歌唱就是《酌》。

桓

绥万邦，娄丰年，天命匪解①。桓桓武王，保有厥士②；于以四方，克定厥家③。於昭于天，皇以间之④？

〇诗言周家安定万邦而屡获丰年，是天命所钟的显证，无人能撼动。

注释 ①绥：安。娄：屡次。娄、屡古通用。一说，大。匪解：不懈。为"匪懈天命"的倒文，即努力遵从上天而不松懈的意思。②桓桓：英武貌。士：事，指上天之事。参《周颂·敬之》"陟降厥士"句注。③于以：掌控，具有。于，《诗经》往往用于动词之前组成一个语词，是虚化了的动词。以，《春秋·僖公二十六年》："公以楚师伐齐。"杜预《春秋释例》："凡师能左右之曰以。"据季旭昇《诗经古义新证》。厥家：指周王朝。厥，其。④皇：何，遑。表反问。皇以即何以。间：取代，替代。

解说

《桓》，《大武》乐章第六成所歌唱之词。

《毛诗序》："《桓》，讲武类祃也。桓，武志也。"今文各家说同。按，类、祃是师祭，按照《大雅·皇矣》"是类是祃"所显示，是与战争杀伐相关的祭典。此诗言"娄丰年"，显在灭殷数年以后，所以不可信。此诗是《大武》乐章之卒章亦即舞乐演奏到第六成时所歌，载于《左传》，不容怀疑。《左传·僖公十九年》载宁庄子曰："昔周饥，克殷而年丰。"朱熹《诗集传》："大军之后，必有凶年，而武王克商，则除害以安天下，故屡获丰年之祥。""大军"云云语出《老子》，当系久远的观念。此言"皇以间之"，充满自信，就因为"年丰"，周人认为这是上天眷顾的祥瑞。诗既与《武》同为《大武》乐章之一，内在联系也很明显。《武》赞武王、文王，赞他们"胜殷遏刘"，去残胜杀；此诗则赞武王承天命、大有年，是对天下安宁、物阜民丰的颂扬。《左传·宣公十二年》载楚庄王曰："夫《武》，禁暴、戢兵、保大、定功、安民、和众、丰财者也。"《大武》主旨不是宣扬暴力，而是宣扬周家克商后带给天下的和平，这才是乐章的基本命意。

赉

文王既勤止，我应受之①。敷时绎思，我徂维求定②。时周之命，於绎思③！

○诗以称言文王为周家胜利奠定了基础，我继承其功德，将文王事业进行到底。第一人称之"我"值得注意。"周之命"，是对所有周人的号令。

注释　①**勤**：劳。**我**：武王自谓。**应**：承当。②**敷**：铺开，广布。**时**：是。指示代词。**绎**：展开，铺展。本义为连续地抽引伸展。《毛传》："陈也。"下一"绎"字义同。**思**：语助词。下一"思"字义同。③**於**：叹词。

解说

《赉》，《大武》乐章第二首歌唱。

《毛诗序》："《赉》，大封于庙也。赉，予也，言所以锡予善人也。"《鲁诗》说同。《毛诗序》言赉为赐予，是有所依据的。《论语·尧曰》："周有大赉，善人是富。"但说此诗是"大封于庙"，显然与诗义不合。从诗中两次出现的"我"可以看出，诗是拟武王口吻而歌唱的。《礼记·乐记》载孔子述《大武》乐章的演出情况时说："天子夹振之而驷伐，盛威于中国也。"郑注："夹振之者，王与大将夹舞者，振铎以为节。驷当为四，声之误也。《武》，舞战象也，每奏四伐，一击一刺为一伐。"可知歌舞《大武》乐章之时，是有人扮演武王的。诗篇正歌唱于此时，当时有"国子"一类的歌者来伴唱。

按，《大武》三诗《武》《赉》《桓》注解如上，下面依据《礼记·乐记》及《左传·宣王十二年》载，将《大武》乐章演出歌唱的情况综述如下：《礼记·乐记》载孔子之说曰："夫乐者，象成者也，总（持）干（盾牌）而山立（正面站立），武王之事也。发扬蹈厉，大公之志也。《武》乱（结束曲，即第六成的歌乐）皆坐，周、召之治也。"据此可知，《大武》乐章的表演系诗、乐、舞的综合艺术，有人物，有舞蹈，有音乐歌诗。继而孔子又分别说到"六成"之乐的演出次第，曰："且夫《武》，始而北出（第一成），再而灭商（第二成），三成而南，四成而南国是疆，五成而分，周公左、召公右，六成复缀（舞位），以崇天子。"据此，舞乐开始，歌舞者由北而出，象征周师出征。这第一成中，有一个"总干而山立"的舞台造型，舞者持干盾正面站立，围绕在武王（当由演员扮演）周围，象征周师的团结。造型完成之际，音乐歌声起，合唱《武》篇，赞美文王、武王前后相继，终成周家开国大业。继之是第二成，无诗，以舞蹈动作为主，舞者持干戚做刺击动作，表演"大公之志"。继而第三成，周师继续南下。此时，武王扮演者在左右夹辅下上场，唱《赉》篇，向周家南下之师发布进军命令。第四成犹如后世所谓"过场戏"，以舞蹈形式表演大军南进，攻取南疆。第五成也是以动作、鼓乐为主，演示周公、召公的分治。第六成即"乱"的部分，舞者退回到原来的位置，再次出演第一成中的造型，象征尊崇天子之意。继而声歌再起并且"武乱皆坐"，合唱《桓》篇，盛赞丰年，盛赞周家膺承天命，永世太平。

般

於皇时周[①]！陟其高山，隋山乔岳，允犹翕河[②]。敷天之下，裒时之对[③]。时周之命[④]！

○诗言登高山俯瞰大小山峦四方高岳，它们都顺着大河的走势而绵延，普天之下的人，都像山势顺河那样，心向周朝。牛运震《诗志》："短调大气魄，有山立雷郁之概。"

注释　①**时**：明。传写之误，《白虎通》引《诗》作"於皇明周"。马瑞辰《通释》："'明周'犹《时迈》言'明昭有周'也。"一说，时，是，这。②**陟**：升，登。**隋**（duò）**山**：低矮狭长的山峦。**乔岳**：高大的山峰。乔，高。④**允犹**：全都顺着。马瑞辰《通释》谓犹、猷古通。猷，顺也。**翕**：合。三句是说，登上高山，俯瞰低矮的山峦和高大的山峰，众多的山势与河流走向一致。③**敷**：溥，普。**裒**（póu）：聚，汇聚。**时**：是。**对**：朝向。马瑞辰《通释》："当读如'对扬王休'之对，对犹答也，谓诸侯皆聚于是以答扬天子之休命也。"④**时**：是。指周王朝。一说，承受。此句谓这是周家所肩负的大命。

解说

《般》，周王登山祭天时的歌唱。

《毛诗序》："《般》，巡守而祀四岳河海也。"蔡邕《独断》载《鲁诗》遗说同。《史记·封禅书》："周成王封泰山、禅社首，皆受命然后得封禅。"司马迁习《鲁诗》，是《鲁诗》家又认为此诗作于周初的成王时代。《史记·封禅书》又言："孔子论述六艺，传略言易姓而王，封泰山禅乎梁父者七十余王矣。"到泰山及梁父（泰山下的小山，即诗中"隋山"所指）封禅，是表示君王受命于天的祭礼，或许周初成王时期曾举行此礼。近年学者有新说，如刘晓东在其《天亡簋与武王东土度邑》(《考古与文物》1987年第1期）一文，即谓《天亡簋》中的"王凡三方"的"凡"即《说文》中的"磐"，其义为"转目视也"，此诗与《天亡簋》所记神事活动有关；后林沄又有《天王簋"王祀于天室"新解》(《史学集刊》1993年第3辑）一文，进一步将此诗与《天亡簋》中周武王"祀于天室"的祭祀联系起来，认为《般》即"周王登上山峰般（磐）于四方"的歌唱。从诗的风格看，也像是周初的作品。更重要的是，"允犹翕河"的景象，大概也只有登临纵目时才有。东汉人马第伯《封禅仪记》记登泰山的亲身经历说："秦观者望见长安，吴观者望见会稽，周观者望见齐。黄河去泰山二百余里，于祠所瞻黄河如带，若在山址。"正与本诗"允犹翕河"的观感略同。此诗风格简古，为周初之作，可据以判断其他作品年代。诗篇气象宏大，其雄视山河的气概与不忘天命的戒慎，又表现出一种诚敬的心胸。这都使此篇在《周颂》乃至全部《雅》《颂》作品中，尤显得气度雄沉，格调高昂，特别突出。

鲁颂

《驷》《有驳》《泮水》《閟宫》四诗，经《诗经》编定者附之于《周颂》之后，名为"鲁颂"。如以《周颂》为标准来衡量，不论内容还是形式都不与《周颂》篇章相类。形式上，《周颂》每篇不论其长短，皆为一章，而《鲁颂》则皆在数章之上，一些篇章体式较宏大，语言特色及风格都与大小《雅》相类。内容上，《鲁颂》没有一篇像一些《周颂》诗篇一样，是献给神灵的。据说鲁国因周公的缘故而世代享有天子礼乐，其朝廷之诗称"颂"，当与鲁国地位特殊有关。对此，也有各种说法。或谓鲁人春秋时尚知尊王，或谓鲁之有"颂"，与编诗者为儒家、而儒家又出于鲁有关；或谓鲁国不当有"颂"，而诗篇存之，是以此表示鲁国的僭妄，是寄寓着讽刺之意的。总之鲁国诗篇而称之为"颂"的问题还没有最后的结论。《鲁颂》四篇都是与鲁僖公有关，古今学者并无异议。僖公为鲁公伯禽十九世孙。伯禽受封时鲁国本为大国，降至春秋之世，世道变迁，鲁已沦为次等侯国。特别是在庄、闵之世，因有庆父之难，而国势益发衰弱。僖公即位，内乱结束，他在位近四十年，积极追随齐桓公建立尊王攘夷的霸业，鲁国的国势、声望得到一定恢复。这正是《鲁颂》诗篇问世的历史背景。在诗篇作者问题上，今文经学家与古文经学家有分歧。今文家主张皆为奚斯所作，古文家则认为系史克所作。说奚斯为《閟宫》作者，奚斯见于《閟宫》总算是有所依据；至于其他三篇，作者是奚斯还是史克或者其他人，诗篇本身并无内证。

《鲁颂》四篇。

驷

驷驷牡马,在坰之野①。**薄言驷者,有骄有皇,有骊有黄,以车彭彭**②。**思无疆,思马斯臧**③!

○诗之首章。言肥壮长大的公马,在野外的远郊。祝愿鲁公的马永远多无限量,匹匹强壮。多言马匹颜色,是此篇特点;颜色多,意味着马众多。

注释 ①**驷驷**(jiōng jiōng):马强壮的样子。**牡**:公马。古代牧马,雌雄分养,以防其交媾,到春天才令牝牡交合,所以诗只言牡马。据《颜氏家训》,当时有传本"牡"字作"牧"。**坰**(jiōng):野外。古代邑外为郊,郊外为野,野外为林,林外为坰。为不与农民争地,故养马于郊野。②**薄言**:词头。**骄**(yù):白胯的黑马。**皇**:毛色以黄为主的马。**骊**:纯黑色。**以车**:用以驾车。**彭彭**:马奔腾貌。③**思**:发语词。**无疆**:无边无际。**臧**:好。

驷驷牡马,在坰之野。薄言驷者,有骓有駓,有骍有骐,以车伾伾①。**思无期,思马斯才**②!

○诗之二章。言马之才。

注释 ①**骓**(zhuī):即后世所谓菊花青。《毛传》:"苍白杂毛曰骓。"**駓**(pī):黄膘马。《毛传》:"黄白杂毛曰駓。"**骍**(xīng):红中透黄的马。《毛传》:"赤黄曰骍。"**骐**(qí):黑白相间的马。**伾伾**(pī pī):强壮有力貌。②**无期**:无数。于省吾《新证》谓,期读如记,无期即无记,无记即无算。**才**:有能力。

驷驷牡马,在坰之野。薄言驷者,有驒有骆。有骝有雒,以车绎绎①。**思无斁,思马斯作**②!

○诗之三章。言马善走。

注释　①骓（tuó）：马身上有黑色斑纹。《毛传》："青骊驎曰骓。"骆：长鬃马。《毛传》："白马黑鬣曰骆。"駵（liú）：枣红色而有黑色鬃毛的马。雒：黑身白鬣。绎绎：奔驰貌。《毛传》："善走也。"②无斁：无倦息地养育马匹。作：驯养。

駉駉牡马，在坰之野。薄言駉者，有骃有騢，有驔有鱼，以车祛祛①。思无邪，思马斯徂②！

○诗之四章。言马强健。

注释　①骃（yīn）：暗白、灰白色。《毛传》："阴白杂毛曰骃。"騢（xiá）：红色杂有白毛的马。《毛传》："彤白杂毛曰騢。"驔（diàn）：马小腿部长有长毛。《毛传》："豪骭曰驔。"骭，小腿。豪，长毛。鱼：马两眼上部长有白毛。据马瑞辰《通释》。祛祛（qū qū）：强健貌。②无邪：无数。邪读作圉。圉，通"围"。无邪即无围，无围犹言无边，指牧马繁多。据于省吾《新证》。徂：强壮。林义光《诗经通解》：与前章"臧""才""作"字义同，当读为驵（zǎng）。《说文》："驵，壮马也。"一说，且，多。

解说

《駉》，赞美鲁国马政的诗。

《毛诗序》："《駉》，颂僖公也。僖公能遵伯禽之法，俭以足用，宽以爱民，务农重谷，牧于坰、野，鲁人尊之。于是季孙行父请命于周，而史克作是颂。"朱熹《诗序辨说》则谓："此《序》事实皆无可考，诗中亦未见务农重谷之意，《序》说凿矣！"诗言在远郊牧马，也许这在汉儒看来就有不与农争地的意味，自然也就可说是"务农重谷"了。诗主要赞美鲁国的马政，所涉鲁君是否为僖公，诗未明言。至于是否为季孙行父、史克所作，就更是口说无凭了（参黄震《黄氏日钞》的讨论）。另外，今文家又说此诗为奚斯所作，篇内也无证据。诗篇重在言马匹，《钦定诗经传说汇纂》载朱公迁说："问国君之富，数马以对。故诗人以之颂美其君如此。"马是那个时代的重要动力资源，是国力的象征。诗篇赞美鲁国马匹之盛，自然也含着对鲁国强盛的赞美，可谓善择角度。诗篇的显著特点在对马的毛色的表述，各种毛色的用词不同，显示古人对马匹了解得多，观察得细，喜爱之情也正是从对毛色的详述中表露的。另外，诗篇每章都以同样的句子开头；中间和结尾是由四个和两个句子组成的意群，意群句法又各章一致，一致中选词又富于变化，循环往复，读来颇为顺畅，在《诗经》中别为一格。最后两句，重复中有变化，也很活络。

有 驷

有驷有驷，驷彼乘黄①。夙夜在公，在公明明②。振振鹭，鹭于下，鼓咽咽③。醉言舞，于胥乐兮④！

○诗之首章。言骏马肥壮及乘车者勤于公事；继言鹭羽之舞，舞者陶醉。表君臣共乐。

注释　①**驷**（bì）：马肥壮貌。**乘**（shèng）**黄**：驾车的四匹马皆为黄色。参《郑风·大叔于田》"乘乘黄"句注。②**在公**：在朝廷办公。**明明**：勤勉貌。马瑞辰《通释》："明、勉一声之转，明明即勉勉之假借，谓其在公尽力也。"③**振振**：鹭群飞貌。**鹭**：即鹭羽，舞者所持，或坐或伏，如鹭群飞而下的样子。参《陈风·宛丘》"值其鹭羽"句注。**咽咽**：渊渊，形容鼓声，即《小雅·出车》"伐鼓渊渊"之"渊渊"。④**言**：而。**于**：吁，叹词。**胥**：相。

有驳有驳，驳彼乘牡①。**夙夜在公，在公饮酒。振振鹭，鹭于飞，鼓咽咽。醉言归**②**，于胥乐兮！**

○诗之二章。言大夫们勤公事之余，饮酒而舞，舞罢归家。

注释　①牡：公马。②归：回家。

有驳有驳，驳彼乘骃①**。夙夜在公，在公载燕**②**。自今以始，岁其有**③**。君子有穀，诒孙子，于胥乐兮**④**！**

○诗之三章。言大夫与君燕饮欢乐。祝年岁丰饶，愿鲁公福禄荫泽子孙。

注释　①骃（xuān）：青黑色。②燕：宴饮，欢乐。③有：有年，丰年。④穀：福禄。**诒**：贻，留给。**孙子**：子孙。

解说

《有驳》，鲁国君臣宴乐乐歌。

《毛诗序》："颂僖公君臣之有道也。"王先谦《集疏》："三家无异义。"朱熹《诗序辨说》："此但燕饮之诗，未见君臣有道之意。"诗称群臣"夙夜在公"，在公之余君臣一起饮酒，歌舞同乐，这在汉儒看来就是君臣有道了。朱熹不同意，是因为他在"君臣有道"上有不同的理解。在《周颂》中，振鹭而舞是为接待诸侯客人举行的典礼，有着某种政治意图。《鲁颂》此诗言振鹭而舞，看诗中"自今以始，岁其有"之句，似乎与庆丰年有关。《春秋》于僖公三年书不雨，六月始雨。因此前人认为此诗之作与僖公祈雨置酒相关（参何楷《诗经世本古义》）。有人怀疑诗中的"公"未必指鲁僖公，未必恰当。鲁国因周公的缘故，可以世代使用天子礼乐。在西周强盛时，对王室所赐礼器舞乐守之勿失，是鲁君谨守殊荣的常情。到后来天子地位衰落，本国政治略有点起色，于是就想到自己也要来一番"制礼作乐"的工作，大概最符合当时诸侯的心态。所以，遵循古说，定此诗为鲁僖公时作品，要更妥当些。

泮　水

思乐泮水，薄采其芹①。**鲁侯戾止，言观其旂**②。**其旂茷茷，鸾声哕哕**③。**无小无大，从公于迈**④。

○诗之首章。言鲁侯率领大小官员来到泮宫。未见其人，先观其旗帜、闻其鸾声，是远写。

注释　①**思乐**：乐哉。**泮（pàn）水**：水名。杜佑《通典》："兖州泗水县有泮水，此五汶之一，亦曰汶水。"**薄**：同"薄言"，动词词头。**芹**：水芹菜，多年生草本，自古即为菜蔬，可腌制或煮熟食之，古代也以腌制的水芹用作祭祀贡品。采芹观旂，又见《小雅·采菽》。②**鲁侯**：鲁僖公，名申，鲁庄公之子，闵公之兄，在位三十三年，曾追随齐桓公尊王攘夷。**戾**：到来。**旂**：古代旗帜的一种，用以标志贵族身份，以帛为正幅，《尔雅》："有铃曰旂。"挂有铜铃的旗为旂。③**茷茷（pèi pèi）**：旗帜飘舞貌。**哕哕（huì huì）**：状声词，形容銮铃的响声。④**小、大**：指鲁侯手下各级官属。**迈**：行进。

思乐泮水，薄采其藻①。**鲁侯戾止，其马蹻蹻**②。**其马蹻蹻，其音昭昭。载色载笑，匪怒伊教**③。

○诗之二章。进而写鲁侯的马匹、音容。运笔由远而近。

注释　①**藻**：水生草本，叶及嫩根淘洗煮熟后可食，周代女子祭祀，藻可作祭品，又因其为水生，象征清洁，可避火灾，朝服三品以上，以及宫殿屋梁都有藻绘。②**蹻蹻**：矫健貌。参《大雅·板》"小子蹻蹻"句注。③**色**：温润。**伊**：是。**教**：教诲。两句是说，鲁侯颜色温和，不露怒色，是其善于教诲民众的表现。

思乐泮水，薄采其茆①。**鲁侯戾止，在泮饮酒。既饮旨酒，永锡难老**②。**顺彼长道，屈此群丑**③。

○诗之三章。写鲁侯在泮水之地饮酒。最后两句，暗指下文克淮夷之功。

注释　①**茆**（mǎo）：一种可供食用的水菜，又名莼菜，可生食，也可熟食，后来江南人特别嗜之，古代腌制后可为祭品。②**永锡**：永远赐福。**难老**：犹言不老。③**长道**：大道。**屈**：黜，征服。**群丑**：指淮夷。

穆穆鲁侯，敬明其德①。**敬慎威仪，维民之则**②。**允文允武，昭假烈祖**③。**靡有不孝，自求伊祜**④。

○诗之四章。赞美鲁侯的德行、才干，为下文颂其勋业作铺垫。

注释　①**穆穆**：庄严肃敬貌。**明**：勉，努力。②**则**：标准，榜样。两句见《大雅·抑》。③**允**：信，实在。**昭假**：虔诚侍奉祖先神灵。参《大雅·烝民》"昭假于下"句注。④**孝**：效，效法。王引之《经义述闻》："谓僖公无事不法效其祖，非谓国人效僖公也。"**祜**（hù）：福。恭敬祖先即自求多福的表现。

明明鲁侯，克明其德①。**既作泮宫，淮夷攸服**②。**矫矫虎臣，在泮献馘**③。**淑问如皋陶，在泮献囚**④。

○诗之五章。点明献俘之事，是鲁侯来到泮水的主要目的。

注释　①**明明**：德行昭著貌。②**泮宫**：宫殿名，因建在泮水边而得名。在今山东曲阜孔庙东南，水泽遗址至今犹存。**淮夷**：族群名，以居住在淮水中下游而得名，自西周至春秋，该人群对中原王朝叛服不定，其地域分布日渐广泛，淮水两岸一带皆有分布，族类也不一。**攸**：所。③**矫矫**：强武貌。**馘**（guó）：被割下的左耳。古代战争，斩杀敌人，割下左耳用以计功。**④淑问**：善于审问。古代献俘典礼有一个审问战俘首领的环节。《小盂鼎》残文及西周后期一些纪功铭文，对审问之事均有所显示。**皋陶（yáo）**：相传为虞舜时期著名的法官。《尚书·皋陶谟》对此人有记载。

济济多士，克广德心①。**桓桓于征，狄彼东南**②。**烝烝皇皇，不吴不扬**③。**不告于讻，在泮献功**④。

○诗之六章。赞美鲁国将士在征伐中显示的良好风范。补述克淮夷之事。

▣ 注释 ▣　①**多士**：鲁国的将士。**广**：扩大。②**桓桓**：威武貌。**狄**：治，对付。③"**烝烝**"句：形容鲁国军威勇猛强大。**吴**：喧哗。参《周颂·丝衣》"不吴不敖"句注。**扬**：浮躁，狂傲。④**告**：穷治，深究。**讻**：罪恶。亦见《小雅·节南山》"以究王讻"句。此句是说克淮夷后，并不穷治那些胁从者的罪，以此柔服之。据陈奂《传疏》。

角弓其觩，束矢其搜①。**戎车孔博，徒御无斁**②。**既克淮夷，孔淑不逆**③。**式固尔犹，淮夷卒获**④。

○诗之七章。颂鲁师军容军纪，并归功于鲁侯谋略审固。

▣ 注释 ▣　①**角弓**：以牛角为装饰的弓。**觩（qiú）**：弯曲貌。**束矢**：捆成束的矢。**搜**：整饬貌。②**博**：众多。一说，字当作"傅"，排列有序。据《郑笺》。**徒**：步行兵卒。**御**：驾车士卒。**无斁**：不懈息。③**不逆**：顺。《郑笺》："其士卒甚顺军法而善，无有为逆者。"④**式**：发语词。**固**：坚固。**犹**：谋略。**卒**：终于。**获**：规矩。字通"矱"。卒获，即终于服从规矩。

翩彼飞鸮，集于泮林①。**食我桑黮，怀我好音**②。**憬彼淮夷，来献其琛**③：**元龟象齿，大赂南金**④。

○诗之八章。以淮夷献琛作结，是鲁侯武威、文德兼备的结果，明言克淮夷的意义。飞鸮好音之变，妙语。

注释 ①鸮：猫头鹰。《毛传》："恶声之鸟也。"**泮林**：泮水畔的树林。②**黮**（shèn）：字同"葚"，桑树的果实。**怀**：归，回报。**好音**：好的叫声。③**憬**（jǐng）：觉悟的。**琛**：珍宝。此句是说，鲁侯的德行，感化了淮夷，所以他们来献宝物。④**元龟**：大龟。《毛传》："元龟尺二寸。"**象齿**：象牙。**大赂**：贵重的馈赠宝物。**金**：古以铜为金。南金即南方出产的可制青铜器的锡、铜等金属。

解说

《泮水》，鲁僖公在泮宫举行献俘典礼的歌唱。

《毛诗序》："《泮水》，颂僖公能修泮宫也。"王先谦《集疏》："三家无异义。"朱熹《诗集传》虽不信旧说，谓"此饮于泮宫而颂祷之辞"，然而又说："诸侯之学，乡射之宫，谓之泮宫。"则又将泮宫理解为诸侯学府，这又与汉儒之说暗通了。西周有辟雍，为接待贵宾、宗教祭祀、演礼习乐以及养老尊贤的场所。古代政教不分、学在官府，辟雍因此也是王朝最高学府。《礼记·王制》："出征执有罪，反，释奠于学，以讯馘告。"按照汉儒理解，天子有学，为辟雍，诸侯也当有学，但诸侯不能建辟雍。辟雍按儒家理解是圆形的环水建筑，为避免僭越，诸侯建官学就只能建半圆形的，称泮宫。泮者，半圆形环水建筑也。诗篇正好出现"泮宫"一词，所以，汉宋诸儒就本着泮宫是诸侯学府的思路理解此诗。然而，正如前代学者所怀疑的，"泮宫"是否就是半圆形的礼乐建筑，得不到可信文献的证实。相反，《左传·襄公二十五年》"晋侯济自泮，会于夷仪，伐齐"云云，表明泮不过为河水之名。更重要的是，泮宫是不是鲁国学府也与诗篇并无直接关联。诗言"既作泮宫，淮夷攸服"，表明建筑泮宫，是要在这里"献功"庆功。这就涉及到诗篇的背景、本事，及其所附礼制。"淮夷"一词,《左传》

出现四次，学者研究，其人群本居今山东泰山以南，即鲁国之地。西周大封诸侯，西周人群大举东进，特别是鲁国建邦，更是鸠占鹊巢，把当地土著（自商代以来就称之为"夷"）人群挤压到淮水一带，鲁国与该人群的矛盾，可谓其来有自，绵延持久。据《春秋》及《左传》，鲁僖公积极追随齐桓公尊王攘夷，数次参与对淮夷的进攻之事。僖公四年，齐楚召陵之盟后，曾想"观兵（显耀武力）于东夷"，记载分歧，不知是否成行。后僖公十三年，从齐桓公会于咸，谋"淮夷病杞"之事。十五年，僖公会齐桓公等诸侯谋救徐，随后鲁大夫公孙敖率师救徐。十六年，僖公与齐等诸侯会于淮，"谋鄫，且东略也"。上述以齐国为首的诸侯集团行动，也取得了一些效果，最明显的是徐这一淮夷人群政权的背离楚国而"即华夏"，即投向以齐为首的中原诸侯。这固然是齐国的成功，但在鲁国君臣也实在算得上"与有荣焉"。泮宫的献俘礼，当以此为背景。

　　西周以来的献俘，以《小盂鼎》铭文记载最详，该铭虽残泐严重，其梗概还可领略一些，颇有与此诗相合处。诗首言鲁侯率领大小臣僚来到泮水，是仪式预备阶段。之后，言饮酒，也是献俘礼的一个环节，周初记载周公"征伐东尸（夷）"获胜归来的《𦥑方鼎》，其言告庙，即有"饮秦饮（酒名）"之仪；《小盂鼎》更有"昧爽，三左三右多君入服酉"之语，与诗篇所表，可谓若合符契。之后，诗又言"献馘"，言"淑问"。前者，铭文多有记载；后者，如《小盂鼎》，似乎周王也派荣某在"大廷"审问"兽"，即敌首。不过，诗篇的本义不在述礼仪，而在颂扬鲁国难得的胜利。诗多夸饰之语，言"克淮夷""屈群丑"，甚至军容整齐，都难免虚张其势。不过有一点，倒未必是不实之词，那就是篇章最后四句接受淮夷的贿赂。这大概也是鲁国追随霸主所得的最大好处。因而诗写到这里时也变得底气十足。总之诗篇对古代献俘礼的记载自有其价值，最后一章的鸮鸮、桑葚的句子，也颇有意味。若论文学的真实，则诗篇就只剩下一个文字上的堂而皇之了。论古来"水分大"的作品，它不是第一篇，也不是最后一篇。

闷 宫

闷宫有侐，实实枚枚①。**赫赫姜嫄，其德不回**②。**上帝是依，无灾无害**③。**弥月不迟，是生后稷**④。**降之百福，黍稷重穋，稙稚菽麦**⑤。**奄有下国，俾民稼穑**⑥。**有稷有黍，有稻有秬**⑦。**奄有下土，缵禹之绪**⑧。

○诗之首章。言姜嫄闷宫很清静，殿堂高大，密密匝匝。诗从姜嫄、后稷说起，为下文鲁公之德推溯本源。

注释 ①闷(bì)宫：密闭的、深邃的庙堂。周人始祖后稷之母为姜嫄，周人特别为之立庙，但常闭而无事。《毛传》："孟仲子曰：是禖宫也。"禖宫即高禖庙，负责生育。因姜嫄系周人始祖生母，是特殊意义的高禖庙。侐(xù)：清净貌。实实：广大。枚枚：绵密，指宫殿窗格、门楣密密匝匝。②不回：不邪，正大。③依：附体，指姜嫄履大人迹而生后稷之事。参《大雅·生民》所载姜嫄生子的传说。"无灾"句：指姜嫄产子顺利。参《大雅·生民》"无灾无害"句注。④弥月：指妊娠月数期满。⑤重(tóng)：先种后熟的谷。字或作"種""穜"。穋(lù)：后种先熟的谷。稙：先种曰稙。稚：后种的作物称稚。⑥奄有：尽有，广有。⑦秬(jù)：黑黍。⑧缵：继承。绪：事业。

后稷之孙，实维大王①。**居岐之阳，实始翦商**②。**至于文武，缵大王之绪，致天之届，于牧之野**③。**无贰无虞，上帝临女**④。**敦商之旅，克咸厥功**⑤。

○诗之二章。言后稷之孙古公亶父迁居岐山，开始灭商大业。远述周家之获天下。

注释 ①大王：太王。即周文王之祖父古公亶父。②翦：伐，削弱。③屆：终止。一说，殄，诛杀。④贰：二心，犹豫。虞：忧虑，惧怕。此处征引《大雅·大明》"上帝临女，无贰尔心"句。女：汝，你。⑤敦：攻击。咸：齐备，大功告成。

王曰叔父：建尔元子，俾侯于鲁①；大启尔宇，为周室辅②。乃命鲁公，俾侯于东③；锡之山川，土田附庸④。

○诗之三章。溯鲁邦建国之始，并叙迁封。引用诰命之词，言之凿凿。

注释　①王：周成王。叔父：指周公旦。元子：长子，即鲁国第一代君主伯禽。侯：守卫，做诸侯。鲁：地名。鲁国初封地，据学者考证，初在今河南鲁山一带。②启：开拓。宇：居住地，即诸侯领地。辅：辅佐。③鲁公：伯禽。爵位为公。东：指东方，即今山东曲阜一带。据傅斯年《大东小东说》，鲁国最初封建之地在今河南鲁山一带，继而迁封于商奄之地（今山东泰山以南地区）。④附庸：附属小国。

周公之孙，庄公之子①。龙旂承祀，六辔耳耳②。春秋匪解，享祀不忒③。皇皇后帝，皇祖后稷④。享以骍牺，是飨是宜，降福既多⑤；周公皇祖，亦其福女⑥。

○诗之四章。言僖公身份，言其龙旂飘舞前来祭祀。至此章始入正题。

注释　①周公：周公旦，谥"文"。庄公：鲁庄公，名同。春秋早期鲁国有作为的君主。②龙旂：绘有蛟龙图案的旗帜。承祀：奉祀。耳耳：缰绳调适貌。③春秋：一年到头。忒：差错。④后：前一"后"字指上帝，后一个"后"字指君王。⑤骍：通身赤红的小牛。宜：祭。⑥女：汝，即僖公。福女即赐福于汝。

秋而载尝，夏而福衡①。白牡骍刚，牺尊将将②。毛炰胾羹，笾豆

大房③。万舞洋洋，孝孙有庆④；俾尔炽而昌，俾尔寿而臧⑤；保彼东方，鲁邦是常⑥；不亏不崩，不震不腾⑦；三寿作朋，如冈如陵⑧。

○诗之五章。言鲁公隆重祭祀，继言神赐福，语势浩畅。

注释 ①**载**：始。**尝**：秋天祭祀名。尝即尝新谷。**楅（bì）衡**：牛角上的横木，防牛抵人用。秋天祭祀用的牛，夏天就圈养隔离起来，角上安装横木，是因这样的牛精力旺盛，易抵人。②**白牡**：白色的公牛。郑玄以为是献给周公的牺牲。**骍刚**：赤红色的公牛。献给鲁国第一代君主伯禽的贡品。**牺尊**：以牺牛为形状的酒尊。于省吾《新证》据近世出土文物为说。**将将（qiāng qiāng）**：尊器并立貌，言器物众多。③**毛炰（páo）**：连带着皮毛一起烧烤的乳猪。**胾（zì）**：切成大块的肉。**羹**：带汁的肉食。**大房**：半体之俎。古时大礼，将牲体劈成两半，其中一半称为房。房即旁，盛牺体的食器也称房。④**万舞**：干舞，即以干盾等为道具的舞蹈，属武舞。**洋洋**：盛大热烈貌。**庆**：吉利的赏赐。⑤**炽**：兴旺。**昌**：昌盛。⑥**常**：尚，保佑。据于省吾《新证》。两句是说，神保佑鲁国永远强盛，屹立东方。⑦**亏、崩**：毁坏。**震**：震荡，动荡。**腾**：翻腾，动摇。⑧**三寿**：长寿，大寿。"三"亦作"参"。流行于西周后期至春秋时的固定语，如《默钟》"参寿唯利"，《者㵘钟》"若参寿"等。**朋**：陪伴。

公车千乘，朱英绿縢，二矛重弓①。公徒三万，贝胄朱綅，烝徒增增②。戎狄是膺，荆舒是惩，则莫我敢承③！俾尔昌而炽，俾尔寿而富。黄发台背，寿胥与试④。俾尔昌而大，俾尔耆而艾⑤。万有千岁，眉寿无有害⑥。

○诗之六章。铺叙鲁国实力、武功。

注释 ①**千乘**：一千辆四匹马驾的车。周制，千乘为大国军制，四马为一乘。**朱英**：矛上装饰的红缨。英，同"缨"。**绿縢**：缠绕弓把上的绿绳。縢，绳。**二矛**：一辆战车上树两支备用的长矛。**重弓**：双弓。两支弓交叉放入同一弓袋中。②**公徒**：鲁公的军队。**三万**：据《郑笺》，大国三军，合三万七千五百人。言三万，举其成数。**贝**：贝壳。**胄**：头盔。贝胄即以贝壳为装饰的头盔。**绶**（qīn）：绳带，用以缀贝。**烝徒**：众徒。**增增**：众多貌。③**膺**：击打。马瑞辰《通释》："赵注《孟子》曰：'击也。'"**荆**：楚国。《春秋·僖公四年》："公至自伐楚。"**舒**：古国名。其地在今安徽舒城、庐江境内。**承**：抵挡。④**台背**：老人之象。台，汉石经作"鲐"。参《大雅·行苇》"黄耇台背"句注。**胥**：相。**试**：比，拟。据马瑞辰《通释》说。两句谓鲁公将有如黄发台背一样的长寿。一说，与试为如岱。与，如。试，岱字之误。⑤**耆、艾**：老寿。⑥**眉寿**：长寿。《诗》及金文中常见语。

泰山岩岩，鲁邦所詹①。奄有龟蒙，遂荒大东②。至于海邦，淮夷来同③。莫不率从，鲁侯之功④。保有凫绎，遂荒徐宅⑤。至于海邦，淮夷蛮貊⑥；及彼南夷，莫不率从⑦。莫敢不诺，鲁侯是若⑧。

○诗之七章。言鲁国声威远及，极尽夸张之能事。

注释 ①**岩岩**：山高峻貌。**詹**：通"瞻"，仰望。②**龟蒙**：二山名。龟山在今山东新泰县西南，蒙山在今山东蒙阴县南。**遂**：于是。**荒**：占有，治理。**大东**：极远的东方。参《小雅·大东》"小东大东"句注。③**同**：会同。即接受统治的意思。两句谓居住在海边的淮夷都来臣服。④**率**：相继。⑤**凫**（fú）**绎**：二山名。凫在今山东邹城西南，绎在今山东邹城南。**徐宅**：徐国的地域。徐，古嬴姓部族，居住地在今山东南部地区，当时与鲁国接近，是淮夷的中坚。⑥**蛮貊**（mò）：南北边地荒蛮人群。南方称蛮，北方称貊。此处实指南方之蛮。⑦**南夷**：泛指淮夷之外的南方边地人群。⑧**诺**：服从，听命。**若**：服从。

天锡公纯嘏，眉寿保鲁①。**居常与许，复周公之宇**②。**鲁侯燕喜，令妻寿母**③。**宜大夫庶士，邦国是有**④。**既多受祉，黄发儿齿**⑤。

○诗之八章。言鲁公对国家领土的恢复，继美其家庭福寿。

▣ 注释 ▣ ①**纯嘏**：大福。当时的固定语。亦见《大雅·卷阿》《周颂·载见》。②**常**：鲁国地名。其地在今山东鱼台县。《国语·齐语》载管子语曰："以鲁为主，反其地堂、潜。"所言堂即常，亦即棠。马瑞辰《通释》及今人屈万里《诗经诠释》皆有此说。**许**：鲁地。陈奂《传疏》："《晏子·杂上》篇：'景公伐鲁，傅许，得东门无泽。'是鲁有许邑矣。"许地在今何地，不详。两地或都曾被齐国占领，因僖公追随齐国，得以归还。**复**：恢复。**宇**：版图，国土。③**燕喜**：宴饮欢乐。**令妻**：德行美好的妻子。僖公夫人名声姜。**寿母**：长寿的母亲，庄公之妾，名成风。④**宜**：适宜，带来福祉的。**有**：永远有，即国家昌久之义。此句是说鲁公在位是邦国人的福分。⑤**儿**（ní）：义同"齯"字，老人再生的牙齿，为长寿之征。

徂来之松，新甫之柏①；**是断是度，是寻是尺**②。**松桷有舄，路寝孔硕，新庙奕奕**③。**奚斯所作，孔曼且硕，万民是若**④。

○诗之九章。言闷宫之建，继明诗作意、作者，回应首章。

▣ 注释 ▣ ①**徂来**：山名，在今山东泰安市东南。**新甫**：山名，在今山东泰安市西北。②**度**：破成两半。马瑞辰《通释》"劚之省借"，亦即劈开。**寻、尺**：度量。古代丈量单位，八尺为寻。在此寻与尺都是动词。③**桷**（jué）：方椽。**舄**（xì）：粗大貌。**路寝**：新庙的正殿。**新庙**：即姜嫄庙，亦即开篇所言的闷宫。此处称新庙，当是指对姜嫄旧庙的翻新。**奕奕**：高大貌。④**奚斯**：鲁国公子，又名子鱼，其人见《左传·闵公二年》。**作**：作诵，即本诗。**曼**：修长。**若**：顺，指表达了民意。

解说

《闷宫》，赞美鲁僖公业绩的颂歌。

《毛诗序》："颂僖公能复周公之宇也。"鲁国在僖公时期国力稍振，追随齐桓公攘斥淮夷，收回部分失地，国人因而赞美僖公，《毛诗序》的理解可谓不误。但这只是诗篇创作背景，其创作的直接原因则是闷宫的建造。闷宫为何，古来颇有争议。《毛传》说是闵公之庙，郑玄则谓姜嫄之庙。两说不同，引发后人的分歧。实际上，诗中"闷宫"就是姜嫄灵寝。戴震《毛郑诗考正》说得好："首章曰'闷宫有侐，实实枚枚'，即继曰'赫赫姜嫄，其德不回'，若闷宫非姜嫄庙，无此立言之体矣。"这是从文章自身逻辑看问题，是正确的。如此，篇末的"新庙"也只能是指姜嫄庙，不能忽然岔开去另表闵公之庙。鲁在西周，本为一等大国，可进入东周以后，日渐衰落。鲁僖公追随齐桓公争霸，一时间鲁国的地位上升，因而隆重地为女祖姜嫄立庙设祭，其用意，是以周族正统自居。为姜嫄庙大事建设，应有这方面的用意。

诗篇另一大争议是作者问题。诗篇结尾出现了奚斯，即公子鱼。但是，在奚斯是"作"庙还是"作"诗上，却有长期的争执。今文家从汉代的扬雄《法言》《韩诗薛君章句》、班固《两都赋序》等，都认为奚斯是诗篇作者；古文家如《毛传》《郑笺》则都以为奚斯只是新庙的监造者。至宋代学者如王质《诗总闻》、朱熹《诗集传》以及严粲《诗缉》等，也基本遵从古文家之说。到了清代，今文家说又得到段玉裁《经韵楼集》、孔广森《群经卮言》、陈奂《传疏》以及魏源《诗古微》、皮锡瑞《经学通论》的支持。那么，到底哪种理解可信呢？请看段玉裁的说法："以经文言，上'孔硕'言宫室，下'孔硕'言诗歌，乃无复赘。"另外孔广森也说："上文已有'路寝孔硕'，若又以'孔曼且硕'为美宫室，词窘而意复矣。"如此，诗篇结尾章的"新庙奕奕"在句读上应该连前一句"路寝孔硕"为一个完整句子。"奚斯所作"

另起一句为下文，如此才合乎文理。就是说"孔曼且硕，万民是若"两句的"曼""硕"，不是指宫殿建筑，而是指诗篇风貌。与《大雅·烝民》的"吉甫作诵，穆如清风"一样，"奚斯所作"云云也是诗的"乱辞"，点明作者及作意。如谓"所作"指宫殿，就说不通了。此诗为《诗经》中最长的篇什，笔法明显仿效《大雅》之《生民》《大明》《皇矣》以及《商颂·殷武》诸篇，其夸诞不实之风，实为某些汉大赋篇章的先声。《风》《雅》有"变风""变雅"，前人因而呼此篇为《颂》中之"变颂"，良有以也。

商颂

《国语·鲁语》载鲁大夫闵马父之言曰："昔正考父校商之名颂十二篇于周大师，以《那》为首。""商之名颂"即《商颂》。正考父为孔子七世祖，宋国大夫，生活在周宣王、幽王、平王时期。据此，西周、东周交替之际，宋国存有《商颂》十二篇。今《诗经》只有五首，即《那》《烈祖》《玄鸟》《长发》《殷武》，其余七首亡佚。关于《商颂》的创作年代，古文经学派与今文经学派之间有过激烈的争论，一直延续到当代。《毛诗序》云："微子至于戴公，其间礼乐废坏，有正考甫者，得《商颂》十二篇于周之大师，以《那》为首。"《毛诗序》说本自《国语》，然而其"微子至于戴公"云云，很明显是将《商颂》十二篇视为殷商旧作。此说对后世影响很大，以至于今。但后来清代的今文家，对古文家此说颇有非难，如魏源《诗古微》举证十三、皮锡瑞《经学通论》继补七证力言《毛诗序》之非，而认为《商颂》系宋大夫正考父美宋襄公或宋襄公美其父桓公之诗。

《商颂》年代的今、古之争，都是先入为主的主观之见。今文家所以要把《商颂》定在宋襄公时代是有其学术背景的。襄公为春秋五霸之一，其泓之战中"不鼓不成列""不伤二毛"的古怪念头，在《春秋》学今文家和古文家眼里，有着很不同的评价。属于今文家的《公羊传》，将襄公背时的做法视为周文王作战也不过如此的高尚行为；在《左传》中，则借大夫子鱼之口讥之为冬烘迂腐。魏源、皮锡瑞，在学术上属清代今文学派，其所以定《商颂》为襄公时诗，正暗含着今文学家对襄公其人一贯的偏爱。至于古文家把《商颂》上推到殷商，也不奇怪。《诗经》许多篇章都被古文家不顾事实地提前了，如《小雅·出车》，因古文家相信周文王时有南仲，此篇也有同名人物出现，于是《出车》就成了文王时期的作品，《小雅·采薇》也受了同样的曲解。就是说，《商颂》被古文家视为商代作品，不过是他们一贯的偏见而已。奇怪的是，当今不少掌握了大量"新材料"的学人，也相信《商颂》为商代作品。稍加观察，也有其致误原因，一种情况来自一种先入为主的史学观，论者先将商代定为发达奴隶制时代，西方发达奴隶制如古希腊、古罗马有繁荣的文学，依照人类发展的"普遍规律"，商代必须也有发达文学。另一种情况，则是先误以为《周颂》都是西周初年的作品，继而推论：既然周初就有《载见》《载芟》那样体制宏阔、词采丰腴的诗篇，那么，商朝各代有《商颂》这样的篇章，也就不足为奇了。实际上《周颂》并不是全是周初几十年内的诗篇，西周《雅》《颂》创制的高潮在中期，周初只有《武》《桓》《赉》等六七篇简古之作，当时大、小《雅》篇章的创作尚未开始。第三种情况，是出于如下的逻辑：考古发现表明商代有那么发达的文明，难道就没有诗篇吗？是的，以商代的文明水准，很可能有歌唱。但是，若周人克商时将其毁灭，那么，有，不也等于没有吗？不见三星堆遗址的器物，都曾被砸、被火烧过吗？古代征服一个国家，先毁掉被征服者的典制文物。还有，春秋时宋国尚保存殷商"桑林之舞"的旧家当，在一次与晋君会面中，宋人讨好地拿出来搬演，却把晋君惊吓得生病（事见《左传·襄公十年》），如此舞乐下的歌唱，该是什么样子，其与今所见《商颂》篇章的异同，不也是该仔细想想的吗？

　　实际上，《商颂》作品的年代，王国维在其《说商颂》中已经作出了可信的结论：《商颂》为"宗周中叶"篇章。王国维有此说，是因为他对商周出土传世两种文献的熟稔，他举了许多语言现象，证明《商颂》与西周文献上的相似。限于当时条件，王先生所举材料有些还不是很准确，然而，这并未妨碍其学术感觉的精准，因为越来越多的青铜器铭文为他的判断做了有力证明。此外，当代中外学者对西周器物及文献的研究，也得出一个大致相同的结论：西周中期曾有一个礼制创作高涨的现象。这一现象背后，实际还有一更大的现象，那就是殷周两大人群的融合。虽然周初就有不少殷商文化及与殷商文化相关的人员被周人吸收到自己的文化建设中来，但种种迹象表明，两大人群的交融，到西周的康昭之后才深度地完成。也正以此为背景，宋国贵族作为"二王之后"的待遇才得到落实。因此，他们创作了祭祖的新诗。这些都很有可能是昭王南征时宋人积极配合的表现让周人放心、满意所获的回报。与此相先后，殷商后裔的宋国上层，有更多的人来到周家做"客"（《周颂·有客》），并且在周人宗庙中"裸将"（《大雅·文王》），他们的瞽人艺术家也开始有更多的人参与到周人制礼作乐的活动中来（见《周颂·有瞽》），同时，他们也把周人的观念吸收到自己的祭祖乐歌中来。

《商颂》五篇。

那

猗与那与，置我鞉鼓①。奏鼓简简，衎我烈祖②。汤孙奏假，绥我思成③。鞉鼓渊渊，嘒嘒管声④。既和且平，依我磬声⑤！於赫汤孙，穆穆厥声⑥。庸鼓有斁，万舞有奕⑦。我有嘉客，亦不夷怿⑧！自古在昔，先民有作⑨。温恭朝夕，执事有恪⑩。顾予烝尝，汤孙之将⑪！

○诗先表祭祀的鼓乐舞蹈，继而言助祭嘉客，再言祭祀遵循古礼，最后祈求神灵歆享祭祀。

注释　①**猗、那**（nuó）：美盛貌。据马瑞辰《通释》。两字即《桧风·隰有苌楚》之"猗傩"，《小雅·隰桑》"隰桑有阿，其叶有难"之"阿""难"。同时"猗与"之语又与《周颂·潜》"猗与漆沮"之"猗与"相同。**与**：欤。语气词，两"与"字义同。**鞉**（táo）**鼓**：又称置鼓，用一根木桩将鼓贯而树之，即置鼓。②**简简**：形容鼓声之大。此词又见《周颂·执竞》。**衎**（kàn）：和乐。③**汤孙**：商汤的子孙，指主祭者。**奏**：进献。**假**（gé）：即昭假之假，将敬意上达于神称假。**绥**：安。**思**：语助词。**成**：福备。即《仪礼·虞礼》"祝出户西面告利成"之"成"。两句言，神保佑子孙，安之以全备之福。④**渊渊**：鼓声。参《小雅·采芑》"伐鼓渊渊"句注。**喤喤**（huī huī）：管乐声。此词亦见《小雅》中的《小弁》和《采菽》。⑤**依**：应和。此句是说，鼓、管演奏都应和着磬声。⑥**於赫**：赫赫。与《周颂·清庙》"於穆"、《周颂·酌》"於铄"词法一样。⑦**庸**：大钟称庸。**斁**：绎，有条不紊。假借字。《论语·八佾》："乐其可知也……皦如也，绎如也。""绎"即"绎如"。**万舞**：干戚舞。参《鲁颂·闷宫》"万舞洋洋"句注。**奕**：舞者神采貌。⑧**嘉客**：尊贵的客人。魏源《诗古微》："宋时'嘉客'谓附庸小国。……宋之同姓有殷、时、来、宋、空同、黎、比髦、目夷、萧，……皆当助祭于宋也。"此词又见《小雅·白驹》。**夷怿**（yì）：和悦。⑨**有作**：有所举动，指祭祀之事。⑩**温恭**：温和恭敬。**朝夕**：早晚。其义与"夙夜"一样，即勤勉于事的意思。**执事**：执行祭祀之事。此词又见《大雅·绵》。**恪**：恭敬。⑪**顾**：念，念在。**烝尝**：祭祀。参《小雅·天保》"禴祠烝尝"句注。**将**：奉献。

解说

《那》，祭祀商汤的迎神曲。

《毛诗序》："祀成汤也。"又王先谦《集疏》引《韩》说曰："汤为天子十三年，年百岁而崩，葬于征，今扶风征陌是也。"观全诗数次出现汤孙之语，汤孙显系指祭祀者，则所祭对象当为成汤。《礼记·郊特牲》："殷人尚声，臭味未成，涤荡其声，乐三阕，然后出迎牲。"因此朱熹《诗集传》认为"三阕"之乐即此诗。如此，则此诗实为迎神曲。《国语·鲁语》载闵马父言："昔正考父校商之名颂十二篇于周大师，以《那》为首，其辑之乱曰：'自古在昔，先民有作。温恭朝夕，执事有恪。'"其中"以《那》为首"，又表明诗篇在十二首《商颂》中是排在最前的，因而朱熹之说是大体可信的。《礼记》说"殷人尚声",看此篇确实如此,全诗二十二句,表钟鼓磬管之声的句子就有十一句,还有一句是写舞蹈的。与《周颂》那首表现以乐祭祖的《执竞》相比,明显《那》的鼓乐声响更为"涤荡"、响亮。看来古说是很有根据的。

王国维在其《说商颂》下篇(见《观堂集林》卷二)中,曾举诗中"猗、那"之语词,断其为"宗周"中期作品。这本来是从文献自身语言出发作出的合理判断,然而在今天,此说不是被漠视,就是遭到一些强词夺理的反驳。王国维的判断源于他对甲骨文及西周金文文献的浸润之深,感受之切。一言以蔽之,源于他健全的文献感受能力。王国维说甲骨文所载"祭礼与制度文物"在《商颂》中一无可寻,诗篇所言人物地名反与宗周颇为相似。暂时撇开这一点不谈,单就词语层面言,能证明王先生之说的还不仅仅是"猗、那",篇中"穆穆""嘉客""执事""简简""渊渊"等,都曾见于西周大、小《雅》及《周颂》各篇,其中"穆穆""执事"还见于"宗周中叶"的诗篇。这样的情形在《商颂》其他几篇中可以说比比皆是。考古发现注重文物所处层位,其实文本的一些语词也是文献年代的重要标志。在王先生所说的语词之外,《那》与《周颂·执竞》相比,两者在音乐描写上虽有繁简之别,但在总体格调上是颇为一致的。其次,据闵马父说诗篇"自古"以下几句,是乐歌结束时的"乱辞",强调祭祀遵循传统,这又与《小雅·楚茨》《周颂·载芟》篇结尾"勿替引之""振古如兹"思路一致。简而言之,《那》不仅是西周时期宋国人的篇章,而且是与《周颂》之《执竞》《有瞽》等同时期的作品。

烈 祖

嗟嗟烈祖，有秩斯祜①。申锡无疆，及尔斯所②。既载清酤，赉我思成③。亦有和羹，既戒既平④。鬷假无言，时靡有争⑤。绥我眉寿，黄耇无疆。约軝错衡，八鸾鸧鸧⑥。以假以享，我受命溥将⑦。自天降康，丰年穰穰⑧！来假来飨，降福无疆⑨。顾予烝尝，汤孙之将！

〇诗前十二句为一段，后十句为一段，随内容变化而韵脚不同。前一段重在言清酤和羹献祭，后一段主要言奉祭获福之厚。"和羹"句表和谐观念，甚为佳美。

注释　①**有秩**：即秩秩，大大的样子。**斯**：其。**祜**：福。②**申锡**：重复地赐予。申，反复。锡，赐。与《大雅·文王》篇"陈锡哉周"之"陈锡"义同。**尔**：指神。**所**：处所。两句是说，重复的赏赐，降临到神所保佑的国家。③**酤**(gū)：清酒。**赉**(lài)：赐。**思成**：完备之福。参《商颂·那》同句注。④**和羹**：调和五味做成的羹，有肉有菜和作料等，又称鉶羹。**戒**：备。马瑞辰《通释》：和羹必备五味。**平**：味道中和。⑤**鬷假**(zōng gé)：奏假，敬事神灵。马瑞辰《通释》：鬷、奏一声之转，可通用。亦即《诗》中数见的"昭假"。**无言**：无过错。闻一多《周易义证类纂》谓即无愆。**争**：失和争讼之事。⑥**约軝**(qí)：用朱红色的皮革包缠车轴两头。**错衡**：在车前的衡木上雕错上花纹。两句亦见《小雅·采芑》及《周颂·载见》。⑦**假**：祝祷。嘏之假借。**享**：献祭。**溥**：广大。**将**：长。⑧**康**：丰年。⑨**假**(gé)：至。指神降临。《诗》中"假"字既可训为人表达敬意于神，也可训为神前来享用祭品。**飨**：享用。一作"享"。

解说

《烈祖》，宋人祭祖的乐歌。

《毛诗序》："祀中宗也。"《郑笺》释曰："中宗，殷王大戊，汤之玄孙也。有桑穀之异，惧而修德，殷道复兴，故表显之，号为中宗。"关于"桑穀之异"，《史记·殷本纪》载："帝太戊立，伊陟为相。亳有祥桑穀共生于朝，一暮大拱。帝太戊惧，问伊陟。伊陟曰：'臣闻妖不胜德，帝之政其有阙与？帝其修德。'太戊从之，而祥桑枯死而去。"此即汉儒之说及其所依故实。实际上，此诗是否为祭祀中宗大戊，篇章本身并无明示，其他文献也没有明确说明。诗既然明言"汤孙之将"，那么受祭对象就更可能是商汤而非大戊。所以，朱熹说"此亦祀成汤之乐"是稳妥的。汉代古文家说《诗》，好以篇章排列次序定诗篇年代：既然商汤之后的第一代有为之主系中宗大戊，《那》又是"祀成汤"之诗，那么，照时间顺序，《烈祖》自然就一定是"祀中宗"的了。其实是鲁莽之见。

诗篇与《那》有相似，也有不同，主要表现在鼓乐声响的描述有所减少，对祖宗"申锡"之德的言说明显增强；同时，还表现在诗特别表述了助祭者亦即宋国附庸前来时的车马声势。这与《周颂·载见》篇颇为相似。后半部分所言降福，似是说神的赐福，更像是事神的祈福；若是后者，则诗篇当是祭品献上时的歌唱。诗篇自身带有制作年代的胎记，"绥我眉寿，黄耇无疆"的眉寿、黄耇，显示诗篇为西周中期的篇章；至于"约軝错衡，八鸾鸧鸧"年代记号的作用，就更是确凿无疑的。商周在车制上有沿袭，可是，若说早数百年的殷商车马，就有西周车马那样的"约軝错衡，八鸾鸧鸧"，无论如何都是难以令人信服的。这就是诗篇作于西周的无可辩驳的证据。

玄 鸟

天命玄鸟，降而生商，宅殷土芒芒①。古帝命武汤，正域彼四方②。方命厥后，奄有九有③。商之先后，受命不殆，在武丁孙子④；武丁孙子，武王靡不胜⑤。龙旂十乘，大糦是承⑥。邦畿千里，维民所止⑦。肇域彼四海，四海来假⑧；来假祁祁，景员维河⑨。殷受命咸宜，百禄是何⑩！

○诗前十二句言殷高宗能继承商汤之业，后十句言高宗为子孙开辟疆土。中间言时人对武丁的祭祀，承上启下。篇章结构别致。顶真格使用，使篇章节奏紧凑。

注释　①**玄鸟**：燕子，古又称鳦。一说，凤凰。可理解为被神圣化的燕子。燕子为候鸟，《毛传》："玄鸟，鳦也。春分，玄鸟降。"称玄鸟为燕，见《吕氏春秋·音初》。据《史记·殷本纪》，有娀氏之女简狄，春天到野外行浴，见玄鸟堕其卵，简狄取吞之，因孕生契（xiè），后为尧帝司徒，有功，封于商，是为商人始祖。与后稷出生为其母履大人迹一样，吞卵而生，也是感天而生，很神圣。**宅**：居住。**殷土**：据载，商人自商汤至盘庚，曾有八次迁徙。盘庚迁殷后，改称为殷，其地在今河南安阳一带。**芒芒**：广大貌。两字亦作"茫茫"。②**古**：古时。**帝**：上帝。**武汤**：商汤，商王朝开国之君，商汤号武王，故称。**正域**：正其疆域。③**方命**：广命，大命。方，同"旁"，广大。**厥**：其，指商汤。**后**：做君王。后，古代与"王"同义，此处名词作动词用。**九有**：九州。④**先后**：先王，此处指下文的武丁。**殆**：通"怠"，松懈。**武丁**：商汤第十代孙，号高宗，为商朝中兴之主。**孙子**：子孙。参《大雅·文王》"文王孙子"句注。⑤**胜**：胜任。两句是说，商汤能做到的，武丁没有一件做不到。⑥**龙旂**：绘有蛟龙图案的旗帜，据《周礼》，诸侯建旂。**糦**（chì）：酒食。**承**：即烝，进献。两句表对武丁祭祀，是插入语，文义也由此转入下文。此种笔法，亦见《商颂·烈祖》。⑦**畿**：王朝首都附近地区，直属于王。**止**：居住。⑧**肇**：开启。**域**：开拓国土，指武丁开拓了更大疆域，以达四海。**假（gé）**：至。⑨**祁祁**：众多貌。**景**：广大。**员**：幅员，宽广度。**维河**：商境三面环绕黄河。⑩**何**：荷，承受。古何、荷通用。

解说

《玄鸟》，祭祀殷高宗武丁的乐歌。

《毛诗序》："《玄鸟》，祀高宗也。"《郑笺》："高宗，殷王武丁，中宗玄孙之孙也。有雊雉之异，又惧而修德，殷道复兴，故亦表显之，号为高宗云。"据《史记·殷本纪》载，帝武丁祭成汤，有飞雉登鼎鸣，武丁惧。此为郑玄"雊雉之异"说所本。殷高宗武丁是商代开国以来，继大戊、盘庚之后又一位有为君主。其在位五十余年间，曾对边地部落民族大事征伐，使商王朝达到鼎盛。诗屡称"武丁孙子"，又强调其"肇域彼四海"，与高宗开边拓土的史实正合，诗篇为祭祀殷高宗无疑。诗言"玄鸟"，又《商颂·长发》亦言"有娀方将，帝立子生商"，是商始祖为上帝所生，其中介即玄鸟。这又可以得到出土文献的证明。如于省吾先生曾在一件晚商青铜壶内发现"玄鸟妇"三字合文，表明商人从始祖至王朝晚期一直与有娀氏保持婚姻关系（于省吾《略论图腾与宗教起源和夏商图腾》，《历史研究》1959年第11期）。此后，胡厚宣先生又从甲骨文王亥（殷始祖契的六世孙）的"亥"字加"鸟"形，以及"羊鸟"（祥鸟）之语，提出商以鸟为图腾的"新证据"（胡厚宣《甲骨文所见商族鸟图腾的新证据》，《文物》1977年第2期；《甲骨文商族鸟图腾的遗迹》，《历史论丛》第1辑）。据此，玄鸟实为商人崇拜之物。据考古发现及专家研究，崇拜鸟的民族为东方人群，是可以肯定的，如大汶口"✳"图形，有学者即认为是太阳鸟携日飞行的主题；在河姆渡曾出土过刻画在牙板上的"双鸟朝阳"图；稍晚在良渚文化区，则有更多玉器，上刻人鸟合一的图案。如此广大的区域，远古时期都出现以"鸟"为主题的文物，由此可溯殷商族群的东方文化渊源。

诗篇还有一点值得注意，在写作上它与《大雅·文王》有一定相似，除了连接语句的顶真格及"孙子"一词的使用之外，还有章法上的雷同。《文王》篇从第二章到第五章，章内上半段与下半段都以一个重叠句为上下转折，这在《玄鸟》即表现为"在武丁孙子；武丁孙子，武王靡不胜"的折叠。如此多的相似，都应该视为两者创作时间相近且有交流的表现。但是，相同的语词、句法乃至章法，并未影响两首诗篇在风调上的分别，与《大雅·文王》宏大从容相比，此诗更带几分奥峭的模样，也是应该注意的。

长　发

濬哲维商，长发其祥①。洪水芒芒，禹敷下土方②。外大国是疆，幅陨既长③。有娀方将，帝立子生商④。

○诗之首章。言商族有上天大命，故自大禹治水之后，一直常久吉祥。语句参差，峭拔。

▣ 注释 ▣　①**濬**（jùn）**哲**：明哲，明智。濬为睿之假借。周恭王时《史墙盘》有"睿（一说渊）哲康王"之语，与此句法相近。**长**：常，久。**祥**：祥瑞，吉利。此句言商发祥已久。②**敷下土**：平治天下水土。敷，布。西周中期偏晚时器铭《燹公盨》："天命禹敷土。"与此语高度相近。**方**：四方。③**外**：远。**幅陨**：幅员。宽窄为幅，周围为员。④**有娀**（sōng）：古国名。其地在今山西运城一带。据传商人女始祖简狄即为有娀之女。**将**：强大。《小雅·北山》："鲜我方将。"**帝**：帝喾。相传简狄为帝喾妃子。**立**：生。**子**：指有娀国女子简狄。**商**：指商始祖契。

玄王桓拨，受小国是达，受大国是达①。率履不越，遂视既发②。相土烈烈，海外有截③。

○诗之二章。言玄王契英武刚强，大小邦国皆通行其政令。继言契之孙相土拓展疆域，至于海外。叙事跳跃。

注释　①**玄王**：契，殷商族群始祖。因契母简狄吞玄鸟卵而生，后人尊之为玄王。**桓**：英武貌。**拨**：刚勇。马瑞辰《通释》："《韩诗》作发。发当读如'发强刚毅'之发。"**达**：政令通达。②**率**：遵循。**履**：礼。**遂、既**：既、又。结构助词。**视**：视朝，听政，亦即主政。**发**：政令通行。③**相土**：人名，殷商始祖契的孙子。**海外**：四海之外。**截**：截取。《大雅·常武》："截彼淮浦。"

帝命不违，至于汤齐①。汤降不迟，圣敬日跻②。昭假迟迟，上帝是祗，帝命式于九围③。

○诗之三章。言相土之后，至商汤更是圣德日新，终为天下王。"上帝"云云，显系西周观念。

注释　①**齐**：齐一。马瑞辰《通释》："诗总括相土以下诸君，谓商先君之不违天命，至汤皆齐一。"②**降**：降生，出生。**迟**：不晚，当时。**圣**：明哲。**敬**：恭谨。**跻**（jī）：上升。③**昭假**：敬事神灵。**迟迟**：持久貌。朱熹《诗集传》："昭假于天，久而不息。"**祗**（zhī）：敬。**式**：法则，此为动词。**九围**：九州。此句是说上天命商汤成为九州的法则（即做天下的君王）。

受小球大球，为下国缀旒，何天之休①。不竞不絿，不刚不柔②；敷政优优，百禄是遒③。

○诗之四章。言汤受天之命制定大小法则，作天下的表率，行中正之政，故能聚千福百禄于一身。"不竞"两句，含中道观念。

◨ 注释 ◧ ①**球**：法则。捄之假借。**缀旒**（liú）：表章，表率，标识。旒的本义为旗帜上的缀饰。**何**：荷。**休**：庇护，保佑。字通"庥"。②**竞**：争。**絿**（qiú）：急迫，操之过急。③**敷**：布。**优优**：从容，中和。**遒**：聚集。

受小共大共，为下国骏厖，何天之龙①。**敷奏其勇，不震不动**②；**不戁不竦，百禄是总**③。

○诗之五章。言汤奉上天的大小典章，平和行政，无所畏惧，故福禄集聚。

◨ 注释 ◧ ①**共**：法则，约束。拱字的省借。**骏厖**（méng）：庇佑。马瑞辰《通释》谓："恂蒙之通转。为下国恂蒙，犹云为下国庇覆。"**龙**：宠。参《小雅·蓼萧》"为龙为光"句注。②**敷奏**：表现，呈现。**勇**：平和。庸之假借。**震**：动荡。**动**：摇摆。陈奂《传疏》："言不震作，动摇也。"③**戁**（nǎn）：恐惧。**竦**（sǒng）：惧怕。**总**：集中。

武王载旆，有虔秉钺①；**如火烈烈，则莫我敢曷**②。**苞有三蘖，莫遂莫达，九有有截**③：**韦顾既伐，昆吾夏桀**④。

○诗之六章。言武王商汤之征伐，韦、顾、昆吾及夏桀，先后被消灭。语含暴力气息。

◨ 注释 ◧ ①**武王**：指商汤。**载旆**（fā）：发兵，开始征伐。旆，发字之假借。《荀子·议兵》及《韩诗外传》引此句均作"载发"。**虔**：威猛。马瑞辰《通释》："《说文》：'虔，虎行貌。读若矜。'徐锴曰：'虎之行兢兢然有威。'"**钺**（yuè）：大斧。古代最代表王权的兵器。《史记·殷本纪》："汤自把钺以伐昆吾，遂伐桀。"②**曷**：遏，阻挡。③**苞**：丛生貌。**蘖**（niè）：木斩伐后再生的余枝。三蘖，指下文韦、顾、昆吾三国，系夏朝属国。**遂、达**：草木畅达生长。**截**：堵塞，即政令不通畅。三句是说，因有夏及韦、顾、昆吾等邦国的存在，九州不能统一。④韦：古国名。彭姓部族，又称豕韦，其地在今河南滑县东南。顾：古国名。己姓部族，其地在今河南范县一带。昆吾：古国名。妘姓部族，其地在今河南濮阳一带，据《左传·哀公十七年》，这里有"昆吾"之观。桀：夏朝末代君主，名癸，为商汤所灭。

昔在中叶，有震且业①。允也天子，降予卿士②；实维阿衡，实左右商王③。

○诗之七章。言商朝中叶曾有动荡和危难，继言天降阿衡佐商复兴。一章含两层意思，后一层言祭祀附祭贤臣。

注释　①叶：世。中叶即中世。陈奂《传疏》："中世，汤之前世也。"震：威风。业：伟大。②允：诚然。卿士：辅政大臣。两句是说，因为商王是真正的上天之子，所以上天降给他辅政的贤臣。③阿衡：伊尹。商代甲骨文多有祭祀伊尹的卜辞，有时与先公先王合祭，有时单独祭祀。参常玉芝《商代宗教祭祀》。

解说

《长发》，颂赞商汤创立商朝功德的乐章。

《毛诗序》："大禘也。"按，禘有数种，有郊祭上天禘其祖所自出之禘，有四时献尝之禘，有继位新王丧满吉禘之禘。《毛诗序》不明言属于何种祭典，因此后人颇多纷争。郑玄认为是郊祀之禘，按《礼记·祭统》的说法是"外祭"；后世今文家又认为是宗庙尝禘之禘，属"内祭"；而朱熹《诗集传》则认为是"祫祭之诗"，等等（陈奂《传疏》及王先谦《集疏》对诸家异说颇有论列，可参考）。细读此诗，其中心在称美商汤的功德，因此与祫、禘无关。此诗实际只是祭祀商汤，以其功臣伊尹配祭的诗篇。殷商政治制度已难得其详，要之大臣位重，可从诗篇功臣配享先王看出。这也是

《商颂》在内容上与《周颂》及《大雅》的区别之处。检索周朝诗篇，没有任何大臣像伊尹这样享受过如此崇高的礼敬。这尤当为研究古代政治制度者注意。另一值得注意之点，是诗篇追溯殷商发祥的历史与"天命禹敷土"的重大传说事件相联系。这又与西周中期周王朝史官写制《尧典》《皋陶谟》乃至《禹贡》的古史缔造运动相似（这涉及西周中期发生的重大变化，当时，王朝除创作了纪念周人祖先创业历史的《雅》《颂》诗篇之外，还编写了《尚书》"虞夏书""商书"乃至"周初八诰"中的一部分。对此，拙作《西周礼乐文明的精神建构》一书有诸多论述和考证，请参看）。或者说《商颂·长发》乃至《商颂》全部的诗篇创作，就是西周中期精神运动的组成部分。

此诗的体式与《大雅》中赞述祖先创业事迹的诗篇相类，不言祭者仪态，不言祭奠贡品，充满述说以往祖先英雄业绩的意味。从篇章看也像大、小《雅》的分章，而《周颂》无论其长短皆为一章。所以，这首诗不是祭祀中直接向神灵表达敬意的歌唱，而是讲历史给祭祀者听的歌赞。就是说，《长发》是一篇类似《大雅》祭祖题材的诗歌。至于诗篇的时代，也是处处显示着它的西周中期色彩。"禹敷下土方"之句与西周中期器《燹公盨》高度类似，"濬哲维商"又与《史墙盘》"睿（或渊）哲康王"的词法一样，后者也是西周中期铭文。至于"昭假""刚柔""百禄"以及"不……不……"的句式与大、小《雅》相同，就更不用细说了。

殷　武

挞彼殷武，奋伐荆楚①。罙入其阻，裒荆之旅②。有截其所，汤孙之绪③。

○诗之首章。言奋起殷商的武烈，夹击荆人，是商汤之子孙的业绩。

⊟ **注释** ⊟　①**挞**：大，张大。作动词用。**殷武**：殷商人特有的武威。**荆楚**：指南方与周王朝敌对的人群。西周昭王时器《过伯簋》"从王伐反荆"，《𩰲簋》"从王伐荆"，《𰀽驭簋》"从王南征伐反荆"；恭王时《史墙盘》亦言"宖鲁昭王，广㪘楚荆"；后期《逨氏盘》言昭王、穆王"伐楚荆"等等，言"荆""反荆"和"楚荆"，所指相同，与诗篇所言"荆楚"为同一南方人群。铭文称"楚荆"，诗篇为协韵，故称"荆楚"。②**罙**（shēn）：深。一说，音 mǐ，冒，突入。**阻**：险隘。**裒**（póu）：聚，即合击、夹击。③**绪**：业绩。

维女荆楚，居国南乡①**。昔有成汤，自彼氐羌，莫敢不来享，莫敢不来王，曰商是常**②**。**

○诗之二章。言成汤时氐、羌边民莫敢不来朝拜。表"当年勇"，口气强硬。

⊟ **注释** ⊟　①**乡**：所，地带，即中原以南地区。②**氐羌**：殷商边地人群，所谓夷狄之国，居当时西方。**享**：献贡。**王**：朝见商王。**常**：通"尚"，尊崇。

天命多辟，设都于禹之绩①**。岁事来辟，勿予祸适，稼穑匪解**②**。**

○诗之三章。言天命多变，在禹地设立新都，指周王朝建立而言。后三句言宋按时朝周，勤于稼穑，从无过错。与前一章比，语气萧索许多。

⊟ **注释** ⊟　①**多辟**：多变。《文选·上林赋》注引《韩诗章句》："辟，除也。"除即布除之义，引申为变化。多辟即多变，指周人克商言。**绩**：通"迹"。禹迹即禹曾经治理过的地方，是华夏人群所居。诗多言"禹"或"禹绩"，如《大雅·文王有声》"丰水东注，维禹之绩"，《小雅·信南山》《大雅·韩奕》"维禹甸之"，近年发现西周中期《燹公盨》亦言"禹敷土"，是一时风气，据此知诗为西周中期所作。②**岁事**：每年中的朝见献贡之事。**来辟**：朝见周王。**祸**：责备。王引之《经义述闻》："祸读为过。《广雅》：'谪、过，责也。'"句意为我不受过责。**解**：懈怠。

天命降监，下民有严①。不僭不滥，不敢怠遑②。命于下国，封建厥福③。

○诗之四章。强调历史变迁实乃天意，殷之子孙不敢懈怠，故能享有周人封建之福。

注释 ①**严**：敬，恭敬。②**僭**：超越等级规定。**滥**：恣意妄为。此句是说，上天赏罚分明，从无差错。**遑**：闲散。③**下国**：属国，指宋。**封建**：指西周封建诸侯，殷商微子一支被封到今河南商丘一带。**福**：福利。此两句语序颠倒，其意是说，西周封建，赐福给下国（即宋），因而得以有土地人民。

商邑翼翼，四方之极①。赫赫厥声，濯濯厥灵②。寿考且宁，以保我后生③！

○诗之五章。言周朝首都宏伟，那里的祖先神灵保佑人们长寿安康，是四方中心，也是诸侯建都比照的基准。前两句，与第三章"设都"句相应。后四句，点明宋人祖先神灵需要安顿，为下章表宫殿营造作铺垫。

注释 ①**商邑**：京师都城。商，据三家《诗》作"京"，从全诗内容看，作"京"是。京邑即宗周镐京。**极**：准则。②**声**：周文王的美名。《大雅·文王有声》"文王有声，遹骏有声"，《禹贡》言"声教讫于四海"，皆指德行政教的影响。**濯濯**：光明貌。此词又见《大雅·灵台》。③**"寿考"两句**：言先王生前寿命长，死后神灵安宁，能保佑后代子孙。

陟彼景山，松柏丸丸①。**是断是迁，方斫是虔**②。**松桷有梴，旅楹有闲，寝成孔安**③！

○诗之六章。言建造宫殿，始明诗篇具体作意。王国维《说商颂》："《鲁颂》拟此章，则云'徂徕之松，新甫之柏'。"最后一句，承上章"寿考"两句而来。

注释　①**景山**：高大之山。王国维《说商颂（下）》以为此山在宋都以北百余里。据此，或为今山东曹县东南之南山。**丸丸**：平顺条直貌。②**迁**：搬运。**方**：是。语词与"是虔"之"是"语法作用相同。**虔**：铲平，销平。马瑞辰《通释》："当读如虔刘之虔。"③**桷**：椽。亦见《鲁颂·閟宫》"松桷有舄"句。**梴**（chān）：长长的样子。**旅**：排，列。**楹**：柱子。**闲**：高大貌。**寝**：殿堂宗庙。

解说

《殷武》，宋宗庙寝殿落成的乐歌。

《毛诗序》："《殷武》，祀高宗也。"其意自然是殷商时高宗子孙祀先王之诗。对此，后世今文学家表示反对，如魏源《诗古微》就说："《春秋·僖公四年》：公会齐侯、宋公伐楚。故《笺》以'岁时来辟'责包茅不贡之文，'不僭不滥'责僭号称王之义。与《鲁颂》'荆舒是惩'，皆侈召陵攘楚之伐，同时同事同词，故宋襄作颂以美其父。"如此，与《毛诗序》言"祀高宗"不同，魏源认为诗为春秋宋襄公时的作品，所祀为襄公之父宋桓公。其实两说都不可信。《毛诗序》说"祀高宗"，只是因为篇中有"殷武"一词，径将"殷武"解为高宗武丁，是增字解经，不可信据。今文学家言诗为春秋宋襄公时作，篇中证据，更是连一点影子也没有了。宋襄公先从齐桓公南征，后又与楚有泓之战，被打得惨败，又如何能大修宗庙？诗言"封建"，封建系周朝典制，殷商或有封建，但未必有封建制之名词。诗言"设都于禹之绩"，《大雅·文王有声》言"维禹之绩"，《鲁颂·閟宫》言"奄有下土，缵禹之绪"，皆指周人、周都而言，而且三代之中也唯有周人以夏的后人自居。今又有《燹公盨》的发现，更证明"禹敷土"的传说西周中期即有。因此，"封建""禹绩"云云，都是诗篇作于西周的内证。诗言"罙入其阻，裒荆之旅"，所征之敌方应相当强大，这又与楚国历史不符。因为夏商之际，楚之先人似尚在中原一带生活，《左传·昭公十二年》载楚王言曰："昔我皇祖伯父昆吾，旧许是宅。"许，后为郑国所占。而且，楚先祖与夏关系密切，《商颂·长发》言商汤开国征伐次第，有"韦顾既伐，昆吾夏桀"之语。此后，楚人不得不南迁，后转而西上，投奔周人，《史记·楚世家》言楚国鬻熊曾"子事文王"。此事，周原甲骨文"今秋楚子来告"可证。再后来西周封建，楚人才得子男之封，表明当时其势力仍然弱小。西周初期楚人势力尚且如此，更早又如何有与强大殷商王朝对阵的可能？有学者见甲骨文有"楚"字，就断其为楚国，实在是主观臆断。实际上，楚国人直到西周末期，才变得强大。这就是说，在商代的"南乡"，不可能有一个与殷商对阵的楚国，而诗篇所言"荆楚"，所指也不是春秋战国强盛一时的楚国的祖先。"荆楚"或"楚荆""反荆"，这些见于西周青铜器铭文的地名，实含"蛮荒之民"的轻蔑义，所指其实就是淮夷或南淮夷。换言之，诗篇所谓"罙入其阻"的征战，是西周昭穆之际对东南敌对人群的征伐。

这有两点证据。一是，金文显示，西周驻扎在东都附近的"殷八师"，其成员多有殷商之遗；二是，在周昭王十九年，即昭王死于汉水的前一年，时值东南战事激烈之际，一位属于殷遗民微史家族的周王朝官员作册析铸造了觥、方彝。其铭文说，作册析曾奉周昭王之命，将一块名为"望土"（学者研究，望即孟，望土应在古孟渚泽附近）的土地，赏赐给相侯（宋君）。学者相信，望土在孟渚泽附近。作册析所完成的赏赐，肯定与王朝的东南战事有关，而宋正处在东南前线地带。诗篇言"裒击"，或许就是宋人作为周王朝军队的一部分，与王朝军队配合，夹击当时的淮夷。也正因宋国助战有功，此后不久，其"二王之后"的待遇真正落实。于是大修祖庙，祭祀先王。此篇正是宗庙寝殿落成典礼的乐歌。质言之，《殷武》乃至《商颂》诸诗之创作，以"二王之后"待遇落实为小背景，以殷周两大族群的融合为大背景。思考《商颂》的问题，无视诗篇自身语言透露的历史信息，无视历史的变化，就是会陷入古人的今古之争，如瞽人断匾、矮子观场，只有人云亦云、吠影吠声了。

此外需要留意的是诗篇情感的起伏，第一、二章言"殷武"不减当年，在新朝立下新功，有难掩的兴奋。继而想到天命多变，作为先朝遗民在新朝事事小心，情绪又难免压抑。最后想到要兴建新庙宇宫殿，情绪再次高涨。此等变化，是周人大、小《雅》所没有的。殷墟考古发现，殷商建造宫殿奠基、安门等都有人殉（参《小雅·斯干》篇解说），而此篇为"寝成孔安"而歌唱，也是受周文化熏染所致。

主要参考书目

1. 毛亨传，郑玄笺，孔颖达疏.毛诗正义.北京：中华书局影印阮刻《十三经注疏》本
2. 韩婴.韩诗外传.北京：中华书局1985年版
3. 陆玑.毛诗草木鸟兽虫鱼疏.北京：中华书局1985年版
4. 陆德明.经典释文.北京：中华书局1983年版
5. 欧阳修.诗本义.四部丛刊本
6. 王安石.诗义钩沉.北京：中华书局1962年版
7. 苏辙.诗集传.台北：台湾商务印书馆影印文渊阁四库全书本
8. 郑樵.诗辨妄.北京：北平朴社1934年铅印本
9. 曹粹中.放斋诗说（辑本）.续修四库全书本
10. 李樗、黄櫄.毛诗集解.通志堂经解本
11. 王质.诗总闻.台北：台湾商务印书馆影印文渊阁四库全书本
12. 朱熹.诗集传.上海：上海古籍出版社1958年版
13. 范处义.诗补传.台北：台湾商务印书馆影印文渊阁四库全书本
14. 吕祖谦.吕氏家塾读诗记.台北：台湾商务印书馆影印文渊阁四库全本
15. 辅广.诗童子问.台北：台湾商务印书馆影印文渊阁四库全书本
16. 王柏.诗疑.北京：北平朴社1930年铅印本
17. 严粲.诗缉.长春：吉林出版集团影印四库全书荟要本

18. 王应麟.诗地理考.台北：台湾商务印书馆影印文渊阁四库全书本

19. 谢枋得.诗传注疏（辑本）.宛委别藏丛书本

20. 胡一桂.诗集传附录纂疏.北京：北京师范大学出版社2013年版

21. 许谦.诗集传名物钞.北京：北京师范大学出版社2012年版

22. 刘玉汝.诗缵绪.北京：北京师范大学出版社2012年版

23. 刘瑾.诗传通释.北京：北京师范大学出版社2013年版

24. 朱公迁.诗经疏义.北京：北京师范大学出版社2013年版

25. 季本.诗说解颐.台北：台湾商务印书馆影印文渊阁四库全书本

26. 朱谋㙔.诗故.台北：台湾商务印书馆影印文渊阁四库全书本

27. 锺惺.评点诗经.吴兴凌氏套印本

28. 孙鑛.孙月峰先生批评诗经.万历三十年（1602）天益山刻本

29. 何楷.诗经世本古义.台北：台湾商务印书馆影印文渊阁四库全书本

30. 钱澄之.田间诗学.台北：台湾商务印书馆影印文渊阁四库全书本

31. 王夫之.诗经稗疏.北京：中华书局1964年版

32. 惠周惕.诗说.台北：台湾商务印书馆影印文渊阁四库全书本

33. 李光地.诗所.台北：台湾商务印书馆影印文渊阁四库全书本

34. 王鸿绪等.诗经传说汇纂.台北：台湾商务印书馆影印文渊阁四库全书本

35. 姚际恒.诗经通论.北京：中华书局1958年版

36. 陈启源.毛诗稽古编.皇清经解本

37. 高朝瓔.诗经体注图考大全.光绪三十一年（1905）双和堂刊本

38. 牛运震.诗志.空山堂全集本

39. 顾镇.虞东诗学.台北：台湾商务印书馆影印文渊阁四库全书本

40. 戴震.诗经补注.北京：中华书局1991年版

41. 戴震.毛郑诗考正.皇清经解本

42. 段玉裁.诗经小学.道光乙酉抱经堂刊本

43. 崔述. 读风偶识. 丛书集成初编本

44. 牟庭. 诗切. 济南：齐鲁书社1983年版

45. 胡承珙. 毛诗后笺. 光绪十六年（1890）广雅书局刊本

46. 马瑞辰. 毛诗传笺通释. 北京：中华书局1989年版

47. 陈奂. 诗毛氏传疏. 北京：中国书店1984年影印本

48. 魏源. 诗古微. 皇清经解续编本

49. 陈乔枞. 三家诗遗说考. 皇清经解续编本

50. 方玉润. 诗经原始. 北京：中华书局1986年版

51. 尹继美. 诗管见. 续修四库全书本

52. 顾广誉. 学诗详说. 光绪三年（1877）刊本

53. 陈澧. 东塾读书记. 上海：中西书局2012年版

54. 陈继揆. 读风臆补. 光绪六年（1880）述古堂刊本

55. 王闿运. 毛诗补笺. 光绪三十二年（1906）江西官书局刊本

56. 王先谦. 诗三家义集疏. 北京：中华书局1987年版

57. 吴闿生. 诗义会通. 1927年文学社刻本

58. 林义光. 诗经通解. 1930年铅印本

59. 黄节. 诗旨纂辞、变雅. 北京：中华书局2008年版

60. 傅斯年. 诗经讲义稿. 北京：中国人民大学出版社2004年版

61. 于省吾. 泽螺居诗经新证. 北京：中华书局1982年版

62. 陈子展. 诗经直解. 上海：复旦大学出版社1983年版

63. 闻一多. 诗经新义. 上海：三联书店1982年版《闻一多全集》本

64. 闻一多. 诗经通义. 上海：三联书店1982年版《闻一多全集》本

65. 闻一多. 风诗类钞. 上海：三联书店1982年版《闻一多全集》本

66. 高亨. 诗经今注. 上海：上海古籍出版社1980年版

67. 余冠英. 诗经选. 北京：人民文学出版社1956年版

68. 屈万里. 诗经诠释. 台北：联经出版事业公司1983年版

69. 王静芝. 诗经通释. 台北：辅仁大学中国语言文学系1968年版

70. 王宗石. 诗经分类诠释. 长沙：湖南教育出版社1993年版

71. 余培林. 诗经正诂. 台北：三民书局1993年版

72. 张树波. 国风集说. 石家庄：河北人民出版社1993年版

73. 季旭升. 诗经古义新证. 台北：文史哲出版社1995年版

74. 扬之水. 诗经别裁. 北京：中华书局2012年版

75. ［日］白川静. 诗经研究. 台北：幼狮文化事业公司1974年版

76. ［日］竹添光鸿. 毛诗会笺. 台北：大通书局1975年影印本

77. ［日］冈元凤. 毛诗品物图考. 济南：山东画报社2002年版

78. 陆文郁. 诗草木今释. 天津：天津人民出版社1957年版

79. 王国维. 观堂集林. 北京：中华书局1959年版

80. 人民文学出版社编辑部编. 诗经研究论文集. 北京：人民文学出版社1959年版

81. 孙作云. 诗经与周代社会. 北京：中华书局1966年版

82. 朱东润. 诗三百篇探故. 上海：上海古籍出版社1981年版

83. 夏传才. 诗经研究史概要. 郑州：中州书画社1982年版

84. 钱钟书. 管锥编（第一册）. 北京：中华书局1986年版

85. 魏炯若. 读风知新记. 西安：陕西人民出版社1987年版

86. 赵沛霖. 兴的源起. 北京：中国社会科学出版社1987年版

87. 扬之水. 诗经名物新证. 北京：北京古籍出版社2000年版

88. 刘信芳. 孔子诗论述学. 合肥：安徽大学出版社2003年版

89. 刘毓庆等. 诗义稽考. 北京：学苑出版社2006年版

90. 晁福林. 上博简《诗论》研究. 北京：商务印书馆2013年版

91. ［法］葛兰言. 古代中国的节庆与歌谣. 桂林：广西师范大学出版社2005年版

92. 杨树达. 积微居金文说. 北京：中华书局1959年版

93. 郭宝钧. 商周铜器群综合研究. 北京：文物出版社1981年版

94. 杨树达. 积微居小学述林. 北京：中华书局1983年版

95. 唐兰. 西周青铜器铭文分代史征. 北京：中华书局1986年版

96. 张亚初、刘雨. 西周金文官制研究. 北京：中华书局1986年版

97. 马承源主编. 商周青铜器铭文选. 北京：文物出版社1987年版

98. 故宫博物院编. 唐兰先生金文论集. 北京：紫禁城出版社1995年版

99. 李学勤. 古文献论丛. 上海：上海远东出版社1996年版

100. 傅杰编. 失落的文明（李学勤著）. 上海：上海文艺出版社1997年版

101. 李学勤. 走出远古时代. 沈阳：辽宁大学出版社1997年版

102. 李学勤. 缀古集. 上海：上海古籍出版社1998年版

103. 张亚初编. 殷周金文集成引得. 北京：中华书局2001年版

104. 刘雨、卢岩编. 近出殷周金文集成. 北京：中华书局2002年版

105. ［英］罗森. 中国古代的艺术与文化. 北京：北京大学出版社2002年版

106. 彭裕商. 西周青铜器年代综合研究. 成都：巴蜀书社2003年版

107. 中国社会科学院考古所编. 金文文献集成（26—40册）. 北京：中华书局2004年版

108. 陈梦家. 西周铜器断代. 北京：中华书局2004年版

109. 李学勤. 中国古代文明研究. 上海：华东师范大学出版社2005年版

110. 中国社会科学院考古所编. 殷周金文集成（修订增补）. 北京：中华书局2007年版

111. 李学勤. 文物中的古文明. 北京：商务印书馆2008年版

112. 李学勤. 通向文明之路. 北京：商务印书馆2010年版

113. 胡厚宣甲骨学商史论丛初集. 石家庄：河北教育出版社2012年版

114. 宋镇豪. 夏商社会生活史. 北京：中国社会科学出版社1994年版
115. 杨宽. 西周史. 上海：上海人民出版社1999年版
116. 董琦. 虞夏时期的中原. 北京：科学出版社2000年版
117. 王玉哲. 中华远古史. 上海：上海人民出版社2000年版
118. ［美］李峰. 西周的灭亡. 上海：上海古籍出版社2007年
119. ［美］李峰. 西周的政体. 北京：生活·读书·新知三联书店2010年版
120. ［美］许倬云. 西周史. 北京：生活·读书·新知三联书店2012年版

121. 周法高主编. 金文诂林. 香港：香港中文大学出版社1975年版
122. 赵诚. 甲骨文字简明辞典. 北京：中华书局1988年版
123. 于省吾主编. 甲骨文字诂林. 北京：中华书局1996年版